빌 클린턴의 마이 라이프 1

정영목 | 이순희 옮김

THIS IS A BORZOI BOOK
PUBLISHED BY ALFRED A. KNOPF

 Published in the United States by Alfred A. Knopf, a division of Random House of Canada Limited, Toronto. Distributed by Random House, Inc., New York.

www.aaknopf.com

Knopf, Borzoi Books, and the colophon are registered trademarks of Random House, Inc.

Library of Congress Cataloging-in-Publication Data
TK

Manufactured in the United States of America
First Edition

빌 클린턴의 마이 라이프 1

Bill Clinton MY LIFE

정영목 | 이순희 옮김

도서출판
물푸레

옮긴이 소개

정영목
서울대 영문과를 졸업했다. 전문 번역가이면서, 이화여대 통번역대학원 겸임교수이다.
『파인만에게 길을 묻다』, 『호치민 평전』, 『마르크스 평전』, 『간디』 등 많은 책을 번역했다.

이순희
서울대 영문과를 졸업하고, 출판기획자이면서 번역가이다.
『나, 다이애나의 진실』, 『기적을 만들다』, 마틴 루터 킹 전기인 『나에게는 꿈이 있습니다』 등을 번역했다.

빌 클린턴의 마이 라이프 1

2004 년 6월 20일 1쇄 인쇄
2004 년 6월 22일 1쇄 발행

지은이 | 윌리엄 제퍼슨 클린턴
옮긴이 | 정영목 · 이순희
펴낸이 | 우문식
펴낸곳 | 도서출판 물푸레
등록번호 | 제 1072-25호
등록일자 | 1994년 11월 11일
주소 | 경기도 안양시 동안구 호계1동 994-5
전화 | (031)453-3211
전송 | (031)458-0097
홈페이지 | www.mulpure.com

편집팀장 | 김문정
편집 | 박지혜 · 강민정
디자인 | 한명선 · 김민정
마케팅 팀장 | 서근일
총무 | 김은선 · 강호현

책에 관한 문의는 mpr@mulpure.com으로 해주시기 바랍니다.

값 16,500원
ISBN 89-8110-196-5
ISBN 89-8110-195-7(세트)

나에게 삶에 대한 사랑을 주신 어머니,

사랑의 삶을 준 힐러리,

모든 것에 기쁨과 의미를 부여해준 첼시,

사람들이란 크게 다르지 않으므로

경멸받는 사람들을 존경하라고 가르쳐주신 외할아버지께

이 책을 바친다.

프롤로그

법대를 갓 졸업하고 인생을 한번 제대로 살아보고 싶은 마음으로 가슴이 뜨거웠던 젊은 시절, 나는 즐겨 읽던 소설과 역사책을 잠시 옆으로 밀어두고 실용서 한 권을 사 보았다. 앨런 라킨이 쓴 『시간과 인생을 통제하는 방법*How to Get Control of Your Time and Your Life*』이라는 책이었다. 이 책의 요점은 단기, 중기, 장기 인생 목표를 나열한 다음, 중요도에 따라 구분을 해보라는 것이었다. A그룹에는 가장 중요한 것, B그룹에는 그 다음으로 중요한 것, C그룹에는 마지막 목표들을 집어넣고, 각 목표마다 그것을 달성하는 데 필요한 구체적 행동을 적어야 했다. 나는 30년 가까운 세월이 흐른 지금까지 그 책을 갖고 있다. 그때 목표를 적은 종이도 어딘가에 있을 것이다. A그룹에 적었던 목표들은 지금도 기억한다. 나는 좋은 사람이 되고 싶었고, 좋은 결혼 생활을 하면서 좋은 자식을 두고 싶었고, 좋은 친구들과 사귀고 싶었고, 성공한 정치인이 되고 싶었고, 훌륭한 책을 쓰고 싶었다.

내가 좋은 사람이 되었느냐 하는 것은 물론 신이 판단할 문제다. 하지만 나의 가장 강력한 지지자들이 생각하는 만큼, 또는 내가 바라는 만큼 좋은 사람은 못 되는 것 같다. 그렇다고 나의 가장 가혹한 비판자들이 주장하는 것만큼 나쁜 사람이 아닌 것도 분명하다. 나는 힐러리, 첼시와 함께 누린 가정생활을 통해 한없는 은총을 받았다. 누구나 그렇듯이 우리의 가정생활도 완벽하지는 않았지만, 그래도 그만하면 훌륭했다. 세상이 다 알듯이 그 결함은 대부분 나의 결함이며, 그럼에도 계속 희망을 가질 수 있는 것은 그들의 사랑 덕분이다. 내가 아는 사람들 가운데 나보다 더 많은 또 더 좋은 친구들을 사귄 사람은 없다. 사실 나는 내 친구들, 이제는 전설이 된 '빌의 친구들FOB'의 어깨 위에 올라타고 대통령 자리에 올랐다고 말해도 지나치지 않다.

나의 정치 생활은 기쁨을 주었다. 나는 선거운동을 즐겼으며, 통치를 좋아했다. 나는 늘 상황을 올바른 방향으로 이끌어 가려고 노력했고, 더 많은 사람들에게 꿈을 실현할 기회를 주려고 노력했고, 사람들의 기운을 북돋우려고 노력했고, 사람들을 통합하려고 노력했다. 그것이 내가 점수를 딸 수 있었던 비결이다.

훌륭한 책? 그건 모르겠다. 어쨌든 이 책이 괜찮은 이야기를 담고 있는 것만은 틀림없다.

1

나는 1946년 8월 19일, 여름의 격렬한 폭풍우가 지나가고 하늘이 맑게 갠 날 이른 아침, 남편과 사별한 어머니에게서 태어났다. 태어난 곳은 호프의 줄리어 체스터 병원이다. 호프는 아칸소 주 남서부에 있는 인구 약 6,000명의 작은 도시이다. 아칸소와 텍사스의 주 경계에 있는 텍사르카나에서는 동쪽으로 50킬로미터 정도 떨어져 있다. 어머니는 내 이름을 아버지 윌리엄 제퍼슨 블라이드 2세의 이름을 따 윌리엄 제퍼슨 블라이드 3세라고 지었다. 아버지는 텍사스 주 셔먼의 가난한 농부의 9남매 가운데 하나로, 열일곱 살에 아버지를 잃었다. 고모들 말에 따르면 아버지는 늘 여자 형제들을 보살피려 했으며, 커서는 준수하고, 근면하고, 유쾌한 분위기를 좋아하는 남자가 되었다고 한다. 아버지는 1943년 루이지애나 주 슈레브포트의 트라이스테이트 병원에서 어머니를 만났다. 어머니는 그곳에서 간호사 훈련을 받고 있었다. 나는 자라면서 어머니한테 두 사람이 만나고, 연애하고, 결혼한 이야기를 해달라고 조르곤 했다. 아버지는 무슨 응급 상황이 생겨 데이트하던 여자를 어머니가 일하던 병동으로 데려왔다고 한다. 아버지와 어머니는 그 여자가 치료를 받는 동안 이야기도 하고 농담도 주고받았다. 아버지는 병원에서 나가는 길에 남자친구가 준 반지를 낀 어머니의 손가락을 살짝 건드리며, 결혼을 했냐고 물었다. 어머니는 더듬더듬 아니라고, 독신이라고 대답했다. 다음 날 아버지는 원래 데이트 상대였던 여자에게 꽃을 보냈고, 어머니는 낙심했다. 그러나 얼마 후에 아버지는 어머니에게 데이트를 신청했다. 그러면서 여자와 관계를 끝낼 때는 꽃을 보내는 것이 자신의 습관이라고 설명하더라는 것이다.

두 달 뒤 두 사람은 결혼했고, 아버지는 전쟁터로 떠났다. 아버지는 이탈리아 점령 부대의 수송부에서 지프와 탱크를 고치는 일을 했다. 전쟁이 끝난 뒤 아버지는 어머니가 있는 호프로 돌아왔고, 두 사람은 시카고로 떠났다. 아버지는 전에 일하던 맨비 장비 회사에서 영업사원 일을 계속했다. 그들은 포리스트 파크 교외에 작은 집을 샀지만, 두 달 뒤에야 이사를 할 수 있었다. 어머니는 나를 임신했기 때문에, 새집에 입주할 때까지 호프에 있는 고향에 가 있기로 했다. 1946년 5월 17일, 아버지는 새집에 가구를 옮겨 놓고 어머니를 데리러 시카고에서 호프로 차를 몰았다. 아버지는 1942년형 뷰익을 몰고 늦은 밤에 미주리 주 사이크스턴 외곽 60번 하이웨이를 달리고 있었다. 그때 오른쪽 앞 타이어에 펑크가 나는 바람에 차가 비에 젖은 도로에서 제멋대로 움직이기 시작했다. 아버지는 차에서 튕겨 나왔으나 습지를 매립하기 위해 파놓은 배수용 도랑에 떨어졌다. 또는 어둠 속에서 실수로 기어 들어가게 되었는지도 모른다. 도랑에는 1미터 깊이의 물이 차 있었다. 두 시간에 걸친 수색 끝에 발견되었을 때 아버지는 손으로 수면 위의 나뭇가지를 붙들고 있었다. 다친 몸으로 물에서 빠져나오려 했지만 못 빠져나온 것이다. 아버지는 겨우 스물여덟의 나이에, 결혼 2년 8개월 만에(그 가운데 어머니와 보낸 시간은 7개월밖에 안 된다) 그곳에서 익사하고 말았다.

이 짧은 이야기가 내가 아버지에 대해 알고 있는 거의 전부였다. 나는 평생 그 빈 부분들을 채우고 싶어 안달했으며, 나에게 생명을 준 남자에 대해 더 많은 것을 알 수 있을지도 모른다는 마음에 사진이나 이야기나 신문 조각을 열심히 모았다.

열두 살 되던 해던가, 호프의 버디 할아버지 집 포치에 앉아 있는데, 어떤 남자가 계단을 올라오더니 나를 빤히 쳐다보며 말했다. "너 빌 블라이드의 아들이로구나. 아버지를 빼닮았어." 그 뒤로 며칠 동안 내 얼굴에는 환한 웃음이 떠나지 않았다.

1974년 나는 국회의원에 입후보했다. 첫 출마였으며, 지역 신문은 어머니에 대한 특집 기사를 실었다. 어머니가 이른 아침, 잘 가던 커피숍에 들려 변호사 친구와 신문 기사 이야기를 하고 있는데, 얼굴만 마주치던 아침식사 단골 손님이 어머니에게 다가와 말했다. "내가 그 현장에 있었습니다. 내가 그날 밤에 사고 현장에 처음 도착한 사람이었습니다." 이어 그는 어머니에게 자신이 본 것을 이야기해주었다. 아버지가 의식 또는 생존 본능을 잃지 않은 상태에서 도랑에서 기어 나오려고 안간힘을 쓰다가 죽었다는 이야기였다. 어머니는 그 사람에게 고맙다고 말하고 차로 가서 운 다음, 눈물을 닦고 출근했다.

1993년, 내가 대통령이 되어서 처음 맞이한 아버지날에 「워싱턴 포스트」는 아버지에 대한 긴 조사 기사를 실었다. 그러자 다음 두 달 동안 AP연합과 다른 많은 작은 신문들이 비슷한 조사 기사를 앞다퉈 실었다. 그 기사들은 어머니와 내가 아는 사실들을 확인해주었다. 물론 모르는 사실들도 많이 나타났다. 아버지가 어머니를 만나기 전에 결혼을 세 번 했을 가능성이 크며, 그 과정에서 적어도 두 명의 자녀를 둔 것 같다는 이야기도 있었다.

아버지의 다른 아들은 캘리포니아 북부에서 건물 관리인 일을 하다 퇴직한 리온 리첸탈러로 확인되었다. 신문 보도에는 그가 1992년 대통령 선거 운동 기간에 나에게 편지를 썼지만, 답장을 받지 못했다고 말한 것으로 나와 있었다. 그런 편지에 대해 들어본 기억은 없다. 당시 우리는 정적들의 수많은 총알을 피하려고 애를 쓰던 상황이었으므로, 실무진이 그것을 나에게 보여주지 않았을 가능성도 있다. 아니면 우리가 받던 산더미 같은 편지 속에 그냥 파묻혀버렸던 것인지도 모른다. 어쨌든 나는 리온에 대한 기사를 읽고 그에게 연락을 했으며, 나중에 캘리포니아 북부에 들렀을 때 리온과 그의 부인 주디를 만났다. 우리는 즐거운 시간을 보냈으며, 그때 이후로 명절 때면 편지를 주고받는다. 리온과 나는 닮았으며, 그의 출생증명서에는 나의 아버지의 이름이 적혀 있다. 더 오래 전에 리온에 대해 알게 되었으면 좋았을 것이라는 생각이 든다.

이 무렵쯤, 아버지의 딸 샤론 페티존에 대한 신문 기사들이 사실이라고 확인해주는 정보도 입수했다. 샤론은 1941년 캔자스시티에서 샤론 리 블라이드라는 이름으로 태어났으며, 아버지는 샤론의 어머니와 나중에 이혼했다. 샤론은 그녀의 출생증명서 사본, 그녀 부모의 결혼허가증 사본, 아버지의 사진, 아버지가 그녀의 어머니에게 "우리 아기"의 안부를 묻는 편지 등을 주지사 시절 내 비서실장이었던 벳시 라이트에게 보냈다. 이유야 어쨌든 간에 안타깝게도 샤론은 만나보지 못했다.

1993년에 알려진 이런 소식들은 그 무렵 암과 싸우고 있던 어머니에게 충격을 주었다. 그러나 어머니는 결국 대범하게 받아들였다. 어머니는 대공황기와 전시의 젊은이들은 다른 시대 사람들이 못마땅해할 수도 있는 일을 많이 했다고 말했다. 중요한 것은 아버지가 어머니의 평생의 사랑이었다는 것이며, 어머니는 아버지가 자신을 사랑했다는 것을 의심하지 않았다. 사실이야 어찌되었든, 생명이 끝나가는 상황에서 어머니가 알아야 할 것은 그것뿐이었다. 나 자신은 그런 일들을 어떻게 이해해야 좋을지 잘 몰랐다. 그러나 내가 살아온 삶을 볼 때, 아버지가 거의 50년간 내 마음에 품고 살아온 이상화된 모습보다 훨씬 더 복잡한 사람이었다는 사실이 그렇게 놀랄 일은 아니라고 생각했다.

1994년 D-데이 50주년을 맞이하여 몇몇 신문에서 아버지의 전쟁 기록에 대한 기사를 실으면서, 군복을 입은 아버지의 사진도 실었다. 그 직후 나는 뉴저지 주 넷콩의 움베르트토 바론으로부터 편지를 한 통 받았다. 그는 편지에서 전시와 그 후에 자신이 겪은 일을 이야기했다. 이탈리아에 살던 어린 시절 미군이 그의 마을에 진주했는데, 그는 미군 기지에 자주 놀러 갔다. 그곳에서 한 병사와 특히 친해졌는데, 그는 군것질거리를 주기도 하고, 엔진의 구조를 가르쳐주기도 하고, 수리하는 방법을 보여주기도 했다. 바론은 그 병사를 빌이라고만 기억하고 있었다. 바론은 전쟁이 끝난 뒤 미국으로 건너왔으며, 그를 "꼬마 미군"이라고 불러주던 그 병사에게서 영향을 받은 것인지 자동차 수리 공장을 차렸고, 결혼도 했다. 그 뒤에 그는 아메리칸 드림을 이루어, 사업이 번창하고 자식도 셋을 두었다. 그는 자신이 성공한 데에는 그 병사의 도움이 컸는데, 작별인사도 제대로 못하고 헤어져 그 뒤에도 무엇을 하고 사는지 궁금해하곤 했다. 바론은 이렇게 말했다. "올해 현충일 아침에 커피를 마시면서 「뉴욕 데일리 뉴스」를 뒤적이다가 갑자기 번개에 맞은 듯한 느낌이 들었습니다. 신문의 좌측 하단에 빌의 사진이 있는 게 아니겠습니까. 나는 빌이 다름 아닌 미합중국 대통령의 아버지라는 사실을 알고 전율을 느꼈습니다."

1996년 백악관의 연례행사인 우리 가족 크리스마스 파티에 고모의 자녀가 처음으로 참가하여 나에게 선물을 주었다. 아버지가 죽은 뒤 고모의 지역구 하원의원인 위대한 샘 레이번이 보낸 조문 편지였다. 짧고 형식적인 편지였고, 당시에 사용하던 자동 서명 장치로 서명이 되어 있었다. 그러나 나는 산타클로스로부터 처음 장난감 기차를 선물 받은 여섯 살 난 아이처럼 기뻐하며 편지를 끌어안았다. 나는 그 편지를 백악관 2층 전용 집무실에 걸어놓고 매일 밤 바라보았다.

백악관을 떠난 직후 유에스에어사USAir의 셔틀을 타고 워싱턴에서 뉴욕으로 가는데 항공사 직원이 나를 부르더니, 자신의 계부가 전시에 내 아버지와 함께 근무했고, 아버지를 무척 좋아했다는 이야기를 전해주었다. 나는 그 퇴역 군인의 전화번호와 주소를 물었다. 항공사 직원은 나중에 찾아보고 연락을 주겠다고 했다. 나는 아버지와 나를 연결해주는 인간 고리가 하나 더 생기기를 바라며, 지금도 연락을 기다리고 있다.

나는 대통령직에서 물러나면서, 특별히 몇 군데를 골라 미국 국민에게 작별인사를 하고 감사의 뜻을 전했다. 그 가운데 한 곳은 힐러리가 태어난 시카고였다. 1992년 성 패트릭 축일에 나는 그곳에서 민주당 후보 지명권을 거의 확실하게 따냈다. 그곳은 나의 가장 열렬한 지지자들이 살고 있는 곳이며, 범죄, 복지, 교육과 관련하여 내가 제시한 중요한 미국 내 정책들이 효과를 거둔 곳이다. 그리고 물론 그곳은 나의 부모가 전후에 살던 곳이기도 하다. 나는 힐러리에게 만일 아버지가 그 비 오는 날 미주리 고속도로에서 목숨을 잃지 않았다면, 나는 그녀와 얼마 떨어지지 않은 곳에서 자랐을 것이고 그녀를 만나지 못했을지도 모른다고 농담을 하곤 했다. 나의 마지막 행사가 열린 장소는 파머 하우스였다. 이곳은 1946년에 어머니가 호프로 돌아가기 전 아버지와 함께 사진을 찍은 곳이다. 이 사진은 내가 가지고 있는 유일한 부모님 사진이다. 나는 연설을 하고 작별인사를 한 뒤에 작은 방에 들어갔다가 메리 에터 리스라는 여자와 그녀의 두 딸을 만났다. 그녀는 자신이 어렸을 때 어머니의 친구였고 고등학교도 함께 다녔는데, 전쟁 산업 관련 일을 하러 인디애나에 갔다가 그곳에서 결혼해 정착하고 자식들을 길렀다고 말했다. 이어 그녀는 나에게 귀중한 선물을 주었다. 어머니가 스물세 살 때 생일을 맞아 친구에게 보낸 편지였다. 아버지가 죽고 나서 3주 뒤에 썼으니, 54년 전에 쓴 편지인 셈이다. 역시 어머니다운 편지였다. 어머니는 아름다운 필체로 자신의 상심에 대해 이야기하고, 그럼에도 꿋꿋이 살아가겠다는 결심을 밝히고 있었다. "믿어지지 않는 일이었어. 하지만 나는 지금 임신 6개월이야. 우리 아기 생각만으로도 나는 살아갈 수 있어. 정말이지 온 세상을 얻은 것 같아."

어머니는 아버지에게 주었던 결혼반지와 몇 가지 감동적인 이야기를 나에게 물려주었다. 나는 어머니의 나에 대한 사랑이 아버지에 대한 사랑에서 비롯되었음을 잘 알고 있다.

아버지는 나에게 내가 나 혼자만이 아니라 나와 어머니 두 사람을 위해 살아야 한다는 생각을 심어주었다. 내가 그 일을 잘하면 아버지의 못 다한 삶에 대한 아쉬움을 덜어줄 수도 있을 것 같았다. 나는 아버지에 대한 기억 때문에 보통 아이들보다 어린 나이에 나 자신의 죽음에 대해 생각할 수 있었다. 나 역시 젊어서 죽을 수도 있다. 그런 생각을 하다 보면 삶의 매 순간을 최대한 활용하고, 다음의 더 큰 도전을 향해 앞으로 나아가야 한다는 결심이 단단해지곤 했다. 그래서인지 나는 설사 어디로 가야 할지 잘 모르는 경우에도, 늘 어딘가를 향해 서둘러 가고 있었다.

2

나는 외할아버지의 생일에 태어났다. 예정일보다 2주 빨리 태어났으며, 몸무게는 빈약하다고 할 수 없는 2.9킬로그램에 키는 53센티미터였다. 어머니와 나는 퇴원하여 호프의 허비 스트리트에 있는 외할아버지 집으로 가 그곳에서 4년을 살았다. 당시 그 낡은 집은 육중하고 신비로워 보였으며, 지금도 내 기억 속에 깊이 박혀 있다. 훗날 호프 사람들은 기금을 모아 그 집을 복원하고, 옛 사진과 주요 기사와 당시 가구들로 내부를 꾸며놓았다. 그 사람들은 그 집을 '클린턴 출생지'라고 부른다. 물론 그곳은 내가 삶에 눈을 뜬 곳이다. 시골 음식 냄새, 버터밀크 교유기, 아이스크림 기계, 빨래판, 빨랫줄, "딕 앤드 제인" 독본, 내가 가장 아끼던 짧은 사슬을 비롯한 첫 장난감. 우리의 '공동 회선' 전화로 들려오던 귀에 선 목소리들. 첫 친구들, 외조부모가 하던 일.

1년 정도 뒤에 어머니는 전에 간호사 훈련을 받은 일이 있는 뉴올리언스의 채러티 병원으로 돌아가기로 결심했다. 공부를 해서 마취 전문 간호사가 될 생각이었다. 그 시절에는 의사들이 직접 마취를 했기 때문에 이 비교적 새로운 직업에 대한 수요가 있었다. 따라서 어머니는 이 일을 통해 사회적 위신을 높이고 더 많은 수입을 얻을 수 있었다. 그러나 나를 두고 가는 것은 틀림없이 괴로운 일이었을 것이다. 그러나 전후의 뉴올리언스는 젊은 사람들, 딕시랜드 음악, 예쁜 여자로 변장한 남자들이 춤을 추고 노래를 부르는 마이-오-마이 클럽 같은 대담한 놀이터가 넘쳐나는 곳이었다. 젊고 아름다운 과부가 상실감에서 벗어나기에 나쁜 곳은 아니었을 것이다.

나는 할머니와 함께 기차를 타고 뉴올리언스로 어머니를 두 번 찾아가 보았다. 겨우 세 살이었지만 두 가지는 분명하게 기억이 난다. 첫째는 우리가 프렌치 쿼터에서 커낼 스트리트를 건너면 나오는 융 호텔의 상당히 높은 층에 묵었다는 것이다. 이 호텔은 내가 처음 본 대도시에서, 내가 처음 들어가본 2층 이상 높이의 건물이었다. 밤에 도시의 불빛을 내다보면서 느꼈던 경외감이 지금도 기억난다. 뉴올리언스에서 어머니와 무엇을 했는지는 기억나지 않지만, 그곳을 떠나려고 기차에 올라탔을 때 겪었던 일은 잊혀지지 않는다. 기차가 역에서 빠져나오는데, 어머니가 철길 가에 무릎을 꿇고 앉아 손을 흔들며 울음을 터뜨렸다. 어머니가 무릎을 꿇고 울던 모습이 어제 일처럼 눈에 선하다.

그때 처음 가본 뒤로 50년 넘게 세월이 흘렀지만, 지금도 나는 뉴올리언스에 특별한 매력을 느낀다. 나는 그곳의 음악, 음식, 사람들, 분위기를 사랑한다. 열다섯 살이 되었을 때 우리 가족은 뉴올리언스로 휴가를 갔다. 나는 그때 걸프 코스트에 가서, 위대한 트럼펫 연주자 앨 허트가 자신의 클럽에서 연주하는 것을 직접 들었다. 처음에는 내가 미성년이라는 이유로 들여보내려 하지 않았다. 어머니와 내가 포기하고 나오려는데, 문지기 말이 모퉁이 너머에서 허트가 차에 앉아 책을 읽고 있는데 허트의 명령이라면 나를 들여보내줄 수 있다는 것이었다. 나는 멋진 벤틀리 자동차 안에 앉아 있던 허트를 찾아내 창문을 톡톡 두드린 다음 사정을 이야기했다. 허트는 어머니와 나를 클럽으로 데리고 들어가더니, 앞쪽에 탁자 하나를 잡아주었다. 허트와 악단은 멋지게 연주했다. 나는 그때 처음으로 재즈를 직접 들어보았다. 앨 허트는 내가 대통령 재임 시절에 죽었다. 나는 그의 부인에게 그 이야기를 적은 편지를 보내면서, 그 위대한 인물이 오래 전 한 소년에게 베푼 호의에 감사의 뜻을 전했다.

고등학교 시절 나는 뉴올리언스를 묘사하는 〈초승달 도시Crescent City〉 조곡을 테너 색소폰으로 연주했다. 그 도시를 처음 보았을 때의 추억을 떠올릴 수 있기 때문에 그 곡은 다른 곡들보다 자신 있었다. 스물한 살이 되었을 때는 뉴올리언스에서 로즈 장학금을 탔는데, 내가 장학금을 받기 위한 면접을 잘할 수 있었던 것도 뉴올리언스가 아주 편안했기 때문인 것 같다. 나는 젊은 법대 교수 시절, 학술대회에 참석하기 위해 힐러리와 함께 뉴올리언스로 멋진 여행을 두 번 갔다. 우리는 프렌치 쿼터에 있는 예스러운 작은 호텔 '콘스토크'에 묵었다. 아칸소 주지사 시절에는 뉴올리언스에서 슈거볼이 열렸다. 우리 팀은 앨라배마에 패했고, 전설적인 베어 브라이언트는 은퇴 전에 이곳에서 멋진 승리를 거둘 수 있었다. 우리는 그래도 베어 브라이언트가 아칸소에서 나고 자랐다는 사실로 위안을 삼았다! 내가 대통령에 출마했을 때, 뉴올리언스 주민은 두 번이나 나를 압도적으로 지지해줌으로써 우리가 루이지애나 선거인단의 표를 가져올 수 있게 해주었다.

이제 나는 세계의 훌륭한 도시들을 대부분 보았지만, 그래도 뉴올리언스는 나에게 언제나 특별하다. 미시시피 강의 모닝콜 호에서 즐기는 커피와 베녜 도넛, 프리저베이션 홀의 노익장들인 에어런과 샤메인 네빌의 음악, 앨 허트에 대한 추억, 이른 아침 프렌치 쿼터에서의 조깅, 존 브로, 해리 리 보안관을 비롯한 여러 친구들과 근사한 식당에서 함께 즐기는 놀라운 음식, 그리고 무엇보다도 어머니에 대한 첫 기억들. 이런 것들은 늘 강렬하게 나를 미시시피 강변의 뉴올리언스로 이끈다.

어머니가 뉴올리언스에 있는 동안 나는 외할머니, 외할아버지 품에서 자랐다. 두 분은 너무나 성실하게 나를 돌보았다. 그들은 나를 무척 사랑했다. 안타깝게도 두 분의 서로에 대한 사랑, 또 할머니의 어머니에 대한 사랑은 그 사랑에 미치지 못했다. 물론 다행스럽게도 나는 당시에는 이런 것들을 의식하지 못했다. 오직 내가 사랑받는다는 사실만 알고 있을 뿐이었다. 나중에 어려운 환경에서 성장하는 아이들에게 관심을 가지고, 힐러리가 '예일아동연구센터'에서 하는 일을 통해 아동의 발달에 대해 약간 알게 되면서, 나는 내가 얼마나 운이 좋은 아이였는지 깨닫게 되었다. 두 분은 그들 나름의 고통에도 불구하고, 늘 내가 세상에서 가장 중요한 사람인 것처럼 느끼게 해주었다. 그렇게 느끼게 해주는 사람이 단 한 명만 있어도 아마 대부분의 아이들이 견뎌낼 수 있을 것이다. 나에게는 그런 사람이 셋이나 있었다.

외할머니 이디스 그리셤 캐시디는 키가 152센티미터에 몸무게가 80킬로그램을 넘었다. 내가 '마모' 라고 부르던 외할머니는 똑똑하고, 기가 세고, 적극적인 사람으로, 젊었을 때는 틀림없이 예뻤을 것이다. 마모는 호탕하게 웃음을 터뜨리곤 했으나, 그 자신도 잘 이해하지 못하는 분노와 실망과 강박도 많았다. 마모는 내가 태어나기 전에나 후에나 외할아버지와 어머니에게 격분하여 장광설을 늘어놓는 식으로 그것을 표현하곤 했다. 물론 나는 대부분의 경우 그런 공격으로부터 보호를 받았다. 마모는 공부를 잘했고 야심도 있어, 고등학교 졸업 후에는 통신 강좌로 시카고 간호대학에서 간호학을 공부했다. 내가 아장아장 걸어다닐 무렵, 마모는 허비 스트리트에 있는 우리 집에서 멀지 않은 곳에 사는 한 남자의 개인 간호사 일을 하고 있었다. 마모가 일을 끝내고 집에 돌아올 때면 마모를 마중하러 달려 나가곤 하던 일이 지금도 기억에 생생하다.

마모는 내가 무엇보다도 많이 먹고, 많이 배우고, 늘 깨끗하고 단정하기를 바랐다. 우리는 부엌의 창문 옆에 있는 식탁에서 식사를 했다. 내가 앉는 높은 의자는 창문을 마주보고 있었는데, 마모는 식사시간에 나무 창틀에 카드를 붙여놓아 내가 셈을 배울 수 있게 했다. 또 나에게 식사 때마다 잔뜩 먹이려고 했다. 당시에는 매일 목욕만 시킬 수 있으면 뚱뚱하게 키우는 것이 건강하게 키우는 거라는 통념이 지배적이었기 때문이다. 마모는 내가 직접 읽을 수 있게 될 때까지 "딕 앤드 제인" 독본이나 『세계백과사전*World Book Encyclopedia*』을 하루에 한 번은 읽어주었다. 당시에는 『세계백과사전』을 영업사원들이 방문 판매했는데, 노동자들의 집에는 『성경』 외에 그 책만 갖추어놓는 경우가 흔했다. 어린 시절에 이렇게 자랐기 때문에, 나는 지금까지도 책을 많이 읽고, 카드 게임을 좋아하고, 몸무게와 씨름을 해야 하고, 세수와 양치질을 절대 빼먹지 않는 것인지도 모른다!

나는 내 인생의 첫 번째 남자인 외할아버지를 무척 사랑했고, 할아버지 생일에 태어났다는 것을 자랑스러워했다. 제임스 엘드리지 캐시디는 훌쭉한 몸에 키는 170센티미터 정도였다. 내가 어렸을 때만 해도 잘생긴 얼굴에 아주 건강했다. 나는 늘 할아버지가 배우 랜돌프 스콧을 닮았다고 생각했다.

내가 '파포' 라고 부르던 외할아버지는 외할머니와 함께 인구 100명 정도인 보드코를 떠나 큰 도시 호프로 와, 얼음공장에서 마차로 얼음을 배달하는 일을 했다. 당시에는 아이스박스가 냉장고였기 때문에, 아이스박스의 크기에 따라 여러 크기의 얼음 덩어리를 집어넣었다. 외할아버지는 몸무게가 70킬로그램쯤 나갔는데, 등에 커다란 가죽 깔개를 대고 쇠고리 한 쌍을 이용해 무게가 50킬로그램이나 되는 얼음 덩어리를 지고 다녔다.

외할아버지는 아주 상냥하고 관대한 사람이었다. 모두가 무일푼이던 대공황기에는 어린 소년들에게 함께 얼음 트럭을 타자고 권하기도 했다. 일을 시킨다기보다는 거리에서 부랑하는 것을 막으려는 마음 씀씀이였다. 소년들은 일당 25센트를 벌었다. 1976년 내가 호프에서 법무장관에 입후보했을 때, 당시 외할아버지와 함께 일했던 존 윌슨 판사를 만났다. 그는 법률가로 성공을 거두고 이름도 날렸지만, 여전히 그 시절을 생생하게 기억하고 있었다. 그는 하루 일을 끝내고 할아버지가 25센트를 줄 때면, 10센트짜리 두 개와 5센트짜리 하나로 달라고 했다. 그러면 돈을 더 많이 받은 기분이 들더라는 것이다. 그는 돈을 받아 호주머니에 잔돈을 짤랑거리며 집으로 걸어갔다. 그러나 너무 세게 흔들었는지 10센트짜리 하나가 호주머니에서 튕겨 나왔다. 몇 시간이나 그 돈을 찾았지만 결국 찾지 못했다. 그는 40년이 지난 지금도 그곳을 걸을 때면 그 10센트짜리를 찾아 고개를 두리번거린다고 한다.

지금 젊은 사람들에게 대공황이 나의 부모나 조부모 세대에게 준 영향을 말로 표현하기는 어렵겠지만, 어쨌든 나는 그것을 느끼며 자랐다. 어머니는 대공황기의 어느 성금요일에 있었던 일을 이야기해주었는데, 그것은 내 어린 시절의 가장 기억에 남는 이야기로 남아 있다. 외할아버지는 퇴근을 하더니 엉엉 울면서 돈이 없어서 어머니한테 부활절에 입을 옷을 사 줄 수가 없다고 말했다는 것이다. 어머니는 그 일을 결코 잊지 못했으며, 나는 매년 부활절만 되면 원하든 원하지 않든 새 옷을 선물로 받게 되었다. 1950년대의 어느 부활절이 기억난다. 당시 나는 뚱뚱하고 부끄럼이 많았다. 나는 밝은 색 반소매 셔츠에 하얀 아마포 바지를 입고, 분홍색 바탕에 검정 무늬가 있는 허시퍼피 신발을 신고, 또 거기에 어울리는 분홍색 스웨이드 가

죽 허리띠를 매고 교회에 갔다. 나는 별로 즐겁지 않았지만, 어쨌든 어머니는 외할아버지의 부활절 전통을 충실히 지켰던 것이다.

내가 할아버지와 살던 시절 할아버지는 내가 정말 좋아하는 두 가지 일을 했다. 할아버지는 작은 식품점을 운영하면서, 부업으로 제재소의 야간 경비일을 했다. 나는 제재소에서 파포와 함께 밤을 보내는 것을 좋아했다. 우리는 종이봉투에 담아간 샌드위치를 저녁으로 먹었고, 나는 차 뒷좌석에서 잠이 들곤 했다. 별이 총총한 맑은 밤이면 나는 톱밥더미에 올라가 새로 자른 목재와 톱밥의 향긋한 냄새에 취하곤 했다. 할아버지도 제재소 일을 좋아했다. 그 일은 할아버지에게 집에 들어가지 않을 수 있는 좋은 핑계가 되었다. 또 어머니가 태어나던 무렵의 공장 노동자 시절도 떠올려볼 수 있는 기회였다. 파포가 어둠 속에서 차 문을 닫는 바람에 손가락이 낀 사건을 빼고는, 그 밤들은 나에게 즐겁고 완벽한 모험이었다.

식품점은 또 다른 종류의 모험이었다. 첫째로 카운터 위에는 잭슨 쿠키가 든 커다란 단지가 있었는데, 나는 입맛을 다시며 그 안에 손을 집어넣곤 했다. 둘째로 식료품을 사러 들어오는 낯선 어른들을 만나면서 나는 처음으로 친척이 아닌 어른과 접촉할 수 있었다. 셋째로 할아버지의 손님 가운데는 흑인이 많았다. 당시 남부에서는 완전한 인종차별 정책이 이루어지고 있었지만, 남부의 농촌과 마찬가지로 작은 도시에서도 어느 정도의 인종간 교류가 불가피했다. 그러나 교육받지 않은 남부 시골 사람 치고 인종차별적인 태도가 뿌리 깊게 자리 잡지 않은 사람은 드물었다. 할아버지는 그런 드문 사람이었다. 내 눈에도 흑인은 달라 보였지만, 할아버지가 그들을 다른 사람들과 똑같이 대하면서 자식들이나 일자리 이야기를 나누곤 했기 때문에 나 역시 그들이 나와 똑같은 사람들이라고 생각하게 되었다. 가끔 흑인 아이들이 가게에 들어오면 우리는 함께 놀았다. 내가 인종차별과 편견과 가난의 의미를 아는 데, 대부분의 백인이 나의 외조부모와는 다르다는 것을 아는 데에는 오랜 시간이 필요했다. 사실 인종에 대한 관점은 할머니와 할아버지가 가진 몇 가지 안 되는 공통점 가운데 하나였다. 어머니는 세 살인가 네 살 때 흑인 여자를 "검둥이"라고 불렀다가 외할머니한테 심하게 맞은 적이 있다고 말해주었다. 가난한 남부 백인 여자가 그런 문제로 자식을 심하게 혼낸다는 것은 1920년대에는 정말 보기 힘든 일이었을 것이다.

어머니는 파포가 죽은 뒤 식료품점의 회계장부를 들추어보다가 손님들이 갚지 않은 외상이 많이 남은 것을 보았다. 그 대부분은 흑인의 외상이었다. 할아버지는 어머니한테 최선을 다해서 살아가는 착한 사람들은 자신의 가족을 부양할 자격이 있으며, 따라서 할아버지 자신이 아무리 곤란해도 그들에게 외상으로 식료품을 주지 않은 적은 없다고 말했다고 한다. 어쩌면 그래서 내가 구호 대상자용 식량 카드의 필요성을 한 번도 의심하지 않았는지도 모른다.

나는 대통령이 된 뒤에 할아버지의 가게를 드나들었던 사람의 이야기를 전해 듣게 되었다. 1997년 어니스틴 캠벨이라는 이름의 아프리카계 미국 여자가 오하이오 톨레도에서 고향 신문과 인터뷰를 하면서, 자신의 할아버지가 파포에게서 '외상으로' 식료품을 사기도 하고, 자기를 그 가게에 데리고 가기도 했다는 이야기를 했다. 그녀는 나와 놀던 기억이 난다고 하면서, 내가 "그 동네에서 흑인 아이와 놀던 유일한 백인 아이였다"고 말했다. 그러나 나는 할아버지 덕분에, 내가 흑인 아이들과 노는 유일한 백인 아이인지도 몰랐다.

내가 가족 이외의 사람과 만날 수 있는 유일한 통로는 할아버지의 가게 외에 우리 동네뿐이었다. 나는 그 좁은 범위 안에서 많은 경험을 했다. 길 건너편의 집이 불에 타 사라지는 것을 보면서 나에게만 나쁜 일이 일어나는 것이 아님을 알게 되었다. 이상한 생물을 수집하는 아이와 사귀기도 했는데, 한번은 그 애가 자기 집에 뱀 구경을 오라고 했다. 뱀이 옷장 안에 있다는 것이었다. 그 애는 옷장 문을 열더니 나를 어둠 속에 밀어 넣고 문을 쾅 닫았다. 그리고 내가 어둠 속에 뱀과 단둘이 있게 되었다고 말했다. 다행히도 그 말은 거짓말이었지만, 나는 무서워 죽는 줄 알았다. 그때 나는 강한 사람에게는 우스워 보이는 일도 약한 사람에게는 잔인하고 모욕적으로 느껴질 수 있다는 것을 알게 되었다.

우리 집은 철도의 지하도에서 한 블록 거리에 있었다. 당시에 그런 지하도는 타르를 칠한 거친 목재로 만들었다. 나는 그 목재들 위로 기어 올라가 기차가 머리 위에서 덜거덕거리며 지나가는 소리를 듣는 것을 좋아했다. 그 소리를 들으면서 기차가 어디로 가는지, 나도 나중에 그곳에 갈 수 있을지 궁금해하곤 했다.

나는 우리와 마당이 붙은 집에 사는 아이와 뒤뜰에서 놀곤 했다. 그 아이는 우리보다 크고 좋은 집에서 살았으며, 아름다운 누이도 둘이나 있었다. 우리는 풀밭에 몇 시간씩 앉아, 그의 칼을 땅에 던져 꽂는 법을 익히곤 했다. 그의 이름은 빈스 포스터였다. 그는 나에게 잘해주었으며, 나이 많은 아이가 어린아이에게 흔히 그러는 것과는 달리 나에게 군림하려 하지 않았다. 그는 키가 크고, 잘생기고, 지혜롭고, 선한 남자로 성장했다. 그는 훌륭한 변호사가 되었으며, 내가 정치에 발을 들여놓았던 초기에 나의 강력한 지지자였고, 로즈 법률회사에서는 힐러리의 절친한 친구가 되기도 했다. 나와 그의 가족은 리틀록에서 자주 만났다. 주로 그의 집에서 만났는데, 그의 부인 리사는 첼시에게 수영을 가르쳐주기도 했다. 빈스는 우리와 함께 백악관에 왔으며, 초반의 그 정신없던 몇 달 동안 늘 잔잔한 이성의 목소리를 내주었다.

그 어린 시절에 가족 외에 나에게 영향을 준 사람이 또 한 명 있었다. 오데서는 외할머니, 외할아버지가 일하러 나가면 우리 집에 와서 나를 봐주던 흑인 여자였다. 그녀는 뻐드렁니가 심했는데, 나는 그것 때문에 그녀의 웃음이 더 밝고 더 아름다워 보인다고 생각했다. 나는 호프를 떠난 뒤에도 그녀와 오랫동안 연락을 했다. 1966년 나는 친구와 함께 아버지와 할아버지 무덤에 들렀다가 오데서를 만나러 갔다. 흑인들은 대부분 묘지 근처에 살았다. 묘지는 할아버지의 가게가 있던 곳에서 길 하나를 건넌 곳이었다. 우리는 그녀의 집 포치에서 오랫동안 이야기를 나누었다. 이윽고 우리는 그녀와 헤어져 차를 타고 비포장도로를 달렸다. 호프에서 또는 나중에 이사한 핫스프링스에서 내가 본 비포장도로는 오직 흑인 동네에만 있었다. 그 동네 역시 열심히 일하면서 나 같은 어린 자식을 키우는 사람들이 많이 살았으며, 그들 역시 세금을 냈다. 오데서는 더 나은 대접을 받을 자격이 있는 사람이었다.

어린 시절에 보았던 다른 어른들은 친척들이었다. 외증조부, 이모할머니 오티와 오티의 남편 칼 러슬, 그리고 누구보다도 외종조부 오런(버디라고도 불렀으며, 내 삶의 빛 가운데 하나였다)과 그의 부인 올리.

시골의 외증조부는 땅에 박은 말뚝 위에 지은 작은 나무 집에서 살았다. 아칸소는 미국에서 토네이도가 가장 많이 부는 곳이기 때문에, 외증조부처럼 나무로 지은 집에 사는 사람들은 폭풍우를 피하기 위해 땅을 파 지하실을 만들어 두었다. 외증조부의 지하실은 앞마당에 있었는데, 그곳에는 작은 침대와 작은 탁자가 있고, 탁자 위에는 등잔이 있었다. 내가 그 작은 공간을 들여다보자 외증조부가 말하는 소리가 들렸다. "그래, 가끔 뱀이 거기로 기어 들어가기도 해. 하지만 등잔을 켜놓으면 물지는 않아." 그 말이 사실인지 아닌지는 확인하지 못했다. 증조부에 대한 또 하나의 기억은 내가 다섯 살 때 다리가 부러져 입원을 하자 문병을 오셨다는 것이다. 증조부는 내 손을 잡았고, 우리는 함께 사진을 찍었다. 증조부는 소박한 검은 재킷을 걸치고, 하얀 셔츠의 단추는 맨 위까지 채웠다. 산처럼 늙어 보이는 그 모습은 〈아메리칸 고딕American Gothic〉(화가 그랜트 우드의 그림—옮긴이주)에서 걸어나온 것처럼 보인다.

외할머니의 자매 오펄(우리는 '오티'라고 불렀다)은 그리셤 가문 특유의 너털웃음이 특징인 우아한 여자였으며, 이모할머니의 조용한 남편 칼은 수박을 재배하는 사람 가운데 내가 처음 만나본 사람이었다. 강 때문에 비옥하고 모래가 많은 호프 주변의 땅은 수박을 재배하기에 이상적이었다. 1950년대 초에 호프의 큰 수박은 이 도시의 트레이드마크가 되어, 그때까지 재배한 수박 가운데 가장 큰 수박을 트루먼 대통령에게 보내기도 했는데 그 무게는 거의 90킬로그램에 육박했다. 그러나 30킬로그램 이하의 수박이 맛은 더 좋았다. 나는 칼 할아버지가 바로 그런 수박을 재배하는 것을 구경했다. 칼 할아버지가 빨래통에 있는 물을 퍼다 수박 주위의 땅에 부으면 수박 줄기는 진공청소기처럼 물을 빨아들였다. 내가 대통령이 되었을 때도, 칼의 사촌인 카터 러슬은 호프에 수박밭을 가지고 있었는데, 그곳에 가면 빨간 수박, 또는 그것보다 더 단 노란 수박을 맛볼 수 있었다.

힐러리가 나를 처음 보았을 때, 나는 예일 법대 라운지에서 미심쩍어하는 친구들에게 호프 수박의 크기에 대해 자랑을 하고 있었다. 내가 대통령이 되었을 때 호프의 옛 친구들은 백악관의 사우스론에 수박 먹는 자리를 설치해주었다. 나는 그곳에서 내가 오래 전 오티 할머니와 칼 할아버지에게서 배운 주제에 관심을 가지는 새로운 세대의 젊은이들에게 다시 내가 아는 수박 이야기를 해주었다.

외할머니의 오빠인 버디 할아버지와 그의 부인 올리는 나의 친척들 가운데 가장 중요한 인물들이었다. 버디와 올리에게는 자식이 넷 있었는데, 내가 호프에 갔을 때 그 가운데 셋은 이미 그곳을 떠났다. 드웨인은 뉴햄프셔의 구두 공장의 임원이었다. 콘래드와 팰버는 댈러스에 살았지만 자주 호프에 들렀으며, 지금은 호프에 살고 있다. 막내인 마이러는 로데오 퀸이었다. 그녀는 프로처럼 말을 탔으며, 나중에 카우보이와 달아나 아들을 둘 낳았지만, 이혼하고 집으로 돌아와 주택과 가정일을 책임졌다. 마이러와 팰버는 한번 웃었다 하면 눈물이 날 때까지 웃는 멋진 여자들로, 늘 가족이나 친구와 어울렸다. 그들이 지금도 내 삶의 일부를 이루고 있다는 것이 기쁘다. 나는 호프에 있던 내 삶의 첫 6년 만이 아니라, 올리가 죽은 뒤 버디가 집을 팔고 팰버와 함께 살기로 결정하기 전까지 버디와 올리의 집에서 많은 시간을 보냈다.

친척들과 어울리는 삶에서는 시골에서 자란 부유하지 않은 사람들의 삶이 대부분 그렇듯이 식사, 대화, 이야기가 중심을 이루었다. 그들은 휴가를 갈 여유가 없었으며, 영화관에 가는 일도 드물었다. 1950년대 말까지는 텔레비전도 없었다. 그들은 대규모 장, 수박 축제, 이따금씩 열리는 스퀘어 댄스나 복음성가 경연대회에 참가하러 1년에 몇 번 외출을 했다. 남자들은 사냥과 낚시를 하고 시골의 작은 땅에서 채소와 수박을 길렀는데, 일 때문에 도시로 이사해도 그 땅은 버리지 않았다.

그들은 여윳돈이 없어도, 아담한 집, 깨끗한 옷, 찾아올 손님에게 대접할 음식만 있으면 결코 가난하다고 생각하지 않았다. 그들은 살기 위해 일했지, 일하기 위해 살지 않았다.

나는 버디와 올리의 집에서 먹는 음식이 가장 맛있었다. 우리는 작은 부엌의 큰 탁자에 둘러앉아 먹었다. 전형적인 주말의 점심식사(지금과는 달리 당시에는 이것을 정찬이라고 불렀다)에는 햄이나 불고기, 옥수수빵, 시금치나 콜라드, 으깬 감자, 고구마, 완두콩, 강낭콩이나 리마콩, 과일 파이, 받침 달린 술잔 비슷하게 생긴 커다란 잔에 양껏 마시는 차가운 차 등이 나왔다. 그 커다란 잔으로 마시면 꼭 어른이 된 기분이었다. 특별한 날이면 파이와 함께 집에서 만든 아이스크림을 먹었다. 일찍 가면 콩깍지를 까거나 아이스크림 제조기의 손잡이를 돌리는 등 음식 준비를 도와야 했다. 식사 전후, 또 식사를 하는 동안에도 이야기가 끊이지 않았다. 읍내의 소문, 가족사, 이런 저런 이야기 등 화제는 풍성했다. 친척들은 모두 이야기꾼이었다. 보통 사람들이 겪는 간단한 사건이나 만남이나 불운도 그들의 입을 통해 흘러나오면 생명을 얻어 비극이나 희극이 되었다.

가장 뛰어난 이야기꾼은 버디였다. 그는 자신의 두 누이와 마찬가지로 아주 똑똑했다. 그들이 나나 내 딸의 세대에 태어났다면 그들의 삶이 어떻게 달라졌을지 궁금하다. 그러나 당시에는 그들 같은 사람이 많았다. 주유소에서 기름을 넣어주는 사람이 편도선 제거 수술을 하는 사람처럼 아이큐가 높을 수도 있었다. 미국에는 지금도 그리셤 집안 사람들 같은 사람들이 많다. 그들 가운데 다수는 이민자들이다. 그래서 나는 대통령 재임 시절 모든 사람에게 대학의 문호를 개방하려고 노력했다.

버디는 교육은 거의 받지 못했지만 훌륭한 마음씨를 가졌으며 인간성은 박사급이었다. 그것은 평생 예리하게 관찰을 하고, 자신이나 집안의 악마들과 대처해옴으로써 얻은 성과였다. 그는 결혼 초기에는 술을 많이 마셨다. 그러나 어느 날 집에 오더니, 부인한테 자신이 술을 마시는 바람에 부인과 가족에게 피해를 준다는 것을 잘 알고 있으며, 다시는 술을 마시지 않겠다고 말했다. 그 다음부터 그는 50여 년 동안 술을 입에 대지 않았다.

버디는 여든이 넘어서도 50여 년 전에 기르던 개들의 특색을 묘사하면서 재미있는 이야기를 들려주었다. 그는 그 개들의 이름, 생김새, 독특한 습관, 그에게 오게 된 경위, 총에 맞고 떨어진 새를 물어오는 방법을 정확하게 기억하고 있었다. 많은 사람들이 그의 집에 들려 포치에 앉아 있다 가곤 했다. 그들이 돌아가면 버디는 그들이나 그들의 자식들에 대한 이야기를 들려주었다. 어떤 이야기는 웃기고 어떤 이야기는 슬펐지만, 버디는 대체로 그들에게 공감을 했고, 언제나 그들을 이해했다.

나는 증조부를 비롯한 친척들이 들려주는 이야기에서 많은 것을 배웠다. 아무도 완벽하지는 않지만 대부분은 선하다는 것, 최악의 순간이나 가장 약한 순간에 한 행동으로 사람을 판단할 수는 없다는 것, 가혹한 심판은 우리 모두를 위선자로 만든다는 것, 인생의 많은 부분은 그저 어딘가에 모습을 나타내고 어딘가에서 버티고 있는 가운데 흘러가 버린다는 것, 웃음은 종종 고통과 맞서는 가장 좋은 방법이며, 가끔은 유일한 방법이기도 하다는 것. 어쩌면 내가 배운 가장 중요한 것은, 모든 사람에게 하나의 이야기가 있다는 것이었는지도 모른다. 꿈과 악몽의 이야기, 희망과 상심의 이야기, 사랑과 상실의 이야기, 용기와 공포의 이야기, 희생과 이기심의 이야기. 나는 평생 다른 사람들의 이야기에 관심을 가졌다. 나는 다른 사람들을 알고 싶었고, 이해하고 싶었고, 느끼고 싶었다. 성장하여 정치에 뛰어들었을 때, 나는 늘 내가 하는 일의 주된 목표는 사람들에게 더 나은 이야기를 가질 기회를 주는 것이라고 생각했다.

버디 할아버지의 이야기는 끝까지 좋았다. 그는 1974년에 폐암에 걸려 폐를 절제했음에도, 91세까지 살았다. 그는 정치적인 문제에 대해서도 조언을 했다. 만일 내가 버디의 충고를 따라 인기가 없던 자동차 등록세 인상 정책을 철회했다면, 아마 1980년 나의 첫 주지사 연임 선거에서 지지 않았을 것이다. 버디는 살아서 내가 대통령에 선출되는 것을 보았으며, 무척이나 좋아했다. 올리가 죽은 뒤에는 딸 팰버의 도넛 가게에 가서 완전히 새로운 세대의 아이들에게 이야기를 해주고 인간 조건에 대한 재치 있는 논평을 들려주는 것을 큰 낙으로 삼았다. 버디는 유머 감각을 잃은 적이 없다. 버디는 87세에도 운전을 했으며, 일주일에 한 번씩 91세와 93세의 두 여자친구와 따로 드라이브를 했다. 버디가 나한테 그 '데이트' 이야기를 했을 때 내가 물었다. "그래, 이제는 그런 나이 든 여자들이 좋다 이거죠?" 버디는 낄낄거리더니 말했다. "그럼, 그렇고 말고. 그런 여자들이 아무래도 변덕이 좀 덜할 테니까."

우리가 함께 지낸 긴 세월 동안 나는 버디가 우는 것을 딱 한 번 보았다. 버디는 올리가 알츠하이머병에 걸리자 요양소에 보낼 수밖에 없었다. 몇 주가 지나자 올리는 하루에 몇 분 정도 제정신이 돌아오곤 했다. 그 정신이 말짱한 순간에 올리는 버디에게 전화를 걸어 이렇게 말하곤 했다. "오런, 나와 결혼해 56년을 살았으면서 어떻게 나를 이런 곳에 버려 둘 수가 있어요? 어서 와서 나를 데려가요." 그러면 버디는 그 말에 순종하여 차를 몰고 그녀를 보러 갔지만, 요양소에 도착하면 올리는 이미 병의 뿌연 안개에 덮여 그를 알아보지도 못했다.

이 무렵 어느 날 늦은 오후에 나는 버디를 찾아갔다. 옛날 집으로 찾아간 것은 그때가 마지막이었다. 나는 버디의 기운을 북돋워주고 싶었다. 그러나 오히려 버디가 음탕한 농담과 시사적인 문제에 대한 익살스러운 논평으로 나를 웃겼다. 저녁이 되어 나는 리틀록의 집으로 돌아가야 한다고 말했다. 버디는 문간까지 나를 따라나왔다. 내가 막 문을 나서려는데, 버디는 내 팔을 잡았다. 돌아보는 순간 그의 눈에 눈물이 보였다. 거의 50년에 걸쳐 사랑과 우정의 관계가 지속되었지만, 그의 눈물을 본 것은 그때가 처음이자 마지막이었다. 내가 말했다. "정말 힘드시죠?" 나는 그때 버디의 대답을 결코 잊을 수가 없다. 버디는 웃음을 지으며 말했다. "그래, 힘들지. 하지만 애초에 결혼할 때부터 모든 짐을 다 지기로 약속을 했던 건데 뭐. 게다가 그 대부분은 아주 좋았거든." 버디 할아버지는 사람마다 자기 이야기가 있다는 것을 가르쳐주었다. 그리고 그 한 문장으로 자신의 이야기를 요약해주었다.

3

어머니는 뉴올리언스에서 1년을 보낸 뒤 그동안 배운 것을 현장에서 적용하고 싶은 간절한 마음을 품고 호프로 돌아왔다. 어머니는 나와 다시 산다는 것, 그리고 과거의 웃기 좋아하는 자신으로 돌아간다는 것에 마음이 들떴다. 어머니의 회고록 『내 마음 가는 대로 *Leading with My Heart*』에 따르면 어머니는 뉴올리언스에서 몇 남자와 데이트도 했고 즐거운 시간을 보냈다.

그러나 어머니는 뉴올리언스에서 살기 전후에, 또 그곳에 살던 때에도 특히 한 남자와 자주 데이트를 했다. 그는 뷰익 자동차 대리점을 운영하던 로저 클린턴이었다. 어머니는 아름답고 쾌활한 과부였다. 로저는 핫스프링스 출신으로, 두 번의 이혼 경력이 있는 잘생기고 시끌벅적한 남자였다. 핫스프링스는 아칸소의 '죄의 도시'로, 그 무렵 몇 년 동안 미국에서 가장 큰 불법 도박이 이루어지던 곳이었다. 로저의 형 레이먼드는 핫스프링스에서 뷰익 대리점을 운영했으며, 다섯 형제 집안의 막내이자 '말썽꾸러기' 로저는 호프 남서 무기성능 시험장을 둘러싼 전시의 활황을 이용하려고 호프로 왔다. 아마 형의 그늘로부터 벗어나고 싶은 마음도 있었을 것이다.

로저는 핫스프링스 출신의 절친한 두 친구와 술을 마시고 파티를 즐겼다. 한 사람은 클린턴 뷰익 건너편의 코카콜라 병 공장 소유주인 밴 햄프턴 라이얼이었고, 또 한 사람은 핫스프링스의 잡화점 몇 개와 호프의 잡화점 한 개를 소유한 게이브 크로퍼드였다. 게이브는 나중에 핫스프링스 최초의 쇼핑센터를 짓기도 했으며, 당시에는 로저의 매력적인 조카딸 버지니아의 남편이었다. 나는 최초의 미스 핫스프링스인 버지니아를 사랑했다. 그들이 즐거운 시간을 보낸다고 하면 도박을 하거나, 술을 마시거나, 자동차, 비행기, 오토바이를 타고 무모하고 황당한 일을 벌인다는 뜻이었다. 그들이 모두 일찍 죽지 않은 것이 놀라울 정도다.

어머니는 로저를 좋아했다. 그가 재미있었고, 나에게 관심을 가져주었고, 너그러웠기 때문이다. 어머니가 뉴올리언스에 있을 때 그는 어머니가 나를 만나러 고향에 올 수 있도록 돈을 대주기도 했다. 아마 마모와 내가 어머니를 만나러 기차를 타고 뉴올리언스에 갔을 때 여비를 댄 사람도 로저였을 것이다.

파포도 로저를 좋아했다. 그가 나와 파포에게 잘해주었기 때문이다. 할아버지는 기관지를 심하게 앓아 얼음 공장을 그만두고 나서 한동안 주류 판매점을 했다. 전쟁이 끝날 무렵 헴프스테드 카운티는 투표를 통해 '금주'를 결정했다. 그래서 할아버지는 주류 판매점을 닫고, 식료품점을 열었다. 나는 나중에 파포가 50킬로미터 떨어진 텍사카나의 가장 가까운 합법적 주류 판매점까지 차를 몰고 가기 싫어하는 의사, 변호사 등 높은 신분을 가진 사람들에게 몰래 술을 팔았다는 것, 그리고 그 술의 공급자가 로저였다는 것을 알게 되었다.

마모는 로저를 정말 싫어했다. 그가 그녀의 딸이나 손자와 어떤 관계도 맺어서는 안 될 사람이라고 보았다. 마모에게는 그녀의 남편이나 딸에게는 없는 어두운 면이 있었는데, 때로는 그것 때문에 다른 사람들은 잘 보지 못하는 어둠을 볼 수 있었다. 마모는 로저 클린턴이 골칫덩이에 불과하다고 생각했다. 골칫덩이는 맞는 말이었지만, '불과하다'는 틀린 말이었다. 로저에게는 그 이상의 면이 있었으며, 그것 때문에 그의 이야기는 훨씬 더 슬퍼진다.

나는 그가 나한테 잘해준다는 것, 그리고 수지라는 이름의 크고 거무스름한 독일 셰퍼드를 데려와 나와 놀게 해준다는 것 외에는 아무런 생각이 없었다. 수지는 아홉 살까지 살았으며, 내 유년 시절에서 큰 자리를 차지했다. 그때부터 평생에 걸친 나와 개의 연애가 시작된 셈이다.

어머니와 로저는 어머니의 27번째 생일이 지난 직후인 1950년 6월에 핫스프링스에서 결혼했다. 결혼식에는 게이브와 버지니아 크로퍼드 부부만 참석했다. 나는 어머니와 함께 외할아버지 집에서 나와 곧 아버지라고 부르게 된 계부 집으로 갔다. 핫스프링스의 남쪽 끝, 워커 스트리트가 가로지르는 13번가 321번지에 자리 잡은, 나무로 지은 작고 하얀 집이었다. 오래지 않아 나는 빌리 클린턴이라는 이름을 사용하게 되었다.

새로운 세계는 재미있었다. 옆집에는 네드와 앨리스 부부가 살았다. 네드 씨는 퇴직한 철도 노동자였는데, 집 뒤의 작업장에는 크고 복잡한 모형 전기기관차가 자리 잡고 있었다. 당시에는 모든 아이가 라이오널 장난감 기차를 갖고 싶어했다. 아버지가 나도 하나 사주어 함께 갖고 놀곤 했지만, 어떤 것도 네드 씨의 크고 복잡한 선로와 아름답고 빠른 기차에 비할 수는 없었다. 나는 그곳에서 몇 시간씩 놀곤 했다. 마치 바로 옆에 디즈니랜드가 있는 기분이었다.

우리 동네는 제2차 세계대전 직후의 베이비붐 광고에 나올 만한 곳이었다. 어린 자식들을 기르는 젊은 부부가 무척 많았다. 길 건너에는 가장 특별한 아이인 미치 폴크가 살았다. 마이너와 마거릿 폴크 부부의 딸인 미치는 고함을 치듯 큰 소리로 웃음을 터뜨리곤 했다. 미치는 그네를 아주 높이 뛰었기 때문에 그네 틀이 땅에서 빠져나오곤 했다. 미치는 그네를 타고 목청껏 외치곤 했다. "빌리는 젖병을 빤대요! 빌리는 젖병을 빤대요!" 나는 미치 때문에 미칠 것 같았다. 사실 나는 이제 다 커서 그런 짓은 하지 않았기 때문이다.

나는 나중에 미치에게 발달 장애가 있다는 것을 알았다. 당시에는 그것이 무슨 말인지도 몰랐겠지만, 주지사와 대통령 시절 장애인을 위한 기회를 확대하려고 노력할 때마다 미치 폴크 생각을 하곤 했다.

13번가에 사는 동안 나에게는 많은 일이 일어났다. 나는 미스 마리 퍼킨스 학교의 리틀 포크스 유치원을 다니기 시작했다. 나는 어느 날 줄넘기를 하다가 다리가 부러지기 전까지는 그 학교를 사랑했다. 사실 그 줄은 움직이지도 않았다. 놀이터에 있는 줄의 한쪽 끝은 나무에 묶여 있고, 다른 쪽 끝은 그네에 묶여 있었다. 아이들은 한쪽에 줄을 서 있다가 차례로 달려가 줄을 넘곤 했다. 나를 제외한 모든 아이는 아주 가뿐하게 줄을 넘었다.

그 아이들 가운데 하나인 맥 맥라티는 포드 대리점 주인의 아들로, 주 소년단의 주지사, 올스타 쿼터백, 주의회 의원, 성공적인 사업가를 거쳐, 나의 첫 백악관 비서실장이 되었다. 맥은 늘 모든 장애물을 문제없이 넘었다. 나로서는 다행인 일이지만, 그는 너무 앞서 가지 않고 늘 내가 쫓아오기를 기다려주었다.

나는 그 줄을 넘지 못했다. 나는 통통한 편이었을 뿐만 아니라 굼떴다. 너무 굼떠서 한번은 부활절 달걀 찾기에서 혼자만 달걀을 하나도 얻지 못한 적도 있었다. 달걀을 찾지 못해서가 아니라, 달걀이 있는 곳까지 빨리 달려가지를 못했기 때문이다. 줄넘기를 하던 날 나는 카우보이 장화를 신고 학교에 갔다. 나는 바보처럼 장화를 벗지도 않고 줄을 넘으려 했다. 그 바람에 굽이 줄에 걸렸고, 몸이 빙글 돌며 바닥에 떨어졌다. 다리가 부러지는 소리가 들렸다. 나는 몇 분 동안 아파서 바닥에 누워 있었고, 아버지가 나를 데리러 뷰익 대리점으로부터 달려왔다.

무릎 위가 부러졌다. 나는 아주 빨리 자라고 있었기 때문에, 의사는 엉덩이까지 캐스트를 하고 싶어 하지 않았다. 대신 그는 내 발목에 구멍을 뚫더니 스테인리스스틸 막대를 끼우고 거기에 스테인리스스틸 편자를 붙인 다음 다리를 병원 침대 위의 허공에 매달았다. 나는 그렇게 두 달 동안 누워 있었다. 스스로 바보 같다는 생각도 들었지만, 학교도 안 가고 손님도 많이 찾아왔기 때문에 기쁘기도 했다. 다리가 낫는 데는 시간이 오래 걸렸다. 퇴원을 하자 나는 자전거를 선물로 받았다. 그러나 연습용 바퀴 없이 타야 한다는 공포를 떨쳐버리지 못했다. 그 결과 나는 운동신경이 둔하고 정상적인 균형 감각도 없는 사람이라는 생각에서 벗어나지 못했다. 그러다가 스물두 살 때 옥스퍼드에서 처음으로 자전거를 타기 시작했다. 그때도 몇 번 넘어졌지만, 나는 그것이 고통의 시작점을 높이는 일이라고 생각했다.

나는 다리가 부러졌을 때 달려와준 아버지에게 감사했다. 아버지는 또 내가 잘못을 했을 때 어머니가 나를 때리는 것을 말리기 위해 직장에서 집으로 한두 번 달려오기도 했다. 그들의 결혼 초기에 아버지는 정말로 내 곁에 있어 주려고 노력했다. 한번은 심지어 나와 함께 기차를 타고 세인트루이스로 카디널스 경기를 보러 가기도 했다. 당시 카디널스는 우리와 가장 가까운 메이저리그 야구팀이었다. 우리는 경기를 보고 멋진 곳에서 묵은 다음 아침에 집으로 돌아왔다. 나는 무척 기분이 좋았다. 그러나 안타깝게도 우리 두 사람이 함께 여행을 간 것은 그때가 유일했다. 역시 둘이 낚시를 간 것도 한 번뿐이었다. 함께 크리스마스트리를 베러 숲에 들어간 것도 한 번뿐이었다. 온 가족이 함께 주 밖으로 휴가를 간 것도 한 번뿐이었다. 나한테는 의미 있는 일들이 아주 많이 생겼지만, 절대 두 번 생기지는 않았다. 로저 클린턴은 진정으로 나를 사랑했고, 어머니를 사랑했다. 그러나 자기의 의심의 그늘로부터, 법석대는 술잔치와 사춘기적인 파티가 주는 가짜 안정감으로부터, 그가 진정한 남자가 되는 것을 가로막았던 어머니와의 불화와 분노로부터 결코 벗어나지 못했다.

어느 날 밤 그가 어머니와 싸우던 중 술에 취해 자멸적인 태도의 극점에 이르렀던 일은 결코 잊을 수 없다. 어머니는 나와 함께 이제 살날이 얼마 남지 않았던 나의 증조모 병문안을 가려 했다. 아버지는 가지 말라고 했다. 두 사람은 집 뒤편 그들의 방에서 서로 소리를 질러댔다. 어떻게 된 일인지 나는 복도로 들어가 그들의 방 문간까지 걸어가게 되었다. 그 순간 아버지는 등 뒤에서 총을 꺼내더니 어머니가 있는 쪽에 대고 쏘았다. 총알은 어머니와 나의 중간에 있는 벽에 박혔다. 나는 귀가 멍했고 무서웠다. 나는 그때까지 총을 쏘는 모습을 보기는커녕 총소리를 들은 적이 없었다. 어머니는 나를 붙잡더니 길을 건너 이웃집으로 갔다. 경찰이 왔다. 지금도 경찰이 아버지에게 수갑을 채워 데려가던 모습이 눈에 선하다. 아버지는 유치장에서 하룻밤을 보냈다.

나는 아버지가 어머니를 해칠 생각이 있었던 것이 아니라고 확신한다. 만일 잘못해서 우리 가운데 누가 총에 맞았다면 그는 삶을 포기했을 것이다. 그러나 알코올보다 더 독한 뭔가가 그를 그런 지경으로까지 타락시켰다. 다른 사람들, 그리고 나 자신의 내부에 있는 그런 힘들을 이해하기까지는 오랜 시간이 걸렸다. 아버지는 유치장에서 나오자 여러모로 정신을 차렸는지 무척 부끄러워했고, 한동안 별일이 없었다.

나는 호프에서 1년을 더 살면서 학교에 다녔다. 나는 브룩우드 학교 1학년이 되었다. 선생님은 메리 윌슨이었다. 윌슨 선생님은 팔이 하나밖에 없었지만 매를 아끼면 안 된다고 믿는 분이었다. 그리고 그 선생님의 매는 노였다. 선생님은 바람의 저항을 줄이기 위해 노에 구멍을 뚫었다. 나는 여러 번 선생님의 애정 어린 관심의 대상이 되었다.

이웃들과 맥 맥라티 외에 나는 평생 친구가 되는 다른 친구들도 사귀었다. 그 가운데 하나인 조 퍼비스의 유년에 비하면 나의 유년은 목가적으로 보일 정도이다. 그는 훌륭한 법률가가 되었으며, 나는 법무장관으로 선출되었을 때 조를 불러서 함께 일했다. 아칸소에 연방대법원에 올라간 중요한 사건이 생겼을 때, 나도 그곳에 갔지만, 이야기는 조에게 맡겼다. 바이런 '휘저' 화이트 판사는 판사석에서 나에게 조가 아주 잘했다는 쪽지를 보냈다. 나중에 조는 나의 버스플레이스 재단의 첫 이사장이 된다.

나는 13번가에 살면서 친구나 가족과의 삶 외에 영화를 발견했다. 1951년과 1952년에는 10센트면 영화관에 갈 수 있었다. 5센트는 입장료였고, 5센트는 코카콜라 값이었다. 2주에 한 번 정도는 영화관에 갔다. 당시에는 장편영화, 만화, 연속극, 뉴스를 한꺼번에 볼 수 있었다. 한국전쟁이 발발했기 때문에, 영화관에서 그 소식도 듣게 되었다. 플래시 고든과 로킷 맨은 유명한 연속극의 주인공이었다. 만화영화 가운데는 〈벅스 버니〉, 〈꼬마 유령 캐스퍼〉, 〈베이비 휴이〉를 좋아했다. 나는 베이비 휴이와 나를 동일시했던 것 같다. 영화도 많이 보았는데, 특히 서부영화를 좋아했다. 가장 좋아한 영화는 〈하이 눈〉이었다. 이 영화가 호프에 상연되는 동안 여섯 번은 보았을 것이고, 그 후에도 열 번은 넘게 보았다. 지금도 〈하이 눈〉은 내가 가장 좋아하는 영화다. 그것이 전형적인 사나이가 등장하는 서부영화라서가 아니다. 내가 이 영화를 좋아했던 것은 게리 쿠퍼가 처음부터 끝까지 엄청난 두려움에

떨지만 그래도 결국 옳은 일을 하기 때문이다.

나는 대통령에 선출되었을 때 어떤 인터뷰에서 내가 가장 좋아하는 영화가 〈하이 눈〉이라고 말했다. 당시 그 영화를 감독한 프레드 진네만은 거의 아흔이 다 되었으며, 런던에 살고 있었다. 나는 진네만 감독으로부터 따뜻한 편지와 함께, 그의 주석이 달린 시나리오 사본과 1951년 〈하이 눈〉 세트에서 일상복을 입은 쿠퍼, 그레이스 켈리와 함께 찍은 사진을 받았다. 사진에는 그의 서명이 들어 있었다. 처음 〈하이 눈〉을 본 후 오랫동안 나는 뭔가 대결할 일과 마주칠 때마다 거의 틀림없는 패배를 빤히 응시하던 게리 쿠퍼의 눈, 그리고 두려움을 이기고 자신의 의무를 향해 걸어가던 그의 모습을 떠올리곤 했다. 이것이 현실에서도 큰 힘을 주었다.

4

1학년을 마친 여름, 아버지는 고향 핫스프링스로 돌아가기로 결정했다. 아버지는 뷰익 대리점을 팔고, 핫스프링스에서 서쪽으로 몇 킬로미터 떨어진 와일드캣 로드에 있는 49만 평 정도 되는 농장으로 이사했다. 이곳에는 실내 화장실이 없었다. 그래서 우리는 그곳에 살던 1년여 동안, 더운 여름 한낮이든 추운 겨울밤이든 용변을 보러 집 바깥에 나무로 지은 변소에 가야 했다. 흥미 있는 경험이었다. 독이 없는 큰 뱀이 마당을 돌아다니다가 구멍으로 변소에 앉은 나를 살펴보기도 했으니까. 나중에 정계에 들어갔을 때, 바깥 변소가 있는 농장에서 산 경험은 아주 좋은 이야깃거리가 되었다. 통나무 오두막에서 태어났다는 이야기와 맞먹는 이야기 같았다.

농장 생활은 즐거웠다. 동물에게 먹이를 주기도 하고, 동물들 사이를 돌아다니기도 했다. 그러다 운명의 일요일을 맞이했다. 아버지는 가족들과 야외로 점심을 먹으러 나갔다. 거기에는 아버지의 형 레이먼드와 그 집 아이들도 있었다. 나는 레이먼드의 딸 칼라를 데리고 양이 풀을 뜯는 들판으로 갔다. 그곳에는 반드시 피해 다녀야 하는 성질 더러운 숫양이 있다는 것을 알고 있었지만 우리는 운을 한번 시험해보기로 했다. 이것이 큰 실수였다. 우리는 담장에서 100미터쯤 안으로 들어갔는데, 그 숫양이 우리를 보더니 돌진해 오기 시작했다. 우리는 담장을 향해 달렸다. 칼라는 나보다 몸집도 크고 발도 빨라 담장까지 갈 수 있었다. 그러나 나는 큰 돌멩이에 걸려 넘어졌다. 넘어져서 보니 내가 담장에 가기 전에 숫양이 나를 따라잡을 것이 분명했다. 그래서 몇 발 떨어진 곳에 있던 작은 나무로 갔다. 누가 도와주러 올 때까지 나무 둘레를 뱅글뱅글 돌며 숫양의 공격을 피할 생각이었다. 이것 역시 큰 실수였다. 곧 숫양은 나를 따라잡더니 내 다리를 들이받아 쓰러뜨렸다. 그리고 내가 일어서기도 전에 머리로 내 머리를 받아버렸다. 나는 다치기도 했고 정신도 없어서 일어설 수가 없었다. 그러자 숫양은 뒤로 물러나더니, 제대로 머리를 앞세우고 돌진하여 다시 나를 힘껏 들이받았다. 숫양은 같은 공격을 여러 차례 되풀이했다. 다만 공격 목표가 내 머리와 배를 오갔을 뿐이다. 곧 나는 심한 상처를 입고 피를 쏟기 시작했다. 영원과 같은 시간이 흐른 뒤 삼촌이 나타나 큰 돌멩이를 집어 들어 힘껏 던졌다. 돌멩이는 숫양의 두 눈 사이에 정통으로 맞았다. 그러나 숫양은 고개만 한 번 흔들더니 걸어가 버렸다. 전혀 기가 꺾인 것 같지 않았다. 나는 말짱하게 회복이 되었고, 이마에 흉터만 남았다. 이 흉터는 점차 내 머리 가죽으로까지 번졌다. 이 경험 덕분에 나는 내가 큰 상처를 입고도 견뎌낼 수 있는 사람임을 알게 되었다. 유년 시절에, 그리고 나이가 들어서 이런 교훈을 두어 번 더 얻게 되었다.

우리가 농장으로 이사하고 나서 몇 달 뒤, 아버지와 어머니는 모두 도시에서 일자리를 구했다. 아버지는 농부 일을 그만두고 레이먼드 삼촌의 뷰익 대리점에서 부품 관리자로 일하게 되었다. 어머니는 핫스프링스에서 감당할 수 없을 만큼 많은 마취 일을 맡게 되었다. 어느 날 어머니는 출근을 하다가 도시까지 걸어가는 여자를 차에 태워주었다. 어머니는 그녀와 조금 친해지자, 혹시 어머니와 아버지가 일을 하는 동안 집에 와서 나를 돌봐줄 수 있는 사람을 아느냐고 물었다. 그러자 내 삶에 몇 번 나타났던 행운의 순간이 찾아왔다. 그녀가 자신이 하면 어떻겠냐고 대답한 것이다. 그녀의 이름은 코러 월터스로, 구식 시골 여자의 장점을 두루 갖춘 할머니였다. 코러는 지혜롭고, 상냥하고, 올곧고, 양심적이고, 신실한 기독교인이었다. 코러는 그후 11년 동안 우리 식구가 되었다. 그녀의 가족 역시 모두 좋은 사람들이었다. 코러가 우리 곁을 떠난 뒤에는 그녀의 딸 메이 하이타워가 일을 하러 와서, 어머니가 죽을 때까지 30년 이상 집안일을 보살폈다. 때를 잘 만났더라면 코러 월터스는 훌륭한 성직자가 되었을 것이다. 코러의 모범 덕분에 나는 그녀가 없었을 경우보다 조금 더 나은 사람이 된 것 같다. 물론 코러는 그때나 이후에나 내가 지은 죄에는 아무런 책임이 없다. 코러는 또 강인한 시골 아낙네이기도 했다. 하루는 나와 함께 우리 집 안에 돌아다니던 엄청나게 큰 쥐를 잡기도 했다. 아니, 내가 쥐를 발견했고, 내가 환호하는 가운데 그녀가 쥐를 죽였다고 말하는 것이 정확할 것이다.

시골로 이사 오자 어머니는 내가 작은 시골 학교에 다니는 것이 걱정되어, 나를 시내의 세인트 존 가톨릭 학교에 입학시켰다. 그곳에서 나는 2학년, 3학년을 다녔다. 두 해 모두 담임선생님은 메리 애머터 맥기 수녀였다. 맥기 수녀는 학생들을 잘 보살펴주는 훌륭한 교사였지만, 결코 만만한 사람은 아니었다. 나는 6주마다 받는 성적표에서 전부 A를 받았지만, 시민생활만 C를 받았다. 시민생활이란 반에서 착한 행동을 했는지를 완곡하게 표현하는 말이었다. 나는 읽기나 쓰기 대회에서 경쟁을 하는 것은 좋아했으나 말을 너무 많이 했다. 이것은 초등학교에서는 늘 문제가 되었다. 그리고 내 비판자들이나 내 많은 친구들이 지적하듯이, 이것은 내가 절대 극복할 수 없는 버릇이기도 하다. 나는 화장실에 간다는 핑계를 대고 매일 있는 묵주기도 시간을 빼먹다가 곤욕을 치르기도 했다. 가톨릭교회와 의식, 수녀들의 헌신에 매력을 느끼기는 했지만, 교회 경험이라고는 호프 제일침례교회의 주일학교와 여름성경학교밖에 없는 제멋대로인 소년에게 묵주를 들고 의자 위에 무릎을 꿇고 앉아 의자 등받이 위로 몸을 숙이고 있는 것은 견디기 힘든 일이었다.

아버지는 농장에서 1년 정도를 보낸 뒤에 핫스프링스로 이사하기로 결정했다. 그는 도시의 동쪽 끝인 파크 애비뉴 1011번지에 있는 큰 집을 레이먼드 삼촌에게서 세내기로 했다. 아버지는 어머니에게 홍정을 잘해서 자신과 어머니의 수입으로 그 집을 살 수 있었다고 말했고, 어머니는 그렇게 믿었다. 두 사람 모두 일을 다녔고, 집 유지비가 가족의 평균 생활비에서 차지하는 비중이 지금보다 낮기는 했지만, 어떻게 우리가 그런 집에 살 여유가 있었는지 모르겠다. 언덕 위에 자리 잡은 그 집은 2층짜리였으며 방이 다섯 개였다. 위층에는 작은 무도장이 있었는데, 바 위에는 회전하는 커다란 우리에 거대한 주사위 두 개가 들어 있었다. 아마 그 집의 첫 번째 소유자가 도박 사업에 관여했던 것 같다. 나는 파티에 참석하기도 하고 그냥 친구들과 놀기도 하면서 그 방에서 자주 재미있는 시간을 보냈다.

집 외관은 흰색 바탕에 녹색으로 장식을 했으며, 현관과 양쪽 옆면은 지붕이 비스듬했다. 앞마당은 3단이었으며, 가운데 단에는 그 밑으로 이어지는 보도가 있었고, 중간 단과 맨 아랫단 사이에는 바위 벽이 있었다. 옆 마당은 작았지만, 어머니가 가장 좋아하는 취미인 정원 가꾸기를 할 만큼은 되었다. 어머니는 특히 장미를 기르는 것을 좋아하여, 평생 집을 옮길 때마다 장미를 가꾸었다. 어머니는 햇볕을 쬐면 쉽게 또 짙게 그을렸는데, 대부분은 탱크탑과 반바지 차림으로 꽃 주위의 땅을 파다가 그을린 것이다. 뒤쪽은 자갈이 깔린 진입로와 차 네 대가 들어갈 수 있는 차고, 그네가 있는 멋진 잔디밭이었다. 진입로 양쪽에는 잔디밭이 아래로 경사를 그리면서 서클 드라이브까지 이어졌다.

우리는 내가 일곱인가 여덟 살 때부터 열다섯 살이 될 때까지 그 집에서 살았다. 나에게는 아주 좋은 곳이었다. 마당에는 관목, 덤불, 꽃과 함께 인동덩굴이 수놓인 크고 긴 산울타리가 있었다. 그뿐만 아니라 무화과 한 그루, 배나무 한 그루, 사과나무 두 그루, 앞쪽의 거대한 늙은 떡갈나무 등 나무도 많았다.

나는 아버지를 도와 마당일을 하곤 했다. 그것은 우리가 함께 하는 거의 유일한 일이었다. 그러나 커가면서 나 혼자 하는 경우가 점점 많아졌다. 우리 집은 숲 근처에 있었기 때문에, 나는 늘 거미, 독거미, 지네, 전갈, 말벌, 꿀벌, 뱀과 마주쳤고, 다람쥐, 얼룩다람쥐, 어치, 울새, 딱따구리 등 반가운 동물들과 마주치기도 했다. 한번은 잔디를 깎다가 아래를 보니 방울뱀 한 마리가 잔디 깎는 기계 옆을 따라 미끄러지고 있었다. 기계의 진동에 매혹된 것 같았다. 그러나 나는 그 진동이 마음에 들지 않아 미친 듯이 달렸기 때문에 무사히 탈출할 수 있었다.

또 한 번은 그렇게 운이 좋지 않았다. 아버지는 흰털발제비를 위해 뒤쪽 진입로 하단에 3층짜리 거대한 새집을 지었다. 흰털발제비는 떼로 둥지를 틀었기 때문이다. 나는 어느 날 새집의 잔디를 깎다가 그곳이 흰털발제비가 아니라 호박벌의 둥지가 되었다는 것을 알게 되었다. 호박벌은 나에게 몰려와 팔, 얼굴 가리지 않고 내 온몸을 덮었다. 그러나 놀랍게도 한 마리도 나를 쏘지는 않았다. 나는 숨을 돌리기 위해 멀리 달려가서, 어떻게 하면 좋을지 생각해보았다. 결국 나는 멍청하게도 호박벌들이 나를 적으로 여기지 않는다고 생각하고, 몇 분 뒤에 다시 잔디를 깎으러 돌아갔다. 그러나 10미터도 못 가서 호박벌들은 나에게 떼를 지어 달려들었고, 이번에는 내 온몸을 쏘았다. 한 마리는 내 배와 허리띠 사이로 들어와 연거푸 쏘아댔다. 꿀벌은 한 번밖에 못 쏘지만, 호박벌은 여러 번 쏠 수 있었다. 나는 정신을 잃고 병원에 실려 갔다. 그러나 곧 회복되었고 또 하나의 귀중한 교훈을 얻게 되었다. 호박벌 떼는 침입자에게 한 번은 정중하게 경고를 하지만, 두 번은 안 한다는 것이었다. 35년 이상의 세월이 흐른 뒤, 내 친구인 마이클 로스와 마키 포스트의 다섯 살 난 딸 케이트 로스는 나한테 짧은 편지를 보냈다. "벌이 아저씨를 쏠 수 있어요. 조심하세요." 나는 그 아이가 하고 싶은 말이 무엇인지 정확하게 알 수 있었다.

핫스프링스로 이사 오면서 나는 많은 것을 새로 경험하게 되었다. 전보다 훨씬 더 크고 더 세련된 도시, 새로운 동네, 새로운 학교, 새로운 친구, 그리고 음악, 새로운 교회에서 첫 진지한 종교적 체험. 또 물론 클린턴 집안의 새로운 친척들.

이 도시의 이름의 유래인 뜨거운 유황 온천은 리틀록에서 서남쪽으로 80킬로미터 정도 떨어진 와치타 산맥의 좁은 골짜기의 땅 밑에서 보글거리며 솟아올랐다. 이것을 처음 본 유럽인은 에르난도 데 소토로, 그는 1541년에 이 골짜기를 지나다가 인디언들이 김이 피어오르는 온천에서 목욕을 하는 것을 보았다. 전설에 따르면, 그는 젊음의 샘을 발견했다고 생각했다.

1832년 앤드류 잭슨 대통령은 핫스프링스 주변의 네 구역을 연방 보호 구역으로 정하는 법안에 서명했다. 이런 법안으로는 의회에서 처음 통과된 것인데, 이것은 국립공원국이 설립되거나 옐로스톤이 미국의 첫 국립공원으로 지정되기 오래 전의 일이다. 곧 방문객들이 묵을 호텔들이 들어서기 시작했다. 1880년대에 이르면 온천이 솟는 산골짜기를 구불구불 통과하며 2.5킬로미터쯤 뻗어나가는 중심 도로 센트럴 애비뉴 주위에 아름다운 온천장들이 생겨났고, 1년에 10만 명 이상의 사람들이 류머티즘에서 마비, 말라리아, 성병 등의 병을 고치거나 그냥 편안히 쉬기 위해 이곳에서 목욕을 했다. 20세기 첫 사분기에는 대규모의 온천장들이 건설되어 1년에 100만 명 이상이 찾으면서 이 온천 도시는 전 세계에 알려지게 되었다. 이 지역이 연방 보호구역에서 국립공원으로 바뀌면서 핫스프링스는 미국의 국립공원 안에 자리 잡은 유일한 도시가 되었다.

이 도시는 웅장한 호텔, 오페라하우스, 그리고 19세기 중반부터 시작된 도박 때문에 더 유명해지게 되었다. 1880년대에 도박장 몇 곳이 문을 열면서, 핫스프링스는 매력적인 온천 지대이자 도박으로 악명 높은 도시로 자리 잡았다. 제2차 세계대전과 그 전 수십 년 동안, 이 도시는 큰 도시를 움직일 만한 리더십을 갖춘 리오 맥래플린 시장이 운영했다. 그는 뉴욕으로부터 내려온 폭력배 오웬 빈센트 '오우니' 매든의 지원을 받아 도박장을 관리했다.

전후에는 시드 맥매스가 이끄는 참전군인 개혁가들이 맥래플린의 권력을 무너뜨렸고, 이에 힘입어 35세의 맥매스는 미국 최연소 주지사가 되었다. 그러나 참전군인 개혁가들의 노력에도 불구하고 도박장은 계속 운영되면서, 1960년대까지 주와 지방 단위 정치가들과 법집행관들에게 짭짤한 수입을 안겨주었다. 오우니 매든은 핫스프링스에서 '존경받는' 시민으로 여생을 살았다. 어머니는 그가 외과 수술을 받을 때 마취를 시켜준 적도 있다. 어머니는 그 일이 있은 후 집에 돌아와 웃음을 터뜨리면서, 그의 엑스레이 사진을 보니 꼭 천문관에 들어가 있는 느낌이었다고 말했다. 그의 몸에 남아 있는 12개의 총알이 유성처럼 보였기 때문이다.

재미있는 것은 도박이 불법이었기 때문에 마피아가 핫스프링스에서는 도박에 손을 대지 않았다는 점이다. 대신 우리 지역의 두목들이 있었다. 가끔 이해관계가 충돌하면 폭력 사태가 벌어지기도 했던 모양이지만, 내가 그곳에 살던 시절에는 공권력이 폭력을 잘 통제하고 있었다. 예를 들어 두 집의 차고에서 폭탄이 터지는 일이 생겼지만, 그 시간에 집 안에는 아무도 없었다.

19세기 마지막 30년과 20세기 처음 50년 동안 도박은 무법자, 폭력배, 전쟁 영웅, 배우, 야구선수 등 다채로운 인물들을 핫스프링스로 끌어들였다. 유명한 당구 고수 미네소타 패츠도 자주 왔다. 1977년에 나는 법무장관으로서 핫스프링스에서 미네소타 패츠와 자선 당구 시합을 했다. 그는 시합에서는 나에게 패배의 아픔을 안겨주었지만, 대신 오래 전 핫스프링스를 방문했던 이야기로 나를 즐겁게 해주었다. 그는 낮에 경마를 하고 난 다음에 양껏 먹고 나서 밤새도록 센트럴 애비뉴 여기저기서 도박을 하여, 지갑과 더불어 그 유명한 허리 사이즈도 늘려나갔다고 한다.

핫스프링스에는 정치가들도 모여들었다. 윌리엄 제닝스 브라이언도 몇 번 왔다. 테디 루스벨트는 1910년에 왔으며, 허버트 후버는 1927년에, 프랭클린과 엘리너 루스벨트는 주 탄생 100주년을 기념하는 해인 1936년에 왔다. 휴이 롱은 이곳에서 부인과 함께 두 번째 허니문을 즐겼다. 존 F 케네디와 린든 존슨은 대통령이 되기 전에 왔다. 해리 트루먼도 왔는데, 그는 여기 거론한 사람들 가운데 도박을 했던 유일한 정치가였다(어쩌면 도박을 한 것을 감추지 않은 유일한 정치가였는지도 모르지만).

핫스프링스는 도박과 온천 외에도 사람들을 끌어들이는 것이 많다. 크고 환하게 불을 밝힌 경매장도 그 가운데 하나였다. 센트럴 애비뉴의 온천장들 건너편에는 도박장이나 식당 중간 중간에 경매장이 들어서 있었다. 오클론 경마장에서는 1년에 봄 30일 동안 훌륭한 순종 말들의 경주를 볼 수 있었다. 이곳이 이 도시에서 유일하게 합법적으로 도박을 할 수 있는 곳이다. 식당은 슬롯머신을 갖춘 곳이 많은데, 그 가운데 일부는 아이들도 할 수 있었다. 물론 부모의 무릎 위에 앉아 있어야 한다는 조건이 붙지만. 도시 근처에는 호수가 셋 있는데, 그 가운데 가장 중요한 것이 해밀턴 호수이다. 이곳에는 레이먼드 삼촌을 포함한 도시의 유지들이 큰 집을 짓고 살았다. 악어 농장도 있었는데, 그곳에서 가장 큰 악어는 길이가 5미터가 넘었다. 타조 농장의 타조들은 가끔 센트럴 애비뉴를 따라 행진하기도 했다. 켈러 브릴랜드의 아이큐 동물원에는 동물들이 가득했으며, 인어의 유골이라고 부르는 것도 전시되어 있었다. 맥신 해리스(나중에는 맥신 템플 존스가 되었다)가 운영하는 악명 높은 매음굴도 있었다. 맥신 해리스는 대단한 인물로, 지역 공무원들의 계좌에 공개적으로 뇌물을 예치하는 것으로 유명했는데, 1983년에는 자신의 삶을 회고한 『"마담이라고 불러줘요" : 핫스프링스 마담의 생애와 시대 *"Call Me Madam" : The Life and Times of a Hot Springs Madam*』라는 책을 쓰기도 했다. 나는 열 살인가 열한 살 때 두어 번 친구들과 함께 맥신의 가게로 계속 전화를 걸어 그녀의 가게 전화를 불통으로 만드는 장난을 치기도 했다. 그녀는 우리의 장난 전화에 격분하여 그 전에는 여자한테서, 아니 남자한테서도 한 번도 들어보지 못한 상스럽고 기발한 욕을 퍼부었다. 어쨌든 아주 재미있었다. 아마 맥신도 재미있다고 생각했을 것이다. 적어도 처음 15분 정도는.

아칸소는 대부분 남부의 백인 침례교도와 흑인으로 구성된 주인 반면, 핫스프링스는 인구가 불과 3만 5,000명밖에 안되었음에도 주민 구성이 놀라울 정도로 다양한 도시였다. 이곳에는 흑인 시민의 숫자가 꽤 되어, 흑인들을 위한 호텔 '나이츠 오브 더 피시어스'도 있었다. 가톨릭교회가 두 곳, 유대인 회당이 한 곳 있었다. 유대인들은 가장 좋은 상점 몇 개를 소유했고, 경매장을 운영했다. 가장 좋은 장난감 가게 이름은 리키였는데, 실버먼 부부가 운영하는 이 가게는 나와 함께 밴드를 하던 그들의 아들의 이름을 딴 것이었다. 내가 어머니를 위해 자질구레한 선물을 사던 보석 가게 '로리'는 마티와 로라 플라이슈너가 주인이었다. 브나이 브리스 리오 N. 레비 병원은 온천물을 이용하여 관절염을 치료하던 곳이었다. 나는 핫스프링스에서 처음으로 아랍계 미국인들인 조루브와 하신도 만났다. 데이비드 조루브는 부모들이 레바논에서 죽임을 당하자, 작은아버지의 양자로 들어갔다. 데이비드는 아홉 살에 핫스프링스로 왔을 때는 영어를 한 마디도 못했지만, 결국 그의 학년에서 고별사를 하고 주 소년단 주지사까지 지냈다. 그는 지금 펜실베이니아에서 신경외과 의사로 일하고 있다. 귀도 하신과 그의 누이들은 제2차 세계대전 때 시리아계 미국인과 이탈리아 여자 사이의 사랑의 결실이었다. 그들은 고등학교 시절 나의 이웃이었다. 일본계 미국인 앨버트 함은 친구였고, 체코인 르네 두착은 같은 반 친구였다. 르네의 이민자 부모는 '리틀 보헤미아' 라는 이름의 식당을 운영했다. 그리스인 공동체도 큼지막했는데, 이곳에는 그리스 정교회와 식당 '안젤로' 가 있었다. 이 식당은 클린턴 뷰익에서 모퉁이만 돌면 나오는 곳으로, 구식이지만 멋있었다. 안에는 소다수 판매점 식의 긴 바와 빨간 바탕에 하얀 체크무늬 보가 덮인 탁자들이 있었다. 이 식당의 중심 메뉴는 칠리, 콩, 스파게티 등 세 가지였다.

나의 가장 친한 그리스인 친구는 레오풀로스 가족이었다. 조지는 센트럴 애비뉴와 브로드웨이 사이의 브리지 스트리트에서 작은 카페를 운영했는데, 우리는 브리지 스트리트가 미국에서 가장 짧은 거리라고 주장하곤 했다. 길이가 불과 세 블록이었기 때문이었다. 조지의 부인 이블린은 환생을 믿는 아주 작은 여자였는데, 골동품을 수집했으며 리브레이스의 팬이었다. 리브레이스가 핫스프링스에 공연을 하러 왔다가 그녀의 집에서 저녁을 먹자, 그녀는 무척 기뻐했다. 레오풀로스의 둘째 아들 폴 데이비드는 4학년 때 나의 가장 친한 친구였으며, 그 이후로 지금까지 형제처럼 지낸다.

어렸을 때 나는 데이비드와 함께 그의 아버지의 카페에 가는 것을 좋아했다. 특히 도시에서 축제가 벌어질 때면 더 가고 싶어 했다. 모든 카니발 출연자들이 그곳에서 식사를 했기 때문이다. 한번은 모든 놀이시설의 무료 티켓을 얻기도 했다. 우리는 그 티켓을 하나도 빼놓지 않고 다 사용했으며, 그 바람에 데이비드는 행복했지만 나는 어지럽고 구역질이 났다. 그 뒤로 나는 범퍼 카와 페리스 관람차만 탔다. 우리는 한평생 고락을 나누었으며, 세 평생에 해당하는 양의 웃음을 함께 터뜨렸다.

어린 시절에 그렇게 다양한 사람들과 알고 사귄다는 것이 지금은 당연해 보일지 모르지만, 1950년대 아칸소 주에서는 오직 핫스프링스에서만 있을 수 있는 일이었다. 그렇다 해도 내 친구들 대부분과 나는 아주 정상적인 생활을 했다. 이따금씩 맥신의 매음굴에 전화를 하고, 경마 시즌에 수업을 빼먹고 싶은 유혹을 느꼈을 뿐이다. 나는 실제로 수업을 빼먹은 적은 없지만, 고등학교 시절 친구들 몇 명은 그 유혹에 넘어가곤 했다.

4학년부터 6학년까지 내 삶의 대부분은 파크 애비뉴에서 이루어졌다. 우리 동네는 흥미로운 곳이었다. 우리 집에서 동쪽 숲까지는 아름다운 집들이 한 줄로 죽 늘어서 있었다. 우리 집 뒤의 서클 드라이브에도 집들이 또 한 줄로 늘어서 있었다. 데이비드 레오폴로스는 두 블록 떨어진 곳에 살았다. 근처에서 나의 가장 가까운 친구는 크레인 가족이었다. 그들은 우리 집 뒤편 진입로에서 길을 건너면 나오는 크고 오래되고 신비해 보이는 나무 집에 살았다. 에디 크레인의 댄 숙모는 크레인 집 아이들, 그리고 종종 나까지 데리고 여기저기 쏘다녔다. 영화관에 가기도 했고, 아주 차가운 샘물로 물을 대는 수영장이 있는 스노 스프링스 파크에 가기도 했고, 소형 골프장에서 골프를 치기 위해 휘팅턴 파크에 가기도 했다. 맏아들 로즈는 나와 동갑이었다. 둘째인 래리는 나보다 두 살 아래였다. 우리는 늘 사이좋게 지냈는데, 내가 로즈한테 새로 배운 단어를 사용했을 때는 예외였다. 나는 우리 집 뒷마당에서 로즈와 놀다가, 로즈에게 그의 표피表皮가 보인다고 말했다. 그 말에 로즈는 버럭 화를 냈다. 그래서 나는 로즈에게 그의 어머니와 아버지의 표피도 보인다고 말했다. 그 말은 확실한 효과가 있었다. 로즈는 집으로 가더니 칼을 가지고 와 나에게 던졌다. 칼이 빗나가기는 했지만, 그 이후로 나는 거창한 말은 조심하게 되었다. 막내딸인 메리 댄은 자기가 자랄 때까지 기다렸다가 결혼을 하자고 했다.

우리 집 앞마당에서 길을 건너면 작은 점포들이 모여 있었다. 그곳에는 함석을 덮은 작은 자동차 수리점도 있었다. 데이비드와 내가 떡갈나무 뒤에 숨어 있다가 함석에 도토리를 던지면 그곳에서 일하던 사람들이 깜짝 놀라곤 했다. 가끔 지나가는 차의 휠 캡도 목표물로 삼았는데, 제대로 맞으면 총을 쏘는 듯한 큰 소리가 났다. 하루는 우리가 던진 도토리에 맞은 차가 갑자기 멈추더니 운전하던 사람이 차에서 내렸다. 그는 덤불 뒤에 숨은 우리를 보고는 우리를 쫓아 진입로를 달려 올라왔다. 그 사건 뒤에는 전처럼 차를 향해 도토리를 많이 던지지 않았다. 어쨌든 아주 재미있는 놀이였다.

자동차 수리점 옆에는 벽돌로 지은 건물에 식품점, 세탁소, 스터비 식당이 자리 잡고 있었다. 스터비는 가족이 운영하는 작은 바비큐 식당으로, 나는 그곳에서 혼자 식사를 하곤 했다. 나는 앞쪽의 창가 식탁에 앉아 지나가는 차를 탄 사람들의 삶을 궁금해하곤 했다. 열세 살 때는 처음으로 식품점에 일자리를 얻었다. 가게 주인인 딕 샌더스는 그때 벌써 일흔 가량 되었는데, 당시 많은 노인들과 마찬가지로 왼손잡이는 나쁘다고 생각하여, 구제불능의 왼손잡이였던 나를 오른손잡이로 바꾸게 하겠다고 결심했다. 어느 날 딕은 나에게 오른손으로 마요네즈를 쌓게 했다. 커다란 병에 든 헬먼 마요네즈로, 89센트짜리였다. 그러나 병 하나를 잘못 쌓는 바람에 병이 바닥에 떨어져 유리가 깨지고 마요네즈가 쏟아졌다. 나는 일단 그것부터 청소했다. 청소가 끝나자 딕은 깨진 마요네즈 값을 내 임금에서 제하겠다고 말했다. 나는 시급 1달러를 받고 있었다. 나는 용기를 내어 말했다. "시간당 1달러면 훌륭한 왼손잡이 점원을 쓰실 수 있는데 왜 서툰 오른손잡이 점원을 공짜로 쓰려고 하세요?" 놀랍게도 딕은 웃음을 터뜨리며 내 말이 맞다고 했다. 딕은 심지어 나의 첫 창업을 지원하기도 했다. 그의 가게 앞에 중고 만화책을 파는 가판대를 설치하게 해주었던 것이다. 나는 트렁크 두 개에 들어갈 만한 분량의 만화책들을 꼼꼼하게 모아두고 있었다. 보관 상태가 아주 좋았기 때문에 책은 잘 팔렸다. 당시에는 아주 자랑스러웠다. 하지만 그냥 지금까지 갖고 있었더라면 수집가들이 탐내는 귀한 물건이 되었을지도 모른다.

우리 집에서 서쪽, 그러니까 시내 쪽으로 바로 옆에는 페리 플라자 모텔이 있었다. 나는 페리 부부와 그들의 딸 태비어를 좋아했다. 태비어는 나보다 한두 살 위였다. 어느 날 나는 태비어가 새 BB총(구경 0.18인치의 공기총—옮긴이주)을 산 직후에 그 집에 놀러갔다. 그때 내 나이가 아홉이나 열 살이었을 것이다. 태비어는 허리띠를 바닥에 던지더니 그것을 넘어오면 쏘겠다고 말했다. 물론 나는 넘어갔다. 그리고 태비어는 나를 쏘았다. 총알은 내 왼쪽으로 날아갔지만, 더 심각한 사태가 벌어질 수도 있었다. 그때 나는 앞으로 누가 엄포를 놓을 때는 그것이 허풍인지 진담인지 더 잘 판단하겠다고 결심했다.

페리 모텔에 대해서는 다른 기억도 있다. 이 모텔은 노란 벽돌로 지은 2층짜리 건물로, 폭은 방 한 칸 정도였지만, 파크 애비뉴부터 서클 드라이브까지 길게 뻗어 있었다. 사람들은 가끔 그곳, 또는 시내의 다른 모텔이나 여관에서 한 번에 몇 주, 심지어 몇 달씩 방을 빌리곤 했다. 한번은 중년의 남자가 2층 뒤편에 있는 방을 그런 식으로 빌렸는데, 어느 날 경찰이 오더니 그를 데려갔다. 그는 그곳에서 낙태 시술을 하고 있었던 것이다. 아마 그때까지 나는 낙태가 무엇인지 몰랐을 것이다.

파크 애비뉴를 따라 내려가다 보면 작은 이발소가 나왔다. 그곳에서 브리즌다인 씨는 내 머리를 깎아주었다. 이발소를 지나 500미터쯤 더 가면, 파크 애비뉴가 램블 스트리트와 마주쳤다. 램블 스트리트는 남쪽으로 언덕을 타고 올라갔는데, 그곳에 내 새 학교인 램블 초등학교가 있었다. 4학년 때는 밴드 활동을 시작했다. 이 밴드는 도시의 모든 초등학교에서 온 학생들로 이루어졌다. 지휘자 조지 그레이는 시끄럽게 투덜거리는 꼬마들을 훌륭한 솜씨로 잘 달랬다. 나는 1년 정도 클라리넷을 불다가 테너 색소폰으로 바꾸었다. 밴드에 테너 색소폰 연주자가 필요했기 때문이다. 이때 테너 색소폰으로 바꾼 것을 나는 한 번도 후회한 적이 없다. 5학년 때 가장 생생하게 기억나는 것은 내 친구 타미 오닐이 선생님에게 한 말을 놓고 벌어진 학급 토론이다. 타미는 카리스티아노스 선생님한테 자기가 태어나던 때가 기억난다고 말했다. 타미가 상상력이 뛰어난 것인지 아니면 나사가 빠진 것인지는 알 수 없었지만, 어쨌든 나는 타미가 마음에 들었다. 마침내 나보다 기억력이 훨씬 더 뛰어난 사람을 만난 것이다.

나는 6학년 때 선생님인 캐슬린 샤이어를 사모했다. 그녀 세대의 많은 교사들이 그랬듯이, 그녀도 결혼을 하지 않고 아이들에게 평생을 바쳤다. 샤이어 선생님은 같은 선택을 한 사촌과 80세가 넘을 때까지 함께 살았다. 샤이어 선생님은 상냥하고 친절했지만, 강인한 사랑의 신봉자였다. 초등학교 졸업식이 있기 전날 선생님은 나에게 방과 후에 남으라고 했다. 그녀는 내가 원래는 반에서 도너 스탠디퍼드와 공동 1등으로 졸업을 해야 한다고 말했다. 그러나 내 시민생활 점수가 너무 낮아서 공동 3등으로 내려앉았다고 말했다. 이어 샤이어 선생님은 말했다. "빌리, 너는 커서 주지사가 되거나 많은 곤경에 처하거나 둘 중의 하나일 거야. 그건 네가 언제 말을 하고 언제 입을 다물어야 하는지를 배우느냐 못 배우느냐에 달렸어." 그녀의 말은 둘 다 옳다는 것이 증명되었다.

램블 학교에 다닐 때 독서에 대한 흥미가 늘면서 시내에 있는 갈런드 카운티 공립도서관을 발견하게 되었다. 이 도서관은 법원 근처에 있었으며, 클린턴 뷰익 회사에서도 멀지 않았다. 나는 그곳에 가서 몇 시간씩 죽치며 책들을 뒤적이고 많이 읽었다. 나는 토착 미국인에 대한 책들에 가장 큰 매력을 느꼈으며, 위대한 아파치 제로니모, 리틀 빅 혼에서 커스터를 죽이고 그의 부대를 쓸어버린 라코타 수 부족의 크레이지 호스, "지금 해가 있는 이 자리에서부터 앞으로 영원히 나는 싸우지 않겠다"는 힘찬 성명을 통해 평화를 이룩했던 네즈퍼스 부족의 추장 조시프, 자신의 백성을 위해 문자를 만들어낸 세미놀 부족의 위대한 추장 오세올라의 아동용 전기를 읽었다. 나는 그 후에도 토착 미국인들에 대한 관심을 잃지 않았고, 그들이 심한 푸대접을 받았다는 느낌도 그대로 간직해왔다.

나의 첫 번째 진정한 교회라고 할 수 있는 파크 플레이스 침례교회는 파크 애비뉴에서 내가 들르는 곳 가운데 제일 멀리 있었다. 어머니와 아버지는 부활절과 성탄절에 교회를 가는 정도였지만, 어머니는 나에게 교회에 가라고 권했고, 나는 그 말에 따라 주일마다 교회에 갔다. 나는 옷을 차려입고 교회까지 걸어가는 것이 좋았다. 내가 열한 살 때부터 고등학교를 졸업할 때까지 나를 가르친 선생님은 A. B '소니' 제프리스였다. 선생님의 아들 버트는 우리 반이었으며, 우리는 절친한 친구가 되었다. 우리는 몇 년 동안 주일마다 교회학교와 예배에 함께 참석했다. 우리는 늘 맨 뒤에 앉아, 종종 우리만의 세계에 빠져들곤 했다. 1955년이 되자 나는 교회의 가르침을 충분히 받아 내가 죄인이고, 예수님이 나를 구원해주기를 바란다고 생각하게 되었다. 그래서 주일 예배가 끝난 뒤 통로를 따라 내려가 그리스도에 대한 신앙을 고백하고 침례를 신청했다. 피츠제럴드 목사는 우리 집에 와서 어머니와 나를 앉혀놓고 이야기를 했다. 침례교에서는 상당한 지식을 갖춘 뒤에 신앙을 고백해야만 침례를 주었다. 침례교도들은 침례를 받는 사람들이 자신의 행동의 의미를 제대로 인식하기를 바랐다. 이것이 힐러리와 그녀의 형제들을 지옥에서 구해주었던 감리교의 유아세례 의식과 다른 점이었다.

내 친구 버트 제프리스와 나는 일요일 밤에 다른 몇 사람과 함께 침례를 받았다. 침례용 수조는 성가대석 바로 위에 있었다. 커튼이 열리면 회중은 하얀 가운을 입은 목사가 구원받은 사람들을 물에 담그는 것을 볼 수 있었다. 버트와 내 앞에서 차례를 기다리던 여자는 물을 무척 두려워하는 것 같았다. 그녀는 부들부들 떨며 수조로 통하는 계단을 내려갔다. 목사가 그녀의 코를 잡고 물에 담그자, 그녀의 몸은 완전히 굳어버렸다. 그녀의 오른쪽 다리가 뻣뻣하게 허공으로 올라오더니, 성가대석에 물이 튀기지 않게 막아놓은 좁은 유리 위로 내려갔다. 그녀의 발뒤꿈치가 그 좁은 공간에 끼었다. 그녀는 발을 뺄 수가 없었다. 그래서 목사가 그녀의 몸을 일으키려 했을 때도 그녀는 꼼짝할 수 없었다. 목사는 그녀의 물에 잠긴 머리만 보고 있었기 때문에 어떻게 된 영문인지 알 수가 없었다. 그래서 계속 그녀의 몸을 들어올리려고만 했다. 마침내 목사가 주위를 둘러보고 상황을 파악해 가엾은 여자의 다리를 빼준 덕분에 여자는 익사를 모면할 수 있었다. 버트와 나는 배를 잡고 웃었다. 나는 예수님이 이 정도의 유머감각이 있다면, 기독교인이 되는 것도 그렇게 힘든 일은 아닐 거라고 생각했다.

핫스프링스는 새 친구들, 이웃, 학교, 교회 외에 클린턴 집안의 새로운 친척들을 소개해주었다. 나의 새로운 조부모는 앨과 율러 메이 콘웰 클린턴이었다. 우리가 파피 앨이라고 부르던 할아버지는 리틀록에서 서쪽으로 100킬로미터 정도 떨어진 아칸소 강 상류의 아름다운 숲 지대인 옐 카운티의 다더넬 출신이었다. 파피 앨은 1890년대에 할머니 가족이 미시시피에서 그곳으로 이주한 뒤에 할머니를 만나서 결혼했다. 나는 새할머니를 마마 클린턴이라고 불렀다. 그녀는 아칸소 전역에 흩어져 사는 거대한 콘웰 집안 사람이었다. 나는 어머니의 친척들과 클린턴 집안 사람들에다가 이제 할머니를 통해 아칸소의 75개 카운티 가운데 15개 카운티에 친척을 얻게 되었는데, 이것은 내가 정치에 입문할 때 엄청난 자산이 되었다. 당시만 해도 개인의 자격이나 어떤 쟁점에 대한 입장보다는 개인적인 연줄이 더 중시되던 시기였기 때문이다.

파피 앨은 파포보다 키도 작고 몸도 더 가냘팠지만, 친절하고 선량한 사람이었다. 나는 호프에 살던 시절에 파피 앨을 처음 만났다. 파피 앨은 자신의 아들과 아들의 새로운 가족을 만나보려고 우리 집에 들렀다. 그는 혼자가 아니었다. 당시 파피 앨은 주의 가석방 담당관 일을 하고 있었는데, 죄수 한 사람을 데리고 왔다. 죄수는 휴가를 마치고 교도소로 돌아가는 길이었던 것 같다. 파피 앨이 차에서 내렸을 때, 죄수는 수갑으로 파피 앨과 연결되어 있었다. 놀라운 광경이었다. 죄수는 몸집이 엄청나, 파피 앨의 두 배는 되어 보였기 때문이다. 그러나 파피 앨은 죄수를 무시하지 않고 상냥하게 이야기를 했으며, 죄수 역시 파피 앨을 존중하는 것 같았다. 어쨌든 파피 앨이 이 사람을 안전하게 제시간에 교도소로 데려간 것은 분명하다.

파피 앨과 마마 클린턴은 언덕 꼭대기에 있는 작고 낡은 집에 살았다. 파피 앨은 집 뒤뜰에 밭을 일구었는데, 이것을 매우 자랑스러워했다. 파피 앨은 84세까지 살았다. 그가 여든이 넘었을 때, 이 밭에서는 1킬로그램이 훨씬 넘는 토마토가 나왔다. 나는 그것을 두 손으로 들어야 했다.

마마 클린턴은 집안을 다스렸다. 그녀는 나한테 잘해주었지만, 집안의 남자들을 어떻게 조종해야 하는지 잘 알고 있었다. 그녀는 아버지를 아무런 잘못도 저지를 수 없는 아기처럼 대했는데, 이것도 아버지가 결코 어른이 되지 못한 한 가지 이유였던 것 같다. 마마 클린턴은 어머니를 좋아했다. 어머니가 우울증에서 비롯된 듯한 마마 클린턴의 고민에 귀를 기울이고 분별력 있고 동정적인 조언을 해주는 데 다른 어느 가족보다 뛰어났기 때문이다. 마마 클린턴은 93세까지 살았다.

파피 앨과 마마 클린턴은 딸 하나와 아들 넷을 두었다. 딸인 일러리 고모는 둘째였다. 시스터라는 별명으로 불리던, 고모의 딸 버지니아는 그때 게이브 크로퍼드와 결혼한 몸이었으며, 어머니의 좋은 친구이기도 했다. 일러리는 나이가 들수록 점차 특이한 성격을 드러내기 시작했다. 어느 날 어머니가 찾아가자 일러리는 걷기가 힘들다고 불평했다. 어머니가 치마를 들어올리자, 종아리가 크게 부어오른 것이 보였다. 그 뒤 얼마 지나지 않아 힐러리를 처음 만났을 때, 일러리는 치마를 들어올리고 그 종양을 보여주었다. 시작이 좋았던 셈이다. 일러리는 클린턴 집안 사람들 가운데 힐러리를 정말로 좋아한 첫 번째 사람이었다. 어머니는 일러리에게 종양을 제거해야 한다고 설득해, 마침내 일러리는 평생 처음으로 비행기를 타고 메이요 병원으로 가게 되었다. 제거한 종양은 무게가 무려 4킬로그램이나 나갔으나, 기적적으로 다리의 다른 곳으로 암세포를 퍼뜨리지는 않았다. 병원에서는 연구용으로 그 놀라운 종양을 한동안 보관했다는 이야기를 들었다. 집에 돌아온 일러리는 쾌활하게 종양이나 수술보다도 첫 비행이 더 두려웠다고 말해 사람들을 웃겼다.

맏아들은 로버트였다. 그와 부인 이블린은 조용한 사람들로, 텍사스에 살았으며 핫스프링스와 클린턴 집안 사람들과 가급적 접촉을 피함으로써 상당히 행복한 삶을 유지해 나갔던 것 같다.

두 번째 아들은 사료 가게를 하는 로이 삼촌이었다. 그의 부인 재닛과 어머니는 클린턴 집안의 피가 섞이지 않은 사람들 가운데는 가장 대가 셌으며, 그래서 좋은 친구가 되었다. 로이는 1950년대 초에 주 의원으로 출마해 당선되었다. 나는 로이가 당선되던 날 우리 동네 투표소에 법이 허용하는 한 가장 가까이 다가가 사람들에게 명함을 나누어주었다. 이것이 나의 첫 번째 정치적 경험이었다. 로이 삼촌은 임기를 한 번만 채웠다. 사람들은 그를 무척 좋아했지만, 그는 재선에 나서지 않았다. 아마 재닛이 정치를 싫어했기 때문인 것 같다. 로이와 재닛은 오랫동안 거의 매주 우리 집과 그들의 집을 오가며 우리 식구와 도미노 게임을 했다.

넷째 아들 레이먼드는 돈을 벌거나 일관된 정치활동을 했던 유일한 클린턴이었다. 그는 직접 군에서 복무한 적은 없었지만, 제2차 세계대전 후 참전군인 개혁 운동에 참여했다. "코키"라고 부르던 레이먼드 2세는 친척들 가운데 유일하게 나보다 나이가 어렸다. 또 나보다 더 똑똑하기도 했다. 그는 로켓 과학자가 되어 미항공우주국NASA에서 훌륭한 경력을 쌓았다.

어머니와 레이먼드의 관계는 늘 모호했다. 레이먼드가 모든 일을 주도하려고 했기 때문이고, 또 아버지의 술 문제 때문에 어머니가 원하는 것 이상으로 그의 도움을 받아야 할 때가 많았기 때문이기도 하다. 심지어 어머니는 적어도 명목상으로는 침례교도였음에도, 처음 핫스프링스에 이사했을 때에는 레이먼드 삼촌이 다니던 제일장로교회에 나가기도 했다. 당시 그 교회의 목사였던 오버홀서 목사는 뛰어난 사람이었을 뿐만 아니라, 똑같이 뛰어난 딸을 둘이나 두었다. 웰즐리 대학의 총장이 된 낸 키오헤인은 힐러리의 동창이며, 나중에는 듀크 대학의 첫 여성 총장이 되기도 했다. 제네버 오버홀서는 「디모인 레지스터Des Moines Register」의 편집자이며, 내가 대통령에 출마했을 때는 나를 적극적으로 지지했다. 나중에는 「워싱턴 포스트」의 옴부즈맨이 되어, 일반 국민의 정당한 민원을 널리 알렸지만 대통령의 고충은 별로 알리지 않았다.

어머니의 찜찜해하는 태도에도 불구하고 나는 레이먼드를 좋아했다. 나는 그의 힘, 도시에서의 영향력, 자식들, 그리고 나에 대한 진정한 관심에 감명을 받았다. 우리는 낮과 밤처럼 서로 달랐지만, 그의 자기중심적인 태도도 나에게는 별로 문제가 되지 않았다. 1968년 내가 핫스프링스의 여러 시민 클럽에서 시민권을 지지하는 연설을 하고 있을 때, 레이먼드는 조지 월러스(민권 운동가들과 대립했던 대표적인 인종차별주의자—옮긴이주)의 대통령 선거운동을 하기도 했다. 그러나 1974년 내가 거의 가망 없어 보이는 국회의원 선거에 뛰어들었을 때, 레이먼드와 게이브 크로퍼드는 내가 시작을 할 수 있도록 함께 1만 달러 수표에 서명을 해주었다. 당시 나에게는 그 돈이 전부였다. 레이먼드는 45년을 해로한 부인이 죽은 뒤 고등학교 시절 데이트를 하던 과부와 다시 만나 결혼해 만년을 행복하게 지냈다. 지금은 무슨 이유인지 기억도 못하지만, 레이먼드는 말년에 나에게 무척 화가 나 있었다. 그러나 화해를 하기도 전에 그는 알츠하이머병에 걸리고 말았다. 나는 그를 두 번, 한 번은 세인트 조시프 병원으로, 또 한 번은 요양소로 찾아갔다. 처음 찾아갔을 때 나는 그를 사랑한다고 말하고, 우리 사이에 무슨 일이 있는

지 몰라도 어쨌든 안타깝게 생각하며, 그가 나에게 해준 모든 일에 항상 감사할 거라고 말했다. 그가 1, 2분 정도 나를 알아보았던 것 같기도 하다. 확실히는 모르겠다. 두 번째는 나를 전혀 못 알아본다는 것을 알았지만, 그래도 한 번 더 보고 싶어 찾아갔다. 그는 올리 할머니처럼 정신을 먼저 떠나보낸 후 한참 있다가 84세에 세상을 떠났다.

레이먼드의 가족은 해밀턴 호수의 커다란 집에서 살았다. 우리는 그곳으로 소풍을 가서 나무로 만든 커다란 크리스-크래프트 보트를 타곤 했다. 독립기념일이면 그곳에서 마음껏 불꽃놀이를 했다. 레이먼드가 죽은 후 그의 자식들은 안타까워하면서도 그 오래된 집을 팔 수밖에 없다고 결정했다. 다행히도 내 도서관과 재단에 쉼터가 필요했기 때문에, 우리가 그곳을 사서 집을 다시 꾸미고 있다. 물론 레이먼드의 자식과 손자들은 계속 그 집을 사용할 수 있다. 레이먼드는 지금 나를 내려다보며 웃고 있을 것이다.

우리가 파크 애비뉴로 이사하고 나서 얼마 지나지 않았을 때(1955년이었던 것 같다) 외조부모가 핫스프링스로 이사 와 우리 거리에 있는 크고 낡은 집의 한 부분을 세내어 살게 되었다. 우리 집에서 시내 쪽으로 2킬로미터 정도 떨어진 곳이었다. 파포는 기관지염이 악화되었고, 마모는 뇌졸중으로 고생하던 때였다. 파포는 주류 판매점(아버지가 공동 소유자였던 것 같다)에 일자리를 얻었다. 브리즌다인 씨의 이발소 바로 건너편이었다. 파포는 시간이 많았다. 아무리 핫스프링스라 해도, 사람들은 매우 관습적이어서 벌건 대낮에는 주류 판매점에 들락거리지 못했기 때문이다. 그래서 나는 가게로 자주 파포를 찾아갔다. 파포는 솔리테어 게임을 자주 했고, 나에게도 방법을 알려주었다. 나는 지금도 세 가지 종류의 솔리테어 게임을 할 줄 안다. 계속 어떤 문제를 생각하다가 신경 에너지를 분출할 필요가 있을 때 종종 즐기는 게임이다.

마모의 뇌졸중은 중증이었다. 그 후유증으로 마모는 히스테리에 걸린 듯 비명을 질러대는 증세를 보였다. 의사는 그녀를 진정시키기 위해 모르핀을 처방하는 용서할 수 없는 짓을 했다. 그것도 다량으로. 어머니가 부모를 핫스프링스로 데려왔을 때, 마모는 모르핀에 중독된 상태였다. 마모의 행동은 더욱더 비합리적으로 변했다. 어머니는 내키지 않았지만 절박한 심정에서 마모를 50킬로미터 정도 떨어진 곳에 있는 주립정신병원에 보냈다. 당시에는 아마 마약중독자 치료 시설이 없었을 것이다.

물론 나는 당시에 마모의 문제에 대해 전혀 몰랐다. 그냥 아프다고만 알고 있었다. 어느 날 어머니는 나를 차에 태워 주립병원으로 문병을 갔다. 끔찍했다. 너무나 혼란스러웠다. 우리는 커다란 방으로 들어갔다. 방 안에는 환자들이 손을 집어넣지 못하도록 거대한 금속 그물을 씌워놓은 선풍기가 돌아가고 있었다. 헐렁한 면 드레스나 잠옷을 입은 사람들이 멍한 표정으로 정처 없이 돌아다니며, 혼자 중얼거리거나 허공에 대고 소리를 질러댔다. 그래도 마모는 정상으로 보였고, 우리를 보자 반가워했다. 우리는 즐겁게 이야기를 나누었다. 몇 달이 지나자 마모는 안정이 되어 집으로 돌아왔다. 그녀는 두 번 다시 모르핀을 맞지 않았다. 나는 마모의 병 때문에 당시 미국 대부분의 지역에서 운영되던 정신건강 치료 체제를 처음 접하게 되었다. 오벌 포버스는 주지사가 되자 주립병원을 현대화하고 많은 예산을 배정했다. 그가 다른 분야에서는 많은 피해를 주었다고 하지만, 나는 이 점에 대해서만은 늘 그에게 감사한다.

5

1956년에는 나에게 마침내 형제가 생겼고 또 텔레비전도 생겼다. 내 동생 로저 캐시디 클린턴은 아버지의 생일인 7월 25일에 태어났다. 나는 무척 기뻤다. 어머니와 아버지는 그 전부터 아이를 가지고 싶어 했다(2년 전쯤 어머니는 유산했다). 어머니, 그리고 아마 아버지도 아기가 그들의 결혼을 구해줄 거라고 생각했던 것 같다. 그러나 아버지는 기뻐하지 않았다. 어머니가 제왕절개로 아기를 낳을 때 나는 마모, 파포와 함께 있었다. 아버지는 나를 데리고 어머니를 보러 갔다가, 나만 집에 남겨두고 나갔다. 아버지는 몇 달간 계속 술을 마셨는데, 아들이 태어나는 걸 보고 그는 행복해하고 책임감을 느끼기보다는 다시 술집으로 달려가는 쪽을 택했다.

집안에 아기가 생겼다는 흥분에 텔레비전이 생겼다는 흥분이 보태졌다. 텔레비전에는 아이들을 위한 프로그램이 많았는데, 만화 〈캥거루 대장 Captain Kangaroo〉, 그리고 내가 특히 좋아하던 〈하우디 두디와 버펄로 밥Howdy Doody and Buffalo Bob〉이 기억난다. 그리고 야구 경기도 볼 수 있었다. 미키 맨틀과 양키스, 스탠 뮤지얼과 카디널스, 내가 제일 좋아하던 윌리 메이스와 옛날의 뉴욕 자이언츠.

열 살짜리 아이에게는 이상한 일이지만, 그해 여름 내가 텔레비전에서 주로 보았던 것은 공화당과 민주당의 전당대회였다. 나는 텔레비전 앞의 바닥에 앉아 홀린 듯 두 전당대회 중계를 지켜보았다. 제정신이 아닌 소리로 들리겠지만, 나는 정치와 정치가들의 세계에서 편안함을 느꼈다. 나는 아이젠하워 대통령을 좋아했기 때문에 그가 후보로 재지명되는 것을 보고 기뻐했다. 그러나 우리 가족은 민주당 지지자들이었기 때문에 나는 민주당 전당대회에 완전히 빠져들었다. 테네시의 프랭크 클레멘트 주지사가 선동적인 기조연설을 했다. 젊은 상원의원 존 F. 케네디와 에스테스 케포어 상원의원 사이에 부통령 후보 지명을 놓고 흥미진진한 대결이 벌어졌다. 결국 승자가 된 케포어 상원의원은 테네시 대표로 상원에 진출하여 앨 고어의 아버지와 함께 활동하기도 했다. 1952년의 대통령 후보였던 애들레이 스티븐슨은 당의 재출마 요구를 받아들이면서, "이 잔을 피하게 해달라"고 기도했었다고 말했다. 나는 스티븐슨의 지성과 웅변에 감탄했지만, 어린 마음에 왜 대통령이 될 기회를 피하려는지 이해할 수가 없었다. 그러나 지금은 패배가 뻔한 도전에 다시 나서고 싶지 않았던 것이라고 짐작하며 또 충분히 이해할 수 있다. 나 자신도 두 번 낙선을 해보았기 때문이다. 물론 나는 승리의 확신 없이 선거전에 뛰어든 적은 없지만.

그렇다고 노상 텔레비전만 보고 있었던 것은 아니다. 볼 수 있는 영화는 다 보았다. 핫스프링스에는 패러마운트와 맬코 등 구식 영화관이 둘 있었는데, 주말이면 홍보에 나선 서부극 스타들이 그 큰 무대에 등장하곤 했다. 나는 검은색 카우보이 복장으로 채찍 묘기를 부리던 래시 라뤼도 보았고, 텔레비전에서 애니 오클리 역을 맡았던 게일 데이비스의 사격 시범도 보았다.

1950년대 말에는 엘비스 프레슬리가 영화에 나오기 시작했다. 나는 엘비스를 사랑했다. 그리고 엘비스의 모든 노래를, 뒤에서 코러스를 하던 조더네어즈의 노래까지 다 집어넣어 부를 수 있었다. 나는 그가 군에 입대한 것을 존경했으며, 젊고 아름다운 프리실러와 결혼했을 때는 흥분했다. 그가 허리를 돌리는 것을 외설적으로 생각하던 대부분의 부모와는 달리 어머니 역시 엘비스를 좋아했다. 어쩌면 나보다 훨씬 더 좋아했는지도 모른다. 우리는 〈에드 설리번 쇼The Ed Sullivan Show〉라는 프로그램에서 엘비스의 전설적인 공연을 함께 보았으며, 외설적인 부분을 가린다고 카메라가 그의 하체 움직임을 일부러 피할 때는 웃음을 터뜨렸다. 나는 그가 남부의 소도시 출신이라는 데도 호감을 느꼈다. 그리고 그는 마음씨가 착할 것이라고 생각했다. 내가 주지사 시절 법무장관을 지냈던 내 친구 스티브 클라크는 암으로 죽어가던 여동생을 데리고 멤피스에서 열린 엘비스 공연을 보러 간 적이 있다. 엘비스는 사연을 전해 듣고 그 남매를 앞줄에 앉혔으며, 공연이 끝난 뒤에는 스티브의 동생을 무대 위로 불러 오랫동안 이야기를 나누었다. 나는 그 일을 잊을 수가 없었다.

나는 엘비스의 영화들 가운데도 첫 번째 영화 〈러브 미 텐더〉를 가장 좋아했으며, 그것은 지금도 마찬가지다. 하지만 〈러빙 유〉, 〈감옥 록Jailhouse Rock〉, 〈열정의 무대King Creole〉, 〈블루 하와이〉도 좋아했다. 그 다음부터는 영화가 너무 달달해졌고, 내용 전개도 쉽게 짐작할 수 있었다. 남북전쟁이 끝난 시절을 무대로 한 서부극 〈러브 미 텐더〉에서 흥미로운 것은 이미 미국의 섹스 심벌이었던 엘비스가 형의 애인으로 나오는 여주인공 데브라 파짓을 사랑하게 된다는 점이었다. 물론 데브라는 자신이 진정으로 사랑하던 애인이 전쟁에서 죽었다고 생각했기 때문에 그의 동생의 사랑을 받아들인 것이다. 영화가 끝날 때 엘비스는 총에 맞아 죽고, 형은 다시 데브라와 재결합하게 된다.

나는 그 후에도 엘비스에서 완전히 벗어나지 못했다. 1992년 선거운동 때 실무진 몇 사람은 나를 엘비스라는 별명으로 불렀다. 몇 년 뒤 나는 로스앤젤레스의 킴 워들로를 연방판사에 임명했다. 그녀는 친절하게도 나에게 엘비스가 둘렀던 스카프를 보내주었다. 그것은 그녀가 열아홉 살이던 1970년대 초 콘서트에서 엘비스가 서명을 해준 스카프였다. 나는 지금도 그 스카프를 내 음악실에 보관하고 있다. 그리고 고백하거니와, 지금도 엘비스를 아주 좋아한다.

이 무렵 내가 좋아하던 영화들은 『성경』을 소재로 한 대하극들이었다. 〈성의The Robe〉, 〈데메트리우스와 검투사들Demetrius and the Gladiators〉, 〈삼손과 데릴라〉, 〈벤허〉가 그런 영화들이었는데, 그 가운데도 〈십계〉를 특히 좋아했다. 〈십계〉는 내가 처음으로 10센트 넘는 돈을 내고 본 영화라고 기억한다. 나는 어머니와 아버지가 잠깐 라스베이거스에 여행을 갔을 때 이 영화를 보았다. 나는 봉투에 점심을 싸 가, 표 한 장을 사서 그 자리에서 영화를 두 번

보았다. 세월이 흐른 뒤 케네디 센터 수상자인 찰턴 헤스턴(영화 〈십계〉에서 모세 역을 맡았다—옮긴이주)을 백악관으로 초대했을 때, 그는 '미국총기협회 NRA' 회장이었으며, 범죄자와 어린이가 총기에 손을 대지 못하게 하려는 나의 입법 노력에 대한 신랄한 비판자였다. 나는 사람들 앞에서 총기협회 회장인 찰턴 헤스턴보다는 모세인 찰턴 헤스턴이 더 좋았다고 농담을 했다. 그는 고맙게도 그 농담을 기분 좋게 받아들여 주었다.

1957년 외할아버지의 폐가 마침내 기능을 멈추고 말았다. 할아버지는 어머니가 일하던 신설 와치타 병원에서 숨을 거두었다. 겨우 쉰여섯 살이었다. 할아버지는 오랜 기간 경제적 근심, 병, 부부 갈등에 시달렸지만, 늘 역경 속에서도 즐길 만한 일을 찾아냈다. 그리고 어머니와 나를 목숨보다 사랑했다. 할아버지가 사랑과 본을 보이며, 일상생활에서 얻을 수 있는 즐거움을 누리고 다른 사람들의 문제를 존중하라고 가르쳐주신 덕분에 나는 더 나은 사람이 될 수 있었다.

1957년은 또 리틀록 센트럴 고등학교 사건이 벌어진 해이기도 하다. 9월에 리틀록의 흑인 신문 「아칸소 스테이트 프레스Arkansas State Press」의 편집자 데이지 베이츠의 지원을 받은 9명의 흑인 아이들이 인종차별 정책을 무시하고 리틀록 센트럴 고등학교에 등교했다. 연임을 한 번만 하는 아칸소 주지사들의 전통을 깨고 싶었던 포버스 주지사는 가족의 진보적 전통을 무시하고(그의 아버지는 대통령 선거에 늘 사회주의자 후보로 나섰던 유진 뎁스에게 표를 던지던 사람이었다), 인종차별 정책을 유지하기 위해 주방위군을 출동시켰다. 그러자 드와이트 아이젠하워 대통령은 이 부대의 지휘권을 연방에서 장악하여 거꾸로 학생들을 보호하라는 명령을 내렸다. 학생들은 인종차별적인 구호를 외치는 성난 군중을 뚫고 학교에 갔다. 내 친구들은 대부분 인종차별 철폐에 반대하거나 아니면 무관심했다. 나는 이 문제에 대해 별 말을 하지 않았다. 아마 정치에 큰 관심이 없는 우리 가족의 분위기 때문이었을 것이다. 그러나 나는 포버스가 한 일이 싫었다. 포버스는 아칸소 주의 이미지에 씻을 수 없는 오점을 남겼음에도, 세 번째 2년 임기를 확보했을 뿐 아니라 그 후에도 세 번 더 연임했다. 그 뒤에도 데일 범퍼스, 데이비드 프라이어, 그리고 나에 맞서서 주지사 직 복귀를 시도했으나, 아칸소 주는 이미 당시의 반동적 분위기를 넘어선 상태였다.

'리틀록의 아홉 학생' 은 평등을 추구하는 용기의 상징이 되었다. 나는 1987년에 이 사건 30주년을 맞아 주지사로서 이들을 초대했다. 나는 주지사 관저에서 이들을 위한 환영회를 열고, 포버스 주지사가 그들의 등교를 막는 작전을 지휘했던 방으로 그들을 안내했다. 1997년에는 센트럴 고등학교 잔디밭에서 40주년을 기념하는 성대한 기념식을 열었다. 행사가 끝난 뒤 마이크 허커비 주지사와 내가 센트럴 고등학교의 교문을 열었고, 아홉 명은 문 안으로 걸어 들어갔다. 열다섯 살 나이에 성난 군중을 뚫고 혼자 걸어가면서 그들의 극악한 욕설 때문에 감정적으로 큰 상처를 입었던 일리저버스 엑퍼드는 40년 전 그녀를 조롱했던 소녀 헤이즐 매서리와 화해했다. 2000년에는 백악관의 사우스론에서 기념식을 열고, 리틀록의 아홉 학생에게 의회 황금 훈장을 수여했다. 이 훈장 수여는 데일 범퍼스 상원의원의 발의로 이루어졌다. 1957년 늦여름에 이 아홉 명이 용기를 낸 덕분에 우리는 백인 흑인 가릴 것 없이 분리와 차별의 어두운 사슬로부터 해방될 수 있었다. 그 과정에서 그들이 나에게 해준 일은 내가 어떤 일을 해주더라도 갚을 수 없을 것이다. 그럼에도 내가 그들을 위해 한 일, 그리고 그 이후에 시민권을 위해 한 일들이 50여 년 전 외할아버지의 가게에서 내가 배웠던 교훈을 모두가 되새기는 계기가 되었기를 바라는 마음이다.

1957년 여름, 그리고 그해 크리스마스가 지난 뒤에 다시 아칸소 밖으로 여행을 하게 되었다. 어머니를 만나러 뉴올리언스에 간 이후로 처음이었다. 두 번 다 트레일웨이스 버스를 타고 댈러스의 오티 할머니를 찾아갔다. 그 버스는 당시로는 호화로운 편이었으며, 작은 샌드위치를 나누어주는 차장도 있었다. 나는 그 샌드위치를 무척 많이 먹었다.

댈러스는 내가 발을 들여놓은 세 번째 대도시였다. 나는 5학년 때 리틀록의 주의회 의사당으로 답사 여행을 간 적이 있었다. 그 여행에서 나는 주지사 사무실을 방문했다가 비어 있는 주지사 의자에 앉아보았다. 그 경험이 나에게 강한 인상을 주었기 때문에, 세월이 흐른 뒤 나는 주지사 집무실이나 백악관 오벌 오피스(대통령 집무실—옮긴이주)에서 내 의자에 아이들을 앉혀놓고 사진을 찍곤 했다.

댈러스 여행은 훌륭한 멕시코 음식, 동물원, 내가 그때까지 본 가장 아름다운 소형 골프 코스 외에도 세 가지 이유에서 기억에 강하게 남았다. 첫째는 친아버지의 친척을 몇 명 만났다는 것이다. 친아버지의 남동생 글렌 블라이드는 댈러스 교외 어빙의 치안관이었다. 글렌은 큰 몸집에 얼굴이 잘생긴 사람이었다. 그와 함께 있으니 친아버지와 연결되는 듯한 느낌을 받았다. 그러나 안타깝게도 글렌 역시 너무 일찍 죽었다. 48세에 뇌졸중으로 죽은 것이다. 친아버지의 조카딸 앤 그릭스비는 어머니가 친아버지와 결혼한 이후로 어머니의 친구가 되었다. 댈러스 여행을 통해 앤은 나의 평생의 친구가 되었다. 앤은 친아버지에 대해 이야기해주기도 했고, 어머니가 젊은 신부였을 때의 모습을 이야기해주기도 했다. 앤은 지금도 나를 블라이드 집안과 연결시키는 가장 가까운 고리이다.

둘째는 1958년 새해 첫날, 코튼볼을 구경하러 간 것이다. 대학 풋볼을 구경하기는 그때가 처음이었다. 쿼터백 킹 힐이 이끄는 라이스가 네이비와 붙었는데, 네이비의 뛰어난 러닝백 조 벨리노는 2년 뒤 헤이스먼 트로피를 탔다. 나는 엔드존에 앉아 있었지만, 마치 왕좌에 앉아 있는 기분이었다. 네이비가 20 대 7로 이겼다.

셋째는 크리스마스 직후에 오티가 출근을 해야 했기 때문에 혼자서 영화관에 갔던 것이다. 아마 〈콰이 강의 다리〉를 보았던 것 같다. 영화는 마음에 들었지만, 아직 열두 살이 안 되었음에도 어른 표를 사야 한다는 것이 내키지 않았다. 내가 나이에 비해 아주 컸기 때문인지, 매표원은 내 나이를 말해도 믿어주지 않았다. 누가 내 말을 믿어주지 않는 경험을 한 것은 그때가 처음이었다. 나는 상처를 받았지만, 비정한 대도시는 소도시와 매우 다르다는 것을 알게 되었다. 무슨 말을 해도 믿어주지 않는 워싱턴 생활을 그때부터 준비한 셈이라고 할 수 있다.

나는 1958년에 중학교에 들어갔다. 중학교는 우아치타 병원에서 길 건너에 있었으며, 핫스프링스 고등학교 바로 옆이었다. 두 학교 모두 진한 붉은색 벽돌로 지은 건물이었다. 고등학교는 4층이었는데, 크고 오래된 강당이 딸려 있었으며 1917년이라는 건축 연도에 어울리는 고전적인 선들을 보여주었다. 중학교는 그보다 작았고 또 평범한 편이었다. 어쨌든 이 학교는 내 삶의 새롭고 중요한 단계의 상징이었다. 그러나 그 해에 나에게 일어난 가장 중요한 일은 학교와는 아무런 상관이 없었다. 한 주일학교 선생님이 교회에 다니던 아이들 몇 명에게 빌리 그레이엄 목사의 설교를 들으러 리틀록에 가자고 했다. 그레이엄 목사는 레이저백 팀이 시합을 하는 워 메모리얼 스타디움에서 부흥회를 열고 있었다. 리틀록은 1958년에도 인종 문제로 여전히 긴장이 팽팽했다. 리틀록의 학교들은 인종차별 철폐를 막으려는 마지막 단말마적 노력으로 아예 문을 닫아버렸고, 학생들은 근처 타운의 학교로 흩어졌다. '백인시민협의회' 를 비롯한 여러 단체의 인종차별주의자들은 그레이엄 목사에게 부흥회 참가자를 백인으로 제한하는 것이 좋겠다고 권했다. 그러나 그레이엄 목사는 예수님은 모든 죄인을 사랑하며, 모든 사람이 예수님의 말씀을 들을 기회를 가져야 하며, 따라서 백인 청중에게만 설교를 하느니 차라리 부흥회를 취소하겠다고 대꾸했다. 당시 빌리 그레이엄은 남부 침례교의 권위를 보여주는 살아 있는 상징이었으며, 남부에서, 아니 미국 전역에서 가장 영향력이 큰 종교계 인물이었다. 나는 그레이엄 목사가 그런 태도를 보여주었다는 말을 듣고 더욱더 그의 설교가 듣고 싶었다. 분리주의자들은 물러섰고, 그레이엄 목사는 그의 트레이드마크인 20분 설교를 통해 강력한 메시지를 전달했다. 그가 사람들에게 기독교인이 되고자 하는 사람, 또는 그리스도에게 다시 삶을 바칠 사람은 축구장으로 내려오라고 하자, 수백 명의 흑인과 백인이 함께 스타디움 통로를 따라 내려가 함께 서서, 함께 기도했다. 그것은 남부를 휩쓸던 인종차별적 정치와 강렬한 대조를 이루는 풍경이었다. 나는 그런 행동을 한 빌리 그레이엄이 좋았다. 그후 몇 달 동안 나는 내 얼마 안 되는 용돈을 쪼개 그의 선교 지원금으로 보냈다.

30년 뒤 빌리는 리틀록으로 돌아와 다시 워 메모리얼 스타디움에서 부흥회를 열었다. 나는 주지사로서 영광스럽게도 그와 함께 연단에 앉게 되었을 뿐 아니라, 빌리와 함께 내가 다니는 교회의 목사이자 빌리의 오랜 친구인 W. O. 보트를 찾아가기까지 했다. 나의 친구 마이크 쿨선도 동행했다. 보트 박사는 암으로 죽어가고 있었다. 그 자리에서 나는 이 하나님의 사람 둘이 죽음에 대하여, 그들의 공포에 대하여, 그들의 신앙에 대하여 이야기하는 것을 듣게 되었다. 놀라운 경험이었다. 빌리는 일어서면서 보트 박사의 손을 잡고 말했다. "보트, 이제 우리 둘 다 얼마 남지 않았소. 곧 당신을 만나게 될 거요. 동문 밖에서 말이오." 동문이란 물론 성스러운 도시의 입구를 말한다.

내가 대통령이 되었을 때 빌리와 루스 그레이엄 부부는 백악관으로 힐러리와 나를 찾아왔다. 빌리는 오벌 오피스에서 나와 함께 기도했으며, 그 뒤에도 내가 시련을 겪을 때는 훈계와 격려의 편지를 여러 번 보내주었다. 빌리 그레이엄은 1958년의 중요한 부흥회 때와 마찬가지로, 나를 만날 때면 언제나 그의 신앙을 삶으로 보여주었다.

중학교에 들어가면서 나는 완전히 새로운 경험과 도전에 직면했다. 나는 내 정신, 육체, 영혼, 나의 작은 세계에 대해 더 많은 것을 알게 되었다. 나 자신에 대해 알게 된 것들 대부분이 좋았으나, 다 그런 것은 아니었다. 내 머리와 삶 속에 새로 등장한 몇 가지는 너무 무서워 생지옥에 빠진 느낌이 들 정도였다. 아버지에 대한 분노, 여자아이들에 대한 첫 성적인 느낌, 나의 종교적 신념에 대한 회의가 그런 것들이었다. 종교적 신념이 흔들린 것은 내가 존재를 증명할 수도 없는 신이 나쁜 일들이 너무나 많이 일어나는 세상을 창조한 이유를 이해할 수 없었기 때문이었던 것 같다.

음악에 대한 관심은 더 커졌다. 이제 매일 중학교 밴드 연습에 나갔으며, 풋볼 경기의 중간 휴식 시간이나 크리스마스 퍼레이드, 콘서트, 종교 단체나 주정부의 밴드 축제를 고대하게 되었다. 밴드 축제에서 심사위원들은 밴드 전체만이 아니라 솔로나 앙상블에도 점수를 매겼다. 나는 중학교 때

상을 많이 탔다. 연주를 망치는 것은 늘 내 실력에 너무 버거운 곡을 연주하려 했을 때였다. 지금도 심사위원들의 평가표 몇 장을 가지고 있는데, 그것을 보면 낮은 음역에 대한 컨트롤 부족, 프레이징 미숙, 안 좋은 호흡법 등을 지적하고 있다. 나이가 들면서 평가는 나아지지만, 호흡법은 끝내 고치지 못했다. 이 시기에 내가 가장 좋아하던 솔로는 "랩소디 인 블루"를 편곡한 것이었다. 나는 이 곡을 연주하기를 좋아했으며, 옛날 마제스틱 호텔에서 손님들을 위해 연주하기도 했다. 나는 무척 긴장했지만, 새로 산 하얀 상의에 빨간 체크무늬 타이와 장식용 허리띠 차림으로 좋은 인상을 주기 위해 노력했다.

중학교 밴드 지휘자들은 더 잘 연주해보라고 나를 격려했고, 나는 노력하겠다고 결심했다. 당시 아칸소에서는 대학 캠퍼스에서 여름 밴드 캠프가 많이 열렸다. 나는 그런 캠프에 가고 싶었다. 결국 아칸소 대학 캠퍼스에서 열리는 캠프에 참가하기로 했다. 그곳에 좋은 선생님들이 많았고, 또 나중에 가고 싶은 대학의 캠퍼스에서 두 주를 보내고 싶었기 때문이다. 나는 고등학교 졸업 후의 여름까지 7년 동안 매년 여름 그 캠프에 참가했다. 이것은 내 성장기의 가장 중요한 경험의 하나였다. 나는 연습에 연습을 거듭했다. 결국 실력이 늘었다. 며칠은 하루 12시간씩 연습을 하는 바람에 입술이 부르터 말을 하기도 힘들었다. 나는 또 나이도 많고 실력도 좋은 음악가들의 연주를 들으며 배우기도 했다.

밴드 캠프는 정치력과 리더십을 기르는 데도 이상적인 곳이었다. 그곳은 풋볼 선수가 아닌 '밴드 보이'가 정치적 강자가 될 수 있는 유일한 곳이었다. 또한 예쁜 여자아이들을 쫓아다니는 데 밴드 보이가 유리한 위치에 설 수 있는 유일한 곳이었다. 우리는 모두 멋진 시간을 보냈다. 일어나서 대학 식당으로 가 아침을 먹을 때부터 기숙사로 돌아와 잠자리에 들 때까지, 내내 우리 자신이 아주 중요한 사람이라는 느낌을 가질 수 있었다.

캠퍼스도 썩 마음에 들었다. 이 대학은 미시시피 강 서쪽에서 정부로부터 무상 토지 불하를 받아 건설한 대학 가운데 가장 오래된 곳이었다. 나는 고등학교 2학년 때 이 대학에 대한 페이퍼를 썼으며, 주지사 시절에는 캠퍼스에서 가장 오래된 건물인 올드 메인을 복원할 예산을 지원했다. 1871년에 지어진 이 건물은 남북전쟁을 상기시키는 독특한 특징이 있었다. 건물에 탑이 두 개가 있었는데, 북쪽 탑이 남쪽 탑보다 높았던 것이다.

나는 또 밴드를 통해 중학교 시절 가장 친한 친구인 조 뉴먼을 만났다. 그는 드럼 주자였는데, 실력이 뛰어났다. 그의 어머니 레이는 우리 학교 교사였다. 레이와 남편 더브는 그들의 크고 하얀 목조 주택에서 늘 나를 환영해주었다. 이 집은 로이 삼촌과 재닛 숙모가 사는 와치타 애비뉴에 있었다. 조는 똑똑하고, 의심이 많고, 우울하고, 웃기고, 의리가 있었다. 나는 그와 노는 것이 좋았고, 그냥 앉아서 이야기를 하는 것만도 좋았다. 지금도 마찬가지이다. 우리는 오랜 세월 동안 친밀한 관계를 유지하고 있다.

중학교 때는 수학에 관심이 많았다. 나는 운이 좋아 우리 타운에서 9학년이 아니라 8학년 때 대수를 배우는 첫 번째 그룹에 속하게 되었다. 이것은 내가 고등학교를 마칠 때까지 기하, 대수 II, 삼각함수, 미분을 배울 수 있다는 뜻이었다. 내가 수학을 좋아했던 것은 문제를 해결해주기 때문이었는데, 문제를 풀다 보면 늘 기분이 좋아졌다. 대학에 가서는 수학을 한 번도 듣지 않았지만 나는 늘 내가 수학만큼은 잘한다고 생각했다. 그러다 첼시가 9학년 때 그 애 숙제를 도와주다가 두 손을 들면서, 환상이 또 하나 깨지고 말았다.

메리 마타사린은 대수와 기하를 가르쳤다. 그녀의 여동생인 버너 도키는 역사를 가르쳤고, 버너의 남편 버넌은 운동팀 감독 출신이었는데, 8학년 과학을 가르쳤다. 나는 그들 모두를 좋아했다. 그렇다고 내가 특별히 과학을 잘했던 것은 아닌데, 버넌이 가르쳐준 것 한 가지는 지금까지 기억에 남아 있다. 그의 부인과 처형은 모두 매력적인 여자였지만, 버넌 도키는 아무리 잘 봐주어도 잘생긴 남자는 아니었다. 그는 몸집이 컸으며, 허리에 살도 많았다. 게다가 두꺼운 안경을 썼으며, 작은 빨대가 달린 시가 파이프에 싸구려 시가를 꽂고 피웠다. 시가를 빨 때면 얼굴이 오그라드는 것 같았다. 그는 보통 무뚝뚝해 보였지만, 미소가 멋졌고, 유머 감각이 뛰어났으며, 인간에 대한 이해가 깊었다. 어느 날 그는 우리를 보며 말했다. "얘들아, 이제 몇 년이 지나면 너희는 과학 시간에 배운 것을 하나도 기억하지 못할지도 몰라. 그래서 인간 본성에 대하여 너희가 반드시 기억해야 할 것을 한 가지 가르쳐줄 생각이다. 나는 매일 아침 일어나서 욕실로 가 세수를 하고 면도를 한 다음, 면도 크림을 닦아내며 거울을 보고 이렇게 말해. '버넌, 너는 아름다워.' 이걸 잊지 마라, 얘들아. 사람은 누구나 자기가 아름답다고 느끼고 싶어 한단다." 나는 40년 이상 그의 말을 잊지 않았다. 만일 버넌 도키가 나에게 자신이 아름답다는 이야기를 하지 않았다면, 그리고 실제로 그가 아름답다는 것을 내가 보지 못했다면, 나는 지금 이해하는 많은 것들을 이해하지 못한 채 살고 있을 것이다.

나는 중학교 시절 사람들을 이해하는 데 도움이 되는 많은 경험을 했다. 나는 그 시절에 모든 사람들이 나를 좋아하지는 않는다는 사실, 그것도 대개는 내가 알지 못하는 이유로 나를 싫어할 수도 있다는 사실과 맞닥트려야 했다. 어느 날 등교길에 학교를 한 블록쯤 남겨놓고 걸어가고 있을 때였다. 시내의 '깡패'인 나이든 학생 하나가 두 건물 사이의 틈에 서서 담배를 피우고 있다가 불이 붙은 담배를 나에게 던졌다. 담배는 내 콧잔등에 맞았다. 하마터면 눈에 불이 닿을 뻔했다. 나는 그가 왜 그런 짓을 했는지 도무지 이해할 수가 없었다. 내가 멋진 리바이스 청바지를 입고 다니지 않는 뚱뚱한 밴드 보이였던 것은 사실이지만. 그 무렵 나는 나이는 나보다 한 살 정도 많지만 몸집은 작은 클리프턴 브라이언트라는 아이와 싸우게 되었다. 나는 친구들과 함께 학교에서 5킬로미터 정도 떨어진 집까지 걸어가기로 했다. 클리프턴도 우리처럼 동네 끝 쪽에 살았다. 그는 나를 따라 집으로 오면서, 나를 놀리고 등과 어깨를 자꾸 때렸다. 나는 1킬로미터 이상 그 아이를 무시하고 걷기만 했다. 나는 클리프턴을 무시하려 했다. 그러나 마침내 나도 더는 참을 수가 없었다. 나는 몸을 돌린 다음 팔을 크게 휘둘러 클리프턴을 쳤다. 멋진 솜씨였지만, 주먹이 그의 몸에 닿을 때쯤 그는 이미 몸을 돌려 달아나고 있었다. 그래서 내 주먹은 그의 등밖에 못 건드렸다. 클리프턴이 집으로 달아나는 것을 보고 나는 그에게 돌아와서 남자답게 싸우자고 소리쳤다. 그러나 그는 계속 달아났다. 집에 오자 마음이 진정되고, 친구들이 외치던 "잘한다" 소리도 귀에서 멀어졌다. 그러자 그에게 상처를 주었을까봐 걱정이 되어, 어머니한테 클리프턴이 괜찮은지 전화를 해보라고 했다. 그 뒤로는 우리 사이에 아무런 문제가 없었다. 어쨌든 나는 나 자신을 방어할 수 있다는 것을 알게 되었다. 그러나 그에게 상처를 주는 것은 싫었고, 나 자신의 분노에 약간 당황하기도 했다. 그런 분노의 흐름은 사실 생각보다 깊고 강하다는 것이 나중에 드러나게 된다. 이제 나는 그날 나의 분노가 내가 대접받은 방식에 대한 정상적이고 건강한 반응임을 알고 있다. 그러나 아버지가 화가 나서 술이 취했을 때 보여주었던 행동 때문에, 나는 분노를 통제 불능 상태로 이해했으며 나 자신은 절대 자제력을 잃지 않겠다고 결심하곤 했다. 그러지 않으면 어디서 오는지 몰랐기 때문에 늘 가두어두고 있던 깊은 분노의 물꼬를 터버릴 수도 있었기 때문이다.

나는 화가 났을 때도 분별력을 완전히 잃지는 않았기 때문에 부담스러운 도전은 피할 수 있었다. 그 시절에 나는 두 번 싸움을 피했다. 아니, 비판적으로 보고 싶다면, 비겁하게 도망쳤다고 말해도 좋다. 한번은 크레인 집 아이들과 함께 캐도 강으로 수영을 하러 갔다. 캐도 강은 핫스프링스 서쪽, 캐도 갭이라고 부르는 타운 근처에 있었다. 내가 수영을 하고 있는 곳 근처 강둑으로 동네 시골 아이 하나가 다가오더니 나한테 큰소리로 욕을 했다. 나도 마주 욕을 했다. 그러자 그 아이는 나한테 돌멩이를 던졌다. 20미터쯤 떨어져 있었는데도, 돌은 내 관자놀이 근처에 정통으로 맞았다. 피가 흘렀다. 나는 나가서 싸우고 싶었지만, 그 애가 나보다 크고, 힘도 세고, 억세다는 것을 알 수 있었다. 그래서 수영을 해서 도망쳤다. 숫양 사건, 태비어 페리의 BB총 사건, 그리고 그 뒤에 일어난 비슷한 사건들에 비추어, 나는 내가 옳은 일을 했다고 생각한다.

중학교 시절에 두 번째로 싸움을 피한 것도 역시 잘한 일이라고 생각한다. 금요일 밤이면 동네 YMCA 체육관에서 늘 댄스파티가 열렸다. 나는 로큰롤 음악과 춤을 좋아했기 때문에, 8학년인가 9학년 때부터 자주 그곳에 갔다. 물론 나는 뚱뚱하고, 멋있지도 않고, 여자아이들한테 인기도 없었다. 게다가 아직도 청바지를 제대로 입지 못했다.

나는 어느 날 밤 YMCA에 갔다가 체육관 옆의 당구장으로 들어갔다. 그곳에 코카콜라 판매기가 있었기 때문이다. 나이 든 고등학생들 몇 명이 당구를 치거나 주위에서 구경을 하고 있었다. 그 가운데는 헨리 힐도 있었다. 그의 가족은 시내의 오래된 볼링장 럭키 스트라이크 레인즈를 운영했다. 헨리는 내 청바지를 보고 야단을 치기 시작했다. 그날따라 내 청바지는 더 칠칠치 못했다. 내가 입었던 것은 목수용 청바지로, 오른쪽에 망치를 걸 수 있는 고리까지 달려 있었다. 나는 헨리가 그렇게 다그치지 않아도 스스로를 못마땅해하던 참이라 말대꾸를 했다. 그러자 헨리는 있는 힘껏 내 턱을 쳤다. 당시 나는 나이에 비해 상당히 커서, 키는 180센티미터가 넘었으며 몸무게는 80킬로그램이 넘었다. 그러나 헨리 힐은 키가 195센티미터에 팔 길이도 엄청났다. 내가 반격할 방법이 없었다. 게다가 이상하게도 별로 아프지가 않았다. 그래서 나는 그냥 그 자리에 서서 그를 노려보았다. 헨리는 내가 쓰러지거나 달아나지 않았기 때문에 놀란 것 같았다. 그래서 그랬는지 그는 웃음을 터뜨리며 내 등을 철썩 치더니 괜찮은 녀석이라고 말했다. 그 뒤로 우리는 늘 사이좋게 지냈다. 나는 다시 한 번, 내가 맞고도 견딜 수 있다는 것, 그리고 공격에 대응하는 방법은 하나가 아니라는 것을 배우게 되었다.

1960년 9월, 9학년을 시작할 무렵 대통령 선거운동도 막바지에 이르고 있었다. 담임교사이자 영어 교사인 루스 앳킨스는 나처럼 호프 출신이었으며, 또 나처럼 골수 민주당 지지자였다. 그녀는 디킨스의 『막대한 유산』을 읽고 토론하게 했지만, 정치적인 토론도 많이 했다. 당시 핫스프링스에는 아칸소 다른 대부분의 지역보다 공화당원이 많았다. 그러나 그들은 현재 공화당원들보다 훨씬 덜 보수적이었다. 그곳의 오래된 몇몇 가문은 남북전쟁 이후부터 그곳에 살았는데, 그들은 남부 11주 연방 탈퇴와 노예제에 반대하여 공화당원이 되었다. 어떤 가문은 테디 루스벨트의 진보주의를 지지하여 공화당원이 되었다. 또 어떤 가문은 아이젠하워의 온건 보수주의를 지지하기도 했다.

아칸소의 민주당원들은 훨씬 더 다양했다. 남북전쟁 시기에 조상이 남부 11주 연방 탈퇴와 노예제를 지지하여 민주당원이 되는 바람에 지금까지 민주당원인 집안들도 있었다. 다수는 대공황기에 민주당원이 급증할 때 민주당에 합류했다. 당시에는 수많은 실업자와 가난한 농민이 프랭클린 루스벨트를 구세주로 보았으며, 나중에는 미주리 주 출신의 우리 이웃인 해리 트루먼을 좋아했다. 그보다 적은 수는 주로 유럽에서 이민 온 이민자 민주당원이었다. 대부분의 흑인들은 루스벨트, 트루먼의 시민권에 대한 입장, 케네디가 닉슨보다 그 문제에 더 적극적이라는 점 때문에 민주당을 지지했다. 소수의 백인들도 생각이 비슷했다. 나도 그런 소수 가운데 하나였다.

앳킨스 선생님의 수업시간에 대부분의 아이들은 닉슨을 지지했다. 데이비드 레오풀로스는 닉슨이 케네디보다 특히 외교 문제에 경험이 훨씬 더 많으며, 그의 시민권 관련 경력이 아주 훌륭하다(그것은 사실이었다)는 이유로 닉슨을 옹호했다. 사실 나는 이 점에 대해서는 닉슨을 반대할 이유가 없었다. 당시 나는 캘리포니아에서 하원의원과 상원의원 자리를 놓고 제리 부어히스와 헬렌 게허건 더글러스와 맞서 싸웠을 때 닉슨이 그들을 공산주의자라고 공격했다는 사실을 모르고 있었다. 나는 그가 니키타 후르시초프와 맞선 것도 마음에 들었다. 나는 1956년에는 아이젠하워와 스티븐슨 모두 좋아했으나, 1960년에는 당파적인 사람이 되어 있었다. 나는 예비선거 때는 린든 존슨을 지지했다. 그가 상원에서 보여준 리더십, 특히 1957년 시민권 법안을 통과시킬 때 보여준 리더십, 그리고 그가 남부의 가난한 집안 출신이라는 점 때문이었다. 나는 또 시민권의 가장 정열적인 옹호자라는 이유로 허버트 험프리를 좋아했고, 젊음과 힘과 나라를 다시 움직이겠다는 결의 때문에 케네디를 좋아했다. 케네디가 후보로 지명되자 나는 반친구들 앞에서 최대한 그를 옹호했다.

나는 케네디가 이기기를 간절히 바랐다. 마틴 루터 킹이 수감되었을 때 부인인 코레터 킹에게 전화를 걸어 그녀의 남편을 걱정하는 이야기를 하는 모습을 본 뒤, 휴스턴에서 남부의 침례교도와 이야기할 때 자신의 신앙을 옹호하고 나아가 가톨릭 신앙을 가진 미국인이 대통령에 출마할 권리를 옹호하는 모습을 본 뒤, 그런 마음은 더욱 강해졌다. 내 반친구들 대부분, 그리고 그들의 부모들은 나와 생각이 달랐다. 나는 그런 반응에 점차 익숙해졌다. 그 몇 달 전, 나는 학생회장 선거에서 마이크 토머스에게 졌다. 마이크는 선량한 친구로, 베트남에서 전사한 내 반친구 넷 가운데 한 명이다. 닉슨은 우리 카운티에서는 승리를 거두었으나, 케네디는 주 전체에서 50.2퍼센트의 표를 얻어 아칸소에서 아슬아슬하게 승리를 거두었다. 신교도 근본주의자들이 민주당을 지지하는 침례교도를 향해 케네디가 대통령이 되면 교황으로부터 명령을 받을 것이라고 대대적인 선전을 했음에도 승리를 거둔 것이다.

물론 케네디가 가톨릭교도라는 것도 내가 그를 좋게 본 이유 가운데 하나였다. 나는 세인트 존 학교에서 지냈던 경험과 세인트 조시프 병원에서 어머니와 함께 일하는 수녀들을 만나본 경험 때문에 가톨릭교도를 좋아했고, 그들의 가치관, 헌신적 태도, 사회적 양심도 존경했다. 나는 또 전국적인 자리에 출마한 유일한 아칸소 사람인 조 T. 로빈슨 상원의원이 1928년 가톨릭교도로는 처음으로 대통령 선거에 출마했던 뉴욕 주지사 앨 스미스의 러닝메이트였다는 사실도 자랑스러웠다. 케네디와 마찬가지로 스미스 역시 로빈슨 덕분에 아칸소에서 승리를 거두었다.

이렇게 가톨릭교도에게 친밀감을 느꼈음에도, 9학년 시절 나의 주요한 과외 활동이 음악 외에 프리메이슨이 후원하는 소년 조직 드몰레이단이었다는 것은 역설적인 일이다. 이유는 알 수 없지만 나는 늘 프리메이슨과 드몰레이가 가톨릭에 반대한다고 생각했다. 드몰레이는 결국 스페인의 종교재판에서 신앙을 버리지 않고 순교한 종교개혁 이전의 순교자 아니던가. 나는 이 책을 쓰기 위해 조사를 하는 과정에서 비로소 가톨릭교회가 18세기 초에 프리메이슨이 권위를 위협하는 위험한 조직이라고 비난했던 반면, 프리메이슨은 사람들의 신앙을 묻지 않아, 실제로 가톨릭교도도 몇 사람 단원으로 활동했다는 것을 알게 되었다.

드몰레이단의 목표는 개인적이고 시민적인 덕성을 기르고, 단원간의 우애를 돈독히 하는 것이었다. 나는 이런 동지적 우애를 좋아하여, 그 의식의 모든 부분을 암기했다. 나는 우리 분회의 최고지도원 자리에까지 올랐으며 주 총회에도 나가보았다. 총회에서는 활기찬 정치적 활동이 이루어졌고, 우리의 자매 조직인 '무지개 소녀단'과 파티도 열었다. 나는 직접 출마하지는 않았지만, 주 드몰레이단 선거에도 참여하여 정치에 대해 더 많은 것을 배우게 되었다. 내가 주 최고지도원으로 지지한 사람은 가장 똑똑해 보이는 존스버러의 빌 에버트였다. 에버트는 연장자가 지휘하는 옛 시절이었다면 위대한 시장이나 의회 위원장을 했을 만한 사람이다. 그는 재미있고, 똑똑하고, 강인하고, 린든 존슨처럼 타협에 능했다. 한번은 그가 150킬로미터의 속도로 아칸소 간선도로를 질주하는데 주 경찰차가 사이렌을 울리면서 추격하기 시작했다. 에버트는 단파용 송신기를 가지고 있었기 때문에, 경찰에 5킬로미터 뒤에서 큰 교통사고가 났다고 신고했다. 경찰차는 곧 방향을 돌려 떠났으며, 에버트는 무사히 집에 돌아갈 수 있었다. 그 경찰관이 나중에 사실을 알게 되었는지 궁금하다.

나는 드몰레이단 생활을 즐기기는 했지만, 그들의 비밀 의식이 우리 삶을 더 의미 있게 만들어주는 중요한 행사라는 생각은 받아들이지 않았다. 나는 드몰레이를 졸업한 뒤에는, 조지 워싱턴, 벤저민 프랭클린, 폴 리비어까지 거슬러 올라가는 유명한 미국인들의 긴 인맥을 따라 프리메이슨단으로 들어가지 않았다. 아마 이십대에 조직에 끼기 싫어하는 경향이 있었기 때문이거나, 잘못 생각한 것이기는 하지만 프리메이슨이 은근히 반가톨릭적이라는 점을 싫어했기 때문이거나, 흑인과 백인을 다른 지회로 갈라놓는 분리 정책을 싫어했기 때문일 것이다(주지사로서 흑인들의 프린스 홀 프리메이슨 대회에 참석해보니, 그들이 내가 아는 프리메이슨보다 그들 나름으로 더 재미있게 지내는 것 같기는 했다).

나는 또 비밀을 가지기 위해 비밀스러운 사교 클럽에 들어갈 필요가 없었다. 나 나름의 진짜 비밀이 있었기 때문이다. 그것은 아버지의 알코올 중독과 학대에 뿌리를 둔 것이었다. 내가 열네 살이 되어 9학년에 올라가고 내 동생은 겨우 네 살이었을 때, 그 문제는 더 악화되었다. 어느 날 밤 아버지는 방문을 닫고 어머니에게 소리를 지르더니, 이윽고 어머니를 때리기 시작했다. 어린 로저는 내가 9년 전 총소리가 나던 밤에 그랬던 것처럼 잔뜩 겁에 질렸다. 나는 어머니가 상처를 입고 로저가 공포에 떠는 것을 견딜 수 없었다. 나는 가방에서 골프 클럽을 꺼내들고 방문을 열었다. 어머니는 바닥에 쓰러져 있고, 아버지는 어머니를 때리고 있었다. 나는 그만두라고, 그만두지 않으면 골프 클럽으로 두들겨 패겠다고 말했다. 아버지는 바로 굴복하여, 침대 옆의 의자에 앉더니 고개를 떨어뜨렸다. 너무 역겨웠다. 어머니는 회고록에서 경찰을 불러 아버지가 그날 밤 유치장에서 잤다고 말했다. 그 일은 기억나지 않는다. 어쨌든 그 뒤로 한동안 문제가 없었다. 나는 그 당시에는 어머니를 위해 아버지와 맞선 것을 자랑스러워했던 것 같지만, 나중에는 그 생각을 하면 슬프기도 했다. 근본적으로는 좋은 사람인데 왜 다른 사람에게 폭력을 휘둘러 자신의 고통을 덜어내려고 하는지 도무지 이해할 수가 없었다. 이 이야기를 나눌 수 있는 사람이 있었으면 좋았을 것이다. 그러나 그런 사람은 없었고, 나는 혼자서 풀어나가야 했다.

나는 우리 집의 비밀을 내 삶의 정상적인 부분으로 받아들이게 되었다. 나는 누구에게도 이 비밀을 이야기하지 않았다. 친구에게도, 이웃에게도, 교사에게도, 목사에게도. 세월이 흐른 뒤 대통령에 출마했을 때, 내 친구들 몇 명은 기자들에게 자기는 전혀 몰랐다고 말했다. 물론 대부분의 비밀이 그렇듯이 몇 사람은 알게 된다. 아버지가 노력은 했겠지만, 우리 외에 다른 모든 사람에게 좋은 행동을 보여주었을 리는 없다. 달리 누가 알고 있었는지 모르지만—가족, 어머니의 가까운 친구들, 경찰관 두어 명—그들은 나에게 아무런 말도 하지 않았다. 그래서 나는 이것이 진짜 비밀이라고 생각하고 누구에게도 말을 하지 않았다. 우리 가족의 방침은 "묻지도 말고, 말하지도 말라"는 것이었다.

초등학교와 중학교 시절 나의 또 다른 비밀은 빌리 그레이엄 목사의 리틀록 부흥회 이후 그에게 내 용돈의 일부를 보낸 것이었다. 나는 이것 역시 부모나 친구들에게 말하지 않았다. 한번은 빌리에게 보낼 돈을 들고 서클 드라이브 쪽에 있는 우리 진입로 옆의 우체통으로 가는데 아버지가 뒷마당에서 일하는 것이 보였다. 나는 아버지 눈에 띄지 않으려고, 앞쪽으로 나가 파크 애비뉴로 갔다. 거기서 오른쪽으로 방향을 틀어, 옆집인 페리 플라자 모텔의 진입로를 통해 돌아갔다. 우리 집은 언덕 위에 있었고, 페리 플라자는 밑의 평지에 있었다. 모텔의 진입로를 반쯤 통과했을 때 아버지는 아래를 내려다보다가 내가 손에 편지를 들고 걸어가는 것을 보았다. 나는 우편함으로 가서 편지를 집어넣고 집으로 돌아왔다. 아버지는 내가 무엇을 하는지 궁금했겠지만 묻지는 않았다. 한 번도 묻는 법이 없었다. 아마 자신의 비밀을 짊어지기도 벅찼기 때문이었던 것 같다.

비밀은 내가 오랜 세월에 걸쳐 여러 번 생각해본 문제이다. 우리 모두 비밀이 있고, 나는 우리가 그럴 자격이 있다고 생각한다. 비밀 때문에 우리의 삶은 더 흥미로워지며, 누군가에게 그 비밀을 털어놓기로 했을 때 그 사람과의 관계는 더 큰 의미를 갖게 된다. 비밀을 간직하는 곳은 또 세상으로부터 피할 수 있는 안식처가 되기도 한다. 이곳에서 정체성이 형성되고 재확인될 수 있으며, 이곳에서는 혼자 있어도 안정감과 평화를 느낄 수 있다. 그럼에도 비밀은 지기 힘든 끔찍한 짐이 될 수도 있다. 수치심이 동반될 때는 더욱 그렇다. 수치심의 원인이 비밀을 지키는 사람에게 있지 않아도 마찬가지이다. 또는 비밀의 매력이 너무 강해, 비밀 없이는 살 수 없다는 생각, 비밀이 없다면 지금의 내가 될 수도 없다는 생각이 들 수도 있다.

물론 내가 이런 것들을 처음 비밀을 간직하게 된 그 시절에 이해했던 것은 아니다. 당시에는 별다른 생각을 하지도 않았다. 나는 어린 시절의 일들을 많이 기억하지만, 이런 일이 일어났을 때 내가 알고 있던 것들까지 정확하게 기억하지는 못한다. 지금은 당시에 내적인 풍요의 비밀과 공포나 수치의 비밀 사이에서 올바른 균형을 찾기가 힘들어졌다는 것, 나의 개인적인 삶의 가장 어려운 부분들을 다른 사람과 이야기하려 하지 않았다는 것만 기억에 남아 있을 뿐이다. 남들에게 이야기하지 않은 어려움에는 열세 살 때 겪었던 중요한 영적인 위기도 있다. 당시 내 신앙은 너무 약해져 내가 보고 겪는 것들 앞에서 신에 대한 약간의 믿음도 유지하기가 어려웠다. 지금은 이런 갈등이 적어도 부분적으로는 알코올 중독자의 가정에서 성장하면서 그것에 대처하기 위해 내가 만들어낸 심리적 기제 탓임을 알고 있다. 그러나 이런 것을 파악하는 데만도 오랜 시간이 걸렸다. 어떤 비밀을 유지하고, 어떤 비밀을 털어놓을지, 어떤 것은 처음부터 비밀로 하면 안 되는지 아는 것은 훨씬 더 힘들었다. 나는 지금도 그것을 완전히 안다고 자신하지 못한다. 그것은 평생에 걸친 숙제가 될 것 같다.

6

어머니가 그 모든 일을 어떻게 그렇게 잘 처리했는지 모르겠다. 어머니는 매일 아침, 전날 밤에 무슨 일이 있었든 게임에 임하는 얼굴을 보여주었다. 얼마나 대단한 얼굴이었는지. 어머니가 뉴올리언스에서 집으로 돌아온 이후, 나는 일찍 일어날 때면 목욕탕 바닥에 앉아 어머니가 그 아름다운 얼굴에 화장을 하는 모습을 지켜보았다.

시간이 꽤 걸렸다. 어머니에게 눈썹이 없었다는 것도 한 가지 이유였다. 어머니는 당시 유명한 성격배우였던 에이킴 타미로프처럼 눈썹에 숱이 너무 많아 뽑아낼 걱정 좀 하고 살아봤으면 좋겠다고 농담을 하곤 했다. 대신 어머니는 화장용 연필로 눈썹을 그려 넣어야 했다. 그런 다음 화장을 하고 입술을 칠했다. 보통은 손톱 색깔과 어울리는 밝은 빨간색 립스틱이었다.

내가 열한 살인가 열두 살 때까지 어머니는 짙은 색의 물결치는 듯한 머리를 길게 길렀다. 정말 숱이 많고 아름다웠다. 나는 어머니가 머리 모양이 딱 맞게 잡힐 때까지 빗질하는 모습을 구경하기를 좋아했다. 어머니가 미장원에서 머리를 짧게 자르고 돌아온 날을 결코 잊지 못한다. 그 아름다운 웨이브는 다 사라져버렸다. 내가 처음으로 기르던 개 수지를 아홉 살의 나이로 안락사시키고 나서 얼마 지나지 않았을 때였는데, 나는 수지가 죽었을 때만큼 상처를 받았다. 어머니는 단발이 유행이고, 또 그것이 삼십대 중반이라는 자신의 나이에도 더 잘 어울린다고 말했다. 나는 그 말을 받아들이지 않고 늘 어머니의 긴 머리를 그리워했다. 하지만 몇 달 뒤 이십대 때부터 머리 한가운데 비치던 흰 머리를 앞으로는 염색하지 않겠다고 했을 때는 좋아했다.

어머니는 화장을 하면서 담배 한두 대를 피우고 커피 두 잔을 마셨다. 이어 월터스 부인이 일을 하러 오면 출근을 했다. 나가는 시간이 비슷하면 나를 학교에 내려주기도 했다. 나는 학교에서 돌아오면 친구들이나 로저와 노느라 바빴다. 나는 어린 동생이 있다는 것이 좋았고, 내 친구들도 로저가 자기 친구들을 더 좋아할 만큼 클 때까지 함께 놀아주었다.

어머니는 보통 5시쯤 되면 퇴근을 했지만, 경마가 열릴 때는 예외였다. 어머니는 경마를 좋아했다. 어머니는 1, 2, 3등 전부 합쳐 2달러 이상을 거는 경우가 드물었지만, 그래도 자못 진지했다. 경마신문이나 정보지를 연구하고, 기수나 조련사나 말 주인을 사귀어 그들의 말에 귀를 기울이고, 경마 친구들과 함께 어느 말에 돈을 걸지 토론을 벌였다. 어머니는 그곳에서 인생의 가장 친한 친구들을 사귀었다. 루이스 크레인과 그녀의 남편 조. 조는 경찰관으로 나중에 서장이 되었는데, 아버지가 술에 취하면 화가 가라앉을 때까지 순찰차에 태우고 다니곤 했다. 딕시 세버와 그녀의 남편인 조련사 마이크. 마지 미첼. 그녀는 응급 환자를 처리하기 위한 경마장 병원에서 일했는데, 딕시 세버, 게이브의 두 번째 부인인 낸시 크로퍼드와 더불어 어머니가 진정으로 속을 털어놓는 사람이었다. 마지와 어머니는 서로 언니 동생하는 사이였다.

나는 법대를 졸업하고 고향으로 돌아온 직후 마지가 어머니와 나에게 해준 일에 보답 할 기회를 얻었다. 마지는 우리 지역 정신건강 센터에서 일을 하다가 해고되었는데, 그 결정에 불복하여 싸우기로 하고 나에게 재판에서 자신을 대리해달라고 요청했다. 재판에 나가보니 내 미숙한 심문으로도 해고가 그녀와 관리자 사이의 개인적 갈등 때문에 일어난 일임이 분명해졌다. 나는 그녀의 해고 근거들을 박살냈다. 우리가 이겼을 때 나는 무척 흥분했다. 어쨌든 마지는 자신의 일자리를 돌려받을 자격이 있는 사람이었다.

내가 어머니를 정치에 끌어들이기 전, 어머니의 친구들은 대부분 어머니 일과 관련된 사람들이었다. 주로 의사, 간호사, 병원 직원이었다. 어머니에게는 그런 친구들이 많았다. 어머니는 결코 낯선 사람들과 사귀지 않았고, 수술 전의 환자를 편안하게 해주려고 노력했으며, 동료들과 함께 있는 것을 진정으로 좋아했다. 물론 모두가 어머니를 좋아한 것은 아니다. 어머니는 자신을 못살게 굴거나, 지위를 이용하여 불공정한 태도를 보이는 사람들과는 마찰을 일으키기도 했다. 나와 달리 어머니는 그런 사람들의 약을 올리는 것을 정말 즐겼다. 나는 아무런 노력 없이, 그냥 나라는 이유로 적을 만드는 경향이 있었다. 그리고 정치에 들어서서는 내가 택한 입장이나 내가 만들어내려는 변화 때문에 적을 만들기도 했다. 반면 어머니는 정말 어떤 사람이 싫으면, 그 사람이 입에 거품을 물게 하려고 애썼다. 나중에 어머니가 의학박사 학위를 가진 어떤 마취의 밑에서 일하는 것을 피하려고 몇 년 동안 싸운 뒤, 그리고 두 건의 수술에서 문제가 생긴 뒤, 어머니는 그런 태도 때문에 대가를 치르기도 했다. 그러나 대부분의 사람들이 어머니를 좋아했다. 어머니가 그들을 좋아하고, 존중하고, 또 삶을 사랑했기 때문이다.

나는 어머니가 어떻게 그런 에너지와 활기를 유지하는지 알 수 없었다. 어머니는 늘 일과 놀이로 하루하루를 가득 채웠으며, 늘 동생 로저와 나를 위해 옆에 있어 주었으며, 학교 행사에 한 번도 빠지지 않았으며, 우리 친구들을 위한 시간도 내주었으며, 자신의 문제는 겉으로 드러내지 않았다.

나는 병원으로 어머니를 찾아가서 간호사와 의사를 만나고, 그들이 환자들을 돌보는 모습을 구경하는 것을 좋아했다. 중학교 때는 진짜 수술도 한 번 구경했지만, 많이 잘랐고, 피가 많이 나왔고, 그래도 나는 구역질을 하지 않았다는 것만 기억에 남아 있을 뿐이다. 나는 외과 의사들이 하는 일에 매력을 느꼈으며, 언젠가는 나도 그런 일을 해보고 싶었다.

어머니는 돈을 낼 수 있건 없건 환자들에게 많은 관심을 가졌다. 메디케어나 메디케이드가 없던 시절이라 돈을 낼 수 없는 사람들이 많았다. 한번은 가난하지만 자존심이 강한 사람이 우리 집에 찾아와 자기 나름으로 외상을 갚고 가기도 했다. 그는 과수원에서 일하는 사람이었는데, 어머니에게 싱싱한 복숭아 여섯 바구니를 갖다 주는 것으로 셈을 치른 것이다. 우리는 그 복숭아를 오래 먹었다. 시리얼에 넣어 먹기도 하고, 파이에 넣어 먹기도 하고, 집에서 만든 아이스크림에 넣어 먹기도 했다. 그러자 어머니의 환자들 가운데 가난한 사람이 더 많았으면 좋겠다는 생각이 들기도 했다!

어머니는 일과 친구, 그리고 경마로 결혼 생활의 괴로움을 달랬던 것 같다. 어머니는 집 안에서 우는 날이 많았을 것이다. 심지어 육체적으로 고통을 겪는 경우도 있었을 것이다. 그러나 대부분의 사람들은 그런 사실을 까맣게 몰랐다. 어머니가 보여준 모범은 내가 대통령이 되었을 때 큰 도움이 되었다. 어머니는 자신의 문제를 나와 이야기한 적이 거의 없다. 아마 어머니는 내가 알 필요가 있는 것은 다 알고 나머지는 미루어 짐작할 만큼 똑똑하다고 믿었고, 또 내가 가능한 한 정상적인 유년을 보내게 해주어야 한다고 생각했던 것 같다.

열다섯 살이 되었을 때 고요의 시절은 지나가고 사건들이 막 터지기 시작했다. 아버지는 다시 술을 마시기 시작하면서 폭력을 휘둘렀다. 그러자 어머니는 로저와 나를 데리고 달아났다. 우리는 그 2년 전쯤에도 그런 적이 있었다. 그때는 센트럴 애비뉴 남쪽 끝, 경마장에서 아주 가까운 클리블랜드 매너 아파트에서 몇 주를 지냈다. 1962년 4월에는 모텔에서 3주 정도 묵으면서 살 집을 알아보았다. 우리는 함께 몇 집을 구경했으나, 모두 우리가 살던 집보다 훨씬 작았다. 그렇게 작아도 어머니의 경제력으로는 감당할 수 없는 집들도 있었다. 마침내 어머니는 스컬리 스트리트에 있는 방 셋에 욕실 두 개짜리 집으로 정했다. 스컬리 스트리트는 센트럴 애비뉴에서 500미터 정도 떨어진, 핫스프링스 남부의 한 블록 거리였다. 중앙 냉난방 장치를 갖추고(파크 애비뉴의 집은 창문형 냉방장치를 사용했다)모든 시설을 전기로 움직이는 신형 골드 메달리온 주택이었다. 가격은 3만 달러 정도였던 것 같다. 이 집은 현관으로 들어서면 바로 왼쪽에 훌륭한 거실과 식당이 있었고, 그 뒤로 커다란 서재가 식당과 부엌으로 연결되었다. 부엌에서 조금 가면 차고 바로 뒤에 세탁실이 있었다. 서재 너머에는 상당한 크기의 포치가 달려 있어, 나중에 그곳에 유리를 설치하고 당구대를 가져다 놓았다. 방 두 개는 복도 오른쪽에 있었다. 왼쪽에는 커다란 욕실이 있었고, 그 뒤에는 샤워가 설치된 방이 있었다. 어머니는 나에게 샤워가 딸린 커다란 방을 주었다. 화장

공간과 거울이 갖추어진 대형 욕실을 어머니가 쓰고 싶어서였던 것 같다. 어머니는 두 번째로 큰 방을 차지했고, 로저는 작은 방을 얻었다.

파크 애비뉴에 있는 우리 집, 늘 가꾸려고 애를 쓰던 마당, 이웃과 친구들과 함께 자주 들르던 곳들이 그립기는 했지만, 정상적인 집에서 느끼는 편안함도 중요했다. 아마 나 자신보다는 어머니나 로저 때문에 더 기뻐했을 것이다. 그 무렵, 비록 아동심리학에 대해 아는 바는 없었지만, 나는 아버지의 술과 학대가 나보다는 로저에게 더 큰 상처를 줄 것이라는 걱정이 들었다. 로저는 평생 그런 것만 보고 산 셈이었고, 또 로저 클린턴이 그의 친아버지였기 때문이다. 나의 친아버지는 계부와는 다르게 강하고, 믿음직하고, 신뢰할 만한 사람이었다고 믿고 있었기 때문에, 나는 그래도 로저보다는 정서적인 안정을 얻을 수 있었고, 약간의 거리를 두고 가끔은 공감도 하면서 벌어지는 일을 바라볼 수 있었다. 나는 계부 로저 클린턴을 사랑하지 않은 적이 없고, 그를 바꾸기 위해 노력하지 않은 적이 없고, 그가 술에 취하지 않아 매력적인 모습을 보일 때는 그와 함께 있는 것을 즐거워하지 않은 적이 없다. 나는 당시에도 어린 로저가 아버지를 미워하게 될까봐 걱정했다. 실제로 동생 로저는 그렇게 되었고, 그 때문에 그 자신이 엄청난 대가를 치러야 했다.

이런 오래 전 일들을 이야기하다 보니, 셰익스피어의 마크 앤서니가 줄리어스 시저에게 찬사를 보내면서 한 말이 생각난다. 앤서니는 사람들이 저지르는 악은 그들 뒤에도 살아남고, 선은 뼈와 함께 묻힌다고 말했다. 내가 아는 대부분의 알코올중독자나 마약중독자들과 마찬가지로 로저 클린턴 역시 근본은 선한 사람이었다. 그는 어머니와 나와 동생 로저를 사랑했다. 그는 어머니가 뉴올리언스에서 공부할 때 호프로 나를 만나러 오도록 도와주기도 했다. 그는 가족과 친구에게 관대했다. 그는 똑똑하고 웃겼다. 그러나 그는 수많은 중독자들의 희망을 파괴해버리는 두려움, 불안, 심리적 허약성 따위가 뒤섞인 휘발유를 가슴에 품고 살았다. 그리고 내가 아는 한, 도움을 줄 수 있는 사람들의 도움을 구한 적도 없었다.

알코올중독자와 살 때 정말 혼란스러운 점은 그 생활이 늘 나쁘지는 않다는 것이다. 여느 가족과 다름없이 일상의 고요한 즐거움을 누리며 몇 주, 때로는 심지어 몇 달을 무사히 보내기도 한다. 내가 그런 좋은 시간들을 지금까지 잊지 않은 것이 고마울 따름이다. 혹시 잊을 때에 대비해서, 나는 아버지가 나에게 보낸 엽서와 편지 몇 통, 그리고 내가 아버지에게 보낸 편지 몇 통을 보관하고 있다.

힘들게 보냈던 시간도 어느 정도는 잊혀진다. 얼마 전 어머니의 이혼 신청 때 제출했던 나의 선서 증언을 다시 읽어볼 기회가 있었다. 거기에는 3년 전 폭력 사건이 생겼을 때 내가 어머니의 변호사에게 전화해서, 경찰이 아버지를 잡아가도록 신고해 달라고 부탁했다는 이야기가 나온다. 나는 그 증언에서 아버지가 어머니를 때리려는 것을 내가 막았을 때 아버지가 나까지 때리겠다고 위협했다는 이야기도 했다. 그러나 웃음이 나올 수밖에 없는 것이, 그때는 내가 이미 아버지보다 몸도 크고 힘도 셌다. 그러니 아버지는 술 취한 상태에서는 말할 것도 없고, 술이 깬 상태에서도 나를 당할 수 없었을 것이다. 어쨌든 나는 두 일을 모두 잊고 있었다. 전문가들은 흔히, 알코올 중독자 가족이 계속 함께 살아나가려고 할 때는 그런 식의 부인否認이 이루어진다고 한다. 이유야 어쨌건, 그 기억들은 40년 동안 막혀 있었다.

우리가 떠나고 나서 닷새 뒤인 1962년 4월 14일, 어머니는 이혼 신청을 했다. 아칸소에서는 이혼이 빨리 이루어졌고, 어머니에게는 물론 이유가 있었다. 그러나 그렇게 쉽게 끝나지 않았다. 아버지는 어머니를, 그리고 우리를 도로 데려가려고 필사적이었다. 그는 크게 충격을 받아 몸무게도 많이 줄었다. 우리 집 근처에 차를 몇 시간씩 세우고 있기도 했고, 심지어 두어 번 우리의 앞쪽 콘크리트 포치에서 잠을 자기도 했다. 어느 날 아버지는 나에게 드라이브를 하자고 말했다. 우리는 서클 드라이브의 옛집 뒤까지 차를 타고 갔다. 그는 뒤쪽 진입로 끝에서 차를 세웠다. 아버지는 몰골이 말이 아니었다. 사나흘 면도도 하지 않았다. 그러나 술을 마신 것 같지는 않았다. 아버지는 우리 없이는 살 수 없다고, 달리 살아야 할 이유가 없다고 말하며 울었다. 자신과 다시 합치도록 어머니를 설득해 달라고 했다. 다시는 때리거나 소리를 지르지 않겠다고 말했다. 아버지는 스스로 그 말을 믿는 것 같았지만, 나는 믿지 않았다. 아버지는 문제의 원인을 결코 이해하지 못했다. 아니, 받아들이지 않았다. 그는 자신이 술 앞에서 무력해지기 때문에 혼자서는 술을 끊을 수 없다는 사실을 절대 인정하지 않았다.

아버지의 애원은 어머니 귀에도 들어가기 시작했다. 어머니는 자신이 우리를 경제적으로 부양할 능력이 있는지 자신하지 못했던 것 같았다. 사실 어머니는 그로부터 2년 뒤 메디케이드와 메디케어가 시행되기 전에는 별로 돈을 벌지 못했다. 더 중요했던 것은 이혼, 특히 자식이 있는 사람의 이혼은 나쁘다는 구식 사고방식이었다. 사실 학대가 없다면 그 말이 맞는 경우가 많다. 아마 어머니는 그들의 문제가 한편으로는 자신의 잘못이기도 하다고 생각했던 것 같다. 어쩌면 어머니가 아버지의 불안을 자극했던 것인지도 모른다. 사실 어머니는 멋있고 재미있는 여자로, 남자들을 좋아했고, 남편보다 더 성공한 매력적인 남자들과 함께 일을 했으니까. 내가 아는 한 어머니는 그런 남자들과 바람을 피우지 않았다. 물론 그랬다 해도 나는 어머니를 비난할 생각이 없지만. 어머니는 아버지와 갈라선 다음에는 짙은 색 머리에 얼굴이 잘생긴 남자를 만났다. 그가 나에게 준 골프 클럽은 지금도 가지고 있다.

우리가 스컬리 스트리트로 이사 오고 나서 불과 몇 달 뒤, 어머니는 로저와 나에게 아버지 문제로 가족회의를 열어야겠다고 말했다. 이미 이혼도 확정이 되었을 때였다. 어머니는 아버지가 돌아오고 싶어 한다고, 우리의 새집으로 들어오고 싶어 한다고 말했다. 어머니는 이번에는 다를 것이라는 생각이 든다며, 우리더러 어떻게 생각하느냐고 물었다. 로저가 뭐라고 대답했는지 기억나지 않는다. 그 애는 겨우 다섯 살이었으니 혼란스러웠을 것이다. 나는 아버지는 변할 수 없다고 생각하기 때문에 반대한다고 말했다. 하지만 어머니가 어떻게 결정을 내리든 지지하겠다고 말했다. 어머니는 집안에 가장이 필요하고, 만일 기회를 한 번 더 주지 않는다면 평생 죄책감을 느낄 것 같다고 말했다. 결국 어머니는 그렇게 했다. 두 사람은 재결합했다. 이것은 아버지의 인생이 풀린 방식을 볼 때 아버지에게는 좋은 일이었지만,

로저에게나 어머니에게나 별로 좋은 일이 아니었다. 나에게는 그 일이 어떤 영향을 주었는지 잘 모르겠다. 다만 나중에 아버지가 병이 들었을 때, 그와 마지막 몇 달을 함께 보낼 수 있어 아주 기뻤던 것은 분명하다.

나는 어머니의 결정에 동의하지 않았지만, 어머니의 심정은 이해했다. 어머니가 아버지를 데려오기 직전, 나는 법원으로 가서 내 성을 법적으로 블라이드에서 클린턴으로 바꾸었다. 몇 년 동안 써오던 성이었다. 지금도 왜 내가 그렇게 했는지 잘 모르겠다. 하지만 그때는 그래야 한다고 생각했다. 곧 학교에 가게 될 로저가 우리 혈통에 혼란을 느끼지 않기를 바랐던 것인지도 모른다. 그저 내 가족의 나머지 구성원과 같은 성을 갖고 싶었던 것인지도 모른다. 어머니가 아버지와 이혼을 했을 때 기뻐하기는 했지만, 그래도 아버지한테 뭔가 좋은 일을 해주고 싶었던 것인지도 모른다. 나는 어머니한테 미리 말하지 않았지만, 성을 바꾸려면 어머니의 허락이 있어야 했다. 어머니는 법원의 전화를 받고 좋다고 했다. 하지만 내가 실수하는 것이라고 생각했을 것이다. 물론 내 인생에서 나의 결정과 결정 시점이 문제가 되었던 것은 그때가 마지막은 아니었다.

중학교 마지막 시기와 바로 언덕 위에 있던 고등학교 1학년 시절에는 부모의 결혼 생활의 악화, 이혼, 재결합 때문에 감정적으로 에너지가 많이 소모되었다.

어머니가 일에 몰두하기 시작할 무렵, 나는 고등학교에 들어갔고 또 스컬리 스트리트의 새로운 동네로 들어갔다. 이곳은 새로 지은 수수한 집들이 모여 있는 동네였다. 바로 길 건너에는 네모난 블록 하나가 텅 비어 있었다. 얼마 전만 해도 훨씬 큰 땅을 차지했던 휘틀리 농장의 마지막 남은 부분이었다. 휘틀리 씨는 매년 그 블록 전체에 모란을 심었다. 이 꽃들은 봄이면 활짝 피어나 멀리서도 사람들이 찾아왔다. 사람들은 휘틀리 씨가 꽃을 잘라 나누어주기를 참을성 있게 기다렸다.

우리는 그 거리의 두 번째 집에 살았다. 스컬리와 휘틀리가 만나는 모퉁이에 있는 첫 번째 집에는 월터 옐델 목사, 그의 부인 케이, 그리고 그들이 낳은 캐럴린, 린더, 월터가 살았다. 월터는 제2침례교회의 목사였으며, 나중에 아칸소 침례교 총회장을 지내기도 했다. 월터와 케이는 첫날부터 우리에게 아주 잘해주었다. 우리가 브러더 옐델이라고 부르던 월터는 1987년에 세상을 떠났다. 그가 살아 있었다면 '자유주의자들'이 신학원에서 쫓겨나고 교회가 인종 문제를 제외한 모든 사회적 문제에 대해 우경적 태도를 굳히던 1990년대의 남부 침례교 총회의 가혹하게 남을 판단하는 분위기 속에서 어떻게 살아갔을지 모르겠다. 브러더 옐델은 크고 어깨가 넓적한 사람으로, 몸무게는 110킬로그램이 훨씬 넘었다. 언뜻 보면 수줍음을 많이 타는 것 같았지만 그는 훌륭한 유머 감각에 멋진 웃음까지 갖춘 사람이었다. 그의 부인도 마찬가지였다. 두 사람 모두 젠체하는 태도라고는 찾아볼 수가 없었다. 그는 비난과 조롱이 아니라 가르침과 모범을 통해 사람들을 그리스도에게로 이끌었다. 그는 현재의 몇몇 침례교 거물들이나 보수적인 토크쇼 진행자들이 좋아할 만한 사람은 아니었을지 모르지만, 나는 그와 이야기하는 것을 정말 좋아했다.

옐델 집안의 맏딸 캐럴린은 나와 동갑이었다. 그녀는 음악을 좋아했고, 훌륭한 목소리를 타고났으며, 솜씨 좋은 피아노 연주자였다. 우리는 그녀의 피아노 주위에서 노래를 하며 수많은 시간을 보냈다. 그녀는 가끔 내 색소폰 솔로의 반주도 해주었는데, 이 역시 반주자가 독주자보다 나았던 적지 않은 예 가운데 하나로 꼽을 수 있을 것이다. 캐럴린은 곧 나의 절친한 친구가 되어, 데이비드 레오풀로스, 조 뉴먼, 로니 세실과 함께 어울려 다녔다. 우리는 영화관이나 학교 행사에 함께 다녔으며, 우리 집에서 카드 게임을 하거나 아니면 그냥 빈둥거리면서 시간을 보내기도 했다. 1963년에 내가 미국재향군인회 미국소년단에 나가 케네디 대통령과 사진을 찍었을 때(지금은 유명해진 사진이다) 캐럴린은 미국소녀단에 선출되었다. 같은 도시에 사는 이웃에게 이런 일이 생긴 것은 이때가 유일했다. 캐럴린은 인디애나 대학에 진학하여 성악을 공부했다. 그녀는 오페라 가수가 되고 싶어 했으나, 그런 가수의 생활방식은 원치 않았다. 그래서 뛰어난 사진작가가 제리 스테일리와 결혼하여 세 자녀를 두었으며, 성인 문맹 퇴치 분야에서 지도자의 위치에 올랐다. 나는 주지사가 되었을 때 그녀에게 성인 문맹 퇴치 프로그램을 맡기기도 했다. 그녀의 가족은 주지사 관저에서 세 블록 정도 떨어진 오래되고 훌륭한 집에서 살았는데, 나는 자주 그 집을 찾아가 파티와 게임을 하거나 옛날처럼 노래를 부르기도 했다. 대통령이 되었을 때 캐럴린의 가족은 그녀가 일하게 된 워싱턴 지역으로 이사 왔으며, 캐럴린은 나중에 '미국문맹퇴치연구소'를 이끌었다. 그녀는 내가 백악관을 떠난 뒤에도 한동안 그 자리에 있다가, 아버지의 뒤를 이어 목회에 나섰다. 스테일리 집안 사람들은 지금도 내 삶의 중요한 일부를 이루고 있다. 그리고 이 모든 것은 스컬리 스트리트에서 시작되었다.

우리 집 건너편에는 짐과 이디스 클라크 부부가 살았다. 그들은 자식이 없어 나를 자식처럼 대해주었다. 프레이저 부부도 우리 이웃이었는데, 이 나이 든 부부는 내가 정치에 입문했을 때 늘 나를 지원해주었다. 그러나 그들이 나에게 준 가장 큰 선물은 그 뒤에 받게 되었다. 1974년 휴가 때 나는 하원의원 선거에서 떨어진 후유증에서 벗어나지 못한 상태에서 프레이저 부부의 어린 손녀를 보았다. 아마 다섯 살이나 여섯 살이었을 것이다. 그 아이는 심한 병에 걸려 뼈가 약해지는 바람에 몸 전체에 캐스트를 하고 있었다. 이 캐스트는 등뼈가 받는 압력을 완화하기 위해 늘 두 다리를 벌린 상태로 고정시켜 두고 있었다. 그 아이가 목발을 짚고 돌아다니는 모습은 꽤 어색해 보였다. 그러나 이 아이는 아주 강인해서, 편안한 집안의 아이들이 흔히 가지기 쉬운 자의식이 전혀 없었다. 나는 아이를 보고 내가 누구인지 아느냐고 물었다. 그러자 아이가 말했다. "그럼요. 아저씨는 여전히 빌 클린턴이죠." 그것은 그 시점에서 나에게 절실했던 깨우침이었다.

앞서 말했던 시리아-이탈리아계 하신 가족은 여섯 식구가 거리 끝에 있는 아주 작은 집에서 살고 있었다. 그들은 버는 돈을 모두 음식에 쏟아 붓는 것 같았다. 크리스마스나 다른 행사 때가 되면 그들은 동네 전체에 이탈리아 음식을 푸짐하게 풀었다. 지금도 마마 지너가 말하는 소리가 들린다. "빌, 빌, 조금만 더 먹어."

존과 토니 카버 부부는 책을 읽는 사람들이었는데, 내가 아는 사람들 가운데 가장 지적으로 보였다. 그들의 아들 마이크는 나와 같은 반이었다. 찰리 하우슬리, 사냥, 낚시, 물건 고치기 등 어린 남자아이들에게 중요한 모든 것을 알고 있는 이 사나이는 로저를 끔찍이 아껴주었다. 새집과 마당은 전보다 많이 작아졌고, 주변도 전보다 덜 아름다웠지만, 나는 새집과 동네를 사랑하게 되었다. 나는 그 좋은 곳에서 고등학교 시절을 보내게 되었다.

7

고등학교 생활은 아주 즐거웠다. 학교 공부, 친구, 밴드, 드몰레이단을 비롯한 여러 활동이 다 좋았다. 그러나 핫스프링스의 학교들이 여전히 인종차별 정책을 유지한다는 것이 마음에 걸렸다. 흑인 아이들은 여전히 랭스턴 고등학교에 다녔는데, 흔히 이곳 학교 출신으로 가장 유명한 사람은 워싱턴 레드스킨스의 전설적인 백 보비 미첼이라고 이야기하곤 한다. 나는 저녁 뉴스나 우리가 보던 일간지 「센티널-레코드Sentinel-Record」에서 민권 운동 소식을 챙겼고, 피그스 만 사건이나 프랜시스 게리 파워스가 몰았던 U-2기 사건 같은 냉전 때의 사건들도 접하게 되었다. 지금도 카스트로가 추레하지만 의기양양한 군대의 선두에 서서 아바나에 입성하던 모습이 눈에 선하다. 그러나 대부분의 아이들과 마찬가지로 나도 정치는 관심 밖이었다. 아버지가 이따금씩 예전 습관으로 돌아간 것만 빼고, 나의 생활은 썩 마음에 들었다.

내가 음악을 진정으로 사랑하게 된 것은 고등학교 때였다. 고전음악, 재즈, 밴드 음악뿐 아니라 로큰롤, 스윙, 복음성가를 접하면서 순수한 음악적 열정을 갖게 되었다. 왜 그런지 이십대에 들어서기 전에는 컨트리와 웨스턴에 별로 끌리지 않았다. 이십대가 되어서야 행크 윌리엄스와 패스티 클라인이 천국에서 나에게로 내려왔다.

나는 행진 및 콘서트 밴드 외에 댄스 밴드인 스타더스터스에도 가입했다. 그곳에서는 래리 맥두걸과 테너 색소폰 수석 자리를 놓고 1년 동안 대결을 벌였다. 래리는 1959년 악천후를 만나 빅 보퍼, 열일곱 살의 리치 밸런스와 함께 비행기 사고로 비극적인 죽음을 맞이했던 로커 버디 홀리를 위해 반주를 해주어야 할 사람처럼 보였다. 나는 대통령이 되었을 때 홀리와 그의 친구들이 마지막 연주를 했던 곳 부근의 아이오와 주 메이슨시티에서 대학생들에게 연설을 했다. 연설을 마친 뒤에 클리어레이크에 있는 홀리의 옛 클럽 서프 볼룸에 가보았다. 그 클럽은 지금도 그대로인데, 그런 음악가들의 음악을 들으며 성장한 우리 같은 사람들을 위한 성소로 바뀌어야 마땅하다.

어쨌든 맥두걸은 그런 수준의 사람인 것처럼 보였고 또 그런 수준의 연주를 했다. 그는 덕테일 머리를 하고 다녔다. 이것은 머리 위는 짧게 깎고, 양쪽은 길게 길러 기름을 발라 뒤로 넘기는 것이다. 그는 독주를 할 때면 빙빙 돌며 시끄럽게 연주를 했다. 재즈나 스윙보다는 하드코어 로큰롤에 가까워 보였다. 1961년에 나는 맥두걸보다 연주를 못했다. 그러나 나는 그보다 잘하겠다고 결심했다. 그해에 우리는 아칸소 남부의 캠든에 있는 다른 재즈 밴드들과 경연을 벌였다. 나는 느리고 예쁘장한 짧은 곡을 솔로로 연주했다. 공연이 끝난 뒤 놀랍게도 "가장 감미로운 독주자" 상이 내 차지가 되었다. 다음 해에 나는 실력이 나아져 주 대표 밴드의 수석 자리에 앉았고, 3학년 때도 그 자리를 놓치지 않았다.

고등학교 마지막 2년 동안 나는 랜디 굿럼과 '쓰리 킹스' 라는 재즈 트리오를 만들어 연주했다. 랜디는 나보다 한 살 어린 피아니스트였는데, 음악적 재능은 내가 도저히 따라갈 엄두도 낼 수 없을 정도로 뛰어났다. 우리의 첫 번째 드럼 주자는 마이크 하드그레이브스였다. 마이크의 어머니는 혼자 살았는데, 나와 마이크의 다른 친구 두어 명을 불러 카드 게임을 하곤 했다. 3학년 때는 조 뉴먼이 드럼을 맡았다. 우리는 댄스파티에서 연주를 하고 돈을 조금 벌기도 했다. 또 연례 밴드 공연 같은 학교 행사에서도 연주를 했다. 우리의 가장 자신 있는 곡은 〈엘 시드El Cid〉의 주제음악이었다. 지금도 그 연주 테이프를 가지고 있는데, 오랜 세월이 지났음에도 꽤 괜찮게 들린다. 물론 내가 막판 후렴에서 삑 하는 소리를 낸 것이 흠이기는 하다. 나는 늘 낮은 음역을 제대로 다루지 못했다.

우리 밴드의 지휘자 버질 스펄린은 키가 크고 덩치가 좋은 남자로, 물결치는 머리는 짙은 색이었으며, 태도가 상냥하고 매력적이었다. 그는 아주 뛰어난 밴드 지휘자였으며, 인간성은 세계 일류였다. 스펄린 씨는 또 핫스프링스에서 매년 며칠 동안 열리는 주 밴드 페스티벌을 기획하기도 했다. 스펄린 씨는 중고등학교 교실에서 모든 밴드 연주와 수백 회의 솔로 및 앙상블 연주를 소화할 수 있도록 계획을 짜야 했다. 그는 매년 커다란 판 위에 모든 행사의 날짜, 시간, 장소를 적어놓았다. 우리는 며칠 동안 방과 후에도 학교에 남아 밤늦게까지 스펄린 씨가 그 일을 하는 것을 돕곤 했다. 이때 나는 처음으로 대규모의 조직 사업에 관여해 보았으며, 이때 배운 많은 것이 나중에 큰 도움이 되었다. 주 페스티벌에서 나는 솔로와 앙상블 연주로 메달을 몇 개 땄으며, 학생 지휘 부문에서도 메달을 두 개 땄다. 지휘 부문 메달이 특히 자랑스러웠다. 나는 악보 읽기를 좋아했으며, 내가 원하는 소리를 내도록 밴드를 이끌려고 노력했다. 대통령 두 번째 임기 때 워싱턴 내셔널 심포니의 지휘자인 레너드 슬래트킨이 나에게 전화를 하더니, 케네디 센터에서 오케스트라를 지휘하여 수저의 "성조기여 영원하라"를 연주해볼 생각이 있느냐고 물었다. 그는 내가 지휘봉을 몇 번 휘두르기만 하면 나머지는 음악가들이 알아서 할 것이라고 말했다. 그는 심지어 지휘봉을 가져와 잡는 법을 보여주겠다고 제안하기도 했다. 내가 기쁜 마음으로 그 제안을 받아들이면서, 먼저 악보를 좀 읽어보아야 하니까 그 행진곡 악보를 보내달라고 하자 그는 수화기를 떨어뜨릴 뻔했다. 어쨌든 그는 악보와 지휘봉을 가져왔다. 오케스트라 앞에 서자 떨렸다. 그러나 우리는 시작했고, 무사히 끝까지 갈 수 있었다. 수저 씨도 하늘에서 그 연주를 듣고 기뻐했기를 바란다.

고등학교 때 다른 예술에 관심을 가져본 것은 2학년 때 연극 〈비소와 낡은 레이스Arsenic and Old Lace〉에 참가해본 경험이 유일하다. 이것은 두 노처녀가 사람들을 독살하여 집에 감추어두고 아무것도 모르는 조카와 나누어 먹는다는 재미있는 소극笑劇이었다. 나는 조카 역을 맡았는데, 영화에서는 캐리 그랜트가 그 역을 맡았다. 내 여자친구 역은 키가 크고 매력적인 여학생 신디 아널드가 맡았다. 이 연극은 큰 성공을 거두었는데, 원래 각본에는 없던 두 가지 상황이 발생한 덕분이었다. 연극에서 나는 창가의 의자를 들어 올리다가 그곳에서 숙모가 죽인 사람을 발견하고 공포에 사로잡히는 연기를 해야 했다. 나는 열심히 연습을 했다. 그러나 공연 날 밤에 의자의 앉는 자리를 열자, 내 친구 로니 세실이 그 안에 비집고 들어가 있다가 나를 쳐다보며, 최대한 뱀파이어 목소리를 흉내내어 "안녕" 하고 말했다. 나는 다음 대사를 잊어버렸다. 다행스럽게도 다른 배우들 모두 대사를 잊어버렸다. 무대 아래에서는 더 웃기는 일이 벌어졌다. 유일한 사랑의 장면에서 내가 신디에게 입을 맞추었을 때, 그 아이의 남자친구(앨런 브로일스라는 이름의 3학년 축구선수였는데, 앞줄에 앉아 있었다)가 큰 소리로 우스꽝스럽게 신음을 토해낸 것이다. 그 바람에 관객이 모두 포복절도하고 말았다. 그래도 나는 그 입맞춤이 즐거웠다.

우리 고등학교에서는 미분과 삼각함수, 화학, 물리학, 스페인어, 프랑스어, 4년 과정의 라틴어 등을 가르쳤다. 아칸소의 다른 작은 학교들에서는 찾아볼 수 없는 다양한 교과였다. 우리 학교에는 똑똑하고 능력 있는 교사들이 많았다. 뛰어난 능력으로 학교를 이끌었던 교장 조니 메이 매커리는 키가 크고 당당한 모습에 검은 머리는 숱이 많았는데, 상황에 따라 언제든지 웃음을 짓거나 엄격하게 인상을 찌푸릴 줄 아는 여자였다. 메이는 엄하게 학교를 운영했지만, 그럼에도 학생들의 사기에 불을 댕길 줄 아는 사람이었다. 사실 이것은 쉽지 않은 일이었다. 우리 학교 풋볼 팀은 풋볼이 종교였던 시절, 모든 감독이 크누트 로크네(유명 풋볼 감독—옮긴이주)가 되어야 한다고 생각하던 시절에 아칸소 주에서 맡아 놓고 꼴지를 했기 때문이다. 당시의 학생들은 우리의 응원전 마지막에 조니 메이가 응원을 주도하던 모습을 생생히 기억한다. 그녀는 체면 같은 것은 다 버리고 허공에 주먹을 휘두르며 트로전스 팀 구호를 소리 높여 외쳤다. "헐러블루, 케-넥, 케-넥, 헐러블루, 케-넥, 케-넥, 우-히, 우-하이, 이기지 못하면 죽는다! 칭 창, 초 초!, 빙 뱅, 보 와우! 트로전스! 트로전스! 싸워라, 싸워라, 싸워라!" 다행히도 이것은 단순히 응원구호일 뿐이었다. 내 고등학교 시절 3년 동안 우리 팀 성적은 6

승 29패 1무였으니, 만일 그 구호대로 따랐다면, 우리의 사망률은 엄청났을 것이다.

나는 일리저버스 벅 선생님한테서 라틴어 4년 과정을 배웠다. 벅 선생님은 필라델피아 출신의 명랑하고 세련된 여자로, 우리한테 시저의 『갈리아 전쟁기』의 많은 구절을 외우게 했다. 러시아인들이 스푸트니크호를 쏘아 올리면서 우주에서 미국보다 앞서 나가자, 아이젠하워 대통령과 케네디 대통령은 미국인들이 과학과 수학을 더 배워야 한다고 강조했다. 그래서 나는 관련 과목은 들을 수 있는 대로 다 들었다. 나는 딕 던컨 선생님이 가르치신 화학은 별로 잘하지 못했지만, 생물 과목은 좀 나았다. 하지만 지금 기억나는 것은 네이선 매콜리 선생님의 훌륭한 생물 수업시간의 한 조각뿐이다. 선생님은 우리가 더 오래 살 수 있는데도 빨리 죽는 것은 음식을 에너지로 바꾸고 노폐물을 처리하는 신체 능력이 쇠퇴하기 때문이라고 말했다. 2002년 한 중요한 의학 연구는 나이 든 사람이 음식물 섭취를 많이 줄이면 수명이 현저하게 늘어난다고 결론을 내렸다. 매콜리 선생님은 그 점을 40년 전에 알고 있었던 것이다. 이제 나도 나이 든 사람이 되었으므로, 매콜리 선생님의 조언을 받아들이려고 노력하고 있다.

세계사 선생님 폴 루트는 아칸소 시골 출신으로 키가 작고 땅딸막했으며, 훌륭한 마음씨에 소박한 태도와 약간 특이하고 짓궂은 유머 감각을 가진 사람이었다. 내가 주지사가 되자, 폴은 우치타 대학의 교수직을 그만두고 나를 위해 일해주었다. 1987년 어느 날 주 의사당에서 폴을 우연히 만났을 때, 폴은 주 의원 세 명과 이야기를 하고 있었다. 그들은 게리 하트가 도너 라이스와 멍키비즈니스호에 대한 기사가 나오면서 몰락한 이야기를 하고 있었다. 주 의원들은 모두 게리를 심하게 비난하고 있었다. 신실한 침례교도이며, 성가대 지휘자이며, 올곧은 사람으로 소문난 폴은 주 의원들이 지루한 이야기를 늘어놓는 것을 참을성 있게 듣고 있었다. 그들이 숨을 고르려고 잠깐 말을 멈추는 사이 폴은 시치미를 떼고 말했다. "의원님들 말이 절대적으로 옳습니다. 그는 끔찍한 짓을 했지요. 하지만 혹시 이걸 아십니까? 키가 작고, 뚱뚱하고, 못생긴 것이 저의 도덕성에 큰 기여를 했다는 것

말입니다." 주 의원들은 입을 다물었고, 폴은 나와 함께 그 자리를 떴다. 나는 이 사람을 정말 좋아한다.

나는 영어 시간은 모두 좋아했다. 존 윌슨은 아칸소의 열다섯 살짜리들에게 '줄리어스 시저'의 의미를 쉬운 말로 풀어주고, 우리에게 끊임없이 인간 본성과 행동에 대한 셰익스피어의 관점이 옳다고 생각하느냐고 물어봄으로써 그 연극을 살아 있는 것으로 느끼게 해주었다. 윌슨 선생님은 늙은 윌(윌리엄 셰익스피어를 가리킨다—옮긴이주)의 말이 옳다고 생각했던 것 같다. 인생은 희극이자 비극인 것이다.

2학년 영어 우등반에서는 자신이 살아온 이야기를 써 내야 했다. 내 에세이는 나 스스로도 이해하지 못하고 그 전에는 받아들이지도 못했던 자신에 대한 의심으로 가득했다. 그 일부를 소개해보겠다.

> 나는 아주 많은 다양한 힘들로부터 동기를 부여받고 또 영향을 받는 사람이기 때문에, 이따금씩 내가 제정신인지 묻지 않을 수 없다. 나는 살아 있는 역설이다. 매우 종교적이면서도, 나의 구체적인 믿음들에 대해서는 마땅히 그래야 할 만큼 확신을 가지지 못하고 있다. 책임을 지고 싶으면서도, 막상 그런 일이 생기면 움츠러든다. 진리를 사랑하지만, 오류에 굴복하는 경우도 많다…… 나는 이기심을 혐오하지만, 매일 거울에서 그것을 본다…… 나는 살아가는 방법을 전혀 배우지 못한 사람들을 보는데, 그 가운데 일부는 나에게 귀중한 사람들이다. 나는 그들과 달라지고 싶고 또 달라지려고 노력하지만, 그들과 비슷해지는 경우가 많다…… 나라는 것은 얼마나 따분한 작은 단어냐! 나는, 나를, 나의, 나의 것…… 이 단어들을 가치 있게 사용하게 해주는 것은 우리가 이 단어들과 좀처럼 결합하지 못하는 보편적인 좋은 자질들뿐이다. 믿음, 신뢰, 책임, 회개, 지식 같은 것들. 이것은 살아갈 의미를 찾게 해주는 것들로, 결코 피해갈 수 없다. 나는 정직해지려고 노력할 것이고, 내가 싫어하는 위선자는 되지 않을 것이다. 어린 나 안에 있는 그 불길한 존재를 인정하고, 진지하게 어른이 되려고 노력할 것이다.

우리를 가르쳤던 로니 워네크 선생님은 내 에세이에 100점을 주면서, 이 글이 "너 자신을 알라"는 고전적인 요구를 이행하기 위해 "내부로 깊이" 들어가보려는 아름답고 정직한 시도라고 말했다. 나는 기쁘기는 했지만, 여전히 내가 발견한 것을 어떻게 생각해야 할지 알 수 없었다. 나는 나쁜 짓을 하지 않았다. 나는 술도 안 마시고, 담배도 안 피우고, 여자아이들과 키스는 여러 번 했지만 그 이상 나아가지는 않았다. 대체로 나는 행복했다. 그러나 나는 나 자신이 원하는 만큼 선하다고 확신할 수가 없었다.

워네크 선생님은 우리 반을 데리고 뉴턴 카운티로 현장 답사를 갔다. 아칸소 북부에 있는 오자크 산맥으로 깊이 들어가본 것은 그때가 처음이었다. 당시 그곳은 숨막히게 아름답지만, 찢어지게 가난하고 거칠고 소모적인 정쟁에 시달리는 곳이었다. 뉴턴 카운티의 500평방킬로미터가 넘는 언덕과 분지에는 약 6,000명이 흩어져 살았다. 재스퍼의 인구는 300명을 약간 넘었다. 그곳에는 공공사업 촉진국에서 지은 법원, 카페, 잡화점, 아주 작은 영화관이 있었다. 우리 반은 밤에 그 영화관에 가서 오디 머피가 나오는 옛 서부영화를 보기도 했다. 정치에 입문하면서 뉴턴 카운티의 모든 구역을 알게 되었지만, 나는 열여섯 살 때 오자크 산맥의 도로를 돌아다니며 역사, 지질, 식물과 동물에 대해 배우면서 이미 그곳과 사랑에 빠졌다. 어느 날 우리는 남북전쟁 시대의 소총과 권총을 수집해놓은 산사람의 오두막을 찾아갔다가, 남군이 탄약고로 사용하던 동굴을 탐험하기도 했다. 동굴 안에는 얼마 안 되기는 하지만 병기가 여전히 남아 있었다. 총은 여전히 사용할 수 있었다. 이것은 시간이 천천히 흘러가는 곳에서는 100년 전의 갈등이 여전히 현실로 존재한다는 것을 보여주는 증거였다. 적의는 쉽게 사라지지 않았다. 전해 내려오는 기억들 역시 마찬가지였다. 1970년대 중반 법무장관 시절 나는 재스퍼 고등학교의 졸업식 연설을 해달라는 초대를 받았다. 나는 에이브러햄 링컨의 말을 인용하여 역경에 굴하지 말고 계속 전진하라고 이야기하면서, 링컨이 곤경과 좌절을 극복했던 예를 들기도 했다. 나중에 그곳에서 중요한 일을 하는 민주당원이 별빛이 환한 곳으로 나를 데리고 나가더니 말했다. "빌, 멋진 연설이었습니다. 저 아래 리틀록에서라면 그런 연설을 언제든지 할 수 있겠지요. 하지만 여기에서는 두 번 다시 그 공화당 대통령(링컨을 가리킨다—옮긴이주)에 대해서 자랑하지 마십시오. 그 사람이 그렇게 훌륭했다면 우리가 남북전쟁도 겪지 않았을 것 아닙니까!" 나는 할 말을 잃었다.

우리는 루스 스위니의 3학년 영어 시간에 「맥베스」를 읽었다. 선생님은 우리에게 일부를 암기하고 낭송하라고 했다. 나는 "내일, 또 내일, 또 내일이 이렇게 답답한 걸음으로, 하루, 하루, 기록된 시간의 마지막 순간까지 기어가는구나"로 시작해서 "인생이란 걷는 그림자에 불과한 것, 불쌍한 배우처럼 주어진 시간 동안 무대에서 활개치고 안달하다 어느덧 아무런 소리도 들리지 않는구나. 그것은 백치가 지껄이는 이야기, 소음과 광기로 가득 차 있지만 아무런 의미도 없어라"로 끝나는 유명한 독백이 포함된 100행 정도를 외웠다. 거의 30년 뒤 주지사가 되었을 때, 나는 우연히 아칸소 주 빌로니어의 한 수업을 참관하게 되었다. 학생들은 「맥베스」를 공부하고 있었다. 나는 그들 앞에서 그 구절을 낭송했다. 그 말들은 나에게 여전히 막강한 힘을 지니고 있었으며, 내가 늘 나의 삶을 요약하는 말이 되지 않게 하겠다고 다짐하는 무시무시한 메시지가 담겨 있었다.

2학년을 마친 여름에 나는 매년 일주일간 캠프 로빈슨에서 열리는 미국 재향군인회 주 소년단 행사에 참석했다. 캠프 로빈슨은 오래된 군대 주둔지로, 열여섯 살 난 소년 1,000명이 숙박할 수 있는 원시적인 나무 막사가 있었다. 우리는 도시와 카운티별로 조직되어, 두 정당으로 똑같이 나뉘었다. 우리는 카운티 이하, 카운티, 주 지방자치체의 후보자와 유권자 역할을 맡았다. 우리는 강령도 만들고 쟁점에 대한 투표도 했다. 또 주지사를 비롯한 여러 중요한 인물의 연설을 들었고, 하루는 주 의사당을 직접 방문하기도 했다. 그곳에 갔을 때 주 소년단의 주지사를 비롯하여 다른 선출된 공무원과 그들의 '비서진', 그리고 의원들이 실제로 주 집무실과 의사당을 차지하기도 했다.

일주일이 거의 끝날 무렵 양 당은 미국의 수도 근처에 있는 칼리지 파크의 메릴랜드 대학에서 7월 말에 열릴 미국소년단 행사를 위해 두 후보를 지명했다. 선거 결과 가장 많은 표를 얻은 두 사람이 아칸소의 상원의원으로 가기로 했다. 나는 그 둘 가운데 한 명이었다.

나는 캠프 로빈슨에 갈 때부터 미국소년단 상원의원에 출마하고 싶었다. 가장 존경받는 자리는 주지사였지만, 당시에 나는 그 자리에는 관심이 없었고, 그로부터 몇 년 동안 진짜 주지사가 하는 일에도 관심이 없었다. 나는 시민권, 가난, 교육, 외교 정책을 놓고 결정이 이루어지는 곳은 워싱턴이라고 생각했다. 게다가 어차피 나는 주지사 선거에서 이길 수도 없었다. 주지사 선거는 시작하기도 전에 이미 끝난 것이나 다름없었다. 호프 시절부터 나의 오랜 친구인 맥 맥라티가 이미 그 자리를 차지한 셈이었다. 당시 맥라티는 그의 학교 학생회장인 동시에, 모두 A를 받는 우등생인 동시에, 풋볼의 쿼터백 스타였기 때문에, 몇 주 전부터 주 전체에서 지지를 얻고 있었다. 우리 당은 진지하고 부드러운 목소리의 라디오 아나운서 래리 토턴을 후보로 지명했다. 그러나 맥라티는 큰 표 차로 승리를 거두었다. 우리는 모두 그가 우리 또래에서 주지사로 선출되는 첫 번째 인물이 될 것으로 확신했다. 그로부터 4년 뒤 그가 아칸소 대학의 학생회장으로 선출되었을 때, 그리고 바로 1년 뒤에 22세의 나이로 최연소 주의회 의원이 되었을 때, 그런 예상은 더욱 굳어졌다. 그 얼마 뒤 아버지와 함께 포드 자동차 사업을 하던 맥은 포드 트럭 판매를 위해 당시로는 새로운 임대 방식을 고안했다. 결국 이 아이디어 덕분에 맥과 포드 자동차 회사는 큰돈을 벌었다. 그러자 맥은 정치를 그만두고 사업에 본격적으로 뛰어들어, 미국에서 가장 큰 천연가스 회사인 아칸소-루이지애나 가스 회사의 사장이 되었다. 그러나 그는 정치 활동에도 적극적이어서, 그의 지도력과 자금력을 통해 데이비드 프라이어와 나를 비롯한 많은 아칸소 민주당원들을 지원했다. 그는 백악관에 입성할 때까지 나와 계속 붙어 다녔으며, 백악관 입성 후에는 첫 비서실장을 맡았다가 나중에 아메리카 대륙 특사를 맡았다. 현재 그는 헨리 키신저와 컨설팅 사업을 함께 하며, 브라질 상파울루의 12개 자동차 대리점을 포함한 여러 사업체를 소유하고 있다.

래리 토턴은 주지사 선거에서는 패배했지만, 그래도 큰 위안을 얻을 수 있었다. 선거를 통해 확실한 지명도를 얻게 되었으니, 미국소년단으로 나가는 두 자리 가운데 하나는 확보한 것이나 다름없었기 때문이다. 그러나 문제가 있었다. 래리는 그의 고향 대표단의 두 명의 '스타' 가운데 하나였다. 또 한 아이는 똑똑하고 잘생긴 만능 스포츠맨 빌 레이너였다. 그들은 주.소년단에 오면서 토턴은 주지사에 출마하고, 레이너는 미국소년단에 출마하기로 약속을 했다. 물론 둘 다 미국소년단에 출마할 수는 있었지만, 같은 도시 출신의 두 아이가 선출될 가능성은 없었기 때문이다. 게다가 두 아이는 모두 나와 같은 당이었으며, 나는 일주일 동안 열심히 상원의원 선거운동을 하고 있었다. 당시 내가 어머니한테 보낸 편지를 보면, 나는 이미 세금 징수관, 당 서기, 지방법원 판사 선거에서 승리했고, 이제 카운티 판사 선거에 출마하고 있었다. 이것은 아칸소 정치에서는 매우 중요한 자리였다.

선거운동 연설을 듣기 위해 당 집회를 열기 직전 마지막 순간에 톤턴이 후보로 나서겠다고 신청했다. 빌 레이너는 너무 놀라서 연설도 제대로 하지 못했다. 나는 지금도 그때의 내 연설문을 가지고 있는데, 이것은 리틀록 센트럴 고등학교 사건에 대한 언급을 빼면 별 특색이 없다. "우리는 원치도 않는 사건으로 인해 수치를 겪은 주에서 성장했습니다." 나는 포버스 주지사가 한 짓이 못마땅했으며, 다른 주에서 온 아이들이 아칸소를 더 나은 곳으로 생각해주기를 바랐다. 개표를 해보니, 래리 톤턴이 큰 표 차로 1등을 했다. 나도 안정권에서 2등을 했다. 레이너는 한참 뒤처졌다. 그러나 나는 빌을 무척 좋아하게 되었다. 그때 빌이 패배를 견디던 그 위엄 있는 모습은 결코 잊을 수가 없다.

1992년, 코네티컷에 살고 있던 빌은 내 선거운동본부에 연락해 돕겠다는 제안을 해왔다. 어린 시절의 실망감이라는 고통을 통해 단련된 우리의 우정 덕분에 우리는 행복하게 다시 손잡을 수 있었다.

래리 톤턴과 나는 하루 더 선거운동을 한 뒤에 다른 당의 대표들을 물리쳤다. 덕분에 1963년 7월 19일에 칼리지 파크로 갈 수 있었다. 나는 다른 대표들을 만나고 싶었고, 중요한 쟁점들에 대해 투표를 하고 싶었고, 각료와 다른 정부 공무원의 이야기를 듣고 싶었고, 백악관을 방문하고 싶었다. 그곳에 가면 대통령도 만날 수 있기를 바랐다.

일주일은 빨리 지나갔다. 행사와 의회 회의로 빡빡한 일정이었다. 나는 노동부장관인 윌러드 워츠에게 특별히 강한 인상을 받았으며, 시민권을 둘러싼 논쟁에 완전히 빠져들었다. 많은 아이들이 공화당원이었으며, 배리 골드워터의 지지자들이었다. 그들은 1964년 선거에서는 골드워터가 케네디 대통령을 이겨주기를 바랐다. 그러나 시민권 문제에 대해서는 남부 출신인 우리 넷을 포함하여 진보적인 아이들이 많았기 때문에 우리의 법률안이 통과될 수 있었다.

나는 미국소년단에 가 있던 일주일 내내 래리 톤턴과 사이가 좋지 않았다. 빌 레이너와의 우정, 그리고 시민권 문제에 대한 나의 좀더 자유주의적인 태도 때문이었다. 그러나 대통령이 된 뒤에 래리 톤턴과 그의 자식들을 만나게 되자 반가웠다. 그는 훌륭하게 살아가는 착한 사람 같았다.

7월 22일 월요일, 우리는 의사당을 방문하여 층계에서 사진을 찍고, 우리 주의 진짜 상원의원들을 만났다. 래리와 나는 외교위원장 J. 윌리엄 풀브라이트, 세출위원장 존 매클렐런과 점심을 먹었다. 고참제(고참 상원이 높은 자리를 차지하는 관례—옮긴이주)는 잘 운영되고 있었으며, 아칸소만큼 그 제도의 덕을 보는 주는 없었다. 나아가 우리 하원의원도 네 명 모두 중요한 자리를 차지하고 있었다. 윌버 밀스는 세입위원장이었고, 오런 해리스는 상무위원장이었으며, '툭' 개딩스는 농무위원회의 중요한 위원이었다. '뒤늦게' 1945년에야 하원에 들어왔던 짐 트림블은 법안의 처리를 통제하는 막강한 의사 운영규칙 상설위원회의 위원이었다. 물론 나는 3년이 안 되어 내가 외교위원회 실무진에 들어가 풀브라이트 밑에서 일하게 될 줄은 까맣게 모르고 있었다. 이때 점심식사를 하고 나서 며칠 뒤 어머니는 풀브라이트 상원의원으로부터 점심식사가 즐거웠으며, 아들을 자랑스럽게 생각하라는 내용이 담긴 편지를 받았다. 나는 그 편지를 지금도 보관하고 있다. 그 편지에서 능력 있는 실무자의 일솜씨를 처음 보았던 셈이다.

7월 24일 수요일, 우리는 백악관 로즈 가든에서 대통령을 만났다. 케네디 대통령은 집무실에서 밝은 햇빛으로 걸어나와 우리가 한 일을 칭찬하는 짧은 연설을 했다. 특히 우리가 시민권을 지지한 것을 칭찬했으며, 여름 연례 회의에서 우리만큼 진보적이지 않았던 주지사들보다 우리에게 높은 점수를 주었다. 케네디는 미국소년단 티셔츠를 증정받고 나서 층계를 내려와 악수를 하기 시작했다. 나는 앞줄에 있었다. 다른 아이들보다 몸집도 크고 대통령에 대한 지지도 컸기 때문에, 대통령이 두세 명하고만 악수를 해도 나는 반드시 낄 수 있도록 앞줄로 간 것이다. 내가 9학년 학급 토론에서 지지했던 대통령, 백악관에 들어가고 나서 2년 반 뒤에 더 강하게 지지하게 된 대통령을 만나는 것은 나에게는 특별한 순간이었다. 한 친구가 나를 위해 사진을 찍어주었다. 나중에 케네디 도서관에서 이 악수 장면을 촬영한 필름이 발견되었다.

케네디와의 짧은 만남, 그리고 그것이 내 인생에 준 영향에 대해서는 여러 번 이야기를 했다. 어머니는 내가 워싱턴 여행을 마치고 집에 돌아왔을 때 정치를 하겠다는 결심을 굳혔다는 것을 알았다고 말했다. 1992년 내가 민주당 대통령 후보가 된 뒤에는 사람들이 이 필름을 두고 나의 대통령에 대한 꿈이 이때부터 시작되었다고 이야기하곤 했다. 사실 나는 잘 모르겠다. 집에 돌아온 뒤 핫스프링스의 미국재향군인회에서 했던 연설문 사본을 지금도 가지고 있는데, 거기에서는 케네디와 악수한 것을 별로 중요하게 이야기하지 않았다. 당시 나는 상원의원이 되고 싶다는 생각을 했다. 그러나 마음속 깊은 곳에서는 에이브러햄 링컨이 젊은 시절에 쓴 글처럼 생각했던 것인지도 모른다. "공부를 하고 준비를 하겠다. 그러면 내게 기회가 올지도 모른다."

나는 고등학교 정치에서 어느 정도 성공을 거두어, 2학년 회장으로 선출되었다. 나는 학생회장 선거에 출마하고 싶었지만, 우리 고등학교를 감독하던 관할 단체에서는 핫스프링스의 학생들은 지나치게 많은 활동에 참여하는 것을 허용하지 않는다는 결정을 내렸다. 새로운 규칙에 따르면, 나는 밴드 메이저였기 때문에 학생회나 학년회장에 나갈 자격이 없었다. 풋볼 팀 주장으로서 회장 선거에서 이길 확률이 높았던 필 제이미슨도 마찬가지였다.

그러나 고등학교 학생회장에 출마하지 못하게 되었다고 해서 나나 필 제이미슨이 큰 상처를 입었던 것은 아니다. 필은 해군사관학교에 들어갔으며 해군 근무를 마친 뒤에는 펜타곤에서 군비 통제 문제를 담당하는 중요한 일을 했다. 내가 대통령이었을 때 그는 러시아와 관련된 우리의 모든 중요한 일에 관여했으며, 나는 우리의 우정 덕분에 작전 차원에서 이루어지는 우리의 노력들을 잘 이해할 수 있었다. 그를 몰랐더라면 그런 이해는 불가능했을 것이다.

그 무렵 나는 내 인생에 있어 어리석은 정치적 행동을 저질렀다. 새로운 활동 제한 규칙에 화가 난 한 친구가 3학년 간사 후보로 내 이름을 올리도록 놔둔 것이다. 선거에서는 우리 앞집의 캐럴린 옐델이 나를 가볍게 꺾었다. 당연한 일이었다. 내가 출마한 것은 어리석고 이기적인 일이었다. 이 사건을 통해 나의 정치 규칙 가운데 하나가 생기게 되었다. 진정으로 원하지 않는 자리, 앉아야 할 만한 이유가 없는 자리에는 절대 출마하지 마라.

이런 좌절에도 불구하고, 나는 열여섯 살 때에 선출직 공무원으로서 공직에서 봉사하겠다고 결심했다. 나는 음악을 사랑했고, 아주 훌륭한 음악가가 될 수 있다고 생각했다. 그러나 나는 결코 존 콜트레인이나 스탠 게츠가 될 수 없다는 것을 알았다. 의학에도 흥미가 있었고 훌륭한 의사가 될 수 있다고 생각했지만, 나는 결코 마이클 드베이키가 될 수 없다는 것을 알았다. 나는 사람들, 정치, 정책에 끌렸으며, 그것은 집안에 돈이 없어도, 연줄이 없어도, 인종이나 다른 문제에 대해 남부의 주류의 입장에 서지 않아도 성공할 수 있다고 생각했다. 물론 그것은 가능성이 적은 일이었다. 그러나 이런 일에 도전할 수 있다는 것이야말로 미국의 존재 이유가 아니겠는가.

8

1963년 여름에 또 하나의 잊지 못할 사건이 일어났다. 내가 열일곱 살이 되고 나서 닷새 뒤인 8월 28일, 나는 우리 집 서재의 크고 하얀 안락의자에 앉아 텔레비전을 통해 내 생애의 가장 위대한 연설을 들었다. 마틴 루터 킹 2세가 링컨 기념관 앞에 서서 미국에 대한 그의 꿈을 이야기하고 있었다. 그의 운율에 실린 이야기는 오래된 흑인 영가 같았다. 그의 목소리는 우렁차면서도 약간 떨렸다. 그는 앞에 있는 수많은 군중과 나처럼 몰두한 채 텔레비전을 보고 있는 수백만 명을 향해 그의 꿈에 대해 이야기하고 있었다. "언젠가 조지아의 붉은 언덕 위에서 이전에 노예였던 사람의 아들과 이전에 노예 소유주였던 사람의 아들이 형제애의 탁자에 함께 앉을 수 있을 것입니다." 또 이런 말도 했다. "언젠가 나의 네 자녀는 피부색이 아니라 인격을 기준으로 판단하는 나라에 살게 될 것입니다."

40여 년이 지난 지금 킹의 연설이 나에게 불러일으켰던 감흥과 희망을 그대로 전달하기는 어렵다. 그것이 시민권 법도, 투표권 법도, 주택개방법(주택매매에서 인종, 종교에 대한 차별을 금지한 법―옮긴이주)도, 대법원의 서굿 마셜도 없던 나라에서 가졌던 의미를 그대로 전달하기도 어렵다. 그것이 대부분의 학교들이 여전히 인종차별 정책을 채택하고, 흑인들이 투표하는 것을 막거나 그들을 몰아 현상 유지를 하는 쪽에 표를 던지게 하기 위해 인두세를 이용하고, 배울 만큼 배운 사람들까지도 공개적으로 '검둥이'라는 말을 사용하던 미국 남부에서 가졌던 의미를 그대로 전달하기도 어렵다.

나는 그 연설을 들으며 울기 시작해, 킹 박사가 연설을 끝낸 뒤에도 한참 울었다. 그는 내가 믿는 것을 모두 말했다. 내가 말할 수 있는 것보다 훨씬 훌륭하게 말했다. 나는 그 연설을 들으면서 마틴 루터 킹의 꿈을 실현하기 위해 평생 동안 무슨 일이든 하겠다는 결심을 굳히게 되었다.

두 주 뒤 나는 고등학교 3학년이 되었다. 미국소년단 일로 여전히 기분이 좋은 상태였으며, 내 유년의 마지막 시간을 마음껏 누리고 싶은 마음이 간절했다.

고등학교에서 가장 까다로웠던 과목은 미분이었다. 미분 반에는 7명이 있었다. 이 학교에서 미분 강의가 열린 것은 이때가 처음이었다. 두 가지 사건이 선명하게 기억에 남아 있다. 어느 날 코 선생님이 시험지를 채점해서 나누어주었는데, 모두 정답을 적었음에도 점수는 한 개가 틀린 것으로 나왔다. 내가 묻자 코 선생님은 과정이 부정확했기 때문에 답을 우연히 알아낸 것으로 간주해 점수를 주지 않았다고 대답했다. 교과서에는 내가 사용했던 것보다 몇 단계를 더 거치라고 나와 있었다. 그때 우리 반에는 진짜 천재가 한 명 있었다. 짐 맥두걸(화이트워터의 맥두걸이 아니다)이라는 이름의 그 친구는 내 답안지를 보더니 코 선생님한테 내 해법이 교과서에 나온 것과 마찬가지로 타당할 뿐 아니라, 짧기 때문에 오히려 더 낫다고 볼 수 있다면서 점수를 주어야 한다고 말했다. 이어 그는 자신이 내 해법의 타당성을 증명해 보이겠다고 했다. 코 선생님도 짐의 두뇌를 인정했기 때문에 한번 증명해보라고 말했다. 그러자 짐은 문제를 분석하는 수학 공식을 칠판 두 개에 가득 적어놓더니, 내 해법이 교과서의 해법보다 낫다는 것을 증명했다. 나는 어안이 벙벙했다. 나는 늘 문제 푸는 것을 즐겼고, 그것은 지금도 마찬가지이지만, 그때는 미로를 기어다니는 느낌이었다. 짐이 무슨 말을 하는지 도무지 알아들을 수 없었다. 코 선생님도 마찬가지였을지 모른다. 어쨌든 그의 화려한 공연이 끝난 뒤 내 점수는 바뀌었다. 이 일을 계기로 나는 두 가지를 배우게 되었다. 문제를 풀 때는 가끔 좋은 직감이 부족한 지능을 메워줄 수 있다는 것. 또 고급수학을 더 공부해보았자 그 방면에서는 맥두걸 같은 친구를 따라갈 수 없겠다는 것.

미분 수업은 점심시간 직후인 4교시였다. 11월 22일, 코 선생님은 교무실로 불려갔다. 돌아온 선생님은 얼굴이 백짓장처럼 하얘져서 말도 제대로 하지 못했다. 그는 우리에게 케네디 대통령이 댈러스에서 총을 맞았는데, 죽은 것 같다고 말해주었다. 나는 참담했다. 바로 넉 달 전, 로즈 가든에서 본 케네디는 활기와 힘이 넘쳤다. 그가 말과 행동이 모두 끝이라니. 취임 연설, 라틴아메리카의 진보 동맹, 쿠바 미사일 위기를 냉정하게 처리한 일, 평화봉사단, "나는 베를린 사람이다"라는 제목의 연설에 나오는 놀라운 구절, "자유에는 많은 난관이 있고 민주주의는 완벽하지 않지만, 우리는 한 번도 우리 민중을 가둘 담을 쌓은 적이 없습니다". 이 모두가 내 조국에 대한 나의 희망과 정치에 대한 나의 신념을 구체적으로 보여준 것이었는데.

수업이 끝난 뒤 별관 교실에 있던 학생들은 모두 본관으로 걸어갔다. 우리 모두는 슬퍼했다. 아니, 한 명만 빼고. 나와 함께 밴드를 하던 매력적인 여학생이 어쩌면 그가 죽은 것이 나라를 위해 잘된 일인지도 모른다고 말하는 소리가 들렸다. 그 아이네 가족이 나보다 보수적이라는 것은 알고 있었지만, 내가 친구라고 생각하는 사람이 그런 말을 한다는 것이 놀랍고 또 무척 화가 났다. 나는 살벌한 인종차별 외에는 그런 증오심을 처음 보았다. 그러나 이런 증오심은 내가 정치에 들어서면서 자주 보게 되었으며, 20세기의 마지막 사반기 동안에는 강력한 정치적 운동으로 머리를 내밀었다. 그러나 그 때의 내 친구는 고맙게도 그것을 넘어섰다. 1992년 라스베이거스에서 선거운동을 할 때, 그녀가 행사장 한 곳을 찾아왔다. 그녀는 사회사업가가 되었을 뿐만 아니라 민주당원이었다. 우리가 다시 만난 순간은 소중했다. 옛 상처를 치유할 기회가 되었기 때문이다.

케네디 대통령의 장례식을 본 뒤, 또 린든 존슨이 "오늘 내가 이 자리에 서지 않을 수만 있었다면 무엇이라도 기꺼이 내주었을 것"이라는 감동적인 말로 침착하게 대통령직을 인계받는 것을 보고 안심한 뒤, 나는 천천히 정상적인 생활로 돌아갔다. 3학년 나머지 기간은 드몰레이단과 밴드 활동으로 빠르게 지나갔다. 학교 밴드와 함께 플로리다 주 펜사콜라로 연주여행을 떠나기도 했고, 주 대표 밴드에 참여하러 여행을 하기도 했다. 또 친구들과 즐거운 시간을 보내기도 했다. 우리는 클럽 카페에서 그때까지 내가 맛본 가장 맛있는 네덜란드 사과파이를 먹기도 했고, 영화관에 가기도 했고, YMCA에서 댄스파티에 참가하기도 했고, 쿡스 데어리에서 아이스크림을 먹기도 했고, 맥클라드에서 바비큐를 먹기도 했다. 가족이 운영하는 맥클라드는 75년의 전통을 가진 곳으로 바비큐가 미국에서 가장 맛있다는 주장에는 이론이 있을지 몰라도, 바비큐 콩은 분명히 미국에서 가장 맛있는 곳이었다.

그해에 몇 달 동안 나는 아칸소 주 벤턴 출신의 여학생 수전 스마이더스와 데이트를 했다. 벤턴은 핫스프링스에서 동쪽으로 50킬로미터 정도 떨어진 곳으로, 리틀록으로 가는 고속도로변에 자리 잡고 있는 곳이었다. 일요일이면 나는 벤턴의 교회에 갔다가 그녀의 가족과 함께 점심을 먹곤 했다. 식사가 끝나면 수전의 어머니 메리는 탁자에 사과파이를 잔뜩 쌓아 놓았고, 그녀의 아버지 리스와 나는 그것을 먹었는데, 나는 걷기도 힘들 정도로 잔뜩 먹었다. 어느 일요일 점심식사 후에 수전과 나는 보크사이트까지 드라이브를 했다. 보크사이트는 벤턴 근처의 타운으로, 알루미늄을 만드는 데 사용되는 원광 때문에 그런 이름이 붙었다. 그곳에서는 구덩이를 파고 보크사이트를 캤다. 우리는 그곳에 도착하여 광산을 구경하러 가기로 했다. 우리는 도로에서 벗어나 단단한 점토가 깔린 길을 따라 크게 입을 벌린 구덩이 가장자리로 갔다. 광산 주위를 산책한 뒤 집으로 가려고 차로 돌아왔을 때, 우리는 가슴이 덜컥 내려앉았다. 내 자동차 바퀴가 부드럽고 축축한 땅속에 깊이 박혀 있었기 때문이다. 바퀴는 계속 헛돌 뿐 앞으로 나아가지 않았다. 나는 낡은 판자를 몇 개 찾아 바퀴 뒤를 판 다음 그곳에 집어넣었다. 그래도 소용없었다. 두 시간이 지나자 타이어의 요철이 다 타서 없어졌다. 날은 어두워지고 있었다. 우리는 꼼짝도 못하고 있었다. 마침내 나는 포기하고, 마을까지 걸어가 도움을 요청한 다음 수전의 부모에게 전화를 했다. 마침내 사람들이 도와주러 와서 차를 거대한 홈으로부터 빼내 견인해주었다. 타이어들은 아기 엉덩이처럼 만질만질했다. 수전의 집에 돌아갔을 때는 날이 어두워진 뒤였다. 그녀의 가족은 우리의 이야기를 믿어주었던 것 같다. 그래도 그녀의 아버지는 확인을 하기 위해 슬쩍 내 차의 타이어들을 보았다. 순진했던 때였기 때문에 나는 그런 태도에 굴욕감을 느꼈다.

3학년이 끝나가면서 대학 진학 문제를 걱정하게 되었다. 어떤 이유에서인지 나는 아이비리그의 학교에는 원서를 낼 생각조차 하지 않았다. 가고 싶은 대학은 한 곳뿐이었고, 나는 거기에만 원서를 냈다. 조지타운 대학교 외교대학이었다. 나는 외교관이 될 생각이 없었으며, 미국소년단에 갔을 때도 조지타운 캠퍼스를 구경하지 못했다. 그러나 나는 워싱턴으로 돌아가고 싶었다. 그리고 그 도시에서 가장 명망 있는 대학이 조지타운이었다. 예수교도의 지적인 엄격성은 전설적이었으며, 나는 그것에 매혹되었다. 나는 국제 문제에 대해서 알 수 있는 것은 다 알 필요가 있다고 느꼈다. 그리고 어쩐 일인지 1960년대 중반에 워싱턴에 있는 것만으로도 국내 문제에 대해서는 다 알 수 있을 것 같았다. 나는 그 대학에 입학할 수 있을 거라고 생각했다. 나는 우리 학년 327명 가운데 4등이었고, 대학입학시험 성적도 좋았고, 조지타운은 모든 주에서 적어도 한 명의 학생은 데려오려고 했기 때문이다(차별철폐 프로그램의 초기 형태였던 셈이다!). 그래도 걱정이 되었다.

나는 만일 조지타운에 들어가지 못하면 아칸소 대학에 가겠다고 결정했다. 아칸소 대학은 아칸소 고등학교 졸업생들에게는 무시험 입학제를 실시하고 있었으며, 정보에 빠른 친구들은 정치가가 될 야망이 있으면 어차피 그곳으로 가야 한다고 말하기도 했다. 4월 둘째 주에 조지타운 대학에서 합격통지서가 날아왔다. 나는 기뻤지만, 그때는 벌써 가는 것이 잘하는 일인가 하는 의문이 고개를 쳐들고 있었다. 우선 장학금을 받지 못했기 때문에 돈이 너무 많이 들었다. 학비로 1,200달러, 방세와 이런 저런 비용으로 700달러, 거기에 책, 음식, 기타 용돈까지 합쳐야 했다. 우리는 아칸소 기준에서 보자면 안락한 중산층 가족이었지만, 그래도 그만한 돈을 댈 여유는 없을 거라는 걱정이 들었다. 또 아버지가 비록 나이 때문에 힘이 많이 빠지긴 했지만, 어머니와 로저를 놔두고 멀리 떠난다는 것도 걱정이 되었다. 내 진로를 상담해준 이디스 아이언스 선생님은 내가 조지타운에 가야하며, 부모는 나의 미래에 투자해야 한다고 말했다. 어머니와 아버지도 동의했다. 게다가 어머니는 내가 일단 조지타운에 가서 능력을 발휘하면, 어떤 식으로든 경제적 도움을 얻을 수 있으리라고 믿고 있었다. 그래서 나도 한번 해보기로 결심했다.

나는 1964년 5월 29일에 고등학교를 졸업했다. 졸업식은 우리가 풋볼을 하던 릭스 필드에서 열렸다. 나는 4등을 한 학생으로서 대표 기도를 해야 했다. 이후에 내려진 공립학교에서의 종교에 대한 대법원 판결이 당시에도 적용되었다면, 아마 우리 졸업식에서 기도는 빠졌을 것이다. 나도 세금이 순수하게 종교적인 목적에 쓰이는 데는 반대하지만, 고등학교 시절을 마치면서 마지막 말을 할 수 있어 영광이라고 생각했다.

나의 기도는 나의 깊은 종교적 확신을 담았을 뿐 아니라, 정치적 견해도 약간 담고 있었다. 나는 이렇게 기도했다. "우리에게서 우리 국민을 강하게 해주었던 젊은 이상주의와 도덕주의가 떠나지 않게 해주십시오. 냉담, 무지, 거부를 보면 마음이 아프게 해주십시오. 우리 세대가 자유로운 사람들의 마음에서 자족, 가난, 편견을 없애게 해주십시오…… 우리가 의미 없는 삶의 비참과 진창을 알지 못하도록 조심하게 해주십시오. 우리는 죽어도 다른 사람들은 여전히 자유로운 땅에서 살아갈 수 있도록 노력하게 해주십시오."

비종교적인 사람들은 이것을 불쾌하게 생각할 수도 순진하다고 말할 수도 있겠지만, 나는 내가 그 시절에 이렇게 이상주의적이었다는 것이 기쁘다. 그리고 지금도 내가 기도한 모든 말을 믿고 있다.

졸업식 뒤에 나는 모리어 잭슨과 함께 오래된 벨베디어 클럽에서 열린 졸업 파티에 갔다. 클럽은 파크 애비뉴의 집에서 멀지 않았다. 당시 모리어와 나는 둘 다 짝이 없었고 세인트 존 초등학교를 함께 다녔기 때문에 같이 가는 것도 좋겠다고 생각했는데, 과연 내 생각은 옳았다. 다음 날 아침 나는 소년으로서 맞이한 마지막 여름을 향해 돌진했다. 보통 때와 다름없는 뜨겁고 멋진 아칸소의 여름이었다. 여섯 번째이자 마지막으로 대학 밴드 캠프에 참가하고, 주 소년단에 고문으로 참석하고 나니 여름은 후딱 지나가버렸다.

그해 여름 나는 두 주 동안 클린턴 뷰익에서 아버지의 연례 재고 조사를 돕기도 했다. 전에도 몇 번 했던 일이었다. 기록이 컴퓨터로 정리되어 있고, 부품은 보급 센터에 주문할 수 있는 요즘에는 낯선 일이지만, 당시에 우리는 10년 이상 된 차들의 부품까지 재고로 가지고 있었으며, 매년 그 숫자를 손으로 헤아렸다. 작은 부품들은 빽빽하게 들어찬 높은 선반의 작은 구멍에 들어가 있었다. 이 때문에 부품이 있는 뒤쪽은 아주 어두워, 환한 앞쪽의 전시장과 대조를 이루었다. 우리 전시장은 새 뷰익 한 대를 들여놓을 수 있을 정도의 작은 크기였다.

그 일은 지루했지만 그래도 기분은 좋았다. 무엇보다도 그것이 내가 아버지와 함께 할 수 있는 유일한 일이었기 때문이다. 나는 뷰익 대리점에서 어슬렁거리는 것도 좋아했다. 레이먼드 삼촌도 만났고, 새 차와 중고차가 가득한 차 판매장에서는 영업사원들도 만났고, 뒤쪽에서는 수리공들도 만났다. 뒤쪽에는 내가 특별히 좋아하는 사람이 셋 있었다. 둘은 흑인이었다. 얼리 아널드는 레이 찰스처럼 생겼는데, 내가 들어본 가장 멋진 웃음소리를 냈다. 그는 늘 나에게 잘해주었다. 제임스 화이트는 좀 쌀쌀맞은 편이었다. 그럴 수밖에 없는 것이 그는 레이먼드 삼촌이 주는 돈과 월터스 부인이 떠난 뒤 우리 집에 와서 일하고 있는 그의 부인 얼린이 버는 돈으로 자식 여덟을 길러야 했기 때문이다. 나는 제임스의 개똥철학에 열심히 귀를 기울였다. 내가 고등학교 시절이 아주 빠르게 지나갔다고 말하자 그는 이렇게 대꾸했다. "그래, 시간은 정말 빨리 지나가지. 그래서 난 내 나이를 쫓아가기도 힘들다니까." 그때는 그 말이 농담인 줄 알았다. 하지만 지금은 그때처럼 웃음이 나오지 않는다.

백인 에드 포시는 차를 다루는 솜씨가 뛰어났으며, 나중에 독립하여 가게를 열었다. 내가 대학에 가게 되자, 부모는 내가 몰던 헨리 J를 에드에게 팔았다. 아버지가 호프의 뷰익 대리점을 하던 시절 수리해놓은 여섯 대의 고물차 가운데 하나였다. 유압식 브레이크가 새곤 하는 낡은 차였지만, 나는 그 차와 헤어지기가 싫었다. 지금 그것을 돌려받을 수 있다면 무엇이라도 내놓겠다. 그 차 덕분에 나와 내 친구들은 무척 즐거운 시간을 보낼 수 있었다. 그러나 늘 그렇게 즐거웠던 것만은 아니다. 어느 날 밤, 핫스프링스에서 나와 7번 하이웨이를 타고 미끄러운 포장도로를 달리고 있었다. 바로 앞에는 검은 차가 가고 있었다. 제시 하위의 자동차 극장을 지나는데, 앞에 있는 차가 갑자기 멈추었다. 아마 대형 화면에 상영되는 영화 장면으로 눈길을 돌렸던 것 같다. 앞차의 브레이크 등이 하나 망가졌기 때문에, 나는 그 차가 서는 것을 너무 늦게 보았다. 부주의, 느린 반사신경, 시원치 않은 브레이크 등이 복합적으로 작용해 나는 검은 차의 뒤를 들이받고 말았다. 턱이 운전대에 부딪히면서 운전대가 바로 부러졌다. 다행히도 아무도 심하게 다치지는 않았고, 내 보험으로 검은 차는 수리해줄 수 있었다. 클린턴 뷰익의 친구들은 헨리 J를 새 차처럼 고쳐주었다. 나는 턱이 아니라 운전대가 부러진 것이 고마울 따름이었다. 헨리 힐이 몇 년 전 나를 때렸을 때보다 아프지도 않았으며, 숫양이 들이받아 죽을 뻔했을 때만큼 다치지도 않았다. 그 무렵 나는 그런 일에 대해서는 약간 초연하여, 다음과 같이 말한 현자 같은 태도를 보이곤 했다. "개에게는 이따금씩 벼룩 몇 마리가 있는 것이 도움이 된다. 자신이 개라는 사실에 대해 너무 걱정하는 것을 막아주기 때문이다."

9

유년의 여름이 다 그렇듯이 그 여름은 너무 일찍 끝났다. 9월 12일 어머니와 나는 워싱턴으로 날아갔다. 우리는 신입생 오리엔테이션 전에 일주일 동안 관광을 할 생각이었다. 앞에 무엇이 기다리고 있는지 알 수 없었지만, 어쨌든 나는 기대감에 가슴이 부풀었다.

그 여행은 나보다 어머니에게 더 힘들었다. 우리는 늘 가까웠다. 나는 어머니가 나를 볼 때, 나와 친아버지를 동시에 보는 일이 많다는 것을 알고 있었다. 어머니는 어떻게 어린 로저를 키우고, 어떻게 큰 로저를 감당할지 걱정했을 것이 틀림없다. 이제 내가 어머니를 도와줄 수 없었기 때문이다. 우리는 서로 그리워할 터였다. 우리는 비슷할 만큼 비슷하고 다를 만큼 달랐기 때문에 함께 있는 것이 늘 즐거웠다. 내 친구들도 어머니를 좋아했고, 어머니도 친구들이 집에 오는 것을 반겼다. 앞으로도 그것은 변함이 없겠지만, 보통 크리스마스나 여름방학에 내가 집에 가 있을 때만 확인할 수 있을 터였다.

지금은 좀 알 것도 같지만, 당시에는 어머니가 내 걱정을 얼마나 하는지 알 리가 없었다. 최근에 나는 어머니가 1963년에 쓴 편지 한 통을 우연히 발견했다. 엘크스 클럽이 있는 도시에서 매년 고등학교 3학년 학생 한두 명에게 주는 엘크스 리더십 상 신청서에 포함되어 있던 편지다. 어머니는 이렇게 썼다. "이 편지가 작으나마 내가 빌에 대해 느끼는 죄책감을 덜어줍니다. 마취가 내 직업이다 보니, 내가 빌에게 어머니 노릇을 제대로 할 수 있는 시간은 거의 없습니다. 그렇기 때문에 지금 빌이 하고 있는 일, 그리고 자신의 삶에서 해내는 일에 대한 칭찬은 모두 빌 혼자서 받아야 합니다. 나는 빌이 그야말로 '자수성가한' 남자라고 생각합니다." 어떻게 그렇게 틀린 말을 할 수가 있는지! 매일 어서 일어나 계속 앞으로 나가라고 가르쳐준 사람은 어머니였다. 사람들이 나에게서 최악을 보더라도 나는 그들에게서 최선을 보라고 가르쳐준 사람도 어머니였다. 매일 매일에 감사하고 웃음으로 하루를 맞이하라고 가르쳐준 사람도 어머니였다. 내가 노력만 하면 원하는 대로 뭐든지 할 수 있고 뭐든지 될 수 있다고 믿게 해준 사람도 어머니였다. 사랑과 친절이 결국은 잔혹함과 이기심을 이긴다고 믿게 해준 사람도 어머니였다. 어머니는 나중에는 점차 달라졌지만, 당시에는 관례적인 의미에서 종교적이지는 않았다. 너무 많은 사람이 죽는 것을 보았기 때문에, 죽음 뒤에 삶이 있다고 믿기가 힘들었던 것 같다. 그러나 하나님이 사랑이라면, 어머니는 하나님의 여자였다. 어머니한테 나는 자수성가한 사람이 결코 아니라고 좀 더 자주 말하지 못한 것이 후회가 된다.

우리 삶의 큰 변화들에 대한 불안에도 불구하고, 어머니와 나는 조지타운에 도착할 때쯤에는 흥분으로 마음이 들떠 있었다. 본 캠퍼스에서 두 블록 떨어진 곳에 이른바 이스트 캠퍼스가 있었다. 여기에 외교대학을 포함하여 여학생들도 다니고 종교나 인종적으로도 좀더 다양한 학생들이 다니는 여러 대학이 있었다. 조지타운 대학은 조지 워싱턴이 대통령으로 첫해를 맞이한 1798년 메릴랜드 주 캐럴턴의 예수회 주교 존 캐럴이 세웠다. 1815년 제임스 매디슨 대통령은 조지타운 대학에 학위를 수여할 권한을 부여하는 법안에 서명했다. 조지타운 대학은 처음부터 모든 신앙에 개방적이었고, 이 대학의 가장 위대한 총장 가운데 한 사람으로 1874년부터 1887년까지 총장을 맡았던 패트릭 힐리 신부는 백인이 압도적으로 많은 대학에서 첫 아프리카계 미국인 총장을 지냈다. 그러나 야드 캠퍼스는 모두 남학생이고, 거의 모두가 가톨릭교도이고, 모두 백인이었다. 외교대학은 1919년 철저한 반공주의자 에드먼드 A 월시 신부가 세웠으며, 내가 그곳에 갔을 때만 해도 교수진은 모두 유럽과 중국의 공산주의 체제를 피해 망명했거나 그 체제에서 고생한 경험이 있는 사람들이었다. 그들은 베트남 정책을 포함한 미국 정부의 반공 활동에는 모두 공감하는 쪽이었다.

외교학부는 정치적으로만 보수적인 것이 아니었다. 커리큘럼도 마찬가지였다. 그 엄격함은 16세기 중반 개발한 예수회의 교육철학 연구방법론에 바탕을 두고 있었다. 첫 2년 동안은 한 학기에 여섯 강좌가 필수였다. 총 18 내지 19시간 수업을 들어야 하는 것이었다. 2학년 2학기까지는 선택과목이 없었다. 게다가 복장 규정도 있었다. 내가 1학년 때 남학생들은 모두 드레스 셔츠에 타이 차림으로 수업에 들어가야 했다. 다릴 필요가 없는 합성섬유 셔츠도 입을 수 있었지만, 이것은 촉감이 좋지 않았다. 그래서 나는 조지타운에 가면서 식사와 용돈으로 쓸 돈 25달러 가운데 다섯 벌의 셔츠를 세탁하기 위한 일주일에 5달러의 드라이크리닝 비용도 끼워 넣기로 했다. 기숙사 규칙도 있었다. "1학년생은 주중에는 밤에 자기 방에 들어가 공부를 해야 하며, 자정에는 불을 꺼야 한다. 금요일과 토요일 저녁에 1학년은 12시 30분까지 돌아와야 한다. 이성 손님, 알코올음료, 애완동물, 무기는 대학 기숙사에 들이지 못한다." 지금은 그 때와 사정이 달라졌다는 것을 나도 잘 알고 있지만, 1997년에 힐러리와 함께 첼시를 스탠퍼드에 데려가서 젊은 여학생과 남학생이 같은 기숙사에 사는 것을 막상 내 눈으로 보니 불안한 느낌이 드는 것은 어쩔 수 없었다. 아마 미국총기협회도 아직 대학에서는 총기 제한을 철폐하지 못했을 것이다.

어머니와 내가 교문을 통과한 다음에 처음 만난 사람 가운데는 신입생 오리엔테이션을 담당할 사제 디닌 신부도 있었다. 그는 나를 맞이하면서 라틴어 외에는 전혀 외국어를 모르는 남부의 침례교도가 왜 외교대학에 오고 싶어 했는지 모르겠다고 말했다. 그의 말투로 보건대, 조지타운 대학이 왜 나의 입학을 허락했는지 아직 이해를 못하고 있는 것 같았다. 나는 그냥 웃음을 터뜨리며, 한두 해 지내면서 함께 알아보면 되지 않겠냐고 말했다. 어머니가 걱정을 하는 것 같아, 디닌 신부가 다른 학생들에게 간 뒤에 나는 어머니한테 조금 있으면 모두 그 이유를 알게 될 거라고 말했다. 허세를 부리는 것 같았지만, 어쨌든 멋있는 말 같기는 했다.

수속을 마친 뒤 우리는 내 기숙사 방을 찾고, 룸메이트를 만나보기로 했다. 로욜라 홀은 35번가와 N 스트리트가 만나는 모퉁이에 있었다. 외교 대학이 자리 잡은 월시 빌딩 바로 뒤였으며, 건물들끼리 연결되어 있었다. 나는 225호실을 배정받았는데, 이 방은 35번가의 현관 바로 위에 있었으며, 로드아일랜드의 유명한 클레본 펠 상원의원의 집과 아름다운 정원이 내다보였다. 그는 내가 대통령이 되었을 때도 상원에서 일하고 있었다. 펠 상원의원과 부인 누앨러는 힐러리와 나의 친구가 되었다. 그 덕분에 나는 그들의 웅장하고 오래된 집의 외관을 처음 보고 나서 30년이 지난 뒤에 마침내 그 안도 구경할 수 있게 되었다.

어머니와 함께 내 기숙사 방에 이르렀을 때 나는 깜짝 놀랐다. 당시에는 1964년 대통령 선거운동이 한창이었는데, 내 방문에 골드워터의 스티커가 붙어 있었던 것이다. 나는 그런 것은 다 아칸소에 두고 온 줄 알았다! 그 스티커는 내 룸메이트 탐 캠벨이 붙여놓은 것이었다. 그는 롱아일랜드 주 헌팅턴 출신의 아일랜드계 가톨릭교도였다. 그는 골수 공화당원 집안 출신이었으며, 뉴욕시티의 새비어 예수교 고등학교에 다닐 때는 풋볼 선수로 활약했다. 그의 아버지는 법률가였는데, 보수당 계열로 지역 판사에 당선되었다. 탐은 내가 그의 룸메이트로 배정받은 것에 나보다 더 놀랐을 것이다. 나는 그가 만나본 최초의 아칸소 출신 남부 침례교도였으며, 설상가상으로 골수 민주당 지지자로서 린든 존슨을 지지하고 있었기 때문이다.

어머니는 정치 같은 사소한 일 때문에 좋은 일상생활이 방해받는 것을 용납하지 않았다. 어머니는 다른 모든 사람에게 그랬듯이 탐과 평생 알고 지낸 사이처럼 이야기하기 시작했다. 오래지 않아 어머니는 탐의 마음을 얻었다. 나도 탐이 마음에 들었다. 함께 어울리며 잘 지낼 수 있을 것 같았다. 실제로 우리는 조지타운에서 함께 생활한 4년만이 아니라 이후 거의 40년에 걸쳐 그렇게 살아왔다.

곧 어머니는 꿋꿋하게 명랑한 얼굴로 작별인사를 했다. 나는 주변 환경을 살피기 시작했다. 우선 내 기숙사 방이 있는 층부터 시작했다. 복도에서 음악 소리(〈바람과 함께 사라지다〉의 "타라의 테마"였다)가 들려, 민주당 지지자는 아니라 하더라도 남부인은 만날 수 있을 것이라는 기대감에 그 음악을 따라가보았다. 음악이 흘러나오는 방으로 가보니 파악이 잘 안 되는 인물인 타미 캐플런이 있었다. 그는 안락의자에 앉아 있었는데, 그 의자는 우리 층에서 유일한 것이었다. 나는 그가 메릴랜드 주 볼티모 출신의 외아들이며, 그의 아버지는 보석상을 운영하고, 예전부터 케네디 대통령과 아는 사이였다는 것을 알게 되었다. 그는 특이하게 뒤를 잘라내는 듯한 악센트로 말을 했는데, 그게 나에게는 귀족의 말투처럼 들렸다. 그는 작가가 되고 싶다고 하면서, 케네디 이야기를 한참 들려주었다. 나는 그가 마음에 들었지만, 그때는 타미 역시 평생에 걸쳐 나의 가장 좋은 친구 가운데 한 사람이 될 것이라는 사실까지는 몰랐다. 이후 4년 동안 탐 캐플런은 나에게 볼티모를 소개해주었다. 메릴랜드 이스턴쇼에 있는 그의 집, 영국국교회교회와 그 전례典禮, 뉴욕에서는 피에르 호텔과 뉴욕의 훌륭한 인도 카레, 칼라일 호텔에서 받아본 첫 번째 값비싼 룸서비스, 그의 21번째 생일을 축하하기 위해 몇 명이 함께 어울렸던 '21' 클럽, 매사추세츠와 케이프코드. 케이프코드에서는 손, 팔, 가슴, 다리가 찢어지면서 어패류가 다닥다닥 붙어 있는 바위를 붙들고 있다가 결국 놓치는 바람에 익사할 뻔했다. 나는 해안을 향해 필사적으로 헤엄치다가, 길고 좁은 모래톱과 타미의 동창 피프 사이밍턴 덕분에 구조될 수 있었다. 사이밍턴은 나중에 애리조나 주의 공화당원 주지사가 되었다(만일 미래를 내다볼 수 있었다면 나를 구조하는 일을 다시 생각해보았을지도 모른다!). 나는 반대로 탐에게 아칸소, 남부 사람들의 생활방식, 풀뿌리 정치를 소개해주었다. 그만하면 괜찮은 거래였던 것 같다.

다음 며칠 동안 나는 다른 학생들을 만났고, 수업을 듣기 시작했다. 동시에 25달러로 일주일을 사는 법도 배워야 했다. 우선 5달러는 무조건 다섯 벌의 드레스셔츠 세탁에 들어가야 했다. 그래서 나는 월요일부터 금요일까지는 하루에 1달러로 식사를 하기로 했다. 그리고 주말 식사에 1달러를 썼다. 그렇게 하자 토요일 밤 외출용으로 14달러를 남길 수 있었다. 1964년에는 14달러면 여자친구와 저녁식사를 하고 가끔 영화도 볼 수 있었다. 물론 여자친구에게 먼저 주문을 하게 하여, 우리 둘의 식사비와 팁이 예산을 넘지 않도록 조절해야 했지만. 당시 조지타운에는 14달러로도 그렇게 할 수 있는 좋은 식당들이 많았다. 게다가 첫 몇 달 동안은 토요일마다 데이트를 하지 않았기 때문에, 예산에서 약간 흑자가 나는 일도 종종 있었다.

나머지 기간에 하루에 1달러로 버티는 것도 별로 어렵지 않았다. 사실 나는 늘 돈이 풍족하다고 느꼈다. 심지어 학교 댄스파티 비용을 내거나 다른 특별행사에도 참가할 수 있었다. 식사는 내가 대부분의 수업을 듣던 월시빌딩에서 36번 스트리트를 건너면 나오는 와이즈밀러 델리에서 해결했다. 아침은 20센트를 내고 커피와 도넛 두 개로 때웠는데, 그때 생전 처음으로 커피를 마셔보았다. 지금도 이따금씩 이 습관에서 벗어나려고 해보지만 별 성과는 못 거두고 있다. 점심에는 30센트라는 엄청난 돈을 썼다. 그 반으로 사과나 체리로 만든 호스티스 파이를 사고, 나머지 반으로는 450그램 들이 로열 크라운 콜라를 샀다. 나는 이 콜라를 무척 좋아했기 때문에 생산이 중단되었을 때는 정말 슬펐다. 저녁은 더 값이 올라가, 50센트가 들어갔다. 보통 우리 기숙사에서 북쪽으로 두 블록 떨어진 호야 캐리아웃에서 먹었는데, 싸들고 나오는 식당이라는 이름과는 달리 편안히 식사를 즐길 수 있는 카운터가 있었다. 거기서 먹는다는 것 자체도 즐거움의 반을 차지했다. 15센트로는 다시 커다란 음료수를 샀고, 35센트로는 커다란 호밀 참치 샌드위치를 샀다. 이 샌드위치는 정말 커서 입을 어떻게 갖다대야 할지 모를 정도였다. 85센트면 역시 그만한 크기의 구운 쇠고기 샌드위치를 살 수 있었다. 가끔 그 전 토요일 밤에 14달러를 다 날리지 않았을 경우에는 그 쇠고기 샌드위치를 사 먹곤 했다.

그러나 호야 캐리아웃의 진짜 매력은 주인인 돈과 로즈였다. 돈은 툭 불거진 이두박근에 문신을 한 억센 사나이였다. 요즘에야 록 스타, 운동선수, 유행을 좇는 젊은이들의 몸에서 문신을 흔히 볼 수 있지만, 당시만 해도 그것은 드문 구경거리였다. 로즈는 커다란 벌집 헤어스타일에 얼굴이 잘생겼다. 게다가 몸매도 좋았는데, 그녀는 꼭 끼는 스웨터, 더 꼭 끼는 바지, 뾰족한 하이힐로 그 몸매를 최대한 과시했다. 그녀는 돈은 없고 상상력은 풍부한 남학생들을 많이 끌어들였지만, 선량하면서도 방심하지 않는 돈의 존재 때문에 우리가 그곳에서 할 수 있는 일은 오직 먹는 것뿐이었다. 그래도 로즈가 일을 할 때면, 우리는 소화가 잘되도록 천천히 꼭꼭 씹어 먹곤 했다.

첫 두 해 동안은 대학 구내와 그 주변 너머로 나가본 일이 거의 없었다. 남쪽의 M 스트리트와 포토맥 강, 북쪽의 Q 스트리트, 동쪽의 위스콘신 애비뉴, 서쪽의 대학이 경계를 이루는 좁은 구역이었다. 조지타운에서 내가 가장 즐겨 찾던 곳은 대부분의 학생들이 맥주와 햄버거를 즐겼던, 1789 레스토랑 지하에 있는 맥주집 툼스, 내 예산으로도 좋은 식사와 분위기를 누릴 수 있었던 빌리 마틴 식당, M 스트리트의 내 기숙사에서 언덕만 내려가면 바로 나오는 셀러 도였다. 셀러 도에서는 훌륭한 라이브 음악을 들을 수 있었다. 나는 그곳에서 1960년대의 인기 있는 포크싱어 글렌 야버러, 위대한 재즈 오르간 연주자 지미 스미스, 지금은 잊혀졌지만 내가 조지타운에 간 직후 큰 인기를 얻었던 그룹 머그웜프스의 음악을 들을 수 있었다. 머그웜프스의 두 멤버는 새로 좀더 유명한 밴드 러빈 스푼풀을 결성했고, 그 리드 싱어 캐스 엘리엇은 마마스 앤드 파파스의 마마 캐스가 되었다. 가끔 셀러 도는 일요일 오후에도 문을 열었다. 그때는 1달러면 코카콜라를 하나 들고 머그웜프스의 노래를 들을 수 있었다.

이따금씩 좁은 곳에 갇혀 사는 느낌도 들기는 했지만, 대부분 나는 무척 행복했으며, 수업과 친구들에게 흠뻑 취해 있었다. 그러나 가끔 이 고치에서 벗어나는 것도 즐거웠다. 첫 학기가 시작되고 몇 주 지나서 나는 주디 콜린스의 노래를 들으러 리스너 오디토리엄에 갔다. 지금도 바닥에 닿는 긴 면 드레스 차림에 긴 금발을 늘어뜨린 채 기타를 들고 혼자 무대에 서 있던 그녀의 모습이 눈에 선하다. 나는 그날 이후 주디 콜린스의 열렬한 팬이 되었다. 1978년 12월, 나는 처음 주지사에 당선된 뒤 힐러리와 함께 런던으로 짧은 휴가를 갔다. 첼시의 킹스로드를 따라 윈도쇼핑을 하고 있는데, 어떤 가게의 스피커에서 주디가 부르는 조니 미첼의 "첼시 모닝"이 흘러나왔다. 우리는 그 자리에서 딸을 낳으면 이름을 첼시라고 짓기로 결정했다.

나는 조지타운 주변을 거의 떠나지 않았지만, 그래도 첫 학기에 뉴욕에 두 번이나 갔다. 추수감사절에는 롱아일랜드에 있는 탐 캠벨의 집에 갔다.

린든 존슨이 선거에서 이긴 뒤였기 때문에, 나는 탐의 아버지와 정치 논쟁을 즐겼다. 어느 날 밤 나는 그에게 도발적인 질문을 했다. 그들이 살고 있는 좋은 동네가 '보호' 계약 하에 만들어진 것이 아니냐고 물은 것이다. 보호계약이란 집주인들이 배척하는 집단, 주로 흑인에게 집을 팔지 않기로 약속하는 것이다. 대법원이 이것을 위헌이라고 판결하기 전에는 이런 일이 흔했다. 캠벨은 그렇다고, 그들이 사는 지역은 보호계약을 맺고 있는 것이라고 대답했다. 그러나 배척하는 대상은 흑인이 아니라 유대인이라고 했다. 나는 회당도 둘 있고 또 유대인을 "그리스도를 죽인 자들"이라고 부르는 반유대주의자들도 상당히 있는 남부의 소도시에서 자랐지만, 뉴욕에도 반유대주의가 그렇게 활발하다는 것을 알고 놀랐다. 인종차별과 반유대주의가 남부에만 있는 것이 아니라는 사실을 알게 되어 마음이 놓였을 것이라고 생각할지 모르지만, 실제로는 그렇지 않았다.

추수감사절 여행 몇 주 전, 나는 조지타운 밴드와 함께 뉴욕시티에 연주여행을 감으로써 처음 비그 애플(뉴욕시티의 애칭—옮긴이주) 맛을 볼 수 있었다. 상당히 초라한 밴드였다. 우리는 일주일에 겨우 한두 번 연습을 했지만, 브루클린의 조그만 가톨릭 학교인 세인트 조시프 여자대학에서 연주 초대를 받을 만큼의 실력은 되었다. 공연은 성공적이었다. 뒤풀이 자리에서 나는 한 여학생을 만났는데, 그녀는 자기 집까지 걸어가서 자기 어머니와 함께 콜라나 마시자고 초대했다. 나는 그때 돈이 있고 없고를 떠나 많은 뉴욕 사람들이 살고 있는 아파트 건물에 처음 들어가보았다. 엘리베이터가 없었기 때문에, 우리는 그녀의 집까지 몇 층을 걸어 올라가야 했다. 아칸소에서는 부자가 아니라도 마당이 있는 단층 건물에 살았기 때문에, 당시 나에게는 그녀의 집이 무척 작아 보였다. 그날 일 가운데 내 기억에 남은 것은 그 여학생과 어머니가 나한테 매우 잘해주었다는 것, 그리고 그런 좁은 공간에 사는 사람들이 그렇게 활달한 성격을 가질 수 있다는 데 놀랐다는 것뿐이다.

그 집에서 나오자 그 큰 도시에 나 혼자뿐이었다. 나는 택시를 불러 타임스 스퀘어로 가자고 했다. 나는 그렇게 많은 네온 불빛을 본 적이 없었다.

타임스 스퀘어는 시끄럽고, 빠르고, 생명이 약동하는 곳이었다. 물론 그 가운데 일부는 지저분하기도 했다. 나는 처음으로 매춘부를 보았다. 그녀는 불운한 한 남자에게 수작을 걸고 있었다. 남자는 짙은 색 양복에 머리를 짧게 깎았고, 두껍고 검은 뿔테 안경을 썼다. 손에는 서류가방을 들고 있었다. 애처로워 보였다. 그는 유혹을 느끼는 동시에 겁을 먹은 것 같았다. 결국 공포가 승리를 거두었다. 여자를 뿌리치고 걸어가버린 것이다. 나는 극장과 가게 간판을 살피다가 어떤 밝은 간판을 보고 눈이 크게 떠졌다. 태드 스테이크. 1달러 59센트만 내면 큰 스테이크를 먹을 수 있다고 선전하고 있었다.

도저히 그냥 지나칠 수가 없었다. 나는 안으로 들어가 스테이크를 받아 들고 자리를 찾았다. 내 옆에는 화난 소년과 상심한 어머니가 앉아 있었다. 아이는 어머니를 말로 공격하고 있었다. "싸구려잖아, 싸구려야." 어머니는 영업사원이 좋은 것이라고 말해주었다고 대꾸했다. 몇 분이 지나자 어떻게 된 일인지 파악이 되었다. 어머니는 아들이 몹시 원하는 전축을 사주려고 돈을 모았다. 문제는 어머니가 사주려는 것이 보통 '하이파이' 시스템이라는 것이었다. 그러나 아들은 훨씬 더 좋은 소리가 나고, 유행에 민감한 아이들이 더 높게 평가하는 새로운 전축을 갖고 싶어 했다. 어머니에게는 그만한 돈이 없었다. 아이는 고마워하는 대신 사람들 앞에서 어머니한테 소리를 지르고 있었다. "우리 집에 있는 건 다 싸구려야. 나는 좋은 걸 갖고 싶단 말이야." 역겨운 광경이었다. 나는 아이를 패주고 싶었다. 너를 그렇게 사랑하는 어머니가 있으니 운이 좋은지 알라고 소리를 지르고 싶었다. 그 어머니는 아이를 먹이고 입히느라 지겹기만 할 뿐 보수도 얼마 안 되는 일을 할 것이 틀림없었다. 나는 혐오감을 누르지 못해, 그 싸게 산 스테이크를 다 먹지도 못하고 일어서서 그곳을 나오고 말았다. 그 일은 나에게 큰 영향을 끼쳤다. 어머니가 나에게 해주고 참아준 것들이 생각났다. 우리가 직접 하고 싶지는 않지만 그렇다고 돈을 많이 주고도 하고 싶지 않은 일을 대신 해주는 사람들의 일상적인 분투에 좀더 민감해지게 되었다. 배은망덕을 경멸하게 되었다. 나 자신은 좀더 감사하는 마음으로 살기로 결심했다. 혹시 행운이 찾아온다면 너무 심각하게 생각하지 않고 기분 좋게 즐기기로 마음먹었다.

다시 운명의 나사가 한 바퀴 돌면 원래대로 돌아가거나 더 나빠질 수도 있었기 때문이다.

뉴욕으로 돌아온 지 얼마 되지 않아, 나는 공부와 학생회 일에 전념하기 위해 밴드를 그만두었다. 나는 동부 출신의 아일랜드계와 이탈리아계 가톨릭교도가 지배하는 선거구에서 비교적 잘 싸워 1학년 학생회장 선거에서 승리를 거두었다. 어떻게 하다가 출마를 하게 되었는지는 기억나지 않지만 어쨌든 많은 도움을 받았다. 나에게는 아주 흥미진진한 경험이었다. 이렇다 할 쟁점은 없었고 큰 후원도 없었기 때문에, 선거는 풀뿌리 정치와 한 번의 연설로 결판이 났다. 내 선거운동을 해준 한 친구는 우리의 선거운동이 얼마나 깊이 뿌리를 내렸는지 보여주는 쪽지를 써 보냈다. "빌, 뉴 멘 쪽에 문제가 있어. 하노버가 표를 많이 얻고 있어. 로욜라 3층에는 가능성이 있어. 공중전화가 있는 쪽 끝까지 말이야. 딕 헤이스 덕분이지. 내일 봐. 잘 자. 킹." 킹은 키 160센티미터의 정력적인 활동가 존 킹으로, 그는 조지타운 조정 팀의 키잡이가 되었다. 그는 우리 친구였던 대통령의 딸 루시 존슨의 스터디 파트너이기도 했다. 존은 루시로부터 백악관 저녁식사에 초대를 받아, 우리의 감탄과 질시의 대상이 되기도 했다.

선거 전 화요일, 학생들이 우리의 연설을 듣기 위해 모였다. 나를 후보로 추대한 사람은 밥 빌링슬리였다. 밥은 사교적인 뉴욕 사람으로, 그의 작은아버지 셔먼이 스토크 클럽의 주인이었기 때문에 1920년대부터 그곳에 들렀던 스타들의 이야기로 나를 즐겁게 해주었다. 밥은 내가 지도자 역할을 해본 경험이 있으며, "일을 할 줄 아는, 그것도 잘할 줄 아는 사람"이라고 말했다. 이어 내 차례가 왔다. 나는 아무런 쟁점도 제기하지 않고, 내가 당선되든 낙선하든 "언제라도 필요한 역할을 맡아" 봉사를 할 것이며, "선거가 끝났을 때 우리 학년이 좀더 강해지고 좀더 자랑스러워질 수 있는 분위기"가 형성되도록 노력하겠다고 약속했다. 그것은 겸손한 발언이었고, 또 실제로 그것이 적절한 태도였다. 흔히 하는 말로, 나는 겸손해할 것이 많은 사람이었다. 다른 두 후보 가운데 좀더 강력했던 후보는 본래 큰 의미가 없는 상황에 무게를 실으려고 했다. 그는 자신이 출마한 이유가 우리 학년이 "타락의 바닥 없는 심연으로" 떨어지는 것을 막고 싶어서라고 했다. 나는 그런 심연에 대해서 별로 아는 것이 없었다. 마치 공산주의자들과 협력하기 위해서 가는 곳 같은 느낌이 들었다. 이 바닥 없는 심연 발언은 지나친 것이었으며, 여기서 나는 처음으로 승기를 잡을 수 있었다. 우리는 미친 듯이 선거운동을 했고, 결국 나는 당선이 되었다. 개표가 끝나자 친구들은 5센트, 10센트, 25센트짜리 동전들을 잔뜩 모아주었다. 근처의 공중전화에서 가족에게 전화를 걸어 나의 승리를 알리라는 뜻이었다. 행복한 통화였다. 집안에 아무런 문제가 없다는 것도 확인할 수 있었다. 어머니는 내가 향수를 잘 이겨내고 있다는 것에 마음을 놓을 수 있었을 것이다.

학생회 일, 뉴욕 여행, 조지타운 지역에서 어슬렁거리는 것을 다 좋아했지만, 1학년 때 나의 주된 관심사는 아무래도 수업이었다. 처음으로 나는 배우려고 노력을 해야 했다. 행운이 따랐다. 여섯 개 강의 모두 재미있고 유능한 사람이 맡았기 때문이다. 우리는 모두 외국어를 공부해야 했다. 나는 독일어를 택했다. 그 나라에 관심이 있었고, 그 언어의 명료함과 정확성이 마음에 들었기 때문이다. 독일어 교수인 폰 이어링 박사는 친절한 사람이었다. 독일에 살 때는 나치가 많은 책(이어링 박사가 쓴 아동용 책이 포함되어 있었다)을 불태우기 시작한 뒤로 농가의 다락에 숨어 있었다. 지리학 교수인 아서 코젠스는 하얀 염소수염을 길렀고, 예스러운 전문적인 태도를 보여주는 사람이었다. 나는 그의 수업시간이 지루했지만, 어느 날 다이아몬드, 석영, 보크사이트 등의 광물 자원과 지층 상태로 볼 때 아칸소가 지질학적으로 지구상에서 가장 흥미로운 곳 가운데 하나로 꼽힌다는 이야기를 듣고 정신이 번쩍 들었다.

논리학은 아직 사제로 서품받지 못했던 예수회 소속 수사 오토 헨츠에게서 배웠다. 그는 똑똑하고 정열이 넘쳤으며, 학생들에게 관심이 많았다. 어느 날 저녁 오토는 나에게 함께 햄버거를 먹지 않겠느냐고 물었다. 나는 영광으로 생각하여 좋다고 했다. 우리는 차를 타고 위스콘신 애비뉴의 하워드 존슨 식당으로 갔다. 오토는 잠시 잡담을 하다가 표정이 심각해졌다. 그는 나에게 예수회 신부가 될 생각이 없느냐고 물었다. 나는 웃음을 터뜨리며 대답했다. "먼저 가톨릭교도가 되어야 하는 것 아닌가요?" 나는 침례교도라고 말하면서, 농담 반 진담 반으로 나는 가톨릭교도가 되더라도 독신서약은 할 수 없을 것 같다고 말했다. 그러자 오토는 고개를 저으며 말했다. "믿을 수가 없군. 네 페이퍼와 시험지를 읽어봤는데, 꼭 가톨릭교도처럼 글을 썼단 말이야. 너는 가톨릭교도처럼 생각을 하더라고." 나는 아칸소에서 선거운동을 할 때 가톨릭교도에게 그 이야기를 해주면서, 내가 그들이 원하는 가톨릭교도 주지사에 가장 가까운 사람이라고 말했다.

또 한 사람의 예수회 수사이자 교수인 조시프 세브스는 매우 훌륭한 사람이었다. 여위고 어깨가 구부정한 세브스 교수는 재능 있는 언어학자였으며, 그의 주된 관심은 아시아였다. 그는 중국에서 일하다가 공산주의자들이 승리를 거두면서 얼마간 포로 생활을 하기도 했다. 그때는 대부분의 시간을 작은 땅 구덩이 속에서 보냈다고 한다. 그때의 고생으로 위와 신장 하나가 망가졌다. 그래서 그 이후 줄곧 건강 문제에 시달려야 했다. 그는 비교문화를 가르쳤다. 그러나 세계의 종교라는 이름이 더 잘 어울릴 것 같은 강의였다. 우리는 유대교, 이슬람교, 불교, 신도, 유교, 도교, 힌두교, 자이나교, 조로아스터교 등 다양한 종교를 공부했다. 나는 세브스 교수를 좋아했으며, 그에게서 세계 전역의 사람들이 신, 진리, 선을 규정하는 방식에 대해 많은 것을 배웠다. 그는 외국에서 온 학생들이 많다는 것을 알았기 때문에 각 학생에게 구두로 기말 시험을 볼 기회를 주었다. 학생들은 무려 아홉 개 언어로 시험을 보았다. 2학기 때 나는 A를 받았는데, 이것은 내가 받은 겨우 네 개의 A 가운데 하나였으며, 내가 가장 자랑스러워한 성적이기도 하다.

다른 두 교수는 정말 인물이었다. 로버트 어빙은 1학년 영어를 가르쳤는데, 그는 1학년생들이 말만 많고 정확하지 못하다고 속사포 같은 빠른 말로 신랄하게 야단을 쳤다. 그는 에세이를 제출하면 그 여백에 기를 죽이는 논평을 적어서 돌려주었는데, 어떤 학생은 "변덕스러운 빌지 펌프(뱃바닥에 괸 물을 퍼내는 펌프—옮긴이주)"라고 부르기도 했고, 다른 학생이 화난 표정을 짓자 "양배추가 되어버렸냐"고 비꼬기도 했다. 내 페이퍼에는 그보다는 얌전한 비난이 적혀 있었다. 어빙 교수는 여백이나 끝에 어색하다는 뜻으로

"억"이라고 적기도 하고, "으악", "따분하고 청승맞다" 등의 논평을 적어주기도 했다. 지금도 내가 보관하고 있는 한 페이퍼에서 어빙 교수는 마침내 "똑똑하고 사려 깊다"고 적었지만, 바로 뒤이어 "다음에는 재미있게 좀 쓰라"고 하면서, "좀 좋은 종이"에 에세이를 써 내라고 덧붙였다. 어느 날 어빙 교수는 언어를 주의 깊게 사용할 필요성의 예를 보여주기 위해 이전에 가르쳤던 학생이 마블에 대해 쓴 에세이를 읽어주었다. 그 학생은 마블이 죽은 부인을 계속 사랑했다고 말하면서, 그 다음에 그 불운한 문장을 덧붙였다. "물론 육체적 사랑은 대부분 죽은 뒤에는 끝이 난다." 어빙은 고함을 질렀다. "대부분! 대부분이라고? 어떤 사람한테는 따뜻한 봄날에 예쁘장하고 차가운 시체와 함께 있는 것보다 더 좋은 일이 없는 것 같군!" 그 말은 수많은 열여덟 살짜리 가톨릭교도와 한 명의 남부 침례교도에게는 약간 진한 것이었다. 어빙 박사가 지금 어디 있는지 몰라도, 이 책을 읽어볼까 두렵다. 그가 이 책의 여백에 긁적거려놓을 신랄한 말들을 상상할 수 있을 뿐이다.

조지타운에서 가장 전설적인 강의는 캐럴 퀴글리 교수의 문명발달사였다. 이 강의는 모든 신입생의 필수 과목이었기 때문에, 한 반에 200명이 넘게 수업을 들었다. 어렵기는 했지만 매우 인기가 좋은 강의였다. 퀴글리의 지성, 견해, 익살 때문이었다. 그는 과학적으로 알 수 없는 현상들이 실제로 나타난다고 하면서, 강령회에서 탁자가 공중으로 떠오르고 어떤 여자가 허공을 나는 것을 보았다고 주장하기도 했다. 또 플라톤이 관찰된 경험보다 절대적 합리성을 우위에 놓았다고 비난하기도 했다. 그는 매년 강좌가 끝날 때면 꼭 그 이야기를 들려준 다음, 플라톤의 『공화국*Republic*』 문고본을 찢어 교실에 내던지며 "플라톤은 파시스트다!" 하고 외치면서 한 학기 강의를 마무리 지었다.

시험에는 머리를 쥐어뜯고 싶은 문제들만 나왔다. "뷔름 빙기부터 호메로스의 시대까지 발칸 반도의 역사를 짧지만 일목요연하게 기술하라"라든가 "우주 진화 과정과 추상 차원 사이의 관계는 무엇인가" 같은 문제들.

퀴글리의 두 가지 통찰은 나에게 특히 지속적인 영향을 주었다. 첫째로 그는 사회가 군사적 · 정치적 · 경제적 · 사회적 · 종교적 · 지적인 목표를 이루기 위해 조직화된 도구를 개발해야 한다고 말했다. 퀴글리에 따르면, 이 경우에 문제는 모든 수단이 결국 '제도화' 한다는 것이었다. 즉 원래의 요구를 충족시키기보다는 자신들의 특권을 유지하려고 애쓰는 기득권 세력이 생긴다는 것이었다. 이렇게 되면 변화는 그 제도를 개혁하거나 회피함으로써만 이루어질 수 있다. 이것이 실패하면 반동과 쇠퇴가 시작된다.

두 번째 중요한 통찰은 서구 문명이 위대한 이유, 그리고 그것이 계속 개혁과 갱신을 해나갈 수 있는 이유와 관련된 것이었다. 그는 서구 문명의 성공이 종교적이고 철학적인 독특한 신념에 뿌리를 두고 있다고 말했다. 즉 인간이 기본적으로 선하다는 신념, 진리는 존재하지만 유한한 인간은 그것을 가질 수 없다는 신념, 우리는 함께 노력함으로써만 진리에 더 가까이 다가갈 수 있다는 신념, 신앙과 선한 노력을 통해서 우리는 이 세상에서 더 나은 삶을 살 수 있고 다음 세상에서 보답받을 수 있다는 신념이다. 퀴글리에 따르면 이런 사상들 때문에 서구 문명은 낙관적이고 실용적인 성격을 띠게 되었으며, 적극적인 변화 가능성에 대한 흔들림 없는 믿음을 가지게 되었다. 그는 우리의 이념을 '미래 선호' 라는 말로 정리했다. 이것은 '미래가 과거보다 나을 수 있고, 각 개인은 그렇게 만들 도덕적 의무가 있다' 는 믿음이다. 1992년 선거운동 때부터 두 번의 대통령 임기를 거치는 동안, 나는 퀴글리 교수의 말을 자주 인용했다. 내 동포 미국인들과 내가 그의 가르침을 실천에 옮길 수 있도록 자극을 주기 위해서였다.

1학년이 끝날 때쯤 나는 처음으로 한 여자친구와 몇 달 동안 데이트를 하고 있었다. 드니스 하일랜드는 키가 크고, 얼굴에 주근깨가 가득한 아일랜드 아가씨였는데, 눈이 아름답고 상냥했으며 미소는 감염력이 있었다. 그녀는 뉴저지 주 어퍼몬트클레어 출신으로, 사제가 되려다가 결혼을 한 의사의 6남매 가운데 둘째였다. 드니스와 나는 2학년이 끝날 무렵 헤어졌지만, 우리의 우정은 그 뒤에도 계속되었다.

나는 집에 돌아가고 싶었다. 그곳에는 옛 친구들과 내가 좋아하는 뜨거운 여름이 있었다. 캠프 요크타운 베이에는 나를 기다리는 일이 있었다. 이 캠프는 해군협회에서 주로 텍사스와 아칸소 출신의 가난한 아이들을 위해 운영하는 것으로, 핫스프링스의 세 호수 가운데 가장 크고 또 미국에서 가장 맑은 호수로 꼽히는 와치타 호수에서 열렸다. 이 호수는 10미터 깊이에서도 바닥이 맑게 보일 정도였다. 이 인공 호수는 와치타 국유림에 자리 잡고 있기 때문에 주변의 개발이 제한되어 오염으로부터 보호를 받고 있다.

나는 몇 주 동안 매일 아침 일찍 일어나 차를 몰고 30킬로미터 정도 떨어진 캠프로 갔다. 그곳에서 수영, 농구 등 캠프 활동을 감독했다. 일상생활로부터 일주일 정도 벗어날 필요가 있는 아이들이 많았다. 한 아이는 홀어머니가 여섯 자녀를 기르는 가정에서 왔는데, 캠프에 도착했을 때 돈이 한 푼도 없었다. 아이의 어머니는 계속 이동하고 있었기 때문에, 돌아가면 어디에서 살게 될지도 몰랐다. 열심히 수영을 배우려고 했지만 잘 안 되어 형편없는 몰골로 물에서 나온 아이와 이야기를 하기도 했다. 그는 그 정도 일은 아무것도 아니라고 했다. 그는 짧은 인생 동안 이미 질식할 위기를 넘기기도 했고, 독을 먹기도 했고, 심한 자동차 사고를 당하기도 했고, 석 달 전에는 아버지를 잃기도 했다.

여름은 빨리 지나갔다. 친구들과 즐거운 시간을 보냈고, 프랑스에 있던 드니스에게서 재미있는 편지들을 받기도 했다. 또 아버지가 마지막으로 끔찍한 일을 저지르기도 했다. 어느 날 아버지는 술에 취해 잔뜩 화가 난 모습으로 일찍 퇴근했다. 나는 엘델네 집에 가 있었지만, 다행히도 로저가 집에 있었다. 아버지는 가위를 들고 어머니를 쫓아다니다, 부엌 옆의 세탁실로 어머니를 몰아넣었다. 로저는 앞문으로 달려나와 엘델의 집 쪽에 대고 소리를 질렀다. "버바, 큰일났어! 아버지가 대도를 죽이려고 해!" 로저는 아기였을 때 어머니라는 말보다 아버지라는 말을 먼저 했으며, 그래서 어머니를 부르기 위해 '대도'라는 말을 만들어냈다. 그는 그 뒤에도 오랫동안 그 말을 사용했다. 나는 집으로 달려가 어머니에게서 아버지를 떼어내고 가위를 빼앗았다. 나는 어머니와 로저를 거실로 데려다놓은 다음, 다시 돌아가 아버지를 심하게 몰아붙였다. 아버지의 눈을 보니 분노보다는 공포가 더 커 보였다. 얼마 전에 아버지는 입과 목에서 암 진단을 받았다. 의사들은 얼굴 형태가 다 일그러지는 극단적인 수술을 권했지만 아버지는 거부했다. 그래서 의사들은 할 수 있는 한 최선을 다해 아버지를 치료하고 있었다. 이 사건은 아버지가 죽음으로 향해 가던 2년의 기간 가운데 초기에 일어났다. 그래서 지금 나는 아버지가 그때까지 살아온 방식에 대한 수치심과 죽음에 대한 두려움 때문에 마지막으로 나쁜 성질을 폭발시킨 것으로 이해하고 있다. 아버지는 그 뒤로도 술을 마셨지만, 이전보다 기가 한풀 꺾여 늘 수동적인 모습을 보였다.

이 사건은 동생에게 특히 참담한 영향을 미쳤다. 거의 40년이 지난 뒤, 로저는 나에게 도움을 청하러 달려나가면서 얼마나 굴욕감을 느꼈는지, 아버지를 막지 못해 얼마나 무력감을 느꼈는지 이야기했다. 그 뒤로 아버지에 대한 그의 증오는 되돌릴 수 없었다고도 했다. 그 이야기를 들으면서 나는 내가 얼마나 어리석었는지 깨달았다. 그 사건이 일어난 직후 나는 늘 그랬듯이, 그냥 아무 일도 없었던 것처럼 '정상적으로' 만들어버렸기 때문이다. 그러지 말고 나는 로저에게 그가 아주 자랑스럽다고, 그의 경계심, 사랑, 용기 덕분에 어머니를 구할 수 있었다고, 그가 한 일이 내가 한 일보다 힘든 것이었다고, 아버지는 아프기 때문에 아버지에 대한 증오를 털어내야 한다고, 아버지를 미워하면 아버지의 병은 더 깊어질 뿐이라고 말해주었어야 했다. 물론 나는 집을 떠나 있는 동안 로저에게 자주 편지를 쓰고 전화를 해서, 공부와 다른 활동들을 격려했고, 사랑한다고 말하기도 했다. 그러나 나는 로저가 받은 깊은 상처와, 그것이 가져올 수밖에 없는 고통을 보지 못했다. 로저가 자신의 마음속 상처의 원인에 이르기까지는 오랜 시간과 많은 자학을 겪어야 했다.

어머니와 로저의 안전이 걱정이 되지 않은 것은 아니지만, 아버지가 이제 폭력은 휘두르지 않겠다고 말했을 때 나는 그 말을 믿었다. 사실 아버지는 폭력을 휘두를 힘을 잃어가고 있었다. 그래서 나는 조지타운으로 돌아가 2학년을 맞을 준비를 했다. 6월에 나는 500달러 장학금을 받았다. 수업시간에 타이를 매고 셔츠를 입어야 한다는 규칙도 없어졌기 때문에, 이제 일주일에 25달러로 더 풍족한 생활을 누릴 수 있을 것 같았다. 나는 2학년 학년 회장으로 다시 선출되었다. 이번에는 교파를 초월한 예배, 졸업하는 4학년으로부터 물려받은 공동체 봉사 프로그램 등 캠퍼스의 쟁점들을 본격적으로 다루는 공약을 내세웠다. 공동체 봉사 프로그램은 조지타운 대학 공동체 행동 프로그램GUCAP이라고 부르는 것으로, 학생 자원봉사자가 가난한 동네에 가서 아이들 공부를 돌봐주는 것이었다. 우리는 또 공개 강좌를 통해 고등학교 졸업장을 따려고 공부하는 성인들을 가르쳤을 뿐 아니라, 먹고살려고 애쓰는 가족들을 도와줄 수 있는 일이라면 무엇이든지 했다. 나도 자주는 아니지만 몇 번 프로그램에 참가했다. 그러나 아칸소에서 자란 경험, 그리고 워싱턴 시내에서 목격한 것들을 통해 나는 자원봉사 활동만으로는 많은 국민의 발전을 가로막는 가난, 차별, 기회 부족이라는 어려움을 극복할 수 없다고 확신하게 되었다. 그 때문에 나는 존슨 대통령의 시민권, 투표권, 빈곤 극복 정책을 더욱 강력하게 지지하게 되었다.

나는 2학년 때도 1학년 때와 마찬가지로 공부에 열심을 내었다. 사실 이렇게 공부에 열심이었던 것은 이때가 마지막이었다. 그때 이후 조지타운에서 보낸 마지막 2년, 옥스퍼드 체류 시절, 법대 시절에 걸쳐, 공부는 점차 뒷전으로 밀리고 정치, 사생활, 개인적 탐험이 큰 자리를 차지하기 시작했다.

그러나 이때는 교실도 내 관심을 끌기에 전혀 부족함이 없었다. 2학년 독일어, 메리 본드의 흥미진진한 주요 영국 작가 강좌, 울리히 알러스의 정치사상사 등이 그런 과목들이었다. 알러스는 퉁명스러운 독일인으로, 고대 아테네 법 체제에 대한 내 페이퍼에 "단조롭지만 아주 품위 있다"고 간단하게 적어주었다. 당시에는 그 모호한 칭찬이 무척 야박하게 느껴졌다. 그러나 대통령을 몇 년 해보니, 그 정도 칭찬만 받을 수 있다면 무엇이라도 할 것 같은 기분이 들었다.

1학기에 조 화이트의 미시경제학 강의에서는 C를 받았다. 화이트 교수는 2학기에도 미시경제학을 가르쳤는데 이때는 A를 받았다. 나는 이 두 점수가 나의 앞날에 대한 예언처럼 생각된다. 대통령 시절 나는 국가 경제 성적은 좋았지만, 백악관을 나오기 전까지 나의 개인적 경제 사정은 형편없었기 때문이다.

나는 루이스 아길라르에게서 유럽사를 배웠다. 그는 쿠바에서 망명한 사람으로, 카스트로가 정권을 차지할 때까지 바티스타에 대항하던 민주적 반대파의 지도자였다. 한번은 아길라르가 나에게 앞으로 뭘 할 생각이냐고 물은 적이 있다. 나는 고향에 가서 정치를 하고 싶지만, 다른 많은 일에도 관심이 생긴다고 말했다. 그는 생각에 잠긴 표정으로 이렇게 대꾸했다. "앞으로 할 일을 선택한다는 것은 열 명의 여자친구 가운데서 아내를 선택하는 것과 같지. 가장 아름답고, 가장 똑똑하고, 가장 상냥한 여자를 고른다 해도, 여전히 나머지 아홉을 잃는 고통이 따르는 거야." 아길라르 교수는 가르치는 일을 좋아했고 또 그 일에 유능했지만, 그에게는 쿠바가 그 다른 아홉 여자를 하나로 합친 것과 같은 존재라는 느낌을 받았다.

2학년 때 가장 기억에 남는 수업은 월터 가일스 교수의 미국 헌법과 정부였다. 그는 주로 대법원 판례를 이용해 수업을 진행했다. 가일스는 빨간 머리를 짧게 자른 독신주의자였다. 그의 삶에는 학생, 헌법과 사회정의에 대한 존중, 승패에 관계없는 워싱턴 레드스킨스에 대한 무조건적인 애정뿐이었다. 그는 학생들을 집으로 불러 함께 저녁을 먹기도 했다. 운 좋은 몇 명은 그와 함께 레드스킨스의 시합을 구경하러 가기도 했다. 가일스는 오클라호마 출신의 자유주의적인 민주당원이었는데, 이런 사람은 당시에도 흔치 않았고 오늘날에도 멸종 위기의 종 보호법으로 보호해야 할 만큼 진귀한 존재이다.

그가 나에게 관심을 가진 데에는 내가 그의 옆 주 출신이라는 것도 한몫했을 것이다. 물론 그는 그것을 가지고 나를 놀리기도 했지만. 그의 수업을 들을 때쯤 나는 수면 부족과 평생에 걸친 연애를 시작하고 있었다. 그래서 수업시간에도 5분이나 10분 동안 조는 창피한 버릇이 생겼다. 그렇게 졸고 나면 말짱해졌다. 나는 가일스의 커다란 강의실 앞줄에 앉았다. 그의 신랄한 재치의 완벽한 표적이 된 셈이었다. 어느 날 내가 졸고 있는데, 가일스가 큰 소리로 어떤 대법원 판결은 너무 명료해서 누구라도 이해할 수 있다고 말했다. "물론 아칸소의 한 시골 출신이라면 다르지만 말이야." 나는 친구들 웃음소리에 깜짝 놀라 잠을 깼으며, 다시는 그의 수업시간에 졸지 않았다.

10

2학년이 끝나고 집에 돌아갔을 때, 나는 일자리는 없었지만 내가 하고 싶은 일에 대한 생각은 분명하게 정리되어 있었다. 아칸소에서는 한 시대가 막을 내렸다. 오벌 포버스가 여섯 번의 임기 끝에 주지사에 재출마하지 않게 된 것이다. 마침내 우리 주는 리틀록의 상처들과 그의 임기 말년의 오점이 되었던 연고주의를 넘어설 기회를 가지게 되었다. 나는 주지사 선거에서 일을 하여, 정치에 대해서도 배우고 아칸소를 좀더 진보적인 방향으로 돌려놓는 데 조금이라도 힘을 보태고 싶었다.

포버스 시절에 갇혀 있던 야심들이 터져나오면서 선거에 많은 사람들이 입후보했다. 민주당에서는 일곱 명의 후보가 나섰고, 공화당에서는 존 D. 록펠러 2세의 여섯 자녀 가운데 다섯째인 거물 윈스롭 록펠러가 입후보했다. 존 D. 록펠러 2세는 아버지의 제국을 떠나 록펠러 재단의 자선사업을 관장했다. 그는 자유주의적인 성향의 부인 애비와 캐나다의 위대한 자유주의 정치가 매켄지 킹의 영향을 받아 그의 아버지의 보수적인 반노동자 정치와 거리를 두고 있었고, 또 아버지의 보수적인 종교관을 벗어나 해리 에머슨 포스딕과 함께 뉴욕시티에 초교파적인 리버사이드 교회를 세우기도 했다.

윈스롭은 집안의 골칫덩어리가 될 운명을 타고난 사람처럼 보였다. 그는 예일 대학에서 퇴학을 당하고 텍사스 유전에 가서 일을 했다. 제2차 세계대전에서 뛰어난 무공을 세운 뒤에는 뉴욕의 사교계 명사와 결혼하여, 파티를 자주 여는 딜레탕트로서 명성을 얻었다. 그는 1953년에 아칸소로 이사

왔다. 한편으로는 아칸소 출신의 옛 전우가 그곳에서 목장 사업을 해보라고 권유했기 때문이고, 또 한편으로는 아칸소의 '30일 이혼법'이 첫 번째 짧은 결혼을 어서 끝내고 싶어 하는 그의 관심에 맞았기 때문이다. 록펠러는 몸집이 거대하여, 키는 190센티미터에 몸무게는 110킬로그램 정도 나갔다. 그는 진심으로 아칸소를 좋아하게 되었다. 아칸소에서는 그를 모두 윈이라고 불렀는데, 정치가에게는 결코 나쁜 이름이 아니었다(윈Win은 이긴다는 뜻도 된다—옮긴이주). 그는 늘 카우보이 장화를 신고 하얀 스텟선 모자를 썼기 때문에, 이 복장이 그의 트레이드마크가 되었다. 그는 리틀록에서 서쪽으로 80킬로미터 정도 떨어진 곳에 있는 페티트 진 산의 한 조각을 사서 샌터 거트루디스 소떼를 성공적으로 길러냈으며, 두 번째 부인 지넷과 결혼했다.

록펠러는 아칸소에 자리를 잡으면서 뉴욕에서 그를 따라다니던 플레이보이 이미지를 떨쳐버리려고 노력했다. 그는 작은 아칸소 공화당에 힘을 실어주었고, 이 가난한 주를 산업화하려고 애썼다. 포버스 주지사는 그를 아칸소 산업개발위원회 위원장으로 임명했으며, 록펠러는 새로운 일자리를 많이 만들어냈다. 1964년 아칸소의 후진적인 이미지에 짜증이 난 록펠러는 포버스에게 도전하여 주지사에 출마했다. 모두 록펠러의 업적을 높이 평가했지만, 포버스는 모든 카운티에 조직을 가지고 있었다. 대부분의 사람들, 특히 아칸소 시골 사람들은 여전히 록펠러의 친시민권적인 입장보다는 포버스의 인종차별 정책을 지지했으며, 또 아칸소는 여전히 민주당이 지배하는 주였다. 게다가 애처로울 정도로 수줍음을 많이 타는 록펠러는 연설 실력이 형편없었다. 그의 전설적인 음주 습관 때문에 이 문제는 더 악화되었다. 또 이 음주 습관 때문에 지각을 하는 일이 너무 잦아, 그에 비하면 나 같은 사람도 시간을 잘 지키는 사람처럼 보일 정도였다. 한번은 록펠러가 아칸소 동부 크로스 카운티의 윈에서 열린 상공회의소 연회에 한 시간이나 늦게, 그것도 잔뜩 취해서 도착했다. 그가 일어나서 연설을 할 차례가 되었다. "기쁘게도 여기 이……" 그는 자신이 어디에 왔는지 모른다는 것을 깨닫고 사회자에게 작은 소리로 물었다. "여기가 어디요?" 사회자는 작은 소리로 대꾸했다. "윈입니다." 록펠러는 다시 물었지만 답은 똑같았다. 그러자 그는 소리를 버럭 질렀다. "젠장, 나도 내 이름은 알아! 여기가 어디냔 말이야!" 그 이야기는 들불처럼 주 전체에 퍼졌다. 그러나 모두들 우스개 정도로 여겼다. 모두 록펠러가 스스로 선택해서 아칸소 사람이 되었으며, 진심으로 아칸소가 잘되기를 바란다는 것을 알고 있었기 때문이다. 1966년에 록펠러는 다시 출마했지만, 내가 보기에는 포버스가 없다 해도 그가 당선될 것 같지는 않았다.

게다가 나는 진보적인 민주당 후보를 지지하고 싶었다. 나는 심정적으로 브룩스 헤이스에게 가장 마음이 끌렸다. 그는 1958년에 리틀록 센트럴 고등학교의 흑인 등교를 지지하는 바람에 국회의원 자리를 잃었다. 인종차별주의자인 검안사 닥터 데일 앨퍼드가 기명투표(후보자 명단에 없는 후보의 이름을 적는 투표—옮긴이주)로 헤이스에게 승리를 거둔 것이다. 닥터 앨퍼드가 승리를 거둔 데에는 그의 이름이 적힌 스티커를 사용한 것도 한 가지 이유가 되었다. 글을 쓸 줄 모르지만 흑인과 백인이 같은 학교에 다니면 안 된다는 것을 알 만큼 '똑똑한' 유권자들이 그 스티커를 투표용지에 붙였던 것이다. 헤이스는 독실한 기독교 신자로, 침례교도 다수가 지금처럼 오직 보수주의자만이 그들 자신이나 나라를 지도할 수 있다고 생각하기 이전 시대에 남부 침례교 총회장을 지냈던 사람이다. 그는 훌륭한 사람으로, 똑똑하고, 겸손하고, 재미있었으며, 너그러웠다. 그는 심지어 상대 후보의 젊은 선거운동원들에게도 친절했다.

얄궂게도 닥터 앨퍼드 역시 주지사 예비선거에 나왔다. 그러나 그는 이길 수 없었다. 인종차별주의자들에게는 그들의 입장을 훨씬 화끈하게 대변해주는 짐 존슨 판사가 있었기 때문이다. 존슨 판사는 아칸소 남동부 크로셋의 어려운 환경에서 태어나 주 대법원 판사 자리까지 올랐는데, 그의 말은 쿠 클럭스 클랜KKK의 마음을 사로잡았다. 그는 포버스가 민권 운동에 너무 무르게 대응한다고 생각했다. 사실 포버스는 흑인들 몇 명을 주의 부서나 위원회에 앉히기도 했다. 진정한 풀뿌리 민주주의적 충동을 품고 있던 포버스에게 사실 인종차별은 정치적 의무였을 뿐이다. 그는 인종 공격보다는 학교와 요양소 시설을 개선하고, 도로를 건설하고, 주 정신병원을 개혁하는 것을 더 좋아했다. 인종 공격은 주지사직을 유지하기 위해 치러야 하는 대가일 뿐이었다. 그러나 존슨에게 인종차별은 신앙이었다. 그는 증오를 먹고살았다. 그는 날카로운 이목구비에 눈은 거칠게 반짝거렸다. 그 때문에 '여위고 굶주린' 인상을 주었는데, 셰익스피어의 캐시어스(《줄리어스 시저》의 등장인물—옮긴이주)라면 아마 그런 인상을 무척 부러워했을 것이다. 뿐만 아니라 그는 자신의 표가 어디 있는지 아는 약은 정치가였다. 그는 다른 후보들도 나와서 연설하는 끝도 없는 선거 유세에 나가는 대신, 컨트리-앤드-웨스턴 밴드를 이끌고 혼자 주 전체를 돌아다니며 사람들을 불러 모았다. 사람들이 모이면 그는 흑인들과 흑인에게 공감하는 백인 반역자들을 공격하는 장광설로 사람들을 선동했다.

당시에는 몰랐지만, 그는 다른 후보들은 손을 대지 못하는 사람들 사이에서 힘을 기르고 있었다. 시민권을 옹호하는 연방의 조치들에 화가 난 사람들, 와츠 폭동을 비롯한 인종적 소요에 겁을 먹은 사람들, '가난과의 전쟁'이 흑인들을 위한 사회주의적 복지 정책이라고 믿는 사람들, 자신의 경제적 조건에 좌절감을 느끼는 사람들이 그런 사람들이었다. 심리학적으로 우리는 모두 희망과 공포가 복잡하게 뒤섞인 존재들이다. 아침에 일어날 때마다 저울추는 어느 쪽으로든 약간 기운다. 저울추가 희망 쪽으로 너무 가버리면, 우리는 순진하고 비현실적인 사람이 된다. 반대편으로 너무 가버리면, 편집증과 증오에 시달리게 된다. 남부에서는 저울의 어두운 쪽이 늘 더 큰 문제가 되었다. 1966년에 짐 존슨은 그 저울추를 어두운 쪽으로 기울이려고 노력하는 사람이었다.

승리를 거둘 가능성이 가장 높았던 후보는 역시 대법원 판사 출신으로 법무장관 자리를 거친 프랭크 홀트였다. 그는 법조계 사람들 대다수와 대기업들의 지지를 받고 있었지만, 포버스보다 인종 문제에서 진보적이었으며, 아주 솔직하고 품위가 있었다. 프랭크 홀트를 아는 사람은 거의 모두 그를 존경했다(그가 진정한 변화를 가져오기에는 너무 안이하다고 생각하는 사람들을 빼고). 그는 평생 주지사가 되고 싶어 했고, 또 자신의 가족의 명예를 회복하기를 바랐다. 구식의 남부 풀뿌리 민주주의자에 가까웠던 그의 형 잭은 몇 년 전 뜨거웠던 상원의원 선거에서 보수적인 고참 상원의원 존 매클렐런에게 패배한 적이 있었기 때문이다.

삼촌 레이먼드 클린턴은 홀트의 열렬한 지지자였으며, 나를 그의 선거운동에서 뛰게 해줄 수 있다고 했다. 홀트는 자신들을 "홀트 세대"라고 부르는 아칸소 대학생 지도자 다수의 지지를 확보하고 있었다. 오래지 않아 나는 주급 50달러에 고용되었다. 그 돈은 레이먼드 삼촌이 댔던 것 같다. 나는 조지타운에서 일주일에 25달러로 생활했기 때문에 부자가 된 기분이었다.

다른 학생들은 나보다 나이가 약간 더 많았고, 또 나보다 배경도 훨씬 좋았다. 맥 글로버는 아칸소 대학 학생회장 출신이었다. 딕 킹은 아칸소 주립 사범대학 학생회장이었다. 폴 프레이는 와치타 침례교의 '젊은 민주당원' 회장이었다. 빌 앨런은 아칸소 주 소년단 주지사 출신으로 아칸소에서 미시시피 강 건너에 있는 멤피스 주립대학의 학생 지도자였다. 레슬리 스미스는 막강한 정치가 집안 출신의 아름답고 똑똑한 여학생으로, 미스 주니어 아칸소로 뽑히기도 했다.

선거운동이 시작되었을 때 나는 분명히 홀트 세대의 2군이었다. 내가 한 일은 "홀트를 주지사로"라는 구호가 적힌 판을 나무에 달거나, 사람들의 범퍼에 스티커를 붙이라고 권유하거나, 주 전역의 집회에서 그의 브로셔를 나누어주는 일이었다. 그때나 나중에 내가 후보가 되었을 때나 마운트 네보 치킨 프라이는 가장 중요한 집회 가운데 하나로 꼽혔다. 아칸소 서부 옐 카운티의 마운트 네보는 아칸소 강을 굽어보는 아름다운 곳이며, 클린턴 집안이 원래 터를 잡았던 곳이기도 하다. 사람들은 이곳에 모여 음식과 음악을 즐기며, 카운티 이하 선출직에서 시작해서 주지사에 이르는 후보들의 긴 연설을 듣곤 했다.

내가 그곳에 도착해서 사람들 틈에서 일을 시작한 지 얼마 되지 않아 다른 후보들이 속속 도착하기 시작했다. 홀트 판사는 아직 오지 않았다. 다른 후보들이 연설을 시작했을 때도 홀트는 도착하지 않았다. 나는 걱정이 되었다. 이것은 놓칠 수 없는 행사였다. 나는 공중전화로 가서 간신히 그와 통화를 할 수 있었다. 휴대전화가 없던 시절이라 무척 힘든 일이었다. 그는 자기가 연설시간에 맞추어 도착할 수 없을 것 같으니 나더러 대신 연설을 하라고 했다. 나는 깜짝 놀라 진담이냐고 물었다. 그는 내가 자기 생각을 잘 알고 있으니까 그것을 사람들에게 그대로 말하기만 하면 된다고 이야기했다. 나는 행사 주최 측에 홀트 판사가 오지 못해서 내가 대신 연설을 하려고 하는데 괜찮은지 물어 승낙을 받았다. 나는 무서워 죽을 지경이었다. 나 자신을 위해 연설하는 것보다 훨씬 어려운 일이었다. 연설을 마치자 사람들은 나를 정중하게 대접해주었다. 무슨 말을 했는지는 기억나지 않지만 괜찮게 했던 것 같기는 하다. 그 연설을 한 뒤부터 홍보판과 범퍼 스티커를 붙이는 일 외에 홀트 판사가 참석하지 못하는 작은 집회 몇 군데에서 그를 대신해 연설을 해달라는 요청을 받았으니까. 집회는 아주 많았기 때문에, 후보가 일일이 다 참석할 수 없었다. 아칸소에는 75개 카운티가 있는데, 몇 개 카운티에서는 집회가 한 번 이상 열리기도 했다.

몇 주가 지나자 선거운동본부에서는 판사의 부인 메리와 딸 라이더, 멜리사가 판사가 가지 못하는 곳에 유세를 가야 한다고 결정을 내렸다. 메리 홀트는 키가 크고, 똑똑하고, 독립적인 여자로, 리틀록에서 고급 의류점을 운영하고 있었다. 라이더는 우드로 윌슨이 태어난 버지니아 주 스톤턴의 메리 볼드윈 대학에 다녔다. 멜리사는 고등학생이었다. 그들은 모두 매력적이고 말을 잘했다. 또 모두 홀트 판사를 깊이 사랑하여, 선거운동에 정말 헌신했다. 그들에게 필요한 것은 운전기사뿐이었다. 어떻게 된 일인지 내가 운전기사 역할을 하게 되었다.

우리는 주 전체를 누볐다. 한번 나가면 일주일 동안 돌아다니다가, 리틀록으로 돌아와 옷을 빨고 다음 출정을 위해 휴식을 했다. 아주 재미있었다. 나는 비로소 아칸소를 알게 되었으며, 메리와 그녀의 딸들과 오랜 시간 이야기를 하면서 많은 것을 배우게 되었다. 어느 날 밤 우리는 호프의 법원 계단에서 열린 집회에 참석했다. 메리는 고맙게도 나에게 고향 사람들(나의 할머니도 청중 속에 있었다)앞에서 연설할 기회를 주었다. 원래는 라이더가 연설을 할 계획이었지만, 메리와 라이더는 내가 이제 어른이 되었음을 보여줄 기회가 왔다는 것을 알았던 듯하다. 청중은 내 이야기에 귀를 기울였으며,

지역 신문 「호프 스타Hope Star」에 칭찬 기사까지 실렸다. 아버지는 그 기사를 보고 기뻐했다. 아버지가 호프에서 뷰익 대리점을 할 때 그 신문 편집자는 아버지를 무척 싫어하여 자신의 못생긴 잡종 개에게 로저라는 이름을 붙였다. 그는 뷰익 대리점 근처에서 개를 풀어놓고, 개를 따라 거리를 내려가며 소리치곤 했다. "이리 와, 로저! 어서, 로저!"

그날 밤 나는 라이더에게 내가 태어나서 4년을 보낸 집과 내가 놀던 철로 지하도를 구경시켜주었다. 다음 날 우리는 묘지로 메리 홀트의 가족 무덤을 찾아갔으며, 그곳에서 나는 그들에게 친아버지와 외할아버지의 무덤을 보여주었다.

나는 그때의 순회 유세 기억을 소중하게 간직하고 있다. 나는 여자들이 우두머리 노릇을 하는 데 익숙한 사람이었기 때문에 우리는 사이좋게 잘 지냈다. 또 내가 그들에게 쓸모가 있었다는 생각도 든다. 나는 펑크 난 타이어를 교환하고, 불이 난 집에서 어떤 가족을 구했으며, 커다란 모기들에게 물어뜯기기도 했다. 우리는 정치, 사람들, 책들에 대해 이야기를 하면서 몇 시간씩 차를 달렸다. 그리고 우리의 유세 덕분에 몇 표는 건졌을 것이다.

호프 유세 얼마 전에 선거운동본부는 텔레비전에 홀트 판사를 위해 일하는 학생들을 등장시키는 15분짜리 프로그램을 내보내기로 결정했다. 그것이 홀트 판사를 아칸소의 미래를 짊어진 후보로 부각시키는 데 도움을 줄 것이라고 생각했기 때문이다. 우리 가운데 몇 사람이 나가서 홀트 판사를 지지하는 이유에 대해 간략하게 말했다. 그것이 얼마나 도움이 되었는지는 모르겠지만, 어쨌든 나는 첫 텔레비전 출연이 즐거웠다. 그러나 정작 나 자신은 그 프로그램을 보지 못했다. 아칸소 북부 산악지대의 밴 버런 카운티에 있는 외딴 마을 올레드 유세에서 연설을 해야 했기 때문이다. 보통 그 먼 곳까지 가는 후보는 그곳의 표를 몽땅 걷어올 수 있었다. 나는 선거에서 얻을 수 있는 것은 다 얻어야 한다는 것을 알게 되었다.

뜨거운 여름 몇 주가 지나가자 옛 남부는 아직 그 유령을 포기하지 않았고, 새 남부는 아직 그 유령을 쫓아낼 만큼 강력하지 않다는 증거들이 내 눈에도 점차 보이기 시작했다. 대부분의 학교는 여전히 흑인 등교를 거부했으며, 저항은 여전히 완강했다. 미시시피 델타의 어떤 카운티 법원의 공중 화장실 문에는 여전히 "백인"과 "유색인" 표지가 붙어 있었다. 어떤 타운에서 한 흑인 할머니한테 홀트 판사에게 투표를 하라고 권하자, 그녀는 인두세를 내지 않아 그럴 수 없다고 대답했다. 나는 그녀에게 하원이 2년 전에 인두세를 폐지했으니 등록만 하면 된다고 말해주었다. 그녀가 등록을 했는지는 모르겠다.

그래도 새로운 날의 조짐들이 나타나고 있었다. 핫스프링스에서 남쪽으로 60킬로미터 정도 떨어진 아카델피아에서 선거운동을 할 때는 아칸소 남부 지역구 국회의원에 출마한 유력한 후보를 만났다. 데이비드 프라이어라는 이름의 젊은 남자였다. 그는 분명히 진보적이었으며, 사람들을 만나기만 하면 그들 대부분이 자신에게 표를 던지도록 설득할 수 있다고 생각했다. 그는 1966년에 자신의 말대로 했고, 1974년 주지사 선거에서도 그렇게 했으며, 1978년 상원의원 선거에서도 그렇게 했다. 1996년 그가 상원에서 은퇴했을 때, 나로서는 실망스러운 일이었지만, 아칸소에서 가장 인기 있는 정치가는 데이비드 프라이어였다. 그는 훌륭한 진보적 유산을 남겼다. 나를 포함한 모두가 그를 자신의 친구로 생각했다.

프라이어가 실천한 소매점식 정치(주민들과 직접 접촉하는 정치활동—옮긴이 주)는 아칸소 같은 시골 주에서는 중요한 역할을 했다. 그곳에서는 주민의 반 이상이 인구 5,000명도 안 되는 작은 도시에 살고, 수만 명이 시골에서 살았기 때문이다. 당시에는 아직 텔레비전 광고, 특히 부정적인 광고가 지금처럼 선거에서 큰 역할을 하지 않았다. 후보들이 텔레비전 시간을 사기는 했지만, 주로 카메라를 보고 앉아 유권자들에게 이야기를 했다. 또한 후보들이 모든 카운티 행정중심지의 법원과 주요 사업체를 방문하고, 모든 식당의 주방에 들어가보고, 가축을 경매하는 헛간에서 선거운동을 하는 것을 당연하게 여겼다. 시골 장과 파이 먹는 모임은 표밭이었다. 물론 모든 주간신문과 라디오 방송국이 후보의 방문과 광고 한두 개를 기대했다. 나는 그렇게 정치를 배웠다. 나는 그것이 텔레비전 전파 전쟁보다 낫다고 생각한다. 말을 할 수 있지만 듣기도 해야 한다. 유권자와 얼굴을 맞대고 까다로운 질문에 대답해야 한다. 물론 그래도 상대편에 의해 악마로 그려질 수 있지만, 그러려면 상대는 요새보다 훨씬 더 노력을 해야 했다. 상대를 공격했으면, 자신이 그 결과에 책임져야 했다. 상대 후보를 파멸로 몰아넣고, 후보가 당선되었을 때 한몫을 보려고 하는 어떤 사이비 위원회 뒤에 숨을 수는 없었다.

이때의 선거운동은 유권자들과 직접적으로 접촉했지만, 그렇다고 인기투표는 절대 아니었다. 큰 쟁점이 있으면 반드시 그 문제를 거론해야 했다. 여론의 강한 물결이 밀려오는데 양심상 그 물살과 함께 갈 수 없다면, 강단 있게, 침착하게, 빠르게 대처하여 물살에 쓸려 가는 일을 피해야 했다.

1966년 짐 존슨(그가 좋아했던 호칭대로 하자면 "짐 판사")은 그런 물결을 타고 크고 추한 파도들을 만들어내고 있었다. 그는 프랭크 홀트를 "유쾌한 식물인간"이라고 공격하고, 록펠러가 흑인들과 동성애 관계를 가진다고 의혹을 제기했다. 그가 바람둥이로 이름을 날렸던 것을 생각하면 말도 안 되는 비난이었다. 짐 판사의 메시지는 경제와 사회가 불확실하던 시기에 백인 유권자들에게 불러주던 남부의 옛 노래의 최신판인 셈이었다. 여러분은 선량하고, 품위 있고, 하나님을 두려워하는 사람들이다. 그런데 저들이 여러분의 생활방식을 위협하고 있다. 여러분은 바뀔 필요가 없다. 모두 저들의 잘못이다. 나를 뽑아달라. 내가 여러분을 대변해서 저들을 혼내주겠다. '우리'와 '저들'을 나누는 익숙한 정치적 분열책이었다. 그것은 비열하고 추잡했으며, 궁극적으로 그것을 받아들이는 사람들에게 자멸적인 것이었다. 그러나 지금도 볼 수 있듯이, 사람들이 불만이 많고 불안할 때는 그런 분열책이 종종 먹혀든다. 존슨의 말이 너무 극단적이었고, 또 전통적인 선거운동 장소에서 눈에 잘 띄지 않았기 때문에, 대부분의 논평자들은 그의 방법이 이번에는 효과가 없을 것이라고 생각했다. 선거일이 다가오자 프랭크 홀트는 존슨의 공격을 포함하여 다른 후보들의 공격에 대응 하지 않기로 했다. 다른 후보들은 홀트 판사가 자신보다 한참 앞섰다고 생각했기 때문에, 그가 "보수적이고, 꽉 막힌" 후보라고 공격하기 시작했다. 당시에는 여론조사가 흔치 않았으며, 대부분의 사람들은 시중에 떠도는 몇몇 여론조사를 별로 신뢰하지도 않았다.

홀트의 전략은 그의 주위를 둘러싼 이상주의적인 젊은 사람들, 즉 나 같은 사람들에게는 멋지게 들렸다. 그는 모든 공격에 대하여, 자신은 완전히 독립적이며, 근거 없는 공격에는 대응하지 않겠고, 다른 후보들을 공격하지도 않을 것이며, 자신의 장점을 통해 승리를 거두거나 "아니면 아예 승리하지 않을 생각"이라는 성명으로 간단하게 대꾸했다. 나는 마침내 "아니면 아예 승리하지 않을 생각" 같은 말은, 정치가 접촉하는 스포츠라는 사실을 잊은 후보들이 종종 사용하는 구절임을 알게 되었다. 이런 전략은 공중의 분위기가 안정적이고 희망적일 때, 후보가 진지하고 구체적인 정책 제안들이 담긴 정강을 가지고 있을 때는 효과가 있을 수 있지만, 1966년 여름에는 암만 잘 봐주어도 분위기가 복합적이었으며, 홀트의 정강은 강렬한 감흥을 불러일으키기에는 너무 평범했다. 게다가 단순히 인종차별 반대를 옹호하는 후보만 원하는 사람들은 브룩스 헤이스에게 표를 던질 수도 있었다.

프랭크 홀트에 대한 공격에도 불구하고, 대부분의 사람들은 그가 다수를 얻지는 못하지만 1등을 할 것이고, 그러면 두 주 후에 벌어질 결선투표에서 승리를 거둘 것이라고 생각했다. 7월 26일에 42만 명이 넘는 사람들이 투표에 참여했다. 정치판에 정통한 사람들도 그 결과에 놀랐다. 존슨은 25퍼센트의 표를 얻어 1위를 했고, 홀트가 23퍼센트로 2위였으며, 헤이스가 15퍼센트로 3위를 했다. 앨퍼드가 13퍼센트를 얻었고, 다른 세 후보는 나머지 표를 나누어가졌다.

우리는 충격을 받았지만 희망이 없는 것은 아니었다. 홀트 판사와 브룩스 헤이스가 얻은 표는 인종차별주의자들인 존슨과 앨퍼드가 얻은 표보다 약간 많았다. 또 주지사 예비선거보다 더 흥미진진했던 의원 선거에서 오랫동안 하원의원 자리를 지켰던 보수적인 하원의원 폴 밴 댈섬이 예일 대학을 졸업한 젊고 진보적인 변호사 허브 롤에게 패배한 것도 좋은 소식이라고 할 수 있었다. 2년 전 밴 댈섬은, 여자들은 "맨발로 애나 낳으면서" 집에 있어야 한다고 말함으로써 한참 활기를 띠던 여성운동 지지자들을 화나게 했다. 덕분에 훗날 로즈 법률회사에서 힐러리와 파트너로 일하게 되는 허브는 엄청난 여성 자원봉사자들을 얻게 되었으며, 이 여자들은 스스로를 "정치를 위한 맨발의 여자들"이라고 불렀다.

결선투표 결과는 예측 불허였다. 결선투표라는 것은 얼마나 많은 유권자들이 투표를 하느냐, 어느 후보가 자신에게 표를 던졌던 유권자를 다시 투표소로 불러오는 일을 더 잘하고, 1차 선거에서 떨어진 후보들을 지지했던 유권자들이나 처음에 자신을 지지하지 않았던 사람들을 설득하는 일을 더 잘하느냐에 달려 있었기 때문이다. 홀트 판사는 결선투표를 옛 남부와 새 남부 사이의 선택으로 만들려고 노력했다. 존슨은 인종 문제를 계속 밀고 나가면서, 텔레비전에 나가 유권자들에게 자신이 무신론적인 인종 통합에 반대하여 "사자 굴의 다니엘과 함께", 그리고 "헤롯의 궁정의 세례 요한과 함께" 싸우고 있다고 말했다. 그 이야기 어딘가에서 짐 판사는 심지어 자신이 폴 리비어(1775년에 말을 달려 영국군의 진격을 매사추세츠 식민지 사람들에게 알렸는데, 이것이 결국 미국 독립전쟁의 도화선이 되었다—옮긴이주)와 같은 애국자라는 말까지 했던 것 같다.

홀트의 전략은 썩 훌륭했고, 존슨 역시 옛 남부 대 새 남부의 구도를 받아들여 끝까지 싸우려 했다. 그러나 홀트의 접근방법에는 두 가지 문제가 있었다. 첫째로 옛 남부 쪽 유권자들은 투표장에 나가서 투표를 하는 성향이었으며, 존슨이 그들의 옹호자라고 확신하고 있었다. 그러나 새 남부 쪽 유권자들은 홀트에 대해 그런 확신을 가지지 못했다. 홀트가 선거 막바지에 이를 때까지 본격적으로 싸울 태세를 갖추지 않는 바람에 그들의 의심은 더 굳어졌고, 투표할 의욕도 줄어들었다. 둘째로 얼마인지는 몰라도 록펠러의 지지자들은 존슨에게 투표하려 했다. 존슨이 록펠러가 상대하기에 더 만만하다고 보았기 때문이다. 공화당원이건 민주당원이건 공화당 예비선거에서 투표를 하지만 않았으면 민주당 결선투표에서 한 표를 행사할 수 있었다. 결과적으로 1만 9,646명이 그렇게 했다. 록펠러는 단독 후보였기 때문이다. 결선투표일에 투표한 사람의 숫자는 1차 예비선거 때보다 불과 5,000명이 적었다. 각 후보는 1차 선거 때의 두 배를 얻어 존슨이 52퍼센트, 홀트가 48퍼센트였다. 존슨이 홀트를 1만 5,000표 차로 이긴 것이다.

나는 그 결과가 끔찍했다. 나는 홀트 판사와 그의 가족을 아주 좋아하게 되었고, 홀트가 후보로서보다는 주지사로서 더 능력을 발휘할 수 있는 사람이라고 믿었고, 짐 판사가 대표하는 것들이 전보다 더 싫어지게 되었기 때문이다. 이제 남은 유일한 희망이 있다면 록펠러였고, 그는 실제로 이길 가능성이 있었다. 록펠러는 이번에는 전보다 조직을 훨씬 잘 갖추고 있었다. 그는 돈을 물 쓰듯이 썼다. 심지어 가난한 흑인 아이들에게 자전거 수백 대를 사주기도 했다. 가을 선거에서 록펠러는 54.5퍼센트를 얻어 승리했다. 나는 내 주가 매우 자랑스러웠다. 나는 그때 조지타운에 가 있었기 때문에 선거의 진행 과정을 직접 보지는 못했다. 그러나 존슨이 총선거에서는 활기가 떨어진 것 같다고 말하는 사람들이 많았다. 어쩌면 자금에 한계가 있었기 때문인지도 몰랐다. 그러나 록펠러로부터 살살 하라고 약간의 '격려금'을 받았을지도 모른다는 소문도 돌았다. 그 말이 사실인지 아닌지는 모르겠다.

내가 아칸소에서 카터의 첨병으로 일하던 시절, 짐 존슨은 잠깐 우파에서 벗어난 적이 있다. 자신의 아들을 연방 임명직에 앉히고 싶어 했기 때문이다. 그는 그때를 빼면 늘 우파에 머물렀고, 나에게 점점 적대적이 되어갔다. 1980년대에 그는 남부의 많은 보수주의자들과 마찬가지로 공화당원이 되었다. 그는 대법원 선거에 다시 출마했으나 패했다. 그 뒤로는 배후에서 못된 짓을 했다. 내가 대통령에 출마하자 그는 교묘하게 꾸며낸 소문을 직간접적으로 퍼뜨렸으며, 그가 그렇게 욕하던 이른바 동부의 자유주의적 매체에서 놀랍게도 그런 소문, 특히 화이트워터 소문을 믿어주는 사람들을 만났다. 그는 노련한 늙은 악당이었다. 그는 그런 기사들을 꼼꼼히 읽으며 즐거운 시간을 보냈을 것이다. 만일 워싱턴의 공화당원들이 나를 그곳에서 몰아내는 데 성공했다면, 그는 마지막에 웃은 사람은 자신이라고 큰소리를 쳤을 것이다.

선거운동 뒤에 나는 휴식도 할 겸 서해안으로 처음 여행을 떠났다. 레이먼드 삼촌의 단골이 삼촌에게 재고가 없는 새 뷰익을 타고 싶어 했다. 레이먼드 삼촌은 로스앤젤레스의 대리점에 그 차가 한 대 있다는 것을 알았다. 그 차는 그곳에서 '전시용'으로 사용되고 있었다. 차를 살 생각이 있는 사람이 마음에 드는지 시험 운전을 해볼 수 있는 차라는 뜻이었다. 대리점 주인들끼리는 이런 차를 맞바꾸거나 싼값에 서로 파는 일이 많았다. 삼촌은 나에게 로스앤젤레스로 비행기를 타고 가 그 차를 몰고 돌아오라고 했다. 삼촌 비서의 아들이자, 내 고등학교의 동창이며 밴드도 같이 했던 팻 브래디도 동행하라고 했다. 둘이 가면 올 때 쉬지 않고 계속 몰고 올 수 있었기 때문이다. 우리는 가고 싶어 안달했다. 당시에는 비행기의 학생 요금이 쌌기 때문에 레이먼드는 푼돈으로 우리를 보낼 수 있었고, 그런 경비를 감안해도 그 차에서는 이익이 남았다.

우리는 로스앤젤레스 공항으로 가서 차를 받아 집으로 향했다. 그러나 직선으로 오지 않았다. 약간 우회하여 라스베이거스에 들린 것이다. 우리는 그때가 아니면 평생 두 번 다시 그 도시를 볼 기회가 없을 거라고 생각했다. 밤에 창문을 열어놓고 뜨겁고 건조한 바람을 맞으며 평평한 사막을 가로질러 달리다가 멀리 라스베이거스의 환한 불빛들이 처음 눈에 들어오던 순간이 지금도 기억에 생생하다.

그때의 라스베이거스는 지금과 달랐다. 패리스나 베네치언 같은 커다란 테마 호텔은 없었다. 그냥 도박장과 오락시설이 길게 늘어서 있을 뿐이었다. 팻과 나는 돈은 별로 없었지만, 슬롯머신은 한번 해보고 싶었다. 그래서 우리는 한 장소를 골라, 각각 5센트짜리를 한 움큼 쥐고 작업에 들어갔다. 15분이 안 되어 나는 잭 폿을 한 번 터뜨렸고, 팻은 두 번이나 터뜨렸다. 이 외팔이 악당(슬롯머신을 가리킨다—옮긴이주)에게 매일 인질로 잡혀 있는 사람들이 그것을 못 보았을 리 없다. 그들은 우리에게 행운이 있다고 확신하고, 우리가 어떤 기계에서 잭 폿을 못 터뜨리고 떠나면 그 기계로 몰려들어 우리가 남겨주고 간 잭 폿의 기회를 잡으려고 몸싸움을 벌였다. 우리는 그것을 이해할 수가 없었다. 우리는 그 몇 분간에 몇 년의 운을 다 써버렸다고 확신했으며, 얼마 안 남은 운을 더 낭비하고 싶지 않았다. 우리는 다시 차로 돌아왔다. 호주머니는 우리가 딴 돈으로 불룩했다. 요즘에는 그렇게 5센트짜리를 많이 갖고 다니는 사람이 없을 것이다.

우리는 레이먼드 삼촌에게 차를 돌려주었다. 삼촌은 우리가 잠깐 옆길로 샌 것에 개의치 않는 것 같았다. 나는 조지타운으로 돌아갈 준비를 해야 했다. 선거운동이 끝날 무렵 나는 잭 홀트에게 풀브라이트 상원의원 밑에서 일하고 싶다는 이야기를 했다. 그러나 어떻게 될지는 알 수 없었다. 봄에 나는 풀브라이트에게 일자리를 달라는 편지를 보냈고, 빈자리는 없지만 염두에 두고 있겠다는 답장을 받았다. 상황이 달라졌을 거라고 생각하지 않았는데, 핫스프링스로 돌아가고 나서 며칠 후 이른 아침에 풀브라이트의 사무비서 리 윌리엄스의 전화를 받았다. 리는 잭 홀트가 나를 추천했다고 하면서, 외교위원회의 사무원 보조 자리가 비었다고 말했다. 그가 말했다. "파트타임으로 일하면 3,500달러이고, 상근자로 일하면 5,000달러일세." 비록 졸리기는 했지만 그 말을 놓칠 리는 없었다. "파트타임 두 번이면 어떻게 되나요?" 그는 웃음을 터뜨리더니, 바로 나 같은 사람을 찾고 있었다면서 월요일 아침에 출근하라고 말했다. 너무 흥분해서 몸이 폭발할 것 같았다. 풀브라이트가 위원장으로 있는 외교위원회는 외교 정책을 둘러싼 전국적 토론의 중심이었다. 베트남전쟁이 확대되는 상황이었기 때문에 더 중요한 자리였다. 비록 잔심부름꾼이긴 했지만, 이제 드라마가 펼쳐지는 것을 직접 목격할 수 있었다. 그리고 어머니와 아버지로부터 학비를 받지 않아도 되었기 때문에, 부모의 어깨에서는 경제적 부담을 덜고 내 어깨에서는 죄책감을 덜 수 있었다. 나는 그동안 집에서 도대체 어떻게 아버지 병원비와 내 학비를 다 대는지 알 수 없었기 때문에 무척 걱정하고 있었다. 당시 나는 누구에게도 말하지 않았지만, 조지타운을 그만두고 학비가 훨씬 싼 고향으로 돌아가야 하는 것 아닌가 생각하고 있던 터였다. 그런데 갑자기 조지타운에 그대로 머물면서 외교위원회에서 일할 기회가 생긴 것이다. 그 자리에 나를 추천해준 잭 홀트, 그리고 그 자리를 나에게 준 리 윌리엄스가 아니었다면 그 이후의 나의 인생은 전혀 달라졌을 것이다.

11

리 윌리엄스가 전화를 하고 나서 이틀 뒤에 나는 짐을 싸서 선물로 얻은 차를 타고 워싱턴으로 돌아갈 준비를 했다. 이제 의사당의 새 일터로 매일 출근해야 했기 때문에, 어머니와 아버지는 그들의 '낡은 차'를 나에게 주었다. 3년 된 하얀 컨버터블 뷰익 르사브르였다. 내부는 하얀색과 빨간색 가죽으로 덮여 있었다. 아버지는 3년 정도마다 새 차를 사고, 낡은 차는 중고차 매장에 팔았다. 이번에는 그 차가 중고차 매장으로 가지 않고 나에게 온 것이었다. 나는 환희에 젖었다. 아름다운 차였다. 1갤런(약 4리터—옮긴이주)에 12킬로미터밖에 못 달렸지만, 휘발유값은 쌌다. '휘발유 전쟁'이 벌어졌을 때에는 갤런당 30센트 이하로 떨어지기도 했다.

워싱턴에 돌아간 첫 월요일, 나는 계획대로 풀브라이트 상원의원 사무실에 출근했다. 당시에는 뉴 세넛 오피스 빌딩이라고 부르던, 지금의 더크슨 빌딩의 왼쪽 첫 번째 사무실이었다. 이 건물은 길 건너의 올드 세넛 오피스 빌딩과 마찬가지로 웅장한 대리석 건축물이었지만, 훨씬 더 밝았다. 나는 리와 즐거운 대화를 나눈 뒤, 외교위원회 사무실과 청문회실이 있는 4층으로 안내받았다. 위원회는 의사당 건물에 훨씬 더 큰 공간을 가지고 있었는데, 거기에서는 비서실장 칼 마시와 고참 비서 몇 명이 일했다. 위원회가 비공개 회의를 열 수 있는 아름다운 회의실도 있었다.

나는 위원회 사무실에서 문서 담당 사무원 버디 켄드릭스를 만났다. 그는 이후 2년 동안 나의 관리자이자, 이야기꾼 친구이자, 경험에서 나온 충고를 해주는 사람이 되었다. 버디의 상근 보조 버티 보먼은 친절하고 마음이 넓은 아프리카계 미국인으로, 야간에는 택시 운전을 했으며 이따금씩 풀브라이트 상원의원의 차를 몰기도 했다. 나처럼 학생 신분으로 일하던 필 도지어는 아칸소 출신이었고, 찰리 파크스는 앨라배마 주 애니스턴 출신의 법대생이었다.

나는 의사당과 풀브라이트 상원의원 사무실을 왔다 갔다 하며 메모를 비롯한 여러 가지 자료를 전달하는 일을 하게 될 것이라는 말을 들었다. 거기에는 비밀 자료도 포함되었는데, 그것 때문에 정부의 허가도 받아야 할 것이라고 했다. 그 일 외에는 비서진과 관심 있는 상원의원들을 위해 신문을 읽고 중요한 기사를 스크랩하는 일에서부터 연설문이나 다른 자료 요청을 처리하는 일, 위원회의 우편물 발송 명단에 이름을 적는 일까지 뭐든 시키는 일을 하게 되었다. 이때는 컴퓨터와 이메일이 없던 시절, 심지어 현대적인 복사기도 없었던 시절이다. 물론 내가 거기 있는 동안 카본지 복사에서 초보적인 '제록스' 복사지에 타자를 치거나 글을 쓰는 단계로 넘어가기는 했다. 내가 스크랩하는 신문기사들은 대부분 복사를 하지 않았다. 그냥 커다란 서류철에 넣어두었는데, 거기에는 의장에서부터 위원회 실무진의 이름이 차례로 적힌 회람지가 붙어 있었다. 한 사람이 서류철을 받아 살펴본 다음 회람지에 나온 자기 이름에 표시를 하고 다음 사람에게 넘기는 식이었다. 우편물 발송 명단은 지하실에 보관했다. 이름과 주소는 작은 금속판에 타자로 쳐두었고, 그 명판은 파일 캐비닛에 알파벳 순서로 보관해두었다. 우편물을 발송할 때는 그 명판을 기계에 넣고 기계에서 명판에 잉크를 묻혀 밑으로 지나가는 봉투에 이름과 주소를 찍었다.

지하실에 내려가 새 이름과 주소를 금속판에 타자로 찍은 다음 파일 보관함에 넣는 일은 재미있었다. 나는 늘 피곤했기 때문에 그곳에 내려가 낮잠을 자기도 했다. 때로는 그냥 파일 캐비닛에 기대고 있기도 했다. 실무진이 볼 신문과 스크랩한 기사를 읽는 것은 정말 좋았다. 나는 거의 2년 동안 매일 「뉴욕 타임스」, 「워싱턴 포스트」, 지금은 파산한 「워싱턴 스타」, 「월스트리트 저널」, 「볼티모어 선」, 「세인트루이스 포스트디스패치St. Louis Post-

Dispatch」를 읽었다. 「세인트루이스 포스트디스패치」는 위원회가 미국 '심장부'의 좋은 신문을 적어도 하나는 보아야 한다고 생각했기 때문에 구독했다. 맥조지 번디가 케네디 대통령의 국가안보 자문위원으로 일할 때, 그는 어떤 국민이라도 하루에 좋은 신문 여섯 개를 읽으면 자기만큼 지식이 쌓일 수 있을 거라고 말한 적이 있다. 그것은 잘 모르겠지만, 나는 그가 권한 일을 16개월간 한 뒤에 로즈 장학금 면접을 통과할 만큼은 지식을 쌓게 되었다. 만일 그때도 〈트리비얼 퍼수트〉 퀴즈쇼가 있었다면 나는 전국 챔피언이 되었을지도 모른다.

우리는 문서 요청도 처리했다. 위원회는 문서를 많이 만들어냈다. 외국 출장 보고서, 청문회의 전문가 증언, 청문회 전체 속기록 등이 그런 문서였다. 미국이 베트남에 깊이 개입할수록, 풀브라이트 상원의원과 그의 동맹자들은 청문회 과정을 이용하여 미국인들에게 남·북 베트남, 그 외의 동남아시아, 중국의 삶과 정치의 복잡성을 미국인들에게 알리려고 노력했다.

문서실은 우리의 평상시의 일터였다. 첫해에 나는 그곳에서 오후 1시부터 5시까지 반일 근무를 했다. 그러나 위원회에는 청문회나 다른 일들이 그 시간 너머까지 이어질 때가 많아 5시가 지나도 퇴근하지 못하는 경우가 많았지만 한 번도 불평을 하지는 않았다. 나는 함께 일하는 사람들이 마음에 들었고, 풀브라이트 상원의원의 위원회에서 하는 일이 좋았다.

이 일을 학교 공부와 병행하는 것은 어렵지 않았다. 3학년 때는 6과목 대신 5과목만 들으면 되었고, 어떤 수업은 아침 7시에 시작되었기 때문이다. 필수인 세 과목(미국사와 외교, 현대 외국 정부, 공산주의의 이론과 실제)도 내가 일을 하는 데 도움이 되었다. 학년회장 선거에 출마하지 않았기 때문에 시간도 많이 나는 편이었다.

나는 매일 수업이 끝나기만 고대하고 있다가 의회로 차를 달렸다. 당시에는 주차할 곳을 찾기가 그렇게 어렵지 않았다. 그곳에서는 역사의 격변의 현장을 목격할 수 있었다. 린든 존슨을 1964년에 압도적 승리로 몰고 갔던 대다수가 이제는 분열되고 있었다. 몇 달 뒤 민주당은 1966년 중간선거에서 하원과 상원의 의석을 많이 잃게 된다. 폭동, 사회적 불안, 인플레이션으로 인해 나라가 우경화하기 때문이다. 존슨 대통령은 국내 지출을 늘리고 베트남 개입을 확대하게 된다. 그는 미국이 '총과 버터' 두 가지 다 제공할 여유가 있다고 주장했지만, 국민은 그 말을 의심하기 시작했다. 존슨은 대통령으로서 첫 2년 반 동안 의회에서 프랭클린 루스벨트 이후 가장 놀라운 성공을 거두어왔다. 1964년의 시민권법, 1965년의 투표권법, 압도적인 빈곤퇴치법, 마침내 가난한 사람들과 늙은 사람들에게 의료 혜택을 주게 된 메디케어와 메디케이드 등이 그의 업적이었다.

이제 대통령, 의회, 나라의 관심은 점점 더 베트남으로 쏠리게 되었다. 승리는 눈에 보이지 않는 가운데 전사자 숫자만 늘어가자, 캠퍼스의 항의에서부터 설교단의 설교에 이르기까지, 커피숍 논쟁에서부터 하원의 연설에 이르기까지 전쟁 반대는 여러 가지 형태를 띠고 확산되기 시작했다. 나는 외교위원회에 일을 하러 다닐 때는 베트남 문제를 잘 몰라 이렇다 할 확실한 의견은 없었지만, 존슨 대통령을 강하게 지지하고 있었기 때문에 미심쩍은 점이 있더라도 일단 좋게 생각하고 있었다. 그럼에도 사태의 흐름을 보니 선거 때 그의 압도적 승리를 통해 꿈꾸었던 진보에 대한 기대감이 무너져가는 느낌이었다.

미국은 베트남보다 더 심하게 분단되어가고 있었다. 1965년 로스앤젤레스의 와츠 폭동과 호전적인 흑인 활동가들의 등장은 그들에게 공감하는 사람들은 왼쪽으로, 반대하는 사람들은 오른쪽으로 밀어붙였다. 린든 존슨이 특히 자랑스러워했고 또 실제로 자랑스러워할 만한 투표권법 역시 실제로 실행에 옮겨지면서 비슷한 효과를 낳았다. 존슨은 빈틈없는 정치가였다. 그는 투표권 법안에 서명을 하면서, 자신이 방금 남부의 민주당을 죽였다고 말했다. 사실 '민주당원의 견고한 남부'라는 말이 있었지만, 남부의 민주당은 오래 전부터 견고함과는 거리가 멀었다. 1948년 허버트 험프리가 민주당 전당대회에서 과격한 시민권 연설을 하고, 스트롬 서먼드가 당을 뛰쳐나가 딕시크랫(트루먼의 공민강령에 반대한 미국 남부의 민주당 이반파—옮긴이주)으로 대통령 선거에 출마한 이후 보수적인 민주당 지지자들은 당을 떠나기 시작했다. 1960년 존슨은 케네디가 남부 여러 주에서 승리를 거둘 수 있도록 도왔지만, 케네디가 남부 공립학교와 대학에서 법원이 명령한 인종 통합 정책을 이행하게 하겠다는 강력한 의지를 보이면서 보수적인 백인들은 다시 공화당의 품에 안겼다. 1964년에 골드워터는 엄청난 차이로 패배했음에도 남부에서는 다섯 주나 건졌다.

그럼에도 1966년에는 백인 인종차별주의자들 가운데 다수가 여전히 남부의 민주당원들이었다. 오벌 포버스, 짐 존슨, 앨라배마의 조지 월러스 주지사 같은 사람이 그들이었다. 상원에는 조지아의 리처드 러슬, 미시시피의 존 스테니스 같은 큰 인물들로부터, 위엄은 없지만 권력은 있는 몇몇 다른 사람들에 이르기까지 그런 인종차별주의자들이 가득했다. 투표권법을 비롯해 다른 시민권을 위한 노력들이 남부에 주게 될 영향에 대한 존슨 대통령의 예측은 정확했다. 1968년에 리처드 닉슨과 무소속으로 대통령에 출마했던 조지 월러스는 둘 다 남부에서 험프리를 이겼다. 그 이후로 백악관에 입성한 남부 출신 민주당 후보는 지미 카터와 나 둘뿐이었다. 우리가 선거에서 남부의 주들을 충분히 확보할 수 있었던 것은 흑인들의 압도적 지지에, 남부 출신이 아니면 얻을 수 없는 소수의 백인들의 지지가 보태졌기 때문이다. 레이건 시대에 공화당은 남부의 보수적 백인들을 확고하게 장악했으며, 공화당원들은 그들을 따뜻하게 환영했다.

레이건 대통령은 심지어 선거운동 기간에 주권州權을 옹호하는 발언을 하기도 했으며, 1964년 앤드루 굿먼, 마이클 슈워너, 제임스 체이니(두 명은 백인이고 한 명은 흑인이다)가 대의를 위해 순교했던 미시시피 주 필라델피아에서는 연방이 시민권 문제에 개입할 경우 저항해야 한다고 암묵적으로 주장하기까지 했다. 나는 개인적으로 레이건 대통령을 좋아했기 때문에, 그가 그런 발언을 한 것에 안타까움을 느꼈다. 부시 행정부에서는 콜린 파월, 콘디 라이스를 비롯하여 소수민족 출신들이 여러 명 중요한 자리를 맡고 있음에도, 2002년 중간선거에서 공화당은 민주당 주지사들이 조지아의 주기州旗와 사우스캐롤라이나 의사당 건물에서 남부연방기를 제거한 데 대한 '백색 반동'(소수민족 차별철폐 운동에 대한 백인의 반발—옮긴이주)에 힘입어 선거에서 다시 승리를 거두었다. 2년 전 조지 W. 부시는 사우스캐롤라이나의 우익으로 악명 높은 밥존스 대학에서 선거운동을 하면서 깃발 논쟁에 대해서는 입장을 밝히지 않겠으며, 그것은 주가 결정할 문제라고 말했다. 텍사스 학교들이 매일 아침 남부연방기를 게양하겠다고 고집하자, 부시 주지사는 그것이 주가 아니라 주 이하 지방자치체의 문제라고 말했다. 그러면서 나를 교활하다고 하다니! 존슨 대통령은 1965년에 이런 모든 사태를 예견했지만 그래도 옳다고 생각하는 일을 했으며, 나는 그가 그렇게 한 데 감사한다.

1966년 여름, 그리고 가을 선거가 벌어지고 나서는 본격적으로 모든 외교와 국내 갈등이 연방 상원의 토론 의제로 나타나기 시작했다. 출근을 해보면 상원에는 거물들이 가득 모여 있었고, 흥미진진한 드라마가 펼쳐졌다. 나는 그 모든 것을 소화하기 위해 노력했다. 임시 위원장인 애리조나 주의 칼 헤이든은 그의 주가 연방에 가입한 1912년부터 하원에 진출했으며, 상원에서만 40년을 보냈다. 그는 대머리에 바싹 야위어, 마치 해골처럼 보였다. 풀브라이트 상원의원의 뛰어난 연설문 작성자 세스 틸먼은 칼 헤이든이 "세상에서 자기 나이의 두 배로 보이는 유일한 90세 노인"이라고 농담을 한 적이 있다. 상원에서 다수당 당수를 맡고 있던 몬태나 주의 마이크 맨스필드는 제1차 세계대전 때 열다섯 살의 나이로 입대한 뒤 아시아 전공의 대학 교수가 되었다. 그는 1977년 카터 대통령으로부터 일본 대사로 임명된 1977년까지 16년간 다수당 당수 자리를 지켰다. 맨스필드는 건강에 무척 신경을 써서, 90대가 넘을 때까지 하루에 10킬로미터 가까이 걸었다. 그는 또 진정한 자유주의자였으며, 겉으로는 과묵해 보이지만 상당히 재치가 있는 사람이었다. 그는 풀브라이트 상원의원보다 2년 빠른 1903년에 태어나 아흔여덟까지 살았다. 내가 대통령이 된 직후 맨스필드는 풀브라이트와 점심을 먹었다. 맨스필드가 풀브라이트에게 나이를 묻자 풀브라이트는 여든일곱 살이라고 대답했다. 그러자 맨스필드는 이렇게 대꾸했다. "아, 다시 여든일곱 살이 될 수 있었으면."

공화당 당수인 일리노이의 에버릿 더크슨은 대통령의 법안 가운데 일부를 통과시키는 데 핵심적 역할을 했던 사람이다. 그가 자유주의적인 공화당원의 표를 끌어왔기 때문에 남부의 인종차별주의를 주장하는 민주당원들의 반대를 넘어설 수가 있었다. 더크슨의 얼굴은 놀라웠다. 입은 컸고 전체적으로 주름이 많았다. 목소리는 더 놀라웠다. 그는 그 낮고 우렁찬 목소리로 힘차게 한 구절 한 구절 띄엄띄엄 내뱉었다. 한번은 민주당의 지출 습관에 대해 이런 말로 공격을 한 적이 있었다. "여기서 10억, 저기서 10억, 그러다 곧 진짜 돈이 뭔지 알게 되지." 더크슨이 이야기하는 것을 들으면, 관점에 따라 신의 목소리를 듣는 것 같기도 했고 오만한 뱀 장사의 목소리를 듣는 것 같기도 했다.

당시에 상원은 오늘의 모습과는 많이 달라 보였다. 1967년 1월, 민주당이 중간선거에서 4석을 잃었음에도 그들은 여전히 64석 대 36석으로 다수를 차지하고 있었다. 요즘보다 민주당으로 훨씬 많이 기운 상황이었다. 그러나 당시에도 차이는 심했으며, 소속 정당으로만 의견이 갈리는 것은 아니었다. 그러나 몇 가지는 변하지 않았다. 우선 웨스트버지니아의 로버트 버드가 지금도 여전히 상원에서 일한다는 사실이 그렇다. 1966년에 이미 버드 의원은 상원의 규칙과 역사에 대하여 권위 있는 목소리를 내고 있었다.

옛 남부의 8개 주도 각각 2명의 민주당 상원의원을 내고 있었지만(1966년 선거 이전의 10개 주에서 줄어든 것이다)그 대부분은 보수적인 인종차별주의자였다. 현재 2명의 민주당 상원의원을 내는 주는 아칸소, 플로리다, 루이지애나뿐이다. 전에는 오클라호마가 민주당 의원을 둘 내고, 캘리포니아가 공화당 의원 둘을 냈다. 그러나 오늘날에는 이것이 뒤바뀌었다. 서부 산간 지역인 유타, 아이다호, 와이오밍은 지금은 공화당의 아성이지만, 당시에는 각각 한 명의 진보적인 민주당 상원의원을 배출했다. 보수적인 주인 인디애나에서는 두 명의 자유주의적인 상원의원이 나왔는데, 그 가운데 한 사람인 버치 베이는 현재의 상원의원 에번 베이의 아버지다. 에번 베이 의원은 유능한 지도자로, 언젠가 대통령이 될지도 모르지만, 아버지처럼 자유주의자는 아니다. 미네소타는 똑똑하지만 내성적인 지식인 진 매카시와 훗날의 부통령 월터 먼데일을 배출했다. 먼데일은 허버트 험프리가 존슨 대통령의 부통령이 되었을 때 그 뒤를 이었다. 존슨은 누렘베르크 전쟁 범죄 재판소에서 나치를 고발한 검사 가운데 한 사람인 코네티컷 상원의원 탐 도드 대신 험프리를 부통령 후보로 선택했다. 도드의 아들 크리스는 현재 상원에서 코네티컷을 대표하고 있다. 앨 고어의 아버지는 당시 마지막 임기였는데, 나 같은 젊은 남부인들에게는 영웅이었다. 법원에서 명령한 학교의 인종통합에 저항할 것을 촉구하는 1956년의 '남부 선언'에 서명하지 않은 남부 상원의원은 그와 테네시 주의 상원의원 에스츠 케포버 둘뿐이었기 때문이다. 텍사스는 열렬한 풀뿌리 민주주의자 랠프 야버러가 대변하고 있었지만, 1961년 선거에서 공화당 상원의원 존 타워가 당선되고, 휴스턴 출신의 젊은 공화당 하원의원 조지 허버트 워커 부시가 당선되면서 우경화될 조짐이 나타나고 있었다. 오레곤 주의 웨인 모스는 가장 흥미 있는 상원의원으로 꼽혔다. 그는 공화당원으로 출발했다가 무소속으로 변신한 다음 1966년에는 민주당원이 되었다. 1964년 상원에서 통킹 만 결의안에 반대한 의원은 장광설을 늘어놓기 좋아하지만 강인한 모스와 알래스카의 민주당 의원 어니스트 그루어닝뿐이었다. 린든 존슨은 이 결의안에 근거하여 자신이 베트남에서 전쟁을 할 권한을 위임받았다고 주장했다. 상원의 유일한 여성 의원은 메인 주 출신의 공화당원으로 파이프를 피우던 마거릿 체이스 스미스였다. 2004년에는 민주당에 9명, 공화당에 5명 등 14명의 여성 상원의원이 있다. 오늘날에는 거의 사라진 상태지만 당시에는 영향력이 큰 자유주의적 공화당 의원들도 많았다. 상원의 유일한 아프리카계 미국인이었던 매사추세츠 주의 에드워드 브룩, 오레곤의 마크 햇필드, 뉴욕의 제이커브 재비츠, 버몬트의 조지 에이큰이 그런 사람들이다. 에이큰 의원은 뉴잉글랜드 출신의 무뚝뚝한 사나이로, 미국의 베트남 정책이 미친 짓이라고 생각하여, 미국이 그냥 "승리를 선언하고 철수해버려야 한다"고 제안했다.

초선 상원의원 가운데는 뉴욕의 로버트 케네디가 단연 가장 유명했다. 그는 1965년에, 지금 힐러리가 있는 자리를 놓고 케네스 키팅 상원의원과 싸워서 이겨 동생 테드와 함께 상원에서 일하게 되었다. 바비 케네디는 매혹적이었다. 그는 생생한 에너지를 뿜어냈다. 구부정한 어깨에 머리는 푹 숙인 채 걸으면서도 당장이라도 공중으로 튀어오를 용수철처럼 보이는 사람은 지금까지 그 사람밖에 보지 못했다. 그는 관례적인 의미에서 훌륭한 연설가는 아니었지만, 열정을 담은 강렬한 연설은 최면을 거는 듯한 효과가 있었다. 설사 그가 그의 이름, 얼굴, 연설로 모든 사람의 눈길을 끌지 못했다 해도, 그의 크고 털이 덥수룩한 뉴펀들랜드 개 버머스로 눈길을 끌었을 것이다. 그 개는 내가 세상에서 본 가장 큰 개였다. 버머스는 종종 케네디 상원의원과 함께 일을 하러 왔다. 보비가 뉴 세넛 빌딩에 있는 사무실에서 나와 투표를 위해 의사당으로 걸어가면 버머스도 그와 나란히 걸었다. 의사당 계단을 뛰어올라 회전문을 통과하여 둥근 천장이 있는 곳에 이르면, 버머스는 주인이 돌아올 때까지 밖에 얌전하게 앉아 있었다. 그 개의 존경을 받을 수 있는 사람이라면 누구나 내 존경도 받을 수 있었다.

아칸소의 고참 상원의원 존 매클렐런은 열렬한 보수주의자일 뿐 아니라, 못처럼 단단했으며, 누가 약을 올리면 꼭 보복을 했고, 일에도 비범한 솜씨를 보였다. 그는 권력을 얻고 그것을 사용하는 데 능숙했다. 그런 솜씨로 연방의 돈을 고향 아칸소로 끌어오기도 했고, 악한 행동을 하는 사람을 추적하기도 했다. 매클렐런은 야망과 고뇌로 얼룩진 삶을 살았으며, 그런 어려움 때문에 강철 같은 의지와 깊은 원한이 생겨났다. 변호사이자 농부의 아들로 태어난 매클렐런은 열일곱 살의 나이에 아칸소 최연소 변호사가 되었다. 컴벌랜드 법대의 순회도서관에서 법전들을 대출해 읽은 뒤 구두시험을 우등으로 통과한 것이다. 그는 제1차 세계대전에 참전한 뒤 고향으로 돌아왔으나, 부인이 다른 남자와 사귀고 있다는 것을 알고는 이혼했다. 그 시절에 아칸소에서는 드문 일이었다. 두 번째 부인은 하원의원 시절인 1935년에 뇌막염으로 죽었다. 2년 뒤 그는 세 번째 부인 노머와 결혼했는데, 그녀는 매클렐런이 죽을 때까지 40년 동안 그의 옆을 지켰다. 그는 1943년에서 1958년 사이에 아들 셋을 모두 잃었다. 처음에는 수막염으로, 그 다음에는 교통사고로, 마지막은 비행기 사고로 잃었다.

매클렐런은 다사다난한 삶을 살았으며, 의사당을 술에 띄워 포토맥 강에 떠내려 보낼 만한 양의 위스키로 슬픔을 달랬다. 그러나 몇 년 뒤 그는 술에 취하는 것이 자신의 가치관이나 자기 이미지와 맞지 않는다고 생각하고는 술을 완전히 끊었다. 그의 강철 의지의 갑옷의 유일한 틈마저 메워버린 것이다.

내가 워싱턴에 갔을 때 그는 막강한 세출위원회 위원장이었다. 그는 이 자리를 이용해 아칸소 강 수로 체계 같은 사업을 위한 돈을 우리 주로 끌어올 수 있었다. 그는 그 뒤에도 12년을 더 연임하여 6선 의원이 되었으며, 7선에 도전하지 않겠다고 발표한 뒤 1977년에 사망했다. 내가 의사당에서 일할 때 매클렐런은 왠지 좀 멀게 느껴졌다. 사람의 접근을 허용하지 않는 듯한 분위기였다. 실제로 그는 사람들이 그를 그렇게 봐주기를 원했다. 1977년 법무장관이 된 뒤 나는 그와 많은 시간을 함께 보냈다. 나는 그의 친절과 내 일에 대한 관심에 감동하면서, 내가 그에게서 본 다른 면을 좀더 많은 사람들에게 보여주고, 공적인 일에도 그런 면을 반영하면 얼마나 좋을까 하는 생각을 했다.

풀브라이트는 매클렐런과는 낮과 밤처럼 달랐다. 그는 매클렐런에 비해 근심 없고 안락한 유년을 보냈고, 교육도 폭넓게 받았으며, 덜 교조적이었다. 그는 1905년 아칸소 대학이 자리 잡고 있는 아칸소 북부 오자크 산의 아름다운 마을 페이트빌에서 태어났다. 그의 어머니 로버타는 지역 신문 「노스웨스트 아칸소 타임스Northwest Arkansas Times」의 진보적이기로 소문난 편집자였다. 풀브라이트는 고향의 대학에 갔으며, 그곳에서 스타가 되었고, 아칸소 레이저백스의 쿼터백도 맡았다. 그는 스무 살이 되자, 로즈 장학금을 받아 옥스퍼드에 갔다. 2년 뒤 고향에 돌아왔을 때 그는 헌신적인 국제주의자가 되어 있었다. 법대를 졸업하고 국선 변호사로서 워싱턴에서 짧은 의무기간을 채운 뒤에는 고향으로 돌아와 부인 베티와 함께 대학에서 가르쳤다. 베티는 명랑하고 우아한 여자로, 소매점식의 정치에서는 남편보다 뛰어난 능력을 발휘했으며, 1985년에 죽을 때까지 50년 이상의 결혼 생활 동안 남편의 뚱한 면을 조정해주었다. 1967년인가 1968년의 어느 날 밤에 있었던 일은 결코 잊을 수가 없다. 나는 혼자서 조지타운을 걷다가 풀브라이트 상원의원 부부가 저녁 파티를 마치고 어느 호화로운 집에서 나오는 것을 보았다. 거리에 이르러 아무도 보는 사람이 없다고 생각했는지, 풀브라이트는 부인을 품에 안고 몇 스텝 춤을 추었다. 어두운 곳에 서 있던 나는 그녀가 그의 인생에서 빛과 같은 존재였다는 것을 알 수 있었다. 풀브라이트는 34세에 아칸소 대학의 총장으로 임명되었다. 미국 주요 대학의 최연소 총장이었다. 풀브라이트 부부는 전원적인 오자크 산맥에서 길고 행복한 인생을 보낼 것 같았다. 그러나 2년 뒤 아무런 문제없이 승승장구할 것 같던 풀브라이트의 인생에 장애가 등장했다. 풀브라이트의 어머니 로버타의 신랄한 사설 때문에 화가 난 새 주지사 호머 애드킨스가 그를 해고해버린 것이다.

1942년 달리 할 일이 없던 풀브라이트는 당시 비어 있던 아칸소 북서부 하원의원 자리에 출마했다. 그는 승리했고, 하원의원으로 보낸 유일한 임기 동안 제2차 세계대전 후 평화를 유지하기 위해 미국이 국제기구에 참여할 것을 촉구하는 풀브라이트 결의안을 발의했다. 이 결의안은 국제연합을 예견하고 있었다. 그는 1944년 연방 상원의원에 출마하여 복수할 기회를 얻었다. 주요 상대는 그의 천적 애드킨스 주지사였다. 애드킨스는 적을 만드는 재주가 있었는데, 이것은 정치에서는 위험한 자질이다. 그는 풀브라이트를 해고했을 뿐 아니라, 그 2년 전에는 존 매클렐런과 대립하는 실수를 했다. 그는 매클렐런의 주요 후원자들의 소득신고를 감사하기까지 했다. 매클렐런은 모욕을 잊거나 용서하는 사람이 아니어서, 풀브라이트가 앳킨스를 이기게 하려고 애썼으며, 풀브라이트는 결국 승리했다. 둘 다 복수에 성공한 것이다.

풀브라이트와 매클렐런은 상원에서 30년 동안 함께 일했음에도 서로 친밀하지는 않았다. 두 사람 모두 다른 정치가들과 개인적 관계를 갖지 않는 성향이었다. 그들은 아칸소의 경제를 발전시키기 위해 함께 노력했고, 남부 블록과 함께 시민권에 반대하는 데 표를 던졌다. 그러나 그 외에는 별로 공통점이 없었다.

매클렐런은 친군부 성향의 반공 보수주의자로, 세금을 국방, 공공사업, 법 집행에만 쓰기를 원했다. 그는 똑똑했지만 섬세하지는 않았다. 그는 흑백논리로 사물을 재단했다. 그는 무뚝뚝하게 말했으며, 어떤 문제에 대해 자신이 없어도 약해 보일까봐 절대 그것을 드러내지 않았다. 그는 정치가 돈과 권력의 문제라고 생각했다.

풀브라이트는 매클렐런보다 자유주의적이었다. 그는 훌륭한 민주당 의원으로, 도미니카공화국과 베트남 문제로 사이가 틀어지기 전까지는 존슨 대통령을 지지했다. 그는 누진과세, 가난과 불평등을 줄이기 위한 사회 정책, 교육에 대한 연방의 지원, 가난한 나라의 빈곤을 퇴치하기 위한 국제기구에 미국의 좀더 적극적인 기여를 옹호했다. 1946년 그는 국제 교육 교류를 위한 풀브라이트 프로그램을 만드는 법안을 발의했고, 이 프로그램은 미국을 비롯한 61개국 수십만 명의 풀브라이트 학자에게 교육비를 지원했다. 그는 정치가 생각의 힘의 문제라고 생각했다.

풀브라이트는 시민권에 대하여 자신의 투표 이력을 옹호하느라고 애쓴 적이 없다. 그는 시민권 같은 문제에 대해서는 자신의 유권자들 다수의 의사를 따라 투표해야 한다고만 말했다. 이런 문제에 대해서는 유권자들도 자기만큼이나 잘 안다는 것이었다. 이것은 앞서 나가고 싶지 않다는 말을 우회적으로 표현한 것일 뿐이다. 그는 남부 선언에도 그 강도를 약간 낮춰 서명했다. 또 시민권 법안에도 찬성표를 던지지 않았다. 그러다가 닉슨 행정부 시절인 1970년에는 닉슨 대통령이 시민권에 반대하는 G. 해럴드 카스웰을 대법원 판사 후보로 지명하자, 그것을 꺾는 데 앞장섰다.

시민권에 대한 태도에도 불구하고, 풀브라이트는 배짱이 없는 사람은 결코 아니었다. 그는 애국자들로 행세하는 가식적인 선동가들을 싫어했다. 위스콘신의 상원의원 조 매카시가 공산주의 관련자라는 포괄적인 비난으로 무고한 사람들을 공포에 떨게 하자, 대부분의 정치가들이 그의 앞에서는 입을 다물었다. 그를 혐오하던 사람들도 마찬가지였다. 그러나 풀브라이트는 매카시의 특별조사소위원회에 돈을 더 지원하자는 안에 상원에서 유일한 반대표를 던졌다. 그는 또 매카시를 견책하는 결의안을 공동 발의했으며, 이 결의안은 조시프 웰치가 전국에 매카시가 협잡꾼임을 폭로한 뒤에 상원에서 마침내 통과되었다. 매카시는 너무 빨리 나타난 셈이었다. 1995년, 국회를 장악한 무리 속에서라면 아주 편안하게 활동할 수 있었을 텐데 말이다. 그럼에도 반공 히스테리에 매우 취약했던 1950년대 초에 매카시는 400킬로그램짜리 고릴라와 다름없었다. 그런데도 풀브라이트는 다른 동료들보다 앞서 그에게 도전했던 것이다.

풀브라이트는 외교 문제에 관한 논쟁에서도 물러서는 법이 없었다. 이것은 시민권과는 달리 그가 유권자들보다 잘 안다고 생각하는 영역이었다. 그는 자신이 옳다고 생각하는 일을 하고 그런 다음 그것이 유권자들의 호응을 얻기를 기대했다. 그는 일방적 행동보다는 다각적 협력, 소련과 바르샤바조약기구의 고립이 아니라 그들과의 대화, 외국에 대한 관대한 지원과 군사 개입 자제, 무력이 아니라 모범과 사상의 힘을 통한 미국적 가치와 이익의 선양 등을 옹호했다.

내가 풀브라이트를 좋아한 또 하나의 이유는 그가 정치 이외의 것들에도 관심을 가졌다는 것이다. 그는 사람들이 모든 능력을 개발하면서 짧은 삶을 한껏 누리게 하는 것이 정치의 목적이라고 생각했다. 권력이 행복 추구에 필요한 안전과 기회를 제공하는 수단이 아니라 목적 그 자체라는 생각은 어리석고 자멸적인 것으로 보았다. 풀브라이트는 가족, 친구와 시간을 보내는 것을 좋아했으며, 1년에 두 번 휴가를 가서 쉬면서 재충전하고 폭넓게 독서를 했다. 그는 오리 사냥을 좋아했고, 골프를 즐겨 78세에 자기 나이의 퍼팅을 했다. 그는 독특하고 우아한 악센트로 특별한 대화를 즐기는 사람이었다. 긴장이 풀렸을 때는 웅변적이고 설득력 있게 이야기했다. 짜증이나 화가 났을 때는 말하는 방식이 도드라져 보이는 바람에 오만하고 건방져 보였다.

풀브라이트는 1964년 8월 존슨 대통령에게 통킹 만에서 미국 선박에 대한 공격에 대응할 권한을 부여하는, 이른바 통킹만 결의안을 지지했지만, 1966년 여름이 되자 미국의 베트남 정책이 잘못된 방향으로 가서 실패할 수밖에 없으며, 그것을 바로잡지 않으면 미국과 세계에 참담한 결과를 가져올 수도 있다고 주장했다. 그는 1966년에 그의 책 『권력의 오만*The Arrogance of Power*』을 통해 베트남에 대한 견해를 밝히고, 미국의 외교 정책 전체를 비판했다. 그는 내가 위원회 실무진에 참여하고 나서 몇 달 뒤 그 책에 서명을 해서 주었다.

풀브라이트의 핵심적 주장은 큰 나라들은 권력을 사용하는 데 '오만'하여, 가지 말아야 할 곳에 가서 하지 말아야 할 일을 하다가 곤경에 처하고 장기적인 쇠퇴를 겪을 수 있다는 것이었다. 그는 선교사적인 정열에 뿌리를 둔 외교 정책은 모두 의심했다. 그는 그런 정열에 휩싸이다 보면 "의도는 관대하고 자비롭지만, 미국의 큰 능력으로도 감당할 수 없는 너무 큰" 일에 떠밀려 간다고 생각했다. 그는 또 지역의 역사, 문화, 정치를 이해하지 못하고 반공주의와 같은 추상적 개념을 떠받들기 위해 권력을 행사하면 이익보다는 해를 줄 수도 있다고 생각했다. 그 한 예가 1965년 도미니카공화국 내전에 일방적으로 개입한 것이라고 보았다. 미국은 그곳에서 좌파 대통령 후안 보시가 쿠바식 공산주의 정부를 세울 것을 두려워하여 라파엘 트루힐로의 30년간에 걸친 억압적이고, 반동적이고, 살인까지 서슴지 않았던 군사독재(1961년 암살로 끝이 났다)에 협조했던 사람들을 지원했다.

풀브라이트는 미국이 베트남에서도 똑같은 실수를 더 큰 규모로 저지르고 있다고 생각했다. 존슨 행정부와 그 동맹자들은 베트콩을 중국의 동남아시아 팽창주의의 도구로 보았다. 그래서 아시아의 모든 '도미노'들이 공산주의 앞에 쓰러지기 전에 저지해야 한다고 생각했다. 이 때문에 미국은 반공적이지만 민주적이라고는 볼 수 없는 남베트남 정부를 지원했다. 남베트남이 혼자 힘으로 베트콩을 물리칠 수 없다는 것이 확인되자, 미국의 지원은 확대되어 군사 고문들까지 보내게 되었으며, 마침내 풀브라이트의 표현대로 "남베트남 국민의 충성을 얻지 못하는 약하고 독재적인 정부"를 방어하기 위해 대규모 군대를 주둔시키게 되었다. 풀브라이트는 식민주의에 반대한다는 이유로 프랭클린 루스벨트를 존경했던 호치민이 기본적으로는 베트남을 모든 외세로부터 독립한 나라로 만드는 데 관심이 있다고 보았다. 그는 호치민이 중국의 꼭두각시이기는커녕, 북쪽의 거대한 이웃나라 중국에 대한 베트남인의 역사적인 반감과 의심을 공유하고 있다고 보았다. 따라서 그곳에 미국이 그렇게 많은 인명을 빼앗기고 빼앗는 일을 정당화할 만한 국익이 걸려 있다고 생각하지 않았다. 그러나 풀브라이트는 일방적인 철수를 주장하지는 않았다. 대신 남베트남 자결 및 남 · 북 베트남 통일 국민투표에 대한 모든 정파의 합의를 조건으로 미국이 철수한 뒤 동남아시아를 '중립화' 하려는 시도를 지지했다. 그러나 1968년에 파리에서 평화회담이 열렸을 때는 안타깝게도 그런 합리적인 해결책은 불가능했다.

내가 아는 바로는, 위원회 실무진에서 일했던 사람들은 모두 베트남에 대해 풀브라이트와 같은 생각이었다. 그들은 또 존슨 행정부의 정치 군사 지도자들이 미국의 군사적 노력의 성과를 계속 과장한다고 생각하게 되었다. 그래서 그들은 행정부, 의회, 나라 전체에 정책 변화를 요구하는 작업을 체계적으로 진행했다. 이 글을 쓰면서 봐도, 그것이 합리적이고 솔직했던 것으로 보인다. 그러나 풀브라이트, 그의 위원회 동료들, 실무진은 사실 정치적으로 험한 바위 위에 높이 가로놓인 외줄을 타고 있었던 것이나 다름없다. 양당의 주전론자들은 위원회, 그리고 특히 풀브라이트를 비난했다. 미국의 적에게 '지원과 위로' 를 주고, 미국을 분열시키고, 승리를 향해 계속 싸우고자 하는 의지를 약화시킨다는 이유였다. 그럼에도 풀브라이트는 버텼다. 그는 거센 비판을 견뎌야 했지만, 청문회는 반전 감정을 일으키는 데 도움을 주었다. 특히 젊은 사람들 사이에서 반전 감정이 거세어지면서, 많은 젊은이들이 반전 집회와 반전 토론에 참석했다.

내가 그곳에서 일하는 동안 위원회는 외교 정책에 대한 미국인들의 태도, 중미 관계, 미국의 국내 목표와 외교 정책 사이의 갈등 가능성, 중 · 소 분쟁이 베트남 전쟁에 미치는 영향, 국제 관계의 심리적 측면 등의 주제를 놓고 청문회를 열었다. 미국 정책의 유명한 비평가들이 청문회장에 나왔다. 「뉴욕 타임스」의 해리슨 샐리스베리, 소련 대사 출신으로 소련의 '견제' 구상을 내놓은 조지 케넌, 일본 대사를 역임한 에드윈 라이샤워, 저명한 역사가 헨리 스틸 코미저, 퇴역 장성 제임스 개빈, 혁명 운동 연구자인 크레인 브린턴 교수 등이 그런 사람들이었다. 물론 행정부에서도 증인을 내보냈다. 가장 능력이 뛰어난 사람은 국무차관 닉 카첸바흐였다. 그는 케네디 대통령의 법무부에서 시민권 업무를 담당했기 때문에 적어도 나한테서는 점수를 따고 있었다. 풀브라이트는 국무장관 딘 러스크도 비공개로 만났는데, 보통 풀브라이트의 사무실에서 이른 아침에 커피를 마셨다.

러스크와 풀브라이트의 역학 관계는 흥미로웠다. 풀브라이트 역시 케네디의 국무장관 최종 후보 명단에 있었다. 대부분의 사람들이 풀브라이트가 탈락한 것은 그가 시민권에 반대한 경력, 특히 남부 선언에 서명한 일 때문이라고 생각했다. 러스크 역시 조지아 출신의 남부인이었으나, 시민권에 공감하였으며, 의회가 아니라 외교 정책 기관의 구성원이었기 때문에 풀브라이트와 같은 정치적 압력을 경험하지는 않았다. 러스크는 베트남을 간단하고 분명한 관점에서 보았다. 베트남은 아시아에서 자유와 공산주의의 싸움터라는 것이었다. 그는 베트남을 잃으면 공산주의가 동남아시아를 휩쓸어 참담한 결과를 가져올 것이라고 생각했다.

나는 늘 풀브라이트와 러스크가 베트남을 보는 관점이 완전히 다른 데는 그들이 젊은 시절 로즈 장학금을 받아 영국에 간 시기에 큰 차이가 있다는 것도 한 가지 이유가 되었을 것이라고 생각했다. 풀브라이트가 1925년에 옥스퍼드에 갔을 때는 제1차 세계대전을 끝내는 베르사유조약이 이행되는 중이었다. 그 조약은 독일에 심한 경제적 · 정치적 부담을 지웠으며, 오스트리아-헝가리 제국과 오스만 제국의 붕괴는 유럽과 중동의 지도를 다시 그렸다. 승리한 유럽 열강들에 의한 독일 모욕과 미국의 전후 고립주의와 보호주의(상원이 국제 동맹을 거부하고 스무트-홀리 관세법을 통과시키는 것으로 나타났다)는 독일에서 초국가주의적 반동을 일으켰고, 이로 인해 히틀러가 힘을 얻으면서 제2차 세계대전이 발발했다. 풀브라이트는 그런 실수를 반복하고 싶지 않았다. 그는 갈등을 흑백논리로 보는 일이 드물었으며, 적을 악마로 만드는 것을 피하려 했고, 가능하면 늘 다자적 맥락에서 타협적인 해결책을 먼저 찾으려 했다.

반면 러스크는 나치가 권력을 잡은 1930년대 초에 옥스퍼드에 있었다. 그는 히틀러와 협상하려는 대영제국 수상 네빌 챔벌린의 가망 없는 노력을 지켜보았다. 이 유화정책은 역사상 가장 신랄한 비난을 받은 정책 가운데 하나였다. 러스크는 공산주의 전체주의와 나치 전체주의를 똑같이 보았으며, 둘 다 똑같이 경멸했다. 제2차 세계대전 후 중부와 동부 유럽을 통제하고 공산화하려는 소련의 움직임을 보면서 그는 공산주의가 개인적 자유에 대한 적대감과 살벌한 호전성을 감염시키는 질병이라고 확신했다. 그는 유화정책론자는 되지 않겠다고 결심하고 있었다. 따라서 러스크와 풀브라이트는 베트남이 미국의 레이더망에 나타나기 수십 년 전에 형성된 서로 건너갈 수 없는 지적 · 감정적 분열의 양극에서 베트남을 바라보고 있었다.

주전파들로 인해 전쟁을 둘러싼 심리적인 분열은 더 심해졌다. 전시에는 적을 악마로 만드는 자연스러운 경향이 있었고, 존슨과 러스크를 비롯한 여러 사람은 베트남을 잃을 수 없다고 결심하고 있었기 때문이다. 이러한 분열은 미국의 위엄과 그들 자신의 위엄에 오랫동안 상처를 남겼다. 나는 대통령 시절 공화당이 지배하는 의회, 그리고 그들의 동맹자와 이념적인 전투를 벌이면서 평화시에도 똑같은 강박 충동이 생기는 것을 보았다. 이해, 존경, 신뢰가 없을 때는 잘못을 인정하기는커녕 작은 타협이라도 약한 모습이나 배반으로 보게 되는데, 이것은 패배에 이르는 지름길이다.

1960년대 말 베트남 문제의 매파에게 풀브라이트는 속기 쉽고 순진한 사람이었다. 순진함은 모든 좋은 의도를 가진 사람이 경계해야 하는 문제이다. 그러나 실제적인 사람에게도 그 나름의 위험이 있다. 정치에서는 구멍에 빠진 것을 알았을 때 첫 번째 할 일은 구멍을 계속 파는 일을 중단하는 것이다. 잘못의 가능성을 외면하거나 그것을 받아들이지 않기로 결심하면, 더 큰 삽으로 구멍을 파게 된다. 베트남에서 어려움이 더 커질수록, 국내에서 항의가 더 강해질수록, 미국은 더 많은 군대를 보냈다. 그 숫자는 1969년에 54만 명 이상으로 절정에 이르렀으며, 그 다음부터는 현실 때문에 마침내 방향을 틀 수밖에 없었다.

나는 이런 상황 전개를 보면서 놀라기도 했고 빨려들기도 했다. 나는 가능한 모든 자료를 읽었다. 가끔 내가 배달해야 하는 '기밀'이나 '비밀' 도장이 찍힌 자료도 보았는데, 거기에는 정부가 전황에 대해 국민을 오도하고 있다는 사실이 분명히 드러나 있었다. 미군은 승리를 거두고 있는 것이 아니었다. 나는 전사자의 숫자가 늘어간다는 것도 알았다. 풀브라이트는 매일 베트남에서 죽은 아칸소 병사들의 명단을 받았다. 나는 습관적으로 그의 사무실에 들러 명단을 확인했는데, 어느 날 그 명단에서 내 친구이자 동창인 타미 영의 이름을 발견했다. 귀국하기 며칠 전 그가 탄 지프가 지뢰를 밟았던 것이다. 나는 망연자실했다. 타미 영은 몸집이 크고, 똑똑하고, 촌스럽고, 예민한 친구였다. 나는 그가 자라서 좋은 삶을 살 거라고 생각했다. 틀림없이 긴 인생을 살며 더 많은 것을 주고받을 수 있었을 수많은 사람들의 이름들 속에서 그의 이름을 보게 되자 처음으로 내가 학생이라는 것, 멀리 떨어져서 베트남의 죽음과 접하고 있다는 것에 대한 죄책감이 가슴을 찔렀다. 나는 휴학하고 입대할까 하는 생각을 했다. 사실 나는 정당만이 아니라 철학에서도 민주주의자였다. 따라서 내가 반대하는 전쟁이라 해도 피할 자격은 없다고 생각했다. 나는 리 윌리엄스와 그 문제를 상의했다. 그는 학교를 그만두겠다니 제정신이냐고 펄쩍 뛰면서, 전쟁을 끝내기 위해 계속 내 역할을 다하라고, 병사가 한 명 더 는다고 해도 사상자가 한 명 더 느는 것 외에는 아무것도 할 수 없을 거라고 말했다. 이성적으로는 그의 말을 이해할 수 있었다. 그래서 결국 그의 말대로 했지만, 한 번도 그 말이 완전히 옳다고 느낀 적은 없었다. 사실 나는 제2차 세계대전 참전용사의 아들이었다. 나는 군대를 책임지는 많은 사람들이 무지하고, 머리보다는 배짱으로 행동한다고 생각했지만, 그래도 군대를 존중했다. 그렇게 해서 죄책감과의 싸움이 시작되었다. 조국을 사랑하지만 전쟁을 싫어했던 수많은 사람들이 겪어야 했던 싸움이었다.

겪어보지 않은 사람들에게 그 머나먼 시절을 느끼게 해주기는 어렵다. 또 겪어본 사람에게는 많은 말이 필요 없다. 전쟁은 국내에 있는 사람에게도 대가를 치르게 했다. 가장 자신만만한 반대자들에게도 마찬가지였다. 풀브라이트는 존슨 대통령을 좋아하고 존경했다. 그는 자신이 미국을 앞으로 움직여 나가는 팀의 일원이라는 생각에 기쁨을 느꼈다. 그가 도움을 줄 수 없었던 시민권 문제에서도 마찬가지였다. 그는 늘 게임에 임하는 얼굴로 일했지만, 욕을 먹고 따돌림당하는 아웃사이더가 되는 것은 싫어했다. 어느 날 아침 일찍 출근했다가 풀브라이트가 혼자 사무실을 향해 복도를 걸어가는 모습이 보였다. 그는 슬픔과 좌절에 휩싸여 있었다. 그는 자신의 저주받은 의무를 향해 터벅터벅 걸어가면서 벽에 한두 번 부딪히기까지 했다.

외교위원회는 다른 일들도 다루어야 했지만, 위원들에게도 나에게도 베트남이 모든 일 위에 그림자를 드리우고 있었다. 조지타운에 다닌 첫 2년 동안 나는 수업시간에 필기한 노트, 페이퍼, 시험지를 거의 다 보관해두었다. 그러나 3학년 때는 시원치 않은 '화폐와 은행' 과목 페이퍼 두 개밖에 남은 것이 없다. 2학기 때는 심지어 수강신청을 취소하기도 했다. 내가 조지타운에서 듣다 만 이 유일한 과목은 '공산주의의 이론과 실제'였는데, 비록 베트남과 관련된 것은 아니었지만, 나로서는 그럴 만한 이유가 있었다.

1967년 봄 아버지는 암이 재발하여 노스캐롤라이나 더램의 듀크 메디컬 센터에 입원해 몇 주 동안 치료를 받았다. 나는 주말이면 아버지를 보러 조지타운에서 425킬로미터를 차로 달려갔다. 금요일 오후에 떠나서 일요일 밤 늦게 돌아왔다. 그렇게 하면서 공산주의 강의까지 들을 수 없었기 때문에 중간에 포기한 것이다. 그때가 내 젊은 시절의 가장 피곤했던 시절, 하지만 중요한 시절이었다. 나는 금요일 밤 늦게 더램에 들어가서 아버지와 토요일을 함께 보냈다. 우리는 일요일 아침과 이른 오후까지 함께 보냈고, 그런 다음 나는 학교와 일터로 돌아왔다.

1967년 3월 26일 부활절 일요일에 우리는 듀크 채플에 갔다. 웅장한 고딕 교회였다. 아버지는 교회에 자주 가는 사람이 아니었다. 그러나 이번 예배만은 정말 좋아하는 것 같았다. 어쩌면 예수님이 그의 죄 때문에 죽었다는 메시지에서 약간의 평화를 얻은 것인지도 모른다. 어쩌면 오래되고 훌륭한 찬송가 "영광의 아들들과 함께 노래하라Sing with All the Sons of Glory"를 부르면서 그 가사의 내용을 믿었던 것인지도 모른다. "영광의 아들들과 함께 노래하라. 부활의 노래를 불러라. 죽음과 슬픔, 이 땅의 이야기는 지난날에 속한 것이라. 사방에서 구름이 걷히고, 곧 폭풍의 시간은 끝이 나리라. 사람이 하나님의 형상대로 깨어나 영원한 평화를 알게 되리라." 예배가 끝난 뒤 우리는 차를 타고 노스캐롤라이나 대학이 자리 잡고 있는 채플 힐로 갔다. 말채나무와 박태기나무가 꽉 들어찬 숲에는 꽃이 만발했다. 남부의 봄은 대부분 아름답다. 그러나 이때의 모습은 정말 장관이었고, 가장 생생한 부활절 기억으로 남아 있다.

그런 주말이면 아버지는 전과는 완전히 다른 방식으로 나와 이야기를 했다. 대부분 잡담이었다. 나의 인생과 아버지의 인생, 어머니와 로저, 가족과 친구들에 대한 이야기들. 그러나 자신의 삶에 대해 이야기할 때면 이야기가 깊어지기도 했다. 아버지는 자신이 떠날 날이 얼마 남지 않았다는 것을 알고 있었기 때문이다. 그는 사소한 이야기도 마음을 열어놓고 했다. 이야기마다 의미가 있었고, 방어적인 태도도 없었다. 전에는 한 번도 경험하지 못했던 태도였다. 그 길고 한가한 주말에 우리는 화해했으며, 아버지는 내가 그를 사랑하고 용서한다는 사실을 받아들였다. 만일 아버지가 죽음을 맞이했던 그 용기와 명예심으로 삶을 마주했다면 대단한 인물이 되었을 것이다.

12

3학년이 끝날 무렵, 다시 선거 때가 돌아왔다. 나는 1년 전쯤부터 학생회장에 출마하겠다고 결심해놓고 있었다. 비록 캠퍼스와 떨어져 있는 시간이 많았지만, 친구나 활동까지 멀어진 것은 아니었다. 그리고 이전의 내 성공 경험을 비추어볼 때 이길 수 있을 것 같았다. 그러나 사실 나는 생각과는 달리 학교 사정에 어두웠다. 내 상대는 우리 학년 부회장 테리 모질린이었다. 그는 지지 기반을 다지고 전략을 짜면서 1년 내내 선거 준비를 해왔다. 나는 구체적이지만 관례적인 정강을 제시했다. 모질린은 미국 전역의 대학 캠퍼스에 확산되고 있는 불만과 더불어 조지타운의 학문적 요구와 캠퍼스 규칙의 엄격성에 대해 많은 학생들이 느끼는 구체적 반감을 활용했다. 그는 자신의 선거운동을 "모지 반역"이라고 불렀다. 자동차 회사의 "도지 반역"(Modg는 모질린의 애칭. Dodge는 자동차 회사 이름—옮긴이주) 구호에서 따온 것이었다. 모질린과 그의 지지자들은 하얀 모자를 쓰고 나와 예수회 행정 당국과 나에게 반대하여 싸웠다. 나는 학교 행정 당국과의 좋은 관계, 일자리와 차, 정통적인 선거운동, 싱글거리며 인사하는 태도 때문에 기성 후보가 되어버렸다. 나와 내 친구들은 열심히 뛰었다. 그러나 모질린과 그의 협력자들의 선거운동 강도 때문에 우리가 곤경에 처했다는 것을 알 수 있었다. 예를 들어 우리의 홍보물은 엄청나게 빠른 속도로 사라져버렸다. 그 보복으로 선거 며칠 전 밤에 우리 쪽 친구들이 모질린의 홍보물을 찢어 차 뒤에 싣고 멀리 갖다 버렸다. 그러나 그들은 걸려서 징계를 받았다.

그것으로 끝이었다. 모질린은 717 대 570이라는 큰 차이로 나를 이겼다. 그는 이길 자격이 있었다. 그는 나보다 생각을 많이 했고, 조직을 많이 했고, 노력을 많이 했다. 그리고 나보다 그 자리를 더 원했다. 돌이켜 보면 처음부터 출마하지 않는 게 좋았다는 생각도 든다. 나는 필수 커리큘럼의 완화를 원하는 다수 동급생들과 의견이 달랐다. 나는 그대로가 좋았다. 나는 이전의 학년회장 선거에서 나에게 승리할 에너지를 주었던, 캠퍼스 생활에 대한 뛰어난 집중력을 상실했다. 내가 매일 캠퍼스를 비웠기 때문에, 기성 사회에 속하여 사람들 등이나 툭툭 쳐주면서 시대의 혼란을 매끄럽게 피해가려는 사람으로 비치기 쉬웠다. 그러나 나는 곧 패배에서 벗어났다. 학년 말에는 여름 동안 워싱턴에 머물면서 위원회 일을 하고 수업을 몇 개 들을 생각을 하고 있었다. 나는 1967년 여름이 나에게나 미국에나 폭풍 전의 고요라는 것을 까맣게 모르고 있었다.

워싱턴에서는 여름이면 일이 돌아가는 속도가 늦어진다. 의회는 보통 8월 내내 휴회한다. 젊고, 정치에 관심이 있고, 더위가 싫지 않다면 여름에 워싱턴에 가보는 것이 좋다. 동급생 킷 애슈비와 짐 무어는 조지타운 캠퍼스에서 뒤쪽으로 2킬로미터 정도 떨어진 맥카서 불르바드 근처의 포토맥 애비뉴 4513번지의 낡은 집을 세냈다. 그들은 나에게 4학년을 마칠 때까지 그곳에서 함께 살자고 했다. 개학을 하면 탐 캠벨과 탐 캐플런도 올 예정이었다. 집에서는 포토맥 강이 내다보였다. 방은 다섯 개였고, 작은 거실에 쓸 만한 부엌이 갖춰져 있었다. 2층의 침실들에는 베란다도 두 개 붙어 있어, 낮에는 햇볕을 쬐고, 가끔 밤에 부드러운 여름 바람을 쐬며 잠을 잘 수도 있었다. 그 집은 1950년대 초에 전국 배관 규약을 썼던 사람의 소유였다. 거실 책꽂이에는 그 매혹적인 규약집들이 한 질 꽂혀 있었는데, 어울리지 않게 피아노에 앉아 있는 베토벤이 그려진 받침대로 쓰러지지 않도록 받쳐져 있었다. 그것이 집 전체에서 가장 흥미 있는 물건이었다. 내 룸메이트는 그것을 나에게 물려주었으며, 나는 지금도 그것을 보관하고 있다.

킷 애슈비는 댈러스 출신으로 의사의 아들이었다. 내가 풀브라이트 상원의원 밑에서 일할 때, 그는 워싱턴의 헨리 '스쿱' 잭슨 상원의원 밑에서 일했다. 잭슨 상원의원은 린든 존슨과 마찬가지로 국내 정책에서는 자유주의자였지만, 베트남 문제에서는 매파였다. 짐 무어는 육군 하사관의 아들로, 여기저기 떠돌며 자랐다. 그는 진지한 역사학도였고 진정한 지식인이었는데, 베트남에 대한 생각은 킷과 나의 중간쯤 되었다. 그해 여름, 그리고 이어지는 4학년 시절에 나는 두 친구와 평생 계속될 우정을 쌓았다. 킷은 조지타운을 졸업한 뒤 해병대에 들어갔다가 나중에 국제적인 은행가가 되었다. 나는 대통령이 되었을 때 그를 우루과이 대사로 임명했다. 짐 무어는 아버지를 따라 육군에 들어갔다가, 그 뒤에는 주의 연금 투자 관리를 아주 솜씨 있게 해나갔다. 1980년대에 많은 주들이 연금 문제로 골머리를 썩을 때, 나는 그에게 아칸소의 연금 문제를 해결하는 방법에 대해 공짜로 좋은 조언을 얻을 수 있었다.

그해 여름에는 우리 모두 즐거운 시간을 보냈다. 6월 24일에는 컨스티튜션 홀에 가서 레이 찰스의 노래를 들었다. 나의 데이트 상대는 칼린 잔이었다. 그 지역 여학교들이 조지타운 남학생들을 위해 연 수많은 친목회 가운데 어딘가에서 만난 멋진 여학생이었다. 그녀는 키가 거의 나만 했으며 금발을 길게 늘어뜨렸다. 우리는 2층 좌석 뒤쪽에 앉아 있었다. 우리 주위에는 백인이 조금밖에 없었다. 나는 "뭐라고 말할까What' d I Say"에서 멋진 가사를 들은 뒤 레이 찰스를 좋아하고 있었다. "네 엄마에게 말해라, 네 아빠에게 말해라, 내가 너를 아칸소로 돌려보낸다고." 레이는 콘서트가 끝날 무렵 청중에게 통로에서 춤을 추라고 했다. 그날 밤 포토맥 애비뉴로 돌아왔을 때 나는 너무 흥분해서 도통 잠을 이룰 수가 없었다. 결국 새벽 5시에 나는 잠을 포기하고 나가서 5킬로미터를 달렸다. 나는 그 콘서트 입장권 조각을 10년 동안 지갑에 넣고 다녔다.

흑인 가수 레이 찰스가 노래를 불렀던 컨스티튜션 홀은 1930년대에 '미국독립혁명의 딸들'이 흑인이라는 이유로 위대한 메리언 앤더슨의 공연을 허락하지 않은 곳이었다. 그러나 젊은 세대의 많은 흑인들은 콘서트홀에 들어가는 것보다 훨씬 더 많은 것을 요구했다. 가난, 계속되는 차별, 시민권 활동가들에 대한 폭력, 베트남에서 흑인들이 백인들보다 훨씬 더 많이 싸우고 죽는다는 사실 등에 대한 불만이 높아지면서 새로운 투쟁 정신에 불이 붙기 시작했다. 특히 마틴 루터 킹이 '블랙 파워' 라는 훨씬 더 전투적인 사상에 대항하여 검은 미국의 마음과 정신을 얻기 위해 노력하던 대도시들에서 그런 분위기가 강했다.

1960년대 중반에는 다양한 규모와 강도의 인종 폭동이 남부 이외 지역의 게토를 휩쓸었다. 1964년이 되기 전 흑인 이슬람 지도자 말콤 엑스는 가난을 비롯한 도시의 문제들과 싸우기 위해 흑인들끼리 노력하겠다고 하면서 인종 통합을 거부했다. 그는 "백인 미국인들이 이제까지 경험하지 못했던 인종 폭력"을 예언했다.

1967년 여름 내가 워싱턴을 한껏 즐기고 있을 때, 뉴워크와 디트로이트에서는 심각한 폭동이 일어났다. 여름이 끝날 때까지 미국 여러 도시에서 160회 이상의 폭동이 일어났다. 존슨 대통령은 일리노이 주지사 오토 커너를 위원장으로 하는 '사회 무질서 대책 국가자문위원회' 를 구성했다. 이 위원회는 폭동이 경찰의 인종차별과 야만적 행동, 그리고 흑인들의 경제적 · 교육적 기회 부재의 결과라고 결론을 내렸다. 그 불길한 결론은 유명한 한 문장에 요약되어 있다. "미국은 두 개의 사회를 향해 움직이고 있다. 하나는 흑인 사회, 하나는 백인 사회다. 두 사회는 분리되어 있고 불평등하다."

그 시끄러운 여름에도 워싱턴은 여전히 매우 조용했다. 그러나 우리도 블랙 파워 운동의 맛은 조금 보았다. 몇 주 동안 매일 밤 흑인 활동가들이 백악관에서 멀지 않은 뒤퐁 서클을 점거했기 때문이다. 뒤퐁 서클은 코네티컷 애비뉴와 매사추세츠 애비뉴가 만나는 곳이었다. 내 친구 하나가 그들 몇 명을 잘 알게 되어, 어느 날 밤 나를 데리고 그들의 이야기를 들으러 갔다. 그들은 건방지고, 화를 잘 냈으며, 가끔 앞뒤가 안 맞는 이야기를 하기도 했다. 그러나 어리석지는 않았다. 나는 그들의 해결책에는 동조하지 않았지만, 그들이 가진 불만의 뿌리에 있는 문제들은 진짜라고 느꼈다.

점차 전투적인 민권 운동과 반전 운동 사이의 경계선이 흐릿해지기 시작했다. 반전 운동은 백인 중류층 출신의 유복한 대학생들이 시작했고 그들보다 나이가 많은 지식인, 예술가, 종교지도자들이 후원자로 나섰다. 그 초기 지도자들 가운데 다수는 그 전에 민권 운동에 참여하기도 했다. 1966년 봄, 반전 운동은 그 주창자들도 손을 쓸 수 없을 만큼 커졌다. 미국 전역에서 대규모 시위와 집회가 열렸다. 풀브라이트 청문회에 대한 대중의 반응도 한몫을 했다. 1967년 봄, 뉴욕시티의 센트럴 파크에서 30만 명이 반전 시위를 했다.

나는 그해 여름 자유주의적인 미국학생협회NSA가 메릴랜드 대학 캠퍼스에서 대회를 열었을 때 진지한 반전 활동가들을 처음 만나 보았다. 그 대학은 내가 4년 전 미국소년단에 참석하기 위해 갔던 곳이기도 하다. 미국학생협회는 민주사회를 위한 학생회 SDS보다는 덜 과격했지만, 반전 입장은 확고했다. 그러나 봄에 이 조직이 오랫동안 중앙정보국CIA으로부터 자금 지원을 받아 국제 활동을 해왔다는 사실이 밝혀지면서 그 신뢰성에 상처를 입었다. 그럼에도 이 조직은 여전히 미국 전역의 많은 학생들의 지지를 받았다.

어느 날 밤 나는 대회 구경을 하러 칼리지 파크로 갔다가, 리틀록 출신의 브루스 린지와 마주쳤다. 나는 1966년 주지사 선거운동 때 그를 만난 적이 있었다. 당시 브루스는 브룩스 헤이스 후보를 위해 일하고 있었다. 그는 미국학생협회 남서부 대표인 데비 세일을 만나기 위해 그곳에 왔다. 데비 역시 아칸소 출신이었다. 브루스는 주지사와 대통령 시절 나의 가까운 친구이자 조언자가 되어, 나는 그에게 속을 털어놓곤 했다. 나중에 데비는 내가 뉴욕에 발판을 마련할 수 있도록 도움을 주었다. 그러나 1967년 미국학생협회 대회에서 우리는 그저 전쟁에 반대하며 벗을 찾아다니던 젊은이들, 평범해 보이고 평범하게 행동하던 세 명의 아칸소인들일 뿐이었다.

미국학생협회에는 나 같은 사람들이 많았다. 그들은 좀더 호전적인 민주사회를 위한 학생회에 불편해했지만, 그럼에도 전쟁을 끝내기 위해 노력하는 사람들의 대열에 끼고 싶어 했다. 대회에서는 앨라드 로웬스타인의 연설이 가장 주목할 만했다. 그는 학생들에게 1968년에 존슨 대통령을 권좌에서 밀어내기 위해 전국 조직을 만들자고 촉구했다. 당시 대부분의 사람들은 그것이 황당한 이야기라고 생각했으나, 상황이 급변하면서 앨 로웬스타인은 예언자가 되었다. 석 달이 안 되어 10만 명이 링컨 기념관에 모여 전쟁에 항의함으로써 반전 운동은 기세를 떨치기 시작했다. 그 가운데 300명이 징병 카드를 내놓았고, 나이 든 반전 활동가들인 예일 대학 교목 윌리엄 슬로언 코핀과 유명한 소아과 의사 벤저민 스폭이 이것을 법무부에 제출했다.

미국학생협회는 역사적으로 엄격한 전체주의에 반대했기 때문에, 흥미롭게도 발트해 연안 제국의 '위성국가'들의 대표도 그곳에 참석했다. 나는 라트비아 여자 대표와 이야기를 했다. 그녀는 나보다 몇 살 많았으며, 이런 종류의 집회에 참석하는 것이 그녀의 일이라는 느낌을 받았다. 그녀는 언젠가 소련 공산주의가 무너지고 라트비아는 다시 자유를 얻을 것이라고 자신있게 말했다. 당시에 나는 그녀의 말이 현실과 다소 동떨어져 있다고 생각했다. 그러나 그녀 역시 앨 로웬스타인과 마찬가지로 예언자적인 존재였음이 확인되었다.

나는 위원회에서 일하고 이따금씩 소풍을 나가는 것 외에 여름 학기 강좌를 세 개 들었다. 철학, 윤리학, 극동 외교였다. 나는 처음으로 칸트와 키에르케고르, 헤겔과 니체를 읽었다. 윤리학 시간에는 필기를 열심히 했다. 8월의 어느 날, 아주 똑똑하지만 수업에는 거의 나오지 않는 학생이 기말 시험 전에 내가 필기한 것을 놓고 몇 시간 함께 공부해보지 않겠느냐고 물었다. 내 스물한 번째 생일인 8월 19일에 나는 약 4시간 동안 시험공부를 했으며, 그 친구는 시험에서 B를 받았다. 25년 뒤 나는 대통령이 되었으며, 그때 함께 공부했던, 죽은 사우디 왕의 아들 투르키 파이잘은 사우디아라비아 정보부장이 되었다. 그는 24년 동안 그 자리를 지켰다. 철학 점수가 그의 성공적인 인생과 큰 관계가 있다고 생각하지는 않지만, 우리는 그 일을 놓고 농담을 하곤 했다.

미국 외교를 가르치던 줄스 데이비즈 교수는 저명한 학자로, 훗날 애버렐 해리먼이 회고록을 쓰는 일을 도와주기도 했다. 내 페이퍼 제목은 "의회와 동남아시아 결의안"이었다. 흔히 통킹 만 결의안이라고 알려진 그 결의안은 1964년 8월 2일과 4일에 미국 구축함 매독스 호와 C. 터너 조이 호가 북베트남 선박들로부터 공격을 받았다는 주장을 근거로 미국이 북베트남 해군 기지와 석유 저장 기지에 보복 공격을 한 뒤인 1964년 8월 7일 존슨 대통령의 발의로 통과되었다. 이 결의안은 대통령에게 "미군에 대한 모든 무장 공격을 물리치고 추가의 도발 행위를 예방하기 위하여 모든 필요한 조치를 취할" 권한과 동남아시아 조약 기구에 가입한 나라가 "그 자유를 방어하는 것"을 돕기 위해 "무력의 사용을 포함한 모든 필요한 조치를 취할" 권한을 주었다.

내 페이퍼의 핵심은 웨인 모스 상원의원을 제외한 누구도 이 결의안의 합헌성, 심지어 합리성을 검토하거나 의문을 제기하지 않았다는 것이었다. 국민과 국회는 격노하여, 공격을 당하지도 않겠고 동남아시아에서 밀려나지도 않겠다는 태도를 분명히 보여주고 싶어 했다. 데이비즈 박사는 내 페이퍼를 좋게 보아 발표를 할 만하다고 했다. 나는 자신이 없었다. 답을 하지 못한 질문이 너무 많았다. 합헌성 문제는 별도로 하고라도, 일부 저명한 저널리스트들은 북베트남의 공격이 실제로 있었느냐 하는 문제를 제기했다. 내가 페이퍼를 마무리 지을 무렵 풀브라이트는 펜타곤에 이 사건에 대한 더 많은 정보를 요구하고 있었다. 위원회의 통킨 만 사건 재검토는 1968년까지 이어졌으며, 조사 결과 적어도 두 번째 날인 8월 4일에는 미국 구축함들이 공격을 당하지 않았다는 사실이 확인되었던 것 같다. 역사상 실제로 일어나지 않은 일이 그처럼 엄청난 결과를 낳은 예는 거의 없었다.

몇 달이 안 되어, 그 결과가 린든 존슨을 짓누르기 시작했다. 거의 만장일치로 신속하게 통과된 통킹 만 결의안은 인생에서 가장 큰 저주는 소원이 이루어지는 것이라는 옛 속담의 고통스러운 예가 되었다.

13

나의 대학 4학년은 재미있는 대학 생활과 격변하는 개인적 · 정치적 사건들이 기묘하게 어우러진 한 해였다. 돌이켜 보면, 한 사람이 크고 작은 여러 가지 일들에 동시에 관심을 가질 수 있다는 것이 신기해 보인다. 하지만 어차피 사람이란 어렵고 색다른 상황에서 즐거움을 추구하며, 평범한 삶이 주는 고통을 겪게 마련이다.

내가 듣는 강의 중에는 특별히 흥미로운 강의가 두 개 있었다. 하나는 국제법, 다른 하나는 유럽역사였다. 국제법은 윌리엄 오브라이언 교수가 가르쳤다. 나는 선택적인 양심적 병역거부라는 주제로 논문을 썼다. 나는 미국의 징병제도와 다른 나라들의 징병제도를 비교하고, 양심적 병역거부 주장의 법적 · 철학적 뿌리를 연구했다. 나는 양심적 병역거부를 종교적인 입장에서 전쟁 일체를 반대하는 경우로 국한시켜서는 안 된다고 주장했다. 병역거부는 신학적인 교리에 근거하는 것이 아니라, 국방의 의무에 대한 개인의 도덕적인 반대에 근거하는 것이다. 사안을 개별적으로 판단하는 것이 어렵다고 하더라도, 정부는 그 사람의 주장이 진정성이 있는 것이라면 선택적인 양심적 병역거부를 인정해야만 한다. 1970년대의 징병제 폐지는 이 문제를 미결로 남겨두었다.

유럽역사 세미나는 유럽의 지성사를 개관하는 것이었다. 담당교수는 히쉬람 사라비였다. 그는 재치 있고 박식한 레바논 사람으로 열렬한 팔레스타인주의 옹호자였다. 수강생은 14명에, 한 학기 당 14주, 주당 두 시간씩 강의가 있었다. 우리는 관련도서를 모두 읽어야 했고, 매주 한 명씩 그 주의

텍스트와 관련해서 10분짜리 발표를 하고 토론을 이끌어내야 했다. 책을 요약하든, 주제에 대해 이야기하든, 특정한 관심사에 대해 토론을 하든, 자신이 원하는 방식으로 발표를 하되, 반드시 10분 안에 끝내야 했다. 사라비는 10분을 넘기면 책을 이해하지 못한 것으로 간주하겠다면서 시간을 엄격하게 따졌다. 딱 한 사람, 그가 예외를 두는 철학 전공 학생이 있었다. 나는 그 학생에게서 "존재론적"이란 단어를 처음 들었는데, 당시 나는 그것이 의학 전문용어인 줄 알았다. 그 학생은 10분이 지나서도 말을 멈추지 않았다. 그가 발제를 마치자, 사라비는 감정이 잔뜩 실린 눈길로 그를 쳐다보면서 "나한테 총이 있었으면, 자넨 죽었네"라고 말했다. 나는 조셉 슘페터의 『자본주의, 사회주의, 민주주의』에 대해서 발표했다. 내용이 괜찮았는지는 모르겠지만, 간단한 용어를 사용해서 9분을 약간 넘기고 끝냈다.

1967년 가을, 나는 11월에 있을 대서양공동체 컨퍼런스CONTAC 준비에 매달렸다. 나는 대서양공동체 컨퍼런스의 아홉 차례의 세미나를 진행할 의장 자격으로, 대의원들을 배치하고, 토론주제를 정하고, 총 81개 세션에 참여할 전문가들을 끌어 모았다. 조지타운 대학은 유럽, 캐나다, 미국의 대학생들을 세미나와 강연회에 참석시켜 대서양공동체가 직면하고 있는 현안들을 연구하게 했다. 나는 2년 전부터 이 컨퍼런스에 참여했는데, 컨퍼런스에서 만난 학생들 중에서 가장 기억에 남는 사람은 아칸소 출신의 웨스트 포인트 학생이었다. 그는 로즈 장학생으로 과에서 수석을 하는 학생이었다. 당시에는 유럽 국가들이 베트남전쟁에 반대하면서 미국과의 관계가 긴장되고 있었다. 하지만 북대서양조약기구NATO가 냉전시대에 유럽 안보에서 차지하는 중요성이 지대하다는 것에 대해서는 의문의 여지가 없었다. 컨퍼런스는 성공적으로 진행되었다. 학생들의 뛰어난 능력 덕분이었다.

그해 가을에 아버지는 다시 병석에 누웠다. 암세포가 퍼져서 더 이상의 치료가 불가능한 상황이었다. 잠시 병원에 있던 아버지는 집으로 가고 싶어 했다. 어머니는 내가 학교를 비우는 걸 원치 않는다는 아버지의 말을 듣고, 나에게 바로 연락을 취하지 않았다. 어느 날 아버지는 "때가 왔나봐"라고 말했다. 나는 어머니의 연락을 받고 비행기에 올랐다. 곧 돌아가실 거라는 건

예상하고 있었지만, 내가 도착했을 때 아버지가 나를 알아볼 수 있었으면, 그래서 아버지를 사랑한다고 말할 수 있었으면 하는 마음이 간절했다.

집에 도착했을 때, 아버지는 침대에 누워 움직이지 못했다. 화장실 출입은 하고 있었지만, 그때도 누군가의 도움을 받아야 했다. 아버지는 몸무게가 많이 줄었고, 기력이 쇠했다. 일어나려고 할 때마다 무릎이 후들거리는 모습이, 마치 누군가 줄을 확 하고 잡아당기면 휘청거리며 움직이는 인형 같았다. 아버지는 로저와 내가 거들어주는 것을 좋아했다. 이렇게 화장실에 데려가고 데려오고 하는 것이 내가 아버지를 위해서 할 수 있는 마지막 일이라는 생각이 들었다. 아버지는 기분 좋게 용변을 보았다. 웃기도 하고, "귀찮지? 곧 끝날 때니까 참아라"라는 말도 했다. 더 기력을 잃어서 부축을 받아도 움직일 수 없게 되자, 아버지는 화장실 가는 것을 포기하고 환자용 변기를 사용했다. 아버지는 간호하러 와 있던 어머니 친구 앞에서는 절대로 용변을 보지 않으려고 했다.

몸을 가눌 수는 없었지만, 아버지는 내가 도착한 지 사흘째 되는 날까지는 정신도 맑고 목소리도 분명했다. 우리는 좋은 이야기를 나누었다. 아버지는 자신이 없어도 가족들은 잘 지낼 것이며, 내가 한 달 뒤에 있을 인터뷰에서 로즈 장학생 자격을 따게 될 거라고 말했다. 일주일 뒤부터 아버지는 거의 반나절은 혼수상태로 지냈다. 마지막이 가까워서 의식이 잠깐 돌아오기는 했다. 아버지는 두 번 의식을 되찾았을 때, 어머니와 나를 보고 "나 아직 살아 있어"라고 말했다. 의식도 혼미하고 약을 너무 많이 복용해서 생각도 말도 못 할 것처럼 보였을 때, 아버지는 두 번이나 깨어나서 이렇게 학교를 비워도 되느냐, 일이 있으면 꼭 곁에 있을 필요는 없다고 말해서 가족들을 놀라게 했다. 말을 못 하게 된 뒤에도 의식이 있어서 사람들을 쳐다보고, 자세를 바꾸고 싶다든가 할 때는 소리를 내어 표현했다. 나는 아버지가 마음속으로 어떤 생각을 하고 있을지 짐작만 할 수 있을 뿐이었다.

마지막으로 의사표시를 시도한 뒤로, 아버지는 하루하고도 반나절 동안 고통스러운 시간을 보냈다. 아버지는 힘들게 숨을 쉬었고, 몸은 흉하게 부풀어올랐다. 사람이 그렇게 흉하게 일그러진 모습을 보기는 처음이었다. 힘든 시간이었다. 임종이 가까워지자, 어머니는 아버지를 들여다보고는 울음을 터뜨리며 사랑한다고 말했다. 어머니가 과거의 아버지를 어떻게 받아들이고 있는지는 모르지만, 나는 어머니의 말이 진심이기를 바랐다. 그것이 아버지에게도 좋은 일이고, 어머니에게는 더욱 좋은 일일 테니까.

아버지의 임종이 가까워지자, 우리 집에는 사람들의 방문이 끊이지 않았다. 많은 가족들과 친구들이 찾아와서 애도를 표했다. 우리는 음식을 준비할 형편이 못 되었기에 친척과 친구들이 챙겨온 음식으로 손님들을 대접했다. 찾아오는 사람들 때문에 잘 자지도 못하고 잘 먹지도 못했지만, 집에 있는 두 주 동안 나는 3킬로그램 정도 몸무게가 늘었다. 임종의 순간을 기다리는 것 외에는 아무것도 할 수 없을 때, 친구들이 찾아와주고 음식까지 가져다주는 것은 큰 위안이 되었다.

장례식 날에는 비가 내리기 시작했다. 내가 어렸을 때, 아버지는 폭우가 쏟아지는 창문 밖을 내다보며 "비 올 때는 나를 무덤에 묻지 마라" 말씀하시곤 했다. 남부 사람이라면 누구나 아는 오래된 속담이라서, 당시 나는 그다지 신경을 쓰지 않았다. 하지만 내 머릿속에는 그것이 아버지에게 중요하다는 생각, 아버지는 빗속에서 묻히는 것에 대해 깊은 두려움을 가지고 있다는 생각이 각인되어 있었다. 아버지 말씀대로 해야지. 오랜 투병 생활을 한 아버지니 그런 대접을 받을 자격이 있어.

교회로 가는 차 안에서, 그리고 장례식이 진행되는 동안, 가족들은 내내 비가 그치지 않을까봐 걱정하고 있었다. 목사는 단조로운 목소리로 아버지에 대해서 사실도 아닌 좋은 이야기들을 늘어놓았다. 본인이 들었어도 비웃을 만한 내용이었다. 나는 그렇지 않지만, 아버지는 장례식이라는 절차에 대해 전혀 관심이 없었다. 아버지로서는 직접 골라두었던 찬송가를 빼고는 자신의 장례식이 상당히 마음에 들지 않았을 게다. 장례식이 끝나자, 가족들은 거의 뛰다시피 걸어나가 비가 오고 있는지 살펴보았다. 비는 계속 내리고 있었다. 묘지까지 가는 차 안에서도, 가족들은 날씨가 걱정되어 슬퍼할 겨를도 없었다.

차가 도로에서 빠져나와 묘지로 이어지는 좁은 길로 들어서서 새로 파놓은 무덤을 향해 다가가고 있는데, 로저가 제일 먼저 비가 그친 걸 발견하고 소리치듯이 가족들에게 알렸다. 믿기 힘든 일이지만, 우리는 기뻤고 안심이 되었다. 하지만 우리는 그 말을 입 밖에 내지 않고, 보일 듯 말 듯 뜻 깊은 미소를 주고받았다. 우리들의 미소는, 병을 이길 수 없다는 사실을 받아들인 뒤로 아버지의 얼굴에서 자주 볼 수 있었던 미소와 닮아 있었다. 우리의 애를 태웠던 마지막 여정에서, 아버지는 용서하시는 하나님을 만난 모양이었다. 아버지는 빗속에 묻히지 않았다.

장례식을 치르고 나서 한 달 뒤에, 나는 로즈 장학생 선발 인터뷰를 준비하기 위해서 학교로 돌아왔다. 나는 고등학교 때부터 로즈 장학생에 관심이 있었다. 해마다 32명의 미국 로즈 장학생이 선발되어 옥스퍼드 대학에서 2년간 공부를 하게 된다. 이 장학재단은 1903년에 세실 로즈가 설립한 것이었다. 남아프리카공화국의 다이아몬드 광산을 운영하여 재산을 일군 그는, 과거 영국령이었거나 현재 영국령인 나라 출신으로 학업과 운동, 리더십에서 뛰어난 자질을 보이는 젊은이들에게 장학금을 주기 시작했다. 그는 학문을 넘어선 문제들에 대해서 관심도 있고, 능력도 있는 사람들을 선발해 옥스퍼드 대학에 보내고 싶어 했다. 그런 사람들이 단순한 개인의 성공보다 '공적 의무의 실행을 높이 평가할' 가능성이 있다는 것이 그의 생각이었다. 여러 해 동안, 선발위원회는 학업 외의 분야에서 빼어난 지원자가 있으면 운동 능력의 부족을 고려에 넣지 않았다. 몇 년 후에는 여성들도 지원할 수 있도록 규약이 개정되었다. 지원자는 자신이 살고 있는 주나, 자신의 대학이 위치한 주에서 신청을 할 수 있다. 해마다 12월에, 주별로 두 명의 지원자가 지명되고, 8개 지역으로 나뉘어 진행되는 선발 시험에서 최종적으로 다음 해의 장학생이 확정된다. 선발 과정은 다섯 장에서 여덟 장 정도의 추천서와 옥스퍼드에 가고 싶은 이유를 밝히는 에세이를 준비하고, 주별로 진행되는 인터뷰와 지역별로 진행되는 인터뷰에 참석하게 되어 있었다. 인터뷰에 참가하는 심사위원들은 과거에 로즈 장학생이었던 사람들로 구성되고, 위원장은 로즈 장학생이 아닌 사람으로 선발된다. 나는 세베스 신부와 닥터 질리스, 닥터 데이비스, 2학년 때 영어 담당교수였던 메리 본드, 그리고 닥터 베넷과 프랭크 홀트, 그리고 세스 틸만에게 추천서를 부탁했다. 친구이자 정신적인 스승이라고 할 수 있는 세스 틸만은 풀브라이트 상원의원의 연설문 작성자로 존스홉킨스 국제관계대학원에서 강의를 하고 있었다. 리 윌리엄스의 제안을 받아들여, 나는 풀브라이트 의원에게도 추천서를 부탁했다. 암운이 깊어지고 있는 전쟁 문제와 막중한 직위 때문에 바쁜 상원의원에게 폐를 끼치고 싶지 않았는데, 리는 풀브라이트 의원도 해주길 원할 것이라고 말했다. 풀브라이트 의원은 관대한 내용의 추천서를 보내주었다.

로즈 위원회는 추천인들에게 지원자의 장점과 단점을 기록해줄 것을 요구했다. 조지타운 대학 사람들은 친절하게도 내가 운동 실력이 부족하다고 적었다. 세스의 추천서에는, 내가 학업은 우수하지만 "위원회의 일상적인 업무에서 특별히 두각을 나타내는 편은 아닙니다. 이런 일은 그의 지적인 능력에 못 미치는 일입니다. 그래서 마음속에 다른 생각을 하고 있는 것처럼 보일 때가 많습니다"라고 적혀 있었다.

내가 전혀 들어보지 못했던 평가였다. 나는 위원회 일을 잘하고 있다고 생각하고 있었다. 하지만 세스의 말대로, 나는 마음속에 다른 생각을 가지고 있었다. 그래서 에세이를 쓰는 데 집중하기가 어려웠는지도 모른다. 결국 나는 집에서 에세이를 쓰는 걸 포기하고, 캐피털 힐의 호텔로 자리를 옮겼다. 신축 상원 건물에서 한 블록 떨어진 그곳은 정말로 한적했다. 하지만 짧은 인생을 소개하고, 옥스퍼드로 가고 싶은 이유를 설명하는 글을 쓰는 것은 생각보다 훨씬 어려운 일이었다.

나는 "실천적인 정치가로서의 삶을 준비하기 위해서" 워싱턴에 왔다는 문장으로 서두를 열고, "이제 막 연구를 시작한 주제를 깊이 있게 공부할 수 있도록" 나를 옥스퍼드로 보내달라, 그곳에서 나는 정치 생활의 압박을 이겨낼 수 있는 지성을 연마하고 싶다는 내용으로 에세이를 썼다. 당시 나는 훌륭한 수준의 에세이라고 생각했다. 하지만 지금 돌아보면, 교양 있는 로즈 장학생의 말투를 흉내내는 것처럼 부자연스럽고 과장된 글이었다. 당시 나는 과장된 일들이 너무나 많이 일어나는 시대를 살아가는 젊은이에게 어울림직한 진지한 태도를 드러내려고 했던 것 같다.

아칸소 주에 지원서를 넣은 것은 큰 행운이었다. 주의 규모도 작고, 대학생 인구도 적었으니까 말이다. 뉴욕이나 캘리포니아, 그밖에 규모가 큰 주에 지원을 했다면 나는 지역 선발 시험에 응시할 기회를 얻지 못했을 것이다. 그런 주에 지원을 했다면, 로즈 시험에 응시할 최고의 학생을 뽑고 훈련시키는 세련된 시스템을 갖춘 아이비리그 출신의 학생들과 경쟁해야 했을 터였다. 1968년에 선발된 32명의 장학생들은, 예일과 하버드 출신이 각각 여섯 명, 다트머스 출신이 세 명, 프린스턴과 해군사관학교 출신이 두 명이었다. 주마다 수백 개의 학부 과정 대학교가 있기 때문에 요즈음은 수상자들의 출신 주가 훨씬 넓어지고 있다. 하지만 명문 대학들과 사관학교들은 여전히 두각을 나타내고 있다.

아칸소 위원회의 의장은 빌 내시였다. 그는 적극적인 프리메이슨 회원이자, 리틀록의 로즈 법률회사 소속 법률가였다. 1820년대에 설립된 로즈 법률회사는 미시시피 주 남부에서 가장 역사가 깊은 법률회사로 알려진 곳이다. 내시는 비가 오나 눈이 오나 먼 거리를 걸어서 회사에 출근을 한다는, 현대인답지 않게 고지식한 사람이었다. 위원회에는 또 한 명의 로즈 법률회사 소속 법률가가 있었다. 이름은 개스턴 윌리엄슨. 이 사람은 아칸소 대표로 지역 선발위원회의 심사에도 참여했다. 크고 건장한 몸집에, 깊고 굵은 목소리와 당당한 태도를 가진, 명석한 사람이었다. 그는 포버스 아칸소 주지사가 9명의 아프리카계 미국인 학생들이 리틀록의 센트럴 고등학교에 등교하는 것을 저지하기 위해 주방위군을 소집한 일에 대해 반대했고, 전력을 다해 포버스의 반격을 물리쳤다. 그는 선발 과정 내내 나에게 대단히 협조적이었고 지원을 아끼지 않았다. 후일 내가 변호사가 되고, 주지사가 되었을 때, 그는 내게 현명한 조언을 해주었다. 그리고 1977년 힐러리가 로즈 법률회사에서 활동하게 된 후에는 그녀를 돌봐주고 도와주었다. 그는 나를 정치적으로 지지했고 아꼈다. 하지만 그는 내가 힐러리에게 잘해주지 않는다고 늘 생각하고 있었던 것 같다.

나는 아칸소 주 심사에 합격하고, 마지막 결선 인터뷰를 위해 뉴올리언스로 향했다. 아칸소, 오클라호마, 텍사스, 루이지애나, 미시시피, 앨라배마의 주 예선 통과자들을 상대로 지역 결선 심사가 진행되는 곳은 프렌치 쿼터에 있는 로열 올리언스 호텔이었다. 인터뷰 전날 밤, 나는 인터뷰에 대비해서 써두었던 에세이를 다시 읽고, 「타임」, 「뉴스위크」, 「유에스뉴스 앤 월드 리포트」를 샅샅이 읽은 다음, 숙면을 취하기 위해 잠자리에 들었다. 틀림없이 예상치 못한 질문이 나올 것이고, 순발력 있게 대응해야 할 것이다. 감정을 통제하지 못하고 실수를 해서는 안 될 일이다. 뉴올리언스에 어린 시절의 여러 가지 추억들이 되살아났다. 할머니와 내가 탄 기차가 떠나가자 철로 옆에 무릎을 꿇고 앉아 울던 어머니의 모습도 떠오르고, 뉴올리언스와 미시시피 만 해안에서 휴가를 보냈던 때의 일도 생각났다. 온 가족이 함께 주 경계를 벗어나서 휴가를 보낸 것은 그때가 처음이었지. 그리고 아버지…… 아버지의 모습과, 임종 직전에 확신에 차서 나의 합격을 장담하시던 아버지의 말씀이 마음속에서 지워지지 않았다. 아버지를 위해서라도 합격을 하고 싶었다.

위원회 의장은 오클라호마 출신의 딘 맥기였다. 그는 커-맥기 정유회사의 대표로서 오클라호마의 경제와 정치에서 막강한 영향력을 행사하는 인물이었다. 가장 인상적인 사람은 앨라배마 주 버밍엄에 있는 벌컨 철강 회사 회장 바니 모나건이었다. 그는 조끼까지 깔끔하게 갖춰 입은 정장 차림이라, 남부의 경제인이라기보다는 대학교수 같아 보였다.

가장 어려운 질문은 무역과 관련된 것이었다. 자유무역주의, 보호무역주의, 절충주의 중에 어느 것을 옹호하느냐는 질문에, 나는 선진 경제에 관해서는 자유무역주의자라고 대답했다. 그 심사위원은 "그렇다면 아칸소의 닭고기 산업을 보호하기 위한 풀브라이트 상원의원의 노력을 어떻게 정당화하겠는가?" 하는 질문을 던졌다. 무역에 대한 입장을 뒤집든지, 풀브라이트 의원을 비난하든지, 둘 중의 하나를 선택하게 만들려는 교묘한 질문이었다. 나는 닭고기 문제에 대해서 아는 것이 없다는 점을 시인하고, 풀브라이트 상원의원을 위해 일하고 있다는 명분을 지키기 위해서 그의 모든 견해에 동의할 필요는 없다고 말했다. 개스턴 윌리엄스가 개입하는 바람에 나는 궁지에서 벗어날 수 있었다. 개스턴 윌리엄스는 그 사안은 그렇게 간단한 문제가 아니며, 실제로 풀브라이트는 닭고기 시장을 해외에 개방하려고 노력하고 있다고 설명했다. 닭고기 산업에 대해 충분히 알지 못해서 인터뷰를 망칠 줄이야. 그런 일은 두 번 다시 일어나지 않았다. 나는 주지사로, 대통령으로 재직할 당시, 닭 사육 과정과 처리 과정, 내수시장과 해외시장에 대한 해박한 지식으로 사람들을 놀라게 했다.

열두 명의 인터뷰가 끝나고, 심사위원단이 심의를 하는 동안, 지원자들은 응접실에서 기다렸다. 위원회는 뉴올리언스 출신 한 명, 미시시피 출신 두 명, 그리고 나를 선발했다. 간단한 기자회견이 끝난 후, 나는 애를 태우며 전화를 기다리고 있을 어머니에게 전화를 걸어 잉글리시 트위드 양복점에 들르고 싶은데 어머니 생각은 어떤지 물었다. 나는 행복했다. 어머니가 지금까지 살아서 나를 지켜보고 있다는 것도 기뻤고, 아버지의 마지막 예언이 이루어졌다는 것도 기뻤고, 앞으로 2년 동안 영예와 기대를 한 몸에 누리게 될 거라는 것도 기뻤다. 잠시 동안 세계가 멈춘 것 같았다. 베트남전쟁도, 인종분쟁도, 집안 걱정도, 나 자신이나 미래에 대한 걱정도 잊었다. 나는 뉴올리언스에 몇 시간 더 머무르면서, 그곳 토박이처럼 "빅 시티"라고들 부르는 도시를 활보했다.

집에 도착해서 아버지의 묘지에 다녀온 후, 나는 가족과 함께 송년 휴가를 즐겼다. 신문에는 근사한 기사가 실렸다. 칭찬조의 사설도 있었다. 나는 한 지역의 시민단체에서 강연을 하고, 친구들과 어울렸다. 엄청나게 많은 축하편지와 전화가 쏟아졌다. 근사한 크리스마스였지만 섭섭한 점도 있었다. 동생이 태어난 이후 처음으로 가족이 세 명이 되었으니까.

내가 조지타운으로 돌아갔을 때, 슬픈 일이 또 일어났다. 1월 17일에 외할머니가 돌아가셨다. 몇 년 전에 두 번째로 쓰러진 이후 외할머니는 고향 호프로 돌아가겠다고 하셔서, 유서 깊은 줄리아 체스터 병원 근처 요양원에서 지내고 있었다. 외할머니는 어머니가 나를 낳았던 병실을 달라고 했다. 아버지가 돌아가셨을 때도 그랬지만, 외할머니가 돌아가시자 어머니의 마음속에 얽혀 있던 모순된 감정의 실타래는 저절로 풀려나갔다. 외할머니 마모는 어머니에게 까다롭게 구셨다. 외할머니는 외할아버지 파포가 외동딸을 너무 아끼는 것을 시새워서 그랬는지, 딸에게 불같이 성질을 부리길 잘했다. 하지만 파포가 돌아가신 뒤로는 짜증이 많이 줄었다. 당시 마모는 어떤 점잖은 부인의 간호사로 일하고 있었다. 그 부인은 위스콘신이나 애리조나로 여행을 갈 때마다 마모를 데리고 갔다. 답답하고 막막한 인생에서 벗어나고 싶은 마모의 갈망을 일부나마 해소할 수 있는 기회였다. 내가 네 살 되던 해까지 마모는 나를 훌륭하게 돌보아주었다. 마모는 나에게 읽는 법, 셈하는 법, 자기 접시 닦는 법, 손 씻는 법을 가르쳐주었다. 우리 가족이 핫스프링스로 이사하고 나서는, 내가 전 과목 A를 받을 때마다 마모는 5달러를 보내주었다. 내가 스물한 살이 되었을 때도 마모는 "우리 아기가 손수건을 가지고 다니는지" 알고 싶어 했다. 외할머니가 자신의 생각을 좀더 제대로 전달할 수 있었다면, 그리고 자신과 자신의 가족을 좀더 아낄 줄 알았더라면 좋았을 것 같다. 하지만 할머니는 나를 사랑하셨고, 나를 인생의 좋은 출발선에 세우기 위해서 최선을 다하신 분이었다.

나는 상당히 좋은 출발을 한 셈이라고 생각하고 있었다. 하지만 앞으로 벌어질 일들에 대비해서 완벽한 준비를 갖춘다는 것은 불가능한 일이었다. 1968년은 미국 역사상 유례 없는 격동과 비탄의 한 해였다. 린든 존슨은 연초에 베트남전쟁에 대한 정책을 고수할 수 있기를 기대하고 있었다. 그는 '위대한 사회Great Society' 정책을 통해 실업과 빈곤, 기아와의 싸움을 계속하고 있었고, 대통령 재선을 노리고 있었다. 하지만 국민들은 그에게서 등을 돌리고 있었다. 나는 그의 정책적 기조에는 공감하지만, 그의 생활방식이나 과격한 어법은 받아들일 수 없었다. 나는 머리를 짧게 깎고 다니고, 술도 마시지 않고, 시끄럽고 난폭한 음악은 참아내질 못한다. 나는 린든 존슨을 싫어하지는 않았지만, 전쟁이 끝나기를 원했고, 문화 갈등이 대의를 진전시키는 것이 아니라 갉아먹을 거라고 생각했다. 젊은 층의 반항과 '반동문화' 적인 생활방식에 대한 반발로 공화당 지지자들과 민주당 지지자 중의 대다수 노동자들이 우경화하고 있었다. 그들은 힘을 되찾아가고 있는 리처드 닉슨과 전직 FDR 민주당원이자 캘리포니아의 신임 주지사인 로널드 레이건 같은 보수주의자들의 목소리에 귀를 기울이고 있었다.

민주당 지지자들 역시 존슨에게서 멀어지고 있었다. 오른편에서는 조지 월러스 주지사가 무소속으로 대통령 선거에 출마하겠다고 선언했고, 왼편에서는 앨러드 로웬스타인과 같은 젊은 활동가들이 전쟁에 반대하는 민주당 세력들을 몰아세워 주류를 대변하는 존슨 대통령에게 대항하고 있었다. 민주당은 제일 먼저 베트남전쟁을 협상을 통해 해결할 것을 강력하게 주장하고 있던 로버트 케네디 상원의원에게 대통령 출마를 권유했다. 그는 그 제안을 거절했다. 케네디는 자신이 존슨 대통령을 싫어한다는 것은 잘 알려진 사실인데, 출마를 하게 되면 자신이 추구하는 모든 정책들이 원칙에 입각한 개혁이 아니라 해묵은 원한을 갚으려는 복수로 비쳐지게 될 것을 우려하고 있었다. 다음은 남부 다코타 출신의 조지 맥거번 상원의원 차례였다. 보수적인 주에서 재선을 목표로 하고 있었던 그도 제안을 거절했다. 미네소타 출신의 진 매카시 상원의원은 출마 권유를 거절하지 않았다. 매카시는 애드래이 스티븐슨의 지적 자유주의의 전통을 가진 후계자로서 널리 알려져 있었고, 자신에게 정치적 야심이 없는 척 퍽이나 애쓰고 있었다. 정치적 야심이 없다니, 그는 뻔뻔스럽게도 존슨에게 도전했다. 새해가 밝을 무렵, 그는 상대편 전사들이 올라타야 하는 유일한 말이 되었다. 1월에 그는 뉴햄프셔의 예비선거에 출마하겠다고 밝혔다.

2월에는 베트남에서 발생한 두 가지 사건 때문에 반전분위기가 확산되기 시작했다. 첫 번째 사건은 남베트남 국립경찰청장인 론이 베트콩 활동 용의자를 처형한 사건이었다. 론은 대낮에 사이공의 대로에서 그 사람 머리에 총알을 박아 넣었고, 이 살해 장면은 유명한 사진작가 에디 애덤스의 카메라에 잡혔다. 이 사진으로 인해서, 수많은 미국인들은 우리의 우방이 적들보다 나을 것이 있느냐, 잔인무도하기는 똑같지 않느냐는 의문을 가지게 되었다.

두 번째 사건은 훨씬 심각한 영향을 미치게 된 테트 공세였다. 베트남의 휴일인 테트 기간에 북베트남 주민들과 베트콩이 남베트남 전역의 미군 주둔지에 대해서 동시 기습 공격을 개시했다. 그 중에는 사이공과 같은 중심 지역도 들어 있었고, 사이공에서는 미국 대사관까지 화염에 휩싸였다. 기습 작전은 격퇴되었고, 북베트남 주민들과 베트콩은 수많은 사상자를 냈다. 존슨 대통령과 군 지도부는 승리라고 주장했다. 하지만 테트 공세는 미국의 입장에서 보면 엄청난 심리적 · 정치적 패배였다. 미국 국민들은 최초의 '텔레비전 전쟁'을 통해서, 미군이 장악하고 있는 곳조차 적의 공격에 취약하다는 것을 두 눈으로 똑똑히 보았다. 남베트남이 자력으로 승리하지 못하는 전쟁에서 우리가 승리를 거둘 수 있겠는지, 그리고 첫 번째 질문에 대한 대답이 부정적인 것으로 예상되는 현실에서, 베트남에 더 많은 병력을 파견할 가치가 있겠는지 의구심을 가지는 미국 국민들이 점점 늘어갔다.

국내 정치 전선에서는, 상원 다수당 당의장인 마이크 맨스필드가 북폭 중단을 요청했다. 국무장관 로버트 맥나마라와 측근인 클라크 클리포드, 전 국무장관 딘 애치슨은 대통령에게 군사적인 승리를 거두기 위한 군사 활동의 단계적 확대 정책을 '재고'해야 할 시기라고 말했다. 딘 러스크는 현재의 정책을 계속 지지했다. 군 당국은 20만 병력의 추가 투입을 요청했다. 리처드 닉슨과 조지 월러스는 공식적으로 대통령 출마를 선언했다. 뉴햄프셔에서 매카시의 선거운동이 추진력을 얻어가자, 수백 명의 반전 학생들이 그와의 면담을 요청하며 뉴햄프셔로 몰려들었다. 머리와 수염을 마음대로 기르고 싶었던 그들은 매카시의 선거운동 사무실 뒷방에서 봉투에 홍보물을 넣는 작업을 도왔다. 한편, 바비 케네디는 여전히 대통령 선거에 뛰어들까 말까 망설이고 있었다.

3월 12일, 매카시는 뉴햄프셔에서 42퍼센트의 표를 얻었고, 린든 존슨은 49퍼센트의 표를 얻었다. 존슨은 뉴햄프셔에 와서 유세 한 번 하지 않은 기명투표 후보였지만, 매카시와 반전 운동으로서는 엄청난 심리적 승리였다. 나흘 후, 케네디가 출마를 단행했다. 그는 1960년에 형 존이 선거운동을 시작했던 상원 간부회의실에서 출마 선언을 했다. 케네디는 매카시의 활동은 민주당 내부의 깊은 갈등을 드러내고 있으며 자신은 이 나라를 새로운 방향으로 이끌고 싶다고 말함으로써, 자신이 무자비한 정치적 야심에 의해서 움직이고 있다는 의혹을 희석시키려고 했다. 그의 출마는 새로운 문제를 일으키고 있었다. 매카시가 대통령에 도전장을 내밀었을 당시에는 가만히 있다가 나중에 뒤통수를 치고 들어왔으니. 매카시의 힘찬 행보에 비를 뿌리고 나선 격이었다.

나는 특별한 위치에서 이 모든 사태를 지켜보고 있었다. 케네디의 사무실에서 일하고 있는 타미 캐플란이라는 친구가 같은 집에 살고 있었기 때문에, 나는 케네디 본부에서 일어나는 일을 훤히 꿰뚫고 있었다. 또한 내가 사귀고 있던 앤 마르쿠젠은 워싱턴의 매카시 선거운동본부에서 자원활동을 하고 있었다. 앤 마르쿠젠은 미네소타 출신의 똑똑한 경제학과 학생으로, 조지타운 여학생 항해팀의 팀장이자, 열렬한 반전 운동가로 활동하고 있었다. 그녀는 매카시를 존경하고 있었고, 대부분의 자원활동가들이 그렇듯이 후보지명 추천을 가로채려고 하는 케네디에 대해 반감을 가지고 있었다. 나는 케네디 편이었기 때문에, 우리 두 사람은 자주 심한 말다툼을 벌였다. 나는 변호사이자 상원의원으로 활동하고 있는 케네디를 계속 주시해왔고, 매카시에 비해서 국내 현안에 관심이 깊은 사람이기 때문에 유망한 대통령감이라는 확신을 가지고 있었다. 매카시는 매력적인 사람이었다. 은발에 키도 크고 잘생기고, 아일랜드 기독교로서 섬세한 마음과 샤프한 지성을 겸비한 사람이었다. 하지만 나는 외교관계위원회에서 매카시의 활동을 지켜본 적이 있었는데, 그는 내 마음에 드는 인물은 아니었다. 그는 뉴햄프셔 예비선거에 출마하기 전까지는, 정치 현안에 대해서 수동적으로 대응하면서 그저 옳은 발언을 하고 옳은 의견에 찬성하는 것에만 만족하는 태도를 보였다.

바비 케네디가 출마선언을 하자, 매카시의 태도는 돌변했다. 그는 풀브라이트가 발의한, 린든 존슨이 20만 병력을 베트남에 추가 투입하기 전에 상원에 발언할 기회를 주자는 결의안을 통과시키는 한편, 애팔래치아 지방을 방문해서 미국 내의 심각한 빈민 문제를 제기하고, 남아프리카공화국을 방문해 젊은이를 향해서 인종차별 정책에 맞서 싸워야 한다고 연설했다. 나는 개인적으로 매카시를 좋아한다. 하지만 나는 그가 집에 앉아 성 토머스 아퀴나스의 책이나 읽고 있는 편이, 타르지를 바른 비참한 오두막에 찾아가서 가난한 사람들이 어떻게 사는지 보거나, 지구 반 바퀴를 날아가서 인종 차별주의에 반대하는 연설을 하는 것보다 훨씬 나을 것 같다고 생각했다. 내가 이런 이야기를 하면, 앤은 바비 케네디는 훨씬 원칙적이고 정략을 모르는 사람이지만, 그 사람도 역시 매카시가 했던 것처럼 정략적으로 행동하지 않았느냐고 반박했다. 앤의 말 속에는 나 역시도 지나치게 정략적이라는 의미가 들어 있었다. 나는 당시 그녀를 무척이나 좋아하고 있었고, 사이가 틀어지지 않기를 바랐다. 하지만 나는 이기고 싶었고, 훌륭한 대통령 자격을 갖춘 훌륭한 사람을 뽑고 싶었다.

케네디의 출마선언이 있은 지 사흘 뒤인 3월 20일에, 존슨 대통령은 의과대학을 제외한 모든 대학원생들에 대한 징병유예 조치를 철회했다. 이 조치로 인해서 옥스퍼드에 갈 예정이었던 나의 계획은 불투명해졌고, 나의 관심은 개인적인 문제로 집중되었다. 존슨의 결정은 베트남에 대한 나의 문제의식에 다시 한 번 불을 댕겼다. 나는 대학원생들에게 징병유예를 할 필요가 없다는 데 대해서는 존슨과 같은 생각을 가지고 있었지만, 그의 베트남 정책에 대해서는 동의할 수 없었다.

3월 11일 일요일 오후, 존슨 대통령은 베트남에 대한 대국민 발표를 할 예정이었다. 그가 전쟁을 확대할 것인지, 아니면 협상 개시를 위해서 전쟁의 수위를 낮출 것인지를 놓고 여러 가지 억측이 있었지만, 존슨 대통령이 폭탄 선언을 할 거라고 예상했던 사람은 아무도 없었다. 나는 차를 운전하면서 매사추세츠 애비뉴를 지나가는 길에, 라디오를 통해서 대통령의 연설을 들었다. 존슨은 한동안 연설을 한 뒤, 분쟁의 해결책을 찾기 위해서 북베트남에 대한 폭격을 전면 중단하기로 했다고 말했다. 내가 뒤퐁 서클 남서쪽에 있는 코스모스 클럽 앞을 지나가고 있을 때, 대통령은 폭탄선언을 했다. "미국의 아들들은 멀리 전선에 나가 있고, 평화를 바라는 전 세계의 바람이 나날이 커져가고 있는 이 때, 나는 개인적인 당파적 목적을 위해서 나의 단 한 시간, 단 하루도 바쳐서는 안 된다고 생각합니다…… 따라서 나는 대통령 재선을 위해서 민주당의 지명을 원하지 않으며, 받아들일 생각도 없습니다." 나는 웬일인가 싶어 건물 모퉁이에 차를 세웠다. 미국을 위해서 많은 것을 이루었던 존슨에게 안된 일이었다. 하지만 미국을 위해서는, 또한 새로운 시대의 개막을 위해서는 다행스러운 일이었다.

그 생각은 오래 가지 않았다. 나흘 뒤인 4월 4일 저녁, 마틴 루터 킹 목사의 암살 사건이 발생했다. 그는 파업중이던 청소부들을 지지하기 위해서 멤피스에 갔다가 숙소인 로레인 모텔 객실 발코니에서 암살당했다. 그는 최근 2년 동안 민권 운동을 도시 빈민 문제에 대한 공격과 전쟁에 대한 노골적인 반대로 넓혀가고 있었다. 정치적인 면에서 보자면, 킹 목사는 자신보다 더 젊고, 더 과격한 흑인들이 자신의 지도력에 도전하려는 움직임을 피해갈 필요가 있었다. 킹 목사는 빈민 문제를 해결하고 베트남전쟁에 반대하지 않고서는 흑인들의 민권을 향상시킬 수 없다고 주장하고 있었고, 그를 지켜보는 사람들은 누구나 킹 목사의 진의를 정확히 읽고 있었다.

저격당하기 바로 전날 밤, 킹 목사는 메이슨 템플 교회를 가득 메운 청중들을 향해서 예언이나 다름없는 불가사의한 내용의 연설을 했다. 그는 자신이 살아오면서 겪었던 여러 가지 어려움을 이야기하면서, "나는 다른 사람들처럼 오래 살고 싶지 않습니다. 장수해야 할 사람은 정해져 있습니다. 하지만 나는 지금 오래 사는 것에는 관심이 없습니다. 나는 하나님의 뜻을 따르고 싶습니다. 하나님은 내가 산에 올라갈 수 있도록 허락해주셨습니다. 그리고 나는 산 아래를 내려다보면서, 약속의 땅을 발견했습니다. 나는 여러분들과 함께 그 약속의 땅에 가지 못할지도 모릅니다. 오늘 밤 나는 행복합니다. 나는 아무 걱정이 없습니다. 어느 누구도 두렵지 않습니다. 내 눈으로 하나님이 역사하는 영광을 이미 보았으니까요!" 다음 날 저녁 6시에 그는 제임스 얼 레이에게 저격당했다. 레이는 무장강도범으로 확정판결을 받았고 1년 전 감옥에서 탈주했었다.

마틴 루터 킹의 죽음은 케네디 암살 이후 처음으로 전 미국인을 경악으로 몰아넣었다. 그날 밤 인디애나에서 유세를 하던 로버트 케네디의 연설은 두려움에 떠는 미국 국민들을 달래주었다. 그 연설은 그의 일생에 있어 가장 훌륭한 연설이었을 것이다. 그는 흑인들에게 백인들에 대한 증오심을 가

지지 말라고 당부하면서, 자신의 형 역시 백인에 의해서 암살당했다는 사실을 상기시켰다. 그는 아이스킬로스(기원전 525~기원전 456. 그리스의 비극 시인—옮긴이주)의 시를 인용했다. 우리가 원하지 않는 고통은 "하나님의 놀라운 은총을 통해서" 지혜를 가져온다는 내용이었다. 그는 앞에 모인 군중들과 방송을 청취하고 있던 국민들을 향해서, 대다수의 흑인들과 백인들이 "함께 살기를 원하고, 삶의 질을 향상시키기를 원하고, 이 땅에 사는 모든 인간을 위해서 정의가 베풀어지기를 원하고" 있으므로, 우리는 이 시련을 이겨나갈 수 있을 거라고 말했다. 그는 다음과 같은 말로 연설을 끝냈다. "우리는 오래 전에 그리스인들이 남긴 글을 마음에 새겨야 합니다. 우리는 인간이 가진 야만성을 길들이고, 전 세계 사람들의 삶을 부드럽게 어루만져야 합니다. 이 글을 마음에 새기고, 우리 나라와 우리 국민들을 위해서 기도합시다."

킹 목사 사망은 기도를 넘어선 여러 가지 감정들을 불러일으켰다. 킹 목사가 추진해왔던 비폭력운동이 끝나게 될까봐 걱정하는 사람들도 있었고, 그렇게 되기를 바라는 사람들도 있었다. 카마이클은 미국의 백인 세계가 미국의 흑인 세계에 대해 전쟁 선언을 한 것이며, "응징하는 것 외에는 대안이 없다"는 연설로 위기를 증폭시켰다. 뉴욕과 보스턴, 시카고, 디트로이트, 멤피스를 비롯한 100개 이상의 도시에서 폭동이 일어났다. 폭동은 워싱턴에서 특히 심각했는데, 14번 스트리트와 H 스트리트에 있는 흑인 점포에 공격이 집중되었다. 존슨 대통령은 질서유지를 위해서 주방위군을 투입했지만, 긴장된 분위기는 풀리지 않았다.

조지타운은 폭동으로부터 멀리 떨어진 안전지대였다. 하지만 맥도노 체육관에 수백 명의 주방위군이 주둔하고 있었기 때문에, 학생들은 긴장된 분위기에 휩싸이게 되었다. 수많은 흑인 가정들이 집을 비우고 인근 교회로 피신했다. 나는 적십자사에 등록하여 흑인들에게 음식과 담요, 기타 생필품을 전달하는 일을 도왔다. 나는 아칸소 표지판과 적십자 로고가 붙은 1963년형 흰색 뷰익 컨버터블 자동차를 몰고 흑인 지구를 드나들었다. 그 모습을 하고 연기를 뿜고 있는 건물과 약탈로 인해 유리가 깨져나간 상점이 늘어선 텅 빈 거리를 달렸으니 참으로 꼴불견이었을 것이다. 나는 매일 밤 한 차례, 그리고 일요일 아침에 한 차례, 적십자사 활동에 참여했다. 일요일 아침에는 주말 동안 활동을 하려고 온 캐롤린 옐델과 동행했다. 낮이니까 안전하겠지 싶어 우리는 차에서 내려 폭동으로 파괴된 거리를 잠시 둘러보았다. 그때 나는 난생처음으로 흑인 지구가 안전하지 않다는 것을 느꼈다. 흑인들의 분노의 주된 희생자가 흑인들 자신이 되다니, 슬프고도 아이러니한 일이라는 생각이 들었다. 하기야 이런 생각을 한 것은 그때가 처음도 아니고 마지막도 아니었다.

킹 목사의 죽음은 미국에 커다란 구멍을 만들어놓았다. 미국은 킹 목사의 비폭력노선과 미국의 미래에 대한 그의 확신이 절실히 필요한 상태에서 그 두 가지를 모두 잃어버린 셈이었다. 의회는 이에 대응하여 판매점이나 숙박업소에서의 인종차별을 금지하는 존슨 대통령의 법안을 통과시켰다. 로버트 케네디도 5월 7일에 있었던 인디애나 예비선거에서 승리하고, 인종화해를 기원하는 연설을 하는 한편, 범죄에 대해 엄중 대처해야 하며, 복지문제에서 일자리 문제로 관심을 옮겨야 한다는 내용으로 보수적인 유권자들에게 호소했다. 자유주의자들 중에는 그의 "법과 질서" 메시지를 공격하는 사람들도 있었지만, 그의 메시지는 정치적으로 볼 때 필수적인 것이었다. 케네디는 이 문제에 대해서도, 일체의 징병유예를 철회해야 한다는 것에 대해서도 확고한 입장을 가지고 있었다.

인디애나에서 바비 케네디는 최초의 민주당 대통령 후보가 되었다. 지미 카터가 그 뒤를 잇고, 1985년에 내가 설립을 도왔던 민주당 지도부가 그의 뒤를 잇고, 1992년에는 나의 유세가 뒤를 이었다. 케네디는 시민적 권리는 만인에게 개방되어야 하고, 특권은 어느 누구에게도 허용되어서는 안 된다는 확고한 입장을 가지고 있었다. 그는 가난한 사람들에게 유인물을 나눠주는 대신 따스한 지지를 보냈으며, 복지 문제보다 일자리 문제를 우선시했다. 그는 진보 정치는 새로운 정책을 실시하되 근본 가치관을 유지하고, 광범위한 변화를 꾀하되 사회 안정을 이룩해야 한다는 사실을 본능적으로 이해하고 있었다. 그가 대통령에 당선되었다면, 남은 20세기 동안 미국의 행보는 크게 달라졌을 것이다.

5월 10일, 파리에서 미국과 북베트남 사이의 평화회담이 시작되어 전쟁의 종결을 원하는 미국 국민들에게 희망을 던져주었다. 4월 말에 대통령 선거전에 뛰어든 허버트 험프리 부통령은 지명전에서 승리할 기회를 얻으려면 행운의 여신의 도움이 필요했다. 평화회담 덕분에 험프리는 한숨을 돌릴 수 있었다. 그러나 사회적 격동은 가라앉을 기미가 보이지 않았다. 시위로 인하여 뉴욕의 컬럼비아 대학교가 폐쇄되어 그해 말까지 정상화되지 않았다. 카톨릭 신부인 다니엘 버리건과 필리 버리건 형제가 징병기록을 훔쳐내어 소각한 혐의로 체포되었다. 워싱턴에서는 폭동이 있은 지 한 달이 채 못되어, 민권 운동가들이 마틴 루터 킹이 계획했던 빈민운동 활동을 재개했다. 그들은 공원에 천막을 치고 부활의 도시라고 부르며 빈곤의 문제에 관심을 끌어 모았다. 비가 엄청나게 오면서 공원은 진창이 되고 사람들의 생활은 비참해졌다. 6월 어느 날, 앤 마르쿠젠과 나는 그곳에 가서 지원 활동을 폈다. 천막들 사이에는 진창에 빠지지 않고 걸을 수 있도록 나무판이 놓여 있었다. 하지만 서너 시간 동안 걸어다니면서 사람들과 이야기를 나누다 보니, 온몸이 흙투성이가 되었다. 혼란스러운 시대를 살아가야 하는 우리의 처지를 상징하는 것만 같았다.

5월 말에는 민주당 후보 지명 선거가 있었다. 험프리는 예비선거가 없는 주들의 전통적인 민주당 지지자들로부터 대의원을 끌어 모으기 시작했다. 매카시는 오레곤 예비선거에서 케네디를 눌렀다. 케네디는 6월 4일에 있을 캘리포니아 예비선거에 희망을 걸었다. 나는 대학 졸업 직전 일주일간, 졸업식 나흘 전에 있을 캘리포니아 예비선거의 결과에 신경을 곤두세우고 있었다.

화요일 밤, 로버트 케네디가 캘리포니아 예비선거에서 승리했다. 로스앤젤레스 카운티에서 소수 유권자들의 많은 지지를 얻은 덕분이었다. 타미 캐플란과 나는 감격에 몸을 떨었다. 우리는 늦게까지 자지 않고 있다가 케네디의 승리의 연설을 듣고 나서 새벽 3시쯤 잠자리에 들었다. 몇 시간 뒤에, 나는 잠에서 깼다. 타미가 나를 흔들면서 "바비가 총에 맞았어! 바비가 총에 맞았어!" 하고 외치고 있었다. 우리가 텔레비전을 끄고 잠이 든 몇 분 뒤, 케네디 상원의원이 앰배서더 호텔 조리장을 지나갈 때였다. 케네디의 이스라엘 지지에 불만을 품은 설한이라는 젊은 아랍인이 케네디와 수행원들에게 총알을 퍼부었다. 케네디 외에 다섯 명의 부상자가 발생했다. 다른 부상자들은 모두 목숨을 건졌지만, 케네디는 머리에 심한 총상을 입어 수술을 받고 하루 뒤에 사망했다. 케네디는 42세에, 나의 어머니의 마흔다섯 번째 생일인 6월 6일에 죽었다. 마틴 루터 킹이 암살당한 지 두 달하고도 이틀째 되는 날이었다.

6월 8일, 캐플란은 성 패트릭 대성당의 장례식에 참석하기 위해서 뉴욕으로 갔다. 장례식이 시작되기 직전까지, 유명인사들은 물론 이름 모를 사람들까지 케네디 상원의원 찬미자들은 밤이고 낮이고 끊이지 않고 케네디의 관 옆을 지나갔다. 존슨 대통령과 험프리 부통령, 매카시 상원의원도 참석했다. 물론 풀브라이트 상원의원도 참석했다. 테드 케네디는 형을 위해서 장엄한 송덕문을 낭독했으며, 결코 잊을 수 없는 힘과 은혜가 넘치는 문장으로 끝을 맺었다. "죽은 형을 살아생전에 했던 일 이상으로 미화할 필요도, 과찬할 필요도 없습니다. 형을 그저 착하고 점잖은 사람으로 기억해주십시오. 형은 불의를 보면 바로잡으려고 하고, 고통을 보면 치료해주려고 하고, 전쟁을 보면 막으려고 했습니다. 그를 사랑하는 우리들, 오늘 그를 영면의 자리에 모신 우리들은 기도합니다. 그가 우리에게 베풀었던 것, 그리고 그가 다른 사람들을 위해 기원했던 것들이 언젠가는 전 세계로 퍼져나가게 되기를 기원합니다."

나 역시 그 기원이 이루어지기를 바랐다. 하지만 그 기원이 이루어질 날은 아득히 멀게만 보였다. 우리는 대학생활의 마지막 며칠을 얼떨떨하고 막막한 느낌으로 보냈다. 뉴욕에서 워싱턴까지 가는 장례식 기차에 올랐던 타미는 졸업식 시간에 간신히 맞추어 돌아왔다. 대부분의 졸업식 축하행사는 취소되고, 학위수여식만 예정대로 진행하기로 결정되었다. 학위수여식조차 제대로 진행되지 않았다. 근래에 보기 드문 경박한 예식이었다. 시장 월터 워싱턴이 연설을 하려고 일어나는 순간, 폭우를 퍼부을 것 같은 먹구름이 나타났다. 그는 졸업을 축하하고 미래를 축복하는 연설을 30초 만에 끝내고, 당장 안으로 들어가지 않으면 모두 물을 흠뻑 젖을 거라고 말했다. 그 순간 비가 내리기 시작했고, 우리는 비를 피해 뿔뿔이 흩어졌다. 학생들은 워싱턴 시장을 내통령으로 씩고 싶다고 좋아했다. 그날 밤, 타미 캐플란의 부모님은 타미와 나의 어머니, 로저, 나, 그밖에 서너 명을 이탈리아 레스토랑으로 데려갔다. 타미가 대화를 주도했다. 타미는 이런 저런 주제를 이해하기 위해서는 "성숙한 지성"이 필요하다고 말했다. 그랬더니 열한 살 먹은 내 동생이 그를 쳐다보며 "탐, 제가 성숙한 지성 맞아요?" 하고 물었다. 힘들었던 하루, 가슴 아픈 10주를 신나게 웃으면서 마감하게 되니 기분이 좋아졌다.

짐을 꾸리고 친구들과 작별인사를 하면서 며칠을 보낸 뒤에, 나는 풀브라이트 재선 캠페인에 참여하기 위해 룸메이트인 짐 무어와 함께 아칸소로 돌아왔다. 풀브라이트는 두 가지 점에서 약점을 가지고 있었다. 첫째는 여러 가지 격동적인 사태에 당황하고 있는 보수적이고 호전적인 주에서 베트남전쟁에 대한 공공연히 반대의사를 밝혔다는 점이었다. 두 번째는 그가 유권자들과 상원의원들과 하원의원들이 주말마다 집으로 돌아가서 유세활동을 펼치는 현대적인 의회정치의 요구에 적응하지 않으려고 한다는 점이었다. 풀브라이트가 의회에 들어왔던 1940년대에는 기대수준이 아주 달랐다. 당시 의회의 구성원들이 집으로 돌아가는 것은 휴가나 장기간의 여름휴가 때나 가능한 일이었기 때문에, 그들은 워싱턴에 머물면서 편지나 전화를 통해 유권자들을 만났다. 의회가 개원 중일 때 주말을 맞은 의원들은 대부분의 직장인들이 하듯이, 가까운 시내에 머물면서 휴식을 취하고 머리를 식혔다. 장기 휴가를 얻어서 집으로 돌아가면, 근무시간 중에는 집에서 업무를 보고, 유권자들을 만날 수 있는 중심지역을 서너 차례 돌아다녔다. 유권자들과의 긴밀한 접촉은 선거 캠페인 기간에만 집중되었다.

1960년대 말이 되자, 항공편 이용이 쉬워지고 지방 신문의 영향력이 확대되면서, 살아남기 위한 규칙들이 빠르게 변화하기 시작했다. 상원의원들과 하원의원들은 주말마다 집으로 돌아가고, 집에 가서도 더 많은 곳을 다니고, 가능할 때는 언제나 지방 언론을 상대로 의견을 밝혔다.

풀브라이트가 내세우고 있는 입장은 전쟁에 대해서 다른 입장을 가지고 있거나, 풀브라이트가 정세에 어둡다고 생각하는 사람들에게 적지 않은 저항을 받게 되었다. 풀브라이트는 주말마다 집으로 돌아가는 것은 바보 같은 짓이라고 생각하고 있었다. 한번은 그가 나에게 주말마다 집으로 돌아가는 동료를 놓고 "도대체 언제 책을 읽고 생각을 하는 거야?" 하고 말한 적이 있었다. 안타깝게도, 의원들이 동분서주하며 쫓아다니도록 압박은 점점 거세지고 있었다. 텔레비전, 라디오 등의 광고비용 상승과 뉴스 보도에 대한 지나친 욕심이 상원의원들과 하원의원들로 하여금 주말마다 비행기에 오르게 하고, 평일 밤에도 쉬지 않고 워싱턴 지역을 누비며 후원자를 찾아다니게 만들었다. 내가 대통령으로 재임할 때, 나는 힐러리와 참모들에게 의회의 토론이 지나치게 부정적인 방향으로 흐르는 이유 중에는 피곤에서 헤어나지 못하는 의원들이 많다는 점도 있는 것 같다는 말을 자주 했다.

1968년 여름, 풀브라이트 역시 베트남 문제와 관련한 싸움에 지쳐 있었다. 하지만 그에게 있어서 피로는 전혀 문제가 아니었다. 풀브라이트에게 필요한 것은 휴식이 아니라 자신에게서 소원함을 느끼고 있는 유권자들과의 관계를 복원하는 것이었다. 그의 적수가 약세라는 것은 다행스러운 일이었다. 예비선거의 주된 적수는 저스티스 짐 존슨이었다. 그는 옛날 방식대로 지방 수행원과 함께 카운티 단위로 돌면서 풀브라이트는 공산주의에 너무 관대하다고 공격하고 다녔다. 존슨의 부인인 버지니아는, 남편을 주지사로 만드는 데 성공한 조지 월러스의 부인 러린을 모델로 삼아 부지런히 활약하고 있었다. 공화당 후보는 동부 아칸소 출신의 잘 알려지지 않은 중소상공인, 찰스 버나드였는데, 그는 풀브라이트가 우리 주에 어울리지 않게 너무 진보적이라고 말하고 다녔다.

선거운동을 펼치고 있던 리 윌리엄스는 풀브라이트 상원의원의 리틀록 사무실을 운영하는 경험 많은 젊은이, 짐 맥도걸에게서 많은 도움을 받았다. 촌스런 풀뿌리 민주주의자인 그는 자신이 존경하는 풀브라이트를 위해 미사여구를 동원해가며 쉬지 않고 떠들고 다니며 열성적으로 일했다.

짐과 리는 아칸소 주민들을 상대로 풀브라이트 상원의원을 빨간 체크무늬 셔츠를 입은 토박이 아칸소 사람이라는 이미지를 부각시켜 "평범한 서민 빌"로 소개하기로 결정했다. 선거 홍보물들과 텔레비전 광고들은 풀브라이트를 그런 식으로 홍보했고 그는 선거운동 기간 내내 같은 옷을 입고 다녔다. 내 생각에 그 자신은 그런 방식을 좋아하지 않았을 것 같다. 친근한 이미지를 확실하게 부각시키기 위해서, 풀브라이트는 작은 지구의 주민들을 일일이 찾아다니기로 했다. 운전사 한 명만 데리고 나선 그의 손에는 검은 노트 한 권이 들려 있었는데, 그 노트 속에는 과거에 그를 지지했던 사람들의 이름이 빼곡이 들어 있었다. 예전 직원이었던 파커 웨스트브룩이 작성한 명단이었는데, 그는 아칸소 사람들 중에서 정치에 조금이라도 관심이 있는 사람들은 모두 꿰뚫고 있었던 모양이었다. 풀브라이트 상원의원이 6년마다 한 번씩 선거운동을 했으니, 우리는 파커가 작성한 검은 노트에 적힌 모든 사람들이 아직 살아서 맞장구를 쳐주기를 바랄 뿐이었다.

리 윌리엄스는 나에게 며칠 동안 남서부 아칸소 여행에 상원의원을 모시고 다닐 수 있는 기회를 주었다. 나는 신이 나서 돌아다녔다. 나는 풀브라이트를 존경하고 있었고 로즈 장학위원회에 추천서를 보내준 것에 대해 고마운 마음도 있었던 데다, 아칸소의 타운 주민들의 생각을 좀더 많이 알고 싶었다. 그들은 도시 폭력과 반전시위와는 거리가 멀었지만 베트남에 아들을 보낸 사람들이 많았다.

어느 날 우리가 한 타운에 갔을 때, 국영 텔레비전 직원 한 명이 따라다니기 시작했다. 우리는 차를 세우고 동물 사료를 파는 가게에 들어갔다. 필름이 돌아가는 동안, 풀브라이트는 농사꾼 차림의 노인과 악수를 하고 자신에게 표를 달라고 말했다. 그 남자는 풀브라이트는 "빨갱이들"에게 맞서지 않고 그들이 "이 나라를 말아먹게" 놔둘 것 같아서 표를 주고 싶지 않다고 말했다. 풀브라이트는 바닥에 쌓아놓은 사료포대 위에 앉아서 대화를 계속했다. 그는 그 농사꾼에게 공산주의자를 찾을 수만 있다면 당당하게 맞서겠다고 말했다. 농사꾼은 대꾸했다. "공산주의자들이야 쫙 깔려 있는 걸요." 풀브라이트가 말했다. "정말입니까? 이 근처에서 보셨나요? 저도 샅샅이 둘러보았지만 한 사람도 안 보이던데요." 풀브라이트가 느긋하게 대꾸하는 모습을 옆에서 지켜볼 수 있다니, 재미있는 일이었다. 농사꾼은 심각한 이야기를 하고 있다고 생각하는 모양이었다. 텔레비전 시청자들은 이런 이야기에 신경 쓰지 않을 게 뻔했지만, 눈앞에서 벌어진 일을 보면서 나는 크게 걱정이 되었다. 그 농사꾼이 마음의 문을 닫는 것이 빤히 보였던 것이다. 그 남자가 자신의 마음을 달래줄 빨갱이를 찾을 수 없다는 것은 중요한 문제가 아니었다. 그는 이미 풀브라이트를 마음속에서 지워버렸고, 아무리 많은 이야기를 나누어도 그 사람의 마음의 문은 열리지 않을 터였다. 나는 마음속으로 그 타운에 다른 유권자들이 많이 있기를, 그리고 이곳과 같은 수백 개의 타운에 마음을 움직일 수 있는 주민들이 많이 있기를 바랄 뿐이었다.

사료 가게 일을 겪고 난 뒤에도, 풀브라이트는 변함 없이 타운의 유권자들은 대부분 슬기롭고, 경험이 풍부하며, 편견이 없을 것이라고 확신하고 있었다. 그들에게는 매사에 대해서 깊이 생각할 시간이 많기 때문에, 우익의 비평가들이 분위기를 장악하기는 어려울 거라고 생각하고 있었다. 며칠 동안 돌아다니는 동안 조지 월러스를 지지하는 것 같은 백인 유권자들만 만났기 때문에, 나의 확신은 많이 꺾였다. 센터 포인트에서, 나의 정치 인생에 있어서 잊혀지지 않을 중대한 사건이 일어났다. 센터 포인트는 주민이 200명도 안 되는 작은 지역이었다. 검은 노트에는 오랜 지지자인 보 리스를 만나보라고 적혀 있었다. 그는 그 타운에서 가장 좋은 집에 살고 있었다. 텔레비전 홍보가 없던 시절, 아칸소 주의 아주 작은 타운 지역에는 흔히 보 리스 같은 사람이 한 명씩 있었다. 선거가 코앞으로 다가오면, 사람들은 "보는 누굴 찍는대?" 하고 물었다. 그 사람이 누굴 찍는다는 이야기가 마을 전체에 알려지면, 3분의 2, 혹은 그 이상의 표가 그가 선택한 사람에게 몰렸다.

보 리스의 집에 도착했을 때, 그는 현관에 앉아 있었다. 그는 풀브라이트와 나와 악수를 나누고, 찾아오길 기다리고 있었다고 말하면서 우리를 집 안으로 안내했다. 벽난로와 안락의자가 있는 오래된 집이었다. 우리가 자리를 잡자마자, 리스는 "의원님, 이 나라에는 문제가 많습니다. 잘못된 게 너무 많아요." 풀브라이트는 그 말에 맞장구를 쳤다. 하지만 그도 나도 보 리스가 무슨 말을 하려는 건지 알아차리지 못하고 있었다 나는 아마 월러스 이야기겠지 하고 생각하고 있었다. 나는 죽는 날까지 보가 한 이야기를 잊지 못할 것이다. "언젠가 아칸소에서 목화 농사를 짓는 친구와 이야기를 하고 있었답니다. 그 친구는 쉐어크로퍼sharecropper(쉐어크로퍼란 농장 노동자를 말하는데, 대부분 흑인들이고, 호칭에서 알 수 있듯이 임금 대신 수확물의 일부를 나눠가지는 사람들이었다. 그들은 대부분 농장 안에 있는 낡은 판잣집에서 살았고, 한결같이 가난했다)들을 몇 명 부리고 있지요. 그 사람한테 내가 물었지요. '쉐어크로퍼들은 형편이 어떤가?' 그 친구가 대답하기를 '글쎄, 흉년이 들면, 그 사람들은 남는 게 없지.' 그 친구는 허허 하고 웃더니 또 말합디다. '풍년이 들어도, 그 사람들은 남는 게 없어.'" 보가 말을 이었다. "의원님, 이건 옳지 않아요. 꼭 아셔야 합니다. 이 나라에 빈곤이며, 여러 가지 문제들이 많은 게 바로 이것 때문이에요. 재선되시면 이 문제에 대해서 무슨 조치를 취해야 합니다. 흑인들은 더 좋은 대우를 받을 자격이 있어요." 늘 인종주의적인 이야기만 들어오던 터라, 풀브라이트는 반색을 하며 의자에서 곧 떨어질 것처럼 행동했다. 그는 재선이 되면 그 문제에 대해서 조치를 취하겠다고 장담했고, 보는 풀브라이트를 계속 지지하겠다고 약속했다.

자동차에 오른 뒤에 풀브라이트는 말했다. "보게. 내가 말했잖나. 이렇게 작은 타운에는 현명한 사람들이 많아. 보는 그렇게 현관에 앉아서도 만사를 꿰뚫고 있잖나." 보 리스는 풀브라이트에게 큰 힘을 주었다. 몇 주 후, 인종주의도 심하고 월러스 지지도도 높은 남부 아칸소의 석유 도시인 앨도라도의 유세장에서 풀브라이트는 미국이 직면하고 있는 가장 큰 문제가 뭐냐는 질문을 받았는데, 그는 주저 없이 "빈곤"이라고 답했다. 순간 나는 그가 자랑스러웠고, 보 리스가 고마웠다.

뜨거운 시골 도로를 타고 이곳저곳 옮겨다니면서, 나는 풀브라이트와 이야기를 나누는 데 온통 정신이 팔려 있었다. 그때 나눈 대화는 나에게 소중한 추억이 되었지만, 운전사로서의 경력에 있어서는 큰 감점요소가 되었다. 어느 날 우리는 워런 연방법원에 대해 이야기를 나누게 되었다. 나는 워런 연방법원의 대부분의 결정사항들, 특히 시민권에 관련된 결정사항들을 강력하게 지지하고 있었다. 풀브라이트는 생각이 달랐다. 그는 이렇게 말했다. "워런 연방법원에 대한 심한 반격이 있을 걸세. 법원을 통해서 사회를 크게 변화시킬 수는 없는 일이야. 사회 변화는 대부분 정치적인 시스템을 통해서 이루어지지. 오래 걸리기는 하겠지만, 그게 훨씬 확실하지." 지금도 워런 연방법원의 개혁적인 결정 덕분에 미국이 크게 진보하게 되었다는 내 생각에는 변함이 없다. 하지만 지금까지 30년이 넘는 세월 동안 워런의 개혁에 대한 강력한 반격이 지속되고 있다는 사실은 누구도 부인할 수 없을 것이다.

여행을 시작하고 나흘 혹은 닷새째에 접어들던 날부터, 나는 한 타운을 방문하고 다음 타운으로 이동하는 시간이 되면, 풀브라이트와 정치적인 토론을 벌이기 시작했다. 한 5분쯤 지나자, 풀브라이트가 어디로 가고 있냐고 물었다. 내가 대답을 하자, 그는 "그렇다면 돌아가는 게 좋겠네. 지금 정반대쪽으로 가고 있으니까 말야"라고 말했다. 내가 기가 꺾인 채 유턴을 하자, 그는 "자네는 지금 로즈 장학생이라는 이름에 먹칠을 하고 있는 걸세. 어느 길로 가야 할지도 모르는 바보 멍청이처럼 굴고 있잖나."

뭐라고 변명할 말이 없었다. 나는 차를 되돌려 예정된 장소로 갔다. 이제 운전사 노릇은 끝이라는 것을 알고 있었다. 스물두 살이라는 나이가 부끄러웠다. 평생 동안 잊혀지지 않을 경험과 대화를 할 수 있는 소중한 기회를 며칠 만에 날려버린 셈이었다. 풀브라이트에게 필요했던 것은 제시간에 다음 장소로 데려다줄 운전사였다. 나는 가뿐한 마음으로 선거운동본부 일로 돌아갔다. 유세장으로, 야유회로, 만찬회로 쫓아다니며 리 윌리엄스와 짐 맥도걸, 그밖의 노련한 사람들이 아칸소의 정치 문제에 대해 이야기하는 것을 들었다.

예비선거가 얼마 남지 않았을 때, 탐 캠벨이 해병대 장교 훈련을 받으러 텍사스로 가는 길에 나를 찾아왔다. 그날 밤, 짐 존슨은 베이츠빌에서 자신의 법원 계단에 서서 유세를 할 예정이었다. 베이츠빌은 리틀록에서 북쪽으로 한 시간 반 남짓한 거리에 위치해 있었다. 나는 탐에게 말로만 들었을 아칸소의 면모를 보여주기로 했다. 존슨의 실력은 대단했다. 그는 군중들의 관심을 끌어 모은 후에 구두 하나를 집어들고 "이 구두 보이시죠? 이건 공산국가 루마니아에서 만든 겁니다. 빌 풀브라이트는 공산국가에서 만든 이 구두를 미국으로 들여놓는 것에 찬성했습니다. 구두 공장에서 일하고 있는 착한 아칸소 사람들에게서 일자리를 뺏고 있는 셈입니다." 그순간 우리는 수많은 사람들을 잃어버렸다. 존슨은 자신이 상원의원이 되면 빨갱이 구두가 미국에 침투하는 일은 없을 거라고 장담했다. 루마니아에서 구두를 수입하는 게 사실인지, 풀브라이트가 구두 시장 개방에 찬성한 것이 사실인지, 존슨이 만들어낸 이야기인지, 나는 전혀 아는 게 없었다. 하지만 아주 그럴듯한 이야기였다. 연설이 끝나자 존슨은 계단을 오르내리며 군중들과 악수를 나누었다. 나는 끈기 있게 차례가 돌아오기를 기다렸다. 그와 악수를 하면서 나는 당신 때문에 내가 아칸소 출신이라는 게 부끄러워졌다고 말했다. 그는 내 진지한 태도가 재미있는 모양이었다. 그는 미소를 지으며 당신 생각을 편지로 보내주면 어떻겠느냐고 말하고는 내 옆에 선 사람에게 손을 내밀었다.

7월 30일, 풀브라이트는 짐 존슨과 그다지 알려지지 않은 두 명의 후보를 물리쳤다. 저스티스 짐의 아내인 버지니아는 주지사 결선에서 테트 보스웰이라는 젊은 개혁론자를 40만 유효표 중에서 409표 차이로 물리쳤다. 선거운동을 끝낼 무렵, 그리고 그후 엿새 동안 풀브라이트 운동원들이 열성적으로 보스웰을 도왔던 터였다. 그 기간 동안 모든 사람들이 알려지지 않는 선거구에서 표를 잃지 않거나 추가 표를 얻기 위해서 분투했다. 존슨 부인은 마리온 크랭크에게 37 대 63으로 결선에서 패했다. 마리온 크랭크는 남서부 아칸소 포어맨 출신의 주의원이었는데, 법조계와 포버스 기계 회사의 지지를 받고 있었다. 마침내 존슨 부부는 아칸소에서 소임을 마친 셈이었다. 아칸소 주민들은 1970년대의 뉴사우스의 수준을 넘어서지는 못했지만, 뒤처지지 않을 만큼의 분별력을 가지고 있었다.

8월에 나는 풀브라이트 선거운동 일을 마무리하고 옥스퍼드로 갈 준비를 시작했다. 나는 레이크 해밀턴에 있는 어머니의 친구 빌 미첼 부부의 환대를 받으면서 그들의 집에서 며칠 동안 묵었다. 나는 그곳에서 재미있는 사람들을 몇 명 만났다. 그들은 어머니와 마찬가지로 경마를 좋아했으며, 말을 좋아하는 사람들을 많이 알고 있었다. 그 중에는 일리노이 출신의 W. 핼 비숍과 '덩키' 비숍 형제가 있었는데, 그들은 말을 여러 필 훈련시키고 있었다. W. 핼 비숍이 더 잘나가는 사람이었지만, 덩키는 아주 특이한 성격을 가진 사람이었다. 그는 빌 미첼의 집을 자주 찾아왔다. 어느 날 우리는 호수 근처에서 마약과 여성에 대한 젊은 세대의 경험에 대해서 이야기하고 있었다. 덩키는 자신도 마약중독이 심했던 적이 있으며 결혼은 열 번이나 했다고 말했다. 나는 깜짝 놀랐다. "그런 눈으로 쳐다보지 말게." 그가 말했다. "내가 자네 나이였을 때는 지금하고 달랐어. 그때야 어느 여자를 원하면 사랑한다고 말해서는 어림도 없었어. 결혼하자고 꼬셔야 했지!" 내가 물었다. "결혼 생활 중에서 가장 짧았던 기간은 얼마였죠? "하룻밤. 어느 모텔에서 깨어나서 전날 복용한 마약 때문에 괴로워하고 있는데, 옆에 낯선 여자가 있는 거야. '당신 누구야?' 하고 물었더니, 그 여자가 '아내도 몰라봐요? 이 나쁜 놈!' 라고 말하는 거야. 나는 벌떡 일어나서 바지를 입고 방에서 뛰어나왔어." 1950년대에 덩키는 특별한 여자를 만났다. 그는 그녀에게 자신이 살아온 이야기를 솔직히 털어놓고 자신과 결혼을 해주면 다시는 마약도 안 하고 방탕하지 않겠다고 말했다. 그 여자는 미심쩍어하며 승낙을 했고, 그는 죽을 때까지 25년 동안 그 약속을 지켰다.

미첼 부인인 마줘는 핫스프링스에서 교사 생활을 시작한 두 젊은이를 소개해주었다. 한 사람은 대니 토마슨, 다른 한 사람은 잰 비거스였다. 대니는 아칸소에서 가장 작은 카운티인 햄프턴 출신이었는데, 그것을 증명이라도 하듯 엄청나게 많은 시골 이야기를 해주었다. 내가 주지사로 재직할 때, 우리는 일요일마다 임마누엘 침례교회 성가대에 나란히 서서 테너 파트를 불렀다. 그의 형과 형수인 해리와 린다는 나와 힐러리의 친한 친구가 되었으며, 1992년 대통령 선거 기간과 백악관 시절 동안 큰 역할을 했다.

잰 비거스는 북동부 아칸소의 터커만 출신의, 키 크고 예쁘고, 말을 잘 하는 여성이었다. 나는 그녀에게 호감을 가졌다. 하지만 그녀는 유감스럽게도 부모에게서 물려받은 인종주의적 가치관을 가지고 있었다. 나는 옥스퍼드로 떠날 때, 그녀에게 시민권과 관련된 책들이 가득 든 상자를 하나 주면서 꼭 읽어보라고 당부했다. 몇 달 뒤, 그녀는 역시 교사이자 그 지역 미국유색인종권리신장협회NAACP 대표인 존 파스칼과 함께 그곳을 떴다. 두 사람은 뉴햄프셔에 정착해서, 존은 건축가, 잰은 교사를 하면서 세 아이를 낳았다. 내가 대통령에 출마했을 때, 잰은 뉴햄프셔의 열 개 카운티 중 한 곳의 민주당 의장 역을 맡고 있었다. 놀랍고도 흐뭇한 일이었다.

옥스퍼드에 갈 준비를 하던 8월은 특히 소란스러운 달이었다. 나는 앞일을 예상하기가 어려웠다. 그달 초순에는 마이애미 비치에서 공화당 전당대회가 열렸다. 뉴욕 주지사 넬슨 록펠러는 재기하고 있던 리처드 닉슨을 따돌리려고 시도하다가 실패했다. 공화당의 중도파가 얼마나 허약해졌는지를 여실히 드러내는 사건이었다. 한편 캘리포니아 주지사 로널드 레이건은 '진성' 보수주의자들의 관심을 끌어 모으면서 미래의 대통령감으로 부상했다. 닉슨은 첫 투표에서 692표를 획득해서 277표의 록펠러와 182표의 레이건을 따돌렸다. 닉슨의 주장은 간단했다. 그는 국내적으로는 법과 질서를 주창하고, 베트남에서는 명예를 잃지 않는 평화 정책을 주장했다. 시카고에서 열리게 될 민주당 전당대회는 정치적인 혼란을 불러일으킬 것으로 예상되고 있었는데, 공화당은 그 혼란을 부추기는 데 한몫 했다. 닉슨의 부통령이 부통령 후보로 메릴랜드 주지사 스피로 애그뉴를 선택한 것으로 인해서 공화당 내부에서도 혼란이 격화되고 있었다. 애그뉴는 시민 불복종 운동에 대한 강경한 대처로 악명을 떨치고 있던 사람이었다. 메이저리그 최초의 흑인이자 야구 명예의 전당 입성자인 페이머 재키 로빈슨은 록펠러의 보좌관을 사임하면서, '인종주의자' 로 판단되는 공화당 후보를 지지할 수 없다고 사임 이유를 밝혔다. 마틴 루터 킹의 활동을 계승한 랠프 애버나티 목사는 개회 중이던 공화당 전당대회에 영향을 미칠 의도에서, 빈민운동을 워싱턴에서 마이애미 비치로 옮겨갔다. 빈민운동가들은 공화당의 정강선언과 의원 발언, 그리고 극단적인 보수주의자들에게 매달리는 닉슨의 태도에 실망했다. 애그뉴의 부통령 후보 지명이 공표되자, 평화적인 빈민 시위는 폭동으로 바뀌었다. 주방위군이 출동하면서 불 보듯 뻔한 상황이 펼쳐졌다. 최루탄 발사, 구타, 약탈, 방화가 이어졌다. 폭동이 끝난 후, 세 명의 흑인이 살해된 채 발견되었다. 사흘간 통행금지령이 내려졌고, 250명이 체포되었다. 체포되었던 사람들은 얼마 후 경찰의 잔혹한 처우에 대한 비난을 잠재우기 위해 전원 석방되었다. 일련의 사태로 인해서, 이른바 침묵하는 다수의 미국 국민들은 미국적 생활양식의 파괴로 여겨지는 사태들을 목격하고 겁에 질리게 되었고, 닉슨이 제시했던 법과 질서의 영향력은 더욱 강화되었다.

마이애미 폭동은 8월 말 시카고에서 민주당이 직면하게 될 사태의 전주곡에 불과했다. 그달 초에 앨 로웬스타인과 그밖의 인물들은 여전히 험프리를 대체할 인물을 찾고 있었다. 매카시는 승리할 전망이 없었지만, 여전히 후보 지명전에 나서고 있었다. 8월 10일 조지 맥거번 상원의원은 로버트 케네디 지지자들의 표를 기대하며 입후보 선언을 했다. 한편, 시카고에는 전쟁에 반대하는 젊은이들이 몰려들었다. 그 중 극소수는 혼란을 유도하려는 생각을 품고 있었지만, 대다수 사람들은 다양한 형태로 평화로운 주장을 펼치고 있었다. 여피족 등 대부분의 참석자들이 마리화나에 취한 채, '저항문화'와 '축제의 인생'을 꿈꾸고 있었다. 하지만 리처드 데일리 시장은 방심하지 않고 있었다. 그는 전 경찰병력에 경계령을 내리고 주지사에게 주방위군 출동을 요청하면서 최악의 사태에 대비했다.

8월 22일, 최초의 희생자가 발생했다. 열일곱 살 된 아메리칸 인디언 소년이 경찰이 쏜 총에 맞았다. 경찰은 날마다 집회가 열리는 링컨 파크 근처에서 그 소년이 먼저 총을 쐈다고 주장했다. 이틀 후 1,000여 명의 시위대가 야간에는 공원에서 머무르지 말라는 명령을 거부했다. 수백 명의 경찰이 군중을 상대로 야경봉을 휘둘렀으며, 공격당하는 군중들은 돌을 던지거나 욕설을 하거나 달아났다. 이 사태는 그대로 텔레비전으로 방영되었다.

나는 텔레비전을 통해서 시카고의 모습을 지켜보고 있었다. 꿈을 꾸고 있는 것만 같았다. 나는 어머니와 결혼할 예정인 제프 드와이어 씨와 함께 루이지애나 슈리브포트를 방문하고 있었다. 제프 드와이어는 평범하지 않은 사람이었다. 그는 제2차 세계대전 때 대서양에서 근무했던 퇴역군인으로, 망가진 비행기에서 뛰어내렸다가 산호초에 떨어지는 바람에 복부근육에 손상을 입었다. 그는 훌륭한 목수이자, 루이지애나 멋쟁이이며, 어머니가 다니는 미용실의 사장(그는 대학에서 미용사 과정을 이수했다)이었고, 미식축구선수, 유도교사, 주택건설업자, 유정장비 판매업자, 증권회사 영업사원 등 화려한 경력을 가지고 있었다. 그는 결혼하여 딸 셋을 낳고 아내와 별거 중이었다. 1962년에는 주식사기로 9개월간 복역한 전력도 있었다. 1956년에 그는 2만 4,000달러를 끌어 모아 주식회사를 세웠다. 갱 프리티 보이 플로이드를 비롯해서 오클라호마의 화려한 인물들의 삶을 그린 영화를 제작하려는 계획을 갖고 있었다. 검사는, 그의 회사가 들어오는 돈을 다 써버리고 아예 영화를 만들 생각도 없었다는 결론을 내렸다. 제프는 사기죄에 해당한다는 것을 알고 나서 바로 회사 운영에서 손을 뗐다고 항변했다. 하지만 너무 늦어버렸다. 나는 그가 만나자마자 이 모든 이야기를 털어놓는 것을 보면서 그를 존경하게 되었다. 그것이 사실이든 아니든 어머니는 진지했고, 내가 그와 함께 시간을 보내기를 바라고 있었다. 나는 어느 조립식 주택회사에서 일을 따내기 위해서 루이지애나에 간다는 그를 따라나섰다. 슈리브포트는 북서부 루이지애나의 보수적인 도시였다. 아칸소 주 경계에서 멀지 않은 곳이었는데, 그곳에서 나는 아침마다 극우 신문을 읽으며 극심한 현기증을 느꼈다. 그 신문은 전날 밤 텔레비전에서 보았던 사건들에 대해서 대단히 극우적인 입장을 취하고 있었다. 상상도 못 했던 일이 벌어지고 있었다. 나는 몇 번 외출을 하고 제프와 식사를 할 때를 빼고는 거의 하루 종일 텔레비전 앞에 붙어 앉아 지냈다. 나는 고립되어 있는 듯한 느낌을 받았다. 난동을 부리고 있는 젊은이들도, 시카고 시장과 그의 강경한 정책도, 그를 지지하고 있는 사람들도 도저히 이해할 수가 없었다. 내가 지지하는 정당과 그 정당의 진보적인 대의가 해체되고 있는 모습을 두 눈으로 지켜보고 있으니, 가슴이 에이는 것만 같았다.

전당대회를 통해서 단합된 정당으로 다시 태어날 거라는 희망은 존슨 대통령에 의해서 무참히 꺾이고 말았다. 에드워드 케네디 상원의원은 로버트 케네디의 장례식 이후 최초의 발언을 통해서, 일방적인 북폭 중단 및 미군과 북베트남 군의 남베트남에서의 동시 철군을 주장했다. 그의 주장은 험프리, 케네디, 매카시 파의 지도자들이 협상한 정강 항목의 뼈대가 되었다. 베트남 사령관인 크레이턴 에이브럼스 장군은 존슨 대통령에게 북폭 중단은 미군을 위기로 몰아넣는 것이라고 말했고, 대통령은 험프리에게 베트남과 관련한 협상 강령을 정강에서 뺄 것을 요구했으며, 험프리는 대통령의 요구에 굴복했다. 후일 험프리는 자신의 자서전에서 "그때 나는 입장을 고수해야 했다…… 나는 양보하지 말았어야 했다"고 썼다. 하지만 험프리는 굴복했고, 댐은 무너지고 말았다.

8월 26일에 전당대회가 열렸다. 기조연설은 하와이 출신 상원의원 댄 이노우에가 맡았다. 그는 제2차 세계대전에서 활약했던 일본계 미국인이었다. 2000년에 나는 댄 이노우에에게 명예훈장을 수여해, 부하들을 포로수용소까지 이끌고 가는 중에 한쪽 팔을 잃고 목숨까지 잃을 뻔했던 그의 영웅적 행위를 뒤늦게나마 치하했다. 이노우에는 반전 시위자들과 그들의 목표에 공감을 표현하는 한편, 평화적인 방법을 버리지 말 것을 촉구했다. 그는 '폭력과 무정부주의'에 반대하면서도, '법과 질서가 미치지 않는 곳에 숨어 있는' 무관심과 편견을 비판했다. 그것은 닉슨과 시카고 경찰의 강경 대처에 대한 분명한 비판이었다. 이노우에는 균형을 유지하려고 했지만, 사태는 그의 말의 힘으로 바로잡을 수 없을 만큼 심각하게 어긋나 있었다.

베트남 문제는 전당대회를 극심한 분열로 몰아갔다. 일부 남부 대표단들은 대의원 선거 과정이 흑인에게 개방되어야 한다는 당규에 대해 여전히 반발하고 있었다. 아칸소 하원의원인 데이비드 프라이어가 참여한 자격심사위원회는 표결을 통해 민권 운동가인 에어론 헨리가 주도한 미시시피 이의신청 대의원단을 받아들였다. 조지아와 앨라배마를 제외한 나머지 남부 대의원들은 자격을 인정받았다. 조지아의 대의원단은 분열되어 있었고, 절반이 대안 후보 명부에 있던 대의원으로 바뀌었다. 대안 후보를 이끈 사람은 줄리언 본드라는 젊은 주 하원의원이었다.(줄리안 본드는 현재 NAACP의 의장으로 활약하고 있다.) 앨라배마 대의원들 중 15명이, 앨라배마 주지사 월러스가 무소속으로 출마한 것 때문인지 민주당 지명 후보에 대한 지지서약을 하지 않음으로써 자격이 박탈되었다.

자격심사와 관련된 분쟁에도 불구하고, 전당대회의 주된 논점은 전쟁 문제에 집중되어 있었다. 링컨 파크나 그랜드 파크에 모인 청년들은 퇴거 명령을 위반했다는 이유로 매일 밤 구타당하고 있었다. 매카시는 이들을 외면하고 과거의 머뭇거리는 태도를 취하는 바람에 패배를 당해 비참한 꼴을 하고 있었다. 대부분의 민주당원들이 인정하고 표를 던질 만한 후보자를 찾는 노력을 하던 마지막 순간에, 앨 로웬스타인에서 데일리 시장에 이르는 많은 사람들이 테드 케네디를 호명했다. 테드 케네디는 이를 단호히 거절했고, 마침내 험프리의 지명이 거의 확실해졌다. 결국 베트남 관련 강령은 존슨이 원하는 대로 되었다. 약 60퍼센트의 대의원이 이 강령에 찬성표를 던졌다.

전당대회에서 대통령 후보 지명 안건이 진행되던 날 밤, 그랜드 파크에 모인 1만 5,000명의 사람들은 전쟁과 데일리 시장의 강경대처에 항의하는 시위를 벌였다. 한 사람이 성조기를 끌어내리려는 시도가 있은 직후에, 경찰이 들이닥쳐 사람들을 때리고 잡아가기 시작했다. 시위자들이 힐튼을 향해서 행진하자, 경찰은 미시간 애비뉴에서 최루탄을 발사하고 다시금 폭행을 시작했다. 이 모든 사태는 텔레비전을 통해서 전당대회장에 상영되었다. 양측은 흥분하기 시작했다. 매카시는 그랜드 파크의 지지자들을 향해서 자신은 그들을 저버리지 않을 것이며, 험프리도 닉슨도 승인하지 않겠다고 말했다. 코네티컷 상원의원 에이브러햄 리비코프는 맥거번을 지명하면서 "시카고 거리에서 자행되는 게슈타포 작전"을 비난했다. 데일리는 자리에서 벌떡 일어났다. 그는 카메라가 자신을 향하고 있는데도 리비코프에게 욕설을 퍼부었다. 연설이 끝나고 투표가 시작되었다. 투표는 자정쯤에 종결되었으며, 험프리는 어렵지 않게 승리를 했다. 그는 부통령 후보로 메인 주 상원의원 에드문트 머스키를 선택했다. 이후의 안건은 일사천리로 처리되었다. 한편 전당대회장 밖에는 탐 헤이든과 블랙 코미디언인 딕 그레고리가 이끄는 시위자들이 모여 있었다. 이노우에의 기조연설을 제외하고 대회장 안에서 일어난 일 중에서 고무적인 일 하나는 마지막 날에 있었던 로버트 케네디 추도 영화 상영이었다. 이 필름은 대의원들을 격앙시켰다. 험프리가 지명되기 전까지는 필름을 상영하지 말라는 존슨 대통령의 지시는 참으로 현명한 것이었다.

마지막에 수치스러운 일이 일어났다. 전당대회가 끝나자, 경찰들이 힐튼으로 밀고 들어와 송별회를 열고 있던 매카시의 자원활동가들을 구타하고 체포했다. 경찰은 그 젊은이들이 울분에 겨워서 매카시 지휘부가 묵고 있는 15층 객실에서 경찰을 향해서 물건을 집어던졌다고 주장했다. 다음 날, 험프리는 "계획되고 연구된" 폭력이라고 주장하는 데일리 시장 뒤에 당당히 서서 시장의 조치에는 잘못이 없다고 주장했다.

민주당 지지자들은 분열되고 기가 꺾인 채로 시카고를 빠져나왔다. 이들은 베트남에 대한 관점의 차이를 넘어서는 문화적 갈등의 희생자였다. 문화적 갈등은 남은 세기와 그 이후의 미국 정치를 수정하고 재편해갈 것이고, 유권자들의 희망에 반하여 삶과 생활에 가장 큰 영향을 미칠 현안들에 유권자들의 관심을 집중시키려고 하는 대부분의 노력을 좌절시킬 터였다. 청년들과 민주당 지지자들은 시장과 경찰이 권위적이고, 무지하고, 난폭한 고집불통이라고 생각했다. 시장과 블루칼라가 대부분인 경찰력은 이 젊은이들이 비도덕적이고, 상소리를 내뱉기를 잘하고, 애국을 모르는 유약한 상류계층, 너무 철이 없어서 권위를 존중할 줄 모르고, 너무 이기적이라서 사회통합을 위해 해야 할 일을 인정하지 않고, 너무 비겁해서 베트남전쟁에 나가 싸우지 않는 젊은이들이라고 생각했다.

나는 슈리브포트의 작은 호텔 객실에서 이 모든 사태를 지켜보면서, 양쪽 당사자들의 감정을 이해할 수 있었다. 나는 전쟁과 경찰의 만행에 반대하고 있었다. 하지만 아칸소에서 자라난 나는 날마다 맡은 바 의무를 다해야 하는 평범한 사람들의 노고에 대해서 잘 알고 있었고, 극단적인 좌편향 혹은 우편향에 대해서 상당한 불신을 갖고 있었다. 좌익의 공허한 열광은 아직 자신의 기량을 펼쳐 보이지 못했으면서도, 우익에 대한 급진적인 반감을 터뜨린 꼴이었다. 이에 비해서 우익은 더 견고하고, 더 체계적이며, 자금도 책략도 더 풍부하고, 권력에의 집착이 더 강하며, 권력을 장악하고 유지하는 능력도 훨씬 뛰어나다는 것을 입증해 보이고 있었다.

나는 공직 생활의 대부분을 시카고에서 크게 갈라져버린 문화적 · 심리적 분열을 통합하기 위한 노력에 쏟아 부어야 했다. 나는 상당히 많은 표를 얻었고, 좋은 일을 많이 했다고 생각한다. 하지만 내가 사람들을 통합시키려고 노력하면 할수록, 극우주의자들은 난폭해졌다. 시카고의 청년들은 그렇지 않았지만, 극우주의자들은 미국이 통합된 사회로 돌아가는 것을 원치 않았다. 그들에게는 적이 있었고, 그들이 원하는 것은 바로 적과의 갈등을 유지하는 것이었다.

14

9월에, 나는 친구들과 작별인사도 나누고 대통령 선거운동의 전개도 지켜보면서, 옥스퍼드에 갈 준비를 했다. 나는 징병 대상이었기 때문에, 지방 위원회 의장인 빌 암스트롱을 만나서 언제 소집에 응할 수 있는지 알렸다. 대학원 징병유예는 지난 봄에 철회되었지만, 재학중인 학생들은 그 학기를 마칠 수 있었다. 옥스퍼드는 한 학년에 세 학기, 총 38주 강의에 두 차례의 5주 휴가의 학사 일정으로 짜여 있었다. 나는 10월 소집에는 포함되지 않을 것이고, 내가 속한 지방병무청이 공급해야 하는 징병규모에 따라 달라지기는 하겠지만 한 한기를 끝낼 때까지는 머무를 수 있을 것 같다는 답변을 들었다. 나는 한두 달 있다가 돌아오는 한이 있어도 옥스퍼드에 반드시 가고 싶었다. 로즈 재단은 군복무를 끝내고 난 후에 옥스퍼드에 진학할 수 있도록 허용하고 있었다. 하지만 베트남전쟁이 끝날 가능성이 보이지 않는 상황에서 군복무를 마치고 옥스퍼드 진학을 생각한다는 것은 신중한 처사가 아니라는 생각이 들었다.

정치적 상황과 관련해서 보자면, 나는 민주당이 시카고 사태 이후 완전히 죽었다고 생각하고 있었다. 게다가 험프리는 존슨 대통령의 베트남 정책에 동조하고 있었다. 하지만 나는 험프리의 승리를 바라고 있었다. 민권 운동은 그 자체로도 충분한 근거를 가지고 있었다. 인종 문제는 여전히 남부를 분열시키고 있었고, 학구간의 인종 균형을 이루기 위해서 거주 구역 밖의 학교로 보내는 법원명령이 확대되면서, 나머지 지역 역시 점차 분열되고 있었다. 아이러니하게도, 월러스의 입후보는 험프리에게 좋은 기회를 열어주었다. 월러스의 지지자들은 대부분 법과 질서를 따지는 인종주의자들이었기 때문에, 월러스는 대통령 후보가 두 명일 경우 닉슨에게 갔을 표를 가져갈 것으로 예상되었다.

문화적 충돌은 계속 이어졌다. 반전시위대는 닉슨이나 월러스보다는 험프리를 선호했다. 험프리 역시 전당대회 기간의 경찰의 강경 대응과 관련해서 데일리 시장에게 퍼부어지고 있는 비난에 가세했다. 갤럽의 조사는 56퍼센트의 미국인이 시위대에 대한 경찰의 행동에 찬성했다고 밝혔지만, 대부분의 피조사자들은 민주당 지지자가 아니었다. 월러스를 포함해서 대통령 선거는 3파전으로 치닫고 있었다. 이런 일들만으로도 충분하지 않았던지, 애틀랜틱시티에서 열린 미스아메리카 선발대회장에는 두 그룹의 시위대가 나타나서 기성질서를 더욱 큰 혼란으로 몰아넣었다. 흑인 시위대는 흑인여성 출전자가 없다고 항의했고, 여성해방 시위대는 대회 자체가 여성의 지위를 격하하는 것이라고 항의했다. 설상가상으로 여성 시위대 중 일부는 브래지어를 벗어 불태웠다. 전통적인 미국인들은 이것을 뭔가 잘못되어도 단단히 잘못되고 있다는 자신들의 생각이 옳다는 증거로 받아들였다.

대통령 선거전에서는 닉슨이 무리 없이 승리할 수 있을 것처럼 보였다. 그는 자신의 공약에 대해서는 가능하면 입을 다물고, 험프리를 유약하고 무능한 인물이라고 공격해댔다. 유일하게 내세우는 공약도, 인종주의자들(그리고 법조계의 월러스 지지자들)에게 아부를 하기 위해서, 연방법원의 인종통합 명령을 이행하지 않는 학구에 대해서는 연방의 자금 지원을 철회한다는 정책을 번복하겠다는 공약이었다. 닉슨의 부통령 후보인 스피로 애그뉴는 패트 번처넌이라는 연설문 작성자의 도움을 받아 이 사람 저 사람 가리지 않고 공격해댔다. 애그뉴의 가혹한 태도와 입에 발린 속임수는 사람들의 입방아에 오르내렸다. 험프리는 가는 곳마다 시끄러운 시위대와 부딪쳤다. 그달 말의 여론조사에서 닉슨은 43퍼센트의 안정된 지지율을 확보했지만, 험프리는 29포인트나 떨어진 28퍼센트의 지지율을 얻어, 21퍼센트 지지율의 월러스를 겨우 7포인트 앞서고 있었다. 9월 30일, 궁지에 몰린 험프리는 베트남 정책에 관련하여 존슨 대통령과 입장을 달리하겠다고 공개적으로 선언했다. 그는 "평화를 위해서라면 감수할 수 있는 모험"이라며 북폭 중단 공약을 밝혔다. 드디어 자신의 정체성을 되찾은 셈이었다. 하지만 남은 시간은 5주뿐이었다.

험프리가 "마침내 자유를 얻은" 연설을 하고 있을 때, 나는 뉴욕에서 옥스퍼드행 여객선에 오를 준비를 하고 있었다. 나는 데니스 하일랜드와 함께 윌리 모리스와 함께 근사한 점심을 먹었다. 윌리 모리스는 「하퍼스 매거진Harper's Magazine」의 젊은 편집인이었다. 조지타운 대학 4학년 때, 나는 『집을 향해 북쪽으로*North Toward Home*』라는 그의 훌륭한 자서전을 읽고 열렬한 팬이 되었다. 로즈 장학생에 선발된 뒤에, 나는 윌리에게 뉴욕에 가면 들려도 되겠냐고 물었고, 그의 승낙을 받아 봄에 파크 애비뉴에 있는 그의 사무실을 찾아갔다. 너무나 좋은 시간을 보낸 나는 뉴욕을 떠나기 전에 다시 만나고 싶다고 말했고, 그는 어떤 이유에선지, 아마 남부인답게 예의를 지킨 거겠지만, 시간을 내주었다.

10월 4일, 나는 데니스와 함께 하드슨 리버 86번 부두로 가서 영국행 '유나이티드스테이츠' 여객선에 올랐다. 나는 그 거대한 원양여객선의 목적지를 알고 있었다. 하지만 나의 목적지는 어디가 될지 알 수가 없었다.

유나이티드스테이츠 호는 당시 대양을 항해하는 가장 빠른 쾌속선이었다. 하지만 여행은 거의 일주일이나 걸렸다. 로즈 장학생 그룹이 서로 낯을 익히기 위해서 함께 항해를 하는 것은 오래된 전통이었다. 쾌속선의 여유 있는 속도와 장학생 그룹의 저녁식사 덕분에 우리는 서로를 알아가는 시간도 가지고(방심하지 않는 좋은 품종의 사냥개 무리들처럼 '서로의 냄새를 킁킁거리며 맡는' 의무적인 시기가 지난 후에), 다른 승객들과도 만나면서 부글부글 끓던 미국의 정치 환경에서 어느 정도 벗어날 수 있었다. 일행은 대부분 너무나 성실한 사람들이어서 이렇게 즐겁게 여행을 하고 있다는 것에 대해 죄책감마저 느꼈고, 우리 일행보다 베트남과 미국정치 문제에 대한 관심이 훨씬 적은 사람들을 만나면 깜짝 놀랐다.

가장 기억에 남는 사람은 바비 베이커였다. 그는 린든 존슨의 부관으로 명성을 떨치던 사람으로, 존슨이 상원 다수당 당의장 시절에는 보좌관으로 일했던 사람이었다. 1년 전에 베이커는 탈세 및 여러 가지 연방법 위반으로 기소당했다가 항소 중에 석방되었다. 베이커는 느긋한 태도로 정치 문제에 열중해 있었고, 로즈 장학생들과 함께 소일하는 데 관심이 많았다. 그와는 대체적으로 감정이 통하질 않았다. 우리 일행 중에는 그가 누군지 모르는 사람도 있었지만, 대부분의 사람들은 그를 정치계의 부패한 연고주의의 대표적인 인물로 생각하고 있었다. 나는 그가 한 행동에 대해서는 탐탁치 않았지만, 그의 이야기와 통찰력에 매료되었다. 그는 열심히 자기 이야기를 했다. 한두 가지 질문을 던지기만 하면, 그는 말문을 열었다.

바비 베이커와 그의 수행원과 함께 이야기할 때를 제외하면, 나는 대부분의 시간을 다른 로즈 장학생들이나 여행 중인 다른 젊은이들과 어울려 지냈다. 특별히 마음에 들었던 사람은 마르타 색스턴이라는 똑똑하고 귀엽고 정열적인 작가였다. 그녀는 대부분의 시간을 어떤 로즈 장학생과 함께 보냈다. 하지만 나는 결국 기회를 잡았다. 연인관계가 끝난 후에도 우리 두 사람의 우정은 계속되었다. 그녀는 최근에 출판한 『착하게 살아라 : 초기 미국 여성의 가치관*Being Good : Women's Moral Values in Early America*』이라는 책을 보내주었다.

어느 날 어떤 사람이 칵테일이나 한잔하자며 우리 일행 몇 명을 자기 객실로 초대했다. 나는 술이라곤 한 방울도 입에 대본 적이 없었고, 마시고 싶다고 생각해본 적도 없었다. 아버지 로저 클린턴을 망쳐놓은 술이 미웠고, 나에게도 똑같은 일이 일어날까봐 두려웠다. 하지만 나는 내 인생을 지배해왔던 두려움을 깨뜨릴 때가 온 거라고 마음을 다져먹었다. 우리를 초대한 사람은 나에게 무얼 마시겠냐고 물었다. 나는 스카치 앤 소다를 청했다. 조지타운에서 있었던 작은 파티에서 서너 번 바텐더로 일하면서 만든 적이 있는 술이었다. 나는 그게 무슨 맛이 나는지도 모르고 있었고, 실제로 그것은 내 입맛에 맞지 않았다. 다음 날에는 버번 앤 워터를 마셔보았는데, 그럭저럭 마실 만했다. 옥스퍼드에서 지낼 때는 맥주, 와인, 셰리주를 마셨다. 미국에 와서는 진토닉을 즐겨 마셨고, 여름에는 맥주를 마셨다. 20대에서 30대 초반 사이에 서너 차례 지독하게 과음을 한 적이 있었다. 힐러리와 사귀게 된 뒤로는 특별한 일이 있으면 함께 샴페인을 마셨다. 하지만 안타깝게도 알코올은 나에게 맞지 않았다. 1970년대 후반에, 나는 보드카만 빼고는 모든 알코올 음료에 알레르기 반응을 보였다. 이 모든 것을 고려해보면, 그 여객선 위에서 술을 입에 대는 두려움을 떨쳐버렸던 건 잘한 일 같다. 그리고도 술에 대한 욕심이 생기지 않았으니 참 다행이다. 나에게는 그것 말고도 감당해야 할 문제들이 너무나 많았으니까.

항해 중에 가장 좋았던 것은 예상했던 대로, 로즈 장학생들과 함께 지내는 것이었다. 나는 모든 사람들과 잠깐씩이라도 만나보려고 노력했다. 나는 그들의 이야기를 듣고, 그들에게서 배웠다. 나보다 성적이 훨씬 좋은 사람들이 많았고, 대학에서 반전활동에 참여했던 사람들도 있었고, 매카시와 케네디 선거운동에 참여했던 사람들도 있었다. 나는 그 중에서 마음이 맞는 서너 명과는 계속 친구관계를 유지했다. 그리고 상당수의 사람들이 내가 대통령직에 있을 때 중요한 역할을 맡았다. 하버드 대학에서 미식축구를 했던 흑인 탐 윌리엄슨은 나의 첫 임기 때 노동부 자문역으로 활동했다. 스탠포드 대학원 과정에 있던 릭 스티언스는 맥거번 전국선거운동본부로 나를 데려갔던 인물이었다. 후일 나는 그를 보스턴 연방법원 판사로 임명했다. 「예일 데일리 뉴스」의 편집장이었던 스트로브 탤보트는 「타임」지에서 대활약하다가 나를 위해서 러시아 담당 특별 보좌관과 내무장관 대리로 활동했다. 나중에 같은 법대에 다니게 된 더그 이클리는 내가 '법률서비스 법인'의 의장에 임명했던 사람이다. 브루클린 출신으로 역시 하버드 대학 미식축구부에서 활동했던 앨런 버신은 샌디에고의 검사로 임명했던 사람인데, 지금은 장학사로 근무하고 있다. 나는 워싱턴 시애틀 출신의 윌리 플레처를 제9연방순회항소법원장에 임명했다. 벌써부터 우리 일행의 유명한 핵심인물이었던 밥 라이히는 내 첫 임기 때 노동장관으로 일했다. 해군사관학교 대학원생인 데니스 블레어는 내가 대통령이 되었을 때 미 국방성의 해군 대장이었는데, 후일 태평양 주둔 미군 사령관이 되었다. 데니스는 내 도움을 전혀 받지 않고도 그런 직위를 차지했던 인물이었다.

다음 두 해 동안, 우리는 다른 방식으로 옥스퍼드를 경험하게 될 터였다. 하지만 우리는 한결같이 고국의 시대적 상황에 대한 의구심과 불안감을 지니게 될 터였고, 옥스퍼드를 아끼면서도 도대체 우리가 여기 와서 무엇을 하고 있는 건지 혼란을 겪게 될 터였다. 우리들 대부분은 연구와 강의보다는 새로운 생활 속으로 뛰어들었다. 특히 빌려온 시간을 쓰고 있는 거라는 생각 때문에, 우리는 대화하고 독서하고 여행하는 것을 더 중요하게 여겼다. 2년 후에, 실제로 학위를 딴 미국 장학생들의 비율은 이전의 로즈 장학생들에 비해서 훨씬 적었다. 하지만 여러 가지 고뇌에 시달렸던 우리는 대부분의 선배들과는 달리, 우리 나름의 방식으로 옥스퍼드에서 생활하면서 우리 자신에 대해서 그리고 일생에 걸쳐서 중요한 의미를 가지는 문제들에 대해서 더 많은 것을 배웠다.

우리가 탄 배는 닷새간의 항해 끝에 잠시 르아브르 항에 정박했다가 드디어 사우샘프톤에 도착했다. 로즈 하우스의 사감인 에드가 빌 윌리엄 씨가 부두에서 우리를 기다리고 있었다. 우리 일행은 윌리엄이라는 사람에게서 옥스퍼드의 모습을 처음으로 보았다. 중절모를 쓰고, 양쪽 손에 각각 레인코트와 우산을 들고 있는 그의 모습은, 제2차 세계대전 동안 몽고메리 장군의 작전 참모로 일했던 사람이라기보다는 전형적인 영국 멋쟁이 신사의 모습 같았다.

빌 윌리엄스는 우리를 버스에 태워서 옥스퍼드를 향해 출발했다. 날은 어둡고 비가 와서 창밖은 거의 보이지 않았다. 옥스퍼드에 도착했을 때는 밤 11시경이었고, 도시 전체가 드럼통처럼 꼭꼭 닫혀 있었다. 닫혀 있지 않은 것은 내가 가게 된 유니버시티 칼리지 밖 하이 스트리트에서 희미한 불빛을 밝힌 채 핫도그와 싸구려 커피, 간단한 요깃거리를 파는 트럭뿐이었다. 우리는 버스에서 내려서 17세기에 지어졌다는 본관 건물의 입구를 향해 걸어갔다. 그곳에서 대학 출입자들을 챙기는 수위장 더글러스 밀린을 만났다. 해군에서 전역했다는 그는 무뚝뚝하고 입이 험했다. 그는 굉장히 똑똑한 사람이었는데, 그 사실을 감추느라 쉴 새 없이 험한 말을 입에 올리고 있었다. 물론 그 험한 말투는 악의에서 비롯한 것이 아니었다. 밀린은 미국 학생들과 상대하는 것을 특히 좋아했다. 그는 우리를 보자마자 키 150센티미터의 밥 라이히가 눈에 띄었는지, "양키 네 명을 보낸다고 하더니 세 명 반을 보냈군" 하고 말했다. 그는 계속 우리를 웃겼다. 하지만 실제로 그는 사람 볼 줄을 아는 현명한 사람이었다. 나는 더글러스와 이야기하면서 많은 시간을 보냈다. 그는 "빌어먹을"이나 온갖 영국식 욕설을 동원하면서, 대학이 돌아가는 사정이나 교수들과 대학 직원들에 관한 이야기를 들려주었다. 우리는 베트남전쟁과 제2차 세계대전이 어떻게 다르냐는 것을 포함해서 시사적인 문제들을 가지고도 토론을 했다. 25년 후에 영국에 돌아갔을 때, 나는 더글러스를 찾아갔다. 1978년 말, 처음으로 주지사에 당선된 직후의 일이었다. 나는 힘들게 휴가를 얻어 힐러리와 함께 영국에 갔다. 옥스퍼드에 도착해서 대학 정문을 지나 걸어가면서, 나는 너무나 흐뭇했다. 더글러스는 나를 보자마자 선수를 쳤다. "클린턴, 어떤 곳에서 왕으로 선출되었다지? 사람 셋에 개 한 마리가 사는 곳이라고 하던데." 나는 더글러스 밀린을 좋아했다.

내 방은 대학 뒤편, 도서관 뒤에 있는 헬렌관 안에 있었다. 헬렌관은 과거의 대학 총장 부인의 이름을 딴 아담한 공간이었다. 낮은 담을 사이에 두고 두 개의 건물이 마주보고 있었다. 왼편의 오래된 건물은 문이 두 개에 1층과 2층에 각각 방이 두 개씩 있었다. 나는 출입구에서 멀리 떨어진 2층 왼쪽 방에 묵게 되었다. 작은 침실과 작은 서재가 있는 방이었는데, 서재는 엄청나게 컸다. 화장실은 1층에 있어서, 종종걸음을 치며 계단을 걸어가야 했던 적이 한두 번이 아니었다. 샤워실은 2층에 있었는데, 가끔씩 온수가 나왔다. 오른편의 새 건물은 대학원생들이 사용하는 2층짜리 아파트였다. 2001년 10월에 나는 첼시가 그 아파트에 짐을 푸는 것을 도운 적이 있었다. 첼시가 사용하는 침실은 내가 32년 전에 묵었던 방과 마주보고 있었다. 해가 뜨면서 모든 생명체에 깃들인 그림자를 거두어갔던 순간들은 내게 너무나 아름다운 기억으로 남아 있다.

옥스퍼드에서 처음으로 잠에서 깨어난 나는 옥스퍼드 생활 중에서 잊혀지지 않는 한 인물과 마주쳤다. 헬렌관의 학생들 방을 관리하는 아치 씨였다. 손수 침대를 정리하고 방을 치우는 데 익숙해 있었던 나는 점차 아치에게 그 일을 넘겨주게 되었다. 그는 당시만 해도 거의 50년째 그 일을 하고 있었다. 조용하고 친절한 성격이라서 우리는 모두 그를 좋아하고 존경하게 되었다. 크리스마스 때나 특별한 일이 있을 때는 학생들이 집사에게 간소한 선물을 하는 것이 관례였다. 1년에 받는 로즈 장학금이 1,700달러에 불과한 처지였으니 대단한 선물을 할 여유는 없었다. 아치는 아일랜스산 흑맥주인 기네스 스타우트 몇 병만 있으면 좋겠다고 말했다. 나는 헬렌관에 있는 동안 아치에게 기네스 스타우트를 꽤 많이 선물했고, 덕분에 그 술에 입맛을 들이게 되었다.

옥스퍼드 대학에서의 생활은 29개의 칼리지에서 진행되는데, 남자 칼리지와 여자 칼리지가 구분되어 있고 여자 칼리지의 수가 훨씬 적다. 학생들과 관련된 대학교의 주요 업무는 강의 제공과 시험 관리다. 시험은 각 강좌가 끝날 무렵에 치르는데, 학위를 따느냐 마느냐, 학업에서 얼마나 두각을 나타내느냐는 시험주간에 얼마나 좋은 성과를 올리느냐에 달려 있다. 학문 연구를 하는 주요한 형식은 매주 한 번씩 진행되는 일대일 수업인데, 학생들은 여기서 토론된 주제에 대해서 짧은 에세이를 써서 제출해야 한다. 각 칼리지는 예배당, 식당, 도서관 시설이 갖추어졌고, 대부분 특이한 건축 양식으로 지어진 건물을 갖고 있다. 멋들어진 정원에 공원, 호수가 딸린 건물도 있고, 처웰 강과 인접해 있는 건물도 있다. 처웰 강은 동쪽에 있는 오래된 도시와 대학의 경계를 이루며 흐르다가, 옥스퍼드를 지나자마자 템즈 강의 지류인 아이시스 강으로 이어지고, 마침내 런던의 모습을 특징짓는 거대한 템즈 강으로 흘러 들어가게 된다.

나는 처음 두 주 동안은 오랜 역사를 자랑하는 아름다운 옥스퍼드 도시 구석구석을 돌아다녔다. 대학들은 물론이고, 강들이며 공원들, 가로수가 늘어선 길들, 교회들, 차양을 친 시장을 뒤지고 다녔다.

내가 공부하는 칼리지 건물은 부지도 넓지 않고, 제일 오래된 건물이라야 17세기에 지어진 것뿐이었지만, 내 마음에 꼭 드는 곳이었다. 14세기에, 이 대학 관계자들은 이 칼리지가 9세기의 알프레드 대왕 통치기에 설립된, 옥스퍼드에서 가장 오래된 칼리지라는 내용의 문서를 위조했다. 분명한 사실은, 유니브UNIV(유니버시티 칼리지를 이르는 말로 모두들 그렇게 줄여서 불렀다)는 13세기에 설립된 머턴과 밸리올과 함께 가장 오랜 전통을 가진 세 개의 칼리지 중 하나다. 1292년의 대학 규칙에는 유행가를 부르거나 영어를 쓰는 것을 금지하는 내용을 포함해서 여러 가지 엄격한 규칙들이 포함되어 있었다. 몇 번인가 학교가 떠들썩했던 적이 있었는데, 그때 나는 우리 시대의 동료들이 방 안에 갇힌 채 라틴어나 중얼거리고 앉아 있으면 좋겠다는 생각을 하기도 했다.

옥스퍼드에서 가장 유명한 학생은 퍼시 비시 셸리였다. 그는 1810년에 화학 전공 학생으로 입학했다. 그는 1년쯤 다니다가 퇴학당했는데, 퇴학 사유는 "일신론의 필요성"이라는 논문 때문이 아니라, 자신의 화학 지식을 동원해서 술을 만들 수 있는 작은 증류기를 방 안에 설치한 것 때문이라고 한다. 셸리는 20대 후반에 이탈리아의 해안에서 익사했는데, 1894년에 유니브는 죽은 시인의 아름다운 대리석 동상을 세움으로써 셰리의 명예를 되살렸다. 대학을 찾는 사람들은 셸리의 시를 읽은 적이 없어도 그의 아름다운 동상을 보는 것만으로도 그의 시대의 젊은이들이 왜 그렇게 셸리를 좋아했는지 알 수 있을 것이다. 20세기에 유니브의 학부생들과 직원들 중에는 세 명의 유명한 작가, 스티븐 스펜더와 C. S. 루이스, V. S. 네이폴과 저명한 물리학자 스티븐 호킹, 두 명의 영국 수상 크레멘트 애틀리와 해롤드 윌슨, 오스트레일리아의 수상 밥 호크(대학 내에서 열린 맥주 빨리 마시기 대회에서 그의 기록은 아직 깨지지 않고 있다), 그리고 배우인 마이클 요크, 라스푸틴을 살해한 펠릭스 유수포프 공이 포함되어 있다.

나는 옥스퍼드와 영국에 대한 지식을 쌓아나가는 시기에도, 멀리 떨어진 미국에서 진행되는 선거 과정을 따라가려고 노력하면서 대통령 선거에 표를 행사하는 최초의 기회가 될 부재자 투표용지의 도착을 기다리고 있었다. 도시의 폭력과 학생들의 시위는 계속되고 있었지만, 험프리의 처지는 점차 나아지고 있었다. 그가 베트남 문제와 관련하여 존슨 대통령과 독자적인 행보를 걷겠다는 선언을 하고 난 뒤로, 험프리에 대한 청년들의 항의는 수그러들고 대신 지지가 늘어가고 있었다. 매카시는 1970년의 상원의원 선거나 1972년의 대통령 선거에 입후보하지 않겠다는 선언을 하면서 마지못해 험프리를 승인했다. 한편, 월러스는 전직 공군참모총장인 커티스 르메이를 자신의 부통령 후보로 거명함으로써 회복할 수 없는 타격을 입게 되었다. 5년 전의 미사일 위기 때 케네디 대통령에게 쿠바 폭격을 강권했던 르메이는 부통령 후보로 등장하면서 핵폭탄은 "병기고에 있는 하나의 무기일 뿐"이며 "그것을 사용함으로써 상당한 효과를 볼 수 있는 상황이 많이 있다"는 발언을 했다. 르메이의 주장은 월러스를 방어적인 자세로 몰아넣었으며, 르메이는 그의 실수를 만회하지 못했다.

한편, 닉슨은 과거의 성과에 근거해서 승리를 얻으려는 작전을 유지하면서, 토론을 하자는 험프리의 반복된 요청을 거부하고 있었다. 닉슨의 유일한 고민은 스피로 애크뉴가 험프리의 부통령 후보인 머스키 상원의원과 비교해서 평판이 좋지 않으며, 존슨이 북폭 중단과 관련한 파리 평화회담을 추진하는 '10월 기습작전'으로 돌파구를 열었다는 점이었다. 닉슨의 선거운동이 헨리 키신저가 제공한 파리 회담에 관한 내부 정보 덕분에 힘을 얻었다는 것은 오늘날 잘 알려져 있는 사실이다. 헨리 키신저는 에이브렐 해리맨의 고문으로 파리 회담의 진행 경과에 대해 정통해 있었다. 닉슨 선거운동본부장인 존 미첼이 남베트남의 티우 대통령에게 압력을 넣었다는 것 역시 잘 알려져 있는 사실이다. 존 미첼은 닉슨의 친구인 안나 첸놀트를 통해서 티우 대통령에게 남베트남의 반대세력인 베트남민족해방전선NLF과 함께 평화회담에 참가하라는 존슨의 압력에 굴복하지 말라고 강권했다. 존슨은 닉슨 파의 이런 노력을 꿰뚫어보고 있었다. 안나 첸놀트와 남베트남 대사의 통화내용 도청을 승인한 법무부 덕분이었다. 마침내 10월 31일, 존슨 대통령은 북베트남에 대한 폭격을 전면 중단할 것이며, 하노이는 남베트남의 회담 참가에 동의했으며, 미국은 베트남민족해방전선의 참여도 승인하겠다고 선언했다.

11월은 험프리와 그의 지지자들의 큰 기대와 함께 시작되었다. 험프리는 여론조사에서 빠른 상승세를 타고 있었고, 평화주도 정책 덕분에 선두를 달릴 수 있을 거라고 판단하고 있었다. 11월 2일, 선거를 앞둔 토요일에, 티우 대통령은 베트남민족해방전선이 포함되는 파리 회담에는 참가하지 않겠다고 선언했다. 티우는 베트남민족해방전선과 함께 평화회담에 참가한다면 공산주의자들과 연립정부를 세워야 하는 상황이 될 수 있으므로 자신은 단독으로 북베트남과 협상하겠다고 말했다. 닉슨 캠프는 재빠르게 존슨 대통령이 험프리를 돕기 위해서 적절한 외교전술을 펴지 않고 조급하게 평화회담을 추진하고 있다는 것을 암시하는 선언을 했다.

존슨은 격분해서 험프리에게 안나 첸놀트가 닉슨을 위해서 평화회담을 방해하려고 한다는 정보를 알려주었다. 존슨은 티우 대통령이 안 좋은 평가를 받게 될 것을 염려해서 국민들에게 이 사실을 숨길 필요는 없다고 생각하고 있었다. 그런데 놀랍게도 험프리는 이 정보를 이용하려 들지 않았다. 그는 여론조사 결과 닉슨과 자신의 지지율이 비슷하다고 생각하고 이 정보를 이용하지 않아도 이길 수 있다고 판단했다. 그는 닉슨이 존 미첼을 비롯한 사람들이 자신을 위해서 진행하고 있는 일들에 대해 알고 있다는 사실을 입증하지 못할 경우, 오히려 자신이 역공세를 받게 될 것을 염려하고 있었다. 닉슨이 반역 행위나 다름없는 사건에 개입했을 개연성은 아주 높았다. 존슨은 험프리의 대응에 격분했다. 내 생각으로는 존슨이 선거에 출마한 상태였다면 이 사실을 누설했을 것이고, 입장이 바뀌었다면 닉슨은 신이 나서 이 사실을 이용했을 듯싶다.

험프리는 우유부단함과 결벽증 때문에 치명타를 입게 되었다. 닉슨과 험프리, 월러스의 득표율은 각각 43.4퍼센트, 42.7퍼센트, 13.5퍼센트였다. 험프리는 50만 표 차이로 패배했다. 닉슨은 과반수에서 31명이 넘는 301명의 선거인단을 확보했고, 일리노이와 오하이오에서는 근소한 차로 승리했다. 닉슨은 키신저-미첼-센놀트 책략이 성공한 셈이었다. 하지만 줄스 위트커버는 자신의 책 『꿈이 죽어버린 그해의 진실*True Year the Dream Died*』에서 1968년의 상황을 분석한 것처럼, 그 책략이 숨겨짐으로써 미국은 그 책략이 공개된 경우에 비해서 훨씬 값비싼 대가를 치러야 했다. 즉 그 책략의 성공은 워터게이트로 밝혀진 여러 가지 속임수를 포함해서 어떤 책략도 성공할 수 있다는 닉슨 파의 믿음을 부채질한 셈이었다.

11월 1일, 나는 가죽 장정 노트에 일기를 쓰기 시작했다. 미국을 떠날 때 데니스 힐랜드에게서 받은 노트였다. 아치가 북폭 중단과 관련된 희소식을 전해주면서 나를 깨웠을 때, 나는 일기장에 이렇게 썼다. "지금 풀브라이트 상원의원을 만날 수 있다면 좋겠다. 그의 지칠 줄 모르는 불굴의 노력이 다시 한 번 입증된 셈이다." 다음 날, 나는 북폭 중단은 병력 감축으로 이어질 것이고, 나는 군복무를 하지 않게 될지도 모른다는 생각을 했다. "이미 군복무 중인 친구들 중 대다수가 베트남을 벗어날 수 있을 것이다. 어쩌면 지금 베트남 정글에서는 누군가가 요절하는 불운에서 벗어날 수 있을 것이다." 나는 아군 전사자의 절반이 미래에 발생하리라는 사실을 전혀 생각하지 않고 있었다. 나는 처음 두 번의 일기 끝에 이렇게 적었다. "내가 분석하는 힘과 표현하는 능력을 완전히 상실했던 오늘 밤에도 그랬듯이, 희망은 밤이나 낮이나 내 곁을 지킨다. 그것은 칭찬할 만한 장점이다." 사실 나는 젊었고, 몹시 감상적이었다. 하지만 나는 그때 이미, 1992년의 민주당 전당대회 연설에서 "희망이라는 이름의 장소"라는 말로 표현하려고 했던 것에 대한 확신을 가지고 있었다. 그것은 평생토록 나를 지켜준 것이었다.

11월 3일, 옥스퍼드 대학교의 대학원 총장인 조지 코크웰과 점심식사를 하는 동안, 나는 선거에 대해 잠시 잊고 있었다. 코크웰 총장은 뉴질랜드 출신으로 로즈 장학금을 받고 공부한 사람이었다. 그는 한때 럭비선수였다는데, 당시에도 어느 모로 보나 럭비선수 같아 보였다. 처음 만났을 때 코크웰 교수는 내가 수강 계획을 바꾼 것을 심하게 꾸짖었다. 나는 옥스퍼드에 도착하자마자, PPE라고 불리는 정치학, 철학, 경제학 강좌를 듣는 학부 프로그램 대신에 정치학 전공 학사 과정을 신청했다. 정치학 학사 과정은 5만 단어 규모의 논문을 써야 했다. 나는 조지타운에서 PPE 과정의 1학년을 모두 소화했다. 징병으로 옥스퍼드에서 두 번째 해를 보낼 수 없을 거라고 생각했기 때문에 미리 준비해두었던 것이다. 코크웰은 에세이를 교수에게 제출하고, 비평을 받고 방어하는 일대일 수업을 놓치는 것은 큰 실수라고 생각하고 있었다. 코크웰의 주장 때문에 나는 수강 과목을 바꾸어 일대일 수업과 에세이, 시험, 그리고 짧은 논문이 포함되는 정치학 전공 학사 과정으로 옮겼다.

11월 5일 선거일은 영국에서는 가이폭스 데이였다. 그날은 1605년에 폭스가 의회를 폭파하려했던 시도를 기념하는 날이다. 그날 내 일기에는 이렇게 쓰여 있다. "영국의 모든 국민들이 이 사건을 경축한다. 어떤 사람은 폭스가 실패한 것을 경축하고, 나머지 사람들은 그가 그런 시도를 한 것을 경축한다." 그날 밤, 우리 미국 학생들은 로즈 하우스에서 선거 방송을 시청했다. 대부분 험프리를 지지하는 군중들이 환호를 보내고 있었다. 우리는 최종 결과를 보지 못하고 잠자리에 들었다. 하지만 풀브라이트가 52퍼센트 득표로 예비선거에서 짐 존슨과 잘 알려지지 않은 두 명의 적수를 앞지르면서 쉽게 안정권에 들었다는 사실을 알고 있었다. 풀브라이트의 승리가 공표되면서 로즈 하우스에게는 커다란 환호가 터져 나왔다.

11월 6일, 우리는 닉슨이 승리했다는 사실을 알았다. 내 일기에는 이렇게 쓰여 있다. "레이먼드 삼촌과 친구들이 아칸소를 월러스에게 바쳤다. 1836년에 주가 설립된 이후 처음으로 민주당 지지에서 벗어나는 셈이다. 나는 레이먼드 삼촌에게 10달러를 보내야 한다. 나는 작년 11월에 남부 주 중에서 가장 '진보적인' 아칸소는 절대로 월러스를 지지하지 않을 거라고 장담하며 내기를 걸었다. 그런데 월러스는 이 '사이비 지성인' 들의 생각이 얼마나 잘못될 수 있는지를 보여준 셈이다." ('사이비 지성인' 은 월러스가 대학을 졸업한 사람들 중에서 자신을 지지하지 않는 사람들을 가리킬 때 잘 쓰는 말이다.) 남베트남 정부는 그렇지 않았겠지만, 나는 "이제까지 일어난 모든 일들에도 불구하고, 험프리가 훌륭하게 만회한 일들에도 불구하고, 내가 지난 1월에 예감했듯이, 닉슨이 백악관을 차지하게 되었다는 데 대해서" 대단히 실망했다.

더욱 실망스러운 일은 부재자 투표용지가 도착하지 않는 바람에 대통령 선거에서 투표할 기회를 놓치고 말았다는 점이었다. 카운티 공무원이 부재자 투표용지를 항공우편이 아니라, 일반우편으로 부쳤던 것이다. 일반우편은 비용은 적게 들었겠지만 3주가 소요되었고, 결국 선거가 끝난 지 한참 뒤에야 도착했다.

다음 날, 나는 일상생활로 돌아갔다. 나는 어머니에게 전화를 걸었다.

어머니는 제프 드와이어와 결혼을 하기로 결심하고 대단히 행복해하고 있었고, 그런 어머니의 태도를 보며 나 역시 행복했다. 나는 레이먼드 삼촌에게 10달러를 부치면서, 미국은 가이폭스 데이와 비슷하게 조지 월러스 데이를 국경일로 제정해야 한다는 말을 덧붙였다. 미국 국민들 모두가 이날을 경축할 터였다. 어떤 사람들은 그가 대통령 선거에 나가게 된 것을 경축할 것이고, 나머지 사람들은 그가 그렇게 졸렬하게 출마를 하게 된 것을 경축할 터였다.

11월의 남은 기간 동안, 나는 여러 가지 일들에 빠져들면서 한동안 정치 문제와 베트남 문제를 뒤쪽으로 밀어놓았다. 어느 금요일에 릭 스턴스와 나는 자동차를 얻어 타기도 하고, 버스를 타기도 하면서 웨일즈에 다녀왔는데, 릭은 여행 중에 나에게 딜런 토머스의 시를 읽어주었다. 나는 "이렇게 좋은 밤에는 점잔 빼지 마라"라는 시구를 그때 처음 들었다. 나는 그 시구가 썩 마음에 들었다. 그리고 용감한 사람들이 "저물어가는 빛을 보며 분노할" 때면 아직도 그 시구가 생각난다.

나는 탐 윌리엄슨과 몇 차례 여행을 했다. 한번은 흑인 노예와 남부의 거만한 인종주의자라는 불쾌한 고정관념을 뒤집는 역할 바꾸기를 해보기로 했다. 친절한 영국인 택시기사가 우리 앞에 차를 세우자, 탐은 "너, 뒤에 타라"라고 말했다. 나는 "네, 주인님"라고 대답했다. 영국인 택시기사는 별 미친놈들 다 있네 하는 표정으로 쳐다보았다.

선거가 끝나고 두 주 후에, 나는 유니브 럭비팀에서 처음으로 '트라이'를 성공시켰다. 어려서 밴드부에서 활동했던 나로서는 대단한 일이었다. 나는 세부적인 규칙들은 잘 모르면서도 럭비를 좋아했다. 나는 영국 학생들보다 덩치가 좋았기 때문에 공을 들고 있는 상대편의 진로를 방해하거나, 경기장 가운데 놓인 공을 잡아채기 위해서 이상한 대열을 형성하고 상대편 선수들을 밀어제치는 '스크럼'의 두 번째 줄에 서서 세게 밀고 들어가는 역할에서 그런대로 활약을 할 수 있었다. 한번은 경기를 하기 위해서 케임브리지에 갔다. 케임브리지는 도시의 크기나 산업화의 정도에서는 옥스퍼드를 앞서는 곳이었지만, 옥스퍼드보다 훨씬 평온한 도시였다. 하지만 케임브리지 럭비팀은 단단하고 거친 경기를 펼쳤다. 나는 머리를 한 방 맞았다. 가벼운 뇌진탕을 입은 것 같았다. 코치에게 머리가 어지럽다고 말하자, 그는 교체할 선수가 없으니 내가 빠지면 우리 팀은 한 명이 없는 채로 경기를 해야 한다면서 "당장 필드로 돌아가서 아무나 물고 늘어지"라고 말했다. 결국 우리는 경기에 졌다. 하지만 나는 중도에 포기하지 않았다는 사실만으로도 흐뭇했다. 포기하지 않으면 기회는 오면 법이니까.

11월 말에, 나는 지도교수인 즈비그뉴 펠진스키 박사에게 낼 첫 에세이를 썼다. 그는 폴란드 출신의 망명자였다. 내가 쓴 에세이의 주제는 소비에트 전체주의에서의 테러의 역할이었다("테러는 공동체의 몸을 파고들어 다양성과 독립성의 성장을 베어내려고 하는 무모한 칼날이다"). 나는 그 에세이를 들고 첫 번째 일대일 수업에 들어갔고, 첫 번째 학술 세미나에 참석했다. 11월에 나는 학과 공부를 근근히 따라가면서, 나머지 시간에는 이곳저곳을 돌아다녔다. 셰익스피어가 태어난 스트랫퍼드-어폰-에이번을 두 번이나 찾아가서 그의 희곡을 보았고, 런던에 두 번 나가서 조지타운에서 앤 마커슨과 같은 집에서 하숙했던 친구들로 당시 그곳에서 생활하고 있던 드루 바흐만과 엘렌 맥피크를 만났다. 버밍엄에 가서 서투른 야구를 하기도 했고, 케네디 대통령 사망 5주년 기념일에는 더비로 가서 고등학교 학생들에게 강연을 하고 미국에 대한 아이들의 여러 가지 궁금증을 풀어주었다.

12월에 접어들면서, 나는 어머니의 결혼식에 예고 없이 나타나서 사람들을 놀래줄 계획을 세웠다. 예정된 결혼식은 어머니와 나의 미래에 불투명한 그림자를 드리우고 있었다. 대부분의 어머니 친구들이 제프 드와이어와의 결혼을 결사적으로 반대하고 있었다. 제프가 감옥살이를 한 적이 있는 만큼 믿을 수 없는 구석이 있는 사람이고, 더 큰 문제는 오랫동안 별거 중인 아내와 정식 이혼을 하지 않고 있다는 것이었다.

그런데 갑자기 나의 인생에 대한 전망을 더욱 불투명하게 만드는 일이 일어났다. 친구인 프랭크 앨러가 고향인 워싱턴 주 스포캔의 병무청에서 징병통지서를 받았다. 그는 하이 스트리트를 가운데 두고 유니브와 마주보고 있는 퀸스 칼리지에서 공부하고 있는 로즈 장학생이었다. 그는 징집에 응하지 않을 것이며 징역을 면하기 위해서 영국에 무기한 체류하겠다는 결심을 굳히고, 곧 고향으로 돌아가 부모님과 여자친구에게 그 사실을 알리겠다는 생각을 하고 있었다. 프랭크는 베트남에 대해서 잘 알고 있었고, 미국의 정책이 비도덕적이며 그릇된 것이라고 생각하고 있었다. 조국을 사랑하는 유복한 중산층의 아들인 그는 어려운 곤경에 처해 괴로워하고 있었다. 길 건너 맥덜린 칼리지에서 지내는 스트로브 탤보트와 나는 그를 위로했다. 마음씨 착한 프랭크는 우리도 자신처럼 전쟁에 반대한다는 것을 알고 도리어 우리를 위로해주었다. 나는 자기와 달리 정치계에서 두각을 나타낼 욕망과 능력을 가지고 있는 사람이니 징병거부로 기회를 날려버리는 것은 옳지 않은 일이라면서, 프랭크는 나를 설득하려 들었다. 프랭크의 너그러운 태도를 보면서 나의 죄책감은 더욱 심해졌다. 당시의 일기장에는 그때의 고뇌가 고스란히 실려 있다. 나는 이런저런 구실을 대가면서 자신에게 너그럽게 굴고 있었는데, 그는 내가 나 자신에게 허용하는 아량보다 훨씬 큰 아량을 나에게 베풀고 있었다.

12월 19일에 나는 엄청난 폭설이 내린 미니애폴리스에 도착해서 앤 마르쿠젠과 재회했다. 그녀는 미시간 주립대학에서 박사 과정을 밟고 있었는데, 그녀도 나와 마찬가지로 자신의 미래와 두 사람의 미래에 대한 확신을 가지고 있지 못했다. 나는 그녀를 사랑했다. 하지만 당시 나는 내 미래에 대한 확신이 없었으므로, 누군가와 미래를 약속할 수는 없는 상황이었다.

12월 23일, 나는 집에 도착했다. 나는 아무런 연락도 하지 않고, 불쑥 집에 들이닥쳤다. 어머니는 계속 눈물을 흘렸다. 어머니와 제프, 그리고 로저는 며칠 뒤에 있을 결혼식이 너무나 설레는 모양이었다. 그들은 장발이 된 나의 머리모양을 보고도 별 말을 하지 않고 지나갈 정도로 기분이 좋아 보였다. 크리스마스 때는 어머니 친구 두 분이 찾아와서 어머니와 제프의 결혼을 말리라며 나를 설득하려고 했었지만, 그래도 우리 가족은 행복했다. 나는 아버지의 무덤을 찾아가 노란 장미 네 송이를 꽂으며, 아버지의 가족들이 새로운 인생을 시작한 어머니와 로저에게 힘을 주게 해달라고 기도했다. 나는 제프 드와이어 씨가 마음에 들었다. 그는 지혜롭고 성실한 사람이고, 로저에게도 잘해주고, 어머니를 끔찍이 아끼고 있었다. 나는 두 분의 결혼에 찬성하는 입장이었으며, '두 사람의 행복을 바라면서도 의구심을 가진 사람들이나 두 사람의 불행을 바라는 고약한 사람들이 제프와 어머니에 대해서 가진 생각이 옳다고 하더라도, 두 사람의 예전 결혼 생활이 실패하지 않았듯이 두 사람의 결혼 역시 실패하지 않을 것'이라고 생각하고 있었다. 한동안 나는 1968년의 격동을 모두 잊고 지냈다. 그해는 나라를 분열시키고 민주당을 분열시킨 해였고, 보수적인 민주주의가 진보적인 민주주의를 대체하여 미국의 지배적인 정치세력으로 등장한 해였다. 그해는 법과 질서와 힘이 공화당의 신조가 되고, 민주당은 혼란과 취약점, 국민과의 괴리, 자아도취에 빠진 엘리트 세력이 된 해였다. 그해는 닉슨에게, 다음에는 레이건, 다음에는 깅리치, 그리고 다음에는 조지 W. 부시에게 권력의 길을 열어준 해였다. 중산층의 반격은 20세기 말까지 미국 정치를 왜곡하고 변형시킬 터였다. 새로운 보수주의는 워터게이트로 타격을 입겠지만, 붕괴되지는 않을 것이다. 경제적 불평등과 환경 파괴, 사회 분열을 부추기는 우익 이데올로기로서의 보수주의에 대한 대중적 지지도는 약해지겠지만, 붕괴되지는 않을 것이다. 극단적인 보수주의의 위협을 받으면서, 보수주의 운동은 '보다 점잖고, 보다 부드럽게' 그리고 '보다 온정적으로' 진행될 것이며, 한편으로는 가치관과 품성, 의지의 박약함을 숨겨두고 있는 것으로 엿보이는 민주당의 가면을 벗겨낼 것이다. 또한 보수주의 운동은 공화당에게 승리를 가져다준 중산층 유권자들 사이에서 예견할 수 있는, 파블로프 식의 조건반사를 유도해낼 것이다. 물론 그 과정은 예상했던 것보다 복잡했다. 민주당에 대한 보수주의의 비판이 유효할 때도 있었고, 중도적인 공화주의자들과 보수주의자들은 늘 자리를 지키고 있다가 민주당 지지자들과 협력하여 긍정적인 변화를 이끌어냈다.

그럼에도 불구하고, 마음속 깊은 곳에 묻혀 있는 1968년의 악몽은 나를 비롯한 모든 진보적 정치가들이 고투해야 하는 활동 무대를 만들어놓았다. 만일 마틴 루터 킹과 로버트 케네디가 죽지 않고 활동했다면, 상황은 상당히 달라졌을 것이다. 만일 험프리가 파리 평화회담에 개입하려고 했던 닉슨의 음모와 관련된 정보를 이용했다면, 상황은 상당히 달라졌을 것이다. 하지만 1960년대는 퇴보보다 진보가 앞섰던 시대라고 믿는 사람들은 젊은이의 희망과 영웅에게 자극받아, 계속 싸워나갈 것이다.

15

1969년 새해 아침, 나는 행복한 기분으로 한 해를 시작했다. 프랭크 홀트가 주지사 선거에서 패배한 지 2년 만에 연방 대법원 판사에 재선되었던 것이다. 나는 리틀록으로 달려가서 홀트 판사의 취임식에 참석했다. 그는 우리에게 새해 첫날의 시간을 이런 진부한 행사에 쏟아 부을 필요가 없다고 고사했지만, 50명이 넘는 고집쟁이들이 그곳으로 달려갔다. 내 일기에는 이렇게 적혀 있다. "나는 그가 이겼기 때문에 그에게 달려온 건 아니라고 말했다." 그는 아이러니하게도 '신임' 판사로서 짐 존슨 판사가 쓰던 사무실을 쓰게 되었다.

1월 2일, 조 뉴맨과 나는 다음 날 있을 제프와 어머니의 결혼식 소식을 친척들에게 알리기 위해서 어머니를 모시고 호프에 다녀왔다. 집에 돌아오자마자, 조와 나는 우편함에 붙은 "로저 클린턴"이라는 이름표를 떼어냈다. 재치 있는 조는 웃으면서 "이렇게 쉽게 떨어지다니 너무 섭섭한데"라고 말했다. 전조가 어떻든지 상관없이, 나는 두 분의 결혼이 성공적이리라고 생각했다. 나는 일기장에 이렇게 적었다. "사람들 주장처럼 제프가 사기꾼이라면, 속아 넘어가는 체 해주는 거지 뭐."

다음 날 밤의 결혼식은 짧고 간소했다. 절친한 존 마일스 목사가 결혼서약을 인도했다. 로저는 촛불을 켜고, 나는 들러리를 섰다. 피로연에서 캐롤린 옐델과 나는 결혼식 하객들을 위해서 악기를 연주하고 노래를 불렀다. 일부 목사들은 제프가 이혼했다는 것, 그것도 얼마 전에 이혼했다는 것 때문에 교회의 입장에서는 결혼을 승인할 수 없다고 했다. 하지만 존 마일스 목사는 그렇지 않았다. 그는 하나님은 우리에게 두 번째 기회를 주시기 위해서 예수님을 보내셨다고 믿는 진보적 감리교도였다.

1월 4일, 록펠러 주지사를 잘 알고 있는 친구 샤론 에반스 덕분에, 나는 페티 진 마운틴에 있는 주지사의 목장에서 주지사와 함께 점심식사를 하게 되었다. 록펠러는 친절하고 논리정연한 사람이었다. 우리는 옥스퍼드에 대해서, 그리고 옥스퍼드에 가고 싶어 하는 주지사의 아들 윈드럽 폴에 대해 이야기를 나누었다. 주지사는 내가 윈 폴과 가까이 지냈으면 좋겠다고 말했다. 어린 시절에 오랫동안 유럽에서 지낸 윈 폴은 가을 학기에 펨브로크 대학에서 공부를 시작한 사람이었다.

점심식사 후에, 나는 윈 폴과 많은 이야기를 나누었다. 그후 우리는 탐 캠벨과 만나기 위해서 남서쪽으로 향했다. 탐 캠벨은 미시시피 주에서 해군 비행 훈련을 받고 있었는데, 그 당시 자동차를 몰고 아칸소 주에 와 있었다. 우리 세 사람은 자동차 편으로 윈 폴이 소개해준 주지사 공관으로 향했다. 그곳에서 우리는 깊은 감명을 받았다. 나는 아칸소 역사의 중요한 일부를 보았다는 생각을 하며 그곳을 떠났다. 10년 세월이 흐른 뒤에 내가 집으로 삼아 12년 동안 거주할 곳이라고는 꿈도 꾸지 않았다.

1월 11일에 나는 비행기를 타고 영국으로 돌아왔다. 탐 윌리엄슨과 프랭크 앨러와 함께였다. 비행기를 타고 오면서, 윌리엄슨에게서는 미국에서 흑인으로 사는 것이 어떤 것인지를 배웠고, 앨러에게서는 보수적인 아버지 때문에 머리를 짧게 깎였으며 크리스마스를 앞두고 있던 터라 징집영장이 나왔다는 이야기는 꺼내지도 못했다는, 힘들었던 신년 휴가 이야기를 들었다. 유니브로 돌아와보니 우편함에는 함께 세례를 받았던 옛 친구 해군 이등병 버트 제프리스에게 온 놀라운 내용의 편지가 들어 있었다. 나는 그가 보낸 너무나 슬픈 소식의 일부를 기록해두었다.

> ……빌, 나는 제정신을 가진 사람이라면 절대로 보고 싶지 않을 여러 가지 일들을 보고, 절대로 겪고 싶지 않을 여러 가지 일들을 겪었어. 이곳에서 벌어지는 일들은 장난이 아냐. 이기지 않으면 지는 거야. 함께 지내 친해진 친구가

자기 옆에 죽어 있는데, 그 죽음이 아무 이유 없는 개죽음이라는 걸 알고 있다면 그걸 보는 건 끔찍한 일이지. 그러면서 자기 자신도 눈 깜짝할 사이에 그렇게 될 수 있다는 걸 깨닫는 거야.

나는 공군 중령의 경호를 맡고 있지…… 11월 21일에 우리는 윈체스터라는 곳으로 왔어. 헬리콥터에서 내려서 중령과 나, 그리고 다른 두 사람이 그 지역을 둘러보기 시작했지…… 벙커에 북베트남군 병사 두 명이 숨어 있다가 우리에게 사격을 했지…… 중령과 다른 두 사람은 총에 맞았어. 나도 죽는구나 싶었지. 하지만 다행히 북베트남 병사가 나를 쏘기 전에 내가 그들을 쐈어. 그날 처음으로 사람을 죽인 거야. 빌, 자신이 남의 목숨을 빼앗았다는 사실을 깨닫는다는 건 얼마나 끔찍한 일인지 몰라. 속이 뒤집어지는 것만 같았어. 바로 그순간 나 자신도 눈 깜짝할 사이에 그렇게 될 수 있다는 걸 깨닫게 되지.

다음 날 1월 13일에 나는 징병검사를 받기 위해 런던으로 갔다. 나는 그날 의사에게 들은 내용을 일기에 적어놓았다. "서구 세계에서 가장 건강한 표본 중의 하나로군. 의과대학이나, 전시실, 동물원, 사육제 전시용으로도 합격이고, 훈련기지 캠프 전시용으로도 합격이네." 1월 15일에 나는 에드워드 앨비의 영화 〈미묘한 균형A Delicate Balance〉을 보았다. 그것은 "이틀 사이에 내가 두 번째로 겪은 초현실적인 경험이었다". 앨비가 그려낸 인물들은 청중들에게 "종말이 가까운 어느 날이 되면 자신들은 깨어나지 못하고, 허울만 남은 자신을 발견하고 두려움에 사로잡히게 되는 건 아닐까" 하는 생각을 하게 만들었다. 나는 이미 그런 생각을 품고 있었다.

닉슨 대통령은 1월 20일에 취임했다. 그는 취임연설에서 화해를 제안하려고 했다. 하지만 그 연설은 나를 더욱 냉담하게 만들었다. 그것은 지긋한 나이의 성실한 중산층의 신앙과 미덕을 설교하는 내용이었다. 그런 신앙과 미덕으로 유대 기독교 전통과는 전혀 관계없는 아시아 사람들과의 문제를 해결할 수 있을까? 그런 신앙과 미덕으로 신의 존재를 믿지 않는 공산주의자들과의 문제를 해결할 수 있을까? 그런 신앙과 미덕으로 자신들과는 공통점이 전혀 없는 하나님을 경외하는 백인들에게 번번이 속아온 흑인들과의 문제를 해결할 수 있을까? 그런 신앙과 미덕으로 그릇된 설교들이 부르짖는 똑같은 노래들을 너무나 많이 듣는 바람에 기성세대의 오만한 자기 망상에 중독된 젊은이들과의 문제를 해결할 수 있을까?

아이러니하게도 나 역시 기독교 신앙과 중산층의 미덕을 믿는 사람이었다. 하지만 나는 똑같은 결론에 도달하지 않았다. 진실한 신앙과 정치적 신조를 지키며 살아가려면 닉슨 대통령이 준비했던 것보다 훨씬 더 먼 곳까지, 훨씬 더 깊은 곳까지 도달해야 한다는 생각이 들었다.

나는 떠날 때 떠나더라도 일단 영국의 생활로 되돌아가기로 결심했다. 나는 처음으로 옥스퍼드 학생 클럽 토론회에 참석했다. '인간은 자신의 모습으로 하나님을 창조했다' 는 내용의 토론회였다. 나는 '쟁기질을 잘못하면 황폐해질 수도 있는 주제' 라고 생각했다. 나는 맨체스터에서 '석회나 진흙이나 시멘트를 사용하지 않고 돌로 쌓은 유서 깊은 장벽들로 수놓인" 영국 교외의 아름다운 풍경에 감탄했다. 그곳에서 "민주주의 개념이론으로서의 다원론' 에 대한 세미나에 참석했다. 나로서는 지루한 내용이었다. "우리 눈앞에서 벌어지고 있는 일들을 좀더 어려운 용어로 설명하려고 하는 또 하나의 시도일 뿐이다…… 그것은 나에게 있어서 그림의 떡일 뿐이다. 나는 지식도 모자라고, 현실을 개념화하는 능력도 부족하고, 똑똑하지도 않기 때문에 이 구변 좋은 군중들 속에 섞여 달릴 수가 없다."

1월 27일 현실이 다시 추한 머리를 곧추세웠다. 프랭크 앨러가 공식적으로 "탁 트인 길만 걸어가는" 징집 기피자가 되던 날 서너 명이 모여서 그를 위로하는 조촐한 파티를 열었다. 보드카가 등장하고 건배를 하고 이런저런 유머를 주고받았지만, 전혀 흥이 나지 않았다. 모인 사람들 중에서 가장 재치가 있는 밥 라이히조차도 분위기를 띄우지 못했다. 우리는 프랭크 앨러의 어깨에 지워진 짐을 덜어줄 수 없었다. "그날 그는 입속에다 자신이 가진 돈을 모두 털어넣었다." 다음 날, 스트로브 탤보트가 군복무 부적격 판정을 받게 되는 사고를 당하게 되었다. (오래 전에 축구를 하다 다친 상처 때문에 안 그래도 그의 징집 등급은 1-Y이었다). 그는 유니브에서 존 아이잭슨의 스쿼시 라켓에 안경을 맞았고, 의사는 그의 각막에 박힌 유리조각을 빼내느라 무려

두 시간을 끙끙댔다. 스트로브는 회복했고 그후 35년 동안 우리가 놓치고 보지 못하는 것들을 보는 즐거움을 만끽하며 살게 되었다.

오래 전부터 2월은 나에게 잔인한 달이었다. 나는 해마다 2월이면 우울증과 싸우면서 봄이 오기를 기다렸다. 옥스퍼드에서 처음 맞은 2월은 지독한 고통이었다. 나는 책을 읽으면서 2월이 주는 고통과 싸웠다. 책 읽기는 옥스퍼드에서 내가 가장 많은 시간을 투자했던 일이었다. 나는 학업 때문에 읽는 책 이외에는 이것저것 닥치는 대로 읽었다. 나는 수백 권의 책을 읽었다. 그해 2월, 나는 존 스타인벡의 『달이 지다*The Moon Is Down*』를 읽었다. 그 책을 선택한 이유는 저자가 그 즈음에 죽었다는 것과 전에 읽지 않았던 작품을 읽으면서 그를 기억하고 싶다는 것 때문이었다. 나는 윌리 모리스의 『집을 향해 북쪽으로*North Toward Home*』를 다시 읽었다. 그 책을 읽으면 나의 뿌리와 나의 '보다 나은' 자아에 대해서 이해할 수 있을 것 같았기 때문이었다. 나는 엘드리지 클리버의 『얼음 위의 영혼*Soul on Ice*』을 읽으면서 영혼의 의미에 대해 생각했다. "영혼은 내가 흑인이 아닌가 싶을 정도로 자주 사용하는 단어다. 이따금 내가 흑인이 아니라는 사실이 아쉽게 느껴진다. 영혼, 나는 그것이 무엇인지 잘 알고 있다. 그것은 나로 하여금 물건을 느끼게 하는 것이며, 나를 움직이게 하는 것이며, 나를 사람으로 만드는 것이다. 그것을 사용하지 못하게 되었을 때, 그것을 되찾지 않으면 나는 어느새 죽고 말리라." 그 당시 나는 영혼을 잃어버리게 될까봐 두려워하고 있었다.

징병 문제와 씨름하면서, 내가 선량한 인간이냐, 아니 선량한 인간이 될 수 있느냐 하는 오래 전부터 가지고 있던 의혹이 다시 싹텄다. 어려운 상황에서 자란 사람들은 잠재의식 속에서 스스로를 비난하며 자신은 더 나은 운명에는 어울리지 않는 사람이라고 생각하기 마련이다. 이런 사고는 이중생활을 하기 때문에 발생하는 것 같다. 이중생활이란, 외면적 생활에서는 자연스러운 과정을 밟아가지만 내면적 생활에서는 비밀을 감추고 있는 삶을 의미한다. 어렸을 때 나의 외면적 생활은 친구들과의 즐거움, 지식 습득과 행동으로 충만해 있었다. 하지만 내면적 생활은 불확실성과 분노, 그리고 늘 드리웠던 폭력에 대한 두려움으로 가득 차 있었다. 이중생활을 하는 사람은 완벽한 성공을 거둘 수 없다. 성공을 거두려면 둘을 통합시켜야 한다. 조지타운 시절에 아버지가 휘두르는 폭력의 위협이 점차 사그라지다가 마침내 사라지게 되면서, 나는 통합된 삶을 살 수 있는 기회를 더 많이 누릴 수 있었다. 그런데 징병 문제가 다시 불거지면서 나는 거칠기 짝이 없는 내면적인 생활로 되돌아오게 되었다. 새롭고 흥미진진한 외면적 생활의 이면에는, 자신감을 잃고 머지않아 파국이 다가올 것을 두려워하는 과거의 망령이 다시 흉측한 머리를 곧추세우고 있었다.

나는 이중생활을 통합하기 위해서, 몸과 마음, 영혼을 어우러지게 하기 위해서 쉬지 않고 노력해왔다. 즉 외면적인 생활을 가능하면 건강하게 유지하고, 내면적인 생활에서 마주치게 되는 위험과 고통을 극복하고 완화시키려고 노력해왔다. 군인들이나 명예를 위해 목숨을 거는 사람들의 개인적 용기에 대해서 진심으로 감탄하고, 폭력과 권력의 남용을 본능적으로 혐오하고, 공적인 일에 헌신하려는 열정과 다른 사람의 어려움에 대한 깊은 연민을 가지고 있으며, 인간적인 교제 속에서 위안을 찾으면서도 다른 사람이 내면적 생활의 밑바닥 깊은 곳까지 들어오도록 허용하지는 못하는 것, 이 모든 것이 내가 가진 이런 개인적 특성에서 연유하는 것 같다. 당시 나의 내면 깊은 곳은 아주 캄캄했다.

나는 예전에도 오랫동안 내면에 칩거했던 적이 있었지만, 이렇게 오랫동안 심하게 앓았던 적은 없었다. 내가 쾌활한 성격과 낙천적인 태도 이면에 이런 감정들이 들끓고 있다는 것을 처음으로 자각하게 된 것은 옥스퍼드로 오기 5년 전 고등학교 시절이었다. 당시 나는 존경하는 워니크 선생님의 영어 수업시간에 자전 에세이를 쓰면서 "내 머리 속을 휩쓸고 다니는 혐오감"에 대해서 언급한 적이 있었다.

1969년 2월에 그 혐오감은 지독하게 나를 갉아댔다. 나는 그것을 내쫓기 위해서 책을 읽고 여행을 하며 사람들과 어울리면서 많은 시간을 보냈다. 나는 런던의 볼튼 가든스 9번지의 널찍한 아파트에서 재미있는 사람들과 자주 어울렸다. 나는 주말에 틈이 날 때마다 옥스퍼드를 떠나 그곳을 즐겨 찾았다. 그곳에는 늘 데이비드 에드워즈가 있었다. 어느 날 밤 앤 마르쿠젠의 조지타운 동기인 드루 바호만과 함께 헬렌관의 내 방에 나타난 사람이 바로 에드워즈였다. 그는 나팔바지에 단추와 주머니가 잔뜩 달린 긴 코트를 입고 있었는데, 최신 유행의 차림새였다. 나는 옛날 영화에서나 봤을 법한 차림이었다. 볼튼 가든스의 데이비드의 집은 미국인, 영국인 청년들, 그리고 런던을 드나드는 여러 사람들이 수시로 오가는 개방 공간이 되었다. 우리는 그곳에서 식사도 많이 하고 파티도 많이 했다. 그 자금을 조달하는 것은 언제나 나머지 사람들보다 돈도 많고 너무 후한 것이 탈인 데이비드의 몫이었다.

나는 대부분의 시간을 옥스퍼드에서 혼자 보냈다. 나는 혼자서 책 읽는 것을 즐겼다. 칼 샌드버그의 『그렇지, 그 사람들*The People, Yes*』에서 발견한 한 구절이 특히 마음에 들었다.

> 그에게 말하시오. 종종 혼자 지내라고, 주제파악을 하라고,
> 그리고 무엇보다도 스스로에게 자신에 대한 거짓말을 하지 말라고.
> ……
> 그에게 말하시오. 사람이 강할 때는 혼자 지내는 것이 생산적인 거라고,
> 그리고 마지막 결정은 방 안에 조용히 혼자 있을 때 내리는 거라고.
> ……
> 그는 외로울 것이고,
> 그래서 그에게는 시간이 있는 거요.
> 자기 일이라고 생각한 일을 할 시간이.

샌드버그의 시는 내가 겪고 있는 방황과 근심이 좋은 결과를 가져다줄 거라는 희망을 던져주었다. 나는 열 살이 되기 전까지는 대부분의 시간을 혼자서 보냈다. 부모님께서 맞벌이를 했기 때문이었다. 정치계에 발을 들여놓았을 때, 나를 잘 알지 못하는 사람들이 만들어낸 재미있는 신화 중 하나는 내가 혼자 있는 것을 싫어한다는 이야기였다. 아마도 내가 많은 군중들

은 물론이고 친구들과 조촐한 저녁식사를 하고 카드 게임을 하는 등, 사람들 만나기를 좋아한다는 이유 때문이었던 것 같다. 대통령 시절에, 혼자서 생각하고 되돌아보며 계획을 짜거나 아니면 아무것도 하지 않고 지낼 수 있는 시간을 하루에 서너 시간씩 확보하기 위해서 나는 없는 시간을 억지로 쪼개가며 살았다. 혼자 지낼 짬을 내기 위해서 잠을 줄일 때도 많았다. 옥스퍼드 시절에는 혼자 있는 시간이 많았고, 나는 그 시간을 이용해서 샌드버그가 행복한 인생을 살기 위해서 꼭 필요하다고 했던 것들을 챙기며 살았다.

3월이 되어 봄이 오면서 날씨가 화창해지자, 나의 마음도 덩달아 화창해졌다. 5주간의 휴가 동안, 나는 처음으로 유럽 여행에 나섰다. 기차를 타고 도버 해협으로 가서 하얀 절벽들을 구경한 다음, 여객선을 타고 벨기에로 갔고, 그곳에서 기차를 타고 독일 쾰른으로 이동했다. 오후 9시 30분, 나는 기차역을 벗어나서 언덕 위에 솟은 웅장한 중세풍 대성당의 그림자 속으로 걸어 들어갔다. 제2차 세계대전 때 인근에 있는 라인 강 철교를 폭파하려고 했던 연합군 조종사들이 대성당을 파괴하지 않으려고 위험을 무릅쓰고 저공비행을 했던 이유를 이해할 수 있을 것 같았다. 대성당 안에 들어가자 하나님이 아주 가까이 계신 것처럼 느껴졌다. 나는 그 후에도 그곳을 찾아갈 때마다 같은 감정을 느끼게 된다. 다음 날 아침, 나는 바이에른을 여행하기 위해 릭 스티언스와 앤 마르쿠젠, 그리고 독일인 친구인 루디 로우를 만났다. 루디 조상들이 1,000년 전부터 살아온 곳이라는 밤베르크에 도착하자, 루디는 가까이에 있는 동독 국경을 보여주겠다고 나섰다. 숲 언저리에는 철조망으로 둘러놓은 망루가 하나 있고 그 위에는 동독 병사 한 명이 서 있었다.

내가 여행 중일 때, 아이젠하워 대통령이 사망했다. "그는 깨져버린 아메리칸 드림의 흔적을 간직하고 있는, 몇 개 남지 않는 조각들 중 하나였다." 나와 앤 마르쿠젠과의 관계도 그렇게 깨져버렸다. 떨어져 지낸 시간도 길었지만 내가 확실한 태도를 취하지 않은 탓이었다. 우리는 오랜 세월이 흐른 뒤 다시 친구 관계를 회복할 수 있었다.

내가 옥스퍼드로 돌아오자, 조지 케넌의 초청 강연이 있었다. 케넌은 미국의 베트남 정책에 대해서는 발언을 상당히 자제했다. 친구들과 나는 그가 생각하는 베트남 정책을 듣고 싶었다. 안타까운 일이지만, 그는 외교정책에 관여하지 않고 있었다. 그는 대신에 학생시위와 반전 '반동문화'를 통렬히 비난하기 시작했다. 탐 윌리엄슨을 비롯한 나의 친구들이 잠시 그와 격론을 나눈 뒤, 강연회는 끝났다. 우리들의 공통된 반응은 앨런 버신의 익살스런 말 한 마디로 간단하게 요약되었다. "저 사람, 영화보다는 책이 나은 것 같아."

며칠 후, 나는 릭 스티언스와 근사한 저녁을 먹으며 토론할 기회를 가졌다. 릭은 아마 우리 그룹 중에서 정치적으로 가장 성숙하고 박식한 친구였을 것이다. 내 일기장에는 릭이 "징병에 대한 나의 반감을 산산이 깨뜨려버렸다"고 적혀 있다. 그는 강제징집을 하지 않으면 가난한 사람들이 감당해야 할 국방의 의무가 훨씬 무거워질 것이라고 말했다. "스티언스는 국민개병제를 실시하되 군복무를 대체할 수 있는 방안을 마련하고, 병력을 적절한 수준으로 유지하기 위해서 복무기간 단축과 봉급 인상을 도입해야 한다고 말한다. 그는 가난한 사람들만이 아니라 모든 사람들이 공동체를 위한 봉사에 참여해야 한다고 믿고 있다." 그와의 토론에서 뿌려진 씨는, 20년의 세월이 흘러 내가 첫 대통령 유세에 나섰을 때 싹을 틔웠고 나는 청년들에게 국가공동체서비스 프로그램을 제안했다.

1969년 봄, 당시의 유일한 국가적 서비스는 군복무였고, 군복무의 규모는 '총 인원수'라는 냉담한 용어로 측정되었다. 4월 중순, 어린 시절 친구인 버트 제프리스가 전사했다. 남편을 잃은 슬픔에 시달리던 제프리스의 아내는 임신 9개월에 조산을 하고 말았다. 그 아이는 나처럼 아버지에 대한 이야기만 들으며 자라게 될 터였다. 버트가 근무하던 해군에는 핫스프링스 출신의 친한 친구, 아이라 스톤과 듀크 와츠가 있었다. 버트의 가족은 그의 시신을 가지고 올 사람을 선택해야 했다. 이런 경우에는 군대로 복귀할 필요가 없다는 군대 규정이 있었기 때문에 신중하게 선택해야 했다. 그들은 아이라를 선택했다. 아이라는 이미 세 번이나 부상을 입은 적이 있었고, 죽을 고비를 여러 번 넘긴 듀크는 한 달 뒤면 제대할 예정이라는 것을 고려한 판단이었다. 나는 친구를 위해 울었다. 전쟁에 반대한다는 명분보다 죽고 싶지 않다는 욕구가 나로 하여금 옥스퍼드에 가겠다는 결심을 굳히게 한 더 큰 요인이 아니었을까 하는 생각이 다시금 고개를 들었다. 나는 일기장에 이렇게 적었다. "언제 어떻게 될지 모르는 선고중지의 상태에서 산다고 해서…… 내가 누리는 삶의 특권을 정당화할 수는 없다. 하지만 유감스럽게도, 그렇게 사는 것은 대단히 어려운 일이다."

미국에서는 반전시위가 누그러지지 않고 있었다. 1969년, 448개의 대학교가 수업거부에 들어가거나 강제 폐쇄되었다. 4월 22일, 「가디언」지에 난 기사를 보고 나는 깜짝 놀랐다. 리틀록의 에드 휘트필드가 무장한 흑인 그룹을 이끌고 뉴욕 주 이타카에 있는 코넬 대학교 캠퍼스의 건물을 점거했다는 소식이었다. 에드는 작년 여름에 풀브라이트의 재선운동을 하고 있을 때 리틀록의 과격한 흑인 청년들로부터 심한 비난을 받았던 사람이었다.

일주일 뒤인 4월 30일, 드디어 전쟁이 곧장 나를 찾아왔다. 그런데 기이한 시대를 비유하는 것처럼 그것은 이상하게 꼬인 채 나를 찾아왔다. 내가 받은 징집영장에는 4월 21일에 입대보고를 하라는 명령이 적혀 있었다. 영장이 발송된 것은 분명히 4월 1일인데, 몇 달 전에 부재자 투표용지처럼 이번에도 일반우편으로 보내진 것이었다. 나는 병무청에 전화를 걸어 지난 9일 동안 징집기피를 한 것이 아님을 알리고, 어떻게 해야 하는지 문의했다. 병무청은 일반우편으로 징집통지서를 보낸 것은 자신들의 잘못임을 인정하고, 규정상 지금 다니고 있는 학기를 끝내야 하니 학기를 마치면 귀국해서 입대하라고 지시했다.

나는 옥스퍼드에 머무를 수 있는 날도 얼마 남지 않았으니 남은 시간 동안 기나긴 영국의 봄을 만끽하기로 마음먹었다. 스토크 포지스라는 작은 마을에 가서 토머스 그레이가 묻혀 있는 아름다운 교회를 찾아가 그가 쓴 "시골 교회에 씌어진 애가"라는 시를 읽었다. 다음에는 런던에 가서 연주회를 보고, 칼 마르크스가 묻힌 하이게이트 묘지를 찾아갔다. 무덤 위에는 칼 마르크스의 강인한 외모를 그대로 표현한 커다란 흉상이 세워져 있었다. 나는 될 수 있는 한 많은 시간을 내서 로즈 장학생들과 어울렸다. 특히 스트로브 탤버트, 릭 스티언스과 자주 만나서 그들에게서 많은 것을 배웠다. 폴 패리쉬와 나는 옥스퍼드의 천막 시장 2층에 있는 고풍스런 카페 조지스에서 아침을 먹었다. 그가 양심적 병역거부를 신청하겠다는 이야기를 듣고 여러 가지 이야기를 나눈 끝에, 나는 관할 병무청에 그를 지지하는 내용의 편지를 보냈다.

5월 말에, 나는 폴 패리쉬와 그의 여자친구인 사라 메이트랜드와 함께 런던의 로열 앨버트 홀로 향했다. 사라는 재치 있고 매력적인 스코틀랜드 출신 여성이었다. 우리는 그곳에서 유명한 복음가수인 마할리아 잭슨의 노래를 들었다. 잭슨은 낭랑한 목소리와 맑고 독실한 신앙심을 가진 훌륭한 가수였다. 공연이 끝나자, 젊은이들이 무대 주위로 몰려들어 환호를 하며 재청을 외쳤다. 그들은 자신들보다 큰 것의 가치를 인정하고픈 열망에 사로잡혀 있었다. 사실 나도 그랬다.

5월 28일에 나는 유니브에서 친구들과 송별 파티를 가졌다. 파티에는 함께 럭비를 하고 식사도 함께 했던 대학의 친구들, 더글러스를 포함해서 여러 명의 수위 아저씨들, 그리고 나를 돌봐준 아치 집사, 윌리엄스 사감부, 조지 코크웰, 함께 어울렸던 미국 출신, 인도 출신, 카리브해 출신, 남아프리카공화국 출신 학생들이 참석했다. 나는 한 해 동안 큰 힘이 되어준 그들에게 감사의 뜻을 전달했다. 친구들은 내게 엄청나게 많은 선물을 주었다. 지팡이와 영국식 모직 모자, 그리고 문고판으로 된 플로베르의 『마담 보바리』까지. 나는 아직도 이것들을 가지고 있다.

6월 초에 나는 파리를 여행했다. 그곳에 가보지도 못하고 미국으로 돌아가고 싶진 않았다. 나는 라틴 쿼터에 묵으면서 조지 오웰의 『파리, 런던의 밑바닥 생활*Down and Out in Paris and London*』을 마저 읽은 다음, 파리 구석구석을 돌아다녔다. 노트르담 성당 바로 뒤에 있는 조그마한 유대인 학살 기념관도 찾아갔는데, 찾기 힘든 곳이지만 그럴 만한 가치가 있는 곳이었다. 섬 끝에서 계단을 따라 내려가면 좁은 공간이 나오는데, 그곳에서 뒤를 돌아보니 가스실이 들여다보였다.

파리 여행의 안내를 맡아준 사람은 런던에서 친구를 통해서 알게 된 앨리스 챔벌린이었다. 튈르리 궁전을 지나가는데, 아이들이 연못에서 장난감 배를 띄우며 놀고 있었다. 진기하고 값도 싼 베트남 음식, 알제리 음식, 에티오피아 음식, 서인도제도의 음식도 먹고, 몽마르트 언덕에 올라가서 사크레 쾨르 성당도 둘러보았다. 그곳에서 나는 경건한 마음으로 며칠 전에 죽은 빅터 베네트 박사를 추도하며 촛불을 밝혔다. 그는 천재적인 사람이었지만 가톨릭에 대해서는 비이성적이라고 할 정도로 반감을 가지고 있었다. 나는 그의 허물을 덮어주고 싶었다. 어머니와 아버지 그리고 나를 위해서 그가 해준 일들을 생각하면, 최소한 그 정도의 성의는 보여야 할 것 같았다.

옥스퍼드로 돌아갔을 때는, 24시간 내내 해가 지지 않는 백야였다. 어느 날 이른 아침에, 나는 영국인 친구들의 손에 이끌려 유니브 어느 건물의 옥상으로 올라가 아름다운 옥스퍼드의 지평선을 보았다. 우리는 기운이 솟아올라 유니브의 주방을 기습해서 빵과 소시지, 토마토, 치즈를 훔친 다음 내 방으로 돌아와 맛있는 아침을 먹었다.

6월 24일, 빌 윌리엄스에게 작별인사를 하러 갔다. 그는 내게 행운을 빌어주며 내가 "지독하게 열정적이고 거만한 사람"이 될 것으로 기대한다고 말했다. 그날 밤에는 식당에서 탐 윌리엄슨과 그의 친구들과 함께 옥스퍼드 최후의 만찬을 들었다. 6월 25일, 나는 다시는 돌아오지 못할 거라고 생각하면서 옥스퍼드를 떠나 런던으로 가서 프랭크 홀트 판사 부부와 그의 딸 리다 홀트를 만났다. 우리 일행은 의회의 야간 세션에 참석했다. 판사 부부는 집으로 돌아가고, 나는 리다와 함께 친구들을 만나서 마지막 식사를 했다. 나는 데이비드 에드워즈의 집에서 서너 시간 자고 아침 일찍 일어나, 배웅하겠다고 따라나선 여섯 명의 친구들과 함께 공항으로 갔다. 언제 다시 만나게 될지 알 수 없었다. 나는 친구들과 포옹을 하고 나서 비행기를 향해 달려갔다.

16

오후 9시 45분에 뉴욕에 도착했다. 양쪽 공항에서 지연사고가 생겨서 예정보다 아홉 시간 늦게 도착한 셈이었다. 맨해튼에 도착했을 때는 이미 자정이 넘은 시간이라서, 아침 첫 비행기를 탈 때까지 밤을 새우기로 마음을 먹었다. 나는 마르타 색스터을 찾아갔다. 우리는 두 시간 동안 어퍼웨스트사이드에 있는 그녀의 집 현관 계단에 앉아 이야기를 나누고, 밤샘 영업을 하는 식당으로 갔다. 나는 그곳에서 몇 달 만에 처음으로 맛있는 햄버거를 먹었다. 그리고 두 명의 택시기사와 이야기를 나누고, E. H. 카의 『역사란 무엇인가』를 읽고, 이미 지나왔고 앞으로도 지나가야 할 한 해에 대해서 생각했다. 나는 가장 마음에 드는 송별 선물을 살펴보았다. 그것은 애니크 알렉시스가 준, '우정'과 '공감'이라는 제목의 프랑스 속담이 적혀 있는 작은 두 장의 카드였다. 탐 윌리엄슨을 따라 나온 알렉시스는 검은 피부를 가진 카리브해 출신의 아름다운 여성으로 파리에 살고 있었다. 이 카드는 애니크가 초등학생 때부터 8년 동안 소중하게 간직해 온 카드였다. 이 카드를 볼 때마다, 당시 다른 사람들과 주고받고, 공유하려고 애썼던 여러 가지 선물들에 대한 기억이 되살아난다. 나는 그것들을 액자에 넣어 지난 35년간 내 집에 걸어두고 있다.

식당에서 나와 택시 요금 20달러를 내고 아칸소의 집에 도착했고, 나는 일기 마지막 장에 이렇게 적어넣었다. "부자가 된 느낌이다. 행운도 많이 따라주었고, 친구도 많이 사귀었다. 작년 11월에 이 책에 일기를 쓰기 시작했을 때 가졌던 희망과 확신에 비해서, 지금 가진 희망과 확신은 훨씬 구체적이고 세심하게 정돈되어 있다." 미친 듯 살았던 세월 동안, 내 감정은 엘리베이터처럼 오르락내리락했다. 좋든 싫든 데니스 하일랜드는 봄에 내게 두 번째 일기장을 보내주었고, 나는 그 후의 일들을 거기다 써 넣기 시작했다.

6월 말에 집에 도착하니 입대보고 날짜까지는 한 달이 남아 있었다. 나는 이 기간 동안 여유를 가지고 다른 군대의 사정을 알아보았다. 주방위군이나 예비부대에는 빈자리가 없었다. 공군을 알아보았지만 시력 장애 때문에 조종사로서는 자격미달이었다. 나는 왼쪽 눈이 나쁜데, 어렸을 때 자주 툭 불거지곤 했다. 자라면서 거의 저절로 교정이 된 셈이지만, 아직도 초점이 한군데 모이지 않았다. 비행 중에 심각한 위험을 초래할 수도 있는 문제였다. 해군장교 프로그램에 지원하려고 신체검사를 받았는데, 역시 불합격이었다. 이번에는 청력이 나쁘다고 했다. 나로서는 한 번도 듣는 데 어려움을 겪은 적이 없었다. 그 뒤로도 멀쩡하던 내 귀는 10년 뒤, 정치계에 발을 들여놓은 뒤부터 가끔 군중들 틈에서 말하는 사람들의 말을 놓치거나 못 알아듣곤 했다. 남은 선택은 법대에 등록하고 아칸소 대학교의 예비역장교훈련단ROTC에 지원하는 방법밖에 없었다.

7월에 나는 페이트빌에 갔고, 두 시간 만에 법대와 ROTC 두 곳으로부터 입학 허가를 받을 수 있었다. ROTC 단장 유진 홈즈 대령은 내가 사병으로 복무하는 것보다 장교로 복무하는 것이 나라에 훨씬 이득이 될 거라면서 입단을 허락했다. 그의 부관인 클린트 존스 중령은 좀더 신중하고 회의적으로 나왔다. 하지만 워싱턴에서 알고 지내던 중령의 딸 이야기가 나오자 분위기는 부드러워졌다. ROTC에 입단하게 되면, 법대를 마치고 나서 현역으로 근무하게 될 터였다. 하지만 ROTC 수업을 받으려면 여름 캠프를 수료해야 하기 때문에, 다음 해 여름이 될 때까지는 공식적으로 ROTC에 입단할 자격이 없었다. 하지만 일단 입단지원서에 서명하면 병무청으로부터 징집일을 연기하고 1-D등급을 주게 될 터였다. 나는 마음이 혼란스러웠다. 베트남을 피해갈 수 있는 기회라는 건 알고 있었지만, "어차피 열흘 후에는 누군가 그 버스에 타야 할 것이고, 어쩌면 그게 바로 나일지도 모른다"는 생각이 들었기 때문이었다.

하지만 열흘 후, 나는 그 버스에 타지 않았다. 대신 나는 차를 몰고 이미 군복무 중인 조지타운 동기들인 탐 캠벨, 짐 무어, 키트 애쉬비를 만나기 위해 텍사스로 향하고 있었다. 텍사스에 다녀오는 길에는 정신을 바짝 차리고 미국에 재적응을 해야 했다. 휴스턴과 댈러스에는 대규모 신축 아파트 단지들이 빽빽이 들어서서 일정한 패턴도 없이 퍼져나가고 있었다. 그것이 미래의 물결이라는 생각은 들었지만 그곳에 가고 싶지는 않았다. 나는 자동차 범퍼에 붙인 스티커들과 사설 허가증 속에서 문화적 의미를 읽곤 했다. 가장 마음에 드는 스티커는 "예수님을 욕하지 마세요. 비록 지옥에 가게 되더라도"였고, 가장 마음에 드는 허가증은, 믿기지 않겠지만 영구차에 붙여진 자동차 번호판이었다. 그걸 읽은 사람들은 지옥이야 무서워하겠지만 죽음에 대해서는 웃어넘길 터였다.

나는 당시 웃고 있을 처지가 아니었다. 하지만 늘 죽음을 생각하고 있었고 그렇다고 그다지 불쾌하지도 않았다. 나는 내가 태어나기 전에 돌아가신 아버지 때문에 어렸을 때부터 죽음에 대한 생각을 하기 시작했다. 묘지를 보면 늘 관심이 끌려서 거기서 시간 보내기를 좋아했다. 텍사스에서 돌아오는 길에 나는 호프에 들려서 버디와 올리를 만나고 아버지와 할아버지, 할머니의 무덤을 돌아보았다. 묘석 주위의 잡초를 뽑고 있는데, 갑자기 그분들이 얼마 살지 못하고 돌아가셨다는 사실이 머리를 스쳤다. 아버지는 스물여덟 해, 파포는 쉰여덟 해, 마모는 예순여섯 해(핫스프링스에 계시는 의붓아버지는 쉰일곱 해)였다. 내 인생도 길지 않을 것 같았다. 나는 짧은 인생을 최대한 누리면서 살고 싶었다. 나의 죽음에 대한 태도는 존스 수녀에 대한 오래된 농담에 나오는 문구와 꼭 들어맞았다. 존스 수녀는 교회에 헌신적인 사람이었다. 어느 주일, 늘 재미없는 교회 목사가 열정적인 설교를 했다. 설교 마지막에 목사가 소리쳤다. "천국에 가고 싶으신 분들은 모두 일어서십시오." 청중들이 모두 일어났다. 하지만 존스 수녀는 일어나지 않았다. 목사는 기분이 좋지 않았다. "존스 수녀, 당신은 죽으면 천국에 가고 싶지 않소?" 목사가 물었다. 똑똑한 수녀는 벌떡 일어나면서 말했다. "물론 가고 싶어요. 목사님, 죄송합니다. 저는 목사님이 당장 한 차 실어 보내시려는 줄 알았지요!"

나는 여섯 주 동안 핫스프링스의 집에서 지냈다. 예상했던 것보다 재미있는 생활이었다. 제프는 핫스프링스 서쪽 스토리 지역의 작은 부지 위에 조립식 주택들을 짓고 있었다. 나는 일주일 동안 조립식 주택 하나를 맡아 일하는 예순일곱 살 된 노인을 도왔다. 노인은 날마다 나를 필요 이상으로 부려먹으면서 소박한 지혜와 촌사람다운 회의론을 내게 쏟아 부었다. 한 달 전에 아폴로 11호의 우주비행사 버즈 앨드린과 닐 암스트롱이 동료인 마이클 콜린스를 콜럼비아호에 남겨두고 달 위를 걸어다니는 역사적인 사건이 일어났다. 10년이 지나기 전에 사람을 달에 보내겠다는 케네디 대통령의 목표를 5개월이나 앞당긴 셈이었다. 노인은 정말 그런 일이 있었다고 생각하느냐고 물었다. 나는 텔레비전에서 보았으니까 확실하다고 말했다. 노인은 믿을 수 없다고 말했다. 그는 자신도 잠시 동안 '텔레비전 떨거지들' 이 사실이 아닌 일을 사실처럼 보이게 만들 수 있다는 사실을 잊을 뻔했다고 말했다. 당시 나는 그 노인이 엉뚱하다고 생각했다. 하지만 워싱턴에서 8년간 활동하는 동안, 텔레비전을 보다가 그 노인이 시대를 앞서갔던 사람이 아니었을까 생각하게 될 때가 많았다.

나는 고등학교 한 학년 선배이며 핫스프링스에서 일하고 있는 벳시 리더와 많은 시간을 함께 보냈다. 그녀는 똑똑하고 유쾌하고, 친절한 여성이었으며, 끊임없는 불안감에 시달리는 나의 마음을 재치 있게 달래주었다. 우리 두 사람은 고등학생들을 위해서 YMCA가 마련한 행사에 청년 대표 자격으로 참석해 달라는 요청을 받았다. 그곳에서 우리는 세 명의 고등학생과 자매결연을 맺었다. 그들의 이름은 제프 로젠스위그와 잰 디어크스, 그리고 글렌 메이혼이었다. 제프 로젠스위그는 나를 돌봤던 소아과의사의 아들이었는데, 정치에 관해 아는 것이 많은 아이였다. 잰 디어크스는 민권 문제에 관심이 많은 조용하고 똑똑한 여학생이었다. 그리고 글렌 메이혼은 논리정연한 흑인 학생으로, 커다란 아프로 머리를 하고 아프리카의 민족의상인 다시키(바지 밖으로 길게 늘어뜨려 입는 화려한 색상의 셔츠)를 즐겨 입으며 유행의 최첨단을 달리는 학생이었다. 우리는 이곳저곳 함께 어울려 다니면서 즐거운 시간을 보냈다.

그해 여름, 핫스프링스에서는 인종 문제와 관련된 사건이 두세 건 발생하면서 분위기가 긴장되어 있었다. 글렌과 나는 흑인과 백인 혼성 록밴드를 만들어 케이마트 주차장에서 무료 댄스파티를 열면 긴장된 분위기를 누그러뜨릴 수 있겠다는 데 합의를 보았다. 글렌은 노래를 하고 나는 색소폰 연주를 하기로 했다. 약속 날짜가 되자, 많은 사람들이 모여들었다. 우리는 평상 모양의 트럭 위에서 연주를 하고 군중들은 차도 위에서 춤을 추며 어우러졌다. 댄스파티는 약 한 시간 동안 무리 없이 진행되었다. 도중에 잘생긴 젊은 흑인 남성이 아리따운 금발의 여성에게 함께 춤을 추자고 청했다. 두 사람은 사이좋게 어울렸다. 그런데 너무 사이가 좋은 게 탈이었다. 백인 청년들이 두 사람이 어울리는 모습을 보고 시비를 걸면서 싸움이 시작되었다. 싸움은 차례차례 번져갔다. 댄스파티를 진행하던 우리가 사태 파악을 하기도 전에 파티는 난장판이 되었고, 경찰차가 출동했다. 인종 화해를 도모해 보려던 나의 첫 번째 시도는 이렇게 끝나고 말았다.

어느 날 대학을 갓 졸업하고 주의회 의원으로 당선된 맥 맥라티가 포드 자동차 영업사원 총회에 참석하기 위해서 핫스프링스에 왔다. 그는 이미 결혼을 하고 사업계와 정치계에 자리를 잡고 있었다. 나는 그를 만나고 싶었다. 나는 사고가 경직된 그의 동료들 앞에서 그에게 작은 장난을 쳐보기로 했다. 나는 총회 장소 인근의 상가에서 그와 만날 약속을 했다. 나는 그가 상상하지 못했을 모습으로 약속 장소에 나타났다. 나는 머리와 수염을 더부룩하게 기른 채로 세 사람을 데리고 갔다. 그 중 두 명은 영국 여성으로 버스를 이용해서 전국 여행을 하다가 잠시 핫스프링스에 들른 사람들이었는데, 두세 시간을 버스에서 시달리다 방금 내린 듯한 차림을 하고 갔다. 또 한 사람은 아프로 머리에 다시키를 입은 글렌 메이혼이었다. 우리는 방금 우드스탁 록 페스티벌에서 빠져나온 사람들 같은 행색을 하고 있었다. 맥은 친구 두 명과 함께 상가로 걸어오다가 우리의 모습을 보고 꽤나 가슴이 탔을 것이다. 하지만 그는 전혀 불안한 표정을 짓지 않고 태연하게 나를 보고 인사를 하더니 친구들에게 우리를 소개했다. 빳빳하게 다림질된 셔츠를 갖춰 입고 짧게 깎은 단정한 머리를 하고 있었지만, 그의 마음과 머리는 평화와 민권 운동에 공감하고 있었다. 그 일이 있은 후에도, 맥은 궂은 일 좋을 일을 가리지 않고 평생 나를 친한 친구로 대해주었으며, 나는 다시는 그를 곤경에 몰아넣지 않았다.

여름이 끝나가면서 ROTC에 입단하고 아칸소 법대에 진학하겠다는 결심이 더욱 흔들렸다. 밤이면 잠을 이룰 수가 없었다. 나는 여러 날 밤을 하얗고 긴 의자에 앉아서 밤을 지새웠다. 6년 전에 마틴 루터 킹의 "나에게는 꿈이 있습니다" 연설 장면을 지켜보았던, 그리고 책을 읽다가 몇 시간이고 꾸벅꾸벅 졸았던 바로 그 의자였다. 나는 ROTC에 늦게 등록을 했기 때문에 필수 코스인 여름 캠프에 가려면 다음 해 여름까지 기다려야 했다. 홈즈 대령은 옥스퍼드에 가서 1년 더 학교를 다녀도 된다고 말했다. 옥스퍼드에서 1년을 더 공부하고 와서 법대를 마치면, 실제로 군복무를 하게 되는 때는 3년이 아니라 4년 뒤가 될 터였다. 나는 그것이 과연 옳은 결정인지 혼란스러웠다.

마일스 목사의 동생과 이야기를 나누면서, 나의 머리는 더욱 복잡해졌다. 워렌 마일스는 열여덟 살 때 학교를 중퇴하고 해군에 입대하여 한국으로 갔다가, 그곳에서 부상을 입었다. 그는 본국으로 돌아와 헨드릭스 대학에 입학했고, 그곳에서 로즈 장학생이 되었다. 그는 안전한 생활을 유지하려 하지 말고 해군에 입대해서 베트남으로 가라고 권유했다. 베트남에 가면 무엇이든 배우게 될 것이라는 이야기였다. 그는 전쟁에 반대한다는 나의 주장은 들어보려고도 하지 않고, 아무리 그래도 실제적인 전쟁에는 전혀 영향을 미치지 못한다고 말했다. 전쟁이 존재하는 한 어지간한 사람들은 전쟁에 가서 경험하고 배우고 기억해야 한다는 주장이었다. 하지만 나는 이미 기억하고 있었다. 나에게는 외교관계위원회에서 일했던 기억과 미국 사람들이 전쟁에 대한 그릇된 인식을 가지고 있다는 것을 입증하는 여러 가지 증거들이 남아 있었다. 그리고 절대로 전쟁에 참여하지 말라는 버트 제프리의 편지도 기억 속에 남아 있었다. 정말 혼란스러웠다. 제2차 세계대전 참전용사의 아들로서, 그리고 존 웨인의 영화를 보며 자란 사람으로서, 나는 군에 복무하는 사람들을 늘 존경해왔다. 내가 가진 참전에 대한 혐오감의 뿌리가 확신에 있는지 아니면 비겁함에 있는지 찾아내기 위해서 나는 내 마음을 샅샅이 뒤졌다. 밑천이 다 떨어지고 나자, 혼자 힘으로는 이 문제에 대한 대답을 찾을 수 없을 것 같은 생각이 들었다.

9월 말경에, 나는 비행기를 타고 마서즈 비니어드로 갔다. 그곳에서는 진 매카시를 위해서 일했던 반전 활동가들의 재규합 모임이 열릴 예정이었다. 물론 나는 그 활동에 참여했던 사람이 아니었다. 하지만 릭 스티언스가 내게 참여를 권유했다. 릭은 이미 내가 참여하고 싶어 한다는 사실을 알고 있었고, 다른 사람들은 다른 남부 출신 사람이 필요했던 것 같다. 그곳에는 테일러 브랜치라는 또 한 명의 남부 출신이 있었다. 노스캐롤라이나 대학을 갓 졸업한 그는 조지아 흑인 유권자 등록 활동에도 참여했던 사람이었다. 테일러는 계속해서 언론계에서 부각을 나타냈다. 워터게이트로 알려진 존 딘과 농구 스타인 빌 러셀의 자서전 집필을 돕고, 마틴 루터 킹과 민권 운동에 관한 삼부작 중 첫 권으로 퓰리처상을 수상한 『바다를 가르며*Parting the Waters*』를 집필했다. 테일러와 나는 친구가 되었고 1972년의 텍사스 맥거번 선거운동에 함께 참여했다. 1993년에 우리는 거의 매달 한 번씩 만나 대통령 활동사를 구술했다. 그의 도움이 없었더라면, 나는 그 시절에 관한 기억을 상당히 많이 잊어버렸을 것이다.

그때 재규합 모임의 참석자 중에서 내가 계속 교류를 하게 된 사람은 릭과 테일러 외에도 네 명이 더 있었다. 샘 브라운, 데이비드 믹스너, 마이크 드라이버, 엘리 시걸, 이렇게 네 사람이었다. 샘 브라운은 반전 학생 운동의 뛰어난 지도자 중 한 사람으로, 후일 콜로라도 정치계에 뛰어들었다가 내가 대통령으로 재임하던 중에 유럽안보협력기구의 미국 담당으로 활약했다. 데이비드 믹스너는 열네 살 때 이주 노동자들을 조직하는 일에 뛰어들었던 사람으로 나중에 영국으로 나를 몇 번 찾아왔다. 그는 후일 캘리포니아로 이주해서 에이즈 관련 운동과 동성애자 권리 운동과 관련하여 적극적으로 활동했고, 1992년에는 내 활동을 지원해주었다. 마이크 드라이버는 이후 30

년 동안 절친한 친구가 되었다. 엘리 시걸은 맥거번 선거운동 때 함께 일했고, 클린턴-고어 선거운동의 주요 집행부가 되었다.

그때 만났던 사람들은 앞으로 1969년 초가을에는 전혀 상상하지 못했던 삶을 살고 있다. 당시 우리는 전쟁을 중단시키고 싶어서 모인 사람들이었다. 이 모임에서 대규모 항의 집회, 즉 베트남 모라토리엄을 진행할 계획이 세워졌다. 나는 계획 과정에서는 큰 도움을 주지 못했다. 당시 나의 주된 관심사는 병역 기피에 있었다. 내가 그 문제에 대처했던 방식을 생각하면 할수록 점점 마음이 불편했다. 마서즈 비니어드로 가기 직전에 나는 관할 병무청장인 빌 암스트롱에게 보내려고 편지를 썼다. ROTC에 입단하고 싶지 않으니 1-D 징병유예 조치를 철회하고 다시 징병 대상으로 복귀시켜 달라는 내용이었다. 스트로브 탤버트가 아칸소를 찾아왔을 때 나는 그 편지를 부쳐야 할지 의논했다. 결국 나는 편지를 부치지 않았다.

내가 마서즈 비니어드에 참석하기 위해 비행기를 타던 날, 지방 신문 전면 기사로 육군 중위 마이크 토머스가 베트남에서 전사했다는 소식이 실렸다. 그는 중학교 때 학생회장 선거에서 나를 이겼던 친구였다. 마이크의 부대는 기습 공격을 받았다. 그는 차에 깔린 부하를 구하기 위해 적군의 사정거리 안으로 되돌아갔다가 부하와 함께 박격포 사격을 당해 죽고 말았다. 육군은 은성훈장, 청동성 훈장, 명예 상이 훈장을 수여했다. 그 당시 베트남에서 목숨을 잃은 미국인의 수는 3만 9,000명이었고, 그 후에도 1만 9,000명의 사상자가 발생했다.

9월 25일과 26일의 일기에는 이렇게 씌어 있다. "데이비드 할버스트램의 『로버트 케네디의 끝나지 않은 오디세이 *The Unfinished Odyssey of Robert Kennedy*』를 읽으면서 나는 징병유예를 받아들일 수 없다는 것을 다시금 깨달았다…… 나는 ROTC에 입단할 수 없다." 그리고 나서 며칠 후, 나는 제프 드와이어에게 전화를 걸어 징병 대상으로 복귀하겠다고 말하고 빌 암스트롱에게 이 사실을 알려달라고 부탁했다. 10월 30일, 병무청은 나를 1-A로 다시 복귀시켰다. 10월 1일, 닉슨 대통령은 대학원생들이 남은 학기가 아니라, 남은 학년을 마칠 수 있도록 선택적인 군복무 시스템 정책을 개정하라고 지시했다. 그렇게 되면 나는 이듬해 7월까지는 소집대상이 되지 않을 터였다. 제프에게 병무청에 이야기를 해달라고 부탁한 것이, 대학원생의 징병 유예가 남은 학년을 마칠 때까지로 연장되었다는 사실을 알기 전의 일인지, 후의 일인지는 기억이 나지 않는다. 일기장에도 그런 기록은 없다. 내가 기억하는 것은 옥스퍼드에서 더 공부할 수 있고, 병역으로 인한 고민이 해결되었다는 것 때문에 마음을 놓았다는 것뿐이다. 나는 옥스퍼드 유학을 끝내고 나서 징병 소집 대상이 될 것이라는 사실에 만족하고 있었다.

나는 제프에게 홈즈 대령에게 이야기를 전해 달라고 부탁했다. 나는 대령에게 은혜를 입은 처지라고 생각하고 있었다. 그는 내가 7월 28일에 입대하지 않도록 도와준 사람이었다. 내가 다시 1-A등급으로 복귀한 상황이지만, 그가 만일 다음 해 여름 캠프 때부터 ROTC에 입단하겠다는 나의 약속을 믿고 있다면, 나는 그 약속을 지켜야 한다고 생각하고 있었다. 제프는 대령이 나의 결정을 받아들였다고 전해주면서도 내가 실수를 하고 있는 거라고 생각하고 있었다.

12월 1일, 닉슨 대통령이 닷새 전에 서명한 법안에 따라, 미국은 징병 추첨제를 시행했다. 이 제도는 그해에 군복무 연령이 된 사람들의 생일을 무작위로 추첨하여 군복무 순서를 정하는 제도였다. 자신의 생일에 매겨진 순서가 입대 순서가 되는 셈이었다. 내 생일인 8월 19일은 311번이 되었다. 번호는 높았지만 몇 달 뒤 입대 대상이 될 가능성이 있었다. 1970년 3월 21일, 나는 리 윌리엄스에게서 편지를 받았다. 자신이 아칸소 선택적인 군복무 시스템의 책임자인 레프티 호킨스 대령과 이야기를 나누었는데, 그 사람 말이 군복무 연령이 된 사람들은 모두 소집이 될 것 같다고 했다는 내용이었다.

나는 높은 징집 번호를 받은 후, 제프에게 다시 전화를 걸어 홈즈 대령에게 일이 이렇게 될 줄 알고 징병 대상으로 복귀한 것은 아니며, 지금도 늦지 않으니 나를 ROTC 복무로 불러도 괜찮다고 전해 달라고 했다. 12월 3일에 나는 홈즈 대령에게 편지를 썼다. 작년 여름에 징병대상에서 제외해준 것에 대해 감사하게 생각하고 있다는 것, 그리고 대령을 굉장히 존경한다는 것, 만약 대령이 내가 가진 정치적인 신념과 활동에 대해서 좀더 알았다면 나를 신임하지 않았을 것 같다는 것이 주된 내용이었다. "그랬다면 대령님은 내가 ROTC보다는 일반 사병으로 복무하는 것이 더 합당할 거라고 생각하셨을지도 모릅니다." 외교관계위원회에서 했던 활동에 대해서도 썼다. "당시에는 대부분의 사람들이 베트남에 대해서 알고 있던 정보의 양은 내가 알고 있었던 정보의 양보다 훨씬 적었습니다." 그리고 지난 여름 아칸소를 떠난 후에 워싱턴과 영국에서 베트남 모라토리엄 활동을 했다는 이야기도 썼다. 조지타운 대학에서 징병 문제에 대해 공부하면서 징병이 정당화되는 경우는 제2차 세계대전과 같이 국가와 국민의 생활이 위기에 처하게 되는 경우뿐이라는 결론을 내렸으며, 양심적 병역거부자들과 징병기피자들의 심정에 공감하고 있다는 사실을 밝혔다. 나는 프랭크 앨러 이야기도 썼다. "그는 내가 아는 사람들 중에서 가장 용감하고 훌륭한 사람 중 한 명입니다. 국가는 이런 사람들을 필요로 합니다. 그들은 자신들이 생각하는 것보다 훨씬 더 중요한 존재입니다. 이 사람을 범죄인으로 간주하는 것은 부끄러운 일입니다." 나는 예전에 병역기피를 할 생각을 한 적도 있으며, "이런 신조에도 불구하고 징병을 받아들인 이유는 단 한 가지, 나의 정치 생명을 시스템 안에서 유지하기 위해서"라고 밝혔다. 또한 나는 ROTC에 지원을 한 이유는 그것이 "적극적인 방법은 아니지만, 베트남과 병역기피 양쪽 모두를 피해갈 수 있는" 유일한 길이었기 때문이라는 점도 시인했다. 나는 대령에게 "ROTC 지원서에 서명을 하고 나서, 징병도 받아들이기 싫지만, 나의 타협적인 행동도 받아들일 수 없다는 생각을 하기 시작했습니다. 나는 ROTC 프로그램 자체에는 아무런 관심이 없으며, 내가 했던 모든 행위들은 자신을 신체적인 위해로부터 보호하기 위한 것이었습니다…… 대령님과 내가 의논을 하고 대령님이 1-D 징병유예 서류를 병무청에 보낸 후에, 저는 자존심과 자신감에 상처를 입고 대단히 고민했다"는 사실도 고백했다. 9월 12일에 병무청에 징병 대상으로 복귀시켜 달라는 편지를 써놓고 보내지 않았다는 이야기도 썼다. 하지만 제프 드와이어에게 1-A로 복귀할 수 있게 해달라고 부탁했던 이야기나 관할 병무청이 10월 회의에서 복귀결정을 내렸다는 이야기는 쓰지 않았다. 그 이야기는 이미 제프를 통해서 알고 있으리라 생각했기 때문이었다. "제가 이런 이야기를 하는 것은, 대령님을 비롯한 많은 훌륭한 분들이 여러 해, 혹은 평생을 바쳐 최선을 다해서 군복무에 임하고 있지만, 한편으로는 얼마나 많은 선량한 사람들이 나라를 사랑하면서도 군복무를 혐오하고 있는지를, 대령님이 이해하셨으면 하는 마음 때문입니다." 전쟁에 대해서 심한 고민과 갈등을 하고 있는 젊은이의 한 사람으로서 나는 이런 생각을 품고 있었다. 그렇지만 홈즈 대령이 부른다면, 반드시 ROTC에 입단해야 한다는 나의 생각에는 변함이 없었다. 대령이 내 편지에 대해 아무런 대응도 하지 않았기 때문에, 나는 몇 달 동안 대령의 생각을 모른 채 지내고 있었다.

1970년 3월, 리 윌리엄스로부터 군복무 연령이 된 모든 사람들이 소집될 것 같다는 이야기를 들었던 바로 그 즈음에, 나는 가족들이 보낸 두 개의 녹음테이프를 받았다. 데이비드 에드워즈가 핫스프링스의 가족들을 찾아갔을 때 녹음한 내용이었다. 첫 번째 테이프에는 당구대 근처에서 나누는 편안한 대화가 녹음되어 있고, 마지막에는 로저가 내게 들려준다면서 연주한 색소폰 연주와 독일산 셰퍼드 킹이 컹컹 짖는 소리가 녹음되어 있었다. 두 번째 테이프는 어머니와 제프가 녹음한 개인적인 이야기였다. 어머니는 "사랑한다, 얘야. 그리고 좀 쉬렴"이라고 말씀하셨고, 제프는 가족의 근황에 대해 알려준 다음 이렇게 말했다.

> 나는 며칠 전에 대령에게 전화를 걸고 그를 잠시 만나보았다. 대령은 네가 잘 지내기를 바란다고 하면서 이곳에 오게 되면 들러서 인사나 하고 가라고 하더라. 그가 관계하고 있는 한 ROTC 프로그램에 관한 일은 걱정할 필요가 없겠더구나. 대령은 미국 젊은이들의 일반적인 상황에 대해서 사람들이 생각하는 것보다 훨씬 많이 이해하고 있었다.

1970년 3월 둘째 주가 되어서야, 나는 내가 ROTC 복무에서 자유롭다는 것을 알게 되었다. 하지만 아직도 징병에서 자유로운 것은 아니었다.

나중에 밝혀진 사실이지만, 리 윌리엄스의 생각은 들어맞지 않았다. 전쟁의 축소정책으로 인하여 새로운 병력을 투입할 필요성이 줄어들었고, 요점만 말하자면 내 추첨번호는 소집되지 않았다. 나는 내 세대의 수많은 사람들의 목숨을 앗아간 위험에서 달아나는 것에 대해 기분이 좋지 않았다. 내게 미래를 주장할 정당한 자격이 있듯이 목숨을 빼앗긴 그들에게도 미래를 주장할 정당한 자격이 있었다. 오랜 세월이 지나- 주지사로서 아칸소 주 방위군을 통할하고 있을 때, 그리고 대통령이 되고 나서는 더욱더 미국 군대의 사정에 대해서 아는 것이 많아질수록, 나는 젊었을 때 베트남에 대한 생각을 바꾸지 않은 채라도 군복무를 했더라면 하는 생각을 많이 하게 되었다.

만일 조지타운 대학에 가지 않고 외교관계위원회에서 활동하지 않았다면, 나는 군복무에 관해서 다른 결정을 내렸을지도 모른다. 베트남전쟁 동안, 합법적 수단으로 군복무를 면제받은 사람들은 1,600만 명, 병적에 오른 사람은 870만 명, 군복무를 한 사람은 220만 명, 징집기피자나 거부자로 추정되는 사람은 20만 9,000명으로 그 중에 8,750명이 유죄선고를 받았다.

베트남에 갈 뻔했다가 가지 않은 사람들도 베트남으로 인해 많은 영향을 받게 마련이다. 그곳에서 친구를 잃은 사람들은 더욱 그렇다. 나는 베트남에 가지 않고 공직 생활에 들어온 사람들이 군대 문제와 정치적 이견을 어떻게 다루느냐 하는 것을 늘 관심을 가지고 지켜보았다. 그 중에는 자신은 개인 사정 때문에 군복무를 못 한 것뿐이라면서 전쟁에 반대하는 사람들을 비난해대는 초강경파와 열성적인 애국자도 있었다. 2002년, 베트남 문제가 미국인들의 마음속에서 어느 정도 물러났을 때의 일이었다. 조지아 주의 하원의원 색스비 챔블리스가 상원의원 맥스 클리랜드를 미국의 안보 문제에 관한 애국심과 열의가 의심스럽다면서 깔아뭉갠 적이 있었다. 실제로 색스비 챔블리스는 베트남전쟁 시기에 징병유예를 받았던 사람이고 맥스 클리랜드는 베트남전에서 손발 세 군데를 잃은 사람이었다.

베트남전에 참여하지 않은 초강경파들이 이렇게 완고하게 행동하는 동안, 베트남과의 관계를 정상화하려는 미국의 노력을 이끌어온 것은 베트남에서 수훈을 세웠던 의원들이었다.

척 랍, 존 맥케인, 존 케리, 밥 케리, 척 헤겔, 피트 피터슨, 이들은 험한 일을 떠안았던 사람들이었기 때문에 숨기고 입증하고 할 것이 없는 사람들이었다.

나는 예상하지 못했던 2년차 유학 생활을 하기 위해 10월 초에 옥스퍼드로 돌아갔다. 그때의 생활 조건은 아칸소에서 지낼 때만큼이나 복잡했다. 당장 묵을 장소가 없었다. 여름이 끝날 무렵까지 옥스퍼드로 돌아가리라고 생각하지 못했고, 대학 내 숙소 제공은 1년차 유학생들에게만 허용되고 있었기 때문이었다. 나는 이삼 주 동안 릭 스티언스와 함께 살았다. 그 기간 동안, 우리 두 사람은 미국에서 진행되는 주요 행사를 지원하기 위해서 10월 15일 런던의 미국대사관에서 열리는 베트남 모라토리엄 행사를 준비했다. 나는 런던 정치경제 대학에서 열리는 반전 토론회를 조직하는 일도 도왔다.

결국 나는 남은 유학 기간 동안 지낼 집을 찾았다. 나는 스트로브 탤버트와 프랭크 앨러와 함께 레크포드 로드 46번지에 자리를 잡았다. 그들 두 사람과 함께 살려고 했던 사람이 계획을 바꾸는 바람에, 집 임대료를 감당해줄 사람으로 내가 뽑혔던 것이다. 당시 임대료는 월 65파운드, 당시 환율이 파운드당 2달러 40센트였으니 달러로 치면 86달러가 조금 넘었다. 아주 낡은 집이었지만 우리에게는 안성맞춤이었다. 1층에는 작은 응접실과 내가 쓰는 침실, 부엌과 욕실이 있었는데, 집 안에 들어서면 제일 먼저 욕실이 보였다. 유리로 된 욕실 문에는 프리 라파엘로 스타일의 여자초상이 그려진 얇은 종이가 덮여 있어서, 멀리서 보면 마치 스테인드 글래스처럼 보였다. 그것이 집 안에서 가장 근사한 곳이었다. 스트로브와 프랭크의 침실과 작업실은 2층과 3층에 있었다. 집 뒤에는 비죽비죽하니 담장이 둘러진 좁은 마당이 있었다.

나는 사정이 달랐지만, 스트로브와 프랭크는 당시 중요한 작업을 하고 있었다. 프랭크는 중국 내전 시기의 대장정에 관한 논문을 쓰고 있었다. 프랭크는 에드가 스노를 만나기 위해 스위스까지 다녀왔다. 에드가 스노는 예난에서 마오쩌둥 및 혁명가들과 함께 지내면서 겪었던 특이한 경험을 연대순으로 기록한 유명한 『중국의 붉은 별*Red Star Over China*』의 저자였다. 프랭크는 스노에게서 출간되지 않은 노트를 받아왔다. 프랭크는 훌륭한 학술논문을 완성하게 될 것이 확실했다.

스트로브는 훨씬 더 큰 일을 진행하고 있었다. 그것은 바로 니키타 흐루시초프의 회고록이었다. 흐루시초프는 미국에서 케네디와 닉슨과 대치했던 것으로 잘 알려져 있는 인물이었는데, 냉전체제가 무너진 뒤에는 개혁론자로 변신한 신비로운 인물이었다. 그는 아름다운 모스크바 지하철을 건축하고 스탈린의 무자비한 월권 행위를 공개적으로 비판했다. 극좌 정통수구세력이 그를 권력에서 밀어내고 브레즈네프와 코시긴을 세우자, 흐루시초프는 비밀리에 자신의 회고록을 테이프에 녹음하여 「타임」지의 모스크바 지국장인 제리 슈엑터에게 보냈다. 스트로브는 러시아어에 능통했기 때문에 지난여름에 「타임」 모스크바 지국을 위해서 일한 적이 있었다. 그는 코펜하겐으로 날아가서 슈엑터를 만나서 그 테이프를 받아왔다. 그는 옥스퍼드로 돌아오자, 흐루시초프의 구술을 러시아어로 타이프하는 일부터 번역하고 편집하는 일까지, 엄청나게 고된 일을 시작했다.

스트로브와 프랭크가 일을 시작하면 아침식사 준비는 거의 내 몫이었다. 나는 즉석요리에 재주가 있었다. 나는 "클린턴 여사의 시골 밥상"을 대접하고 그들의 진척상황을 듣고 했다. 스트로브에게서 흐루시초프가 털어놓는 크렘린의 음모 이야기를 듣는 것은 정말 흥미진진했다. 스트로브의 역작 『흐루시초프의 기억*Khrushchev Remembers*』은 서구 세계가 소련 내부 사정과 긴장 관계를 이해할 수 있도록 해주었으며, 언젠가는 소련이 내부개혁을 통해서 자유와 개방을 얻게 되리라는 희망을 품게 해주었다.

11월 15일, 두 번째로 개최된 대규모 모라토리엄에는 5,000명이 넘는 군중이 참여하여 미국 대사관 앞의 그로스베너 광장을 행진했다. 모라토리엄에는 조지타운 대학교의 교수단으로 활동하고 있는 예수회 신부 리처드 맥소리가 참여했다. 그는 오랫동안 평화운동에서 적극적인 활약을 펼쳐온 사람이었다. 그는 군목으로 제2차 세계대전에 참전하여 바타안 죽음의 행진을 겪고 살아 돌아와 로버트 케네디와 그의 가족과 절친한 사이가 되었다. 반전시위가 끝난 후, 시위대는 대사관 인근의 성 마가 교회에서 예배를 드렸다. 맥소리 신부는 성 프란체스코 아시시의 평화의 기도를 암송했다. 릭 스티언스는 존 던의 유명한 시구를 낭독했다. "누구를 위하여 종이 울리는지 알려 하지 마십시오. 그것은 당신을 위해 울리는 종입니다."

추수감사절이 지난 뒤에, 탐 윌리엄슨과 나는 비행기를 타고 더블린으로 가서 가끔씩 만나던 힐러리 하트와 마르타 색스턴을 만났다. 30년 뒤에 마르타는 내가 자신을 보고 내가 감당하기에도 너무 슬픈 여인이라고 말했다는 사실을 일깨워주었다. 당시 나는 베트남 문제로 심각하게 고민하고 있었기에, 그녀는 물론 어떤 여성이 감당하기에는 너무 슬픈 남성이었다. 하지만 그런 슬픔에 빠져서도 아일랜드가 너무나 좋았고, 그곳이 고향처럼 편안하게 느껴졌다. 일주일 만에 그곳을 떠나려니 발길이 떨어지질 않았다.

12월 6일 토요일에, 나는 런던의 데이비드 에드워즈의 아파트에서 일생일대의 아칸소 대 텍사스의 미식축구경기를 기대하고 있었다. 두 팀 모두 무패 기록을 올리고 있었다. 전국 여론조사에서 텍사스는 1위, 아칸소는 2위를 달리고 있었다. 두 팀은 대학축구 100주년이 되는 그해 정기 시즌 마지막 경기의 우승을 놓고 싸우고 있었다. 나는 단파 라디오를 빌렸다. 라디오 가격은 그리 비싸지 않았지만 50파운드라는 금액은 나로서는 큰돈이었다. 데이비드는 맛있는 칠리 요리를 큰 냄비에 준비했다. 친구들은 축구경기를 보며 환호하기도 하고 야유하기도 하는 우리 두 사람의 모습을 보며 이성을 잃었다고 생각했다. 하지만 그 경기는 세기의 경기로 알려진 흥미진진한 경기였다. 몇 시간 동안 우리는 경기에 완전히 몰입하고 있었다.

그 경기가 가진 문화적 정치적인 의미는 테리 프라이의 『함성과 질주, 그리고 닉슨의 출현*Horns, Hogs, and Nixon*』이라는 책에 멋지게 기록되어 있다. 프라이는 그 책에 "텍사스 대 아칸소, 남부의 마지막 결전"이라는 부제를 붙여놓았는데, 그 경기가 양 팀 모두 백인 일색으로 진행되는 마지막 주요 스포츠 경기였기 때문이었다.

경기가 열리기 며칠 전에, 백안관은 열광적인 축구 팬인 닉슨 대통령이 경기를 관람하고 우승팀에 트로피를 수여한다고 발표했다. 9명의 의원들도 함께 참석했는데, 그 중에는 풀브라이트 상원의원과 젊은 조지 H. W. 부시 텍사스 주 하원의원도 있었다. 베트남 문제에 관한 닉슨의 숙적인 풀브라이트 상원의원은 40년 전에 레이저백에서 축구선수로 활약했던 경력을 가지고 있었다. 백악관 고문인 헨리 키신저, H. R. 헬드만, 그리고 홍보 비서 지글러도 경기를 관람했다.

아칸소의 킥오프로 경기를 시작했다. 텍사스는 처음 공격권을 차지하기까지 서투르게 뛰었다. 아칸소는 1분 30초도 못 돼서 득점을 올렸다. 아칸소가 7 대 0으로 우세한 상태에서 전반전이 끝났을 때, 마이크가 닉슨 대통령에게 넘겨졌다. 그는 "후반전에 두 팀 다 득점을 올릴 거라고 생각합니다. 텍사스는 인적 자원이 우세합니다. 벤치에 앉은 후보선수들이 많다는 겁니다. 텍사스가 마지막 쿼터에서 이기느냐가 관건입니다. 제 생각은 그럴 것 같습니다." 아칸소가 14 대 0으로 우세한 상황에서 마지막 쿼터가 시작되었다. 첫 공격에서 텍사스의 쿼터백 제임스 스트리트가 엄청난 기세로 달려 42야드 터치다운을 기록했다. 텍사스는 계속해서 2점 컨버전을 시도하고 득점을 기록했고, 양 팀의 득점은 14 대 8이 되었다. 다음 공격권을 얻은 아칸소는 텍사스 일곱 명을 물리치고 터치다운에 성공했다. 전국 최고의 골킥 선수를 보유한 아칸소가 필드골을 성공시키면서 17 대 8이 되어 텍사스는 두 배의 득점을 올려야 우승하게 될 판이었다. 그러나 전진 플레이 판정이 내려졌다. 아칸소의 패스는 약간 짧게 떨어져서 공을 빼앗기고 말았다. 경기 종료 5분 전에 텍사스는 네 차례의 다운과 3야드를 전진하여 43야드 라인 진입에 성공했다. 텍사스의 쿼터백은 아칸소의 35야드 라인에 있던 리시버에게 기적적인 패스를 성공시켰다. 이어서 두 차례의 공격에 성공한 텍사스는 15 대 14로 우위를 점하게 되었다. 아칸소는 마지막 공격에서 유능한 테일백인 빌 버네트에게 단거리 패스를 시도하다가 공을 놓치고 말았다. 그날 공을 몰고 가며 대활약을 펼쳤던 빌 버네트는 유진 홈즈 대령의 사위가 될 사람이었다. 손에 땀을 쥐게 하는 접전 끝에, 텍사스는 아칸소의 패스를 가로채서, 경기 종료까지 1분 22초 동안 볼을 놓치지 않았고, 결국 15 대 14로 텍사스가 승리했다.

멋진 게임이었다. 텍사스의 선수들조차 막상막하의 경기였다고 말할 정도였다. 하지만 나는 입맛이 썼다. 마지막 쿼터에 텍사스가 이길 거라는 닉슨 대통령의 예언이 맞아떨어졌기 때문이었다. 그 후에도 오랫동안, 이 사건으로 인해서 나는 닉슨 대통령에 대해서 워터게이트 사건으로 인한 것만큼이나 큰 반감을 갖게 되었던 것 같다.

열광적인 미국의 스포츠 문화에서 자란 사람이라면, 데이비드 에드워즈와 내가 어렵게 단파 라디오를 빌어다 축구경기 중계를 들었다는 이야기에 놀라지 않을 것이다. 레이저백 축구팀은 아칸소 사람들이 가진 자부심의 꽃이었다. 어렸을 때 집에 텔레비전을 들여놓기 전에, 나는 라디오로 모든 경기를 빠짐없이 들었다. 고등학교 때는 경기장에 들어갈 목적으로 레이저백 밴드의 악기를 날랐다. 조지타운 시절에는 텔레비전으로 중계되는 레이저백 경기를 하나도 놓치지 않고 보았다. 미국으로 돌아와 법학 교수로 일할 때나, 변호사로 일할 때나, 주지사로 일할 때나, 나는 레이저백 경기는 거의 다 보았다. 에디 서튼이 농구 코치가 되고, 그의 아내 패시가 1980년의 내 선거운동에서 적극적으로 활약하게 되었을 때부터는 모든 농구경기를 가능하면 직접 가서 보았다. 1994년 놀란 리처드슨이 코치로 활약하는 아칸소 팀이 듀크를 꺾고 미국대학체육협회NCAA에서 우승했을 때도 나는 경기장에 있었다.

내가 보았던 멋진 축구경기들 중에서 유독 나의 정치활동에 유일하게 영향을 미친 것은 바로 그 세기의 경기였다. 당시 반전시위대들은 텔레비전에 보이지는 않았지만, 그들 역시 경기장 근처에 있었다. 시위대 중 한 사람이 경기장이 내려다보이는 언덕 위 나무에 올라가 앉아 있었다. 다음 날, 아칸소의 일간지에는 그 사람의 사진이 실렸다. 5년 뒤인 1974년, 내가 처음으로 하원 선거에 당선되기 직전의 일이었다. 경쟁후보의 선거운동원들이 관할구역 내에 있는 모든 신문사에 전화를 걸어 "아칸소-텍사스 경기 때 나무 위에서 닉슨 반대 시위를 하고 있는 빌 클린턴의 사진"을 가지고 있지 않느냐고 물었다. 소문은 들불처럼 퍼져나갔고, 나는 상당히 많은 표를 잃었다. 1978년, 최초로 주지사 선거에 출마했을 때, 남부 아칸소의 주방위군 한 사람이 "그날 클린턴을 나무에서 끌어내린" 게 바로 자기라고 주장했다. 주지사 임기 첫해이자 그 경기가 있은 지 10년 뒤인 1979년에는 이런 일이 있었다. 나는 페이트빌에서 차로 한 시간 거리에 있는 베리벨의 고등학교 집회에서 학생들의 질문을 받고 있었다. 한 학생이 그때 정말로 나무 위에 있었느냐고 물었다. 내가 그런 이야기를 들은 적이 있는 사람이 또 있느냐고 묻자, 학생들 절반과 선생님들 4분의 3이 손을 들었다. 그 경기가 있은 지 14년 뒤인 1983년에도 비슷한 일이 있었다. 나는 파이어트빌 북쪽 작은 마을인 톤티타운에 가서 포도 축제의 여왕에게 왕관을 수여했다. 수여식이 끝나고 나서, 열여섯 살 난 여학생이 나를 보고 "그때 정말로 벌거벗은 채로 나무에 올라가서 닉슨 대통령과 전쟁에 반대하는 시위를 하셨나요?" 하고 물었다. 내가 아니라고 하자, 그 학생은 "쳇, 그게 내가 당신을 지지하는 유일한 이유였다고요!"라고 대꾸했다. 내가 발가벗고 있었다는 수준으로까지 소문이 무르익었지만, 벌레들은 여전히 그 소문을 파먹고 있는 모양이었다. 그 일이 있고 나서 얼마 뒤에, 페이트빌의 진보적인 주간지 「그레이프바인 The Grapevine」이 마침내 실제의 인물에 관한 이야기를 나무에 앉아 시위하는 사진과 함께 실음으로써 그 해묵은 허튼소리는 영원히 잠들게 되었다. 그런데 그 기사를 쓴 사람은 "클린턴 주지사는 젊었을 때, 지나친 '왕자 과' 였기 때문에 그런 대담한 일을 할 리가 없다"는 말을 덧붙이고 있었다.

그 경기 덕분에 나는 좋아했던 스포츠를 즐길 수 있었고, 고국에 대한 친밀감을 느낄 수 있었다. 나는 당시 토머스 울프의 『그대 다시는 고향에 가지 못 하리 *You Can't Go Home Again*』를 읽고 있었는데, 실제로 그런 일이 일어날까 봐 걱정스러운 일을 계획하고 있었다. 한 곳도 아니고 여러 곳으로, 그 어느 때보다 먼 여행을 할 계획을 세우고 있었다.

긴 겨울 방학이 계속되고 있던 12월 첫 주 주말에, 나는 40일간의 여행을 시작했다. 암스테르담에서부터 스칸디나비아 국가를 거쳐 러시아까지 갔다가, 프라하와 뮌헨을 거쳐 옥스퍼드로 돌아올 계획이었다. 그것은 내 일생에서 가장 긴 여행이었는데, 그 뒤에도 그렇게 긴 여행을 해본 적이 없었다.

암스테르담에 갈 때는 예술가 친구 아미에 고티에와 동행했다. 암스테르담 거리는 크리스마스 전등으로 뒤덮여 있고, 근사한 가게들이 즐비했다. 그 유명한 홍등가에는 법적 허가를 받은 매춘 여성들이 쇼윈도 뒤에 앉아 있었다. 아미에는 농담조로 저기 한번 들어가보지 않겠냐고 물었고, 나는 완강히 거절했다.

우리는 주요한 성당들을 둘러보고, 시립미술관에서 반 고흐의 작품을 보고, 국립미술관에서 베르메르와 렘브란트의 작품을 보았다. 폐관시간이 되어 우리는 그 근사한 곳을 떠나야 했다. 코트를 가지러 휴대품 보관소에 갔는데, 그곳에는 코트를 가지러 온 사람이 하나 더 있었다. 돌아서는데 보니, 루돌프 누레예프(소련에서 출생하여 파리로 망명하여 활동한 발레리나—옮긴이 주)였다. 우리는 몇 마디 말을 나누었고, 그가 차나 한잔하러 가자고 했다. 나는 그가 진심으로 원해서 청하는 거라고 생각했다. 그런데 현관 밖에는 잘생긴 젊은 남자가 얼굴을 찡그린 채 불안하게 서성대고 있었다. 누레예프를 기다리는 게 분명했다. 결국 나는 기회를 놓쳤다. 몇 년 후 주지사로 활동하고 있을 때, 나는 대만의 타이페이에서 같은 호텔에 묵고 있는 누레예프를 만났다. 우리는 각자 볼일을 마치고 나서 어느 날 밤늦은 시간에 함께 차 한잔을 마셨다. 그런데 그는 처음 만났을 때의 일을 전혀 기억하지 못했다.

암스테르담에서 나는 아미에와 헤어졌다. 아미에는 집으로 돌아가고 나는 코펜하겐, 오슬로, 스톡홀름을 경유하는 기차를 탔다. 인적이 드문 노르웨이와 스웨덴의 국경에서 나는 하마터면 기차에서 내쫓길 뻔했다.

작은 철도역에서 승무원이 젊은 사람들의 짐을 뒤지며 마약을 찾았다. 그들은 내 가방에서 콘택 알약을 찾아냈다. 모스크바에 있는 친구에게 주려고 가져온 것이었다. 콘택은 출시된 지 얼마 되지 않은 약이었고, 무슨 이유에선지 스웨덴 정부의 허용약품 목록에 들어 있지 않았다. 나는 그 약은 감기약이고, 미국에서는 약국에 가면 구할 수 있고, 중독성이 없는 거라고 설명했다. 승무원은 콘택 알약을 압수했고, 나는 마약운송이라는 죄를 뒤집어쓰고 눈 덮인 적막강산에 던져지는 신세를 간신히 면할 수 있었다. 만일 그곳에서 강제하차를 당했다면 나는 신기한 얼음동상이 되어 봄이 올 때까지 썩지 않고 보존되었을 것이다.

스톡홀름에서 며칠을 보낸 뒤, 헬싱키로 가는 심야 여객선을 탔다. 늦은 밤 식당에 앉아 책을 읽으며 커피를 마시고 있는데, 바에서 싸움이 벌어졌다. 만취한 두 남자가 한 여자를 놓고 싸움을 하기 시작했다. 두 사람 다 곤드레가 되어 자기 몸을 방어하지도 못하고 간신히 상대방에게 주먹을 날리고 있었다. 얼마 지나지 않아 둘 다 피범벅이 되었다. 그 중 한 사람은 승무원이었는데, 두세 명의 동료들은 옆에서 가만히 지켜만 보고 있었다. 나는 더 이상 참을 수가 없어서 자리에서 일어나서 그들을 향해 걸어갔다. 두 사람이 심각한 부상을 입기 전에 싸움을 말릴 작정이었다. 내가 그들로부터 3미터쯤 앞에 다다르자, 지켜보던 승무원 중 하나가 앞을 막아서며 "저 싸움 말릴 생각하지 마시오. 말리려고 했다간 둘 다 당신한테 덤벼들 거요. 그리고 우리도 거들 거고." 내가 왜 그러느냐고 묻자, 그는 씩 웃더니 "우리는 핀란드 사람이거든" 하고 대꾸했다. 나는 어깨를 으쓱하고는 돌아서서 책을 들고 잠자리로 향했다. 문화적 차이에 대해서 또 한 가지 배운 셈이었다. 하지만 내가 장담하지만, 두 사람 중 어느 누구도 그 여자를 차지하지 못했을 것이다.

나는 작은 호텔에 짐을 풀고 나서 조지타운 동기인 리처드 셔로우와 함께 헬싱키를 둘러보았다. 그는 아버지가 그곳 미국대사관에서 대사대리로 근무하고 있는 친구였다.

집을 떠난 곳에서 크리스마스를 보내기는 처음이었다. 나는 크리스마스에 헬싱키만을 거닐었다. 얼음이 두껍게 얼어 있고, 얼음 위에는 눈이 잔뜩 쌓여 있어서 걸을 만했다. 아름다운 자연을 둘러보던 나는 해안에서 약간 떨어진 곳에, 작은 나무 집이 한 채 서 있고 몇 발자국 떨어진 곳에 커다란 얼음 구멍이 나 있는 것을 발견했다. 그 집은 사우나였다. 이윽고 한 사람이 수영복 차림으로 나오더니 얼음 구멍으로 달려가서 차디찬 물 속으로 들어갔다. 이삼 분만에 물에서 나온 남자는 다시 사우나로 돌아갔다. 그는 그 의식을 여러 차례 반복했다. 여객선 바에서 싸우던 두 남자보다 더 정신 나간 사람이라는 생각이 들었다. 얼마 지나지 않아 나는 사우나의 뜨끈한 증기를 즐기게 되었다. 그 이후 몇 차례 여행을 하면서 핀란드에 대한 사랑은 점점 자라갔지만, 그래도 얼음물 속에는 절대로 들어가지 못할 것 같다.

새해 전야에, 레닌그라드-핀란드 역 사이의 간이역에서 모스크바행 기차를 탔다. 레닌이 19년에 혁명을 주도하기 위해서 러시아로 돌아가던 때와 같은 여정이었다. 에그먼드 윌슨의 역작 『핀란드 역을 향하여*To the Finland Station*』를 읽었기 때문에 이 여정이 기억나는 모양이었다. 기차가 러시아 국경으로 도착하자, 외떨어진 초소에서 초병이 나왔다. 난생 처음으로 진짜 살아 있는 공산국가 사람을 만나는 셈이었다. 땅딸막하고 순진하게 생긴 사람이었다. 그가 의심스러운 눈초리로 내 가방을 쳐다보기에, 마약을 수색하려나 하고 생각했다. 그는 강한 억양의 영어로 "더러운 책 있나? 더러운 책? 더러운 책 가졌나?" 하고 물었다. 나는 웃으면서 책이 든 가방을 연 다음, 펭귄 문고판으로 된 톨스토이, 도스토예프스키, 투르게네프의 소설들을 쏟아놓았다. 그는 아주 실망스럽다는 표정이 되었다. 그는 혹한의 국경에서, 길고 외로운 밤에 활기를 불어넣어주는 금지품목을 원하고 있었던 모양이었다.

소련 기차에는 널찍한 객실이 많았다. 객실마다 뜨거운 차가 들어 있는 커다란 주전자가 있고, 나이 든 여인이 검은 빵과 차를 팔고 있었다. 나는 흥미로운 남자와 같이 앉게 되었다. 그는 소련이 발트 해 연안 국가들을 합병하기 3년 전인 1936년 올림픽에서 에스토니아 권투팀의 코치를 맡았다고 했다. 우리는 둘 다 조금 대화를 나눌 수 있을 정도로 독일어를 할 수 있었다. 그는 언젠가는 에스토니아가 자유를 얻게 될 날이 올 거라고 확신에 차서 말했다. 2002년, 나는 에스토니아의 유서 깊고 아름다운 수도 탈린에 갔을 때, 연설 도중에 이 이야기를 했다. 르나르트 메리 전직 대통령이 이 연설을 듣고 그 남자를 수소문했다. 그 남자의 이름은 피터 마초프였고, 1980

년에 사망했다. 나는 이따금 그 남자와 새해 전날 밤의 기차 여행을 떠올리고, 그가 10년만 더 오래 살아서 에스토니아가 독립되는 자신의 꿈이 이루어지는 걸 보았다면 좋았을걸 하는 생각을 하곤 한다.

1970년대가 시작되는 첫 새벽에 기차는 레닌그라드에 닿았다. 나는 기차에서 내려 몇 분 동안 걸어다녔다. 하지만 눈에 보이는 것이라곤 눈보라와 새해 분위기에 들떠 술에 취한 사람들을 거리에서 몰아내는 경찰관들의 모습뿐이었다. 거의 30년의 세월이 흐른 뒤에야 나는 이 도시의 영광스런 모습을 목격할 수 있을 터였다. 그날이 오면, 공산주의자들은 모두 사라지고, 이 도시는 상트페테르부르크라는 본래의 이름을 되찾을 터였다.

1970년 새해 아침, 나는 닷새간의 놀라운 경험을 시작했다. 나는 모스크바로 갈 계획을 세우고 영어로 된 여행안내서와 시가지 지도를 구했다. 러시아의 키릴 문자를 읽지 못하니 영어 안내서는 필수품이었다.

나는 레드스퀘어에 인접해 있는 내셔널 호텔에 투숙했다. 호텔은 천장이 높은 거대한 로비가 갖추어져 있고 객실도 편안했고 식당과 바도 훌륭했다.

모스크바에는 아는 사람이 딱 한 명 있었다. 바로 니키 알렉시스였다. 지난해 여름에 옥스퍼드를 떠나 미국으로 돌아갈 때 내게 우정에 관한 글이 씌어진 카드 두 장을 주었던 바로 그 여성이었다. 그녀는 멋진 여성이었다. 그녀는 서인도제도의 마르티니크 섬에서 태어나서, 외교관인 아버지를 따라 파리에서 살았다. 당시 니키는 라뭄바 대학교에서 공부를 하고 있었다. 라뭄바라는 이름은 1961년에 암살당한 콩고의 지도자의 이름에서 딴 것인데, 라뭄바의 암살은 미국 CIA가 개입된 것이 확실한 사건이었다. 그 학교 학생들은 대부분 가난한 나라에서 온 가난한 학생들이었다. 소련은 가난한 사람들을 교육시킴으로써 그들이 고국으로 돌아가서 전향하게 되기를 바라는 게 분명했다.

어느 날, 나는 버스를 타고 라뭄바 대학교로 가서, 니키를 비롯한 여학생들과 함께 저녁식사를 했다. 여학생들 중에 헬레네라는 이름의 아이티 여성이 있었다. 그녀의 남편은 파리에서 딸을 데리고 공부를 하고 있었다. 그들은 여행할 돈이 없어서 거의 2년째 만나지 못하고 있었다. 내가 며칠 뒤 러시아를 떠나려는데, 헬레네가 러시아를 상징하는 털모자를 선물로 주었다. 그리 비싼 물건은 아니었지만 가난한 헬레네에게는 큰 부담이 되었을 법했다. 나는 그녀에게 내가 그걸 받기를 진심으로 원하느냐고 물었다. 그녀는 "그럼요. 당신은 내게 친절하게 대해주었고, 내가 희망을 가지게 해주었어요"라고 말했다. 1994년에, 내가 대통령으로서 아이티의 군사독재자인 라울 세드라스 장군의 축출 계획을 세울 때, 그리고 민주적으로 선출된 장 베르트랑 아리스티드가 재집권하게 되었을 때, 나는 몇 년 만에 처음으로 그 착한 여성을 떠올렸고 그녀가 다시 아이티로 돌아왔는지 궁금했다.

한밤중에 나는 호텔로 향하는 버스에 몸을 실었다. 버스에는 나 말고 다른 승객이 한 명 더 있었다. 그의 이름은 올레그 라키토였고, 나보다 영어가 더 유창했다. 그는 나에게 이것저것 묻더니 자기는 정부를 위해서 일하는데, 사실은 나를 감시하라는 명령을 받았다고 시인했다. 그는 다음 날 아침 식사 때 다시 이야기를 계속하자고 했다. 베이컨과 달걀 요리를 함께 먹는 동안, 그는 매주 「타임」지와 「뉴스위크」지를 읽고 있으며 영국의 팝스타 탐 존스를 좋아해서 그 사람의 노래가 실린 해적판 테이프를 가지고 있다고 말했다. 내가 풀브라이트 상원의원을 위해서 일할 때 보안 인증을 받았다는 사실을 알고 정보를 캐낼 작정이었는지 어쨌는지 몰라도, 그는 너무나 솔직담백했다. 하지만 나는 그에게서 철의 장막에 갇혀 바깥 세계에 관한 참된 정보를 알고 싶어하는 젊은이의 욕구 같은 것을 읽을 수 있었다.

나는 올레그 외에도 친절한 러시아 사람들을 많이 만날 수 있었다. 닉슨의 데탕트 정책은 커다란 성과를 올리고 있었다. 몇 주 전에는 러시안 텔레비전에서 달 위를 걷고 있는 미국인들의 모습을 보여주었다. 사람들은 아직도 그것 때문에 흥분해 있었고, 미국에 관계된 것이라면 뭐든지 멋있어 보이는 모양이었다. 그들은 우리의 자유를 부러워하고 우리가 부자라고 생각하고 있었다. 하기야 대부분의 러시아 사람들과 비교해보면, 우리는 부자이긴 부자인 것 같았다. 내가 지하철을 타면 사람들은 내게 다가와서 자랑스럽게 "저 영어 할 줄 알아요! 모스크바에 오신 걸 환영합니다I speak English!

Welcome to Moscow"라고 말하곤 했다. 어느 날 밤 나는 호텔 손님들 몇 명과 택시 운전사, 그리고 운전사의 여동생과 저녁을 먹고 있었다. 그 여성은 술이 약간 취해서 나와 함께 있고 싶다고 말했다. 택시운전사는 여동생을 눈이 내리는 호텔 밖으로 끌어내더니 택시 안에 떠밀어넣었다. 나와 함께 있으면 그녀가 KGB에 심한 고문을 당하게 될까 봐 걱정이 되어서 그랬는지, 아니면 내가 자기 동생을 하찮은 여자로 취급한다고 생각해서 그랬는지 알 수 없는 일이었다.

모스크바에서 가장 근사한 모험은 호텔 엘리베이터 안에서 이루어진 우연한 만남 덕분에 시작되었다. 한번은 엘리베이터에 탔더니, 나 말고도 네 명의 남자들이 있었다. 그 중의 한 사람은 버지니아 라이온스 클럽 장식을 달고 있었다. 그 사람은 내가 외국인인 줄 알았는지 "어디서 오셨나요?" 하고 느리게 물었다. 하기야 나는 머리도 길고 수염도 긴데다 생가죽부츠를 신고 영국 해군용 재킷을 입고 있었다. 내가 웃으면서 "아칸소에서 왔어요"라고 대답하자, 그는 "쳇, 나는 덴마크 아니면 그쪽 동네에서 온 사람인 줄 알았네!"라고 대답했다. 그 남자의 이름은 찰리 대니얼이었다. 그는 버지니아 주 노턴 출신으로, U-2기 조종사로 1960년에 러시아에서 요격당하여 생포되었던 프랜시스 개리 파워스와 같은 동네 사람이었다. 그들 중 두 사람은 파워스의 석방을 위해서 노력하고 있는 노턴 출신 변호사인 찰리 매카피와 워싱턴 스테이트 출신으로 베트남에서 요격당한 아들의 생사를 수소문하고 있는 양계농장 주인 헨리 포스였다. 그들은 이곳에 주재하고 있는 북베트남 사람들이 노인에게 아들의 생사를 확인해줄 수 있는지 알아보기 위해서 그곳에 온 길이었다. 네 번째 사람은 파리 출신으로 버지니아 주 출신의 사람과 마찬가지로 라이온스 클럽의 일원이었다. 그는 북베트남 사람들이 프랑스어를 할 줄 안다는 이유 때문에 그 그룹에 합세한 상황이었다. 그들은 러시아 측에서 북베트남 사람들과 이야기하도록 허락해줄 것인지, 설사 이야기를 할 수 있다고 하더라도 쓸 만한 정보를 얻을 수 있는지 알 수 없는 상태에서 무작정 모스크바로 온 처지였다. 러시아를 할 줄 아는 사람은 아무도 없었다. 그들은 내게 도움을 줄 만한 사람을 알고 있느냐고 물었다. 니키 알렉시스는 라뭄바 대학교에서 영어, 프랑스어, 러시아어를 공부하고 있었다. 나는 그녀를 그들에게 소개해주었다. 그들은 이삼 일 동안 이곳저곳 수소문을 하고 미국 대사관에 찾아가고 러시아 사람들에게 도움을 청하고 한 끝에, 드디어 북베트남 사람들을 만났다. 북베트남 사람은 포스 씨와 그의 일행이 아들과 전쟁 중에 실종된 몇몇 사람들의 생사를 알기 위해서 갖은 고생을 하고 있다는 사실에 감명을 받았는지 알아보겠다고 대답했다. 몇 주 뒤에 헨리 포스는 아들이 비행기가 요격당했을 때 사망했다는 사실을 알게 되었고, 얼마간의 마음의 평화를 얻게 되었다. 대통령 재임 시 전쟁포로 및 전쟁실종자POW/MIA 문제 해결과 관련하여 활동할 때, 그리고 30만 명 이상의 사람들의 행방을 밝히지 못하고 있는 베트남 사람들을 돕기 위해서 활동할 때, 나는 헨리 포스 씨가 생각났다.

1월 6일, 나는 니키와 그녀의 아이티 친구 헬레네의 배웅을 받으며 프라하행 기차를 탔다. 프라하는 유럽에서 가장 유서 깊고 아름다운 도시 중의 하나로서, 알렉산더 두프체크가 주도했던 프라하의 봄 개혁 운동을 압살하기 위해서 개입한 1968년 8월의 소련의 간섭 때문에 비틀거리고 있었다. 나는 얀 코폴드의 부모님 댁에서 묵었다. 얀은 옥스퍼드에서 함께 농구를 했던 친구였다. 코폴드 가족은 개개인의 역사가 체코슬로바키아의 현대사와 꼭 닮은 선량한 사람들이었다. 얀의 외할아버지는 공산주의 신문인 「루드 프라보Rude Pravo」의 편집주간이었는데 제2차 세계대전 때 나치와 싸우다가 전사했으며, 프라하에는 그의 이름을 딴 다리가 있었다. 얀의 부모님은 학자들로서 두브체크를 열성적으로 지지했던 사람들이었다. 얀의 외할머니도 함께 살고 계셨는데, 그분은 코폴드 부부가 일하러 가는 낮 동안에 나에게 시내 구경을 시켜주었다. 그들이 살고 있는 집은 아름다운 도시의 전경이 내려다보이는 현대적 고층 아파트였다. 나는 얀의 방에 묵었는데, 너무 흥분해서 하룻밤에 서너 차례씩 깨어 지평선을 멍하니 바라보곤 했다.

코폴드 가족을 비롯해서 내가 만난 체코인들은 한결같이 자유를 되찾을 날이 올 거라는 확신을 가지고 있었다. 코폴드 가족들은 어떤 희생을 치러서라도 자유를 되찾아야 한다고 생각하고 있었다. 그들은 자부심과 결단력을 가진 지성인들이었다. 내가 만났던 젊은 체코인은 특히 미국에 대해서 우호적이었다. 그들은 미국은 자유를 지지하지만 소련은 그렇지 않다는 이유 때문에 베트남에 대한 미국 정부의 입장을 지지하고 있었다. 얀의 아버지 코폴드 씨는 나에게 "러시아 사람들이라고 해서 역사발전의 법칙을 영원히 거스를 수는 없는 법이야"라고 말했다. 과연 그들은 역사발전의 법칙을 거스를 수 없었다. 20년 후에는, 바츨라프 하벨의 평화적인 '벨벳 혁명'이 프라하의 봄의 약속을 다시 되찾아갈 터였다.

내가 코폴드 씨 댁을 떠나 옥스퍼드로 돌아온 지 열 달 후에, 나는 코폴드 가족에게서 다음과 같은 편지를 받았다. 검은 테를 두른 검소한 흰 종이 위에는 이런 글이 쓰여 있었다. "가슴 에이는 고통 속에서 알립니다. 23세의 청년 얀 코폴드가 7월 29일, 터키 스미르나의 대학 병원에서 사망했습니다…… 그리스 문화 유적을 방문하는 것은 그의 오랜 소망이었습니다. 그는 오래된 상처 때문에 트로이가 멀지 않은 높은 곳에서 추락사했습니다." 나는 진심으로 얀을 좋아했다. 언제나 웃음 띤 얼굴에 착한 마음씨를 가진 친구였다. 우리가 알고 지낼 당시, 그는 체코슬로바키아에 대한 사랑과 자유에 대한 사랑 사이에서 큰 갈등을 느끼며 괴로워하고 있었다. 그가 그 두 사랑을 온전히 다 이루면서 살 수 있었다면 얼마나 좋았겠는가?

프라하에서 엿새를 보낸 후, 나는 뮌헨에 들러서 루디 로우와 함께 사육제를 즐긴 다음, 미국과 민주주의에 대한 새로운 신념을 가지고 영국으로 돌아갔다. 여러 가지 단점이 있기는 하지만, 나의 조국은 공산주의 치하에서 신음하고 있는 사람들에게 있어서는 여전히 희망의 불빛이었다. 1992년에 내가 대통령에 출마했을 때, 공화당원들이 내가 모스크바에서 공산주의자들과 어울렸다고 주장하면서 이때의 여행을 꼬투리 잡으려고 했다. 정말 어이없는 일이었다.

새 학기가 되자, 나는 정치학 수업을 다시 시작했으며, 과학이론과 전략계획의 연관성, 나폴레옹전쟁에서 베트남전쟁에 이르기까지 징집된 군대를 애국적인 군대로 만드는 문제, 그리고 미국 정책에 영향을 미치는 중국과 러시아 문제에 대해 연구했다. 나는 핵전쟁의 가능성과 다양한 파괴

수준, 그리고 공격 이후 행동에 관한 허먼 칸의 저술을 읽었다. 그 책은 광적인 핵전략가의 글 같기도 하고 납득할 수 없는 부분이 많았다. 내 일기장에는 이렇게 적혀 있다. "핵전쟁이 시작된 후에 일어나는 일들은 어떤 과학적인 체계나 어떤 분석자의 모델이 제시하는 고정된 경로도 따라가지 않을 것이다."

나는 해를 볼 수 없는 영국의 겨울을 다시 한 번 맞았다. 겨울 내내 고국에서는 편지와 카드가 끊임없이 날아왔다. 친구들은 직장을 가지고, 결혼을 하고, 자신들의 삶을 진척시키고 있었다. 베트남 문제에 대한 갖은 고민에 시달리고 있는 처지이고 보니, 나에게는 평범하게 살아가는 친구들의 삶이 그지없이 아름다워 보였다.

3월이 되고 봄이 가까워지면서, 모든 것들이 조금씩 밝아지기 시작했다. 나는 헤밍웨이를 읽고 수업에 전념하고 친구들과 대화를 나누었다. 그리고 매력적인 친구를 한 명 더 사귀었다. 오레곤의 리드 대학 출신인 맨디 머크가 옥스퍼드에 나타났다. 대단히 정력적이고 엄청나게 똑똑한 여성이었다. 그녀는 내가 옥스퍼드에서 만난 미국 여성 중에서 유일하게, 어떤 영국 여성도 따라갈 수 없을 만큼 물 흐르듯 자유자재로 빠르게 말하는 재주까지 갖추고 있었다. 그녀는 내가 난생처음 만나보는 개방적인 레즈비언 여성이었다. 3월은 내가 동성애 문제에 눈을 뜨게 된 중요한 시기였다. 폴 패리쉬는 내게 자신이 동성애자임을 밝혔는데, 그는 사회적으로 배척받는 인물로 낙인찍히게 될까 봐 대단히 걱정하고 있었다. 그는 오랫동안 고통을 겪었다. 그의 말에 의하면 그는 지금 샌프란시스코에서 안전하고 합법적인 생활을 하고 있다. 맨디 머크는 영국에 남아 언론인이자 동성애자의 권리를 옹호하는 인물이 되었다. 당시 그녀의 똑똑한 도전은 나의 봄을 환하게 밝혀주었다.

어느 날 릭 스티언스는 내가 정치활동에 적합하지 않은 사람이라며 내 발목을 잡았다. 그는 휴이 롱과 나는 둘 다 훌륭한 남부 정치가다운 재질을 가지고 있는데, 롱은 권력을 획득하고 사용하는 방법을 알고 있는 정치적 천재라고 말했다. 그러나 나는 문학적 재능이 더 뛰어나고 말하는 능력보다 글을 쓰는 능력이 더 뛰어나며 정치를 할 만큼 치열하지 못하니 작가가 되는 게 낫겠다고 말했다. 그의 의견은 오랫동안 많은 사람들이 생각했던 것과 같은 내용이었다. 하기야 릭의 말은 진실에 근접하고 있었다. 나는 권력을 위한 권력을 선호하는 사람은 결코 아니었다. 하지만 나는 적수를 만날 때마다 늘 치열함을 발휘하여 문제를 극복했다. 게다가 나는 자신이 무슨 일이나 잘할 수는 없는 사람이라고 생각하고 있었다.

1970년 초에 홈즈 대령과 나눈 대화 내용과 징병 추첨 번호에 관한 내용이 들어 있는 제프 드와이어의 테이프를 들으면서, 나는 내가 ROTC 지원자 자격을 잃었으며 적어도 그해 말까지는 징집되지 않으리라는 것을 알게 되었다. 그해 안에는 징집영장이 나오지 않을 테니, 로즈 장학금의 혜택을 받으며 옥스퍼드에서 3년차 유학 생활을 할 것인지, 아니면 예일 법대로 진학할 것인지를 놓고 나는 심각한 고민에 빠졌다.

나는 옥스퍼드가 마음에 들었다. 어쩌면 그 정도가 지나칠 정도였다. 옥스퍼드에서 3년차 유학 생활을 하게 되면 편안하지만 맹목적인 학문 생활에 빠져들 것 같아 걱정이었다. 그런 학문 생활은 결국에는 나에게 실망을 안겨줄 것 같았기 때문이었다. 하지만 전쟁에 대해 가지고 있는 나의 혐오감을 생각하면 정치계에서 성공을 할 수 있을지 확신이 서지 않았다. 하지만 나는 일단 미국으로 돌아가서 부딪쳐보고 싶었다.

한 학년 중 2학기에서 3학기째로 넘어가는 방학기간인 4월을 맞아, 나는 릭 스티언스와 함께 스페인으로 마지막 여행을 떠났다. 나는 앙드레 말로의 『인간의 희망』과 조지 오웰의 『카탈로니아에 경의를 표함』, 휴 토머스의 역작 『스페인 내전』을 읽으면서 스페인에 완전히 매료되어 있었다. 말로는 대부분의 지식인들이 프랑코에 대항한 싸움에 가담하게 되는 과정을 그리면서 전쟁이 지식인에게 강요하는 딜레마를 탐구했다. 그는 지식인들은 이름을 떨치기를 원하며, 자신이 무엇을 위해 싸우고 있는지, 그리고 어떻게 싸워야 하는지를 정확하게 알고 싶어 하는데, 이러한 태도는 반 마니교적인 태도이지만, 정작 싸움을 하는 사람들은 누구나 마니교도라고 말했다.

자신이 살아남기 위해서는 남을 죽여야 하는데, 그렇게 하기 위해서는 모든 것들을 흑과 백, 선과 악으로 구별해서 보아야 한다. 나는 여러 해 뒤에 극우세력이 공화당과 의회를 잠식하고 있을 때, 정치계에서도 이와 똑같은 일이 벌어지고 있는 것을 목격했다. 그들에게 있어 정치란 다른 수단을 이용해서 행하는 전쟁일 뿐이었다. 그들에게는 적이 필요했고, 나는 마니교도의 경계선 너머에 있는 악마였다.

나는 스페인의 낭만적 매력을 떨쳐버릴 수가 없었다. 살아 움직이는 대지와 넉넉하고 소박한 사람들, 실패한 내전에 대한 잊혀지지 않는 기억들, 프라도 미술관과 알함브라 궁전의 아름다움. 대통령이 된 뒤에 나와 힐러리는 후안 카를로스 국왕과 소피아 왕비와 친한 사이가 되었다. 마지막 스페인 여행 때 후안 카를로스 국왕은 내가 그라나다에 다시 가보고 싶다고 했던 말을 기억하고 힐러리와 나를 그라나다로 안내해주었다. 후안 카를로스 덕분에, 나는 30년 만에 처음으로 프랑코 독재에서 벗어난 민주국가 스페인의 알함브라 궁전을 다시 거닐 수 있었다.

내가 옥스퍼드로 돌아간 4월 말에, 어머니가 전화를 걸어와 데이비드 레오파울로스의 어머니인 이블린이 자신의 골동품 가게에서 가슴에 네 차례나 난도질당한 채 죽었다는 소식을 전해주었다. 범인은 잡히지 않았다. 나는 그때 토머스 홉스의 『리바이어던』을 읽고 있었는데, 인생은 "가엾고, 성가시고, 잔인하고, 짧은 것"이라는 홉스의 말이 옳은 것 같았다. 데이비드는 몇 주 후 이탈리아의 부대로 복귀하는 길에 나를 찾아왔다. 나는 그의 마음을 달래주려고 노력했다. 상심하는 그의 모습을 본 나는 아버지가 임종하시기 전 1년 반 동안의 일과 임종하실 때의 일에 관한 짧은 글을 썼다. 그 글에 대한 친구들의 평가는 상당히 좋았다. 내 일기장에는 이렇게 쓰여 있다. "나의 정치활동이 부진해지면 나는 수위가 되는 대신 글을 쓰면 될 것 같다." 나는 이따금 센트럴 파크 남쪽 끝에 있는 뉴욕 프라자 호텔의 수위가 되는 공상에 잠기곤 했다. 프라자 호텔 수위들은 근사한 제복을 갖춰 입고 전 세계에서 모여드는 재미있는 사람들을 맞이했다. 나는 나를 만난 손님들이 남부 악센트는 이상하지만 말은 잘하는 수위라고 생각하며 건네주는 팁을 엄청나게 모으는 상상도 했다.

5월 말에, 나는 예일 법대의 입학허가를 받았다. 예일 법대에 진학하기로 결정한 나는 야당의 개념과 영국 수상, 정치이론에 관한 수업을 마쳤다. 나는 홉스의 이론보다 로크의 이론이 더 마음에 들었다. 6월 5일, 나는 미국군인 고등학교 졸업식에서 마지막 연설을 했다. 나는 장군들과 대령들과 함께 무대에 앉아 있다가 연설할 차례가 되자, 내가 미국을 사랑하는 이유, 군대를 존경하는 이유, 그리고 베트남전쟁에 반대하는 이유에 대해서 이야기했다. 졸업생들은 반응이 좋았고, 장교들도 내가 그런 주제로 말하는 방식을 존중해주었던 것 같다.

6월 26일, 나는 옥스퍼드의 사람들, 특히 프랭크 앨러, 폴 패리쉬, 그리고 데이비드 에드워즈와 애틋한 작별인사를 나누었다. 이번에는 정말로 헤어지는 것이었다. 나는 비행기를 타고 뉴욕을 향해 출발했다. 이렇게 해서, 나는 내 생애에 있어서 아주 특별한 2년 동안의 생활을 마감했다. 그 2년이 시작된 때는 바로 리처드 닉슨이 당선되기 바로 전날 밤이었고, 그 2년이 마감되는 때는 바로 비틀즈가 결별을 선언하고 슬퍼하는 팬들에게 자신들의 마지막 영화를 내놓던 날이었다. 나는 여행을 많이 했고, 여행이 좋았다. 나는 또한 징병 문제와 교차하는 야망, 그리고 여성들과 짧은 교제 이상의 것을 해보지 못한 무능함, 이런 것 때문에 엄청난 고민에 시달리면서, 마음과 가슴속 구석구석 깊은 곳까지 뒤지고 다녔다. 나는 학위는 따지 못했지만 많은 것을 배웠다. 나는 "길고 구불구불한 길"을 지나 고국으로 향하고 있었다. 그리고 가슴속에 비틀즈의 '헤이 주드'의 가사처럼, "슬픈 노래를 듣고 기분이 더 좋아질" 수 있었으면 하는 희망을 품고 있었다.

17

7월에 나는 펄스스트링 프로젝트 활동을 하기 위해서 워싱턴으로 갔다. 펄스스트링 프로젝트란 1971년 말을 기점으로 베트남전쟁에 대한 예산 집행을 중단시킨다는 맥거번-해트필드 수정안을 지지하기 위한 시민운동이었다. 수정안은 통과되지 못했지만, 그 운동은 초당파적으로 성장하고 있는 반전 운동을 촉진시키고 부각시킬 수 있는 수단을 제공했다.

나는 여름 동안 딕과 헬렌 더드만의 집에서 묵었다. 북서부 워싱턴에 있는 그들의 집은 커다란 현관이 딸린 크고 오래된 2층집이었다. 딕은 유명한 언론인이었다. 딕과 헬렌은 전쟁에 반대하고 있었으며 반전 운동을 하는 젊은이들을 후원하고 있었다. 두 사람은 나를 아주 친절하게 대해주었다. 어느 날 아침, 그들은 친구들과 현관에서 아침식사를 하는 자리에 나를 합석시켰다. 그 자리에는 진 매카시 상원의원도 있었다. 매카시는 1968년에 다시는 상원의원에 출마하지 않겠다고 발표했기 때문에, 그해는 그가 상원에 재직하는 마지막 해였다. 그날 아침, 그는 아주 솔직하고 느긋한 태도로 여러 가지 현안들을 정확하게 분석하고 상원을 떠나는 아쉬운 마음을 토로했다. 생각했던 것보다 매카시가 마음에 들었다. 특히 매카시의 구두를 얻어 신은 뒤로는 더 그랬다. 나는 더드만 부부의 배려 덕분인지, 정장을 해야 하는 여성언론인 만찬에 초대를 받았고, 매카시 상원의원의 구두를 빌려 신고 만찬에 참석했다. 만찬에는 닉슨 대통령이 참석하여 많은 사람들과 악수를 나누었다(나는 안 했지만). 나는 클라크 클리포드와 같은 테이블에 앉았다. 미주리 주 출신의 클리포드는 트루먼 대통령과 함께 워싱턴에서 정치활동을 시작해서 임기 마지막 해를 맞은 존슨 대통령의 측근이자 국방장관으로 활동했다. 클리포드는 베트남에 대해서 냉담한 태도를 보였다. "그곳이야말로 세계에서 가장 개입하기가 까다로운 곳이지." 나는 만찬이 진행되는 동안 정신이 하나도 없었다. 특히 진 매카시의 구두를 신고 걸을 때는 더 심했다.

펄스스트링 활동을 개시한 직후 어느 주말에, 나는 매사추세츠 주 스프링필드로 가서 조지타운 룸메이트인 해군 중위 키트 애쉬비의 결혼식에 참석했다.

워싱턴으로 돌아오는 길에, 나는 케이프 코드에 들러 키트의 결혼식에 참석했던 타미 캐플란과 짐 무어를 만났다. 그해 여름 동안 케이프에서는 캐롤린 옐델과 젊은 음악가들의 공연이 이어지고 있었는데, 우리는 그 공연에 가서 캐롤린의 노래를 들었다. 재미있는 시간을 보내고 나니 시간이 너무 지체되어 있었다. 나는 워싱턴으로 가려고 운전을 시작했는데, 굉장히 피곤했다. 주 경계를 이루는 하이웨이를 타고 매사추세츠를 빠져나오기 직전에, 내 차 바로 앞에서 차 한 대가 갑자기 정지신호를 넣으며 속력을 줄였다. 그 차 운전사와 내가 서로를 발견했을 때는 이미 늦은 뒤였다. 나는 급히 핸들을 꺾다가 앞차 왼쪽 뒷부분을 강하게 들이받고 말았다. 그 차 안에 탔던 남자와 여자는 충격을 받은 모양이었지만 상처를 입은 곳은 없었다. 나도 다친 데가 없었다. 하지만 제프 드와이어가 여름 동안 쓰라고 준 폭스바겐 자동차는 심하게 부서지고 말았다. 경찰이 오면서 나는 큰 곤경에 빠졌다. 영국에서 돌아올 때 면허증을 잃어버렸기 때문에, 나는 운전면허가 있다는 것을 입증할 수가 없었다. 당시에는 그런 사실을 입증할 전산기록도 없을 때였다. 면허가 있다는 사실을 입증하려면 아침이 될 때까지 기다려야 했다. 경찰은 나를 구금하겠다며 경찰서로 데리고 갔다. 경찰서에 도착했을 때는 새벽 5시였다. 경찰은 소지품을 압수하고 목을 맬 우려가 있다면서 허리띠까지 가져간 다음 커피 한 잔을 주고는 나를 작은 독방에 넣었다. 방 안에는 딱딱한 철제 침대와 담요, 냄새나는 변기, 그리고 늘 켜져 있는 전등이 있었다. 두세 시간쯤 선잠을 자고 난 뒤에, 나는 타미 캐플란에게 연락했다.

타미와 짐 무어가 함께 법정에 가서 나를 보증해주었다. 판사는 너그러웠지만 면허증을 가지고 있지 않은 것을 심하게 꾸짖었다. 판사의 꾸지람은 효과가 있었다. 그날 독방에서 밤을 지새우고 난 뒤로, 한 번도 면허증을 잊은 적이 없었다.

매사추세츠에 다녀오고 2주 후에, 나는 뉴잉글랜드로 돌아갔고, 일주일 동안 민주당 상원의원 예비선거에 출마한 조 더피를 위해서 코네티컷에서 활동했다. 평화 후보로 입후보한 더피는 2년 전에 진 매카시를 위해서 뛰었던 사람들의 도움을 받고 있었다. 현직 상원의원인 민주당의 탐 도드는 코네티컷 정치계의 오랜 붙박이였다. 그는 뉘른베르크 전범 법정에서 나치주의자들을 기소한 사람으로 진보적 활동 경력을 가지고 있었다. 하지만 두 가지 문제가 있었다. 첫째, 그는 공적 활동 자금으로 조성된 기금을 사적인 용도로 유용한 것 때문에 상원에서 심한 비판을 받고 있었다. 둘째, 그는 존슨 대통령의 베트남 정책을 지지했던 사람인데, 민주당의 주요 지지자들의 분위기는 반전으로 기울어져 있었다. 도드는 상원의 비난 때문에 크게 타격을 받고 분을 끓이고 있었지만, 그렇다고 싸워보지도 않고 물러날 사람은 아니었다. 그는 민주당 예비선거에서 냉담한 유권자들을 만나는 것을 포기하고, 11월 총선거에 무소속으로 출마했다. 조 더피는 하트포드 학술재단의 윤리학 교수이자 '민주행동을 위한 미국인' 이라는 진보 단체의 의장이었다. 그는 웨스트버지니아 철광업자의 아들이었지만, 그의 가장 강력한 지지자들은 교외에 살고 있는 풍족하고 배운 것 많은 반전 자유주의자들과 민권과 평화 활동에 관한 그의 경력에 끌리고 있는 젊은이들이었다. 조 더피의 선거운동본부 공동의장 폴 뉴먼은 열성적인 활동을 펼치고 있었다. 더피 후원위원회에는 사진작가인 마거릿 부르크-화이트, 예술가 알렉산더 칼더, 「뉴요커」의 카툰 작가 데이나 프레이던, 그리고 저명한 작가와 역사학자들이 다수 포함되어 있었다. 그 중에는 프랜신 드 프레식스 그레이, 존 허시, 아서 밀러, 밴스 패커드, 윌리엄 사이러, 윌리엄 스타이런, 바바라 터크만, 손턴 윌더가 포함되어 있었다. 이들의 이름은 선거홍보물 위에는 인상적으로 돋보이고 있었지만, 소수민족계의 블루칼라 계층이 다수를 차지하는 유권자들에게는 큰 영향을 줄 것 같지 않았다.

7월 29일에서 8월 5일 사이에, 나는 제5지역구에 속하는 베델과 트럼불을 조직화하는 임무를 맡았다. 이 두 타운에는 커다란 현관이 딸린 오래된 목조주택과 오랜 거주 기간을 입증하는 주민기록이 많았다. 나는 베델에 사무실을 구하고 전화를 가설한 다음 전화홍보를 펼치는 한편, 아직 마음을 정하지 않은 유권자들을 직접 찾아가서 홍보물을 전달했다. 베델의 선거운동 사무실은 자원활동가들의 헌신적인 활동으로 운영되고 있었다. 베델에서는 더피의 최다득표를 확신할 수 있었다. 트럼불의 사무실은 불완전하게 운영되고 있었다. 자원활동가들의 활동을 보면, 전화 통화하는 유권자와 찾아가서 만나는 유권자가 따로 놀았다. 나는 트럼불 활동가들에게 월요일부터 토요일까지, 아침 10시부터 오후 7시까지 사무실을 지키면서, 설득 가능성이 있는 유권자 전원에게 1차로 전화홍보를 하고, 2차로 방문홍보를 하는 베델의 활동 방법을 따르도록 당부했다. 나는 조직화가 제대로 되어 있지 않은 다른 두 타운의 활동을 평가한 다음, 그곳 책임자들에게 우선 유권자 전체 명단을 입수하고 전화홍보를 할 수 있는 인력과 자원을 배치하라고 당부했다.

나는 그 일이 마음에 들었다. 나는 그 활동을 통해서 내 인생에서 중요한 의미를 가지게 되는 많은 사람들을 만났다. 그 중에는 존 포데스타, 수산 토머시즈가 포함되어 있다. 존 포데스타는 후일 백악관에서 서기관, 비서실 차장, 비서실장의 역할을 맡아 대활약을 펼쳤다. 수산 토머시즈는 내가 뉴욕에 있을 때 자신이 사는 파크 애비뉴 아파트의 소파를 내게 잠자리로 내어주었고, 힐러리와 나의 친한 친구이자 조언자가 되었다.

조 더피가 예비선거에서 승리하자, 나는 총선거를 위한 제3지역구를 관리하는 임무를 맡게 되었다. 그 지역구에서 가장 큰 도시는 내가 다닐 법대가 있는 뉴헤이번이었고, 그 지역구에는 내가 살게 되는 밀포드도 포함되어 있었다. 그 임무를 맡았으니, 선거가 끝나는 11월 초까지 수업을 왕창 빼먹게 될 판이었다. 하지만 나는 못 듣는 수업이야 노트를 빌려서 따라잡고 학기말에 열심히 공부하면 되겠지 싶었다.

뉴헤이번은 내가 좋아하는 곳이었다. 그곳은 오랜 전통의 소수민족계 주민들의 정치활동과 학생들의 활동으로 인해서 정치 상황이 복잡한 곳이었다. 뉴헤이번 옆에 있는 이스트 헤이번의 주민들은 태반이 이탈리아인들이고, 가까운 오렌지의 주민들은 태반이 아일랜드인들이었다. 뉴헤이번에서 먼 동네일수록 부유했고, 소수민족의 혈통은 희미해졌다. 지역구의 동쪽 끝에 있는 길포드와 매디슨은 특별히 유서 깊고 아름다운 타운이었다. 나는 이 지역구에 있는 다른 타운들을 여러 차례 드나드는 동안, 우리 사람들이 효과적인 선거운동 계획을 세우고 중앙 선거운동본부에서 필요한 지원과 물품을 얻고 있다는 확신을 가지게 되었다. 예전에 끌고 다니던 폭스바겐은 매사추세츠에서의 사고로 파손되었기 때문에, 나는 녹빛 나는 오펠 스테이션 웨건을 몰고 다녔다. 이 차는 선거운동 물품을 싣고 다니기에 안성맞춤이었다. 나는 낡은 스테이션 웨건을 타고 부지런히 달렸다.

활동 일정 중에 여유시간이 생기면, 나는 헌법, 계약, 소송절차, 불법행위 등의 강의를 들었다. 당시 가장 재미있는 수업은 로버트 보크 교수가 가르치는 헌법 수업이었다. 로버트 보크는 후일 컬럼비아 지역 상소법원 판사로 활동하다가, 1987년에는 레이건 대통령에 의해 대법원 판사로 지명되었다. 보크는 대단히 보수적인 법률적 관점을 가지고 있었고, 자신의 관점을 개진하는 데 있어서는 대단히 공격적인 사람이었지만, 자신과 의견을 달리하는 학생들은 공정하게 대했다. 한번은 보크 교수와 진지한 대화를 나누던 내가 토론 중인 문제에 대한 그의 주장이 순환논리라는 것을 지적했다. 그는 "당연하지. 가장 좋은 주장들은 모두 그런 법이야"라고 대꾸했다.

예비선거가 끝난 뒤, 나는 다른 후보자들의 지지자들을 더피 쪽으로 끌어들이는 일에 온 힘을 쏟았다. 하지만 그 일은 만만치 않았다. 나는 소수민족계 블루칼라들이 밀집한 지역으로 가서 기량을 발휘하고 싶었다. 하지만 나는 그것이 돌담을 두드리는 것만큼이나 어려운 일이라는 것을 예상하고 있었다. 백인 소수민족계의 민주당 지지자들 중에는, 조 더피가 너무 급진적이며 마약을 즐기는 반전 히피들과 같은 부류라고 생각하는 사람들이 너무나 많았다. 애그뉴 부통령은 더피를 "마르크스주의 혁명가"라고 부르기까지 했다. 소수민족계의 민주당 지지자들 중에는 전쟁 반대로 돌아서기는 했지만, 자신들보다 먼저 전쟁에 반대하고 나섰던 사람들과 합류하는 것을 불편하게 생각하는 사람들이 많았다. 도드 상원의원이 무소속으로 출마했기 때문에, 불만을 품은 민주당 지지자들에게는 더피 말고도 표를 던질 곳이 있다는 사실 때문에 활동은 더욱 어려워졌다. 조 더피는 열성적인 활동을 펼치면서 선거운동에 나서면서 전국의 젊은이들의 의식을 고취시켰지만, 공화당 후보인 로웰 위커 하원의원에 뒤지고 말았다. 로웰 위커는 후일 공화당을 떠나 무소속의 코네티컷 주지사로 활동했던 인물이었다. 위커는 42퍼센트의 득표율을 올리면서 더피를 어렵지 않게 따돌렸다. 더피의 득표율은 34퍼센트에 못 미쳤고, 도드 상원의원의 득표율은 25퍼센트에 가까웠다. 우리는 이스트 헤이번과 웨스트 헤이번 지역 등의 소수민족계 타운에서 완패했다.

도드가 출마하지 않았다면 더피가 승리를 거두었을지도 모를 일이다. 도드에게 표를 던진 사람들을 끌어오지 못하면 민주당은 으레 소수당이 되었다. 선거가 끝난 뒤 나는 선거운동본부장으로 대활약을 했던 앤 웩슬러와 여러 시간 동안 이 문제에 대해서 이야기했다. 그녀는 훌륭한 정치인이며, 모든 계층의 사람들과 원만한 관계를 가지고 있었다. 하지만 1970년 당시 대부분의 유권자들은 더피의 메시지와 그 메시지를 전하는 사람들을 받아들이지 않고 있었다. 앤은 후일 나의 좋은 친구이자 유능한 조언자가 되었다. 앤과 조 더피가 결혼한 뒤로, 나는 그들과 가까이 지냈다. 나는 백악관에 들어간 뒤에 조 더피를 '미국의 소리'를 감독하는 미국 정보국의 운영책임자로 임명했다. 그곳에서 더피는 세계를 상대로 미국의 메시지를 전달하는 일을 맡았는데, 세계는 1970년의 코네티컷 유권자들에 비해서 훨씬 쉽게 그의 메시지에 마음을 열었다. 그 일은 조가 승리를 거둔 마지막 유세였다.

1970년 11월에 가장 희망적인 사건은 아칸소의 젊은 민주당 후보 데일 범퍼스가 주지사에 당선된 일이었다. 그는 예비선거에서 전직 주지사인 포버스를 가볍게 따돌렸으며, 총선거에서 록펠러 주지사를 압도하고 승리를 거두었다. 범퍼스는 전직 해군이자 유능한 변호사였다. 그는 대단히 재미있는 사람이었으며 부엉이를 설득해서 나무에서 내려오게 할 수 있을 정도로 뛰어난 말솜씨를 가지고 있었다. 그는 진정한 진보주의자였다. 그는 보수적인 서부 아칸소에 속한 자신의 고향 찰스턴에서 평화적인 학교 통합을 주도했다. 리틀록이 그 문제로 엄청난 진통을 겪었던 점을 생각하면 대단한 업적이었다. 2년 후에도 그는 여유 있게 재선에서 승리했으며, 다시 2년 후에는 상원의원에 당선되었다. 범퍼스는 사람들을 공통된 대의로 끌어 모아 통합시키는 지도력이 있으면 남부의 오래된 분할 정치를 극복할 수 있다는 것을 입증하는 인물이었다. 그것이 바로 내가 하고자 했던 일이었다. 나는 민권과 반전을 위해 싸울 수 있다면, 패배가 거의 확실해 보이는 후보들도 주저하지 않고 지원했다. 하지만 변혁을 원하는 사람은 승리를 거둬야 한다. 내가 예일 법대에 간 것은 정치에 대해서 더 많이 배우기 위해서, 그리고 정치적인 열망을 펼칠 수 없게 될 경우에는 타의에 의해서 물러날 필요가 없는 교수가 되고 싶어서였다.

선거가 끝난 뒤, 나는 법대 생활로 돌아와서 시험공부를 하고, 사람들을 사귀고, 새로 얻은 집과 한솥밥을 먹는 세 명의 친구들과 즐거운 시간을 보냈다. 같은 로즈 장학생으로 유니브에서 함께 공부했던 더그 이클리가 밀포드의 롱아일랜드 사운드에서 멋진 집을 찾아냈다. 침실 네 개에, 넓은 주방, 해변으로 난 커다란 현관이 있는 집이었다. 해변은 야외 요리를 하기도 좋았고, 썰물 때면 터치풋볼을 할 수 있을 만큼 넓은 공간이 생겼다. 한 가지 단점은 여름용 주택이라서 매서운 겨울바람을 막아줄 단열재가 설치되지 않았다는 점이었다. 하지만 우리는 젊었고, 추위에 익숙해졌다. 선거가 끝난 뒤 추운 어느 날, 담요를 둘러쓴 채 현관에 앉아서 윌리엄 포크너의 『음향과 분노』를 읽었던 기억이 아직도 생생하다.

이스트 브로드웨이 889번지에서 함께 살았던 또 다른 친구들은 던 포그와 빌 콜먼이었다. 던은 다른 세 명에 비해 좌파적 성향이 강했지만, 겉으로 보기에는 블루칼라에 더 가까웠다. 콘크리트 벽돌처럼 건장하고 황소처럼 힘이 센 친구였다. 그는 오토바이를 타고 법대로 통학했으며, 누굴 만나든 끝없는 정치적 논쟁으로 끌어들였다. 다행스러운 일은 그가 요리를 잘하고 늘 점잖게 행동했다는 점이었다. 그것은 열정적이라는 점에서는 던에게 빠지지 않지만 감정은 훨씬 풍부한 영국 여성, 수전 버크넬 덕분이었다. 빌은 예일에서 해마다 늘어나고 있는 흑인 학생 중 한 명이었다. 빌의 아버지는 자유주의 공화파(당시에도 이런 사람들이 있었다) 법률가로, 대법원에서 펠릭스 프랑크푸터 판사의 일을 돕다가 포드 대통령 재임 시에는 교통 보좌관으로 근무했던 사람이었다. 겉보기에는 우리들 중에서 빌이 가장 여유 있는 사람이었다.

더피 선거운동을 마치고 예일로 돌아왔을 당시, 나에게는 한집에 사는 친구들 말고는 친구가 몇 명 없었다. 그 중에는 루이지애나 출신으로 나의 미국소년단 친구인 프레드 캠머와 밥 라이히가 있었다. 밥은 로즈 장학생 그룹의 간사였기 때문에, 사람들의 동향을 잘 알고 있었고 옛 친구들이 무엇을 하고 있는지에 관한 정보와 우스꽝스러운 오보를 끊임없이 대주는 정보통이었다.

밥은 세 명의 학생들과 함께 캠퍼스 근처 집에서 살고 있었다. 그 중에서 낸시 베케이백이라는 여학생은 나의 특별한 친구가 되었다. 그녀는 지난 여름 베트남에서 언론활동을 하면서 반전 신념이 확고해진 열정적인 자유주의자였다. 그녀의 역작 중에는 아름다운 시와 힘 있는 편지글 외에 멋진 강의노트도 있었다. 낸시는 두 달 늦게 수업에 나타난 나에게 강의 노트를 빌려주었다.

나는 빌 콜먼을 통해서 흑인 학생들을 여럿 알게 되었다. 나는 그들이 어떻게 예일에 왔는지, 무엇을 할 계획인지 관심이 많았다. 당시 예일 대학교는 아프리카계 미국 흑인들이 입학하기 힘든 곳이었다. 빌 말고도 친하게 지냈던 흑인 학생들은 에릭 클레이와 낸시 지스트, 라일라 콜번, 루퍼스 코미어, 레이니 기니어였다. 후일 나는 에릭을 연방 상소법원 판사로 임명했다. 힐러리의 웰즐리 동기인 낸시 지스트는 후일 법무부에서 일했다. 라일라 콜번은 법학을 포기하고 정신과 의사가 되었다. 루퍼스 코미어는 서던 메소디스트 대학교 풋볼팀에서 가드로 활약했던 과묵하고 건장한 남성이었다. 레이니 기니어는 후일 내가 민권 분야 법무차관으로 임명하려고 했던 사람인데 슬픈 일을 당하고 말았다. 이 이야기는 후술할 것이다. 대법원 판사 클라렌스 토머스도 동기였지만, 당시에는 그를 알지 못했다.

학기가 끝날 무렵, 프랭크 앨러가 미국으로 돌아오려고 한다는 소식을 들었다. 보스턴 지역에서 지내다가 다시 고향인 스포케인으로 옮겨온 그는 그곳에서 징병의 나팔소리를 듣게 되었다. 그는 체포되어 재판을 받고 심리 중에 석방되었다. 프랭크는 징병기피 때문에 어떤 일을 당하더라도 감수하겠다고 마음을 먹고 있었다. 그는 베트남이라는 굴레에서 영원히 벗어나지 못한 채, 미국이 아닌 캐나다나 영국의 어느 대학교에서 외롭고 비참한 중년을 보내고 싶지 않았던 모양이었다. 12월 어느 날 밤에, 밥 라이히는 나에게 프랭크는 미국 밖에서도 할 수 있는 일이 얼마든지 많은데, 감옥에 가는 걸 무릅쓴 것은 어리석은 일 같다고 말했다. 내 일기장에는 밥의 말에 대한 내 생각이 적혀 있다. "사람이란 그가 할 수 있는 모든 일을 합산한 결과를 넘어서는 존재다." 프랭크의 결정은 그가 무엇을 할 수 있느냐에 관한 문제가 아니라, 그가 누구인가에 관한 문제였다. 나는 프랭크의 결정이 옳다고 생각했다. 프랭크는 미국으로 돌아온 지 얼마 지나지 않아서 정신과 검사를 받았고, 우울증이 있으며 군복무에 적합하지 않다는 판정을 받았다. 그는 징병 신체검사를 받았고, 스트로브와 같은 1-Y등급을 받았다. 그것은 국가 위기 상황에만 징집이 가능한 등급이었다.

크리스마스 때 나는 핫스프링스로 돌아갔다. 지난 크리스마스 때 머나먼 헬싱키만의 얼음 위를 걸었지만, 이번에는 얼음판 대신에 어려서 다니던 초등학교 운동장을 거닐면서, 좋았던 일들을 회상하고, 내 삶에서 일어났던 여러 가지 변화를 되새겨보았다. 친구들 중 몇 명은 결혼을 했다. 그들의 행운을 비는 내 머릿속에서는, 나는 결혼을 못 하게 되는 건 아닐까 하는 생각이 스쳐갔다.

나는 나의 과거와 뿌리에 대해서 곰곰이 생각해보았다. 새해 첫날, 나는 C. 반 우드워드의 『남부인들의 역사의식*The Barden of Southern History*』을 다 읽었다. 저자는 유도라 웰티가 "지역감정"이라고 불렀던 '특정한 역사의식'에 대해서 언급하고 있었다. 아칸소는 나의 지역이었다. 나를 감동시켰던 아름다운 글을 썼던 토머스 울프와는 달리, 나는 집으로 돌아갈 수 있다는 것을 알고 있었다. 하지만 우선 법대를 마쳐야 했다.

나는 과중한 학업의 부담을 안은 진정한 법학도로서 예일 법대에서의 두 번째 학기를 맞았다. 상법 교수는 예일 법대 최초의 흑인 교수인 존 베이커였다. 그는 나를 친절하게 대해주었고, 내 빈약한 소득을 보충할 수 있는 연구활동을 맡겼으며, 자신의 집에서 저녁을 대접하기도 했다. 존 베이커와 그의 부인은 민권 운동이 활발했던 1960년대 초에 테네시 주 네쉬빌에 있는 피스크 대학교에서 근무했다. 그는 두 사람이 안고 살아야 했던 두려움과 민권 운동 과정에서 자신과 동료들이 발견했던 기쁨에 대해서 근사한 이야기를 들려주었다.

헌법 수업은 찰스 라이히 교수가 맡았다. 그는 보수주의적인 밥 보크와는 달리 대단히 자유주의적인 사람으로, 1960년대에 관한 독창적인 '반동문화적'인 내용의 책 『젊어지는 미국*The Greening of America*』의 저자였다. 형법 교수인 스티브 더크는 재치 있고 신랄한 사람으로 후일 나와 함께 화이트칼라 범죄에 대해서 연구했던 훌륭한 학자였다. 나는 탐 에머슨이 가르쳤던 '정치와 민권' 강의를 좋아했다. 야무지고 몸집이 작은 에머슨 교수는 루스벨트 행정부에서 활동했던 경력이 있고 학생들이 사용하고 있는 교재를 집필한 사람이었다. 나는 윌리엄 레온 맥브라이드의 '국법과 철학' 강의도 듣고, 법률서비스 활동도 하고, 파트타임 일자리도 얻었다. 나는 두 달 동안 일주일에 네 번 하트포드로 가서 딕 수스만의 시의회 활동을 도왔다. 그는 민주당 지지자로 더피 선거운동 때 만난 사업가였다. 딕은 내가 일자리가 필요하다는 것을 알고 있었고, 나는 그에게 약간의 도움을 주었던 것 같다.

2월 말에 나는 캘리포니아행 비행기를 탔다. 며칠 동안 프랭크 앨러, 스트로브 탤버트, 스트로브의 여자 친구 브루크 쉬어러와 함께 지낼 작정이었다. 우리는 로스앤젤레스에 있는 브루크의 부모님 집에서 만났다. 그녀의 부모님인 마바와 로이드 쉬어러는 대단히 너그럽고 개방적인 분들이었다. 로이드 쉬어러는 미국인들이 가장 많이 읽는 명사 칼럼, "월터 스콧의 인물 탐구"를 오랫동안 써온 사람이었다. 3월에 나는 프랭크가 언론 관련 일자리를 찾으며 생활하고 있는 보스턴으로 가서 프랭크와 스트로브를 다시 만났다. 우리는 프랭크의 집 뒤에 있는 숲과 가까운 뉴햄프셔 해안을 걸었다. 프랭크는 고국으로 돌아온 것에 대해 흡족한 모양이었지만, 여전히 우울한 상태였다. 징병과 징역에서 벗어났는데도 침통한 고뇌에서 벗어나지 못하고 있었다. 투르게네프가 말했던 "젊은이들만이 알고 있는, 그리고 명백한 이유가 없는" 고뇌였다. 나는 프랭크가 그것을 극복할 거라고 믿었다.

해마다 그랬듯이 봄이 오면서 나의 마음은 밝아졌다. 정치 상황은 복잡하게 돌아가고 있었다. 대법원은 인종균형을 달성하기 위한 버스 통학 법규를 만장일치로 지지했다. 중국은 미국 탁구팀의 중국 방문에 대한 보답으로 중국 탁구팀을 초청한 미국의 제의를 받아들였다. 반전 시위는 계속되고 있었다. 맥거번 상원의원은 1972년 대통령 선거에 출마할 생각으로 5월 16일에 뉴헤이번을 방문했다. 나는 그를 지지하고 있었고 그가 승리할 가능성이 있다고 생각했다. 그는 제2차 세계대전 당시의 폭격기 조종사라는 화려한 경력과 케네디 행정부의 "평화를 위한 식량" 프로그램에서 발휘했던 지도력을 과시하고 있었다. 그는 다음 민주당 전당대회에 참석할 대의원 선출에 관한 새로운 규칙을 마련하는 당 제도위원회를 지휘하고 있었는데, 그 규칙의 내용은 나이, 보다 다양한 인종, 성별의 관점을 대변할 수 있도록 고안되어 있었다. 1972년 대통령 예비선거에서는 반전 자유주의자들의 활동과 새로운 규칙들로 인한 성과가 결집될 것이고, 오래된 정치계의 거물들의 영향력은 축소되고 정당활동가들의 영향력은 확대될 터였다. 친구인 릭 스티언스는 당 제도위원회에 일하고 있었다. 나는 릭이 끈기와 지혜를 발휘하여 맥거번에게 유리한 쪽으로 당 제도를 개정할 것임을 의심치 않았다.

법대 생활과 정치계의 상황은 순조롭게 진행되고 있었지만, 나의 개인적인 생활은 엉망진창이었다. 고향으로 돌아가 예전 남자친구와 결혼하겠다는 여자친구와 헤어지고, 대단히 마음에 들었지만 태도를 분명히 하지 못했던 한 법대 여학생과도 가슴 아픈 결별을 해야 했다. 결별의 아픔에서 간신히 헤어난 후, 한동안은 여자친구를 만들지 않겠다고 결심했다. 그러던 어느 날, 에머슨 교수의 '정치와 민권' 강의실 뒤쪽에 앉아 있는데, 전에 보지 못했던 여학생이 눈에 띄었다. 나보다 출석률이 낮은 여학생인 모양이었다. 숱이 많은 갈색 머리에 안경을 쓰고 화장은 하지 않은 차림이었다. 그녀는 내가 일찍이 남자든 여자든 어느 누구에게서도 찾아보지 못했던, 강인하고 침착한 분위기를 뿜어내고 있었다. 수업이 끝난 후 나는 인사나 할 생각으로 그녀를 따라 나갔다. 두세 발짝 뒤로 다가선 나는 그녀의 어깨를 건드리려고 손을 뻗었다. 그런데 앞으로 뻗었던 손이 힘없이 돌아왔다. 몸이 반발하고 있었다. 그녀의 어깨를 건드리는 일이 단순히 어깨를 건드리는 행위가 아니라, 내 힘으로는 중단할 수 없는 일을 시작하는 거라는 생각 때문이었다.

그후 며칠 동안 학교 여기저기에서 그 여학생을 몇 번 보았지만 그녀에게 선뜻 다가갈 수가 없었다. 어느 날 밤, 나는 길고 좁은 예일 법학도서관의 한쪽 끝에 서서 제프 그레켈이라는 학생과 이야기를 나누고 있었다. 제프는 내게 「예일 법학 저널」에 참여하라고 권유했다. 그 일을 하면 연방 판사를 보좌하는 서기직이나 일류 법률회사의 일자리는 확실하게 보장된다는 이야기였다. 제프는 열심히 이야기하고 있었지만, 나는 별 관심이 없었다. 나는 아칸소로 돌아갈 작정이었고, 법률 논평보다는 정치에 더 관심이 있었다. 잠시 후 내 관심은 제프의 열정적인 이야기에서 완전히 벗어나게 되었다. 그 여학생이 다시 눈에 들어왔기 때문이었다. 그녀는 길고 좁다란 도서관 반대쪽 끝에 서 있었다. 그녀는 한번 고개를 돌려 나를 바라보았다. 잠시 후 그녀는 책을 덮고 긴 도서관 통로를 걸어와서는 내 눈을 쳐다보며 말했다. "당신은 계속 날 쳐다보고, 나도 계속 당신을 돌아보고 있으니, 서로 이름쯤은 알아야겠네요. 저는 힐러리 로댐인데요. 당신은요?" 힐러리도 이 일을 기억하고 있다. 물론 이야기는 약간 다르지만. 나는 깜짝 놀라서 잠시 동안 입이 떨어지지 않았다. 나는 간신히 이름을 말했다. 잠깐 몇 마디를 주고

받은 후, 그녀는 자리를 떴다. 불쌍한 제프 그레켈은 사태파악을 어떻게 했는지 모르지만, 다시는 법률 논평 이야기를 꺼내지 않았다.

며칠 후, 나는 법대 1층으로 내려가는 계단에서 힐러리와 마주쳤다. 그녀는 바닥에 닿을 듯한 밝은 꽃무늬 스커트를 입고 있었다. 나는 그녀와 잠시 이야기를 해보기로 마음먹었다. 그녀가 다음 학기 수강신청을 하러 가는 길이라고 하기에, 나도 그렇다고 말했다. 우리는 수강신청자 대열에 서서 이야기를 나누었다. 일이 잘 풀려나가고 있는데, 어느새 줄 맨 앞에 서게 되었다. 담당 직원이 나를 보더니 "빌, 왜 다시 왔어요? 오늘 아침에 신청했잖아요"라고 말했다. 내 얼굴은 홍당무가 되었고, 힐러리는 깔깔대고 웃었다. 속내를 들킨 김에 그녀에게 함께 예일 아트 갤러리까지 걸어가서 마크 로스코 전시회를 보자고 말했다. 그런데 나는 너무 흥분해서 그날 대학 직원들이 파업 중이라서 미술관이 닫혀 있다는 사실을 잊고 있었다. 다행히 경비 한 사람이 남아 있었다. 나는 사정 이야기를 하면서 들여보내주면 갤러리 정원에 떨어진 나뭇가지와 쓰레기들을 청소하겠다고 말했다.

경비는 우리 둘을 쳐다보고는 상황을 짐작했는지 들여보내주었다. 우리는 전시된 작품들을 마음껏 감상했다. 아름다운 작품들이었다. 나는 그날 이후로 로스코를 좋아하게 되었다. 작품 감상을 마치고 정원으로 나온 후에, 나는 나뭇가지들을 주웠다. 파업하는 사람들을 배신하는 행위를 했던 셈이다. 하지만 그런 일은 그때가 내 생애에서 처음이자 마지막이었다. 그때는 노조가 갤러리 밖에서 농성을 하지도 않았지만, 내 마음속에는 정치적인 문제가 끼어들 틈이 없었다. 청소를 마친 뒤에, 나는 힐러리와 함께 한두 시간 남짓 정원에서 시간을 보냈다. 정원에는 커다랗고 아름다운 헨리 무어 조각상이 있었다. 한 여성이 앉아 있는 모습의 조각상이었다. 힐러리는 그 여인의 무릎에 앉았고, 나는 힐러리 옆에 앉아 이야기를 나누었다. 잠시 후 나는 무심결에 몸을 기울여서 그녀의 무릎에 손을 올려놓았다. 그것이 우리 둘의 첫 데이트였다.

다음 며칠 동안 우리는 함께 시간을 보냈다. 여기저기 돌아다니면서 태양 아래 존재하는 모든 것들에 대해서 이야기를 나누었다. 그 다음 주말에 힐러리는 오래 전에 한 약속이라면서 버몬트로 갔다. 예전부터 사귀어온 남자를 만나러 가는 것이었다. 나는 불안하고 초조했다. 그녀를 잃고 싶지 않았다. 일요일 늦은 시간에 힐러리가 집에 돌아왔을 때 나는 그녀를 찾아갔다. 그녀는 몸이 좋지 않았다. 나는 힐러리에게 치킨 수프와 오렌지주스를 가져다주었다. 그날부터 우리는 떨어질 수 없는 사이가 되었다. 힐러리는 해변의 우리 집에서 많은 시간을 보냈고 더그와 던, 빌의 마음을 사로잡았다.

몇 주 뒤 나의 어머니가 찾아오셨는데, 힐러리는 이상하게도 어머니의 마음은 사로잡지 못했다. 어머니가 도착하시기 직전에 힐러리는 손수 머리를 잘랐다. 그런데 그 결과가 신통치 못해서 마치 펑크록 가수처럼 보였다. 제프 와이어의 미용실에서 나온 사람보다도 훨씬 심한 상태였다. 화장도 안 한 맨얼굴에, 허름한 티셔츠와 청바지, 그리고 밀포드 해변을 걸어서 진흙 범벅이 된 맨발. 그녀의 모습은 꼭 외계인 같았다. 어머니의 가슴을 끓게 만든 것은 내가 그녀에게 깊이 빠져 있다는 사실이었다. 어머니는 자신의 책에서 힐러리를 "철부지"라고 불렀다. 한쪽은 "화장도 안 하고, 콜라병 같이 두꺼운 안경을 끼고, 갈색 머리는 무슨 스타일인지 알 수도 없는" 여자 아이였고, 한쪽은 진홍빛 립스틱에, 눈썹 선을 그려넣고, 머리에는 은빛 띠를 두르고 있는 여성이었다. 두 사람이 상대방을 탐색하는 모습을 지켜보는 것은 참으로 재미있는 일이었다. 시간이 흘러감에 따라, 어머니는 힐러리의 외모에 신경을 덜 쓰게 되었고, 힐러리는 자신의 외모에 신경을 더 쓰게 되었다. 스타일은 달랐지만, 두 사람 모두 똑똑하고, 끈기 있고, 명랑하고, 정열적인 여성들이었다. 두 사람이 힘을 합치면, 나는 당해낼 재주가 없었다.

5월 중순이 되자, 나는 힐러리와 잠시도 떨어져 있고 싶지 않았다. 덕분에 나는 힐러리의 친구들도 만나게 되었다. 힐러리와 웰즐리 동기인 수전 그레버, 그녀는 후일 내가 오레곤의 연방판사로 임명했다. 미시시피 대학교 출신의 똑똑하고 재미있는 레바논 여성 캐롤린 앨리스, 그녀는 남부인의 기질이 나보다 훨씬 두드러졌는데, 지금은 미시시피 대학 총장으로 있다. 그리고 예일에서 최고로 똑똑한 닐 스타인맨, 그는 1992년 펜실베이니아에서 나를 위한 최초의 후원회를 조직했다.

힐러리는 일리노이 주 파크 리지에서 자랐다. 웰즐리 대학교에서 공부하던 4년 동안, 그녀는 민권과 전쟁에 대한 견해 때문에 공화당 지지자에서 민주당 지지자로 변신했다. 대학 졸업 후에는 알래스카로 여행을 갔다가 그곳에서 물고기를 닦는 일을 하며 생활비를 벌었다. 그녀는 가난한 사람들을 위한 법률 서비스와 아동 문제에 관심이 많았다. 그리고 그녀는 웰즐리 대학교 졸업식에서 너무나 훌륭한 연설을 했다. 그녀는 우리 세대가 가진 모순된 감정을 토로했다. 우리 세대는 정치 시스템에서 소외되어 있지만, 미국을 보다 좋은 나라로 만들고 싶어 한다는 주장이었다. 이 연설은 세간의 주목을 끌었고, 그녀로 하여금 자신이 몸담고 있는 지역을 벗어나서 처음으로 명성을 날릴 수 있는 기회를 제공했다. 힐러리는 나와 마찬가지로 이상주의적이면서 동시에 실용주의적인 정치관을 가지고 있었다. 그녀는 대상을 변화시키고 싶어 했으며, 그렇게 하는 데는 각고의 노력이 필요하다는 것을 알고 있었다. 그녀는 나와 마찬가지로 우리 편이 지는 것과, 패배를 도덕적인 가치나 우월성이 부족하다는 증거로 간주하는 것을 참고 보지 못했다. 힐러리는 법대에서 얕잡아볼 수 없는 존재였다. 좁지만 경쟁이 심한 연못에 사는 커다란 물고기라고나 할까. 그런데 나는 둥둥 떠서 이리저리 표류하는 존재였다.

우리 둘을 모두 아는 학생들이 힐러리에 대해서 이야기하는 것을 들어보면, 힐러리에 대한 경계심 같은 것을 가지고 있었다. 나는 그렇지 않았다. 나는 그녀와 함께 있고 싶었다. 하지만 시간은 우리를 밀어대고 있었다. 힐러리는 여름 방학 때 캘리포니아 주 오클랜드에 잇는 '트레프트, 워커, 번스타인' 법률회사에서 일자리를 구했고, 나는 맥거번 상원의원을 위해서 남부 여러 지역을 관리하는 역할을 맡아달라는 요청을 받았다. 내가 힐러리를 만나기 이전에는 목을 빼고 기다리던 일이었다. 나에게 주어진 일은 마이애미를 근거지로 삼고 남부 전역을 순회하면서 각 주의 선거운동을 통합하는 일이었다. 나는 잘해낼 자신이 있었다. 맥거번이 남부 총선거에서 선전할 것 같지는 않지만, 예비선거 과정에서 전당대회 대의원들을 꽤 많이 획득할 수 있을 것 같았다. 나는 일생일대의 정치적인 경험을 하고 싶었다. 스물다섯의 청년으로서는 좀처럼 잡을 수 없는 기회였다. 이런 기회를 얻을 수 있었던 것은, 맥거번 선거운동에서 중요 직위를 맡고 있는 릭 스티언스의 우정도 한몫을 했겠지만, 중요한 직위에 남부 출신이 하나쯤은 있어야 한다는 긍정적인 결정도 한몫을 했을 터였다.

그런데 이제는 그것을 하고 싶지 않았다. 내가 플로리다로 가게 되면 힐러리와 나는 서로를 잊게 될지도 모를 일이었다. 선거운동은 흥미진진할 것 같았지만, 내가 일기장에 썼던 것처럼, 그것은 "내 외로움을 고착시키는 길"이었다. 선거운동 과정에서는 사람들과 어울릴 때는 이익의 관점에서 행동해야 했고, 그것도 어느 정도 거리를 유지해야 했다. 힐러리와 나 사이에는 한 치의 거리도 없었다. 처음 만나는 순간부터 그녀는 내 머릿속에 있었으며, 어느새 내 마음속으로 들어와 있었다.

나는 용기를 내어 힐러리에게 물었다. 여름 동안 힐러리를 따라 캘리포니아에 가서 지내면 안 되겠느냐고. 그녀는 처음에는 믿을 수 없다는 듯한 표정을 지었다. 내가 얼마나 정치를 좋아하는지 그리고 전쟁 문제에 대해서 얼마나 진지하게 생각하고 있는지 잘 알고 있었기 때문이었다. 나는 그녀에게 이렇게 말했다. "나는 남은 인생을 일과 야망을 위해 바치고 싶다. 하지만 나는 당신을 사랑한다. 그리고 내 야망이 우리에게 좋은 결과를 가져다줄 수 있는지 알고 싶다." 그녀는 깊은 한숨을 내쉬더니 내 제안을 받아들였다. 이렇게 해서 우리는 한 달 동안 함께 지내게 되었다.

캘리포니아로 가는 길에 우리는 파크 리지에 들러 그녀의 부모님을 만났다. 힐러리의 어머니인 도로시는 상냥하고 매력적인 부인이었고, 처음 만날 때부터 나와 마음이 잘 맞았다. 하지만 힐러리의 아버지와는 그렇지가 못했다. 힐러리가 나의 어머니와 마음이 맞지 않았던 것처럼. 휴 로댐은 무뚝뚝하고 말투가 강경한 공화당 지지자였고, 나를 미심쩍게 여기고 있었다. 하지만 대화가 깊어질수록 나는 점점 그가 좋아졌다. 나는 그가 마음을 돌릴 때까지 포기하지 않고 꾸준히 노력하기로 결심했다. 우리는 힐러리의 직장 가까이에 있는 버클리로 갔다. 힐러리는 그곳에서 힐러리 어머니의 이복

동생 에이델린 소유의 작은 집에서 묵을 예정이었다. 이틀 뒤에 나는 워싱턴으로 가서 릭 스티언스와 맥거번 선거운동 책임자인 개리 하트를 만났다. 나는 그들에게 플로리다로 갈 수 없다고 말했다. 개리는 이런 기회를 지나치다니 내가 제정신이 아니라고 생각했고, 릭도 그렇게 생각했던 것 같다. 그들 생각에는 내가 어리석어 보였을 것이다. 하지만 어떤 기회를 잡느냐에 따라 사람의 인생이 결정되기도 하지만, 어떤 기회를 포기하느냐 하는 것도 그 사람의 인생을 결정한다.

나는 선거운동을 하지 못하게 된 것 때문에 마음이 편치 않았다. 나는 2주 정도 코네티컷에 가서 그곳의 조직을 세우는 일을 하겠다고 제안했다. 나는 코네티컷에서 각 지역구에서 활동할 조직을 짜고 나서, 캘리포니아로 향했다. 이번에는 마음 편히 다니려고 남쪽 방향으로 길을 잡았다.

서쪽을 향해 운전을 하는 동안 기분이 좋아졌다. 그랜드캐니언에도 들렀다. 오후 늦게 그랜드캐니언에 도착한 나는 일몰을 보기 위해서 협곡 가장자리에 불쑥 솟아 있는 바위를 타고 올랐다. 협곡이 아래쪽부터 차츰 어두워짐에 따라, 수백만 년의 세월 속에서 독립된 층으로 압축된 바위들의 색깔이 서서히 바뀌어갔다. 정말 장관이었다.

그랜드캐니언을 벗어나서 미국에서 가장 뜨거운 곳이라는 데스밸리를 가로지르는 동안은 엄청나게 짜증스러웠다. 나는 그곳에서 북쪽으로 방향을 돌려 힐러리와 함께 여름을 보낼 곳으로 향했다. 버클리의 힐러리 집에 들어서자, 그녀가 나를 맞으면서 손수 구웠다며 내가 좋아하는 복숭아 파이를 내놓았다. 너무 행복한 시간이었다. 하지만 마냥 그러고 있을 수는 없었다. 힐러리가 직장에 가는 낮시간 동안, 나는 이곳저곳 걸어다니고 공원이나 다방에서 책을 읽고 샌프란시스코도 탐험했다. 밤이면 둘이서 영화관이나 레스토랑에 가기도 하고, 그냥 집에서 이야기를 나누기도 했다. 7월 24일 우리는 스탠퍼드의 노천 강당에 가서 조앤 바에즈의 노래를 들었다. 그녀는 자신의 팬들이 모두 입장을 할 수 있도록 입장료를 2달러 50센트만 받았다. 요즘의 대규모 공연들이 비싼 입장료를 받는 것에 비하면 파격적인 금액이었다. 바에즈는 자신의 오래된 히트곡 외에도 대중 앞에서는 처음으로

부른다는 "그들이 올드 딕시로 차를 타고 온 날 밤"이라는 노래를 불렀다.

여름이 끝났을 때도 힐러리와 나의 대화는 끝날 줄을 몰랐으므로, 우리는 뉴헤이번으로 돌아가면 함께 살기로 했다. 우리들의 결합은 틀림없이 양쪽 집안에 큰 걱정을 끼쳤을 것이다. 우리는 법대에서 가까운 에지우드 애비뉴 21번지의 오래된 주택의 1층에 터를 잡았다.

우리가 살게 된 집은 현관을 들어서면 작은 거실이 있고, 거실 뒤에는 거실보다 더 작은 식당과, 식당보다 더 작은 침실이 있었다. 침실 뒤에는 낡은 주방과 욕실이 있었는데, 욕실은 변기 시트가 욕조에 닿을 정도로 좁았다. 집이 너무 낡아서 마룻바닥의 가운데 부분이 벽에서 가운데로 갈수록 눈에 보일 만큼 심한 각도로 꺼져 있었기 때문에, 작은 식탁 안쪽 다리 밑에 작은 나무판을 넣어두어야 했다. 하지만 집세는 한 달에 75달러로 가난한 법학도들의 형편에 맞게 쌌다. 그 집의 가장 좋은 점은 거실에 벽난로가 있다는 점이었다. 추운 겨울날 힐러리와 함께 불 앞에 앉아 빈센트 크로닌의 나폴레옹 전기를 읽었던 일이 아직도 잊혀지지 않는다.

우리는 너무나 행복했고 너무나 가난했다. 친구들에게 자랑할 것이라곤 새집을 장만했다는 것뿐이었다. 우리는 집으로 친구들을 불러 식사를 하는 걸 좋아했다. 우리가 자주 불렀던 손님 중에는 라푸스와 이본느 코미어 부부가 있었다. 두 사람 모두 텍사스 주 버몬트에서 활동하고 있는 아프리카계 미국인 목사의 자식이었다. 이들은 같은 동네에서 자랐고 오랜 연애 끝에 결혼한 커플이었다. 루푸스는 법학을 전공했고, 이본느는 생화학 전공 박사과정을 밟고 있었다. 나중에 이본느는 의사가 되었고 루푸스는 휴스턴에 있는 베이커-보츠 법률회사의 최초의 흑인 법률가가 되었다. 어느 날 밤 저녁식사 때, 법학과의 우등생이었던 루푸스가 공부하며 보낸 세월이 너무 길다고 한탄하기 시작했다. 그는 느릿느릿 입을 열었다. "인생이란 게 말이야, 거꾸로 되어 있어. 우리는 청춘을 공부하고, 일하는 데 바치지. 예순다섯에 은퇴를 하면, 너무 늙어서 인생을 즐길 수 없게 된단 말이야. 스물한 살에서 서른다섯 살 사이에 은퇴를 했다가, 그 다음부터 죽을 때까지 열심히 일하는 게 좋은데 말이야." 인생은 그렇게 굴러가지 않았다. 우리는 예순

다섯이 되면 집 안에 갇혀서 조용히 살아간다.

법대 3학기가 되었다. 나는 '법인재정', '형사소송법', '세법', '동산' 그리고 '법인의 사회적 책무'에 관한 세미나를 수강했다. 세미나의 지도교수는 버크 마셜과 얀 도이치였다. 마셜은 로버트 케네디 밑에서 민권 관련 법률보좌관으로 일했던 전설적인 인물이었다. 얀 도이치는 예일 법학과에서 전 과목 우등을 기록한 유일한 인물로 유명한 사람이었다. 마셜은 작고 단단한 체구에 불타오르는 듯한 눈을 가진 사람이었다. 그의 목소리는 거의 속삭임에 가까웠지만 강단 있었고, 허리는 강철을 심은 듯 꼿꼿했다. 도이치는 의식의 흐름을 따라가는 듯, 말끝을 맺지 않고 다음 문장으로 넘어가는 특이한 말투를 가지고 있었다. 사고로 인한 부상의 후유증이었다. 그는 차에 받혀 한참 동안 날아가다가 콘크리트 위에 세게 떨어지고 나서, 몇 주 동안 의식불명 상태에 있다가 머리에 금속판이 삽입된 상태에서 의식을 되찾았다. 하지만 그는 똑똑했다. 나는 그의 말투의 특징을 간파한 뒤부터 그의 말을 해독하지 못하는 학생들에게 해석을 해주는 역할을 맡았다. 얀 도이치는 좋은 무기질은 모두 과일 속 안에 들어있다고 하면서 사과를 속까지 하나도 남김없이 먹었다. 나로서는 처음 보는 행동이었지만, 나보다 슬기로운 사람의 행동이라는 생각에서 그의 행동을 따라했다. 나는 지금도 이따금씩 도이치 교수를 떠올리며 사과를 속까지 먹는다.

마빈 치렐스타인은 '법인재정'과 '세법'을 가르쳤다. 나는 세법에 약했다. 세법 규칙은 수수께끼처럼 엄청나게 많은 전문용어로 얽혀 있어서 한시도 방심할 수가 없었다. 그 용어들은 세법 전문가들에게 정당한 사회적 목적을 성취하기 위한 기회를 제공한다기보다 자기 고객의 책임을 덜어줄 수 있는 기회를 제공하는 것 같았다. 언젠가 나는 수업에 집중하지 못하고 가브리엘 가르시아 마르케스의 『백 년 동안의 고독』을 읽은 적이 있었다. 수업이 끝나자, 치렐스타인 교수는 나에게 도대체 무슨 책이 자기 강의보다 더 재미있느냐고 물었다. 나는 그 책을 들어 보이면서 윌리엄 포크너가 죽은 이후로 가장 위대한 소설이라고 말했다. 아직도 그 생각에는 변함이 없다.

나는 법인재정 강좌 마지막 시험에서 최고 점수를 받음으로써 세법의 약세를 만회했다. 치렐스타인 교수가 어떻게 해서 세법은 그렇게 못 하면서 법인재정은 그렇게 잘할 수 있느냐고 물었다. 나는 법인재정은 정치와 비슷하기 때문에 그렇다고 대답했다. 법인재정은 모든 관계자들이 사기를 당하지 않으려고 하면서 정작 자신들도 사기를 친다는 점에서, 주어진 규칙 내에서 권력을 차지하기 위한 끊임없는 투쟁이었다.

나는 학과 공부 말고도 다른 두 가지 일을 더 하고 있었다. 나는 장학금을 받고 두 개의 학자금 융자를 받고 있었지만, 늘 돈이 부족했다. 나는 일주일에 서너 시간씩 그 지역 법률가인 벤 모스를 위해서 법률연구도 하고 심부름도 다녔다. 조금 지나면서 법률연구는 시들해졌지만, 심부름은 재미있었다. 어느 날 나는 시내 고층 건물의 어느 주소지에 서류를 가져다주어야 했다. 3층 계단을 올라가다가 한 남자를 지나쳤는데, 생기 없는 눈을 하고 있는 그의 팔에는 주사바늘이 매달려 있었다. 방금 헤로인 주사를 놓은 모양이었다. 나는 서류를 전달하고 나서 잽싸게 그곳을 빠져나왔다.

두 번째 일은 첫 번째 일에 비해 덜 위험하면서도 더 재미있는 일이었다. 나는 뉴헤이번 대학교에서 법률강제 교육을 받는 학부 학생들에게 형법을 가르쳤다. 강사비는 닉슨 취임 후 시작된 '연방 법률강제 보조 프로그램'에서 지급했다. 합헌적인 방법으로 체포, 수색, 구금을 할 수 있는 보다 직업적인 법률 공무원을 배출하기 위해서 마련된 수업이었다. 수업 전날 저녁 늦게까지 강의 준비를 해야 할 때가 많았다. 나는 잠을 쫓으려고 집에서 한 블록 떨어진 곳에 있는 엘름 스트리트 식당에 앉아 일을 했다. 그 식당은 밤샘 영업을 하는 곳으로, 커피도 맛있고 과일파이도 맛있었다. 그곳은 뉴헤이번의 밤거리에서 생활하는 여러 종류의 사람들로 붐볐다. 그리스 이민자인 토니는 식당 주인의 조카로 야간 영업을 맡고 있었다. 그는 청하기만 하면 계속해서 내 잔에 공짜 커피를 다시 채워주었다.

식당 밖에서는 도로를 경계로 두 그룹의 매춘 여성들이 활동을 하고 있었다. 그들은 이따금 경찰에 잡혀 갔다가도 금세 다시 그곳으로 돌아왔다. 그 여성들은 커피를 마시고 몸을 녹이기 위해서 자주 식당에 드나들었다. 내가 법대 학생이라는 것을 알고 무료 법률서비스를 받기 위해 내 자리로 들어와 앉는 여성들도 있었다. 나는 최선을 다해 상담을 하고 다른 직업을 찾으라고 권유했지만, 내가 내린 최선의 충고를 받아들이는 사람은 아무도 없었다. 어느 날, 여장을 한 키 큰 흑인 남성이 내 맞은편 자리에 와서 앉았다. 그는 자신의 사교 클럽이 돈을 벌기 위해서 텔레비전 복권을 판매하고 있는데, 그것이 도박금지법을 위반하는 건지 알고 싶다고 말했다. 나중에 알게 된 일이지만, 그가 진짜 걱정하고 있었던 것은 장물업자인 친구가 클럽에 '기증한' 텔레비전을 도난당했기 때문이었다. 어쨌든 복권판매는 흔하게 이루어지고 있는 일이고, 그 클럽은 기소되지 않을 것 같다고 말해주었다. 그는 내게 상담해준 보답으로 텔레비전 복권 한 장을 주었다. 엘름 스트리트 식당에서 법률서비스를 해준 대가로 보수를 받은 것은 처음이었다. 텔레비전을 받은 것도 아니지만 복권을 받은 것만으로도 흐뭇했다. 그 복권에는 굵은 글씨체로 '블랙 유니크'라는 사교 클럽 이름이 새겨져 있었다.

9월 14일, 힐러리와 내가 블루벨 카페로 들어가고 있을 때, 누군가가 다가와서 급한 일이라며 스트로브 탤버트에게 전화를 해보라고 했다. 스트로브는 브루크와 함께 클리블랜드의 부모님 댁을 방문하고 있는 중이었다. 카페 밖에 있는 공중전화에 동전을 넣는데 웬일인지 가슴이 답답했다. 브루크가 전화를 받더니 프랭크 앨러가 자살했다고 말했다. 프랭크는 「로스앤젤레스 타임스」의 사이공 지국에 일자리를 구했고, 옷가지를 챙겨서 베트남으로 가기 위해서 즐거운 기분으로 스포케인으로 돌아왔다. 그는 자신이 반대했던 전쟁을 보고 그것에 대한 글을 쓰고 싶어 했던 것 같다. 자신이 겁쟁이가 아니라는 것을 입증하기 위해서 위험한 길을 걷고 싶었을지도 모를 일이었다. 표면적 생활이 잘 풀려나가던 바로 그순간, 그의 내면에서 진행되고 있던 무언가가 그를 자살로 몰고 갔던 것이다.

프랭크의 친구들은 뜻밖의 일이라며 경악을 했지만, 우리는 속사정을 알고 있었다. 그 일이 있기 6주 전, 내 일기장에는 프랭크가 베트남이나 중국에서 신문 관련 일자리를 구하고 있는데 좋은 결과가 나오지 않아서 다시 우울증 증세를 보이고 있다고 적혀 있었다. 그는 최근 몇 년간 육체적인 그리고 정신적인 긴장과 고통에 시달리면서 대부분 혼자서 그 긴장과 고통을 견뎌내고 있었다. 프랭크의 이성적인 친구들은 외면적인 생활이 제 궤도에 오르면 내적인 고통도 가라앉을 거라고 생각하고 있었다. 하지만 나는 그런 끔찍한 시기에는 우울증이 합리적인 판단을 압도한다는 것을 알고 있었다. 우울증은 배우자, 아이들, 연인들, 친구들의 합리적인 보살핌만으로는 치료할 수 없는 병이다. 나는 친구 빌 사타이론이 우울증과 자살충동과 싸웠던 자신의 경험을 대담하게 설명하고 있는 『꿰뚫어볼 수 있는 어둠: 광기의 회상록*Darkness Visible : A Memoir of Madness*』을 읽고 나서 이 사실을 이해하게 되었다. 프랭크가 자살했을 때, 내가 느낀 감정은 슬픔과 분노였다. 그가 자살했다는 데 대한 슬픔이었고, 그가 우울증에 시달리고 있는 것을 보고서도 전문가의 도움을 받게 하지 못한 나 자신에 대한 분노였다. 지금 알고 있는 것을 당시에도 알았더라면 좋았을 텐데. 하기야 그랬다고 하더라도 사정이 달라지지 않았을 수도 있겠지.

프랭크가 죽은 후, 나는 보통 때와 같은 낙천주의와 학과, 정치, 사람들에게 대한 흥미를 잃어버렸다. 힐러리가 없었다면 나는 어떻게 되었을까. 우리가 처음 만났을 때, 힐러리는 잠시 자신감을 잃어버렸던 때가 있었다. 하지만 그녀는 남들 앞에서는 강한 모습을 보였기 때문에, 아마 친한 친구들조차 그 사실을 알아차리지 못했을 것이다. 그녀가 내게 속마음을 털어놓았다는 사실은 그녀에 대한 사랑을 한층 단단하게 만들었다. 이제는 내 차례였다. 나는 그녀가 필요했다. 그녀는 내게 다가와서 내가 배우고 있고, 하고 있고, 생각하고 있는 것들이 모두 중요한 것이라는 사실을 일깨워주었다.

봄 학기에 내가 들었던 강의들은 제프리 하자드 교수의 '증거' 강의만 빼고는 모두 시들했다. 어떤 것이 공정한 재판에서 인정되는 증거냐 아니냐를 구분하는 규칙들, 입증할 수 있는 사실들을 가지고 정직하고 합리적인 주장을 하는 과정들은 참으로 매력적이고 인상적이었다. 나는 늘 법률뿐 아니라 정치활동에서도 증거에 입각한 주장을 하려고 노력했다.

증거는 그 학기에 내가 했던 주요한 법대 활동에서도 중요한 역할을 담당했다. 그 학기에는 '법률가 클럽'의 재판 경연대회가 있었다. 3월 28일,

힐러리와 나는 준결승에 오르게 되었다. 준결승에서는 네 명의 학생들과 두 명의 후보가 선발되어 완전히 형식을 갖춘 재판에 참여하게 되는데, 그 재판의 대본은 한 3학년 학생이 만든 것이었다. 우리는 선전했고 준결승을 통과했다.

다음 한 달 동안, 우리는 결선 재판인 '프라이즈 트라이얼'을 준비했다. 주 검찰 대 포터의 모의재판이었다. 포터는 장발 청년에 대한 폭행치사죄로 고소된 경찰이었다. 4월 29일, 힐러리와 나는 후보인 밥 앨스도프의 도움을 받아 포터 씨를 기소했다. 피고측 변호사는 마이크 콘웨이와 토니 루드였고, 후보는 더그 이클리였다. 판사는 전직 대법원 판사인 에이브 포타스였다. 포타스는 진지하고 철저하게 자신의 역할에 임했다. 그는 양측의 주장에 대해 일일이 판정을 하고 이의를 제기하는 역할을 수행했다. 그는 재판에 임하는 네 명의 학생들을 평가하여 상을 받을 사람을 결정했다. 나는 준결승에서는 내 법대 활동 중에서 가장 멋진 공개 연설을 했지만, 프라이즈 트라이얼은 완전히 망쳐버렸다. 나는 그날 상태가 좋지 않았고, 우승을 거둘 만한 성과를 거두지 못했다. 하지만 힐러리는 좋은 성과를 거두었다. 마이크 콘웨이 역시 효과적이고 감동적인 최종 변론을 했다. 포타스는 콘웨이에게 상을 주었다. 힐러리가 우승하지 못한 이유 중 하나는 힐러리의 검사답지 않은 옷차림 때문일 것이다. 포타스는 힐러리의 옷차림을 보고는 마음에 들지 않는지 뚱한 표정을 지었다. 힐러리는 파란색 스웨이드 재킷에 밝은 오렌지색 스웨이드 나팔바지를 입고 파란색, 오렌지색, 흰색이 어우러진 블라우스를 입고 있었다. 힐러리는 훌륭한 변호사가 되었지만, 두 번 다시 법정에 그런 오렌지색 바지를 입고 나타나지 않았다.

프라이즈 트라이얼 외에도, 나는 맥거번 선거운동에 경쟁적인 본능을 쏟아 부었다. 그해 초에 나는 은행잔고를 긁어모아 캠퍼스 근처에 선거운동 사무실을 열었다. 내가 가진 돈은 200달러였는데, 한 달 사무실 임대료와 전화 한 대 사용료를 감당할 만한 돈이었다. 나는 3주 만에 800명의 자원활동가와 약간의 후원금을 끌어 모았다. 그 후원금은 내가 투자한 비용을 회수하고 사무실을 계속 유지할 수 있을 정도였다.

자원활동가들은 다가오는 예비선거 활동과정에서 대단히 중요한 자원이었다. 나는 예비선거에서 민주당 조직과 강력한 민주당 당수 아더 바비어리와 맞서 싸워야 했다. 4년 전인 1968년, 매카시가 뉴헤이번의 예비선거에서 선전을 했던 이유 중 하나는 민주당 지지자들이 험프리 부통령의 승리를 당연하게 여겼던 데 있었다. 나는 바비어리가 다시 그런 실수를 되풀이하지는 않을 거라고 생각하고, 바비어리를 설득해서 맥거번을 지지하게 해야겠다고 마음먹었다. 나의 그런 노력이 아예 승산 없는 일이었다고 말하는 것은 지나친 평가절하라고 생각한다. 내가 그의 사무실로 가서 인사했을 때, 바비어리는 친절하지만 사무적인 태도로 나를 대했다. 그는 손을 가슴에 얹은 채 의자에 앉아 있었다. 그의 손에는 커다란 다이아몬드 반지 두 개가 빛나고 있었는데, 하나는 보석이 많이 박힌 커다랗고 둥근 반지였고, 다른 하나는 그의 이니셜인 AB 글자 모양에 다이아몬드가 잔뜩 박혀 있는 반지였다. 그는 미소를 지으면서 1972년은 1968년을 재연하지 않을 것이며, 이미 자기편 지지자들을 투표소로 후송할 차량과 활동가들을 많이 준비해놓았다고 말했다. 그는 그 일을 하는 데만 5만 달러가 들었다고 말했는데, 뉴헤이번과 같은 타운 규모에 비하면 엄청나게 많은 금액이었다. 나는 입을 열었다. 나는 돈은 많지 않지만 800명의 자원활동가들이 있는데, 이들은 그의 요새 안에 있는 집들을 일일이 찾아다니며 이탈리아계 어머니들에게 아더 바비어리가 그들의 아들들을 계속 베트남에 보내서 싸우다 죽게 하려 한다고 말할 거라고. "하지만 걱정하실 필요는 없습니다." 나는 말했다. "당신은 왜 누가 지명권을 따느냐 하는 걸 놓고 걱정을 하고 계십니까? 맥거번을 밀어주십시오. 그는 제2차 세계대전의 전쟁영웅입니다. 그와 합의를 하면, 당신은 뉴헤이번을 장악할 수 있습니다." 바비어리는 열심히 듣고 나서 대꾸했다. "이보게, 청년. 아주 멍청이는 아니군. 생각을 해보겠네. 열흘 후에 다시 찾아오게." 다시 그를 찾아갔을 때, 그는 "생각을 해봤네. 맥거번 상원의원은 훌륭한 사람이고, 우리는 베트남에서 벗어나야 해. 나는 내 밑의 활동가들에게 우리 계획을 이야기해줄 작정이네. 자네가 와서 한마디 해줬으면 하네."

며칠 후에, 나는 힐러리를 데리고 중심가의 어느 낡은 건물 지하에 있는 이탈리아인 클럽, 멜레버스에 갔다. 바비어리가 이끄는 지도적인 활동가들과 만나는 특별한 자리였다. 실내 장식은 붉은색과 검은색 일색이었다. 그곳은 아주 어둡고, 소수민족의 분위기와 반 맥거번의 분위기가 물씬 풍겼다. 바비어리가 사람들에게 뉴헤이번 출신 청년들이 더 이상 베트남에서 죽어가지 않도록 하기 위해서 맥거번을 지지할 것이라고 이야기했다. 사람들은 불만에 찬 신음 소리를 냈다. "아더, 그 사람은 빨갱이예요." 한 남자가 말을 툭 던졌다. "아더, 그 사람 말투가 호모 같아요." 다른 사람이 말했다. 콧소리가 섞인 맥거번의 말투를 놓고 하는 말이었다. 바비어리는 꿈적도 하지 않았다. 그는 나를 소개하고 내가 이끌고 있는 800명의 자원활동가들에 대해서 이야기한 다음, 나에게 연설할 기회를 넘겨주었다. 나는 맥거번이 전쟁 때 쌓은 공적과 케네디 행정부에서 수행했던 활동들을 집중적으로 선전했다. 그날 저녁, 그들은 모두 마음을 바꿨다.

나는 너무나 신이 났다. 예비선거 과정에서, 아더 바비어리와 뉴욕시티의 매티 트로이가 보수적인 민주당 당수로서는 드물게 맥거번을 지지했다. 하지만 맥거번 활동가들이 모두 좋아했던 것은 아니었다. 이들의 맥거번 지지가 발표된 후, 늦은 밤에 트럼불의 우리 측 열성당원 두 명이 내게 전화를 걸어서 성을 냈다. 더피 선거운동 당시 함께 일했던 사람들이었다. 그들은 내가 그런 사악한 타협을 얻기 위해서 선거운동의 대의를 팔아먹었다는 것을 믿을 수 없다고 했다. "죄송합니다만," 나는 전화에 대고 소리쳤다. "나는 우리의 목적을 달성하기 위해서 그런 겁니다." 나는 전화를 끊어버렸다. 바비어리는 약속을 충실히 지켰고 그 결과는 효과적이었다. 민주당 전당대회에서 맥거번 상원의원은 1차 투표 때 우리 지역구의 여섯 표 중에 다섯 표를 얻었다. 11월의 투표에서 뉴헤이번은 코네티컷 주에서 유일하게 맥거번을 지지했다. 바비어리는 약속을 지켰던 것이다. 대통령이 되었을 때, 나는 바비어리를 찾아냈다. 그는 건강이 좋지 않았고, 오래 전에 정계에서 은퇴한 처지였다. 나는 그를 백악관으로 초청했다. 오벌 오피스에서 만나고 난 뒤 얼마 안 있어 그는 사망했다. 바비어리는 제임스 카빌이 말하는 "끈질긴 사람"이었다. 정치계에서 이것은 아주 중요한 덕목이다.

코네티컷에서 올린 성과 덕분에 나는 맥거번 선거운동의 핵심 인물이 되었다. 나는 전국 집행부에 들어가 마이애미 비치에서 열리는 민주당 전국 전당대회에서 활동하게 되었다. 이제는 사우스캐롤라이나와 아칸소 대의원들에게 집중해야 했다.

한편, 힐러리는 워싱턴 리서치 프로젝트를 맡고 있는 마리안 라이트 에델먼 밑에서 활동하기 위해서 워싱턴으로 가게 되었다. 워싱턴 리서치 프로젝트는 아동보호 프로그램으로, 얼마 안 있어 '아동보호기금'이라고 불리게 되었다. 힐러리가 맡은 일은 법원이 명령한 공립학교 인종통합 정책에 대응하여 설립된 남부의 백인 학교를 조사하는 일이었다. 북부에서는 백인 부모들이 아이들을 시내 학교에 보내고 싶지 않으면 교외로 이주할 수 있었다. 그러나 남부의 작은 타운에서는 이런 방법을 쓸 수가 없었다. 교외는 목장이고 콩밭이었다. 그런데 닉슨 행정부는 백인 학교들이 면세 혜택을 받지 못하게 하는 법률의 시행을 미루고 있었고, 그것은 바로 남부의 백인들이 공립학교를 떠나게 하려는 의도였다.

나는 워싱턴에서 맥거번을 위한 활동을 개시했다. 나는 제일 먼저 풀브라이트 상원의원을 위해 활동했던 리 윌리엄스와 친구들을 끌어 모은 다음, 주택 및 재산 위원회의 의장인 윌버 밀스 하원의원을 찾아갔다. 그는 세법에 관해 꿰뚫고 있고 위원회를 운영하는 기술이 뛰어나서 워싱턴의 전설적인 인물로 통하고 있었다. 그는 마이애미 전당대회에서 아칸소의 "착한 아들"로서 후보에 나설 것이라고 공언하고 있었다. 대개의 경우 그런 식의 입후보는 주의 대의원들이 선두주자에게 투표하는 것을 막으려는 의도에서 출발하는 것이었다. 하지만 당시 착한 아들은 이따금 번개가 칠지도 모르는 일이며, 적어도 부통령 지명자라는 티켓을 따낼 수도 있다고 생각하고 있었다. 밀스의 경우, 그의 입후보는 두 가지 목적을 가지고 있었다. 아칸소의 민주당 지지자들은 대의원 수에서 훨씬 앞서고 있는 맥거번이 총선거에서는 대패할 거라고 확신하고 있었고, 밀스는 자신이 더 나은 대통령이 될 거라고 생각하고 있었다. 밀스와의 만남은 우호적인 분위기 속에서 진행되었다. 나는 밀스 의장에게 대의원들이 그를 배반하지는 않을 거라고 생각하며, 맥거번 상원의원이 필요한 경우에는 중요한 의사절차상의 투표와 2차 투표에서 대의원들을 설득할 거라고 말했다.

밀스와 만나고 난 뒤, 나는 비행기 편으로 컬럼비아, 사우스캐롤라이나로 가서, 가능한 한 많은 전당대회 대의원들을 찾아다녔다. 많은 대의원들이 맥거번에게 우호적이었다. 나는 대의원들이 결정적인 투표에서는 우리에게 도움을 줄 수 있다고 생각하고 있었다. 물론 대의원들은 맥거번 위원회의 새로운 당규가 요구하는 것만큼 인종, 성별, 그리고 연령의 다양성을 확보하고 있지 않았으며, 자격심사위원회가 이 문제에 대해서 이의를 제기하리라는 것은 예상되는 일이었다.

마이애미 전당대회가 열리기 전에, 나는 아칸소 주 대의원들을 설득하기 위해서 핫스프링스에서 열리는 아칸소 민주당 전당대회로 향했다. 마이애미에서 대의원단의 단장직을 맡게 될 범퍼스 주지사는 맥거번이 아칸소의 민주당 지지자들의 반감을 살 거라고 생각하고 있었다. 하지만 아칸소에서도 사우스캐롤라이나와 마찬가지로 많은 대의원들이 전쟁을 반대하고 맥거번을 지지했다. 나는 내가 맡았던 두 가지 임무에 대해서 만족감을 느끼며 마이애미로 향했다.

7월 중순에 전당대회가 열렸다. 주요 후보들은 마이애미와 마이애미 비치 주위 호텔에 본부를 두고 있었지만, 주된 활동은 전당대회장 밖에 배치된 트레일러에서 이루어지고 있었다. 맥거번의 트레일러에서는 개리 하트가 전국 선거운동본부장으로, 프랭크 맨키윅스가 전국 선거운동국장이자 대변인으로, 그리고 나의 친구인 릭 스티언스가 조사 및 주 간부회의 집행위원장으로 일하고 있었다. 릭은 당규에 대해서 어느 누구보다 많이 알고 있었다. 대의원으로 활동하고 있는 사람들은 의원석에서 트레일러의 지시에 따르고 있었다. 맥거번 선거운동은 열성적인 자원활동가들과 하트의 지도력, 맨키윅스의 언론 관리, 스티언스의 선거전략 덕분에 선전을 하고 있었다. 이들의 도움으로 맥거번은 허버트 험프리, 에드 머스키, 정당을 선거체제로 전환한 뉴욕 시장 존 린드세이, 그리고 선거운동 기간 동안 암살 협박으로 인해 마비되어 있는 조지 월러스 등의 보다 탄탄하고 보다 카리스마적인 정치가들을 물리치고 많은 표를 거둬들이고 있었다. 여성 하원의원인 셜리 크리스홈도 출마를 하여 최초의 아프리카계 미국인 후보로 나서고 있었다.

우리는 맥거번이 캘리포니아 대의원 문제를 뚫고 나간다면 1차 투표에서 승리를 거둘 수 있을 것 같았다. 맥거번이 새로 만든 당규에 따르면, 각 주는 예비선거에서 대의원들이 획득한 득표율에 최대한 가깝게 대의원들을 할당하도록 규정하고 있었다. 그러나 캘리포니아는 여전히 승자독식 시스템을 가지고 있었고 주의회가 전당대회 시기까지 선거법을 개정하지 않았기 때문에 이 시스템을 유지할 권리가 있다고 주장하고 있었다. 아이러니하게도, 맥거번은 자신이 만든 당규보다 캘리포니아 시스템의 덕을 더 보게 될 전망이었다. 예비선거에서 44퍼센트 득표율을 기록했지만 271명의 대의원 전원으로부터 지지를 획득하게 되는 셈이었기 때문이었다. 반 맥거번 세력들은 맥거번이 위선자라고 주장하며, 전당대회는 그에게 44퍼센트의 대의원석 혹은 120명의 대의원석만 주고, 나머지 151명의 대의원석은 캘리포니아 예비선거의 득표율에 따라서 다른 후보들에게 주어야 한다고 주장했다.

전당대회의 자격심사위원회는 맥거번에 반대하는 분위기였고, 캘리포니아의 주장을 확인하기 위한 투표를 실시해서 맥거번에게 120명의 대의원만을 줌으로써 1차 투표에서의 승리를 불투명하게 만들었다.

자격심사위원회의 결정은 전당대회 대의원 다수의 결정에 의해 번복될 수 있도록 규정되어 있었다. 맥거번 세력은 캘리포니아가 위원회의 결정을 뒤집기를 원했다. 사우스캐롤라이나의 경우는 대의원의 절반이 여성 의원이어야 하는데 25퍼센트만 여성 의원이었기 때문에, 전당대회는 당규 위반으로 투표권을 주지 않는다는 결정을 내린 상태였다. 사우스캐롤라이나의 대의원들은 위원회의 결정을 뒤집었다. 맥거번은 명목상으로는 이런 대표성의 부족을 이유로 사우스캐롤라이나의 태도에 대해서 반발하고 있었다.

다음에 일어난 일들은 상세하게 기록하기에 적당하지 않을 만큼 복잡하게 진행되었다. 릭 스티언스는 사우스캐롤라이나의 표를 잃는 한이 있어도 우리의 적수들을 절차적인 당규로 묶어놓는 것이 유리하며, 결국은 캘리포니아의 표를 얻게 될 것이라고 판단했다. 릭 스티언스의 전략은 성공했다. 사우스캐롤라이나 대의원들이 전당대회에 의원석을 배정받으면서, 우리의 적수들은 승리를 점치고 있었다. 하지만 이들은 뒤늦게야 자신들이 함정에 빠진 것을 깨달았다. 우리는 대의원 271명 전원을 확보했고, 안전하게 후보 지명을 따냈다. 예비선거가 주된 대의원 선출 방식으로 자리 잡은 상황에서, 우리의 캘리포니아 전술은 전당대회에서 동원할 수 있는 정치 전술의 가장 좋은 사례라고 할 수 있다. 과연 릭 스티언스는 당규에 관한 한 타의 추종을 불허하는 인물이었다. 나는 사기가 충천했다. 맥거번의 1차 투표 승리는 사실상 보장되어 있는 셈이었고, 사우스캐롤라이나 대의원들은 전당대회에 참석할 수 있게 되었다.

애석하게도, 여기서부터 판세가 기울어지기 시작했다. 맥거번은 뒤늦게 전당대회에 입성했지만 여론조사에서 닉슨 대통령에게 크게 뒤쳐져 있었다. 우리는 며칠 동안 언론의 집중적인 조명을 받은 덕분에 그 주 동안에 5포인트를 따라잡을 수 있을 것 같았다. 그러나 이런 반격에 성공하려면 대의원 자격 이의신청 과정처럼 철저하게 상황을 장악할 수 있는 전술을 사용해야 했다. 몇 가지 이유에서 그런 전술적인 대처는 실종되고 말았다. 첫째, 동성애자의 권리를 옹호하는 그룹이 맥거번 본부가 있는 호텔에서 연좌농성을 벌이면서 맥거번을 만날 때까지는 철수하지 않겠다고 고집을 부렸다. 맥거번은 이들을 만났다. 언론과 공화당 지지자들은 맥거번이 굴복했다고 떠벌림으로써, 맥거번을 위약하고 지나치게 진보적인 인물로 인식시켰다. 목요일 오후, 맥거번은 자신의 러닝메이트로 미주리 주 상원의원인 탐 이글턴을 지명했다. 그날 밤 투표 중에 이글턴에 맞서는 여러 사람들의 이름이 입후보 명단에 올랐다. 여섯 명의 후보가 추가로 경선에 뛰어들었고, 입후보 연설을 마치고 나서 장시간의 투표가 시작되었다. 이글턴의 승리는 기정사실이었지만, 다른 여섯 명도 표를 떼어갔다. CBS 뉴스의 로저 머드와 텔레비전 스타 아치 벙커, 그리고 마오쩌둥도 표를 떼어갔다. 낭패였다. 1,800

만 가정이 시청하고 있는 텔레비전 황금 시간대에 쓸데없는 일들이 끼어든 것이었다. 에드워드 케네디 상원의원의 맥거번 지명 연설과 지명자의 수락 연설 등의 예정된 프로그램은 이른 아침 시간대로 밀려나게 되었다. 케네디 상원의원은 능숙하게 감동적인 연설을 했다. 맥거번의 수락연설도 훌륭했다. 맥거번은 미국을 상대로 이렇게 주문했다. "돌아오십시오…… 상류층의 기만으로부터 벗어나서…… 게으른 사람들의 낭비에서 벗어나서…… 편견에서 벗어나서…… 돌아오십시오…… 우리에게는 꿈이 있다는 확신으로…… 미국을 전진시킬 수 있다는 신념으로…… 우리가 새로운 세계를 만들어낼 수 있다는 믿음으로." 문제는 맥거번이 연설을 시작했던 시간이 새벽 2시 48분이었다는 점이었다. 익살꾼 마크 쉴즈가 비꼬았듯이 그 시간은 "사모아에서나 황금시간대"였다.

설상가상으로 이글턴이 우울증 치료를 받은 적이 있으며, 심지어는 전기충격요법 치료까지 받았다는 사실이 알려지게 되었다. 안타깝게도 당시에는 정신 질환의 본질과 범위에 대한 사람들의 인식이 극도로 빈약했으며, 링컨과 윌슨 등 전직 대통령들도 간헐적으로 우울증에 시달렸다는 사실도 알려지지 않은 때였다. 맥거번이 당선되면 이글턴 상원의원이 대통령 다음가는 유력자가 된다는 사실, 그리고 이글턴이 맥거번에게 그런 사실에 대해서 말하지 않았다는 사실은 많은 사람들의 마음을 흔들어놓았다. 맥거번이 그 사실을 미리 알고서도 이글턴을 부통령 후보로 지명했다면, 정신 질환에 대한 국민들의 인식을 끌어올리는 데 크게 기여할 수 있었을 터였다. 하지만 일은 그렇게 되지 않았고, 사람들은 맥거번의 판단과 능력에 대해서 큰 의문을 품게 되었다. 우리 선거운동본부는 정신 질환 문제에 능통한 민주당의 미주리 주 주지사 워렌 히언즈와 이글턴의 지명 문제를 상의한 적도 없었다.

마이애미 전당대회가 끝난 지 일주일도 못 되어 우리는 만신창이가 되었다. 4년 전에 민주당 지지자들이 지나치게 진보적이고 지나치게 무능한 모습으로 시카고를 떠나가던 때보다 훨씬 심각한 상태였다. 이글턴의 이야기가 알려지자, 맥거번이 제일 먼저 했던 말은 이글턴을 "1000퍼센트" 지지

한다는 것이었다. 하지만 며칠 후 맥거번은 지지자들의 엄청난 압력에 밀려 이글턴을 내던져버렸다. 다른 후보를 찾아낸 것은 8월 둘째 주였다. 테드 케네디, 코네티컷 상원의원 에이브 리비코프, 플로리다 주지사 로빈 애스큐, 허버트 험프리, 에드 머스키 상원의원이 모두 부통령 후보 제안을 거절한 뒤에, 케네디 대통령의 처남인 사전트 슈라이버가 그 제안을 받아들였다. 나는 대부분의 미국인들이 진보적이면서도 지나치게 자유주의적이지 않은 온건한 후보에게 투표할 거라고 확신하고 있었다. 마이애미 전당대회 직전에 나는 맥거번을 포기할 수도 있다는 생각을 했었다. 우리는 시대에 뒤진 후보와 손을 잡고 있는 셈이었다. 나는 워싱턴으로 돌아와 힐러리를 만났다. 피곤에 지친 나는 한 번도 깨지 않고 꼬박 하루 동안 잠을 잤다.

며칠 후, 나는 총선거를 돕기 위해서 텍사스로 갈 채비를 했다. 워싱턴에서 아칸소로 가는 비행기 안에서 나는 총선거 과정이 순탄하지 않으리라는 것을 깨닫게 되었다. 옆 좌석에는 미시시피 주의 잭슨 출신의 젊은이가 앉아 있었다. 나는 무슨 일을 하느냐는 그의 질문에 대답했다. 그러자 그는 "맥거번을 위해서 일한다는 백인은 처음 보는군요!"라고 소리쳤다. 어느 날 나는 샘 어빈 상원의원을 의장으로 한 워터게이트 조사위원회 직전에 존 딘이 닉슨 백악관 보좌관들의 범죄 행위에 대해 증언하는 장면을 시청하고 있었다. 그때 예전에 비행기에서 만났던 남자에게서 전화가 걸려왔다. 그는 "당신이 '내가 전에 그렇게 말해잖아요'라고 말할 기회를 주려고 전화했어요"라고 말했다. 그 사람은 두 번 다시 전화를 걸어오지 않았다. 하지만 나는 그가 전화해준 것이 너무나 고마웠다. 워터게이트 추문이 밝혀지면서 2년 만에 여론이 그토록 많이 바뀌었다는 것은 나로서는 놀라운 일이었다.

1972년 여름, 텍사스에서의 활동은 흥미진진했지만 결국 헛수고가 되고 말았다. 1960년 존 케네디 때부터, 민주당 대통령 선거운동은 다른 주 출신자들에게 주요 주의 선거운동을 감독하는 역할을 맡기는 일이 많았다. 다른 주 출신자들을 파견하면 경합하는 당파들을 통합하고, 모든 결정이 당파적인 이익이 아니라 후보자의 이익을 우선으로 내려지는지 확인할 수 있다는 생각에서 나온 조치였다. 이론이야 그랬지만, 실제로는 텍사스처럼 분열되고 다툼이 많은 환경에서는 다른 주 출신자들은 모든 당파로부터 노여움을 샀다. 특히 맥거번의 경우처럼 불안한 선거운동을 할 때는 그 정도가 훨씬 심했다.

선거운동본부는 텍사스에 나와 테일러 브랜치를 파견했다. 테일러 브랜치는, 내가 예전에 말했듯이, 1969년에 마르타 비니어드에서 처음 만났던 사람이었다. 본부는 만전을 기할 목적으로 줄리어드 글릭먼이라는 휴스턴 출신의 유능한 젊은 변호사를 우리 삼인조 중 한 사람으로 지명했다. 테일러와 나는 둘 다 남부 출신이었고, 협조를 꺼리지 않는 사람들이었다. 나는 텍사스에서 좋은 성과를 거둘 수 있으리라고 기대했다. 우리는 주의회 의사당에서 멀지 않은 오스틴 시의 웨스트 식스 스트리트에 사무실을 꾸리고, 콜로라도 강 건너편 야산에 있는 아파트를 함께 얻었다. 테일러는 사무실 운영과 예산 관리를 맡았다. 재원이 많지 않았지만, 다행스럽게도 테일러는 손이 헤프지 않은 사람이었고 사람들의 요청을 거절하는 실력도 나보다 뛰어났다. 나는 카운티 조직들을 관리했고, 줄리어드는 자신이 아는 텍사스 유지들에게서 지지를 끌어내는 일을 맡았다. 우리 집행부에는 열정적인 젊은이들이 있었다. 그들 중에서 개리 모로, 로이 스펜서, 주디 트라불시 이렇게 세 사람은 힐러리와 나와 가까운 사이가 되었다. 후일 개리 모로는 텍사스 토지국장이 되었으며 나의 대통령 선거운동에서 중요한 역할을 맡았다. 로이 스펜서와 주디 트라불시는 광고대행사를 설립했다. 개리, 로이, 주디는 나와 힐러리가 나섰던 선거 운동마다 큰 도움을 주었다.

벳시 라이트는 텍사스 출신으로 내 활동에 가장 큰 영향을 미친 사람이었다. 그녀는 텍사스 서부의 앨핀이라는 작은 타운에서 활동하는 의사의 딸이었다. 민주당 코먼 코즈에서 활동하고 있는 벳시는 나보다 두세 살 연상이었지만 유권자를 대상으로 한 활동에서는 나보다 훨씬 경험이 많았다. 똑똑하고 열정적이고 성실하고 지나칠 정도로 양심적인 사람이었다. 그녀는 정치에 관한 한 나보다 훨씬 열정적이었는데, 나로서도 이런 사람은 처음이었다. 경험이 적은 동료들도 해 뜬 후에 출근하고 해 지기 전에 퇴근하는 식으로 일을 하는데, 그녀는 하루에 18시간씩 일했다. 내가 1980년 주지사 선거에서 패배하고 난 뒤, 힐러리는 벳시에게 리틀록으로 와서 다음 번 선거에 대비하여 내 자료들을 챙겨달라고 부탁했다. 그녀는 이 부탁을 들어주었고, 1982년 주지사 선거 때까지 함께 일했다. 벳시는 주지사 사무실 운영책임자로 일하다가 1992년의 대통령 선거에서 핵심 역할을 맡았다. 그녀는 끊임없는 인신공격과 정치공세로부터 나와 나의 경력을 방어하는 일을 맡아 그 누구도 따라잡을 수 없는 실력과 정신력을 발휘했다. 벳시 라이트가 없었다면 나는 대통령에 당선되지 못했을 것이다.

텍사스에 온 지 몇 주 후에, 힐러리가 선거운동에 합세했다. 힐러리는 민주당 유권자 등록업무를 하고 있는 앤 웩슬러 밑에서 일했다. 힐러리는 다른 직원들과 좋은 관계를 유지했으며 내가 힘들어하고 있을 때는 큰 위안이 되었다.

텍사스 선거운동은 시작부터 힘들었다. 그 주요한 원인은 이글턴 사태에 있었지만, 그 지역 민주당 지지자들 중에 맥거번을 지지하지 않으려는 사람들이 많았던 데도 원인이 있었다. 2년 전에 랄프 야보로 상원의원을 이겼던 로이드 벤첸 상원의원은 선거운동의장으로 활동하는 것을 거부했다. 주지사 지명자 돌프 브리스코는 대중 앞에서 우리의 후보와 나란히 서는 것조차 원치 않았다. 브리스코는 남부 텍사스의 목장주인데, 후일 나의 친구이자 지지자가 되었다. 전직 주지사인 존 코날리는 '닉슨을 지지하는 민주당원' 이라는 그룹을 이끌고 있었다. 코날리는 9년 전에 케네디 대통령이 저격되던 당시 대통령과 같은 차에 타고 있었으며 존슨 대통령과 절친한 사이였다.

하지만 텍사스는 너무나 큰 지역이라서 도저히 포기할 수 없는 곳이었다. 텍사스는 험프리가 4년 전에 이긴 곳이었다(겨우 3만 8,000표 차이였지만). 두 명의 선출직 주 공무원이 선거운동의 공동의장 취임에 동의했다. 그들은 농업국장 존 화이트와 토지국장 밥 암스트롱이었다. 화이트는 전형적인 텍사스 민주당원으로, 우리가 이길 수 없다는 것을 알고 있으면서도, 민주당 후보가 텍사스에서 최선의 노력을 기울이기를 바랐다. 존은 후일 민주당 전국위원회 의장이 되었다. 밥 암스트롱은 적극적인 환경주의자였는데, 기타 연주를 좋아하고 우리와 어울려 스콜츠 비어 가든이라는 볼링장이나 아르마딜로 뮤직홀에 다니기를 좋아했다. 밥은 아르마딜로 뮤직홀에서 열리는 제리 제프 워크와 윌리 넬슨의 공연에 힐러리와 나를 데리고 갔다.

나는 맥거번 상원의원과 사전트 슈라이버가 존슨 대통령을 방문하러 오기로 되어 있는 8월 말에는 상태가 호전되리라고 생각했다. 명랑한 성격으로 사람들의 호감을 끌고 후보에게 에너지와 엄숙함을 불어넣어주는 사람이었다. 그는 가난한 사람들에게 법률적인 원조를 제공하기 위해 '법률서비스 법인' 을 창립한 사람이었고, 케네디 대통령이 설립한 '평화봉사단' 의 초대 단장이자, 존슨 대통령의 '빈곤과의 전쟁' 초대 단장이었다.

맥거번. 슈라이버, 존슨 대통령의 회담은 상당히 만족스러웠지만, 정치적으로는 중요한 영향을 미치지 못했다. 존슨은 언론의 접근을 허용하지 않았으며, 회담이 있기 며칠 전에 이미 지방 신문에 맥거번을 지지한다는 미온적인 태도 표명을 한 바가 있었다. 그 회담에서 나는 존슨 대통령의 자필 서명이 있는 사진 한 장을 얻었다. 테일러가 회담이 있기 며칠 전에 회담 약속을 확인하기 위해서 LBJ 목장으로 찾아갔다가 서명을 받아온 사진이었다. 테일러와 나는 민권 문제에 민감한 남부인들이었기 때문에 맥거번 본부의 다른 동료들보다 존슨에게 호감을 가지고 있었던 것 같다.

회담 후에, 맥거번은 오스틴의 숙소로 돌아가 주요한 지지자들과 실무자들을 만났다. 그 자리에서는 선거운동 과정에서의 무질서에 대한 불평의 소리들이 터져나왔다. 조직이 분해될지도 모를 만큼 심각한 혼란이었다. 테일러와 나는 이곳에 온 지 얼마 되지 않아 원만한 조직 운영은커녕 자리를 잡기도 어려운 형편이었다. 게다가 후보자 시시 파렌톨드가 치열한 주지사 예비선거전에서 돌프 브리스코에게 패배한 뒤로, 자유주의적인 근간 조직은 기가 꺾여 있었다. 주 공무원의 최고직에 있는 국무국장 밥 벌록은 맥거번을 지지하지 않고 있었는데, 무슨 이유에선지 면담자 명단에는 그의 이름조차 들어 있지 않았다. 맥거번은 그에게 사과의 편지를 보냈지만, 그것은 실책을 인정하는 행동일 뿐이었다.

맥거번이 텍사스를 떠나고 얼마 안 있어, 선거운동본부는 좀더 노련한 감독자가 필요하다고 판단하고, 아이오와수 시티 출신의 까다로운 아일랜드계 돈 오브라이언을 보냈다. 그는 존 케네디의 선거운동에서 적극적으로 활약했고, 로버트 케네디 밑에서 연방검사로 일했던 사람이었다. 나는 돈 오브라이언을 상당히 좋아했다. 하지만 그는 시대에 뒤진 맹목적 애국주의자여서 자존심 강한 젊은 여성 활동가들의 신경을 건드렸다. 하지만 일을 나누어 맡을 수 있으니 다행이었다. 나는 거리에서 더 많은 시간을 보낼 수 있게 되어서 마음이 놓였다. 그때부터 나는 텍사스에 온 뒤로 가장 열심히 일할 수 있었다.

나는 북쪽의 웨이코로 가서 자유주의적인 보험계의 실력자 버나트 래퍼포트를 만났다. 동쪽의 댈러스에서는 제스 헤이트와 흑인 상원의원 에디 버니스 존슨을 만났다. 사업가인 제스 헤이트는 온건하면서도 충실한 민주당 지지자로서 나의 친구이자 지지자가 되었다. 에디 버니스 존슨은 내가 대통령에 선출되었을 때 의회에서 나의 강력한 동맹 세력이 되었다. 다음에는 휴스턴으로 가서 텍사스 자유주의자들의 대모 격인 빌리 카를 만났다. 커다란 몸집에 목소리가 카랑카랑한 빌리를 볼 때면 나는 어머니 생각이 나곤 했다. 빌리는 나를 자신의 날개 밑에 거두어주었다. 그녀는 죽는 날까지 나를 밀어내지 않았다. 내 태도나 행동이 자신의 자유주의적 관점에 못 미쳐 실망시켰을 때도 그녀의 태도는 변함이 없었다.

나는 당시 치카노라고 불렸던 멕시코계 미국인들과 처음으로 밀접한 관계를 맺고 그들의 생각과 문화, 그리고 음식을 사랑하게 되었다. 샌안토니오에서 나는 마리오 식당과 미 티에라 식당을 발견했고, 18시간 사이에 그곳에서 세 번이나 식사를 하기도 했다.

나는 남부 텍사스에서 프랭클린 가르시아와 그의 친구 패트 로바르즈와 함께 일했다. 가르시아는 따뜻한 마음을 가진 성실한 조직활동가였다. 어느 날 밤 프랭클린과 패트는 힐러리와 나를 차에 태우고 리오그란데 강을 건너 멕시코의 마타모로스로 데려갔다. 그들이 우리를 데려간 곳은 거리의 악대와 미적지근한 스트리퍼, 그리고 카브리토라는 염소 머리 통구이가 주요리인 술집이었다. 그날 나는 너무 지쳐서 스트리퍼가 춤을 추고 염소 머리가 빤히 쳐다보고 있는 사이에 잠에 곯아떨어졌다.

어느 날 나는 혼자서 남부 텍사스에서 차를 몰고 가다가 주유소에 들러 젊은 멕시코계 주유원과 이야기를 나누게 되었다. 나는 그에게 맥거번을 찍으라고 말했다. 그는 "그럴 수는 없는데요"라고 말했다. 까닭을 물으니 그는 "이글턴 때문이지요. 맥거번은 이글턴을 버리지 말았어야 해요. 문제를 가진 사람들은 아주 많아요. 그런 식으로 친구를 차버리면 안 되지요." 결코 잊을 수 없는 현명한 충고였다. 스페인계 미국인들은 내가 자신들의 친구가 되려고 노력한다는 것을 알게 되자, 친근한 태도를 보였다.

모든 희망을 잃어버린 상태였지만, 선거운동 마지막 주에 나는 잊지 못할 경험을 하게 되었다. 하원의원인 헨리 B. 곤잘레스가 샌안토니오의 멩거 호텔에서 벡사 카운티 민주당 만찬을 열었다. 그곳은 짐 보우이와 데이비 크로켓의 지휘를 받던 200명 이상의 텍사스인들이 멕시코로부터 텍사코의 독립을 위해서 싸우다 전사한 앨러모에서 가까운 곳이었다. 60여 년 후에, 테디 루스벨트는 멩거에 머무르면서 쿠바의 산 주안 힐에서 영웅적인 전투를 준비하기 위해서 러프 라이더 연대를 훈련시켰다. 멩거 호텔에서 제공되는 망고 아이스크림은 중독될 정도로 맛이 있었다. 1992년 선거 전야에 나는 참모들과 함께 샌안토니오에 들렀다. 그때 우리는 망고 아이스크림 400달러치를 사다가 비행기 안에 탄 모든 사람들과 밤새도록 나눠 먹었다.

민주당 만찬에서는 하원 다수당 당수인 루이지애나의 헤일 보그스가 맥거번과 민주당 지지자들을 위해서 감동적인 연설을 했다. 다음 날 아침, 나는 보그스를 아침 일찍 깨웠다. 알래스카에서 하원의원 닉 베기치와 함께 유세를 할 예정이었던 그는 내가 일찍 깨워준 덕분에 비행기를 놓치지 않고 탈 수 있었다. 다음 날, 그가 탄 비행기는 눈 덮인 산맥을 넘다가 추락한 후 발견되지 않았다. 나는 헤일 보그스를 존경했다. 내가 그날 늦잠을 잤더라면 그는 그런 사고를 당하지 않았을 거라는 생각도 들었다. 보그스는 훌륭한 가족을 남겨두고 떠났다. 그의 아내인 린디는 상냥한 부인이자 훌륭한 정치가였고, 남편이 활동하던 뉴올리언스의 하원의원 자리를 물려받았다.

그녀는 루이지애나에서 나의 가장 강력한 지지자가 되었다. 나는 그녀를 바티칸 주재 미국대사로 임명했다.

또 한 가지 유명한 사건은 사전트 쉬리버가 텍사스를 마지막 방문했을 때 일어난 일이었다. 우리는 남부 텍사스의 깊은 곳에 자리한 맥알렌에서 대규모 집회를 가진 다음, 서둘러 공항으로 달려가 텍사카나 행 비행기를 탔다. 텍사카나에서는 하원의원 라이트 패트먼이 아칸소와 텍사스의 경계인 스테이트 라인 불러바드에 수천 명의 군중을 모아놓고 있었다. 웬일인지 우리가 탄 비행기는 이륙하지 않았다. 몇 분 후에, 우리는 단일 엔진 비행기를 조종하고 있던 비행사가 맥알렌 상공의 안개 낀 밤하늘에서 길을 잃고 공항 상공을 선회하면서 착륙지시를 기다리고 있다는 사실을 알게 되었다. 그 사람은 스페인어밖에 모르는 사람이었고, 공항 측은 스페인어를 할 줄 알고 계기비행 자격증을 가진 조종사를 찾아다가 당황하고 있는 조종사를 진정시키고 비행기의 착륙을 유도했다. 이 드라마가 전개되는 동안 나는 쉬리버 맞은편에 앉아서 텍사카나에 들르는 일에 대해 브리핑을 했다. 사람들이 선거운동이 왜 이렇게 재수가 없는 건가 생각하고 있다면, 이번 텍사카나 집회는 그 의구심을 날려버릴 절호의 기회였다. 슈라이버는 이 제안을 가볍게 받아들이고 비행기 승무원에게 저녁식사를 달라고 했다. 잠시 후 비행기 두 대를 가득 채운 운동원들과 언론인들은 맥알렌의 활주로 위에서 스테이크를 먹었다. 예정보다 세 시간이나 늦게 텍사카나에 도착했을 때는 이미 집회가 끝난 뒤였다. 하지만 패트먼 하원의원을 포함해서 200명의 열성 당원들이 슈라이버를 맞으러 공항으로 달려왔다. 슈라이버는 비행기에서 내리자마자 이들과 차례차례 악수를 했다. 마치 백중세의 선거전을 방금 시작한 첫날과 같은 분위기였다.

맥거번은 텍사스에서 67 대 33퍼센트로 패배했다. 아칸소에서 거둔 32퍼센트보다 약간 높은 득표율이었다. 선거 후에 테일러와 나는 며칠 동안 이곳저곳을 찾아다니면서 사람들에게 감사 인사를 하고 일을 마무리했다. 힐러리와 나는 예일로 돌아가기 전에 멕시코의 태평양 해안에 있는 지와타네 호에서 짧은 휴가를 보냈다. 지금은 도로가 정비되어 있지만, 당시 그 작은 멕시코 마을에는 포장도 되어 있지 않은 울퉁불퉁한 길과 노천 술집, 열대의 새들뿐이었다.

우리는 기말 시험을 무사히 치렀다. 오랫동안 학교를 비운 것을 생각하면 그나마 다행스러운 일이었다. 나는 해사법의 난해하기 짝이 없는 규칙들을 이해하기 위해 열심히 공부해야 했다. 해사법은 찰스 블랙 교수의 강의를 들어보고 싶어서 선택한 과목이었다. 찰스 블랙 교수는 품격 있는 달변의 텍사스인으로 학생들이 대단히 좋아하고 존경하는 인물이었다. 그는 특히 힐러리에게 잘해주었다. 내가 놀랐던 것은 해사법의 재판 관할이 고유의 상태에서 항해할 수 있는 미국 내의 모든 수로에 미친다는 사실이었다. 그러고 보니 아칸소 고향 마을에 있는 작은 호수들도 해사법의 관할 사항이었다.

1973년 봄 학기에, 나는 수업을 꼼꼼히 챙겨듣는 한편으로 또 한 가지 일에 빠져 있었다. 나는 수업이 끝나면 집으로 달려가서 힐러리와 함께 모종의 거사를 준비했다. 우리는 그 해의 법률가 연맹의 결선 재판인 프라이즈 트라이얼의 사건개요를 구상하는 일에 푹 빠져 있었다. 우리는 영화 〈카사블랑카〉의 등장인물들을 기초로 해서 사건개요서를 작성했다. 잉그리드 버그만의 남편이 살해되고, 험프리 보거트가 살인죄로 법정에 서게 된다는 내용이었다. 버크 마셜의 친구이자 법무부에서 함께 일했던 동료 존 도어가 아들을 데리고 뉴헤이번으로 와서 그 재판의 판사 역을 맡았다. 힐러리와 나는 그를 보조하면서 상당한 감명을 받았다. 그가 어떻게 해서 남부에서의 민권 규칙을 강화하는 데 성공할 수 있었는지 이해할 만했다. 그는 조용하고, 솔직하고, 똑똑하고, 설득력이 뛰어난 사람이었다. 그는 훌륭한 판결을 내렸고 험프리 보거트는 무죄판결을 받았다.

어느 날 법인세 수업이 끝나고 난 뒤, 치렐스타인 교수가 나를 부르더니 졸업 후에는 무엇을 할 거냐고 물었다. 나는 오라는 데가 없으니 아칸소로 돌아가서 개업을 해야겠다고 대답했다. 그는 페이트빌의 아칸소 법대 교수진에 갑자기 예기치 않은 결원이 생겼으니 그 자리에 지원하면 자신이 추천해주겠다고 말했다. 가르치는 일을 할 수 있다는 생각은 한 번도 해본 적이 없었지만, 나는 귀가 솔깃했다. 며칠 후 3월 말, 부활절 휴가를 맞은 나는 고향으로 돌아가는 길에 리틀록에 도착해서 고속도로 갓길에 차를 댔다. 공중전화로 달려가서 아칸소 법대 학장인 윌리 데이비스에게 전화를 해서 내 소개를 하고 교수진 중에 결원이 있다고 들었으며, 그 자리에 지원하고 싶다고 말했다. 그는 내가 너무 젊고 경험이 없다고 말했다. 나는 웃으면서 오래 전부터 들어온 이야기라고 말했다. 나는 결원 때문에 어려움을 겪고 있다면 내가 도움이 될 것이다, 열심히 일하고 요구하는 대로 가르치겠다, 게다가 정규직 교수가 아니니 언제라도 해고할 수 있지 않느냐고 말했다. 그는 껄껄 웃더니 페이트빌로 찾아와 면접을 보자고 말했다. 나는 5월 첫째 주에 치렐스타인 교수, 버크 마셜 교수, 스티브 듀크, 존 베이커, 뉴헤이번 대학교 정치학부 학장인 캐롤리나 다이니거의 추천서를 들고 있었다. 뉴헤이번 대학교는 내가 학부생들을 상대로 헌법과 형법을 가르쳤던 학교였다. 면접은 순조로웠고, 5월 12일에 데이비스 학장에게서 편지를 받았다. 1만 4,706달러의 보수가 지급되는 조교수로 오라는 내용이었다. 힐러리는 대찬성이었다. 열흘 후에 나는 이 제안을 받아들였다. 많은 보수는 아니었지만, 국방부 대여장학금을 다달이 갚지 않고 한꺼번에 청산할 수 있을 터였다. 한편 나는 법대에서도 대출을 받은 돈이 있었다. 법대 대출의 특징은 해당 과의 총부채의 상환이 완료될 때까지 같은 과 동기들이 연간 소득에서 일정 비율의 금액을 상환하는 방식이었다. 그러니까 많이 버는 사람이 많이 내게 되는 셈이었다. 법대는 대출을 해줄 때 학생들에게 이 사실을 통지했다. 예일의 대출방식을 경험했던 덕분에, 나는 대통령이 되고 나서 '연방 학생 대출 프로그램'을 변경하여, 소득의 일정 비율을 장기간에 걸쳐서 상환하는 방식을 선택할 수 있게 했다. 이런 방식을 활용하면 학생들이 대출금을 상환하지 못할까봐 학교를 중단하는 일도 줄어들 것이고, 보수는 낮지만 사회적으로 가치가 높은 직업을 꺼리는 일도 줄어들 것이다. 많은 학생들이 소득연동 대출방식을 선택했다.

대단히 성실한 학생은 아니었지만, 나로서는 만족스러운 법대 시절이었다. 훌륭하고 헌신적인 교수님들과 동료 학생들이 있었고, 나는 이들에게서 많은 것을 배웠다. 후일 나는 이 동료들 중에서 20명을 행정부나 연방재판관에 임명했다. 법률이 우리 사회의 질서 의식과 평등 의식을 지키고, 사회의 진보를 이룩하는 수단을 제공하는 중요한 역할을 한다는 사실을 정확하게 인식하게 된 것도 소중한 성과였다. 그리고 뉴헤이번에서 살았던 덕분에 미국 도시의 현실과 다양한 소수민족의 현실을 인식하게 된 것도 빠뜨릴 수 없는 성과였다. 그리고 가장 중요한 성과는 바로 이곳에서 힐러리를 만났다는 것이었다.

더피와 맥거번 선거운동을 돕는 동안, 나는 정치에 대한 열정을 공유하고 선거운동 기술을 배울 수 있는 좋은 친구들을 많이 얻을 수 있었다. 또 한 가지 성과는, 진보주의자로서 선거에서 이기려면, 사람들에게 진로를 바꿔야 하겠다는 확신을 심어주는 메시지와 프로그램이 필요하고, 이것을 만들어내기 위해서는 많은 노력과 훈련이 필요하다는 것을 재확인한 것이었다. 미국 사회는 한 번에 많은 변화를 흡수할 수 있다. 우리는 전진하고자 할 때, 기회와 의무, 일과 가정, 용기와 열정, 이런 가치들은 미국을 성공으로 이끈 주춧돌이었다는 강한 확신을 재확인하는 방법에 의지해야 한다. 대부분의 사람들은 자녀를 양육하고 직장 생활을 하고, 생활비를 버는 일로 분주하다. 사람들은 자유주의자들이 하듯이 정부 정책에 대해서 많이 생각할 여유가 없고, 새로운 우익 보수주의자들이 하듯이 권력에 집착하지도 않는다. 사람들은 풍부한 상식과 자신의 삶의 모양을 만들어내는 보다 큰 힘에 대해서 이해하고 싶어 한다. 하지만 사람들은 자신들의 생존과 자존감을 지켜줄 수 있는 가치와 사회적 장치를 포기하려 하지 않는다. 1968년 이후, 보수주의자들은 미국의 중산층에게 진보적인 후보와 진보적인 사상, 진보적인 정책들은 그들의 가치관으로는 용납되지 않는 것이며 그들의 안전을 위협하는 것이라는 확신을 불어넣는 데 성공했다. 그들은 광산업자의 아들인 조 더피를 극단적인 자유주의자이자, 유약한 엘리트주의자라고 선전했고, 천재적인 전쟁 영웅으로 사우스다코타의 보수주의자들에 의해 상원으로 보내졌던 조지 맥거번을 줏대 없고, 과격한 좌파라고 선전했다. 보수주의자들은 좌파는 미국을 대표할 수 없고, 미국에 무거운 짐을 지우며, 미국을 후퇴시키는 존재라고 생각하고 있다. 더피와 맥거번 선거운동의 경우, 후보들과 선거운동은 그들의 적수가 애써 만들어놓은 이미지를 강화하는 실수를 범했다. 민권과 평화, 반 빈곤 프로그램이라는 바위를 정치라는 언덕으로 끌어올리는 것이 너무나 어려운 일이고, 이 과정에서 언제나 성공을 기대할 수는 없다. 하지만 나는 우리의 적수들이 싸움 한 번 안 하고 이길 수 있도록 돕는 일은 결코 하지 않으리라고 결심했다. 후일, 나는 주지사로서 그리고 대통령으로서, 다시 똑같은 실수를 되풀이했다. 하지만 조 더피와 조지 맥거번, 이 훌륭한 두 사람들을 위해서 일할 수 있는 기회가 없었다면, 나는 더 큰 실수를 범했을 것이다.

나는 새로운 생활에 대한 꿈에 부푼 채 흐뭇한 마음으로 집으로 향했다. 하지만 힐러리에 대해서는 어떻게 해야 할지, 무엇이 그녀를 위한 최선일지 판단이 서질 않았다. 나는 그녀는 나와 마찬가지로 (혹은 나 이상으로) 정치에서 성공할 수 있는 자질이 풍부한 사람이라고 생각하고 있었다. 그녀에게 기회를 주고 싶었다. 당시 나는 힐러리 자신보다 더 간절한 마음으로 그것을 원했다. 나와 함께 아칸소로 오게 되면 힐러리는 유망한 정치활동을 마감하게 될 것 같았다. 그것은 내가 원하는 바가 아니었다. 하지만 힐러리를 포기하는 것도 내가 원하는 바가 아니었다. 힐러리는 대형 법률회사의 일자리나 판사를 보조하는 자리를 택하는 대신 '마리안 에델만 아동 보호 재단'에서 일하겠다고 마음을 굳히고 있었다. 그녀의 직장은 매사추세츠 주 케임브리지에 있었다. 우리는 너무나 멀리 떨어져 있어야 할 터였다.

법대를 마친 후, 나는 힐러리에게 처음으로 해외여행을 할 기회를 만들어주었다. 우리는 런던과 옥스퍼드를 둘러보고, 웨일스를 거쳐서 잉글랜드로 다시 돌아와 레이크 디스트릭트로 갔다. 레이크 디스트릭트는 나도 처음 가보는 곳이었다. 늦은 봄 그곳의 풍경은 아름답고 낭만적이었다. 어느 날 해질녘에 이너데일 호숫가에서 나는 힐러리에게 청혼했다. 나로서는 전혀 생각지도 못했던 일이었다. 힐러리도 마찬가지였다. 그녀는 나를 사랑하지만 결혼 승락은 할 수 없다고 말했다. 나는 그런 그녀를 원망할 수도 없었고, 그녀를 잃고 싶지도 않았다. 나는 그녀에게 아칸소로 와서 아칸소를 경험해보고, 아칸소 주 변호사시험을 함께 보자고 했다. 만일의 경우를 대비해두자는 생각이었다.

18

6월에 힐러리는 비행기 편으로 리틀록에 도착했다. 나는 그녀를 데리고 집으로 오는 길에 좀 먼 길을 택해서 내가 좋아하는 곳을 보여주러 갔다. 서쪽으로 방향을 잡고 아칸소 강을 거슬러 110킬로미터를 달려 러셀빌까지 간 다음, 7번 하이웨이를 타고 남쪽으로 방향을 꺾어 와치타 산맥과 국유림을 지나서 달렸다. 도중에 경치가 아름다운 곳이 나오면 차를 세우고 둘러보았다. 우리는 이틀 동안 핫스프링스에 머물면서 어머니와 제프, 로저와 함께 지낸 다음, 리틀록으로 돌아왔다. 리틀록에서 아칸소 주 변호사시험 준비 강좌를 함께 들었는데, 강좌 덕분에 우리 둘은 변호사시험에 당당히 합격했다.

시험이 끝난 뒤, 힐러리는 매사추세츠로 돌아가 아동보호재단 활동을 시작했다. 나는 페이트빌로 가서 법학 교수로서의 새로운 생활을 시작했다. 나는 완벽한 숙소를 구했다. 유명한 아칸소 출신 건축가 페이 존스가 설계한 아담하고 아름다운 집이었다. 페이 존스는 근처 유레카 스프링스에 아름다운 손크라운 채플을 건축하여 국제적으로 여러 상과 찬사를 받고 있는 건축가였다. 집은 페이트빌에서 6번 하이웨이를 타고 동쪽으로 13킬로미터 지점, 주위에는 약 1만 평의 대지가 펼쳐져 있었다. 스무 마리 남짓한 소들이 풀을 뜯고 있었다. 1950년대 중반에 건축된 그 집은 길고 좁은 원룸 구조로, 가운데 놓인 화장실에 의해 나뉘어 있었다. 침실과 욕실에는 천장에 채광창이 있고, 앞쪽 벽과 뒤쪽 벽은 미닫이 유리문으로 되어 있어서 채광이 좋았다. 건물 바깥 거실 앞쪽에는 거실과 똑같은 폭으로 칸막이가 설치된 현관이 있었다. 땅이 도로를 타고 경사를 이루고 있었기 때문에, 이 현관은 집에서 불쑥 튀어나와 있었다. 평화롭고 조용한 것이 하늘이 주신 선물 같았다. 공직 선거에 출마한 뒤 나는 이 집의 고마움을 절실하게 느꼈다. 나는 현관이나 벽난로 옆에 앉아 있거나, 강을 따라 소들이 풀을 뜯는 풀밭을 거니는 것을 좋아했다.

하지만 이 집에는 몇 가지 단점이 있었다. 매일 밤 쥐들이 극성을 부렸다. 놈들이 부엌에 살림을 차린 후에, 나는 쥐들을 소탕하는 것이 불가능하다는 것을 깨닫고 빵 부스러기를 일부러 남겨두기 시작했다. 집 밖에는 거미와 진드기를 비롯한 무는 것들 천치였다. 나는 벌레들 때문에 성가신 일이 많지 않았는데, 힐러리는 갈색 거미에 물리고 나서 다리가 엄청나게 부어올랐다가 한참 만에 가라앉았다. 그리고 도둑의 손을 피할 수 없는 집이었다. 그해 여름 북서부 아칸소에는 절도가 빈발했다. 도둑은 16번 하이웨이를 오르내리며 여러 집을 털었다. 어느 날 저녁 집에 들어오니, 누군가 왔다간 흔적이 있었다. 하지만 없어진 물건은 없었다. 아마 내가 오는 바람에 달아난 모양이었다. 나는 충동적으로 자리에 앉아 도둑이 다시 올 것에 대비해서 도둑에게 편지를 썼다.

> 도둑님,
>
> 우리 집 물건들이 그대로 있는 걸 보니, 어제 우리 집에 들어온 건지 아닌지 잘 모르겠군요. 못 들어왔다면, 여기 찾아볼 만한 물건들이 있습니다. 텔레비전은 8개월 전에 구입한 80달러짜리고, 라디오는 3년 전에 구입한 40달러짜리, 작은 녹음기는 3년 전에 구입한 40달러짜리, 아주 작은 여러 가지 장식품들은 10달러가 넘는 것이 거의 없습니다. 옷들은 모두 2, 3년 된 것입니다. 감옥에 갈 위험을 무릅쓸 만한 가치가 없는 것들이지요.
>
> —윌리엄 J. 클린턴

나는 벽난로에 이 편지를 붙여놓았다. 안타깝게도 내 꾀는 통하지 않았다. 다음 날 내가 일하러 갔을 때, 그 도둑이 돌아와서 텔레비전과 라디오,

녹음기, 그리고 내가 명단에서 일부러 빠뜨렸던 물건 하나를 가져갔다. 그것은 아름답게 깎은 제1차 세계대전 당시의 독일 군도였다. 나는 마음이 쓰렸다. 그것은 아버지가 주신 것이고, 부모님이 1963년에 준 애지중지하던 셀머 마크 VI 테너 색소폰을 1년 전에 차 안에 두었다가 워싱턴에서 도둑맞았기 때문이었다. 결국 나는 색소폰 대신 1935년 산 셀머 '시가 절단기'를 장만했다. 하지만 그 검은 대신할 만한 것이 없었다.

나는 무더운 8월의 마지막 몇 주간을 수업 준비를 하고 대학교 통로를 뛰어다니며 보냈다. 덕분에 내 몸무게는 84킬로그램으로 줄었다. 열세 살 때 이후 이렇게 몸무게가 적게 나갔던 것은 처음이었다. 9월에, 나는 첫 강의 '독점금지법'과 '대리인과 파트너십'을 시작했다. '독점금지법'은 예일 법대에서 썩 재미있게 공부했던 과목이었고, '대리인과 파트너십'은 계약 관계의 본질과 그것에서 발생하는 법적 책무에 관한 과목이었다. '독점금지법' 수강생은 15명이고 '대리인과 파트너십' 수강생은 56명이었다. 독점금지법의 근간은 정부는 공정한 자유시장경제의 작동을 보호하기 위해서 비경쟁적인 영업 독점의 형성을 막아야 한다는 사상에 있었다. 모든 수강생들이 경제학에 대해 풍부한 지식을 가지고 있지 않다는 것을 알고 있었기 때문에, 나는 명확한 자료를 제시하고 원리를 쉽게 설명하려고 노력했다. 하지만 '대리인과 파트너십' 강의는 간단해 보였다. 학생들이 지루해하거나 공유 기업에서 양 당사자간 관계의 정확한 본질을 판단하는 것이 중요하고 또 어려운 경우가 있다는 것을 놓치게 될까봐 걱정이 되어서, 학생들이 토론에 참여할 수 있도록 재미있고 명쾌한 사례들을 제시하려고 노력했다. 예를 들어 워터게이트 청문회와 진행 중인 조사에 대한 백악관의 반응을 사례로 들었더니, 학생들은 가택침입을 한 범인들에 대해 많은 질문을 던졌다. 그들은 대통령의 대리인인가? 그렇지 않다면, 그들은 누구를 위해서, 그리고 누구의 권능으로 그런 행위를 한 것인가? 나는 강의를 할 때마다 많은 학생들이 토론에 참여할 수 있도록 배려하고 학생들이 내 사무실이나 캠퍼스 곳곳에서 나에게 선뜻 다가와 이야기를 나눌 수 있게 하려고 노력했다.

시험문제를 낼 때는 재미있고, 도전적이고, 공정한 시험이 되도록 신경을 썼다. 내가 몇 년 동안 진행한 강의에 대한 평가를 보면, 학점 결과에 대한 의문이 있는데, 이것은 내가 너무 물러서, 혹은 공직 선거에 출마했을 때 잠재적인 지지자들과 불편한 감정을 갖지 않으려고 너무 후하게 점수를 준다는 것을 암시하는 듯하다. 예일에서는 점수가 우등, 합격, 낙제, 이렇게 세 가지뿐이었다. 우등을 받는 것은 대단히 어려웠고, 낙제를 하는 것은 사실상 불가능했다. 다른 법대에서는, 특히 입학 기준이 더 느슨한 곳에서는, 성적 평가가 더 까다로워서 한 학급에서 20~30퍼센트가 낙제를 각오해야 했다. 나는 이런 방식에 동의할 수 없었다. 어떤 학생이 나쁜 점수를 받게 되면, 나는 그 학생의 관심과 노력을 이끌어내지 못했다는 점에서 항상 실패자가 된 듯한 느낌을 받았다. 대부분의 학생들이 C를 받을 수 있을 만한 지적 능력을 가지고 있었다. 한편으로 나는 좋은 점수는 중요한 의미를 가져야 한다고 생각했다. 50명에서 90명 정도의 학생들이 듣는 대규모 강좌에서, 나는 두세 명에게 A를 주고 또 두세 명에게 D를 줬다. 77명의 학생이 듣는 강좌의 경우에는 한 명에게만 A를 주고 한 명에게 F를 줬다. 낙제점을 받게 될 것 같은 학생들은 대부분 F를 받기 전에 미리 수강신청을 철회하곤 했다. 이보다 작은 두 개의 강좌에서 더 많은 학생들에게 A를 준 것은 그 학생들이 열심히 공부하고, 열심히 배우고, 또 좋은 점수를 받을 만한 자격이 있었기 때문이었다.

아칸소 법대에 흑인 학생들이 처음으로 입학한 것은 25년 전이었지만, 상당수의 흑인 학생들이 남부 전역의 주립 법대에 입학하기 시작한 것은 1970년대 초였다. 흑인 학생들은 제대로 입학 준비를 할 수 있는 사람이 많지 않았다. 특히 가난한 흑인 학교에 갇혀서 교육을 받은 학생들은 더욱 심했다. 1973년에서 1976년 사이에 내 강좌를 들은 흑인 학생들은 스무 명 남짓 되었다. 나는 내 강좌를 듣지 않는 흑인 학생들도 만나게 되었다. 흑인 학생들은 아주 열심히 공부하고 있었다. 그들은 성공을 원했으며, 몇몇 학생들은 성공하지 못할 것 같은 두려움 때문에 엄청난 스트레스에 시달리며 생활하고 있었다. 하기야 그런 걱정이 현실로 나타나는 일도 가끔 있었다. 나는 한 흑인 학생의 답안지를 읽으면서 불신과 분노가 뒤섞인 감정을 느꼈던 기억을 잊지 못한다. 그 학생은 강의 내용을 잘 이해하고 악착같이 공부하는 학생이었는데, 시험에는 그것이 드러나 있지 않았다. 정답이 있기는 있었는데, 그 정답을 찾으려면 철자법도 엉망이고, 문법도 엉망이고, 문장 구조도 엉망인 글들을 한참 뒤져야 했다. A를 받아 마땅한 지식이 F에 해당하는 표현법의 덤불 속에 가려진 채, 초등학교 시절에 배웠어야 했지만 배우지 못했던 것들 때문에 엉망진창이 되어 있었다. 나는 그 학생에게 B를 줬다. 나는 그 학생의 문법과 철자를 일일이 바로 잡아주면서, 흑인 학생들의 고된 노력과 타고난 지성이 더 좋은 결과를 거둘 수 있도록 변화시키는 개별수업 과정을 개설하기로 결심했다. 나는 그 개별수업이 그들에게 실제적으로나, 심리적으로나 도움이 되었으리라고 생각한다. 하기야 그 학생들 중에도 부족한 작문 실력과 정서적인 압박감과의 싸움을 계속해야 했던 사람들도 있었다. 한 발은 기회의 문을 통과했는데, 한 발은 과거에 받았던 차별 대우라는 무거운 차꼬에 잡혀 있어야 했던 그들의 고뇌는 얼마나 컸겠는가! 그 학생들 중 많은 수가 법률가와 판사로서 성공적인 직업을 가지게 되었다. 그들이 대표하는 의뢰인들과 그들의 판결을 받게 되는 당사자들은 그들이 판사석이나 변호석에 오르기 위해서 얼마나 험난한 산을 넘어야 했는지 상상도 못 했다. 연방대법원이 2003년에 소수자 할당의 원칙을 지지했을 때, 나는 내가 가르쳤던 흑인 학생들을, 그들의 엄청난 노력을, 그리고 그들이 넘어야 했던 모든 역경들을 생각했다. 그들이 내게 제공해준 모든 증거들 덕분에 나는 대법원의 판결을 지지하는 사람이 되었던 것이다.

학생들과의 관계 외에도 법학 교수가 되길 잘했다고 생각하게 만드는 것이 또 있었다. 교수들 중에는 내가 아끼고 존경하게 된 사람들이 많았다. 교수들 중에서 가장 친하게 지냈던 사람들은 나와 연배가 비슷한 엘리자베스 오젠바우와 딕 앳킨슨이었다. 엘리자베스는 아이오와 농장 출신의 똑똑한 여성으로, 충실한 민주당 지지자이자 헌신적인 교사였으며, 힐러리와도 친한 친구가 되었다. 나중에 그녀는 아이오와로 돌아가서 법무장관 사무실에서 일했다. 나는 대통령에 당선된 후에, 그녀를 설득해서 법무부로 오게 했다. 하지만 몇 년 후에 그녀는 다시 아이오와로 돌아갔다. 그 편이 어린 딸 베시를 위해서 더 나을 거라는 생각 때문이었다. 엘리자베스는 1998년에 암으로 죽고 그녀의 딸은 외삼촌과 함께 살게 되었다. 너무나 슬픈 일이었다. 나는 베시와 계속 왕래하려고 노력하고 있다. 베시의 어머니는 내가 알았던 가장 훌륭한 사람들 중 한 명이었다. 딕 앳킨슨은 법대 친구인데, 애틀랜타에서 개업한 변호사 생활에 만족하지 못하고 있었다. 나는 그에게 교직을 권했고 페이트빌로 와서 면접을 보라고 강권했다. 딕은 면접을 보았고, 아칸소 법대의 교수가 되었다. 학생들은 딕을 좋아했고, 딕은 교직을 좋아했다. 2003년, 그는 아칸소 법대 학장이 되었다. 학교에서 가장 유명하고 훌륭한 교수는 로버트 레플라였다. 그는 아칸소에서 가장 뛰어난 법학자로서, 불법행위 분야와 법의 충돌 분야, 그리고 항소판결 분야의 대가였다. 그는 1973년에 70세로 정년 연령이 지나서 1년에 1달러의 보수만 받으며 강의를 하고 있었다. 그는 스물여섯 살 때부터 아칸소 법대의 교수였다. 내가 그를 알기 몇 년 전에, 밥은 페이트빌과 뉴욕을 매주 한 차례씩 오가고 있었다. 그는 뉴욕 법대에서 연방 법원 및 주 법원 판사들을 상대로 항소판결에 대한 강의를 했는데, 대법원 판사들 중 절반 이상이 그의 강의를 들었다. 그는 페이트빌에서든 뉴욕에서든 한 번도 수업에 늦은 일이 없었다. 밥 레플라는 작고 마른 체구였지만, 커다란 눈은 날카롭게 빛나고, 황소처럼 힘이 센 사람이었다. 그는 몸무게가 68킬로그램에 지나지 않지만 자기 정원에서 일을 할 때는 나도 들기 힘든 커다란 돌덩이를 번쩍 들어 옮길 정도로 힘이 장사였다. 해마다 레이저백 축구팀의 경기가 끝나고 나면, 밥과 그의 아내 헬렌은 자신의 집에서 파티를 열었다. 손님들은 앞뜰에서 터치풋볼을 하기도 했다. 특별히 기억나는 경기가 있는데, 그때 밥과 나, 그리고 또 다른 젊은 법률가가 한 팀이 되어 두 명의 건장한 청년과 아홉 살 먹은 아이를 상대로 경기를 했다. 점수가 동점이 되어서 우리는 다음에 점수를 올리는 팀이 이기는 걸로 하자고 합의를 했다. 우리 편이 공을 찰 차례였다. 나는 밥에게 꼭 이기고 싶은지 물었다. 그는 "그럼" 하고 대답했다. 그는 마이클 조던처럼 승부욕이 넘쳤다. 나는 우리 팀 세 번째 사람에게 공을 가운데로 올려주고 상대팀이 나를 쫓아오게 놔두었다가 키 큰 사람에게 달려가 후위가 오른쪽으로 움직이는 걸 막으라고 말했다. 아홉 살짜리 소년은 내가 키 큰 남자에게 공을 던지거나 밥이 공을 잡으면 자신이 그를 터치할 수 있을 거라고 생각하고 밥을 마크하고 있었다. 나는 밥에게 아이가 오른쪽으로 못 가게 막은 다음 빨리 왼쪽으로 달려가면, 나는 상대편이 나에게 오기 전에 공을 던지겠다고 말했다. 공이 움직이자, 밥은 흥분해서 아이를 땅에 넘어뜨리고 왼쪽으로 달려갔다. 우리 팀 동료가 후위를 막는 데 성공했을 때 나는 밥에게 공을 높이 던져주었고, 그는 달려가서 골라인을 넘었다. 미국에서 가장 행복한 일흔다섯 살 할아버지였다. 밥 레플라는 매사에 이해가 빠르고 사자처럼 용맹하고 강철 같은 의지를 가진 사람이었다. 스트롬 서먼드(연방에 대한 주의 독자적 권리와 인종차별정책을 열렬하게 옹호한 미국의 정치가—옮긴이주)의 민주당 버전인 사람이었다. 그런 사람이 많으면 많을수록, 승리의 기회는 많아질 터였다. 밥이 아흔셋에 사망했을 때, 내가 생각했던 것은 그가 죽기에는 너무나 창창한 나이라는 것이었다.

법대의 정책은 교직원 회의에서 정해졌다. 이따금 나는 회의가 너무 길고 학장을 비롯한 행정직원들의 결정에 맡기면 좋을 세부 사항들을 가지고 괜히 시간낭비를 한다고 느낄 때가 있었다. 하지만 나는 그 회의를 통해서 대학의 관리 및 정책에 관해서 많은 것을 배웠다. 나는 일치된 여론이 있다 싶으면 동료들의 의견에 따랐다. 대학에 오랫동안 근무했기 때문에 나보다 아는 것이 많다고 생각했기 때문이었다. 나는 교수들이 무급 활동을 더 많이 하고, "연구실적이 없으면 불이익을 주는" 규정을 완화하고 대신에 강의와 학생들과의 수업 외 활동에 더욱 집중하게 하자는 주장을 펴곤 했다.

나의 무급 활동은 학생들이나 젊은 조교들이 겪고 있는 사소한 법적 문제들을 처리해주는 일부터, 페이트빌 북쪽의 스프링데일에 있는 의사들을 좀더 많이 설득해서 메디케이드(65세 미만의 저소득자 · 장애인 의료보조 프로그램—옮긴이주) 대상에 속하는 가난한 환자들을 진료하도록 만드는 일, 법무장관인 짐 가이 터커의 요청에 따라 연방대법원에 제출할 반독점 사례에 대한 의견서를 준비하는 일, 그리고 변호사로서 법정에 처음으로 출두해서 매디슨 카운티에서 선거법 소송 중인 스티브 스미스 주 하원의원의 변론서를 제출하는 일이었다.

카운티 행정중심지이자 오벌 포버스의 고향인 헌츠빌의 주민은 1,000명이 약간 넘었다. 판사부터 카운티 보안관에 이르기까지 모든 카운티 청사 사무실을 점하고 있는 인물들은 모두 민주당 지지자들이었다. 하지만 북부 아칸소의 야산과 분지에는 공화당 지지자들이 많았다. 그들은 대부분 1861년의 시세션(남북전쟁의 발단이 된 남부 11주의 탈퇴—옮긴이주)에 반대했던 사람들의 후손이었다. 공화당원들은 닉슨의 압도적 승리에 힘입어 1972년에 좋은 실적을 올리면서 부재자 투표를 떼어내버리면 지방 선거의 결과를 뒤집을 수 있다고 생각하고 있었다.

이 사건은 빌 엔필드 판사가 취임하기 직전에 구 매디슨 카운티 법원으로 올라왔다. 민주당 지지자인 빌 엔필드는 후일 나의 친구이자 지지자가 되었다. 민주당 지지자 중에 대표적인 인물은 빌 머피와 W. Q. 홀 두 사람이었다. 빌 머피는 미국재향군인회와 민주당에서 열정적으로 활동하고 있던 페이트빌 출신의 변호사였다. 그는 미국재향군인회에서 아칸소 사령관이라는 직위를 담당하고 있었다. 그 지역 변호사로 'Q'라고 알려져 있는 W. Q. 홀은 한쪽 팔만 가진 재치 있는 사람으로, 왼팔에 달린 갈고리처럼 날카로운 유머감각을 가지고 있었다. 사람들은 부재자 투표를 하는 이유에 대해서 증언하기 위해서 몰려들었다. 그들의 증언은 아칸소 산간 마을 주민들의 생활을 결정짓고 있는 대단한 성실함과 험악한 정치 환경, 경제적인 압박을 생생하게 드러내고 있었다. 한 남자가 법이 규정한 대로 미리 신청하지 않고 있다가 마지막 순간에 부재자 투표를 하겠다고 항변하고 나섰다. 그는 주 '수렵어로위원회'에서 일하고 있는데, 선거 당일에 스톤 카운티로 통하는 낮은 산으로 그 주에 하나밖에 없는 곰덫을 가지고 가라는 명령을 받았기 때문에 선거 전날 투표하러 온 것이라고 설명했다. 그의 투표는 허용되었다. 또 한 사람이 오클라호마 털사의 직장에서 와서 증언을 했다. 그는 자신은 10년 넘게 털사Tulsa에 살고 있고, 법적으로는 매디슨 카운티의 주민이 아니지만 매년 선거 때마다 매디슨 카운티에서 부재자 투표를 했다고 시인했다. 공화당 측 변호사가 다그치자, 그는 울먹이면서 매디슨 카운티는 자신의 고향이고, 털사로 간 것은 산간 마을에서는 먹고살 수가 없기 때문이며, 정치에 대해서는 관심도 없고 아는 것도 없고, 10년쯤 뒤에 은퇴하게 되면 고향으로 돌아올 거라고 말했다. 그때 그의 투표가 집계에 포함되었는지는 기억나지 않지만, 그의 고향에 대한 애착은 나에게 깊은 인상을 남겼다.

스티브 스미스는 자신의 아버지가 운영하는 요양원에 거주하는 사람들에게서 부재자 투표를 모아오는 역할을 맡았다고 증언했다. 법에는 요양원 관련자는 요양원 거주자들이 투표용지에 기표하는 것을 도울 수 있도록 허용하고 있지만, 투표용지는 가족이나 문서로 권한을 위임받은 사람이 우편으로 발송하도록 되어 있었다. 스티브는 투표용지들을 모두 모아서 가까운 우편함에 넣었다. 나는 판사에게 (내 판단으로는 대단히 설득력 있는) 변론을 제출했다. 나는 스티브가 투표용지를 발송해서는 안 된다는 것은 이치에 닿지 않으며, 그가 위조했다거나 거주자들이 그가 투표용지를 발송하는 것을 원치 않았다고 주장하는 사람은 아무도 없었다고 주장했다. 우리가 알고 있는 바로는, 고령의 거주자 중에는 그 성가신 일을 맡아줄 가족이 없는 사람도 있었다. 엔필드 판사는 나와 스티브의 주장을 받아들이지 않았지만, 많은 부재자 투표의 정당성을 인정해줌으로써 카운티 판사인 찰스 호턴, 보안관 랄프 베이커, 그리고 그들의 직원들은 직위를 유지할 수 있게 되었다.

나는 그 사건에서 졌지만, 아칸소 산간 마을 주민들의 생활을 파악할 수 있는 소중한 경험을 했다. 그때 알게 된 사람들 중에는 아주 뛰어난 정치인들이 있었다. 매디슨 카운티에 새로 이사 오는 사람이 있으면, 그들은 일주일 이내에 그가 민주파인지 공화파인지 알아맞힐 정도였다. 공화당 지지자들은 카운티 청사에 와서 투표 등록을 해야 했다. 카운티 직원들은 민주당 지지자들의 집을 찾아가 투표 등록을 받았고, 선거가 있을 때마다 2주 전에 다시 찾아가 투표를 하라고 당부했다. 그들은 선거일 아침에도 방문했다. 오후 늦게까지도 유권자들이 투표를 하지 않으면, 누군가가 그들의 집을 찾아가 유권자들을 투표소로 데리고 왔다. 1974년 내가 처음 출마한 총선거 날에, 나는 찰스 허턴을 찾아가 우리 편이 어떻게 하고 있는지 알아보았다.

그는 큰비가 내려 외딴 카운티의 다리가 무너지는 바람에 몇몇 우리 지지자들은 투표소에 오지 못할 테지만, 자신들이 애쓰고 있으니 약 500표 차이로 우리가 이길 거라고 말했다. 나는 매디슨 카운티에서 501표 차이로 승리를 거뒀다.

페이트빌로 이사하고 나서 두 달이 지나자, 나는 그곳이 고향처럼 편안하게 느껴졌다. 학생들을 가르치고, 레이저백 축구 경기를 보러 가고, 산속 여기저기를 드라이브하고, 내가 하는 일을 진심으로 걱정해주는 사람들이 있는 대학 사회에서 생활하는 것이 너무나 좋았다. 나는 대학교 부총장인 칼 월록과도 친해졌다. 그는 회색 머리를 짧게 자른 대단히 내성적인 사람이었다. 그를 처음 만난 곳은 와이이트 식당이었다. 페이트빌과 스프링데일 사이 야산에 있는 대형 상가에 위치한 식당이었다. 식탁에 함께 앉은 다른 사람들은 모두 닉슨 대통령을 비판하고 있었지만 칼만은 한마디도 하지 않았다. 나는 그의 생각을 알 수 없어서 그의 의견을 물었다. 그는 단조로운 목소리로 "나는 해리 트루먼과 생각이 같아요. 그는 리처드 닉슨이 죽은 사람 눈에서 나무 동전을 뽑아낼 사람이라고 말했지요"라고 말했다. 옛날에 장의사들이 방부 처리를 하는 동안 주검의 눈이 열리지 않게 하기 위해 넣는 둥근 나무 조각이었다. 칼 월록은 표지만 보고는 판단할 수 없는 책과 같은 인물이었다. 단정하게 옷깃을 여민 보수적인 그의 외모 밑에는 강인함과 용감함이 감춰져 있었다.

내가 특별히 좋아했던 두 명의 여자 교수가 있다. 앤 헨리는 경영학과 대학원에서 강의했다. 그녀의 남편인 모리스는 안과의사이자 아칸소 주 상원의원이었다. 앤과 모리스는 힐러리와 나와 특별히 가까운 사이가 되었다. 우리가 결혼할 때, 두 사람은 자신들의 집에서 우리의 결혼피로연을 열어주었다. 다이앤 킨카이드는 정치학과 교수였는데, 주 하원의원 휴 킨카이드의 아내였다. 다이앤은 아름답고 똑똑하고 정치적인 통찰력을 가진 사람이었다. 힐러리가 페이트빌로 온 뒤로, 다이앤과 힐러리는 친구 이상의 사이가 되었으며 정신적인 동지나 다름없었다. 두 사람은 서로의 존재 속에서 평생 마주치기 힘든 이해와 자극, 지지와 사랑을 발견했다.

북서부 아칸소 전체가 그랬듯이, 페이트빌은 급속하게 발전하고 있었다. 페이트빌에는 아담하고 특이한 광장이 있고, 광장 한가운데는 오래된 우체국이 있었다. 후일 이 우체국은 식당 겸 술집으로 바뀌었다. 광장의 사면에는 가게와 사무실, 은행이 늘어서 있었고, 일요일 아침마다 신선한 농작물을 파는 농부들의 노점상이 들어섰다. 나의 사촌인 로이 클린턴은 광장 북서쪽에서 캠프벨 백화점을 운영하고 있었다. 나는 그와 대화하면서 새로운 고향인 페이트빌에 대해서 많은 것을 알게 되었다. 법원은 광장에서 한 블록 떨어진 곳에 있었다. 가까운 사무실에서 일하면서 이곳에 출입하는 변호사들 중에는 노련한 변호사들과 똑똑한 젊은 변호사들이 섞여 있었다. 이들 가운데서 많은 사람들이 나의 강력한 지지자가 되었다.

타운 북쪽 71번 하이웨이에 위치한 빌리 슈나이더의 스테이크하우스는 정치인들의 아지트였다. 빌리는 굵은 목소리에 말투까지 거친 억센 여성이었지만, 정치에 대해서는 이상주의적이며 강한 열정을 가지고 있었다. 인근의 모든 정치인들이 빌리의 단골이었다. 단골 중에는 돈 타이슨과 그의 변호사 짐 블레어도 포함되어 있었다. 돈 타이슨은 잘나가는 양계업자로 그의 사업은 후일 세계 최대의 농산물 회사로 탈바꿈했다. 짐 블레어는 195센티미터나 되는 특별하면서도 천재적인 인물이었는데, 그는 후일 나의 절친한 친구가 되었다. 페이트빌로 이사하고 나서 몇 달 후에 빌리는 스테이크하우스를 정리하고 법원 맞은 편 호텔 지하에 술집 겸 디스코장을 열었다. 예전의 단골들이 변함 없이 드나들었는데, 빌리에게는 많은 대학생 지지자들이 생겼다. 빌리는 선거에 출마할 때마다 이 학생들을 동원했다. 빌리는 땅에 묻히기 전까지 내 생활의 중요한 부분이었다.

추수감사절 기간에 나는 케임브리지에 있는 힐러리를 만나기 위해서 며칠 동안 보금자리를 비웠다. 힐러리와 나는 이렇다할 장래의 결정을 내리지 못했다. 크리스마스 휴가 때는 힐러리가 내 집으로 오기로 했다. 나는 그녀를 사랑했으며 함께 있고 싶었다. 하지만 나는 그녀가 망설이는 것을 이해할 수 있었다. 나는 성질 급하고 감정적인 사람이었고, 내 조건 중 어느 하나도 안정된 결혼 생활의 필수조건을 충족시키지 못했다. 힐러리는 나와의 결혼이 하나도 아니고 여러 갈래로 나 있는 높은 줄 위에서 줄타기하는 것이나 다름없을 거라는 것을 잘 알고 있었다. 또한 그녀는 아칸소를 달의 반대편쯤 되는 곳으로 여기는 단계에서는 이미 벗어났지만, 여전히 자신이 정착하기에는 낯선 곳이라고 느끼고 있었다. 나는 내가 힐러리에게 어울리는 배우자라고 확신하지 못했으며, 그녀가 독자적인 정치적인 직업을 가져야 한다고 생각하고 있었다. 당시 나는 내 인생을 바라보면서 그렇게 하는 쪽이 내 인생을 사는 것보다 훨씬 중요하다고 생각하고 있었다. 내 연배의 유능한 사람들을 많이 만나왔지만, 그 중에서도 힐러리는 뛰어난 정치적인 잠재력을 지니고 있었다. 그녀는 명석한 두뇌와 따스한 마음을 가지고 있었고, 조직력은 나보다 뛰어났으며, 경험이 나보다 적다뿐이지 정치력은 나와 엇비슷했다. 나는 그녀를 너무나 사랑했기에 그녀를 원하고 있었고, 그녀를 위해서 가장 좋은 길을 찾고 있었다. 나는 이러지도 저러지도 못하는 처지에 있었다.

아칸소로 돌아오자, 정치적인 공론들이 본격적으로 시작되었다. 다른 곳의 민주당원들과 마찬가지로, 우리 사람들은 샘 어빈의 워터게이트 청문회와 계속되는 전쟁으로 흥분하고 있었다. 우리는 의회의 중간선거에서 일정한 소득을 얻을 기회를 맞을 수 있을 것 같았다. 특히 유가 급등과 가솔린 배급제 실시 이후, 그 가능성은 더욱 커졌다. 하지만 아칸소의 민주당원들은 민주당 하원의원 존 폴 함머슈미트가 낙선할 가능성이 크다고 생각하지 않고 있었다. 함머슈미트는 보수적인 투표 경력을 가지고 있고, 닉슨 대통령을 강력하게 옹호하는 사람이었다. 하지만 그는 자상하고 신중한 자세로 주말마다 자신의 지역구를 돌면서 민생을 꼼꼼하게 챙기고 있었다. 그는 작은 타운들이 상하수도 허가를 얻을 수 있도록 도왔으며, 워싱턴에서 자신이 삭감안에 투표했던 프로그램으로부터 주민들을 위한 정부보조금을 따내기까지 했다. 함머슈미트는 목재 사업가로서 지역구에서 작은 사업을 하는 주민들로부터 큰 지지를 받고 있었으며, 지역 경제의 상당한 부분을 차지하는 대규모 목재업, 축산업, 운송업을 꼼꼼히 챙겼다.

나는 그해 겨울 몇몇 사람들에게 출마에 관심이 있는지 물어보았다. 그 중에는 휴와 다이앤 킨카이드, 모리스와 앤 해리스, 스티브 스미스, 그리고 주 하원의원이자 클라크 윌록의 처남인 루디 무어도 있었다. 이들은 모두 경선이 필요하다고 생각하고 있었지만, 이길 가능성이 없다는 판단에서 아무도 직접 나서려고 하지 않았다. 대단한 인기를 얻고 있는 범퍼스 주지사가 민주당 예비선거에서 풀브라이트 상원의원에 도전장을 내밀 것 같았다. 풀브라이트는 페이트빌 출신이었고, 내 친구들은 대부분 범퍼스를 좋아하면서도 어려운 전투가 될 것이 확실하니 상원의원을 도와야 한다고 생각하고 있었다.

우리 지역에서는 선거전에 나설 만한 사람들이 모두 출마를 꺼리고 있다는 사실이 분명해지자, 나는 직접 출마하는 문제를 신중히 생각하기 시작했다. 언뜻 보아서는 어림도 없는 일 같았다. 나는 9년 동안 이 지역을 떠나 있다가, 돌아온 지 6개월밖에 되지 않는 처지였다. 새로운 직장에서 일한 지는 3개월밖에 되지 않았다. 아는 사람 하나 없는 지역도 많았다. 그렇지만 페이트빌에는 학생들과 자유주의적인 민주당 지지자들이 있으니 첫 출마 지역으로 삼아도 나쁘지 않을 것 같았다. 내가 자란 핫스프링스는 그 지역구의 남단에서 가장 큰 타운이었다. 그리고 클린턴 가문의 본적지인 옐 카운티 역시 그 지역구에 속해 있었다. 이 지역 21개 카운티 중 5개 카운티에 내 친척들이 살고 있었다. 나는 젊은데다 미혼이고, 밤낮을 가리지 않고 온종일 일할 의지를 가지고 있었다. 설사 낙선한다고 해도 괜찮은 성적을 올릴 수만 있다면 앞으로 나서게 될 선거운동에 악영향을 미칠 일은 없을 것 같았다. 물론 압도적인 패배를 당하게 되면 정치가가 되겠다는 나의 오랜 꿈은 시작해보기도 전에 물거품이 될 터였다.

크리스마스 직후 힐러리가 찾아왔을 때, 나는 이 문제에 대해서 많은 생각을 하고 있었다. 1월 초 어느 날 아침, 힐러리와 내가 집에서 이 문제에 대해 이야기를 하고 있을 때 전화벨이 울렸다. 존 도어의 전화였다. 지난봄 그가 '카사블랑카' 재판의 판결을 맡아서 예일 법대에 왔을 때 힐러리와 내가 접대를 했던 사람이었다. 그는 자신은 '하원 사법위원회'의 닉슨 대통령 탄핵 조사를 도와줄 법률고문 책임자가 되었는데, 비크 바셜이 나를 추천하더라고 말했다. 그는 나에게 법대를 잠시 휴직하고 워싱턴으로 와서 유능한 젊은 법률가들을 모으는 일을 도와달라고 말했다. 나는 하원의원 출마를 고려하고 있으니, 생각을 해보고 다음 날 연락을 하겠다고 말했다. 빨리 결정을 내려야 할 시점이었다. 나는 그 이후에도 자주 그랬듯이, 힐러리에게 어떻게 해야 할지 판단하고 조언을 해달라고 부탁했다. 나는 마음을 굳히고 존에게 전화를 걸었다. 나는 제안은 고맙지만 사양하겠다고 말했다. 그 제안을 사양한 이유는 탄핵 조사와 관련해서 도움을 줄 수 있는 유능한 젊은 법률가들은 많이 있지만, 아칸소 선거전에 도전할 만한 사람은 딱히 없으므로 무모하지만 직접 하원의원 선거에 도전해야겠다고 판단했기 때문이었다. 존은 내가 어리석은 결정을 한 거라고 생각했을 것이다. 그리고 합리적으로 생각해볼 때 내가 어리석은 결정을 한 것은 사실이었다. 하지만 어떤 기회를 잡느냐 하는 것이 그 사람의 인생을 결정하기도 하지만, 어떤 기회를 포기하느냐 하는 것도 그 사람의 인생을 결정한다.

나는 존에게 힐러리와 예일 법대 동기인 마이크 콘웨이, 루퍼스 코미어를 채용하라고 권했다. 그는 웃으면서 버크 마셜도 그들을 추천했다고 말했다. 이렇게 해서 그들은 모두 존과 함께 일하게 되었고, 탁월한 역량을 발휘했다. 도어는 유능한 젊은 법률가들로 이루어진 특공대를 꾸렸으며, 중책을 훌륭하게 감당해냈다. 내가 없어도 될 거라는 내 예상은 적중했다.

힐러리가 케임브리지로 돌아가기 이틀 전에, 나는 힐러리와 함께 집에서 동쪽으로 40킬로미터 거리에 있는 헌츠빌을 찾아가 전직 주지사인 포버스를 만났다. 하원에 출마하려면 그를 만나 인사를 해두어야 할 것 같았다. 그가 리틀록에서 했던 일들은 마음에 들지 않았지만, 그는 똑똑한 사람이었고, 그의 머릿속에는 내가 새겨들을 만한 아칸소 정치계의 경험들이 가득 차 있었다. 포버스는 아름다운 페이 존스 저택에서 살고 있었다. 그 집은 그가 빈털터리로 12년의 주지사 생활을 끝냈을 때, 그의 후원자가 지어준 집이었다. 그의 두 번째 부인인 엘리자베스는 1960년대 벌집 모양 머리를 하고 있었다. 그녀는 결혼 전에 리틀록에서 정치비평가로 잠시 일했던 경험이 있는 사람이었다. 그녀는 대단히 보수적이었다. 그녀는 외모나 사고방식에 있어서 주지사의 첫 번째 부인인 앨타와는 완전히 대조적이었다. 앨타는 훌륭한 산간 마을 풀뿌리 민주주의자이면서 지역 신문 「매디슨 카운티 레코드」의 발행인이었다.

포버스의 집에 도착한 힐러리와 나는 안내를 받고 오자크 산과 마을이 내려다보이는 통유리 방으로 들어가 커다란 원탁 앞에 앉았다. 나는 질문을 하고 오벌은 이야기를 하면서 네다섯 시간을 보냈다. 우리는 그의 아칸소의 역사와 정치 이야기를 넋을 잃고 들었다. 공황기와 제2차 세계대전 때의 생활이 어땠는지, 리틀록에서 했던 일들을 아직도 옹호하는 이유가 뭔지, 닉슨 대통령 문제가 의회 선거에 영향을 미칠 거라고 생각하는지 아닌지까지. 나는 말은 많이 하지 않고, 포버스가 먼저 받은 질문에 대한 답변을 끝내면 새로운 질문을 던지곤 했다. 힐러리는 한마디도 하지 않았다. 놀랍게도, 네 시간이 넘는 시간 동안 엘리자베스 역시 한마디도 하지 않았다. 그녀는 아무 말도 하지 않고 커피와 쿠키만 대접했다.

이윽고 이야기가 마무리되어가는 것이 분명해지자 엘리자베스가 나를 빤히 쳐다보더니 입을 열었다. "클린턴 씨, 오늘 이야기 참 좋았습니다. 그런데 미국을 전복하려고 하는 국제적 음모에 대해서 어떻게 생각하십니까?" 나는 그녀를 마주 쳐다보며 대답했다. "포버스 부인, 물론 저는 그런 음모에 반대합니다. 부인도 그러시지요?" 그로부터 얼마 후에 포버스는 휴스톤으로 이주했는데, 그곳 아파트에서 엘리자베스는 잔인하게 살해당했고, 그후 오벌은 정신적인 불안에 시달렸다. 1979년 주지사에 취임한 뒤, 나는 전직 주지사들을 모두 초청하는 자리를 마련했는데, 초청자 명단에는 포버스도 들어 있었다. 그 일로 인하여 나의 진보적인 지지자들 사이에서는 반발이 심했다. 내가 그 늙은 악당에게 새로운 인생을 열어주었다고 생각한 것이다. 후일 벌어진 일들은 그들의 생각이 옳았다는 것을 입증했다. 그것은 악행은 처벌받지 않는다는 오래된 속담의 전형적인 예였다. 나는 아직도 그 악한을 엘리자베스 포버스와 바꿀 수만 있다면 모든 일을 되돌리고 싶다.

힐러리가 떠난 후, 나는 데이비스 학장에게 가서 하원의원 선거에 출마하고 싶다고 말했다. 나는 강의 일정에 차질이 없도록 하고 학생들을 위해서 시간을 내겠다고 약속했다. 나는 봄 학기에 '형사소송법'과 '해사법' 강의를 할 예정이었고, 강의 준비도 상당히 해둔 상태였다. 윌리는 하는 일이 잘되기를 빌겠다고 말했다. 뜻밖의 반응이라서 나는 깜짝 놀랐다. 아마 그 강좌를 맡길 다른 사람을 구하기에는 너무 늦은 때라서 그랬던 것 같다.

아칸소 제3지역구는 아칸소 주의 4개 지역구 중에서 북서쪽 지역구에 속하는 21개 카운티를 포괄하고 있었다. 이 지역구는 미국 최대의 농촌 지역구 중의 하나였다. 두 개의 큰 카운티인 북서쪽 끝에 워싱턴과 벤턴, 오자크에 7개의 북부 카운티, 아칸소 강 계곡 아래에 8개 카운티, 남서쪽의 와시토 산맥에 4개의 카운티가 있었다. 월마트와 타이슨 양계회사를 비롯한 축산회사들, 그리고 J. B. 헌트, 윌리스 쇼, 하비 존스와 같은 운송회사들이 있는 벤튼과 워싱턴 카운티 내의 타운들은 점점 번창하면서 공화당으로 기울어지고 있었다. 복음주의 교회가 늘어가고, 중서부에서 은퇴하고 돌아온 사람들이 유입되고, 대규모 회사가 번창하면서 북서부 아칸소는 주 내에서 가장 보수적이며 가장 공화당 지지도가 높은 곳이 되었다. 하지만 페이트빌만은 예외였다. 이곳에서는 대학교가 적절한 균형을 잡아주고 있었다.

1974년 당시, 오클라호마 경계에 있는 포트스미스는 인구 7만 2,286명으로 지역구 내에서 가장 인구가 많고 가장 보수적인 도시였다. 1960년대에 이 도시의 원로들은 도시재개발보조금의 수령을 거부했다. 그들은 그것이 사회주의로 가는 첫걸음이라고 믿었다. 몇 년 후 워터게이트 연루자인 존 미첼이 기소되자, 그의 변호사는 그에게 공정한 재판을 받을 수 있는 곳이 미국에는 세 군데뿐이라면서, 그 중 하나로 포트스미스를 거론했다. 만일 그가 포트스미스로 왔더라면 영웅 대접을 받았을 것이다. 북쪽 산간 지역과 아칸소 강 하류의 동부 포트스미스에 있는 도시들은 민주주의적이며, 사회적으로는 보수적이어서, 공화당파와 민주당파가 고르게 분포되어 있었다.

산지의 카운티들, 특히 매디슨, 뉴턴, 시어시 카운티는 상당히 고립되어 있었다. 전입해 들어가는 주민은 적었지만, 100년 넘게 한곳에 붙박혀 사는 가구들이 많았다. 이곳 주민들의 말투는 독특해서 처음 들어보는 생생한 표현을 즐겨 썼다. 그 중에서 가장 내 마음에 드는 것은, 자기가 싫어하는 사람에 대해 묘사할 때 "그 사람 뇌에 불이 붙는다고 해도 나는 그 사람 귓속에 소변을 보지 않을 겁니다"라는 말이었다. 그 지역구 남부에 있는 작은 카운티는 민주당 지지도가 약간 높았지만 여전히 보수적이었고, 카운티 행정 중심지로 가장 큰 카운티인 갈랜드는 대통령선거 때마다 대부분 공화당을 지지했으며, 북쪽 지역에서 은퇴하고 전입해온 공화당 지지자들이 많았다. 그곳에서는 하원의원이 인기가 높았다.

흑인 주민들은 아주 적었고, 대부분 포트스미스와 지역구에서 두 번째로 큰 도시인 핫스프링스, 그리고 지역구 남동부에 계곡을 끼고 있는 러셀빌과 다더넬 타운에 몰려 있었다. 노동조합 조직은 페이트빌, 포트스미스, 핫스프링스에서 강력한 활동을 펼치고 있었지만, 그 밖의 지역에서는 거의 활동이 없었다. 험난한 산간 도로와 낡은 자동차와 화물차가 대부분이었기 때문에, 그 지역구의 등록된 차량 한 대당 휘발유 사용량이 가장 많은 지역이었다. 이런 특징은 유가 급등과 석유 파동 문제가 대단히 중요하게 부각되는 원인이 되었다. 이 지역구는 또한 상해를 입은 퇴역군인의 비율이 가장 높았다. 하원의원 함머슈미트는 제2차 세계대전 참전자로 퇴역군인들에게 심하게 아부하고 있었다. 지난 선거에서는 사회적으로 재정적으로 보수적인 세력들이 열성적인 민주당 지지자들과 실리주의적인 풀뿌리 민주주의자들을 압도한 결과, 74 대 26으로 닉슨이 맥거번을 따돌렸다. 함머슈미트는 77퍼센트의 표를 얻었다. 경쟁에 뛰어들려고 하는 사람이 없는 게 이상한 일이 아니었다.

힐러리가 떠나고 며칠 뒤에, 나는 칼 월록과 함께 첫 선거유세에 나섰다. 지역구 북부의 카운티들을 한 번에 돌아볼 예정이었다. 맨 처음 간 곳은 캐럴 카운티였다. 주민이 1,300명인 베리빌 타운에서 나는 시 비검의 가게를 찾아갔다. 그는 열성적인 민주당 지지자였고, 네 살짜리 손자와 함께 살고 있었다. 20년 뒤에, 그의 손자 크리스 잉스코프는 백악관으로 들어와 내 보좌관이 되었다. 나는 빅 닉슨이라는 감리교 목사와 부인 프레디를 만났다. 그들은 베트남전에 반대하는 개방적인 민주당 지지자였으며 나를 지지하겠다고 말했다. 그들은 훨씬 더 많은 일들을 했다. 프레디는 나의 카운티 책임자가 되어 관할구역에서 유력자들의 마음을 빼앗아 왔다. 그녀는 후일 나의 주지사 사무실에서 일했는데, 한시도 쉬지 않고 나에게 사형은 옳지 않은 것이라는 확신을 심어주려고 노력했다. 힐러리와 내가 결혼할 때 결혼식을 주도한 사람은 바로 빅이었다.

우리는 동쪽으로 차를 몰아 부니 카운티에 갔다가, 다시 마운틴 홈으로 갔다. 그곳은 지역구에서 가장 북동쪽에 위치한 박스터 카운티의 행정중심지였다. 나는 칼의 권유로 휴 해클러라는 사업가를 만났다. 그는 만나자마자 예비선거에서 다른 후보를 찍을 거라고 말했다. 우리는 계속 이야기를 나누었다. 내가 핫스프링스 출신이라고 하자, 그는 게이브 크로포드와 친하다고 말했다. 내가 게이브는 아버지의 친한 친구라고 말했더니 휴는 다른 후보를 제치고 나를 밀어주겠다고 했다. 나는 베이다 쉐이드도 만났다. 가구점을 운영하고 있는 그녀는 카운티 회계책임자였다. 그녀는 이야기를 나누는 동안 내 셔츠 단추가 떨어지려는 것을 발견하고 바느질을 해주었다. 바로 그날 그녀는 내 지지자가 되었다. 그녀가 다시 내 단추를 달아주는 일은 없었다. 하지만 내가 주지사가 되고, 그녀가 주 상원에 진출했을 때, 그녀가 던진 표는 다른 문제로 곤란을 겪고 있는 나를 여러 번 구해주었다.

우리는 마운틴 홈을 떠나서, 남쪽으로 차를 몰아 시어시 카운티로 향했다. 주민 150명의 세인트조우에 들러서 카운티 민주당 의장인 윌 고긴스를 만났다. 윌은 여든이 넘은 나이지만 상황 이해가 빠르고 몸도 건강한데다 정치 활동에 적극적이었다. 그는 나를 지지하겠다고 말했는데, 나는 그것이 엄청난 수의 표를 의미한다고 생각했고 그것은 현실이 되었다. 그리고 마셜에서는 총포상을 운영하고 있는 조지 대니얼을 만났다. 그에게는 제임스라는 동생이 있었는데, 제임스는 처음으로 1,000달러의 기부금을 냈던 법대에 다니고 있었다. 조지의 형은 카운티에서 의사로 일하고 있었다. 나는 조지의 소박한 유머를 들으며 여러 차례 웃음을 터뜨렸고, 한 가지 따끔한 교훈을 얻었다. 몇 년 전 그곳에서 멀리 떨어진 곳에 사는 베트남 참전용사 한 사람이 그의 가게로 찾아와 권총을 사면서, 사격 훈련에 쓰려 한다고 말했다. 다음 날 그는 여섯 사람을 죽였다. 알고 보니 그는 노스 리틀록에 소재한 포트 루츠라는 퇴역군인을 위한 정신요양원에서 빠져나온 사람이었다. 그는 참전으로 인한 정신적 고통에 시달리며 여러 해 동안 그 요양원에서 지내온 사람이었다. 대니얼은 이 일을 오랫동안 잊을 수가 없었다고 말했다. 이것은 후일 총기 구입자의 신분조사 조치를 시행하려 했을 때 내 머릿속에 떠오른 가장 좋은 논거였다. 나는 그 내용이 규정된 브래디 법안을 1993년에 승인했다. 미리 막았다면 피할 수도 있었던 흉악범, 밀렵꾼, 정신질환자로 파악된 사람들에 의한 살인이 19년이나 계속된 뒤의 일이었다.

칼과 함께 페이트빌로 돌아왔을 때, 나는 너무나 행복했다. 다른 후보들을 위해서 일할 때도 나는 항상 소매점식 정치를 좋아했다. 이제 내 표를 위해서 뛰어다니다 보니, 작은 타운들을 찾아다니고, 길을 가다가 만난 시골 가게와 식당, 주유소에 들리는 일이 정말로 마음에 들었다. 사람들을 찾아다니며 돈을 달라고 하는 데는 소질이 없지만, 사람들의 집이며 직장을 찾아다니며 표를 달라고 하는 것은 적성에 꼭 맞았다. 게다가 이런 일을 하다 보면, 다양한 인물들을 만나서 재미있는 이야기를 듣고, 알아둘 만한 가치가 있는 것들을 배우고, 새로운 친구를 사귈 수 있을 터였다.

첫날 이렇게 선거유세를 다니고 나서, 나는 같은 방식으로 다른 여러 곳들을 찾아다니기 시작했다. 아침이면 페이트빌을 출발해서 밤늦게까지 될 수 있는 한 많은 타운과 카운티를 찾아다녔다. 그리고 나서 다음 날에 수업이 있으면 집으로 돌아오고, 수업이 없을 때는 친절한 민주당 지지자의 집에 묵었다가 다음 날 아침이면 일어나 다른 카운티로 이동했다.

다음 주 일요일에 나는 산간의 카운티 방문을 마무리하기 위해서 동쪽으로 향했다. 그런데 예상하지 못했던 사태가 발생했다. 나는 1970년 산 아메리칸 모터스 그렘린 자동차를 몰고 있었는데, 주말이 되기 전에 기름을 채우는 것을 깜빡 잊고 있었다. 당시에는 기름 부족으로 인해서 일요일에는 주유소 영업을 금지하는 연방 법률이 시행되고 있었다. 하지만 나는 반드시 산간 마을로 돌아가야만 했다. 나는 지푸라기라도 붙잡는 심정으로 그 지역

정유회사 사장인 찰스 샬로에게 전화를 걸어서 정비소에 있는 연료통에서 기름을 좀 얻으면 안 되겠냐고 물었다. 그는 당장 그곳으로 오면 조치를 해 놓겠다고 말했다. 뜻밖에도 그가 직접 나와서 손수 내 차에 연료를 채워주었다. 샬로의 친절한 조치 덕분에 나는 이제 막 틀이 잡혀가고 있는 선거유세를 계속할 수 있었다.

나는 먼저 앨피나로 가서 카운티 민주당 의장인 보 포니를 만났다. 처음에 들렀을 때 만나지 못했던 사람이었다. 나는 무난하게 그의 작은 집을 찾았다. 그의 집 앞마당에는 총걸이가 있는 픽업트럭이 세워져 있었다. 그런 트럭은 산간 마을에 사는 사람들에게는 필수적인 장비였다. 현관문에서 나를 맞이한 보는 풍만한 상체에 흰 티셔츠를 걸치고 청바지를 입고 있었다. 그는 텔레비전을 보고 있었으며 내가 지지를 호소하는 동안 말도 많이 하지 않았다. 내가 이야기를 마치자, 그는 함머슈미트는 반드시 꺾어야 한다면서, 함머슈미트가 자기 고향에서 엄청난 차이로 이긴다고 하더라도 부니 카운티의 농촌 지역에서는 우리가 선전할 거라고 말했다. 그는 내게 만나볼 만한 사람들 이름을 알려주면서, 내가 머리를 짧게 자르면 표를 더 얻을 거라는 말을 덧붙였다. 그는 나를 지지한다고 말하고 나서 다시 텔레비전으로 눈길을 돌렸다. 나는 보가 도대체 어떤 생각을 하고 있는지 알 수가 없었다. 나는 차로 돌아가다가 그의 트럭을 자세히 들여다보았다. 그 트럭에는 "나를 욕하지 마시오. 나는 맥거번을 찍었음"이라고 쓰인 스티커가 붙어 있었다. 나중에 보에게 그 스티커에 대해서 물었더니 그는 맥거번에 대해서 사람들이 뭐라고 해도 신경 쓰지 않는다, 민주당 지지자들은 평범한 사람들을 지지하고 공화당 지지자들은 그렇지 않다, 그래서 스티커를 붙여놓은 것뿐이라고 말했다. 내가 대통령이 되고 보가 건강이 좋지 않을 때, 우리 둘을 모두 아는 친구 레비 필립스가 보를 백악관에 데리고 왔다. 보는 함께 시간을 보내는 것을 기뻐하다가, 링컨실에서 자라고 하니 펄쩍 뛰었다. 남북전쟁이 끝난 뒤 재편입 시대에 공화당이 자행했던 지나친 행위 때문인지, 아니면 공화당이 20세기 내내 부유한 자들과 권력자들에게만 충성했다는 사실 때문인지, 아무튼 링컨을 용서할 수 없는 모양이었다. 이제 보와 링컨은 모두 하늘나라에 있으니, 두 사람이 사이좋게 지내면서 갈등을 풀었으려니 생각하고 싶다.

앨피나를 떠난 후 나는 마리온 카운티에 있는 1,000여 개의 타운 중 하나인 플리핀으로 갔다. 그곳에는 포장이 안 된 도로가 엄청나게 많았다. 그곳은 아마 아칸소 주에서 비포장도로가 가장 많은 지역일 것이다. 그곳에서 나는 두 남자를 만났다. 한 사람은 짐 '레드' 밀리건이고 다른 한 사람은 키어니 칼톤이었다. 우리는 레드의 트럭을 탔다. 두 사람은 나를 가운데 앉히고는 이버톤으로 이어지는 험한 도로를 달려갔다. 그 카운티에서 가장 외딴 아주 작은 타운 이버톤에 레온 스워포드라는 사람을 찾아가는 길이었다. 그에게는 가게 하나와 수백 표를 끌어 모을 수 있는 엄청난 지지가 있었다. 타운을 벗어나서 16킬로미터쯤 가다가 레드는 어딘지 모를 곳에 차를 세웠다. 우리는 엄청난 먼지에 휩싸였다. 레드는 씹는 담배 레드맨 한 상자를 꺼내더니 한 덩이를 입에 넣은 다음 키어니에게 건네주었고 키어니도 한 덩이를 입에 넣었다. 키어니는 그것은 내게 건네면서 말했다. "이 담배를 씹을 수 있을 만큼 남자다운 사람이라면 당신을 지지할 거고, 그렇지 못한 사람이라면 당장 차에서 쫓아 걸어서 돌아오게 할 거요." 나는 잠시 생각한 다음에 "망할 놈의 문 열어요!"라고 말했다. 그들은 나를 5초 정도 빤히 쳐다본 다음 껄껄 웃더니 스워포드의 가게 앞에 내려주었다. 우리는 그곳에서 표를 휩쓸었다. 예년보다 훨씬 더 많은 득표였다. 그들이 레드맨을 좋아하는지 아닌지를 가지고 나를 판단했다면, 나는 아직도 마리온 카운티의 구석진 도로에서 헤매고 있을 것이다.

몇 주 후, 나는 이와 비슷한 시험을 다시 치러야 했다. 나는 아칸소 강 계곡에 있는 클라크빌에 있었다. 내 옆에는 스물두 살 된 카운티 지도자인 론 테일러가 있었는데, 그는 유명한 정치인 가문 출신으로 나이에 비해 뛰어난 정치력을 가진 사람이었다. 그는 보안관을 만나게 해주겠다며 나를 카운티 박람회장로 데려갔다. 론은 그 사람의 지지를 얻어야만 카운티 전체의 지지를 얻을 수 있다고 말했다. 우리는 로데오 경기장에서 말고삐를 쥐고 있는 그를 찾아냈다. 말들이 경기장 안을 행진하는 것과 동시에 로데오가 시작될 예정이었다. 보안관은 내게 고삐를 건네면서 말을 타고 행진을 하면, 군중들에게 내 소개를 해주겠다고 말했다. 그는 말은 길이 잘 든 놈이라고 말했다. 나는 검은 양복에 넥타이를 매고 윙팁 구두를 신고 있었다. 말을 타본 것은 딱 한 번 다섯 살 때였는데, 그것도 카우보이 복장으로 사진을 찍기 위해 포즈를 취했던 것뿐이었다. 예전에는 씹는 담배를 거절했었지만, 나는 이번에는 고삐를 쥐고 말에 올랐다. 카우보이 영화를 많이 봤으니 뭐 그리 어려울까 싶었다. 개막식이 시작되자, 나는 자신 있는 척하며 경기장 안으로 들어갔다. 경기장 트랙을 4분의 1쯤 가자, 보안관이 나를 소개했다. 소개를 받은 직후에 말이 갑자기 멈춰 서더니 뒷다리를 들어올렸다. 웬일인지 나는 떨어지지 않았고, 관중들은 박수를 쳤다. 관중들은 내가 일부러 그랬다고 생각했던 것 같다. 보안관은 진상을 알고 있었겠지만, 아무튼 나를 밀어주었다.

나는 뉴턴 카운티의 오자크 지역 순회를 마쳤다. 뉴턴 카운티는 버팔로 강의 발원지가 있는 미국에서 손꼽히는 아름다운 지역이었다. 이곳은 최근에 '야생 및 풍치 강 법령' 의 보호를 받는 최초의 강이 되었다. 나는 먼저 버팔로 강가의 작은 마을 프루이트에 가서 힐러리 존스를 만났다. 사는 집은 소박했지만, 그는 도로건설업자로서 그 카운티에서 가장 부자였다. 남북전쟁 이전부터 그의 가문은 민주당 지지 가문의 전통을 이어왔다. 그는 그 사실을 입증하는 족보를 가지고 있었다. 그는 강가의 자신의 땅에 깊은 애착을 가지고 있었다. 대공황기에 그의 가문은 상당히 많은 땅을 잃었다. 그는 제2차 세계대전에서 돌아온 뒤 몇 년 동안 열심히 일해서, 잃었던 땅을 모두 되찾았다. 버팔로 강이 보호대상으로 지정된 것은 그에게 있어 최악의 위기였다. 대부분의 땅주인들은 그 땅을 종신 보유해야 했다. 살아생전에는 정부 이외에 다른 사람에게는 땅을 팔 수 없고, 그들이 죽고 나면 정부만이 그것을 살 수 있었다. 힐러리의 택지는 주요 하이웨이 옆에 있었기 때문에 정부는 가까운 시일 내에 토지수용권을 발동해 그 택지를 수용해서 법령 시행본부의 일부로 삼을 예정이었다. 힐러리와 그의 아내 마거릿에게는 여덟 명의 자녀가 있었다. 그들은 자식들에게 땅을 물려주고 싶어 했다. 그곳에는

1700년대에 태어난 사람들이 묻힌 오래된 묘지가 있었다. 그 카운티에서 가난하게 살다가 혼자 죽는 사람이 있으면, 힐러리는 자비로 그 묘지에 묻어주었다. 나는 그 강을 보호하는 것을 지지하는 입장이었지만 오래된 거주자들이 그 땅에서 지역조망권을 누리게 해주어야 한다는 생각이 들었다. 개발이나 환경파괴를 막으면서도 가족들이 대를 이어 땅을 소유하게 하는 방법은 그것뿐이었다. 대통령이 되었을 때 내가 서부의 농장주들이 환경적인 배려와 자신들의 특권이라고 생각했던 것 사이에 충돌이 일어날 때 느꼈던 분노를 다른 사람보다 더 잘 이해할 수 있었던 것은 이때 만났던 버팔로 강 주민들 덕분이었다.

힐러리 존스는 결국 정부와의 싸움에서 지고 말았다. 그는 많은 것을 잃었지만 정치에 대한 열정을 꺾지는 않았다. 그는 새집으로 이사를 했다. 그는 백악관에서 힐러리와 나와 함께 기억에 남을 만한 밤을 보냈다. 힐러리가 지도실로 데리고 가서 프랭클린 루스벨트가 1945년 조지아 주 웜스프링스에서 사망하기 직전에 사용했던 전쟁지도를 보여주자, 그는 울먹였다. 그는 루스벨트를 대단히 존경하고 있었다. 보 포니와는 달리 링컨 침실에서 잠을 잤다. 그가 백악관으로 찾아왔을 때, 나는 장난 삼아 보 포니는 안 자겠다고 거절했던 침대에서 잠을 잔 것을 가지고 놀려댔다. 그는 "그래도 침대 한쪽 구석에 붙어서 앤드류 잭슨의 초상화 밑에서 잤다"고 말했다.

그를 처음 만난 날부터, 대통령 재직 중에 그의 장례식에 참석하여 연설을 하던 날까지, 힐러리 존스는 뉴턴 카운티를 지키는 나의 지지자였다. 그는 내가 열여섯 살 때 처음 보고 사랑에 빠졌던, 그 특별한 장소가 지닌 아름답고 열정적인 정신을 온몸으로 체현하고 있던 사람이었다.

카운티 행정중심지 재스퍼는 주민이 400명에도 못 미치는 타운이었다. 그곳에는 식당이 두 개 있었는데, 한 군데는 공화당 지지자들이 드나들고, 다른 한 군데는 민주당 지지자들이 드나들었다. 내가 찾아가려는 월터 브라셀은 아내가 운영하는 민주당 식당 바로 뒤에 살고 있었다. 일요일 아침에 집을 찾아갔을 때, 그는 잠자리에 있었다. 내가 작은 거실에 앉아 있자, 그는 일어나서 거실에서 침실로 이어지는 문을 열어놓은 채 바지를 입었다.

그는 완전히 잠이 깨지 않아서 연신 비틀거렸는데, 너무 살이 쪄서 5미터 떨어진 거실까지 오는 데 서너 차례나 굴러 넘어졌다. 나는 그 사람의 지지를 얻으러 온 처지라서 웃을 수도 없었다. 하지만 그는 호탕하게 웃었다. 그는 자기도 한때는 젊고 날씬하고 민첩했다, 콜힐 고등학교 농구팀 수비였고, 1930년대에는 코치가 되어 리틀록 센트럴 고등학교를 물리치고 주 우승컵을 거머쥐었다, 주류 밀매를 하는 동안 몸무게가 늘어나더니 줄어들지 않았다는 이야기를 늘어놓았다. 잠시 후 그는 나를 지지하겠다고 말했다. 다시 잠자리로 돌아가려고 그랬던 건 아닐까.

다음에는 박슬리에 농장을 소유하고 있는 빌 파울러를 만나기 위해 농촌 부락으로 차를 몰았다. 빌 파울러는 존슨 행정부 시절에 '농토 보존 서비스' 아칸소 대표로 활동했던 인물이었다. 우리가 웅장한 산맥이 올려다 보이는 언덕 중턱에 서 있을 때, 그는 나를 지지하겠다고 말했다. 덧붙여서 그는 함머슈미트가 "선거일까지 닉슨의 쓰레기를 뒤집어쓴 채 나쁜 평판을 감수할 것"이라고 생각하지 않는다고 말했다. 그는 대통령에 대해 이렇게 평가했다. "공화당원을 놓고 이런 말을 하고 싶진 않지만, 닉슨은 훌륭한 대통령이 될 수도 있었어요. 그는 똑똑하고 배짱 있는 남자입니다. 하지만 딱하게도 그걸 피하지 못하네요." 나는 페이트빌로 돌아오는 동안 내내 그가 했던 말을 되새겼다.

선거운동을 시작하고 처음 몇 주 동안, 나는 소매점식 정치 외에도 조직을 통한 활동에도 심혈을 기울였다. 레이먼드 외삼촌과 게이브 크로포드는 내가 활동을 개시하는 데 쓰라고 1만 달러짜리 어음을 내주었다. 나는 후원금을 모으기 시작했다. 처음에는 주로 페이트빌 지역에서 후원금이 들어오다가, 다음에는 지역구 전역에서, 다음에는 아칸소 주 전역에서 후원금이 들어왔다. 조지타운, 옥스퍼드, 예일의 동기들, 그리고 맥거번 선거운동본부와 더피 선거운동본부에서도 작은 힘을 보태주었다. 가장 큰 후원자는 윈드럽 록펠러 주지사의 양녀이자 내 친구인 앤 바틀리였다. 앤은 후일 내가 주지사가 되었을 때 워싱턴 D.C에서 아칸소 사무실을 운영했다. 나중에는 집회에서 후원금 모금함을 돌렸더니 수천 명의 사람들이 1달러, 5달러, 혹은 10달러 지폐를 넣어주었다.

2월 25일, 나는 애바넬 모텔에서 몇 명의 친구와 가족들이 모인 자리에서 공식적으로 후보 출마를 선언했다. 그곳은 어머니가 일하러 가기 전에 거의 매일 아침 들러서 커피를 마시던 곳이었다.

레이먼드 외삼촌은 핫스프링스 본부로 쓰라고 교통이 좋은 곳에 있는 작은 집 한 채를 내주었다. 어머니와 파크 애비뉴 이웃이었던 로즈 크레인과 바비 하그레이브스, 워싱턴에서 함께 활동했던 여성 동료의 오빠인 젊은 변호사 한 명이 일급 작전을 개시했다. 로즈는 후일 리틀록으로 이사 와서 주지사가 된 나의 행정 사무를 도와주었다. 하지만 어머니는 그곳에서 계속 조직을 잘 관리해 다음 선거 때 활용했다. 선거운동본부는 페이트빌에 있었다. 은행에 다니는 친구 조지 셀턴이 본부장을 맡았고, 함께 농구를 했던 젊은 변호사 F. H. 마틴은 회계를 맡았다. 칼리지 애비뉴의 오래된 집을 임대했는데, 이 사무실에는 늘 대학생들이 드나들었고, 주말이면 사촌 로이의 열다섯 살 먹은 딸 마리 클린턴이 혼자서 사무실을 지켰다. 우리는 "클린턴을 의회로"라고 쓰인 커다란 간판을 만들어 집 양쪽에 붙였다. 그 간판들은 아직도 그곳에 있는데, 건물에 새 주인이 이사 올 때마다 페인트칠로 단장을 곱게 했다. 요즘은 오래된 간판 위에는 "TATTOO"라는 단어가 쓰여 있다. 어릴 적 친구인 패티 하우에가 포트스미스에 선거운동 사무실을 열었고, 선거가 가까워지면서 지역구 전역에 사무실이 확보되었다.

3월 22일에 리틀록에 입후보 등록을 하러 가보니 세 명의 경쟁자가 있었다. 주 상원의원 진 레인워터, 상고머리의 그는 포트스미스 남쪽에 있는 위치해 있는 그린우드 출신의 보수적 민주당원이었다. 데이비드 스튜어트, 그는 옐 카운티 댄빌 출신의 잘생긴 젊은 변호사였다. 짐 스캔론, 큰 키에 사교적인 그는 페이트빌에서 남쪽으로 5킬로미터 떨어진 그린랜드 시장이었다. 나는 스튜어트가 가장 걱정이 되었다. 그는 매력적이고 논리정연한 사람이었다. 게다가 그의 출신지는 바로 클린턴 가문의 고향이었다. 그곳은 내가 지지를 얻고 싶었던 곳이었다.

최초의 대규모 정치집회인 리버밸리 집회는 4월 6일에 있었다. 장소는 지역구 동쪽 끝에 있는 대학 타운인 러셀빌이었다. 법으로 규정된 행사라서, 연방, 주, 지방직 후보자들이 모두 참석했다. 그 자리에는 풀브라이트 상원의원과 범퍼스 주지사도 참석했다. 웨스트버지니아의 로버트 버드 상원의원의 연설이 인기가 있었다. 그는 능숙하게 지옥의 불을 연상시키는 연설을 했고, 말장난으로 군중들을 웃겼다. 다음에 후보 연설이 시작되었는데, 하원의원 후보 연설은 맨 마지막 차례였다. 후보마다 3분에서 5분씩 연설을 하고 나니 시간이 10시가 넘어 있었다. 내 차례가 되면 청중들이 지쳐 있을 것 같았다. 나는 모험을 해볼 작정으로 맨 마지막에 연설하겠다고 했다. 나는 이 연설이야말로 청중들에게 강한 인상을 남길 수 있는 유일한 기회라고 생각했다.

나는 연설 준비를 열심히 해서 2분 안에 끝낼 수 있게 했다. 나는 강력한 의회만이 공화당 행정부와 그에 얹혀서 경제적인 이득을 취하는 층에 대한 사람들의 심정을 대변할 수 있다고 강력하게 주장했다. 연설문은 미리 써두었지만, 마음속에 기억해두었던 것들을 온 마음을 다해 풀어놓았다. 나의 연설은 오랜 저녁 집회로 지쳐 있던 청중들의 심금을 울렸고, 힘을 되찾은 청중들은 자리에서 일어나 환호했다. 군중들이 걸어나갈 때, 나의 자원활동가들은 연설문이 실린 인쇄물을 나누어주었다. 성공적인 출발이었다.

행사가 끝나자, 범퍼스 주지사가 나를 찾아왔다. 그는 내 연설을 칭찬하고 나서, 내가 풀브라이트 상원의원을 위해서 일했던 걸로 알고 있다, 상원의원은 자신을 낙선시킬 일을 해서는 안 된다고 생각한다고 말했다. 나는 그가 다음에 한 말을 듣고 깜짝 놀랐다. "12년쯤 뒤면, 자네는 내게 도전장을 내미느냐 마느냐를 놓고 똑같은 결정을 내려야 할걸세. 도전하는 게 옳다고 생각이 들면, 출마를 하게. 하지만 내가 자네에게 그렇게 하라고 말했던 걸 기억하게." 데일 범퍼스는 영리한 사람이었다. 그는 심리학자가 되었어도 성공할 수 있었을 것이다.

다음 7주 동안은 집회를 열고, 시장을 찾아다니고, 간담회를 열고, 후원금을 모으고, 유권자들을 일일이 찾아다니며 정신없이 뛰었다. 미국노동총

연맹산업별회의AFL-CIO가 핫스프링스 집회에서 나를 지지하는 성명을 발표하면서, 나는 재정적으로나 조직적으로나 큰 힘을 얻었다. 내가 교육 연방 보조금을 공약으로 내세우자 '아칸소 교육협회' 역시 나를 지지했다.

나는 오자크 산지의 카운티보다 내 지명도가 훨씬 낮고 조직화가 훨씬 덜 되어 있는 카운티들에 시간을 투자했다. 북서쪽 끝에 있는 벤튼 카운티, 와시토 산맥에 있는 남서부 카운티들에 주력했다. 옐 카운티에서는 장례회관 직원인 사촌 마이크 콘웰이 나를 위해 뛰고 있었다. 그는 그곳 사람들의 친척들 장례식을 맡아준 사람이었기 때문에, 모르는 주민이 없었다. 마이크는 옆 동네인 댄빌 출신의 후보 데이비드 스튜어트에 맞서는 고된 싸움을 계속할 수 있을 만큼 대단한 능력을 가지고 있었다. 상당히 많은 사람들이 선거운동에서 적극적으로 뛰었다. 이상주의적인 젊은 전문직 종사자들과 자영업 종사자들, 유능한 노동운동 지도자들, 카운티와 시 공무원들, 열성 민주당원들, 고등학생부터 칠십, 팔십 먹은 노인들까지.

예비선거일 전까지 조직화에 있어서 우리는 상대후보를 앞서고 있었다. 나는 44퍼센트의 표를 얻었고, 레인워터 상원의원은 26퍼센트, 데이비드 스트워트는 25퍼센트였다. 돈이 없었던 스캔론 시장이 나머지 표를 가져갔다.

투표율이 낮지 않다면, 6월 11일에 있을 결선투표에서 쉽게 승리할 수 있을 것 같았다. 투표 불참자가 많아지면, 무슨 일이 일어날지 모를 일이었다. 나는 나를 지지하는 유권자들이 투표의 중요성을 잊지 않기를 바랐다. 그런데 깜짝 놀랄 일이 벌어졌다. 시어시 카운티의 민주당 의장인 윌 고긴스가 일체의 투표를 마셜 광장에 있는 법원에서 실시하겠다고 선언했다. 외딴 곳에 사는 사람들이 투표 한 번 하겠다고 차를 몰고 구불구불한 도로를 50~60킬로미터씩 달려올 리가 없었다. 나는 그에게 전화를 걸어 투표소를 늘려야 한다고 말했다. 윌은 웃으면서 말했다. "빌, 걱정 말아요. 투표율이 낮다고 레인워터를 이길 수 없다면, 함머슈미트를 이길 가능성도 없어요. 나는 한두 사람이 사는 동네에 투표소를 설치할 여력이 없습니다. 11월이 되면 돈이 필요할 테니까요. 투표에 참가한 사람들 표는 모두 당신이 가져갈 거요."

6월 11일, 나는 69 대 31로 이겼다. 투표율이 낮았던 시어시 카운티에서도 나는 177 대 10으로 압승했다. 11월 선거가 끝난 후에 나는 윌에게 전화를 걸어 도와줘서 고맙다고 말했다. 그는 알려주고 싶은 것이 있다고 말했다. "내가 당신을 위해서 일부러 투표불참을 유도했다고 생각하고 있는 것 같은데, 그건 오해예요. 사실 당신은 177 대 9로 이겼어요. 나는 레인워터에게 한 표를 얹어 주었어요. 나는 누구든지 두 자리수가 못 되는 득표를 하는 걸 참지 못하는 사람이거든요."

예비선거 활동 전 과정은 나에게 큰 힘을 주었다. 나는 계속해서 이어지는 낯선 상황들 속에 뛰어들었고 사람들에 대해서 많은 것을 배웠다. 정부가 주민들의 생활에 어떤 영향을 미치는지, 주민들의 관심과 가치관이 어떻게 정치관으로 자리 잡는지를 똑똑히 목격했다. 대학 강의 일정도 차질 없이 진행했다. 강의를 계속하는 것이 어렵기는 했지만, 즐거운 마음으로 강의에 임했고, 강의를 잘 진행하고 있다고 믿었다. 뭐라고 변명할 수 없는 한 가지 실수가 있기는 했지만. 봄에 본 시험에 대해 성적 처리를 해야 했는데, 마침 그때가 선거운동이 최고조에 달한 때였다. 나는 해사법 답안지를 차에 싣고 다니면서, 차 안에서 채점을 하기도 하고 일이 끝나고 나면 밤에 채점을 하기도 했다. 그런데 여기저기 돌아다니다가 답안지 다섯 장을 잃어버렸다. 미칠 노릇이었다. 나는 그 학생들에게 시험을 다시 칠지 점수를 받지 않고 학점이수 인정을 받을지 선택하라고 했다. 그들은 모두 학점이수 인정을 받았다. 하지만 그들 중에 한 여학생은 대단히 낙심하고 있었다. 그녀는 A를 받을 만큼 우수한 학생이었고 함머슈미트 하원의원을 위해서 활동했던 경험이 있는 성실한 공화당 지지자였다. 그 여학생은 내가 자기 답안지를 날려버린 것이라든가 자신의 예전 상관에게 도전해 출마한 것에 대해서 나를 용서하지 못했을 것이다. 20년 뒤에 예전의 제자였던 연방법원 판사 수전 웨버 라이트가 파울라 존스 사건 담당 판사가 되었을 때, 나는 이 일이 생각났다. 수전 웨버 라이트는 그때 A를 받을 뻔한 대단히 똑똑한 여성이었다. 하여튼 나는 총선거 때문에 법대에서 무급 휴가를 받아야 했다.

여름 동안 나는 아주 바쁘게 생활했다. 그 사이에 동생의 고등학교 졸업식과 10회 고등학교 동창회에 참석하고, 워싱턴에 가서 힐러리를 만나고 탄핵 조사활동 중인 힐러리의 동료들을 만났다. 힐러리와 그녀의 동료들은 철저하고 공정하게 임하되, 절대 함구하라는 존의 엄명 속에서 죽을힘을 다해 일하고 있었다. 나는 힐러리가 너무 지쳐 있는 것 같아 걱정스러웠다. 서로 알게 된 뒤로 그녀가 그렇게 마른 것은 처음 보았다. 너무 말라서 예쁜 머리가 몸에 어울리지 않게 커 보였다.

주말에 나는 힐러리를 좀 쉬게 하려고 노스캐롤라이나의 아우터 뱅크로 데려갔다. 즐거운 시간을 보내면서, 나는 조사 활동이 끝나면 힐러리와 함께 살았으면 좋겠다는 생각을 하게 되었다. 그해 초에 힐러리가 페이트빌을 방문했을 때, 데이비스 학장은 힐러리에게 법대 교수채용 면접을 보라고 권했다. 그녀는 몇 주 후에 다시 와서 법대 면접위원들에게 깊은 인상을 심어주었고, 교수로 일해달라는 제안을 받았다. 그러니까 이제 아칸소에 와서 학생들을 가르치면서 변호사로 개업할 수 있는 상황이었다. 문제는 힐러리가 그것을 원하느냐 하는 것이었다. 하지만 그때 나는 그녀가 너무 지치고 너무 마른 것이 걱정이 되어 이런 말을 꺼내지 못했다.

집에 돌아와보니, 선거운동 외에도 심각한 건강 문제가 생긴 가족이 나를 기다리고 있었다. 7월 4일, 나는 마운트 네보 치킨 프라이에서 연설했다. 1966년에 프랭크 홀트를 위해서 연설했을 때 이후로 처음 서는 자리였다. 제프와 어머니, 로즈 크레인이 연설을 들으러 와 있었다. 나는 제프가 몸이 좋지 않아서, 일을 많이 하지 못한다는 것을 알았다. 그는 하루 종일 서 있는 것이 힘들다고 말했다. 나는 제프에게 페이트빌로 와서 몇 주 동안 나와 함께 지내면서 전화 홍보도 하고 참모진들을 감독하는 일을 맡으라고 말했다. 제프는 내 제안을 받아들였고 즐겁게 일했다. 어느 날 집에 돌아와보니 제프는 심하게 앓고 있었다. 침대 옆에 무릎을 꿇고 침대 위에 엎드려 있었다. 누운 채로는 숨을 쉴 수가 없어서 어떻게 하면 잘 수 있을까 뒤척이고 있는 중이었다. 정상적인 사무실 근무를 할 수 없게 되자, 제프는 집으로 돌아갔다. 어머니는 제프의 증상이 당뇨 때문이거나 오랫동안 복용해온 약 때문일 거라고 말했다. 리틀록의 VA 병원에서 제프는 심장비대 진단을 받았다. 심장 근육이 커지면서 약해지는 병이었다. 그런데 치료 방법이 없었다. 제프는 집으로 돌아가서 남은 인생을 즐기려고 노력했다. 며칠 후 나는 유세차 핫스프링스에 갔다가 잠시 시간을 내어 제프를 만났다. 제프는 웨스트 멤피스에서 개 경주를 보러 가는 길이었다. 그는 흰 셔츠에 흰 바지, 흰 구두 차림으로 늘 그렇듯이 말쑥하게 차려 입고 있었다. 그것이 내가 본 그의 마지막 모습이었다.

8월 8일, 측근들과의 대화 내용이 녹음된 테이프 때문에 탄핵 위기에 몰린 닉슨 대통령이 다음 날 사임하겠다고 발표했다. 대통령의 결단은 나라를 위해서는 좋은 일이지만, 나의 선거 활동에는 좋지 않은 영향을 미칠 것 같았다. 사임 발표가 있기 며칠 전에 함머슈미트 하원의원은「아칸소 가제트」인터뷰 기사에서 닉슨 대통령을 변호하면서 워터게이트 조사를 비판했다. 덕분에 나의 선거운동은 날개를 단 듯 강력한 기세로 진행되고 있었다. 그런데 함머슈미트가 닉슨이라는 골칫거리를 어깨에서 내려놓게 되었으니, 김이 빠질 노릇이었다.

며칠 후 힐러리가 전화를 걸어 아칸소로 오고 있다고 말했다. 그녀는 친구인 사라 에어만의 차를 타고 있었다. 사라는 힐러리보다 스무 살 연상이었는데, 여성들에게 새롭게 열린 기회를 하나도 빠짐없이 누리겠다는 포부를 가지고 있는 사람이었다. 그녀는 힐러리가 워싱턴에서 대활약을 하고 친구들을 많이 사귀어놓고서 아칸소로 간다는 건 바보 같은 짓이라고 생각하고 있었다. 그녀는 힐러리를 아칸소에 태워주는 기회를 이용해서 계속 힐러리의 마음을 흔들어대고 있었다. 두 사람이 페이트빌에 도착한 것은 토요일 저녁이었다. 그때 나는 벤튼빌 집회에 참석하고 있었다. 페이트빌에서 북쪽으로 그리 멀지 않은 곳이라서, 두 사람은 차를 몰고 나를 만나러 왔다. 나는 멋진 연설을 하려고 노력했다. 군중들을 위해서도 그렇지만, 힐러리와 사라를 위해서도 꼭 필요한 일이었으니까. 집회가 끝난 뒤, 우리는 차를 타고 페이트빌로 돌아와 우리들의 미래에 대해 이야기를 나누었다.

이틀 후, 어머니가 전화를 걸어와서 제프가 잠에서 깨어나지 못하고 사망했다고 말했다. 마흔여덟의 젊은 나이였다. 어머니와 로저는 큰 슬픔에 잠겼다. 어머니는 이제껏 남편 셋을 잃고, 로저는 아버지 둘을 잃은 셈이었다. 나는 집으로 돌아가 장례식을 치렀다. 제프는 화장을 원했는데 당시 아칸소에는 화장장이 없었기 때문에, 우리는 그의 시신을 배에 실어 텍사스로 보내야 했다. 제프의 유골이 가루가 되어 돌아오자, 어머니는 친구인 마지 미첼과 함께 그것을 해밀턴 호수에 뿌렸다. 자신이 낚시를 즐기던 그곳에 잠들게 해달라는 제프의 소원이 이루어진 셈이었다.

나는 장례식에서 송덕문을 낭독했다. 몇 마디로 많은 이야기를 압축하려니 힘이 들었다. 어머니에게 베푼 사랑이며 아버지로서 로저를 돌봐주던 사랑, 내게 주었던 현명한 충고와 우정이며, 주위 아이들과 사람들에게 보여주었던 친절과 병마로 인한 고통을 참으면서 보여주었던 위엄까지. 제프가 죽은 뒤 며칠 동안 로저가 자주 말했듯이 그는 "너무나 힘들게 노력했던" 사람이었다. 우리 생활 속에 들어오기 전에는 어땠는지 몰라도, 우리와 함께 살았던 짧은 6년이라는 세월 동안 그는 훌륭한 사람이었다. 우리는 오랫동안 그를 잊지 못했다.

제프가 앓기 전까지는, 나는 당뇨에 대해서 아는 것이 없었다. 1974년 선거운동본부장이었던 조지 셸튼 역시 당뇨로 목숨을 잃었다. 당뇨는 내 친구이자 전직 비서실장인 어스킨 보울스의 두 아이들과, 그리고 수백만의 미국인들을 괴롭혔다. 내가 아는 사람들 중에는 이 병을 앓고 있는 사람이 이상하게 많았다. 나는 대통령이 되었을 때, 당뇨와 당뇨로 인한 합병증과 관련된 의료보호 비용이 전체 비용의 25퍼센트에 달한다는 것을 알게 되었다. 이 때문에 나는 대통령으로서 줄기세포 연구와 당뇨 자가 치료 프로그램을 적극 지원하게 되었다. 미국당뇨협회는 이 두 가지 프로그램을 인슐린의 개발 이후 당뇨 치료에 있어서 가장 획기적인 진전이라고 밝혔다. 나는 어킨스의 아이들과 조지 셸튼, 그리고 제프를 생각하면서 이런 조치를 취했다. 제프는 자신 말고 다른 사람들이 자신과 같은 고통을 겪다가 때 이른 죽음을 맞이하기를 원치 않았을 것이다.

장례식이 끝나고 며칠 뒤에, 어머니는 나를 재촉했다. 어머니가 잘 쓰던

"어서 일어나서 계속해야지" 방식으로 선거운동을 다시 시작하라고 말했다. 죽음은 정치를 멈추게 한다. 하지만 그것은 그리 오래 가지 않는다. 나는 다시 활동을 재개했다. 나는 어머니에게 더 자주 전화하고 찾아갔다. 특히 로저가 콘웨이의 헨드릭스 대학교에 진학한 가을 이후에는 더욱 신경을 썼다. 로저는 어머니가 걱정이 되어서 집을 떠나지 않으려고 했다. 어머니와 나는 로저를 설득했고, 그는 대학에 진학했다.

9월이 되었다. 8개월 동안 허리가 휠 정도로 열심히 뛰었는데 나는 59대 23으로 여론조사에서 밀리고 있었다. 그때 행운이 날 찾아왔다. 9월 8일 핫스프링스에서 주 민주당 전당대회가 있기 닷새 전에, 포드 대통령이 리처드 닉슨이 대통령 재직 시에 "저질렀거나 저질렀을 것으로 짐작되는" 모든 범죄에 대해서 무조건 사면을 단행했다. 전국은 강한 불만으로 소용돌이쳤다. 우리는 활동을 재개했다.

주 전당대회에서 모든 사람들의 관심이 나에게 집중되었다. 범퍼스 주지사는 예비선거에서 풀브라이트 상원의원을 크게 앞지르고 있었고, 다른 치열한 접전도 없었다. 나는 풀브라이트가 패배하는 것을 보고 싶지 않았지만, 하는 수 없는 일이었다. 전당대회 대의원들은 잔뜩 긴장하고 있었고, 고향 친구들과 전 지역구에서 모여든 나의 지지자들이 핫스프링스 컨벤션센터를 가득 메우면서 열기는 더욱 고조되었다.

나는 강렬한 연설을 했다. 나는 지역구 내의 보수주의적인 요소와 개방적 실리주의적인 요소를 통합시키는 방법에 대한 내 소신을 분명하게 밝혔다. 나는 먼저 포드 대통령의 닉슨 전 대통령에 대한 사면조치를 신랄하게 공격했다. 그럴듯한 대목은 "포드 대통령이 누군가를 사면하길 원한다면, 행정부의 경제 고문들을 사면해야 합니다"라는 것이었다.

해가 지나면서, 닉슨 사면에 대한 내 생각은 바뀌었다. 나는 미국이 진전할 필요가 있다는 것을 알게 되었다. 나는 포드 대통령의 조치가 사람들을 실망시키기는 했지만 옳은 것이었다고 생각한다. 나는 2000년에 백악관 200주년 기념식에 모인 사람들 앞에서 이런 생각을 밝혔다. 하지만 공화당의 경제 정책에 대한 생각에는 변함이 없다. 프랭클린 루스벨트는 "무분별한 사리추구가 도덕적으로 볼 때 나쁘다는 것은 우리 모두가 알고 있는 사실입니다. 이제 우리는 그런 행위는 경제적으로도 나쁘다는 것을 알고 있습니다"라고 말했다. 나는 그의 생각이 옳다고 생각한다. 이 말은 1974년 당시 상황보다 요즘의 상황에 훨씬 더 어울리는 것 같다.

우리는 의기양양해서 핫스프링스를 떠났다. 앞으로 7주 동안 기회가 있었고, 따라서 할 일도 많았다. 선거운동본부들의 활동은 점점 좋아지고 있었다. 젊은 자원활동가들은 점차 경험 많은 프로로 변신하고 있었다.

자원활동가들에게 아주 좋은 제안을 해주는 사람이 있었는데, 그는 바로 민주당이 지원을 위해 파견한 조디 파웰이었다. 그를 파견한 사람은 조지아 주지사 지미 카터였다. 지미 카터는 1974년에 민주당원들의 승리를 돕는 중요한 역할을 담당했다. 2년 후 지미 카터가 대통령 선거에 나섰을 때, 우리는 대부분 지난 일을 기억하고 고마운 마음을 가졌다. 힐러리와 그녀의 아버지, 그리고 동생 토니도 나를 거들었다. 토니는 북부 아칸소 전역에 홍보물을 붙였으며 은퇴한 미드웨스트 출신 공화당원을 만났을 때에는 로댐 가족은 미스웨스트의 공화당원이지만 클린턴이 옳다고 말했다.

법대 학생들 몇 명도 훌륭한 운전 솜씨로 나를 도왔다. 선거유세 기간 동안 나는 그들의 도움을 받았다. 당시에 나는 두 대의 비행기를 임대하기도 했다. 비행기 조종사 중에는 예순여섯 된 제이 스미스라는 사람이 있었는데, 한쪽 눈에 안대를 두르고 계기비행 자격증도 없는 사람이었다. 하지만 그는 오자크 산맥을 40년 동안 넘나든 사람이었다. 날씨가 험할 때는, 구름 아래로 급강하해서 산맥을 관통하는 강을 따라갔다. 그는 비행 중에 늘 여러 가지 이야기를 하거나 풀브라이트 상원의원 자랑을 했다. 그는 풀브라이트가 남들보다 먼저 베트남 문제를 알았던 것이 잘못이었다고 주장했다.

스티브 스미스는 현안 문제나 함머슈미트의 투표경력을 연구하는 중요한 임무를 담당했다. 그는 현안에 대한 나의 입장과 함머슈미트의 투표경력을 비교하는 독창적인 홍보물을 연작으로 내놓았다. 우리는 남은 6주 동안 한 주에 하나씩 그 홍보물을 발행했다. 홍보물의 내용은 지방신문의 좋은 기사거리가 되었다. 스티브는 그것을 신문광고로 만들어 그 효과를 끌어올렸다. 예를 들어 클라크빌부터 포트스미스 남쪽의 오클라호마 경계까지 이어진 아칸소 강의 계곡에는 수십 년 동안 탄광에서 일했던 광부들이 많이 살고 있었다. 그들이 일했던 노천 탄광은 연방 법률이 복원 규정을 만들기 전까지 풍경을 크게 훼손하고 있었다. 많은 광부들이 오랫동안 석탄 먼지를 들이마셔서 생긴 심각한 진폐증 때문에 연방 정부의 원호대상자가 되어 있었다. 하원의원들의 활동 덕분에 그들은 연금을 지급받고 있었는데, 닉슨 행정부는 연금지급을 삭감하려 했다. 함머슈미트는 연금지급 삭감에 찬성표를 던졌다. 스티브 스미스와 나는 이 사실을 전혀 모르고 있었던 계곡 주민들에게 이 사실을 알렸다.

나에게는 적극적인 제안들이 많이 들어왔다. 그 중에는 내가 20년 동안 옹호해온 것들도 있다. 예를 들면 과세정책의 공정성 확대 방안, 의료프로그램, 대통령 선거자금의 공적 지원, 연방관료제의 간소화 및 효율성 제고 방안, 연방교육자금 조달 방안, 연방 교육부의 설립(당시에는 보건교육복지부 산하의 청이었다), 그리고 에너지 보전 및 태양에너지 사용을 촉진하기 위한 장려금 제공 방안 등이다.

내 친구이자 지역 AFL-CIO 지도자인 댄 파웰의 강력한 추진 덕분에 나는 미국노동연맹의 재정 지원을 받게 되었다. 덕분에 우리는 텔레비전 광고를 할 수 있게 되었다. 댄 파웰이 나를 대통령으로 만들자고 말하고 있을 때 나는 25포인트나 뒤져 있었다. 내가 할 수 있는 일은 카메라 앞에 서서 말을 하는 것뿐이었다. 텔레비전 광고 때문에 나는 생각을 28초 단위로 잘라야 했다. 얼마 후부터 나는 스톱워치가 없이도 1초 길었는지 짧았는지 알아맞힐 수 있게 되었다. 텔레비전 광고에 투자할 수 있는 비용은 너무 작았다.

우리의 텔레비전 광고는 원시적이었겠지만, 라디오 광고는 막강했다. 한 가지 기억에 남는 광고는 내시빌에서 제작한 것인데 아칸소에서 태어난 조니 캐시의 목소리를 닮은 컨트리 가수가 등장했다. 광고는 "지겹도록 콩과 채소를 먹고 돼지고기 소고기가 뭔지 잊어버리신 분들, 여기 당신이 귀를 기울여야 할 사람이 있습니다"라는 내용으로 시작해서 소련에 대량 곡물 수출을 추진하고 있는 닉슨 행정부의 정책은 식량 및 사료 가격 폭등을 가져와 축산 농가에게 고통을 준다는 내용으로 넘어갔다. 노래에는 "이제 얼 버츠(닉슨의 농무부장관)를 구유에서 밀어내야 할 때입니다"라는 가사가 있었다. 사이사이에 이런 후렴구가 들어갔다. "빌 클린턴은 준비되었어요. 그이도 신물이 난대요. 그이는 나랑 똑같아요. 그는 당신과 똑같아요. 빌 클린턴이 해결할 거예요. 우리 그이를 워싱턴으로 보내요." 나는 이 대목이 마음에 쏙 들었다. 나를 위해서 일하고 있는 랜달의 형 돈 타이슨은 곡물 수출로 양계비용이 급등해서 곤란을 겪고 있었는데, 그는 내가 그 노래를 죽을 때까지 방송할 만큼 돈이 많다고 생각했다.

선거일이 가까워지면서, 지원부대는 더욱 막강해지고 상대편도 더욱 강력해졌다. 나는 주에서 가장 큰 신문 「아칸소 가제트」와 지역구 내 몇 군데 신문사의 지지를 얻어냈다. 나는 포트스미스에서의 활동을 강화하기 시작했다. 내가 지역 NAACP 집회에 참석한 이후 포트스미스 흑인 사회의 지지도는 더욱 높아졌다. 공화당 지지도가 높은 벤튼 카운티의 지지도도 높았다. 강을 사이에 두고 포트스미스와 마주보고 있는 크로포드 카운티에서는 네 다섯 명의 사람들이 열심히 활동하고 있었다. 포트스미스 남쪽의 스코트 카운티에서도 엄청난 호응을 얻었다. 그곳에서는 해마다 '여우늑대 사냥대회'가 열리는데, 교외에서 밤새도록 행사가 진행되었다. 이곳 사람들은 개를 자식처럼 아끼고 알뜰히 보살폈다. 행사가 시작되면 주민들은 저마다 개들을 선보이고 개를 풀어 여우를 쫓게 하거나 달을 보고 짖게 했다. 한편 여성들은 밤이 새도록 산더미 같은 음식을 야외식탁으로 날랐다. 나는 하원의원의 고향인 해리슨에서도 작은 마을의 권력구조에 도전하기를 두려워하지 않는 몇몇 용감한 사람들에게서 강력한 지지를 얻게 되었다.

어느 날 가을 오후, 화이트 강가에서 열린 선거 집회는 흥미진진한 집회로 손꼽을 만했다. 그 장소는 내가 나중에 투자는 하고 보지도 못했던 화이트워터 농장에서 멀지 않은 곳이었다. 그곳에는 그 지역 민주당 지지자들이 모두 모여 있었다. 닉슨 법무부가 시어시 카운티의 보안관인 민주당원 빌리 조 홀더를 소득세 탈루 혐의로 징역형을 선고하려 했기 때문이었다. 1876년 헌법에 의해서 주 공무원과 지방 공무원들의 봉급은 주민 투표에 의해 승인을 받도록 되어 있었다. 이들 공무원의 봉급은 1910년에 마지막으로 인상되었다. 카운티 공무원들은 연봉 5,000달러였고, 주지사의 경우는 1만 달러였다. 단, 주지사에게는 사택이 제공되고, 교통비와 식품비가 지급되었다. 대다수의 지방 공무원들은 생활을 유지하기 위해서는 계정비용을 사용할 수밖에 없었다. 내 기억으로는 그 계정비용은 당시 1년에 7,000달러였던 것 같다. 법무부는 그 계정에서 사용한 개인 지출에 대해서 소득세를 내지 않았다는 이유로 홀더 보안관을 징역형에 처하려 했다. 홀더 사건은 연방정부가 기소한 소득세 탈루 사건 중에서 가장 적은 금액이었을 거라고 생각한다. 당시 주민들은 홀더 기소에는 정치적 동기가 있다고 믿고 있었다. 그것이 사실이었다면, 결과는 낭패였다. 한 시간 반 동안의 숙의 끝에, 배심원단은 무죄 평결을 내렸다. 배심원단은 투표를 통해 당장 석방하라는 결정을 내린 다음, 결정이 제대로 집행되는지 확인하기 위해서 한 시간이 넘도록 배심원실을 지켰다. 빌리 조는 법원에서 나오자마자 곧장 집회장으로 왔다. 그는 마치 전쟁에서 돌아온 영웅처럼 주민들의 환대를 받았다.

페이트빌로 돌아오는 길에 나는 사냥대회가 열리고 있는 해리슨에 들러 루스 윌슨 양을 만났다. 그녀는 산지 주민들을 위해서 세무 업무를 하고 있는 공인회계사였다. 나는 루스 양에게 홀더의 변호사인 나의 친구 F. H. 마틴이 배심원 선정하는 걸 도와주었다는 이야기를 들었다고 말했다. 그녀는 내 말을 시인했다. 나는 그녀에게 농담조로 배심원단을 일부러 민주당원 일색으로 구성한 것 아니냐고 물었다. 나는 그녀의 대답을 영원히 잊지 못할 것이다. "아니에요, 빌. 난 안 그랬어요. 실제로는 배심원단에 공화당원들이 꽤 있어요. 들어보세요. 보안관을 기소하겠다고 워싱턴에서 내려온 젊은이들은 똑똑한 사람들이었어요. 고급 양복을 입고 있으니 근사해 보였구요. 하지만 그 사람들은 이곳 형편을 모르더라구요. 정말 이상한 일이에요. 배심원 열두 명 중에 아홉 명이 작년에 국세청의 감사를 받았던 사람들이에요." 나는 루스 윌슨과 그 배심원들이 내 편을 들어준 게 너무나 고마웠다. 루스가 워싱턴의 법률가들을 혹평한 일이 있은 후에, 법무부는 탈세 사건의 배심원 후보들에게 국세청의 감사를 받은 경력이 있는지 물어보기 시작했다.

선거가 2주 앞으로 다가오자, 함머슈미트 하원의원은 선거전의 수위를 높였다. 그는 여론조사 결과가 자신에게 불리하다는 것을 알았고, 판세는 내가 근소한 차로 승리하는 것으로 기울어져 있었다. 그의 운동원들은 사력을 다해 움직이기 시작했다. 그의 사업상의 친구들과 공화당원들이 활동에 총동원되었다. 어떤 이는 신문사마다 전화를 걸어, 1969년 아칸소-텍사스 경기에서 내가 닉슨 대통령 반대 시위를 하고 있는 사진이 있느냐고 물었다. 이렇게 해서 앞에 언급한 어처구니없는 "나무 이야기"가 탄생했다. 핫스프링스의 상공회의소에서는 그의 업적을 칭송하는 대규모 만찬이 열렸다. 수백 명의 사람들이 참석했고, 지방신문은 그 일을 대문짝만하게 실었다. 지역구 전역에서 공화당원들은 내가 노동연맹에서 많은 지지를 받고 있으며, 내가 의회에 진출하면 노동 조직의 허수아비 노릇을 할 거라는 비난으로 사업가들에게 겁을 줬다. 포트스미스에서 우리는 전화 유세를 통해서 확인된 6,000명의 지지자들에게 엽서를 보냈는데, 이 6,000장의 엽서가 감쪽같이 사라져버렸다. 나를 지지하는 노동 세력의 범위가 우체국 노동자들까지 미치지 못한 게 분명했다. 그 카드들은 선거가 끝나고 며칠 뒤에 중심지역 우체국 밖의 쓰레기통에서 발견되었다. 미국의학협회 아칸소 지부는 내가 스프링데일 지역의 의사들을 의료보호 대상인 가난한 사람들을 치료하게 만들려고 한다면서 함머슈미트를 강력하게 지지하고 나섰다. 함머슈미트는 선거 며칠 전에 시어시 카운티에 있는 길버트라는 작은 타운의 도로를 포장하겠다며 연방보조금을 따냈다. 그는 그곳에서 38 대 34로 이겼다. 하지만 그 시어시 카운티에서 그가 승리한 곳은 그곳뿐이었다.

나는 선거 직전 주말에 핫스프링스 컨벤션센터에서 열리는 마지막 집회에 참석하러 가서, 함머슈미트의 활동이 얼마나 강력한 것이었지 어렴풋이 느낄 수 있었다. 핫스프링스 집회에 모인 사람은 며칠 전에 그의 만찬에 참석했던 사람들만큼 많지 않았다. 우리 운동원들은 최선을 다해 노력해왔고, 이미 지쳐 있었다.

하지만 선거 당일까지도 나는 승리를 확신하고 있었다. 선거운동본부에 모여 개표 상황을 지켜보는 동안, 우리는 잔뜩 긴장하고 있었지만 낙관적이었다. 자정 무렵까지는 우리가 우세했다. 가장 크고, 가장 공화당 지지자가 많은 세바스천 카운티가 나중에 개표되었기 때문이었다. 나는 총투표수 8,000표 이하의 카운티 15곳 가운데 12곳에서 우세했다. 그 중에는 버팔로 강을 따라 운반되어온 뉴턴과 시어시 카운티의 투표함 두 개도 포함되어 있었다. 하지만 나는 대규모 카운티 6곳 중의 5곳에서 패배했다. 내가 자라난 곳인 갈랜드 카운티와, 내가 살았던 워싱턴 카운티에서는 각각 500표 미만의 근소한 차이로 뒤졌고, 크로포드 카운티에서는 100표 차이, 벤튼과 세바스천 카운티에서는 대패했다. 이 두 곳에서 잃은 표의 합계는 총득표수의 차이의 두 배에 달했다. 대규모 카운티 중에서 내가 승리를 거둔 곳의 득표 비율은 2 대 1 정도였다. 함머슈미트는 가장 큰 세바스천 카운티에서 이겼고, 나는 가장 작은 페리 카운티에서 이겼다. 지금이야 시골의 주민들이 공직 선거에서 공화당에 엄청난 표를 몰아주기 때문에, 당시의 이런 결과가 이상해 보일지도 모른다. 아무튼 나는 깊고 깊은 산골을 근거지로 정치 활동을 시작했다. 사람들을 열성적으로 만나는 태도와 사람들이 품고 있는 울분과 현실적인 문제들에 대해 민감하게 반응하는 태도는 나의 천부적인 자질이었다. 나는 그들의 편에 서 있었고, 그들은 그것을 알고 있었다. 최종 총득표는 8만 9,324 대 8만 3,030, 득표율은 약 52 대 48이었다.

전국적으로 볼 때는 그날 밤은 민주당에게 있어 행운의 밤이었다. 민주당은 하원에서 49석, 상원에서 4석을 확보했다. 하지만 우리는 함머슈미트의 엄청난 대중성과 그가 마지막 순간에 차고 올랐던 민첩성을 뛰어넘을 수 없었다. 선거운동이 시작되었을 때, 그의 지지율은 85퍼센트였다. 나는 그의 지지율을 69퍼센트로 끌어내렸고, 나의 지지율을 0퍼센트에서 66퍼센트로 끌어올렸다. 꽤 좋은 성적이었지만, 충분하지는 않았다. 사람들은 모두 내가 좋은 성과를 올렸으니 장래가 유망하다는 말들을 했다. 그건 듣기 좋으라고 한 말일 뿐, 나는 이기고 싶었다. 나는 나의 선거운동이 자랑스러웠다. 그리고 나는 마지막 며칠 사이에 판세가 바뀌도록 방치했고, 그렇게 함으로써 나를 위해서 열심히 일했던 모든 사람들, 그리고 우리가 만들려고 했던 기회를 저버린 셈이었다. 만일 내가 함머슈미트의 투표 경력에 대해서 효과적인 텔레비전 광고를 할 수 있을 만한 돈과 의식을 가지고 있었다면, 사정이 달라질 수도 있는 일이었다. 하기야 그게 아닐 수도 있었다. 1974년에 나는 수천 명의 사람들을 만나면서, 중산층 유권자들은 자신들의 문제를 해결하기 위해서 정부의 행동주의를 지지한다는 것, 그리고 중산층 유권자들이 가난한 사람들의 문제를 해결하기 위해서 정부의 행동주의를 지지하는 경우는, 정부가 그들의 세금을 적절히 이용해서 그러한 노력을 할 때, 그리고 기회를 증대시키려는 노력이 의무의 강요를 동반할 때뿐이라는 것을 직접 목격했다.

나는 며칠 동안 여행을 하면서 사람들을 찾아가 인사를 하고 나서, 완전히 나가떨어졌다. 6주 동안 캠퍼스 근처에 있는 아늑한 힐러리의 집에서 지냈다. 대부분 마룻바닥에 누워서 이런저런 미련을 곱씹기도 하고, 선거활동으로 진 빚 4만 달러를 어떻게 갚을까 궁리도 했다. 교수 봉급 1만 6,450달러는 생활비를 대고 예일 법대 다닐 때 받은 학자금 융자를 갚는 데는 충분했다. 하지만 그 봉급으로 선거활동으로 진 빚을 갚는 것은 어림도 없는 일이었다. 12월에 대학에서 대규모 댄스파티가 열렸다. 힐러리가 어르고 달래서 나를 그곳에 데려갔다. 몇 시간 동안 춤을 추고 나니 기분이 조금씩 풀어지기 시작했다. 하지만 나는 한참 뒤에 가서야 그 하원의원이 나를 이긴 것이 내게 큰 은혜를 베푼 것이라는 걸 깨달았다. 그때 내가 이겨서 워싱턴으로 갔더라면, 나는 절대로 대통령에 당선되지 못했을 것이다. 그리고 앞으로 이어질 18년간의 소중한 아칸소 시절을 놓치고 말았을 것이다.

19

1975년 1월, 나는 아칸소 법대로 돌아갔다. 1년 동안 일체의 정치활동을 하지 않고 보낸 것은 처음이었다. 봄 학기에 나는 독점금지법을 가르치고 화이트칼라 범죄에 관한 세미나를 이끌었다. 섬머스쿨에서는 해사법과 연방관할재판을 가르쳤고, 가을 학기에는 다시 화이트칼라 범죄와 헌법을 가르쳤다. 헌법 강좌에서는 2주 동안 꼬박 '로 대 웨이드Roe vs. Wade' 사건을 다루었다. 대법원은 여성들에게 임신 일삼분기와 이삼분기에는 낙태를 할 수 있는 프라이버시권을 인정해주었다. 법원은 이 기간을 태아가 어머니의 자궁을 벗어나서도 살 수 있는 '독립생존이 가능' 한 상태가 될 때까지 걸리는 시간의 근사치로 보았다. 판결에 따르면, 독립생존가능기 이후에는, 국가는 임신의 지속이나 출산으로 인해 임부의 생명이나 건강이 위협받는 경우가 아니라면, 태아가 낙태를 하려는 임부의 결정에 반하여 태어날 수 있도록 태아의 이익을 보호할 의무가 있다. 헌법을 단순한 암기 과목으로 생각했던 학생들은 내가 로 대 웨이드 사건에 그렇게 많은 시간을 할애하는지 이해하지 못했다. 그들은 삼분기 원칙과 그 원칙의 근거만 외우면 되는 쉬운 사건이라고 생각했다.

내가 그 사건을 깊이 있게 파고든 것은 로 대 웨이드 사건이 모든 판결 중에서 가장 어려운 결정이라고 생각했기 때문이었다. 그 생각은 아직도 변함이 없다. 법원은 어떤 결정을 내리든 상관없이 하나님께 기도해야 했다. 생물학적으로 볼 때 생명은 수정에서 시작된다는 것은 누구나 아는 사실이다. 하지만 생명이 생물에서 인격으로 전환되는 시기, 혹은 종교적으로 말하자면 영혼이 육체로 들어오는 시기가 언제인지는 아무도 모른다. 대부분의 낙태는 임부의 생명이나 건강과는 관련이 없으며, 단순히 아이를 감당할 방법을 모르는 젊은 여성들이 선택하는 방법이다. 여성의 선택권을 옹호하는 대부분의 사람들은 낙태는 생명의 잠재적인 형태를 없애는 것이라고 이해하고, 합법적이고 안전하며 드문 일이라고 믿으며, 임신을 포기하기로 결정한 젊은 여성들을 지원해주어야 한다고 믿고, 또 실제로 그렇게 하고 있다. 열성적으로 태아의 생명권을 옹호하는 사람들은 낙태를 시술한 의사들을 처벌하는 것에 찬성하고 있지만 낙태가 범죄라는 자신들의 주장이 낙태한 임부를 처벌해야 한다는 논리적인 결론을 이끌어내는 것에 대한 확신은 차츰 약해지고 있다. 낙태 병원에 폭탄을 던지는 광적인 사람들조차 낙태 여성들을 목표로 삼지는 않는다. 또한 우리는 처음에는 금주법에서, 다음에는 마약법에서 배웠듯이, 상당수의 국민들이 범죄로 분류되어서는 안 된다고 생각하고 있는 행위들에 대해서 형법을 적용하는 것은 어려운 일이다. (금주법이나 마약금지법에 대한 사람들의 지지는 낙태전면금지법 지지보다 훨씬 많다.)

나는 당시 법원이 올바른 결론을 내렸다고 생각했고 아직도 그 생각에는 변함이 없다. 미국 정치에서 자주 볼 수 있듯이, 법원의 행동은 강력한 반발과 전국적인 낙태 반대운동을 부추겼으며, 그 결과 많은 곳에서 낙태를 할 수 있는 기회를 줄이고 상당수의 유권자들을 공화당의 새로운 우익적 정책 속으로 끌어들였다. 낙태에 대한 유권자들의 입장을 보여주는 여론조사 결과에 상관없이, 미국인들은 이 문제에 대해 양면적 태도를 가지고 있고, 이 양면성이 선거에 미치는 영향은 어느 쪽이 더 큰 위기의식을 느끼느냐에 달려 있다. 지난 30년 동안 여성의 선택권은 보호되어왔고, 낙태찬성론에 동의하는 유권자들은 별 부담 없이 다른 현안의 의견에 의지해서 후보들을 선택해왔다. 하지만 낙태반대론에 동의하는 유권자들은 다른 현안에 대해서는 아무런 관심이 없었다. 1992년은 예외적인 상황이었다. 대서특필된 웹스터 사건에 대한 항소심 판결은 선택권을 크게 제한하고 있었다. 가까운 시일 내에 대법원의 결정이 내려질 수 없으리라 판단되는 상황이기 때문에 항소심의 결정은 낙태찬성론을 지지하는 유권자들을 위협하고 자극했다.

결국 나를 비롯해 선택적 낙태에 찬성하는 후보들은 그 해에 공직을 유지할 수 있었다. 내가 대통령으로 당선되어 안전을 선택할 권리가 회복되자, 선택적 낙태론자들은 부담을 떨쳐버리고 다른 이유를 근거로 낙태에 반대하는 공화당 후보에게 표를 던졌다. 반면 태아의 생명권을 옹호하는 민주당 지지자들이나 특별한 정당을 지지하지 않는 유권자들은 경제적 · 사회적 현안에 대한 나의 공약을 지지하면서도 태아의 생명권을 옹호하는 후보를 지지하지 않을 수 없었다. 그런데 이들이 표를 던진 후보들은 대개 보수적인 공화당 후보들이었다.

1975년에, 나는 낙태 문제가 가진 정치적인 의미에 대해서 제대로 알지 못했고, 관심도 많지 않았다. 나는 안위를 생각하지 않고 법과 도덕, 그리고 생명에 대해서 엇갈리는 신념들을 조정하려고 했던 대법원의 노력에 관심이 커졌다. 하나님의 생각은 어떨까 하는 것은 안중에도 없었다. 나는 대법원이 최선의 노력을 기울였다고 생각했다. 학생들의 생각이 나와 같아도 좋고 달라도 좋지만, 나는 학생들이 이 문제에 대해서 한번 진지하게 생각해 보기를 바랐다.

가을이 되어서 나는 새로운 강좌를 맡게 되었다. 아칸소 대학교 리틀록 캠퍼스에서 일주일에 한 번 야간에 '법률과 사회' 세미나를 지도하는 일이었다. 강좌를 듣는 학생들은 낮에 경찰관으로 일하는 사람들이었다. 나는 열심히 강의를 했다. 경찰이나 보안관으로 일하는 사람들은 자신들의 업무가 헌법과 국민들의 일상적인 생활이 어우러져 빚어지는 구조 속에 어떤 방식으로 기능하는지에 대해서 진지한 관심을 보였고, 나는 그런 사람들과 대화하는 것이 즐거웠다.

나는 강의 말고도 정치활동에도 관여하고 있었고 몇 가지 흥미진진한 법률 활동에도 참여하고 있었다. 나는 민주당 소수자 할당 위원회의 주 위원장으로 임명되었다. 이 위원회는 맥거번의 당규가 가진 함정에 빠지지 않고 여성들과 소수세력들의 정당활동 참여를 확대하기 위해서 고안된 기구였다. 맥거번의 당규에 따르면 전국 전당대회에 각 세력을 대표하는 대의원들을 파견하게 되어 있었지만, 그 세력에 속하는 사람들은 정당을 위해서 활동하는 경우가 많지 않고 따라서 표를 얻을 수도 없었다. 나는 그 직책을 맡음으로써 각 주를 순회하면서 민주당 지지자들을 만날 수 있는 기회를 얻을 수 있었다. 나는 현안에 관심이 있는 사람들이라면 백인이건 흑인이건 가리지 않고 찾아다녔다.

내가 정치활동을 해나가도록 만드는 또 한 가지 이유는 선거로 진 빚을 갚아야 한다는 절박함 때문이었다. 나는 선거운동 당시 사용했던 소액 후원회를 몇 번 열어 인심 좋은 거액 후원금을 받는 방식으로 빚 청산을 해결하려고 했다. 맨 처음 받은 후원금은 오자크의 훌륭한 법률가 잭 예이츠가 동업자인 로니 터너와 함께 기부한 250달러였다. 로니는 선거 때 나를 많이 도와준 사람이었다. 잭은 선거가 끝나고 2주도 안 되어 수표를 보내주었다. 다음에도 후원금이 들어오기는 할까 걱정하고 있던 참이라, 그 일은 도저히 잊을 수가 없었다. 그런데 나를 도와준 때로부터 두 달 후에 잭 예이츠는 심장마비로 사망했으니, 너무나 유감스러운 일이었다. 장례식이 끝난 뒤, 로니 터너는 나에게 잭의 진폐증 사건을 인계받아 일해보지 않겠냐고 제안했다. 닉슨 행정부는 연금 수령을 어렵게 하고 이미 연금을 받고 있던 사람들을 재조사하는 새로운 규칙을 공표했다. 재조사를 받은 대부분의 사람들이 연금 지급 철회 결정을 받았다. 나는 내가 승소한 사건의 수수료만 지급받기로 하고, 일주일에 한두 번씩 자료를 검토하고 은퇴한 광부들을 만났다.

로니는 내가 이 문제에 관심이 많다는 것을 알고 있었고, 그 프로그램이 어떻게 진행되었는지 잘 알고 있었다. 진폐증 프로그램은 처음 발효되었을 때부터 평가 방식이 너무 느슨해서 필요 없는 사람들이 연금을 받는 경우도 있었다. 정부 프로그램에서 자주 발생하는 일이지만, 상대편의 입장에서 보면 문제를 바로잡으려고 시도한다는 것 자체가 거의 불가능해 보이기도 했다.

잭 예이츠의 일을 인계받기 전에도 나는 진폐연금 문제로 소송중인 사람들을 돕기로 한 적이 있었다. 포트스미스의 타운 출신인 잭 번스 세니어는 어머니가 일했던 핫스프링스 소재 와치타 병원 사무장의 아버지였다. 그는 160센티미터도 안 되는 키에 몸무게는 60킬로그램도 안 될 것 같았다.

잭은 과묵하고 점잖고 고지식한 사람인데 심각한 진폐증을 앓고 있었다. 그는 연금수령대상자로 선정된 상태였고 병원비를 내기 위해서는 연금이 꼭 필요했다. 우리는 몇 달 동안 함께 일하면서 그의 인내심과 결단력을 존경하게 되었다. 소송에서 이겼을 때 나는 마치 내 일인 것처럼 기뻤다.

로니 터너가 준 자료에는 잭 번스와 같은 경우가 100건도 넘는 것 같았다. 나는 그 일을 하기 위해서 페이트빌에서 '돼지꼬리' 라고 알려진 꼬불꼬불한 길을 달려 오자크로 내려갔다. 그곳에서 먼저 담당 판사인 제리 토머슨에게 사건 내용을 설명했다. 그는 편견이 없는 공화당 지지자였다. 포트스미스의 연방판사인 폴 X. 윌리엄스에게 청원을 올렸다. 그는 동정심이 많은 민주당 지지자였다. 윌리엄스 판사 밑에서 오랫동안 근무한 사무원 엘시얀 트림블 로이는 내게 많은 도움을 주었다. 카터 대통령이 그녀를 아칸소 최초의 여성 연방판사로 지명했을 때 나는 너무나 기뻤다.

내가 강의와 정치활동, 법률활동을 계속하는 동안, 힐러리는 페이트빌의 생활에 적응해가고 있었다. 나는 그녀가 이곳 생활을 진심으로 좋아하고 있다는 것을 느낄 수 있었다. 그녀는 형법과 소송법 강의를 하고 법률지원상담소와 수감자들을 위해 일하는 학생들을 지도하고 있었다. 몇몇 나이 많고 까다로운 법률가들과 판사들, 극소수의 학생들은 처음에는 힐러리를 어떻게 대해야 할지 몰라서 떨떠름하게 대했지만, 그녀는 차차 그들의 마음을 열어갔다. 형사 사건에 있어서 변호를 받을 권리가 헌법에 규정되어 있었기 때문에, 판사들은 해당 지역 변호사들에게 가난한 피고인들을 대리하도록 지정하고 있었다. 가난한 형사 피고인은 변호비용을 지불할 수 없었으므로, 법원은 힐러리의 법률지원상담소에 형사사건을 맡기고 싶어 했다. 힐러리의 상담소는 첫해에 300건이 넘는 사건을 맡았고, 법대에서 인정받는 기관으로 자리 잡았다. 힐러리는 법조계에서 인정을 받고, 도움이 필요한 많은 사람들을 돕고, 경력을 쌓아나갔다. 이런 경력에 힘입어 몇 년 후 힐러리는 카터 대통령에 의해 국립법률서비스법인의 이사에 임명되었다.

지미 카터는 봄 학기가 끝날 무렵, 법의 날에 법대에 와서 멋진 연설을 했다. 그는 분명히 대통령 선거에 출마할 의도가 있었다. 힐러리와 나는 그와 잠시 이야기를 나누었고, 그는 다른 약속이 있어서 들를 예정인 리틀록에서 대화를 계속하자며 우리를 초대했다. 이때 나누었던 대화를 통해서 나는 그가 당선될 가능성이 높다는 것을 감지했다. 때는 사람들이 워터게이트와 여러 가지 경제적인 문제에 시달린 뒤였고, 그는 남부의 주지사로서 워싱턴의 정치에 연루되었던 적이 없었으며, 1968년과 1972년에 민주당이 놓쳐버린 사람들의 관심을 끌 수 있는 인물이었기에, 참신한 인물로 여겨질 가능성이 높았다. 6개월 후에, 나는 데일 범퍼스를 찾아가 출마를 권유했다. "1976년에는 당신 같은 사람이 당선이 될 겁니다. 그러니 차라리 직접 출마를 하세요." 그는 관심을 보이면서도 불가능한 일이라고 말했다. 그는 자신은 상원의원에 당선된 지 얼마 되지 않았고, 당장 대통령 선거전을 시작하지 않으면 아칸소의 유권자들의 지지를 얻지 못할 거라고 말했다. 그의 말이 맞을 수도 있었다. 하지만 나는 탁월한 후보이자 좋은 대통령이 될 수도 있는 그가 고사하는 것을 보며 대단히 아쉬웠다.

힐러리와 나는 일을 하고 친구들과 교제하는 일 말고도 페이트빌 이곳저곳을 돌아다녔다. 어느 날 밤, 우리는 7번 하이웨이를 타고 앨마로 가서 돌리 파튼의 노래를 들었다. 나는 돌리 파튼의 열광적인 팬이었고, 그녀는 그날 밤 특별히 컨디션이 좋았다. 하지만 그날 밤의 공연으로 인해서 가장 오랫동안 기억에 남을 만한 일이 있었는데, 그것은 돌리를 앨마로 데려온 사람들을 처음 알게 된 일이었다. 그들은 바로 토니와 수전 앨러모였다. 당시 두 사람은 내시빌에서 유명한 컨트리 뮤직 스타들을 상대로 화려한 무대의상을 팔고 있었다. 그뿐만이 아니라, 토니는 예전에 캘리포니아에서 로큰롤 공연을 기획했던 경험이 있었다. 그때 토니는 수전을 만났다. 수전은 앨마에서 자랐지만 서부로 이주해서 텔레비전 복음전도사로 활약하고 있었다. 두 사람은 팀을 짰고 토니는 수전의 프로모터로 활약하면서 록큰롤 가수들을 모았다. 은발의 수전은 텔레비전에서 설교를 할 때 바닥까지 끌리는 드레스를 즐겨 입었다. 수전의 실력은 탁월했고, 토니는 마케팅에 뛰어났다. 두 사람은 작은 제국을 건설했다. 그들이 세운 제국에는 대규모 농장도 있었는데, 이 농장의 일꾼들은 두 사람에게 폭 빠져버린 열광적인 젊은이들이었다. 이들의 열광은 문선명 목사의 젊은 추종자들이 열광하는 것과 흡사했다. 수전은 암에 걸렸고, 고향인 아칸소로 돌아가고 싶어했다. 두 사람은 수전의 고향인 다이어에 큰집을 사고, 앨마에 공연장을 세우고(이곳이 바로 돌리 파튼이 노래했던 곳이었다) 내시빌의 컨트리 무대의상점을 축소해놓은 듯한 가게를 열었다. 그들은 매주 캘리포니아 농장에서 식료품을 한 트럭씩 실어다가 아칸소로 파견 나온 젊은 일꾼들을 먹였다. 수전은 집에서 텔레비전 방송 촬영을 하면서 성공대로를 달리다가, 마침내 병에 무릎을 꿇고 말았다. 그녀가 죽자, 토니는 하나님이 언젠가 그녀를 죽은 자들 가운데서 일으키겠다고 말했다고 공표하면서 수전의 시신을 집 안에 설치된 커다란 냉동실에 넣어두고 축복의 날을 기다렸다. 그는 수전의 부활을 기다리며 제국을 유지했다. 하지만 상품이 없으니 장사꾼이 파산할 밖에 다른 도리가 없었다. 모든 것이 엉망이 되어갔다. 내가 주지사가 되었을 때, 그는 세금 문제로 정부와 큰 소송이 붙었고, 자신의 집 근처에서 신통치 않은 일들을 벌였다. 2년 뒤, 그는 아주 젊은 여자와 사랑에 빠졌다. 어찌된 일인지 하나님은 그에게 수전은 다시 돌아오지 않으리라고 말씀하셨다. 그뒤 그는 수전을 냉동실에서 꺼내어 땅에 묻었다.

여름에 나는 정규 봉급 이외의 돈을 벌기 위해서 섬머스쿨 두 학기를 맡아 강의를 했다. 한편으로는 힐러리와 친구들과 함께 페이트빌을 두루 다니면서 즐거운 시간을 보냈다. 어느 날 나는 동부로 출장을 가는 힐러리를 태우고 공항으로 향했다. 캘리포니아 드라이브를 지나는데, 언덕 집에 세워진 아담하고 아름다운 벽돌집이 눈에 들어왔다. 돌담이 앞마당을 에워싸고 있었고, 마당에는 "집 팝니다"라는 표지판이 세워져 있었다. 힐러리는 너무 아름다운 곳이라고 말했다. 나는 힐러리를 공항에 내려주고 돌아와서 그 집을 살펴보았다. 30평쯤 되는 단층 주택인데, 침실 하나, 욕실 하나, 작은 거실이 딸린 부엌, 작은 식당, 그리고 멋진 거실이 있었다. 거실 천장은 집의 다른 부분에 비해서 1.5배쯤 높았고, 대들보가 놓여 있었다. 거실에는 비스듬히 경사를 이룬 벽난로와 밖으로 툭 튀어나온 커다란 창이 있었다. 칸막이가 된 넓은 현관도 있었는데, 보통 손님용 침실의 두 배쯤 되는 크기였다. 냉방장치는 없었지만, 천장에 커다란 송풍기가 훌륭한 냉방 기능을 하고 있었다. 집의 가격은 2만 500달러였다. 나는 3,000달러를 선금으로 주고 집을 샀다. 저당을 잡아도 한 달 지불액이 174달러에 달하는 엄청난 가격이었다.

나는 가지고 있던 작은 가구들을 새집으로 옮겼고, 집이 너무 썰렁해 보이지 않도록 몇 가지 물건을 샀다. 힐러리가 돌아왔을 때, 나는 "당신이 마음에 든다고 하던 그 작은 집 기억나? 그거 내가 샀어. 당장 나랑 결혼해줘. 그 집에서 나 혼자 살 수는 없으니까"라고 말했다. 나는 그녀와 함께 집을 보러 갔다. 아직 할 일은 많이 남아 있었지만 급히 짐을 옮긴 보람이 있었다. 이제까지 한 번도 아칸소에서 살겠다고 말한 적이 없던 그녀가 드디어 결혼 승낙을 했다.

1975년 10월 11일, 우리는 캘리포니아 드라이브 930번지의 새로 산 집 커다란 거실에서 결혼식을 올렸다. 우리의 형편이 쪼들린다는 것을 알고 있던 착한 실내장식가 마린 바셋이 꼼꼼하게 감독을 하면서 칠을 다시 해서 집은 깔끔해져 있었다. 경비를 얼마나 아꼈는지, 마린이 작은 거실에 바를 밝은 색 노란 벽지를 고르자, 우리는 남의 손을 빌지 않고 도배를 했다. 도배를 하면서, 내가 육체노동에 얼마나 자질이 없는 사람인지를 깨달았다. 빅 닉슨 목사가 결혼식 주례를 서고, 힐러리의 부모형제, 그리고 어머니, 로저(로저가 들러리를 섰다), 친한 친구들이 참석했다. 힐러리의 가장 친한 친구 베시 존슨 이블링과 남편 탐, 힐러리의 웰즐리 대학동기 조앤나 브랜슨, 내 사촌동생 마리 클린턴, 내 선거운동 회계담당인 F. H. 마틴과 그의 아내 미르나, 법대 교직원으로 친한 친구인 딕 앳킨슨과 엘리자베스 오젠바우, 어린 시절 친구이자 열성적인 선거운동가 패티 하우. 힐러리의 아버지 휴 로댐은 중서부 출신의 감리교도인 자신의 딸을 남부 아칸소 오자크 출신의 침례교도와 결혼시키고 싶은 마음이 전혀 없었다. 하지만 일은 그렇게 풀렸다. 나는 4년 동안 힐러리의 아버지를 비롯한 로댐 식구들에게 정성을 쏟으면서 신뢰를 얻으려고 노력했으며, 결국 힐러리의 가족들은 나를 신뢰하게 되었다. 힐러리는 고전적인 빅토리아풍의 레이스 드레스를 입었다. 내 마음에 꼭 드는 드레스였다.

결혼식을 치르고 난 후, 200여 명의 친구들이 모리스와 앤 헨리의 집에서 열린 피로연에 참석했다. 그날 저녁 우리는 다운타운 모터 인 안에 있는 빌 슈나이더 클럽에서 밤새도록 춤을 추었다. 힐러리와 내가 잠자리에 들고 난 후 새벽 4시쯤에 전화벨이 울렸다. 처남인 토니가 워싱턴 카운티 구치소에서 걸어온 전화였다. 파티가 끝난 후 손님 중 한 명을 태우고 집으로 가고 있었는데, 주 경찰관이 차를 세웠다고 했다. 그런데 차를 세운 이유는 과속 때문도 아니고 난폭 운전 때문도 아니었다. 술에 취해 있던 합승자의 발이 뒤쪽 창문 밖에서 흔들거리고 있었기 때문이었다. 차를 세운 경찰관은 토니가 술을 마셨다는 사실을 알고 그를 연행했다. 토니를 구해내려고 구치소로 가보니, 토니는 벌벌 떨고 있었다. 교도관은 술에 취한 사람들이 토하는 걸 막으려고 밤에는 감옥의 온도를 낮춘다는 설명이었다. 구치소에서 나오려고 하는데 토니가 또 한 사람 석방시켜주면 안 되겠냐고 물었다. 피터 폰다와 함께 영화를 제작하고 있는 사람이라고 했다. 나는 그 사람도 구해냈다. 그 남자는 토니보다 더 취한 상태였다. 얼마나 취했는지 그는 자기 차에 올라 차를 빼다가 힐러리의 작은 피아트를 들이받았다. 내 덕에 구치소에서 빠져나온 그 사람은 자동차 수리비도 주지 않았다. 그나마 구치소 바닥에 토하지 않았으니 망정이었다. 이렇게 나의 결혼 첫날밤은 끝이 났다.

너무나 오랫동안 나는 결혼을 하게 되리라고 생각조차 못 하고 살았다. 이제 결혼을 하고 보니, 정말 기분이 근사했다. 하지만 나는 우리의 결혼 생활이 어떻게 될지에 대해서는 아무런 확신도 할 수 없었다.

미국인 중에서 우리 부부만큼 결혼 생활에 대해서 꼬치꼬치 까발려진 부부는 없을 것이다. 나는 아무 부담 없이 우리 결혼 생활에 대해서 분석하고 비판하고 아는 체하는 사람들을 볼 때마다 기가 막혔다. 30년 가까이 결혼 생활을 하고 친구들이 갈라서고, 화해하고, 이혼하는 모습들을 보면서, 나는 결혼이란, 황홀하기도 하고 비참하기도 하고, 만족스럽기도 하고 실망스럽기도 해서, 당사자나 제삼자도 이해하기 어렵고, 해독하기 어려운 미스터리라는 것을 알게 되었다. 1975년 10월 11일 당시에는 나는 그런 것을 전혀 모르고 있었다. 당시에 내가 알고 있었던 것은, 나는 힐러리와 인생, 직장, 그리고 함께 알고 지내는 친구들을 사랑한다는 사실과 우리가 이런저런 것을 함께할 수 있겠다 싶었던 희망뿐이었다. 나는 힐러리가 자랑스러웠고, 완벽하지는 않지만 결코 따분하지 않은 관계를 갖게 되었다는 사실이 감격스러웠다.

잠을 이룰 수 없었던 결혼 첫날밤을 보낸 뒤, 우리는 다시 직장으로 돌아갔다. 둘 다 학기 중이었고, 나는 진폐증 청문회에 참석해야 했다. 두 달 후에 우리는 드디어 멕시코의 아카풀코로 신혼여행을 떠났다. 하지만 평범하지 않은 신혼여행이었다. 우리의 신혼여행에는 힐러리의 모든 가족과 처남의 여자친구까지 동행했다. 우리는 일주일 동안 아름다운 별장에 묵으면서 해변을 거닐고 좋은 음식점을 찾아다녔다. 별난 신혼여행이었지만 기분은 좋았다. 나는 장모님과는 무척 사이가 좋았고, 장인과 처남들과 어울려 카드놀이를 하기도 하고 이야기도 나누면서 즐거운 시간을 보냈다. 나도 그렇지만, 모두들 대단한 이야기꾼이라서 끝도 없이 이야기가 이어졌다.

나는 아카풀코에서 어니스트 베커의 『죽음의 거절*The Denial Death*』이라는 책을 읽었다. 신혼여행에서 읽기에는 너무 심각한 내용이다 싶었지만, 내 나이는 벌써 친아버지가 돌아가신 당시보다 한 살 더 많은 나이였고, 인생에 있어 커다란 한 획을 그은 처지였다. 인생의 의미를 탐구하기에 딱 알맞은 시기였다.

베커에 따르면 우리는 성장하면서 어느 지점에서는 죽음이 존재한다는 사실을, 다음에는 자신이 알고 사랑하는 사람이 죽는다는 사실을, 다음에는 언젠가는 자신도 죽는다는 사실을 깨닫게 된다. 대부분의 사람들은 죽음을 피하기 위해서 안간힘을 쓴다. 사람은 희미한 인식 속에서 자기 정체성을 찾고 자만의 환상을 품는다. 사람은 자신에게서 평범한 실존의 사슬을 풀어낼 만한 행동들, 자신이 사라지고 난 뒤에도 계속될 만한 행동들(긍정적인 행동도 있고 부정적인 행동도 있다)을 추구한다. 이런 행동을 통해서 결국 죽을 수밖에 없다는 확실성을 필사적으로 밀어내려고 한다. 어떤 사람은 권력과 부를 추구하고, 어떤 사람은 낭만적인 사랑과 섹스를 추구하고 또 어떤 사람은 쾌락을 추구한다. 어떤 사람은 위대한 사람이 되기를 원하고, 어떤 사람은 착한 사람이 되고 싶어 한다. 원하는 일을 이루든 못 이루든, 사람은 어차피 죽게 마련이다. 한 가지 위안은 사람은 피조물이므로 분명히 창조주가 있을 것이며, 창조주는 사람을 귀하게 여길 것이고, 언젠가 사람은 창조주에게 돌아갈 것이라고 믿는 것이다.

베커가 한 분석의 결론은 무엇인가? "인생을 전진시키는 추진력을 이루는 것이 무엇인지 아는 사람들은 시대를 앞서갈 것이다…… 우리가 할 수 있는 행동들이란 대부분 어떤 것(대상이나 자기 자신)을 변형시켜서 혼란에 빠뜨리는 것, 흔히 말하는 생명력을 위해 그것을 희생하는 것이다." 어니스트 베커는 『죽음의 거절』이 출간되기 직전에 사망했다. 하지만 그는 임마누엘 칸트가 던진 인생의 시험문제, 즉 "어떻게 해야 자신에게 주어진 창조과정에서 적절한 장소를 차지할 수 있는가, 어떻게 해야 인간이 되기 위한 당위로서의 인간의 모습을 배울 수 있는가" 하는 문제에 부딪혔던 것 같다. 나는 평생 그 해답을 찾아다니고 있었다. 베커의 책 덕분에 나는 인생은 노력해볼 만한 가치가 있는 것이라는 확신을 가지게 되었다.

12월에 나는 또 한 가지 중대한 정치적 결정을 했다. 많은 지지자들이 나에게 다시 하원의원에 출마하라고 권했다. 빚도 다 갚았고, 이제 다시 한 번 도전해보자는 것이었다. 지미 카터가 민주당의 지명을 받는다고 하더라도, 이번에 함머슈미트 하원의원을 이기는 것은 더 힘들 것 같았다. 하지만 더 중요한 것은 워싱턴으로 가고 싶다는 욕망이 사라졌다는 사실이었다. 나는 아칸소에 있고 싶었다. 나는 주정부에 대한 관심이 커지고 있었다. 그 계기를 제공한 것은 짐 가이 터커 법무장관이었다. 그는 나에게 신용카드 수수료 동결과 관련한 독점금지법 소송에서 우리 주의 입장을 변호하는 변론서를 대법원에 제출하라고 했다. 짐 가이는 윌버 밀스의 사퇴로 결원이 생긴 의회에 진출할 생각을 가지고 있었다. 그렇게 되면 법무장관 자리가 비게 될 터인데, 나는 그것에 관심이 끌렸다.

그 문제로 고심하고 있는데, 시티뱅크에서 일하고 있는 친구 데이비드 에드워드가 전화를 걸어와서 힐러리와 함께 아이티로 가지 않겠느냐고 물었다. 자기의 항공 마일리지가 많아서 우리 표도 구해줄 수 있다면서 결혼 선물로 여행을 시켜주고 싶다고 했다. 멕시코에서 돌아온 지 일주일 만에 우리는 다시 여행길에 올랐다.

1975년 말, 파파 독 뒤발리에가 죽자, 베베 독이라고 불리는 그의 젊은 아들이 권력을 이어받았다. 우리는 어느 날 포르토프랭스에서 베베 독이 차를 타고 큰 광장을 가로질러 와서 아이티 독립기념물에 헌화를 하는 모습을 보았다. 그 기념물은 한 자유를 얻은 건장한 노예가 소라를 부는 모습의 동상이었다. 그의 경호부대로 지탄의 대상인 통통 마쿠트가 검은 선글라스와 기관총을 착용한 채 거리 곳곳을 지키고 있었다.

뒤발리에 부자는 아이티를 주무르고 약탈하여 북반구에서 가장 가난한 나라로 만들어놓았다. 포르토프랭스는 여전히 아름다운 곳이었지만, 스러진 영광의 분위기를 발산하고 있었다. 나는 특히 내셔널 대성당 안에 있는 닳아빠진 카펫과 부서진 신도석이 잊혀지지 않는다. 아이티는 독재정치와 가난에 시달리고 있었지만, 나는 아이티 국민들에게 매력을 느꼈다. 그들은 활기차고 지적으로 보였고, 아름다운 민속예술과 황홀한 음악을 창조하고 있었다. 그 중의 상당수 사람들이 단순히 생계를 이어가는 것이 아니라, 인생을 즐기고 있는 것처럼 보였기 때문에 나는 굉장히 놀랐다.

특별히 관심을 끄는 것은 내가 뉴올리언스에서 언뜻 접했을 뿐인 부두교와 그 문화였다. 아이티의 부두교는 카톨릭교와 공존하고 있었다.

전통적인 아이티 종교인 부두교의 이름은 서부 아프리카의 베냉공화국의 언어인 폰 족 언어에서 유래한 것이다. 부두는 '신', '정령'이라는 의미이고, 흔히 영화에서 볼 수 있는 것과 같은 주술이나 무시무시한 마법을 암시하는 내용은 전혀 담고 있지 않다. 부두교의 핵심적인 의식은 춤인데, 춤을 추는 동안 신도들을 정령의 지배를 받는다. 부두교를 자세히 관찰할 수 있었던 것이 여행 중에 가장 재미있었던 부분이다. 포르토프랭스에 거주하는 시티뱅크 직원이 우리를 가까운 마을로 가서 비범한 부두교 사제를 만나게 해주겠다고 말했다. 막스 보부와는 15년 동안 아이티를 떠나 있으면서 파리의 소르본 대학교에서 공부하고 뉴욕에서 일한 경력이 있는 사람이었다. 그에게는 아름다운 프랑스 태생의 아내와 똑똑한 두 딸이 있었다. 그는 화공학을 전공했는데 부두교 사제인 할아버지가 임종시에 막스를 자기 후계자로 선택했다. 막스는 부두교를 신봉하고 있었기 때문에 할아버지의 바람대로 부두교 사제가 되었다. 프랑스 태생 아내와 서구문화에 익숙해진 아이들에게는 대단한 시련이었을 것이다.

우리는 오후 늦게 도착했다. 한두 시간 있으니 무도 의식이 시작되었다. 막스가 자신을 보려고 온 방문객들에게 받은 사례비에 보답하기 위해서 마련한 의식이었다. 그는 부두교에서는 신이 정령을 통해서 인간에게 재림하며, 이 정령은 빛의 힘과 어둠의 힘, 선의 힘과 악의 힘이 어느 정도 균형을 이룬 상태를 의미한다고 설명했다. 우리 일행은 부두교의 이론에 대한 간단한 설명을 듣고 나서 그가 안내하는 대로 노천 광장으로 가서 의식을 구경하러 온 다른 손님들 옆에 앉았다. 이 의식은 정령을 불러내어 춤추고 있는 신도들의 몸으로 들여보내는 의식이었다. 신도들이 북소리 가락에 맞추어 춤을 춘 지 몇 분 후에 정령이 나타나서 한 남자와 한 여자를 사로잡았다. 남자는 불이 붙은 횃불을 자신의 온몸에 문지르고, 뜨거운 석탄 위를 걸었는데, 전혀 화상을 입지 않았다. 광란 상태에 빠진 여자는 계속 소리를 지르더니 살아 있는 닭을 움켜쥐고는 입으로 닭의 머리를 물어 끊었다. 그때 정령이 떠나가면서 정령에 사로잡혔던 사람들은 그대로 바닥에 쓰러졌다.

이 이상한 의식을 목격하고 나서 몇 년 뒤에, 웨이드 데이비스라는 하바드 대학교 과학자가 아이티에서 좀비 현상이나 죽은 사람이 걸어다니는 현상에 대한 조사를 하던 중에 막스를 찾아갔다. 웨이드 데이비스의 저서 『악마와 무지개*The Serpent and the Rainbow*』에 따르면, 데이비스는 맥스와 그의 딸의 도움을 받아 죽은 사람이 살아나는 좀비의 신비를 파헤쳤다. 특정한 범죄를 저지른 범죄자는 은밀한 집단에 의해서 독을 투여받는다. 그 독은 복어에서 추출한 테트로도톡신인데, 적정량을 투여할 경우, 신체를 마비시키고 호흡 작용을 극히 낮은 수준으로 떨어뜨려서 입회한 의사도 사망이라고 판단할 정도의 상태가 된다. 독의 효력이 떨어지면, 그 사람은 깨어난다. 비슷한 사례들이 일본에서도 발생한 것으로 알려져 있다. 이곳에서도 복어는 제대로 요리하면 별미가 되지만 잘못하면 죽음을 불러오는 음식으로 간주된다.

내가 잠깐 경험한 부두교의 세계를 이렇게 자세히 설명하는 데는 그 이유가 있다. 나는 여러 문화들이 인생과 자연을 이해하기 위해서 사용하는 방법들에 대해 깊은 관심을 가지고 있었다. 또한 나는 세계 속에는 물질적 한계를 벗어난 영혼의 힘이 작동하고 있으며, 그 영혼의 힘은 인류가 존재하기 전부터 존재했으며 인류가 사라진 후에도 존재할 것이라는 일반적인 믿음에 대해 늘 깊은 관심을 가지고 있었다. 아이티인들은 신이 우리의 생활 속에서 어떤 모습으로 나타나는가 하는 것에 대해서 대부분의 기독교도나 유대교도, 회교도들과는 다른 견해를 가지고 있다. 그들의 기록된 경험들은 하나님은 신비로운 방식으로 임하신다는 옛말을 입증하고 있다.

아이티에서 돌아온 뒤, 나는 법무장관 선거에 나서기로 결심했다. 학교를 다시 휴직하고 일을 시작했다. 민주당 예비선거에는 두 명의 경쟁자가 있었다. 내무청장인 조지 제니건과 법무부 소비자보호국 국장인 클라렌스 캐시였다. 두 사람은 논리적인 사람들이었고, 나보다 나이도 많았다. 제니건이 더 강력한 경쟁자가 될 것 같았다. 그는 프라이어 주지사가 이끄는 행정부서와, 몇 개 카운티의 법원, 그리고 주 전역의 보수주의자들 중에 친구들이 많았다. 이상한 것은 공화당원이 입후보를 하지 않았다는 사실이었다. 내가 총선거에서 싸울 공화당 후보가 없이 공직 선거에 나섰던 것은 이때뿐이었다.

나는 리틀록에서 출마를 해야 한다는 것을 알았다. 리틀록은 아칸소의 행정중심지이고, 유권자도 가장 많고 후원금도 가장 많이 모을 수 있을 것으로 예상되는 지역이었다. 나는 의사당에서 두 블록 떨어진 곳에 있는 오래된 주택에 본부를 꾸렸다. 요하네스버그 출신의 젊은 은행가 웰리 드렉이 선거본부장을 맡았다. 의회 선거 때 활약했던 스티브 스미스가 집행국장을 맡았다. 적은 예산을 훌륭하게 운영하는 린다 맥기가 사무실 운영을 맡았다. 우리의 총 선거운동비용은 10만 달러에 못 미쳤다. 린다는 사무실을 하루 종일 열어놓고 예산을 집행하고 자원활동가들을 관리했다. 내 거처를 제공한 사람은 폴 베리였다. 폴 베리는 그가 맥글렌 상원의원의 아칸소 사무실을 운영할 때 만나서 사귄 친구로 당시 유니온 뱅크의 부사장으로 일하고 있었다. 그는 여러 가지로 나를 도와주었는데, 그 중에서도 가장 고마운 일은 자기 집에서 하나밖에 없는 침대에서 내가 자야 한다고 고집을 부린 일이었다. 내가 새벽 2시에 들어올 때도 그는 고집을 꺾지 않았다. 밤에 아파트에 들어가 보면, 그는 거실 소파에서 잠을 자고 있었고, 부엌에는 불이 켜져 있고, 식탁 위에는 내가 좋아하는 땅콩버터와 당근이 놓여 있었다.

오랜 친구인 맥 맥라티와 빈스 포스터는 나에게 리틀록의 사업가들과 전문직업인들을 소개해주었다. 노동계는 11월 총선거에 영향을 미쳐서 아칸소 노동권법을 폐지하려고 노력하고 있었다. 나는 법률폐지 탄원서에 서명하는 것을 거부하면서 다소 위축된 감은 있었지만, 여전히 노동계 지도자들의 지지를 받았다. 노동권법은 노동조합이 있는 사업장에서도 노동조합비를 내지 않고도 일할 수 있게 규정하고 있다. 당시 나는 자유의지적인 관점에서 노동권법을 지지하고 있었다. 후일 알게 된 일이지만, 맥글렌 상원의원은 내가 노동권법 폐지에 반대한다는 사실에 크게 감명을 받고 폴 베리에게 자신의 지지자들에게 전화를 걸어 자신이 나를 지지한다는 사실을 알려주도록 했다. 몇 년 뒤에 나는 노동권법에 대한 생각을 바꿨다. 노동조합이 있는 사업장에서는 대부분 높은 임금, 의료보호, 퇴직 후 연금 등의 복지혜택을 제공하는데, 이런 복지혜택을 보장하는 노동조합에 조합비를 내지 않고 그 혜택만 누린다는 것은 옳지 않은 일이기 때문이다.

제3지역구에서 내 기반은 튼튼한 것 같았다. 1974년에 나를 위해서 일했던 모든 사람들은 다시 일을 시작했다. 처남들이 페이트빌로 이사 와서 아칸소 대학에 등록했는데, 나는 그들에게서 특별한 도움을 받았다. 처남들은 우리 생활에 큰 즐거움을 선사했다. 어느 날, 힐러리와 나는 처남들의 숙소로 가서 저녁을 먹었다. 휴는 컬럼비아 평화봉사단 활동을 하면서 겪었던 재미난 이야기들을 저녁 내내 들려주었다. 그의 이야기는 마치 『백년 동안의 고독』에서 떼어낸 이야기 같았는데, 휴는 모두 사실이라고 맹세했다. 휴는 과일주스 맛이 나는 피나콜라다를 만들어주었는데, 굉장히 독했다. 새벽

3시쯤 되어 졸음이 몰려오자, 나는 바깥으로 나가 체비 엘 카미노 픽업트럭의 뒤칸에 올라탔다. 제프에게서 물려받은 트럭이었는데, 뒤칸에는 아스트로터프 인공잔디가 깔려 있었다. 그는 양처럼 잔디에 구부리고 누운 채 잠을 잤다. 그날 밤 힐러리가 집까지 차를 몰고 왔고 다음 날 나는 일하러 나갔다. 나는 그 낡은 트럭이 너무나 마음에 들었고, 고물이 될 때까지 끌고 다녔다.

나는 내가 태어난 호프와 그 인근에서 강력한 지지를 받았다. 제3지역구에 속하지 않는 대여섯 개 카운티에는 친척들이 살고 있었다. 아칸소 중부, 남부, 동부 지역에 거주하는 흑인들의 반응도 좋았다. 예전에 내가 가르쳤던 학생들 중에 그 지역에서 법률활동을 하고 있는 사람들이 많았던 덕분이었다. 나는 민주당원들에게도 지지를 받았다. 대부분 함머슈미트와 싸울 때 측면에서 나를 지지했던 사람들, 소수자할당위원회 일에 관여하고 있는 사람들이었다. 그렇지만 조직에는 아직도 커다란 공백이 있었다. 내 선거운동은 대부분 이 공백을 메우는 일에 할애되었다.

나는 주를 순회하면서, 새로 부상한 정치세력인 모럴 머조리티Moral Majority(미국의 보수적 기독교도의 정치활동 단체—옮긴이주)와 싸워야 했다. 이 단체의 설립자인 제리 폴웰 목사는 버지니아 출신의 보수적인 감리교 목회자였다. 그는 엄청난 수의 시청자 팬들을 가지고 있었고, 이를 이용해서 기독교 근본주의 및 우익정치관을 표방하는 전국 조직을 세웠다. 가는 곳마다, 나와 악수를 나누는 사람들은 내게 기독교인이냐고 물었다. 그렇다고 하면, 신앙이 독실하냐고 물었고, 다시 그렇다고 하면 몇 가지 질문이 더 이어졌다. 십중팔구는 폴웰의 단체에서 주로 사용하는 질문들이었다. 리틀록에서 48킬로미터 동쪽에 있는 콘웨이에 갔을 때, 나는 카운티 사무소에 들렀다. 그곳에서는 부재자 투표가 진행 중이었다. 그곳 여직원 중 한 명이 그런 질문을 던지기 시작했다. 나는 그 질문들 중 하나에 잘못된 대답을 했다. 그 대가로 나는 법원을 떠나기 전에 네 표를 잃어버렸다. 나는 종교 문제에 대해 거짓말을 하고 싶지 않았지만, 그렇다고 계속 표를 잃을 수도 없는 노릇이었다. 나는 범퍼스 상원의원을 찾아가서 조언을 구했다. 개방적인 감리교도인 그는 이렇게 말했다. "아, 나도 늘 그런 일을 겪어요. 하지만 나는 사람들이 첫 번째 질문에서 더 나갈 수 없게 만듭니다. 사람들이 기독교인이냐고 물으면 나는 이렇게 대답합니다. '그러기를 바랍니다. 나는 항상 기독교인답게 살려고 애쓰고 있습니다.' 그러면 대부분 사람들은 입을 다물지." 범퍼스의 이야기를 듣고 나서 나는 웃으면서 "당신은 상원의원이고, 나는 법무장관 후보인 이유를 알겠다고 말했다. 그 뒤로 나는 선거운동 때마다 그의 대답을 활용했다.

가장 재미있었던 일은 아칸소 북동쪽 끝인 미시시피 카운티에서 있었던 일이었다. 그 카운티에는 블라이스빌과 오세올라 두 개의 도시와 대규모 농장을 경영하는 농장주들이 지배하는 여러 개의 타운들이 있었다. 일반적으로 보면, 이 농장들을 소득의 원천으로 삼고 있는 농장노동자들과 소상인들은 농장주들이 선택한 대로 투표를 했다. 농장주들의 선택은 대부분 가장 보수적인 후보였는데, 당시의 경우는 저니건 국무장관이었다. 이 카운티에도 역시 강력한 지방 조직이 있었는데, 이 단체의 지도자인 카운티 판사 '서그' 뱅크도 저니건을 지지하고 있었다. 절망적인 상황이었지만, 카운티가 너무 큰 곳이라 무시할 수도 없었다. 나는 어느 토요일에 블라이스빌과 오세올라에서 일하고 있었다. 혼자서 고전을 하다 보니 영 맥이 빠지는 날이었다. 내가 예전에 가르쳤던 법대 졸업생들 덕분에 약간의 지지자가 있긴 했지만, 내가 만난 대부분의 사람들은 나에게 반감을 가지고 있지 않으면 내가 누구인지 모르고 관심도 없는 사람들이었다. 아무튼 나는 할 수 있는 대로 사람들과 악수를 하며 다니다가 오세올라에서 일을 마치고 보니 밤 11시였다. 차 안에서 자지 않으려면 리틀록까지 3시간이나 운전을 하고 가야 할 판이었다.

작은 마을을 지나 남쪽으로 차를 몰고 있는데, 하루 종일 아무것도 먹지 않아 배가 고프다는 것을 알았다. 조이너라는 마을에 가니 어느 선술집이 영업을 하고 있었다. 나는 먹을 것도 있겠다 싶어서 차를 멈추고 가게로 들어갔다. 바에 한 사람이 앉아 있고 네 사람이 도미노 게임을 하고 있었다. 햄버거 하나를 주문하고 나서 나는 밖으로 나와 공중전화로 힐러리에게 전화를 했다. 다시 가게로 돌아온 나는 도미노 게임을 하는 사람들에게 인사나 해야겠다고 생각했다. 인사를 받은 처음 세 사람은 내가 낮에 만났던 사람들이 대부분 그랬듯이 내가 누구인지도 모르고 관심도 없었다. 네 번째 남자는 나를 쳐다보고 미소를 지었다. 나는 그가 처음 한 말을 도저히 잊지 못할 것이다. "헤, 당신 여기서는 못 살아남을 거요. 알겠어요?" 나는 하루 종일 돌아다녀보고 그런 느낌을 받았다, 하지만 그렇게 확실하게 이야기를 하니 마음이 좋지 않다고 대꾸했다. "맞아, 그럴 거요. 우리 눈에는 당신은 장발 히피 대학교수에, 공산주의자로 보이네요. 하지만 한 가지 알려줄 게 있어요. 토요일 밤 자정에 조이너의 선술집에서 선거운동을 하는 사람이라면 한 상자 가져갈 만한 자격이 있어요. 두고 보세요. 당신은 여기서 이기게 될 거요. 하지만 이 카운티에서 당신이 이길 수 있는 곳은 여기밖에 없을 겁니다."

그 남자의 이름은 R.L. 콕스였는데, 그는 이 약속을 지켰다. 선거일 밤에, 나는 대농장주들이 장악하고 있는 다른 선거구에서는 참패했지만 조이너에서는 76표를 얻었고, 다른 두 후보가 49표를 가져갔다. 미시시피 카운티에서 내가 이긴 곳은 조이너 외에도 두 곳이 더 있었다. 선거 직전 주말에 흑인 장례업자인 라베스터 맥도널드와 지역신문 발행인 행크 하인즈 덕분에 돌아선 블라이스빌의 두 개 흑인 선거구였다.

다행히도 나는 다른 지역에서는 선전했다. 총득표율 55퍼센트에, 75개 카운티 중에서 69개 카운티에서 승리했다. 친척들과 친구들이 많은 남부 아칸소에서 얻은 몰표와 제3지역구에서 74퍼센트의 엄청난 득표율을 올린 덕분이었다. 이렇게 해서 나는 1974년에 나를 위해 활동했던 모든 사람들에게 승리로 보답할 수 있게 되었다.

선거가 끝난 뒤의 여름 동안, 힐러리와 나는 행복한 시간을 가졌다. 처음 두 달은 페이트빌에서 친구들과 어울렸고, 7월 중순에는 유럽으로 여행을 떠났다. 뉴욕에 들러서 민주당 전당대회에 하룻저녁 참석하고 난 우리는 비행기를 타고 파리로 가서 그곳에서 일하고 있는 데이비드 에드워드를 만났다. 파리에서 이틀 묵은 뒤, 스페인으로 향했다. 피레네 산맥을 넘어간 직후에 나는 카터 선거운동본부로 전화를 해달라는 연락을 받았다. 카스트로우르디알레스라는 마을에서 전화를 하자, 카터 선거운동본부는 아칸소 지부장을 맡아 달라고 요청했고, 나는 그 자리에서 승낙했다. 나는 지미 카터를 강력하게 지지하고 있었다. 페이트빌에서 가을 학기에 강의를 해야 했지만, 그다지 무리는 없을 듯싶었다. 카터는 아칸소에서 엄청난 지지를 얻고 있었다. 진보적인 경력과 독실한 남부 감리교 신앙을 가진 농촌 출신에, 해군사관학교 출신이라는 배경이 지지하는 큰 이유였다. 해군사관학교 동기 중에서 아칸소 명사가 된 사람은 넷이나 있었다. 아칸소에서 문제가 되는 것은 그가 이기느냐 하는 것이 아니라 얼마나 크게 이기느냐 하는 것이었다. 여태까지 여러 번 패배를 경험했는데, 1년에 두 번이나 승리를 거두게 된다는 생각을 하니 도저히 놓치고 싶지 않은 기회였다.

우리는 게르니카에 들러서 스페인 여행을 마감했다. 게르니카는 스페인 내전 당시 폭격당한 도시로, 이 폭격을 소재로 한 피카소의 그림으로 유명한 곳이었다. 게르니카에 도착했을 때는 바스크 축제가 한창이었다. 음악과 춤은 흥겨웠지만, 토속 음식이라고 하는 우유에 담근 차가운 생선 요리를 먹을 때는 고생했다. 우리는 선사 시대의 그림이 있는 동굴들을 돌아본 다음, 눈 덮인 피레네 산맥의 그림자가 드리워진 뜨거운 해변에서 근사한 하루를 보냈다. 해변가에는 비싸지도 않고 맛있는 음식과 한 잔에 5센트 하는 맥주를 파는 작은 식당이 있었다. 유럽의 휴가기간인 8월 초, 프랑스로 돌아오는 국경에는 차들의 행렬이 끝도 없이 펼쳐져 있었다. 인생은 일하라고 있는 게 아니라는 유럽인들의 생각을 생생히 드러내주는 현장이었다. 나로서는 그 옛말대로 살기가 점점 어려워질 터였다.

집으로 돌아온 뒤, 나는 리틀록으로 가서 크레이그 캠프벨과 함께 선거운동본부를 꾸렸다. 그는 민주당 아칸소 지부의 집행부였는데, 당시 스티븐스 기업에서 일하고 있었다. 스티븐스 기업은 월스트리트를 제외하면 미국에서 가장 큰 투자회사로, 위트 스티븐스와 잭 스티븐스가 소유하고 있었다. 위트 스티븐스는 연륜 있는 정치계의 유력자였고, 그보다 열 살 아래인 잭은 지미 카터와 해군사관학교 동기였다. 크렉은 커다란 체구, 잘생긴 외모에 재미있는 사람으로, 개인 활동이나 정치 활동에 있어서 대단히 유능했다.

나는 주를 순회하면서 각 카운티의 조직이 잘 가동되고 있는지 확인했다. 어느 일요일 저녁에, 나는 리틀록 인근의 작은 흑인 교회에 갔다. 카토 브룩스라는 목사가 이끄는 교회였다. 우리 일행이 그곳에 도착했을 때, 성가대의 찬송이 교회 안에 울려 퍼지고 있었다. 성가대가 찬송을 두 곡째 부르고 있을 때, 문이 열리더니 다이아나 로스를 닮은 흑인 여성이 들어왔다. 그녀는 무릎까지 오는 검은 부츠를 신고 몸에 꼭 붙는 니스 원피스 차림이었다. 그녀는 통로를 뚜벅뚜벅 걸어나오더니 성가대를 향해 손짓을 하고 오르간 앞에 앉았다. 교회를 공중에 들어올렸다 놓았다고 말해도 좋을 만큼, 힘이 넘치는 오르간 연주였다. 나로서는 그렇게 멋진 오르간 연주를 들어보기는 처음이었다. 목사가 설교단에 오르자, 네다섯 명의 사람들이 그의 주위에 접는 의자를 놓고 앉았다. 목사는 박자와 운율이 실린 설교를 시작했다. 목사의 설교는 주위의 남자들이 숟가락을 무릎에 때려서 내는 소리와 어우러져서 사실상 노래하는 것이나 다름없었다. 설교가 끝나자 브룩스 목사는 나에게 카터 지지 연설을 할 기회를 주었다. 나는 열심히 노력했지만, 도저히 목사의 실력을 따라잡을 수가 없었다. 내가 연설을 마치자, 목사는 교회는 카터를 지지할 거라고 말하면서 한 시간 남짓 예배가 계속될 예정이니 자리를 피해달라고 말했다. 교회 밖으로 나가자마자, 누군가 뒤에서 말을 걸었다. "보세요, 백인 아저씨. 선거운동 도와드릴까요?" 오르간을 연주했던 파울라 코튼이었다. 그녀는 가장 열성적인 자원활동가 중의 한 명이 되었다. 카토 브룩스 목사는 얼마 후 시카고로 이주했다. 너무 뛰어난 사람이라 농촌에 머무를 수 없었던 모양이었다.

힐러리도 카터 선거운동에 합류했다. 그녀가 맡은 일은 내 일보다 훨씬 어려운 일이었다. 인디애나에서 현장 진행자 역할을 맡았다. 인디애나는 전통적으로 대통령 선거에서 공화당을 지지하는 주였는데, 카터 참모진은 카터가 농촌 배경이 있으므로 성공할 가능성이 있다고 생각하고 있었다. 그녀는 열심히 일했고 흥미로운 모험을 겪었다. 그녀는 매일 전화 통화를 할 때마다 이런저런 체험담을 열심히 늘어놓았다. 내가 한번 인디애나폴리스로 찾아갔을 때도 마찬가지였다.

가을의 선거운동은 파란만장했다. 카터가 뉴욕 전당대회에서 나왔을 때 그는 포드 대통령을 30포인트나 앞서고 있었다. 하지만 나라는 그 숫자보다 훨씬 더 분열되어 있었다. 포드 대통령은 사태를 만회하기 위해서 인상적인 노력을 기울였다. 당시 카터의 주요 공약은 미국 국민처럼 정직한 정부를 만들겠다는 것이었는데, 포드의 주된 공격은 일개 남부 주지사가 대통령을 할 만한 능력이 있겠느냐는 의문을 제기하는 방식이었다. 결국 카터는 여론조사에서 약 2퍼센트 앞섰고, 선거인단 투표에서는 297 대 240으로 포드를 앞섰다. 인디애나에서 근소한 차이로 우세했지만, 아칸소에서는 65퍼센트의 득표율을 기록했다. 아칸소의 득표율은 카터의 고향인 조지아 주의 67퍼센트 득표율에서 2포인트 낮은 셈이었고 최대득표율을 올린 웨스트버지니아의 득표율보다 7포인트 높은 셈이었다.

선거운동이 끝난 후에, 힐러리와 나는 몇 달 동안 집에 머물렀다. 나는 교직생활의 마지막이 될 해사법과 헌법 강의를 마무리했다. 3년 3개월 동안, 나는 다섯 학기와 여름 학기를 합쳐서 총 여덟 개 강좌를 진행하고, 리틀록의 경찰 공무원들을 상대로 두 강좌를 진행했으며, 두 번이나 공직 선거에 나가고, 카터 선거운동을 지휘했다. 나는 그 모든 순간들을 사랑했다. 유감스러운 것이 있다면, 페이트빌의 친구들과 함께하는 시간과 힐러리와 나에게 많은 기쁨을 주었던 캘리포니아 드라이브 930번지의 작은 집에서 지내는 시간을 많이 가질 수 없었다는 점뿐이었다.

20

1976년의 마지막 두 달 동안, 나는 리틀록을 오가면서 새로운 업무를 시작할 준비를 했다. 폴 베리가 자신이 일하는 유니온 뱅크 건물 18층에 사무실을 얻어준 덕분에 나는 이곳에서 장래의 직원들을 선발하기 위한 면접을 할 수 있었다.

높은 이상과 능력을 가진 수많은 사람들이 지원서류를 냈다. 나는 스티브 스미스를 설득해서 비서실장을 맡기고 밀려드는 일들을 처리하는 동안 상당한 정책 주도권을 장악할 수 있었다. 법무부에 소속되어 있던 스무 명의 법률가들 중 유능한 몇몇 사람들이 나와 함께 일하는 의사를 표명하여 직위를 유지했고, 새로운 법률가들도 선발되었다. 나는 젊은 여성 법률가들과 흑인 법률가들도 채용했다. 결국 새로 구성된 우리 법무부 직원의 구성비율은 여성이 25퍼센트, 흑인이 20퍼센트로 당시로서는 기록적인 일이었다.

12월에 힐러리와 나는 리틀록 힐크레스트 지역 5419L 스트리트에 집을 구했다. 중심가에서 가까우면서도 쾌적하고 오래된 주거지역이었다. 집의 넓이는 28평으로, 페이트빌의 집보다 훨씬 작았지만 가격은 훨씬 높은 3만 4,000달러였다. 우리가 이렇게 비싼 집을 장만할 수 있었던 것은 지난 선거에서 유권자들이 주와 지방직 공무원들의 임금 인상에 찬성해준 덕분이었다. 1910년 이후 처음 있는 공무원 임금 인상 덕분에 법무장관의 연봉은 2만 6,500달러가 되었다. 힐러리는 로즈 법률회사에 자리를 잡았다. 로즈 법률회사는 경험 많고 인정받는 변호사들과, 똑똑한 젊은 변호사들이 많이 있는 곳으로, 나의 친구인 빈스 포스터와 웹 허벨도 그곳 소속이었다. 웹 허벨은 레이저백 팀에서 활약했던 덩치가 좋은 친구로 이후 나와 힐러리의 절친한 친구가 되었다. 이때부터 내가 대통령에 당선되어 힐러리가 변호사직을 그만둘 때까지, 힐러리의 소득은 나의 소득보다 훨씬 많았다.

법무장관의 직무는 주 법률 문제에 대한 소견을 밝히는 일, 민사소송을 제기하거나 주를 상대로 한 민사소송에서 주를 대표하여 항변하는 일, 대법원에서 진행되는 형사사건 항소심과 연방법원에서 진행되는 형사소송에서 주를 대변하는 일, 주의 관청과 위원회에 법적인 자문을 제공하는 일, 소송을 통해 소비자의 이익을 보호하고, 법안을 입안하며, 공공요금 사안과 관련하여 주 공공서비스위원회PSC에 출두하는 일 등이었다. 업무의 범위는 넓고 다양하고 흥미진진했다.

그해에는 분주하게 시작되었다. 1월 초에 의회가 개회했으며, PSC 청문회가 있었다. 아칸소전력회사AP&L의 대폭 요금인상 요청과 관련하여 심의가 진행되었는데, AP&L는 미시시피 그랜드 걸프에 세워지는 대규모 원자력발전소 건설에 참여하려면 요금인상이 불가피하다고 주장했다. 그랜드 걸프 원자력발전소의 건설 주체는 AP&L의 모회사인 미들사우스공사(현재의 엔터지)였다. 이들은 직접 고객으로부터 요금을 징수하는 기관이 아니었기 때문에, 그랜드 걸프 발전소의 건설비용은 아칸소, 루이지애나, 미시시피, 뉴올리언스 시 등에 전력을 공급하는 자회사들이 분담해야 했다. 나는 이후 몇 년 동안 그랜드 걸프 발전소 문제에 많은 시간과 관심을 할애해야 했다. 이 사안은 두 가지 문제를 가지고 있었다. 첫째는 발전소 건설 주체가 모회사였기 때문에 우리 주의 PSC는 발전소 건설을 사전 승인할 권한도 의무도 없었는데, 발전소 건설비용의 35퍼센트를 수요자들이 감당해야 한다는 사실이었다. 둘째, 나는 전력수요 증가를 보다 비용부담이 적은 에너지 보존과 기존 발전소 운영의 효율화를 통해서 해결할 수 있다고 생각하고 있었다. 청문회에 대비하여, 법무부 직원인 웰리 닉슨이 에이모리 로빈스의 연구를 검토했다. 로빈스의 연구는 에너지 보존과 태양에너지가 가진 막대한 가능성과 경제적 이익을 입증하고 있었다. 나는 그의 이론이 일리가 있다고 생각하고 그를 만났다. 당시 경제계와 정치계의 통상적인 생각은 경제성장은 필연적으로 끊임없는 전력생산 증가를 필요로 한다는 것이었다. 에너지 보존 정책의 우위성을 입증하는 여러 가지 강력한 증거들이 있었지만, 기존 정치계와 경제계는 보존 정책을 멍청한 지식인들의 무모한 공상이라고 생각하고 있었다. 안타깝게도 아직도 그런 시각을 가지고 있는 사람들이 많은 것 같다. 법무장관으로, 주지사로, 그리고 대통령으로 일했던 20여 년 동안, 나는 애모리 로빈스와 여러 전문가들의 연구를 근거로 대체에너지 정책을 강력하게 지지해왔다. 그 분야에서 약간의 진전을 이룰 수는 있었지만, 이 정책에 대해 반대하는 세력의 목소리는 높았다. 특히 보수주의자들이 의회를 장악했던 1995년 이후, 반대의 정도는 더욱 심해졌다. 앨 고어와 나는 주장을 입증할 수 있는 여러 가지 증거들을 가지고, 청정에너지와 에너지 보존기술을 생산하거나 구매하는 경우 25퍼센트의 세금을 공제하는 정책을 입안하기 위해서 노력했다. 하지만 이 노력은 공화당원들의 끊임없는 방해 때문에 성공을 거두지 못했다. 이와 관련하여 내가 잘하는 농담이 있다. "내가 두 번째 임기에서 이룬 가장 중요한 업적 중의 하나는 뉴 깅그리치와 탐 드레이도 반대할 만한 세금 감면정책을 찾아냈다는 것이다."

주 입법활동은 아주 흥미로웠다. 입법과 관련된 사안들 중에는 상상도 못 할 만큼 흥미로운 사안들이 많았다. 그리고 다양한 사람들이 상원과 하원을 구성하고 있었고, 그 중의 절반 정도는 어떤 법안에 대해서 반대하거나 찬성하기 위한 로비에 참여하고 있었다. 입법 회기 중에 있었던 일이다. 나는 어떤 법안에 반대하는 연설을 하기 위해서 위원회 심의회에 참석했다. 법안에 찬성하는 쪽의 이익을 대표하는 사람들이 회의실을 가득 채우고 있었는데, 빈스 포스터와 힐러리의 모습도 보였다. 포스터는 내가 반대 연설을 한다는 사실을 미처 모른 채, 경험이나 쌓으라고 힐러리를 데려온 모양이었다. 어색한 처지에 놓인 우리는 서로를 보고 웃고 나서 각자 자기 업무로 돌아갔다. 다행히 로즈 법률회사는 미국법률가협회로부터 힐러리의 고용활동에 관한 소견을 받아둔 상태였다. 그 소견의 내용은 로즈 법률회사는 법무장관의 아내를 고용할 수 있으며, 이해관계의 충돌을 막기 위해서 필요한 조치를 취할 수 있다는 것이었다. 힐러리는 이 소견 내용을 철저히 따랐다. 로즈 법률회사는 1940년대부터 주 관련 경제적 · 법률적 업무를 맡고 있었다. 내가 주지사가 되고 자신이 로즈 법률회사에서 전임으로 활동하게 된 이후, 힐러리는 주 관련 업무에는 손을 뗐고, 결국 그 업무에서 발생하는 배당금을 포기할 수밖에 없었다.

법무장관 취임 당시에는, 엄청나게 많은 소견 요청사안과 여러 가지 업무들이 쌓여 있었다. 법무부 직원들은 적체된 업무를 처리하기 위해서 밤늦게까지 일을 해야 했는데, 그 과정은 법무부 직원들 간에 신뢰감을 쌓을 수 있는 유익한 시간이었다. 입법 회기가 아닐 때면, 우리 직원들은 금요일마다 편안한 복장을 하고, 일등급 햄버거와 핀볼 게임기계, 셔플보드 게임이 있는 가까운 식당에 가서 점심을 먹었다. 그 식당은 지붕에 커다란 카누가 놓여 있는 낡은 오두막이었는데, 이름이 불길하게도 "화이트워터 선술집"이었다.

모럴 머조리티, 그리고 그와 비슷한 신조를 가진 그룹들의 세력이 커지면서 여러 가지 법안이 상정되었다. 온건한 의원들과 진보적인 의원들에게 있어서, 이런 법안들은 통과시키고 싶지는 않지만 그렇다고 반대를 했다가는 반대 투표자 명단에 올라 비난을 받을 수도 있는 법안들이었다. 이들은 공개적으로 찬성도 반대도 할 수 없는 자신들의 입장을 모면하기 위해서, 법무장관이 위헌선언을 하게 하는 방법을 선호하고 있었다. 이 과정에서 나는 다음과 같은 클린턴의 정치 원칙을 확립하게 되었다. "어떤 사람에게 자기 골칫거리를 남에게 전가할 수 있는 기회를 주면, 그 사람은 골칫거리가 생길 때마다 그렇게 하려고 할 것이다."

가장 어이없는 법안은 아를로 타이어가 제출한 법안이었다. 그는 아칸소 북동쪽 포카혼타스 주의 하원의원으로, 모럴 머조리티보다 한술 더 뜨고 싶어 하는 점잖은 신사였다. 그가 제출한 법안은 주 전역에 걸쳐서 X등급 영화의 상영을 금지하자는 내용이었다. 성인들의 영화 관람까지 완전히 금지하자는 내용이었다. 나는 그 법안이 언론의 자유를 제한하는 위헌적인 요소가 있지 않느냐는 질의를 받았다. 그때 내 머릿속에는 "법무장관, 음란 영화를 지지하다"라는 신문 헤드라인이 그려졌다. 나는 아를로가 왜 그런 법안을 제출했는지 궁금해서 아를로의 출신지 지방판사인 밥 더들리에게 전화를 걸었다. "그곳에서는 X등급 영화를 많이 상영합니까?" 내가 이렇게 묻자, 재치 있는 더들리는 "아닙니다. 여기는 극장이라곤 하나도 없는데요. 그 사람은 다른 지역 사람들이 그걸 보는 게 샘이 나나 봅니다"라고 말했다.

영화 법안이 부결되자, 아를로는 또 다른 보석을 찾아냈다. 아칸소 내에서 혼인승인을 받지 않고 동거하는 커플에 대해서 1년에 1,500달러의 세금을 부과하자는 것이었다. 내 머릿속에는 다시 신문 헤드라인의 위험신호가 울렸다. "클린턴, 동거를 지지하다!" 나는 타이어 하원의원을 찾아가서 물었다. "아를로, 동거기간이 얼마나 되면 이 세금을 내야 합니까? 일 년? 한 달? 일주일? 아니면 하룻밤도 해당됩니까?" "그건 생각해보지 않았습니다." 그가 대답했다. "그리고 어떻게 집행해야 합니까? 당신이랑 나랑 야구 방망이를 들고 집집마다 문을 때려부수고 들어가서 누가 누구하고 무엇을 하고 있는지 알아내야 합니까?" 아를로는 어깨를 으쓱하며 말했다. "그 문제도 생각해보지 않았습니다. 그 법안은 철회하는 게 낫겠습니다." 나는 또 한 발의 총탄을 피했구나 생각하며 사무실로 돌아갔다. 그런데 놀랍게도 법무부 직원들 중에는 실망감을 드러내는 사람이 적지 않았다. 그 중에 두 명은 그 법안이 통과되어서 우리 법무부가 집행에 나섰으면 하고 생각했다고 말했다. 그들은 새 유니폼까지 구상해둔 상태였다. 섹스 금지 조사단Sex No-no Investigation의 머리글자를 따서 "SNIF"('sniff'라는 단어에는 냄새를 맡는다는 의미가 있다—옮긴이주)라고 새겨넣은 티셔츠를 입자는 것이었다.

우리는 동성애자 권리문제 때문에 심한 곤욕을 겪어야 했다. 2년 전에 법무장관인 짐 가이 터커는 의회에 새로운 형법 규칙을 제안했다. 그 법안은 100년도 넘은 역사를 가진 복잡한 범죄들을 명확하고 간단한 정의로 묶고, '상태위반status offenses'을 범죄에 포함시키지 않는 내용이었다. 당시 대법원은 상태위반을 유죄로 인정하고 있었다. 범죄의 구성요건은 금지된 행동을 의도적으로 혹은 무분별하게 하는 것이고, 단순히 사회가 바람직하지 않다고 생각하는 어떤 상태를 지속하고 있다는 사실은 범죄의 구성요건이 되지 않는다. 예를 들자면, 만취 상태는 범죄가 아니고, 동성애자라는 사실도 범죄의 구성요건이 되지 않는다. 그런데 이것은 새로운 형법 규칙이 채택되기 이전에는 범죄로 간주되고 있었다.

빌 스탠실 하원의원은 이 형법 규칙에 찬성표를 던졌다는 이유 때문에 출신지역인 포트스미스의 보수적인 성직자들에게 심한 공격을 받고 있었다. 성직자들은 그가 동성애를 합법화하는 데 찬성했다고 비난했다. 스탠실은 아칸소에서 손꼽히는 고등학교 축구 감독으로 활동했던 경력이 있는 성실한 사람이었다. 네모난 턱에, 근육질 몸매, 무너져 내린 코를 가진 남자로, 섬세한 통찰력은 그다지 강하지 않은 사람이었다. 신조를 가지고 동성애에 대해 찬성표를 던진 것이 아니었던 그는, 종교의 자유에 의거한 비난을 받기 전에 자신의 실수를 만회하기로 결심했다. 결국 그는 동성애 행위를 범죄로 규정하는 법안을 제출했다. 게다가 그는 법안에 수간을 금지하는 규정까지 넣었다. 재치 있는 어떤 하원의원은 이것을 두고 그의 지역구에는 농부들이 많지 않은 게 분명하다고 말하기도 했다. 스탠실의 법안은 금지되는 성행위의 내용으로 생각할 수 있는 모든 변태 행위들을 상세히 나열하고 있었다. 음란물을 좋아하는 사람들이 읽는다면 일주일 동안은 음란물을 구하고 싶은 충동을 억제할 수 있을 정도로 상세한 내용이었다.

직접 투표로 그 법안을 부결시킬 방법은 없었다. 게다가 대법원이 합의에 의한 동성애관계는 프라이버시권에 의해 보호된다는 결정을 내린 것은 한참 뒤인 2003년의 일이었다. 그러므로 법무장관이 그 법안이 위헌이라는 소견을 내는 것도 불가능했다. 가능한 방법은 그 법안이 회기를 넘겨 자동 폐기되도록 하는 것뿐이었다. 하원에서 나와 마음이 잘 맞는 세 명의 자유주의적인 의원들, 즉 켄트 루벤스, 조디 하오니, 리처드 메이가 재미있는 개정안을 제출하기로 했다. 계획 중인 일이 있다는 말을 듣고, 나는 사람들로 붐비는 의회 방청석에서 일이 진행되는 것을 지켜보았다. 그때 한 의원이 일어나더니 스탠실의 법안을 칭찬하면서 아칸소에서 누군가는 도덕성을 지켜야 할 때라고 말했다. 그 의원은 "한 가지 문제가 있습니다. 그 법안은 너무 약합니다. 법안을 강화하기 위해서 '약간의 수정' 을 제안하고 싶습니다" 라고 말했다. 그리고 나서 그는 진지한 얼굴로 입법회기 동안 리틀록에서 강간을 하는 의원들은 D등급의 중죄로 다스려야 한다는 조항을 덧붙이자고 주장했다.

방청석에서는 한바탕 웃음이 터져 나왔다. 그러나 의원석에서는 침묵이 흘렀다. 작은 타운 출신의 의원들 중에는 회기 중에 리틀록에 오는 것을 유일한 낙(파리에서 두 달간 지내는 것과 비슷한 정도의 낙)으로 삼고 있는 사람들이 많았다. 이런 사람들에게는 웃을 일이 아니었다. 몇 사람이 이 똑똑한 세 의원들에게 그 수정안을 철회하지 않으면 다른 법안을 통과시키지 않겠다고 말했다. 수정안은 철회되었고, 법안은 바람에 돛을 단 듯 하원을 통과하여 상원으로 보내졌다.

상원에서는 그 법안을 철회할 더 좋은 방법이 있었다. 그 법안은 포카혼타스 출신의 젊은 상원의원 닉 윌슨이 의장으로 있는 위원회로 송부되었다. 그는 의회에서 손꼽히는 똑똑하고 진보적인 의원이었다. 나는 그를 설득해서 입법회기가 끝날 때까지 그 법안을 붙들고 있으라고 설득했다.

회기 마지막 날까지 그 법안은 윌슨의 위원회에 계류되어 있었다. 나는 폐회가 되는 시간을 초조하게 기다렸다. 윌슨에게 서너 번 전화를 해서 그 문제에 대해 이야기하면서 초조하게 기다리느라, 나는 강연차 핫스프링스로 떠나야 할 시간을 한 시간이나 넘기고 말았다. 더 이상 지체할 수 없게 되었을 때, 나는 마지막으로 그에게 전화를 걸었다. 그는 30분만 있으면 폐회가 되고 그 법안은 사라지게 될 거라고 말했고, 나는 리틀록을 떠났다. 15분 뒤에, 그 법안에 찬성하는 유력한 상원의원 한 사람이 닉 윌슨을 찾았다. 그는 윌슨에게 법안을 통과시켜주면 자신의 지역구에 직업기술학교를 세울 수 있는 새 건물을 주겠다고 말했다. 연설가 팁 오닐이 말한 것처럼, 모든 정치는 지역적인 것이다. 윌슨은 그 법안을 손에서 놓아버렸고 법안은 쉽게 통과되었다. 나는 울화가 치미는 것 같았다. 몇 년 후 리틀록 출신의 하원의원인 빅 스나이더가는 주 상원의원에 당선되어 그 법을 철회하려고 시도했지만 수포로 돌아가고 말았다. 내가 아는 바로 그 법은 집행된 적이 없다.

하지만 그 법은 2003년 대법원이 그 법의 효력을 무효화시키는 결정을 내릴 때까지 명문화되어 있었다.

법무장관 재직시 내가 부딪혔던 또 한 가지 재미있는 문제는 문자 그대로 삶과 죽음의 문제였다. 어느 날 나는 아칸소 아동병원에서 걸려온 전화를 받았다. 그 병원에 온 지 얼마 되지 않은 실력 있는 젊은 외과의사가 샴쌍둥이 분리 수술을 해달라는 부탁을 받았다. 가슴이 붙어 있어서 호흡기관과 심장기관이 하나뿐인 쌍둥이였다. 그 기관들의 기능으로는 두 아이가 오랫동안 견딜 수 없기 때문에, 분리 수술을 하지 않으면 두 아이 모두 죽게 될 상황이었다. 문제는 분리 수술을 하면 두 아이 중 한 아이를 죽이게 된다는 점이었다. 병원 측은 수술 후 생존이 불가능한 아이를 죽였다는 이유로 그 의사를 기소할 수 없다는 소견을 원하고 있었다. 엄격하게 말하자면, 나는 그것을 보증할 수 없었다. 법무장관의 소견이 소견을 받는 사람을 보호할 수 있는 것은 민사소송 절차와 관련된 경우뿐이지, 형사소추 절차에서는 그 사람을 보호할 수 없었다. 그러나 법무장관의 소견이 있으면 검찰이 지나친 의욕에서 그 사람을 기소하는 것을 막을 수 있을 터였다. 나는 그 사람에게 쌍둥이 중의 한 아이의 목숨을 구하기 위해서 다른 아이를 죽일 수밖에 없는 것은 범죄가 아니라는 내용의 공문을 보냈다. 그 의사는 수술을 했고, 결국 한 아이는 죽고 다른 한 아이는 살았다.

우리가 집행했던 대부분의 업무들은 앞에서 사례로 들었던 것들보다 훨씬 정형화된 업무들이었다. 2년 동안 우리가 집행했던 업무들을 보면, 제대로 된 소견을 발표하는 일에서부터, 주 기관들이 필요로 하는 업무와 형사소송 업무를 처리하는 일, 요양시설이 제공하는 의료의 질을 높이는 일, 공공요금을 인하하는 일이 포함되어 있었다. 당시 인근의 다른 주들의 공중전화요금은 25센트까지 치솟고 있었는데, 법무부 직원들의 노력 덕분에 우리 주의 공중전화요금은 10센트로 인하되었다.

나는 주 전역을 순회하는 기회를 가능한 한 많이 가졌다. 다음 선거에 대비해서 지지자들을 넓히고 조직을 강화하려는 의도였다. 1977년 1월, 파인블러프의 로터리클럽 연회에서 선출된 공직자로서 첫 연설을 했다. 그곳은 남동부 아칸소의 최대도시로, 1976년 선거 때 내가 45퍼센트의 득표율을 올린 곳이었으므로, 나는 다음 선거를 대비해서 공을 들일 필요가 있었다. 500명이 참석한 만찬이었으므로, 나로서는 득표율을 끌어올릴 수 있는 좋은 기회였다. 의식은 오랜 시간에 걸쳐서 지루하게 계속되었다. 많은 사람들이 연설을 하고 엄청나게 많은 사람들이 소개를 받아 인사를 했다. 행사 주최측은 참석한 사람들을 모두 소개하지 않으면, 소개받지 못한 사람들이 돌아가서 화를 낼 거라고 생각하는 것 같았다. 그래서인지 그 만찬이 끝나고 난 뒤, 기분이 좋지 않았던 사람들은 그다지 많지 않았다. 사회자가 나를 소개했을 때는 밤 10시가 가까운 시간이었다. 사회자는 나보다 더 민감해져 있었고, 나를 소개하는 첫 마디가 "이제 이 소개를 마치면 즐거운 저녁 시간을 보낼 수 있습니다"라는 것이었다. 이제 나올 사람이 가장 훌륭한 사람이라는 의미로 한 말이었다는 것은 이해하지만, 그렇게 표현해서는 안 될 일이었다. 다행히도 사람들은 이 말을 듣고 웃음을 터뜨렸다. 군중들은 내 연설에 대해 호의적인 반응을 보였는데, 아마 연설이 짧아서 그랬을 것이다.

나는 흑인 사회에서 개최하는 행사에도 몇 번 참석했다. 어느 날 로버트 젠킨스 목사에게서 자신이 모닝스타 침례교회의 신임 목사로 취임하는 취임식에 참석해달라는 연락을 받았다. 그 교회는 노스 리틀록에 소재하고 있는 나무로 지은 작은 교회로, 150명이 편안히 앉을 만한 좌석을 갖추고 있었다. 어느 더운 일요일 오후에 열린 취임식에는 다른 여러 교회에서 온 성직자들과 성가대를 포함해서 300명 남짓한 사람들이 참석했다. 나 말고도 그 취임식에 참석한 백인은 카운티 판사인 로저 미어스뿐이었다. 성가대들이 차례로 찬송을 부르고 목사들이 차례로 축하연설을 했다. 젠킨스 목사가 설교를 하려고 일어났을 때는 시간이 한참 흐른 뒤였다. 젊고 잘생긴데다 대단한 웅변가였던 그의 설교는 청중들의 관심을 끌어 모았다. 그는 오해받는 목사가 아니라 누구나 가까이 할 수 있는 목사가 되고 싶다고 말했다. "우리 교회의 여성 신도들에게 특별히 부탁하고 싶은 것이 있습니다. 만일 목사가 필요하신 분들은 낮이든 밤이든 아무 때나 저에게 부탁을 하셔도 좋습니다. 하지만 남자가 필요하신 분들은 주님께 부탁을 하십시오. 주님은 여러분께 남자를 보내주실 겁니다." 상류층 백인 교회에서는 생각할 수도 없는 내용이었지만, 그의 신도들은 격식에 얽매이지 않은 목사의 솔직한 태도를 기분 좋게 받아들이고 큰 소리로 입을 모아 "아멘"을 외쳤다.

로버트가 본격적인 설교에 들어가자, 분위기가 달아오르기 시작했다. 갑자기 내 옆에 앉은 나이 든 여성이 자리에서 일어나더니 몸을 흔들면서 소리치기 시작했다. 성령이 임하신 모양이었다. 조금 있으니 한 남자가 일어나 아까 그 여성보다 훨씬 큰 목소리로, 훨씬 통제하기 힘든 상태로 날뛰기 시작했다. 그의 열광이 쉬 가라앉지 않자, 신도 두 사람이 그 남자를 성가대 가운을 보관하는 작은 방으로 데려간 다음 문을 닫았다. 그는 계속 알아들을 수 없는 소리를 외치면서 벽을 발로 차기 시작했다. 내가 돌아보는 순간, 그는 문짝을 경첩에서 떼어내 내던지고 고함을 지르며 교회 마당으로 뛰어나갔다. 그 순간 나는 아이티에 갔을 때 막스 보부아를 찾아갔을 때 목격했던 장면이 떠올랐다. 한 가지 다른 점이 있다면 이 사람들은 자신을 압도하고 있는 것은 예수님이라고 생각하고 있다는 점이었다.

얼마 후에, 나는 백인 신도들도 비슷한 경험을 하는 모습을 보았다. 법무장관실의 재무직원인 다이앤 에반스가 오순절교회에서 주최하는 여름 캠프에 나를 초대했다. 캠프가 열리는 장소는 리틀록에서 남쪽으로 48킬로미터 떨어진 레드필드였다. 오순절교회 성직자를 부모로 둔 다이앤은 독실한 여성들이 흔히 하듯이 간소한 옷차림에 화장도 하지 않고, 머리도 자르지 않고 둥글게 말아 묶고 다녔다. 당시 독실한 오순절교회 신도들은 영화나 운동경기도 관람하지 않았다. 신도들 중에는 자동차 라디오에서 나오는 세속적인 노래조차 듣지 않으려고 하는 사람들이 많았다. 다이앤을 알게 된 후로, 그들의 신앙과 태도에 대해 더 한층 관심을 가지게 되었다. 다이앤은 똑똑하고 업무능력도 뛰어나고 유머 감각도 있었다. 내가 농담 삼아 오순절교회 신도들은 왜 그렇게 할 수 없는 게 많냐고 물었더니 그녀는 교회에 가면 재미있는 일이 많다고 말했다. 나는 곧 그녀의 말이 옳다는 것을 깨닫게 되었다.

레드필드에 도착하자, 다이앤은 나를 오순절교회 아칸소 지부의 지도자인 제임스 럼프킨 목사를 비롯해서 여러 목사들에게 소개했다. 우리 일행은 3,000명의 사람들이 운집해 있는 집회장소로 들어갔다. 나는 그 목사들과 함께 무대 위에 앉았다. 내 소개가 끝나고 여러 가지 의식이 있고 나서, 예배는 강렬하고 율동적인 음악과 함께 진행되기 시작했다. 흑인 교회에서 경험했던 것과 비슷한 정도의 강렬한 음악이었다. 두 곡의 찬송이 끝나자, 신도석에서 아름다운 젊은 여성이 나오더니 오르간 앞에 앉아 찬송을 부르기 시작했다. 전에 들어보지 못한 "주님이 임하시니In the Presence of Jehovah"라는 곡이었는데, 숨 막힐 듯 아름다운 곡이었다. 나도 모르는 사이에 눈물이 줄줄 흘러내렸다. 그 여성은 럼프킨 목사의 딸이자, 안소니 맨건 목사의 아내인 미키 맨건이었다. 안소니 맨건 목사는 부모님과 아내와 함께 루이지애나 알렉산드리아의 대형 교회에서 목회를 하고 있었다. 다음에는 안소니 맨건 목사가 열정적인 설교를 시작했는데, 설교 도중에 방언을 하기도 했다. 그는 신도들에게 앞으로 나와서 무릎 높이의 제단에서 기도를 하도록 권했다. 많은 사람들이 앞으로 나가 손을 들고 하나님을 찬양하며 방언을 했다. 결코 잊혀지지 않을 밤이었다.

나는 1977년부터 1992년까지, 한 해만 빼고 해마다 이 여름 캠프에 참석했다. 친구들을 데려가는 일도 많았다. 2년쯤 후에, 그 교회 사람들은 내가 교회에서 성가대활동을 하고 있다는 것을 알고 '발드 노버'라는 이름의 대머리 성직자들로 이루어진 성가대에서 노래를 부르라고 권유한 적도 있었다. 성가대 활동은 즐거웠고, 머리 문제 말고는 사람들과도 마음이 잘 맞았다.

해마다 나는 오순절교회 신도들이 하는 놀라운 행위들을 목격했다. 어느 해에는 한 목사가 나와서 자신은 학식은 부족하지만 주님께 『성경』을 암송하는 권능을 받았다면서 230개의 성경구절을 줄줄 외웠다. 나는 그가 제대로 암송하는지 확인하려고 『성경』과 비교해보았다. 28개 구절을 찾아 비교해보았는데, 단 한 단어도 틀리는 데가 없었다. 여름 캠프에 중증 장애인으로 자동휠체어를 탄 젊은 남자가 참석했다. 그때 목사가 신도들에게 제단으로 나와 기도를 하라고 권유했다. 예배당은 앞쪽으로 경사를 이루는 구조였는데, 맨 뒤에 있던 그는 휠체어를 엄청난 속도로 굴려서 경사진 복도를 내리달리다가 제단에서 3미터쯤 앞에서 갑자기 브레이크를 걸었다. 그순간 그의 몸은 휠체어에서 튕겨나와 휙 날아가더니 제단이 있는 자리에 정확하게 무릎을 꿇고 착지했다. 놀라운 착지 실력을 보여준 그는 몸을 숙이고 다른 사람들과 똑같은 모습으로 하나님을 찬양했다.

오순절교회 신도들의 놀라운 행동들 덕분에 많은 감명을 받은 것도 사실이지만, 그들과 좋은 교제를 할 수 있었던 것이 나로서는 더욱 소중한 경험이었다. 나는 신앙을 실천하면서 생활하는 그들이 존경스러웠다. 그들은 철저한 낙태반대론자들이었는데, 다른 사람들과는 달리, 원치 않은 아이가 생기면 인종이 다르거나 신체장애가 있거나 상관하지 않고 화목한 가정을 찾아주었다. 그들은 낙태와 동성애 문제에 대해서는 나와 의견이 달랐지만, 이웃을 사랑하라는 하나님 말씀을 그대로 실천에 옮기고 있었다. 1980년 주지사 재선에 실패했을 때, 어느 발드 노버 단원이 제일 먼저 전화를 걸어왔다. 그는 세 명의 성직자들이 나를 만나고 싶어 한다는 이야기를 전했다. 주지사 사택으로 찾아온 그들은 나를 위해서 기도해주었고, 패배를 했을 때나 승리를 했을 때나 똑같이 나를 사랑한다는 말을 하고 떠났다.

내가 아는 오순절교회 신도들은 독실한 신앙인이면서 동시에 성실한 시민이었다. 그들은 투표를 하지 않는 것은 죄악이라고 생각했다. 내가 아는 대부분의 성직자들은 정치와 정치가들을 좋아했으며, 유능한 정치가로서의 자질을 갖추고 있었다. 1980년대 중반에 미국 전역의 근본주의 교회들이 아동보육센터는 주가 정한 기준을 충족하고 주의 허가를 받아야 한다는 주 법률에 대해 항의하고 나섰다. 일부 지역에서는 이 문제가 심각한 정도로 발전해서 중서부 주의 어느 성직자는 아동보육기준을 따르기를 거부하고 감옥에 가는 쪽을 선택하기도 했다. 이 문제는 아칸소에서도 심각한 문제를 일으킬 소지가 있었다. 우리는 어느 종교기관의 아동보육센터와 마찰을 빚고 있었으며, 아동보육에 관한 주 차원의 새로운 기준을 확정짓기 위해 심의 중이었다. 나는 알고 지내는 오순절교회 목사들을 찾아가서 진짜 문제가 되는 것이 무엇인지 물어보았다. 그들은 자신들로서는 주가 제시한 건강과 안전 기준을 충족하는 것은 아무런 문제가 없으며, 단지 주의 허가를 받고 센터 내부에 그 허가증을 게시하라는 주의 요청이 문제가 될 뿐이라고 말했다. 그들은 아동보육을 중요한 목회활동으로 보고, 종교의 자유를 보장하는 수정헌법 1조에 근거하여 주정부가 종교단체에 간섭을 해서는 안 된다고 생각하고 있었다. 나는 새로운 주 기준안을 작성하여 그들에게 보내면서 문안을 읽고 나서 소견을 말해달라고 부탁했다. 다음 날 답변이 왔는데, 주 기준안이 합당하다는 의견이었다. 나는 협의를 하자고 제안했다. 그 내용은 종교단체의 아동보육센터들이 주 기준안의 내용을 실질적으로 따르고 주의 정기적인 조사를 받아들이는 경우에는, 주의 허가를 의무사항으로 하지 않는다는 것이었다. 그들이 이 제안을 받아들였고, 덕분에 큰 마찰 없이 주가 정한 기준이 시행되었다. 내가 아는 바로는 교회가 운영하는 보육센터들 중에 문제가 발생한 경우는 없었던 것 같다.

1980년대의 어느 부활절 기간에, 힐러리와 나는 첼시를 데리고 알렉산드리아에 있는 맨건의 교회에 가서 부활절 메시아 예배에 참석했다. 그곳의 음향 및 조명 시설은 훌륭했으며, 무대는 실제 동물들까지 동원하여 실감나게 꾸며져 있었다. 메시아 강림 장면을 재연하는 공연에 참가한 배우들은 모두 교회 신도들이었으며, 직접 아름다운 노래를 불렀다. 나는 대통령 재임 시 부활절 기간에 알렉산드리아 근처의 포트포크에 머무른 적이 있었다. 이때 나는 루이지애나 출신의 흑인 하원의원 클레오 필즈와 빌 제퍼슨과 기자단을 동반하고 맨건의 교회로 메시아 강림 공연을 보러 갔다. 그런데 예배 도중에 갑자기 조명이 꺼졌다. 어떤 여성이 깊이 있고 힘찬 목소리로 찬송을 부르기 시작했다. 맨건 목사는 제퍼슨 하원의원에게 "빌, 지금 노래하는 이 신도가 흑인인 것 같습니까? 백인인 것 같습니까?" 하고 물었다. 빌은 "흑인입니다. 틀림없어요." 몇 분 후 조명이 켜진 뒤에 보니, 무대에는 높은 머리를 하고 검은 드레스를 입은 키 작은 백인 여성이 서 있었다. 제퍼슨은 믿을 수 없다는 듯 고개를 저었다. 몇 줄 앞에 앉은 어떤 흑인 남자의 입에서는 "이런, 백인이잖아!"라는 말이 터져나왔다. 공연이 끝날 무렵, 내 눈에는 냉소적인 기자들의 눈에 눈물이 가득 고여 있는 것이 보였다. 음악의 강렬한 힘이 무신론의 벽을 뚫고 그들의 마음에 가 닿은 모양이었다.

미키 맨건과 제니스 스조스트랜드라는 오순절교회 신도가 나의 대통령 취임 헌신 예배에 참석하여 노래를 불렀을 때, 모든 참석자들이 열화와 같은 갈채를 보냈다. 교회를 떠나는데 합동참모회의 의장인 콜린 파월이 나에게 물었다. "어디서 저렇게 노래를 잘 하는 백인 여성을 찾았습니까? 저는 저런 사람이 있는 줄도 몰랐습니다." 나는 웃으며 대답했다. 저런 사람들을 알고 있으니 내가 대통령에 당선된 게 아니겠냐고.

대통령 두 번째 임기 때, 공화당원들이 나를 자리에서 쫓아내려고 안달을 하고 수많은 비평가들이 나를 바보 취급하고 있을 때의 일이었다. 앤서니 맨건이 전화를 걸어와서 미키와 함께 찾아갈 테니 20분만 시간을 내달라고 말했다. 나는 "20분이요? 20분 동안 만나려고 비행기를 타고 그 먼 길을 오실 작정입니까?" 하고 물었다. 그는 "당신은 바쁘잖아요. 20분이면 충분합니다"라고 대답했다. 며칠 후, 나는 대통령 집무실에서 앤서니와 미키를 만났다. 그는 말했다. "당신의 행동은 나쁘지만, 당신은 나쁜 사람이 아닙니다. 우리는 아이들을 함께 키웠어요. 절대로 낙담하지 마세요. 당신 배가 점점 가라앉아서 쥐들이 침몰하는 배에서 떠나기 시작하면, 저한테 연락하세요. 나는 가라앉는 당신 배에 올라 당신과 함께 있고 싶습니다." 우리는 함께 기도를 드렸다. 미키는 내게 용기를 주려고 작곡했다면서 아름다운 찬송이 담긴 테이프를 주었다. 그 곡의 제목은 "죄에서 구하시니"였다. 20분 후에 그들은 자리에서 일어나서 비행기를 탔다.

오순절교회 신도들과의 만남은 내 삶을 풍요롭게 만들고 변화를 주었다. 종교가 없는 사람이나 다른 종교를 가진 사람의 입장에서도, 자신과 같은 사람만이 아니라 다른 모든 사람들에게 사랑을 베풀면서 사는 사람들을 보는 것은 너무나 아름다운 일이다. 나는 누구든지 오순절교회의 예배에 참석할 수 있는 기회가 생기면, 그 기회를 절대로 놓치지 말라고 당부하고 싶다.

1977년이 저물 무렵, 정치적인 공론이 다시 시작되었다. 매클렐런 상원의원은 35년 가까운 상원의원 활동을 마무리하고 정계에서 은퇴하겠다고 밝힘으로써, 그 후임을 차지하기 위한 치열한 전투의 막이 올랐다. 6년 전에 매클랜런을 이길 뻔했던 프라이어 주지사가 출마의사를 밝혔다. 짐 가이 터커와 레이 손턴도 출마했다. 레이 손턴은 남부 아칸소 제4지역구의 하원의원으로 닉슨 탄핵 당시 하원 사법위원회에 참여하면서 이름을 날린 사람이었다. 그는 위트 스테판, 잭 스테판의 조카였기 때문에 선거운동 자금에 관한 한 걱정이 없는 사람이었다.

나도 상원의원 선거에 뛰어들 것인지 결정을 내려야 했다. 최근의 여론조사에 의하면, 나의 지지율은 2위로, 다른 두 하원의원들보다는 약간 앞서고 있었지만, 1위인 주지사에게는 10포인트 뒤처져 있었다. 나에게는 선출직 공무원 직위에 1년 남짓 있으면서, 다른 두 하원의원들과는 달리 아칸소 전체를 대표하고 있었고, 늘 아칸소 지역에 머무르고 있었으며, 잘만 하면 주민들의 인정을 받을 수 있는 활동을 하고 있다는 장점이 있었다. 소비자 보호, 노인복지 개선, 공공요금 인하, 법과 질서에 반대하는 사람은 많지 않았으니까.

하지만 상원의원 대신 주지사 선거에 출마하기로 결심했다. 나는 주정부의 일이 좋았고, 아칸소에 머무르는 것이 좋았다. 나는 입후보를 하기 전에 법무장관 자격으로 커다란 사안을 마무리지어야 했다. 그것도 아주 멀리 떨어진 곳에서 해야 할 일이었다. 크리스마스 직후에, 나는 힐러리와 함께 플로리다로 가서 오렌지볼에서 열리는 아칸소 대 오클라호마 미식축구 경기를 관전했다. 그 해에 처음 합류한 로우 홀츠 감독의 지휘 하에 레이저백은 그해 시즌에서 10승 1패의 실적을 올리고 전미 6위를 차지하고 있었다. 1패는 1위의 텍사스 팀과의 접전에서 패한 것이었다. 오클라호마는 전국 2위로서 근소한 차이로 텍사스에 패한 팀이었다.

우리가 도착하자마자, 아칸소 미식축구팀과 관련된 문제가 터져 나왔다. 홀츠 감독은 세 명의 선수에게 출전정지 명령을 내려 볼 게임에서 뛸 수 없게 했다. 홀츠 감독은 선수기숙사에서 한 젊은 여성과 관련하여 벌어진 사건에 연루되었다는 이유로 이들의 출전을 정지시켰다. 그 선수들은 그냥 평범한 선수들이 아니라, 각각 스타팅 테일백, 스타팅 풀백, 스타팅 플랭커를 맡고 있는 선수들이었다. 테일백을 맡은 선수는 남서부 경기연맹에서 최고 수비수였고, 스타팅 플랭커는 엄청난 속도로 달리는 대단한 유망선수였다. 이들 세 사람은 팀 수비의 대부분을 커버하고 있는 선수들이었다. 형사고발은 없었으며, 홀츠는 "옳은 행동을 하라"는 규칙을 어겼기 때문에 출전을 정지한 것이며, 자신은 선수들을 훌륭한 선수뿐 아니라 훌륭한 사람이 되도록 가르칠 의무가 있다고 말했다.

세 명의 선수들은 출전권을 회복하기 위해서 소송을 제기했고, 출전정지는 자의적이며 인종적인 사고에 근거한 것이라고 주장했다. 세 명의 선수는 흑인이었고, 그 여성은 백인이었다. 그들은 또한 팀 선수들에게 지원을 요청했다. 아홉 명의 선수들이 이들 세 선수가 출전하지 않으면 자신들도 오렌지볼에서 뛰지 않겠다고 선언했다.

나는 홀츠의 결정을 방어해야 했다. 체육대회 이사로 일하는 프랭크 브로일스와 의논한 끝에, 나는 플로리다에 머물면서 브로일스와 홀츠와 긴밀한 연락을 취했다. 리틀록 연방법원의 일은 보좌관인 엘렌 브랜틀리에게 처리하도록 지시했다. 엘렌은 힐러리의 모교인 웰즐리를 졸업한 똑똑한 법률가였고, 여성이 법무부의 입장을 대변한다고 해서 문제가 생길 리 없다는 것이 나의 판단이었다. 한편 레이저백 선수들의 입장은 차차 홀츠를 지지하며 게임에 참가하겠다는 분위기로 바뀌고 있었다.

격렬한 논란이 오고가는 며칠 동안, 나는 하루에 여덟 시간 이상씩 전화를 붙들고 앉아서 리틀록에 있는 엘렌과 마이애미에 있는 브로일스, 그리고 홀츠와 통화를 했다. 홀츠에 대한 압력과 비난이 점차 거세지고 있었다. 특히 인종주의자라는 비난이 높았다. 비판자들은 그가 노스캐롤라이나 주에서 감독을 맡고 있을 때 극도로 보수적인 제시 헬름즈 상원의원의 재선을 지지했다는 사실을 공격의 근거로 삼았다. 몇 시간 동안 홀츠와 전화 통화를 하고 나서, 나는 그는 인종주의자도 아니고 정치적인 사람도 아니라는 것을 알 수 있었다. 그는 헬름즈가 자신에게 베풀어주었던 호의에 보답한 것뿐이었다.

12월 30일, 게임이 있기 사흘 전에, 세 명의 선수들이 소송을 취하하고 경기를 하지 않겠다고 약속했던 12명의 선수들을 놓아주었다. 하지만 문제가 해결된 것은 아니었다. 정신적인 타격을 입은 홀츠는 프랭크 브로일스에게 전화를 걸어 사퇴를 할까 한다고 말했다. 나는 당장 프랭크에게 전화를 걸어서 그날 밤에는 무슨 일이 있어도 사무실 전화를 받지 말라고 말했다. 나는 홀츠가 아침에 일어나면 경기에서 이기고 싶을 거라고 확신하고 있었다.

다음 이틀 동안, 레이저백은 무서운 기세로 연습에 임했다. 시작부터 18 포인트 뒤져 있는 상태에서, 세 명의 스타급 선수들이 빠졌으니 게임은 불리할 게 뻔한 일이었다. 하지만 선수들은 서로를 다독여가면서 열심히 연습했다.

1월 2일 밤에, 힐러리와 나는 오렌지볼에 앉아 오클라호마가 워밍업을 하는 모습을 지켜보았다. 그 전날, 1위의 텍사스가 코튼볼에서 노트르담에 패했기 때문에, 오클라호마에게 남은 것은 주요 선수가 빠진 아칸소를 물리치고 전국 우승을 차지하는 것뿐이었다. 그들은 우승을 하는 것은 식은 죽 먹기나 다름없다고 생각하고 있었고, 다른 사람들도 같은 생각을 하고 있었다. 레이저백이 경기장으로 들어왔다. 그들은 일렬로 서서 뛰어 들어가서는 손바닥으로 골포스트를 때린 다음, 워밍업을 시작했다. 힐러리를 그들의 기세를 보자 내 손을 잡고 말했다. "빌, 저 선수들 좀 봐요. 우리가 이길 것 같아요." 숨막힐 듯한 수비와 수비수인 로랜드 세일즈의 기록적인 205야드 전진으로 경기를 압도한 레이저백은 오클라호마를 31 대 6으로 따돌렸다. 아칸소 미식축구의 역사상 가장 큰 승리였으며, 가장 불가능해 보였던 승리였다. 작고 마른 다혈질의 루 홀츠가 사이드라인을 왔다 갔다 하는 모습을 보고 힐러리는 우디 앨런 같다고 말했다. 이 기묘한 사건 덕분에 그와 친해질 수 있었던 것은 참으로 행운이었다. 그는 똑똑하고 용감했다. 당시 현직에 있는 미국 감독 중에 으뜸이라고 할 만했다. 그는 아칸소, 미네소타, 노트르담, 그리고 사우스캐롤라이나에 여러 번 선전했다. 하지만 그는 다시는 그날 밤처럼 감격적인 순간을 맞을 수 없을 것이다.

오렌지볼 사건을 뒤로 하고, 나는 집으로 돌아와 다음 활동에 돌입했다. 매클렐런 상원의원의 공식 은퇴선언이 있은 후에, 나는 그를 찾아가서 그간의 노고를 치하하고 조언을 구했다. 그는 자신의 후임으로 상원의원에 출마하라고 강력하게 권유했다. 그는 데이비드 프라이어가 상원의원이 되는 것을 원치 않았으며, 터커와 손턴과도 특별한 인연이 없었다. 그는 자신이 처음 상원의원에 도전했다가 실패했던 것처럼 나도 잘못해서 질 수 있지만, 만일 진다고 해도 나이가 젊으니까 자신이 도전했던 것처럼 다시 도전할 수 있는 것 아니냐고 말했다. 내가 주지사 출마를 염두에 두고 있다고 말하자, 그는 그건 좋지 않은 생각이라면서 주지사 직에 있으면서 할 수 있는 일은 사람들을 짜증나게 하는 것뿐이라고 말했다. 그는 상원에 진출하면 아칸소주와 나라를 위해서 큰일을 할 수 있지만, 주지사에 직에 오르는 것은 정치계의 무덤으로 가는 지름길이라고 말했다. 과거를 되짚어보면 매클렐런의 분석이 옳았다. 데일 범퍼스는 뉴사우스의 번영과 진보주의의 물결을 타고 주지사에서 상원의원으로 전진했지만, 그는 예외적인 경우였다. 프라이어 주지사는 재임하는 동안 혹독한 시련을 당했으므로, 내가 출마를 하든 안 하든 거센 도전에 직면하게 될 터였다. 4년 이상 주지사로 활동하는 것은 어려운 일이었다. 아칸소가 1876년에 주지사 임기를 2년으로 규정한 이후로, 4년 이상 재임한 주지사는 제1차 세계대전 전의 제프 데이비스, 그리고 오벌 포버스뿐이었다. 그리고 포버스는 센트럴 고등학교에서 엄청난 실책을 감수하면서 주지사 자리를 지켰다.

매클렐런은 82세인데도 아직 판단이 정확하고 빨랐기 때문에, 나는 그의 충고를 존중하고 있었다. 나는 또한 그가 나를 격려해주는 것에 놀라고 있었다. 나는 그보다 훨씬 진보적이지만, 그것은 그의 후임에 나서려고 하는 다른 후보들 역시 마찬가지였다. 우리 사이가 나쁘지 않았던 데는 몇 가지 이유가 있었다. 프라이어 주지사가 그에게 맞서 싸우고 있을 때, 나는 예일 법대에 다니고 있었기 때문에 프라이어를 도울 수 없었다. 만일 내가 아칸소에 있었다면 나는 틀림없이 프라이어를 도왔을 것이다. 또한 나는 매클렐런이 범죄조직망을 혁파하기 위해서 했던 진지한 활동들을 높이 평가하고 있었다. 범죄조직망은 정치적 입장이나 경제적 환경에 관계없이 모든 미국인들에게 위협적인 것이었다. 우리의 만남이 있은 지 얼마 안 있어 매클렐런 상원의원은 임기 중에 사망했다.

매클렐런도 상원의원 출마를 권하고 주 전역의 지지자들도 상원의원에 출마하면 도와주겠다고 했지만, 결국 나는 주지사에 출마하기로 마음을 굳혔다. 나는 내가 성취할 수 있는 것들을 생각하면서 크게 흥분하고 있었고, 주지사에 당선될 수 있다고 믿고 있었다. 서른한 살이라는 내 나이는 상원의원 선거에 비해서 주지사 선거에서 훨씬 많은 공격을 받을 가능성이 있었다. 하지만 주지사 선거는 힘든 조직운영과 의사결정을 내려야 하는 책임 때문에 상원의원 선거에 비해서 경쟁이 심하지 않았다.

민주당 예비선거에 주지사 선거에 입후보한 사람은 나 이외에 조 우드워드, 프랭크 레이디, 랜달 매시스, 몬로 슈워즈로스 이렇게 네 명이 더 있었다. 조 우드워드는 남부 아칸소의 매그놀리아 출신 변호사로, 데일 범퍼스 선거운동에서 활약했던 인물이었다. 프랭크 레이디는 북동부 아칸소 출신의 변호사인데, 보수적인 복음주의적 기독교인이라서 모럴 머조리티의 유권자들이 선호할 만한 후보였다. 그는 나의 경쟁후보로서는 처음으로, 힐러리를 공개적으로 비난했던 사람이었다. 그는 표면적으로는 힐러리가 변호사 활동을 하고 있다는 것을 문제 삼았지만, 힐러리가 결혼을 하고서도 미혼일 때 이름을 사용하고 있는 것을 은근히 암시하고 있었다. 랜달 매시스는 핫스프링스 남쪽 클라크 카운티에서 활동하고 있는 카운티 판사였다. 먼로 슈워츠로즈는 남동부 아칸소 출신의 상냥한 칠면조 농장 주인이었다. 우드워드가 가장 강력한 경쟁자가 될 것 같았다. 그는 학식도 많고 논리정연하며, 범퍼스 선거운동 경력 덕분에 주 전역에 지인들이 많았다. 하지만 게임의 주도권은 내가 가지고 있었다. 내가 해야 할 일은 오로지 이 주도권을 유지하는 것뿐이었다. 모든 사람들의 관심이 상원의원 선거에 집중되어 있었기 때문에, 나는 그저 열심히 움직이고, 실수를 피하고, 법무장관의 직위를 성실하게 수행하면 그만이었다.

이번 선거운동에서는 극적인 사건들이 상대적으로 적은 편이었지만, 재미있는 순간들이 꽤 있었다. 조 우드워드를 지지하는 주 경찰관이 1969년에 그 유명한 나무에서 나를 끌어내렸다고 맹세하고 나서면서 "나무 이야기"가 다시 한 번 되살아났다. 러셀빌 북쪽의 도버에 갔을 때는, 통나무 운송업자들과 함께 줄다리기 경기에 참여했다. 그것은 나의 남성적 능력에 대한 또 한 차례의 도전이었다. 나는 양쪽 팀 중에서 가장 몸집이 작았기 때문에 맨 앞에 서게 되었다. 물과 진흙이 가득 찬 구덩이를 사이에 놓고 하는 줄다리기였다. 우리 편은 지고 말았다. 나는 진흙으로 뒤범벅이 되었고, 로프를 심하게 잡아당기느라 피부가 찢어져 양손이 피투성이였다. 다행히 내게 줄다리기를 강권했던 친구가 새 작업복을 구해준 덕분에 나는 선거운동 일정을 계속할 수 있었다. 헌츠빌 근처에 주민 150명이 사는 세인트폴이라는 타운에 갔을 때는, 개척자의 날 행진에 참여하고 있는 사람들과 악수를 나누었다. 나는 한 남자가 줄에 맨 애완동물을 데리고 나를 향해 걸어오는 것을 보고 움찔해서 물러났다. 애완동물은 바로 다 자란 곰이었다. 줄을 맸다고 안심할 사람이 있었을까 모르겠지만, 아무튼 나는 너무나 겁이 났다.

우스운 얘기 같지만, 1978년 선거운동에서는 토마토도 대활약을 했다. 아칸소에서는 브래들리 카운티에서 토마토가 많이 자란다. 토마토를 수확하는 것은 대부분 이주 노동자들이었다. 이들은 날씨가 따뜻해져서 곡식이 수확기가 되는 곳들을 찾아서, 남부 텍사스에서 아칸소를 지나 미시시피 강을 거슬러 올라가서 미시간으로 이동하고 있었다. 나는 법무장관의 자격으로 허미티지를 찾아가 그 카운티의 남부 지역에서 열리는 주민총회에 참석했다. 주민총회에서는 소규모 농장주들이 연방에서 제시한 새로운 기준을 이행하는 노동자 거주시설을 만들 수 있는 형편이 못 된다는 토론이 진행되고 있었다. 이들에게는 연방 기준을 따라갈 경제적 능력이 없었다. 나는 이들이 필요한 시설을 짓고 농업을 계속할 수 있도록 카터 행정부에서 지원을 얻어냈다. 이곳 주민들은 대단히 고마워했다. 주민들은 내가 주지사에 출마한 뒤에 빌 클린턴 감사의 날을 만들어서 고등학교 밴드부가 이끄는 행진을 준비했다. 나는 이 소식을 듣고 너무나 반가웠다. 나는 이 이야기를 취재하러 가는 「아칸소 가제트」의 기자와 함께 차를 타고 그곳으로 향했다. 차 안에서 그 기자는 선거운동과 현안들에 대한 여러 가지 질문들을 던졌다. 나는 사형에 대해 찬성하는 나의 입장에 대해 의문을 불러일으킬 만한 이야기를 하게 되었고, 그 이야기는 그날 신문에 대서특필되었다. 허미티지의 모든 주민들이 나를 위한 행사에 참여했지만, 그 행사와 그 행사가 탄생하게 된 이유 따위는 다른 지역에는 전혀 알려지지 않았다. 나는 며칠 동안 이것에 대해서 불평을 해댔다. 나의 참모진들은 내 마음을 가라앉히려면 나를 웃겨야 한다고 생각했다. 그들은 "허미티지에 모인 군중들을 봤어야 했는데!"라는 글씨가 박힌 티셔츠를 만들어 입었다. 나는 그곳의 표를 휩쓸었고 앞으로 기자들을 만날 때는 조심해야 한다는 교훈을 깊이 새기게 되었다.

몇 주 후, 나는 브래들리 카운티로 돌아가서 워런 핑크 토마토 축제에 참석해 토마토 먹기 경연대회에 참가했다. 7, 8명의 선수들 중에서 나보다 젊은 사람이 셋이었다. 우리는 토마토가 가득 든 종이봉지를 하나씩 받았다. 정확하게 무게를 측정한 토마토 봉지였다. 벨이 울리자, 우리는 정해진 시간 동안 열심히 토마토를 먹었다. 5분쯤 지난 것 같았는데, 어른들이 여물통을 만난 돼지들처럼 행동하는 것을 보는 관중들에게는 적지 않은 기쁨은 선사할 수 있을 만큼 긴 시간이었다. 토마토를 먹은 양을 정확하게 측정하기 위해서 먹지 않고 남긴 부분은 다시 봉투에 넣어야 했다. 나는 바보처럼 이기려고 기를 썼다. 하기야 나는 늘 그랬다. 나는 세 번째인가 네 번째로 빨리 먹었고 그후 며칠 동안 속이 메스꺼웠다. 하지만 아무런 소득이 없었던 것은 아니었다. 나는 워런에서도 거의 모든 표를 휩쓸었다. 하지만 그 뒤로는 두 번 다시 토마토 먹기 대회에 참여하지 않았다.

연방의회는 양성평등헌법 수정안ERA을 통과시킨 후, 각 주에 이에 대한 비준을 위임했다. 하지만 주의회의 4분의 3은 이 조항을 비준하지 않았고, 비준할 생각도 없었다. 그렇지만 이 문제는 아칸소의 보수주의자들 사이에서 뜨거운 논쟁거리가 되었다. 그렇게 된 데는 몇 가지 이유가 있었다. 카니스터 호지스 상원의원이 상원에서 이 조항을 지지하는 근사한 연설을 했다. 그는 데이비드 프라이어가 매클렐런의 남은 임기를 끝내기 위해서 임명했던 사람이었다. 우리 친구인 다이앤 킨케이드는 아칸소 의회에 앞서서 벌어진 공개 토론에서 이 조항에 대한 전국적인 반대를 주도하는 필리스 슐레플리를 압도하고 있었다. 힐러리와 나는 그 조항을 지지하는 명단에 올라 있었다. 이 조항의 반대자들은 이 수정안이 통과되면 문명이 끝장날 것이며, 여자가 전투에 나가고, 남녀혼탕이 생기고, 오만한 여자들이 더 이상 남편들에게 순종하지 않아서 가정들이 깨질 것이라고 예언하고 있었다.

나는 양성평등헌법 수정안 때문에 프랭크 레이디의 지지자들과 사소한 논쟁에 휩싸이게 되었다. 북동부 아칸소의 요하네스보로에서 500여 명의 주민들이 참석한 집회에서 있었던 일이었다. 나는 교육과 경제발전에 대한 공약을 간추려서 연설을 하고 있었다. 그때 레이디 글자가 새겨진 티셔츠를 입은 나이든 여성이 나를 보고 소리를 지르기 시작했다. "ERA에 대해서 말하시오! ERA에 대해서 말하시오!" 나는 대꾸를 했다. "좋습니다. 그 문제에 대해서 말하겠습니다. 저는 그것에 찬성합니다. 여러분은 반대하시는군요. 하지만 그것은 여러분이 생각하는 것처럼 우리에게 해를 끼치는 것이 아니라, 그것을 지지하는 우리들이 바라는 것처럼 많은 이익을 줄 것입니다. 이제 학교 문제와 직장 문제로 돌아가겠습니다." 그 여자는 계속 물고 늘어졌다. 그녀는 "당신은 동성애를 부추기고 있는 거예요!"라고 소리쳤다. 나는 그녀를 쳐다보면서 웃으며 말했다. "부인, 저는 짧은 정치 생활을 하는 동안, 별의별 일들 때문에 비난을 받아왔습니다. 하지만 저보고 동성애를 부추긴다고 하는 소리는 처음 듣는군요." 군중들이 웃어댔다. 그 여자의 지지자들 중에도 웃는 사람들이 있었다. 나는 연설을 마무리했다.

예비선거일에, 나는 60퍼센트 득표율에, 75개 카운티 중에서 71개에서 승리를 거두었다. 상원의원 득표는 프라이어, 터커, 손턴 세 사람이 고르게 나누어 가졌다. 프라이어 주지사는 34퍼센트였고, 터커는 손턴을 약간 앞질렀다. 결국 결선투표가 치러지게 되었다. 일반적으로 생각하기에는 프라이어가 위태로운 상황이었다. 그는 현직 주지사로서 여론조사에서 40퍼센트 이상을 획득해야 했다. 나는 프라이어 주지사를 좋아했으며, 주정부에서 함께 일할 때도 마음이 맞았기 때문에, 나의 신임 여론조사원인 딕 모리스에게 자문을 구해보라고 권유했다. 모리스는 뉴욕시티 정치계에서 활약하던 젊은 정치자문역이었다. 그는 똑똑하고 예민한 성격에, 정치와 정책에 대한 아이디어가 넘치는 사람이었다. 그는 공격적이고 독창적인 선거운동의 가치를 확신하고 있었고, 모든 것에 대해 자만하고 있었기 때문에 아칸소 같은 촌구석에 사는 사람들은 대부분 그를 따라잡기가 힘들었다. 하지만 나는 그에게서 많은 자극과 도움을 얻고 있었다. 내가 그의 태도에 압도당하지 않으려고 노력했다는 점, 그리고 그의 말이 옳은지 그른지를 파악하는 데 있어서 상당한 육감을 발달시키게 되었다는 점 역시 그가 나에게 베푼 도움이었다. 그에 대해서 좋다고 느끼는 딱 한 가지가 있다면, 그것은 내가 듣기 싫어하는 이야기들을 내게 해준다는 점이었다.

가을 선거운동 때, 나의 경쟁후보는 공화당 주지부 의장이자 목장주인 린 로웨였다. 선거운동 과정은 별다른 사건 없이 진행되었다. 의사당 계단에서 열린 기자회견 자리에서 그의 선거운동원들이 나를 병역기피자라고 비판했던 일이 있기는 했다. 나는 기자들에게 홈즈 대령의 이야기를 했다. 나는 63퍼센트 득표율에, 75개 카운티 중 69개에서 승리를 거두었다. 서른두 살에 아칸소 주지사 당선자가 된 나는 남은 두 달 동안 새로운 참모진을 꾸리고, 입법 프로그램을 통합하고, 법무장관 업무를 마감했다. 나는 법무장관에 재임하는 동안 참으로 행복했다. 훌륭한 직원들의 수고와 헌신 덕분에 우리는 많은 것을 이루었다. 우리는 적체되어 있던 법적 소견 요청들을 처리하여 기록적인 소견 발표 건수를 기록했다. 40만 달러가 넘는 소비자 손해보상금을 찾아주었는데, 이것은 소비자보호부서가 설립한 이후로 5년 동안 되찾아준 금액보다 훨씬 많은 액수였다. 우리는 전문직종을 규제하는 주 관청들에 대해서 그들이 규제하고 있는 전문가 그룹의 가격광고 금지 규정이 더 이상 허용되지 않는다는 사실을 통보했다. 전문가 그룹의 가격광고 금지 규정은 당시 미국 전역에서 공통적으로 발견되는 관례였다. 우리는 요양원의 치료수준을 개선하고 노인에 대한 연령차별 행위를 근절하기 위해서 노력했다. 법무부 역사상 가장 많이 공공요금 심의회에 참여하여 수요자들에게 수백만 달러를 절약할 수 있게 했다. 우리는 폭력 범죄의 피해자에 대한 보상 법안을 입안하고 통과시켰다. 우리는 주 관청이 보유한 개인 정보와 관련해서 주민들의 프라이버시권을 보호했다. 내가 이룬 성과 중에 특별히 중요한 의미를 가지는 것이 하나 있다. 나는 의결정족수에 해당하는 4분의 3의 의원들을 설득하여 형이 확정된 중죄인에게 투표권을 돌려주기 위해서 주의 투표권 법률을 개정하도록 했다. 나는 범죄자가 일단 형기를 마치고 나면, 주민으로서 완전한 권리를 되찾아야 한다고 주장했다. 나는 이 활동을 하면서 제프 드와이어를 생각했다. 제프와 같은 사람들은 근면하게 일하고 성실하게 세금을 납부하면서도, 사면을 받지 못해서 선거 때마다 번번이 죽은 사람 취급을 받아야 했다. 25년이 넘는 세월이 지난 지금도, 연방정부와 대부분의 주들에서는 아직도 이 선례를 따라가지 못하고 있으니 너무나 안타까운 일이다.

친아버지 윌리엄 제퍼슨 블라이드(1944).

시카고 파머 하우스 호텔의 친아버지와
어머니 버지니아 캐시디 블라이드(1946).

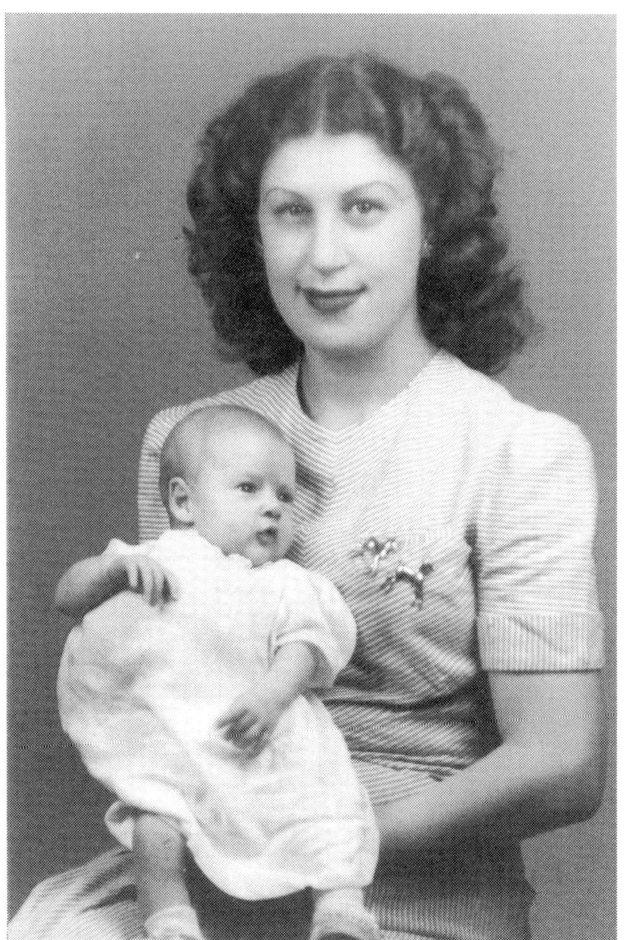

어머니와 나.

1949년의 내 모습들.
위 어머니가 뉴올리언스로 간호사 교육을 받으러 간 어느 날 오후 아버지의 무덤에서.
위 가운데 뒤뜰에서.
위 오른쪽 어머니날에.

위 외할머니 이디스 그리셤 캐시디(1949).
외할머니는 개인을 위해 일하던 간호사였다.

아래 아칸소 주 호프 식품점에서
외할아버지 제임스 엘드리지 캐시디(오른쪽)(1946).

호프의 미스 마리 퍼킨스 학교의 리틀 포크스 유치원. 나는 맨 왼쪽에 있다.
내 바로 옆에 빈스 포스터가 있다. 맥 맥라티는 뒷줄에 있다.

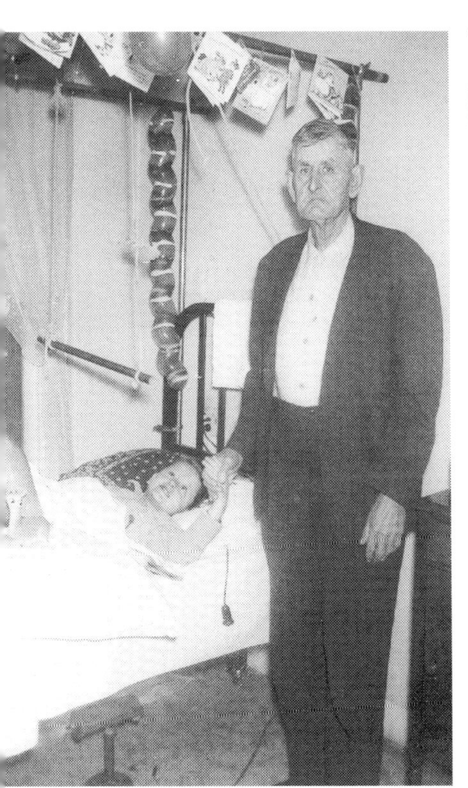

다리가 부러졌을 때
증조부 렘 그리섬이 병문안을 왔다(1952년 3월).

첫 대통령 선거운동 기간에 내 인생의 빛 가운데 하나인
외종조부 버디 그래섬과 함께.

아버지(계부인 로저 클린턴).

어머니와 아버지(1965).

호프의 집에서 아버지와 나(1951).

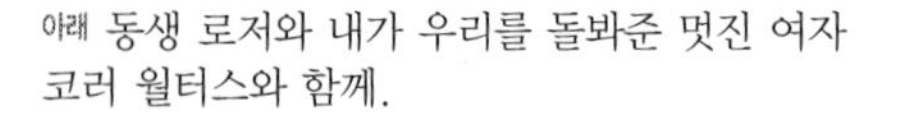

아래 동생 로저와 내가 우리를 돌봐준 멋진 여자 코러 월터스와 함께.

아래 오른쪽 고등학교 졸업앨범에서. 쓰리 킹스라고 더 잘 알려진 스리 블라인드 마이스-랜디 구드럼이 피아노를 쳤고, 조 뉴스먼이 드럼을 쳤다.

나는 앞줄의 사진사 바로 뒤에 있다. 존 F. 케네디 대통령이 로즈 가든에서 미국소년단 대표들에게 연설하고 있다(1963년 7월 24일).

핫스프링스 고등학교 밴드 버라이어티 쇼에서 사회를 본 데이비드 레오풀로스와 나(1964).

파크 애비뉴의 집에 눈이 왔을 때, 어머니, 로저, 우리 개 수지, 나(1961).

친구들과 피크닉에서.
캐럴린 옐델, 데이비드 레오풀로스, 로니 세실, 메리 조 넬슨의 모습이 보인다.

1966년 주지사 선거운동에서 프랭크 홀트가
셔츠 차림으로 사람들을 만나 악수하고 있다
(나는 밝은 색 양복을 입고 있다).

조지타운 대학 졸업 때 동생과 룸메이트들(1968).
왼쪽부터 킷 애슈비, 타미 캐플런, 짐 무어, 탐 캠블.

위 옥스퍼드 룸메이트들. 스트로브 탤벗(왼쪽)과
프랭크 앨러. 당시 나는 턱수염을 길렀다.

오른쪽 1969년 1월 3일, 어머니가 제프 드와이어와
결혼할 때 비행기를 타고 날아가 어머니를 놀라게
했다. 존 마일스 목사가 예배를 인도했고,
나는 들러리였다. 로저는 앞에 있다.

나의 스승 J. 윌리엄 풀르라이트와
그의 사무비서 리 윌리엄스(1989년 9월).
나는 조지타운 대학에 다닐 때 풀브라이트의
외교위원회에서 사무원 보조로 일했다.

예일 법대 법률가 클럽 친구들과 함께 한 힐러리와 나.

위 텍사스 주 샌안토니오에서
조지 맥거번의 선거운동(1972).

오른쪽 페이트빌의 아칸소 법대 강의 중.

오른쪽 선거운동본부 본부장 조지 셸턴, 재무부장 F. H. 마틴과 함께. 그들은 내가 대통령이 되기 전에 세상을 떠났지만, 아들들은 둘 다 행정부에서 일했다.

왼쪽 나의 전임 주지사들인 데일 범퍼스, 데이비드 프라이어와 선거운동 중.

국회의원 선거운동 중(1974).

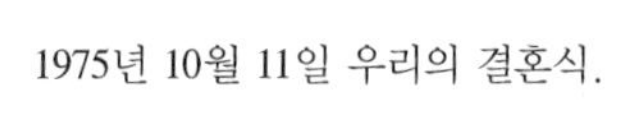

1975년 10월 11일 우리의 결혼식.

선거운동 도중 나의 32번째 생일을 축하하며.
힐러리는 선글라스를 끼고 있다.

1979년 1월 9일, 주지사 취임 선서를 한 뒤
아칸소 의회에서 연설하고 있다.

아칸소의 젊은 지도자들(1979).
주무장관 폴 리비어(31세), 주 상원의원
클리프 후프먼(35세), 나(32세),
주 감사관 지미 루 피셔(35세),
검찰총장 스티브 클라크(31세).

첼시, 지크와 함께.

힐러리, 캐럴린 후버, 에머 필립스, 첼시, 리서 애슐리가 주지사 관저에서 리서의 생일을 축하하고 있다(1980).

위 1982년 주지사 출마 발표. 힐러리는 이 사진에 "첼시의 두 번째 생일, 빌의 두 번째 기회"라고 써놓았다.

왼쪽 아칸소의 나의 가장 강력한 지지자 세 명과 함께. 모리스 스미스, 짐 플레저, 빌 클라크(1998).

아래 왼쪽 아칸소 델타 프로젝트 지도자들과 함께. 나는 이 지역의 경제 발전을 위해 그들과 함께 일했다.

아래 아칸소 고등학교의 고별사 낭독자와 인사말 낭독자를 축하하는 고등학교 우등생의 날에 주지사 관저에 모인 학부모와 학생들.

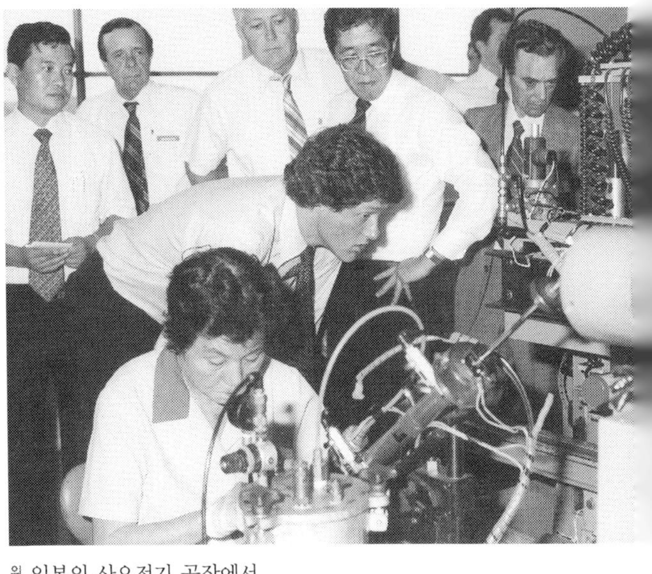

위 일본의 산요전기 공장에서.

왼쪽 토스코 공장에서 일하던 날.

왼쪽부터
헨리 올리버,
글로리어 케이브,
캐럴 래스코.

1984년 주지사 회의 동안 열린 내슈빌의 그래드 올 오프리. 나는 미니 펄 옆에 서 있다. 힐러리는 왼쪽 끝에 있다.

왼쪽 첼시가 처음 등교하던 날. 가운데 벳시 라이트와 내가 힐러리의 깜짝 생일 파티를 하고 있다.
오른쪽 첼시가 포고일에 '보아 데릭'을 쥔 내 모습을 보고 좋아하고 있다.

1991년 1월 주지사
취임 축하 무도회에서
첼시, 힐러리와 춤을
추고 있다.

빌 그레이엄 박사,
W. O. 보트 목사와 함께(1989년 가을).

왼쪽부터 시계방향으로 로티 섀클퍼드,
바비 러시, 어니 그린, 캐럴 윌리스,
에이비스 라벨, 밥 내시,
로드니 슬레이터(1992년 7월 전국
민주당 대회에서).

1992년 선거운동.
왼쪽 티퍼 고어가 뉴햄프셔 키니에 모인 많은 군중의 사진을 찍었다.
아래 왼쪽 '상황실'에서 제임스 카빌과 폴 베걸러가 하이 파이브를 하고 있다.
아래 조지아 주 스톤마운틴에서 선거운동 중.
맨 아래 힐러리와 나를 만나러 월스트리트에 모인 사람들.

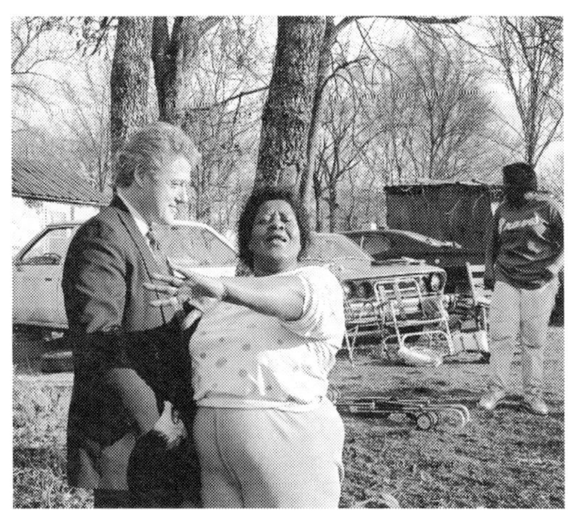

1992년 서해안에서.
위 왼쪽 신코데마요. 위 오른쪽 시애틀 유세.
오른쪽 로스앤젤레스 폭동 뒤의 기도회에서.
위 로스앤젤레스의 지지자들을 맞이하여.

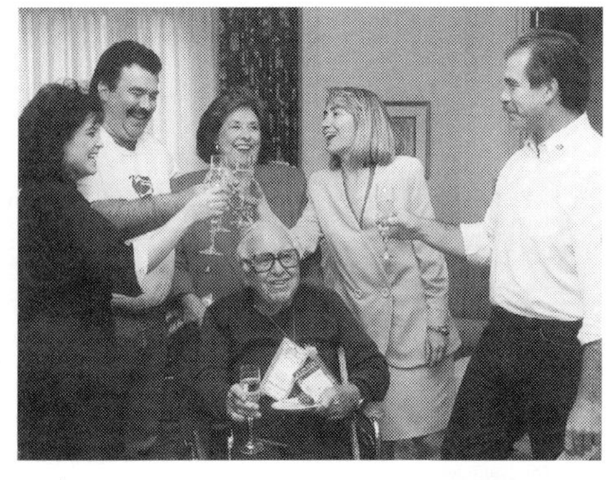

왼쪽 로댐 가족. 왼쪽부터 마리아, 휴,
도로시, 토니. 힐러리의 아버지 휴는 앉아 있다.

선거운동팀.

버스 유세.

힐러리와 나, 티퍼와 앨 고어 부부, 지미 카터 대통령, 사랑의 집짓기 운동의 창립자 밀러드 풀러(왼쪽)가 티퍼와 나의 생일을 축하하고 있다.

리치넌드 대학 토론회에서
조지 H. W. 부시 대통령, 로스 페로, 나.

아스니오 홀 쇼.

1992년 11월 3일, 선거일 밤.

대통령 당선자로 맞은 첫날. 위 오른쪽 어머니와 함께. 아래 캐럴린 옐델 스테일리의 집에서.
(앞줄) 어머니, 시어 레오풀로스. (둘째줄) 밥 애스펠, 나, 힐러리, 글렌더 쿠퍼, 린더 레오풀로스.
(윗줄) 캐럴린 스테일리, 필 제이미슨, 딕 켈리, 킷 애슈비, 탐 캠블, 밥 데인저먼드, 패트릭 캠블,
수전 제이미슨, 게일과 랜디 구드럼, 새디어스 레오풀로스, 에이미 애슈비, 짐과 제인 무어,
탐과 주드 캠블, 윌 스테일리.

21

5월의 예비선거가 끝난 후, 첫 임기를 위한 계획수립에 착수하고, 11월 이후에는 실제적인 작업에 들어가서 선거운동본부를 임시사무소로 전환했다. 입법 분야에서 활동했던 루디 무어와 스티브 스미스의 도움을 얻어서, 예산을 짜고 우선적인 정책들을 실현하기 위한 법안을 기안하고 행정상의 주요 난제들을 분석하고 참모진과 내각을 구성하기 시작했다.

12월에 민주당은 멤피스에서 중간 전당대회를 열었다. 나는 미시시피 강을 건너 보건의료 심의위원회에 참석했다. 보건위원회의 구성원 중에는 조 캘리파노, 에드워드 케네디가 있었다. 조 캘리파노는 카터 대통령의 보건교육복지부장관이었고, 에드워드 케네디 상원의원은 전 국민 의료보험 적용을 옹호하는 상원의 주요 인물이었다. 캘리파노는 대통령이 주창하는 점진적인 의료보험 실시를 논리정연하게 옹호했다. 하지만 케네디는 자신의 아들 테디가 암에 걸렸을 때 자신의 재산 덕분에 누릴 수 있었던 것과 똑같은 의료혜택을 일반 국민들이 누릴 수 있어야 한다는 감성적 호소로 청중들의 공감을 끌어 모았다. 공개적인 정책토론은 소중한 경험이었지만, 한편으로는 대통령 선거가 없는 해에 당을 통합시키고 활성화할 목적으로 소집되는 전당대회가 오히려 당 내부의 의견 차이를 부각시킬 뿐이라는 생각이 들었다. 후일 중간 전당대회는 폐지되었다.

크리스마스를 얼마 앞두고, 힐러리와 나는 어렵게 영국 휴가를 떠났다. 크리스마스 때는 옥스퍼드에서 온 친구 사라 마이틀랜드와 그녀의 남편 도날드 리와 함께 보냈다. 도날드는 미국 출신으로 영국국교회의 성직자였다. 그날은 그가 성직자가 되고 처음 맞는 성탄절이었다. 그는 약간 긴장이 되었겠지만, 아주 느긋한 태도로 어린이 설교를 시작했다. 그는 예수탄생 장면을 아름답게 꾸며놓은 설교대 계단에 앉더니 아이들을 불러 모아 곁에 앉혔다. 아이들이 모두 자리를 잡자 그가 말했다. "애들아, 오늘은 아주 특별한 날이야." 아이들은 고개를 끄덕였다. "오늘이 무슨 날인지 아니?" "예." 도날드는 밝게 웃으며 물었다. "무슨 날이지?" 아이들을 입을 모아 소리쳤다. "월요일이요!" 그가 어떻게 이 사태를 수습했는지 모르겠다. 어쩌면 그는 자기 교회의 아이들이 진실을 말했다는 데서 위안을 찾았을지도 모를 일이다.

한 달 동안, 우리는 주지사 관저로 이사하고 취임식을 준비했다. 관저는 초기 건축양식의 커다란 집으로, 리틀록의 의사당에서 그리 멀지 않은, 아름답고 고풍스런 쿼포 쿼터에 위치하고 있었다. 본관은 두 개의 작은 건물 사이에 자리 잡고 있었는데, 왼쪽 건물은 손님용이었고, 오른쪽 건물은 24시간 관저를 지키고 전화를 받는 주방위군 경호대 사무실로 사용되고 있었다. 본관 건물 1층에는 넓고 근사한 사무실 세 개와, 커다란 부엌, 그리고 작은 거실이 있었다. 넓은 지하층에는 핀볼 게임기를 갖춘 오락실이 있었고, 2층에는 주거공간이 있었다. 관저의 전체 규모는 엄청났지만, 주거공간은 작은 방 다섯 개와 중간 크기의 욕실 두 개뿐이었다. 하지만 L 스트리트의 작은 집과는 비교할 수 없을 만큼 넓어서, 방 다섯 개에 채워넣을 가구가 부족했다.

취임준비기 동안 가장 힘들었던 것은 경호조치에 익숙해지는 일이었다. 나는 늘 자족적인 생활을 할 줄 안다는 자부심을 가지고 살아왔으며 다른 사람의 시선을 의식하지 않아도 되는 혼자만의 시간을 소중히 여기는 사람이었다. 스무 살 이후로는 생활을 스스로 꾸려나갔기 때문에 청소하는 일, 시장 보는 일, 요리하는 일에 익숙해져 있었다. 힐러리와 함께 살면서부터는 집안일을 나눠 맡았다. 그런데 갑자기 다른 사람들이 요리도 해주고, 청소도 해주고, 심부름도 해주는 것이었다. 열여섯 살 때부터 혼자서 차를 몰고 다니면서 음악도 듣고 생각도 하는 버릇이 있었는데, 더 이상 그런 일을 할 수 없게 되었다. 나는 매일 퇴근 전이나 퇴근 후에 조깅을 하는 습관이 있었는데, 갑자기 엄호차량에 탄 경호대원이 나를 따라다녔다. 처음에는 굉장히 신경이 쓰였다. 심지어는 일방통행로로 들어가 역방향으로 뛰어볼까 생각한 적도 있었다. 시간이 흐르고 상황에 익숙해지면서, 나는 관저의 직원들과 주방위군의 수고에 대해 감사한 마음을 가지게 되었다. 덕분에 업무에 집중할 시간을 더 많이 낼 수 있었다. 경호대원이 운전하는 차를 타면 이동 중에도 상당량의 문서를 처리할 수 있었다. 나중에는, 경호대와 의논해 일요일에 교회에 갈 때만은 손수 운전을 하기로 했다. 내가 다니는 교회와 힐러리가 다니는 감리교회는 둘 다 관저에서 2킬로미터 안쪽에 있었기 때문에 교회까지 운전을 하는 것만으로는 성이 차지 않았지만, 그나마 자유롭게 운전할 수 있는 시간은 그때뿐이었다. 경호대원 한 사람이 차에 합승했는데, 차라리 뒤를 밟히는 것보다 훨씬 나았다. 몇 년간 공직 생활을 하는 동안 특별한 위급 상황이 발생한 적이 없자, 나는 아침에 일어나면 미리 경호대에 통지를 해두고 사람들이 많이 왕래하는 중심지역을 달리곤 했다. 대개는 관저에서 8킬로미터 떨어진 맥도널드나 제과점 앞에서 멈춰 커피를 한 잔 마신 다음, 걸어서 돌아왔다.

경호대가 실제로 방호활동을 했던 적도 몇 번 있었다. 첫 임기 때, 정신병원에서 탈출한 환자 하나가 관저로 전화를 걸어 나를 죽이겠다고 말했다. 그는 몇 년 전에 자기 어머니의 목을 베었던 사람이라, 경호대는 비상이 걸렸다. 그는 잡혀서 감금되었다. 어쩌면 그의 잠재의식이 원하던 일이 아니었을까 싶다. 하루는 엄청나게 덩치가 큰 남자가 철로에 사용하는 대못을 들고 주지사 사무실에 들어와서는 나와 독대를 하고 싶다고 말했다. 물론 허용되지 않았다. 1982년, 내가 주지사 사무실을 되찾기 위해서 노력하고 있을 때, 한 남자가 전화를 걸어왔다. 그는 '하나님이 자신에게 클린턴의 경쟁후보는 하나님의 도구이고, 클린턴은 악마의 도구'라고 말했다고 하면서 하나님의 뜻을 실행하기 위해서 나를 죽이겠다고 말했다. 그는 테네시 정신병원에서 도망 나온 사람이었다. 그는 지니고 있던 권총에 넣을 총알을 사려고 총포상에 들렀다가 신분증을 제시하지 못해서 거사를 성공시킬 수 없었다. 선거운동 막바지 며칠 동안은 불편한 방탄조끼를 입기도 했다. 한번은 잠기지 않은 현관문으로 정신이 온전치 못한 여자 하나가 들어와 거주공간으로 올라가는 계단을 절반쯤 올라와 내 이름을 부르다가 경호대에 붙잡혔다. 또 한번은 전투화에 반바지를 입은 작고 비쩍 마른 남자가 현관문을 부수려고 하다가 체포되었다. 그는 복용한 마약의 효력 때문에 힘이 장사처럼 셌다. 나보다 훨씬 큰 경호대원 두 명이 달라붙었는데, 그 남자는 대원 한 명을 밀쳐내고 경호대 초소 유리창에 머리를 쑤셔 박았다. 그는 들것에 실린 채 후송되었다. 나중에 제정신이 돌아온 남자는 경호대원들에게 사과하며 자신이 다른 사람을 해치지 않게 해주어서 고맙다고 말했다.

대통령 첫 임기 때, 나를 경호하는 경호대원들이 문제를 일으킨 적이 있었다. 나에 대해 불만도 있고 경제적 문제도 있는 경호대원 두 명이 상당한 돈과 명성 등을 얻을 작정으로 나에 관한 이야기를 퍼뜨렸던 것이다. 하지만 대부분의 경호대원들은 성실하게 임무를 수행하는 훌륭한 사람들이었고, 나와 친한 사이가 된 사람도 여러 명 있었다. 1979년 1월 당시, 나는 24시간 경호체제가 마음에 들지 않았다. 하지만 주지사 활동에 전념하고 있었기 때문에, 그 문제에 대해서는 그다지 많은 생각을 하지 못했다.

전통적인 형식의 취임식이 있기 전에, 우리는 "다이아몬드와 청바지"라는 이름의 아칸소인 축제를 주최했다. 무대에 오른 사람들은 모두 아칸소 사람들이었다. 유명한 솔 음악 앨 그린도 참석했는데, 이 사람은 후일 복음가수 겸 목사가 되었다. 고등학교 시절 재즈 그룹 '쓰리킹스'에서 피아노를 쳤던 랜디 굿럼도 참석했다. 그는 서른한 살에 그래미 작곡상을 탄 인물이었다. 랜디가 연주를 할 때 나는 색소폰으로 "섬머타임"을 연주했는데, 1964년 이후로는 처음 가져보는 기회였다.

취임식은 엄청난 행사였다. 수백 명의 사람들이 주 각지에서 모여들었다. 우리 부부와 오랫동안 절친하게 지내온 친구들도 참석했다. 학창 시절 룸메이트인 데이브 매터스, 역시 룸메이트이자 조지타운에서 내 선거운동을 지휘했던 타미 캐플란, 벳시 라이트, 루이지애나에서 나와 함께 민권 운동을 했던 미국소년단 친구인 프레드 캠머와 앨스턴 존슨, 예일 동기인 캐롤린 엘리스, 그레그 크레이그, 그리고 스티븐 코헨. 인디애나에서 지내는 캐롤린 옐델 스탤리도 노래를 불러주기 위해서 참석했다.

나는 취임연설 준비에 심혈을 기울였다. 이 역사적인 순간을 기록해두고, 아칸소 주민들에게 내가 주지사로서 이루려고 하는 가치와 이상이 무엇인지 알리고 싶었다. 취임식 전날 밤, 스티브 코헨은 나와 이야기를 나누다가 자신은 오랫동안 느끼지 못했던 두 가지, 즉 "자부심과 희망"을 느끼고 있다고 말했다. 나는 스티브의 말을 듣고 떠오른 생각을 연설문에 추가했다. 나는 취임연설에서 그때나 지금이나 변함 없이 내가 굳게 믿고 있는 신념들을 밝혔다. 이 연설문 속에는 내가 대통령직을 포함해서 모든 공직활동에서 늘 추구해왔던 신념이 요약되어 있다.

> 내 기억이 살아 있는 때부터, 나는 기회 평등이라는 대의를 내 신념으로 삼아왔습니다. 앞으로 나는 기회 평등이라는 대의를 전진시키기 위해서 최선을 다하겠습니다.
>
> 내 기억이 살아 있는 때부터, 나는 권위를 가진 사람들이 자행하는 권력의 남용과 전횡을 보면서 가슴을 쳤습니다. 앞으로 나는 권력의 남용과 전횡을 막기 위해 최선을 다하겠습니다.
>
> 내 기억이 살아 있는 때부터, 나는 정부 업무에서 자주 발견되는 낭비와 질서 및 규율의 부재를 보면서 마음이 아팠습니다. 앞으로 나는 이것들을 없애기 위해 최선을 다하겠습니다.
>
> 내 기억이 살아 있는 때부터, 나는 아칸소의 땅과 공기와 물을 사랑했습니다. 앞으로 나는 이것들을 보호하기 위해 최선을 다하겠습니다.
>
> 내 기억이 살아 있는 때부터, 나는 자신의 잘못이 아닌데도 늙거나 병들거나 가난한 사람들이 짊어지고 살아가는 무거운 짐을 덜어주고 싶었습니다. 앞으로 나는 이들을 돕기 위해 최선을 다하겠습니다.
>
> 내 기억이 살아 있는 때부터, 나는 자립적이고 근면한 수많은 사람들이 경제적인 기회의 부족 때문에 너무 많은 일을 하고 너무 적은 대가를 받는 모습을

보며 슬퍼했습니다. 앞으로 나는 이들의 조건을 향상시키기 위해서 최선을 다하겠습니다……

다음 날 나는 주지사 업무를 시작했다. 기쁨도 많고 슬픔도 많고, 보람도 있고 좌절도 있는 2년이 될 터였다. 나는 한번 시작한 일은 급하게 서두르는 성격이라서, 이번에도 내 능력을 넘어서는 일까지 손을 댔다. 주지사 첫 임기를 공정하게 평가한다면, 정책적으로 성공이었고 정치적으로는 실패였다.

입법회기에 나는 교육과 도로, 이 두 가지 주요 현안과 건강, 에너지, 경제발전에 관련된 여러 가지 실질적인 개혁 업무에 매달려야 했다. 1978년 아칸소의 일인당 교육비의 규모는 전국에서 꼴찌였다. 컨 알렉산더 박사가 우리 주의 학교 시스템을 연구했다. 그는 플로리다 대학교에 재직하는 유명한 교육정책 전문가였다. 그는 우리의 시스템이 너무나 열악하며 "교육적 관점에서 보면, 아칸소의 서민 아동은 다른 주의 공립학교에 진학하는 것이 훨씬 낫다"는 결론을 내렸다. 우리 주에는 369개의 학구가 있었는데, 학구의 규모가 너무 작아 수학과 과학 강좌를 충분히 제공하지 못하는 경우가 많았다. 또한 주가 정하는 기준도 없고 평가 시스템도 없었다. 대부분의 지역에서 일하는 교사들의 봉급은 한탄스러울 만큼 낮았다.

의회는 내가 제안한 교육 정책을 대부분 승인했다. 이 정책들은 대다수의 교사들을 대표하는 아칸소교육협의회와, 교직원과 학교운영위원회를 대표하는 협의회, 그리고 상원 교육위원회 의장인 클라렌스 벨 등의 교육 전문의원들이 입안한 것들이었다. 의회가 승인한 내용을 보면, 이후 2년 동안 교육예산을 40퍼센트 증액한다, 2년간 해마다 교사 봉급을 1,200달러씩 인상한다, 교육비를 67퍼센트를 증액한다, 교과서 비용과 통학버스 비용, 그리고 기타 활동비용을 인상한다, 그리고 각 학구의 영재아동 프로그램과 유치원 학생 수송 프로그램을 지원한다는 내용이었다. 특히 각 학구에 대해 각종 프로그램을 지원하는 것은 처음이었으며, 유치원 통학버스 운영은 유치원의 일반화 정책을 실시하기 위한 큰 도약이었다.

증액된 예산은 학교에 대한 기준을 높이고 질을 개선하는 데에 투자했다. 우리는 학생 수행능력을 평가하고 개선이 필요한 영역을 표시할 수 있도록 시험을 의무화하고, 전국교사시험을 친 사람만 교사자격을 가질 수 있도록 자격조건을 규정하고, "자의적이거나, 근거가 없거나, 차별적인" 이유로 인한 교사의 해고를 금지하는 법을 통과시켰다. 또한 영재학생들을 위한 '아칸소 주지사 학교'를 설립했다. 1980년에 힐러리와 나는 헨드릭스 대학에서 이 학교의 영재학생들이 모인 자리에서 고급반 학생들을 대상으로 연설을 했다. 그것은 내가 가장 자랑스럽게 여기는 업적이었고, 지금도 그 생각에는 변함이 없다.

교육과 관련해서 그다지 높은 성과를 거두지 못한 두 분야가 있었다. 알렉산더는 학구의 수를 200개로 축소하면 행정비용에 드는 비용을 상당히 절감할 수 있다고 보았다. 하지만 나는 학구 조정 방안을 연구할 위원회를 설치한다는 법안을 통과시키지 못했다. 작은 타운들의 경우에는 자체 학구를 가지지 못하면 '도시 사람' 들이 자기 지역의 학교들을 폐쇄하고 공동체를 파괴할 것이라고 생각하는 지역들이 많았기 때문이었다.

저항에 부딪혔던 또 한 가지 분야는 학교운영비를 분배하는 방식과 관련된 것이었다. 몇 개 학구에서 우리의 분배 시스템이 공정하지 못하고, 각 지역 소득세 수입도 차이가 나는데 아동 일인당 교육비 지출의 차이가 지나치게 큰 것은 위헌이라는 소송을 제기했다. 그 분배방식이 소득의 차이나 학생인구의 변동을 제대로 반영하지 못하고 있었고, 아주 작은 학구에서의 학생 일인당 교육비가 훨씬 높게 책정되기도 했다. 그것은 학생 일인당 경상비용이 훨씬 높기 때문이었다. 이 시스템을 바꾸는 것은 쉽지 않았다. 어떤 학구에 많이 배당하는 것은 다른 학구에서 덜 배당하는 것을 의미하는 것이기 때문이었다. 의회에는 양쪽의 이해를 대변하는 의원들이 있었는데, 열세에 몰린 편에서 자신의 학구에 어떤 변화가 일어날 것인지 알 수 있는 문건을 보고 나서는 이 정책의 실시를 막기 위해서 격렬하게 싸웠다. 결국 그 공식을 조정했지만, 많이 조정할 수는 없었다. 제대로 문제를 바로잡기 위해서는 주 대법원이 그 공식을 무효화하는 결정을 내리게 되는 1983년까지 기다려야 했다.

도로 정책은 우리 주의 고속도로들과 카운티 도로들, 도시 도로들의 노후화 및 새로운 도로의 건설 필요성에 대처하기 위해서 내가 제안한 프로그램이었다. 아칸소에는 10년 동안 제대로 된 도로 정책이 전무했기 때문에, 깊은 웅덩이가 많이 파인 노후화된 도로를 느린 속도로 달려야 하는 사람들의 입장에서는 시간과 돈 낭비가 심했다. 도로 정책에 대해서는 많은 지지가 있었다. 하지만 그 예산을 어떻게 감당하느냐 하는 가장 큰 문제가 도사리고 있었다. 나는 세금의 대폭 인상을 제안했다. 제안의 골자는 도로를 많이 파손하는 무거운 트럭에 대해서는 세금을 많이 부과하고 일반 자동차에 대해서도 실질적인 인상을 한다는 것이었다. 당시에는 자동차의 무게에 따라 자동차면허증의 가격이 결정되고 있었다. 나는 자동차는 트럭과는 달리 무게 때문에 도로를 파손하는 주원인도 아니고, 무거운 차종일수록 낡은 것이라서 저소득층이 보유하는 경우가 많다는 것을 유념하고 있었다. 나는 자동차 가치에 따라 자동차면허증의 가격을 정하자는 제안을 제출했다. 이 시스템에 따르면 가장 비싼 새 자동차는 50달러, 가장 싸고 낡은 자동차는 20달러의 세금이 부과되고, 낡고 무거운 차를 가진 사람들이 더 많은 세금을 낼 필요가 없을 터였다.

노련한 몇몇 의원들이 자동차세를 올려서는 안 되고, 대신에 연료세를 인상해야 한다고 주장했다. 노동단체들은 이 제안에 반대했다. 연료를 구입할 때 연료가격에 세금이 포함되게 되면 보통의 운전자들은 세금을 지불하는 것을 잊고 지내기 쉽지만, 1년에 내는 세금의 액수가 실질적으로 커진다고 주장했다. 나는 노동단체와 같은 의견이었다. 후일 연료세 증액이 면허세 증액에 비해서 정치적으로 훨씬 덜 불리한 정책이었다는 사실이 드러나게 되었다.

도로 건설업체 이외의 조직 중에는 내 제안을 찬성하는 단체가 없었다. 화물업, 축산업, 목재업 등의 이익단체들은 큰 트럭을 늘릴 여유가 없어서 축소시키고 있다고 주장했다. 신규 차량 판매업자들은 내가 자신들의 고객에게 지나친 부담을 주려고 하며 자동차 가격에 근거한 면허세는 행정적인 곤란을 초래할 것이라고 주장했다. 나는 그들의 주장이 근거 없다고 생각했지만 의회는 그들의 주장을 받아들였다. 상원에서 도로의 입장을 대변하는 사람은 녹스 넬슨 상원의원이었다. 그는 도로건설업을 하고 있는 꾀 많은 의원이었지만, 돈을 원하고 있으면서도 어떻게 그것을 모아들이느냐에 대해서는 관심이 없었다. 결국 의회는 자동차면허증에 부과하는 세금을 대폭 증액하되, 과거와 같은 중량제 과세를 유지하여 무거운 자동차의 경우 19달러에서 37달러로 배로 증가된 세금을 부과하는 쪽에 찬성했다. 나는 결정을 내려야 했다. 내가 그 법안을 승인하여 법률로 확정하게 되면 불공평한 방법으로 마련한 예산이기는 하지만 좋은 도로정책을 운용할 수 있고, 법안을 거부하게 되면 도로 정책을 운용할 방법이 없었다. 나는 그 법안에 서명했다. 그것은 1994년에 정당한 근거가 없는 사건에 대해서 특별검사를 구성하는 데 동의했던 화이트워터 사건 이전에 내가 정치 분야에서 범했던 유일한 실책이었다.

아칸소 주민들의 매년 자동차면허세의 납부기한은 주민들의 생일까지다. 주민들은 자신의 생일까지 세무서로 찾아가 자동차면허증을 갱신해야 한다. 7월 1일에 세금 증액이 발효된 이후로, 주민들은 해마다 한 번씩 세무서를 찾아가 주지사가 주는 생일선물을 찾아가야 했다. 그것은 바로 두 배로 인상된 자동차면허증이었다. 카운티 주민들 중 대다수는 30킬로미터가 넘는 거리를 달려와 카운티 청사에서 새로운 면허증을 사야 했다. 그들은 수표장을 가지고 있지 않는 사람들이 대부분인데, 가진 돈이라곤 예전의 면허증 대금뿐이어서, 다시 집으로 돌아가서 가족들의 비상금을 털어 와야 했다. 다시 돌아온 사람들이 줄을 서서 기다리는 동안, 살벌한 세무서에서 눈길을 끄는 것은 벽에 걸린 채 웃으면서 내려다보는 주지사의 사진이었다.

1978년 말, 내가 처음 주지사에 당선되었을 때, 힐러리 존스가 예언에 가까운 이야기를 해준 적이 있었다. 산간 지역 주민들은 나를 세 번이나 당선되게 해주었지만, 나는 이제부터 도시에서 표를 찾아야 할 것이라는 이야기였다. 내가 그 까닭을 물었을 때, 그의 대답은 이러했다. 나는 주 차원에서 요구되는 학교 문제와 경제개발 문제와 관련하여 일을 하게 될 것이다.

그런데 학교 기준을 끌어올리기 위해서 내가 하는 모든 일들은 시골 학교에는 위협이 된다. 나는 가난한 시골 지역에서는 많은 신규 일자리를 만들어내지 못할 것이다. 최근의 연방대법원은 정책결정 직위에 해당되지 않는 공무원들을 정치적인 이유로 교체할 수 없다는 결정을 내렸는데, 이것은 내가 시골 카운티에서 일하는 공무원들을 해고하고 우리 편 인물을 고용할 수 없다는 것을 의미한다. 힐러리는 이렇게 말하면서 "나는 당신을 위해서 최선을 다할 겁니다. 하지만 여기에서는 예전과 같은 지지를 얻지 못할 겁니다"라는 말을 덧붙였다. 다른 일들에 대해서도 그랬지만, 그의 말은 정곡을 찌르고 있었다. 내가 주지사 선거에서 승리를 거둘 때, 나는 도시와 도시 근교에 사는 무소속의 유권자들이나 공화당 지지 유권자들로부터 많은 지지를 얻었지만, 제3지역구와 주의 다른 지역에 속하는 농촌 지역의 백인 유권자들로부터는 예전과 같은 열렬한 지지를 회복할 수 없었다. 내가 피할 수 없었던 가장 치명적인 실수는 자동차면허세 인상 법안에 서명한 것이었다. 펜 한 번 잘못 놀리는 바람에 자기 발목에 총을 쏜 형국이 되었고, 5년 동안 농촌 지역 주민들, 그리고 도시의 수많은 블루칼라 주민들에게 들였던 공은 물거품이 되었다.

정책적으로는 긍정적이지만, 정치적으로는 부정적인 결과를 초래하는 업무 방식은 입법 분야에만 국한된 것이 아니었다. 나는 주지사 사무처를 비서실장 없이 꾸려서, 루디 무어, 스티브 스미스, 존 대너에게 각각 다른 분야의 임무를 맡기고 있었다. 존 대너는 캘리포니아 출신 정책분석가로서 그의 부인 낸시 피에트라피사와 힐러리는 오랜 친구 사이였다. 낸시 역시 주지사 사무처에서 교육 분야와 관련된 일을 하고 있었다. 예전에 케네디 대통령이 백악관을 이와 비슷한 방식으로 꾸린 적이 있었다. 하지만 그의 참모들은 모두 짧은 머리를 하고, 흰 셔츠에 검고 좁은 타이를 매고 정장을 입고 다녔다. 루디, 스티브, 존은 하나같이 턱수염을 기르고 다소 편안한 차림을 하고 다녔다. 의회의 보수적인 비판자들과 사무처 직원들이 야유회를 간 적이 있었는데, 끝내는 사무처 내의 부처간에 말썽이 생기고 말았다. 나는 루디를 사무총장으로 임명하고 스티브에게 여러 가지 정책 현안을 총괄하게 하고 존 대너와 그의 부인 낸시를 직위해제하기로 마음을 굳혔다. 나는 가슴이 찢어질 듯 아팠지만 루디에게 이 사실을 통보했다. 루디가 다른 사람들에게 이 사실을 통보했고, 존과 대시는 일선에서 물러났다. 나는 나중에 이 두 사람과 이 문제에 관해서 이야기하려고 애를 썼지만, 우리들의 관계는 회복되지 않았다. 그들은 내가 혼자 힘으로 알아서 그 문제를 처리하지 못한 것에 대해서 나를 용서할 수 없었을 것이다. 하지만 나는 그들을 탓할 생각이 없다. 두 사람은 독창적인 생각을 가지고 성실하게 일했던 훌륭한 사람들이었다. 내가 경험이 부족했기 때문에 그들을 결코 발생해서는 안 될 상황으로 몰아넣었던 것이다. 그것은 완전히 나의 실수였다.

내가 또 한 번 뜨거운 물을 뒤집어쓴 것은 보건부와 복지부, 그리고 복지부 산하의 사회서비스 및 정신보건과, 교육부, 그리고 새로 신설된 자원부를 운영하기 위해서 우리 주 출신이 아닌 사람들을 대거 채용한 데서 비롯된 일이었다. 그들은 모두 유능하고 선량한 사람들이었다. 하지만 대규모 개혁을 수행하기 위해서는 유권자들을 설득해야 하는데, 이들에게는 유권자들을 상대하는 데 있어서 필요한 경험과 교섭능력이 부족했다.

이런 문제들을 더욱 악화시킨 것은 내가 경험이 부족하고 연륜이 부족했기 때문이었다. 나는 실제 나이 서른두 살보다 더 철이 없어 보였던 모양이다. 내가 처음 법무장관이 되었을 때, 「아칸소 가제트」지의 재능 있는 카툰 작가 조지 피셔는 나를 유모차에 탄 아이로 그렸다. 내가 주지사가 되자, 그는 나를 세발자전거에 태웠다. 그는 내가 대통령이 되고 나서야 나를 세발자전거에서 내려서 픽업트럭에 태웠다. 그는 나의 지지자였다. 그때 미리 경보신호를 울렸어야 했는데, 경보는 울리지 않았다.

나는 전국을 뒤져서 웨스트버지니아에서 농촌 진료소를 운영했던 닥터 로버트 영을 보건부 책임자로 앉혔다. 나는 그가 아칸소 농촌 지역 주민들에게 보다 넓고, 보다 양질의 의료혜택을 제공하는 중대한 문제를 담당해주기를 원했다. 닥터 영과 농촌보건과 과장 올슨 베리는 혁신적인 진료소 설립 계획을 세웠다. 그들이 계획한 진료소는 의사 한 명이 최소한 2주에 한 번씩 출석하고, 간호사들과 내과 보조의사들이 상근하면서 훈련받은 대로 진단과 치료 서비스를 제공하는 의료기관이었다. 농촌 지역에서 진료를 하려는 의사들의 수는 많지 않았다. 연구에 의하면 대부분의 환자들이 환자들에게 더 많은 시간을 내주는 간호사와 내과 보조의사를 선호하고 있었으며, 미시시피 카운티에서는 조산원 자격을 갖춘 간호사 프로그램이 유아사망률을 절반 이하로 낮추고 있었다.

아칸소 지역의 의사들은 이 계획에 대해 강하게 반발했다. 가정의학과 의사들을 대표하는 짐 웨버는 "그렇게 있으나마나한 의료혜택은 없느니만 못하다고 생각합니다"라고 말했다. 의사들의 반대에도 불구하고, 카터 행정부는 우리의 계획을 집행할 예산을 승인했다. 우리는 네 군데에 농촌 진료소를 열고, 세 군데에 진료소 건축을 시작하고, 간호사들을 대상으로 미시시피 카운티의 간호조산원 프로그램을 실시했다. 우리의 활동에 대해서 전국적인 찬사가 쏟아졌다.

우리는 형편이 허락하는 한은 내과 의사들과 협력하려고 노력했다. 나는 아칸소 아동병원에 미숙아 혹은 생명이 위독한 신생아들을 돌보기 위한 중환자간호부서를 설치하고, 메디컬센터 대학에 암 환자들에게 양질의 의료혜택을 제공할 수 있는 방사선치료기관을 세울 수 있도록 예산을 지급했다. 나는 힐러리를 농촌보건자문위원회 의장으로 임명하여 농촌 사회에서 들어오는 수많은 요구들에 대하여 우선순위를 정하고, 의료프로그램을 개선할 수 있도록 권장했다. 우리는 농촌 지역에서 일할 의사들을 모집하기 위해서 6,000명 이하의 주민이 사는 타운에 진료소를 설립하는 의사에게 15만 달러를 융자해주는 기금을 조성하고, 작은 타운에서 활동하는 가정의학과 의사들에게 연간 6,000달러의 소득충원금을 신청할 수 있게 했다. 의사들은 이런 선도적인 정책들을 강하게 지지했다. 1980년에 경제침체로 보건부 예산의 대폭 삭감이 불가피한 상황이어서, 이러한 정책들은 더욱 큰 의미를 가지게 되었다. 그러나 의사들은 농촌 진료소 사업을 보다 점진적으로 추진하지 않고 자신들과 의논도 하지 않았다는 이유로 닥터 영과 나를 용서하지 않았다. 1980년 8월, 아칸소의학협회는 닥터 영의 사임을 요구했다. 내가 1981년에 주지사직에서 물러나자 내가 주도적으로 추진했던 사업들 중 일부가 철회되었다. 정치에 성공하지 않으면 정책에서도 성공할 수 없으며, 성공적인 정치와 성공적인 정책이 없으면, 사람들은 좋은 정부를 가질 수 없다는 것을 입증하는 좋은 본보기였다.

석유수출국기구OPEC의 유가급등으로 물가가 상승하자 에너지 문제가 심각한 문제로 대두되었다. 이 분야에서 우리는 성공적인 정치, 성공적인 정책을 펼 수 있었다. 하지만 나에게는 여전히 강력한 적들이 있었다. 나는 아칸소 에너지 정책실을 자원부로 승격시키는 법안을 발의하고 수요자와 공익사업, 산업체, 그리고 정부의 광범한 연합체를 구성하기 위해서 노력했다. 이러한 정책을 통해 수요자들의 요금부담을 덜고, 공익사업과 산업체, 그리고 주택소유자들에게 인센티브를 제공하여, 에너지 보존을 장려하고 청정에너지원 개발을 후원할 작정이었다. 나는 보존적인 연료와 대체연료를 개발하고 사용함으로써 우리 주를 보다 자족적인 지역, 이 분야에서 전국적인 선두주자로 만들 수 있다고 생각했다. 우리는 에너지 보존과 주거용, 영업용, 산업용으로 사용되는 새로운 에너지 대체 비용을 보조하기 위해서 세금 감면을 허용하는 법률을 통과시키고, 알코올이 10퍼센트 이하인 혼합 연료에 대해서 주에서 부과하는 연료세를 감면했다. 우리는 산업계와 상업계에 에너지 감사를 실시하고, 학교, 병원, 기타 공공기관이 에너지보존 프로그램을 구입하거나 설치할 경우 50퍼센트의 보조금을 지급하였다. 연방정부는 이런 선도적인 정책에 대해 예산을 지급하고 있었고, 우리는 그 예산을 받는 전국 최초의 주가 되었다. 내가 취임했을 당시, 연방정부의 통계에 따르면 아칸소의 에너지 보존프로그램은 전국 최악의 수준이었다. 1년 뒤에, 우리는 전체적으로는 9위, 산업계의 에너지 보존에서는 3위에 올랐다.

공익사업체 규제와 관련한 노력은 대부분 성공적이었지만, 논쟁은 훨씬 더 심했다. 나는 자원부가 공익사업위원회의 요금심의회에 들어가게 하고, 원자력시설과 관련된 정보를 얻고 조사를 할 수 있게 하려고 했다. 의회는 우리의 최초의 시도에 찬물을 끼얹고, 두 번째 시도에 대해서는 자금지원을 거부했다. 의회의 반대를 부추긴 것은 맥스 하웰이었다. 그는 교육문제에 관해서는 개방적이었지만 공익사업문제에 대해서는 대단히 고집불통인 고참 의원이었다. 나는 AP&L을 설득하여 보존시설을 만들려고 하는 거래처에 무이자의 대출을 제공하도록 하고, 수요자들에게 그 시설을 만들기 위한 비용을 부담하도록 했다. 에너지의 효율성을 높이는 것이 새로운 전력발전소를 짓는 것보다 훨씬 비용이 적게 든다는 것을 알고 있는 사람들은 모두 반가워했다. 하지만 의원들 중에는 보존은 자유시장경제의 전복으로 이어진다고 생각하는 사람들이 많았고, 이들이 야단법석하는 바람에 AP&L은 그 프로그램을 당장 파묻어야 한다고 생각할 수밖에 없었다. AP&L은 저소득층이 여름에는 더 시원하고 겨울에는 더 따뜻하게 지낼 수 있게 하면서도 사용요금을 상당히 절약할 수 있도록 하기 위한 우리의 집중적인 노력을 계속 지원했다.

그런데 에너지보존 노력도 논쟁의 불길을 피해갈 수 없었다. 어떤 조사보고서가 우리가 투자하고 있는 프로젝트 중 하나가 쓸데없는 일이라는 것을 밝혀냈다. 그 프로젝트는 저소득층 주민에게 땔감을 만들게 한 다음, 가난한 사람들에게 나눠줘서 땔감을 때게 하는 사업이었다. 특별대체목재에너지자원Special Alternative Wood Energy 프로젝트는 머리글자를 따서 SAWER (saw는 톱이란 뜻임—옮긴이주)이란 이름을 가지고 있었지만, 실적은 형편없었다. 그 프로젝트는 6명의 벌목꾼을 훈련시키고 세 묶음의 땔감을 만드는 데 6만 2,000달러를 쓰고 있었다. 나는 그 책임자를 파면하고 그 프로그램을 바로잡을 사람을 임명했다. 하지만 사람들은 이미 마음속으로 낭비에 불과한 사업이라는 낙인을 찍은 뒤였다. 대다수의 아칸소 주민들에게 있어서 6만 2,000달러는 엄청난 금액이었다.

공익사업 규제의 전선에서, 두 가지 커다란 문제에서 화력이 달렸다. 첫째, 우리는 공익사업체의 소위 '팬케이킹'을 막기 위해 최선을 다했다. 공익사업체들은 10퍼센트의 요금인상을 요구했다가 5퍼센트만 인상되면, 법원에 그 결정에 대한 소송을 내는 동안 요금인상분 10퍼센트를 수요자들에게 받는다. 다시 요금인상안을 올리고, 똑같은 일이 되풀이된다. 팬케이크를 층층이 쌓듯이 승인받지 못한 요금인상 건 위에 다른 요금인상 건을 올린다고 해서 '팬케이킹' 이라는 이름이 붙었다. 그 공익사업체는 대개 소송에서 지게 마련이지만, 설사 진다고 해도 되어도 팬케이킹 효과 때문에, 수많은 빈민들을 포함한 수요자들은 이 공익사업체에 막대한 금액의 저이자 대출을 하지 않을 수 없다. 이것은 옳지 않은 일이었다. 하지만 공익사업체는 내가 했던 것보다 훨씬 격렬하게 의회와 대접전을 벌여서 팬케이킹을 금지하는 법안을 위원회에서 폐기해버렸다.

둘째로, 나는 그랜드 걸프 원자력발전소 건설비용과 관련하여 AP&L과 모회사인 미들사우스공사와의 싸움을 계속해야 했다. 미들사우스는 미시시피에 짓는 원자력발전소 건설비용의 35퍼센트를 아칸소의 수요자들에게 강요할 계획을 추진하고 있었다. AP&L은 아칸소에 6개의 화력발전소를 세우겠다고 주장하고 있었다. 하지만 우리 주의 전력 수요는 급격하게 감소하고 있어서 AP&L은 기존 발전소 한 곳의 전기를 다른 주의 사용자들에게 팔 계획을 가지고 있었다. 법률 규정에 의하면, 공익사업체는 모든 지출에 대해서 이익률을 획득할 권리가 있었다. 그랜드 걸프 계획이 진행되면, 아칸소의 수요자들은 그 전력을 전혀 쓰지 않으면서도 그 발전소 건설비용의 3분의 1이 넘는 금액에 이익률까지 지불해야 한다. AP&L은 그 발전소에 대한 소유권이 없었다. 그 발전소는 요금납부자가 따로 없는 독립된 자회사의 소유였다. 또한 그 발전소의 건설과 예산계획은 연방정부의 승인을 받았을 뿐이었는데, 연방정부는 이 프로젝트를 제대로 꼼꼼히 감독하지 못하고 있었다. 이 사실이 「아칸소 가제트」지에 보도되자, 한바탕 대소동이 일어났다. 공공서비스 위원회의 의장은 AP&L에게 그랜드 걸프에서 손을 떼라고 다그쳤다. 우리는 엄청난 양의 우편엽서를 연방에너지규제위원회에 보내는 캠페인을 조직하고, 그랜드 걸프 결정을 철회하고 아칸소 주민들이 안심할 수 있게 해달라고 촉구했다. 하지만 아무런 성과가 없었다.

그랜드 걸프 계획은 컬럼비아 항고법원의 결정에 의해 합법화되었다. 이 법원은 연방규제기관과 관련된 사건을 관할하는 곳이었다. 판결의견을 쓴 사람은 로버트 보크 판사였다. 그는 내가 예일 법대를 다닐 때 헌법을 가르쳤던 사람이다. 그는 예일에 있을 때도 그랬듯이, 주의 권리와 개인의 권리를 제한하는 경우에는 주의 권리를 지지했다. 하지만 대규모 사업체가 관련된 일인 경우에는 연방정부가 최종판결을 내려야 하고 서민들을 돌보려는 과도한 주의 노력에 대해 사업체를 보호해야 한다고 생각하고 있었다. 1987년 상원사법위원회에 제출하기 위해서 내가 직접 조사하고 연구한 자료에서, 나는 연방대원법의 보크 판사 지명을 반대하는 한 가지 근거로 그랜드 걸프 사건에 대한 보크의 결정을 인용했다.

나는 강력한 반대와 싸우며 에너지 계획에 전력을 기울였다. 하지만 나는 대부분의 카운티에 사무소가 있는 AP&L에 강력한 적들을 만들고 말았다. 하지만 적을 만들지 않을래야 않을 수가 없었다. 나는 일부 목재회사들이 과도한 벌목을 하고 있다는 생각에서 스티브 스미스를 진상조사팀 팀장으로 임명했다. 스티브는 대단한 선동가였다. 그는 목재업계 사람들에게 겁을 잔뜩 줘서 그들이 완전히 돌아서게 만들고 말았다. 내가 바라는 것은 벌목의 규모를 줄이고 토양의 유실을 줄일 수 있도록 도로변과 시냇가에 적당량의 나무를 남겨두는 것이었다. 나를 가장 심하게 비판하는 사람들은 내가 모든 통나무 운송업자들과 제재소 노동자들의 일자리를 빼앗으려 한다고 주장했다. 우리는 아무런 성과도 거두지 못했고, 스티브는 분에 겨워하다가 얼마 지나지 않아 산간 마을의 자기 집으로 돌아가버렸다.

나는 경제발전을 위한 활동 과정에서도 사람들과 마찰을 일으켰다. 그 역시 대단히 어려운 일이었다. 나는 주의 활동을 신규산업 유치로 일자리를 공급하는 전통적인 방식을 넘어서는 방향으로 확장하려고 했다. 나는 기준 산업의 확장과 군소 사업체 및 농부들이 국내 시장과 해외 시장에서 생산물의 판로를 열 수 있도록 원조하기 위해 노력했다. 우리는 브뤼셀에 자리 잡은 우리 주의 유럽 사무실 활동을 엄청나게 확장하고 극동아시아, 즉 대만, 일본, 홍콩과 우리 주의 무역을 최초로 성사시켰다. 우리는 연방정부가 승인하는 유해 폐기물을 처리하는 자체 프로그램을 가진 미국 최초의 주가 되었다. 우리는 또한 전통적인 방식의 신규 사업체 육성 정책에서 큰 성공을 거두어 1979년의 투자증가율은 75퍼센트, 1980년의 투자증가율은 64퍼센트를 기록했다. 그런데 도대체 어떻게 이런 기록에 대해서 광분하는 사람들이 있을 수 있단 말인가? 나는 아칸소산업발전위원회AIDC를 경제발전부로 명칭을 변경하여, 이 부서의 새롭고 확장된 행동반경을 이름에 반영하려고 했다. 그런데 알고 보니 AIDC는 그 위원회에서 일해온 영향력 있는 경제인들과 그 기관과 함께 활동해온 주 전역의 지방 상인 집단에게는 신성한 상표명이었다. 나는 짐 다이크라는 성공한 리틀록의 상공인을 이 부서의 책임자로 지명했지만, 이들은 이것으로 만족하지 못했다. 내가 그 위원회의 이름을 변경하지 않았다면, 역풍을 피할 수 있었을 것이다. 1979년과 1980년에, 나는 일부러 역풍을 원했던 꼴이 되어버렸다.

나는 교육 분야에서도 비슷한 실책을 범했다. 나는 버지니아 뉴포트 뉴스의 장학사였던 던 로버츠를 교육부 책임자로 임명했다. 던은 몇 년 전에 리틀록 교육부의 행정전문가였기 때문에, 관계요로의 인물들을 많이 알고 있었다. 그는 상냥하고 감정을 잘 드러내지 않는 인물로 대부분의 관계자들과 갈등 없이 일을 순조롭게 진행했다. 그는 내가 의회에서 통과시킨 개혁정책과 자신이 직접 입안한 PET(효율적인 교수 프로그램)이라는 이름의 교사연수프로그램을 집행했다. 문제는 던을 끌어들이느라고 오랫동안 그 부서의 책임자로 있던 아치 포드를 사임하게 만든 것이었다. 아치는 수십 년 동안 아칸소 아동교육을 위해서 헌신적으로 활동해온 성실한 신사였다. 그는 은퇴를 앞두고 있었다. 하지만 나는 이번에는 다른 사람들 시켜서 사직을 권하는 실수는 범하지 않았다. 하지만 나는 그의 사직을 더 잘 처리했어야 했다. 성대한 환송회를 열고 그 자신의 생각에 따라 은퇴하는 것처럼 보이게 만들었어야 했다. 그런데 나는 그것을 그냥 지나쳐버렸다.

보건복지부 활동에서 우리는 노인들에게 도움을 줄 목적으로 조제약 판매세를 철폐하고 노인들의 주택재산세 감면을 3분의 1이나 확장했다. 노인들에게 직접적인 혜택을 제공하는 법안을 25개 이상 통과시켰다. 그 중에는 양로원 기준을 강화하고 가정 간호를 확장하는 법안도 들어 있었다.

1979년은 국제아동의 해였다. 힐러리는 아칸소 아동가정법률소의 소장으로 활동하고 있었다. 힐러리는 그 조직의 설립 과정에 참여하고 몇 가지 중요한 개혁을 주도했다. 힐러리는 확정아동보호 법령을 통과시켜서 우리

주로 이주해오거나 우리 주에서 이주해나가는 가정을 대상으로 한 보호조치 상의 문제를 일소했다. 이로써 우리 주의 청소년보호소의 일일 평균 보호인원은 25퍼센트 가량 감소했고, 심각한 정신장애를 가진 아동들에 대한 입원 및 기관 내 치료 수준이 개선되었으며, 특별한 문제를 가진 아동의 입양률은 35퍼센트 증가했다.

마지막으로, 나는 복지 개혁에 관심을 기울였다. 카터 행정부는 아칸소를 '워크페어workfare'(노동장려를 위한 복지제도—옮긴이주) 정책 실시에 참여한 몇 안 되는 주 가운데 하나로 아칸소를 꼽았다. 신체 건강한 구호대상자들이 구직 활동을 해야만 구호혜택을 제공하는 정책이었다. 이 정책을 집행했던 경험은 빈민구제 방법으로 노동의 기회를 제공하는 일자리 중심의 접근법에 대한 나의 관심에 결정적인 영향을 주었다. 나는 대통령이 될 때까지 이런 관심을 견지하고 있었고, 1996년의 복지개혁법안에 서명했다.

1980년이 시작될 무렵, 나는 주지사 업무와 생활 면에서 안정감을 찾게 되었다. 나는 강력한 이해당사자들을 격분하게 만들었고, 자동차면허세 문제로 인한 고민이 커져가고 있었다. 하지만 나는 입법과 행정 분야에서 엄청나게 많은 진보적인 정책을 주도했으며, 나는 이 점을 자랑스럽게 여기고 있었다.

9월에 나의 친구들인 다이앤 킨카이드와 짐 블레어가 결혼을 했다. 결혼식 장소는 4년 전에 힐러리와 나의 결혼 피로연이 열렸던 모리스와 앤 헨리의 저택 정원이었다. 나는 결혼식 사회를 맡았다. 힐러리는 신부 들러리이자 동시에 신랑 들러리를 맡았다. 입바른 소리를 잘하는 블레어는 힐러리를 "베스트퍼슨"(보통 남자가 맡는 신랑 들러리bestman를 여자인 힐러리가 맡았기 때문에 man 대신 person이라는 단어를 붙인 것인데 best란 단어가 가진 '가장 훌륭한'이라는 의미도 함께 강조한 표현임—옮긴이주)이라고 불렀다. 나는 그의 말에 토를 달 수 없었다.

가장 훌륭한 사람이 된 것만으로도 모자라서, 힐러리는 아기까지 가지게 되었다. 우리는 아기를 굉장히 기다렸지만 한동안 아무런 소식이 없었다. 1979년 여름에 우리는 버뮤다로 짧은 여행을 다녀온 후에 샌프란시스코에 들러 불임클리닉 전문가를 찾아가기로 마음먹었다. 하지만 버뮤다에서 보낸 시간은 너무나 황홀했고, 너무나 황홀했던 우리는 결국 샌프란시스코에 가지 못했다. 집에 돌아온 직후에 힐러리는 아기를 가진 것을 알게 되었다. 힐러리는 계속 출근을 했고, 나는 자연분만에 참여하고 싶었기 때문에 힐러리와 함께 라마즈 강의를 들으러 다녔다. 라마즈 강의는 물론이고 다른 예비부모들과 어울리는 시간은 참으로 즐거웠다. 이들은 대부분 우리만큼이나 긴장해 있는 중산층의 맞벌이 부부들이었다. 출산예정일을 몇 주 앞두고 힐러리는 몇 가지 곤란한 일을 겪어야 했다. 의사가 힐러리에게 절대로 여행을 하지 말라고 했다. 우리는 그 의사를 신임하고 있었다. 안타깝게도 힐러리가 여행금지 명령에 따라야 한다는 것은 전국주지사연합회의 워싱턴 회의에 동행할 수 없다는 것을 의미했다. 행사 일정에는 대통령과 영부인과 함께 하는 백악관 만찬도 포함되어 있었다. 나는 로즈 법률회사를 떠나 주지사 관저를 운영하고 있는 캐롤린 허버와 함께 회합에 참석하고 백악관 만찬에 참석했다. 나는 서너 시간마다 집으로 전화를 하다가 2월 27일 밤에 서둘러 집으로 돌아왔다.

내가 집으로 돌아온 지 15분 후에, 힐러리의 양수가 터졌다. 3주나 이른 출산이었다. 나는 잔뜩 긴장이 되어서 아칸소 밥티스트 병원에 가기 위해 라마즈 자료를 챙겼다. 경호대원들도 역시 잔뜩 긴장을 하고 있었다. 나는 경호대원들에게 힐러리가 쓸 수 있도록 얼음주머니를 만들어달라고 부탁하고 나서 다른 물건들을 챙겼다. 나중에 보니 경호대원들은 4킬로그램이나 되는 얼음주머니를 만들어놓았다. 출산 후 일주일 동안 쓰고도 남을 만한 양이었다. 힐러리를 위해서 준비한 얼음을 트렁크에 싣고, 경호대원들은 순식간에 우리를 병원으로 후송했다. 도착하자마자 우리는 아기가 거꾸로 있기 때문에 제왕절개 수술을 해야 한다는 통지를 받았다. 병원 측은 병원 방침상 수술이 필요한 경우에는 아버지가 분만실에 들어오지 못한다고 말했다. 나는 병원관계자에게 들어가게 해달라고 사정했다. 나는 어머니와 함께 수술실에 들어간 적도 있으며, 힐러리를 머리끝부터 발끝까지 절개를 한다고 해도 기절하거나 하지 않겠다고 졸라댔다. 환자로서 병원에 온 것이 난생처음인 힐러리는 불안에 떨면서 내가 필요하다고 말했다. 병원관계자는 손을 들고 말았다. 밤 11시 24분에 나는 힐러리의 손을 잡고 산모가 절개를 하고 피가 흐르고 하는 장면을 보지 못하도록 막아 둔 커튼 너머로 의사의 손에 놓인 아기를 보았다. 내 평생 가장 행복한 순간이었다. 나의 친아버지는 결코 누리지 못했던 행복한 순간이었다.

우리 딸은 2.7킬로그램의 건강한 몸이었고 씩씩하게 잘도 울었다. 힐러리가 회복실에 있을 동안, 나는 첼시를 안고 다니며 어머니며 만나는 모든 사람들에게 세상에서 제일 예쁜 아이라고 자랑했다. 나는 아기에게 이야기도 해주고 노래도 불러주었다. 그날 밤이 영원히 계속되었으면 좋을 것 같았다. 드디어 내가 아버지가 되었다. 정치와 정부에 대한 사랑과 엄청난 야망을 가지고 있는 나였지만, 바로 그순간 나는 아버지가 된다는 것이야말로 가장 중요한 일이라는 것을 깨달았다. 힐러리와 첼시 덕분에 나는 가장 보람된 일, 아버지가 되는 일을 경험하게 되었다.

병원에서 집으로 돌아왔을 때, 캐롤린 허버와 엘리자 애슐리를 비롯해서 주지사 관저의 모든 직원들이 가족처럼 따스하게 첼시를 맞아주었다. 엘리자는 주지사 관저에서 오랫동안 요리를 해온 사람이었다. 그녀는 내가 주지사 역할을 하기에는 너무 어려 보이는데, 그것은 나의 마른 몸집에도 원인이 있다고 생각했다. 그녀는 내가 "좀더 통통하면" 잘 어울릴 것 같다면서 그렇게 만들려고 작정을 했다. 그녀는 훌륭한 요리사였고, 유감스럽게도 그녀의 노력은 성공을 거두었다.

로즈 법률회사는 힐러리에게 4개월의 출산휴가를 주었다. 덕분에 첼시는 좋은 출발을 할 수 있었다. 나야 뭐라고 할 상관이 없는 처지였기 때문에 일하는 시간을 조정할 수 있었고, 몇 달 동안은 집에서 머무르는 시간이 많았다. 힐러리와 나는 이렇게 중요한 시기에 첼시 곁을 지킬 수 있으니 얼마나 행복한 처지인지에 대해서 여러 번 이야기를 나누었다. 그녀는 대부분의 다른 선진국에서는 모든 국민에게 출산휴가를 준다고 말했다. 우리는 다른 부모들도 우리처럼 소중한 시간을 가질 수 있어야 한다고 생각했다. 나는

1993년 2월, 대통령이 되어 만든 최초의 법안 '가정과 의료 휴가 법령'에 서명할 때, 갓난 첼시와 함께 보냈던 몇 달 동안의 기억들을 되새겼다. 이 법령은 아기가 태어나거나 가족 중에 아픈 사람이 생겼을 때, 대부분의 노동자들에게 3개월 휴가를 허용하는 내용이다. 내가 대통령직을 떠날 때까지 3,500만이 넘는 미국인들이 이 법의 혜택을 받았다. 사람들은 아직도 내게 다가와서 그 휴가가 얼마나 소중했는지 이야기하면서 고마움을 표시한다.

첼시가 어느 정도 자란 뒤에, 나는 새로운 1년의 업무로 돌아갔다. 그 해는 정치적인 문제와 재해로 얼룩진 한 해였다. 그 두 가지는 구분할 수 없는 때가 많았다.

위기관리능력은 공직후보자들도 그다지 많이 언급하지 않고, 유권자들도 투표할 때 그다지 신중하게 생각하지 않는 사항 중 하나다. 행정부의 장이 어떻게 자연재해나 인재를 감당할 수 있단 말인가? 주지사 첫 임기 때는 유난히 재해가 많았다. 내가 취임했을 때는 한 겨울에 차가운 폭풍우가 퍼부어 주 전역이 물에 잠겼다. 나는 주방위군을 소집하여 전기가 끊긴 사람들에게 발전기를 제공하고, 도로를 복구하고, 도랑에 박힌 자동차를 끌어냈다. 1979년 봄에는 토네이도가 잇달아 발생했다. 나는 카터 대통령에게 아칸소를 공식 재해지역으로 선포해 달라고 부탁해서 연방 보조금을 지급받았다. 재난구호센터를 만들어 집과 직장과 곡식을 잃은 사람들을 도왔다. 1980년 봄에 더 많은 토네이도가 아칸소를 덮쳤고, 우리는 똑같은 일을 되풀이해야 했다.

1980년 여름에는 폭염으로 인해서 100명이 넘는 사람들이 죽었고, 50년 만의 심한 가뭄을 겪어야 했다. 노인들이 가장 위험했다. 우리는 노인센터의 개방시간을 연장하고 주와 연방 예산을 투입하여 선풍기와 에어컨을 공급하고 전기요금을 지원했다. 우리는 카터 행정부의 강력한 지원을 받아 수백만 마리의 닭고기가 폐사한 축산농가와 농작물이 말라붙은 농가에 저리대출을 제공했다. 폭염으로 많은 도로들이 파손되고 800건에 가까운 화재가 발생했다. 나는 실외에서의 발화행위를 금지했다. 아칸소의 농촌 주민들이 11월 선거를 바라보는 시선은 곱지 않았다.

의도적으로 혹은 실수로 발생한 인재도 많았다. 인재는 신체적 · 경제적 피해보다 훨씬 심각하고 막대한 정신적 피해를 유발했다. 1979년 봄에, KKK단과 그 지도자인 데이비드 듀크가 리틀록에서 집회를 가질 예정이었다. 최근에 앨라배마 디케이터에서 있었던 집회에서 KKK단과 반대시위자 사이에 폭력사태가 발생한 적이 있었기 때문에 나는 폭력사태의 발생을 방지할 방안을 찾았다. 나는 공공안전국 국장인 타미 로빈슨에게 디케이터 사태를 연구하게 하고 폭력사태를 예방하기 위한 엄중한 보안조치를 내렸다. 그 지역에 경찰관과 지방직 경찰대를 배치하고 폭력이 시작될 기미가 보이면 사람들을 체포하라는 지시를 내렸다. 결국 여섯 명이 체포되었고, 사상자는 없었다. 엄청난 경찰력을 배치한 덕분에 폭력 사태를 막을 수 있었다. 나는 KKK단 사태를 무사히 처리한 것에 안심했으며, 앞으로 어떤 일이 발생하더라도 적절한 조치를 취할 수 있다는 자신감이 생겼다. 1년 후에는 훨씬 엄중한 사태가 발생했다.

1980년 봄에, 피델 카스트로가 12만 명에 달하는 정치범과 '못마땅한' 사람들을 미국으로 추방했다. 그 중에는 전과기록이 있거나 정신적인 문제를 가진 사람들이 많았다. 이들은 배를 타고 플로리다에 상륙해서 카터 행정부를 곤혹스럽게 했다. 나는 백악관이 이 쿠바인들 중 일부를 포트스미스 인근의 대규모 수용소 포트샤피로 보낼 것이라고 예상했다. 그곳은 1970년대 중반에 베트남 난민들을 강제수용했던 곳이었다. 당시의 수용정책은 상당히 성공적이었고, 많은 베트남 가구들이 서부 아칸소에 정착하여 건실한 생활을 하고 있었다.

나는 백악관의 쿠바문제 담당 보좌관인 진 아이덴버그와 이 문제에 대해서 상의했다. 나는 그에게 베트남 난민 정책이 성공을 거둔 이유 중의 하나는, 필리핀과 태국의 선별 심사장에서 입국을 허용해서는 안 되는 사람들을 일차로 솎아냈던 것 때문이라고 말했다. 나는 플로리다 해안에 항공모함과 같은 커다란 선박을 배치하고 베트남난민 때와 같은 선별 심사를 해야 한다고 말했다. 나는 실제로 망명객들 대다수가 전과자거나 정신질환자가 아니라는 것은 알고 있었다. 하지만 언론이 이 문제를 과장보도하고 있었고, 선별검사 과정을 거쳐야만 일반 국민들이 입국자들을 용인할 수 있을 것이었다. 진은 이렇게 말했다. "관타나모에 우리 해군 기지가 있지요? 그곳에 쿠바와의 경계에 높은 장벽이 설치되어 있는 것으로 알고 있습니다. 선별 심사를 통해 걸러진 사람들을 관타나모로 데려가서 쿠바로 돌려보내야 합니다." 카스트로는 미국을 바보 취급하고 있었고, 대통령은 무력해 보였다. 지미 카터는 안 그래도 인플레이션과 이란의 인질사태로 곤경에 빠져 있었기 때문에 이 문제로 상황을 악화시킬 필요가 없었다. 내 제안은 대통령이 강력한 이미지를 과시하고, 골칫덩어리를 골라내고, 난민들이 입국해도 될 만한 사람들이라는 대중적인 인식을 이끌어낼 수 있는 방법이었다. 백악관은 내 제안을 받아들이지 않았다. 그때 나는 우리가 오랫동안 곤경에 처하리라는 것을 알았어야 했다.

5월 7일, 백악관은 포트샤피에 쿠바난민 중 일부를 수용할 것이라는 사실을 통고했다. 나는 백악관에 강력한 보안조치를 취해줄 것을 강력하게 요청하고, 언론에 대해서는 쿠바인들은 '공산독재'를 피해 도망친 사람들이며, 수용소를 가동하기 위해서 "대통령이 아칸소인들에게 어떠한 의무를 부과한다고 해도 나는 최선을 다해 그 의무를 감당할 것"이라고 맹세했다. 5월 20일에, 포트샤피에는 2만 명 가량의 쿠바인들이 수용되었다. 수용소 내에서는 격리 생활의 답답함과 미래에 대한 불안감을 견디지 못한 젊은 쿠바인들이 걸핏하면 난동을 부렸다. 포트스미스는 대단히 보수적인 지역이었기 때문에, 대부분의 주민들은 처음부터 쿠바인들에 대해서 불쾌한 감정을 품고 있었다. 수용소 내에서 벌어진 난동에 대한 언론 보도가 나가자, 포트스미스와 인근 타운들의 주민들은 불안감과 분노에 휩싸였다. 수용소와 인접한 발링이라는 작은 타운 주민들이 특히 심했다. 빌 코스론 보안관은 인터뷰에서 이렇게 말했다. "주민들이 겁을 먹고 있다고 말하는 것은 점잖은 표현입니다. 그들은 완전무장을 하고 있어요. 그것이 상황을 더욱 악화시키고 있습니다."

5월 26일 월요일 밤에, 200여 명의 난민들이 아무 제한도 받지 않고 바리케이드를 뚫고 수용소 문을 빠져나왔다. 예비선거일인 다음 날 동이 틀 무렵, 나는 65명의 주방위군을 포트샤피에 파견한 다음, 비행기를 타고 힐러리와 함께 페이트빌로 가서 투표했다. 투표를 끝내고 돌아온 나는 수용소에 종일 머물면서 그곳 사람들과 이야기를 나누고 백악관과 통화를 했다. 지휘관인 제임스 '불독' 드러몬드 준장은 실제 전투 경력을 가진 인상적인 사람이었다. 내가 쿠바인들이 수용소를 벗어나게 놔두었다고 불평을 하자, 그는 그들을 막을 권한이 없다고 말했다. 그는 직속상관에게서, 연방법령인 자경단법은 군대가 민간인들을 상대로 집행권을 행사하지 못하도록 금하고 있다는 이야기를 들었다고 했다. 군대는 그 법이, 법적 신분이 불확실하기는 하지만, 쿠바인들에게도 적용된다고 생각하고 있었다. 그들은 미국 국민도 아니고, 합법적인 이민자도 아니지만, 불법적인 체류자도 아니었다. 그들은 법을 위반하지 않았기 때문에, 드러몬드는 그 지역 주민들이 두려워하고 혐오한다는 이유만으로 그들을 수용소에 억류할 수 없다고 말했다. 준장은 자신의 임무는 그곳의 질서를 유지하는 것뿐이라고 말했다. 나는 대통령에게 전화를 걸어 상황을 설명하고, 누군가에게 쿠바인들을 수용소에 억류할 권한을 주어야 한다고 말했다. 샤피 인근 80킬로미터 내의 총포상에는 권총과 소총이 불티나게 팔리고 있었다. 주민들이 쿠바인들에게 총을 쏘기 시작할까봐 걱정스러웠다.

다음 날 나는 다시 대통령에 전화를 걸었다. 대통령은 병력을 추가로 투입할 예정이며 그들이 질서를 유지하고 쿠바인들을 수용소에 억류할 거라고 말했다. 진 아이덴버그는 나에게, 법무부가 국방부에 그 병력은 그런 조치를 취할 수 있는 법적 권한을 가지고 있다는 내용의 공문을 보냈다고 말했다. 그날이 저물 무렵, 나는 다소 안심이 되어 예비선거 상황을 알아보았다. 예비선거에서 나의 유일한 경쟁후보인 칠면조 농장주 몬로 슈워츠로스는, 1978년 예비선거 당시 득표율의 30배에 달하는 31퍼센트의 득표율을 올렸다. 농촌 주민들은 나에게 자동차면허세에 대한 경고장을 보내고 있었다. 자동차면허세가 없었다면 좋았겠지만, 그것은 의연히 버티고 있었다.

6월 1일 밤에, 큰 혼란이 일어났다. 1,000여 명의 쿠바인들이 연방방위군의 제지를 받지 않고 수용소를 빠져나와 22번 하이웨이를 타고 발링을 향해 걸어가기 시작했다. 이번에도 방위군은 그들을 막기 위해서 아무런 조치도 취하지 않았다. 그건 나도 마찬가지였다. 쿠바인들과 격분하여 무장을 갖춘 수백 명의 주민들 사이를 가로막고 있는 것은 침착하고 헌신적인 델로인 코시 서장이 지휘하고 있는 경찰관과 주방위군, 그리고 빌 코스론 보안관의 부관들뿐이었다. 나는 코시 서장과 주방위군에게 쿠바인의 통과를 허용하지 말라는 강력한 지시를 내렸다. 쿠바인들이 수용소를 벗어나면 어떤 일이 벌어질지는 뻔한 일이었다. 리틀록 센트럴 고등학교 사태와는 견줄 수도 없는 유혈극이 벌어질 것이 뻔했다. 쿠바인들은 주민들 쪽으로 다가서면서 돌을 던지기 시작했다. 코시 서장은 경찰관들에게 공포를 쏘라고 지시했다. 그제서야 쿠바인들은 겁을 먹고 수용소로 돌아갔다. 사태가 진정되고 나서 보니, 62명이나 되는 부상자가 발생했고, 그 중 다섯 명이 총상을 입고 있었다. 하지만 다행히 사망자나 중상자는 발생하지 않았다.

나는 비행기를 타고 샤피로 가서 드러몬드 준장을 만났다. 우리는 버럭버럭 고함을 지르며 싸웠다. 법무부가 국방부의 쿠바인 통제권을 승인했다는 이야기를 들었던 나는 연방방위군이 쿠바인들의 이탈을 막지 않은 것에 대해 불같이 화를 냈다. 준장은 눈썹 하나 꿈쩍하지 않았다. 그는 나에게 말하기를 자신은 텍사스 샌안토니오에 있는 소장의 명령을 받고 있다면서, 백악관에서 무슨 일이 있었는지 몰라도 자신은 상관의 명령을 거역할 수는 없다고 말했다. 아주 솔직한 대답이었다. 그의 말은 하나도 틀린 데가 없었다. 나는 진 아이덴버그에게 전화를 걸어 드러몬드 준장의 말을 전하고 설명을 요구했다. 그런데 그는 설명 대신 설교를 늘어놓았다. 그는 내가 시원치 않은 예비선거 결과를 만회해보려고 과잉반응을 보이고 있다는 말을 들었다고 했다. 내가 생각했던 대로, 내 편이라고 생각했던 사람이 사태를 제대로 파악하지 못하고 있었다.

나는 노발대발했다. 나는 그에게 내 판단을 믿지 못하겠다면, 둘 중 하나를 선택하라고 말했다. "오늘 밤 당장 이곳으로 와서 일을 바로잡으시오. 그렇지 않으면 내가 직접 나서서 그곳을 폐쇄해버리겠습니다. 입구마다 주방위군을 배치하고 내 승인 없이는 아무도 드나들지 못하게 하겠습니다." 그는 설마 그럴 리가 없지 싶은 모양이었다. "그렇게 할 수는 없습니다. 거긴 연방 관할 시설입니다." 나는 쏘아붙였다. "그렇지요. 하지만 거긴 주 도로 상에 위치한 곳이고 내 통제권 안에 있습니다. 당신이 결정하세요."

아이덴버그는 그날 밤에 공군 비행기를 타고 포트스미스로 왔다. 나는 그를 차에 태우고 포트샤피로 향했다. 포트샤피에 도착한 후, 나는 그를 데리고 발링을 둘러보았다. 자정이 한참 넘은 시각인데도, 거리마다 집집마다, 무장을 한 주민들이 마당이나 현관, 심지어는 지붕에 앉아 경계를 서고 있었다. 칠십이 넘어 보이는 노부인이 입을 앙다문 채 무릎에 권총을 놓고 앉아 있는 모습은 너무나 충격적이었다. 아이덴버그 역시 충격을 받았다. 발링을 돌아본 뒤, 그는 나를 보며 "이런 지경인지 몰랐습니다"라고 말했다.

우리는 드러몬드 준장과 연방 공무원들, 주 공무원들, 그리고 지방직 공무원들과 함께 한 시간 남짓 회의를 하고 나서, 그곳에 모여 있던 기자들을 만났다. 아이덴버그는 보안조치 문제를 바로잡겠다고 약속했다. 다음 날인 6월 2일, 백악관은 국방부에 수용소 내의 질서를 유지하고 쿠바인들을 수용소에 억류하라는 지시를 내렸다. 카터 대통령은 아칸소 주민들에게 불필요한 걱정을 끼친 것을 인정하고 포트샤피에 더 이상의 쿠바인들을 보내지 않겠다고 약속했다.

선별검사 과정의 지연이 혼란을 불러온 근본 요인이었다. 선별검사 관련자들은 업무 속도를 높였다. 얼마 후 내가 수용소를 찾아갔을 때 상황은 진정되고 모든 사람들이 편안한 마음을 되찾아가고 있었다.

상황은 진정되고 있는 것처럼 보였지만, 나는 5월 28일과 6월 1일 사이에 일어났던 일과 일어나지 않았던 일들을 생각하느라 마음이 편치 않았다. 5월 28일에 아이덴버그는 군대에 쿠바인들이 샤피를 벗어나지 못하게 하라는 명령을 내렸다고 말했는데, 6월 1일에 1,000여 명의 쿠바인들이 수용소를 빠져나왔다. 백악관이 거짓말을 했거나, 아니면 법무부가 국방부에 법적 의견을 전달하는 것을 태만히 했거나, 아니면 국방부의 누군가가 최고사령관의 명령을 무시했거나, 사태의 원인은 셋 중 하나였다. 그런 일이 있었다면, 그것은 심각한 헌법위반 행위였다. 당시 사태의 전모가 밝혀지지 않았던 것 같다. 내가 워싱턴에 가서 깨닫게 된 것처럼, 어떤 일이 잘못될 경우, 사람들 머릿속에서는 기꺼이 책임을 감당하려는 생각이 사라지는 경우가 많다.

8월에 힐러리와 나는 덴버로 가서 전국주지사연합회 여름 회의에 참석했다. 화제는 대통령 선거에 집중되어 있었다. 카터 대통령은 에드워드 케네디 상원의원의 막강한 도전을 이겨내고 재선에 성공할 것으로 예상되었지만, 케네디는 후보사퇴를 하지 않았다. 우리는 유명한 형사 법률가인 에드워드 베네트 윌리엄스와 함께 오찬을 들었다. 그는 힐러리와 오랜 친분관계가 있었고, 법대를 갓 졸업한 힐러리에게 자기 밑에서 일해 달라고 부탁했던 사람이다. 윌리엄스는 케네디를 강력하게 지지하고 있었고, 대통령이 경제침체와 이란에 10개월간 억류되었던 인질 문제로 발목을 잡혀 있으니 가을 선거운동 때 로널드 레이건을 꺾을 수 있는 사람은 케네디가 될 거라고 생각하고 있었다.

나는 그의 정치적인 판단에 동의할 수 없었다. 카터는 대통령으로서 여러 가지 훌륭한 성과를 거뒀으며, 인플레이션을 격화시킨 OPEC의 유가 인상은 그의 탓이 아니었다. 그리고 그는 인질 사태를 해결할 수 있는 좋은 대안이 없었다. 게다가 쿠바난민 문제가 있기는 했지만, 카터 내각은 아칸소에 큰 도움을 주었다. 그는 우리가 추진했던 교육, 에너지, 보건, 경제 분야의 개혁에 대해서 재정적인 지원과 지지를 아끼지 않았다. 나는 업무상 이유 외에, 개인적인 이유에서도 백악관 출입을 허용되고 있었다. 대통령이 백악관의 사우스론에서 야유회를 연 적이 있었는데, 그때 나는 어머니와 함께 그곳에 참석하여 윌리 넬슨의 노래를 들었다. 행사가 끝난 후, 어머니와 나는 넬슨과 대통령의 아들 칩과 함께 백악관 건너편에 있는 헤이아담스 호텔에 갔다. 그곳에서 우리는 새벽 2시까지 윌리 넬슨의 피아노 연주와 노래를 들었다.

전국주지사연합회 회의가 시작될 당시, 백악관에 대한 나의 태도는 대단히 우호적이었다. 민주당 주지사들과 공화당 주지사들은 별도로 회의를 하고 있었다. 나는 그 전해 겨울 회의 때 민주당 주지사연합회의 의장으로 선출되었다. 그때 나를 추천한 것은 캐롤라이나 주지사 짐 헌트였다. 그는 주지사 중에서 가장 가까운 친구였으며, 이후 대통령 재직 시에는 교육 개혁을 위한 싸움에서 내게 큰 도움을 주었다. 민주당전국위원회 의장인 밥 스트로스는 나에게 민주당 주지사연합회가 카터 대통령을 지지한다는 성명을 내는 게 좋겠다고 말했다. 나는 출석한 주지사들을 쓱 훑어보고 나서, 투표를 하면 20 대 4로 카터 쪽이 우세하겠다고 말했다. 우리는 점잖게 토론을 했다. 스토로스는 대통령 지지 발언을 했고, 뉴욕 상원의원 휴 카레이는 케네디 지지 발언을 했다. 투표 결과는 20 대 4였다. 회의가 끝난 후, 스트로스와 나는 간단하게 기자회견을 했다. 우리의 지지는 카터 대통령에 대한 신임을 보여주는 것이며, 대통령이 도움을 필요로 할 경우에는 그를 정치적으로 후원하겠다는 의미라는 내용이었다.

15분 뒤에, 나는 백악관에서 통화하고 싶어 한다는 연락을 받았다. 나는 대통령이 주지사들의 지지를 이끌어낸 것에 대해서 치하를 하려나 보다 생각했다. 하지만 그건 나의 착각이었다. 대통령은 나머지 쿠바인들이 수용되어 있는 펜실베이니아와 위스콘신의 날씨가 추워질 것 같다면서, 이 지역에서는 난민들을 한파로부터 지킬 도리가 없으니 난민들을 이주시켜야 할 것 같다고 말했다. 나는 가슴이 철렁했다. 포트샤피의 보안상의 문제가 해결되었으니, 그리로 이주시키겠다는 말이었다. 나는 대답했다. "대통령께서 아칸소에는 더 이상 난민을 보내지 않겠다고 약속하지 않았습니까? 11월 선거에서 이기려면 서부의 따뜻한 지역으로 보내십시오." 대통령은 그 방안도 생각해보았지만 불가능하다고 말했다. 서부에 수용소 하나를 만들려면 1,000만 달러의 비용이 든다는 설명이었다. 나는 말했다. "대통령 각하, 아칸소 주민들을 지지를 얻으려면 1,000만 달러를 아껴서는 안 됩니다." 그는 내 의견에 동의하지 않았다. 우리의 대화는 거기서 끝났다.

나도 대통령을 해보니, 지미 카터가 받았을 압박감을 조금은 이해할 수 있다. 그는 심각한 인플레이션과 경기침체, 두 적과 싸우고 있었다. 게다가 이란의 아야톨라 호메이니는 1년 가까이 미국인 인질들을 억류하고 있었다. 쿠바인들은 더 이상 난동을 부리지 않고 있으니, 큰 걱정은 아니었다. 펜실베이니아와 위스콘신은 1976년에 그를 지지했던 곳일 뿐 아니라, 아칸소보다 선거인단 수가 많았다. 아칸소는 그가 지난번에 3분의 2의 표를 가져갔던 곳이었다. 여론조사에서 나는 경쟁자인 프랭크 화이트를 20포인트 이상을 앞서고 있었다. 대통령은 설마 그 표를 다 잃어버리랴 싶었던 것 같다.

당시 나의 생각은 달랐다. 나는 대통령이 아칸소와의 약속을 어기면 크게 손해를 입을 거라고 생각했다. 위스콘신과 펜실베이니아의 수용소를 폐쇄하는 것이 날씨 때문이냐, 정치적인 이유 때문이냐 하는 것은 중요한 것이 아니었다. 1,000만 달러를 아끼려고, 절대로 보내지 않겠다고 약속했던 곳에 나머지 쿠바인들을 보내는 것은 바보 같은 짓이었다. 나는 루디 무어와 나의 선거운동본본부장인 딕 허지트에게 전화를 걸어 어떻게 하면 좋겠냐고 물었다. 딕은 당장 워싱턴으로 가서 대통령을 만나라고 말했다. 그를 설득하지 못하면, 백악관 밖에서 기자회견을 청해서 그의 재선 지지를 철회해야 한다는 주장이었다. 하지만 나는 그렇게 할 수 없었다. 이유는 두 가지였다. 첫째, 나는 민권 정책이 실시되던 시기에 연방의 권위에 저항했던 오벌 포버스와 다른 남부 주지사들과 같은 행동을 하고 싶지 않았다. 둘째, 나는 로널드 레이건이 카터를 이길 수 있게 도와주는 일은 결코 하고 싶지 않았다. 레이건의 선거운동은 인질 문제와 경제 문제 덕분에 유리한 고지를 점하고 있었고, 낙태 문제에서 파나마에 파나마 운하 통제권을 양도한 일에 이르기까지 카터에게 격분하고 있는 우익 진영의 강력한 지지를 받아 바람에 돛 단 듯 순항하고 있었다.

진 아이덴버그는 나에게 자신이 아칸소로 와서 멋지게 해결할 때까지 쿠바 난민 재배치 사실을 공표하지 말라고 부탁했다. 이야기는 새어나갔고, 진의 아칸소 방문은 아무런 도움이 되지 못했다. 그는 더 이상의 보안 문제는 발생하지 않을 거라고 장담했지만, 대통령이 아칸소와의 약속을 어겼다는 사실은 부인할 수 없었다. 아칸소는 카터가 지난번 선거 때 자신의 고향인 조지아 다음으로 많은 지지를 얻었던 곳이었다. 나는 보안조치 문제를 해결하기 위해서 한층 더 노력을 기울였고, 몇 가지를 개선했다. 하지만 나는 약속을 어긴 대통령을 편드는 사람이라는 이미지에서 벗어날 수 없었다.

덴버에서 아칸소로 돌아가보니, 아칸소의 정치 상황은 금방이라도 폭발할 듯 불안했다. 나의 경쟁후보인 프랭크 화이트는 총선거에서 입지를 넓혀가고 있었다. 화이트는 체격이 좋고 목소리가 낭랑한 사람으로, 해군사관학교 졸업생, 저축대출조합 이사, 프라이어 주지사 시절에는 아칸소 산업발전위원회 이사로 활동했다는 경력을 들먹이며 허풍을 치는 인물이었다. 그는 공공사업체, 축산업체, 화물운송업체, 목재업체, 그리고 의학협회를 비롯해서 내가 씨름을 했던 모든 이익단체들로부터 강력한 지지를 받고 있었다. 그는 또한 모럴 머조리티를 비롯한 보수적인 행동주의자들의 아칸소 지부들로부터도 강력한 지지를 받고 있었다. 그는 자동차면허세로 인한 농촌 주민들과 블루칼라 노동자들의 울분을 긁어대고 있었다. 뿐만 아니라 경제 문제와 가뭄으로 인해서 주민들이 보편적으로 가지고 있는 불평불만을 효과적으로 이용하고 있었다. 경기 부진은 주의 수입을 줄였고, 나는 예산과 균형을 이루게 하기 위해서 주 지출을 삭감해야 했다. 결국 교육비를 삭감해야 했고, 교사들의 2년차 봉급 인상분 1,200달러를 900달러로 줄여야 했다. 대부분의 교사들은 주의 세수가 줄었다는 것에는 관심이 없었다. 그들은 단지 2년 동안 1,200달러를 지급한다는 약속이 이행되어 2년차 분을 고스란히 지급받기를 원하고 있었다. 약속이 이루어지지 않자, 나에 대한 교사들의 지지도는 뚝 떨어졌다.

앞서 4월에, 힐러리와 나는 한 행사에서 프랭크 화이트를 만난 적이 있었다. 그때 나는 그에게 "나에게 반감을 품은 사람들이 너무 많으니, 여론조사 결과가 어떻든 관계없이 당신이 최소한 45퍼센트는 가져갈 것"이라고 말했다. 쿠바난민들을 모두 포트샤피에 수용한다는 사실이 발표된 후, 화이트는 쿠바난민 문제와 자동차세 이야기를 주문처럼 외우고 다녔다. 그는 남은 기간 내내 이 말만 읊고 다녔다. 8월에 나는 열심히 유세를 했지만 큰 성과를 거두지 못하고 있었다. 공장 문 앞으로 가보면, 마음을 바꿔먹은 노동자들이 경제적인 어려움을 악화시키고 자동차세를 인상해서 자신들을 배반했으니 나를 찍지 않겠다고 말했다. 오클라호마로 이어지는 다리 근처에 있는 포트스미스에서 유세를 하는 중에는 이런 일도 있었다. 나는 한 남자에게 누구를 찍을 거냐고 물었다. 그의 입에서는 내가 수백 번도 넘게 들었던 대답을 한층 더 끌어올린 격렬한 반응이 나왔다. "당신은 자동차세를 인상했잖아요. 당신이 단독 후보로 나선다고 해도 나는 당신을 안 찍을 거요." 그는 화를 내며 얼굴을 붉혔다. 나도 울분을 참을 수가 없어서 오클라호마로 이어지는 다리를 가리키며 말했다. "저기 좀 보세요. 당신이 오클라호마 주민이었다면, 지금보다 두 배나 비싼 자동차세를 내야 했을 거요!" 붉었던 그의 얼굴빛이 갑자기 하얗게 되었다. 그는 웃으면서 내 어깨에 손을 얹더니 말했다. "이봐요. 내 말을 이해를 못 하는군요. 그게 바로 내가 이쪽에서 사는 이유요."

8월 말에, 나는 아칸소 대의원들과 함께 민주당 전국전당대회에 갔다. 케네디 상원의원은 패배가 확실한데도 후보 사퇴를 하지 않고 버티고 있었다. 케네디를 위해서 활동하고 있던 친한 친구들이 내게 오더니, 케네디를 설득해서 투표가 시작되기 전에 후보사퇴를 하고 카터를 지지하는 연설을 하도록 만들어야 한다고 말했다. 나는 케네디를 좋아했고, 그것이 카터가 패배할 경우에도 케네디가 원성을 듣지 않고 품위를 지킬 수 있는 최선의 길이라고 생각했다. 두 후보 사이에 끼어들기는 꺼림칙한 일이었지만, 친구들은 케네디를 설득할 수 있는 사람은 나뿐이라고 생각했다. 나는 케네디 의원이 묵고 있는 호텔로 찾아가서 조심스럽게 이야기를 꺼냈다. 결국 케네디는 후보사퇴를 하고 대통령에 대한 지지의사를 밝혔다. 하지만 두 사람이 나란히 단상에 올라섰을 때, 케네디는 환한 지지의 표정을 짓는 데는 실패했다.

전당대회 때, 나는 민주당 주지사연합회 의장 자격으로 5분 연설을 하게 되었다. 전국전당대회는 늘 시끄럽고 소란스럽다. 대의원들은 보통 기조연설이나 대통령, 부통령의 후보 수락 연설에만 귀를 기울인다. 이 세 가지 연설에 해당되지 않는 연설을 하는 사람은, 시끌벅적한 의원석의 잡담을 뚫고 메시지를 전하려면 눈치 빠르게 강력한 어조로 연설을 해야 한다. 나는 우리가 겪고 있는 특별히 심각하고 고통스런 경제상황에 대해서 설명하고 민주당은 이러한 도전에 대처하기 위해서 변화해야 한다고 주장했다. 제2차 세계대전 이후로 민주당은 미국의 번영을 당연한 것으로 받아들이고 있었다. 민주당은 보다 많은 사람들에게 경제 번영의 혜택을 안겨주고 사회정의를 위해서 싸우는 일에 역점을 두고 있었다. 이제 우리는 인플레이션과 실업, 엄청난 예산 부족, 경쟁력 상실의 문제를 감당해야 했다. 민주당이 그렇게 하지 못했기 때문에 점점 더 많은 사람들이 공화당을 지지하거나 투표에 대한 관심을 버리고 있었다. 나는 주어진 5분보다 짧은 시간에 이런 내용의 연설을 했다. 하지만 내 연설을 귀를 기울이는 사람은 아무도 없었다.

전당대회가 끝날 때 카터 대통령이 처한 상황은, 전당대회가 시작될 때의 상황에서 달라진 것이 없었다. 통합되고 열정적인 당이라면 대통령 지명자에게 보내주어야 마땅한 격려조차 없었다. 나는 자신의 선거운동을 살리는 데 주력해야겠다고 생각하며 아칸소로 돌아왔다. 내 처지도 점점 나빠지고 있었다.

9월 19일, 긴 하루 일을 끝내고 핫스프링스의 집에 있는데, 공군전략사령부 사령관에게서 전화가 걸려왔다. 아칸소 다마스커스 인근에 있는 타이탄 II 미사일 격납고에서 폭발 사고가 있었다는 것이었다. 그곳은 리틀록에서 북서쪽으로 64킬로미터 지점이었다. 처음에는 믿기지가 않았다. 공군 정비사 한 명이 미사일을 수리하다가 무게 1.3킬로그램의 렌치를 떨어뜨렸다. 렌치는 20미터 아래 격납고 바닥에 떨어졌다가 튕겨 나와 로켓 연료가 가득 차 있는 탱크에 구멍을 냈다. 유독 연료가 공기와 섞이면서 화재가 발생했고, 이어서 일어난 대규모 폭발로 740톤의 격납고 콘크리트 덮개가 날아갔다. 이 사고로 정비사가 죽고 인근에서 일하던 20명의 공군 장병들이 부상을 입었다. 폭발은 미사일을 파괴하고 핵탄두가 발사되어 격납고가 위치하고 있는 목장에 떨어졌다. 담당자는 탄두는 폭발하지 않을 것이고, 방사능 물질도 방출되지 않을 것이며, 군대가 그 탄두를 안전하게 제거할 것이라고 보고했다. 우리 주가 쉬지 않고 찾아드는 불운의 마지막 몸부림에 의해서 잿더미로 변하게 될 상황은 아니었다. 나는 뱀에게 물린 것처럼 아찔했지만 상황에 대처하기 위해서 최선을 다했다. 나는 신임 공공안전국장인 샘 테이톰에게 남아 있는 타이탄 II 미사일 17기 중 하나라도 잘못될 경우를 대비해서 연방 공무원과 비상소개 계획을 짜라고 지시했다.

이제껏 별의별 일을 다 겪은 아칸소는 이렇게 해서 핵탄두가 박힌 세계 유일의 목장이 있는 지역으로 탈바꿈했다. 사고발생 며칠 후, 먼데일 부통령이 핫스프링스에서 열린 아칸소 민주당 전당대회에 참석하러 왔다. 나는 그에게 공군이 미사일 사고에 대비한 새로운 비상대책을 짜기 위해서 우리 주와 협조를 하고 있는지 확인해 달라고 부탁했다. 그는 국방부 장관 해롤드 브라운에게 전화를 걸었다. 그가 전화에 대고 던진 첫 마디는 "젠장, 해롤드, 내가 자네한테 아칸소 사람들 마음에서 쿠바 문제를 지워버릴 일을 하라고 말했지. 하지만 이건 좀 심하지 않은가"라는 것이었다. 공적인 자리에서는 점잖은 태도를 취하는 사람이 이번에는 대단한 유머감각을 발휘하고 있었다. 상황이 얼마나 심각한지 알면서도 태연하게 농담을 하고 있었다.

마지막 몇 주 동안의 선거운동은 아칸소 정치계에 일어난 새로운 현상, 즉 비난성 텔레비전 광고에 의해서 압도당하고 말았다. 자동차세와 관련된 광고의 영향력도 심각했지만, 화이트가 써먹은 가장 효율적인 선거용 광고는 따로 있었다. 난동을 부리는 쿠바난민들을 보여주면서, 강력한 목소리로 다음과 같은 메시지를 알리는 광고였다. 펜실베이니아와 위스콘신 주지사들은 자기 주민들이 걱정되어서 쿠바난민들을 내쫓으려고 하고 있는데, 나는 아칸소 주민들보다 지미 카터를 더 걱정하고 있고, 그래서 "결국 우리는 그 사람들을 다 받아들이게 되었다"는 내용이었다. 힐러리와 나는 처음 그 광고를 보았을 때, 너무나 터무니없는 내용이라서 아무도 믿지 않을 거라고 생각했다. 그 광고가 시작되기 직전에 포트샤피 사태에 대처한 나의 대응에 관한 여론조사에 의하면, 적절한 대응이었다고 생각하는 주민은 60퍼센트, 지나치게 강경한 대응이었다고 생각하는 주민은 3퍼센트, 지나치게 약한 반응이었다고 생각하는 주민들은 20퍼센트였다. 이들 강경파 주민들은 내가 수용소에서 달아난 난민들을 모조리 총살했어야 만족했을 것이다.

광고에 대한 우리의 판단은 잘못된 것이었다. 광고는 효력을 발휘하고 있었다. 포트스미스에서, 빌 코스론 보안관과 론 필드 검사와 같은 지방직 공무원들은 내가 수용소 주변의 주민들을 보호하기 위해서 위험을 무릅쓰고 훌륭하게 대처했다면서 나를 강력히 옹호했다. 누구나 아는 일이지만, 기자회견은 강력한 비난성 광고의 효과를 뒤집을 수 없다. 나는 쿠바난민과 자동차세의 수렁으로 빠져들고 있었다.

선거 며칠 전에, 힐러리는 여론조사 일을 했던 딕 모리스에게 전화를 했다. 사람들의 신경을 거스르는 딕의 태도 때문에 불평하는 사람들이 많아서 나는 그 대신에 피터 하트를 여론조사원으로 기용하고 있었다. 힐러리는 그에게 여론조사해서 우리가 수렁에서 빠져나올 방법이 있는지 알아보라고 부탁했다. 딕은 여론을 살핀 다음 특유의 무뚝뚝한 말투로 내가 질 것 같다고 말했다. 그는 몇 가지 광고를 제안했고, 우리는 그의 제안에 따랐다. 하지만 그가 예견했듯이, 그 효과는 너무 약했고 이미 때를 놓친 뒤였다.

11월 4일 선거일에 지미 카터와 나는 48퍼센트의 표를 얻었다. 1976년에 카터가 얻은 65퍼센트, 1978년에 내가 얻은 63퍼센트 득표율에 비하면 엄청나게 많은 표를 잃은 셈이었다. 우리는 둘 다 패했지만, 패배의 양상은 상당히 달랐다. 대통령은 75카운티 중에서 50카운티의 표를 얻었다. 그가 승리한 카운티들은 민주당 거점지역들이었다. 이곳에서는 쿠바난민 문제가 표를 갉아먹기는 했지만, 그렇다고 승리를 얻을 수 있는 득표차까지 없애버리지는 못했다. 그가 패배한 서부 아칸소의 카운티들은 보수적인 공화당 지역으로 이탈표가 대단히 많았던 곳이었다. 카터가 쿠바난민 문제에 대한 약속을 깬 데 대한 분노, 그리고 레이건이 낙태와 파나마운하 조약에 반대하는 기독교 근본주의파와 연합한 것이 이들이 대거 이탈한 주요 원인이었다. 아칸소는 아직도 공화당을 이기지 못하고 있었다. 카터가 아칸소에서 거둔 48퍼센트 득표율은 전국 득표율을 7포인트나 밑도는 것이었다. 만일 쿠바난민에 관한 약속을 깨지 않았다면, 카터는 이길 수도 있었을 것이다.

카터의 경우와는 대조적으로, 내가 승리한 카운티는 겨우 24개로, 흑인 주민이 많은 곳과 도로 정책에 대한 지지가 많거나 혹은 반대가 덜한 곳뿐이었다. 나는 민주당 지지도가 높은 북동부 아칸소의 11개 카운티를 모두 잃어버렸다. 그곳들은 대부분 제3지역구에 속하는 농촌 카운티들이었고, 남부 아칸소에 속하는 곳도 일부 있었다. 나를 죽인 것은 바로 자동차세였다. 여론조사 당시에는 쿠바난민 문제에 관한 나의 대응에 찬성하는 사람들의 비율은 자동차세와 이익단체의 반대, 그리고 심각한 경제상황으로 인해 불만을 가진 사람들의 비율보다 훨씬 높은 상태였다. 자극적인 쿠바 광고는 내심 갈등하고 있던 나의 지지자들이 완전히 등을 돌리게 하는 기적을 일으켰다. 1980년에 내게 일어났던 일은 1992년에 조지 부시 대통령에게 일어났던 일과 놀랄 만큼 비슷했다. 걸프전쟁에 대한 여론의 지지도는 높았지만, 불만도 높았다. 사람들이 걸프전쟁 때문에 부시에게 표를 던지지 않겠다고 결심하는 순간, 나는 앞으로 전진했다. 프랭크 화이트는 쿠바난민 광고를 이용한 덕에 갈등하던 나의 지지자들을 자기편으로 끌어들이는 데 성공했다.

1980년, 서부 아칸소의 공화당 지역에서는 내가 카터 대통령보다 선전했다. 이곳 주민들은 내가 쿠바 사태에 어떻게 대처했는지 잘 알고 있었다. 포트스미스와 세바스천 카운티에서 내가 민주당 후보 중에서 최다득표를 한 것은 순전히 포트샤피 덕분이었다. 카터는 그곳에서 28퍼센트의 표를 얻었다. 범퍼스 상원의원은 20년 이상 그곳에서 변호사 생활을 했던 사람이지만, 파나마 운하를 '포기'하자는 쪽에 표를 던지는 용서할 수 없는 죄를 저지르는 바람에 30퍼센트의 표를 얻는 데 그쳤다. 나는 33퍼센트를 얻었다. 이렇게 해서 민주당은 몰살당하고 말았다.

선거일 밤에 나는 기분이 엉망이어서 기자들을 만나고 싶지 않았다. 힐러리가 선거운동본부로 가서 활동가들에게 감사의 말을 하고 다음 날 주지사 관저로 오라고 초청했다. 거의 뜬눈으로 밤을 새우고 난 후, 나는 힐러리와 첼시와 함께 관저 뒷마당에 모인 200여 명의 열성적인 지지자들을 만났다. 나는 그들에게 내가 할 수 있는 최선의 연설을 했다. 그들이 했던 모든 일들에 대해 감사를 표하고, 우리가 이룬 모든 성과들이 너무나 자랑스럽다고 말하고, 프랭크 화이트에게 협조하겠다고 말했다. 당시 상황을 고려하면 대단히 쾌활한 내용의 연설을 했던 셈이었다. 하지만 내 마음속은 비참한 심정과 자책감이 들끓고 있었다. 그토록 좋아했던 일들에서 손을 떼야 한다는 사실이 너무나 가슴 아팠다. 나는 그 안타까운 마음을 사람들 앞에 털어놓았지만, 울분과 자책감은 누그러지지 않았다.

당시 내가 정치계에서 할 수 있는 일은 많지 않을 것 같았다. 나는 25년 만에 처음으로 재임을 거부당한 주지사에, 미국 역사상 가장 젊은 전직 주지사라는 기록을 세우게 되었다. 주지사 직이 무덤이 될 거라는 존 매클렐런의 예언은 적중했다. 하지만 내 손으로 내 무덤을 판 것이야 이제 와서 어쩔 수 없는 일이었고, 이제 남은 일은 내 손으로 다시 그 무덤에서 기어나오는 일뿐이었다.

목요일에 힐러리와 나는 새집을 구했다. 1911년에 건축된 아름다운 목조주택이었다. 그 집이 위치한 곳은 리틀록 힐크러스트 지역에 소재한 미들랜드 애비뉴로, 주지사 관저에 들어오기 전에 살던 곳에서 멀지 않은 곳이었다. 나는 벳시 라이트에게 전화를 걸어 임기를 마치기 전에 서류들을 정리하는 일을 도와달라고 부탁했다. 고맙게도 그녀는 기꺼이 도와주었다. 그녀는 주지사 관저로 거처를 옮겨와 주 하원의원 글로리아 케이브와 함께 하루도 쉬지 않고 일했다. 글로리아 케이브는 내가 추진하는 정책들을 지지하다가 재선에 실패한 사람이었다.

임기를 마치기 전 두 달이라는 기간은 나의 참모들에게도 어려운 시간이었다. 그들은 직업을 찾아야 했다. 정치계를 떠난 사람들이 흔히 가는 곳은 주정부와 함께 여러 가지 사업을 하는 대기업들이지만, 우리는 모든 기업들의 원성의 대상이었다. 루디 무어는 프랭크 화이트에게 업무 인계를 하기 전에 중요한 공무를 마무리하기 위해서 모든 사람들을 추스르며 열심히 일했다. 내가 정신을 놓고 있을 때, 루디 무어와 내 일정관리 비서인 랜디 화이트는 내가 참모들과 그들의 장래에 대해서 더 많은 관심을 기울여야 한다는 것을 일깨워주었다. 나의 참모들은 대부분 오랜 동안 직장을 다니지 않고 버틸 수 있을 만한 여력이 없었다. 어린 자녀가 있는 사람들도 꽤 있었다. 대부분 주정부 기관에서만 일했던 경력만 있는 사람들이었고, 그 중 상당수가 법무장관 시절에 나와 함께 일했던 사람들이었다. 나는 나를 위해서 일해준 사람들을 너무나 아끼고 그들에게 고마움을 느끼고 있었다. 선거에서 패배하고 나서 상당 기간 동안, 당연히 그들에게 표현했어야 할 감사와 사랑을 분명하게 표현하지 않았던 것이 너무나 후회스럽다.

그 어려운 시기에 힐러리는 나를 특별히 세심하게 보살펴주었다. 그녀는 내게 사랑을 베풀고 나의 고통을 나누는 한편, 내가 현재와 미래에 집중할 수 있게 해주었다. 무슨 일이 일어났는지 전혀 모르는 천진난만한 첼시의 모습을 보면서 나는 이것으로 세상이 끝난 게 아니라는 것을 깨달았다. 엄청나게 많은 격려의 전화가 걸려왔다. 테디 케네디는 내가 다시 복귀하게 될 거라고 말했고, 역시 낙선으로 좌절하고 있었을 월터 먼데일은 대단한 유머감각으로 나를 위로해주었다. 나는 백악관을 찾아가 가터 내통령에게 인사를 하고 그의 행정부가 아칸소를 돕기 위해 했던 여러 가지 일들에 대해서 감사의 마음을 전했다. 그가 약속을 깬 것과 그로 인해 아칸소에서 나도 패배하고 그 자신도 패배한 것을 생각하면 마음이 편치 않았지만, 열정이 있고 환경정책들을 적극적으로 전개해온 사람이니 역사가 그에게 더 좋은 길을 열어줄 거라는 생각이 들었다. 알래스카에 북극 국립야생생물 안전지대를 설립한 것과, 이스라엘과 이집트 간에 캠프 데이비드 협상을 이끌어낸 것, 그리고 파나마운하 조약을 체결한 것, 그리고 인간의 권리와 관련된 현안들을 전진시킨 것은 그가 이룩한 특별한 성과들이었다.

직장을 구해야 한다는 점에서 나의 입장도 주지사 사무실에서 일했던 다른 직원들과 다를 것이 없었다. 나는 아칸소 이외의 지역에서 몇 가지 흥미로운 제안을 받았다. 켄터키 프라이드 치킨 사업으로 성공한 존 Y. 브라운이라는 친구는 내게 루이빌 대학교의 학장직에 응모할 의사가 있는지 물어왔다. 그는 특유의 간결한 말투로 나의 관심을 끌려고 했다. "학교도 좋고, 집도 좋고, 농구팀도 훌륭하지." 캘리포니아 주지사인 제리 브라운은 자기 비서실장인 그레이 데이비스가 사직을 하려 하니 그의 후임으로 와달라고 말했다. 그가 말한 내용은, 내가 자동차세 때문에 낙선했다는 사실을 믿을 수 없다, 캘리포니아는 다른 주에서 이주하는 사람들이 많은 곳이니 내가 적임자일 것 같다, 그리고 내가 관심을 가지고 있는 정책 분야에서 영향력을 발휘할 수 있게 해주겠다는 것이었다. 세계야생동물기금을 총괄하는 직위를 맡아달라는 제안도 있었다. 그 단체는 워싱턴에 본부를 둔 환경보존 단체였는데, 나는 예전부터 그 단체의 활동에 대해 높이 평가하고 있었다. "가족이 모두"라는 프로그램을 비롯해서 여러 가지 텔레비전 역사물로 성공을 거둔 노먼 리어는 '미국의 길을 위해 일하는 사람들'의 대표를 맡아달라고 부탁했다. 그 단체는 수정헌법 1조의 자유조항에 대한 보수주의자들의 공격에 맞서기 위해서 설립된 개방적인 단체였다. 어떤 사람들은 내게, 아이오와 출신으로 로스앤젤레스에서 성공을 거둔 변호사 찰스 매너트가 노리고 있는 민주당전국위원회 의장직에 도전해보라고 권하기도 했다. 아칸소 내에서 제안이 들어온 곳은 딱 하나, '라이트 린지 앤 제닝스' 법률회사였다. 그 회사가 내게 고문역을 맡아달라면서 제시한 연봉은 6만 달러로 주지사 연봉의 거의 두 배나 되는 금액이었다.

나는 민주당전국위원회 일에 마음이 많이 끌렸다. 내가 관심이 많은 정치 분야의 일인데다, 그곳에서 해야 할 일이 무엇인지 잘 알고 있다는 생각 때문이었다. 하지만 찰스 매너트는 그 의장직에 굉장한 집착을 가지고 있었고, 내가 뛰어들기 전에 이미 당선에 필요한 표를 획득할 수 있을 것 같았다. 나는 이 문제로 매너트와 함께 일하고 있는 미키 캔터와 상의했다. 그는 법률서비스법인의 집행부에서 힐러리와 함께 일하던 시절에 알게 된 사람이었다. 나는 미키를 상당히 좋아했으며 그의 판단을 신뢰하고 있었다. 그는 내게 공직에 다시 나서고 싶다면 정당의 일에 관여해서는 안 된다고 말해주었다. 그는 또한 제리 브라운의 비서실장 자리도 반대했다. 다른 제안들에도 마음이 끌렸다. 특히 세계야생동물기금에 마음이 끌렸다. 하지만 나는 아칸소 밖에서 일자리를 구하는 것은 있을 수 없는 일이라고 생각했다. 나는 아칸소를, 혹은 나 자신을 단념할 마음이 없었다. 결국 나는 라이트 린지 앤 제닝스 법률회사의 제안을 받아들였다.

나는 낙선한 직후에, 그리고 그후 몇 달 동안, 아는 사람들을 찾아다니며 왜 내가 낙선했다고 생각하는지 물어보았다. 쿠바도 아니고, 자동차세도 아니고, 동시에 모든 이익단체들의 화를 돋운 것도 아니고, 전혀 뜻밖의 대답을 들으며 나는 깜짝 놀랐다. 오랫동안 주 회계감사원으로 근무하던 지미 '레드' 존스는 내가 주지사로 일하던 시절에 아칸소 방위군 부관 참모로 임명되었다. 그는 내가 젊은 지식인들과 지역 외 출신자들을 너무 많이 요직에 앉힌 것 때문에 유권자들에게서 멀어지게 되었다고 말했다. 그는 힐러리가 처녀적 이름을 계속 사용한 것 역시 좋지 않았다고 말했다. 그것은 평범한 변호사라면 괜찮은 일이지만, 주지사의 부인으로서는 옳지 않은 일이라는 것이 그의 생각이었다. 1976년과 1978년에 선거운동본부장을 맡았던 웰리 드뢱은 내가 주지사직에 너무 몰두하는 바람에 다른 것들을 생각하지 못했다고 말했다. 주지사가 된 후에는 자기 아이들에 대해서 한 번도 물어본 적이 없다는 원망도 덧붙였다. 산간 마을 마셜에서 총포상을 하고 있는 조지 다니엘은 같은 이야기를 더 가혹한 말투로 말했다. "빌, 사람들은 당신을 멍청이라고 생각했어요!" 루디 무어는 내가 왜 이렇게 골칫거리가 많으냐고 불평은 많이 했지만, 실제로는 정치적인 문제들에 대해서 집중하고 그 문제를 어떻게 처리할지 충분히 생각하는 것 같지 않았다고 말했다. 오랜 친구로 나를 속속들이 알고 있는 맥 맥라티는 내가 1년 내내 태어날 아기 첼시에게만 관심이 팔려 있었고, 친아버지 얼굴을 모른다는 사실 때문에 늘 슬퍼하고 있었고 쿠바 사태와 같은 일이 일어날 때만 빼고는 늘 첼시의 아버지 노릇에만 정신을 쏟고 있었으며, 선거운동에 성의를 다하지 않았다고 말했다.

주지사직을 떠나고 나서 몇 달이 지난 뒤에야, 나는 이 모든 설명들이 어느 정도 타당하다는 생각이 들었다. 그때까지 100명이 넘는 사람들이 나에게 다가와서 던지고 간 말들은 대부분, 나한테 일깨움을 주려고 표를 주지 않았는데, 진짜로 낙선할 줄 알았다면 그렇게 하지 않았을 거라는 내용이었다. 정신을 똑바로 차렸다면 나는 여러 가지 일들을 할 수 있었을 터였다. 내가 분명히 깨달은 것은 내가 능력에 비해서 너무 큰 자리에 올랐기 때문에 자신이 하고 싶은 일에만 정신이 팔려 있었고 자신들이 원하는 일에는 관심을 두지 않았다고 생각하는 사람들이 대단히 많다는 사실이었다. 사람들은 내 태도에 불만을 품고 항의하는 의미의 표를 던졌다. 하지만 그것으로 모든 것을 설명할 수는 없었다. 선거 후에 실시된 여론조사에서 1978년에 나를 지지했던 유권자들 중에서 1980년에 다른 후보를 지지하게 된 이유를 보면, 자동차세 때문이라는 사람이 12퍼센트, 쿠바 문제 때문이라는 사람이 6퍼센트였다. 여러 가지 실수와 문제들을 벌이긴 했지만, 만일 이 두 가지 문제가 없었다면 나는 이길 수 있었을 것이다. 하지만 낙선하지 않았다면, 나는 대통령이 될 수 없었을 것이다. 주지사 재선 실패는 너무나 절망적이면서도, 너무나 소중한 경험이었다. 덕분에 나는 진보적인 정치에 내재하고 있는 여러 가지 정치 문제들에 대해서 훨씬 민감해질 수 있었다. 당시 내가 얻은 교훈은 다음과 같다. 진보적인 정치 시스템은 한 번에 여러 가지 변화를 흡수할 수 있는 시스템이다. 모든 기득권자들의 이익을 동시에 꺾을 수는 없다. 사람들은 어떤 정치가가 귀를 닫았다고 생각하는 순간 그의 곁을 떠난다.

주지사 사무실을 떠나는 날, 나는 10개월 된 첼시가 의자에 앉아 전화기를 쥐고 있는 사진을 찍은 다음, 의회로 가서 이임연설을 했다. 나는 우리가 이루었던 진보들을 열거하고, 나를 지원해준 데 대한 감사의 마음을 표현했다. 또한 나는 우리 아칸소는 미국에서 두 번째로 세금부담률이 낮은 주이며, 언젠가는 우리의 잠재력을 최대한 발휘하게 하기 위해서 정치적으로 납득할 수 있는 세수 확대 방안을 찾아내야만 할 것이라는 사실을 지적했다. 그러고 나서 나는 물 밖으로 내던져진 물고기 꼴을 하고 의사당에서 걸어나와 개인의 생활로 돌아갔다.

22

아칸소를 기준으로 보면, '라이트 린지 앤 제닝스'는 명성과 능력을 갖춘 대기업이었다. 직원들은 유능하고 친절했고 자기 일을 밀쳐두고 나를 도왔으며, 내가 편안하게 적응할 수 있게 배려해주었다. 회사의 배려로 나는 바바라 컨스라는 비서를 두었다. 함께 일한 지 4년째인 바바라는 내 가족과 친구들, 그리고 지지자들을 속속들이 알고 있는 여성이었다. 회사는 벳시 라이트에게 사무실 공간을 내주어 내가 쌓아온 자료들을 계속 챙기고 다음 선거운동 계획을 세울 수 있게 해주었다. 나는 법률 업무를 진행하면서 그리 힘들지 않은 사건 몇 개를 맡았다. 회사는 내게 맡긴 일들에서 수익을 보지 못했을 것이다. 회사가 나를 채용한 덕분에 얻은 소득이라고는 늘 감사히 여기고 있는 나의 마음과 내가 대통령이 되었을 때 나를 옹호하기 위해서 활약했던 몇 가지 법률서비스뿐이었다.

나는 주지사 시절과 흥미진진한 정치활동을 그리워하면서도, 인생의 평범한 영역들을 만끽하며 지냈다. 적당한 시간에 집으로 돌아와 힐러리와 함께 첼시가 커가는 모습을 지켜보고, 친구들과 함께 저녁식사를 하고 새로운 이웃들을 사귀었다. 특히 맞은편에 사는 사지와 루이스 로자노 부부는 첼시를 아껴주었고 늘 많은 도움을 주었다.

나는 몇 달 동안 공적인 발언을 하지 않으려고 마음먹고 있었다. 하지만 한 가지 예외가 있기는 했다. 2월에 리틀록에서 고속도로를 타고 동쪽으로 한 시간 거리에 있는 브링클리로 갔다. 그곳은 1980년에 나를 지지해준 지역이었다. 나는 이곳에 사는 열성적인 지지자들의 간청을 외면할 수 없어서

라이온스 클럽 연회에서 연설을 했다. 나의 지지자들은 나에게 변함 없이 지지하는 사람들과 함께 있으면 기분이 좋아질 거라고 말했는데, 정말 그랬다. 만찬이 끝난 뒤, 나는 카운티 책임자인 던과 베티 풀러의 집에서 열린 환영회에 참석했다. 고맙게도 그곳에 모인 사람들은 내가 다시 주지사직에 복귀하기를 바라고 있었다. 당시 리틀록에서는 대부분의 사람들이 새로운 주지사와 좋은 관계를 맺는 일에 신경을 쓰고 있었다. 내가 재임할 때 직위를 맡아 활동하다가 화이트 주지사 임기에도 남아 있던 어떤 사람은 리틀록에서 내가 다가오는 걸 보고 건널목을 건너버리기도 했다. 내가 백주대로에서 악수라도 하자고 할까봐 겁이 난 모양이었다.

브링클리의 친구들이 베풀어준 친절은 감격적이었지만, 나는 그후 몇 달 동안 아칸소 내에서는 일체 연설을 하지 않았다. 주지사 프랭크 화이트는 실책을 하고 있었고, 입법 전투에서 몇 차례인가 패배하고 있었는데, 그 일에 끼어들고 싶지 않았기 때문이었다. 그는 경제발전위원회라는 부서명을 아칸소 산업발전위원회로 되돌리고 자원부를 철폐하겠다는 법안을 통과시켜서 자신의 공약을 지켰다. 하지만 그가 힐러리와 내가 세웠던 농촌 보건진료소를 없애려고 하자, 그 진료소들을 이용하고 있던 많은 사람들이 항의하기 시작했다. 그의 법안은 거부되었으며, 그는 정말로 어려운 사람들에게 큰 도움이 되었을 진료소 추가설치 계획을 중단시키는 데 만족해야 했다.

주지사가 자동차세 인상을 철회하는 법안을 제출하자, 도로교통부의 책임자인 헨리 그레이, 하이웨이 감독관, 그리고 도로건설업자들이 강력하게 반발하고 나섰다. 그들은 도로를 건설하고 수리하면서 돈을 버는 사람이었다. 많은 의원들이 그들의 주장에 귀를 기울였다. 경제적인 부담을 지는 것은 싫어했던 유권자들도 도로사정이 개선되는 것은 좋아했기 때문이었다. 결국 화이트는 자동차세 인상분에서 상당히 많이 삭감 했다. 하지만 대부분의 예산은 도로개선 프로그램 안에 그대로 남아 있었다.

주지사가 부딪힌 가장 심각한 법률적 문제는 기이하게도 그가 통과시켰던 법률에서 발생했다. 그가 제출한 이른바 창조과학 법안은, 아칸소에서 진화론을 가르치는 학교들에 대해서 같은 시간을 할애하여 『성경』의 내용과 일치하는 창조론을 가르치도록 규정하고 있었다. 창조론의 내용은, 인간은 수만 년 전에 다른 종으로부터 진화한 것이 아니라 수천 년 전에 하나님에 의해 독립한 종으로 창조되었다는 것이다.

20세기 내내, 근본주의자들은 인간 창조에 관한 『성경』 내용과 문헌적으로 일치하지 않는다는 이유로 진화론에 반대하고 있었다. 1900년대 초에는 아칸소를 포함한 일부 주들이 진화론을 가르치는 것을 법으로 금지했다. 대법원이 이런 법안을 무효화시킨 후에도 1960년대에 들어서기 전까지는 대부분의 과학 교과서에서는 진화론을 찾아볼 수 없었다. 1960년대 말 신세대의 근본주의자들이 다시 이 문제를 제기했다. 그들은 진화론의 터무니없음을 입증하고 창조론을 지지하는 과학적 증거가 있다고 주장했다. 결국 그들은 진화론을 가르치는 학교는 '창조과학'에도 똑같은 관심을 가져야 한다는 생각을 하게 되었다.

FLAG 같은 근본주의자 그룹들의 강력한 로비활동과 주지사의 지원 덕분에, 아칸소는 법적으로 창조과학 개념을 받아들이는 최초의 주가 되었다. 법안은 별 어려움 없이 통과되었다. 입법부에는 과학자들이 많지 않았고, 많은 정치가들이 대통령과 주지사를 당선시키고 나서 의기양양해져 있는 보수적인 기독교 그룹의 신경을 건드리는 걸 겁내고 있었다. 화이트 주지사가 그 법안에 서명하자, 종교를 과학이라는 이름으로 가르치고 싶지 않은 교사들과 헌법으로 규정된 교회와 국가의 분리 조항을 보호하고 싶은 종교 지도자들, 아칸소가 나라의 웃음거리가 되는 것을 원치 않았던 시민들에게서 강력한 항의가 쏟아졌다.

프랭크 화이트는 창조과학법을 반대하는 사람들에게 놀림감이 되었다. 나를 세발자전거에 탄 모습으로 그렸던 「아칸소 가제트」지의 카툰작가 조지 피셔는 반쯤 껍질을 벗긴 바나나를 들고 있는 주지사를 그리기 시작했다. 그가 아직 충분히 진화가 되지 않은, 인간과 침팬지 사이의 '잃어버린 고리'라는 것을 암시하는 그림이었다. 화이트 주지사는 문제가 심각해질 조짐이 보이자 법안에 서명하기 전에 내용을 읽지 않았다고 변명했고, 이 일로 인해서 그는 더 깊은 수렁으로 빠져들고 말았다. 결국 창조과학법은 빌

오버튼 판사에 의해서 위헌판결을 받게 되었다. 그는 그 법안은 과학을 가르치라는 것이 아니라 종교를 가르치라는 것이고, 헌법이 규정하고 있는 교회와 국가의 분리 장벽을 깨뜨리려는 것이라는 강력한 소견을 밝혔다. 법무장관 스티브 클라크는 그 결정에 대한 항소를 받아들이지 않았다.

프랭크 화이트가 부딪힌 문제는 입법회기에만 한정된 것이 아니었다. 가장 큰 실책은 공공서비스위원회 위원 지명 예정자들을 AP&L에 면접을 보도록 보낸 일이었다. AP&L은 지난 몇 년간 전기요금의 대폭 인상을 위해 노력하고 있는 회사였다. 이 이야기가 알려지자 언론은 주지사를 공격해 댔다. 주민들이 내야 하는 전기요금은 자동차세보다 훨씬 급격하게 상승하고 있었다. 그런데 이제 새로 뽑힌 주지사는 AP&L의 대폭적인 요금 인상을 허용할 것인지 말 것인지를 결정해야 할 사람들을 AP&L가 우선적으로 승인할 수 있도록 했던 것이다.

주지사는 실언도 여러 번 했다. 주지사는 대만과 일본에 무역 사절단을 파견한다고 발표하는 기자회견 자리에서 '중동' 으로 진출하게 되어서 기쁘다고 말했다. 이 사실을 알게 된 조지 피셔에게는 기가 막힌 영감이 떠올랐다. 주지사 일행이 사막 한가운데서 비행기에서 내리는 장면이었다. 그는 주위에 야자수와 피라미드와 아랍인 복장을 한 사람들, 그리고 낙타도 한 마리 그려넣었다. 한 손에 바나나를 든 주지사는 주위를 둘러보면서 "굉장하군! 인력거를 불러!" 라고 말하는 모습이었다.

일이 이렇게 진행되는 동안에, 나는 정치적인 활동을 하기 위해서 주를 몇 번 벗어났다. 낙선하기 전에 아이다호의 주지사 존 에반스는 내게 아이다호 제퍼슨-잭슨의 날 만찬에 와서 연설을 해달라는 부탁을 했고, 낙선이 확정된 후에도 예정했던 대로 꼭 와달라고 부탁했다.

아이오아 데스 모인스에서는, 난생처음으로 주 공무원들과 지방직 공무원들을 위한 민주당 연수 프로그램에서 연설을 했다. 나는 친구인 샌디 버거에게 워싱턴으로 와서 파멜라 해리먼과 함께 하는 오찬에 참석하라는 초대를 받았다. 파멜라 해리먼은 유명한 민주당 정치가 에이브럴 해리먼의 부인이었다. 에이브럴 해리먼은 프랭클린 루스벨트의 사절로 처칠과 스탈린을 만나고, 북베트남과의 파리평화회담에서 미국 측 대표를 맡았으며, 뉴욕 주지사로 활동했던 경력을 가지고 있었다. 해리먼은 제2차 세계대전 당시 처칠 수상의 며느리로 다우닝 스트리트 10번지에 살고 있는 파멜라를 만났다. 해리먼의 부인이 죽고 나서 두 사람은 결혼을 했다. 파멜라는 60대 초반의 나이인데도 아름다운 미모를 간직하고 있었다. 그녀는 내게 '80년대를 위한 민주당원' 조직의 집행부로 참여해 달라고 부탁했다. 그 조직은 그녀가 최근에 설립한 정치활동위원회로 민주당의 재집권을 돕기 위해서 후원금을 모으고 정책 구상을 하는 조직이었다. 점심식사 후에, 나는 그녀가 최초의 텔레비전 인터뷰를 하는 장소까지 동행했다. 그녀는 너무나 긴장이 되어서 내게 어쩌면 좋겠느냐고 물었다. 나는 그녀에게 긴장을 풀고 점심식사 때 말하던 것과 똑같은 억양으로 이야기하라고 말해주었다. 그 조직의 집행부에 참여한 뒤, 나는 여러 차례에 걸쳐서 조지타운의 해리먼 집을 찾아가 중대한 정치 사안을 토론하고 인상파 예술 작품을 감상하며 좋은 저녁 시간을 보냈다. 대통령이 되었을 때, 나는 파멜라 해리먼을 프랑스 대사로 임명했다. 프랑스는 그녀가 제2차 세계대전 이후 살았던 곳이고, 첫 번째 결혼의 파경을 맞은 곳이었다. 그녀는 프랑스 사람들 사이에서 좋은 평판을 얻고 훌륭한 성과를 올렸다. 그녀는 1997년 사망할 때까지 그곳에서 대사로 활약하면서 행복하게 살았다.

봄이 되고 보니, 주지사는 다음 선거에서 재선될 가능성이 없어 보였다. 나는 재도전에 대해서 생각하기 시작했다. 어느 날 리틀록에서 핫스프링스의 어머니 집으로 차를 몰고 가고 있었다. 나는 갈 길이 절반쯤 남은 론스데일의 주유소 주차장에 차를 세웠다. 그곳의 주인 남자는 정치에 관심이 많은 사람이었다. 나는 내가 재도전하는 것에 대해 어떻게 생각하는지 물어보았다. 그는 상냥하게 말을 하면서도 명확한 답변은 피했다. 차로 돌아가다가 나는 멜빵바지를 입은 노인과 부딪쳤다. 그가 "빌 클린턴 맞지요?" 하고 물었다. 내가 그렇다고 하면서 악수를 청하자, 그는 서슴지 않고 나를 찍지 않겠다고 말했다. "나는 당신의 낙선을 도운 사람이요. 나는 당신한테서 열 한 표를 빼앗았지요. 나, 아내, 아들 둘, 며느리 둘, 그리고 친구 다섯 명. 우리는 당신을 납작코로 만들었어요." 내가 이유를 물었더니 짐작했던 대답이 나왔다. "당신 때문에 자동차세가 올랐으니까요." 나는 그리 멀지 않은 하이웨이의 한 곳을 가리키며 말했다. "내가 재임 중에 이곳에 심한 우박 폭우가 쏟아졌던 거 생각나세요? 도로 저 부분이 뒤틀리는 바람에 자동차들이 도랑에 처박혔지요. 나는 주방위군을 동원해서 자동차들을 꺼내야 했어요. 신문마다 그 사진들이 실렸지요. 저 도로들은 수선을 해야 해요." 그가 대꾸했다. "내가 알 바 아니죠. 나는 돈을 내고 싶지 않았다니까요." 그의 말을 듣고 나서 나는 무심결에 "물어볼 게 있어요. 내가 다시 주지사 선거에 나가면, 나를 찍을 겁니까?" 하고 말했다. 그는 웃으면서 대답했다. "물론이지요. 이제 서로 비긴 셈이네요." 나는 당장 공중전화로 달려가서 힐러리에게 전화를 걸어 그 이야기를 해주고 이번에는 이길 것 같다고 말했다.

그후 나는 주 이곳저곳을 돌아다니고 수많은 사람들과 대화를 나누면서 1981년을 보냈다. 민주당 지지자들은 프랭크 화이트를 낙선시키기를 원했다. 예전에 나를 지지했던 사람들은 대부분 출마하면 밀어주겠다고 말했다. 우리 주를 각별히 아끼고 정치에 관심이 많은 두 남자가 나의 재선에 특별한 관심을 보였다. 모리스 스미스는 고향인 버드아이에 1,500만 평의 농장과 은행을 소유하고 있는 사람이었다. 그는 나이가 예순 남짓 되었고, 마르고 키가 작았다. 침착한 표정과 귀에 거슬리는 저음의 목소리를 가진 그는 말을 아끼면서도 효과적으로 할 줄 알았다. 모리스는 민첩하고 믿음직스러웠다. 그는 특히 오랫동안 아칸소 정치계에서 활약해온 진짜 진보적 민주당 지지자였다. 인종차별의식이나 엘리트의식이 전혀 없었고, 나의 도로 프로그램과 교육 프로그램을 철저하게 지지하고 있었다. 그는 내가 다시 출마하기를 바랐으며, 당선에 필요한 후원금을 모으고 예전에는 관심이 없던 존경받는 인물들에게서 지지를 이끌어내는 일에서 중요한 역할을 담당했다. 그가 거둔 가장 큰 성과는 조지 켈이라는 사람을 내 편으로 만든 일이었다. 조지 켈은 디트로이트 타이거스 야구팀에서 활동하면서 명예의전당에 이름을 남긴 사람으로 타이거스 경기 때마다 경기 해설을 맡고 있는 사람이었다. 그는 야구계에서 화려한 경력을 날리는 동안에도, 자신의 고향인 북동부 아칸소의 작은 마을 스위프턴의 집을 떠나지 않고 있었다. 그는 그곳의 전설적인 인물이었으며, 주 곳곳에 열성적인 팬들이 많이 있었다. 그는 나와 친해지게 되자, 선거운동본부 회계담당자로 일하겠다고 나섰다.

모리스가 지지를 하고 나서자, 주민들은 나의 출마에 대해 우호적인 태도를 보이기 시작했다. 다른 주에서는 몰라도, 아칸소에서는 주지사에 당선되었다가, 낙선되었다가, 다시 당선된 사례가 없었다. 그렇기 때문에 주민들의 반응은 대단히 중요한 의미를 지니는 것이었다. 나에게 모리스는 열렬한 지지자 그 이상의 사람이었다. 나는 그를 속마음을 털어놓고 충고를 구할 수 있는 절친한 친구로 여겼다. 나는 그를 절대적으로 신뢰했으며, 아버지처럼 형처럼 존경했다. 내가 아칸소에서 활동하는 동안, 그는 선거운동과 주정부 활동에 적극적으로 관여했다. 모리스는 협상을 통한 정치를 좋아했고, 싸워야 할 때와 협상해야 할 때를 구별할 줄 알았기 때문에, 내가 제안한 프로그램을 입법화하는 데서 특히 큰 활약을 펼쳤다. 그는 첫 임기 때 내가 부딪혔던 여러 가지 문제들로부터 나를 지켜주었다. 내가 대통령이 되었을 때, 모리스는 건강이 좋지 않았다. 어느 날 나는 그를 초청하여 백악관 3층에서 지난 추억들을 떠올리며 행복한 저녁 시간을 보냈다.

내가 만난 사람들은 모두 모리스를 좋아하고 존경했다. 그가 죽기 얼마 전에, 힐러리는 그가 입원한 아칸소의 어느 병원에 다녀온 뒤, 나를 보자마자 "나는 그분이 정말 좋아요"라고 말했다. 그가 숨을 거두기 전 마지막 주에 나누었던 전화 통화에서, 그는 이렇게 말했다. "이번에는 병원에서 나가지 못할 것 같습니다. 당신에게 일러두고 싶은 말이 있습니다. 나는 우리가 함께 했던 모든 일들이 자랑스러워요. 그리고 나는 당신이 정말 좋습니다"라고 말했다. 그에게 그런 말을 들은 것은 그때가 처음이었다.

1998년에 모리스가 죽었을 때, 나는 그의 장례식에서 참석해서 추도 연설을 할 예정이었다. 아칸소로 가는 길에 그가 나를 위해 했던 일들을 하나하나 되새겨보았다. 그는 선거운동 때마다 재무부장을 맡았고, 모든 취임식을 준비했고, 비서실장이자 대학교 이사진의 일원이었으며, 도로교통부의 책임자였고, 그의 아내 제인이 가장 많은 관심을 기울였던 신체장애인 입법의 책임 로비스트였다. 하지만 무엇보다도 소중한 기억으로 남아 있는 것은 선거에서 패배한 1980년, 힐러리와 첼시, 그리고 내가 주지사 관저 뒷마당에 서 있던 그 날의 일이었다. 내가 낙선의 고통에 시달리고 있을 때, 어떤 키 작은 남자가 내 어깨에 손을 얹더니 내 눈을 바라보며 거칠지만 근사한 목소리로 말했다. "괜찮아요. 우리는 다시 돌아올 겁니다." 나는 아직도 모리스 스미스가 그립다.

이런 사람이 또 한 명 있는데, 바로 L. W. '빌' 클라크다. 그는 1981년에 나를 찾아와서 주지사 사무실을 되찾기 위해서 내가 해야 할 일들을 이야기했다. 빌은 정정당당한 정치적 다툼을 좋아하고 인간 본성에 대한 날카로운 안목을 가지고 있는 건장한 남자였다. 그는 남동부 아칸소의 포다이스 출신이었다. 그가 가진 제재소에서는 화이트오크 목재를 재료로 셰리주와 위스키 통에 쓰이는 널빤지를 만들었다. 이 사업으로 스페인에서 많은 돈을 벌었다. 그는 버거킹 식당도 세 개 소유하고 있었다. 어느 날 이른 아침, 그가 핫스프링스 오크론 파크에서 경마를 보자고 권유했다. 당시 나는 두 달 동안 일을 쉬고 있을 때였다. 그때 빌은 우리 좌석으로 찾아와 인사를 하는 사람이 너무나 적다고 흥분했다. 그때 나는 냉소적인 태도를 보이고 있었는데, 빌은 내 태도에 실망하기는커녕 경쟁의식을 불살랐다. 그는 죽기 살기로 나를 주지사직에 복귀시키겠다고 결심했다. 1981년에 나는 여러 차례 핫스프링스 호수가의 그의 집을 찾아가 정치 문제를 논의하고, 그가 나를 위해서 끌어 모은 친구들을 만났다. 그곳에서 여러 차례 식사와 파티가 열렸는데, 그곳에 참석했던 사람 중에 몇몇이 남부 아칸소에서 중요한 역할을 담당하겠다고 나섰다. 그 중에는 전에는 나를 지지하지 않다가 빌의 설득으로 마음을 바꾼 사람들도 있었다. 그후 11년 동안 빌 클라크는 나를 위해 열심히 활동했다. 나는 그에게 깊이 감사한다. 그는 내가 선거에서 이길 수 있도록, 그리고 입법 프로그램을 통과시킬 수 있도록 많은 도움을 주었다. 하지만 가장 감사하는 것은, 나의 확신이 흔들리던 순간에도 그가 변함 없이 나를 믿어주었다는 사실이다.

내가 바깥으로 돌아다니며 선거운동을 하고 있는 동안, 벳시 라이트는 본부 안에서 모든 사무를 총괄하며 열심히 일하고 있었다. 1981년이 저물기 전 몇 달 동안, 벳시와 힐러리와 나는 딕 모리스와 함께 선거운동을 어떻게 전개할 것인지를 놓고 토론했다. 우리는 유명한 정치비평가인 토니 슈워츠를 만나자는 딕의 제안에 따라 뉴욕행 비행기를 탔다. 토니 슈워츠는 맨해튼의 자기 아파트에서 거의 나오지 않는 사람이었다. 나는 유권자들의 생각과 감정을 움직이는 방법에 대해서 슈워츠에게서 많은 것을 배웠다. 낙선된 지 2년 만인 1982년에 당선되길 원한다면, 나는 아칸소 사람들을 잘 따라가야 했다. 하지만 과거의 패배 때문에 위축되어 있으면, 유권자들에게 또 한 번 기회를 달라고 설득하기가 힘들 터였다. 벳시와 내가 사람들 명단을 챙기고 예비선거와 총선거 전략을 짜면서 가장 어려움을 겪었던 것이 바로 이것이었다.

1981년이 저물 무렵 나는 다가오는 싸움을 준비하기 위해서 두 종류의 여행길에 올랐다. 밥 그레이엄의 초청으로 플로리다에 가서 주 민주당 전당대회에서 연설을 했다. 2년에 한 번 12월에 마이애미 지역에서 열리는 전당대회였다. 나는 민주당원들에게 공화당의 공격적인 광고에 맞서 반격을 가해야 한다고 역설했다. 공화당이 먼저 공격을 하게 하는 것은 괜찮지만, 만일 그들이 우리를 상대로 비겁한 반칙을 일삼으면 우리는 "정육점 칼을 들고 가서 그들의 손을 잘라버려야" 한다고 말했다. 내 연설이 너무 감정적인 것 같겠지만, 당시에는 우익이 공화당을 지배하고 정치적인 싸움의 규칙을 파괴하고 있었고, 그들의 영웅인 레이건 대통령은 이들의 활약하는 모습을 내려다보며 기뻐하고 있었다. 공화당원들은 말이라는 무기로 공격하면 선거전에서 이길 수 있다고 생각하고 있었다. 그들이 이길지도 모를 일이었다. 하지만 나는 다시는 일방적인 무장해제를 당하고 싶지 않았다.

또 하나의 여행은 힐러리와 함께 한 팔레스타인 성지순례였다. 그 여행의 인솔자는 임마누엘 침례교회 목사인 W. O. 보트였다. 1980년에 힐러리의 권유에 따라 나는 임마누엘 교회에 나가서 성가대로 활동하기 시작했다. 1964년에 조지타운을 떠난 뒤로, 나는 착실하게 교회를 다니지 않았고, 성가대 활동을 그만둔 것은 그보다 훨씬 전의 일이었다. 힐러리는 내가 교회에 나가고 싶어 하고, 보트 목사를 존경한다는 것을 알고 있었다. 보트 목사는 지옥불을 연상시키는 열광적인 설교 방식을 버리고, 신도들에게 차근차근 『성경』을 가르치고 있었다. 그는 『성경』은 하나님의 복음이지만 그 진정한 의미를 제대로 이해하는 사람은 드물다는 생각에서, 구할 수 있는 가장 오래된 『성경』을 구해 연구하면서 구약이나 신약, 혹은 중요한 주제별로 연속 강의를 진행했다. 나는 보트 목사가 성경말씀을 가르치는 동안 성가대석에서 보트 목사의 벗어진 뒤통수를 쳐다보거나 『성경』을 찾아 읽는 주일을 기다리게 되었다.

보트 목사는 이스라엘이 건국되기 10년 전인 1938년부터 팔레스타인 성지순례를 다니고 있었다. 장인 장모가 첼시를 돌보기 위해서 파크리지에서 왔기 때문에, 우리는 1981년 12월에 보트 목사가 이끄는 순례대열에 낄 수 있었다. 우리 일행은 예루살렘에 오래 머물면서 예수님이 걸으셨다는 곳을 따라 걷고 그곳의 기독교도들도 만났다. 예수님이 십자가에 매달리셨다는 곳과 장사당한 뒤에 부활하셨다는 작은 동굴을 둘러보았다. 또 유대인들이 신성하게 여기는 통곡의 벽도 가보고, 이슬람 성지들이며, 알 아크사 사원이며, 모하메드가 하늘로 올라가서 알라신을 만났다고 하는 바위의 돔에도 가보았다. 성묘교회에도 가고, 예수님이 물 위로 걸었다는 갈릴리 바다에도 가고, 세계에서 가장 오래된 도시인 여리고에도 가고, 마사다에도 갔다. 마사다는 유대 전사들이 맹렬한 로마군의 공격을 오랫동안 견뎌내다가 결국 함락당해 순교의 길을 택한 곳이었다. 우리는 마사다 정상에서 발 아래 계곡을 내려다보며, 보트 목사의 설명을 들었다. 그곳은 알렉산더의 군대와 나폴레옹의 군대 같은 역사적으로 유명한 군대들이 지나간 곳이며, 「요한계시록」에 세상이 끝나는 날에 그 계곡이 피로 가득 찰 것이라고 적혀 있다고 했다.

그 여행은 내 마음속에 깊은 흔적을 남겼다. 신앙심이 깊어진 것 같았고, 이스라엘에 대한 깊은 존경심이 생겼으며, 난생처음으로 팔레스타인인들의 열망과 불평을 조금이나마 이해할 수 있을 것 같았다. 바로 그곳에서 아브라함의 모든 자녀들이 세 가지 종교의 탄생지인 그 신성한 땅에서 화해하며 사는 모습을 보고 싶다는 열망이 싹트기 시작했다.

집에 도착하고 얼마 안 있어, 어머니가 딕 켈리와 결혼했다. 딕 켈리는 오래 전부터 알고 지내던 식품 중개인이었다. 혼자 된 지 7년이 넘었기 때문에, 어머니를 위해서는 다행스러운 일이었다. 딕은 체격이 좋고 미남형이었는데, 나 못지않게 경마를 좋아했다. 그는 여행도 좋아해서 여행을 많이 다닌 사람이었고, 앞으로는 어머니와 함께 세계여행을 하고 싶다고 했다. 딕 덕분에 어머니는 라스베이거스에도 자주 다녔고, 나보다 먼저 아프리카에도 다녀왔다. 결혼식은 레이크 해밀턴 옆에 있는 마지와 빌 미첼의 집에서 존 마일즈 목사의 주례로 진행되었다. 마지막에는 로저가 빌리 조엘의 "당신 모습 그대로Just the Way You Are"를 불렀다. 나는 딕 켈리를 좋아하게 되었고, 어머니와 나에게 행복을 주는 그가 고마웠다. 그는 내가 좋아하는 골프 동료가 되었다. 그는 팔십이 넘었지만, 나와 골프 경기를 할 때 각자 핸디캡을 붙이면 반 이상은 그가 이기곤 했다.

1982년 1월에 나는 골프 같은 것은 안중에도 둘 겨를이 없었다. 드디어 선거운동을 시작해야 할 때였다. 벳시는 거위가 물에 적응하듯 아칸소에 적응해갔으며, 오랜 지지자들과 화이트 주지사에게 실망한 새로운 지지자들을 훌륭하게 한 조직에 묶어냈다. 우리는 제일 먼저 선거운동을 어떻게 시작할 것인지를 결정해야 했다. 딕 모리스는 공식적인 출마선언을 하기 전에 텔레비전에 나가서 지난 임기 때의 실책들을 인정하고 다시 한 번 기회를 달라는 내용의 광고를 하자고 주장했다. 위험부담이 있기는 했지만, 낙선한 지 2년 만에 다시 출마한다는 것 자체가 위험한 일이었다. 다시 낙선하게 되면 얼마 동안은 더 이상 복귀할 기회가 없을 것이었다.

우리는 뉴욕에 있는 토니 슈워츠의 스튜디오에서 광고를 찍었다. 광고가 효과를 발휘하려면 과거의 실수를 솔직하게 인정하고 처음 출마했을 때 많은 지지를 끌어 모았던 것과 같은 긍정적인 리더십을 발휘할 것을 약속해야 했다. 그 광고는 2월 8일, 사전 예고 없이 방송되었다. 얼굴이 화면을 가득 채운 상태에서, 나는 유권자들에게 다음과 같은 요지로 연설을 했다. "나는 낙선한 후에 주 구석구석을 다니며 수천 명의 아칸소 주민들과 이야기를 나눴다. 주민들은 내가 좋은 일도 했지만, 자동차세 인상과 같은 실책이 많았다고 했다. 우리 도로들을 고치기 위해 돈이 필요한 것은 사실이지만, 사람들에게 해를 입히는 방식으로 돈을 모은 것은 잘못된 일이었다. 내가 어렸을 때, 아버지는 같은 일을 가지고 두 번 때리지 않으셨다. 우리 주는 교육과 경제 분야에서 지도력이 필요한데, 그 분야는 내가 좋은 성과를 거두었던 분야다. 내게 기회를 준다면, 패배를 통해서 '귀를 기울이지 않고서는 지도자가 될 수 없다'는 사실을 늘 잊지 않는 주지사가 되겠다."

그 광고는 많은 대화를 이끌어냈으며, 유권자들의 마음을 열었다. 2월 27일, 첼시의 생일에 나는 공식 출마선언을 했다. 그날 힐러리는 우리 가족이 찍은 사진을 내게 주었다. 그 사진에는 "첼시의 두 번째 생일, 빌의 두 번째 기회"라고 쓰여 있었다.

출마선언에서 나는 교육 개선, 고용 증대, 그리고 공공요금 인하를 우리 주의 가장 중요한 세 가지 현안으로 제시했다. 이것들은 화이트 주지사가 가장 취약한 부분이었다. 그는 1,600만 달러의 자동차세를 인하했지만, 공공서비스위원회는 AP&L에 대해 2억 2,700만 달러의 요금 인상을 승인해줌으로써, 소비자들과 산업계에 큰 피해를 안겨주었다. 경제 침체로 일자리가 줄어들었고, 주의 세수는 너무 빈약하여 교육을 위해 무슨 조치를 취할 만한 여력이 없었다.

사람들은 나의 메시지를 쉽게 받아들였다. 하지만 그날의 가장 큰 뉴스는 내 성을 쓰겠다는 힐러리의 선언이었다. 이제부터 그녀는 힐러리 로댐 클린턴으로 알려지게 될 터였다. 우리는 여러 주 동안 이 문제를 가지고 의논을 해왔다. 힐러리는 이름 문제가 여론조사에서는 부정적으로 나타나지 않지만 실제로는 많은 사람들에게 영향을 미칠 거라는 여러 친구들의 말을 들으면서 결심을 굳혔다. 몇 달 전에 오랜 친구 버논 조던도 리틀록에 찾아왔을 때 이 문제에 대해서 이야기했었다. 버논은 손에 꼽히는 민권 운동 지도자였고, 친구들이 마음을 열고 의지할 수 있는 사람이었다. 남부 출신인 그는 이름 문제가 왜 중요한지 알 수 있을 만큼 나이가 지긋했다. 절친한 사람 외에, 내게 직접 힐러리의 이름 문제를 지적했던 사람은 한 사람뿐이었다. 그는 파인 블러프 출신의 젊은 진보적 변호사로 열성적인 지지자였다. 그는 내게 힐러리가 결혼하기 전 이름을 계속 쓰는 것이 신경 쓰이지 않느냐고 물었다. 나는 그렇지 않다, 다른 사람이 이야기를 꺼내기 전에는 전혀 신경 쓰지 않았다고 대답했다. 그는 믿을 수 없다는 듯이 나를 쳐다보면서 "솔직해야지요. 나는 당신을 알아요. 당신은 진짜 남자예요. 당신은 당연히 그 문제에 신경이 쓰였을 거예요"라고 말했다. 나는 깜짝 놀랐다. 나에게는 아무 의미도 없는 문제를 다른 사람들은 이렇게 신경 쓰고 있구나 싶었기 때문이다. 나는 그 후에도 그런 경험을 여러 번 하게 되었다.

나는 힐러리에게 혼자 판단해서 결정을 내리도록 해라, 그녀의 이름이 선거에 영향을 미칠 거라고는 생각하지 않는다고 말했다. 서로에게 끌리기 시작하고 얼마 안 있어서, 힐러리는 자기는 본래 이름을 버리지 않을 것이며, 그것은 양성 평등의 상징이 되기 오래 전 어릴 때의 결심이라고 말했다. 그녀는 자기 가족의 전통에 대해서 자부심을 가지고 있었고, 그것을 버리고 싶어 하지 않았다. 나 역시 그녀를 잃고 싶지 않았기 때문에, 그것은 나한테는 아무런 문제가 되지 않았다. 사실 그런 태도야말로 내가 좋아하는 힐러리의 특성 중 하나였다.

마침내 힐러리는 결정을 내렸다. 그녀는 특유의 실용주의적 논리로, 사람들의 신경을 거스르면서까지 결혼 전 이름을 고수할 필요는 없다는 결론을 내렸다. 그녀가 자신의 결심을 알렸을 때, 나는 사람들 앞에서 결혼 전 이름을 포기한 이유를 솔직하게 밝히는 게 좋겠다고 말했다. 나의 텔레비전 광고는 진짜 실책에 대해서 진짜 사과를 한 것이었다. 하지만 이것은 경우가 달랐다. 힐러리가 나의 성을 따르기로 한 것이 중대한 생각의 변화 때문이라고 밝힌다면, 우리는 둘 다 거짓말쟁이처럼 보일 거라는 게 내 생각이었다. 힐러리는 아주 태연하게 자신이 나의 성을 따르기로 한 것은 유권자들을 위해서 한 일이라고 말했다.

예비선거에 대비한 선거운동이 시작되자마자 우리는 여론조사에서 우위를 차지했다. 하지만 반격은 만만치 않았다. 처음에는 짐 가이 터커가 강력한 후보였다. 그는 4년 전에 데이비드 프라이어에게 상원의원 자리를 내

준 후 케이블 텔레비전 방송으로 많은 돈을 벌었다. 그는 4년 동안 패배의 상처를 치유했으며, 이제는 나와 똑같은 진보적인 유권자들에게 지지를 호소할 터였다. 나는 농촌 지역 조직화에서 우위에 있었지만, 농촌 유권자들 중에는 나에게 반감을 가지고 있는 사람들이 많았다. 세 번째 후보는 조 퍼셀이었다. 그는 법무장관과 부지사로 일했고, 두 직위에서 좋은 성과를 거두었던 사람이었다. 조 퍼셀은 짐 가이나 나와는 달리 어느 누구에게도 반감을 산 적이 없었다. 조는 건강이 안 좋은 편이었지만, 자신은 모든 사람들의 친구이며, 자신보다 젊은 경쟁자들에 비해 야심이 크지 않다는 이미지를 부각시키면 이길 수 있으리라고 생각하고 있었다. 출사표를 던진 사람은 두 명이 더 있었다. 북서부 아칸소 출신의 보수주의자인 주 상원의원 킴 헨드렌과 예전의 나의 강적인 몬로 슈워즈로스였다. 그는 주지사 출마를 위해 목숨을 부지하고 있었다.

우리는 1980년 당시 비난성의 텔레비전 광고에 대응을 하지 않은 것이 패배의 주원인이었다는 것을 잘 알고 있었다. 그렇지 않았다면 나는 시작하자마자 무너져내릴 수도 있었다. 짐 가이 터커는 당장 내가 첫 임기 때 일급 살인 범죄자를 감형해준 것을 비판하는 텔레비전 광고를 내놓았다. 감옥에서 방면되어 나온 어떤 남자가 석방되고 나서 몇 주 후에 친구를 살해한 사건을 강조하는 광고였다. 유권자들은 그 사건에 대해서 정확하게 알지 못했기 때문에, 나의 사과 광고는 효과가 없었고, 결국 여론조사에서 터커에게 밀리게 되었다.

당시 사면가석방위원단이 감형을 권유한 것은 두 가지 이유가 있었다. 첫째, 위원단과 교도소장은 '무기징역수들'이 아무리 모범적인 징역생활을 해도 결코 방면되지 못할 것이라는 생각을 가지게 되면, 교도소 내의 질서를 유지하고 폭력을 최소화하기 어렵다고 생각했다. 둘째, 오래 갇혀 있는 수감자들이 많으면 여러 가지 건강 문제로 인해서 주에서 지출하는 비용이 많아졌다. 수감자들을 방면하면 그들의 의료비용은 주로 연방정부의 기금에 의존하는 의료보호 프로그램이 감당하면 되었다.

광고에 제시된 사건은 정말 기묘한 것이었다. 내가 가석방을 인정한 그 남자는 72세로, 살인죄로 16년 넘게 징역 생활을 한 사람이었다. 그는 대단히 모범적인 수감자였는데, 좋지 않은 평점을 받는 부분이 딱 하나 있었다. 바로 동맥경화증을 앓고 있다는 사실이었다. 교도소 의사들은 그가 1년밖에 살지 못할 것이고, 6개월 이내에 움직이지 못하게 될 거라고 말했다. 이렇게 될 경우, 교도소 예산이 상당 부분이 소요될 터였다. 그 수감자에게는 남동부 아칸소에 사는 동생이 있었는데, 그를 데려갈 의사가 있다고 했다. 그는 가석방되고 나서 6주 후에, 다른 사람의 픽업트럭에서 친구와 맥주를 마시다가 싸움이 벌어졌다. 그 트럭에는 총걸이가 달려 있었는데, 그는 총을 잡고 친구를 쏘아 죽인 다음, 친구의 신분증을 가져갔다. 그가 체포되어서 재판을 받는 도중에, 판사는 무기력해 보이는 이 남자를 여동생이 보호하도록 석방했다. 며칠 후 그는 서른 살 된 여성이 모는 오토바이 뒤에 앉아서 러셀빌 근처에 있는 작은 타운 포츠빌로 들어갔다. 두 사람은 오토바이로 은행 정문을 들이받고 들어가 은행을 털려고 했다. 이 늙은이가 아픈 것은 맞는데, 교도소 의사들이 생각하는 것처럼 아픈 것은 아닌 모양이었다.

그 얼마 후, 나는 카운티 청사가 있는 파인블러프에 갔다. 한 여성이 다가오더니 악수를 청하고는, 그때 트럭에서 살해된 남자가 자기 삼촌이라고 말했다. 그녀는 친절하게도 내게 이렇게 말했다. "당신 책임이 아니에요. 세상이 이렇게 넓은데, 당신이 그 사람이 그런 짓을 할 거라는 걸 알 도리가 없지요." 대부분의 유권자들은 이 사람처럼 너그럽지가 않았다. 나는 앞으로는 절대로 일급살인 범죄자를 석방하지 않겠다고 약속했고, 피해자들이 사면가석방위원단의 결정에 더욱 적극적으로 참여하길 바란다고 말했다.

나는 먼저 주먹질을 당하면, 그 다음에는 온 힘을 다해 강펀치를 날려야 한다는 평소의 신조대로 터커에게 맹공을 퍼부었다. 나는 호프 출신의 광고인 데이비드 워트킨스의 도움을 받아, 짐 가이의 의회활동을 비난하는 광고를 냈다. 그는 하원 임기를 시작하고 얼마 되지 않아 상원 선거에 나갔기 때문에 하원에서 투표를 한 것이 그리 많지 않았다. 우리가 만든 광고 중 하나는, 두 사람이 부엌 식탁에 앉아서 하루 중 반나절만 일을 하는 경우에는 보수를 어떻게 받아야 하는지에 대해서 이야기하는 내용이었다. 우리는 선거운동이 끝날 때까지 이런 식으로 서로 치고 받았다. 한편 조 퍼셀은 소형화물차를 타고 주 전역을 돌아다니면서 주민들과 악수를 나눌 뿐 텔레비전 광고전에는 출전하지 않았다.

우리는 공중뿐 아니라 지상에서도 치열한 싸움을 벌였다. 벳시 라이트는 싸움을 완벽하게 지휘했다. 그녀는 사람들을 열심히 몰아댔고, 이따금 화를 내기도 했다. 하지만 사람들은 그녀가 똑똑하고 헌신적이며, 선거운동원 중에서 가장 부지런한 사람이라는 것을 알고 있었다. 우리는 호흡이 너무 잘 맞았기 때문에, 말 한마디 하지 않고서도 그녀가 내 생각을 읽거나, 내가 그녀 생각을 읽는 경우가 많았다. 덕분에 우리는 많은 시간을 아낄 수 있었다.

나는 힐러리와 첼시를 데리고 주 전역을 돌며 선거운동을 시작했다. 내 친구이자 선거운동본부장인 지미 '레드' 존스가 운전을 했다. 그는 20년이 넘게 주 회계감사원으로 일했던 경력이 있어서 작은 타운의 지도자들 사이에서 인기가 많았다. 우리의 전략은 풀라스키를 비롯한 대규모 카운티들을 장악하고, 내가 우세한 남부 아칸소의 카운티들을 손에 넣고, 대다수의 흑인 주민들의 표를 얻어내고, 마지막으로 나를 지지했다가 1980년에 프랭크 화이트 쪽으로 마음을 바꿔버린 북동부 아칸소의 11개 카운티를 설득하는 것이었다. 나는 1974년에 제3지역구의 농촌 카운티들의 지지를 얻어내려고 다니던 때와 똑같은 열정으로 이 11개 카운티에 공을 들였다. 아무리 작은 타운이라도 빼놓지 않았으며 새로운 지지자들을 만나면 밤을 지새우며 이야기했다. 이 전략은 대규모 도시들의 표까지 끌어냈다. 신문에는 후보들이 찾아온 적이 없는 지역들을 다니며 주민들과 악수를 나누고 있는 나의 사진이 실렸고, 이 사진은 도시 주민들에게 깊은 인상을 심어주었다.

우리 선거운동에 참여하고 있는 세 명의 젊은 흑인 지도자들도 큰 성과를 올렸다. 로드니 슬레이터는 스티브 클라크 법무장관의 직원이었는데 선거를 돕기 위해 직장을 쉬고 있었다. 그는 연설 능력이 좋았고, 『성경』에 대한 깊은 지식을 동원해서 우리의 대의를 강력하게 선전했다. 캐롤 윌리스는 그가 아칸소 법대에 다닐 때 알게 된 사람이었다. 그는 정치력이 뛰어나서 농촌 지역 주민들을 자기 손바닥 보듯 훤히 알고 있었다. 밥 내시는 록펠러 재단 경제발전팀에서 일하고 있어서 저녁 시간이나 주말에 우리를 도왔다.

로드니 슬레이터, 캐롤 윌리스, 밥 내시는 그후 19년 동안 내 곁에서 일했다. 그들은 주지사 재임 기간 내내 나를 위해 활동했다. 내가 대통령이 되었을 때, 로드니는 연방 도로교통부 장관으로 일했다. 캐롤은 민주당전국위원회에서 흑인들의 지지를 확대하는 활동을 담당했다. 밥은 처음에는 농무부 장관 밑에서 일하다가 백악관으로 와서는 인사국장으로 일했다. 그들이 없었다면 나는 어떻게 되었을까 상상이 되지 않는다.

예비선거를 좌우하는 결정적인 순간이 다가왔다. 짐 가이 터커와 나는 80명의 델타 출신 흑인 지도자들이 모인 자리에서 연설을 할 예정이었다. 그들이 누구를 지지할지 판단하게 되는 자리이니 우리로서는 대단히 중요한 기회였다. 터커는 이미 세금인상 없이 봉급을 대폭 인상하겠다는 공약으로 아칸소교육협회의 지지를 따낸 뒤였다. 하지만 나는 주의 재정 형편이 좋지 않아서 그것이 불가능하다는 것을 알고 있고, 내가 첫 임기 때 했던 활동들을 기억하고 있는 교사들과 교육행정가들의 지지를 받고 있었다. 나로서는 교사들의 표가 갈라지는 경우에는 당선이 가능하지만, 델타의 흑인들의 표가 갈라지는 경우에는 당선이 불가능한 형편이었다. 나는 흑인들을 전부 내 편으로 만들어야 했다.

회의 장소는 포레스트시티에 있는 잭 크럼블리의 마당 뒤뜰에 마련되었다. 이곳은 리틀록에서 동쪽으로 145킬로미터 가량 떨어져 있는 곳으로, 짐 가이가 나보다 먼저 찾아와서 좋은 인상을 남겼던 곳이었다. 늦은 시간이기도 했고 피곤하기도 했지만, 나는 최선을 다해서 연설했다. 나는 과거에 내가 흑인들을 요직에 임용했던 일과 오랫동안 무시당해왔던 농촌의 흑인 마을들에 상하수도시설을 가동할 수 있는 재원을 얻어내기 위해서 노력했던 일을 강조했다.

내가 연설을 마치자, 레이크뷰 출신의 젊은 흑인 변호사, 지미 윌슨이 연단에 올라섰다. 그는 터커의 지지자들 중 주요 인물이었다. 그는 내가 착한 사람이고 훌륭한 주지사였지만, 아칸소에서는 재선에서 패배한 주지사가 다시 당선된 적이 없다고 말했다. 그는 프랭크 화이트는 흑인들에 대해서 깊은 애정을 가지고 있으니 그가 당선되어야 한다고 말했다. 그는 짐 가이가 의회에서 민권과 관련하여 활약했던 경력을 가지고 있으며 젊은 흑인들을 여러 명 직원으로 채용했던 사실을 상기시켰다. 그는, 짐 가이가 나와 똑같이 흑인들에게 유리한 정책을 펼 것이고, 또한 주지사로 당선될 수 있는 사람이라고 말했다. "나는 클린턴 주지사를 좋아합니다. 하지만 그는 패배자입니다. 그리고 우리는 또 다시 패배할 겨를이 없습니다." 아주 설득력 있는 주장이었다. 내가 바로 앞에 앉아 있는데도 그런 이야기를 하는 걸 보니 대단히 배짱이 있는 사람이었다. 나는 사람들의 마음이 내게서 우르르 떠나가는 것을 느꼈다.

잠시 침묵이 흐른 뒤, 뒤에 있던 한 남자가 일어서더니 자신도 이야기를 하고 싶다고 말했다. 그는 주민이 150명인 하인스 타운의 시장 존 리 윌슨이었다. 그는 중간 정도의 키에 뚱뚱한 몸집으로, 청바지에 흰 티셔츠를 입고 있었다. 그의 셔츠는 육중한 팔과 목, 배 때문에 터질 듯 부풀어 있었다. 잘 알지 못하는 사람이라서 무슨 말을 할지 알 수 없었다. 그런데 그의 입에서는 내가 결코 잊을 수 없는 말이 튀어나왔다.

"윌슨 변호사님 연설 좋았습니다. 그리고 그의 말이 맞습니다. 클린턴 주지사는 패배할지도 모릅니다. 제가 아는 바로는, 빌 클린턴이 주지사가 되었을 당시, 제가 사는 타운의 거리에는 똥이 굴러다녔고, 하수시설이 없어서 아이들은 자주 아팠습니다. 우리한테 관심을 가진 사람은 아무도 없었지요. 그가 주지사직을 그만둘 때, 우리 타운에는 하수시설이 있었고, 아이들은 더 이상 아프지 않았습니다. 그는 우리를 위해서 많은 일을 했습니다. 여러분에게 묻고 싶은 게 있습니다. 우리가 우리를 지지하는 사람을 지지하지 않는다면, 도대체 누가 다시 우리를 존중해주겠습니까? 그는 낙선할지도 모릅니다. 하지만 저는 그가 낙선하더라도, 그를 지지할 것입니다. 그리고 여러분들도 그렇게 해야 합니다." 말 한마디로 천하를 얻는다더니 옛말이 틀리지 않았다. 한 사람의 말이 여러 사람들의 마음과 생각을 바꾸어놓았던, 정말 보기 드문 순간이었다.

안타깝게도 존 리 윌슨은 내가 대통령에 당선되기 전에 죽었다. 나는 두 번째 임기가 끝날 무렵, 얼 고등학교에서 연설을 하기 위해서 동부 아칸소를 찾았다. 그 고등학교 교장은 바로 20년 전에 그 운명적인 집회를 주최했던 잭 크럼블리였다. 나는 그때 처음으로 공개적인 연설에서 존 리 윌슨의 이야기를 했다. 연설 장면은 동부 아칸소 전역에 방송되었다. 윌슨의 부인은 당시 하인스의 작은 집에서 텔레비전을 보고 있었다. 그녀는 대통령한테 칭찬을 받은 자기 남편이 너무나 자랑스럽다는 내용의 감동적인 편지를 보냈다. 그는 칭찬받아 마땅한 사람이었다. 만일 존 리 윌슨이 없었다면, 나는 지금쯤 이런 회고록이 아니라 유언장과 이혼서류를 작성하고 있었을 것이다.

선거일이 점점 가까워지는데, 나에게 또 한 번 기회를 줄 것이냐 말 것이냐를 결정하지 못한 유권자들 사이에서 나의 지지도는 높아졌다 낮아졌다 했다. 그것 때문에 걱정을 하고 있던 어느 날, 북동부 아칸소 뉴워크의 식당에서 한 남자를 만났다. 내가 누구를 찍을 거냐고 묻자, 그는 "지난번에는 당신을 안 찍었는데, 이번에는 당신을 찍을 겁니다"라고 대답했다. 나는 뻔한 대답이 나올 줄 알면서 지난번에 나를 찍지 않은 이유가 뭔지 물었다. "당신 때문에 자동차세가 올랐잖아요." 그럼 이번에는 왜 나를 찍으려고 하느냐고 물었더니 그는 "당신 때문에 자동차세가 올랐잖아요"라고 대답했다. 나는 그에게 지금 한 표가 아쉬운 형편이라고 말하고, 그를 귀찮게 할 생각은 없지만, 이번에 나를 찍는 이유가 전에 나를 찍지 않았던 이유와 똑같다는 것은 이치에 닿지 않는다고 말했다. 그는 웃으면서 "그건 세상 이치에 딱 맞는 말이죠. 당신은 많은 일을 할 거예요. 하지만 당신은 바보가 아니니까, 두 번 다시 그런 식으로 자동차세를 올리는 일은 하지 않을 거 아닙니까? 그래서 나는 당신을 지지합니다." 나는 그후 연설 속에 그의 완전무결한 논리를 포함시켰다.

5월 25일, 나는 예비선거에서 42퍼센트 득표로 승리를 거두었다. 우리에게서 광고와 치밀한 조직력의 역공세를 받은 지미 가이 터커의 득표율은 23퍼센트였다. 조 퍼셀은 공약도 없고 논쟁도 없는 선거운동을 했는데도 29퍼센트를 득표해서 2주 뒤에 있는 결선투표에 나서게 되었다. 위험한 상황이었다. 터커와 내가 비난성의 광고로 서로의 표를 깎아내리고 있는 동안, 퍼셀은 자동차세 문제를 극복하지 못한 민주당 지지자들의 마음을 사로잡고 있었다. 사람들이 클린턴이 아니라는 이유만으로 퍼셀에게 표를 몰아줄 수도 있는 일이었다. 나는 열흘 동안 그의 약점을 찾아내려고 기를 썼지만, 그는 약삭빠르게도 계속 소형트럭을 타고 다니며 사람들과 악수를 했다. 선거를 앞둔 목요일 밤의 여론조사 결과는 막상막하로 나왔다. 여론조사 결과가 막상막하라는 것은 내가 결선투표에서 패배한다는 것을 의미했다. 부동표는 대개 우세한 후보에게 등을 돌리는데, 바로 그 우세한 후보가 바로 나였다. 나는 퍼셀과 나의 차이점을 부각시키는 광고를 하고 있었다. 나는 전기요금을 결정하는 공공서비스위원회가 임명직이 아니라 선출직이어야 한다는 것에 찬성하고 있는데, 퍼셀은 이에 반대하고 있다는 내용의 광고였다. 나는 그 광고가 효력을 발휘하기를 바라고 있었지만, 확신할 수는 없었다.

다음 날, 나는 강력한 육탄 공격을 받았다. 프랭크 화이트는 결선에서 퍼셀이 이기기를 바라고 있었다. 프랭크 화이트는 나보다 부정적인 평가를 받고 있었고, 나는 현안에 대한 공약과 조직력 면에서 우세를 점하고 있었다. 반면에 화이트는 퍼셀의 건강이 좋지 않다는 점이 총선거에서 결정적 요인으로 작용해서 자신이 재임하게 될 거라고 확신하고 있었다. 금요일 밤에 프랭크 화이트가 자동차세 인상과 관련하여 나를 공격하고 사람들에게 이 점을 잊지 말라는 내용의 텔레비전 광고를 내보내기 시작했다. 텔레비전 광고로 반격하기에는 너무 늦은 시간이었다. 화이트는 경제계에 있는 지지자들에게 상업광고를 연기하라고 설득해서 주말 내내 광고 공격을 계속할 시간을 벌고 있었다. 나는 그 광고가 선거에 결정적인 영향을 미칠 것이라는 것을 깨달았다. 월요일 전까지는 텔레비전을 이용해서 반격을 할 방법이 없었고, 월요일이 되면 상황을 뒤집기 어려울 터였다. 연방법규는 방송국들에게 주말 동안 마지막 공격에 대응하는 광고를 방영하도록 규정하고 있었지만, 그것은 나에게는 아무런 도움이 되지 않는 규정이었다.

벳시와 나는 데이비드 왓킨스에게 전화를 걸어 라디오 광고를 만들 수 있게 스튜디오를 열어달라고 부탁했다. 우리는 열심히 방송대본을 만들어서 밤 11시경에 데이비드를 만났다. 토요일 이른 아침부터 그 방송을 내보낼 수 있게 하기 위해서, 주 전역의 라디오 방송국으로 광고를 배달할 젊은 자원활동가들을 대기시켜 두었다. 나는 라디오 광고에서 화이트가 나를 공격하는 광고를 보았는지 묻고, 그가 민주당 예비선거에 개입하려고 하는 이유를 생각해보라고 말했다. 대답은 한 가지뿐이었다. 그는 나와 붙으면 지고, 퍼셀과 붙으면 이긴다는 걸을 알고 있었기 때문에, 조 퍼셀과 싸우게 되기를 원하고 있었다. 민주당 예비선거 유권자들은 주지사에게 강하게 반발하고 있었고, 그의 꾀에 넘어가는 것에 대해 심한 혐오감을 가질 터였다. 데이비드 왓킨스는 밤새 작업을 하여 집중폭격을 가할 수 있을 만큼 충분한 양의 광고 복사본 테이프를 만들었다. 새벽 4시쯤 젊은이들은 까다로운 방송국 담당자를 설득할 수 있는 금액의 수표와 광고 테이프를 들고 각지의 라디오 방송국으로 출발했다. 라디오 광고는 효과적이었고, 토요일 밤까지 계속되는 화이트의 텔레비전 광고는 오히려 나에게 유리한 결과를 가져다 주었다. 월요일에는 텔레비전에서도 맞받아치는 광고를 내보냈다. 하지만 그때는 이미 우리가 우세를 점하고 있었다. 다음 날인 6월 8일, 나는 결선투표에서 54 대 46으로 이겼다. 아슬아슬한 접전이었다. 나는 대규모 카운티의 대부분을 차지했고, 상당히 많은 흑인 표를 얻었다. 하지만 나는 민주당 지역인 농촌 카운티에서는 여전히 고전을 하고 있었다. 아마 이 지역에서는 여전히 자동차세 문제가 들끓고 있기 때문인 것 같았다. 그 상처가 완전히 나을 때까지는 다시 2년이라는 세월을 기다려야 했다.

프랭크 화이트와 맞붙는 가을의 선거운동은 고달프면서도 재미있었다. 이번에는 화이트가 경제상황 때문에 고전하고 있었다. 그는 내가 공격할 수 있는 경력을 가지고 있었다. 나는 그의 공공사업체 유착과 실업 문제를 가지고 그를 공격하는 한편, 나의 공약을 알리는 적극적인 광고를 내보냈다. 화이트는 표범의 가죽에 박힌 점을 벗겨내려고 애를 쓰는 남자가 등장하는 공격성 광고를 내보냈다. 표범 가죽에서 점을 없앨 수 없듯이, 나는 내 오점을 바로잡지 못한다는 내용의 광고였다. 딕 모리스가 만든 기가 막힌 광고는, 공공사업체에 요금 대폭인상을 허용하면서도, 노인들이 의료보호 프로그램에서 얻을 수 있는 월간 처방횟수를 4회에서 3회로 삭감한 화이트의 정책을 공격했다. 광고에 나간 표어는 이랬다. "프랭크 화이트, 공공사업체에는 약하고, 노인들에게는 강합니다." 가장 재미있는 광고는 실언과 실책을 연발하는 화이트를 비꼬는 내용이었다. 아나운서가 정치인이 거짓말을 할 때마다 짖어대는 개가 있으면 좋지 않겠냐고 물었다. 그러자 개 한 마리가 "멍, 멍!" 하고 짖었다. 아나운서가 화이트가 실언한 내용을 하나씩 되풀이할 때마다 개는 멍멍 짖어댔다. 내가 기억하기로는 그때 그 개는 네 번이나 "멍, 멍!" 하고 짖었다. 그 광고는 며칠 만에 쫙 퍼져나갔다. 내가 공장 정문 앞에서 노동자들과 악수를 하고 있으면, 노동자들은 악의 없는 표정으로 나를 보고 "멍, 멍!" 하고 짖는 소리를 냈다. 판세가 바뀌고 있었다. 화이트는 흑인들은 민주당 후보로 거위가 출마를 한다고 해도 그 거위한테 표를 던질 거라는 말을 해서 흑인 유권자들의 반발을 사고 있었다. 그 일이 있은 지 얼마 후에, '그리스도 안의 하나님 교회' 의 L. T. 주교가 신도들에게 "늙은 조종사"를 주지사직에서 내쫓아야 한다고 말했다.

선거운동을 하다 보면 언제나 선거에서 이길지 질지 정확하게 감을 잡게 되는 순간이 있다. 1982년, 멜버른에 갔을 때 나는 승리에 대한 확신을 가지게 되었다. 멜버른은 북부 아칸소 아이자드 카운티의 청사가 있는 곳으로, 1980년에 자동차세 때문에 내가 패배한 곳이었다. 사실 그때 그 지역 출신인 존 밀러도 자동차세 인상에 찬성표를 던진 사실이 있었다. 존은 의회에서 고참 의원에 속했는데, 아칸소 주정부의 활동에 대해서 어느 누구보다 아는 것이 많았다. 그는 나의 당선을 위해서 열심히 뛰었으며, 비행기의 주요 부품을 생산하는 그 지역에 있는 맥도넬 더글러스 공장 방문을 주선해주었다. 노동자들은 자동차노조연합 소속이었지만 2년 전에는 대부분 나에게 표를 주지 않았기 때문에, 나는 긴장하고 있었다. 정문에서 경비실에서 일하고 있는 유나 시튼을 만났다. 그는 열렬한 민주당 지지자였다. 유나는 악수를 하며 "빌, 오늘은 좋은 시간이 되실 것 같습니다"라고 말했다. 나는 문을 열고 들어가다가 깜짝 놀랐다. 공장 안에는 내가 즐겨 듣는 스티브 굿맨의 "뉴올리언스 시티"를 부르는 윌리 넬슨의 커다란 목소리가 울려 퍼지고 있었다. 나는 걸어 들어가면서 사람들에게 "좋은 아침 되세요, 미국님. 안녕하세요? 여러분은 저를 모르시지요? 저는 이곳 토박이랍니다Good morning, America, how are you? Don' t you know me, I' m your native son" ("뉴올리언스 시티"의 가사 중에서—옮긴이주)라고 인사했다. 사람들이 환호성을 올렸다. 딱 한 사람을 제외한 모든 사람들이 나의 선거운동용 배지를 달고 있었다. 나는 음악이 울려 퍼지는 복도를 따라 사람들과 악수를 하며 돌아다니는 동안, 눈물을 참으려고 안간힘을 써야 했다. 나는 이미 선거는 끝났다는 것을 알았다. 아칸소 주민들이 드디어 토박이를 집으로 불러들이고 있었다.

선거운동 막바지에 나는 오전 교대 시간 중인 페이트빌의 캠벨수프 공장을 찾아갔다. 그곳은 칠면조와 닭고기를 원료로 수프를 만드는 공장이었다. 시간은 오전 5시였다. 아칸소 지역에서는 가장 빠른 교대 시간인 것 같았다. 1982년, 그 날은 비도 오고 추웠다. 나는 어둠 속에서 사람들과 악수를 하기 시작했다. 한 남자가 자기는 나를 찍을 작정인데 이렇게 춥고 비도 오고 어두운데 선거운동을 하는 사람 말고 더 지각 있는 사람을 찍어야 하는 거 아닌지 다시 생각해봐야겠다고 농담을 했다.

나는 어두운 새벽의 유세에서 많은 것을 배웠다. 아내를 차에 태워서 공장까지 데려다준 한 남자의 모습은 결코 잊을 수 없을 것이다. 픽업트럭 문이 열리는 데 보니, 세 명의 어린 아이들이 나란히 앉아 있었다. 남자는 내게 아이들을 매일 새벽 4시에 깨워야 한다고 말했다. 그는 아내를 직장에 데려다준 뒤에, 그 아이들을 학교에 데려다줄 베이비시터의 집에 내려주고 7시까지 출근을 해야 했다.

요즘과 같은 매스미디어 문화에서 활동하는 정치인들은 선거유세활동을 후원회 행사와 유세 집회, 광고, 그리고 한두 번의 토론으로 축소시키기 쉽다. 유권자들이 현명한 판단을 하는 데는 이것만으로도 충분할지도 모르겠다. 하지만 이렇게 되면 후보들은 너무나 많은 것을 놓치게 된다. 얼마나 많은 사람들이 하루하루를 살아가고 아이들을 위해서 최선을 다하느라 분주하게 뛰고 있는지 깨닫지 못하는 후보들이 많이 있다. 나는 그때, 이 사람들이 내게 다시 기회를 준다면 절대로 이들을 잊지 않겠다고 결심했다.

11월 2일, 사람들은 내게 그럴 기회를 주었다. 나는 55퍼센트 득표율에, 75개 카운티 중 56개 카운티에서 이기고, 공화당이 우세한 서부 아칸소의 18개 카운티와 남부 아칸소의 한 개 카운티에서 졌다. 몇 개 지역에서 근소한 표 차이를 보이기는 했지만, 농촌의 백인 카운티들은 대부분 내게 돌아섰다. 가장 큰 카운티인 풀라스키에서는 표 차이가 확실히 났다. 특별히 공을 들였던 북동부 아칸소에서는 11개 카운티를 휩쓸었다. 흑인 지역에서는 어마어마한 표가 쏟아졌다.

에밀리 브라운은 내가 특히 좋아했던 흑인 지도자였는데, 그녀는 남동부 아칸소 작은 마을 미첼빌의 시장이었다. 첫 임기 때 그녀를 도와준 적이 있었는데, 그녀는 은혜를 두 배로 갚았다. 나는 미첼빌에서 퍼셀과 맞붙었던 예비선거 결선 투표에서 196대 8로 압승을 거두었다. 내가 96퍼센트의 득표율을 올리게 해주어서 고맙다고 전화를 했더니, 그녀는 여덟 표가 빠져나가서 죄송하다고 말했다. "주지사님, 그 여덟 사람을 꼭 찾아내서, 11월 선거 때는 제대로 투표하게 하겠습니다." 11월 2일, 나는 미첼빌에서 256 대 0으로 이겼다. 에밀리는 그 여덟 사람 외에 선거권 등록을 한 52명의 표를 몰아다주었다.

선거가 끝나자, 전국 각지의 사람들에게서 전화가 걸려왔다. 1980년에 전화를 걸어주었던 테드 케네디, 워터 먼데일도 다시 전화를 걸어왔다. 감격적인 편지도 많이 받았다. 그 중에는 뜻밖의 사람에게 온 편지도 있었는데, 바로 제임스 드러먼드 준장이 보낸 편지였다. 그는 2년 전에 포트샤피 쿠바 사태 당시의 사령관이었다. 그는 당선을 축하한다고 하면서 "포트샤피에서 우리는 서로 다른 드럼에 맞추어 행진을 하고 있었던 것 같습니다…… 당신의 지도력과 원칙, 그리고 아칸소 주민들을 대변하고 아끼는 당신의 희생에 대해서 감탄을 금할 수 없습니다." 나도 역시 그에게 감탄하고 있었다. 그는 자신의 편지가 나에게 얼마나 큰 힘이 되었는지 짐작하지 못할 것이다.

민주당 후보들은 전국적으로 선전했다. 특히 남부에서는 36명 주지사의 과반수를 차지했고, 하원에서도 무리 없이 의석을 확보했다. 심각한 미국 경제가 미친 영향이었다. 새로 당선된 주지사 중에서 과거에 주지사 경력이 있었던 사람은 앨라배마의 조지 월러스, 그리고 매사추세츠의 마이클 듀카키스였다. 월러스는 휠체어에 앉은 채 흑인 유권자들에게 과거의 인종차별적인 행동에 대해 사죄했다. 마이클 듀카키스는 나와 마찬가지로 주지사 첫 임기 직후에 낙선했던 사람인데, 이번에는 과거에 자신을 꺾었던 후보를 누르고 승리를 거두었다.

나를 위해 뛰었던 활동가들은 대단히 좋아했다. 역사에 기록될 만한 길고 긴 선거운동을 끝낸 그들로서는, 한바탕 자축연을 벌일 자격이 있었다. 하지만 나는 이상하게도 마음이 담담했다. 지난번에 나를 꺾었다고 해서, 그리고 다시 주지사에 도전했다고 해서, 프랭크 화이트를 탓할 마음은 없었다. 그때 패배한 것은 내 탓이었다. 선거일 밤과 그후 오랫동안 내 마음에 남아 있던 것은 사랑하는 아칸소의 주민들이 내게 또 한 번의 기회를 주었다는 데 대한 깊은 감사였다. 나는 그들의 판단에 보답하겠다고 결심했다.

23

1983년 1월 11일, 나는 두 번째로 주지사 취임선서를 했다. 우리 주 역사상 가장 많은 군중들이 취임식에 참석했다. 참석자들은 나를 정치계의 무덤으로 데려갔었고, 앞으로 10년 동안 내가 주지사직을 지키게 해줄 터였다. 10년, 내가 한 직업에 몸담았던 가장 긴 세월이었다.

내 앞에 놓인 과제는 사람들의 생각에 더욱 귀를 기울이겠다는 약속을 지키는 것과 아칸소를 앞으로 전진시키는 데 전념하는 일이었다. 그것은 복잡한 과제였고, 침체된 경제상황 때문에 더욱더 중요하게 부각되고 있었다. 아칸소의 실업률은 10.6퍼센트였다. 12월에, 나는 주지사 당선자의 자격으로 북동부 아칸소의 트루만에 있는 싱어 공장을 찾았다. 그 공장은 수십 년 동안 재봉틀에 쓰이는 나무 상자를 만들어온 곳이었다. 나는 폐업으로 문을 닫게 된 공장에서 마지막으로 걸어나오는 600명의 노동자들과 악수를 나누었다. 지난 2년 동안 수많은 공장들이 문을 닫았다. 싱어 공장의 폐업은 포인셋 카운티 경제에 심각한 타격을 주고, 아칸소 주 전체에 엄청난 충격을 주었다. 나는 그곳 노동자들의 표정에서 깊은 절망감을 읽을 수 있었다. 그들은 자신들이 열심히 일해왔다는 것과, 자신들이 손쓸 수 없는 어떤 힘이 자신들의 생활터전을 무너뜨리고 있다는 것을 알고 있었다.

경제 침체가 가져온 또 하나의 영향은 주의 세수 감축이었다. 교육을 비롯한 기본적인 정책을 실시할 수 있는 돈은 거의 남아 있지 않았다. 나는 이 곤경에서 벗어나기 위해서는, 주 정책과 나의 관심을 교육과 실험에 집중해야 한다고 확신하고 있었다. 이후 10년 동안, 나는 바로 그런 일을 했다. 주 정부는 보건과 환경, 교도소 개혁 등을 실시하고, 보다 많은 소수계층과 여성들을 주요 직위에 임명하는 일들을 추진했지만, 나는 한시도 학교와 직업 문제에서 관심을 거둔 적이 없었다. 교육과 직업은 우리 주민들이 기회와 힘을 얻기 위해서는 꼭 갖추어야 할 중요한 열쇠였다. 그것들은 또한 내가 적극적인 변화를 추진해 나가는 데 있어서 꼭 필요한 정치적인 지지를 유지하는 열쇠이기도 했다. 내가 첫 임기 때 배운 것은 만일 내가 하는 모든 일에 똑같은 시간을 배분하게 되면, 그 모든 것은 주민들의 마음속에 흐릿한 얼룩으로만 남아 중요한 일은 아무것도 이루어지지 않았다는 진한 인상을 남기게 될 위험이 있다는 것이었다. 호프 출신의 오랜 친구 조지 프레지어가 이렇게 말한 적이 있었다. "그 사람에게 결점이 있고, 우리 모두에게 결점이 있다면, 빌의 결점은 그의 눈에는 해야 할 일들이 너무 많이 보인다는 겁니다." 나는 그 결점을 극복하지 못하고 여러 가지 일을 하려고 애쓰고 있었다. 하지만 이후 10년 동안 나는 열정과 공적인 발언들 대부분을 학교와 직업 문제에 집중했다.

벳시 라이트는 선거운동 과정에서 탁월한 능력을 발휘했다. 나는 그녀가 주지사 업무를 관리할 수 있다고 믿었다. 또한 나는 모리스 스미스에게 비서실장으로 일해 달라고 부탁했다. 각기 다른 사람들로 이루어진 조직에 성숙한 인물이 필요하다는 판단과 고참 의원들과 로비스트, 그리고 정계의 실력자들과 깊은 관계를 맺어야 한다는 판단 때문이었다. 나는 나의 세계사 선생님이었던 폴 루트, 그리고 돈 에른스트와 함께 강력한 교육정책팀을 구성했다. 법무장관 시절에 함께 일했던 법률고문 샘 브래튼 역시 교육법 분야의 전문가였다.

캐롤 래스코는 보건과 복지 분야의 보좌관이 되었다. 그녀는 여러 가지 경험을 쌓으면서 전문적인 실력을 갖추고 있었다. 그녀의 큰아이는 뇌성마비를 갖고 태어났다. 그녀는 그 아이의 교육받을 권리를 비롯한 권리들을 위해서 싸웠고, 그 과정에서 신체장애인에 대한 주와 연방의 프로그램에 대해서 빈틈없는 지식을 가지게 되었다.

나는 남동부 아칸소의 아칸소시티 출신 도로시 무어에게 사람들을 맞이하고 전화를 받는 일을 맡겼다. 도로시는 처음 일을 시작할 때 이미 70대였는데, 내가 주지사직을 떠날 때까지 계속 활동했다. 마지막으로 나는 새로운 보좌관을 구했다. 바바라 컨즈는 뛰어난 정치력을 가진 사람인데 라이트 법률회사에 있을 때는 그 재주를 발휘하지 못했던 사람이었다. 1983년 초, 나는 린다 딕슨을 채용했다. 그녀는 그후 10년 동안 내 일을 돌봐주었으며, 내가 대통령이 된 후에도 나의 아칸소 사무실에서 계속 일했다.

나의 가장 탁월한 발탁은 매론 마틴을 재정국장으로 임명한 것이었다. 이 직위는 주정부에서 주지사 다음으로 중요했다. 임명 전에 그는 리틀록의 시 행정관으로 성실하게 일했다. 그는 흑인이었고, 철저한 토박이 아칸소인이었다. 그는 사슴사냥 시즌이 시작되는 첫날에는 언제나 휴가를 받으려고 했다. 어려운 시절에는 예산 문제의 해결방안을 찾아내는 데서 창의력을 발휘하기도 했지만, 어디까지나 그는 회계 분야에서도 믿을 만한 실력자였다. 그는 1980년대 어느 회계년도에 그는 수지를 맞추기 위해서 지출을 6분의 1로 줄여야 했다.

내가 대통령이 된 직후에 매론은 암과의 기나긴 싸움을 시작했다. 1995년 6월에 나는 리틀록으로 돌아가서 저소득근로자들을 위한 매론마틴 아파트 제막식에 참석했다. 매론은 제막식이 있은 뒤 두 달 후에 사망했다. 그는 나와 함께 일했던 사람 중에 가장 유능한 주민의 공복이었다.

벳시는 내 하루 일정이 첫 임기와는 다르게 짜여져야 한다고 생각했다. 첫 임기 때 나는 만나기 어려운 사람으로 인식되어 있었다. 당시에는 수많은 연설 요청을 거의 다 받아들이는 바람에 낮에도 자리를 비우기 일쑤였다. 이제는 집무실 내에서 많은 시간을 보내고 의회 개회 중에는 의원들과 개별적으로 만나는 시간을 많이 가졌다. 업무가 끝나고 카드 게임도 자주 했다. 지지자들의 요청으로 지역 행사에 참여하기도 했다. 이런 행사에 참여하는 것은 나를 지지해준 사람들의 은혜에 보답하고, 공동체 내에서의 입지를 강화하고, 조직을 강화하는 일이었다.

그런 행사들이 먼 곳에 열릴 때도 있고, 늦게까지 계속될 때도 있었지만, 나는 언제나 밤에는 집으로 들어갔다. 왜냐하면 첼시가 깨어날 때 곁에 있고 싶었기 때문이었다. 나는 언제나 힐러리와 첼시와 함께 아침을 먹었고, 첼시가 학교에 갈 나이가 되어서는 늘 학교에 데려다주었다. 나는 대통령 선거에 출마하기 전까지 이런 생활을 계속했다. 나는 집무실에 작은 책상을 가져다놓고 첼시가 앉아서 책도 보고 그림도 그릴 수 있게 했다. 첼시와 함께 각자의 책상에 앉아서 일을 하고 있을 때면 나는 너무나 행복했다. 힐러리가 회사일로 늦게 오거나 밤샘을 하게 되면, 나는 될 수 있으면 집에 있었다. 첼시가 유치원에 다닐 때, 선생님이 부모님이 무슨 일을 하시는지 물어본 적이 있었다. 첼시는 어머니는 변호사고, 아빠는 "전화를 하고, 커피를 마시고, 연설을 해요"라고 대답했다. 잠잘 시간이면, 힐러리와 첼시와 나는 첼시의 침대 옆에서 기도를 했다. 그리고 나면 힐러리와 나는 첼시에게 책을 읽어주었다. 나는 피곤해서 책을 읽다가 잠이 들 때가 많았는데, 그럴 때면 첼시가 뽀뽀를 해서 나를 깨웠다. 나는 첼시의 뽀뽀를 받고 싶어서 일부러 자는 척하기도 했다.

새로 임기를 시작하고 일주일 후에, 나는 의원들에게 주지사 연두교서를 발표했다. 나는 심각한 예산 위기를 극복하고 경제 회복을 도울 수 있는 네 가지 방안을 제시했다. 그 내용은 다음과 같다. 첫째, 주택공급과 고용창출을 위해 수익채권을 발행하는 아칸소주택개발공사의 권한을 확장한다. 둘째, 투자의욕을 고취하기 위해서 고실업 지역에 산업단지를 조성한다. 셋째, 새로운 고용을 창출하는 고용주에게 고용 세금공제 혜택을 준다. 넷째, 아칸소의 과학적 · 기술적 잠재력을 개발하기 위해서 뉴욕과 뉴저지의 항만원에 해당하는 과학기술원을 설립한다. 이 네 가지 제안들은 모두 법으로 제정되었다. 이것들은 경제위기가 다시 찾아왔을 때 대통령에 당선된 내가 주도했던 비슷한 정책들의 선구자 격이라고 하겠다.

나는 공공사업 개혁과 관련하여 격렬한 논쟁을 해야 했다. 공공서비스 위원회의 위원들의 직접 선출도 그 중의 하나였다. AP&L을 비롯한 공공사업체들이 의회에서 강한 영향력을 행사하고 있기 때문에 그 개혁들을 모두 성공시킬 수 없다는 것을 잘 알고 있었다. 나는 대신에 공공사업체를 파산시키지 않고 주민들과 주의 경제를 보호할 수 있는 위원들을 지명하는 것에 만족해야 했다.

나는 몇 가지 온건한 교육개선안을 제안하고 통과시켰다. 그 중에는 모든 자치구들에 유치원을 설립한다는 법령과, 학생들로 하여금 자신의 학구에서는 제공하지 않는 강좌를 인근의 다른 학구에서 들을 수 있도록(수강강좌 수의 2분의 1까지) 허용하는 법도 포함되어 있었다. 이 법이 중요한 의미를 가지는 것은 작은 학구들 중에는 화학, 과학, 고급수학, 외국어 등의 강좌를 제공하지 않는 곳이 많기 때문이었다. 나는 또한 의회에 대해서 담배세, 맥주세, 주류세를 인상할 것과 이렇게 구성된 새로운 세입의 2분의 1을 학교에 투자하자고 주장했다. 우리의 제한된 세입으로 할 수 있는 일을 이런 것들뿐이었다. 게다가 우리 주의 학교재정 운영시스템이 학교별 운영비 분할에 있어서 지나치게 불평등하기 때문에 위헌이라고 주장하는 사건이 주 대법원의 결정을 기다리고 있었다. 대법원이 원고측에 유리한 결정을 내릴 경우에는(나는 그것을 바라고 있었다), 그 문제를 처리하기 위해서 특별입법회기 소집을 요구할 작정이었다. 사실 의회는 2년 동안 69일만 개회하도록 규정되어 있었다. 의원들이 의회에 머무는 시간은 실제 이것보다 며칠 많았지만, 중요한 일은 거의 의원들이 집으로 돌아간 뒤에 일어났기 때문에, 나는 의원들을 다시 소집해야 했다. 대법원의 결정이 있으면 의회 소집이 가능했다. 그렇게 얻은 회기는 대단히 까다로웠지만, 의회와 주민, 언론이 교육 문제에 집중할 수 있기 때문에, 교육을 위해서 커다란 조치를 취할 수 있는 기회를 제공할 터였다. 여러 가지 많은 일들이 진행되는 의회의 정기 회기 중에는 교육 문제에 전 주의 관심을 끌어 모으는 것이 불가능했다.

4월에 교육부장관 테렐 벨이 임명한 전국영재교육위원회가 "위기에 처한 미국Nation at Risk"이라는 제목의 보고서를 제출해 모든 사람들을 놀라게 했다. 그 보고서에 따르면, 19종류의 국제적인 테스트에서 미국인 학생들이 1위, 2위를 차지한 경우는 한 번도 없고, 7개 테스트에서 꼴찌를 차지했다. 또한 2,300만 미국 성인들과, 17세 청소년의 13퍼센트, 그리고 소수계 학생들의 40퍼센트가 문맹으로 나타났다. 표준화된 검사에서 얻은 고등학생들의 평균성적은 세계 최초의 인공위성이 발사되었던 26년 전의 고등학생들 성적보다 낮았다. 대학입학시험인 수학능력시험SAT에서의 성적은 1962년 이후로 점점 낮아지고 있었다. 대학에서 진행되는 수학 강좌의 4분의 1이 부족한 학력을 보충하는 내용으로 진행되고 있었다. 산업계와 군대의 지도자들은 부족한 학력을 보충하는 교육에 지출하는 비용이 늘어가고 있다는 내용의 보고서를 제출했다. 고학력 노동자들에 대한 수요가 급증하고 있는 시기에 이러한 학력저하 현상이 발생하고 있었다.

5년 전에, 컨 알렉산더 박사는 아칸소 아동들의 학업성취도가 다른 주들에 비해 현저히 떨어진다는 사실을 밝혔다. 나라 전체가 위기에 처해 있다면, 우리 아칸소는 생명유지 장치를 착용해야 할 판이었다. 1983년 당시, 고급생물 수업을 실시하지 않는 고등학교가 265개, 물리학 수업이 없는 고등학교가 217개, 외국어 수업이 없는 고등학교가 177개, 고급수학 수업이 없는 고등학교가 164개, 화학 수업이 없는 고등학교가 126개였다. 1983년에 정기 의회에서 나는 의원들에게 15명으로 구성된 교육기준심의회에 새로운 커리큘럼 기준에 대한 특별안을 제출할 권한을 부여할 것을 요청했다. 나는 유능한 대표자들로 위원회를 구성하고 힐러리에게 의장직을 맡겼다. 힐러리는 나의 주지사 첫 임기 때 농촌건강위원회의 의장으로서, 그리고 법률서비스법인의 위원으로서 좋은 성과를 거둔 경력이 있었다. 힐러리는 위원회를 운영하는 능력이 뛰어나고, 아동에 대한 관심이 컸다. 나는 그녀를 지명함으로써, 내가 얼마나 교육을 중요시하는지에 대한 강력한 메시지를 보내고 싶었다. 나의 논리는 완벽했지만, 사실상 이 조치는 대난한 위험을 안고 있었다. 우리가 엄중한 변화를 제안하면 어떤 이익단체가 나서서 소동을 피울지 알 수 없는 일이었다.

5월에 주 대법원이 우리의 학교재정 운영시스템이 위헌이라는 결정을 내렸다. 우리는 새로운 재정운영 규칙을 입안하고 재원을 조달해야 했다. 방법은 두 가지 중 하나였다. 아주 부유한 학구와 아주 가난한 학구에서 보조금을 환수해서 아주 가난하고 급속히 성장하는 학구에 나누어주는 방법이 있고, 아니면 재정이 넘치는 학구를 건드리지 않고도 재정지원을 동등하게 할 수 있도록 새로운 세입을 늘리는 방법이 있었다. 자신의 학교에서 돈이 빠져나가는 것을 원하는 학구가 있을 리 없으니, 법원의 결정은 우리에게 교육에 관한 세금을 올릴 기회를 주는 셈이었다. 7월에 힐러리의 위원회는 각 주에서 교육자들과 일반인들 중에서 추천된 사람들을 대상으로 공청회를 열었다. 힐러리는 9월에 내게 보고서를 제출했고, 나는 10월 4일에 교육 문제를 다루기 위한 특별의회를 소집하겠다고 발표했다.

9월 19일에, 나는 텔레비전 연설을 통해 교육 프로그램의 내용을 설명하고, 판매세의 1퍼센트 증액과 천연가스에 대한 세금 증액을 주장하고, 주민들에게 이 프로그램을 지지해줄 것을 당부했다. 우리는 이 프로그램을 지지할 세력을 만들었지만, 여전히 주 전역에서는 세금에 대한 강력한 반발이 있었고, 경제 침체로 인해서 그 반발이 더욱 심해지고 있었다. 지난번 선거 때 내슈빌의 한 남자가 만일 당선되면 꼭 해줘야 할 일이 하나 있다고 말했다. 세금을 쓸 때 자기처럼 일주일에 150달러를 가지고 사는 사람이라고 생각하고 아껴 쓰라는 이야기였다. 리틀록의 엑셀시어 호텔 신축공사장에서 일하는 또 다른 남자는 주에서 세금이 더 필요하다고 하는 날에는 자기가 다른 데 갈 직장도 없이 일자리를 잃게 된다는 걸 기억하라고 했다. 나는 새로운 정책의 필요성을 인식할 수 있도록 이런 사람들을 설득해야 했다.

연설에서 나는 첨단기술산업을 발전시키려는 여러 가지 사례를 인용하면서, 교육을 개선하지 않으면 고용을 늘릴 수 없다고 주장했다. 나는 "아동 일인당 교육비와 교사 봉급, 그리고 일인당 주세 및 지방세의 규모에서 꼴찌"인 한, 우리는 진정한 발전을 이룰 수 없다고 말했다. 우리가 할 수 있는 일은 판매세를 올리고 힐러리의 위원회가 추천하는 교육기준안들을 승인하는 것이었다. "이 교육기준안들이 시행되면 우리는 미국에서 최고의 주가 될 것입니다."

그 교육기준안에는 다음과 같은 내용이 포함되어 있었다. 유치원은 3개 학년을 통틀어 최대학급 규모를 20개 학급으로 한다. 모든 초등학교에 상담교사를 배치한다. 3, 6, 8학년의 전체 학생들을 대상으로 표준화 테스트를 실시하고 8학년 테스트를 통과하지 못하는 학생들은 유급시킨다. 15퍼센트 이상의 학생들이 유급하는 학교는 성적을 향상시킬 계획을 짜야 한다. 학생들의 성적이 2년 이내에 향상되지 않으면 강제관리를 실시한다. 수학, 과학, 외국어 강좌를 늘린다. 고등학교 커리큘럼은 영어 4년, 수학, 과학, 역사 및 사회 3년으로 운영한다. 하루 수업시간을 늘리고 1년 중 수업일수를 175일에서 180일로 늘린다. 재능이 있는 아동들을 위해서 특별교육의 기회를 제공한다. 학생들의 의무교육기간을 16세로 규정한다. 당시에는 학생들이 8학년이 넘으면 학교를 떠날 수 있었기 때문에, 많은 학생들이 그렇게 하고 있었다. 아칸소 학생들의 탈락률은 30퍼센트를 넘었다.

가장 논쟁거리가 될 만한 제안은 다음과 같았다. 모든 교사들과 교육행정가들이 1984년에 전국교사시험에 응시해야 하며, 그 시험의 수준은 갓 대학을 졸업한 학생들의 수준으로 맞춘다는 것이다. 시험에 탈락한 교사들은 무료 연수를 통해 정기적인 강의를 받으면서 1987년까지 응시횟수의 제한 없이 시험에 응시할 수 있다. 이렇게 해서 학교 기준들이 완전히 충족되는 해를 1987년으로 잡는다. 또한 나는 실업교육 및 고등교육 부분의 개선과 고등학교를 졸업하지 못한 탈락자들을 도울 수 있는 성인교육 프로그램의 세 배 확대를 제안했다.

연설을 마무리하면서, 나는 사람들에게 힐러리와 나처럼 파란 리본을 달아달라고 부탁했다. 이 파란 리본은 프로그램에 대한 지지와 아칸소가 교육 면에서 최우수 등급에 속하는 '파란 리본'의 주가 될 거라는 확신을 표현하기 위해 고안된 것이었다. 우리는 지지를 호소하는 텔레비전, 라디오 광고를 계속하고, 의회로 보내라고 수천 장의 엽서를 나눠주었으며 수만 개의 파란 리본을 배포했다. 입법회기가 끝날 때까지 많은 사람들이 그 리본을 달았다. 주민들은 서서히 우리 주가 특별한 일을 할 수 있다고 믿게 되었다.

그것은 야심적인 프로그램이었다. 내가 제안한 것처럼 강력한 커리큘럼을 규정하고 있는 주들은 손에 꼽을 정도였다. 8학년 때 테스트에 합격하는 학생들만이 고등학교에 진학할 수 있도록 규정하고 있는 주는 단 한 곳도 없었다. 11학년 혹은 12학년 때 테스트에 합격해야 고등학교 졸업장을 주도록 규정하고 있는 주가 서너 곳 있었지만, 나는 그것은 소 잃고 외양간 고치기나 다름없다고 생각했다. 나는 학생들이 시간을 단축할 수 있기를 바랐다. 가정 문제 때문에 정서적 어려움을 겪으면서 학업에 집중하지 못하는 어린 학생들이 점점 늘어나고 있는 형편이었지만, 초등학교에 상담교사를 배치하도록 규정한 주는 한 군데도 없었다. 강제 규정을 이행하지 못하는 학교에 대해서 교육부가 강제관리를 할 수 있게 허용한 주는 한 곳도 없었다. 우리의 제안은 "위험에 처한 미국" 보고서에서 지적된 사항들을 훨씬 뛰어넘고 있었다.

가장 심각한 반발은 교사시험 프로그램에 대한 것이었다. 아칸소교육협회AEA는 격분해서, 내가 교사들을 무시하고, 희생양으로 삼고 있다고 비난했다. 나는 난생처음으로 인종차별주의자라는 비난을 받았다. 내가 많은 흑인 교사들이 탈락할 것으로 가정하고 있다는 주장이었다. 냉소주의자들은 사람들이 세금 인상에 반대하고 나설까봐 힐러리와 내가 연기를 해가며 인기몰이를 하고 있다고 비난했다. 많은 사람들이 교사시험이 여러 가지 교육 문제의 근원이라고 생각하고 있는 것은 사실이었지만, 교육기준심의회의 공청회에서 나왔던 것과 같은 사례들이 주 전체에 만연해 있는 것 역시 사실이었다. 교사 중에 자신이 가르치는 내용을 이해하지 못하거나 기본적인 읽고 쓰기 소양조차 부족한 교사들이 있다고 불평하는 사람들이 많았다. 한 여성은 선생이 아이 편에 들려 보낸 쪽지 한 장을 보여주었다. 쪽지에 쓰인 단어 22개 중에 철자 표기가 잘못된 것이 세 개나 있었다. 나는 대부분의 교사들이 유능하고 헌신적이며, 문제가 있는 교사들은 대부분 열악한 교육을 받은 사람들이니 이들에게 능력을 개발하고 다시 시험에 응시할 기회를 주어야 한다고 생각했다. 하지만 교사 봉급을 인상하기 위해서 세금을 인상하려면, 그리고 학생들이 새로운 교육기준안의 혜택을 받게 하려면, 교사들은 학생들을 가르칠 능력을 갖추어야 했다.

의회는 48일간의 회기 동안 내가 제안한 52가지 법안들과 이와 관련해 의원들이 제안한 사항들을 검토했다. 힐러리는 상원과 하원에 출석해 훌륭한 발표를 했다. 옐 카운티의 로이드 조지 하원의원은 "다른 클린턴을 주지사로 뽑아야 했다는 생각이 들었다"고 말할 정도였다. 우리의 제안에 반대하는 세력은 세금 인상에 반대하는 주민들과 농촌 지역의 학구들, 그리고 AEA, 이렇게 세 그룹이었다. 농촌 지역의 학구들은 교육기준안을 충족할 수 없기 때문에 합병될까봐 걱정하고 있었고, AEA는 교사시험에 찬성하는 의원들을 낙선시키겠다고 위협하고 있었다.

우리는 주에서 최고 수준의 학교라고 하는 리틀록 센트럴 고등학교의 몇몇 교사들의 진술을 근거로 교사시험이 교사들의 명예를 실추시킨다는 주장을 반박했다. 그들은 일반인들의 교사들에 대한 신뢰를 높이기 위해 시험에 응시할 의사가 있다고 말했다. 교사시험이 인종차별주의적인 것이라는 주장에 맞서기 위해서, 나는 명망 있는 흑인 성직자들을 설득해 나의 입장을 지지하도록 했다. 그들은 흑인 아동들은 대부분 유능한 교사의 지도를 받지 못하고 있는 형편이며, 교사시험을 통과하지 못하는 선생들에게 응시할 기회를 가지면 된다고 설득했다. 로이드 해클리 박사도 많은 도움을 주었다. 그는 흑인 학생들이 대부분을 차지하고 있는 아칸소 대학교 파인플러프 분교UAPB 총장인 아프리카계 미국인이었다. 해클리는 UAPB에서 재직하면서, 힐러리의 교육기준심의회 위원으로 일하고 있었다. 대학졸업생들이 처음으로 교사자격시험을 치뤄야 했던 1980년에, UAPB 학생의 42퍼센트가 불합격했다. 1986년이 되자, 해클리 박사가 관리한 UAPB의 졸업생들의 실력은 크게 향상되었다. 그는 흑인 학생들이 부진한 이유는 차별 때문이 아니라 기준이 낮고 기대가 낮기 때문이라고 주장했다. 그는 자신의 주장을 입증하는 증거들을 제시했다. 그는 자신의 학생들을 믿고 있었고 그들로부터 많은 능력을 이끌어냈다. 우리 아이들에게 필요한 것은 해클리 같은 교육자다.

입법회기가 끝날 무렵, AEA는 시험법안을 부결시킬 수 있을 것 같았다. 나는 수시로 상원과 하원을 찾아가서 표를 홍정했다. 결국 나는 시험법안이 함께 통과되지 않으면 판매세법안을 통과시키지 않겠다고 협박까지 해야 했다.

위험한 작전이었다. 판매세법안과 시험법안을 둘 다 놓칠 수도 있었다. 노동단체들은 판매세가 노동자 가구에 불공평한 법안이라고 반대하고 있었다. 그들은 내가 식품판매세를 부과하는 대신에 소득세를 감면한다는 정책을 입안하는 데 실패한 것을 물고 늘어졌다. 노동단체의 반대는 자유주의적인 유권자들의 표를 세금반대 쪽으로 끌어들였다. 하지만 그들이 다수를 장악할 수는 없었다. 이 프로그램은 출발부터 많은 지지를 받고 있었다. 세금법안 표결이 실시될 당시에는, 이미 새로운 재정운영규칙은 통과되었고, 교육기준안이 승인되어 있는 형편이었다. 판매세 인상이 없으면 새로운 재정운영규칙에 따라 많은 자치구들이 주의 보조금을 받지 못하게 될 것이고 대부분의 자치구들이 교육기준안을 충족시키기 위해서 해당 지역 소득세의 대폭인상을 법제화해야 할 것이었다. 회기 마지막 날에, 우리는 교육기준안, 교사시험법, 판매세 인상을 모두 따냈다.

나는 의기양양했지만 진이 쭉 빠졌다. 나는 페어필드 베이에서 해마다 열리는 주지사 모임에 참석하기 위해서 북쪽으로 96킬로미터를 달렸다. 그곳은 기온이 따뜻하고 사계절의 변화가 뚜렷하고 세금이 낮았기 때문에 퇴직한 뒤 북쪽 지역에서 내려와 사는 중산층 가구들이 많은 마을이었다. 주민들 중에는 퇴직한 교사들도 있었는데, 주민들 대부분이 교육프로그램을 지지했다. 한 아마추어 목수는 교육프로그램에 들인 내 노력을 기념하려고 만들었다면서 빨간색의 작은 학교건물 모형을 주었다.

입법회기 중의 격렬한 갈등이 정리되고 나자, 교육부는 물론이고, 전국 각 지역에서 아칸소의 교육개혁에 대한 긍정적인 평가들이 쏟아졌다. 하지만 AEA는 쉽사리 물러서지 않았다. 이 단체는 시험법에 대한 소송을 제기했다. AEA 의장인 페기 네이버스와 내가 필 도나휴 쇼에 나가 뜨거운 논쟁을 벌였다. 우리 주의 문제가 전국의 매체를 타게 된 흔치 않은 기회였다. 전국교사시험을 주관하는 회사는 현직 교사들을 상대로 시험을 실시할 수 없다고 주장했다. 그 시험은 어떤 사람이 교사직을 시작할 수 있는지를 측정하는 시험이지, 시험에 불합격한 현직 교사들이 계속 교직활동을 할 수 있는지를 측정하는 시험이 아니라는 주장이었다. 그래서 우리는 새로운 시험을 개발해야 했다. 1984년에 교사들과 교육행정가들을 대상으로 새로운 시험이 시행되었다. 불합격률은 10퍼센트였다. 재시험에서의 불합격률도

10퍼센트였다. 결국 전체 교사의 3.5퍼센트에 해당하는 1,215명의 교사들이 시험에 불합격해서 교직을 떠나야 했다. 시험에 응시하지 않은 1,600명의 교사들이 교사 자격을 박탈당했다. 1984년 선거에서, AEA는 시험법을 지지했다는 이유로 나를 비롯해서 많은 의원들에 대한 지지를 거부했다. 그들은 마운튼홈 출신의 상원의원인 베이다 쉐이드를 낙선시키기 위해서 활동했다. 오랜 친구인 그녀는 처음 만났던 1974년에 내 셔츠에 단추를 달아주었던 바로 그 여성이었다. 교사들은 집집마다 찾아다니면서 그녀의 적수인 스티브 루엘프를 응원했다. 그는 캘리포니아에서 아칸소로 이주한 공화파 변호사였다. 그 교사들은 교사시험에 대해서는 한마디도 하지 않았다. 안타깝게도 베이다 역시 교사시험 문제를 언급하지 않았다. 그녀는 후보들이 흔히 하는 실책을 범하고 있었다. 조직되지 않은 다수의 지지에 의존하면서, 활동적인 조직된 소수의 반대를 경시하는 것은 큰 실책이다. 이런 맹공격에서 살아남을 수 있는 유일한 방법은 반대하는 사람들이 관심을 끌 수 있는 현안을 제시하는 데서 그치지 않고 지지자들의 관심을 끌 수 있는 현안을 제시하는 데 주력하는 것이다. 베이다는 이 모든 것을 놓치고 말았다. 아칸소의 어린이들을 돕기 위해서 그녀가 치른 희생을 생각하면 나는 늘 마음이 아팠다.

다음 2년 동안, 교사들의 연봉은 4,400달러가 인상되었다. 전국적으로 가장 높은 인상률이었다. 아칸소의 교사의 연봉 수준은 전국 46위였다. 하지만 교사봉급의 규모는 일인당 아칸소 주민소득의 1퍼센트에 이르러서 전국 평균을 넘어서고 있었고, 학생 일인당 교육비용은 소득의 1퍼센트로 전국 평균에 가까워지고 있었다. 1987년까지 아칸소 학구는 329개로 줄었고, 85퍼센트의 학구들에서 교육기준안을 충족시키기 위한 소득세율 인상안이 제기되었고, 주민투표를 통해서 통과되었다.

학생들의 시험성적은 꾸준히 향상되었다. 1986년, 남부지역교육청에서 5개 남부 주의 11학년 학생들을 대상으로 시험을 실시했다. 그 시험에서 아칸소는 전국 평균성적을 넘는 유일한 주가 되었다. 5년 전인 1981년에 11학년 학생들을 대상으로 실시된 시험에서 아칸소가 획득한 점수는 전국 평균을 밑돌았다. 우리는 성공을 거두고 있었다.

나는 주지사로 재직하는 동안, 끊임없이 교육개선 정책을 시행했다. 하지만 이후 교육 분야의 진전을 뒷받침했던 것은 바로 이때 확립한 새로운 교육기준안과 재정운영규칙, 그리고 설득력 있는 평가방식이었다. 우리 주의 학교와 아동들의 미래를 개선하기 위한 활동에 힘을 합하는 과정에서, 나와 AEA 지도자들과의 관계는 점차 개선되었다. 나의 정치 생활을 회고해 보면, 1983년 교육입법회기 중의 활동은 손에 꼽을 만한 자랑스러운 활동이었다.

1983년 여름에, 메인 주 포틀랜드에서 주지사 회합이 있었다. 나는 힐러리와 첼시와 함께 즐거운 시간을 보냈다. 우리는 오랜 친구인 밥 라이히와 그의 가족들과 어울리기도 하고, 다른 주지사들과 함께 아름다운 바닷가 마을 케네벙크포트에 있는 부시 부통령의 집에서 야외 파티를 가지기도 했다. 세 살 된 첼시는 부통령에게 아장아장 걸어가서 화장실에 가고 싶다고 말했다. 부통령은 첼시의 손을 잡고 화장실에 데려다주었다. 첼시는 감사하다고 인사를 했고, 힐러리와 나는 조지 부시의 친절한 태도를 마음 깊이 새겨두었다. 그는 후일 우리에게 또 다른 친절을 베풀어주었다.

사실 나는 레이건 행정부에 대해서 불만이 많았기 때문에, 메인에 와서 무언가를 해야겠다고 마음먹고 있었다. 레이건 행정부는 장애연금의 수혜자격 기준을 엄격하게 제한하고 있었다. 10년 전의 진폐증 프로그램과 마찬가지로, 장애인프로그램 역시 심하게 남용되어왔지만, 레이건의 처방은 문제를 더욱 악화시키고 있었다. 규정들이 너무 엄격해서 도저히 이해할 수 없는 경우도 있었다. 아칸소에서, 9학년 학생이 트럭을 운전하다가 사고로 한쪽 팔을 잃었다. 그는 사무직으로 일할 수 있다는 이유로 장애연금 혜택을 받지 못했다.

하원의 몇몇 민주당원들이 이 규칙을 철폐하기 하기 위해서 노력하고 있었다. 아칸소 하원의원 베릴 앤서니도 그 중 한 사람이었다. 베릴은 나에게 주지사들을 이 활동에 참여시키라고 부탁했다. 주지사들은 그 문제에 관심이 많았다. 장애가 있는 주민들 중에 연금 지급을 거절당한 주민들이 많았는데, 자신들에게도 이에 대한 부분적인 책임이 있다고 생각했기 때문이었다. 프로그램의 재원은 연방정부가 제공하고 있었지만, 프로그램의 관리는 주에서 맡고 있었다.

그 문제는 의회안건에 상정되어 있는 것이 아니었기 때문에, 나는 위원회를 구성하여 3분의 2의 찬성으로 그 규칙을 폐기할 수 있도록 투표를 조직해야 했다. 또한 재적 주지사의 75퍼센트에게서 위원회의 행동에 대한 지지를 얻어내야 했다. 이 사안은 백악관으로서는 중요한 것이었기 때문에, 행정부는 보건부 차관과 복지부 차관을 파견하여 나의 활동을 방해했다. 공화당 주지사들은 난처한 입장에 빠졌다. 그들은 대부분 규칙이 수정되어야 한다는 것에 동의하고 있었고, 공개적으로 그 규칙을 옹호하고 싶어 하지 않았지만, 대통령을 지원하지 않을 수도 없는 입장이었다. 공화당은 위원회에서 우리의 제안을 폐기하는 전략을 짰다. 나의 추산으로는 우리 표가 모두 모일 경우에는 위원회의 1차 투표에서 이길 것 같았다. 우리의 제안에 지지하는 의원들 중에는 조지 월러스도 포함되어 있었다. 암살미수범의 총탄에 맞아 휠체어 신세를 지게 된 후로, 그는 업무를 시작하려면 아침마다 두세 시간씩 준비를 해야 했다. 투표가 예정된 날 아침, 조지 월러스는 평소보다 두 시간 일찍 일어나서 고통스러운 외출준비를 했다. 그는 위원회에 참석하여, 앨라배마에서 이 새로운 장애인규칙 때문에 고통받고 있는 노동자들이 얼마나 많은지 이야기하고 나서, 우리의 결의안에 찬성표를 던졌다. 위원회에서 결의안이 통과되고 나서, 전국주지사연합회는 그 결의안을 채택했다. 곧 이어서 사원 역시 그 규칙을 파기했으며, 수많은 사람들이 생존을 위해서 꼭 필요한 도움을 받게 되었다. 만일 그날 아침, 조지 월러스가 일찍 일어나서 휠체어에 앉아 젊은 시절 자신과 함께 생활했던 서민들의 품으로 돌아가지 않았다면, 이런 일은 이루어질 수 없었을 것이다.

그해 말에, 우리 가족은 필과 린다 레이더 부부의 초대를 받았다. 사우스캐롤라이나 힐튼 헤드에서 '르네상스 위크앤드' 라는 신년모임에 참석해

달라는 것이었다. 그 행사는 두 번째로 마련된 행사였다. 100가구가 조금 못 되는 가정들이 모여서 사흘 동안 정치, 경제, 종교, 그리고 이런저런 개인 생활에 관련된 이야기를 나누었다. 참석자들의 연령, 종교, 인종, 환경은 다양했지만, 하나같이 밤샘 파티나 축구경기보다는 진지한 대화와 가족과 주말을 보내는 것을 좋아하는 사람들이었다. 그 행사는 긴밀한 유대를 이룰 수 있는 특별한 경험이었다. 우리는 자신들의 이야기를 털어놓고, 평범한 상황에서는 마주치기 어려운 사람들과 어울리면서 많은 것을 배웠다. 우리 셋은 많은 친구들을 사귀었고, 이들 중 많은 사람들이 대통령 선거가 있었던 1992년과 대통령 재임 기간 동안 나에게 큰 도움을 주었다. 우리는 그후 해마다 '르네상스 위크앤드' 행사에 참여했다. 1999년에서 2000년으로 넘어가는 새천년 주말에는 참석할 수 없었는데, 그때 우리는 링컨 메모리얼에서 열리는 전국적인 축하행사에 참석해야 했다. 내가 대통령에 취임한 후, 그 행사는 점점 더 규모가 커져서 참석자가 1,500명이 넘었다. 초기와 같이 친밀한 교류를 나눌 수 있는 기회는 상당히 줄었지만, 나는 늘 그곳에 가는 것이 좋았다.

1984년 초, 선거가 다시 다가왔다. 아칸소와 미국 전역에서 레이건 대통령의 인기는 1980년에 보다 훨씬 높아져 있었다. 하지만 나는 자신만만했다. 아칸소 주 전체가 교육기준안을 시행하는 데 집중하고 있었고, 경제는 조금씩 호전되고 있었다. 나의 주요한 경쟁상대는 루니 토너였다. 그는 1975년에 진폐증 소송을 진행할 때 함께 일했던 오자크 출신의 변호사였다. 루니는 교육개선안으로 인해서 농촌 지역 학교들이 폐교될 것이라고 생각하고 있었고, 이 문제에 적극적인 관심을 가지고 있었다. 오랫동안 쌓아왔던 우정을 생각하면 가슴이 아팠다. 나는 그가 좀더 깊이 생각하지 못하는 것이 안타까웠다. 5월에, 나는 예비선거에서 여유 있게 승리했고, 몇 년 후 우리의 관계는 다시 원만해졌다.

7월에, 아칸소 주 경찰청장 타미 굿윈 대령이 나를 찾아왔다. 그는 내 동생이 위장한 경찰관에게 코카인을 팔고 있는 장면이 찍힌 비디오테이프가 있다고 말했다. 벳시와 나는 아무 말도 할 수가 없었다. 어이없게도, 그 경찰관은 내가 의회에 예산을 청구했던 마약단속반에 고용된 사람이었다. 타미는 내게 동생을 어떻게 했으면 좋겠냐고 물었다. 나는 이런 사건에 대해서 경찰은 어떤 조치를 취하느냐고 물었다. 그는 로저는 거물급은 아니고, 코카인 중독에서 벗어나지 못해서 판매에 끼여든 경우라고 말했다. 일반적으로 이런 경우에는 용의자가 항변할 수 없도록 몇 번 더 비디오 증거물을 만들어 체포한 다음, 장기 징역형을 살게 될 거라는 위협으로 공급책을 털어놓게 한다고 했다. 나는 타미에게 로저의 사건을 원칙에 따라 처리하라고 말했다. 그러고 나서 나는 벳시에게 힐러리를 찾아달라고 부탁했다. 그녀는 시내 식당에 있었다. 나는 그녀를 태우고 돌아와서 이 일을 말해주었다.

그후 6주 동안, 이 일을 아는 사람은 경찰 외에 벳시와 힐러리, 홍보보좌관 조앤 로버츠, 그리고 나뿐이었다. 나는 어머니를 만나거나 이야기를 나눌 때마다 마음이 아팠다. 이제까지 나는 내 인생과 내 일에만 몰두하고 있어서, 로저에게서 아무것도 눈치채지 못했었다. 로저는 1974년에 대학에 입학한 직후에 록밴드를 결성했다. 그의 록밴드는 실력이 탄탄해서 핫스프링스와 리틀록의 클럽에서 연주하고 돈을 벌었다. 나는 서너 번 그의 연주를 들으러 갔었고, 로저의 독특한 음색과 밴드의 연주 실력을 확인하고 장래가 유망하다고 생각했다. 로저는 록밴드 활동을 무척 좋아했으며, 헨드릭스 대학에 몇 번씩이나 복학을 했다가도 곧 돌아와서 록밴드 활동을 계속했다. 록밴드 활동을 하는 동안, 그는 밤을 새거나 밤늦게까지 일하는 경우가 많았다. 경마 시즌에는 지나치게 경마에 빠져 있었고, 축구경기에 내기를 걸기도 했다. 나는 얼마나 따고 얼마나 잃었는지 알 수 없었고, 묻지도 않았다. 가족이 휴가 때 함께 모여 식사를 할 때면, 로저는 늘 늦게 왔고, 불안해 보였고, 저녁식사 중에도 한두 번 자리에서 일어나 전화 통화를 했다. 그것이 모두 위험한 조짐이었다. 그런데 나는 내 일에만 몰두해 있어서 그런 것들을 놓치고 말았다.

로저가 체포되자, 아칸소 전체가 떠들썩했다. 나는 간단하게 기자회견을 했다. 나는 동생을 사랑하지만, 법에 따라 처리할 것으로 생각한다는 내용이었고, 우리 가족을 위해서 기도해줄 것을 부탁하며, 또한 우리 가족의 프라이버시를 지켜줄 것을 당부했다. 그러고 나서 나는 어머니와 동생에게 이미 알고 있었다는 사실을 털어놓았다. 어머니는 충격에 빠져 있었다. 어머니가 내가 이미 알고 있었다는 사실 때문에 섭섭해하지는 않았던 것 같다. 로저는 화를 냈다. 후일 마약중독에서 벗어났을 때에야, 로저는 화를 풀었다. 우리는 상담을 받으러 갔다. 나는 로저의 코카인 중독 정도가 하루 4그램쯤 된다는 것을 알게 되었다. 건장한 체격이 아니었다면 죽었을 수도 있는 엄청난 양이었다. 나는 로저의 마약중독은 어린 시절에 받은 상처에서 기인한 것이었으며, 친아버지에게서 마약중독이 될 만한 유전적 기질을 물려받았을 수도 있다는 것을 알게 되었다.

체포된 후 법정에 출두하는 날까지, 로저는 자신이 마약중독자라는 사실을 시인하지 않았다. 어느 날 로저와 함께 아침을 먹던 중에, 나는 로저에게 설사 그가 마약중독자가 아니라고 하더라도 돈을 벌겠다고 다른 사람에게 독을 팔았으니 오랫동안 감옥에 있어야 한다고 생각한다고 말했다. 웬일인지 그 말은 효과가 있었다. 그는 자신의 문제를 시인한 뒤에, 새로운 생활을 시작하기 위한 머나먼 길을 떠났다.

로저의 사건은 에이사 허친슨 검사가 맡았다. 로저는 공급책을 밝혔는데, 그는 로저보다 어린 이민자로 고향의 가족이나 친구들에게서 코카인을 받아오고 있었다. 로저는 오렌 해리스 판사 앞에서 두 가지 연방법을 위반했다고 시인했다. 해리스 판사는 하원의 상업위원회 의장이었던 사람으로, 80대 초반의 나이인데도 빈틈없고 현명했다. 그는 로저에게 두 가지 범죄에 대해서 각각 3년, 2년을 선고하고, 수사에 협조한 점을 인정해 집행유예 3년형을 내렸다. 로저는 14개월간 복역했다. 복역 중에는 대부분 폭력전과가 없는 범죄자들을 위한 연방 시설에서 지냈다. 그로서는 힘든 기간이었겠지만, 덕분에 그는 새로운 인생을 살 수 있게 되었다.

로저가 형을 선고받을 때, 힐러리와 나는 어머니와 함께 법정에 있었다. 나는 해리스 판사와 허친슨 검사가 사건을 다루는 솜씨를 보고 깊은 감명을 받았다. 에이사 허친슨은 유능하고 공정한 사람으로, 우리 가족이 겪고 있는 고통을 잘 이해하고 있었다. 그가 후일 제3지역구에서 의원으로 당선되었을 때 나는 전혀 놀라지 않았다.

여름에 나는 아칸소 대의원들과 함께 샌프란시스코에서 열리는 민주당 전당대회에 참석했다. 전당대회에서는 월터 먼데일과 제럴딘 페라로가 각각 대통령, 부통령 후보로 지명되었고, 나는 해리 트루먼을 칭송하는 5분 연설을 했다. 우리 앞에는 난관이 산적해 있었다. 먼데일은 재정적자를 줄이기 위해서 세금 대폭인상을 제안할 거라고 말함으로써 상황은 끝이 났다. 솔직하다는 점에서 보면 대단히 훌륭한 태도였지만, 차라리 연방자동차세를 제안하는 것이 나을 뻔했다. 하지만 샌프란시스코는 전당대회에 안성맞춤이었다. 전당대회장에서 걸어서 갈 수 있는 거리에 훌륭한 소규모 호텔들이 많이 있고 교통 흐름이 좋아서, 전당대회 때마다 흔히 겪어야 하는 교통 혼잡을 피할 수 있었다. 샌프란시스코에서는 아칸소 출신의 리처드 산체스 박사가 그 도시에 휩쓸고 있는 새로운 질병인 에이즈의 치료와 예방에 전력을 쏟고 있었다. 나는 리처드와 그 문제와 해결방안에 관해서 이야기를 나누었다. 그때는 바로 후일 백악관 시절과 그 후에 내가 상당한 관심을 기울였던 에이즈와의 전투에 첫발을 들여놓는 순간이었다.

나는 첨단기술산업을 유치하기 위해서 일찍 샌프란시스코를 떠나 아칸소로 돌아갔다. 그 일은 결국 성사되지 못했지만, 캘리포니아 주에 머물러 있었다고 해서 좋을 일도 없었다. 우리 앞에는 패배가 기다리고 있었다. 경제는 회복기에 들어섰고, 대통령은 "미국에 다시 아침이 밝았다"고 말할 때, 그의 대리인들은 우리를 보고 "샌프란시스코의 민주당원들"이라고 비웃었다. 동성애 비율이 높은 도시에서 회합을 한 것을 노골적으로 빗대는 말이었다. 부시 부통령도 늠름한 목소리로 "못된 망아지를 차서 쫓아낼" 것이라고 말했다.

11월 선거에서 레이건은 먼데일을 59 대 41로 눌렀다. 대통령은 아칸소에서 62퍼센트의 득표율을 올렸다. 나는 존스버러 출신의 매력적인 젊은 사업가 우디 프리만과의 싸움에서 63퍼센트를 득표했다.

첼시가 다섯 번째 맞는 크리스마스에 우리는 '르네상스 위크앤드' 행사에 갔다. 새로운 입법회기가 시작된 때라서, 모임의 주제는 '경제 현대화' 쪽으로 집중되었다.

나라 전체의 경제는 회복되고 있었지만, 농업과 전통적인 산업에 의존하고 있는 아칸소와 같은 주들에서는 실업률이 여전히 높았다. 1980년대의 미국의 고용성장은 대부분 첨단기술산업과 서비스부문의 성장에서 기인하는 것이었고, 대부분 각 주의 도시 지역이나 동해안과 서해안 인근에 집중되어 있었다. 공업과 농업의 중심지역은 여전히 경제 사정이 좋지 않았다. 이런 상황이 너무 극단적으로 드러나고 있었기 때문에 사람들은 미국을 '양쪽 해안' 경제를 가진 나라라고 부르기 시작했다.

고용증대와 소득증대를 위해서 우리는 아칸소의 경제를 개조해야 했다. 내가 의회에 제안한 발전 전략 속에는 이미 다른 주에서는 정착되어 있지만, 아칸소로서는 새로운 개념인 재정적인 요소가 포함되어 있었다. 나는 주택과를 발전재정국으로 확대하여 공업, 농업, 중소기업 프로젝트의 자금을 조달할 수 있는 채권을 발행하도록 하자고 제안했다. 나는 공공연금기금들이 자산의 5퍼센트 이상을 아칸소에 투자하도록 하는 것을 목표로 하자고 주장했다. 우리는 자본이 부족한 주였다. 주 안에 좋은 투자처가 있다면 공공기금을 다른 주에 투자할 필요가 없었다. 나는 주의 특허은행들이 오랫동안 권리를 행사할 수 없었던 자산을 소유할 수 있게 함으로써, 이미 침체되어 있는 시장에서 농지가 헐값에 거래되지 않게 하자고 제안했다. 시장에서 농지가 헐값에 팔리게 되면 농부들이 농지를 보유하는 것은 더욱 힘들어질 터였다. 또한 나는 의회에 주 특허은행들이 돈을 대출하는 것뿐 아니라, 돈을 빌릴 능력이 없는 농장이나 사업에 지분투자를 할 수 있도록 허용하되, 해당 농장의 주인들이나 소사업가들이 3년 이내에 은행으로부터 그 지분을 되살 권리를 인정하는 규정을 만들자고 제안했다. 다른 주의 주지사들은 이 법안에 상당히 관심이 많았다. 그 중 한 사람이 사우스다코타의 빌 쟁클로우였는데, 그는 이와 유사한 법안을 의회에서 통과시켰다.

내가 내놓은 경제관련 제안은 혁신적이기는 했지만, 너무나 복잡해서 쉽게 이해를 얻지 못하는 경우도 있었고, 광범한 지지를 얻지 못하는 경우도 있었다. 하지만 내가 몇 번이나 위원회에 참석해 질문에 대답하고 일대일 로비활동을 펼친 끝에, 그 법안은 의회를 통과했다.

연방대법원이 '로 대 웨이드' 결정을 내리고 나서 10년 이상의 세월이 흐른 뒤에, 우리 주는 임신 6개월 이후 낙태행위를 금지했다. 그 법안을 발의한 의원은 기독교인인 러셀빌의 루 하딘 상원의원과, 수전 맥더걸과 남매지간인 빌 헨리 상원의원이었다. 법안은 통과되었고, 나는 그 법안에 서명했다. 그로부터 10년 뒤, 공화당 의원들이 임부의 건강으로 인한 면제조건 없이 소위 '부분출산 낙태partial-birth abortion'(아기의 몸을 산모의 몸에서 반쯤 빼낸 다음 아기를 죽이기 때문에 붙은 이름—옮긴이주)를 금지하는 법안을 발의했다. 나는 그 법안 대신, 임부의 생명이나 건강이 위태로운 경우가 아닌 한 말기의 낙태를 금지하는 연방법령을 채택하자고 주장했다. 몇몇 주들은 1985년에 내가 서명했던 것과 같은 법률을 통과시키지 않고 있었다. 내가 제안한 법안은 부분출산 낙태시술을 금지하는 법안에 비해서 훨씬 많은 낙태를 금지하게 될 터였다. 부분출산 낙태시술은 임부의 신체에 대한 피해를 최소화하기 위해서 일반적으로 사용되고 있기 때문이었다. 공화당 지도자들은 나의 법안을 거부했다.

경제적인 정책과 낙태법안 외에도 내가 제안하고 의회가 채택한 사항들은 다음과 같다. 폭력적인 범죄의 피해자들을 구제해주기 위한 기금을 조성한다. 아동학대를 줄이기 위한 노력을 강화한다. 연방 의료보조 프로그램이 적용되지 않는 가난한 임산부의 건강을 돌보는 필요한 기금을 조성한다. 마틴 루터 킹의 생일을 주의 기념휴일로 지정한다. 교장 연수를 개선하기 위한 프로그램을 만든다. 나는 학교 운영을 좌우하는 가장 중요한 요인은 교장이 얼마나 뛰어난 지도력을 갖추고 있느냐 하는 것임을 확실하게 깨닫고 있었다. 그후 해가 갈수록 그런 나의 확신은 점점 굳어졌다.

회기 중에 있었던 한 가지 소동은 성실한 정부와 순진한 의회를 지엽적인 문제에 빠져들게 했다. AEA가 최초의 교사시험 시행을 몇 주 앞두고 교사시험법을 폐지하기 위해서 총력전을 펼치기 시작했다. 이들 교사들은 하원의원 오드 매독스로 하여금 철회안을 발의하게 했다. 오드는 자신의 고향인 오든에서 교장으로 활동했던 훌륭한 사람이었다. 그는 1980년대에 학교 강당에 커다란 프랭클린 루스벨트의 사진을 걸어놓았던 충실한 민주당원이었다. 그는 나의 친구이기도 했다. 나의 지지자들이 필사적인 노력을 기울였지만, 철회안은 하원에서 통과되었다. 나는 당장 라디오로 광고를 내보냈다. 사람들에게 지금 일어나고 있는 일들을 알리고 당장 상원에 항의 전화를 걸어달라고 부탁했다. 전화통에 불이 나게 전화가 걸려오고 그 법안은 부결되었다. 1985년 당시 교직에 있는 사람들만이 아니라, 자격증을 갖춘 모든 교사들이 1987년까지 시험에 응시해서 합격을 해야만 자격증을 유지할 수 있다고 규정된 법안을 통과시켰고, 나도 이 법안을 지지했다.

AEA는 교사들이 시험을 응시하지 않을 거라고 말했다. 시험이 시행되기 바로 전주에, 4,000명의 교사들이 의사당 밖에서 시위를 벌였다. 시위 현장에서 전국교육연합회 대표는 나를 "공립학교와 그곳의 아이들의 명예를 실추시킨다"고 비난했다. 일주일 후에 2만 7,600명의 교사 중 90퍼센트가 시험장에 나타났다.

의회가 산회하기 전에, 소동의 불씨가 마지막으로 불길을 피워올렸다. 도로교통부가 주 전역을 다니면서 가솔린세와 디젤세의 인상으로 재원을 조달하는 새로운 도로프로그램을 추진했다. 도로교통부는 지방 사업가들과 농업 지도자들을 설득했고, 그 법안은 쉽게 통과되었다. 나로서는 곤란한 문제였다. 나는 그 프로그램이 마음에 들었다. 그 프로그램이 경제적으로 도움이 될 것 같았다. 하지만 나는 선거 때 주요한 세금의 인상을 지지하지 않겠다고 맹세했던 적이 있었다. 나는 하는 수 없이 그 법안을 거부하고, 법안 발의자들에게 내 거부권을 무효화한다면 싸울 생각이 없다고 말했다. 나의 거부권은 무효화되었다. 나의 거부권이 뒤집어진 것은 주지사 생활 12년 중에 처음이자 마지막이었다.

1985년 나는 전국적인 정치활동에도 관여했다. 2월, 나는 레이건 대통령의 연두교서에 대한 민주당의 입장을 발표했다. 연두교서가 발표되는 의회는 레이건이 연설솜씨를 뽐내는 자리였고, 민주당의 짤막한 입장을 발표하는 사람은 청중들에게 강한 인상을 남기기 위해 고전해야 했다. 민주당은 그해에 방침을 바꿔서 주지사들과 시장들 중 서너 명이 새로운 아이디어와 경제적인 업적을 발표했다. 나는 새로 구성된 민주당지도자협의회에서도 활동했다. 이 단체의 목적은 재정적 의무와 사회정책에 대한 새롭고 독창적인 아이디어, 그리고 강력한 국방 정책에 근거하여 민주당원들을 위한 설득력 있는 메시지를 만들어내는 데 있었다.

그해 여름 주지사 회의는 아이다호에서 열렸다. 레이건 대통령의 서명이 들어 있는 공화당 주지사의 후원금 모금 편지를 두고 양당간에는 이색적인 논쟁이 벌어졌다. 이 편지는 민주당 주지사들이 세입세출 정책에서 너무 자유주의적이라고 심하게 비판하고 있었다. 그것은 주지사 회의를 초당파적 입장에서 진행하자는 구두 약속을 위반한 것이었다. 민주당 주지사들은 격분해서, 공화당원인 테네시 주지사 라마 알렉산더가 전국주지사연합회의 의장으로 선출되는 것을 저지하겠다고 위협했다. 정상적인 상황이라면, 양당이 매년 번갈아 의장직을 맡는 관행에 따라 당시 부의장이었던 그가 의장이 되는 것이 당연했다. 나는 라마를 좋아했고, 그가 민주당 주지사들을 공격할 마음이 있다고 생각하지 않았다. 그 역시 교육기준향상 정책의 재원을 마련하기 위해서 세금을 올린 사람이었다. 나는 갈등을 해소하기 위해 노력했다. 결국 공화당 측은 그 편지에 대해 사과하고 다시는 그런 일이 없을 것이라고 약속했고, 우리는 라마를 의장으로 선출했다. 나는 부의장으로 선출되었다. 우리는 1970년대와 1980년대에 걸쳐서 주지사 회의를 통해 많은 성과를 거두었다. 1990년대에는 공화당 주지사들이 다수를 차지하고 중앙당의 입장에 치우치면서, 오랫동안 지속되었던 협력의 정신은 퇴색해갔다. 그것은 정치적으로는 성공을 거둔 것인지는 몰라도, 성공적인 정책을 찾아가는 과정에 큰 해를 끼치고 말았다.

아이다호로 가는 길에, 나는 힐러리와 첼시와 함께 몬타나에서 며칠 동안 즐거운 시간을 보냈다. 주지사 테드 슈윈든의 각별한 배려 덕분이었다. 어느 날 그는 우리와 함께 저녁 시간을 보낸 후, 다음 날 동틀 무렵에 우리를 깨웠다. 우리는 그가 마련한 헬리콥터를 타고 미주리 강을 거슬러 올라가면서 야생의 자연이 새날을 위해 깨어나는 모습을 지켜보았다. 그리고 나서 우리는 철로 연결장치가 있는 사륜구동차를 이용해서 벌링턴 노던 철도 노선을 타고 320킬로미터 가량을 달렸다. 90미터 깊이의 계곡을 건너는 아슬아슬한 순간도 있었다. 자동차를 빌려 태양을 향해 뻗어 있는 고속도로를 타고 달려가는 길에는 만년설 위를 기어다니는 명주원숭이들을 보기도 했다. 그러고 나서 스완 호숫가에 있는 쿠트네이 숙소에서 며칠을 보냈다. 여기저기 여행을 많이 다녀보았지만, 서부 몬태나는 내가 가본 곳 중에서 손꼽히는 아름다운 곳이었다.

1985년 의회가 폐회한 뒤, 1990년 말까지, 나는 주지사 본연의 임무에서 약간 벗어난 정치활동에 관여했다. 그것은 아칸소의 경제를 일구는 일이었다. 나는 그 일을 의욕적으로 잘해냈다. 우선, 나는 안 좋은 일이 일어나는 것을 막아야 했다. 인터내셔널페이퍼사가 1920년대부터 운영해왔던 캠던 공장을 폐쇄하겠다는 계획을 발표했을 때, 나는 뉴욕으로 가서 회사대표 존 조지를 만났다. 나는 그에게 공장을 계속 가동하기 위해서 무엇이 필요한지 물었다. 그는 대여섯 가지를 말했고, 나는 그 중 한 가지를 제외한 모든 사항을 들어주었다. 그는 공장을 계속 가동시켰다. 나는 친구인 터너 휫슨에게서 클라크스빌의 신발 공장이 문을 닫으려 한다는 말을 듣고, 던 문로에게 도움을 청했다. 그는 1980년대 최악의 경기침체 중에도 아칸소에서 신발 공장 여섯 개를 가동하고 있는 사람이었다. 나는 그에게 100만 달러를 지원했고 그는 그 공장을 인수했다. 그 공장의 노동자들은 실업급여를 신청하러 간 자리에서 일자리를 되찾을 수 있다는 것을 알게 되었다.

산요전기가 포레스트시티의 텔레비전 부품 공장을 닫을 예정이라는 이야기를 듣고, 데이브 해링턴과 나는 일본 오사카로 가서 산요전기의 회장인 사토시 이우에를 만났다. 산요전기는 세계적으로 10만 명 이상의 종업원을 거느린 거대기업이었다. 나는 이우에 회장과 오래 전부터 알고 지내는 사이였다. 1980년에 주지사 선거에서 패배한 후에, 나는 그에게서 "강 때문에 진로를 바꾸게 되더라도, 결코 신념은 바꾸지 마라"라고 씌어진 아름다운

서예 한 점을 받았다. 나는 그것을 액자에 넣어두었고, 1982년에 재선되었을 때는 날마다 볼 수 있도록 침실 입구에 걸어두었다. 나는 이우에 회장에게 동부 아칸소에서 산요전기의 폐업으로 인한 손실을 감당할 수 없다고 말했다. 동부 아칸소에 속하는 델타 주의 경우 실업률이 10퍼센트를 넘어서고 있었다. 나는 그에게 월마트에서 산요 텔레비전을 판매하면 공장을 계속 가동하겠느냐고 물었다. 나는 그의 응낙을 받아낸 후에, 아칸소로 돌아와서 월마트에 도움을 요청했다. 2003년 9월, 사토시 이우에는 차파쿠아와 와서 점심식사를 했다. 그 때까지 월마트가 판매한 텔레비전의 갯수는 2,000만 대 이상이었다.

그것은 단순한 응급조치가 아니었다. 우리는 새로운 사업을 벌이기도 했다. 새로운 첨단기술 벤처기업을 지원하고, 대학을 설득해 새로운 사업의 시작을 돕도록 하고, 유럽과 아시아와 무역 및 투자 사절단을 보내 성과를 거두고, 파인 블러프에 데이와 강철관 회사와 존스버러의 다나 기업 등의 유망한 공장의 확장을 지원했다. 다나 기업의 경우는 숙련된 노동자들과 정교한 로봇의 협동 작업으로 자동차변속기를 제조하는 공장이었다.

가장 멋진 성공작은 북동부 아칸소에 누코NUCOR 강철 회사를 유치한 일이었다. 누코는 단조된 상태의 금속을 녹여서 강철을 만드는 수익성 높은 회사였다. 누코는 노동자들에게 후한 임금과 이윤에 따른 보너스를 지급하고 있었는데, 그 보너스가 노동자들 소득의 절반 이상을 차지하고 있었다. 1992년까지 아칸소 누코 노동자들의 평균 소득은 5만 달러에 가까웠다. 누코는 대학에 다니는 자녀가 있는 직원들에게 연간 1,500달러의 추가수당을 지급했다. 11명의 아이들을 회사의 도움으로 교육시키는 직원도 있었다. 누코는 회사 소유 제트기도 없이 노스캐롤라이나에 임대한 장소에 작은 사무실을 차려놓고 있었다. 설립자인 켄 아이버슨은 전통적인 운영방식에 엄청난 충성심을 고취시키고 있었다. 그는 그럴 만한 자격이 있었다. 1980년대 누코의 매출이 감소하고 있던 해에, 아이버슨은 직원들에게 임금 삭감에 대한 사죄의 편지를 보냈다. 누코는 일시 조업중단은 절대로 하지 않는다는 방침을 가지고 있었기 때문에, 중역회의에서는 임금삭감 결정을 내릴 수밖에 없었다. 누코는 이윤도 함께 나누고 부담과 함께 나누었다. 하지만 사장만은 예외였다. 아이버스는 시장조건이 악화된 것은 직원들의 잘못이 아니라고 말했다. 하지만 그로서는 그 문제에 달리 대처할 방법이 없었다. 그는 60퍼센트 삭감된 임금을 받겠다고 밝혔다. 그것은 직원들의 임금삭감률의 세 배였다. 과거 20년 동안 회사 사정이 좋으나 안 좋으나 중역들이 평직원들보다 높은 임금인상률의 혜택을 받아왔던 관행에서 벗어나는 멋진 탈출이었다. 당연히 누코의 직원들 중에는 그만두고 싶어 하는 사람이 없었다.

반 호이센 셔츠 회사가 브링클리 공장의 폐업 결정을 발표했을 때, 그곳의 노동자들과 오랫동안 교류했던 페리스와 마릴린 버로우는 그 공장을 사서 조업을 계속하기로 결심했다. 하지만 그들에게는 셔츠를 구매할 수요자가 더 많이 필요했다. 나는 월마트의 대표인 데이비드 글래스에게 그 공장의 상품을 판매해줄 수 있는지 물었다. 월마트는 지원요청을 받아들였다. 그 일이 있은 직후에, 나는 월마트 임원들과 경제발전 분야와 관련된 사람들과 함께 점심식사를 했다. 그 자리에서 나는 월마트 회사에게 국산 제품을 많이 구매하고, 이런 사실을 널리 알려서 판매고를 끌어올리라고 권유했다. 월마트의 'Buy America'(국산품 애용—옮긴이주) 운동은 큰 성공을 거두었고, 대형할인점이 동네 구멍가게를 망하게 한다는 반감을 줄일 수 있었다. 힐러리는 이 프로그램이 마음에 들었는지, 2년 후에 월마트 중역회의에 갔을 때도 이 프로그램을 적극 후원했다. 프로그램이 최고조에 달했을 때, 월마트의 상품 중에 미국 제품이 차지하는 비율은 약 55퍼센트로, 가까운 경쟁업체에 비해서 약 10퍼센트나 높았다. 안타깝게도 몇 년 후 월마트는 저가상품 판매점이라는 대대적인 마케팅을 펼치면서 이 정책을 포기했다. 하지만 그 정책이 지속되는 동안 우리는 아칸소에서 그 정책을 최대한 이용했다.

교육과 경제개발 분야의 일을 진행하면서 나는 다음과 같은 확신을 가지게 되었다. 세계화 경제 시대에 경제적 · 정치적 지도력을 유지하길 원한다면, 아칸소, 더 나아가서 미국은 큰 변화를 겪어야 한다는 것이었다. 단순히 좋은 교육을 받거나 열심히 일해서 많이 생산하거나 하는 것만으로는 충분하지 않았다. 1973년부터 1980년대까지 평균소득이 줄어들고 있었고, 열

명 중 네 명의 노동자들이 소득이 감소했다. 너무나 안타까운 상황이었기에, 나는 이 상황을 타개하기 위해서 무슨 조치를 취해야겠다고 마음먹었다.

나의 정치적인 입지는 점점 넓어지고 있었고, 나에게 표를 던진 적이 없는 공화당 지지자들과 무소속의 보수주의자들에게도 지지를 얻어가고 있었다. 아칸소는 지난 3년 기간 중 2년 동안, 고용창출성장률, 즉 총 취업자 중 신규고용자의 비율이 1퍼센트에 달함으로써, 열 개 주 중에서 1위를 달리고 있었다. 하지만 나는 모든 사람들을 내 편으로 만들 수는 없었다. 엘도라도의 정유 공장이 폐업을 할 계획이었는데, 그렇게 되면 300개가 넘는 일자리가 사라지게 되는 셈이었다. 나는 미시시피 출신의 사업가들 몇 사람을 설득해서 그 공장을 사서 조업을 계속하도록 했다. 나는 정유 공장이 그 공장의 노동자들 가족과 지역경제에 있어서 얼마나 큰 의미를 가지는 것인지 잘 알고 있었고, 다음번 선거 때도 그 공장 정문 앞에서 서서 노동자들과 악수를 나누고 싶었다. 일이 순조롭게 진척되고 있던 어느 날 한 남자가 화가 나서 나를 찾아왔다. 그는 무슨 일이 있어도 나를 찍지 않겠다고 말했다. 내가 이유를 묻자, 그는 "당신은 내 일자리를 구해줬다고 생각하고 있지요? 네, 맞아요. 하지만 당신이 신경 쓰지 않는 게 있소. 당신이 일자리를 하나 살리면 세금을 빨아먹을 또 한 명의 사람을 얻는 거요. 그래서 당신은 내게 일자리를 주는 거요. 그래야 내게 세금을 뜯어낼 수 있으니까. 나는 세상의 돈을 다 긁어다 준다고 해도 절대로 당신을 찍지 않겠소." 모든 사람들을 자기편으로 만들 수는 없는 법이다.

1986년 초, 나는 재선을 위한 선거운동을 시작했다. 이번에 당선되면 4년 임기가 확정될 터였다. 1874년에 재편입 시대의 헌법이 채택된 이후 처음으로 행정부의 임기를 2년에서 4년으로 바꾸는 헌법개정안이 통과되었다. 이번에 당선되면 나는 아칸소에서 오벌 포버스 다음으로 장기 재임하는 주지사가 되는 셈이었다. 포버스는 리틀록 센트럴 고등학교 사건 때문에 장기 재임할 수 있었지만, 나는 학교와 고용으로 장기 재임 주지사에 당선되고 싶었다.

어이없게도, 예비선거에서 나의 주 경쟁상대는 바로 포버스였다. 그는 아직도 나에 대해서 적개심을 가지고 있었는데, 그것은 내가 첫 번째 임기 때 주가 헌츠빌에 있는 그의 아름다운 페이 존스 저택을 사는 것에 반대했기 때문이었다. 나는 그가 돈이 쪼들린다는 것을 알고 있었지만, 주의 재정 상태도 마찬가지였기 때문에 그런 비용을 승인할 수가 없었다. 포버스는 새로운 교육기준안을 공격할 작정이었다. 그는 교육기준안이 농촌 지역에 대해서 학교 합병과 높은 세금이라는 짐을 지웠으며, 내가 늘 자랑하는 새로운 고용창출은 농촌 지역에서는 한 건도 없었다고 주장했다.

포버스를 지나간 곳에서는 프랭크 화이트가 기다리고 있었다. 그는 후보 셋 중에 두 번째가 되기 위해서 노력하고 있었다. 나는 그 둘 사이에서 상당한 공격이 퍼부어지리라는 것을 알고 있었다. 나는 벳시 라이트, 딕 모리스와 힘을 합치면 무엇이든 극복할 수 있다는 확신을 가지고 있었다. 하지만 나는 첼시가 아빠에 대해서 나쁘게 말하는 사람들을 보면 어떻게 행동할까 걱정이 되었다. 여섯 살이 되어 뉴스도 보고 신문도 읽기 시작한 아이였다. 힐러리와 나는 화이트와 포버스가 나에 대해서 말할 만한 내용들과 나의 대응방식에 대해서 첼시에게 차근차근 알려주었다. 그후 며칠 동안, 우리는 번갈아가면서 후보들 역할을 하나씩 맡아 연기하는 놀이를 했다. 어느 날 힐러리가 프랭크 화이트, 내가 포버스, 그리고 첼시가 내 역할을 맡았다. 나는 첼시를 보고 잘못된 교육정책으로 작은 학교들을 모두 망가뜨리고 있다고 비난했다. 첼시는 "그래도 나는 당신처럼 경찰을 이용해서 정적들을 엿보거나 하지는 않아요!"라고 쏘아댔다. 포버스는 센트럴 고등학교 사태 직후에 실제로 그런 일을 한 적이 있었다. 여섯 살짜리 아이치고는 대단한 반응이었다.

나는 예비선거에서 60퍼센트 이상의 표를 얻었다. 포버스는 3분의 1의 표를 가져갔다. 76세의 노령인데도 그는 농촌 지역에서 상당한 영향력을 발휘하고 있었다. 포버스가 떠난 곳에 프랭크 화이트가 나타났다. 그는 재임 중에 봉급 인상을 요구하는 교사들을 "욕심쟁이"라고 부른 전력이 있었다. 그런데도 그는 교사시험 지지에서 반대로 입장을 바꾼 덕에 공화당 예비선거 때 아칸소교육협회의 지지를 얻었다. 이제 그는 힐러리와 나를 공격하기 시작했다.

화이트는 새로운 교육기준안이 지나치게 번거로우니 수정이 필요하다고 말하기 시작했다. 나는 그가 당선되면 교육기준안을 "지연시키다가 폐기해버릴" 거라고 주장했다. 그는 이번에는 힐러리를 공격했다. 로즈 법률회사가 그랜드 걸프 원자력발전소에 대해 제기한 소송에서 주의 입장을 대변하고 있으니, 힐러리가 공직을 이용해 사익을 도모할 수 있다고 주장했다. 우리는 그 공격에 대해서도 멋지게 대응했다. 먼저, 로즈 법률회사는 그랜드 걸프 발전소가 부과하는 부담을 덜어주어 아칸소의 재정을 지켜주려고 노력하고 있었다. 하지만 화이트는 미들사우스공사 소속 회사의 이사진으로서 세 번이나 발전소 건설에 찬성표를 던졌던 경력이 있었다. 둘째, 공공서비스위원회가 로즈 법률회사를 고용한 것은 다른 대규모 법률회사들이 모두 공공사업체나 다른 쪽을 대변하고 있기 때문이었다. 그것은 의회와 법무장관이 승인한 사항이었다. 셋째, 로즈 법률회사는 주에서 지급받는 돈을 힐러리가 동업자로서 받는 이익을 계산하기 전에 공제하고 있었기 때문에, 힐러리는 그 돈에서 한 푼도 받지 않고 있었다. 화이트는 아칸소의 공공요금 납부자들을 보호하는 것보다 이들에게서 돈을 우려내려는 공공사업체의 노력을 변호하는 데 더 관심이 있는 것 같았다. 나는 그에게 힐러리를 공격해대는 것은 주지사가 아니라 주지사 부인으로 출마하고 싶다는 의사표시냐고 물었다. 우리 선거운동본부는 "프랭크를 주지사 부인으로"라고 쓰여진 자동차용 스티커와 배지를 만들었다.

화이트가 한 마지막 공격은 그 자신에 대한 공격이나 다름없었다. 그는 월스트리트 이외의 지역에서 가장 큰 투자회사인 스테판 기업에서 일한 적이 있었다. 내가 처음 주지사에 출마했을 때 잭 스테판은 나를 지지했다. 그는 그 후에 우익으로 돌아서서 공화당원이 되었고, 1984년과 1986년에는 레이건을 지지하며 민주당을 공격했다. 그의 형인 위트는 여전히 민주당을 지지하면서 나를 후원하고 있었다. 하지만 투자회사를 운영하는 것은 잭이었고, 프랭크 화이트는 그의 충복이었다. 오랫동안 스테판은 아칸소의 투자업계를 좌지우지하던 기업이었다. 나는 채권발행을 대규모로 늘릴 때 그 채권들을 모두 전국적인 투자회사들의 경쟁입찰에 완전 개방하고, 더 많은 아칸소의 투자회사들이 그 채권을 팔 수 있도록 기회를 주겠다고 주장했다. 스테판 기업은 상당한 점유율을 유지할 수는 있었지만, 과거와 같이 모든 채권들을 장악하지는 못하고 있었다. 하지만 화이트가 당선되면 다시 그런 영향력을 행사하게 될 터였다. 이 일에 뛰어든 아칸소의 투자회사들 중에는 댄 라자터가 운영하는 회사가 있었다. 그는 리틀록에서 성공적인 투자회사를 키워냈지만, 코카인중독 때문에 회사를 잃고 말았다. 라자터는 한때 나를 지지했었고, 내 동생 로저와 친한 사이였다. 그와 로저는 코카인의 사슬에 묶여 있었을 때 함께 환각 파티를 즐기던 사이였다. 80년대의 젊은이들은 이런 경우가 너무나 많았다.

벳시 라이트와 나는 화이트와의 텔레비전 토론을 준비하다가, 그가 마약 상용 테스트를 받아보자고 시비를 걸려고 한다는 것을 알았다. 표면상으로야 모범을 보이자는 것이었지만, 속셈은 그게 아니었다. 라자터의 몰락에서 시작되어 눈덩이처럼 불어난 소문 중에는 내가 댄의 환각 파티의 일원이었다는 소문도 있었다. 그것은 사실이 아니었다. 벳시와 나는 텔레비전 토론 전에 마약 테스트를 받기로 했다. 화이트가 텔레비전에서 나에게 시비를 걸었을 때, 나는 웃으면서 벳시와 나는 이미 테스트를 받았으니 그와 그의 선거운동 참모인 대럴 글래스콕도 테스트를 받으라고 맞받았다. 당시 글래스콕도 떠도는 마약 소문의 등장인물 가운데 한 명이었다. 그들의 꾀는 통하지 않았다.

화이트는 열세를 모면하기 위해서 내가 본 중에 가장 악랄한 텔레비전 광고를 내보냈다. 그 광고에서는 라자터의 사무실 모습을 보여주고 다음에는 코카인이 든 접시를 보여준 다음, 아나운서가 내가 코카인 상용자에게서 후원금을 받고 그 대가로 주발행 채권 사업권을 주었다고 해설했다. 내가 라자터에게 우선권을 주었으며, 예전부터 그의 코카인 상용 사실을 알고 있었다는 것을 암시하는 내용이었다. 나는 「아칸소 가제트」 기자를 불러 개발재정국의 기록을 검토하게 했다. 다음 날 신문 1면에는 화이트 주지사의 임기가 끝나고 내가 재취임한 뒤로 주와 거래했던 투자회사가 얼마나 늘어났는지에 대한 기사가 실렸다. 화이트 주지사 시절에 거래했던 회사는 4개, 내가 취임한 뒤 거래했던 회사는 15개였다. 당시 스테판은 7억 달러 규모의 채권을 운용하고 있었는데, 그것은 다른 아칸소 회사보다 두 배 이상 되는 규모였다. 나는 텔레비전 광고도 내보냈다. 광고에서는 시청자들에게 화이트의 광고를 보았냐고 물으면서 몇 초 동안 그 광고를 보여주고, 다시 스테판 기업의 사진을 보여준 다음, 아나운서가 나와서 그가 나를 공격하는 이유는 스테판을 비롯한 다른 기업들이 더 이상 주의 채권 사업을 좌지우지할 수 없기 때문이며, 화이트가 다시 당선되면 다시 그런 일이 벌어질 거라고 이야기했다. 그것은 내가 만들었던 것 중에 가장 효과적인 광고였는데, 그 이유는 그것이 비열한 공격에 대한 강력한 역공이고, 그 사실들이 스스로를 입증하고 있기 때문이었다.

나는 화이트가 로저의 마약 문제를 건드리는 것 때문에 로저와 어머니가 상처를 입을까봐 걱정했다. 하지만 두 사람은 그다지 신경을 쓰지 않았다. 로저는 감옥에서 나온 후에, 텍사스의 여관에서 6개월 동안 일하고, 다시 북부 아칸소로 옮겨가서 아는 사람이 하는 주유소에서 일했다. 그는 곧 테네시 주 내슈빌로 옮겨갈 예정이었고, 옛날 이야기 때문에 위축되지 않을 만큼 건강했다. 어머니는 딕 켈리와 함께 행복하게 생활하고 있었고, 정치는 고달픈 게임이고, 비열하게 공격하는 상대방을 제압하는 방법은 이기는 것뿐이라는 것을 터득하고 있었다.

11월에, 나는 득표율 64퍼센트로 승리를 거두었다. 리틀록의 득표율은 75퍼센트에 달했다. 나는 승리함으로써 내가 주지사라는 직위를 악용했다는 의혹과, 그것이 마약과 관련이 있을 거라는 암시를 깨부술 수 있는 기회를 얻을 수 있다는 사실 때문에 마음이 편했다. 어려운 싸움이었지만, 나는 악의를 품는 데 능숙하지 않았다. 많은 시간을 보내면서, 나는 프랭크 화이트와 그의 부인 게이를 좋아하게 되었고, 편안한 마음으로 그와 함께 활동할 수 있게 되었다. 그는 대단한 유머감각을 가지고 있었고, 아칸소를 사랑했다. 2003년에 그가 죽었을 때 나는 슬펐다. 나는 잭 스테판과도 화해하게 되었다.

포버스와 화이트와의 싸움은 아칸소의 과거와의 싸움이자, 개인에 대해 파괴적인 공격을 자행하는 정치와의 싸움이었다. 나는 교육개혁을 옹호하고 경제적인 우선정책들을 촉진하는 과정에서, 사람들이 현안과 미래에 집중하게 만들고 싶었다. 「멤피스 커머셜 어필Memphis Commercial appeal」은 "이 분야에 관한 클린턴의 선거연설은 표를 달라는 호소이면서 동시에 경제학 세미나 같다. 많은 정치비평가들은 클린턴의 이 전략이 맞아 떨어지고 있다고 말한다"고 보도했다.

나는 아칸소 이스트만 화학 공장을 방문했을 때의 일을 자주 이야기했다. 그 공장은 농촌 지역인 인디펜던트시티에 있었다. 나를 안내하는 사람은 공해방지 장비가 컴퓨터로 작동되고 있다면서 그 기계를 작동하는 사람을 만나보러 가자고 말했다. 그는 컴퓨터관제실까지 가는 동안 계속 그 직원을 추켜세웠다. 나는 앨버트 아인슈타인이나 오즈의 마법사쯤 되는 사람을 만나게 되나 보다 생각했다. 그런데 컴퓨터를 조작하는 사람은 카우보이 장화를 신고, 청바지를 입고, 커다란 은제 로데오 버클이 달린 벨트를 매고, 야구모자를 쓰고 있었다. 그는 컨트리 음악을 들으면서 담배를 씹고 있었다. 그가 나에게 던진 첫 마디는 "나하고 아내는 당신을 찍을 거요. 왜냐하면 우리는 이런 일자리가 더 필요하니까요." 이 직원은 소를 치고 말을 기르는 아칸소 토박이였다. 하지만 그는 미래를 내다보고 새로운 일을 준비했고 미래로 가기를 원하고 있었다.

8월에 사우스캐롤라이나의 힐튼헤드에서 전국주지사협회 회의가 열렸다. 나는 의장이 되었고, 마흔 번째 생일을 축하받았다. 나는 전국교육위원회 의장직에도 취임했다. 그 조직의 목적은 최상의 교육에 대한 아이디어와 정책을 모으고 그것을 전국으로 확산하는 데 있었다. 라마 알렉산더는 나를 주지사들의 복지제도 개혁에 관한 특별전문위원회의 민주당 측 공동의장으로 지명했다. 이 조직은 백악관과 연방의회와 함께 취업을 촉진하고 가정을 강화하고 아동들의 기본적인 요구를 충족시킬 수 있는 복지시스템을 개선하기 위해서 초당파적인 제안을 하는 조직이었다. 나는 1985년에 아칸소의 열악한 복지수당의 증액을 승인했지만, 복지가 자립으로 가는 중간역으로 자리매김하기를 원했다.

나는 새로운 직책들을 맡게 되어서 기뻤다. 나는 정치적인 동물이고 정책광이다. 나는 새로운 사람들을 만나고 새로운 아이디어를 탐구하기를 좋아한다. 나는 여러 가지 직책 활동을 통해서 더 유능한 주지사가 될 수 있고, 전국적인 인물들로 구성된 인맥을 강화할 수 있을 것이며, 다가오는 세계화 경제와 미국이 여러 가지 도전들을 헤쳐나갈 방법에 대한 인식이 깊어질 거라고 생각했다.

1986년이 저물 무렵, 나는 대만에서 열리는 10차 대만-미국 지도자연례회의에 참석하여 미래의 양국 관계에 관한 연설을 했다. 대만은 아칸소의 콩을 비롯해서 다양한 제조업상품, 전동기에서부터 주차시간자동표시기까지 다양한 아칸소의 생산품을 수입하고 있었다. 하지만 미국의 무역적자는 점점 커져가고 있었다. 지난 5년 동안 미국 노동자 열 명 중 네 명의 소득이 감소했다. 나는 양국의 주지사들에게 연설하면서, 미국의 무역적자를 줄이기 위해서는 이윤율을 내리고 국내 수요를 증가시키고, 라틴아메리카 국가들의 채무를 줄이고, 첨단기술제품에 대한 수출 통제를 완화하고, 노동자에 대한 교육을 개선하고 노동생산성을 향상시켜야 한다고 주장했다. 나는 대만인들에게 당부한 것은 무역장벽을 완화하고, 그들이 가진 엄청난 보유자금을 미국에 투자하라는 것이었다. 외국인 청중들 앞에서 세계화 경제에 관해서 연설을 했던 것은 그때가 처음이었다. 그 연설을 하면서 나는 누가 무엇을 해야 하느냐에 대한 정확한 인식을 가지게 되었다.

1986년 말에, 나는 현대 세계의 본질에 관한 몇 가지 근본적인 확신을 가지게 되었다. 이러한 확신은 후일 1992년 나의 선거공약의 골간이 되었던 신민주주의적인 철학으로 발전하게 되었다. 나는 「아칸소 가제트」 신문사를 사들인 가네트 신문과의 연말 운영회의에서 내가 가진 확신의 개요를 밝혔다.

……정책을 결정하는 기본틀을 만들어갈 때 반드시 지켜야 하는 새로운 규칙들이 있습니다.

첫째, 현대 미국 경제의 유일한 불변요소는 변화가 될 것입니다. 나는 3개월 전에 아칸소에서 설립 150주년을 맞은 오래된 시골 교회의 기념예배에 참석했습니다. 75명의 신도들이 나무로 지은 작은 교회 안에 빽빽하게 앉아 있었습니다. 예배가 끝난 뒤, 우리는 밖으로 나가 소나무 밑에서 간단한 점심식사를 했습니다. 나는 한 노인과 이야기를 나누다가 그 사람이 대단히 현명한 사람이라는 생각이 들어 물었습니다. "선생님, 연세가 어떻게 되십니까?" 그는 "여든두 살이요"라고 대답했습니다. "언제부터 이 교회에 나오셨습니까?" "1916년이요." "지금 우리 주와 1916년의 우리 주는 무엇이 다른지 한 문장으로 말씀해 주실 수 있습니까?" 그는 잠시 생각한 뒤에 대답했습니다. "주지사, 그건 어렵지 않습니다. 1916년에는 아침에 일어나면 오늘 무슨 일이 일어날지 알 수 있었지요. 하지만 지금은 아침에 일어나면, 나는 아무것도 아는 게 없어요." 미국에 무슨 일이 일어나고 있는지 설명하던 그 노인의 표현은 레스터 서로 교수의 설명만큼이나 훌륭한 것입니다.

둘째, 이제는 인력 자본이 물리적인 자본보다 훨씬 중요합니다.

셋째, 산업계와 정부 간에는 상호 지배관계보다는 보다 건설적인 협력관계가 훨씬 중요합니다.

넷째, 미국인의 생활이 세계화되고 인구 구성이 변하면서 일어나는 여러 가지 문제들을 해결하는 과정에서, 모든 분야에서의 협력이 갈등보다 훨씬 중요합니다…… 우리는 기회와 책임을 공유해야 합니다. 우리는 함께 올라가고 함께 내려갈 테니까요.

다섯째, 낭비는 벌을 받게 될 것입니다. 제가 보기에는 몇 십억 달러의 투자자본이 생산성을 올리지는 못하고 기업의 채무만 늘리는 데 사용되고 있습니다. 채무의 증가는 생산성과, 성장, 수익성으로 이어져야 합니다. 그런데 지금은 채무의 증가가 연구개발 인력의 감소와 연구개발 투자의 감소로 이어지는 경우가 많습니다……

여섯째, 강한 미국을 만들기 위해서는 공동체의식의 회복, 상대방에 대한 강력한 책임감, 그리고 동료 시민의 어려움은 돌보지 않고 개인적인 이익만을 추구해서는 안 된다는 확신이 필요합니다……

미국인들에게 미국의 꿈이 살아 있게 하려면, 그리고 세계에서 미국의 역할을 그대로 유지하길 원한다면, 우리는 성공적인 경제, 정치, 사회적인 생활의 새로운 규칙을 받아들여야 합니다. 그리고 우리는 그것에 근거해서 활동해야 합니다.

다음 5년 동안, 나는 세계화와 상호의존이라는 개념을 연구하고, 그러한 분석에 따라 보다 주도적인 정책들을 제안하고, 그럼으로써 훌륭한 주지사가 되려는 열망, 미국 경제에 긍정적인 영향을 미치고 싶다는 열망을 충족시켜갈 터였다.

1987년에 내가 의회에 내놓은 의제는 "좋은 시작" "좋은 학교" "좋은 직장"이었다. 이 의제는 내가 "일하는 미국 만들기"라는 주제 하에서 전국주지사연합회와 함께 하고 있는 활동과 일맥상통하는 것이었다. 내가 의회에 당부한 것은 과거에 교육과 경제발전에 기울였던 노력들 위에 세우게 될 여러 가지 건의사항들 외에도 나날이 늘어가는 가난한 아동들이 좋은 출발을 할 수 있도록 돕자는 것이었다. 내가 그 방법으로 제시한 것은 다음과 같았다. 가난한 어머니와 아동들을 위한 의료보호를 확대하는 것, 영아사망률을 낮추고 신생아에 발생 가능한 손상을 줄여가기 위해서 태아검진을 실시하는 것, 위험에 처한 아이들의 어머니들에 대한 교육을 늘리는 것, 학습장애를 가진 아이들을 일찍부터 특별교육을 시킬 기회를 늘리는 것, 부담 없이 이용할 수 있는 보육센터를 이용할 수 있는 기회를 확대하는 것, '아동부양강제child-support enforcement'를 강화하는 것 등이었다.

나는 힐러리로부터 아동의 초기발달에 대해서, 그리고 그것이 후일의 인생에 얼마나 중대한 영향을 미치는지에 대해서 배웠다. 그녀는 처음 만났을 때부터 그것에 관심이 많았다. 그녀는 예일 법대에서 공부하는 4년 동안, 예일아동연구센터와 예일-뉴헤이번 병원에서 아동과 관련된 활동을 했다. 그녀는 아칸소에 이스라엘에서 HIPPY라고 불리는 혁신적인 프리스쿨 프로그램을 도입하기 위해서 적극적으로 뛰었다. 이 프로그램은 양육방법과 아동의 학습능력의 발전을 돕는 프로그램이었다. 힐러리는 이 프로그램을 주 전역에서 실시했다. 우리는 아이들 졸업식 행사에 찾아가서 아이들이 자신들이 만든 것들을 자랑하고 부모들이 아이와 자기 자신에 대해서 자부심을 가지는 모습을 지켜보는 것을 좋아했다. 힐러리의 노력으로, 아칸소는 2,400명의 어머니들을 위해서 봉사하는 전국 최대의 프로그램을 가지게 되었고 그들의 아이들은 상당히 발전할 수 있었다.

내가 경제 분야에서 집중했던 부분은 가난한 사람들과 빈민지구에 투자와 기회를 증대하는 것이었다. 이런 지역은 대부분 아칸소의 농촌 지역에 있었다. 내가 제안한 것 중에서 가장 중요한 것은 수익성 있는 소규모 사업을 운영할 능력은 있으나 자본이 없는 사람들에게 보다 많은 자본을 제공하자는 것이었다. 시카고에 있는 사우스쇼어 개발은행은 실직한 목수들이나 전기기술자들에게 시내 사우스사이드에 버려진 건물들을 개조해서 사업을 시작할 수 있도록 큰 도움을 주었고, 그 결과 전 지역이 회복되었다.

웰즐리 시절 힐러리의 친한 친구로, 은행에서 일한 경험이 있는 잰 피어시 덕분에 나는 은행에 대해서 많은 것을 알게 되었다. 잰은 우리에게 사우스쇼어는 기술은 있으나 통상적인 기준에 따르면 지불능력이 없는 것으로 간주되는 기술자들에게 대출을 해주고 있는데, 그런 아이디어는 방글라데시의 그라민 은행의 활동에서 배운 것이라고 말했다. 그라민 은행은 밴더빌트 대학교에서 경제학을 전공하고 고국으로 돌아간 무하마드 야누스가 설립한 것이었다. 나는 어느 날 아침 그와 아침식사를 함께 할 약속을 잡았다. 그는 자신의 "소규모 신용micro-credit" 프로그램의 운영방법을 설명했다. 은행은 유능하고 정직하다는 평판은 있지만 재산은 없는 마을 여성들을 팀 단위로 조직했다. 처음 돈을 빌린 사람이 대출금을 다 갚고 나면, 다음 사람이 대출을 받는 식으로 연쇄적인 대출상환이 이루어졌다. 내가 처음 야누스를 만났을 당시, 그라민 은행은 이미 수십 만 건의 대출을 하고 있었고, 상환율은 방글라데시의 시중은행보다 높았다. 2002년까지, 그라민 은행은 2,400만이 넘는 사람들에게 대출을 해주었는데, 그중의 95퍼센트가 가난한 여성들이었다.

시카고에서 성공을 한 방법이라면 아칸소 농촌의 가난한 마을에도 적용이 가능하리라는 생각이 들었다. 야누스가 말했던 것처럼, "은행대출시스템의 혜택을 받지 못하는 지역의 사람들에게는 그라민 식의 프로그램을 써야 한다." 우리는 아카델피아에 남부개발은행을 설립했다. 개발재정국이 초기 비용의 일부를 댔지만, 그 중 대부분은 힐러리와 내가 기업들에 투자를 권해서 모은 돈이었다.

대통령이 되었을 때, 나는 그라민 은행을 모델로 전국 규모의 대출프로그램을 제안하고 의회의 승인을 얻어냈고, 백악관 행사 때 몇 가지 성공 사례를 소개했다. 국제개발처 역시 1999년, 아프리카와 라틴아메리카, 동아시아의 가난한 마을에 연간 200만 소규모 신용을 제공했다. 동남아시아를 방문했을 때, 나는 무하마드 야누스와 그의 도움으로 사업을 하고 있는 사람들을 만나보았다. 그 중에는 대출을 받아 휴대전화기를 사서 미국이나 유럽에 있는 친척들이나 친구들에게 연락을 하려는 마을 사람들에게 임대해주는 여성들도 있었다. 무하마드 야누스는 노벨경제학상을 받아 마땅한 사람이었다.

나의 또 한 가지 주된 관심은 복지제도 개혁에 있었다. 나는 의회에 3세 이상의 아동들이 있는 생활보호대상자들에게 문자교육, 직업훈련, 취직을 통한 자립의 과정을 밟겠다는 계약에 서명을 하도록 규정하는 법안을 제안했다. 2월에, 나는 몇몇 주지사들과 함께 워싱턴으로 가서 하원세입위원회 앞에서 복지예방(일할 수 있는 사람이 과도하게 복지혜택에 매달리는 경우를 예방하는 것을 뜻함—옮긴이주)과 복지제도 개혁에 관한 주장을 폈다. 우리는 의회에 "복지가 아니라 일을, 의존이 아니라 자립을 장려할" 수 있는 수단, 사람들이 복지혜택을 받지 않고도 살아가게 하기 위해서 필요한 보다 많은 수단들을 제시했다. 그 중에는 성인문맹과 십대 임신, 학업중단, 알코올중독과 마약중독을 줄이는 것도 포함되어 있었다. 복지제도 개혁 면에서는, 생활보호대상자와 정부 양쪽에 권리와 동시에 의무를 부과하는, 구속력 있는 계약을 체결해야 한다고 주장했다. 이 계약을 체결하면 생활보호대상자들은 복지수당에 의존하는 대신에 자립을 얻기 위해서 분발할 것이고, 정부는 교육과 훈련, 의료, 아동보호, 고용알선 등을 통해서 이들을 도울 것이다. 우리의 제안 중에는 3세 이상의 자녀가 있는 생활보호대상자는 모두 주에서 입안한 직업프로그램에 참여시키도록 한다, 생활보호대상자들 한 사람 한 사람에게 사회복지사의 도움을 제공하여 자급적인 노동자가 될 수 있도록 돕는다, 아동부양 수당을 모으는 노력이 강화되어야 한다, 각 주의 생활비용과 일치할 수 있도록 현금보조에 관한 새로운 공식이 설치되어야 한다는 내용이 포함되어 있었다. 연방법은 주에 대해서 월 급부액이 1970년대 초의 규모보다 적은 경우에는 주가 마음대로 급부액을 정하도록 허용하고 있었다.

나는 아칸소의 생활보호대상자들, 그리고 생활환경조사원들과 많은 시간 동안 이야기를 나누면서 그들 중 대다수가 일하면서 가족을 부양하고 싶어 한다는 것을 알게 되었다. 하지만 그들 앞에는 엄청난 장벽이 가로놓여 있었다. 기술도 없고, 경력도 없고, 아동보육시설에 아이를 맡길 비용도 없었다. 내가 만난 사람들은 대부분 차도 없고 대중교통을 이용할 수 없는 곳에 살았다. 이들이 저임금의 일자리를 구하게 되면 식량배급표를 타지 못하고 의료보호센터에서 의료 혜택도 받을 수 없게 된다. 이들은 대부분 직업세계를 잘 헤쳐나가지 못할 거라고 생각하고 있었고, 어디서부터 시작해야 할지도 모르고 있었다.

나는 워싱턴에서 열린 주지사 회의에서, 복지제도 개혁 공동의장인 델라웨어의 마이크 캐슬 주지사와 함께 복지제도 개혁에 관한 주지사 모임을 만들었다. 나는 그 모임에 아칸소 출신 두 여성을 데리고 가서 생활보호 상태를 끝내고 직업을 찾게 된 이야기를 하게 했다. 파인블러프 출신의 한 여성은 이번 여행길에 나서기 전에는 비행기도 에스컬레이터도 타보지 않은 여성이었다. 그녀는 절제된 표현으로 가난한 사람들은 가족을 부양하기 위해서 일할 수 있는 잠재력을 가지고 있다는 확신에 대해서 이야기했다. 다른 한 명은 마흔이 가까운 릴리 하딘이라는 여성으로, 최근에 요리사 자리를 구한 사람이었다. 나는 그녀에게 신체가 건강한데도 생활보호를 받는 사람들에게 일자리를 구하도록 강제하는 것이 옳다고 생각하느냐고 물었다. "옳다고 생각합니다. 그렇지 않으면, 우리는 하루 종일 연속극이나 보면서 누워 있을 겁니다." 나는 생활보호에서 벗어나게 되어서 가장 좋은 것이 무엇이냐고 물었다. 그녀는 서슴없이 대답했다. "제 아들이 학교에 가서 '너희 엄마는 뭐하시는 분이니?' 하는 질문을 받을 때 대답을 할 수 있다는 겁니다." 그것은 복지제도 개혁에 관한 주장 중에 최고였다. 심의회가 끝난 후 주지사들은 그녀를 록스타처럼 대했다.

내가 대통령이 되어 복지제도 개혁에 집중하자, 신문기자들은 공화당의 주장과 비슷한 주장이라고 말했는데, 나는 그 말을 듣고 매우 흐뭇했다. 그들은 일의 가치를 중시하는 것은 보수주의자들만 하는 일이라는 듯이 말하고 있었다. 15년도 넘게 복지제도 개혁에 관련해서 일해왔던 1996년에야 의회는 내가 서명할 수 있는 법안을 통과시켰다. 하지만 나는 그것은 민주당에게 유리한 현안도 아니고, 주지사들에게 유리한 현안도 아니라고 생각했다. 복지제도 개혁은 하딘과 그녀의 아들에게 꼭 필요한 현안이었다.

24

4년의 임기, 비서진과 내각의 헌신과 능력, 주의회와의 좋은 협력 관계, 강한 정치 조직 덕분에 나는 전국적인 정치판에서 움직일 여유도 얻을 수 있었다.

교육, 경제, 복지제도 개혁에서 거둔 성과, 전국주지사협회와 전국교육위원회의 회장직 등을 통해 지명도가 높아진 덕분에 나는 1987년 아칸소 밖에서 연설을 해달라는 초청을 많이 받았다. 나는 15개 주에서 20회가 넘는 초청을 받아들였다. 그 가운데 민주당 행사는 네 번밖에 없었지만, 모두 내 접촉면을 넓히고 내가 대통령 경선에 뛰어들지도 모른다는 추측을 강화하는 데 도움을 주었다.

1987년 봄, 나는 겨우 마흔 살이었지만, 세 가지 이유에서 대통령 선거 출마에 관심을 가지고 있었다. 첫째로, 역사적으로 볼 때 민주당은 백악관을 탈환할 아주 좋은 기회를 맞이했다. 부시 부통령이 공화당의 후보 지명자가 될 것이 분명해 보였는데, 그때까지 부통령에서 바로 대통령으로 올라간 사람은 1836년의 마틴 밴 뷰런밖에 없었다. 게다가 뷰런은 민주당의 대항 세력이 없는 것이나 다름없던 마지막 선거에서 앤드루 잭슨의 뒤를 이었다. 둘째로, 나는 미국이 방향을 바꾸어야 한다는 신념을 가지고 있었다. 미국의 성장은 일차적으로 방위비 지출의 증가와 세금 감면이 원동력이 되었는데, 이것은 미국의 최고소득층에게 큰 혜택을 주었을 뿐 아니라 국가의 적자를 늘렸다. 큰 적자로 인해 정부와 민간 대출자들이 돈을 놓고 경쟁하는 바람에 이자율이 올라갔으며, 그 때문에 달러 가치가 올라가 수입품은 싸지고 수출품은 비싸졌다. 생산성과 경쟁적 지위가 나아지는 상황임에도 미국인들은 여전히 제조업 일자리와 농장을 잃고 있었다. 더욱이 예산 적자 때문에 세계화 경제 속에서 높은 임금과 낮은 실업률을 유지하는 데 필요한 교육, 훈련, 연구에 대한 충분한 투자가 이루어지지 않았다. 그래서 미국 국민 가운데 40퍼센트가 1970년대 중반 이후 실질 소득의 감소를 겪었다.

내가 경선 참여를 심각하게 고려했던 세 번째 이유는 내가 미국의 상황을 이해하고 그것을 미국 국민에게 설명할 수 있는 사람이라고 생각했다는 것이다. 또 나는 범죄 대처, 복지제도 개혁, 교육에서 성적, 재정 등에 좋은 성적을 냈기 때문에, 공화당이 나를 주류의 가치를 포용하지 않고, 모든 문제에 정부가 답을 제시해야 한다고 생각하는 극단적인 자유주의적 민주당 후보로 몰아붙일 수 없을 것 같았다. 나는 1976년 카터 대통령이 탈출에 성공한 것을 제외하면, 공화당이 1968년 이래 우리를 가두어두었던 '외계인' 상자를 피할 수 있다면, 우리가 다시 백악관을 얻을 수 있다고 확신했다.

이것은 사실 만만한 일이 아니었다. 사람들의 정치적 참조틀을 바꾸는 것은 쉬운 일이 아니었기 때문이다. 그러나 나는 할 수 있다고 생각했다. 동료 주지사들 몇 사람도 같은 생각이었다. 나는 봄에 인디애나폴리스 500 자동차 경주에 갔다가 네브래스카의 주지사 밥 케리와 마주쳤다. 나는 밥을 무척 좋아했으며, 훌륭한 대통령 후보가 될 만한 사람이라고 생각했다. 그는 베트남에서 명예훈장을 받았으며, 나와 마찬가지로 재정적으로는 보수주의자였고 사회적으로는 진보주의자였다. 게다가 그는 아칸소보다 공화당의 지배가 더 강한 주에서 당선이 되었다. 놀랍게도 밥은 나에게 출마하라고 권하면서, 내가 출마하면 중서부 주들을 책임지겠다고 말했다.

내가 대통령에 출마하는 데는 고향에 장애물이 하나 있었다. 데일 범퍼스가 출마를 진지하게 고려하고 있었기 때문이다. 나는 1974년 말 이래 범퍼스의 출마를 권유해왔다. 범퍼스는 1984년에도 출마할 뻔했으며, 이번에는 이길 수 있는 가능성이 아주 높았다. 그는 제2차 세계대전 때 해병대에서 복무했으며, 훌륭한 주지사였고, 상원 최고의 연설가였다. 나는 범퍼스가 훌륭한 대통령이 될 것이며, 나보다 이길 가능성이 더 높다는 것을 알고 있었다. 나는 기꺼이 그를 밀 생각이었다. 우리 편이 이겨서 나라의 방향을 바꾸기를 바랐기 때문이다.

3월 20일, 리틀록의 메인 스트리트를 따라 조깅을 하고 있는데, 지역 신문 기자가 나를 쫓아와 범퍼스 상원의원이 방금 대통령 출마를 하지 않겠다는 성명을 발표했다고 전해주었다. 그냥 출마하고 싶지 않다는 것이었다. 몇 주 전, 뉴욕의 마리오 쿠오모 주지사도 같은 결정을 내렸다. 나는 힐러리와 벳시에게 출마를 진지하게 고려해볼 생각이라고 말했다.

우리는 조사를 위하여 돈을 약간 모금했다. 벳시는 아이오와, 뉴햄프셔, 뉴햄프셔 예비선거 직후의 '슈퍼 화요일'에 한 묶음으로 투표를 하게 되는 남부 몇 개 주에서 기초 작업을 하기 위해 사람들을 보냈다. 5월 7일, 1984년에 먼데일 부통령을 거의 이길 뻔했던 게리 하트 상원의원이 도너 라이스와의 관계가 폭로된 후 경선에서 사퇴하자 내가 예비선거에서 이길 가능성은 훨씬 더 높아진 것 같았다. 나는 하트가 자신에게 흠이 있나 한번 따라다니며 찾아보라고 언론에 도전한 것이 잘못이라고 생각했다. 그러나 그 일을 보면서 몹시 가슴이 아프기도 했다. 하트는 늘 미국의 큰 도전들과 그 도전에 대응할 방식을 생각하는 총명하고 개혁적인 정치가였다. 하트 사건 뒤 완전한 삶을 살지 못한 우리 같은 사람들은 언론의 폭로 기준이 무엇인지 몰라 고민에 빠졌다. 마침내 나는 뭔가 내놓을 것이 있다고 믿는 사람은 그냥 출마를 하고, 문제 제기가 생기면 그때 대처를 하고, 미국 국민을 신뢰하는 수밖에 없다고 결론을 내렸다. 어차피 고통의 시작점을 높이지 않고는 성공적인 대통령이 될 수 없는 일이니까.

나는 7월 14일까지 결정을 내리기로 했다. 미키 캔터, 칼 와그너, 스티브 코언, 존 홀럼, 샌디 버거 등 과거 정치적 전투에서 함께 싸웠던 나의 오랜 친구들 몇 명이 리틀록으로 내려왔다. 모두 내가 출마를 해야 한다고 생각했다. 그냥 넘기기에는 너무 좋은 기회라는 것이었다. 그럼에도 나는 망설였다. 나는 좋은 후보는 될 수 있다고 생각했지만, 좋은 대통령이 될 만한 지혜와 판단력을 갖출 만큼 오래 살았는지는 자신할 수 없었다. 당선이 되면 마흔 둘이었다. 시어도어 루스벨트가 매킨리 대통령이 암살당한 뒤 대통령직을 맡았을 때와 같은 나이였다. 존 케네디가 당선되었을 때보다 한 살 어린 나이였다. 그러나 그들은 둘 다 부유하고 정치적으로 명문가 출신이었으며, 특별한 성장 과정 덕분에 권력의 핵심에서도 편안함을 느낄 수 있었다. 내가 가장 좋아하는 두 대통령 링컨과 프랭클린 루스벨트는 대통령이 되었을 때 쉰한 살로, 완전히 성숙한 상태였으며, 자기 자신과 자신이 맡은 책임들을 능란하게 제어할 수 있었다. 10년 뒤 내가 51세 생일을 맞았을 때, 앨 고어는 체로키 인디언 이야기를 해주었다. 그들은 사람이 51세가 되어야 완전한 성숙에 이른다고 믿는다는 것이었다.

내가 꺼림칙하게 생각했던 또 한 가지는 선거운동으로 인해 주지사 일이 어려움을 겪을 것이라는 점이었다. 1987년은 학교 기준을 이행해야 하는 마감 시한이었다. 나는 이미 학교와 과밀한 감옥에 쓸 돈을 모으기 위해 특별 회기를 요구해놓았다. 나는 거의 녹초가 될 정도로 싸웠고 그 바람에 몇 의원과 관계가 나빠지기도 했으며, 거의 실패할 뻔하다가 마지막 순간에 가서야 일을 하는 데 필요한 표를 긁어 모을 수 있었다. 1988년 초에도 특별 회기를 다시 요구해야 할 가능성이 높았다. 나는 학교 기준을 완전히 이행하고 그것을 발판으로 삼아 앞으로 나아갈 결심을 굳히고 있었다. 그것이 우리 주의 가난한 아이들 대부분이 더 나은 미래를 얻을 수 있는 유일한 기회였기 때문이다. 첼시의 초등학교는 60퍼센트 정도가 흑인이었으며, 반 이상이 저소득층 집안 출신이었다. 첼시가 생일 파티에 관저로 초대했던 한 남자아이가 생일선물을 살 돈이 없어 오지 못할 뻔했던 일이 기억난다. 나는 그 아이에게 그 아이 부모가 가졌던 것보다 나은 기회를 주겠다고 결심하고 있었다.

선거운동 때마다 나를 지원했던 「아칸소 가제트」는 내가 걱정하던 그 두 가지 이유 때문에 출마하면 안 된다고 주장하는 사설을 실었다. 「아칸소 가제트」는 내가 전국적 지도자가 될 큰 잠재력을 가졌음을 인정하면서도, "빌 클린턴은 대통령이 될 준비가 되지 않았으며…… 아칸소에는 클린턴 주지사가 필요하다"고 말했다.

야망은 강력한 힘이다. 대통령이 되고자 하는 야망 때문에 많은 후보들이 자신의 한계와 현재의 직책에서 해야 할 일을 무시해왔다. 나는 늘 내가 어떤 위기에도 대처할 수 있고, 아무리 가혹한 시련에도 버틸 수 있고, 두세 가지 일을 한번에 할 수 있다고 생각했다. 따라서 1987년에도 나는 자신감을 바탕으로, 또 야망에 이끌려서 출마 결정을 내릴 수 있었지만, 결국 그렇게 하지 않았다. 최종적으로 그 문제에 대한 결정을 좌우한 것은 내 삶 가운데 정치가 건드릴 수 없는 부분, 바로 첼시였다. 나처럼 외동딸의 아버지인 칼 와그너는 출마를 할 경우 앞으로 16개월 동안 첼시하고는 떨어져 살다시피 해야 한다고 말했다. 미키 캔터가 나에게 출마 이야기를 하고 있을 때 첼시가 여름휴가는 어디로 가느냐고 물었다. 대통령에 출마하면 못 갈지도 모르겠다고 했더니 첼시는 이렇게 말했다. "그럼 엄마하고 나하고 둘이만 가야겠네." 그것으로 결정은 내려졌다.

나는 친구들이 점심을 먹고 있던 주지사 관저의 식당으로 들어가, 출마하지 않겠다는 뜻을 밝히면서 그들을 불러 모은 것을 사과했다. 이어 나는 엑셀시어로 가서 지지자 수백 명에게 나의 결정을 알렸다. 거의 출마 결정까지 갔다가 물러섰다는 사실을 최선을 다해 설명하려고 노력했다.

> 나는 가족과 함께 보낼 시간이 필요합니다. 혼자 보낼 시간도 필요합니다. 정치가들도 사람입니다. 사람들은 가끔 그 사실을 잊는 것 같습니다만, 실제로 그렇습니다. 나나 다른 후보가 대통령에 출마하여 내놓을 수 있는 유일한 것은 내부에 있습니다. 그것이 위스콘신, 몬태나, 뉴욕 어느 곳에 사는 사람이건 그 사람들의 마음에 불을 지피고, 그들의 신뢰를 얻고, 그들의 표를 얻는 것입니다. 내 삶의 그 부분에 갱신이 필요합니다. 그러나 나의 결정의 다른, 훨씬 더 중요한 이유는 이 선거운동이 우리의 딸에게 미칠 영향입니다. 다른 사람들이 2년 동안 작업을 해온 뒤에 내가 이렇게 늦게 경선에 뛰어들어 이길 수 있는 유일한 방법은 지금부터 선거가 끝날 때까지 계속 돌아다니는 것입니다. 힐러리도 그렇게 해야 합니다…… 나는 많은 아이들이 이런 환경 속에서 자라는 것을 보았으며, 오래 전 만일 내가 운이 좋아 아이를 갖게 되면 그 아이는 절대 아버지가 누구인지 궁금해하면서 자라지 않게 하겠다고 스스로 다짐했습니다.

힐러리는 내가 어느 쪽을 택하든 나를 지지하겠다고 말했음에도, 내 최종 결정에 안도하는 것 같았다. 그녀는 내가 아칸소에서 시작한 일을 마쳐야 하며, 전국적인 지지 기반을 더 넓혀야 한다고 생각했다. 그리고 힐러리도 그때는 내가 가족으로부터 떨어져 있는 것을 원치 않았다. 어머니는 마취 일에 문제가 있었고, 로저는 석방된 지 겨우 2년밖에 안 되었고, 힐러리의 부모가 리틀록으로 이사 올 예정이었다. 1983년 1월, 내가 주의회에서 취임 연설을 할 때 휴 로댐이 의자에서 쓰러졌다. 심각한 심장마비가 찾아온 것이다. 그는 바로 대학 메디컬센터로 옮겨져, 4중 혈관이식 수술을 받았다. 그가 깨어났을 때 나는 옆에 있었다. 나는 그가 정신이 들었다는 것을 확인하고 말했다. "휴, 제 연설은 누구한테 심장마비를 일으킬 만큼 뛰어나지는 않았는데요!" 1987년에도 휴는 가벼운 발작을 일으켰다. 휴와 도로시는 파크리지에 둘만 따로 살 필요가 없었다. 우리는 그들이 가까이 있기를 바랐으며, 그들도 이사를 고대하고 있었다. 무엇보다도 유일한 손녀와 가까이 있고 싶어 했다. 어쨌거나 이사를 오면 그들로서는 새로운 상황에 적응해야 했다.

마지막으로 힐러리가 나의 출마 포기를 환영했던 것은 내심 1988년에 민주당이 이길 것이라는 통념에 동의하지 않았기 때문이다. 힐러리는 레이건 혁명이 아직 수명이 다했다고 보지 않았으며, 이란-콘트라 사건에도 불구하고 조지 부시가 레이건의 좀더 온건한 대안으로서 승리를 거둘 것이라고 생각했다. 4년 뒤, 부시 대통령의 지지율이 70퍼센트가 넘어 승리의 전망이 훨씬 더 어두웠을 때, 힐러리는 오히려 나에게 출마를 권했다. 그리고 힐러리는 두 번 다 옳았다.

불출마 결정을 발표하자 어깨에서 세상의 무게가 덜어진 느낌이었다. 나는 이제 자유롭게 아버지, 남편, 주지사가 되어 나의 가까운 야심에 방해받지 않고 전국적인 쟁점을 놓고 일을 하고 말을 할 수 있었다.

7월에 나는 힐러리, 첼시와 함께 미시간 주 트래버스시티에서 열린 여름 주지사 회의에 참석하여, 의장으로서의 1년을 마무리지었다. 내 후임은 뉴햄프셔 주지사 존 수누누였으며, 그는 복지제도 개혁을 위한 우리의 일을 계속하겠다고 약속했다. 나는 그와 사이가 좋았다. 회의가 끝난 뒤 민주당 주지사들은 매키노 섬으로 갔다. 그곳에서 우리는 짐 블랜처드 주지사의 주선으로 민주당 대통령 후보들을 모두 만날 수 있었다. 그 자리에는 앨 고어 상원의원, 폴 사이먼 상원의원, 조 비든 상원의원, 딕 게파트 하원의원, 제시 잭슨 목사, 애리조나 주지사를 지낸 브루스 배빗, 마이크 듀카키스 주지사 등이 참석했다. 훌륭한 인물들이 많은 것 같았지만, 그 가운데도 듀카키스가 제일 마음에 들었다. 그는 매사추세츠에서 하이테크 경제를 성공적으로 이끌었고, 균형 예산을 이루었으며, 교육과 복지제도 개혁에서도 성과를 거두었다. 그는 '새로운 민주당원' 으로서 통치하고 있었다. 그리고 그는 부정적인 공격으로 선거에서 지고 나서 다시 성공적으로 복귀한 경험도 있었다. 대부분의 미국인들이 매사추세츠를 자유주의적인 주라고 생각했지만, 나는 우리가 그를 선거 시장에서 팔 수 있다고 생각했다. 그는 성공을 거둔 주지사이고, 이전의 선거들에서 우리를 침몰시켰던 잘못들을 피할 수 있는 사람이었기 때문이다. 게다가 우리는 친구였다. 듀카키스는 내가 경선에 뛰어들지 않은 것에 안도하면서, 나에게 티셔츠를 때 이른 생일 선물로 주었다. 그 티셔츠에는 이런 말이 적혀 있었다. "마흔한 살 축하. 96년에는 클린턴. 그때에도 겨우 마흔아홉 살!"

모임이 끝날 때 짐 블랜처드는 60년대 모타운 음악가들이 등장하는 멋진 로큰롤 콘서트를 열었다. 포 탑스, 마서 리브스와 반델라스, 주니어 워커 등이 출연했다. 주니어 워커는 우리 평범한 인간들보다 한 옥타브나 높게 연주할 수 있는 전설적인 테너 색소폰 연주자였다. 연주회가 끝날 무렵 젊은 여자가 나에게 다가오더니, 음악가들과 함께 모타운의 스탠더드 곡인 "거리에서 춤추며Dancin' in the Street"를 함께 연주해보라고 권했다. 나는 3년 동안 색소폰을 연주한 적이 없었다. "악보가 있나요?" 내가 물었다. "아니요." 여자가 대답했다. "무슨 조로 시작하죠?" 여자가 대답했다. "잘 모르겠는데요." "잠깐 연습할 시간이 있나요?" 역시 답은 같았다. "아니요." 나는 유일하게 가능한 답을 했다. "좋습니다. 하죠." 나는 무대로 올라갔다. 그들은 나에게 색소폰을 주었고, 바로 마이크를 붙였다. 음악이 시작되었다. 나는 악기가 입에 익고 조를 파악할 수 있을 때까지 작게 연주했다. 이윽고 나는 본격적으로 끼어들었고, 연주는 썩 괜찮았다. 나는 지금도 주니어 워커와 내가 함께 연주를 하는 사진을 보관하고 있다.

9월은 바쁜 달이었다. 새 학기가 시작되면서, 나는 테럴 벨의 뒤를 이어 레이건 대통령의 교육 담당 비서가 된 빌 베닛과 함께 NBC의 〈언론과의 만남Meet the Press〉 프로그램에 출연했다. 베닛과 나는 원활하게 대화를 풀어나갔다. 그는 성적 책임과 기본 가치 교육에 대한 나의 지지에 감사했으며, 연방이 어린 아이들의 교육을 위해 주 정부를 더 지원해야 한다고 말했을 때도 반대하지 않았다. 베닛이 미국교육협회가 성적 책임에 장애가 된다고 비판했을 때, 나는 미국교육협회가 전보다는 나아졌다고 말하면서, 다른 커다란 교사 조합인 미국교사연맹의 지도자 앨 섕커가 성적 책임과 가치 교육을 둘 다 지지한다는 사실을 지적했다.

안타깝게도 내가 대통령이 되고 그가 생계를 위하여 덕을 장려하는 일을 시작하게 된 뒤에는 빌 베닛과의 관계가 잘 풀리지 않았다. 그는 한때 "말이 통하는 민주당원 빌 클린턴에게"라고 서명한 책을 나에게 주기도 했지만, 그는 이제 자기 생각이 틀렸거나 아니면 전에는 통했던 말이 지금은 안 통한다고 생각하게 된 것 같다.

〈언론과의 만남〉에 나갔을 즈음, 법사위원회 위원장 조 비든 상원의원이 나에게 레이건 대통령이 연방대법원에 지명한 로버트 보크 판사에게 문제를 제기하는 증언을 해달라고 요청했다. 나는 내가 백인 남부 주지사이기 때문에 비든 의원이 나를 원한다는 것을 알았다. 그리고 내가 보크에게 헌법을 배운 제자라는 사실도 도움이 된다고 보았을 것이다. 나는 동의하기 전에 보크의 글, 중요한 판결 이유, 발표된 연설문들을 거의 다 읽고, 결국 보크 판사가 대법원에 가면 안 된다고 결론을 내렸다. 나는 8페이지짜리 성명에서, 보크를 교사로서 좋아하고 존경하며 레이건 대통령이 대법원 판사 임명에 상당한 재량을 가지고 있지만, 그래도 상원은 그의 지명을 거부해야 한다고 말했다. 나는 보크 자신의 말을 들어보면 그가 주류 보수주의자가 아니라 반동적인 인물이라는 것이 드러난다고 주장했다. 그는 '브라운 대 교육위원회' 사건을 제외한 대법원의 주요한 민권 확대 판결을 거의 모두 비판했다. 사실 보크는 윌리엄 렌키스트와 더불어 배리 골드워터에게 1964년 민권법에 반대하는 표를 던지라고 조언했던 두 변호사 가운데 하나였다. 나는 남부인으로서 그런 판결들을 휘저어 인종 문제의 상처를 다시 여는 일이 얼마나 위험한지 잘 알고 있었다. 보크는 수십 년 동안 대법원에 지명된 사람들 가운데 인권 보호를 위해 대법원이 할 수 있는 일에 대해 가장 제한적인 견해를 가지고 있었다. 그는 대법원 판결 가운데 '수십 건'을 파기할 필요가 있다고 생각했다. 예를 들어 그는 공익기업이 대기를 오염시킬 권리와 마찬가지로 결혼한 부부가 피임도구를 사용할 권리도 정부의 행동으로부터 사생활 보호를 받을 자격이 없다고 말했다. 사실 그랜드 걸프 사건에서 아칸소에 패소를 안겨준 그의 판결에서 알 수 있듯이, 그는 공익사업체를 비롯한 사업체들이 개인보다 자신이 동의하지 않는 정부 행동으로부터 더 보호를 받아야 한다고 생각했다. 그러나 사업체의 이익을 보호하는 문제가 되면, 그는 사법 적극주의를 옹호하여 사법적인 제한을 창밖에 내던졌다. 그는 심지어 결함 있는 경제 이론에 기초하고 있다는 이유로 연방 법원들이 독점금지법을 강요해서는 안 된다고 말했다. 나는 보크 판사가 인준 과정에서 제시하고 있는 좀더 온건한 약속들이 아니라 오랫동안 유지해온 신념에 근거해 행동할 위험에 상원이 유념해 달라고 요청했다.

나는 직접 나가지 않고 서면으로 증언을 제출했다. 청문회가 연기되어 무역사절단으로 유럽 출장을 가기로 한 날짜와 겹쳤기 때문이다. 10월 말 상원은 보크 지명을 58 대 42로 기각했다 아마 내 증언은 한 표에도 영향을 주지 못했겠지만. 그러자 레이건 대통령은 앤토닌 스칼리아 판사를 지명했다. 그는 보크와 마찬가지로 보수적이었지만, 그것을 입증할 만한 발언이나 글이 없었다. 그는 결국 인준을 받았다. 스칼리아 판사는 2000년 12월 부시 대 고어 사건에서 플로리다의 재검표를 중단하라는 전례 없는 명령을 내린 대법원의 토요일 판결 이유를 작성했다. 사흘 뒤 대법원은 미해결의 문제가 된 표를 플로리다 법이 요구하는 날 자정까지 검표할 수 없다는 이유로 5 대

4의 표결로 조지 W. 부시를 당선자로 밝혔다. 물론 자정까지 검표할 수는 없었다. 대법원이 사흘 전에 합법적인 표의 계산을 중단시켰기 때문이다. 그것은 밥 보크마저도 얼굴을 붉힐 만한 사법 적극주의적 행동이었다.

무역사절단 일을 한 뒤에 힐러리와 나는 존 수누누, 로드아일랜드의 에드 디프리트 주지사와 함께 이탈리아의 우리와 비슷한 지역을 살피기 위해 피렌체로 갔다. 힐러리와 나는 이탈리아 여행이 처음이었다. 우리는 피렌체, 시에나, 피사, 산지미냐노, 베네치아와 사랑에 빠졌다. 나는 이탈리아 북부의 경제 성공에도 매력을 느꼈다. 그곳은 일인당 소득이 독일보다 높았다. 이 지역이 번영하는 이유들 가운데 하나는 중소기업을 하는 사람들이 시설, 사무, 영업 비용을 공동 부담하는 특별한 협력 관계를 이루었기 때문인 것 같았다. 이것은 이탈리아 북부의 장인들 사이에 중세의 길드 발전 이후 수백 년 내려오는 전통이었다. 아칸소에서도 먹힐 만한 사업 방식을 하나 발견한 셈이었다. 나는 아칸소에 돌아가자 실업상태에 있는 판금 노동자들 여러 명이 사업체를 설립하는 것을 돕고, 이탈리아의 가죽과 가구 제조업자들이 하는 것처럼 비용을 분담하고 영업을 함께 하도록 유도했다.

10월이 되자 주가가 하루에 500포인트 이상 떨어지면서 미국 경제가 크게 요동쳤다. 1929년 이래 하루 하락치로는 최대였다. 우연의 일치인지 주식 시장이 폐장할 무렵 미국 최고의 갑부인 샘 월튼이 내 집무실에 앉아 있었다. 월튼은 "좋은 양복 클럽"이라고 알려진 저명한 사업가들의 모임인 아칸소경제인회의의 의장이었다. 샘은 잠깐 실례한다고 하더니 월마트 주식이 어떻게 되었는지 확인하러 갔다. 그의 부는 모두 월마트에 잠겨 있었다. 그는 같은 집에 수십 년을 살았으며, 낡은 트럭을 몰고 다녔다. 월튼이 돌아왔을 때 나는 그에게 얼마나 손해를 보았느냐고 물었다. "10억 달러 정도." 그가 대답했다. 1987년에는 그 정도면 샘 월튼에게도 꽤 많은 돈이었다. 내가 걱정이 되느냐고 묻자 그가 대답했다. "내일은 테네시로 가서 새로 개장한 월마트를 볼 거요. 만일 그곳 주차장에 차들이 많으면 걱정을 안 할 거요. 내가 주식시장에 들어가 있는 것은 가게를 더 많이 열 돈을 모으고, 우리 직원들에게 회사 주식을 나누어주기 위해서일 뿐이오." 월마트에서 일하는 사람들은 거의 모두가 그 주식을 소유하고 있었다. 월튼은 회사와 노동자들이 어려운데도 엄청난 보수 인상을 고집하고, 회사가 망하면 황금 낙하산을 타고 안전하게 내려오는 새로운 종류의 기업 임원들과는 대조를 이루는 사람이었다. 새로운 세기의 첫 몇 년 동안 주가가 급락하면서 기업의 탐욕과 부패의 새로운 모습이 드러났을 때, 나는 샘 월튼이 10억 달러를 잃던 1987년의 그날을 생각했다. 샘은 공화당 지지자였다. 아마 한 번도 나에게 표를 던진 적이 없을 것이다. 나도 당시에 월마트가 하던 모든 일에 찬성한 것은 아니며, 그가 죽은 뒤에 좀더 일반화된 그 회사의 몇 가지 관행에는 분명히 반대하기도 했다. 내가 말한 대로 월마트는 과거만큼 "미국을 사지" 않는다. 또 불법 이민자들을 다수 고용하는 것으로 비난을 받기도 했다. 그리고 물론 이 회사는 노동조합에 반대한다. 그러나 회사를 운영하는 사람들이 모두 월튼처럼 헌신적이어서, 직원이나 주주의 재산이 늘 때 그들의 재산도 늘고 반대로 줄 때는 같이 준다면 미국은 앞으로 더 잘 살게 될 것이다.

나는 1987년 말에 플로리다 민주당 전당대회에서 10년 만에 세 번째로 연설을 했다. 나는 평소대로 우리가 사실들을 직면해야 하며, 국민이 우리처럼 상황을 보게 해야 한다고 말했다. 레이건 대통령은 세금을 낮추고, 방위비 지출을 늘리고, 예산 균형을 잡겠다고 약속했다. 그는 처음 두 가지는 약속대로 했으나, 세 번째 약속은 지킬 수 없었다. 공급 측 경제학이 산수에 어긋났기 때문이다. 그 결과 국가 부채는 폭증하고, 미래에 대한 투자에 실패하고, 국민 40퍼센트의 임금이 하락했다. 공화당은 자신들의 성과를 자랑하지만, 나는 브레이크 댄스를 추고 있는 어린아이들을 바라보는 늙은 개 두 마리의 눈으로 그들의 자랑을 지켜보고 있다. 한 개가 다른 개에게 말한다. "이봐, 우리가 저걸 하면, 재네들은 우리 몸에 벌레가 생겨 비트는 줄 알고 벌레를 없앤다고 난리를 칠 거야."

나는 플로리다 민주당원들에게 말했다. "우리는 다름 아닌 새로운 세계 경제 질서를 만들고, 그 안에서 미국 사람들을 위한 자리를 확보해야 합니다." 나의 핵심적인 주장은 "우리는 내일을 확보하기 위해 오늘을 대가로 치러야 한다"는 것과 "우리 모두 한 배를 탔다"는 것이었다.

돌이켜보면 80년대 말의 내 연설들이 흥미롭게 느껴진다. 그것이 1992년에 내가 하게 되는 말, 그리고 대통령으로서 내가 하려고 했던 일과 매우 비슷하기 때문이다.

1988년 나는 13개 주와 컬럼비아특구를 돌아다니면서 정치와 정책에 대해 각각 반 정도씩 이야기했다. 정책 연설은 주로 교육, 그리고 연말에 국회가 통과시키기를 바라고 있는 복지제도 개혁 법안과 관련되어 있었다. 내 미래에 가장 중요한 의미를 지니는 정치적 연설은 "민주주의적 자본주의"였다. 나는 2월 29일 버지니아 주 윌리엄스버그의 민주당지도자회의에서 이 연설을 했다. 그 후로 나는 민주당지도자회의에 더 적극적으로 참여했다. 민주당원들이 선거에서 승리하고 나라에 옳은 일을 하는 데 필요한 새로운 정책을 개발하기 위해 노력하는 단체는 그것뿐이라고 생각했기 때문이다. 윌리엄스버그에서 나는 경제 세계화에 '민주적'으로 접근할 필요성에 대해 이야기했다. 여기서 민주적이라는 말은 모든 국민과 공동체가 접근할 수 있다는 의미였다. 나는 윌리엄 줄리어스 윌슨이 그의 저서 『진정으로 불우한 사람들*The Truly Disadvantaged*』에서 펼친 주장, 즉 핵심적인 실업과 가난에는 인종에 따른 해결책이 없다는 주장을 적극적으로 지지하게 되었다. 유일한 답은 학교, 성인 교육과 훈련, 일자리였다. 한편 아칸소에서 나는 계속 학교와 교도소를 둘러싼 예산 문제와 씨름하고, "좋은 시작, 좋은 학교, 좋은 직업"이라는 나의 의제를 홍보하고, 세제 개혁과 로비 개혁 법안을 밀어붙였다. 그러나 주의회가 이 법안들을 통과시키지 않았기 때문에, 두 가지 모두 표결로 결정하게 되었다. 이익단체들은 두 개혁안을 반대하는 광고를 줄기차게 내보냈다. 결국 로비 개혁안은 통과되었지만, 세제 개혁안은 부결되었다.

듀카키스 주지사는 민주당 대통령후보 지명을 얻기 위해 움직이고 있었다. 애틀랜타에서 열린 민주당 전당대회 2주 전, 듀카키스는 자신을 지명해 달라고 요청했다. 듀카키스와 그의 선거운동 지도자들은 여론조사에서는 그가 부시 부통령을 앞서지만, 미국 국민은 아직 그를 잘 모른다고 말했다. 그들은 개인적 자질, 업적, 새로운 구상이라는 면에서 듀카키스가 대통령직에 적임자라고 홍보하는 데 지명 연설이 좋은 기회가 될 것이라고 결론내렸다. 나는 같은 주지사이고, 친구이고, 남부인이었기 때문에, 그들은 내가 25분 가량 되는 할당시간을 전부 사용해서 그 연설을 해주기를 바랐다. 이것은 일반적 관례에는 어긋나는 것이었다. 보통 민주당 내의 서로 다른 집단을 대표하는 세 사람이 5분씩 지명 연설을 했기 때문이다. 아무도 지명 연설에 큰 관심을 기울이지 않았지만, 연사와 그의 유권자들은 즐거워했다.

나는 연설 권유에 기분이 좋았지만 방심하지는 않았다. 보통 전당대회는 만나서 인사하는 시끌벅적한 자리이며, 연단에서 나오는 말은 배경음악에 지나지 않는다. 다만 기조연설과 대통령이나 부통령의 수락 연설만 예외였다. 나는 전당대회에 여러 번 가 보았기 때문에, 그런 연설들 이외의 긴 연설은 대의원들과 매체가 그 연설을 기대하고 있고, 대회장 분위기가 그 연설을 들을 만한 상태를 유지하지 않는 한 크게 실패하기 십상이라는 것을 잘 알고 있었다. 나는 듀카키스 쪽 사람들에게 대회장의 조명을 어둡게 하고 대회장 안내 요원들이 조용한 분위기를 유도해야만 연설이 효과가 있을 것이라고 말했다. 또 박수를 너무 많이 치는 것도 좋지 않았다. 연설이 상당히 길어질 위험이 있었기 때문이다. 나는 그들에게 나도 그런 일들이 귀찮다는 것을 잘 알고 있으며, 따라서 그렇게 해주기 힘들면 선동적인 5분짜리 지지 연설로 대체하겠다고 말했다.

연설일인 7월 20일에 나는 연설문을 듀카키스의 방으로 가져가 그쪽 사람들에게 보여주었다. 나는 연설이 22분 정도 걸릴 것이며, 박수가 너무 많지만 않으면 25분 내에 끝낼 수 있을 것이라고 말했다. 그리고 그쪽에서 원할지 몰라 연설의 4분의 1, 2분의 1, 4분의 3을 잘라낼 방법도 마련했다고 이야기했다. 두 시간 뒤 나는 어떻게 하면 좋겠냐고 확인을 했다. 그들은 전체를 다 하라고 말했다. 듀카키스는 미국이 그를 잘 알게 되기를 나만큼이나 바라고 있었던 것이다.

그날 밤 나는 사회자의 소개에 따라 강렬한 음악에 맞추어 연단으로 걸어갔다. 내가 이야기를 시작하자 조명이 어두워졌다. 그러나 그 다음부터는 엉망이었다. 세 문장이 끝나지도 않았는데 다시 불이 환해졌다. 내가 듀카키스의 이름을 말할 때마다 군중은 포효했다. 순간 나는 준비한 연설을 무시하고 5분짜리로 바꾸어야 한다는 것을 직감했다. 그러나 그렇게 하지는 않았다. 진짜 청중은 텔레비전을 보고 있다. 만일 대회장의 산만한 분위기를 무시할 수 있다면, 집에서 텔레비전을 보고 있는 사람들에게 듀카키스가 하고 싶은 이야기를 대신해줄 수도 있다. 그렇게 생각한 것이다.

> 나는 마이크 듀카키스에 대해서 이야기를 하고 싶습니다. 그는 아주 멀리서, 아주 빠르게 왔기 때문에 모두 그가 어떤 사람인지, 그가 어떤 주지사였는지, 그가 어떤 대통령이 될지 알고 싶어 합니다.
>
> 그는 오랫동안 내 친구였습니다. 그래서 나는 여러분에게 방금 내가 던진 질문들에 대한 나의 답을 알려드리고 싶습니다. 그리고 왜 마이크 듀카키스가 앤드루 잭슨 이후 이민자 부모에게서 태어난 첫 미국 대통령이 되어야 하는지 알려드리고 싶습니다.

내가 그 질문들에 대해 답을 해나가자, 대회장에 모인 사람들은 다시 자기들 이야기로 돌아갔고, 듀카키스의 이름이 나올 때만 환호했다. 100킬로그램짜리 바위를 언덕 위로 밀어 올리는 기분이었다. 나중에 나는 연설문의 10분 표시가 지났을 때 미국령 사모아 대표가 돼지를 굽기 시작하는 것을 보고 문제가 생겼다는 것을 알았다고 농담을 했다.

몇 분이 지나자 ABC와 NBC는 나를 조롱하기 시작했다. 그들은 산만한 대회장을 보여주며, 도대체 언제 끝내려고 하는 건지 모르겠다고 말했다. 오직 CBS와 라디오 방송국들만이 비판적인 논평 없이 전체 연설을 중계했다. 대회장에 온 취재 기자들은 내 연설이 얼마나 길어질지, 내가 뭘 하려고 하는지 미리 듣지 못한 것이 분명했다. 게다가 내 연설문 작성 방법에도 문제가 있었다. 나는 환호로 연설이 자주 끊어지는 것을 막기 위해 지나치게 대화체로 갔고, 또 지나치게 '가르치려' 들었다. 대의원들과 함께 호흡

하는 것을 무시하고 텔레비전 시청자들하고만 이야기를 할 수 있다고 생각한 것은 큰 잘못이었다.

연설문에는 좋은 대목도 몇 군데 있었지만, 가장 큰 환호는 고통스러운 종말에 이르러 "마지막으로……"라고 말하는 부분에서 터져나왔다. 32분짜리 참사라고 할 만했다. 나는 나중에 힐러리에게 우리가 대회장에서 걸어나올 때 그녀가 처음 보는 사람들에게 다가가 나를 그녀의 첫 남편이라고 소개하는 것을 보고 나서야 내 연설이 얼마나 형편없었는지 알게 되었다고 농담을 했다.

다행히도 마이크 듀카키스는 나의 불운 때문에 피해를 보지 않았다. 그는 러닝메이트로 로이드 벤슨을 지명하여 좋은 평가를 받았다. 그들 둘 다 훌륭한 연설을 했다. 두 후보는 상당히 앞선 여론조사 결과를 손에 쥐고 애틀랜타를 떠났다. 그러나 나는 걸어다니는 시체와 다름없었다.

7월 21일 탐 셰일스가 「워싱턴 포스트」에 나의 연설에 대한 언론의 반응을 요약한 통렬한 글을 썼다. "화요일에 제시 잭슨이 대회장을 감전시킨 반면, 수요일 밤에 빌 클린턴 아칸소 주지사는 대회장을 화석으로 굳혀버렸다." 그는 그것을 "수다스러운 클린턴의 전형적인 실패"라고 부르면서, 내 연설이 끝날 때까지 시간을 때우느라고 방송사들이 고생한 일을 괴로울 정도로 자세히 묘사했다.

다음 날 아침 잠을 깼을 때 힐러리와 나는 내가 이번에도 내 힘으로 빠져나올 수밖에 없는 구덩이에 다시 빠졌다는 것을 알았다. 나는 나 자신을 향해 웃음을 터뜨리는 것 외에 어떻게 손을 써야 할지 알 수 없었다. 나의 첫 번째 공적인 반응은 이런 농담이었다. "나의 최고의 순간은 아니었다. 아, 물론 나의 최고의 30분도 아니었다." 나는 게임에 임하는 얼굴을 유지하고 있었지만, 속으로는 두 번 다시 연설에 대한 나의 직감을 저버리지 않겠다고 다짐했다. 그 뒤로 1994년 국회에서 건강보험 연설을 할 때의 짧은 순간을 제외하면, 연설에서 나는 직감을 저버린 적이 없다.

고향으로 돌아가는 것이 그렇게 기쁠 수가 없었다. 아칸소 사람들은 대부분 나를 지지해주었다. 심지어 광적인 지지자들은 누가 파놓은 함정에 빠진 것이라고 생각하기까지 했다. 대부분의 사람들은 내가 씌어진 연설문에 구속되어 평소의 재치와 자연스러운 느낌을 발휘하지 못한 것이라고 생각했다. 이따금씩 만나던 다혈질의 흑인 식당 주인 로버트 '세이' 매킨토시가 나를 옹호하고 나섰다. 그는 언론 보도를 비난하면서, 나를 비판한 전국 언론의 기자들에게 반박하는 엽서나 편지를 제출하는 사람에게는 주 의사당에서 공짜 점심을 내겠다고 했다. 그 자리에는 500명 이상이 나타났다. 나는 그 연설에 대해 700통 정도의 편지를 받았는데, 그 가운데 90퍼센트는 긍정적이었다. 아마 그 편지를 쓴 사람들은 라디오로 연설을 들었거나 CBS로 보았을 것이다. CBS의 댄 래더는 그래도 내가 연설을 끝마치기를 기다렸다가 빈정거렸으니까.

돌아와서 하루 정도 지났을 때, 〈여자들 디자인하기Designing Women〉라는 성공적인 텔레비전 쇼의 프로듀서인 내 친구 해리 토머슨이 전화를 했다. 그 쇼의 작가는 그의 부인 린더 블러드워스였다. 해리는 교회 성가대에서 내 옆에서 노래를 부르던 대니 토머슨의 형제였다. 그는 내 첫 임기 때 아칸소로 돌아와 남북전쟁과 관련된 텔레비전 영화 〈북군과 남군The Blue and the Gray〉을 찍었는데, 힐러리와 나는 그때 이들 부부를 처음 만났다. 토머슨은 내가 이것을 전화위복의 기회로 삼을 수 있지만, 그러려면 빨리 움직여야 한다고 말했다. 그는 자니 카슨 쇼에 나가 나 자신을 조롱하라고 말했다. 나는 여전히 포격 쇼크에서 벗어나지 못한 상태였기 때문에 하루 생각할 여유를 달라고 했다. 카슨은 그의 쇼에서 내 연설을 마음껏 즐기고 있었다. 기억에 남을 만한 그의 농담에는 "그 연설은 벨크로 콘돔만큼 인기를 끌었다"는 것도 있었다. 사실 별로 고민할 것도 없었다. 더 나빠질 것이 없었기 때문이다. 다음 날 나는 해리에게 전화해 카슨 쇼에 출연하게 해달라고 부탁했다. 카슨은 보통 자기 쇼에 정치가를 초대하지 않았지만 이번만은 예외로 했다. 내가 놓치기에는 너무 아까운 펀치 백이었고, 또 내가 색소폰을 불겠다고 했기 때문이다. 색소폰을 불면 음악을 아는 정치가이기 때문에 출연을 시켰다고 핑계를 댈 수 있었기 때문이다. 색소폰은 해리의 아이디어로, 그는 그 후에도 나를 위해 그런 뛰어난 아이디어를 많이 내놓았다.

이틀 뒤 나는 브루스 린지, 공보비서 마이크 고들린과 함께 비행기를 타고 캘리포니아로 갔다. 쇼가 시작되기 전 자니 카슨은 내가 있던 대기실에 들러 인사를 했다. 그로서는 보기 드문 행동이었다. 아마 그는 내가 상처가 클 것이라고 생각하고, 나를 편하게 해주고 싶었던 것 같다. 나는 쇼가 시작된 직후 무대에 올라갈 예정이었다. 카슨은 청중에게 "로비에 커피와 간이 침대를 많이 준비해 놓았으니" 내가 나타나도 걱정하지 말라고 했다. 이어 그는 나를 소개했다. 또 나를 소개했다. 다시 나를 소개했다. 그는 그의 조사원들이 아칸소에 대해 찾아낸 것들을 모조리 이야기하면서 끝도 없이 시간을 끌었다. 내가 애틀랜타에서 했던 것보다 더 오래 시간을 끌 작정인 것 같았다. 마침내 내가 나가서 자리에 앉자 카슨은 아주 커다란 모래시계를 내 옆에 갖다놓았다. 모두가 모래가 떨어지는 것을 볼 수 있었다. 나의 이야기에 시간제한이 생긴 셈이었다. 방청객은 웃음을 터뜨렸다. 사실 나는 남들보다 더 웃음이 나왔다. 사실 나도 모래시계를 가지고 갔기 때문이다. 그러나 스튜디오 사람들은 절대 내 모래시계를 꺼내지 말라고 말했다. 카슨은 애틀랜타에서 무슨 일이 있었느냐고 물었다. 나는 웅변 솜씨가 뛰어나지 않은 마이크 듀카키스를 돋보이게 하고 싶었으며, 그 결과 "상상 밖의 성공을 거두었다"고 말했다. 듀카키스가 내 연설이 아주 마음에 들어, 내가 공화당 전당대회에 가서 부시 부통령을 지명하는 연설을 하기를 원하더라. 사실 나는 일부러 그 연설을 망쳤다. "늘 이 쇼에 최악의 방식으로 출연하기를 바랐기" 때문이다. 그런데 "이제 그 뜻을 이루었다". 그러자 카슨은 나에게 정치적 미래가 있다고 생각하느냐고 물었다. 나는 시치미를 떼고 대답했다. "그것은 오늘 밤 이 쇼에서 내가 어떻게 하느냐에 달렸다." 이렇게 몇 분 동안 한 마디씩 주고받으면서 방청객들로부터 많은 웃음을 끌어낸 후, 카슨은 나에게 닥 세버린슨 밴드와 함께 색소폰을 연주해보라고 권했다. 우리는 경쾌하게 편곡한 "섬머타임Summertime"을 연주했는데, 이것은 적어도 내 농담만큼은 성공을 거두었다. 이어 나는 편안하게 앉아 다음 초대 손님인 영국의 유명한 로커 조 코커가 최신 인기곡 "내 마음을 풀어주세요Unchain My Heart"를 부르는 것을 들었다.

쇼가 끝난 뒤 나는 안도했고, 쇼가 아주 잘 진행되었다고 생각했다. 해리와 린더 토머슨은 나를 위해 친구들을 초대하여 파티를 열어주었다. 손님들 가운데는 아칸소 사람이 둘 더 있었는데, 오스카상을 탄 여배우 메리 스틴버건과 또 한 사람은 〈25세기의 벅 로저스Buck Rogers in the 25th Century〉에서 주연을 맡아 유명해진 길 제러드였다.

나는 밤 비행기를 타고 아칸소로 갔다. 다음 날 카슨 쇼가 전국적으로 괜찮은 시청률을 기록했고, 아칸소에서는 엄청난 시청률을 기록했음을 알게 되었다. 보통 아칸소 사람들은 밤늦게까지 텔레비전을 보는 경우가 드문데, 아마 이날은 자기 주의 명예가 걸려 있다고 생각했던 모양이다. 내가 주의사당으로 들어가자, 그곳에 있던 고향의 군중은 박수를 치고, 환호하고, 끌어안아 주었다. 적어도 아칸소에서는 카슨 쇼 덕분에 애틀랜타의 대실패가 과거의 일이 되었다.

상황은 낙관적으로 보였다. 다른 사람들에게도 마찬가지였다. CNN은 그 전주에 나를 큰 실패자라고 불렀지만, 이번에는 이주의 정치적 승리자로 꼽았다. 탐 셰일스는 내가 "기적적으로 회복"했으며, "텔레비전을 보는 사람들은 이런 종류의 재기再起 이야기를 좋아한다"고 말했다. 그러나 그것으로 끝난 것이 아니었다. 8월에 나는 힐러리, 첼시와 함께 뉴욕 주 롱아일랜드로 가서, 친구 리즈 로빈스와 함께 해변에서 며칠을 보냈다. 나는 그곳에서 여름을 보내는 예술가와 작가들이 매년 벌이는 자선 소프트볼 시합의 심판을 봐달라는 요청을 받았다. 현재 뉴욕의 「데일리 뉴스Daily News」와 「유에스 뉴스 앤드 월드 리포트U.S. News & World Report」의 발행인인 모트 주커먼의 투구에 대하여 볼과 스트라이크를 판정하던 사진이 지금도 있다. 아나운서는 나를 운동장에 소개하면서, 판정을 내릴 때 애틀랜타에서 연설을 할 때처럼 시간을 끌지 않기를 바란다고 농담을 했다. 나는 웃음을 터뜨렸지만, 속으로는 신음을 토했다. 나는 군중이 나에 대해 어떻게 생각하는지 알 수가 없었다. 그러나 그 이닝이 끝났을 때, 키가 큰 남자가 관중석에서 일어서서 경기장으로 걸어오더니 나를 향해 다가왔다. 그가 말했다. "비판에는 신경 쓰지 마십시오. 나는 실제로 그 연설을 들었는데, 아주 마음에 듭디다."

그는 체비 체이스였다. 나는 늘 그의 영화를 좋아하기는 했지만, 그 자리에서 그의 골수팬이 되어버렸다.

나의 형편없는 연설이나 카슨 쇼에서의 훌륭한 연기도 주지사로서 실재하는 일과는 아무런 상관이 없었다. 그러나 이 시련을 통해 나는 다시 한 번 사람들이 한 정치가를 어떻게 인식하느냐에 따라 그 정치가가 이룰 수 있는 일도 크게 달라진다는 것을 알게 되었다. 또 건강에 도움이 되는 어느 정도의 겸손함도 얻게 되었다. 또 그 이후로는 창피하거나 수치스러운 상황에 처한 사람들의 처지에 더 예민하게 반응하게 되었다. 나는 진심으로 존경하는 「아칸소 데모크랫Arkansas Democrat」의 기자 팸 스트릭랜드에게 이렇게 말하기도 했다. "정치가들이 가끔 엉덩이를 두드려 맞는 것을 꼭 나쁜 일이라고만 할 수는 없을 것 같다."

나에게는 상황이 낙관적으로 보였지만, 안타깝게도 마이크 듀카키스에게는 그렇지가 못했다. 조지 부시는 전당대회에서 멋진 수락 연설을 했다. 그는 "더 친절해지고, 더 부드러워진" 레이건주의를 제시하면서, "내 입모양을 읽어라(장담한다는 뜻—옮긴이주). 새로운 세금은 없다"고 말했다. 그러나 부통령의 더 친절하고, 더 부드러워진 접근 방법은 마이크 듀카키스에게는 적용되지 않았다. 리 앳워터 일당은 미친 개들 무리처럼 듀카키스를 쫓아다니면서, 그가 국기에 대한 맹세나 범죄자에 대한 강력한 처벌에 반대한다고 떠들어댔다. 공개적으로는 부시 선거운동본부와 아무런 관계가 없는 어떤 '무소속' 단체가 윌리 호턴이라는 유죄판결을 받은 살인자가 등장하는 광고를 내보내기도 했다. 호턴은 매사추세츠 교도소 휴가 프로그램에 따라 잠시 석방된 사람이었다. 우연의 일치라고 볼 수 없는 것이 호턴은 흑인이었다. 듀카키스의 정적들은 이른바 "역 성형수술"(더 아름답게 만들기 위한 성형수술과는 반대로 더 못생겨 보이게 만든다는 뜻으로, 상대의 이미지를 깎아내리는 것—옮긴이주) 공격을 퍼붓고 있었는데, 그는 그런 공격에 재빨리 기운차게 반응하지 않았기 때문에 점수를 잃었다. 그가 탱크에서 헬멧을 쓴 모습이 사진에 찍히기도 했는데, 그 사진은 앞으로 군의 최고통수권자가 될 사람이라기보다는 「매드 매거진MAD Magazine」의 앨프리드 E. 뉴먼처럼 보였다.

가을에 나는 도울 만한 일이 있나 보려고 보스턴으로 날아갔다. 그 무렵 듀카키스는 여론조사에서 한참 뒤지고 있었다. 나는 선거운동본부에 있는 사람들에게 반격을 하라고 호소했다. 부시가 한 부분을 이루고 있는 연방정부도 죄수에게 휴가를 준다는 이야기 정도는 하라고 권했다. 그러나 그들은 내 마음에 들 만큼 반격을 하지 않았다. 나는 선거운동본부장 수전 에스트리크를 만났다. 나는 그녀를 좋게 생각했다. 그녀가 듀카키스의 문제에 대한 비난을 혼자 감당해내고 있다는 느낌이 들었다. 카터의 백악관에서 일했던 조지타운 대학 교수 매들린 올브라이트도 만났다. 그녀는 듀카키스의 외교 정책 자문으로 일하고 있었다. 나는 그녀의 지적인 명석함과 강인함에 강한 인상을 받고, 계속 연락을 하기로 마음먹었다.

듀카키스는 선거운동 마지막 3주 동안 자기 목소리를 찾았지만, 부정적인 광고와 토론에서 적극적이지 못했던 태도 때문에 새로운 민주당원의 이미지를 회복 불능으로 망가져 있었다. 11월에 부시 부통령은 그를 54 대 46으로 물리쳤다. 나의 노력에도 불구하고, 아칸소마저 부시 편으로 넘어갔다. 듀카키스는 좋은 사람이고 훌륭한 주지사였다. 그와 로이드 벤슨이 당선되었더라면 미국에 훌륭하게 봉사했을 것이다. 그러나 공화당은 경기가 시작되자마자 듀카키스를 자기들이 만든 상자에 가두어버렸다. 그들이 효과 있는 전략을 고수한 것을 탓할 수는 없지만, 그것이 미국에 좋다는 생각은 들지 않았다.

10월에 대통령 선거운동이 막판에 접어들었을 때, 나는 두 가지 흥미진진한 정책 개발 사업에 뛰어들었다. 나는 이웃한 주인 미시시피의 레이 매버스 주지사와 루이지애나의 버디 로이머주지사와 함께 경제를 살리기 위한 새로운 정책을 짜기 시작했다. 두 사람 모두 젊고, 논리정연하고, 하버드 출신의 진보주의자들이었다. 우리는 우리의 약속을 부각시키기 위해 로드데일의 미시시피 강 한가운데 있는 바지선에서 계약에 서명했다. 오래지 않아 우리는 함께 무역 사절단으로 일본을 찾아갔다. 이어 우리는 범퍼스 상원의원과 미시시피의 마이크 에스피 하원의원을 지원하여, '미시시피 남부 델타 개발위원회' 를 설립했다. 이 위원회는 일리노이 남부에서 뉴올리언스에 이르기까지, 미시시피 강이 멕시코만으로 흘러들 때까지 거쳐가는 강 양안의 가난한 카운티들의 경제를 개선하기 위해 연구를 하고 권고안을 만드는 일을 했다. 델타 지역 북부의 백인 일색인 카운티들 역시 남쪽의 흑인이 많은 카운티들만큼이나 경제 사정이 어려웠다. 세 주지사 모두 델타위원회에서 일했다. 우리는 1년 동안 강을 따라 오르내리며 시간을 벗어나 살아온 것 같은 작은 타운들에서 청문회를 열고 보고서를 제출했다. 그 결과 상설 부서가 생겼으며, 미국 원주민 부족들의 땅을 제외하면 미국에서 가장 가난한 지역의 경제와 삶의 질을 개선하려는 노력이 계속 이어지게 되었다.

10월 13일, 나는 백악관에서 레이건 대통령이 오랫동안 기다려온 복지수당 개혁법안에 서명하는 자리에 초대를 받았다. 이 법안은 진정으로 당파를 초월한 업적으로, 민주당과 공화당 주지사들, 테네시의 민주당 하원의원 해럴드 포드, 사우스캐롤라이나의 공화당 하원의원 캐럴 캠벨, 하원 세입위원회 위원장 댄 로스텐코프스키와 누구보다 복지수당의 역사를 잘 아는 상원 재정위원회 위원장 팻 모이니헌, 백악관 비서진의 공동 작품이었다. 나는 국회와 백악관이 주지사들과 협력한 것에 감명을 받았고 감사했다. 해럴드 포드는 심지어 델라웨어의 공화당 주지사 마이크 캐슬과 나를 그의 소위원회 회의에 참석시켜, 법안 표결에 부칠 최종안으로 다듬는 작업을 하게 했다. 나는 이 법의 도움으로 더 많은 사람들이 연금을 떠나 일자리를 찾게 되기를, 또 그들의 자녀들은 더 많은 원조를 받게 되기를 바랐고, 또 그렇게 될 것이라고 믿었다.

나는 또 레이건 대통령이 긍정적인 분위기에서 퇴임하는 것을 보게 되어 기뻤다. 그는 백악관이 승인한 불법적인 이란-콘트라 사건으로 심하게 두드려 맞았다. 만일 민주당이 뉴트 깅그리치의 반만큼만 무자비했다면 레이건 대통령은 탄핵을 당했을지도 모른다. 나는 레이건과 생각이 많이 달랐지만, 개인적으로 그를 좋아했다. 백악관에서 주지사들을 불러 저녁을 함께 했을 때나 1988년 그의 마지막 연설 뒤에 주지사 몇 사람이 그와 함께 점심을 했을 때는 그의 이야기를 재미있게 듣기도 했다. 레이건은 나에게 수수께끼 같은 인물이었다. 친근하게 느껴지는 동시에 왠지 거리감도 느껴졌다. 그가 자신의 가혹한 정책이 보통 사람들에게 어떤 영향을 주는지 알고 있었을까? 그가 강경 우익을 이용한 것일까, 아니면 그들에게 이용을 당한 것일까? 잘 모르겠다. 레이건에 대한 책들에도 분명한 답이 나오지 않는다. 그가 알츠하이머병에 걸렸기 때문에(레이건은 이 글이 씌어진 뒤에 사망했다—옮긴이주), 우리는 그 답을 결코 알 수 없을지 모른다. 어쨌든 그의 개인적 삶은 그가 나온 영화보다 더 재미있고 더 신비롭다.

1988년 마지막 세 달은 다음 주의회 회기를 준비하면서 보냈다. 10월 말에는 내가 1월에 주의회에 제시할 프로그램을 요약한 7페이지짜리 "21세기를 향한 아칸소의 전진Moving Arkansas Forward into the 21st Century"을 배포했다. 이 소책자에는 아칸소 주의 가장 중요한 문제들을 다루는 이사회와 위원회에서 일하는 350명 이상의 시민과 공무원의 작업과 권고가 요약되어 있었다. 여기에는 십대 임신과 싸우기 위한 학교 보건진료소, 무보험 아동에 대한 학교를 통한 보험 혜택, 자신의 지역 외부의 공립학교를 선택할 수 있는 학부모와 학생의 권리, 75개 카운티 전체에 취학 전 교육프로그램 확대, 매년 전 학년 학생의 성적을 1년 전이나 주의 다른 학교들과 비교한 성적표 발급, 부실한 학구에 대한 주의 직접 관리, 아칸소를 "노동 연령 주민의 문맹을 없앤" 첫 주로 만들기 위한 성인 문맹 퇴치 프로그램의 대폭 확대 등 구체적이고 혁신적 아이디어들이 가득했다.

나는 문맹 퇴치 프로그램에 특히 흥분했다. 문맹을 오점에서 도전으로 바꿀 수 있다는 기대감 때문이었다. 그전 가을 힐러리와 내가 첼시의 학교 사친회에 참석했을 때, 한 남자가 나에게 다가오더니 내가 텔레비전에서 문맹에 대해 이야기하는 것을 보았다고 말했다. 그는 좋은 직업은 가지고 있지만, 미처 글 읽기를 배우지 못했다고 말했다. 그러면서 자신의 고용주가 모르게 자신을 문맹 퇴치 프로그램에 넣어줄 수 없냐고 물었다. 공교롭게도 나는 그 사람의 고용주를 알고 있었기 때문에 고용주가 오히려 그 사람을 자랑스러워할 거라고 말했다. 그러나 그는 걱정하는 것 같았다. 그래서 비서진이 그를 그의 고용주 모르게 읽기 프로그램에 넣어주었다. 그런 일이 있은 다음부터 나는 문맹은 부끄러워할 것이 아니지만, 문맹을 그대로 놔두는 것은 부끄러워할 일이라고 말하기 시작했다.

소책자의 프로그램은 광범위했고, 구체적인 사항들도 새로 많이 들어갔지만, 그 핵심주제는 내가 그전 6년 동안 반복해서 강조해온 것과 똑같았다. "인간 자본에 투자하고 협동 능력을 개발할 것이냐 아니면 장기적인 쇠퇴로 빠져들 것이냐." 아칸소를 임금이 낮고, 세금이 낮고, 근면한 사람들이 많은 아름다운 주로 홍보하는 낡은 전략은 10년 전부터 경제 세계화라는 새로운 현실 앞에서 타당성을 잃어버렸다. 우리는 그 전략을 바꾸기 위해 계속 노력해야 했다.

나는 그해 나머지 기간 동안 아칸소 주 전역을 돌아다닌 뒤, 1989년 1월 9일 이 프로그램을 주의회에 제시했다. 연설을 하면서 나는 이 프로그램과 그 재원 조달을 위한 세금 인상을 지지하는 아칸소 사람들을 소개했다. 나한테 한 번도 투표한 적이 없지만 교육 개혁이라는 대의는 지지하게 된 교육위원장, 우리의 노동 프로그램에 등록하여 고등학교를 졸업하고 대학에 입학한 뒤 일자리를 얻고 연금 생활에서 벗어나게 된 어머니, 얼마 전에 문맹에서 벗어난 제2차 세계대전 참전용사, 5억 달러를 들여 새로 지은 애시다운의 네쿠사 종이 공장의 공장장. 이 공장장은 주의원들 앞에서 "공장의 생산성 향상 계획 때문에 노동자들이 통계학을 알아야 하는데, 그것을 아는 노동자가 거의 없다"면서 고급 교육을 받은 노동자들의 필요성을 강조했다.

나는 우리에게 세금을 인상할 여유가 있다고 말했다. 우리의 실업률은 여전히 전국 평균 이상이었지만, 6년 전의 10.6퍼센트에서 6.8퍼센트로 내려갔다. 우리는 일인당 소득이 46위였지만, 일인당 주세와 지방세는 여전히 43위였다.

나는 연설 말미에 며칠 전의 신문 기사를 인용했다. 그 기사에는 나의 친구이자 내 프로그램의 강력한 지지자인 주 하원의원 존 폴 캡스가 "빌 클린턴이 오래된 똑같은 이야기를 되풀이하는 데 사람들이 싫증을 낸다"고 말한 것으로 나와 있다. 물론 많은 사람들이 내가 똑같은 이야기를 하는 데 싫증을 내겠지만, "정치적 책임의 핵심은 문제가 해결될 때까지 장기간에 걸쳐 정말 중요한 일에 집중하는 것이다…… 실업률이 전국 평균 이하로 떨어지고 소득이 전국 평균 이상으로 올라갈 때…… 새로운 세계 경제에서 우리가 할 수 있는 일을 맡기기 위해 기업들이 우리를 찾아올 때…… 아칸소 주의 젊은 사람이 좋은 일자리를 찾기 위해 고향을 떠날 필요가 없게 될 때"가 되면 나도 다른 이야기를 하겠다. 그때까지는 "우리 의무를 이행해야 한다". 나는 주의회에서 그렇게 말했다.

나는 티나 터너가 콘서트를 열기 위해 리틀록을 찾았을 때 오래된 똑같은 연설이 꼭 나쁘지만은 않다는 생각을 하게 되었다. 티나 터너는 자신의 신곡들을 부른 뒤 자신의 노래들 가운데 처음으로 10위 안에 들어간 인기곡 "자랑스러운 메리Proud Mary"로 쇼를 마무리짓기로 했다. 밴드가 그 음악을 연주하자마자 관중은 열광했다. 티나 터너는 마이크로 걸어가더니 웃음을 지으며 말했다. "나는 이 노래를 25년 동안 불러왔습니다. 하지만 부를 때마다 더 좋아지는군요!"

나도 내 오래된 노래가 계속 효력을 발휘하기를 바랐지만, 사실 주의원들을 포함한 아칸소 사람들이 나의 변함없는 주장에 짜증을 낸다는 존 폴 캡스의 주장을 뒷받침할 만한 증거가 있었다. 주의회는 내 구체적인 개혁 제안들을 대부분 통과시켰지만, 교사 봉급의 대폭 인상과 3, 4세까지 아동 조기 교육 확대 등 보건과 교육에서 돈이 많이 드는 정책들을 추진하는 데 필요한 세금은 인상하려 하지 않았다. 1월 초 여론조사는 유권자 다수가 교육에 더 많이 지출하는 것을 지지한다는 것, 내가 1990년 주지사 예상후보들보다 지지율이 앞선다는 것을 보여주었지만, 동시에 응답자의 반이 새로운 주지사를 원한다는 것을 보여주기도 했다.

한편 나의 일급의 실무진 가운데 일부도 권태감을 느끼는지 새로운 도전을 찾고 싶어 했다. 원기 왕성한 아칸소 주 민주당 의장 리브 칼리슬도 그런 사람 가운데 하나였다. 칼리슬은 원래 사업가로, 내가 일주일에 반일만 들이면 된다고 설득하여 그 자리를 맡게 했다. 그는 나중에 그 반일이라는 것이 민주당 일이 아니라 자기 사업을 할 시간을 가리키는 말이었던 것 같다고 농담을 했다.

다행히도 유능한 새로운 사람들이 계속 나타났다. 나의 최고의 인사이자 가장 논란이 많았던 인사는 닥터 조이슬린 엘더스를 보건부 책임자로 임명한 것이었다. 나는 닥터 엘더스에게 아칸소에서 큰 문제가 되고 있는 십대 임신에 대해 어떤 조치를 취하고 싶다고 말했다. 닥터 엘더스는 학교를 기반으로 한 보건진료소를 세우고, 지역 교육위원회가 승인을 하면 이곳에서 성교육을 하면서 절제와 안전한 섹스를 가르치자고 했다. 나는 그녀를 지지했다. 이미 진료소 두 곳이 운영 중이었는데, 인기도 좋고 실제로 혼외 출산도 줄여주는 것 같았다.

우리의 노력은 "무조건 안 돼" 정책을 지지하는 근본주의자들의 격렬한 저항에 부딪혔다. 그들에게는 닥터 엘더스가 낙태 지지자라는 것도 못마땅했다. 그들은 닥터 엘더스의 진료소가 성관계를 생각하지도 않는 많은 젊은이들에게 그것을 할 생각을 심어주는 역할을 한다고 주장했다. 나는 자동차 뒷좌석에서 몸이 달아오른 십대들이 닥터 엘더스나 그녀의 구상에 대해 생각이나 할지 의심스러웠다. 이것은 싸울 가치가 있는 싸움이었다.

나는 대통령이 되었을 때 조슬린 엘더스를 공중위생국 장관으로 임명했다. 그녀는 논란은 일으켰지만 어쨌든 건전한 보건 정책을 펼치기 위해 몸을 사리지 않았기 때문에 보건 분야에서는 매우 인기가 높았다. 국회 중간선거에서 공화당 우익에게 참패를 당한 뒤인 1994년 12월, 닥터 엘더스는 아이들에게 자위를 가르치는 것이 십대 임신 가능성을 줄이는 좋은 방법일 수도 있다고 이야기함으로써 다시 신문 1면에 기사거리를 제공했다. 당시 나는 국회의 까다로운 민주당 의원들의 지지를 유지하기 위해 안간힘을 쓰고 있었고, 교육, 의료보험, 환경 보호를 줄이자는 급격한 제안을 하는 공화당 의원들과 일전을 불사하겠다고 결심하고 있었다. 그런데 이제 닥터 엘더스의 발언으로 인해, 깅그리치 일파가 우리를 웃음거리로 만들면서 언론과 국민의 관심을 예산 삭감으로부터 다른 데로 돌릴 수 있는 상황이 발생한 것이다. 다른 때 같았으면 정면 돌파를 했겠지만, 나는 이미 논란이 많은 예산, 북미자유무역협정, 통과에 실패한 의료보험, 브래디 법안과 공격무기

제한 등으로 민주당 의원들에게 많은 짐을 지운 상태였다. 나는 그녀의 사임을 요청할 수밖에 없다고 결심했다. 정말 그러고 싶지 않았다. 그녀는 정직하고, 유능하고, 용감한 사람이었기 때문이다. 그러나 정치적 음치로서 엉뚱한 음들을 여러 번 내는 바람에 우리는 이미 심한 곤욕을 치르고 있었다. 언젠가 닥터 엘더스가 나를 용서해주기 바란다. 그녀는 내가 그녀에게 준 두 자리에서 좋은 일을 정말 많이 했다.

1989년에 내 밑을 떠난 사람들 가운데 나에게 가장 큰 타격을 준 사람은 벳시 라이트였다. 8월 초에 그녀는 몇 주 휴가를 내고 싶다고 했다. 나는 짐 플레저에게 재정과 행정 두 가지 일을 하고, 임시로 그녀 일까지 대신해 달라고 요청했다. 벳시의 휴가는 많은 소문과 추측을 낳았다. 그녀가 주지사 사무실을 빈틈없이 운영하며, 주 정부에서 벌어지는 모든 일을 꼼꼼하게 살피고 있다는 것은 모두가 아는 사실이었기 때문이다. 「아칸소 가제트」의 신랄한 칼럼니스트 존 브러밋은 우리의 시험 별거가 이혼으로 끝날지 궁금하다고 썼다. 그는 아닐 것이라고 생각했다. 우리가 서로에게 너무 중요했기 때문이다. 그 말이 맞기는 했지만, 벳시는 거리를 둘 필요가 있었다. 그녀는 1980년 나의 패배 이후 죽어라고 열심히 일을 해왔고, 이제 그 피로가 나타나고 있었다. 우리는 둘 다 지치면 더 성미가 급해지는 일 중독자들이었다. 1989년에 우리는 어려운 환경에서 많은 일을 하려고 했으며, 그 과정에서 서로에게 좌절감을 풀어버리는 일이 너무 자주 생겼다. 그해 말, 10년간 사심 없는 봉사를 해온 벳시는 결국 공식적으로 비서실장 자리에서 물러났다. 1990년 초 나는 연방수사국 요원 출신으로 포트스미스에서 경찰서장을 지내기도 한 헨리 올리버를 벳시의 후임자로 임명했다. 헨리는 사실 그 일을 하고 싶어 하지 않았지만, 그는 내 친구였고 우리가 하려고 하는 일을 믿었기 때문에 나에게 기분 좋게 1년을 선물해준 것이다.

벳시는 1992년 선거운동 때 돌아와, 나의 경력이나 사생활에 대한 공격으로부터 나를 방어하는 일을 도왔다. 그 뒤에 나의 대통령 임기 초기에는 워싱턴으로 가 앤 웩슬러의 로비 회사에서 잠깐 일을 하다가 고향 아칸소로 돌아가 오자크 산맥에 자리를 잡았다. 아칸소 사람들 대부분이 그들에게 더 나은 학교, 더 많은 일자리를 주고, 정직하고 효율적인 주 정부를 만들기 위해 그녀가 얼마나 노력을 했는지 잘 몰랐지만, 사실은 알아야 한다. 주지사 시절 그녀가 없었다면 내가 한 일의 많은 부분은 성공하지 못했을 것이다. 또 그녀가 없었다면 나는 결코 아칸소의 정치 전쟁에서 살아남아 대통령이 될 수 없었을 것이다.

8월 초, 부시 대통령은 9월에 열릴 교육정상회의에 전국 주지사들을 초대한다고 발표했다. 우리는 9월 27일과 28일 이틀 동안 샬롯스빌의 버지니아 대학에서 만났다. 대통령과 교육 담당 비서 로로 카바조스가 이 모임이 교육에 대한 연방 지원 대폭 증가의 서곡은 아니라고 못을 박았기 때문에 민주당원 다수는 이 모임에 회의적이었다. 나도 그들과 마찬가지로 우려는 했지만, 이 정상회의에서도 1983년의 "위기에 처한 미국" 보고서 같은, 교육 개혁의 다음 단계들을 위한 로드맵을 만들어낼 수 있을 것이라는 전망에 마음이 들떴다. 나는 대통령의 교육 개혁에 대한 관심이 진지하다고 믿었으며, 연방 지원이 추가되지 않아도 우리가 할 수 있는 중요한 일들이 많다는 그의 말에 동의했다. 예를 들어 행정부는 학부모와 학생이 배정된 공립학교 외에 다른 공립학교를 선택할 권리를 지지했다. 아칸소는 막 미네소타에 이어 이 제안을 받아들인 두 번째 학교가 되었으며, 나는 다른 48개 주도 우리 뒤를 따르기를 바랐다. 나는 또 만일 이 정상회의에서 제대로 된 보고서가 나오면, 주지사들은 이것을 이용해 교육 투자에 대한 주민의 지지를 얻을 수 있을 것이라고 생각했다. 사람들이 자신의 돈으로 무엇을 얻을 수 있을지 알게 되면, 새로운 세금을 회피하는 태도도 줄어들 것 같았기 때문이다. 나는 사우스캐롤라이나의 캐럴 캠벨 주지사와 더불어 주지사들의 교육특별위원회 공동위원장으로서 민주당 주지사들 사이에 먼저 합의를 본 다음 공화당 주지사들과 협력하여 정상회의 결과를 반영한 성명서를 작성할 수 있기를 바랐다.

부시 대통령은 짧지만 웅변적인 연설로 회의의 시작을 알렸다. 그 뒤에 우리는 모두 중앙 잔디밭을 거닐며 사진 기자들에게 저녁 뉴스와 아침 신문을 위한 소재를 만들어주고, 바로 일에 들어갔다. 그날 밤 부시 대통령 부부가 만찬을 주최했다. 힐러리는 대통령 식탁에 앉아 대통령과 미국의 유아 사망률이 얼마나 심각한지를 놓고 토론을 벌였다. 대통령은 미국의 2세 이하 유아 사망률이 낮은 순으로 따져 19위밖에 안 된다는 것을 알고 깜짝 놀랐다. 힐러리가 증거를 보내줄 수도 있다고 하자, 부시 대통령은 직접 찾아보겠다고 말했다. 부시 대통령은 실제로 찾아보았고, 다음 날 나에게 힐러리에게 주라며, 그녀가 옳다고 적힌 쪽지를 건네주었다. 6년 전 켄니벙크포트에서 세 살 난 첼시를 목욕탕에 직접 데리고 가던 날을 기억나게 하는 호의적인 행동이었다.

캐럴 캠벨이 자신의 주에 긴급사태가 벌어져 급히 돌아가는 바람에 나는 전국주지사협회 회장인 아이오와의 테리 브랜스터드, 협회의 교육 간사 마이크 코언, 내 보좌관인 주 하원의원 글로리어 케이브와 정상회의 성명서에 들어갈 세부사항을 의논했다. 우리는 자정 지나서까지 일을 한 끝에 주지사와 백악관이 2000년까지 달성할 구체적인 교육 목표 개발을 위해 노력한다는 성명서를 만들어냈다. 그 전 10년간의 일반적인 교육수준 향상 운동과는 달리, 이 목표들은 투입이 아니라 산출에 초점을 맞추었으며, 어떤 결과를 만들어내는 것을 우리 모두의 의무로 규정했다. 나는 우리가 교육 개혁에 새로운 에너지를 투여하겠다는 대담한 약속 없이 샬롯스빌을 떠나면 바보들처럼 보일 것이라고 주장했다.

주지사들 대부분은 처음부터 대의를 존중했고, 이 정상회의를 통해 뭔가 큰일을 시작해야 한다는 생각을 하고 있었다. 대통령 쪽 사람들 몇 명은 좀 달랐다. 그들은 대통령이 거창한 구상을 지지할까봐 걱정했다. 그러다 연방의 새로운 자금을 지원할 것이라는 기대감을 높이면 곤경에 빠질 수 있었기 때문이다. 적자와 대통령의 "새로운 세금은 없다"는 서약 때문에 연방 자금 지원은 아예 그들의 카드에 들어 있지도 않았다. 그러나 백악관도 결국 당시 비서실장이었던 존 수누누 덕분에 생각을 바꾸게 된다. 수누누는 백악관 동료들에게 주지사들이 빈손으로 돌아갈 수 없다고 설득했다. 그리고 나는 추가의 연방 지원금에 대한 주지사들의 요구를 최소화하겠다고 약속했다. 최종적인 정상회의 선언문은 이렇게 말했다. "미국 역사상 처음으로 분명한 전국적 수행 목표, 국제적인 경쟁력을 보장해줄 목표를 확립할 때가 왔다."

정상회의 마지막에 부시 대통령은 직접 손으로 쓴 다정한 내용의 쪽지를 건네주었다. 정상회의에서 자신의 비서진과 협력한 것을 감사하고, 1990년 중간선거가 코앞에 닥친 상황이지만 교육개혁만큼은 "정치 싸움을 벗어난 영역에서" 계속 진행시키고 싶다는 내용이 담긴 쪽지였다. 나도 그 점을 바라고 있었다. 주지사교육위원회는 즉시 백악관 국내정책 자문 로저 포터와 협력하여 그 목표를 작성하는 작업에 착수했다. 포터는 나보다 1년 뒤에 로즈 장학생으로 옥스퍼드에 유학한 인연이 있었다. 우리는 다음 넉 달 동안 열심히 일을 해서 대통령 연두교서 발표시기에 맞추어 백악관과 합의에 이를 수 있었다.

우리는 1990년 1월 말에 2000년을 시한으로 한 6개 항의 목표에 합의했다.

- 2000년까지 학습 연령에 이른 미국의 모든 아동은 학교에 입학한다.
- 2000년까지 고등학교 졸업 비율을 낮아도 90퍼센트까지 끌어올린다.
- 2000년까지 미국의 학생들은 4학년, 8학년, 12학년을 마칠 때 영어, 수학, 과학, 지리 등을 포함한 어려운 과목들의 시험을 통과해야 한다. 미국의 모든 학교는 학생들이 지적 능력을 발휘하도록 가르쳐, 책임 있는 시민생활, 추가의 학습, 현대 경제의 조건에서 생산적인 취업을 할 수 있는 준비를 갖추어 주어야 한다.
- 2000년까지 미국의 학생들은 과학과 수학 성취도에서 세계 1위가 되어야 한다.
- 2000년까지 미국의 모든 성인은 문자를 해독할 수 있어야 하며, 세계화된 경제 속에서 경쟁하고 시민의 권리와 책임을 행사하는 데 필요한 지식과 기술을 갖추어야 한다.
- 2000년까지 미국의 모든 학교는 마약과 폭력으로부터 자유로워야 하며, 학

습에 필요한 질서 있는 환경을 제공해야 한다.

1월 31일 부시 대통령이 이 목표들을 발표할 때 나는 하원 방청석에 앉아 있었다. 부시 대통령은 이 목표들이 백악관과 주지사 교육특별위원회가 공동으로 개발한 것이라고 말하면서, 이 목표들을 바탕으로 좀더 포괄적인 성명서를 작성하여 다음 달에 열릴 주지사 겨울 회의에서 모든 주지사들에게 제시할 것이라고 덧붙였다.

주지사들이 2월 말에 채택한 문건은 1983년 "위기에 처한 미국" 보고서의 후속편이라고 부를 만하다. 나는 그 작업에 참여한 것이 자랑스러웠으며, 내 동료 주지사들의 지식과 헌신에 감명을 받았고, 대통령, 존 수누누, 로저 포터에게 감사했다. 이후 11년 동안 나는 주지사와 대통령으로서 이 때 설정한 전국적 교육 목표에 도달하기 위해 열심히 노력했다. 우리는 목표를 높게 잡았다. 목표를 높게 세우고 거기에 이르려고 노력하다 보면, 설사 목표에는 조금 못 미치더라도 출발점보다는 한참 높아진 곳에 와 있기 마련이다.

1989년의 마지막 몇 달은 내 인생의 나머지 기간에 무엇을 할지 결정하기 위해 고민하며 보냈다. 다섯 번째 주지사 임기에 도전하는 것에 반대하는 튼튼한 논거들이 있었다. 나는 교육을 계속 전진시키고, 아동 조기교육을 실시하고, 보건 사업을 확충하는 데 필요한 돈을 끌어들이지 못해 낙담하고 있었다. 10년 동안 어려운 환경에서 좋은 업적들을 남겼으니, 이제 1992년 대통령 선거에 출마할 가능성을 열어두면서 그만둘 수도 있었다. 게다가 만일 다시 주지사에 출마하면 당선되지 못할 수도 있었다. 나는 이미 오벌 포버스를 제외한 누구보다 오래 주지사로 봉사했다. 여론조사에 따르면 새로운 주지사를 원하는 사람들이 많았다.

그러나 나는 정치와 정책을 사랑했다. 게다가 1989년 재원 조달 실패의 쓴맛을 씻어내지 못한 채 주지사직을 떠나고 싶지 않았다. 나에게는 여전히 유능하고, 기운차고, 매우 정직한 팀이 있었다. 주지사 생활을 통틀어 어떤 특정한 방향으로 결정을 내려달라고 돈을 제시받은 일은 딱 두 번 있었다. 교도소에 의료 장비를 납품하는 입찰에서 이기고 싶은 어떤 회사가 나에게 제3자를 통해 상당한 액수의 돈을 제시했다. 나는 그 즉시 그 회사를 입찰 후보에서 제외시켜버렸다. 또 카운티 판사가 조카의 사면을 원하는 노인을 만나달라고 부탁한 적이 있었다. 그 노인은 수십 년 동안 주 정부와 접촉해 본 일이 없어, 당연히 그래야 한다고 생각했는지 사면 대가로 1만 달러를 주겠다고 했다. 나는 노인에게 내가 청력이 나쁜 것을 다행인 줄 알라, 그렇지 않았다면 방금 한 이야기는 범죄가 될 수도 있다고 말했다. 나는 그에게 그 돈은 교회나 자선단체에 기부하라고 하면서, 조카의 사건은 살펴보겠다고 덧붙였다.

나는 여전히 아침에 일어나면 출근하고 싶어 몸이 근질근질했다. 주지사 일을 그만두면 무엇을 할지 짐작도 가지 않았다. 10월 말, 나는 매년 그랬던 것처럼 주 축제에 나갔다. 그해에는 부스에 몇 시간 동안 앉아, 나를 만나고 싶어 하는 사람들을 만나 이야기를 나누었다. 날이 저물 무렵, 작업복을 입은 65세 가량의 남자가 들렀다. 나는 그 남자 덕분에 중요한 것을 깨닫게 되었다. "다시 출마할 거요, 빌?" 그가 물었다. "모르겠습니다. 만일 다시 출마하면, 저한테 표를 주시겠습니까?" 내가 대답했다. "그럴 것 같소. 늘 그래왔으니까." 그가 대답했다. "이렇게 오래 했는데 지겹지도 않으세요?" 내가 물었다. 그는 웃음을 지으며 말했다. "아니, 나는 지겹지 않소. 하지만 내가 아는 다른 사람들은 모두 지겨워하더군." 나는 껄껄 웃으며 대꾸했다. "그 사람들은 내가 일을 잘했다고 생각하지 않나 보죠?" 노인이 쏘아붙였다. "물론 그렇게 생각하지. 그랬으니까 당신이 지금까지 2주마다 봉급을 받은 것 아니겠소." 이 경험을 통해 클린턴의 정치 법칙이 하나 더 생겼다. 모든 선거는 미래에 대한 것이다. 나는 일을 잘해야 한다. 그러나 그것은 먹고살기 위해 일을 하는 다른 모든 사람들도 마찬가지다. 훌륭한 성과라는 것은 대개 공약을 실제로 지킬 만한 사람이라는 것을 입증하는 증거일 뿐, 그 이상으로 도움을 주지는 않는다.

11월에 냉전의 상징인 베를린 장벽이 무너졌다. 모든 미국인들과 마찬가지로 나 역시 젊은 독일인들이 그 벽을 허물고 벽돌을 기념품으로 가져가는 모습을 보며 환호했다. 유럽에서 공산주의 확장을 막으려는 오랜 노력이 해리 트루먼에서 조지 부시에 이르기까지 미국 지도자들의 변함 없는 정책과 북대서양조약기구 덕분에 자유의 승리로 막을 내린 것이다. 나는 거의 20년 전 모스크바 여행을 하던 때를 떠올렸다. 젊은 러시아인들은 서방의 정보와 음악을 갈망했으며, 그것으로 상징되는 자유에 굶주려 있었다. 얼마 후에 나는 오랜 친구 데이비드 이프신으로부터 베를린 장벽 조각 두 개를 선물로 받았다. 그는 11월 9일 그 운명의 밤에 베를린에 있었고, 독일인들과 함께 벽을 무너뜨렸던 것이다. 이프신은 베트남전쟁을 강력하게 반대하던 유명한 인물이었다. 그가 베를린 장벽이 무너진 것에 기뻐했다는 것은 모든 미국인이 냉전 이후 시대에서 희망을 보고 있다는 증거이기도 했다.

12월에 나의 목사이자 스승인 W. O. 보트가 암과 싸우다가 세상을 떠났다. 그는 몇 년 전 임마누엘 교회에서 은퇴하고, 브라이언 하버 박사가 그 뒤를 이었다. 하버 박사는 훌륭한 젊은 목사였으며, 나 자신이 동일시하는 집단이자 수가 점점 줄어드는 집단인 진보적인 남부 침례교도를 대표하는 인물이었다. 보트 박사는 은퇴 뒤에도 병 때문에 여행이나 연설을 못하게 될 때까지 적극적으로 활동했다. 2년 전에는 주지사 관저로 나를 찾아오기도 했다. 보트 목사는 나에게 세 가지를 이야기하고 싶다고 했다. 첫째로, 내가 늘 사형을 지지했지만, 그래도 그 도덕성 때문에 걱정하는 것을 안다고 했다. 그는 『성경』의 "살인하지 말라"는 계명은 합법적 처형을 금지하는 것은 아니라고 말했다. 그 말의 어원인 그리스어 자체가 모든 살인을 포괄하는 말이 아니라는 것이었다. 보트 박사는 그 계명을 문자 그대로 풀이하면 "불법 살인을 저지르지 말라"는 뜻이라고 했다. 둘째로, 나의 낙태 지지 때문에 근본주의자들로부터 공격받는 것을 우려한다고 말했다. 그 자신도 낙태가 일반적으로는 잘못이라고 생각하지만, 『성경』은 그것을 죄라고 하지 않으며, 생명이 수태에서부터 시작된다고 말하지도 않는다고 했다. 『성경』에 따르면 아기가 어머니의 몸에서 나온 뒤 엉덩이를 찰싹 때렸을 때 생명이 아기에게 "불어넣어진다"는 것이었다. 나는 하나님이 우리가 어머니 뱃속에 있을 때부터 우리를 안다는 구절이 『성경』에 있지 않냐고 물었다. 보트 박사는 그 구절은 단지 하나님이 전지全知하다는 것을 가리킬 뿐이며, 하나님은 우리가 어머니 뱃속에 있기 전부터, 심지어 우리의 직계 조상들이 생기기 전부터 우리를 아신다고 하는 게 더 정확할지도 모르겠다고 말했다.

보트 박사가 마지막으로 한 이야기에 나는 깜짝 놀랐다. "빌, 나는 자네가 언젠가는 대통령이 될 거라고 생각하네. 자네라면 잘할 거라고 생각하지만, 한 가지 반드시 기억해야 할 것이 있네. 자네가 이스라엘 편을 들지 않으면 하나님이 절대 용서하지 않는다는 걸세." 보트 박사는 유대인이 성지에 보금자리를 트는 것이 하나님의 뜻이라고 믿었다. 보트 박사도 팔레스타인 사람들이 부당한 대우를 받았다는 것은 인정했지만, 그들의 문제의 해답은 반드시 이스라엘의 평화와 안전을 전제해야 한다고 강조했다.

나는 12월 중순에 보트 박사를 만나러 갔다. 그는 몹시 쇠약한 상태였다. 방을 떠나지도 못했다. 보트 박사는 나에게 성탄목聖誕木을 방 안으로 옮겨달라고 말했다. 마지막으로 그 모습을 즐기다 가고 싶다는 것이었다. 그래서 그랬는지 보트 박사는 성탄절에 세상을 떠났다. 보트 박사는 누구보다 충실하게 예수를 따른 사람이었다. 또한 나에게는 가장 충실한 목사이자 조언자였다. 결국 나는 그가 예언한 행로를 따라가게 되지만, 그 없이 혼자서 내 영혼의 위험들을 헤쳐나가야 했다.

25

다시 출마할지 말지 망설이고 있는 사이에 주지사 선거는 나의 출마에 관계없이 난투극으로 바뀌고 있었다. 오랫동안 갇혔던 야심들이 풀려나오고 있었다. 민주당 쪽에서는 짐 가이 터커, 법무장관 스티브 클라크, 록펠러 재단 대표 탐 맥레이가 출마를 선언했다. 그들은 모두 내 친구들이었으며, 좋은 구상과 진보적인 경력을 갖추고 있었다. 공화당의 경쟁은 훨씬 더 흥미로웠다. 여기에는 민주당원 출신의 막강한 두 인물이 포함되어 있었는데, 워싱턴을 좋아하지 않았던 타미 로빈슨 하원의원과 아칸소 루이지애나 가스회사 사장 출신의 셰필드 넬슨이 그들이었다. 넬슨은 민주당이 너무 좌경화했기 때문에 공화당으로 이적했다고 말했는데, 이것은 남부인들이 흔히 갖다대는 이유였지만 그의 입에서 나오니 더욱 재미있게 여겨졌다. 그는 1980년에 카터 대통령에 대항하여 테드 케네디를 밀었던 사람이기 때문이다.

로빈슨과 넬슨, 그리고 그들의 후원자들은 모두 한때 친구였지만, 욕설과 중상모략이 난무하는 선거판에서 서로를 적대하게 되었다. 로빈슨은 넬슨과 제리 존스(로빈슨과 넬슨의 오랜 친구로 아클라에 가스를 대는 가스전의 일부를 소유하고 있었다)가 개인적 이익을 위해 아클라에 가스 요금을 내는 사람들에게 손해를 끼치는 욕심 많은 사업가들이라고 비난했다. 넬슨은 로빈슨이 주지사가 되기에는 불안하고 불온한 사람이라고 비난했다. 그러나 그들이 대체로 동의하는 것은 내가 세금을 너무 많이 올렸음에도, 교육 개선이나 경제발전에서 돈 쓴 흔적이 거의 나타나지 않는다는 점이었다.

민주당 쪽에서는 스티브 클라크가 경선을 포기하여 짐 가이 터커와 탐 맥레이만 남았다. 그들은 나의 출마를 막는 데 공화당 쪽과는 다른 방법, 더 영리한 방법을 썼다. 그들은 내가 좋은 일을 많이 했지만, 이제 새로운 아이디어도 떨어졌고 시대에도 뒤떨어졌다고 말했다. 주지사 10년은 긴 세월이다. 이제 클린턴은 의회에서 아무런 일도 할 수 없다. 클린턴에게 4년을 더 주면 주정부의 모든 측면을 지나치게 장악하게 될 것이다. 이런 주장이었다. 맥레이는 대표 유권자들의 '포커스 그룹'(원래는 테스트할 상품에 관하여 토의하는 소비자 그룹을 가리키는 말—옮긴이주)과 만났다. 유권자들은 내가 세워놓은 경제발전 방향을 유지하고 싶지만, 새로운 지도자의 새로운 구상도 환영한다고 말했다. 나는 그들의 주장에도 일리가 있다고 생각했지만, 그들이 징세를 반대하는 보수적인 주의회로부터 나보다 더 많은 것을 얻어낼 수 있다고 생각하지 않았다.

여전히 마음을 잡지 못한 상태에서 나는 3월 1일을 결정의 마감일로 잡아놓았다. 힐러리와 나는 이 문제를 놓고 수십 번 이야기를 했다. 내가 출마하지 않으면 힐러리가 출마할 것이라는 추측 보도도 나왔다. 나는 그 문제에 대한 질문을 받고, 힐러리는 훌륭한 주지사가 될 재목이지만, 출마 여부는 모르겠다고 대답했다. 나와 이야기를 할 때 힐러리는 만일 내가 출마하지 않는다면 그 다리를 건너겠지만, 내가 그것을 염두에 두고 결정을 내려서는 안 된다고 말했다. 힐러리는 내가 주지사직을 그만둘 준비가 안 되었다는 사실을 나보다 먼저 알았던 것이다.

나는 10년간 열심히 일하다가 마지막 1년 동안은 교육 개선을 더 추진하기 위한 자금을 모으는 데 연거푸 실패했다는 기록을 남겨둔 채 떠난다는 생각에 견딜 수가 없었다. 나는 포기할 줄 모르는 사람이었다. 그리고 그런 유혹을 느낄 때마다 뭔가 힘을 주는 일이 일어나곤 했다. 1980년대 중반 우리 경제가 엉망일 때, 나는 주민 네 명 가운데 한 명이 실업자인 어느 카운티에 새로운 산업체를 유치하려고 했다. 그러나 막판에 네브래스카 주가 그 회사에 추가로 100만 달러를 더 주겠다고 하는 바람에 그 거래를 놓치고 말았다. 나는 실망이 컸다. 그 카운티 주민 전체의 기대를 저버린 것 같은 느낌이 들었다. 비서 린더 딕슨은 내가 의자에 앉아 두 손으로 머리를 감싸고 있는 모습을 보고, 자기 책상에 있던 신자용 달력에 적힌 그 날의 성경 구절을 찢어들고 왔다. 「갈라디아서」 6장 9절이었다. "우리가 선을 행하되 낙심하지 말지니 피곤하지 아니하면 때가 이르매 거두리라." 나는 바로 직무로 돌아갔다.

2월 11일, 나는 인내의 힘이 얼마나 위대한지 보여주는 사건을 목격했다. 일요일인 그날 아침 일찍 힐러리와 나는 첼시를 깨워 주지사 관저의 부엌으로 내려갔다. 첼시에게는 이미 아주 중요한 사건을 보게 될 것이라고 말해두었다. 우리는 텔레비전을 켜고, 넬슨 만델라가 자유를 향한 마지막 걸음을 내딛는 모습을 지켜보았다. 만델라는 27년에 걸쳐 수감과 학대를 당했음에도 끝내 승리를 거두었고, 아파르트헤이트를 끝냈고, 자신의 마음을 증오로부터 해방시켰고, 세계에 영감을 주었다.

3월 1일 기자회견에서 나는 "이제 내 안에서는 선거의 불길이 타오르지 않지만" 다섯 번째 임기에 도전할 것이라고 말했다. 교육 개선과 경제 현대화를 마무리지을 기회를 한 번 더 얻고 싶고, 내가 다른 후보들보다 그 일을 더 잘할 수 있다고 생각하기 때문이라고 이유를 달았다. 나는 또 주정부에 새로운 사람들을 들여오고, 권력 남용을 피하기 위해 특별히 노력을 기울이겠다고 말했다.

돌이켜보니 이 발표는 양면적으로 보이기도 하고 약간 오만해 보이기도 한다. 그러나 그것이 1982년 이후 처음으로 패배할 가능성이 있는 선거운동에 나서던 내 감정의 솔직한 표현이었다. 곧 행운이 찾아왔다. 지미 가이 터커가 경선에서 사퇴하고 대신 부지사에 출마한다면서, 분열적인 예비선거는 누가 승리를 거두든 가을에 공화당이 승리할 가능성을 높여줄 뿐이라고 발표한 것이다. 터커는 부지사 경선에서는 쉽게 이길 수 있고, 그러면 4년 뒤에는 주지사가 될 수 있다고 판단했다. 그의 생각은 확실히 옳았고, 나는 안도했다.

그럼에도 나는 예비선거 승리를 당연하게 생각할 수 없었다. 맥레이는 열심히 선거운동을 하고 있었고, 록펠러 재단에서 오랫동안 훌륭한 일을 많이 하여 아칸소에는 그와 친하고 그를 존경하는 사람들이 많았기 때문이다. 그는 공식 발표를 할 때 손에 비를 들고 나와, 주정부에서 낡은 생각들과 직업 정치인들을 깨끗하게 쓸어내겠다고 말했다. 빗자루 전술은 나의 이웃인 데이비드 보런이 1974년 오클라호마 주지사 선거에 나설 때 사용해 큰 효과를 보았다. 그러나 이번에도 효과를 보게 할 수는 없었다. 글로리어 케이브가 선거운동을 관리해주기로 하고, 효과적인 조직을 구축했다. 모리스 스미스가 자금을 모았다. 나는 단순한 전략을 채택했다. 상대 후보보다 더 열심히 뛰고, 내 일을 하고, 새로운 구상을 계속 설명해 나간다는 것이었다. 평균 B학점 이상을 얻은 모든 고등학생에게 대학 장학금을 지급하는 정책이라든가, 온실 가스와 지구 온난화에 우리 나름으로 대처하기 위해 앞으로 10년간 매년 1,000만 주의 나무를 심는 '미래 심기' 계획이 그런 새로운 구상들이었다.

맥레이는 나에게 더 비판적이 될 수밖에 없었는데, 그런 상황에 약간 불편해하는 것 같았다. 어쨌든 그런 비판은 어느 정도 효과가 있었다. 모든 후보들이 내가 전국 정치에 관여하는 것을 비판했다. 3월 말 나는 뉴올리언스로 가서 민주당지도자회의 의장직을 수락했다. 나는 이 그룹의 연금 개혁, 범죄 대처, 교육, 경제 성장에 대한 구상들이 민주당과 나라의 미래에 핵심적이라고 확신했다. 민주당지도자회의의 입장들은 아칸소에서도 인기가 있었지만, 내가 그런 일로 부각되는 것이 경선에서는 불리하게 작용할 수 있었으므로 나는 가능한 한 빨리 고향으로 돌아왔다.

4월에 AFL-CIO가 처음으로 나에 대한 지지를 거부했다. 의장인 빌 베커는 사실 나를 좋아한 적이 없었다. 그는 판매세 인상이 노동자들에게 부당한 조치라고 생각했으며, 아칸소에 새로운 일자리를 만들기 위해 추진하던 세금 인센티브에 반대했고, 내가 1988년에 세제 개혁 주민 투표에서 성공을 거두지 못했다고 비난했다. 그는 또 내가 노사 분규가 일어난 업체에 30만 달러의 대출 보장을 지원해주었다고 격분했다. 나는 노동자대회 연설에서 교육을 위한 증세를 옹호했으며, 내가 지지했지만 주민이 투표로 반대한 세제 개혁 실패의 책임을 내 탓으로 돌리는 베커의 주장에 놀라움을 표시했다. 나는 대출 보장 문제도 변호했다. 그것이 410개의 일자리를 구해주었기 때문이다. 그 회사는 포드 자동차 회사에 납품을 했는데, 이 대출금을 통해 두 달치 재고를 확보할 수 있었다. 그것이 없었다면 포드는 하청 계약을 취소했을 것이고, 그 회사는 문을 닫았을 것이다. 2주가 안 되어 18개 지역 조합이 베커의 뜻을 거슬러 나를 지지했다. 그들은 완벽한 선善 때문에 약간 모자란 선을 포기하고 마는 자유주의의 고전적인 덫을 슬기롭게 피한 것이다. 2000년에는 많은 사람들이 그런 덫에 걸려 랠프 네이더에게 투표하고 말았는데, 그런 일이 없었다면 앨 고어가 대통령으로 선출되었을 것이다.

예비선거에서 유일하게 극적인 순간은 내가 다시 아칸소 밖에 나가 있을 때 일어났다. 내가 워싱턴에 가서 국회에 델타개발위원회의 보고서를 제출하는 동안, 맥레이는 주 의사당에서 기자회견을 열어 내가 해온 일들을 비판했다. 그는 아칸소 언론을 모두 자기편으로 만들 수 있다고 생각했다. 그러나 힐러리는 생각이 달랐다. 내가 회견 전날 밤에 전화를 했을 때, 힐러리는 자신이 회견장에 나갈지도 모른다고 말했다. 맥레이는 판지에 내 모습을 그려 자기 옆에 세워두었다. 그는 내가 주를 비웠다고 공격했다. 내가 그와 토론하는 것을 거부했다는 의미였다. 이어 그는 나에게 질문을 하고 스스로 답변을 하면서 내가 한 일들을 비판하기 시작했다.

맥레이가 한참 열을 올리는데 힐러리가 사람들 사이에서 앞으로 나가 그의 말을 끊었다. 힐러리는 내가 아칸소에 도움을 줄 델타 위원회 권고안을 홍보하기 위해 워싱턴에 가 있다는 것을 맥레이도 잘 알고 있지 않느냐고 물었다. 이어 힐러리는 준비해온 자료를 제시했다. 록펠러 재단이 몇 년에 걸쳐 주지사로서 내 업적을 찬양한 보고서 요약문이었다. 힐러리는 맥레이가 보고서에서 한 말이 옳으며, 아칸소 사람들은 나의 업적을 자랑스러워해야 한다고 말했다. "우리는 사우스캐롤라이나를 제외한 다른 모든 주보다 높은 성장률을 기록했으며, 사실 사우스캐롤라이나에도 별로 처지지 않습니다."

주지사 부인은 말할 것도 없고 후보의 부인이 이렇게 상대 후보를 공박

하고 나선 것은 전례 없는 일이었다. 어떤 사람들은 이 일을 두고 힐러리를 비판했다. 그러나 대부분의 사람들은 힐러리가 오랫동안 나와 함께 일을 해왔기 때문에 자신이 한 일을 옹호할 자격이 있다고 생각했다. 어쨌든 이로 인해 맥레이 진영은 주춤했다. 나는 아칸소에 돌아가 반격에 나섰다. 나는 그의 경제발전 전략을 비판하면서, 그가 아칸소 둘레에 담을 쌓고 싶어 한다고 말했다. 나는 결국 예비선거에서 55퍼센트를 얻어 맥레이를 비롯한 다른 도전자들을 눌렀다. 그러나 맥레이는 적은 돈으로 영리하게 선거운동을 했으며, 또 운동을 상당히 잘했기 때문에 공화당은 가을 선거에 어느 정도 자신감을 가질 수 있었다.

공화당 예비선거에서는 셰필드 넬슨이 타미 로빈슨을 이겼다. 그는 나의 '세금과 지출' 성적을 놓고 나와 싸우겠다고 약속했다. 그러나 그 전략에는 결함이 있었다. 넬슨은 온건한 공화당원으로 자신을 내세우고, 교육과 경제발전 분야에서 내 업적을 찬양하면서, 그렇지만 10년은 길었다고, 이제 금시계를 주고 명예롭게 퇴진시켜야 할 때가 왔다고 말했어야 했다. 넬슨은 원래 학교의 수준을 높이고 거기에 들어가는 자금 조달을 위한 판매세 인상을 지지했다. 그러나 선거전에서 입장을 바꾸는 바람에 나는 지겨운 현직 주지사라는 약점에서 벗어나 긍정적 변화를 주장하는 유일한 후보가 될 수 있었다.

넬슨이 교육 정책과 세금에 반대하여 뛰고 있었기 때문에 나에게 유리한 점이 하나 더 생겼다. 내가 이길 경우 주의회에 나가, 주민이 주지사 선거를 통해 나의 정책을 지지했다고 주장할 수 있게 되었다는 것이다. 선거일이 다가오면서, AFL-CIO가 마침내 나를 지지했다. '아칸소교육협회'는 나를 '추천'했다. 내가 교사 봉급을 올리겠다고 약속한 반면, 넬슨은 4년 동안 세금을 인상하지 않겠다고 약속했기 때문이다. 또 교육협회장인 시드 존슨이 이제 화해를 하고 일을 계속하기를 바랐기 때문이다.

한편 넬슨은 더 우경화하여 사생아에 대한 복지 연금 축소를 옹호하고, '미국총기협회'가 주의회를 통해 밀어붙이고 있는 법안에 거부권을 행사했다는 이유로 나를 비판했다. 그 법안이 통과되면 지방 정부는 총기나 탄약

유통을 제한할 힘을 잃게 될 판이었다. 미국총기협회로서는 영리하게 손을 쓴 셈이었다. 주의회 의원들은 보통 시의회보다 시골에 가까워 총기를 지지하는 경향이 강했기 때문이다. 그러나 나는 그 법안이 나쁜 정책이라고 생각했다. 만일 리틀록 시의회가 조직폭력배의 활동 증가를 우려하여 경찰관을 죽이는 총알의 유통을 금지하고 싶다면, 그들에게 그렇게 할 수 있는 권한이 있어야 한다는 것이 내 생각이었다.

선거운동을 한다고 해서 주지사의 일이 중단되는 것은 아니었다. 6월에 나는 1964년 이후 아칸소에서 처음으로 사형 집행을 승인했다. 존 스윈들러는 아칸소 경찰관 한 명과 사우스캐롤라이나의 십대 두 명을 죽인 죄로 유죄판결을 받았다. 로널드 진 시먼스는 그의 부인, 세 아들, 네 딸, 사위, 며느리, 네 손자, 원한이 있는 두 사람을 죽였다. 시먼스는 죽고 싶어 했다. 스윈들러는 그렇지 않았다. 그들은 둘 다 6월에 처형되었다. 나는 이 두 건에 대해서는 주저함이 없었으나, 더 어려운 사건들이 우리를 기다리고 있었다.

나는 무기징역을 받은 몇 명의 살인자가 가석방 받을 수 있도록 감형을 해주었다. 유권자들에게도 설명했듯이 나는 첫 임기 동안의 좋지 않은 경험 뒤에 오랫동안 감형을 하지 않았다. 그러나 교도소 위원회와 가석방 및 사면 위원회에서 무기수에 대한 감형을 계속하라고 요청했다. 대부분의 주에서는 무기수들이 몇 년 복역하면 가석방 자격을 주었다. 아칸소에서는 주지사가 감형을 해주어야 했다. 이런 결정은 쉽지 않았고, 인기가 좋지도 않았다. 그러나 무기수가 10퍼센트나 되는 교도소에 평화와 질서를 유지하기 위해서는 그런 조치가 필요했다. 사실 많은 무기수들이 사회로 복귀해도 범죄를 되풀이하지 않아 다른 사람들에게 위험이 없다는 점이 다행이라면 다행이었다. 나는 이번에는 피해자 유족의 의견을 들으려고 노력했다. 놀랍게도 많은 유족이 반대를 하지 않았다. 게다가 감형을 받은 사람들은 대부분 나이가 많았으며, 젊은 시절에 저지른 범죄로 복역 중이었다.

9월 중순에 개발재정국에서 해고된 직원이 불만을 품고 나의 "섹스 문제"를 제기했다. 래리 니콜스는 그의 사무실에서 니카라과 콘트라 반군(전국의 공화당원들이 강력하게 지지하고 있었다)의 보수적 지지자들에게 120통 이상의 전화를 했다. 니콜스의 변명은 주의회의 공화당 의원들에게 자신의 부서에 유리한 법안을 지지하라는 로비를 부탁하기 위해 그들에게 전화를 했다는 것이었다. 그가 내건 이유가 설득력이 없었기 때문에 그는 해고되었다. 그러자 니콜스는 의사당 계단에서 기자회견을 열어, 내가 재정부의 자금을 유용해 다섯 명의 여자와 관계를 가졌다고 비난했다. 나는 니콜스가 비난하고 나서 얼마 안 있어 의사당 앞의 주차장으로 차를 몰고 들어갔다가 정치부 기자들 가운데 고참이며 훌륭한 기자라는 평가를 받고 있던 AP연합의 빌 시먼스로부터 그 이야기를 듣고 소스라치게 놀랐다. 시먼스가 그 비난에 대해 물었을 때 나는 그냥 그 여자들에게 전화를 해보라고 말했다. 시먼스는 전화를 했고, 여자들은 모두 부인했다. 그것으로 이 이야기는 죽어버린 셈이었다. 텔레비전 방송국이나 신문에서도 이 이야기를 다루지 않았다. 넬슨을 지지한 한 보수적인 라디오 아나운서만 그 이야기를 하면서, 여자들 가운데 하나인 제니퍼 플라워스를 거명하기까지 했다. 그러자 플라워스는 그만두지 않으면 고소하겠다고 위협했다. 넬슨의 선거운동본부에서는 이 소문에 부채질을 하려 했으나, 그럴 만한 증거가 없었다.

선거운동이 끝날 무렵 넬슨은 거짓이지만 효과는 있는 텔레비전 광고를 내보냈다. 아나운서가 일련의 쟁점들을 제기하면서 나에게 어떻게 할 것이냐고 묻는다. 그러면 각 질문에 대해 나 자신의 목소리가 대답한다. "인상하고 지출해야 합니다." 넬슨의 선거운동본부는 내가 주지사 연두교서에서 아칸소의 예산과 연방정부의 예산을 비교한 대목 가운데 그 말만 따낸 것이다. 워싱턴은 적자 지출을 할 수 있지만, 우리는 돈이 없으면 "인상하고 지출해야 합니다. 아니면 아예 지출하지 말아야 합니다". 내가 한 말은 이랬다. 나는 넬슨의 주장과 내가 실제로 한 말을 비교하는 대응 광고를 내보내 유권자들에게 넬슨이 선거운동에서 그들을 속이지 않는다는 것을 믿을 수가 없는데 어떻게 그를 믿고 주지사 일을 맡길 수 있겠느냐고 말했다. 이틀 뒤 나는 57 대 43으로 재선되었다.

이 승리는 여러 면에서 달콤했다. 주민은 나에게 총 14년을 봉사할 기회를 주었다. 역사상 어느 아칸소 주지사보다 긴 기간이었다. 그리고 처음으로 세바스천 카운티에서 승리를 거두었다. 세바스천 카운티는 당시까지만 해도 아칸소에서 골수 공화당 지지자들의 영향력이 가장 강한 큰 카운티였다. 나는 포트스미스 선거 유세에서 만일 그곳에서 승리를 거두면 힐러리와 내가 그곳 중심가인 개리슨 애비뉴에서 춤을 추겠다고 말했다. 선거가 끝나고 나서 이틀 뒤 밤에 우리는 수백 명의 지지자들과 함께 약속을 지켰다. 춥고 비가 왔지만, 우리는 춤을 추면서 무척 즐거웠다. 그곳에서 승리하는 날을 16년이나 기다려왔기 때문이다.

총선거 기간에 마음이 어두웠던 순간이 딱 한 번 있었는데, 그것은 순전히 개인적인 일 때문이었다. 8월에 어머니의 오른쪽 유방에서 멍울이 발견된 것이다. 48시간 뒤 어머니가 멍울을 제거하는 동안 나는 딕, 로저와 함께 병원에서 기다렸다. 어머니는 수술 뒤에 평소의 활기찬 모습으로 돌아와, 나는 바로 선거운동에 뛰어들었다. 그러나 어머니는 몇 달 동안 화학 치료를 받아야했다. 암은 이미 팔의 일곱 개 결절로 퍼져 있었다. 하지만 어머니는 나를 포함한 누구에게도 그 이야기를 하지 않았다. 사실 어머니는 1993년에 가서야 상태가 얼마나 심각한지 이야기를 했다.

12월에 나는 민주당지도자회의 일을 계속하여, 오스틴에 민주당지도자회의 텍사스 지부를 설립했다. 나는 민주당 비판자들의 말과는 달리 우리가 훌륭한 민주당원이라고 역설했다. 우리는 모든 사람들을 위하여 미국의 꿈을 살려 나가려 한다. 우리는 현재의 상태를 지지하지는 않았지만 정부를 믿는다. 우리는 정부가 어제와 오늘에 지출을 너무 많이 하지만, 내일에는 지출을 너무 적게 한다고 생각한다. 부채이자, 방위비, 비용은 많이 들지만 질은 낮은 의료보험에는 지출을 많이 하면서도, 교육, 환경, 연구 개발, 기간시설에는 지출이 적다는 것이다. 나는 민주당지도자회의가 현대의 주요 의제를 대변한다고 말했다. 관료제의 확대가 아닌 기회의 확대, 육아와 공립학교의 선택 존중, 가난한 사람들에게 책임 부여와 권한 위임, 산업 시대의 상명하달 식의 관료제로부터 벗어나 현대의 세계화 경제에 어울리는 더 작고, 더 유연하고, 더 혁신적인 정부를 향한 혁신 등이 그 내용이었다.

나는 민주당원들을 위한 전국적 메시지를 개발하려고 노력했다. 이러한 노력 때문에 내가 1992년 대통령 경선에 나설지도 모른다는 추측이 나돌았다. 나는 주지사 선거운동을 하면서, 주지사에 당선되면 임기를 채울 것이라고 여러 번 말했다. 실제로 나는 그럴 생각이었다. 나는 다가올 주의회 회기를 기다리며 흥분하고 있었다. 브래디 법안을 죽인다든가 가족 및 의료 휴가법에 거부권을 행사한다든가 하는 결정에서는 분명하게 의견이 달랐지만, 그래도 나는 부시 대통령을 좋아했으며 백악관과도 관계가 좋았다. 게다가 부시 대통령을 꺾는 것은 가망 없는 일로 보였다. 사담 후세인이 쿠웨이트를 침공하는 바람에 미국은 걸프전쟁을 준비하고 있었다. 이 전쟁 때문에 두 달 뒤에는 부시 대통령의 지지율이 하늘 높은 줄 모르고 치솟았다.

1991년 1월 15일 아침, 나는 열 살이 된 첼시에게 『성경』을 들게 하고, 리틀록에서 마지막 주지사 취임 선서를 했다. 나는 관례에 따라 주 하원 의사당의 만원을 이룬 회의장에서 비공식 연설을 하고, 정오에는 공개 기념식에서 좀더 공식적인 연설을 했다. 기념식은 궂은 날씨 때문에 의사당 원형홀에서 열렸다. 새로운 주의회에는 그 어느 때보다 여성과 흑인이 많았다. 주 하원의장 존 립튼과 상원 임시의장 제리 북아웃은 진보주의자였으며, 나의 강력한 지지자들이었다. 주지사 짐 가이 터커는 그때까지 그 일을 맡은 사람들 가운데 가장 유능한 사람으로 꼽혔다. 우리는 오랜만에 서로 어긋나는 행동이 아니라 협력을 하고 있었다.

나는 취임 연설을 페르시아 만에서 복무하는 아칸소 출신의 남녀에게 바치면서, 마틴 루터 킹 2세의 생일에 새로운 시작을 하게 되어 이날이 더욱 뜻깊게 여겨진다고 말했다. 나는 "우리는 함께 미래로 전진해야 하며, 그렇지 않으면 모두 지금 우리가 이루어놓은 것 안에 갇혀버릴 것"이라고 말하면서, 교육, 보건, 도로, 환경에서 내가 지금까지 제안한 정책 가운데 가장 야심만만한 정책을 제시했다.

교육에서는 성인 문맹 퇴치와 훈련 프로그램의 대폭 증가, 대학에 가지 않는 젊은이들을 위한 취업 훈련, 중간계급과 저소득층 자녀 가운데 필수

강좌를 이수하고 평균 B학점을 받고 마약을 하지 않는 모든 학생에게 대학 장학금 지급, 가난한 아이들을 위한 취학 전 교육, 수학과 과학에 재능이 있는 학생들을 위한 새로운 기숙사 고등학교 설립, 14개 직업기술학교의 2년제 대학으로의 전환, 2년간에 걸쳐 교사들의 보수 4,000달러 인상 등을 제시했다. 나는 그 재원 조달을 위해 주의회에 판매세를 0.5센트 올리고, 법인 소득세를 0.5퍼센트 올려달라고 요청했다.

나는 또 임산부와 자녀들을 위한 건강 보험, 25만 명 이상의 납세자(총 납세자의 25퍼센트가 넘었다)에게 주 소득세 면제, 납세자 75퍼센트의 소득세를 공제하여 판매세 인상으로 인한 부담 상쇄 등을 포함한 여러 가지 개혁 조치도 제시했다.

나는 이후 68일 동안 이런 정책들을 통과시키기 위해 노력했다. 의원들을 내 집무실로 부르고, 직접 법안을 옹호하기 위해 위원회 청문회에 가고, 회의장이나 야간 행사나 이른 아침 의사당 식당에서 의원들을 만나고, 회의장 바깥이나 휴게실까지 의원들을 쫓아다니고, 밤늦게 전화를 하고, 반대하는 의원이나 그들과 연계된 로비스트들을 불러 타협안을 만들어냈다. 회기가 끝날 무렵 나의 정책은 거의 다 통과되었다. 세금 제안은 양원에서 각각 76퍼센트와 100퍼센트의 지지를 받았는데, 다수의 공화당 의원들도 찬성표를 던졌다.

주에서 가장 유명하고 센스 있는 칼럼니스트인 어니스트 듀머스는 "교육에 관한 한 아칸소 주 역사상 최고라고도 할 수 있는 회기였다"고 말했다. 듀머스는 우리가 최대의 도로 건설 정책을 통과시킨 것, 가난한 가족들을 위해 의료보험을 확대한 것, 고형 폐기물 재활용과 감소 및 '주 공해통제국의 공해 산업 제어'를 위한 제안들을 통과시켜 환경을 개선한 것, 가난한 공동체들에 학교 보건진료소를 설치하여 "일부 종교 광신자들을 눌러버린 것" 등에도 주목했다.

주의회는 학교 보건진료소 문제를 놓고 가장 큰 싸움을 벌였다. 나는 지방 교육위원회의 승인을 얻을 경우 이 진료소에서 콘돔을 나누어줄 수 있도록 하자는 안을 지지했다. 상원도 지지했다. 좀더 보수적인 하원은 경건한 태도로 콘돔 배급에 반대했다. 마침내 주의회는 마크 프라이어 하원의원(2002년에 아칸소 최연소 연방 상원의원이 되었다)이 제안한 타협안을 채택했다. 콘돔을 사는 데 주정부의 돈은 쓸 수는 없지만, 다른 자금으로 살 수 있으면 나누어주는 것도 가능하다는 안이었다. 「아칸소 가제트」의 재치 있는 칼럼니스트 밥 랭커스터는 '콘돔 의회'의 투쟁 연대기를 기록한 재미있는 글을 썼다. 그는 호메로스에게 미안하다면서 이 갈등을 "트로이 전쟁"이라고 불렀다.

의회는 또 시와 카운티가 지방자치체 총기 통제 조례를 채택하는 것을 금지하는 미국총기협회의 법안도 통과시켰다. 내가 1989년에 거부권을 행사했던 바로 그 법안이었다. 남부의 주의회들은 미국총기협회의 요구를 거부하지 못했다. 좀더 자유주의적인 상원에서조차 이 법은 26 대 7로 통과되었다. 나는 상원의 통과 시간을 늦추었다. 의원들이 집에 간 뒤에 거부권을 행사하면, 그들이 내 거부권 행사를 다시 뒤엎는 것을 막을 수 있었기 때문이다. 법안이 나에게 온 뒤, 나는 이 법안을 밀어붙이기 위해 워싱턴에서 내려온 미국총기협회의 젊은 로비스트를 만나게 되었다. 그는 키가 아주 컸고, 옷을 잘 입었으며, 발음을 끊는 듯한 뉴잉글랜드 악센트를 사용했다. 어느 날 내가 주 의사당 하원에서 상원 쪽으로 가느라 원형 홀을 가로지르는데 그가 내 길을 막았다. "주지사, 주지사, 그냥 주지사 서명 없이 이 법안이 법이 되도록 놔두면 어떻겠습니까?" 나는 왜 내가 이 법안을 지지하지 않는지 설명했다. 벌써 몇 번째인지 몰랐다. 그러자 그가 소리를 버럭 질렀다. "이보세요, 주지사, 주지사는 내년에 대통령에 출마할 거 아뇨. 주지사가 지금 이 법안에 거부권을 행사하면, 나중에 대통령에 출마했을 때 텍사스에서 머리가 완전히 깨질 정도로 얻어맞을 거요." 나는 내가 이제 나이도 들었고 전보다는 더 노련해졌다는 것을 알게 되었다. 그 자리에서 그 사람에게 한 방 먹이지 않고 참을 수 있었기 때문이다. 나는 대신 웃음을 지으며 말했다. "당신 마음대로는 안 될 거요. 나는 이 법안이 마음에 들지 않소. 아칸소에서는 반드시 총기 통제가 이루어질 거요. 워싱턴에 있는 당신의 멋진 사무실 벽에는 차트가 하나 걸려 있겠지. 그 차트 꼭대기에는 이 법안이 있고 그 밑에 모든 주 이름이 적혀 있을 거요. 당신은 이 법안이 좋은지 나쁜지 전혀 따지지 않소. 그냥 그 차트의 아칸소 이름 옆에 체크 표시를 하고 싶을 뿐이오. 그러니까 당신은 당신 총을 잡으쇼. 나는 내 총을 잡겠소. 그럼 말을 타고 텍사스에서 만납시다." 나는 의원들이 퇴근하자마자 법안을 거부해버렸다. 곧 미국총기협회는 나를 공격하는 텔레비전 광고를 내보내기 시작했다. 나는 이 이야기를 쓸 때에야 비로소 그 미국총기협회 로비스트와 이야기를 할 때 대통령 출마를 고려하고 있다는 사실을 인정한 것이나 다름없다는 것을 깨달았다. 그러나 당시에는 실제로 출마할 가능성이 있다고 생각하지 않았다. 그냥 협박을 당하는 것이 싫었을 뿐이다.

회기가 끝난 뒤 헨리 올리버가 그만두고 싶다고 말했다. 나는 그를 보내고 싶지 않았지만, 해병대, 연방수사국, 지방과 주정부에서 수십 년간 흠 없이 봉사를 했으니 이제 집에서 쉴 권리가 있다는 생각이 들었다. 당분간은 글로리어 케이브와 캐럴 래스코가 그의 일을 맡기로 했다.

다음 몇 달 동안은 우리가 통과시킨 묵직한 정책들이 이행되는지 확인하고, 민주당지도자위원회를 위하여 전국 출장을 다녔다. 나는 "지난 20년간 떼를 지어 민주당을 떠난 주류, 중간계급" 유권자들을 되찾을 방법에 대해 이야기하고 다녔기 때문에, 언론에서는 내가 1992년에 출마할 것이라고 추측했다. 4월에 나는 어떤 인터뷰에서 그 문제에 대해 농담을 하면서 이렇게 말했다. "실제로 누가 출마하겠다고 나서기 전에는 모두가 명단에 올라갈 수 있다. 그건 좋은 일이기도 하다. 어머니가 신문에서 내 이름을 보시면 좋아할 테니까."

나 자신은 여전히 출마할 수 있다거나 출마해야 한다는 생각을 하지 못하고 있었다. 또 걸프전쟁 덕분에 부시 대통령의 지지도가 계속 70퍼센트를 상회하는 상황이었다. 그러나 나는 당의 전통적 기반과 부동층 양쪽에 선이 닿는 민주당지도자회의의 민주당원이라면 기회가 있지 않을까 하는 생각을 하기 시작했다. 미국에는 워싱턴에서 무시하는 심각한 문제들이 있었기 때문이다. 대통령과 그의 팀은 걸프전쟁의 날개를 타고 바로 승리로 날아가기로 작정한 것 같았다. 그러나 나는 아칸소에서, 또 전국을 여행하는 중에 미국이 4년 더 날아갈 수 없는 증거들을 많이 보았다. 1991년이 되면서 점점 더 많은 사람들이 그런 생각을 하게 되었다.

4월에는 로스앤젤레스로 가서 공교육을 개선하는 일을 하는 시민 단체인 '교육 먼저'의 오찬회에서 연설을 했다. 시드니 포이티어의 소개를 받아 연단에 선 나는 캘리포니아의 교육과 관련하여 그 무렵 경험한 세 가지 일을 이야기했다. 이 경험들은 미국의 미래의 희망과 위험을 모두 보여주는 것이었다. 우선 나는 1년 전쯤 로스앤젤레스의 캘리포니아 주립대학에서 122개 민족 출신의 학생들 앞에서 연설을 하면서 희망을 보았다. 이들의 다양성은 미국이 세계 공동체와 경쟁하고 관계를 맺을 능력이 있음을 보여주는 좋은 징조였다. 그러나 힐러리와 내가 로스앤젤레스 동부의 6학년생들을 찾아갔을 때는 위험이 분명하게 드러났다. 그들은 큰 꿈과 정상적인 생활을 하고 싶은 강한 욕구를 품은 훌륭한 아이들이었다. 그런데 그 아이들은 제일 큰 두려움이 등하교길에 총에 맞는 것이라고 말했다. 그들은 또 학교 옆을 지나가는 사람이 총을 난사할 경우에 책상 밑에 들어가는 훈련을 받는다고 했다. 아이들의 두 번째 두려움은 열세 살이 되었을 때 폭력 조직에 가입하여 마약을 하거나 또래들로부터 심한 구타를 당하게 될지도 모른다는 것이었다. 이 아이들을 만난 경험은 나에게 큰 영향을 미쳤다. 이 아이들은 더 나은 삶을 살 자격이 있었다.

또 언젠가 캘리포니아를 여행하면서 재계 원탁회의에 참석하여 교육 문제를 토론한 적이 있는데, 그때 한 전화회사 임원은 입사 지원자들 거의 모두가 고등학교 졸업자임에도 70퍼센트가 입사 시험에서 떨어진다고 말했다. 나는 청중에게 만일 아이들이 유년기를 위험하게 보내야 하고 학교들이 제대로 교육을 시키지 못한다면 미국이 걸프전쟁에서 승리했다 해도 냉전 이후 세계를 지도하기를 바랄 수 있겠느냐고 물었다.

물론 나라에 문제가 있다고 말하는 것과 그 문제들에 대해 연방 정부가 무슨 일을 해야 할지 말하는 것, 또 그것을 레이건-부시 시절을 거치면서 연방 정부가 우리 문제의 해결책이 아니라 문제의 근원이라고 믿게 된 국민이 알아들을 수 있는 방식으로 말한다는 것은 전혀 다른 문제였다. 그 말을 제대로 하는 것이 바로 민주당지도자회의의 임무였다.

5월 초 나는 클리블랜드로 가서 민주당지도자회의의 총회를 주재했다. 1년 전 우리는 뉴올리언스에서 미국의 전통적 가치들에 뿌리박은 새로운 구상들로 이루어진, 역동적이지만 중도적인 진보 운동을 창조함으로써 워싱턴의 지겨운 당파적 논쟁을 넘어서겠다는 원칙이 담긴 성명을 발표했다. 마리오 쿠오모나 제시 잭슨 목사 같은 민주당의 지도자급 자유주의자들 가운데 일부는 민주당지도자회의가 너무 보수적이라고 비판했지만(잭슨 목사는 민주당지도자회의가 "민주당 유한계급"을 대변한다고 말했다), 이 총회에는 미국의 경제적 · 사회적 문제들에 관심을 가지는 창조적인 사상가들, 혁신적인 태도의 주와 지방자치체 공무원들, 사업가들이 많이 모여들었다. 대통령 후보로 꼽히는 사람들 몇 명을 포함해서 전국적 지명도를 가진 민주당원들도 다수 참석했다. 샘 넌, 존 글렌, 척 로브, 조 리버먼, 존 브로, 제이 록펠러, 앨 고어 등의 상원의원들이 연사로 참석했다. 주지사로는 나 외에 플로리다의 로턴 차일스, 버지니아의 제리 밸릴스가 참석했다. 하원의원들은 대개 오클라호마의 데이브 매커디처럼 보수적인 지역구 출신이거나, 뉴욕의 스티브 솔라즈처럼 안보와 외교에 관심을 가진 지역구 출신이었다. 곧 대통령 후보로 나서게 될 전직 상원의원 폴 송거스와 버지니아의 전직 주지사 더그 월더도 참석했다. 월더 주지사, 클리블랜드의 마이크 화이트 시장, 시카고 주택관리국 국장 빈스 레인, 펜실베이니아의 하원의원 빌 그레이, 미시시피의 하원의원 마이크 에스피 등 재능 있는 흑인 지도자들도 여럿 참석했다.

미국이 방향을 틀어야 하며, 그 일에서 민주당지도자회의가 앞장서야 한다는 취지의 내 기조연설로 총회는 시작되었다. 나는 미국의 문제와 도전들을 나열하고 공화당의 장기간의 태만을 비난했으며, 공화당의 실정에도 불구하고 민주당이 선거에서 이기지 못했다는 사실에 주목했다. 그것은 "우리에게 투표를 하던 사람들 가운데 아주 많은 사람들, 바로 우리가 이야기하고 있는 무거운 짐을 신 중간계급이 전국 선거에서 우리가 해외에서 국가의 이익을 지키고, 국내에서 그들의 가치를 사회 정책으로 만들고, 그들의 세금을 가져다 규모 있게 지출할 것이라고 믿지 않았기 때문이다."

나는 내가 지지했던 최초의 흑인 위원장 론 브라운이 지휘하는 민주당 지도부에 찬사를 보냈다. 브라운은 당의 기반을 넓히기 위해 최선을 다해 노력했지만, 우리는 거기서 나아가 미국 국민에게 구체적인 제안들이 담긴 메시지를 보내야 했다.

> 공화당의 짐은 그들의 부인, 회피, 태만의 이력입니다. 그러나 우리의 짐은 국민에게 오래된 가치에 뿌리 둔 새로운 선택을 제시하는 것입니다. 새로운 선택의 내용은 간단합니다. 이 선택은 기회를 제공하며, 책임을 요구하며, 국민에게 더 큰 발언권을 주며, 요구에 응답하는 정부를 세우는 것입니다. 우리가 공동체라는 것을 인정하기 때문에 이런 일들이 가능합니다. 우리 모두 한 배를 탔습니다. 기쁜 일도 어려운 일도 함께 겪습니다.

기회 의제는 자유롭고 공정한 교역을 통한 경제성장과 더불어 새로운 테크놀로지와 세계 수준의 교육이나 기술에 더 많은 투자를 한다는 의미였다. 책임 의제는 모든 국민에게 뭔가를 요구하는 것이었다. 젊은이들에게는 대학 학자금을 지원하는 대신 국가에 대한 봉사를 요구하고, 신체 건강한 부모는 일을 할 것을 요구하는 대신 자녀들을 더 많이 지원할 수 있도록 연금을 개혁하고, 자녀 부양 의무를 강화하고, 부모가 자녀를 학교에 보내도록 더 노력할 것을 요구하고, 관료제는 축소하는 대신 육아, 공교육, 취업 훈련, 노령자 보호, 동네 순찰, 공공 주택 관리에서는 더 많은 선택을 부여하는 '혁신된' 정부를 만든다는 의미였다. 공동체 의제는 수백만의 가난한 아이들에게 더 투자하고, 인종적 분열을 넘어 화합을 도모하고, 모든 미국인을 고양시키는 정치를 해나가고, 서로 분열시키지 않을 것을 요구했다.

나는 미국의 공적 담론을 지배하고 있는 모든 양자택일적 논쟁들을 돌파하려고 노력했다. 워싱턴의 통념에 따르면 교육에서 우수냐 형평이냐, 의료보험에서 품질이냐 전체냐, 깨끗한 환경이냐 경제성장이냐, 연금 정책에서 일이냐 자녀 양육이냐, 노동 현장에서 노측이냐 사측이냐, 범죄 예방이냐 범죄자 처벌이냐, 가족 가치냐 가난한 가족을 위한 더 많은 지출이냐 하는 선택의 문제였다. 저널리스트 E. J. 디온은 주목할 만한 저서 『왜 미국인은 정치를 싫어하는가*Why Americans Hate Politics*』에서 이런 것들을 "거짓 선택"이라고 부르면서, 각각의 경우 미국인들은 "양자택일"이 아니라 "둘 다"를 선택해야 한다고 말했다. 나도 동의했다. 그래서 이런 식으로 나의 신념을 표현하곤 했다. "가족 가치는 굶주린 아이를 먹일 수 없습니다. 그러나 가족 가치가 없다면 굶주린 아이를 잘 기를 수도 없습니다. 우리에게는 둘 다 필요합니다."

나는 25년 전쯤 서양문명 수업 시간에 캐럴 퀴글리 교수에게서 배운 교훈, 즉 미래는 과거보다 나을 수 있고, 우리에게는 그렇게 만들 개인적 · 도덕적 의무가 있다는 말을 인용하여 연설을 마무리지었다. "그것이 새로운 선택의 핵심이며, 그것이 우리가 여기 클리블랜드에서 하려고 하는 일입니다. 우리는 민주당을 구하기 위해 여기 모인 것이 아닙니다. 우리는 미합중국을 구하기 위해 여기 모인 것입니다."

이 연설은 나의 가장 설득력 있고 중요한 연설 가운데 하나였다. 그것은 내가 정치에서 17년 동안 배운 것, 그리고 수백만 미국인들이 생각하고 있는 것의 핵심을 포착하고 있었다. 이것은 나의 선거운동 메시지의 청사진이 되었으며, 국민의 관심을 걸프전쟁에서 부시 대통령이 거둔 승리로부터 더 나은 미래를 건설하기 위해 해야 할 일로 돌리는 데 도움을 주었다. 또 자유주의와 보수주의 양쪽의 사상과 가치를 모두 끌어안음으로써, 오랫동안 민주당 대통령 후보를 지지하지 않았던 유권자들도 우리의 메시지에 귀를 기울이게 되었다. 이 연설이 열렬한 환영을 받음으로써 나는 미국이 추구해야 한다고 확신했던 길을 옹호하는 중요한 대변자로 자리를 잡게 되었다. 총회에서는 몇 사람이 나에게 대통령에 출마하라고 권유했다. 나는 클리블랜드를 떠나면서 경선에 나설 경우 민주당 후보 지명을 따낼 가능성이 있다는 확신을 품게 되었다. 나는 경선에 나서는 것을 고려해보기로 했다.

6월에 친구 버넌 조던이 독일의 바덴바덴에서 열리는 연례 빌더베르크

회의에 참석하러 가자고 했다. 이 회의에서는 미국과 유럽의 저명한 경제계, 정계 지도자들이 모여 당면한 쟁점이나 미국과 유럽 관계를 토론했다. 버넌과 함께 지내는 것은 언제나 기분이 좋았다. 또 유럽인들과 대화를 나누는 것도 자극이 되었다. 특히 고든 브라운이 인상적이었는데, 이 뛰어난 스코틀랜드 노동당 당원은 토니 블레어가 총리로 선출되었을 때 재무장관이 되었다. 유럽인들은 전체적으로 부시 대통령의 외교 정책을 지지했지만, 미국 경제의 계속되는 표류와 약화를 몹시 걱정하고 있었다. 미국인들만이 아니라 유럽인들도 그것 때문에 피해를 보고 있었기 때문이다.

나는 빌더베르크 회의에서 카터 시절 미국의 유엔 대표로 일하기도 했던 민주당의 활동가 에스터 쿠퍼스미스를 우연히 만났다. 쿠퍼스미스는 딸 코니와 함께 모스크바에 가는 길이었다. 그녀는 나에게 함께 가서 소련의 마지막 시절에 전개되고 있는 변화를 직접 관찰하자고 초대했다. 우리는 고르바초프보다 더 노골적으로 소비에트 경제, 정치와의 절연을 내세운 보리스 옐친이 러시아 공화국의 대통령으로 당선되기 직전에 그곳을 방문했다. 짧지만 재미있는 여행이었다.

아칸소로 돌아올 때는 미국 외교의 많은 난제들이 내가 이해하고 있는 경제와 정치 문제들과 얽혀 있으며, 내가 출마해 대통령이 되어도 그런 문제들을 처리할 수 있겠다는 확신이 들었다. 그럼에도 7월이 되면서 나는 진로를 놓고 몹시 갈등하고 있었다. 나는 1990년 선거에서 아칸소 주민에게 내 임기를 채우겠다고 말했다. 1991년 주의회 회기에서 거둔 성공으로 인해 주정부 일에 새로운 의욕이 샘솟기도 했다. 우리의 가정생활은 만족스러웠다. 첼시는 새로운 학교에서 좋은 교사와 친구들을 만나 행복했고, 발레에도 열심이었다. 힐러리는 변호사 일을 잘하고 있었고, 그녀 나름으로 큰 인기를 누리며 존경을 받고 있었다. 오랜 기간의 긴장된 정치 투쟁 끝에 우리는 안정을 얻었고 행복했다. 게다가 부시 대통령은 여전히 난공불락으로 보였다. 아칸소에서 6월 초에 이루어진 여론조사에서 나의 출마를 원하는 사람은 39퍼센트에 지나지 않았으며, 아칸소 주에서도 대통령에게 57 대 32로 밀리고 있었다. 나머지는 의사 표시를 하지 않았다. 더욱이 나는 텅 빈 예비선거 경기장으로 들어가는 것이 아니었다. 다른 훌륭한 민주당원들도 여러 명 출마할 것으로 보였다. 따라서 후보 지명을 얻기 위한 싸움은 만만치 않을 것이 틀림없었다. 게다가 역사도 내 편이 아니었다. 미국 역사상 작은 주의 주지사가 대통령이 된 경우는 1852년 뉴햄프셔의 프랭클린 피어스밖에 없었다.

정치적 고려를 떠나 나는 진정으로 부시 대통령을 좋아했고, 대통령과 백악관이 교육 문제에서 나와 협력하는 것에 감사하고 있었다. 경제와 사회 정책을 놓고는 의견이 크게 달랐지만, 그래도 나는 부시가 좋은 사람이며 대부분의 레이건주의자처럼 무자비한 우익은 전혀 아니라고 생각했다. 나는 어떻게 해야 좋을지 알 수 없었다. 6월에 캘리포니아 출장을 갔을 때, 숀 랜더스라는 젊은 남자가 공항으로 마중 나와 연설장까지 차를 태워주었다. 그는 나에게 대통령 출마를 하라면서, 선거운동을 위한 완벽한 주제가를 하나 발견했다고 말했다. 그러면서 그는 플리트우드 맥의 히트곡인 "내일에 대한 생각을 멈추지 마라Don't Stop Thinkin' About Tomorrow"의 테이프를 틀어주었다. 랜더스도, 나도 그것이 바로 내가 하려던 이야기라는 생각이 들었다.

로스앤젤레스에 들어갔을 때 나는 힐러리의 친구 미키 캔터와 출마의 장단점을 의논했다. 그 무렵 캔터는 나와도 가까운 친구가 되었다. 또 내가 신뢰하는 조언자이기도 했다. 이야기를 시작하자 미키는 1달러를 내고 자기를 고용하라고 말했다. 그래야 우리 대화의 비밀이 법으로 보장된다는 것이었다. 며칠 뒤 나는 그에게 1달러짜리 수표를 보내면서, 늘 값비싼 변호사를 구하고 싶었으며 "돈을 내는 만큼 얻을 것이라는 확고한 믿음으로" 수표를 보낸다는 메모를 덧붙였다. 나는 그 1달러로 좋은 조언을 많이 들었지만, 그래도 마음을 결정할 수 없었다. 그러다가 전화 한 통으로 모든 것이 정리되었다.

7월의 어느 날, 린더 딕슨은 백악관의 로저 포터가 전화를 했다고 알려왔다. 앞서도 말했듯이 나는 교육 목표 프로젝트에서 포터와 함께 일을 했으며, 대통령에게 충성하면서도 주지사들과 효과적으로 협력하는 그의 능력을 높이 평가하고 있었다. 포터는 나에게 1992년 대통령 선거에 출마할 것이냐고 물었다. 나는 그에게 아직 결정을 못했다고 말했다. 나는 주지사로서 오랜만에 행복하다. 내 가정생활도 좋다. 그것을 깨고 싶지가 않다. 그러나 백악관이 나라의 경제와 사회 문제를 다루는 데 너무 수동적이라고 생각한다. 나는 그런 식으로 말했다. 나는 이어서 대통령이 걸프전쟁의 결과로 얻은 엄청난 정치적 자본을 바탕으로 나라의 큰 문제들에 달려들어야 한다고 말했다. 한 5분 동안 내 딴에는 진지한 대화를 나눈다고 했는데, 포터가 내 말을 자르더니 본론으로 들어갔다. 나는 그가 나에게 전달하려고 하던 메시지의 첫 마디를 결코 잊을 수 없다. "헛소리 마시오, 주지사." 그는 "그들"이 부시 대통령에 대항하여 출마할 수 있는 모든 잠재적 후보들을 검토해보았다고 말했다. 쿠오모 주지사는 가장 강력한 연설가이지만, 너무 자유주의적인 인물이라고 몰아붙일 수 있다. 상원의원들은 모조리 이제까지의 투표 기록을 공격하여 꺾을 수 있다. 하지만 당신은 다르다. 당신은 경제발전, 교육, 범죄에서 좋은 성적을 거뒀고, 민주당지도자회의의 메시지도 강력하기 때문에 실제로 당선될 가능성이 있다. 따라서 당신이 출마하면 그들은 나를 개인적인 문제로 파멸시킬 수밖에 없다. "워싱턴이 일하는 방식을 알려드리죠." 그가 말했다. "언론은 선거 때마다 누군가 하나는 잡아야 하오. 그래서 이번에는 우리가 당신을 언론에 던져주겠다는 거요." 포터는 계속해서 언론은 엘리트주의자들이기 때문에, 아칸소 촌구석에서 일어난 일이라고 하면 무슨 이야기이든 믿을 것이라고 말했다. "당신을 제칠 수 있다면, 우리는 누가 되었든 이야기할 사람을 찾아낼 것이고, 그 사람에게 무슨 이야기라도 하게 할 것이고, 필요하다고 하면 얼마든지 지출을 할 생각이오. 그것도 일찌감치."

나는 냉정을 유지하려 했으나 화가 나는 것을 어쩔 수 없었다. 나는 포터에게 그가 방금 한 말이야말로 행정부의 문제를 그대로 보여준다고 말했다. 당신들은 너무 오래 권력을 잡고 있어서 그것이 당연하다고 생각한다. 나는 말했다. "당신들은 웨스트 윙(백악관의 비서실 간부들이 근무하는 건물—옮긴이주) 옆의 주자창이 당신들 거라고 생각하지만, 그건 미국 국민 거요. 당신들도 노력을 해서 그것을 사용할 권리를 얻어야 하는 거요." 나는 포터에게 그의 말을 듣고 보니 오히려 출마를 해야겠다는 쪽으로 생각이 많이 기운다고 말했다. 포터는 그것이 고상한 생각이기는 하지만, 자기는 친구로서 공정한 경고를 해주는 것이라고 말했다. 당신은 1996년까지 기다리면 대통령 자리에 앉을 수 있다. 그러나 1992년에 출마하면 당신은 파멸할 것이고, 정치 경력도 끝장날 것이다.

대화가 끝난 뒤 나는 힐러리에게 전화해서 그 이야기를 했다. 이어 맥 맥라티에게도 이야기를 전했다. 나는 그 후로 로저 포터와 만나지도 이야기를 나누지도 못하다가, 대통령이 되었을 때 '백악관 명예직원들' 을 위한 연회에서 그와 마주쳤다. 그 때의 전화가 나의 결정에 영향을 미쳤다는 생각을 그가 해보았을지 궁금하다.

나는 어렸을 때부터 협박을 당하는 것을 싫어했다. 어렸을 때는 위협에 굴복하지 않는다는 이유로 BB 총에 맞기도 하고 큰 아이에게 얻어맞기도 했다. 선거운동과 그 이후 8년간 공화당은 그 때의 약속을 지켰으며, 로저 포터가 예언한 대로, 그들은 일부 기자들로부터 큰 도움을 얻었다. 어렸을 때 다리에 맞은 BB 총알과 턱에 맞은 주먹처럼 공화당의 그런 공격들은 아팠다. 거짓말들도 아팠고, 이따금씩 드러난 사실들은 더 아팠다. 그러나 나는 그냥 눈앞의 일에 집중하려고 했고, 나의 일이 보통 사람들에게 미치는 영향을 생각하려 했다. 그렇게 할 수 있게 되자, 권력 자체를 위해 권력을 탐하는 사람들과 맞서는 것이 한결 편해졌다.

다음 석 달은 쏜살같이 지나갔다. 아칸소 북서부에서 열린 독립기념일 피크닉에서 나는 처음으로 "클린턴을 대통령으로"라는 구호가 적힌 플래카드를 보았다. 그러나 어떤 사람들은 1996년까지 기다리라고 권했고, 내가 다시 세금을 올린 것에 화가 난 사람들은 아예 출마하지 말라고 했다. 마틴 루터 킹 2세가 암살당한 로레인 모텔 자리에 세워진 국립민권박물관 헌당식에 참석하기 위해 멤피스에 갔을 때, 시민 몇 사람은 나에게 출마를 촉구했다. 그러나 제시 잭슨은 여전히 민주당지도자회의 때문에 화가 나 있었다. 그는 그것을 보수적이고 분열적이라고 보았다. 나는 잭슨과 충돌하고 싶지 않았다. 그가 흑인 젊은이들을 학교에 보내고 마약을 멀리하도록 하기 위해 노력한 것 때문에 나는 그를 존경하고 있었다. 1977년 우리는 리틀록 센트럴 고등학교 흑인 등교 20주년 기념식에 함께 참석했는데, 그때 잭슨은 학생들에게 "핏줄을 열지 말고(마약을 하지 말라는 뜻—옮긴이주) 뇌를 열라"고 말했다.

1991년에도 마약과 아동 폭력이 여전히 큰 문제였다. 나는 7월 12일 시카고에 갔을 때는 공공 주택 건설 지구를 찾아가 그들이 아이들을 보호하기 위해 하는 일을 보았다. 7월 말에 나는 리틀록 병원으로 흑인 코미디언 딕 그리거리를 찾아갔다. 그는 지역의 마약 반대 단체인 디그너티DIGNITY('하나님의 이름으로 놀라운 일을 직접 하기' 라는 말의 앞 문자를 딴 단체명이다)의 네 회원과 마약 도구를 판 가게에서 농성을 하다가 체포당했다. 이 단체의 지도자는 흑인 목사들과 지역의 흑인 이슬람 지도자였다. 이 단체는 사회 문제를 해결하기 위해서는 어른이 책임지고 나서야 한다고 주장했는데, 잭슨도 이것을 지지했고, 민주당지도자회의도 이것을 옹호했다. 나도 이런 태도가 상황을 반전시키는 데 꼭 필요하다고 생각했다.

8월이 되자 선거운동의 틀이 잡히기 시작했다. 나는 여러 곳에서 연설을 했고, 조사 위원회를 구성하여 브루스 린지에게 재무 담당을 맡겼다. 위원회 덕분에 나는 후보로 나서지 않고도 여행이나 다른 경비에 쓸 돈을 모금할 수 있었다. 2주 뒤 듀카키스의 기금 모금 책임자였던 보스턴의 밥 파머가 민주당전국위원회의 재무국장를 사퇴하고 나의 기금 모금을 돕기 시작했다. 나는 프랭크 그리어, 스탠 그린버그의 도움도 얻기 시작했다. 그리어는 앨라배마 출신으로, 1990년 나를 위해 지성과 감성 양쪽에 호소하는 텔레비전 광고를 제작해주었다. 그린버그는 1990년 선거운동에서 포커스 그룹들을 맡았으며, 이른바 '레이건 민주당원' 들을 다시 불러들이는 데 무엇이 필요한지 광범위한 조사를 실시하기도 한 여론조사 전문가였다. 나는 그린버그가 나를 위해 여론조사 일을 해주기를 바랐다. 딕 모리스를 포기하고 싶지는 않았지만, 그 무렵 그는 공화당 후보나 공직자들과 깊은 관계를 맺고 있어 거의 모든 민주당원들의 눈에 많이 더럽혀진 사람으로 보였다.

조사위원회를 만든 뒤 나는 힐러리, 첼시와 함께 시애틀에서 열리는 전국주지사협회 여름 회의에 참석하러 갔다. 그 직전 주지사 동료들은 「뉴스위크」의 연례 조사에서 나를 전국에서 가장 능력 있는 주지사로 선정했다. 그들 가운데 몇 명은 나에게 출마를 권유했다. 전국주지사협회 회의가 끝난 뒤 우리 가족은 시애틀에서 배를 타고 캐나다로 들어가, 빅토리아와 밴쿠버에서 짧은 휴가를 보냈다.

나는 집에 돌아가자마자 아칸소를 돌아다니기 시작했다. 예고 없이 여러 군데 들러 유권자들에게 내가 출마해야 하는지, 출마할 경우 임기를 채우겠다는 내 약속을 어기는 것을 양해해줄지 물었다. 대부분의 사람들은 옳은 일이라고 생각한다면 출마하라고 대답했다. 그러나 내가 이길 가능성이 있다고 보는 사람은 거의 없었다. 범퍼스 상원의원, 프라이어 상원의원, 그리고 우리 주의 민주당 하원의원 레이 손턴과 베릴 앤서니는 모두 지지하는 성명을 냈다. 부지사 짐 가이 터커, 주 하원의장 존 립튼, 상원의장 제리 북아웃은 내가 없는 동안 주 일을 책임지겠다고 약속했다.

힐러리는 내가 출마해야 한다고 생각했다. 어머니도 강력히 지지했다. 심지어 첼시도 이번에는 반대하지 않았다. 나는 크리스마스의 「호두까기 인형」 발레 공연, 학교 행사, 르네상스 위켄드 방문, 생일 잔치 같은 중요한 행사에는 참석하겠다고 약속했다. 그러나 몇 가지는 그렇게 할 수 없다는 것도 알고 있었다. 예를 들면, 아이의 피아노 연주회에서 내가 색소폰을 분다든가, 독특한 의상을 입은 첼시와 함께 할로윈 순방을 한다든가, 밤에 책을 읽어준다든가, 숙제를 도와준다든가 하는 일들이었다. 앞으로의 긴 선거운동 기간 동안 할 수 있는 일이라도 잘해낼 수 있기를 바랄 뿐이었다. 함께 못할 때는 첼시만큼이나 나도 아쉬웠다. 그러나 전화가 도움이 되었다. 팩스도 마찬가지였다. 우리는 수학 문제 풀이를 자주 주고받았다. 힐러리는 나만큼 자주 집을 비우지는 않았지만, 우리 둘 다 없을 때 첼시는 외조부모, 캐럴린 후버, 주지사 관저의 직원들, 친구들과 친구 부모들로부터 많은 도움을 받았다.

8월 21일 앨 고어 상원의원이 출마하지 않겠다고 선언함으로써 나는 마음이 한결 편해졌다. 앨 고어는 1988년에 출마를 했는데, 그가 1992년에도 출마하게 되면 우리는 3월 10일 슈퍼 화요일에 남부 주들의 표를 나누어 가질 수밖에 없었고, 그러면 나의 승리는 훨씬 더 어려워질 터였기 때문이다. 고어의 외아들 앨버트가 자동차 사고로 심하게 다쳤기 때문에, 고어는 아들이 장기간의 힘든 회복기를 보내는 동안 가족과 함께 있기로 결정한 것이다. 나는 그 결정을 이해하고 존중했다.

9월에 나는 다시 일리노이를 찾아갔고, 아이오와의 수시티에서 아이오와, 사우스다코타, 네브래스카의 주요 민주당원들에게 연설을 했으며, 로스앤젤레스의 민주당전국위원회에서도 연설을 했다. 일리노이에 들른 것은 예비선거 일정에 비추어 특히 중요했다. 후보 지명 싸움은 아이오와 당 지방대회부터 시작되었다. 이것은 포기해야 했다. 아이오와의 탐 하킨 상원의원이 출마를 했으니, 그의 고향 주에서는 그가 승리를 거둘 것이 틀림없었기 때문이다. 그 다음은 뉴햄프셔, 그 다음은 사우스캐롤라이나, 그 다음은 메릴랜드, 조지아, 콜로라도였다. 그 다음이 남부의 11개 주가 몰려 있는 슈퍼 화요일이었다. 그 다음 3월 17일 성패트릭 축일이 일리노이와 미시간 차례였다.

4년 전 고어 상원의원의 선거운동이 궤도를 이탈했던 것은 남부 여러 주에서는 당당한 성적을 거두었지만 다른 주에서 승리가 뒤따라주지 않았기 때문이다. 나는 힐러리가 일리노이 출신이라는 점, 내가 델타 위원회와 함께 일리노이 남부에서 일했다는 점, 시카고의 유명한 흑인 지도자들 다수의 뿌리가 아칸소라는 점 등 세 가지 이유에서 일리노이 승리가 가능하다고 생각했다. 나는 시카고에서 젊은 정치활동가인 데이비드 윌헬름과 데이비드 액슬로드를 만났다. 그들은 나중에 나의 선거운동에 관여하게 된다. 그들은 이상주의적이면서도, 시카고 선거전의 불에 단련되었으며, 나의 정치적 입장에 동조하고 있었다. 한편 케빈 오키프는 주 전체를 차로 돌아다니며 승리에 필요한 조직을 구축하고 있었다.

미시간은 일리노이와 같은 날 투표를 했기 때문에, 그곳에서도 좋은 성적을 내고 싶었다. 나는 전 주지사 짐 블랜처드, 웨인 카운티의 행정관 에드

맥너매러, 그리고 미시간의 자동차 공장에 일을 하러 온 아칸소 출신의 많은 흑백 노동자들에 기대를 걸고 있었다. 미시간과 일리노이 다음에 오는 큰 주는 뉴욕이었다. 그곳에서는 내 친구 해럴드 이케스가 지지자들을 모으고 있었으며, 전 주지사 휴 캐리의 아들 폴 캐리가 기금을 모으고 있었다.

9월 6일, 빌 보원이 사무국장으로 일해주겠다고 동의한 덕분에 선거운동을 위한 주지사 비서진 조직을 마무리지을 수 있었다. 빌은 상업국민은행장으로 아칸소에서 가장 존경받는 사업가 가운데 한 사람이었으며, 1991년 주의회에서 교육 정책을 지지했던 재계 지도자들인 이른바 '좋은 양복 클럽'의 최고 조직가였다. 보원을 임명하자 사람들은 내가 없는 동안에도 주 업무가 제대로 돌아갈 것이라고 안심하는 것 같았다.

발표를 앞둔 몇 주 동안, 나는 대통령 출마와 주 공직 선거운동 사이의 차이를 맛보게 되었다. 무엇보다 낙태가 큰 쟁점이었다. 부시 대통령이 재선되면 대법원의 빈자리들을 보수주의자들로 채움으로써 로 대 웨이드 판결을 뒤집을 수 있었기 때문이다. 나는 로를 지지해왔지만 가난한 여자들의 낙태를 지원하기 위한 공적 자금 지원은 반대했기 때문에, 내 입장은 양쪽을 다 만족시키지 못했다. 이런 태도는 가난한 여자들에게 부당해 보이는 일이었지만, 낙태를 살인과 같다고 믿는 납세자의 돈으로 낙태를 지원하는 일을 정당화하기는 어려웠다. 게다가 이 문제는 사실 미결 상태였다. 심지어 민주당이 지배하는 국회에서도 낙태 자금을 지원하는 법안을 계속 통과시키지 못했기 때문이다.

낙태 외에 개인적인 문제들이 있었다. 나는 마리화나를 피운 적이 있느냐는 질문을 받았을 때, 미국에서 마약법을 어긴 일은 없다고 대답했다. 그것은 서툴기는 했지만, 영국에서는 피우려고 한 적이 있었다는 사실을 암묵적으로 인정하는 것이었다. 게다가 나의 사생활에 대한 소문이 많았다. 9월 16일, 힐러리와 나는 미키 캔터와 프랭크 그리어의 권고에 따라 워싱턴 기자들의 정기 모임인 스펄링 조찬회에 나가 질문에 대답했다. 나는 그것이 옳은 일인지 자신하지 못했으나, 캔터는 설득력이 있었다. 그는 내가 전에 완전하지 않았다고 말했고, 사람들도 그것을 알고 있으니, "기자들에게 말해서, 나중에 선거운동에서 일어날 수도 있고 일어나지 않을 수도 있는 일의 김을 미리 빼놓는 것이 좋다"고 주장했다.

기자가 질문을 했을 때, 나는 많은 부부들과 마찬가지로 우리에게도 문제들이 있었지만, 우리는 서로에게 헌신했고 우리의 결혼 생활은 탄탄하다고 말했다. 힐러리도 내 말을 뒷받침했다. 내가 아는 한 그 정도 말을 한 후보도 내가 유일했다. 일부 기자와 칼럼니스트는 그 말로 만족했다. 그러나 일부에게는 나의 솔직함이 내가 좋은 표적이라는 사실을 확인해주었을 뿐이다.

나는 지금도 그때 조찬회에 나간 것이나 개인적인 질문에 답을 함으로써 미끄러운 비탈에 올라간 것이나 다름없는 일을 한 것이 옳은 일이었는지 잘 모르겠다. 대통령에게 자질은 중요하지만, 프랭클린 루스벨트와 리처드 닉슨의 대조적인 두 예가 보여주듯이 결혼 생활의 완전성이 반드시 대통령의 자질의 좋은 척도라고 할 수는 없었다. 나아가서 사실 그것은 정확한 기준이 아니었다. 1992년에는 결혼 서약을 어긴 뒤 이혼을 하고 재혼을 하면, 이 경우의 부정不貞은 부적격 사유로 간주되지 않았고 심지어 뉴스거리도 되지 않았다. 그러나 결혼을 계속 유지한 부부는 봉이 되었다. 마치 이혼을 더 진정한 선택으로 보는 것 같았다. 그러나 사람들의 삶의 복잡성이나 자녀 양육에서 두 부모의 중요성을 고려하면, 그것은 올바른 기준이라고 하기 힘들었다.

그러나 개인적인 문제들에도 불구하고, 나는 나의 구상이나 정책, 그리고 내가 주지사로 한 일에 관심을 가지는 사려 깊은 저널리스트들로부터 초기에 분에 넘치는 우호적인 대접을 받았다. 나는 또 힐러리와 내가 오랜 세월에 걸쳐 사귄 친구들, 나를 위해 선거운동을 해주러 다른 주까지 가줄 용의가 있는 많은 아칸소 사람들 덕분에 전국에 퍼져 있는 열렬한 지지자들과 더불어 선거운동을 시작할 수 있었다. 그들은 내가 미국 국민에게 거의 무명의 존재이며, 여론조사에서 매우 뒤처졌다는 사실에도 실망하지 않았다. 나도 마찬가지였다. 1987년과는 달리, 이번에는 준비가 되어 있었다.

26

10월 3일은 아칸소 특유의 아름다운 가을 아침이었다. 서늘하고 맑았다. 나는 내 인생을 바꾼 이날을 아침 일찍 조깅으로 평범하게 시작했다. 나는 주지사 관저의 뒷문으로 나가 오래된 쿼포 쿼터를 통과한 다음 시내를 통과해 올드 스테이트 하우스까지 갔다. 1977년 법무장관에 취임할 때 처음 연회를 열었던 이 오래되고 웅장한 건물은 이미 성조기들로 장식이 되어 있었다. 나는 그곳을 통과한 다음 방향을 돌려 다시 집으로 돌아오다가 신문 자동판매기를 보았다. 유리 너머로 1면 제목이 보였다. "클린턴의 때가 다가오다." 집으로 오는 길에 행인 몇 명이 나에게 행운을 빌어주었다. 관저로 돌아온 나는 발표문을 마지막으로 살펴보았다. 나는 전날 밤 자정 너머까지 연설문을 다듬었다. 내가 보기에는 훌륭한 수사와 구체적인 정책 제안이 가득한 것 같았지만, 그래도 여전히 길었다. 그래서 나는 몇 줄을 잘라냈다.

정오에 나는 1978년부터 나와 함께 있었던 아칸소 주의 재정국장 지미 루 피셔의 소개로 연단에 올라갔다. 나는 약간 어색하게 시작했다. 서로 갈등하는 감정들이 가슴에 흘러넘쳤기 때문일 것이다. 나는 내가 아는 삶을 버리기를 머뭇거리는 동시에 도전을 열망하고 있었고, 약간 두려워하면서도 내가 옳은 일을 하고 있다고 자신하고 있었다. 나는 30분 이상 연설을 한 뒤, "내가 현재 사랑하는 삶과 일을 넘어 한 발 더 디디게 해주었으며, 미국의 꿈을 지켜내고, 잊혀진 중간계급의 희망을 되살리고, 우리 자녀들을 위한 미래를 되찾는 더 큰 대의에 헌신하도록" 힘을 준 가족, 친구, 지지자들에게 감사했다. 나는 국민과 "새로운 약속"을 맺어 "미국의 꿈에 새 생명을 부여하겠다"는 서약으로 연설을 끝냈다. "모두에게 더 많은 기회를 주고, 모두에게 더 많은 책임을 요구하고, 공동의 목적의식을 강화하겠습니다."

연설이 끝나자 마음이 들뜨고 흥분되었지만, 안도감이 더 컸던 것 같다. 특히 첼시가 "멋진 연설이었어요, 주지사님"이라고 농담을 하자 마음이 한결 편해졌다. 힐러리와 나는 그 다음부터 하루 종일 지지자들을 맞이했다. 어머니, 딕, 로저 모두 기뻐하는 것 같았다. 힐러리의 가족도 마찬가지였다. 어머니는 나의 승리를 이미 알고 있는 사람처럼 행동했다. 나도 어머니를 알 만큼 아는 사람이었지만, 그래도 어머니가 정말로 그렇게 생각하는 것인지 아니면 이번에도 그냥 "게임에 임하는 얼굴"을 보여주는 것인지 종잡을 수가 없었다. 그날 밤 우리는 오랜 친구들과 함께 피아노 주위에 모였다. 열다섯 살 때부터 그랬듯이 캐럴린 스테일리가 연주를 했다. 우리는 "나 같은 죄인 살리신Amazing Grace"을 비롯한 찬송가들을 불렀고, 우리 세대의 피살된 영웅들을 기리는 노래 "에이브러험, 마틴, 존Abraham, Martin, and John"(에이브러험 링컨, 마틴 루터 킹 2세, 존 F. 케네디를 가리킨다—옮긴이주) 등의 60년대 노래를 많이 불렀다. 나는 우리가 냉소와 절망을 뚫고, 그 사람들이 우리 마음에 붙였던 불을 다시 일으킬 수 있다고 믿으면서 잠자리에 들었다.

마리오 쿠오모 주지사는 선거운동은 시로 하지만 통치는 산문으로 한다고 말한 적이 있다. 그 말은 기본적으로 옳지만, 필요한 것들을 짜 맞추고, 필요한 의식을 거행하고, 언론에 대응하는 등 선거운동의 많은 부분 역시 산문이다. 실제로 나의 선거운동 두 번째 날은 시보다는 산문이 많았다. 우선 나는 일련의 인터뷰를 했다. 나를 전국 텔레비전 방송과 주요한 지방 방송들에 내보내고, 왜 임기를 마치겠다는 약속을 어겼으며, 그것이 신뢰할 수 없는 태도라고 생각하지 않느냐는, 최초의 관문이 되는 질문에 답을 할 기회를 주기 위해 마련된 인터뷰들이었다. 나는 그런 질문들에 최선을 다해 답을 하고 나서 선거운동 메시지로 넘어갔다. 모두 산문적인 것이었지만, 어쨌든 그 과정을 통해 세 번째 날로 넘어갔다.

그해 나머지 기간은 뒤늦게 시작한 선거운동으로 정신없이 보냈다. 조직을 만들고, 돈을 모으고, 유권자와 접촉하고, 뉴햄프셔 예비선거를 준비했다.

우리의 첫 본부는 의사당 근처 7번 스트리트의 낡은 페인트 가게였다. 나는 워싱턴이 아니라 리틀록에 본부를 두고 선거운동을 하기로 마음먹고 있었다. 물론 돌아다니기는 약간 불편했다. 하지만 나는 내 뿌리에 가깝게 다가가 있고 싶었고, 자주 집에 가 가족과 함께 시간을 보내고 싶었고, 내가 직접 참석할 필요가 있는 주의 공무를 처리하고 싶었다. 그러나 아칸소에 있는 것에는 또 한 가지 큰 이점이 있었다. 우리의 젊은 실무진이 눈앞의 일에 집중하는 데 도움이 되었다는 것이다. 그들은 워싱턴의 소문 공장에서 나오는 이야기들에 현혹되지 않았으며, 선거운동 초기의 우호적인 보도들에 취하지도 않았고, 곧 닥칠 부정적인 보도의 격류에 우울해하지도 않았다.

몇 주가 지난 뒤 선거운동본부는 덩치가 커지는 바람에 페인트 가게에서 근처의 고등교육부가 쓰던 옛날 사무실로 옮겨갔다. 우리는 민주당 전당대회 직전까지 그곳을 쓰다가, 더 덩치가 커지는 바람에 시내의 「아칸소 가제트」 건물로 옮겨갔다. 「아칸소 데모크랫」의 소유주 월터 허스먼이 그 신문을 사서 합병하는 바람에 그 공간은 몇 달 전부터 비어 있었다. 「아칸소 가제트」 건물은 선거운동 나머지 기간 동안 우리의 본거지가 된다. 내 관점에서 보자면 그것이 미시시피 강 서쪽에서 가장 오래된 독립적인 신문의 소멸에서 나온 유일하게 좋은 결과였다.

「아칸소 가제트」는 1950년대와 1960년대에 민권을 옹호했으며, 교육, 사회복지, 경제를 현대화하려는 데일 범퍼스, 데이비드 프라이어, 그리고 나의 노력을 굳건하게 지지했다. 그 영광의 시절 「아칸소 가제트」는 미국 최고의 신문 가운데 하나였으며, 국내와 세계의 여러 문제들을 포괄하는 좋은 기사들을 우리 주 먼 구석의 독자에게까지 전해주었다. 1980년대에 「아칸소 가제트」는 허스먼의 「아칸소 데모크랫」과 경쟁하게 되었다. 「아칸소 데모크랫」은 그 전까지만 해도 훨씬 작은 규모의 석간 신문에 불과했다. 그러나 그 뒤에 이어진 신문 전쟁은 미리 정해진 결과를 향해 나아갔다. 허스먼은 다른 이익이 많이 남는 매체들을 소유하고 있었기 때문에, 「아칸소 데모크랫」에서 엄청난 손실을 감수하면서 「아칸소 가제트」의 광고와 정기구독자를 빼앗았다. 내가 대통령 출마를 발표하기 얼마 전, 허스먼은 「아칸소 가제트」를 인수해 자신의 신문에 통합시키고, 신문 이름도 「아칸소 데모크랫-가제트」라고 바꾸었다. 오랜 세월에 걸쳐 「아칸소 데모크랫-가제트」는 아칸소를 좀더 공화당적인 주로 바꾸는 데 기여했다. 그 신문의 사설의 전체적인 논조는 보수적이었고, 나에 대해 매우 비판적이어서 인신공격도 서슴지 않았다. 이런 점에서 이 신문은 그 발행인의 견해를 충실하게 반영하고 있었다. 나는 「아칸소 가제트」가 쓰러지는 것을 보는 것은 슬펐지만, 그 건물을 가지게 된 것은 기뻤다. 어쩌면 그 진보적인 과거의 유령들이 우리가 내 일을 위해 계속 싸우게 해주기를 바랐던 것인지도 모른다.

우리는 아칸소 대표급의 실무진으로 선거운동을 시작했다. 브루스 린지가 선거운동국장을 맡았고, 내 밑에서 위원회 임명 문제를 처리했던 크레이그 스미스가 재정국장을 맡았다. 로드니 슬레이터와 캐럴 윌리스는 이미 전국에서 정계, 종교계, 재계의 흑인 지도자들과 열심히 접촉하고 있었다. 오랜 친구 엘리 시걸은 전국적인 실무진을 구성하는 일을 도와주겠다고 약속했다.

나는 이미 내 팀에 반드시 포함시키고 싶은 사람을 한 명 만났다. 조지 스테파노풀로스는 민주당 당수 딕 게파트 하원의원의 유능한 젊은 비서관으로, 그리스정교회 사제의 아들이었으며, 로즈 장학생 출신이었다. 그는 내 친구인 팀 힐리 신부가 뉴욕 공공도서관을 운영할 때 그 밑에서 일을 하기도 했다. 나는 스테파노풀로스를 보자마자 그가 마음에 들었다. 나는 그가 나를 전국적 언론이나 국회의 민주당 의원들과 연결시키는 다리 역할을 할 뿐 아니라, 선거운동의 이론적인 난관을 타개해 나가는 데도 도움을 줄 것이라고 생각했다.

엘리는 스테파노풀로스를 만나보고 나의 판단을 확인해주었으며, 스테파노풀로스는 선거운동 언론 담당 차장으로 일하게 되었다. 엘리는 또 내가 팀에 합류하기를 원하던 시카고의 젊은 정치 활동가 데이비드 윌헬름도 만

나보았다. 우리는 그에게 선거운동부장 자리를 제안했으며, 그는 즉시 받아들였다. 윌헬름은 우리끼리 하는 말로 "겸용"이었다. 그는 전체적인 선거운동을 관리할 뿐 아니라, 일리노이에서도 특별한 도움을 줄 터였다. 나는 '수퍼 화요일'에 남부 주들을 쓸어올 것으로 예상하고 있었고, 거기에 윌헬름이 선거운동부장으로 뛰어주고 케빈 오키프가 주 조직부장으로 일하면, 바로 이어 일리노이에서도 분명히 승리를 얻을 수 있을 것이라고 확신했다. 곧 우리는 또 다른 젊은 시카고인 람 에마누엘도 우리 팀에 끌어들였다. 에마누엘은 리처드 데일리 시장과 폴 사이먼 상원의원의 성공적인 선거운동에서 윌헬름과 함께 일한 경험이 있었다. 그는 작은 몸집에 인상이 강렬한 남자로, 발레를 공부한 적이 있으며 미국 시민이면서도 이스라엘 육군에서 근무했다. 에마누엘은 매우 적극적이었기 때문에, 옆에 있으면 내가 느긋해 보일 정도였다. 우리는 에마누엘을 재정국장으로 임명했다. 돈이 부족한 선거운동에는 이 분야에 적극적인 사람이 필요했기 때문이다. 원래 재정국장이었던 크레이그 스미스는 아칸소 주 선거운동 조직을 맡게 되었는데, 이 일이 그의 뛰어난 정치적 기술에 더 잘 어울렸다. 곧 브루스 리드는 민주당 지도자회의를 나와 우리 팀의 정책국장이 되었다. 엘리는 또 두 여자와 면담을 했는데, 그들 역시 선거운동에서 중요한 역할을 하게 된다. 한 사람은 캘리포니아 출신의 디 디 마이어스였다. 그녀는 공보비서가 되었는데, 이 자리를 맡으면서 전혀 예상하지 못했던 불길과 맞서야 했다. 마이어스는 젊었지만 이 도전을 감당해 나갔다. 또 한 사람은 워싱턴 주 출신의 스테파니 솔리언으로, 그녀는 정치국장이 되었다. 그녀는 프랭크 그리어의 부인이었지만, 내가 그 점 때문에 그녀를 고용한 것은 아니었다. 솔리언은 똑똑했고, 정치적으로 빈틈이 없으면서도 대부분의 남자들보다 부드러웠다. 그녀는 뛰어난 일처리 능력을 갖추었을 뿐 아니라, 화합 촉매 역할을 훌륭히 함으로써 고도의 긴장이 필요한 일들을 원활하게 처리해 나갔다. 또 선거운동이 진행되면서 미국 전역에서 젊은 사람들이 많이 찾아와 짐을 덜어주겠다며 일을 찾아서 했다.

재정 측면에서는 초기에는 아칸소 사람들의 도움으로 버텨나갈 수 있었다. 거기에 밥 파머가 매사추세츠에서 도움을 주었다. 단지 파머가 요청했다는 이유로 정기적으로 기부를 하는 민주당원들이 있었다. 또 전국에 있는 친구들의 기부금도 도움이 되었다. 이런 돈들 덕분에 나는 연방정부에서 요구하는 수준의 자금을 확보할 수 있었다. 그 요구 조건에 따르면 후보는 20개 주에서 5,000달러를 모금해야 하는데, 한 사람의 기부금은 250달러를 넘을 수 없었다. 어떤 주에서는 주지사 친구들이 이 문제를 처리해주었다. 텍사스에서는 오랫동안 나를 지지해온 트루먼 아널드가 간절하게 필요했던 3만 달러를 모금해주었다. 다른 많은 부자들과는 달리 트루먼은 부유해질수록 민주당에 더 헌신하는 것 같았다.

뜻밖에 워싱턴 지역에서도 많은 사람들이 돕겠다고 나섰다. 특히 민주당을 지지하는 변호사이자 기금 모금자 빅 레이저와 르네상스 위켄드의 내 친구 탐 슈나이더가 큰 도움을 주었다. 뉴욕에서는 초기에 우리 친구들인 해럴드 이케스와 수전 토머시즈만이 아니라, 골드만삭스의 임원인 켄 브로디에게서도 큰 도움을 받았다. 브로디는 처음으로 민주당 정치에 발을 들여놓고 있었다. 그는 그 전에는 공화당을 지지했다. 민주당 사람들이 심장은 있지만 머리는 엉뚱한 곳에 두고 있다는 이유에서였다. 그러다가 전국적인 공화당 인물들과 가까이 지내본 결과 그들에게 머리는 있지만 심장이 없다는 것을 알고 민주당 사람들과 힘을 합치기로 결정했다. 심장보다는 머리를 바꾸는 것이 더 쉽다고 생각했기 때문이다. 나로서는 다행한 일이었지만, 브로디는 내가 그의 최고의 출발점이라고 판단했다. 브로디는 나를 뉴욕 재계의 막강한 인사들이 모인 저녁식사 자리에 데려갔다. 그 자리에는 밥 루빈도 있었는데, 그의 논리적으로 꽉 짜인 새로운 경제 정책 주장은 나에게 아주 깊은 인상을 남겼다. 모든 성공적인 선거운동에는 켄 브로디 같은 사람이 나타나 에너지, 아이디어, 새로운 지지자들을 안겨주기 마련이다.

자금 모금과 조직 외에도 나는 민주당계 유권자 집단과 연계를 강화해야 했다. 10월에 나는 텍사스의 유대인 그룹에게 연설을 하면서, 이스라엘이 땅과 평화를 맞바꿔야 한다고 말했다. 나는 시카고의 흑인과 남미계 주민에게도 연설을 했다. 테네시, 메인, 뉴저지, 캘리포니아의 민주당 그룹들도 만나 연설을 했다. 이 주들은 모두 총선거에서 어느 쪽으로도 갈 수 있는 주들이었다. 11월에는 멤피스에서 미국에서 가장 빠르게 성장하는 흑인 교파인 '그리스도 안의 하나님 교회' 총회에서 연설을 했다. 나는 플로리다, 사우스캐롤라이나, 루이지애나, 조지아 등 남부에도 손을 뻗었다. 플로리다는 중요했다. 12월 15일 플로리다 민주당 대회의 비공식 투표가 첫 경선 투표가 될 것이기 때문이었다. 부시 대통령은 여론조사에서 지지율이 하락하고 있었는데, 경제가 괜찮다고 말함으로써 더 신임을 잃었다. 나는 '미국교육협회'와 워싱턴의 '미국 이스라엘 공무위원회'의 연례회의에서 연설을 했다. 나는 다시 남쪽으로 가 노스캐롤라이나, 텍사스, 조지아를 찾아갔다. 서부에서는 콜로라도와 사우스다코타에 들렀다. 마이크 설리번 주지사가 나를 지지한 와이오밍에도 갔다. 공화당의 아성인 캘리포니아 주 오렌지 카운티에도 갔다. 그곳에서는 공화당계 통신 회사 임원인 로저 존슨을 비롯해 부시 대통령의 경제 정책에 환멸을 느낀 여러 사람이 나를 지지했다.

그러나 이런 일들이 진행되는 가운데도, 선거운동의 주요한 초점은 역시 뉴햄프셔 예비선거였다. 만일 뉴햄프셔에서 성적이 나쁘면 그 뒤에 이어지는 주들에서도 잘하기가 힘들었고, 그러면 수퍼 화요일까지 버티지 못할 수도 있었다. 나는 11월 중순의 여론조사에서는 꼴찌였지만, 나의 가능성들을 알았기 때문에 마음이 편했다. 뉴햄프셔는 작은 주였다. 아칸소의 반도 안 되는 크기였다. 그러나 이곳 예비선거 투표자들은 정보가 매우 많았으며, 후보들과 그들의 입장을 진지하고 신중하게 평가했다. 효과적으로 경쟁하기 위해서는 좋은 조직과 설득력 있는 광고가 필요했다. 그러나 이것만으로는 충분하다고 할 수 없었다. 끝없이 이어지는 조그만 가족 파티, 시 대표자 회의, 유세, 예정에 없는 주민 접촉도 잘해내야 했다. 뉴햄프셔 주민들 가운데 다수는 직접 지지를 요청하지 않은 사람에게는 표를 던지지 않는 경향이 있었다. 나는 아칸소 정치에서 잔뼈가 굵은 사람이었기 때문에, 그런 식의 선거운동은 나에게는 잘 맞았다.

사실 정치 문화보다도 경제적 고통과 그로 인한 감정적 상처 때문에 나는 뉴햄프셔가 편안하게 느껴졌다. 마치 10년 전의 아칸소 같았기 때문이다. 뉴햄프셔는 1980년대 내내 번영하다가 연금과 식량 카드 등록자 수가 전국에서 가장 빠르게 늘어났고, 파산도 가장 높은 비율을 기록했다. 공장들이 문을 닫고 은행들은 곤경에 빠졌다. 많은 사람들이 일자리를 잃고 진짜로 공포를 느끼고 있었다. 가정과 의료보험을 잃는 것에 대한 공포였다. 그들은 자식을 대학에 보낼 수 있다는 자신감을 잃었다. 자신이 퇴직할 나이가 되었을 때 사회보장 시스템이 연금을 지급하지 못할지도 모른다고 생각하고 있었다. 나는 그들의 기분을 알았다. 나는 비슷한 상황에 처한 아칸소 사람들을 많이 알고 있었다. 그리고 나는 이런 상황의 반전을 위해서는 무엇이 필요한지 안다고 생각하고 있었다.

선거운동 조직은 두 명의 유능한 젊은이 미첼 슈워츠와 웬디 스미스에게서 시작되었다. 그들은 맨체스터로 옮겨가 주 본부를 열었다. 곧 여기에 보스턴의 아일랜드계 미국인이자 세계 일급의 조직가인 마이클 울리가 가세했다. 40년간 사귀어온 친구 패티 하우 크라이너도 나의 경력을 설명하고 옹호하기 위하여 리틀록에서 맨체스터로 갔다. 오래지 않아 우리는 내가 민주당지도자회의를 통해 만난 변호사 존 브로데릭과 테리 슈메이커가 공동위원장을 맡는 대규모의 운영위원회를 갖추게 되었다. 그들의 사무실은 공교롭게도 100여 년 전 프랭클린 피어스 주지사의 법률사무소가 있던 건물에 자리 잡고 있었다.

경쟁은 치열했다. 출마를 선언한 후보들 모두 뉴햄프셔에서 열심히 뛰고 있었다. 명예훈장 수훈자이자 네브래스카 주지사를 지냈던 밥 케리 상원의원은 독립적인 인물이었기 때문에 많은 관심을 모았다. 그는 재정 문제에서는 보수적이었고, 사회 문제에서는 자유주의적이었다. 그의 선거운동의 핵심은 모든 미국인에게 의료보험을 제공하겠다는 계획이었다. 이것은 뉴햄프셔 주에서 큰 쟁점이 되었다. 10년 동안 의료보험 비용이 전국적으로 전체적인 인플레이션율의 세 배가 오른 뒤 의료보험을 잃는 사람들의 숫자가 매일 증가하고 있었기 때문이다. 케리는 또 자신의 군 경력과 공화당이 지배하는 보수적인 네브래스카에서 얻는 인기를 근거로, 자신이 부시 대통령에 맞서서 당선 가능성이 가장 높은 민주당 후보라는 강력한 주장을 펼쳤다.

아이오와 주의 탐 하킨 상원의원은 상원에서 장애자 권리를 옹호하는데 앞장서고 있었다. 또한 점점 늘어나는 뉴햄프셔 교외의 유권자들이 중시하는 과학과 테크놀로지 문제의 권위자였다. 게다가 오랫동안 노동운동의 동맹자 역할도 해왔다. 그는 11월 선거에서 이기려면 민주당지도자회의의 메시지가 아니라 진정한 풀뿌리 선거운동이 필요하다고 주장했다. 그는 민주당지도자회의의 메시지는 '진짜' 민주당원에게는 아무런 호소력이 없다고 말했다.

매사추세츠 로웰의 전 상원의원 폴 송거스는 상원에서 활발하게 활동하다가 암에 걸려 젊은 나이에 의원직을 물러났다. 그 뒤 그는 건강지상주의자가 되었으며, 자신이 다 나았고 대통령이 될 수 있다는 것을 보여주기 위해 정력적으로, 공개적으로 수영을 하곤 했다. 송거스는 자신이 젊은 나이에 죽음과 맞서면서 관습적인 정치적 굴레에서 벗어났으며, 유권자들에게 그들이 듣고 싶어 하지 않을 수도 있는 생생한 진실을 누구보다 더 용기 있게 말해줄 수 있다고 주장했다. 그에게는 몇 가지 흥미 있는 아이디어가 있었는데, 그는 그것을 적은 선거운동 책자를 널리 배포했다.

더그 윌더 주지사는 버지니아 최초의 아프리카계 미국인 주지사가 됨으로써 역사를 새로 썼다. 그는 자신이 보수적인 남부 주에서 승리를 거둔 점, 그리고 교육, 범죄, 균형 예산에서 성과를 거둔 점이 자신의 당선 가능성을 증명한다고 주장했다.

내가 경선에 들어간 직후, 캘리포니아 주지사 출신의 제리 브라운도 후보 경선 참여를 발표했다. 브라운은 100달러 이상의 기부금을 받지 않겠다고 하면서, 경선 유일의 진정한 개혁가로 자리를 잡으려고 노력했다. 그의 선거운동의 중심은 복잡한 세법을 없애고 모든 미국인에게 13퍼센트의 일률 세금을 부과하자는 제안이었다. 1976년 젊은 주지사 시절 브라운은 지미 카터를 막으려고 뒤늦게 예비선거에 뛰어들어 막판 분전으로 몇 개 주에서 승리를 거두기도 했다. 1979년 나는 그와 함께 전국주지사협회에서 일하게 되었는데, 그곳에서 나는 그의 빠른 판단력과 시사에 대한 독특한 분석을 눈여겨보게 되었다. 그의 독특한 정치적 페르소나에 빠진 점이 하나 있다면 그것은 유머감각이었다. 나는 브라운을 좋아했지만, 그는 모든 대화를 너무 진지하게 받아들였다.

내가 출마 발표를 하고 나서도 두 달 이상 선거운동에는 유령의 그림자가 드리워져 있었다. 뉴욕의 마리오 쿠오모 주지사가 출마할지도 모른다는 소문 때문이었다. 쿠오모는 민주당 정치에서 엄청난 거물이었으며, 민주당 최고의 웅변가였고, 레이건-부시 시절에는 민주당 가치의 정열적인 옹호자였다. 많은 사람들이 쿠오모가 나서기만 하면 후보는 그의 것이라고 생각했다. 실제로 한동안 나는 그가 나설 것이라고 생각했다. 쿠오모는 민주당지도자회의, 나, 복지제도 개혁과 국가 봉사에 대한 나의 구상을 상당히 강하게 비판했다. 나는 공적인 자리에서는 아량 있는 척했지만, 사석에서는 노발대발하기도 했고, 쿠오모에 대해 지금은 후회하는 말을 하기도 했다. 아마 그를 늘 존경해왔기 때문에 그의 비판에 더 자극을 받았던 것 같다. 12월 중순 쿠오모는 마침내 출마하지 않겠다고 발표했다. 뉴햄프셔 예비선거 동안 그에 대한 나의 심한 말들 일부가 공개되었을 때, 내가 할 수 있는 것은 사과밖에 없었다. 다행히도 그는 내 사과를 받아들일 만큼 큰 인물이었다. 그 이후 마리오 쿠오모는 나의 귀한 조언자가 되었고, 가장 든든한 옹호자의 한 사람이 되었다. 나는 그를 대법원에 보내고 싶었으나, 그는 그 자리도 원치 않았다. 그가 뉴욕 생활을 너무 사랑해 그것을 포기하지 못한 거라고 생각한다. 그러나 뉴욕의 유권자들은 이 점을 제대로 이해하지 못했는지, 1994년에 그에게 네 번째로 봉사할 기회를 주지 않았다.

선거운동 초반 나는 뉴햄프셔에서 나의 가장 강력한 경쟁자가 하킨 아니면 케리가 될 거라고 생각했다. 오래지 않아 내 판단이 틀렸다는 것이 분명해졌다. 앞서가는 사람은 송거스였다. 그의 고향은 뉴햄프셔 주 경계에 있는 것이나 마찬가지였다. 그의 삶의 이야기는 매력적이었다. 그는 이기겠다는 강인한 결의를 보여주었다. 그리고 가장 중요한 것으로 그는 아이디어, 메시지, 구체적 또는 포괄적 제안이라는 핵심적 전장에서 나와 경쟁하는 유일한 후보였다.

대통령 선거운동이 성공을 거두려면 기본적인 세 가지가 필요하다. 우선 사람들이 나를 보고 대통령으로 상상할 수 있어야 한다. 그 다음에는 사람들에게 알려지는 데 필요한 돈과 지지가 있어야 한다. 마지막으로 아이디어, 메시지, 쟁점을 놓고 전투를 벌일 수 있어야 한다. 송거스는 처음 두 가지 조건을 갖추었으며, 이제 머리싸움에서도 이기기 위해 발을 내딛고 있었다. 그리고 나는 그의 승리를 허용하지 않겠다고 다짐하고 있었다.

나는 '새로운 약속' 이라는 주제에 구체적인 제안들을 집어넣기 위해 조지타운 대학에서 세 번의 연설을 계획했다. 나는 힐리 빌딩의 나무 판벽으로 둘러싸인 아름답고, 오래된 개스턴 홀에서 학생, 교수진, 지지자들 앞에서 연설을 했으며, 언론에도 좋게 보도되었다. 10월 23일의 주제는 책임과 공동체였다. 11월 20일의 주제는 경제적 기회였다. 12월 12일의 주제는 국가안보였다.

이런 연설들을 하고 나자 나 자신도 주지사로서 민주당지도자회의와 더불어 지난 10년에 걸쳐 발전시켜온 구상과 제안들을 정리할 수 있었다. 나는 민주당지도자회의의 5개 핵심 신조를 작성하는 것을 거들기도 했고, 또 그것을 실제로 깊이 신봉하기도 했다. 첫째, 모두에게 기회를 주고 누구에게도 특권을 주지 않는다는 앤드루 잭슨의 신조. 둘째, 일과 가족, 자유와 책임, 믿음, 관용, 포용이라는 미국적 가치. 셋째, 국민에게 뭔가를 국가에 내놓으라고 요구했던 존 케네디의 상호 책임 윤리. 넷째, 전 세계에서 민주적이고 인도적인 가치의 선양과 국내에서 번영과 계층 상승의 장려. 다섯째, 프랭클린 루스벨트의 혁신에 대한 약속, 그리고 정보화시대에 대비하여 정부를 현대화하고 사람들에게 자신의 삶을 최대한 활용할 수 있는 수단을 제공하겠다는 약속.

나는 민주당 좌익과 일부 정치 매체들의 민주당지도자회의 비판에 놀랐다. 민주당 좌익은 우리를 내부의 공화당원이라고 비난했다. 일부 정치 매체는 "민주당"과 "공화당"이라고 적힌 편리한 상자들을 가지고 있었다. 우리가 그들의 화석화된 민주당 상자에 맞지 않으면 그들은 우리에게 아무런 신념이 없다고 말했다. 그러면서 우리가 전국 선거에서 이기고 싶어 하는 것이 그 증거라고 했다. 그들은 민주당원 선거에서 이기면 안 된다고 생각하는 것 같았다.

나는 민주당지도자회의가 새로운 구상들을 통해 민주당의 최고의 가치와 원칙을 확대하고 있다고 믿었다. 물론 일부 정직한 자유주의자들은 연금 개혁, 무역, 재정 책임, 국방에 대해 우리와 의견이 달랐다. 그러나 민주당과 공화당의 차이는 분명했다. 우리는 불공정한 감세와 대규모 적자에 반대하고 있었다. 공화당은 가족 및 의료 휴가 법안과 브래디 법안에 반대하고 있었다. 공화당은 교육에 적절한 자금을 지원하지도 못하고 이미 입증된 개혁을 밀어붙이지도 못하면서 학비 납부 가능 인증서(학부모가 배정된 공립학교가 아니라 자신이 원하는 학교에 자녀를 보낼 경제적 능력이 있다는 것을 확인해주는 증서—옮긴이주)에만 매달리고 있었다. 공화당은 인종과 동성애자 문제에서 분열적 전술을 사용했다. 공화당은 환경을 보호할 의사가 없었다. 공화당은 낙태에 반대했다. 그밖에도 많았다. 그러나 우리에게는 좋은 구상들이 많았다. 10만 명의 경찰관을 거리에 풀어놓는다든가, 소득이 적은 가정이 생활보호수당보다는 일을 찾아 나서서 생활을 개선할 수 있도록 소득세 공제액을 두 배로 늘리는 것, 젊은이들에게 대학 학자금을 지원하고 그 대가로 공동체 봉사를 요구하는 것 등이 그런 예였다.

내가 옹호하는 원칙이나 제안들은 공화당의 신조나 신념 결여와는 거리가 멀었다. 오히려 이것은 민주당을 현대화하는 데 기여했으며, 나중에 전 세계에서 소생하던 중도 좌파 정당들이 "제3의 길"이라는 이름으로 채택하기도 했다. 가장 중요한 것은 이런 새로운 구상들을 실행에 옮기면 분명히 미국에 도움이 될 것이라는 점이었다. 1991년 조지타운 연설은 나에게 변화를 위한 포괄적인 의제가 있고, 그 의제를 현실로 옮기려는 의지도 있다는 것을 보여줄 수 있는 귀중한 기회였다.

나도 뉴햄프셔에서 조지타운 연설에서 내놓았던 구체적인 제안들을 요약한 선거운동 소책자를 펴냈다. 그리고 시민 대표자 회의 일정을 최대한 많이 잡았다. 초기의 대표자 회의 가운데 하나는 뉴햄프셔 주 남부의 아름다운 대학 도시 키니에서 열렸다. 우리 선거운동 일꾼들은 시내 전역에 전단을 돌렸지만, 얼마나 많이 올지는 아무도 알 수가 없었다. 우리가 빌린 방에는 200명 정도 들어갈 수 있었다. 나는 회의장에 가는 길에 경험이 많은 선거운동가에게 얼마나 모이면 창피하지 않겠냐고 물었다. 그녀는 "50명"이라고 대답했다. 그럼 얼마면 성공이라고 볼 수 있을까? "150명." 도착해 보니 그곳에는 400명이 모여 있었다. 소방관이 우리한테 소방법상 절반은 다른 방으로 가야 한다고 말했기 때문에 나는 회의를 두 번 해야 했다. 그때 나는 처음으로 우리가 뉴햄프셔에서 좋은 성과를 거둘 수도 있겠다는 생각이 들었다.

보통 나는 15분 정도 연설을 하고 한 시간 정도 질문에 답변을 했다. 처음에 나는 내 답변이 너무 자세해서 "정책 과잉"이라는 소리를 들을까봐 걱정이 되었다. 그러나 곧 사람들은 스타일보다는 내용을 찾는다는 것을 깨달았다. 사람들은 진짜로 고통을 겪고 있었으며, 자신에게 무슨 일이 일어나는지, 어떻게 하면 이 곤경을 벗어날 수 있는지 이해하고 싶어 했다. 나는 시민 대표자 회의나 다른 유세에서 질문을 듣는 것만으로도 많은 것을 배울 수 있었다.

나이 든 부부 에드워드와 애니 데이비스는 종종 처방약을 사야 할지 음식을 사야 할지 망설이게 된다고 말했다. 한 고등학생은 자신의 실업자 아버지가 수치감에 사로잡혀 식사 때 가족의 얼굴을 보지도 못한다고 말했다. 계속 고개를 떨어뜨리고 있다는 것이었다. 재향군인회관에서 퇴역 군인들을 만나보니, 그들은 나의 베트남전쟁 반대보다는 보훈 병원의 진료 질 저하에 더 관심을 가지고 있었다. 나는 론 마초스의 이야기에 특히 감동을 받았다. 그들의 아들 로니는 태어날 때부터 심장에 문제가 있었다. 론은 불황기에 일자리를 잃었으나, 아들의 엄청난 병원비를 처리해줄 의료보험이 있는 다른 일자리를 구할 수가 없었다. 뉴햄프셔 민주당원들이 모든 후보의 연설을 듣기 위해 대회를 열었을 때, 나는 "클린턴을 대통령으로"라고 적힌 깃발을 든 한 무리의 학생들을 앞세우고 연단으로 올라갔다. 그 학생들은 그들의 선생님이자 나의 오랜 친구인 아칸소 출신의 잔 파스칼과 함께 그 자리에 나왔다. 나는 그 가운데 마이클 모리슨이라는 학생에게서 특히 강한 인상을 받았다. 그는 휠체어를 타고 있었지만, 그것 때문에 남들에게 뒤처지기 싫어했다. 그가 나를 지지하는 것은 그가 낮은 소득의 홀어머니 밑에서 자랐고, 내가 모든 아이들에게 대학에 갈 기회와 좋은 일자리를 얻을 기회를 주기 위해 노력할 것이라고 믿었기 때문이다.

12월이 되자 본격적인 선거운동이 시작되었다. 12월 2일, 제임스 카빌과 그의 파트너 폴 베걸러가 합류했다. 그들은 발랄했으며, 정치적 재능이 뛰어났다. 그들은 전에 펜실베이니아에서 밥 케이시 주지사와 해리스 워퍼드 상원의원, 조지아에서 젤 밀러 주지사의 당선을 돕기도 했다. 밀러의 요청으로 카빌이 나에게 먼저 전화를 했으며, 나는 그와 베걸러를 만날 약속을 잡았다. 그들도 프랭크 그리어와 나처럼 멸종 위기에 처했지만 끈질기게 버티는 정치적인 종種, 즉 남부의 백인 민주당원이었다. 카빌은 루이지애나 주의 케이전(프랑스계 루이지애나 주민—옮긴이주)으로, 해병대에 복무했으며, 전략적 감각이 뛰어났고, 진보 정치에 헌신하고 있었다. 그와 나는 의지가 강하고 솔직한 어머니를 몹시 사랑한다는 점을 포함해 공통점이 많았다. 베걸러는 텍사스 주 슈거랜드 출신의, 적극적인 풀뿌리 민주주의와 가톨릭교도의 사회적 양심을 결합한 인물이었다. 그들을 고용하고 싶어 하는 후보는 나만이 아니었다. 결국 그들이 우리 팀에 합류했을 때, 그들은 우리의 운동에 에너지, 집중력, 신뢰를 가져다주었다.

12월 10일 나는 '미국 주요 유대인 조직 회장 회의'에서 연설을 했다. 조지타운에서 세 번째이자 마지막으로 국방에 관한 연설을 하고 나서 이틀 뒤였다. 나는 이런 연설을 하는 데 카터 시절에 국무부 정책기획실 차장으로 일했던 오랜 친구 샌디 버거에게서 많은 도움을 받았다. 버거는 카터 시절 외교 정책 전문가로 활약했던 다른 세 명, 토니 레이크, 딕 홀브루크, 매들린 올브라이트와 더불어 오스트레일리아 태생의 총명한 중동 전문가 마틴 인딕도 데려왔다. 그들 모두 앞으로 중요한 역할을 담당하게 된다. 그러나 12월 중순에는 내가 외교에 대한 최소한의 이해와 능력을 갖추도록 도와주고 있었다.

12월 15일, 나는 아무런 구속력이 없는 플로리다 주 민주당 대회의 비공식 투표에서 54퍼센트의 대의원들을 얻어 1위를 했다. 나는 1980년대에 플로리다 대회를 세 번이나 찾아갔기 때문에 그들 가운데 많은 사람을 알았으며, 버디 매케이 부지사가 이끄는 나의 선거운동 조직은 플로리다에서 가장 강했다. 힐러리와 나는 또 대의원들을 열심히 만났다. 마이애미에 사는 그녀의 남동생 휴와 토니, 그리고 휴의 부인인 쿠바계 미국인 변호사 마리아도 마찬가지였다.

플로리다 승리 이틀 뒤에, 아칸소의 한 후원 모임에서는 80만 달러의 선거운동 자금이 모였다. 아칸소에서 한 번의 행사로 모인 자금으로는 단연 최대였다. 12월 19일 「내슈빌 배너Nashville Banner」는 신문 가운데 최초로 나를 지지했다. 12월 20일, 쿠오모 주지사가 출마하지 않겠다고 발표했다. 이어 샘 넌 상원의원과 조지아의 젤 밀러 주지사가 나를 지지하면서 우리의 운동은 엄청난 힘을 얻었다. 조지아의 예비선거는 메릴랜드, 콜로라도와 더불어 슈퍼 화요일 직전이었다.

한편 팻 부캐넌이 과거의 조지 월러스처럼 우파에서 대통령을 공격하면서 공화당 예비선거에 나서겠다는 의사를 밝히자 부시 대통령은 더 욱더 난처해졌다. 보수적인 공화당원들은 대통령이 민주당 국회에서 통과시킨 4,920억 달러의 적자 축소안에 서명을 한 것에 격분했다. 여기에는 지출 감소 외에 5퍼센트의 휘발유세 인상이 포함되어 있었기 때문이다. 부시는 1988년 공화당 전당대회에서 "내 입모양을 읽으십시오. 새로운 세금은 없습니다"라는 유명한 말로 기립 박수를 받았다. 사실 그가 적자 축소안에 서명을 한 것은 책임 있는 행동이었지만, 그렇게 함으로써 자신의 가장 대표적인 공약을 어긴 것이고, 그의 당 우파의 징세 반대 신학을 어긴 것이었다.

보수주의자들은 대통령을 향해서만 포화를 집중하지는 않았다. 나 역시 '독립 미국 정신 회복을 위한 동맹ARIAS'이라는 단체로부터 포화를 맞았다. 아칸소 출신으로 내가 옥스퍼드 시절부터 알고 좋아하던 클리프 잭슨이 ARIAS의 지도자 가운데 한 사람이었다. 그러나 그는 이제 나에게 깊은 개인적 적의를 품은 보수적인 공화당원이 되어 있었다. ARIAS가 나의 경력을 공격하는 텔레비전, 라디오, 신문 광고를 내보내자, 우리는 적극적으로 신속하게 대응했다. 그 공격은 우리 운동에 피해보다는 이익을 주었을지도 모른다. 그런 공격에 답변하는 과정에서 나의 주지사로서의 업적이 부각되었고, 뉴햄프셔 민주당원들은 공격하는 단체의 성격을 보고 그 내용을 미심쩍게 여겼기 때문이다. 크리스마스 이틀 전 한 뉴햄프셔 여론조사에서 나는 폴 송거스에 이어 2위를 달리고 있었고, 빠르게 격차를 줄이고 있었다. 1991년은 좋은 느낌으로 마무리되었다.

1월 8일, 월더 주지사가 경선에서 물러나면서, 특히 남부에서 아프리카계 미국인 유권자들을 둘러싼 경쟁이 약화되었다. 그 무렵 프랭크 그리어가 뉴햄프셔의 경제적 문제와 그것을 치료할 나의 계획을 부각시키는 훌륭한 텔레비전 광고를 내면서 우리는 여론조사에서 송거스를 앞질렀다. 1월 둘째 주에 우리가 모아놓은 기금은 330만 달러에 이르렀다. 석 달도 안 되는 기간에 모은 것이었다. 그 가운데 반은 아칸소에서 나온 것이었다. 지금 보면 얼마 안 되어 보이지만, 1992년 초만 해도 그 정도면 최고로 꼽힐 만큼 많은 액수였다.

선거운동은 별 탈 없이 진행되는 것처럼 보였다. 그러다 1월 23일, 리틀록 매체들은 타블로이드판 신문 「스타」의 2월 4일자 기사를 사전 통보받았다. 이 기사에서 제니퍼 플라워스는 자신이 나와 12년간 불륜 관계를 가졌다고 말했다. 그녀의 이름은 1990년 주지사 선거 때 래리 니콜러스가 나와 불륜 관계가 있었다고 주장한 다섯 명 가운데 들어 있었다. 당시에 플라워스는 그 사실을 강력히 부인했다. 처음에 우리는 언론이 그녀의 발언을 얼마나 진지하게 받아들일지 몰랐기 때문에 예정대로 우리 할 일을 했다. 나는 뉴햄프셔 남서부 클레어먼트까지 오랫동안 차를 타고 가 빗 공장에서 유세를 했다. 그 공장을 운영하는 사람들은 제품을 월마트에 팔고 싶어 했고 나는 그들을 돕고 싶었다. 공장에 갔을 때 디 디 마이어스가 그곳의 작은 사무실로 들어가 본부로 전화를 했다. 플라워스는 나와 10차례의 전화 통화를 녹음한 테이프를 가지고 있으며, 그것이 자신의 주장의 신빙성을 증명해줄 거라고 주장하고 있었다.

1년 전 플라워스의 변호사는 리틀록의 한 라디오 방송국으로 명예훼손

소송을 제기하겠다는 편지를 보냈다. 그 방송국 토크쇼 사회자가 래리 니콜스의 보도자료에 들어 있는 주장 가운데 몇 가지를 되풀이함으로써, 그 방송국이 "부당하게 또 허위로" 그녀가 나와 불륜 관계를 맺었다고 비난했다는 이유였다. 우리는 플라워스가 가지고 있다고 하는 테이프에 무슨 내용이 있는지 몰랐지만, 나는 그 대화들을 분명하게 기억하고 있었고, 거기에 피해를 줄 만한 것이 들어 있다고 생각하지 않았다. 나는 플라워스를 1977년부터 알았고 선거운동 무렵에는 주에서 일할 수 있도록 도와주기도 했다. 그녀는 나에게 전화를 해서 기자들이 밤에 노래하는 곳까지 찾아와 괴롭히며, 이러다 일자리를 잃을 것 같다고 불평했다. 나는 그녀를 가엾게 여겼으며, 그것이 대단한 일이라고 생각하지 않았다. 마이어스는 「스타」지가 공개하려는 내용에 대해 더 알아내려고 했다. 얼마 후 나는 힐러리에게 전화해 상황을 설명했다. 다행히도 힐러리는 선거 유세를 나가 조지아 주지사 관저에 머물고 있었으며, 젤과 셜리 밀러 부부는 그녀에게 잘해주었다.

플라워스 기사는 엄청난 폭발력을 발휘했다. 이야기의 일부는 그녀의 비난의 신빙성에 의문을 가지게 했지만, 어쨌든 언론에서는 거부하기 힘든 기사거리였다. 언론은 플라워스가 그 이야기를 밝히는 대가로 돈을 받았으며, 그녀가 1년 전만 해도 불륜 관계를 강력하게 부인했었다고 보도했다. 언론은 역시 언론답게 교육과 이력에 관한 플라워스의 허위 주장을 밝혀내기도 했다. 그러나 이런 기사들은 그녀의 주장에 눌려버렸다. 뉴햄프셔 여론조사에서 나의 지지도는 급락했다. 힐러리와 나는 그 비난과 우리의 결혼생활에 대한 질문에 답변을 하기 위해 CBS의 〈60분60 Minutes〉 프로그램의 초대를 받아들이기로 결정했다. 쉬운 일은 아니었다. 우리는 스캔들 보도에 대하여 방어를 하고, 우리의 품위를 떨어뜨리거나 인신공격이라는 불놀이에 석유를 더 붓는 일 없이 제대로 된 쟁점으로 넘어가고 싶었다. 나는 이미 내가 완전한 삶을 살지 못했다고 고백했다. 만일 완전한 삶이 기준이라면, 나 말고 다른 사람이 대통령으로 선출되어야 할 터였다.

우리는 1월 26일 일요일 아침에 보스턴의 리츠칼튼에서 그 프로그램을 녹화했다. 방송은 그날 밤 슈퍼볼(전미풋볼선수권대회—옮긴이주) 중계 다음에 나갈 예정이었다. 우리는 인터뷰 담당자인 스티브 크로프트와 한 시간 넘게 이야기를 했다. 크로프트는 먼저 플라워스의 이야기가 사실이냐고 물었다. 내가 사실이 아니라고 하자, 그는 나에게 불륜 관계가 없었냐고 물었다. 어쩌면 1976년에 비슷한 질문을 받았던 로절린 카터의 뛰어난 대꾸를 되풀이 했어야 했던 것인지도 모른다. "있었다 해도 말해줄 수는 없어요." 그러나 나는 카터 부인처럼 흠 없는 사람이 아니었기 때문에 영리하게 굴지 않기로 했다. 나는 나의 결혼 생활에 고통을 준 사실을 이미 인정한 적이 있으며, 그 문제에 대해서는 이미 다른 어느 정치가보다 많이 이야기를 했기 때문에 더 이상 말을 하지 않을 것이고, 미국 국민은 내 말뜻을 이해할 것이라고 대답했다.

그때 믿을 수 없는 일이 벌어졌다. 크로프트가 또다시 질문을 한 것이다. 그의 유일한 인터뷰 목적은 구체적인 사실 인정을 얻어내려는 것이었다. 마침내 제니퍼 플라워스에 대한 일련의 질문들 뒤에 그는 힐러리와 내 문제로 돌아와, 우리의 결혼을 "협정"이라고 불렀다. 나는 한 대 치고 싶었다. 그러나 대신 이렇게 말했다. "잠깐만요. 크로프트 씨는 지금 서로 사랑하는 두 사람을 보고 있습니다. 이것은 협정이나 양해가 아닙니다. 이것은 결혼입니다." 그러자 힐러리는 자신이 나와 함께 인터뷰 자리에 앉아 있는 것은 "그를 사랑하고, 존경하고, 그가 겪어온 일, 우리가 함께 겪어온 일을 존중하기 때문"이라고 말했다. "그리고 말이죠. 그것으로 충분하지 않다고 생각한다면, 이 사람한테 투표하지 않으면 되잖아요." 크로프트는 초반에 이런 식으로 진흙탕 싸움을 하고 나서 좀더 공손해졌다. 힐러리와 내가 함께 한 삶에 대하여 괜찮은 이야기도 오갔다. 그러나 긴 인터뷰를 편집하면서 그런 것은 다 잘려나가고 10분 정도만 방영되었다. 슈퍼볼 때문에 프로그램 방영 시간을 줄여야 했던 것인지도 모르겠다.

인터뷰하는 도중, 힐러리와 내가 앉아 있던 긴 의자 위에 달려 있던 아주 밝고, 아주 뜨거운 조명이 천장에서 풀려 밑으로 떨어졌다. 바로 힐러리 머리 위였다. 만일 그것에 맞았다면 힐러리는 심한 화상을 입었을지도 모른다. 다행히도 내가 먼저 상황을 파악하고, 힐러리를 내 무릎 위로 끌어당겼다. 그 직후 조명은 힐러리가 앉은 자리에 떨어지며 박살이 났다. 힐러리는 너무 놀랐다. 나는 힐러리의 머리카락을 쓰다듬으며, 괜찮다고, 사랑한다고 말했다. 그 시련이 끝난 뒤 우리는 비행기를 타고 집으로 날아와 첼시와 함께 그 프로그램을 보았다. 프로그램이 끝난 뒤 나는 첼시에게 어떻게 생각하느냐고 물었다. 첼시는 대답했다. "내가 두 분의 딸이라는 게 좋아요."

다음 날 아침 나는 미시시피 주 잭슨으로 날아가, 주지사 출신의 빌 윈터와 마이크 에스피가 조직한 조찬회에 참석했다. 두 사람 모두 초기부터 나를 지지했다. 나는 사람들이 올지, 이 조찬회가 어떤 식으로 진행될지 잘 알 수가 없었다. 그러나 예상보다 많은 사람이 참석하는 바람에 의자를 더 갖다 놓는 것을 보고 나는 안도했다. 사람들은 나를 만나서 정말로 반가워하는 것 같았다. 그렇게 나는 다시 일로 돌아갔다.

그러나 끝난 것이 아니었다. 제니퍼 플라워스는 뉴욕의 월도프-아스토리아 호텔에서 만원을 이룬 기자들 앞에서 회견을 했다. 그녀는 자신의 주장을 되풀이하고, 그것과 관련된 거짓말에 짜증이 난다고 말했다. 그녀는 또 "지역구의 공화당 후보"가 접근해서 그녀의 이야기를 공개하도록 요청한 적이 있다는 사실을 인정했지만, 그 사람의 이름은 밝히지 않으려 했다. 회견장에서는 테이프를 몇 개 틀었다. 그러나 내가 그녀와 전화 통화를 했다는 사실(나 자신도 부인한 적이 없다)을 증명한 것 외에, 그 큰 소동에 비하면 테이프의 내용은 별 게 없었다.

뒤늦게 취재에 열을 올린 매체들이 있기는 했지만, 플라워스를 둘러싼 언론의 서커스는 끝이 나고 있었다. 그것은 무엇보다도 우리가 〈60분〉에서 사람들이 그 일을 제대로 바라보도록 해주었기 때문이라고 생각한다. 사람들은 내가 완전한 사람이 아니며 완전한 척하지도 않는다는 것을 이해했다. 사람들은 또 미국이 해결해야 할 더 중요한 문제가 많다는 것도 알고 있었다. 그리고 많은 사람들이 언론 취재의 "돈을 주고 쓰레기를 사는" 측면에 대해서도 역겨움을 느꼈다. 이 무렵 래리 니콜스는 자신의 소송을 취하하기로 하고, 그의 말을 빌면 나를 "파괴"하려 한 데 대해 공개 사과했다. "언론은 이 일을 가지고 서커스를 펼쳤지만, 이제 너무 지나치다는 느낌이 든다.

「스타」지의 기사가 처음 나오자, 몇몇 여자들이 나에게 전화를 해서 빌 클린턴과 관계가 있었다고 말하면 돈을 주겠냐고 물었다. 이것은 미친 짓이다."

플라워스의 기자회견장에서 틀었던 테이프에 대한 의문도 제기되었다. 「스타」는 테이프 원본을 내놓을 수 없다고 했다. 로스앤젤레스의 한 텔레비전 방송국에 있는 전문가는 그 테이프가, "조작"된 것인지 아닌지는 모르겠지만, "선택적으로 편집"된 것은 분명하다고 말했다. CNN 역시 자체적으로 전문가를 동원하여 분석한 뒤 비판적인 보도를 했다.

나는 1977년에 제니퍼 플라워스를 처음 만났다. 나는 법무장관이었고, 그녀는 지역 텔레비전 방송국 기자로 자주 나를 인터뷰했다. 그녀는 곧 아칸소를 떠나 연예계로 들어갔다. 컨트리 음악 스타 로이 클라크의 뒤에서 노래를 불렀던 것으로 안다. 그러다 댈러스로 옮겨갔다. 80년대 후반 그녀는 어머니 옆에 있기 위해 리틀록으로 돌아왔다. 그녀는 나에게 전화를 해서 가수 수입으로는 부족하니 주의 일자리를 알아봐달라고 부탁했다. 나는 비서진의 주디 개디에게 그녀 이야기를 했다. 개디는 취직 부탁을 하는 사람들을 여러 부처와 연결시켜주는 일을 하고 있었다. 9개월 뒤 플라워스는 마침내 연봉 2만 달러가 안 되는 일자리를 얻었다.

나는 제니퍼 플라워스가 이상적이지 못한 유년 시절을 보내고 자신의 일에서도 좌절을 겪었지만 계속 열심히 살아가는 강인한 사람이라는 인상을 받았다. 언론 보도를 보면, 그녀는 나중에 나에게 투표를 할지도 모른다고 말하기도 했고, 또 언젠가는 성희롱에 대한 폴러 존스의 주장을 믿지 않는다고 말하기도 했다. 얄궂게도 1992년에 〈60분〉에 출연하고 나서 꼭 6년 만에 나는 폴러 존스 사건으로 선서 증언을 해야 했다. 그때 나는 다시 제니퍼 플라워스에 대한 질문을 받았고, 1970년대에 그녀와 갖지 말아야 할 관계를 가졌다고 인정했다. 물론 그런 질문들은 존스의 거짓된 성희롱 주장과는 아무런 관계가 없었다. 그것은 그저 나에게 개인적, 정치적인 피해를 주고, 창피를 주려는 오랜 시도, 튼튼한 자금의 뒷받침을 받은 시도의 일부일 뿐이었다. 그러나 나는 진실을 말하겠다고 선서를 한 상태였다. 물론 내가 잘못한 게 없다면, 창피할 일도 없었을 것이다. 어쨌든 나의 비판자들은 기다렸다는 듯이 달려들었다. 묘하게도 그들은 그 선서 증언의 나머지는 진실이 아니라고 생각하면서도, 이 답변 하나만큼은 진실로 받아들였다. 사실 12년간의 불륜 관계는 없었다. 제니퍼 플라워스는 여전히 제임스 카빌, 폴 베걸러, 힐러리가 그녀의 명예를 훼손했다며 소송 중이다. 나는 그녀가 불행해지기를 바라지 않는다. 하지만 이제 나는 대통령이 아니므로, 그녀가 그들을 가만 내버려두기를 진정으로 바란다.

플라워스 사건 며칠 후, 나는 엘리 시걸에게 전화를 걸어 리틀록에 내려와 성숙하고 안정된 존재로 본부에 있어달라고 간청했다. 그가 어떻게 대통령 선거운동을 해서 져보기만 한 자기 같은 사람의 도움을 원하느냐고 묻기에 나는 농담처럼 말했다. "나 지금 절박하거든." 시걸은 웃음을 터뜨리더니 리틀록으로 왔다. 그는 선거운동의 중앙 본부, 재정, 선거운동용 비행기를 책임지는 비서실장이 되었다. 그달 초, 테네시 주의 네드 맥훠터 주지사, 켄터키 주의 브레러튼 존스 주지사, 워싱턴의 부스 가드너 주지사가 나를 지지했다. 이미 지지를 표명했던 사우스캐롤라이나의 딕 라일리, 와이오밍의 마이크 설리번, 뉴멕시코의 브루스 킹, 노스다코타의 조지 시너, 조지아의 젤 밀러 등은 지지를 재확인했다. 샘 넌 상원의원도 지지를 재확인했지만, 무슨 이야기가 더 나오는지 "기다려보겠다"는 단서를 달았다.

전국 여론조사에서는 미국 국민 70퍼센트가 언론이 공인의 사생활에 대한 보도를 삼가야 한다고 생각한다는 결과가 나왔다. 다른 조사에서는 민주당원의 80퍼센트가 플라워스의 이야기가 사실이라 해도 그것에 영향을 받지 않을 것이라고 답변했다. 괜찮은 결과였지만, 20퍼센트는 선뜻 포기하기에는 너무 큰 수였다. 어쨌든 선거운동은 다시 힘을 얻었다. 적어도 송거스에게 크게 뒤처지지 않는 2위는 할 것 같았다. 나는 그 정도면 남부 예비선거에서 기대를 해볼 만한 좋은 성적이라고 생각했다.

그러나 선거운동이 다시 정상화될 무렵, 병역 문제가 터지면서 다시 큰 충격을 받았다. 2월 6일, 「월스트리트 저널」은 나의 병역 문제와 1969년 아칸소 대학 학생군사훈련단ROTC과의 관계에 대한 기사를 실었다. 선거운동을 시작할 때 나는 병역 문제에 대해서는 아무런 준비를 하지 않은 상태였기 때문에, 옥스퍼드 시절에 징집 유예를 받은 적이 없다고 말하는 실수를 저질렀다. 사실 나는 1969년 8월 7일부터 10월 20일까지 징병 유예를 받았다. 더 심각한 사태는, ROTC에 들어가게 해주었던 유진 홈스 대령이 이제 내가 그를 속여 징집에서 빠져나갔다고 주장한다는 것이었다. 홈스는 1978년 기자들이 나의 병역 기피 혐의에 대해 물었을 때는 수백 건을 처리했기 때문에 나에 대한 구체적인 사항은 기억이 나지 않는다고 대답했다. 어쨌든 유예를 받은 적이 없다는 나 자신의 잘못된 말에 홈스의 새로운 발언이 보태지면서 내가 징집되지 않은 이유에 대해 사람들을 속인 것처럼 보이게 되었다. 그것은 사실이 아니었다. 하지만 당시에는 그것을 증명할 수가 없었다. 나는 기억을 하지 못했고, 1970년 3월, 내가 ROTC에서 나와 다시 징병 대상이 된 뒤에 제프 드와이어가 홈스와 나누었던 따뜻한 대화를 나에게 전해줄 때 녹음해 두었던 테이프를 찾지도 못했다. 제프는 세상을 떠났고, 내 지역 징병위원회 위원장이었던 빌 암스트롱도 세상을 떠났다. 그리고 그 시기의 모든 징병 기록은 파기되었다.

나는 홈즈의 공격에 깜짝 놀랐다. 그의 이전의 진술과 배치되는 발언이었기 때문이다. 홈스가 그녀의 딸 린더 버넷의 도움으로 기억을 되살린 것인지도 모른다는 이야기도 있었는데, 버넷은 부시 대통령의 재선을 위해 일하던 공화당 활동가였다.

선거를 목전에 둔 9월 16일, 홈스는 나의 "애국심과 성실성"에 의문을 제기하는 좀더 자세한 비난문을 발표하여, 내가 그를 속였다고 다시 주장한다. 그 성명서는 그녀의 딸이 초안을 잡고, 나의 오랜 정적인 존 폴 해머슈미트 하원의원 사무실에서 "지도"를 해주고, 부시 선거운동본부의 몇 사람이 손을 봐준 것 같다.

병역 문제가 터지고 나서 며칠 뒤, 뉴햄프셔 선거를 꼭 일주일 앞둔 시점에서 ABC의 〈나이트라인Nightline〉의 앵커 테드 코펄은 데이비드 윌헬름에게 전화를 하여, 내가 홈스 대령에게 보낸 징집 관련 편지(이제는 유명해진 편지이다) 사본을 가지고 있는데, ABC가 그 편지에 관해 보도할 거라고 말했다. 나는 그 편지에 대해서는 까맣게 잊고 있었다. ABC는 고맙게도 그 사본을 우리에게 보내주었다. 그 편지를 읽어보자 나는 왜 부시 선거운동본부가 그 편지와 홈스 대령의 ROTC 사건에 대한 수정된 이야기가 뉴햄프셔에서 나의 몰락을 가져올 거라고 자신하는지 알 수 있었다.

그날 밤 미키 캔터, 브루스 린지, 제임스 카빌, 폴 베걸러, 조지 스테파노풀로스, 힐러리와 나는 맨체스터 데이즈인 모텔의 한 방에 모였다. 우리는 언론에 의해 죽임을 당하고 있었다. 이제 나의 자질을 겨누고 두 개의 총신에서 총알이 날아오고 있었다. 텔레비전의 모든 논평가들은 내가 완전히 죽은 목숨이라고 말했다. 스테파노풀로스는 바닥에서 몸을 뒤틀며 울먹이고 있었다. 그는 사퇴하는 문제를 생각해볼 때가 아니냐고 물었다. 카빌은 방을 어슬렁거리며 편지를 흔들면서 소리쳤다. "조지! 조지! 그건 미친 짓이야. 이 편지는 우리 친구라구. 실제로 이 편지를 읽는 사람이라면 누구나 빌이 자질이 있는 사람이라고 생각할 거야!" 나도 "죽는다는 소리는 절대 안 한다"는 카빌의 태도를 좋아했지만, 그래도 카빌보다는 차분했다. 조지 스테파노풀로스가 워싱턴에서만 정치 경험을 했으며, 그래서 우리와는 달리 어느 후보가 가치 있느냐 없느냐 하는 문제를 언론이 결정한다고 생각하는지도 몰랐다. 그래서 내가 물었다. "조지, 자네는 지금도 내가 좋은 대통령이 될 거라고 생각하나?" "네." 스테파노풀로스가 대답했다. "그럼 일어나서 일하러 가게. 유권자들이 나를 물러나게 하고 싶으면, 선거일에 그렇게 할 거야. 나는 유권자들에게 결정을 맡기겠네."

말은 용감하게 했지만, 내 지지율은 우물에 빠진 돌멩이처럼 하락하고 있었다. 나는 이미 3등이었다. 지지율이 한 자릿수로 떨어질 것처럼 보이기도 했다. 카빌과 미키 캔터의 조언에 따라, 우리는 「맨체스터 유니언 리더 Manchester Union Leader」에 편지 전문을 수록한 광고를 내고, 텔레비전에서 30분짜리 프로그램 두 개를 사서 유권자들에게 전화해 나에게 이른바 자질 문제를 포함한 모든 문제에 대해 질문을 하게 했다. 150명의 아칸소 사람들이 하던 일을 중단하고 뉴햄프셔로 달려와 호별 방문을 시작했다. 그들 가운데 나의 법대 제자이기도 한 데이비드 매튜스 하원의원은 나의 입법 계획이나 고향에서의 선거운동에 대한 가장 강력한 지지자 가운데 한 사람이었다. 데이비드는 웅변력과 설득력이 뛰어난 연사로, 곧 힐러리 다음으로 나를 대리하는 인물이 되었다. 몇 번의 유세에서 그가 군중을 뜨겁게 달구어놓는 것을 본 사람들 가운데는 그가 나 대신 후보로 나섰어야 한다고 생각한 사람도 꽤 있었을 것이다. 아칸소 사람 600명은 「유니언 리더」에 실린 전면 광고에 자기 이름과 집 전화번호를 적고, 뉴햄프셔의 민주당원들에게 자신들의 주지사에 대해 알고 싶은 것이 있으면 집으로 직접 전화하라고 권했다. 실제로 수백 통의 전화가 왔다.

나를 도우러 온 아칸소 사람들 가운데 어린 시절 나의 절친한 친구였던 데이비드 레오풀로스만큼 큰 역할을 했던 사람은 없다. 레오풀로스는 플라워스 이야기가 터진 뒤 텔레비전 논평가들이 나는 끝났다고 이야기하는 것을 들었다. 그는 너무 화가 나 차에 올라타고 뉴햄프셔까지 사흘 길을 달려왔다. 비행기표를 살 돈이 없었기 때문이다. 그가 우리 본부에 도착하자, 젊은 공보보좌관 사이먼 로젠버그는 뉴햄프셔 사람들이 많이 듣는 보스턴의 한 라디오 방송국과 인터뷰를 잡아주었다. 그는 그 인터뷰에서 장외홈런을 쳤다. 사실 그는 그냥 우리의 40년간의 우정에 대해 말했을 뿐이다. 그런데 이것이 나를 좀더 인간적으로 보이게 해주었다. 이어 그는 주 전역에서 모인 낙담한 자원봉사자들의 모임에서 연설을 했다. 그의 연설이 끝나자 자원봉사자들은 눈물을 글썽이며 마지막까지 최선을 다해보자는 결의를 했다. 레오풀로스는 일주일 내내 주 전역을 돌아다니며 라디오 인터뷰를 하고, 직접 제작한 전단을 나누어주었다. 거기에는 우리의 어린 시절 친구들의 사진이 실려 있었는데, 그것이야말로 내가 진짜 현실 속의 인간이라는 증거가 되었다. 그의 지원 여행이 끝날 무렵, 나는 그를 내슈아 유세에서 보았다. 그는 아칸소 사람 50명과 팔짱을 끼고 있었다. 거기에는 캐럴린 스테일리, 오랜 재즈 파트너 랜디 구드럼, 초등학교 시절 친구 모리어 애스펠도 있었다. 뉴햄프셔 선거운동을 구해준 것은 아마 '빌의 친구들' 이었을 것이다.

선거 며칠 전 나는 오래 전부터 계획된 기금 모금을 위해 뉴욕으로 갔다. 죽은 자가 걸어 다니는 것이 궁금해서라면 몰라도, 과연 누가 와주기나 할까 의문이었다. 나는 쉐라톤 호텔 주방을 통해 행사장으로 걸어가면서, 늘 하던 대로 웨이터나 주방 직원들과 악수를 했다. 그때 웨이터인 디미트리오스 테오파니스가 나에게 말을 걸었는데, 그 짧은 대화를 통해 그는 나의 평생의 친구가 되었다. "우리 아홉 살짜리 꼬마가 학교에서 선거를 배우는데, 그 녀석 말이 꼭 클린턴 씨에게 투표를 하랍니다. 클린턴 씨가 우리 아이를 자유롭게 해주었으면 좋겠습니다. 그리스에서 우리는 가난했지만 자유로웠습니다. 여기는 너무 위험해서 우리 애는 길 건너 공원에서 혼자 놀지도 못하고, 걸어서 학교에 가지도 못합니다. 그러니 내가 클린턴 씨를 찍으면, 클린턴 씨는 우리 아이를 자유롭게 해주시겠습니까?" 나는 울음을 터뜨릴 뻔했다. 그는 아들의 안전을 위해서 내가 무슨 일을 할 수 있을지 정말로 관심을 가지는 사람이었다. 나는 그에게 주민을 잘 아는 공동체 경찰관들이 동네를 순찰하면 큰 도움이 될 것이다, 그래서 그런 경찰관 10만 명을 뽑을 수 있는 자금을 마련할 생각이라고 대답했다.

그 일로 벌써 기분이 좋아졌지만, 행사장으로 들어가자 기분은 훨씬 더 좋아졌다. 그곳에는 700명이 모여 있었다. 조지타운 시절의 친구 데니스 하일랜드 데인저먼드와 그녀의 남편 보보도 있었다. 그들은 나를 정신적으로 지원하기 위해 로드아일랜드에서 그곳까지 왔다. 나는 다시 살아날 수도 있겠다는 생각을 하면서 뉴햄프셔로 돌아갔다.

선거운동 마지막 며칠 동안 송거스와 나는 경제 정책을 놓고 열띤 논쟁을 벌였다. 나는 네 개의 정책을 제시했다. 첫째, 일자리를 만들고, 창업을 돕고, 가난과 소득 불평등을 줄이는 것. 둘째 지출 감소와 고소득층 세금 인상으로 4년 안에 적자를 반으로 줄인다는 것. 셋째, 교육, 훈련, 신기술에 대한 투자를 늘린다는 것. 넷째, 중간계급을 위하여 약간 세금을 줄이고, 가난한 노동자들을 위해서는 대폭 세금을 줄인다는 것. 우리는 국회 예산실에서 나온 수치를 이용해 각 제안에 드는 비용을 산출하려고 최선의 노력을 기울였다. 송거스는 내 계획에 반대하며, 우리는 그냥 적자 축소에 초점을 맞추어야 하며, 미국은 중간계급 감세를 시행할 여유가 없다고 말했다. 그러면서도 자본 이득세는 줄이겠다고 했는데, 이것은 결국 부유한 미국인들에게 혜택이 돌아가는 것이었다. 그는 내가 감세를 제안했다는 이유로 나를 "뚜쟁이 곰pander bear"(팬더곰을 가리키는 panda bear를 가지고 말장난한 것—옮긴이주)이라고 불렀다. 그는 자신이 월스트리트의 사상 최고의 친구가 될 것이라고 말했다. 나는 우리에게는 월스트리트와 메인 스트리트(Main Street는 미국의 어느 곳에 가나 있는 거리 이름. 따라서 보통 사람들이 사는 곳을 가리킨다—옮긴이주), 재계와 노동자 가족 양쪽을 모두 돕는 '새로운 민주당원'의 경제 계획이 필요하다고 반격했다. 많은 사람들이 적자 규모는 나의 감세로는 감당할 수 없을 정도로 크다는 송거스의 주장에 동의했지만, 나는 우리가 20년간 커진 소득 불균형과 1980년대에 일어난 중간계급으로의 세금 부담 이동에 대해 뭔가 조치를 취해야 한다고 생각했다.

나는 두 사람의 경제 계획의 상대적 장점을 둘러싼 논쟁을 하게 되어 기뻤지만, 나의 자질에 대한 의문들이 사라진 것이라는 착각은 하지 않았다. 선거운동이 막판을 향해 다가가면서, 나는 도버의 열광적인 군중에게 내가 진짜로 생각하는 "자질 문제"가 무엇인지 말하게 되었다.

지난 몇 주를 돌이켜보니 아주 흥미로운 사실을 발견할 수 있었습니다. 내가 여러분의 문제와 여러분의 미래와 여러분의 생활에 대해 이야기하면서 선두로 급상승한 뒤, 묘하게도 이 이른바 자질 문제가 제기되었다는 것입니다.

사실 자질은 대통령 선거에서 중요한 쟁점이며, 미국 국민은 지금까지 200년 이상 그들의 정치가의 자질을 판단해왔습니다. 그리고 대부분의 경우 그들이 옳았습니다. 아니면 우리가 지금 여기에 없을 것입니다. 내가 생각하는 자질 문제는 이런 것입니다. 누가 정말로 여러분을 걱정하느냐? 대통령으로 당선될 경우 할 일을 누가 구체적으로 말하느냐? 누가 자신이 하는 말을 증명할 성과를 보여주었느냐? 누가 단순히 권력을 얻거나 지키는 것이 아니라 여러분의 생활을 바꾸겠다고 결심하고 있느냐?……

이번 선거에서 내가 생각하는 자질 문제는 이런 것입니다. 어떻게 대통령의 권력을 가지고 있으면서도, 선거에서 목숨이 위태로워지기 전에는 국민 생활을 개선하는 일에 그 권력을 한 번도 사용하지 않았는가? 이것이 바로 자질 문제입니다……

이런 말씀을 드리고 싶습니다. 나는 여러분에게 이번 선거를 돌려드리겠습니다. 만일 여러분이 그것을 나에게 다시 준다면, 나는 조지 부시처럼은 되지 않을 것입니다. 나는 누가 나에게 두 번째 기회를 주었는지 결코 잊지 않을 것이며, 마지막 개가 죽을 때까지(최후까지라는 의미—옮긴이주) 여러분을 위해 여러분 곁에 있을 것입니다.

"마지막 개가 죽을 때까지"는 뉴햄프셔 선거운동 마지막 며칠 동안 우리 진영의 구호가 되었다. 수백 명의 자원봉사자들이 열심히 뛰었다. 힐러리와 나는 손이 눈에 띄는 대로 악수를 했다. 여론조사는 여전히 실망스러웠지만 그래도 맥박은 다시 뛰기 시작했다.

선거일인 2월 18일 아침은 얼음이 얼 정도로 추웠다. 잔 파스칼의 휠체어에 앉은 어린 학생 마이클 모리슨은 나를 위해 투표소 일을 한다는 기대감에 잠을 깼다. 그러나 안타깝게도 그의 어머니의 차에 시동이 걸리지 않았다. 마이클은 실망했지만 기가 죽지 않았다. 그는 전동 휠체어를 타고 차가운 아침 공기 속으로 나가, 겨울바람을 뚫고 미끄러운 갓길을 3킬로미터 달려 자신이 맡은 위치에 이르렀다. 어떤 사람들은 병역과 제니퍼 플라워스가 이번 선거의 쟁점이라고 생각했다. 나는 마이클 모리슨이 이번 선거의 쟁점이라고 생각했다. 아들의 심장에 구멍이 뚫렸지만 의료보험은 없는 로니 마초스가 쟁점이라고 생각했다. 창피해서 식탁에서 고개를 못 드는 아버지를 둔 어린 소녀가 쟁점이라고 생각했다. 필요한 음식과 약을 둘 다 살 돈이 없는 에드워드와 애니 데이비스가 쟁점이라고 생각했다. 자기 집 길 건너에 있는 공원에서 놀 수 없는 뉴욕의 이민자 웨이터의 아들이 쟁점이라고 생각했다. 이제 누가 옳은지 곧 알 수 있었다.

그날 밤, 폴 송거스는 35퍼센트로 1위를 했다. 그러나 나는 26퍼센트로 크게 뒤처지지 않는 2위를 했으며, 12퍼센트의 케리, 10퍼센트의 하킨, 9퍼센트의 브라운을 크게 앞섰다. 나머지 표들은 후보자 명단에 없는 사람에게로 갔다. 더피 선거운동 시절부터 알고 지낸 뉴햄프셔의 지지자 조 그랜드메이슨의 권유에 따라 나는 일찍 언론 앞에 섰으며, 폴 베걸러의 제안에 따라 뉴햄프셔가 나를 "돌아온 아이"(클린턴의 별명이다—옮긴이주)로 만들어주었다고 말했다. 송거스는 매사추세츠 주 경계에 밀착한 지역들에서는 나를 완전히 눌렀다. 그러나 뉴햄프셔에서 북쪽으로 15킬로미터 들어가면서부터는 내가 사실상 승리를 거두었다. 나는 무척 들떴으며, 깊이 감사했다. 유권자들은 나의 선거운동이 계속되어야 한다고 결정을 내린 것이다.

나는 뉴햄프셔를 사랑하게 되었으며, 그 특색을 높이 평가하게 되었고, 다른 후보를 선택한 사람들을 포함해서 뉴햄프셔 유권자들의 진지함을 존중하게 되었다. 이 주는 나의 역량을 시험하였으며, 나를 더 나은 후보로 만들었다. 아주 많은 사람들이 힐러리와 나를 친구로 삼았으며, 우리를 고무시켰다. 그들 가운데 놀랄 만큼 많은 수가 나의 행정부에서 일했으며, 이후 8년간 나는 많은 사람들과 계속 연락을 했다. 백악관에서 뉴햄프셔 데이 행사를 주최한 것도 그 한 예이다.

뉴햄프셔는 미국 국민이 나라의 변화를 얼마나 간절히 바라고 있는지 보여주었다. 공화당의 경우도 마찬가지였다. 팻 부캐넌은 갑자기 선거운동에 뛰어들었음에도 표를 37퍼센트나 가져갔으며, 대통령의 전국 지지도는 걸프전쟁 이후 처음으로 50퍼센트 밑으로 내려갔다. 부시 대통령은 여전히 여론조사에서 폴 송거스와 나를 모두 앞섰지만, 민주당 후보 지명전은 진짜로 해볼 만한 가치가 있는 일이 되었다.

뉴햄프셔 이후 예비선거와 지방대회는 속도가 완전히 달라져서 뉴햄프셔가 요구했던 소매점식 정치는 다시 되풀이할 수 없었다. 2월 23일, 송거스와 브라운이 메인 주 지방대회에서 각각 30퍼센트와 29퍼센트로 승자가 되었다. 나는 15퍼센트로 한참 뒤처진 3위였다. 아이오와는 달랐지만, 지방대회 시스템을 갖춘 주들은 대개 예비선거의 경우보다 대의원 선정 과정에 끌어들이는 사람들 숫자가 훨씬 적었다. 따라서 지방대회는 확실한 지지자들의 핵을 갖춘 후보들에게 유리했다. 이런 핵에 속하는 민주당원들은 꼭 그런 것은 아니지만 보통 전체 민주당원보다 약간 더 좌경화되었으며, 총선거 전체 유권자들보다는 한참 더 좌경화되어 있었다. 2월 25일, 사우스다코타 예비선거의 유권자들은 나보다 그들의 이웃인 밥 케리와 탐 하킨에게 더 큰 지지를 보냈다. 그러나 나도 말 목장에서 딱 한 번 유세를 한 것치고는 괜찮은 성적을 냈다.

3월은 중요한 달이었다. 먼저 콜로라도, 메릴랜드, 조지아의 예비선거가 시작되었다. 나는 콜로라도에 친구가 많았고 전 주지사 딕 램이 로키마운틴 지역 담당자였지만, 나에게 최선의 상황은 브라운, 송거스와 표를 3등분하는 것이었다. 브라운은 29퍼센트를 가져갔고, 나는 27퍼센트를 받았으며, 송거스는 바로 뒤이어 26퍼센트를 차지했다. 메릴랜드에서는 강한 조직으로 출발을 했지만, 내가 뉴햄프셔 여론조사에서 추락하자 일부 지지자가 송거스에게 이동했다. 송거스는 이곳에서 나를 이겼다.

조지아는 큰 시험대였다. 나는 예비선거에서 한 번도 이기지 못했는데, 그곳에서는 이겨야 했다. 그것도 확실하게 이겨야 했다. 조지아는 3월 3일에 투표를 하는 가장 큰 주였고, 남부의 첫 주이기도 했다. 젤 밀러는 조지아를 남부의 슈퍼 화요일 주들과 분리하기 위해 예비선거 날짜를 일주일 당겼다. 조지아는 흥미 있는 주였다. 애틀랜타는 다양하고 국제적인 도시였으며, 미국의 어느 도시 못지않게 기업 본부가 많았다. 애틀랜타 바깥으로 나가면 문화적으로 보수적이었다. 예를 들어 밀러는 커다란 인기에도 불구하고 주의회로 하여금 주기州旗에서 남부 연방의 십자가를 떼어내게 하는 데 실패했으며, 그의 후임자인 로이 반즈 주지사는 그 일에서는 성공을 거두었지만 재선에서는 실패하고 말았다. 조지아 주에는 또 군부대도 많았는데, 오래 전부터 그곳 출신의 의회 지도자들의 보호를 받고 있었다. 샘 넌이 상원 군사위원회 위원장인 것도 우연이 아니었다. 병역 문제가 터지자, 밥 케리는 조지아에 가면 유권자들이 나를 "물렁물렁한 땅콩껍질"처럼 쪼개버릴 거라고 말했다. 재치 있는 말이었던 것이, 조지아는 다른 어느 주보다 땅콩을 많이 재배했기 때문이다. 뉴햄프셔 투표 이틀 뒤, 나는 애틀랜타로 날아갔다. 비행기가 착륙하자 오랜 친구 메이너드 시장과 검사이자 베트남 참전용사인 짐 버틀러가 마중 나와 있었다. 버틀러는 웃음을 지으며, 자신은 나를 물렁물렁한 땅콩껍질처럼 쪼개버리고 싶어 하지 않는 예외적인 퇴역 군인이라고 말했다.

우리 셋은 쇼핑몰에서 열릴 집회에 참석하기 위해 시내를 걸어갔다. 나는 나를 지지하는 유명한 민주당원들 여러 명과 함께 단상에 올라갔다. 이 행사를 위해 만든 연단은 우리 전체 무게를 감당하지 못했다. 오래지 않아 연단은 무너졌고, 사방에서 사람들이 아래로 떨어지는 것이 보였다. 나는 다치지 않았지만, 행사의 공동 의장 가운데 한 사람인 아프리카계 미국인 주 하원의원 캘빈 스마이어는 그다지 운이 좋지 않았다. 그는 떨어져 골반뼈가 부러졌다. 나중에 크레이그 스미스는 스마이어에게 그가 나의 지지자들 가운데 나를 위해 "뼈가 부러져라" 일한 유일한 사람이라고 농담을 했다. 정말 그랬다. 그러나 젤 밀러, 존 루이스 하원의원을 비롯한 다른 많은 조지아 사람들도 마찬가지였다. '아칸소 여행자들' 을 조직한 수많은 아칸소 사람들도 마찬가지였다. 아칸소 여행자들은 대통령 예비선거가 열리는 거의 모든 주에서 선거운동을 했다. 그들은 어디를 가나 큰 힘을 발휘했지만, 특히 조지아에서 효과적인 운동을 했다. 정치 매체들은 내가 전진을 하기 위해서는 그곳에서 결정적인 승리를 거두어야 한다고 말했다. 적어도 40퍼센트는 가져와야 한다는 이야기였다. 내 친구들과 나의 메시지 덕분에 나는 그곳에서 57퍼센트를 얻었다.

다음 토요일에는 사우스캐롤라이나에서 63퍼센트를 얻어 두 번째 승리를 거두었다. 나는 그곳에서 민주당 공무원들, 주지사 출신의 딕 라일리, 르네상스 위켄드의 친구들로부터 많은 도움을 얻었다. 탐 하킨은 나를 궤도에서 이탈시키기 위해 막판 노력을 퍼부었고, 사우스캐롤라이나 출신의 제시 잭슨은 하킨과 함께 주를 돌아다니며 나를 비판했다. 그런 공격, 그리고 라디오 방송국의 마이크가 달린 방에서 내가 부주의하게 내뱉은 우둔한 대꾸에도 불구하고, 그곳의 흑인 지도자들은 흔들리지 않았다. 나는 조지아에서처럼 흑인 표의 압도적 다수를 얻었다. 아마 나의 상대 후보들은 이 점에 놀랐을 것이다. 그들 모두 민권에 대한 강한 신념을 가지고 있었고 또 그 방면에 훌륭한 업적도 있었기 때문이다. 그러나 남부인은 나 하나였다. 나와 나를 지지하는 아칸소 흑인들은 오랜 기간에 거쳐 남부 전역과 그 너머의 정치, 교육, 기업, 종교 분야의 여러 흑인 지도자들과 개인적 관계를 맺어왔다.

조지아의 경우처럼, 나는 백인 유권자들로부터도 많은 지지를 받았다. 1992년에는 흑인 공동체와 밀접한 관련을 가지는 후보를 반대하는 백인은 이미 대부분 공화당원으로 바뀌어 있었다. 나는 대통령이 인종적인 구분선을 넘어 모든 미국인을 괴롭히는 문제들을 공격해주기를 바라는 백인들의 표를 얻었다. 공화당은 모든 선거를 문화 전쟁으로 바꾸고, 모든 민주당원을 백인 유권자들의 눈에 외계인처럼 보이게 만들어 그런 백인들이 소수에 불과하도록 만들기 위해 애를 썼다. 그들은 어떤 심리적 단추를 누르면 백인 유권자들이 생각을 중단해버리는지 알고 있었으며, 그 일을 잘해낼 때면 승리를 거두었다. 나는 예비선거에서 승리를 거둘 뿐 아니라, 총선거를 위해 남부에서도 해볼 만하다고 생각하는 백인 유권자들의 수를 충분히 유지하고 싶었다.

조지아를 지나자 밥 케리가 경선을 포기했다. 사우스캐롤라이나를 지나자 탐 하킨도 포기했다. 이제 송거스, 브라운, 나만 8개의 예비선거와 3개의 지방대회가 몰린 슈퍼 화요일을 향해 나아가고 있었다. 송거스는 그의 고향주인 매사추세츠와 그 이웃의 로드아일랜드의 예비선거에서 나를 크게 눌렀고, 델라웨어의 지방대회에서도 승리를 거두었다. 그러나 남부와 남북 경계에 있는 주들은 이 날을 우리 선거운동본부의 승리의 날로 만들었다. 텍사스, 플로리다, 루이지애나, 미시시피, 오클라호마, 테네시 등 모든 남부 예비선거에서 나는 많은 표를 얻었다. 텍사스에서는 1972년 맥거번 선거운동 때 사귄 친구들과 멕시코계 미국인들의 도움으로 66퍼센트를 얻었다. 나머지 모든 예비선거 주들에서 나는 그보다 나은 성적을 거두었는데, 플로리다만 예외였다. 그곳에서는 뜨거운 접전 끝에, 클린턴 51퍼센트, 송거스 34퍼센트, 브라운 12퍼센트라는 결과가 나왔다. 나는 또 존 와이히 주지사 덕분에 하와이의 지방대회에서 승리했고, 자신의 주지사 예비선거운동도 미루어두고 나를 지지해준 부지사 멜 카너헌 덕분에 미주리에서도 승리했다.

카너헌은 결국 주지사가 되었다.

슈퍼 화요일 이후 나에게는 일리노이와 미시간에서 확실한 1위를 구축할 전략을 짤 여유가 일주일밖에 없었다. 한 달 전만 해도 나는 자유낙하 중이었다. 모든 매체 '전문가들'이 나의 죽음을 예고했다. 그러나 이제 나는 선두였다. 물론 송거스는 아직 건재했다. 슈퍼 화요일 다음 날, 그는 내가 남부 예비선거에서 좋은 성적을 거둔 것을 보고 나를 부통령 러닝메이트로 삼으면 어떨까 하는 생각이 들었다고 농담을 했다. 다음 날에는 그 역시 중서부로 가서, 나의 자질, 주지사로서의 성적, 당선 가능성을 문제 삼았다. 그에게 나의 자질 문제는 중간계급 감세였다. 새로운 여론조사는 미국 국민의 40퍼센트 정도 역시 나의 정직성을 의심한다고 나왔지만, 나 역시 그렇다고 그들이 세금 문제를 생각하는 것은 아닐 것이라고 의심했다.

나의 전략을 고수하여 밀고 나가는 것 외에 다른 방법이 없었다. 나는 미시간에서 플린트 근처의 바턴이라는 작은 도시를 찾아갔다. 그곳 주민 가운데 다수가 아칸소 출신으로, 자동차 산업에서 일자리를 구하기 위해 그곳에 온 것이었다. 3월 12일에 나는 디트로이트 근처 매콤 카운티에서 연설을 했다. 그곳은 레이건의 연방정부의 간섭 반대, 강한 국방, 범죄에 대한 강력한 메시지에 유혹되어 우리 당으로부터 떨어져나간 '레이건 민주당원'들의 전형적인 본거지였다. 사실 이런 교외 유권자들은 1960년대부터 공화당에 표를 던지기 시작했다. 민주당이 이제 그들의 일과 가족에 대한 가치를 공유하지 않으며, 사회 정책에만 너무 몰두한다고 생각했기 때문이다. 그들은 이런 사회 정책이 그들의 세금을 가져가 흑인이나 낭비가 심한 관료들에게 나누어주는 것이라고 생각하는 경향이 있었다.

나는 매콤 카운티 지역 칼리지의 강당을 가득 메운 청중에게 모든 국민을 위한 기회와 모든 국민으로부터 책임에 기초한 경제 정책과 사회 정책으로 새로운 민주당을 주겠다고 말했다. 모든 국민에는 업무 능력과 관계없이 엄청난 보수를 받는 기업 임원들, 자신의 기술을 향상시키려 하지 않는 노동자들, 일을 할 수 있으면서도 복지수당에 의존하는 가난한 사람들도 포함되었다. 이어 나는 인종의 구분선을 넘어 그러한 가치들을 공유하는 모든 사람들과 함께 일하지 않으면 우리는 성공할 수 없다고 말했다. 인종 구분선을 따라 투표하지 말아야 한다. "문제의 본질은 인종적인 것이 아니기 때문이다. 본질적으로 이것은 경제의 문제, 가치의 문제이다." 그것이 나의 주장이었다.

다음 날 나는 오델 존스 목사가 시무하는 디트로이트 도심의 플레전트그로브 침례교회에 모인 수백 명의 흑인 목사를 비롯한 활동가들에게도 똑같은 메시지를 전했다. 그 흑인 청중 다수는 아칸소에 뿌리를 두고 있었다. 나는 그들에게 이야기했다. 나는 매콤 카운티의 백인 유권자들에게 인종의 구분선을 넘어서라고 요구했다. 이제 나는 당신들에게도 똑같은 것을 요구한다. 당신들은 복지제도 개혁, 자녀 부양 의무 강화, 범죄 반대를 포함하는 나의 의제의 책임 부분을 받아들여야 한다. 그래서 일, 가족, 동네의 안전이라는 가치를 장려해야 한다. 이 쌍둥이 연설은 큰 주목을 받았다. 정치가가 매콤 카운티의 백인들에게 인종 문제를 제기하고, 도심의 흑인들에게 생활보조금과 범죄 문제를 제기하는 것은 드문 일이었기 때문이다. 양쪽 집단이 똑같은 메시지에 강한 반응을 보였을 때 나는 놀라지 않았다. 대부분의 미국인들은 그들의 마음 깊은 곳에서 가장 좋은 사회 정책이 일자리이며, 가장 강한 사회제도가 가족이며, 인종분리의 정치는 자멸적임을 잘 알고 있었기 때문이다.

일리노이에서 나는 흑인, 남미계, 동유럽계 이민자들이 일하고 있는 소시지 공장을 찾아갔다. 고등학교를 졸업하지 못한 모든 직원에게 일반교육개발GED 프로그램에 등록할 기회를 주겠다는 이 회사의 약속을 부각시키기 위해서였다. 나는 루마니아에서 이민 온 사람을 만났는데, 그는 자신의 첫 투표에서 나를 찍겠다고 말했다. 나는 두 젊은 활동가 바비 러시, 루이스 구티에레스와 함께 흑인과 남미계 공동체를 돌아다녔다. 이 두 사람은 모두 나중에 국회의원이 되었다. 나는 젊은 남미계 공동체 지도자 대니 솔리스와 함께 에너지 효율을 높인 주택 단지를 돌아보았다. 그의 누이 패티는 선거운동에서 힐러리를 위해 일하게 되었으며, 지금도 힐러리를 돕고 있다. 이어 나는 시카고의 성패트릭 축일 퍼레이드에 참여하여 지지자들의 환호도 받고 반대자들의 야유도 받았다. 퍼레이드가 지나가는 길가의 술집에서 대량으로 제공한 맥주 때문에 환호 소리도 야유 소리도 유난히 컸던 것 같다.

선거 이틀 전에는 시카고 텔레비전에서 폴 송거스, 제리 브라운과 토론을 했다. 그들은 이제 흥하느냐 망하느냐가 결판나는 때가 왔다는 것, 그리고 내가 앞서고 있다는 것을 잘 알고 있었다. 브라운은 힐러리에 대한 강한 공격으로 주목을 끌었다. 그는 내가 그녀의 소득을 올려주기 위해 로즈 법률회사 쪽으로 아칸소 주 정부의 일을 돌렸으며, 그녀의 회사가 대리하던 양계 회사가 그녀 때문에 환경부로부터 특별대우를 받았다고 주장했다. 이런 비난은 터무니없는 것임에도, 브라운이 맹렬하게 그런 공격을 해대는 바람에 나는 화가 났다. 나는 1986년 주지사 선거 때 프랭크 화이트가 힐러리의 변호사일을 공격했을 때와 마찬가지로 사실들을 설명했다. 로즈 법률회사는 1948년부터 공사채 분야에서 아칸소 주 정부를 대리해왔다. 아칸소 주 정부는 그랜드 걸프 핵발전소 건설비용을 주 정부가 대기를 요구하는 공공기업들에 반대했다. 힐러리는 주 정부가 법률서비스에 대해 지불하는 보수 전체를 회사 소득에서 제한 다음 그녀가 파트너로서 받을 몫을 계산한다. 따라서 힐러리는 특별한 혜택을 받은 것이 없다. 이것은 기본적인 조사만 해봐도 알 수 있는 일이다. 더욱이 로즈 법률회사의 의뢰인들이 주 부처로부터 특별 대접을 받았다는 증거는 전혀 없다. 물론 화를 내지 말았어야 하지만, 브라운의 비난은 정말 근거 없는 것이었다. 아마 힐러리가 어쩔 수 없이 나를 여러 번 옹호하고 나서게 된 데 대한 무의식적인 죄책감이 있어, 그녀를 옹호할 기회가 오자 분연히 일어선 것 같기도 하다.

그녀를 아는 사람들은 모두 그녀가 매우 양심적이고 정직하다는 것을 알았다. 그러나 모두가 그녀를 아는 것은 아니었다. 따라서 그런 공격은 상처가 되었다. 토론회 다음 날 아침 우리가 시카고의 비지비 커피숍에서 악수를 하고 있을 때 한 기자가 힐러리에게 브라운의 비난을 어떻게 생각하느냐고 물었다. 그녀는 일과 가정생활을 둘 다 유지하려고 노력하는 것에 대하여 좋은 답변을 했다. 기자는 이어 그녀가 공사公私 간의 이해 충돌로 보이는 일을 피할 수도 있지 않았느냐고 물었다. 물론 힐러리는 피했고, 따라서 그런 식으로 대답을 했어야 했다. 그러나 힐러리는 지치고 스트레스를 많이 받았다. 힐러리는 말했다. "어쩌면 집에 있으면서 쿠키를 굽고 차를 끓일 수도 있었겠지요. 하지만 나는 내 일을 충실히 하기로 결심했어요. 나는 남편이 공직에 나서기 전부터 그 일을 해왔지요. 나는 가능한 한 조심하려고 아주, 아주 열심히 노력을 했어요. 그게 내가 말할 수 있는 전부예요."

언론은 "차와 쿠키"라는 말을 뽑아내, 그것을 집에 있는 어머니들에 대한 폄하로 만들어버렸다. 공화당의 문화 전사들은 때를 만나, 힐러리를 "클린턴-클린턴 행정부"의 이념적 지도자가 될 "전투적인 페미니스트 변호사"로 몰아붙이면서, 그 행정부가 "급진적인 페미니스트" 의제를 밀어붙일 것이라고 주장했다. 나는 힐러리 때문에 마음이 아팠다. 나는 오랜 세월에 걸쳐 힐러리가 여자들의 선택을 보장하는 일의 중요성을 옹호하는 것을 자주 들었다. 그 선택에는 물론 자녀와 함께 집에 있겠다는 결정도 포함되었다. 사실 혼자 살든 남편과 살든 대부분의 어머니들이 경제적 여유가 없기 때문에 선택하지 못하는 것이었다. 또 나는 힐러리가 쿠키를 굽는 것을 좋아하고, 친구들을 불러 차 대접하는 것을 좋아한다는 것도 잘 알았다. 앞뒤를 잘라버린 말로 힐러리는 우리 정적들에게 다시 그들이 제일 잘 사용할 수 있는 무기, 즉 유권자들을 분열시키고 핵심에서 눈을 돌리게 하는 것을 사용할 기회를 준 것이다.

그러나 다음 날 우리가 힐러리의 고향인 일리노이 주에서 승리를 거두자 모든 것이 잊혀졌다. 우리는 52퍼센트를 가져왔고, 송거스는 25퍼센트, 브라운은 15퍼센트를 가져갔다. 미시간에서는 우리가 49퍼센트, 브라운이 27퍼센트, 송거스가 18퍼센트였다. 브라운은 힐러리에 대한 공격 때문에 오히려 일리노이에서 역풍을 맞고 말았다. 한편 부시 대통령은 두 주에서 팻 부캐넌을 가볍게 꺾고 실질적으로 예비선거를 마무리지었다. 공화당 대오의 분열이 나에게 유리한 것이기는 했지만, 그래도 나는 부캐넌이 진 것을 보고 기뻤다. 그는 중간계급의 불안정에서 나타나는 어두운 면을 자극했다. 예를 들어 그는 남부의 한 주를 방문했을 때는 남부 연방의 묘지에는 들렀으면서, 길 건너에 있는 흑인 묘지에는 발도 들여놓지 않았다.

시카고의 파머 하우스 호텔에서 열린 성대한 축하연(성패트릭 축일을 기념하여 아일랜드를 상징하는 녹색 색종이 조각이 돋보였다) 뒤에 우리는 다시 일로 돌아갔다. 겉으로 보기에는 우리의 운동이 괜찮아 보였다. 그러나 그 속은 그렇게 분명하지 않았다. 새로운 여론조사는 내가 부시 대통령과 동률을 기록했다고 나왔다. 그러나 다른 여론조사는 부시 대통령에 대한 지지도가 39퍼센트로 떨어졌음에도, 내가 한참 뒤처졌다고 나왔다. 일리노이 유권자들에 대한 출구조사 결과 민주당원들 가운데 반은 대통령 후보 선택에 불만을 가졌다. 제리 브라운도 불만스러워했다. 그는 내가 후보가 되더라도 나를 지지하지 않을 수도 있다고 말했다.

3월 19일 송거스는 재정적인 문제를 이유로 선거운동을 접었다. 그러자 제리 브라운만 남았다. 우리는 3월 24일의 코네티컷 예비선거를 향해 달려가고 있었다. 사람들은 코네티컷에서는 내가 승리를 거둘 것이라고 예상했다. 대부분의 민주당 지도자들이 나를 지지했고, 나에게는 그곳에 법대 시절까지 거슬러 올라가는 친구들이 있었기 때문이다. 나는 열심히 선거운동을 했지만 그래도 걱정이 되었다. 그냥 느낌이 좋지 않았다. 송거스 지지자들은 그를 경선에서 밀어낸 것 때문에 나에게 화가 나 있었다. 그들은 사퇴에 관계없이 송거스에게 투표를 하거나, 아니면 브라운으로 갈아탈 것이 분명했다. 나의 지지자들은 잘 움직이지 않았다. 이미 후보 지명을 손에 넣었다고 생각했기 때문이다. 나는 투표자 수가 적으면 선거에서 질 수도 있다고 생각했다. 아니나 다를까, 그대로 되고 말았다. 투표자 수는 등록 민주당원의 20퍼센트 정도였으며, 브라운이 37 대 36으로 나를 이겼다. 20퍼센트는 끝까지 송거스 편을 든 고집 센 지지자들이었다.

다음의 큰 시험대는 4월 7일의 뉴욕이었다. 코네티컷에서 졌기 때문에, 뉴욕에서 이기지 못하면 후보 지명은 다시 위태로워졌다. 뉴욕은 그 강인하고 만족할 줄 모르는 24시간 뉴스 사이클과 난폭한 이익집단 정치로 나의 선거운동을 궤도에서 이탈시키기에 이상적인 곳으로 보였다.

27

정치에서 뉴욕 선거 같은 것은 둘도 없다. 우선 뉴욕 주는 뉴욕시티와 다섯 개의 판이한 독립구, 롱아일랜드와 기타 교외 카운티들, 뉴욕 주 북부 지방 등 지리적, 심리적으로 서로 다른 세 개의 지역으로 이루어져 있다. 뉴욕 주에는 많은 흑인 및 남미계 주민이 있고, 유대계 미국인 수가 다른 어느 주보다 많으며, 그 외에도 인도인, 파키스탄인, 알바니아인을 비롯해 상상할 수 있는 거의 모든 민족 집단들이 잘 조직되어 있다. 게다가 뉴욕의 흑인과 남미계 주민도 그 속으로 들어가 보면 아주 다양하다. 뉴욕의 남미계에는 푸에르토리코와 모든 카리브해 연안 국가 출신들이 포함되어 있는데, 도미니카공화국 출신만도 50만 명이 넘는다.

나와 여러 민족 공동체들 사이의 연락은 조지타운 동창생 크리스 하일런드가 맡았는데, 그는 미국에서 인종적으로 가장 다양한 동네 가운데 하나로 손꼽히는 맨해튼 남부에 살고 있었다. 2001년 9월 힐러리와 함께 세계무역센터 테러로 학교를 잃은 한 초등학생 그룹을 방문했을 때, 우리는 이 아이들이 80개 민족과 인종으로 이루어져 있다는 것을 알게 되었다. 하일런드는 우선 약 30종의 민족별 신문을 사서, 거기에 언급된 지도자들을 찾기 시작했다. 예비선거 뒤에는 뉴욕에서 950명의 민족 지도자들과 기금 조달 모임을 열었고, 이어 리틀록으로 가서 전국의 민족 집단들을 조직하는 일을 하여 총선거 승리에 중요한 기여를 하였다. 하일런드는 백악관에 가서도 행정부가 민족 공동체들과 전례 없이 긴밀한 접촉을 지속할 수 있도록 기초를 닦았다.

조합들, 특히 공공부문 노동자 집단들은 숫자도 엄청났을 뿐 아니라, 정치적으로도 조직적이고 영향력이 컸다. 뉴욕시티에서 예비선거를 둘러싼 정치 활동은 그곳에서 적극적으로 활동하는 양당 당원들과 자유주의적 개혁가들이 종종 서로 사이가 좋지 않다는 사실 때문에 더 복잡해졌다. 이곳에서는 동성애 권리 그룹들도 조직되어 에이즈에 대한 더 적극적인 대책을 요구하고 있었다. 1992년에도 에이즈는 다른 어떤 나라보다 미국에서 많은 피해자를 내고 있었다. 언론 분야는 「뉴욕 타임스」를 필두로 한 전통적인 신문들, 타블로이드판 신문들, 정력적인 지방 텔레비전 방송국, 토크 라디오 등이 최신 뉴스를 잡아내려고 열띤 경쟁을 벌여 늘 시끄러웠다.

뉴욕 선거운동은 코네티컷 예비선거 이후에야 실질적으로 시작되지만, 나는 해럴드 이케스의 귀중한 도움과 전문적인 조언을 얻어 그 몇 달 전부터 작업을 해오고 있었다. 그는 프랭클린 루스벨트 대통령 시절의 유명한 내무장관의 아들로 아버지와 이름이 같았다. 1992년에는 우리의 우정도 어언 20년을 넘어가고 있었다. 해럴드는 마르고, 강렬하고, 총명하고, 정열적이고, 때로는 세속적인 사람으로, 자유주의적 이상주의와 실용적인 정치적 기술을 독특하게 결합하고 있었다. 그는 젊은 시절에 서부에서 카우보이로 일을 했고, 남부에서 민권 운동을 하다 심하게 맞기도 했다. 그는 정치에 삶을 바꾸는 힘이 있다고 믿었으며, 선거운동에서 의리 있는 친구가 될 수도 있었고 사나운 적이 될 수도 있었다. 그는 뉴욕의 인물, 쟁점, 권력투쟁을 손바닥처럼 들여다보았다. 나는 지옥을 통과해야 한다면, 무엇보다 나를 살아서 나갈 수 있게 해줄 가능성이 있는 사람과 함께 여행을 해야 한다고 생각했다.

1991년 12월 이미 맨해튼, 브루클린, 브롱크스에서 중요한 지지자들을 모으고 있던 해럴드는 내가 퀸스 민주당 위원회에서 연설을 하도록 주선했다. 그는 맨해튼에서 회의장까지 지하철을 타고 가자고 제안했다. 언론에는 내가 지하철에서 촌놈 티를 낸 것이 내 연설보다 더 많이 보도되었지만, 어쨌든 그 회의에 참석하는 것은 중요한 일이었다. 그 회의 직후 퀸스의 민주당 위원장 탐 맨턴 하원의원은 나를 지지했다. 퀸스의 플로이드 플레이크 하원의원도 마찬가지였다. 그는 앨런 아프리칸 감리교회의 목사이기도 했다.

1월에는 마틴 루터 킹 2세의 생일을 기념하기 위해 아프리카계 미국인 에드타운스 하원의원, 브루클린의 민주당 위원장 클래런스 노먼과 함께 브루클린의 한 고등학교를 방문했다. 아이들은 학생들이 학교에 들고 오는 총기와 칼 문제에 대해 많은 이야기를 했다. 그들은 그들이 안전하게 살아갈 수 있게 해줄 대통령을 원했다. 나는 독립구 구청장 페르난도 페레르가 사회를 본 토론회에 참석하러 브롱크스로 갔다. 페레르는 내 지지자가 되었다. 나는 페리를 타고 스테이튼 섬으로 가 그곳에서도 선거운동을 했다. 맨해튼에서는 구청장 루스 메신저가 나를 위해 열심히 일하고 있었다. 그녀의 젊은 보좌관 마티 루스도 마찬가지였는데, 그는 내가 게이 공동체에 진입하는 것을 도와주었다. 빅터와 사라 코브너는 많은 자유주의적 개혁가들이 나를 지지하도록 설득했으며, 나의 좋은 친구가 되었다. 시의회에 진출한 최초의 도미니카인으로 꼽히는 길레르모 리나레스는 가장 초기에 나를 지지해준 남미계 저명인사 가운데 한 사람이다. 나는 이케스 덕분에 도시의 개혁가들 몇 사람의 지지도 받게 되었다. 나는 롱아일랜드와 내가 지금 살고 있는 웨스트체스터 카운티에서도 선거운동을 했다.

이전의 예비선거와는 달리 뉴욕에서는 노동조합들이 중요한 역할을 했다. 가장 크고 활발한 조합은 '미국 주 · 카운티 · 시 근로자동맹AFSCME' 뉴욕 지부였다. 내가 그 집행위원회에서 연설을 한 후, 이 동맹은 대형 노동조합 가운데는 최초로 나를 지지해주었다. 나는 그전부터 주지사로서 이 동맹과 긴밀하게 협력해왔으며, 회비를 납부하는 회원이기도 했다. 그러나 동맹이 나를 지지한 진짜 이유는 조합장인 제럴드 매켄티가 나를 좋아했고, 내가 이길 수 있다고 판단했다는 것이었다. 매켄티는 옆에 가까이 두고 싶은 좋은 사람이었다. 그는 유능하고, 의리가 있고, 힘든 싸움도 마다하지 않았다. 나는 또 연합운수노조의 지지도 얻었으며, 3월에는 미국통신노조와 국제여성의류노조의 지지도 얻었다. 아직 공식 지지는 얻지 못했지만 교사들도 큰 도움이 되었다. 나에게는 노조들 외에 재계에도 강력한 지지자들이 있었는데, 그들을 모으는 데는 앨런 패트리콧과 스탠 슈먼이 큰 역할을 했다.

아일랜드계는 나와 가장 중요한, 또 지속적인 관계가 형성되었던 민족 집단이다. 나는 어느 날 밤늦게 브롱크스의 주의회 하원의원 존 디어리가 조직한 '아일랜드 문제 포럼'과 만났다. 해럴드 이케스와 뉴욕시티 세금 감독관 캐럴 오클레리케인이 준비를 도와주었다. 이제 85세를 바라보는 전설적인 인물 폴 오드와이어와 그의 아들 브라이언도 그 자리에 참석했고, 「아이리시 보이스Irish Voice」의 편집자 지미 브레슬린, 퀸스의 감사관 피터 킹, 공화당원 한 명, 기타 아일랜드 활동가 100여 명도 참석했다. 그들은 내가 가톨릭 소수파에게 불리하지 않은 조건으로 북아일랜드의 폭력을 끝내도록 영향력을 행사할 특별 대표를 임명하겠다고 약속해주기를 바랐다. 독실한 아일랜드계 가톨릭교도이며 나의 강력한 지지자인 보스턴 시장 레이 플린도 그렇게 하라고 권했다. 내가 옥스퍼드에 있던 1968년에 시작된 아일랜드 사태 이후 나는 아일랜드 문제에 죽 관심을 가져왔다. 오랜 토론 후 나는 그들의 요구를 받아들이기로 했으며, 북아일랜드의 가톨릭교도가 경제를 비롯한 다른 영역에서 차별을 받지 않도록 요구하겠다고 말했다. 나는 이런 태도가 영국을 화나게 하고, 그 결과 대서양 건너편에서 미국에게 가장 중요한 국가와의 동맹 관계에 긴장이 생길 수 있다는 것을 알았다. 그러나 나는 아일랜드공화국군에 돈을 대는 사람들을 포함한 엄청난 규모의 아일랜드계 이민자가 살고 있는 미국이 그 문제에 돌파구를 여는 데 도움을 줄 수도 있다고 확신했다.

곧 나는 그 약속을 재확인하는 강력한 성명을 발표했다. 외교정책 보좌관 낸시 소더버그가 초안을 잡았다. 법대 동창이자 코네티컷에서 하원의원을 지낸 브루스 모리슨은 '클린턴을 위한 아일랜드계 미국인'이라는 모임을 만들었다. 이 그룹은 선거운동만이 아니라 그 후에도 우리가 하는 일에서 중요한 역할을 하게 된다. 첼시가 스탠퍼드 대학 4학년일 때 쓴 아앨랜드의 평화 과정에 대한 논문에서 지적했듯이, 나는 뉴욕에서의 정치활동 때문에 아일랜드 문제에 관여하게 되었지만, 후에 이것은 대통령으로서 내가 가장 열심히 추진했던 일 가운데 하나가 되었다.

보통의 민주당 예비선거에서라면 이 정도의 지지를 얻으면 쉬운 승리를 보장받는다. 그러나 이것은 보통 예비선거가 아니었다. 우선 경쟁자가 있었다. 제리 브라운은 나의 선거운동을 저지할 이 마지막 절호의 기회에서 자유주의적인 유권자들의 표를 모으려고 열심히 뛰어다녔다. 폴 송거스는 코네티컷에서 거둔 성적에 고무되어, 그의 지지자들이 한 번 더 그를 위해 투표해도 상관없다는 뜻을 알렸다. 신동맹당의 대통령 후보로 나선 리노러 풀라니라는 이름의 언변이 좋고 격정적인 여자는 그들을 돕기 위해 최선을 다하기로 하고, 내가 할렘 병원에서 연 의료보험 행사에 자신의 지지자들을 데리고 나와 내가 연설을 할 때 소리를 질렀다.

제시 잭슨은 브라운을 돕기 위해 뉴욕으로 이사를 오다시피 했다. 그의 가장 큰 기여는 뉴욕에서 가장 크고 가장 활동적인 노조로 꼽히는 '서비스업 종사자 국제연합 1199지회'의 지회장 데니스 리베라를 설득하여, 나를 지지하지 않고 제리를 돕게 한 것이었다. 브라운은 그 공로에 대한 보답으로, 자신이 지명되면 제시를 러닝메이트로 삼겠다고 발표했다. 나는 브라운의 발표가 뉴욕의 흑인 유권자들의 지지를 얻는 데 도움이 될 거라고 생각했다. 그러나 그것은 유대인 공동체에서 나에 대한 새로운 지지가 생겨나는 계기가 되기도 했다. 잭슨은 반유대인 발언으로 유명한 흑인 이슬람 지도자 루이스 파라칸과 너무 가깝다는 소문이었다. 그럼에도 제시의 지원은 뉴욕에서 브라운에게 크게 도움이 되었다.

그 다음은 언론이 문제였다. 큰 신문들은 몇 주 동안 아칸소에 진을 치고 나의 이력과 사생활에서 찾아낼 수 있는 것은 다 찾아내고 있었다. 3월 초 「뉴욕 타임스」의 첫 화이트워터 기사가 출발점이었다. 1978년 힐러리와 나는 짐과 수전 맥두걸 부부와 함께 20만 달러가 넘는 은행 대출을 받아 아칸소 북서부 화이트 강변의 토지에 투자했다. 짐은 토지 개발업자로, 나는 그가 리틀록에서 풀브라이트의 사무실을 운영할 때 만났다. 우리는 그 땅을 쪼개서 1960년대와 1970년대에 오자크 산맥으로 쏟아져 들어오기 시작하던 은퇴자들에게 이익을 남기고 팔 수 있기를 바랐다. 맥두걸은 이전의 토지 사업에서 모두 성공을 거두었다. 그 가운데 한 사업에는 나도 몇 천 달러를 투자하여 약간의 이익을 남기기도 했다. 그러나 1970년대 말에 이자율이 엄청나게 치솟고 불황이 시작되면서 토지 거래가 감소했고, 결국 우리는 이 사업에서 손해를 보게 되었다.

내가 1983년에 다시 주지사가 되었을 때 맥두걸은 작은 저축대출조합을 하나 사서 거기에 '매디슨 신용금고'라는 이름을 붙였다. 몇 년 뒤 그는 자기 회사의 대리인으로 힐러리가 근무하던 로즈 법률회사를 고용했다. 미국에 신용대출조합 위기가 닥쳤을 때 매디슨은 파산에 직면하여, 우선주를 팔아 중개 업무를 할 자회사를 설립함으로써 사업에 새로운 자금을 투입하려 했다. 그렇게 하려면 아칸소 주의 유가증권 감독관 비벌리 바셋 샤퍼의 인가를 받아야 했는데, 비벌리는 내가 임명한 사람이었다. 비벌리는 일류 변호사였으며, 내 친구 우디 바셋의 누이였고, 데일 범퍼스 상원의원의 조카인 아치 샤퍼의 부인이었다.

「뉴욕 타임스」 기사는 화이트워터에 대한 연재 기사 가운데 하나였다. 기자는 힐러리가 주 정부의 규제를 받는 법인을 대리함으로써 이해 충돌이 발생하지 않았겠느냐고 의문을 제기했다. 힐러리는 샤퍼 감독관에게 보내는 우선주 제안을 설명하는 내용의 편지에 직접 서명을 한 적이 있었다. 기자는 또 매디슨이 두 개의 '새로운' 자금 조달 제안 승인을 얻는 데 특별 대우를 받았으며, 샤퍼가 자신의 책임 하에 있는 업체의 파산에도 불구하고 적절한 감독을 하지 않았다고 암시했다. 그러나 이런 비난과 빈정거림은 사실로 밝혀지지 않았다. 첫째, 감독관이 승인한 자금 조달 제안은 당시에는 새로운 것이 아니라 정상적인 것이었다. 둘째, 1987년 독립적 감사에 따라 매디슨이 파산 상태라는 결론이 나오자, 샤퍼는 연방 조정관들이 어떤 의사를 밝히기도 전에 먼저 그들에게 매디슨의 문을 닫을 것을 요구했다. 셋째, 힐러리는 로즈 법률회사의 2년간 총 21시간의 법률서비스에 대하여 매디슨에 청구서를 제출했다. 넷째, 우리는 매디슨으로부터 돈을 빌린 적은 없지만, 화이트워터 투자로 돈을 잃은 적은 있다. 이것이 화이트워터의 핵심적인 사항들이다. 「뉴욕 타임스」 기자는 아칸소에서 셰필드 넬슨을 비롯한 나의 정적들과 이야기를 했던 것이 분명하며, 그들은 병역과 플라워스 문제 말고도 다른 영역에서 '자질 문제'를 만들어내고 싶어 했을 것이다. 그러나 이 경우에 그렇게 하려면 불편한 사실들을 무시해야 하고, 샤퍼 같은 헌신적인 공무원의 기록을 오도해야 했다.

「워싱턴 포스트」도 내가 양계 산업 종사자들과 너무 가까워 닭과 돼지 축사의 폐기물을 농장에 뿌리는 일을 막지 못했다는 기사로 끼어들었다. 동물의 배설물은 소량일 때는 좋은 비료가 된다. 그러나 그 양이 너무 많아 땅이 흡수하지 못하면, 빗물에 씻겨 하천으로 흘러 들어가 낚시나 수영을 할 수 없을 정도로 오염시켜버린다. 1990년 아칸소 주 환경부는 양계 산업이 집중되어 있는 아칸소 주 북서부 하천의 90퍼센트 이상이 오염되어 있다는 것을 알았다. 우리는 수백 만 달러를 들여 이 문제를 해결하려고 노력했으며, 2년 뒤 환경부는 하천의 50퍼센트 이상이 휴양 용도에 적합하다는 사실을 확인했다. 나는 양계 산업으로부터 나머지 하천의 정화를 위한 "최선의 관리 관행"을 확립하겠다는 동의를 얻어냈다. 민주당이 지배하는 국회도 이런 일은 하지 못했다. 국회에서 '맑은 물 법'을 통과시켰을 때 농업 이익집단들은 엄청난 영향력을 행사하여 연방 규제로부터 완전히 벗어날 수 있었다. 양계는 아칸소의 최대의 사업이며 최대의 고용주로서 아칸소 주 입법부에서 영향력이 아주 강했다. 나는 기사에서 지적한 점이 나의 탄탄한 환경 분야 성과 가운데 최대 약점이기는 하지만, 아칸소 주의 상황을 고려하면 상당히 잘해낸 것이라고 생각했다. 결국 「워싱턴 포스트」와 「뉴욕 타임스」 둘 다 이 문제에 대한 기사를 싣게 되었다. 「워싱턴 포스트」는 3월 말 로즈 법률회사가 영향력을 행사해 아칸소 주가 양계 산업을 봐준 것이라고 암시했다.

나는 거리를 두고 보려고 노력했다. 언론은 대통령이 될 수도 있는 사람의 경력을 검토할 의무가 있었다. 대부분의 기자들은 일을 시작할 때 아칸소나 나에 대해 전혀 모르고 있었다. 그들 가운데 일부는 가난한 시골 주와 그곳에 사는 사람들에 대하여 부정적인 선입관을 가지고 있었다. 나는 또 1992년에 '자질 문제'가 있는 후보였다. 이런 상황이었기 때문에 언론은 누가 그런 선입관을 뒷받침할 만한 지저분한 이야기를 던져주기만 하면 쉽게 움직였다.

머리로는 다 이렇게 이해할 수 있었다. 그리고 선거운동 초기의 긍정적인 보도도 기억하고 있었고 또 감사하고 있었다. 그럼에도 조사 기사들이 '공격부터 하고 질문은 나중에 한다'는 식으로 준비되는 것 같다는 느낌이 점점 강해졌다. 그런 기사들을 읽으면 체외유리體外遊離(자기 자신을 바깥쪽에서 보는 심령현상―옮긴이주)를 경험하는 것 같았다. 언론은 내가 대통령이 될 자격이 있다고 생각하는 사람은 모두 바보임을 증명하겠다고 마음먹은 것 같았다. 나를 다섯 번이나 뽑아준 아칸소 유권자들, 나를 전국에서 가장 유능한 주지사로 선정해준 동료 주지사들, 우리의 개혁과 진보를 찬양한 교육 전문가들, 전국에서 나를 위해 선거운동을 하는 평생의 친구들이 다 바보인 셈이었다. 아칸소에서는 나의 정적들조차 정직한 사람이라면 내가 열심히 일을 했고, 세상이 뒤집힌다 해도 5센트짜리 동전 한 푼 안 받을 사람임을 알았다. 그런데 이제 내가 여섯 살 때부터 이 모든 사람을 속여온 것처럼 보이게 되었다. 뉴욕에서 상황이 정말 악화되었을 때 크레이그 스미스는 신문을 이제 안 본다고 말하기도 했다. "신문에서 말하는 클린턴은 내가 아는 클린턴이 아니"라는 것이었다.

3월 말이 다가오면서 하버드의 케네디 행정대학원에 있던 벳시 라이트가 나를 구해주러 왔다. 그녀는 오랫동안 우리가 진보적 사업들을 해나가는 것을 돕고, 엄격하고 윤리적인 방식으로 일을 진행시키기 위해 노력해왔다. 그녀는 뛰어난 기억력의 소유자였으며, 모든 기록을 파악하고 있었다. 그녀는 기록을 바로잡기 위해 기자들과 얼마든지 싸울 용의가 있는 사람이었다. 그녀가 피해 대책을 책임지기 위해 운동본부로 들어오자 나는 한결 마음이 편해졌다. 벳시는 실제로 오류가 있는 많은 기사들을 막았다. 그러나 그녀도 그것을 다 막을 수는 없었다.

3월 26일 탐 하킨 상원의원, 미국통신노조, 국제여성의류노조가 나를 지지하면서 연기가 약간 걷히는 것 같았다. 쿠오모 주지사와 뉴욕의 상원의원 팻 모이니헌이 제리 브라운의 13퍼센트 균일 세금을 비판하고, 그것이 뉴욕에 피해를 줄 것이라고 지적한 것도 나에게 도움이 되었다. 선거운동에서는 드문 날이었다. 쟁점과 관련된 사람들, 그리고 쟁점이 사람들의 생활에 미치는 영향이 뉴스를 지배했기 때문이다.

3월 29일 나는 다시 곤경에 빠졌다. 이번에는 내가 자초한 것이었다. 제리 브라운과 내가 뉴욕의 WCBS 텔레비전 방송에서 후보들의 포럼에 참여했을 때 한 기자가 나에게 옥스퍼드 시절 마리화나를 피워본 적이 있느냐고 물었다. 그 질문을 그렇게 구체적이고 직접적으로 받아보기는 처음이었다. 아칸소에서 마리화나를 사용한 적이 있느냐는 일반적인 질문을 받았을 때, 나는 미국의 마약법을 위반한 적이 없다고 피해갔다. 이번에는 좀더 직접적인 대답을 했다. "영국에 있을 때 마리화나를 한두 번 시험해보았지만 맞지 않았다. 나는 그것을 빨아들이지는 않았고, 다시 시도하지 않았다."

제리 브라운마저 이것은 관계없는 문제이므로 언론이 손을 떼야 한다고 말했다.

그러나 언론으로서는 다시 자질 문제를 찾아낸 셈이었다. "빨아들이지는 않았다"는 말은 최선의 설명을 하려고 하는 과정에서 사실을 진술한 것이지 내가 한 행동을 축소시키려고 한 말이 아니었다. 나는 담배를 피운 적이 없으며, 옥스퍼드에서 이따금씩 피웠던 파이프는 빨아들인 적이 없고, 마리화나 연기는 빨아들이려 했지만 그렇게 하지 못했다. 그런 이야기였다. 나도 내가 왜 그 말을 했는지 모르겠다. 재미있으라고 한 말인지도 모르겠다. 아니면 내가 이야기하고 싶지 않은 주제에 대한 과민반응이었는지 모른다. 그는 나중에 나의 대통령직에 대하여 『클린턴 : 그들이 얻을 자격이 있는 대통령*Clinton : The President They Deserve*』이라는 재미있지만 아부와는 거리가 있는 책을 쓰기도 했다. 마틴은 나와 함께 옥스퍼드를 다녔는데, 내가 한 파티에서 마리화나를 피우려 했지만 빨아들이지 못하는 것을 보았다고 공개적으로 말했다. 그러나 이미 늦었다. 마리화나 사건에 대한 나의 불운한 이야기는 1992년 내내 논평가와 공화당원들이 나의 자질 문제의 증거로 인용했다. 그리고 심야 텔레비전 쇼 사회자들에게는 오랫동안 써먹을 수 있는 농담거리가 되었다.

옛날 컨트리송 가사에 나오듯이, 나는 "자살을 해야 할지 볼링을 하러 가야할지" 알 수가 없었다. 뉴욕은 심각한 경제적, 사회적인 문제로 고통을 겪고 있었다. 부시의 정책들 때문에 상황은 더욱 악화되었다. 그러나 매일 텔레비전과 신문 기자들은 나에게 '자질'에 대한 질문만 퍼부어대는 것 같았다. 라디오 토크쇼 진행자 돈 이머스는 나를 "남부의 가난한 촌놈"이라고 불렀다. 텔레비전의 필 도너휴 쇼에 나갔을 때, 그는 20분 동안 내내 혼외정사에 대한 질문만 했다. 내가 늘 하던 답변을 한 뒤에도 그는 계속 물었다. 그래서 내가 면박을 주자 청중은 환호했다. 그래도 그는 계속 질문을 했다.

나에게 자질 문제가 있든 없든, 어쨌든 평판 문제는 있는 것이 틀림없었다. 이것은 백악관이 그로부터 6개월쯤 전 예고한 대로 되어가고 있는 셈이었다. 대통령은 국가수반이자 정부의 최고행정관이기 때문에, 그는 어떤 의미에서는 국민의 미국에 대한 생각을 구체화한다고 말할 수 있다. 따라서 평판은 중요하다. 조지 워싱턴과 토머스 제퍼슨에 이르기까지 대통령들은 자신의 평판을 지키려고 열심히 노력했다. 워싱턴은 독립전쟁 기간에 그의 비용계정에 대한 비판으로부터 자신의 평판을 지키려 했다. 제퍼슨은 그가 여자에 약하다는 이야기로부터 자신의 평판을 지키려 했다. 에이브러험 링컨은 대통령이 되기 전에 사람을 여러 번 우울증을 겪어 몸이 쇠약해졌다. 한번은 한 달 동안이나 집을 나서지도 못했다. 만일 그가 요즘과 같은 조건에서 출마를 했다면, 우리는 가장 위대한 대통령을 잃게 되었을 것이다.

제퍼슨은 심지어 대통령의 친구들에게 어떤 대가를 치르더라도 그의 평판을 보호해주어야 할 의무에 대해 쓰기도 했다. "상황의 우연이 우리에게 역사 속의 한 자리를 주었는데, 만일 자연이 우리에게 거기에 부응하는 재능을 주지 않았다면, 공중의 눈으로부터 우리 자질의 약점, 나아가서 악덕을 신중하게 가려주는 것이 우리 주위에 있는 사람들의 의무이다." 나의 약점과 악덕들을 가리는 베일은 다 뜯겨나갔다. 국민은 나의 경력, 메시지, 나한테 있을지도 모르는 미덕보다는 그런 것들에 대해 더 많이 알게 되었다. 내 평판이 누더기가 된다면, 사람들이 내가 하고 싶어 하는 일에 아무리 동의한다 하더라도, 아무리 내가 그 일을 잘할 것이라고 생각한다 하더라도,

나는 선출되지 못할 수도 있었다.

모든 자질 공격에 맞서, 나는 벽에 등을 기대게 되었을 때 늘 사용하던 방식으로 대응했다. 그냥 뚫고 나아가는 것. 선거운동 마지막 주가 되자 구름이 걷히기 시작했다. 4월 1일에 카터 대통령은 백악관에서 부시 대통령을 만났을 때 나를 지지한다는 말을 했고, 이것이 널리 보도되었다. 매우 시의 적절한 발언이었다. 이제까지 카터의 자질에 의문을 제기한 사람은 없었다. 또 카터의 평판은 국내외에서 한 좋은 일들로 인해 대통령 자리를 떠난 뒤에도 계속 높아졌다. 그 한마디로 카터 대통령은 1980년 쿠바 난민 위기 동안 그가 나를 곤경에 몰아넣었던 일을 다 갚고도 남았다.

4월 2일, 제리 브라운은 뉴욕 유대인 공동체 관계 회의에서 연설 도중 제시 잭슨을 러닝메이트로 암시했다가 야유를 받았다. 그동안 힐러리와 나는 월스트리트의 낮 집회에서 대규모 군중에게 연설을 했다. 나도 1980년대를 탐욕의 시대로 규정하고 자본 이득세의 인하에 반대했다가 약간 야유를 받았다. 나는 연설 뒤에 군중 속을 들어가 지지자들과 악수하고 반대자들을 설득하려고 노력했다.

우리는 모든 선거운동 역량을 뉴욕 주에 쏟아 부었다. 해럴드 이케스와 수전 토머시즈 외에도 미키 칸토가 호텔에 진을 쳤으며, 카빌, 스테파노풀로스, 스탠 그린버그, 프랭크 그리어와 그의 파트너 맨디 그런월드가 가세했다. 평소와 마찬가지로 브루스 린지가 나와 함께 있었다. 그의 부인 베브 린지도 와서 모든 공식 행사들이 제대로 계획되고 집행되는지 확인했다. 캐럴 윌리스는 아칸소의 흑인들을 버스에 가득 싣고 뉴욕으로 와, 내가 주지사로서 흑인들을 위해 또 흑인들과 함께 한 일을 이야기했다. 고향의 흑인 목사들은 뉴욕의 목사들에게 전화해 선거 전 일요일에 우리 쪽 사람들이 연단에서 이야기를 하게 해달라고 요청했다. 그날 리틀록 시청의 국장이자 전 국민주당위원회 부위원장인 로티 섀클퍼드는 5개 교회에서 연설을 했다. 나를 아는 사람들은 뉴욕의 흑인 유권자들 대다수를 브라운에게 데려가려는 잭슨 목사의 노력을 가로막았다.

심지어 언론의 몇 사람도 생각이 바뀌었다. 어쩌면 조수가 바뀌는 것인지도 몰랐다. 나는 돈 이머스의 라디오 쇼에서 따뜻한 환영을 받았다. 아일랜드 문제에 큰 관심을 가지던 「뉴스데이Newsday」의 칼럼니스트 지미 브레슬린은 "그가 그만둘 것이라는 말을 하지 말고, 당신이 원하는 것을 말하라"고 썼다. 내가 즐겨 읽는 책들의 저자이자 「뉴욕 데일리 뉴스」의 칼럼니스트인 피트 해밀은 이렇게 말했다. "나는 빌 클린턴을 존경하게 되었다. 경기가 종반에 접어들었는데도 그는 여전히 잘 버티고 있다." 「뉴욕 타임스」와 「데일리 뉴스」는 나를 지지했다. 놀랍게도 다른 어떤 신문보다 무자비하게 나를 공격했던 「뉴욕 포스트」도 나를 지지했다. 이 신문은 사설에서 이렇게 말했다. "개인 문제들 때문에 언론으로부터 미국 정치사상 유례 없이 비난을 받았음에도 그가 살아남았다는 것은 그의 자질이 훌륭하다는 것을 분명하게 보여준다…… 그는 대단한 끈기로 선거운동을 해왔다…… 우리가 보기에 그는 큰 압박감 속에서도 매우 당당한 모습을 보여주었다."

4월 5일, 우리는 푸에르토리코로 출신의 미국인들로부터 좋은 소식을 들었다. 그곳 출신의 유권자 가운데 96퍼센트가 나를 지지한다는 것이었다. 이어 4월 7일, 약 100만의 낮은 투표수를 기록한 뉴욕에서 나는 41퍼센트로 승리를 거두었다. 송거스가 29퍼센트로 2위, 브라운이 약간 뒤처진 26퍼센트로 3위였다. 아프리카계 미국인 다수는 나에게 표를 던졌다. 그날 밤 나는 만신창이가 된 몸이기는 했지만 환희에 젖었다. 나는 뉴욕에서의 선거운동을 앤서니 맨건의 교회에서 들었던 한 복음성가의 구절을 빌어 요약했다. "밤이 깊을수록 승리는 더 달콤하다."

나는 이 책을 쓰기 위해 조사하는 과정에서 찰스 앨런과 조나단 포티스의 『돌아온 아이*The Comeback Kid*』에 나오는 뉴욕 예비선거 이야기를 읽었다. 거기에서 저자들은 아칸소 출신의 밴드 드럼 주자 레번 헬름이 훌륭한 록 다큐멘터리 〈마지막 왈츠The Last Waltz〉에서 한 이야기를 언급했다. 헬름은 남부의 소년이 일류가 되겠다는 희망을 품고 뉴욕을 찾는 일에 대해 이렇게 말했다. "처음에는 그냥 갖다가 엉덩이를 걷어차이고 돌아나온다. 상처가 아물면 돌아가서 다시 시도해본다. 그러다 결국 뉴욕을 사랑하게 된다."

나는 천천히 상처가 치유되기를 기다릴 여유는 없었지만, 헬름의 기분은 알 것 같았다. 뉴햄프셔와 마찬가지로 뉴욕도 나의 역량을 시험하고 가르쳤다. 레번 헬름처럼 나도 뉴욕을 사랑하게 되었다. 시작은 험난했지만 뉴욕은 결국 이후 8년 동안 나를 가장 강력하게 지지해준 주 가운데 하나가 되었다.

4월 7일 우리는 캔자스, 미네소타, 위스콘신에서도 승리를 거두었다. 4월 9일, 폴 송거스는 경선에 다시 참여하지 않겠다고 발표했다. 지명을 위한 싸움은 실질적으로 끝이 난 것이다. 나는 지명에 필요한 2,145명의 대의원 가운데 반 이상의 표를 얻었으며, 경선에 남은 사람은 제리 브라운뿐이었다. 그러나 나는 내가 심각한 피해를 입었다는 것, 7월의 민주당 전당대회 이전에 그 피해를 복구하는 것은 어려운 일이라는 것을 잘 알고 있었다. 나는 또 지쳤다. 목소리도 나오지 않았고, 몸무게도 10킬로그램 이상 늘었다. 몸무게는 대부분 뉴햄프셔 선거운동 마지막 달에 늘었다. 그때 나는 독감에 걸렸는데, 밤이면 액체가 가슴을 꽉 채워 잠을 한 시간 이상을 계속 자지 못하고 일어나 기침을 했다. 그래서 낮이면 아드레날린과 던킨 도넛으로 졸음을 깨워야 했는데, 그 바람에 배가 불룩 튀어나왔다. 곧 터질 것 같은 풍선처럼 보일까봐 걱정이 되었는지, 해리 토머슨이 새 양복을 몇 벌 사다주었다.

뉴욕 선거 뒤에는 고향으로 돌아가 일주일 동안 쉬면서 목소리를 되찾고 몸무게를 줄이면서, 내가 빠진 구멍에서 빠져나올 방법을 궁리했다. 리틀록에 있는 동안 버지니아 지방 대회에서 승리를 거두고, AFL-CIO의 지지를 받았다. 4월 24일에는 자동차노조연맹이 나를 지지했고, 4월 28일에는 펜실베이니아 예비선거에서 확실한 다수를 얻었다. 사실 펜실베이니아는 어려울 수도 있는 곳이었다. 네 번의 도전 끝에 당선된 끈질김 때문에 내가 존경하던 밥 케이시 주지사는 나에 대해 매우 비판적이었다. 그는 낙태에 강력하게 반대했다. 그는 자신의 생명을 위협하는 병마와 싸우면서 낙태 문제를 더 심각하게 생각하게 되었으며, 낙태를 찬성하는 후보들은 지지하지 않으려 했다. 그 주의 낙태에 반대하는 많은 다른 민주당원들도 마찬가지였다. 그럼에도 나는 펜실베이니아에 대해서는 늘 인상이 좋았다. 펜실베이니아 서부를 보면 아칸소 북부가 떠올랐다. 나는 피츠버그나 펜실베이니아 주 중부의 작은 도시 사람들과 관계가 좋았다. 또 나는 필라델피아를 사랑했다. 결국 나는 펜실베이니아 주에서 57퍼센트의 승리를 거두었다. 더 중요한 것은 출구조사 결과 투표한 민주당원 가운데 60퍼센트가 내가 대통령으로 봉사하는 데 필요한 성실성을 갖추었다고 대답했다는 점이었다. 이것은 뉴욕 출구조사의 49퍼센트보다 많이 올라간 수치였다. 이렇게 성실성 수치가 올라간 것은 내가 포지티브한, 쟁점 지향적인 선거운동을 3주간 펼쳤고, 펜실베이니아 주에서는 바로 그런 문제에 대해 이야기를 듣고 싶어 했기 때문이다.

펜실베이니아 승리로 들뜬 마음은 막강한 새로운 도전자 H. 로스 페로의 등장으로 많이 가라앉았다. 페로는 텍사스의 억만장자로, 아칸소 주를 포함한 정부 관련 일을 많이 하는 회사인 일렉트로닉 데이터 시스템스EDS로 큰돈을 벌었다. 그는 이란에서 샤(이란의 왕을 가리키는 말—옮긴이주)의 퇴임 후 EDS 직원들의 구조 작전에 자금을 대고 작전을 성공적으로 마무리지으면서 전국적으로 알려지게 되었다. 그의 연설 스타일은 무뚝뚝하지만 효과적이었다. 그는 자신의 사업적 통찰력, 경제적 독립, 대담한 행동 등으로 볼 때 부시 대통령이나 나보다 미국 경영을 더 잘할 수 있다며 많은 미국인의 마음을 얻고 있었다.

4월 말 몇 개의 여론조사 결과 페로는 대통령보다 앞섰고, 나는 3위였다. 나는 페로가 재미있는 사람이라고 생각했으며, 그가 일찌감치 큰 인기를 얻는 것에 관심을 가지고 지켜보았다. 만일 그가 출마를 한다면 그의 인기 폭등은 점차 가라앉을 것이라고 생각했지만, 자신할 수는 없는 일이었다. 나는 일단 내 일에 전념하여, '대형 대의원'(전당대회에서 투표권을 보장받는 전현직 선출직 공무원)의 지지를 얻어내려고 노력했다. 웨스트버지니아의 제이 록펠러 상원의원은 나를 위해 나서준 첫 대형 대의원 가운데 한 사람이다. 록펠러는 주지사 회의에서 우연히 옆자리에 앉은 후 나와 친구가 되었다. 그는 뉴햄프셔 예비선거 이후 나보다 훨씬 잘 알고 있는 의료보험 문제에 대해 나에게 조언을 해주었다.

펜실베이니아 투표 다음 날인 4월 29일, 로스앤젤레스에서 폭동이 일어났다. 이웃한 벤투라 카운티의 전원 백인인 배심이 1991년 3월 흑인 로드니 킹 구타에 관련된 로스앤젤레스 백인 경찰관 네 명을 무죄 방면한 사건에 자극을 받은 것이다. 지나가던 사람이 구타 장면을 비디오로 찍었고, 그 테이프는 미국 전역의 텔레비전에 방송되었다. 테이프를 보면 킹은 경찰의 저지를 받았을 때 아무런 저항을 하지 않았음에도 야만적인 구타를 당했다.

이 평결은 오래 전부터 로스앤젤레스 경찰서가 인종차별을 한다고 생각해오던 흑인 공동체의 불만에 불을 질렀다. 광분의 파도가 사흘 동안 로스앤젤레스 중남부를 쓸고 지나간 뒤 50명 이상이 죽었고, 2,300명 이상이 부상을 당했으며, 수천 명이 체포당했다. 약탈과 방화로 인한 피해는 7억 달러 이상으로 추정되었다.

5월 3일 일요일 나는 로스앤젤레스의 세실 '칩' 머리 목사가 시무하는 제일 AME 교회에서 인종적 · 경제적 불화를 치유할 필요성에 대해 연설했다. 이어 로스앤젤레스 중남부가 지역구인 맥신 워터스 하원의원과 함께 피해 지역에 나가보았다. 맥신은 제시 잭슨과의 오랜 우정에도 불구하고 일찌감치 나를 지지해준 똑똑하고 강인한 여성 정치가였다. 거리는 불이 나고 약탈당한 건물들이 가득하여 전쟁 지역에 들어선 느낌이었다. 나는 길을 걸어가다가 피해를 보지 않은 식품점을 보았다. 맥신에게 물었더니, 그 소유자인 백인 사업가 론 버클이 공동체에서 신망을 얻었기 때문에 조직폭력배를 포함한 동네 사람들이 그 가게를 '보호'해주었다고 했다. 버클은 지역 사람들을 고용했고, 직원들은 모두 의료보험을 가진 노동조합원이 될 수 있도록 보장했으며, 식품도 비벌리힐스의 식품과 똑같은 품질을 똑같은 가격으로 팔았다. 당시에는 그것이 특별한 일이었다. 도심 거주자들은 이동이 많지 않았기 때문에, 그곳의 가게들은 품질이 낮은 물건을 다른 데보다 더 비싼 가격에 파는 일이 흔했다. 나는 그 몇 시간 전에 버클을 만났지만, 그를 더 잘 알고 싶었다. 그후 그는 나의 절친한 친구이자 강력한 지지자들 가운데 한 사람이 되었다.

맥신의 집에서 열린 회의에서 나는 중남부 지역 거주자들로부터 경찰과의 문제, 한국계 미국인 상인들과 흑인 소비자들 사이의 긴장, 더 많은 일자리의 필요성 등에 대한 이야기를 들었다. 나는 도심에 사업 지구를 만들어 개인 투자 은행과 공동체 개발 은행들이 저소득층에게 대출을 해주도록 장려함으로써 도심 거주자들의 생활 조건을 개선하겠다고 약속했다. 나는 이 여행에서 많은 것을 배우게 되었으며, 언론에도 긍정적으로 보도가 되었다. 내가 부시 대통령보다 먼저 그곳을 찾았다는 것도 이 도시 주민들에게는 좋은 인상을 주었다. 2002년 조지 W. 부시 대통령이 폭동 10주년을 맞아 로스앤젤레스를 방문한 것을 보면, 재능 있는 부시 집안에서도 가장 훌륭한 이 정치가는 아버지 때의 교훈을 잊지 않았던 것 같다.

5월 나머지 기간에 일련의 예비선거 승리를 거치면서 나의 대의원 수는 늘어났다. 26일 열린 아칸소 선거에서는 68퍼센트를 얻었는데, 이것은 고향에서 벌어진, 경쟁자가 있는 예비선거에서 내가 거둔 가장 좋은 성적에 버금가는 것이었다. 한편 나는 제리 브라운의 고향 주에서 후보 지명 싸움을 마무리지을 생각으로 캘리포니아에서 선거운동을 했다. 나는 학교를 더 안전하게 만들기 위한 연방의 지원과 미국에서 에이즈의 확산을 멈추기 위한 전면적인 노력을 강조했다. 한편 나는 부통령 지명자를 찾기 시작했다. 그 심사 과정은 워런 크리스토퍼에게 맡겼다. 크리스토퍼는 로스앤젤레스 출신의 변호사로, 카터 대통령 시절에 국무부 차관이었으며, 유능하고 신중하다는 평판이 꼭 들어맞는 사람이었다. 1980년에 크리스토퍼는 이란 인질의 석방을 협상했다. 안타깝게도 그들의 석방은 레이건 대통령의 취임식 날까지 연기되었는데, 이것은 신정체제에서도 지도자들은 정치를 한다는 것을 보여주는 증거였다.

한편 로스 페로는 아직 후보로 공식 출마하지 않았음에도 계속 세력을 모으고 있었다. 그는 회사 회장직에서 물러났고, 여론조사 지지도도 계속 올라갔다. 내가 지명전을 마무리지으려는 시점에서 신문에는 "클린턴 지명을 따낼 상황이지만 모든 시선은 페로에게 쏠려", "예비선거 막바지에, 페로가 관심 대상", "새로운 여론조사에서 페로가 부시, 클린턴 앞질러" 같은 제목들이 쏟아져나왔다. 페로는 부시 대통령의 실정이나 나의 예비선거 전투 상처 같은 부담이 없었다. 공화당에게는 페로가 그들이 만들어낸 괴물 프랑켄슈타인처럼 보였을 것이다. 그들이 나를 공격해서 생긴 틈을 비집고 들어간 사업가였기 때문이다. 민주당에게도 페로는 악몽이었다. 부시 대통령이 선거에서 질 수도 있다는 전망, 그러나 민주당원들의 상처 입은 후보 지명자가 아니라 다른 사람에게 질 수도 있다는 전망을 보여주었기 때문이다.

6월 2일 나는 오하이오, 뉴저지, 뉴멕시코, 앨라배마, 몬태나, 캘리포니아 예비선거에서 승리를 거두었다. 캘리포니아에서는 브라운을 48 대 40으로 물리쳤다. 마침내 나는 대통령 후보 지명자가 되었다. 나는 1992년 예비선거의 전체 유효표 가운데 52퍼센트, 즉 1,030만 표 이상을 얻었다. 브라운은 20퍼센트로 400만 표 정도를, 송거스는 18퍼센트로 360만 표 정도를 얻었다. 나머지 표는 다른 후보나 경선에 나서지 않은 대의원에게 던져졌다.

그러나 그날 밤의 큰 뉴스는 양당의 많은 유권자들이 자기 당의 지명자를 버리고 페로에게 표를 던질 수도 있다고 한 출구조사 결과였다. 그 뉴스는 로스앤젤레스 빌트모에서 열린 우리의 축하 행사에 찬물을 끼얹었다. 힐러리와 나는 호텔방에서 당선 공식 발표를 지켜보고 있었는데, 나조차도 타고난 낙관적 태도를 유지하기가 힘들었다. 승리 연설을 하러 무도장으로 내려갈 시간을 얼마 앞두고 힐러리와 나는 손님을 맞았다. 체비 체이스였다. 4년 전 롱아일랜드에서 그랬듯이, 그는 우울한 순간에 내 기운을 북돋워주기 위해 나타난 것이다. 이번에는 그와 영화에서 공연한 골디 혼도 함께였다. 그들이 우리가 처한 터무니없는 상황에 대해 한참 농담을 하고 나자, 기분도 좀 나아져 다시 움직여볼 마음이 생겼다.

언론의 논평가들은 다시 내가 죽었다고 말했다. 이번에는 승자가 페로였다. 로이터통신의 기사는 그 상황을 한 줄로 요약했다. "빌 클린턴은 몇 달 동안 자신의 사생활이 드러나는 것을 피하려고 애썼지만, 금요일에 훨씬 더 심각한 정치적 저주를 받았다. 무시를 당하게 된 것이다." 닉슨 대통령은 부시가 페로를 아슬아슬하게 물리치고, 나는 한참 뒤처진 3위를 할 것이라고 예언했다.

우리의 선거운동은 다시 힘을 얻어야 했다. 우리는 일반 국민과 직접 접촉하면서 계속 쟁점들을 밀고 나가기로 했다. 6월 3일, 나는 젊은 시청자들에게 특히 인기가 있는 아스니오 홀의 텔레비전 쇼에 나갔다. 나는 선글라스를 끼고 색소폰으로 "하트브레이크 호텔"과 "신이여 아이를 축복하소서 God Bless the Child"를 연주했다. 6월 12일에는 〈래리 킹 라이브Larry King Live〉에 나가 시청자들의 질문에 답했다. 6월 11일과 12일에는 민주당 정강 위원회가 나의 철학과 선거운동 공약을 반영한 초안을 내놓았다. 과거에 우리에게 피해를 준 적이 있는 편향적인 언어는 피했다.

6월 13일, 나는 제시 잭슨 목사의 '무지개연합'을 만났다. 처음에는 제시도 나도 이것이 우리의 차이를 넘어서 선거운동을 위한 연합전선을 구축할 기회로 보았다. 그러나 일은 그렇게 풀리지 않았다. 내가 연설을 하기 전날 밤, 인기 있는 랩 아티스트 시스터 술자가 무지개연합에서 연설을 했다. 그녀는 젊은 사람들에게 영향력 있는 똑똑한 여자였다. 한 달 전, 그녀는 로스앤젤레스 폭동 후 「워싱턴 포스트」와 인터뷰를 하다가 놀라운 말을 했다. "흑인들이 매일 흑인을 죽이고 있는데, 일주일만 백인을 죽이면 어떨까?…… 당신이 조직폭력 조직원으로 누군가를 죽이고 다닌다면, 이왕이면 백인을 죽이면 어떨까?"

아마 시스터 술자는 그저 젊은 흑인들의 분노와 소외를 표현했던 것으로, 자신이 그들에게 서로 죽이지 말라는 메시지를 전달하는 것일 뿐이라고 생각했을 것이다. 그러나 그녀의 말에는 그녀의 의도가 제대로 표현되지 않았다. 내 실무진, 특히 폴 베걸러는 그녀의 말에 대해 뭔가 이야기를 해야 한다고 주장했다. 젊은이의 폭력을 억제하고 인종적 분열을 치유하는 것은 나의 가장 중요한 관심사에 속했다. 미국 전역의 백인 유권자들에게 인종주의를 버리라고 외치고 나서 시스터 술자의 말에 대해서는 침묵한다면 나는 무력해 보이거나 사기꾼으로 보일 수도 있었다. 나는 연설 말미에 그녀의 말에 대해 이야기했다. "만일 그 말에서 '백인'과 '흑인'만 뽑아내 서로 바꾼다면, 그것이 데이비드 듀크가 한 말이라는 생각이 들 겁니다…… 우리 모두에게는 편견을 볼 때마다 그것에 주의를 주어야 할 의무가 있습니다."

정치 신문은 나의 발언이 민주당 핵심 유권자들에게 맞섬으로써 온건하고 보수적인 부동표에 호소하려는 계산된 시도라고 보도했다. 제시 잭슨도 그렇게 보았다. 그는 내가 그의 환대를 악용하여 백인 유권자들을 노린 선동적인 발언을 했다고 생각했다. 잭슨은 시스터 술자가 공동체 봉사활동을 해온 훌륭한 사람이며 내가 그녀에게 사과해야 한다고 말했다. 그는 나를 지지하지 않겠다고 위협했고, 심지어 로스 페로를 지지할 수도 있다고 암시하기까지 했다. 사실 나는 시스터 술자의 말이 나온 직후, 연예계의 '쇼 연합' 모임에 참석하기 위해 로스앤젤레스에 있을 때부터 그녀를 나무랄 생각을 했다. 결국 그 자리에서는 그렇게 하지 않았다. 쇼 연합 행사는 자선 모임이었으므로 그것을 정치적으로 만들고 싶지 않았기 때문이다. 무지개연합 행사가 바로 이어져 있었기 때문에, 나는 그 자리에서 이야기를 해야겠다고 결심했다.

사실 당시 나는 랩 문화를 제대로 이해하지 못했다. 첼시는 오래 전부터 이 문화에는 매우 지적이지만 깊은 소외감을 느끼는 젊은이들이 가득하며, 나에게 그 문화에 대해 공부해보라고 권했다. 마침내 2001년에 첼시는 나에게 랩과 힙합 시디 여섯 장을 주면서, 꼭 들어보겠다는 약속을 받아냈다. 들어 보니, 여전히 재즈와 록이 더 좋기는 했지만, 그래도 꽤 즐거운 경험이었다. 그리고 첼시의 말대로 지적인 면과 소외도 느낄 수 있었다. 하지만 나는 인종을 근거로 한 폭력을 옹호하는 듯한 시스터 술자의 태도에 반대하는 이야기를 한 것은 옳았다고 생각하며, 대부분의 아프리카계 미국인들이 내 말에 동의했다고 믿는다. 나는 제시가 나를 비판한 뒤에, 자신이 소외되고 뒤처졌다고 느끼는 도시 젊은이들을 향해 손을 뻗기 위해 더 노력하기로 결심했다.

6월 18일에는 부시 대통령을 만나기 위해 워싱턴에 와 있던 보리스 옐친과 처음 만났다. 외국 지도자들이 다른 나라를 방문할 때는 야당 지도자도 만나는 것이 관례였다. 옐친은 정중하고 다정했지만, 약간 생색을 내기도 했다. 나는 그가 열 달 전 쿠데타 기도에 반대해 탱크에 올라간 이래 그를 깊이 존경해왔다. 그러나 그는 부시를 더 좋아한다는 사실을 솔직히 드러냈으며, 대통령이 재선될 거라고 생각하고 있었다. 회담 말미에 옐친은 내가 이번에 당선되지 않더라도 미래는 밝다고 말했다. 나는 그가 소비에트 이후의 러시아를 이끌고 나가기에 적당한 사람이라고 생각했으며, 내가 선거 결과로 그를 실망시키는 데 성공할 경우에 함께 일을 해볼 수 있겠다는 확신을 품고 회담장을 나섰다.

나는 그 주에 선거운동에 빠질 수 없는 약간의 경박한 행동을 보여주었다. 댄 퀘일 부통령은 자신이 선거운동의 "투견"이 될 작정이라고 말했다. 나는 그 발언에 대한 질문을 받고 퀘일의 주장은 미국의 모든 소화전의 가슴에만 공포를 불러일으킬 뿐이라고 대꾸했다.

6월 23일 나는 다시 진지한 태도로 돌아서서, 적자가 예상했던 것보다 커질 것이라는 정부의 최근 발표에 기초하여 약간 수정한 경제 계획을 다시 발표했다. 그것은 모험이었다. 4년 안에 적자를 반으로 줄이겠다는 내 약속을 지키기 위해서는 중산층 감세 제안을 없애야 했다. 월스트리트의 공화당원들도 이 계획을 좋아하지 않았다. 미국의 최고소득층과 법인들의 소득세를 올리겠다고 제안했기 때문이다. 레이건과 부시 12년간 그들이 내는 세금이 전체 세금에서 차지하는 비중은 많이 줄어들었다. 지출을 줄이는 것만으로는 적자를 반으로 줄일 수 없었다. 나는 1980년대에 가장 이익을 많이 본 사람들이 비용의 절반을 내야 한다고 생각했다. 나는 공화당이 12년 동안 추구했던 '장밋빛 시나리오'의 함정에 빠지지 않겠다고 결심하고 있었다. 공화당은 이런 시나리오에 따라 어려운 선택을 피하기 위해 계속 세입을 과대평가했고 지출을 과소평가했다. 개정된 경제 계획은 나의 새 경제정책 보좌관 진 스펄링의 지휘로 작성되었다. 그는 5월에 마리오 쿠오모 주지사의 비서실을 나와 나의 선거운동에 합류했다. 그는 총명했으며, 거의 잠을 자지 않으면서, 귀신 같은 능력을 보여주었다.

6월 말이 되자 정력적인 대중 접촉과 정책적 노력들이 결과를 나타내기 시작했다. 6월 20일 여론조사는 세 명 모두 같은 수준을 보여주었다. 내 노력만으로 이루어진 일이 아니었다. 페로와 부시 대통령은 매우 개인적인 설전에 몰두해 있었다. 두 텍사스인은 서로 미워했는데, 그들의 말다툼에는 괴상한 면도 있었다. 예를 들어 페로는 부시가 자신의 딸의 결혼을 망치려고 음모를 꾸몄다는 묘한 주장을 했다.

페로가 딸 문제를 놓고 부시와 싸우는 동안, 나는 선거운동을 하루 쉬고 매년 하던 대로 미네소타 북부에서 독일어 여름 캠프에 참가했던 첼시를 데려왔다. 첼시는 겨우 다섯 살 때부터 "세상을 구경하고 모험을 하겠다"면서 캠프에 가겠다고 졸랐다. 미네소타의 호수 지역에 자리 잡은 콩코디아 언어 캠프는 그곳에서 가르치는 언어들을 모국어로 사용하는 나라의 마을을 흉내 낸 마을들을 지어놓았다. 어린이들은 그곳에 들어가 새로운 이름과 외국 화폐를 받았다. 그리고 이후 2주에서 4주 동안은 그 마을의 언어를 사용했다. 콩코디아에는 서유럽어와 스칸디나비아 반도의 언어만이 아니라 중국어와 일본어 마을도 있었다. 첼시는 독일어 캠프를 골라 몇 년 동안 여름마다 그곳에 갔다. 그것은 첼시의 유년 시절에서 의미 있는 좋은 경험이었다.

나는 7월 초부터 본격적으로 러닝메이트를 고르기 시작했다. 철저한 조사 끝에 워런 크리스토퍼는 밥 케리, 마틴 루터 킹 2세와 함께 일했고 케네디 대통령의 백악관에도 들어갔던 펜실베이니아의 해리스 워퍼드 상원의원, 하원 외교위원회의 존경받는 위원장인 인디애나의 리 해밀턴 하원의원, 함께 주지사를 하면서 친해진 플로리다의 밥 그레이엄 상원의원, 테네시의 앨 고어 상원의원 등을 추천했다. 나는 그들 모두 마음에 들었다. 나는 케리와 함께 주지사 일을 했으며, 그가 선거운동에서 했던 거친 말들은 마음에 두지 않고 있었다. 그는 공화당과 무소속 유권자들을 끌어들일 수 있는 인물이었다. 워퍼드는 의료보험 개혁과 시민권의 매우 도덕적인 옹호자였다. 그는 또 밥 케이시 주지사와 관계도 좋아 펜실베이니아 승리를 보장해줄 수도 있었다. 해밀턴은 외교에 대한 지식과 인디애나 남동부의 보수적인 지역에서 발휘하는 힘이 돋보였다. 그레이엄은 내가 지난 12년간 함께 일해온 150명 정도의 주지사 가운데 가장 뛰어난 서너 명 가운데 하나였다. 그레이엄이라면 1976년 이후 처음으로 플로리다를 민주당으로 끌어올 것이 거의 틀림없었다.

그러나 결국 나는 앨 고어에게 요청을 하기로 결정했다. 처음부터 그럴 생각은 아니었다. 이전에 몇 번 만났을 때 우리는 서로 마음이 맞는다는 것은 알았지만, 특별히 돈독한 관계로 넘어가지는 못했다. 그를 선정한 것은 부통령 후보가 정치적이고 지역적인 균형을 이루어야 한다는 통념에 도전하는 것이었다. 우리는 이웃한 주 출신이었기 때문이다. 고어는 나보다도 더 젊었다. 그리고 그 역시 새로운 민주당원 계파로 분류되고 있었다. 그러나 나는 바로 전통적인 균형이 아니라는 점 때문에 효과가 있을 거라고 생각했다. 고어를 러닝메이트로 선정하면 미국에 새로운 세대의 지도력을 선사할 수 있었으며, 당과 나라를 이제까지와는 다른 방향으로 이끌고 가려는 나의 의지가 얼마나 강한지 보여줄 수 있었다. 나는 또 그를 선택하는 것이 테네시와 남부를 비롯한 여러 지지가 확고하지 않은 주들의 선거운동에도 도움이 될 것이라고 생각했다.

게다가 고어는 훨씬 더 중요한 방식으로 균형을 잡아줄 수 있었다. 그는 내가 모르는 것을 채워줄 수 있었기 때문이다. 나는 경제, 농업, 범죄, 복지, 교육, 의료보험에 대해서는 많이 알고 있었으며, 주요한 외교 정책 문제에 대해서도 잘 파악하고 있었다. 반면 고어는 국가안보, 군비 통제, 정보 기술, 에너지, 환경의 전문가였다. 그는 1차 걸프전쟁 때 부시 대통령을 지지한 10명의 민주당 상원의원 가운데 한 사람이었다. 그는 리우데자네이루에서 열린 세계 생물 다양성 회의에도 참석했으며, 거기서 나온 협정을 지지하지 않겠다는 부시 대통령의 결정에 강력하게 이의를 제기했었다. 그는 그 무렵 베스트셀러가 된 저서 『균형 잡힌 지구*Earth in the Balance*』에서 지구 온난화, 오존층 감소, 열대우림 파괴 같은 문제들 때문에 우리와 환경의 관계를 근본적으로 재조정할 필요가 있다고 주장했다. 그는 4월에 그 책에 사인을 해서 나에게 주기도 했다. 나는 그 책을 읽었고, 많은 것을 배웠고, 그의 주장에 동의했다. 고어는 우리가 선출될 경우 다루어야 할 주제들에 대해 더 많이 알고 있었을 뿐 아니라, 국회와 워싱턴 문화도 나보다 훨씬 더 잘 이해하고 있었다. 가장 중요한 것은 나에게 무슨 일이 생길 경우 그가 훌륭한 대통령이 될 것이고, 내가 대통령직을 마친 뒤에는 대통령으로 당선될 가능성이 아주 높다는 점이었다.

나는 워싱턴의 한 호텔에 자리를 잡고 염두에 두고 있던 몇 사람을 만났다. 고어는 어느 날 밤 11시에 찾아왔다. 가능한 기자들의 눈에 띄지 않으려는 것이었다. 그 시간은 그보다는 나에게 더 편했다. 그러나 고어는 풀어지지 않은 모습이었고 쾌활했다. 우리는 두 시간 동안 나라, 선거운동, 가족에 대해 이야기했다. 그는 티퍼와 네 자녀를 자랑스러워하고 또 그들에게 헌신하는 것이 분명했다. 티퍼는 흥미로운 사람이었다. 그녀는 현대 음악의 폭력적이고 천박한 가사에 반대하는 운동을 벌여 유명해졌고, 정신건강 치료를 개선하는 데 큰 관심과 많은 지식을 갖춘 세련된 여성이었다. 이야기를 나눈 뒤 나는 고어가 마음에 들었으며, 그와 티퍼가 우리의 선거운동에 큰 보탬이 될 것이라고 확신했다.

7월 8일 나는 고어에게 전화를 걸어 나의 러닝메이트가 되어달라고 부탁했다. 다음 날 고어와 그의 가족은 발표를 위해 리틀록으로 날아왔다. 주지사 저택의 뒤쪽 포치에 우리가 모두 함께 서 있는 사진은 미국 전체에 큰 뉴스가 되었다. 우리가 하는 말보다도 그 사진이 긍정적인 변화를 약속하는 젊은 지도자들의 에너지와 열망을 잘 보여주었다. 다음 날 고어와 나는 리틀록에서 조깅을 한 뒤 그의 고향인 테네시 주 카시지로 날아가 유세를 하고 그의 부모를 찾아갔다. 그의 부모는 고어에게 큰 영향을 끼쳤다. 앨 고어 1세는 상원의원을 세 번 지냈으며, 민권을 지지했고, 베트남전쟁에 반대했다. 이런 입장 때문에 1970년에 의원직을 잃기도 했지만, 대신 미국 역사에서는 명예로운 자리를 차지했다. 고어의 어머니 폴린 역시 인상적이었다. 그녀는 당시에 여자로서는 드물게 법대를 졸업하고, 아칸소 남서부에서 잠시 변호사 일을 하기도 했다.

7월 11일, 나는 힐러리, 첼시와 함께 뉴욕으로 날아가 민주당 전당대회에 참석했다. 부시와 페로가 서로 싸우는 동안 우리는 편안한 5주를 보냈다. 처음으로 일부 여론조사에서 내가 1위로 나섰다. 나흘 밤 동안 텔레비전에 집중 보도되는 전당대회는 우리의 입지를 강화해줄 수도 있었고, 약화시킬 수도 있었다. 1972년과 1980년에 민주당은 국민에게 분열되고, 풀이 죽고, 규율이 잡히지 않은 당의 모습을 보여줌으로써 불구가 되었다. 나는 그런 일이 다시 일어나게 하지 않겠다고 결심했다. 민주당전국위원회 의장 론 브라운도 마찬가지였다. 해럴드 이케스와 민주당전국위원회 부의장이며 전당대회 의장인 알렉시스 허먼은 통일, 새로운 구상, 새로운 지도자들을 보여주는 작업을 지휘했다. 평당원들이 공화당의 백악관 지배 12년을 겪고 나서 승리하고 싶은 마음이 간절했던 것도 도움이 되었다. 그럼에도 당의 단합을 도모하고 좀더 긍정적인 이미지를 보여주기 위해서는 할 일이 많았다. 예를 들어 우리가 조사한 바에 따르면 대부분의 미국인들이 힐러리와 나 사이에 아이가 있다는 것을 몰랐으며, 내가 부유한 특권층 출신이라고 생각하고 있었다.

전당대회는 후보 지명자에게는 머리가 어찔한 행사다. 이번 전당대회는 특히 그랬다. 몇 달 동안 내가 뱀의 배보다 밑에 있는 존재라는 말만 듣다가, 이제 갑자기 좋고 진실한 모든 것의 전형으로 떠받들어지고 있었다. 뉴햄프셔 이후 자질 공격을 겪으면서 나는 내 성질을 제어해야 했고, 지치면 훌쩍거리지 않으려고 노력해야 했다. 그런데 이제는 내 자만심을 누르고, 찬사와 긍정적인 보도에 취하면 안 된다고 스스로를 다잡아야 했다.

전당대회가 시작되자 당의 단결이라는 면에서는 큰 진전이 있었다. 탐 하킨은 그 전에 이미 나를 지지했다. 이제 밥 케리, 폴 송거스, 더그 윌더가 지지 발언을 했다. 제시 잭슨도 마찬가지였다. 오직 제리 브라운만 입을 다물었다. 내가 가장 좋아하는 정치가 가운데 한 사람이 된 하킨은 제리가 자기중심적인 행동을 한다고 지적했다. 론 브라운이 밥 케이시 주지사가 전당대회에서 연설을 하는 것을 허용하지 않겠다고 했을 때도 작은 소동이 벌어졌다. 케이시 주지사가 낙태에 반대하는 연설을 하고 싶어 해서가 아니라, 나를 지지하는 데 동의하려 하지 않았기 때문이었다. 나는 케이시의 연설을 허용하고 싶었다. 무엇보다 케이시를 좋아했고, 또 낙태에 반대하는 민주당원들의 신념을 존중했고, 그들 가운데 다수가 다른 문제들에 대한 내 입장을 보고, 그리고 낙태를 "안전하고, 합법적이고, 드문 일"로 만들겠다는 나의 약속을 보고 우리에게 투표를 할 수도 있다고 생각했기 때문이다. 그러나 브라운은 완강했다. 어떤 문제에 대해서는 의견이 다를 수 있다, 하지만

11월의 승리를 위해 헌신하지 않을 사람에게 마이크를 줄 수는 없다. 그것이 브라운의 주장이었다. 나는 당을 재건하면서 규율을 잡고자 하는 그의 태도를 존중하여 그의 판단을 따랐다.

전당대회 첫날 밤에는 우리의 여성 상원의원 후보 가운데 7명이 등장했다. 힐러리와 티퍼 고어도 잠깐 얼굴을 내밀었다. 이어 빌 브래들리 상원의원, 바버러 조던 하원의원, 젤 밀러 주지사가 기조연설을 했다. 브래들리와 조던은 유명했고 또 이야기도 잘했지만, 밀러는 이런 이야기로 청중의 눈에서 눈물이 흐르게 했다.

> 교사였던 아버지는 내가 태어난 지 2주가 되었을 때 돌아가셨습니다. 어머니는 젊은 나이에 어린 자식 둘이 딸린 과부가 되었죠. 하지만 어머니는 하나님을 믿었고, 라디오에서 나오는 루스벨트의 목소리를 믿었기 때문에 계속 살아갈 수 있었습니다. 아버지가 돌아가시자 어머니는 두 손으로 거칠고 작은 땅뙈기를 일구었습니다. 어머니는 매일 산에서 흘러내리는 차가운 개울에 들어가 집을 지을 자갈을 수천 개 날랐습니다. 나는 어머니가 개울에서 가져온 돌멩이와 손수레에서 섞은 시멘트로 집을 짓는 것을 보며 자랐습니다. 그 시멘트에는 지금도 어머니 손바닥 자국이 남아 있습니다. 뿐만 아니라 아들에게도 어머니의 자국이 남아 있습니다. 어머니가 자신의 자부심, 자신의 희망, 자신의 꿈을 내 영혼 깊이 찍어 두었기 때문입니다. 물론 나도 댄 퀘일이 아이들에게는 부모가 모두 있는 게 가장 좋다고 했을 때 그것이 무슨 말인지 잘 압니다. 당연히 그게 좋지요. 아이들이 모두 신탁기금을 가지고 있다면 그 또한 좋을 것입니다. 하지만 우리 모두가 부자로, 잘생긴 얼굴로, 행운을 안고 태어날 수는 없습니다. 그래서 우리에게 민주당이 있는 것입니다.

이어 밀러는 프랭클린 루스벨트에서부터 카터에 이르기까지 모든 민주당 대통령의 기여를 찬양한 다음, 정부가 교육, 인권, 민권, 경제적 · 사회적 기회, 환경을 개선할 수 있다고 믿는다고 말했다. 그는 부자와 특수 이익단체들을 편애하는 공화당 정책들을 공격하고, 경제 · 교육 · 의료보험 · 범죄 · 복지제도 개혁에 대한 나의 계획을 지지했다. 그것은 강력한 '새로운 민주당원' 메시지였다. 내가 전국에 들려주고 싶은 것이 바로 그런 이야기였다. 2000년에 젤 밀러가 상원의원에 선출되었을 때, 조지아는 좀더 보수적이 되었고 그 역시 그렇게 되었다. 그는 부시 대통령의 가장 강력한 지지자들 가운데 한 사람이 되어, 적자를 폭발적으로 늘리고, 가장 부유한 미국인들에게만 부당하게 혜택을 주는 엄청난 감세를 지지하고, 가난한 아이들을 방과 후 프로그램에서 몰아내고, 실업자들에게서 직업 훈련 기회를 박탈하고, 제복을 입은 경찰관을 거리에서 쫓아내는 예산안을 지지했다. 밀러가 무엇 때문에 미국에서 무엇이 가장 좋은지에 대한 그의 견해를 바꾸었는지는 모르지만, 1992년에 그가 나와 민주당원과 미국을 위해 해주었던 일은 늘 기억할 것이다.

둘째 날에는 정강 발표와 더불어 카터 대통령, 탐 하킨, 제시 잭슨의 강력한 연설이 있었다. 제시는 일단 나를 지지하기로 마음을 먹자, 전폭적인 지원에 나서 청중을 열광의 도가니로 몰아넣는 격정적인 연설을 토해냈다. 그러나 그날 저녁의 가장 감동적인 부분은 의료보험과 관련된 행사였다. 제이 록펠러 상원의원은 모든 미국인을 위한 의료보험의 필요성에 대해 이야기했다. 뉴햄프셔에 사는 내 친구 론과 론더 마초스가 직접 나서서 그의 주장을 뒷받침해주었다. 마초스 부부는 둘째 아이를 임신 중이었는데, 손에는 어린 로니의 심장절개 수술비용 10만 달러의 청구서가 쥐어져 있었다. 그들은 자신들이 이등 국민인 듯한 느낌이 든다고 말했다. 그러나 그들은 나를 알았으며, 내가 그들 "미래의 최고의 희망"이었다.

의료보험과 관련된 연사들 가운데는 에이즈에 걸린 밥 해토이와 일리저버스 글레이저도 있었다. 나는 정치가들이 너무 오래 무시해온 이 문제의 현실을 미국의 거실로 가지고 들어가고 싶었다. 밥은 동성애자로, 나를 위해 일하고 있었다. 그는 말했다. "나는 죽고 싶지 않습니다. 하지만 대통령이 나를 적으로 보는 미국에 살고 싶지도 않습니다. 나는 병 때문에 죽음과 직면할 수는 있지만, 정치 때문에 죽음과 직면하고 싶지는 않습니다." 일리저버스 글레이저는 아름답고 똑똑한 여자였으며, 〈스타스키와 허치〉라는 유명한 텔레비전 연속극에 출연했던 폴 마이클 글레이저의 부인이었다. 그녀는 첫 아이를 낳다가 출혈이 심해 수혈을 받았는데, 그때 바이러스에 오염된 피가 몸에 들어왔다. 그녀는 모유를 통해 딸에게도 병을 옮겼으며, 자궁을 통해 둘째인 아들에게도 옮겼다. 일리저버스는 전당대회에서 연설을 할 때 이미 '소아 에이즈 재단'을 세워 정부가 에이즈 연구와 치료에 더 많은 돈을 지원하도록 열심히 로비를 하고 있었다. 그녀는 이미 딸 에리얼을 에이즈로 잃었다. 그녀는 대통령이 그 방면에 대해 더 많은 일을 해주기를 바랐다. 내가 당선되고 나서 얼마 안 있어, 일리저버스 자신도 에이즈와의 싸움에서 졌다. 힐러리와 나를 비롯하여 그녀를 따르고 사랑했던 많은 사람들에게 무척 가슴 아픈 일이었다. 나는 그녀의 아들 제이크가 살아 있는 것에 감사하며, 그의 아버지와 일리저버스의 친구들이 그녀의 일을 계속 이어가는 것에 감사한다.

전당대회 제3일, 전국 여론조사는 내가 1위에 올라섰음을 보여주었다. 부시 대통령을 두 자리수로 누르고 있었다. 나는 센트럴 파크 조깅으로 그날 아침을 시작했다. 이어 넬슨 만델라가 우리의 호텔 방으로 찾아온다는 말을 들었다. 힐러리, 첼시, 나는 무척 기뻐했다. 그는 데이비드 딘킨스 시장의 초청으로 민주당 전당대회 손님으로 미국을 찾아왔다. 당연한 일이지만, 그는 대통령 선거에서 누구의 편도 들지 않는다고 말했다. 다만 민주당이 오랫동안 아파르트헤이트에 반대해온 것에 감사하고 싶다고 했다. 만델라는 유엔이 남아프리카의 폭력 사태를 조사할 특별조사단을 보내주기를 바랐다. 나는 그의 요청을 지원하겠다고 말했다. 그의 방문은 우리의 훌륭한 우정의 시작이었다. 만델라는 힐러리를 좋아한다는 것을 숨기지 않았으며, 나는 그가 첼시에게 보여주는 관심에 큰 감동을 받았다. 내가 백악관에 있는 8년 동안 그는 나와 이야기할 때마다 반드시 첼시의 안부를 물었다. 한번은 전화 대화 도중 첼시와 통화를 하고 싶다고 말하기도 했다. 나는 그가 흑인이건 백인이건 남아프리카에서 만나는 모든 아이들에게도 똑같은 관심을 보인다는 것을 알았다. 그것이 그의 근본적인 위대함의 증거였다.

수요일은 전당대회에서 중요한 밤으로, 밥 케리와 테드 케네디가 연설을 했다. 이어 로버트 케네디에게 바치는 감동적인 영화 상영이 있었으며, 그 소개는 그의 아들인 매사추세츠의 조 케네디 하원의원이 했다. 이어 제리 브라운과 폴 송거스가 연설을 했다. 브라운은 부시 대통령을 강하게 비난했다. 폴 송거스도 마찬가지였지만, 그는 앨 고어와 나를 변호하기도 했다. 그가 겪은 일들을 생각할 때 그것은 용기 있고 세련된 행동이었다.

이어 중요한 순간이 찾아왔다. 마리오 쿠오모의 지명 연설이 시작된 것이다. 그는 여전히 민주당 최고의 웅변가였으며, 이번에도 우리를 실망시키지 않았다. 쿠오모는 세련된 수사, 폐부를 찌르는 듯한 비판, 논리정연한 주장으로 이제 "알 것을 알만큼 똑똑한 사람, 할 일을 할 만큼 강한 사람, 나라를 이끌 만큼 자신 있는 사람, 새로운 미국을 위한 새로운 목소리, '돌아온 아이'"의 시대가 되었다고 선포했다. 나의 다른 지명자들인 맥신 워터스 하원의원, 오클라호마의 데이브 맥커디 하원의원의 연설에 이어 표 확인이 시작되었다.

앨라배마는 아칸소에 양보하여, 내 고향이 첫 표를 던지도록 배려했다. 우리 주의 민주당 의장으로 16년 전 법무장관 선거에서 나와 맞섰던 조지 저니건은 투표의 명예를 클린턴을 지지하는 다른 대의원에게 넘겼다. 그러자 나의 어머니가 간단하게 말했다. "아칸소는 우리가 가장 좋아하는 아들이자 내 아들인 빌 클린턴에게 우리의 48표를 자랑스럽게 던집니다." 그 말을 하는 순간 어머니는 가슴이 터질 듯한 자랑스러움 외에 무엇을 느끼고 무엇을 생각했을까? 혹시 46년 전, 나에게 생명을 주었던 스물세 살의 과부를 떠올리지 않았을까? 나와 내 동생이 가능한 한 정상적인 생활을 하도록 늘 밝은 미소로 감당해냈던 그 모든 고통을 떠올리지는 않았을까? 텔레비전으로 그렇게 말하는 어머니를 지켜보자 무척 기분이 좋았다. 어머니를 거대한 물결의 출발선에 서게 해준 누군가에게도 감사하고 싶었다.

표 확인이 계속되는 동안, 나는 힐러리, 첼시와 함께 호텔을 나와 메디슨 스퀘어 가든으로 향하다가 메이시 백화점에 잠깐 들렀다. 우리는 그곳에서 텔레비전으로 투표하는 것을 보았다. 오하이오가 나에게 144표를 던짐으로써 나는 다수의 하한선인 2,145표를 통과하여 마침내 공식적인 민주당 후보가 되었다. 그 뒤에 계속된 행사시간에 우리 셋은 무대로 올라갔다. 나는 1960년의 존 케네디 이후 수락 연설을 하기 전에 전당대회장에 나온 첫 후보였다. 나는 짧은 연설에서 이런 말을 했다. "32년 전에도 이 나라를 다시 움직이고 싶어 하던 젊은 후보가 간단하게 감사 인사를 하러 전당대회장에 나왔습니다." 나는 내가 존 케네디의 선거운동의 정신을 이어받았음을 밝히고, 나의 지명자와 대의원들에게 감사하고, "내일 밤 내가 돌아온 아이가 될 것임을 말하고" 싶었다.

7월 16일, 목요일은 전당대회 마지막 날이었다. 그때까지 우리는 대회장이나 텔레비전에서 멋진 사흘을 보여주었다. 우리는 전국적 지도자들과 떠오르는 스타들을 보여주었을 뿐 아니라, 평범한 시민들도 보여주었다. 우리는 새로운 구상을 분명하게 전달했다. 그러나 앨 고어와 내가 효과적인 수락연설을 하지 못한다면 그 모든 것이 물거품이 될 수도 있었다. 그날은 이 정신없는 선거운동 기간의 많은 날들이 그렇듯이 깜짝 놀랄 만한 뉴스로 시작되었다. 로스 페로가 출마를 포기한 것이다. 나는 그에게 전화를 걸어, 그의 선거운동의 성공을 축하하고, 근본적인 정치 개혁에 대해 그와 생각이 같다고 말했다. 그는 부시 대통령이나 나 어느 한쪽을 지지하기를 거부했다. 나는 그의 사퇴가 도움이 될지 피해가 될지 잘 모르는 상태에서 전당대회 마지막 날 밤을 맞이했다.

앨 고어는 환호 속에서 후보 지명을 받은 뒤 격정적인 연설을 했다. 고어는 테네시에서 자라던 어린 시절 언젠가는 '엘비스'를 돕는 역할을 하게 될 것이라는 꿈을 꾸었다는 말로 입을 열었다. 엘비스는 실무진이 선거운동 기간에 나에게 지어준 별명이기도 했다. 이어 고어는 부시 행정부의 실정을 길게 나열하면서, 실정 하나를 들 때마다 "이제 그들은 떠날 때가 되었습니다"라고 외쳤다. 그가 두어 번 그렇게 하자, 대의원들이 대신 그 말을 합창하면서 대회장 전체가 후끈 달아오르기 시작했다. 이어 그는 나의 경력을 찬양하고, 우리 눈앞의 도전을 요약하고, 후대에 더 강하고, 더 단결된 나라를 물려주어야 할 그의 가족과 우리의 의무를 이야기했다. 고어는 정말 훌륭한 연설을 했다. 자기 몫을 충분히 한 것이다. 이제 내 차례였다.

연설문 초고는 폴 베갈라가 써주었다. 우리는 이 연설문에 나의 자전적 이야기, 선거운동용 수사, 정책 등 많은 것을 담으려 했다. 또 우리는 이 연설을 통해 골수 민주당원, 대통령에게 불만을 가졌지만 나를 믿지 못하는 무소속과 공화당원, 아무런 소용이 없을 것이라 생각하여 투표를 하지 않는 사람들 등 서로 다른 세 집단에게 호소하려 했다. 베갈라는 평소와 마찬가지로 몇 가지 멋진 말을 집어넣었다. 그리고 조지 스테파노풀로스는 예비선거의 가두 유세에서 가장 효과 있었던 말들을 기억해두었다가 연설문에 집어넣었다. 브루스 리드와 앨 프롬은 정책 부분을 가다듬는 데 도움을 주었다. 내 친구 해리와 린더 블러드워스 토머슨 부부는 분위기를 띄우기 위하여 "호프에서 온 사나이"라는 제목의 짧은 영화를 만들었다. 이 영화는 청중을 흥분시켰다. 나는 엄청난 환호 속에서 연단으로 나갔다.

연설은 느릿느릿 시작되었다. 나는 우선 앨 고어에게 인사를 하고, 마리오 쿠오모에게 감사를 전하고, 예비선거 경쟁자들에게 인사를 했다. 이어 메시지가 시작되었다. "일을 하고 세금을 내는 모든 사람들, 아이를 키우고 규칙을 지키며 살아가는 모든 사람들, 우리의 잊혀진 중간계급을 구성하고 있는 열심히 일하는 미국인들의 이름으로, 나는 자랑스럽게 미합중국 대통령 후보 지명을 받아들입니다. 나는 중간계급 출신이며, 내가 대통령이 되면, 여러분은 이제 잊혀지지 않을 것입니다."

이어 나는 어머니에서부터 시작해서 나에게 가장 큰 영향을 준 사람들의 이야기를 하기 시작했다. 나는 어머니가 아기 딸린 젊은 과부로서 겪었던 고생에서부터 유방암으로 싸우는 현재까지 이야기를 한 뒤 "어머니는 언제나, 언제나, 언제나 굴복하지 말고 노력하라고 가르쳤다"고 말했다. 나는 외할아버지 이야기를 하면서, 그가 나에게 "경멸받는 사람들을 존중하라"고 가르쳤다고 말했다. 이어 나는 "모든 아이가 배울 수 있고, 우리 모두 그들이 배우도록 도와줄 의무가 있다"는 것을 가르쳐준 힐러리에게 감사했다. 나는 미국이, 나의 분투하는 정신이 어머니에게서 시작되었고, 인종 평등에 대한 신념이 외할아버지에게서 시작되었고, 미국의 모든 아이의 미래에 대한 관심이 아내에게서 시작되었음을 알리고 싶었다.

나는 사람들에게 모두가 미국인 가족의 일원이 될 수 있음을 말하고 싶었다. "나는 오늘 밤 어머니나 아버지 없이 자라나는 미국의 모든 어린이들에게 이야기를 하고 싶습니다. 나는 여러분의 기분을 압니다. 여러분은 특별하고 미국에 중요한 존재입니다. 여러분은 원하는 무엇이든 될 수 있습니다."

다음 몇 분 동안 나는 부시를 비판하고 그보다 나은 나의 계획을 제시했다. "우리는 레이건과 부시가 대통령이 된 이래 임금이 1위에서 13위로 떨어졌습니다…… 4년 전 이 무렵 그는 1,500만 개의 새로운 일자리를 약속했지만, 지금 그 약속한 수치에서 1,400만 개 이상 모자랍니다…… 대통령은 경제 회복이 시작되기 전에는 실업률이 늘 약간 올라간다고 말합니다만, 내가 보기에 진정한 경제회복이 시작되려면 실업자가 한 명만 더 늘면 됩니다. 그것은 대통령, 바로 당신입니다." 나는 내가 제시하는 기회, 책임, 공동체에 대한 새로운 계약이 우리에게 "속기사와 강철 노동자의 자녀도 대학에 갈 수 있는 미국", "중간계급의 세금이 아니라 소득이 올라가는 미국", "부자가 물에 젖지(혼나거나 괴롭힘을 당한다는 뜻이 있다—옮긴이주) 않을 뿐 아니라, 중간계급도 익사하지 않는 미국", "현재 우리가 알고 있는 복지 제도가 사라지는 미국"을 가져올 것이라고 말했다.

이어 나는 미국의 단결을 호소했다. 나에게는 이것이 연설에서 가장 중요한 부분이었으며, 어린 시절 이후로 늘 신봉해온 것이었다.

> 오늘밤 여러분은 모두 마음속 깊이 우리가 너무 분열되었다고 생각하고 있습니다. 이제 미국을 치유할 때입니다.
>
> 그래서 우리는 모든 미국인에게 말해야 합니다. 우리를 눈멀게 하는 상투적인 것들 너머를 보라. 우리는 서로를 필요로 한다. 우리 모두가 서로를 필요로 한다. 우리한테는 낭비할 사람이 없다. 그러나 너무 오랫동안 정치가들은 올바르게 살고 있는 우리 대다수에게 미국의 문제는 우리라고 말해왔습니다. 우리가 자기들과는 다른 '저들' 이라는 것입니다.

저들 소수민족이라는 것입니다. 저들 자유주의자들이라는 것입니다. 저들 가난한 사람들, 저들 노숙자들, 저들 장애인들이라는 것입니다. 저들 동성애자들이라는 것입니다.

이렇게 우리는 저들이 되어 죽을 지경에 이르렀습니다. 저들, 저들, 저들.

하지만 여기는 미국입니다. 여기에는 저들이 없습니다. 우리만 있을 뿐입니다. 하나의 나라, 하나님 아래 분열되지 않은 나라, 모두에게 자유와 정의가 넘치는 나라가 있을 뿐입니다.

이것이 우리의 충성의 맹세이며, 이것이 새로운 계약의 핵심입니다……

십대에 나는 존 케네디가 시민 정신으로 돌아오라고 부르는 소리를 들었습니다. 그 뒤에 조지타운 대학생 시절 캐럴 퀴글리 교수가 그 부름의 의미를 분명하게 설명하는 것을 들었습니다. 퀴글리 교수는 미국이 역사상 가장 위대한 나라가 될 수 있었던 것은 미국 국민이 늘 두 가지 위대한 사상을 믿었기 때문이라고 말해주었습니다. 하나는 내일이 오늘보다 나을 수 있다는 사상이고, 또 하나는 우리 모두에게 내일을 오늘보다 낫게 만들어야 할 개인적 · 도덕적 책임이 있다는 사상이라는 것입니다.

우리의 딸 첼시가 태어나던 날 밤 그런 미래가 나의 삶에 들어왔습니다. 나는 그때 분만실에 서서 하나님이 나에게 나의 아버지는 결코 알지 못했을 축복을 주었다는 생각을 했습니다. 그 축복이란 나의 자식을 내 품에 안아볼 기회였습니다.

이 순간에도 미국 어딘가에서는 아이가 태어나고 있습니다. 그 아이에게 행복한 가정, 건강한 가족, 희망찬 미래를 주는 것이 우리의 대의가 되어야 합니다. 그 아이가 살면서 하나님이 주신 능력을 최대한 발휘하게 하는 것이 우리의 대의가 되어야 합니다…… 그 아이에게 분열이 아니라 통합이 된 나라, 가없는 희망과 무한한 꿈의 나라, 다시 한 번 그 국민을 고양시키고 세계에 영감을 주는 나라를 안겨주는 것이 우리의 대의가 되어야 합니다.

그것이 우리의 대의, 우리의 약속, 우리의 새로운 계약이 되어야 합니다.

친애하는 국민 여러분, 나는 나 자신에게 이 모든 일이 시작된 곳에서 오늘 밤을 끝내려 합니다. 나는 지금도 호프(클린턴의 고향 지명이기도 하고, 희망이라는 말이기도 하다—옮긴이주)라고 부르는 곳이 있다고 믿습니다. 여러분과 미국에 하나님의 축복을 빕니다.

내 연설이 끝나고 환호가 가라앉자, 대회는 이 행사를 위해 아서 해밀턴, 그리고 고등학교 시절 나와 음악을 같이 했던 오랜 친구 랜디 구드럼이 쓴 노래 "친구들의 원Circle of Friends"으로 끝을 맺었다. 브로드웨이의 스타 제니퍼 홀리데이가 부르고, 리틀록의 필랜더 스미스 칼리지 합창단이 합창을 맡았다. 월요일 밤에 전당대회장에서 "아름다운 미국America the Beautiful"을 불러 탄성을 자아냈던 열 살의 레기 잭슨과 내 동생 로저도 함께 불렀다. 오래지 않아 우리 모두 "친구들의 원 안으로 들어갑시다, 시작은 있지만 끝은 없는 곳으로"를 합창했다.

그 노래는 내가 했던 가장 중요한 연설의 완벽한 결말이었다. 그리고 그것은 효과가 있었다. 우리의 원은 넓어지고 있었다. 세 여론조사는 나의 메시지가 유권자들에게 큰 반향을 일으켰으며, 우리가 20포인트 이상 앞선다는 것을 보여주었다. 그러나 나는 우리가 그런 차이를 계속 유지할 수는 없다는 것을 알고 있었다. 우선 민주당 대통령 후보라면 표를 던지는 것을 매우 망설이는 백인 유권자들, 즉 공화당의 문화적 기반을 이루는 유권자가 전체 유권자의 45퍼센트 정도였다. 게다가 공화당은 아직 전당대회를 열지 않았다. 전당대회를 하게 되면 부시 대통령의 지지율이 치솟을 것이 분명했다. 마지막으로 나는 이제 불과 6주 동안 언론으로부터 우호적인 조명을 받았고, 겨우 일주일간 미국에 직접적이고 긍정적인 접근을 하게 되었다. 이 정도면 나에 대한 모든 의심을 국민의 의식의 뒤편으로 밀어넣기에 충분한 시간이었지만, 그것을 지워버리기에는 충분한 시간이 아니라는 것을 나는 잘 알고 있었다.

28

다음 날인 7월 17일 아침, 나는 앨, 티퍼, 힐러리와 함께 뉴저지로 가서 미국을 가로지르는 첫 번째 버스 유세를 시작했다. 현대 대통령 선거는 주요한 매체 시장에서 열리는 유세가 지배하게 되었다. 그러나 이 버스 유세는 일반 유세에서는 무시하는 작은 도시나 시골 지역을 찾아가기 위해 마련된 것으로, 이후에도 몇 차례 이루어진다. 우리는 수전 토머시즈와 데이비드 윌헬름이 계획한 이 버스 유세가 전당대회의 흥분과 힘을 계속 이어가주기를 바랐다.

버스 유세는 뉴저지, 펜실베이니아, 웨스트버지니아, 오하이오, 켄터키, 인디애나, 일리노이를 거치는 1,600킬로미터의 대장정이었다. 우리는 예정에 얽매이지 않고 필요하면 버스에서 내려 거리 유세를 하고 악수를 했다. 첫날은 펜실베이니아 동부와 중부를 거쳐 새벽 2시에 마지막 도착 지점인 요크에 도착했다. 그곳에서는 수천 명이 우리를 기다리고 있었다. 앨은 최고의 오전 2시 가두 연설을 했다. 나도 마찬가지였다. 이어 우리는 지지자들과 30분 넘게 악수를 한 뒤 쓰러져 몇 시간 잠을 잤다. 다음 날 우리는 펜실베이니아를 가로질렀다. 군중과의 유대만이 아니라 우리 사이의 유대도 강해졌다. 우리는 차츰 긴장을 풀고 흥분을 했으며, 우리를 보러 집회장이나 도로 가장자리에 나온 사람들의 열광적 분위기를 보고 기운을 얻었다. 칼리슬의 트럭기사 식당에서는 앨과 함께 커다란 트럭들에 올라가 기사들과 악수를 하기도 했다. 펜실베이니아의 한 턴파이크 휴게소에서는 주차장에서 축구공을 차기도 했다. 어느 곳에서는 소형 골프장을 한 바퀴 돌기도 했다.

사흘째 되는 날, 우리는 펜실베이니아 서부에서 벗어나 웨스트버지니아로 들어갔다. 그곳에서 우리는 커다란 강철관 생산업체인 위어턴 스틸을 둘러보았다. 이곳의 직원들은 전 소유주로부터 공장을 매입해 운영하고 있었다. 그날 밤 우리는 오하이오 주 유티카 근처의 진 브랜스툴의 농장에 갔다. 우리는 그곳에서 200명의 농부 가족들과 함께 야외 요리를 해 먹고, 만 명의 사람들이 기다리고 있는 근처의 들판으로 갔다. 나는 두 가지에 놀랐다. 하나는 군중의 규모였고, 또 하나는 옥수수의 크기였다. 내 평생 그렇게 크고 굵은 옥수수는 처음 봤다. 좋은 징조였다. 다음 날 우리는 오하이오의 주도 콜럼버스에 들렀다가 켄터키로 들어갔다. 나는 주 경계를 넘으면서 1976년의 지미 카터처럼 오하이오를 얻을 수 있으리라고 확신했다. 이것은 중요했다. 남북전쟁 이후 오하이오를 얻지 못한 공화당 후보가 대통령 자리에 오른 적이 없었기 때문이다.

닷새째인 마지막 날 우리는 루이스빌에서 대규모 집회를 연 뒤 인디애나 남부와 일리노이 남부를 통과했다. 가는 길 내내 사람들이 들판이나 길가에 서서 우리의 상징을 흔들어주었다. 성조기와 클린턴-고어 포스터로 장식된 커다란 콤바인을 지나가도 했다. 일리노이에 도착했을 때는 아주 늦은 시간이었다. 매일 그랬듯이 예정에 없던 곳에서 자주 멈추었기 때문이다. 이제 멈출 곳은 없다고 생각했으나, 교차로에서 몇 사람이 "우리한테 8분을 주면 당신들한테 8년을 주겠다!"고 적힌 커다란 플래카드를 들고 서 있었다. 물론 우리는 그곳에 멈추었다. 그날 저녁 마지막 집회는 선거운동 전체에서 가장 기억에 남을 만한 것이었다. 밴덜리어에 들어가니, 수천 명이 촛불을 들고 옛 주 의사당 건물 주위의 광장을 가득 메우고 있었다. 그 의사당은 주도가 스프링필드로 옮겨가기 전 에이브러험 링컨이 입법부 의원으로서 한 번의 임기를 보낸 곳이었다. 우리는 아주 늦게 세인트루이스에 도착하여 다시 몇 시간 잠을 잤다.

버스 유세는 엄청난 성공을 거두었다. 우리는 전국의 언론을 몰고 그동안 무시되어온 미국의 심장부의 여러 곳으로 파고들었다. 우리가 워싱턴에서 대표하겠다고 약속한 사람들을 향해 손을 뻗는 모습이 전국에 비쳐졌다.

이 때문에 우리를 문화적 · 정치적 급진주의자들로 채색하려던 공화당의 시도는 난관에 부딪히게 되었다. 그리고 앨, 티퍼, 힐러리, 나는 서로를 깊이 알게 되었는데, 버스에서 그렇게 오랜 시간을 함께 보내지 않았다면 그런 관계는 형성될 수 없었을 것이다.

다음 달에 우리는 네 번 더 버스 유세를 다녔는데, 이번에는 하루나 이틀의 짧은 유세였다. 2차 버스 유세에서는 미시시피 강을 따라가기로 했다. 우리는 세인트루이스에서 시작하여 마크 트웨인의 고향인 미주리 주 해니벌, 아이오와 주 데이븐포트를 거쳐 위스콘신을 통과하여 미니애폴리스까지 갔다. 그곳에서는 월터 먼데일이 만 명의 군중을 모아놓고, 두 시간 동안 정기적으로 우리의 도달 지점을 알려주고 있었다.

2차 버스 유세에서 가장 기억에 남는 순간은 아이오와 주 래피즈에서 맞이했다. 우리는 생물공학에 대한 회의를 열고, 퀘이커 오츠 포장 공장을 둘러본 다음, 주차장에서 집회를 열었다. 사람들이 많이 모였고 분위기도 뜨거웠다. 그러나 반대자들이 뒤에서 낙태 반대 카드를 들고 나를 조롱하고 있었다. 나는 연설 뒤에 연단에서 내려가 사람들을 만나기 시작했다. 나는 낙태지지 단추를 단 백인 여자가 흑인 아기를 품에 안고 있는 것을 보고 깜짝 놀랐다. 내가 누구의 아이냐고 묻자, 여자는 활짝 웃으며 말했다. "내 아기지요. 이름은 제이미야예요." 여자는 그 아이가 플로리다에서 에이즈에 감염된 상태로 태어났는데, 자신이 혼자서 두 아이를 기르느라 힘이 부치는 이혼녀임에도 아이를 입양했다고 말해주었다. 나는 제이미야를 안고 당당하게 "내 아기"라고 말하던 그 여자의 모습을 잊을 수가 없다. 그녀 역시 낙태 지지자였다. 나는 바로 그런 여자가 아메리칸 드림을 이루게 해주고 싶었다.

그달 늦게 우리는 캘리포니아의 샌와킨 밸리에서 하루 유세를 하고, 이틀간 텍사스와 오하이오와 펜실베이니아의 전에 못 갔던 곳을 들러서, 뉴욕 서부까지 갔다. 9월에는 버스를 타고 조지아 남부를 통과했다. 10월에는 미시간에서 이틀을 보내고, 노스캐롤라이나에서 하루에 도시 열 곳을 정신없이 돌아다녔다.

버스 유세가 일으킨 지속적인 열광은 나도 평생 처음 경험하는 것이었다. 물론 작은 도시에서 사는 사람들은 대통령 후보를 가까이서 보는 데 익숙하지 않았기 때문에 열광했던 것일 수도 있다. 펜실베이니아 주의 코츠빌, 일리노이 주의 센트레일리아, 위스콘신 주의 프레이리 뒤 시앵, 캘리포니아 주의 월넛 그로브, 텍사스 주의 타일러, 조지아 주의 밸도스터, 노스캐롤라이나 주의 엘런 등이 그런 곳이다. 그러나 더 큰 이유는 우리의 버스가 국민과 선거운동을 연결시켰다는 것이다. 버스 유세는 서민적인 면과 앞을 향한 전진을 상징했다. 1992년에 미국인은 걱정을 하고 있었지만 그래도 희망적이었다. 우리는 그들의 두려움에 대해 언급하고, 그들의 지속적인 낙관주의가 정당하다고 말해주었다. 앨과 나는 마음에 드는 유세 패턴을 개발했다. 앨은 멈추는 곳마다 미국의 모든 문제를 나열한 다음에 이렇게 말했다. "내려간 것들은 다 올라가야 하고, 올라간 것들은 다 내려가야 합니다." 그런 다음 앨은 나를 소개하고, 나는 사람들에게 우리가 고치고자 하는 것을 이야기했다. 나는 이 버스 유세를 좋아했다. 우리는 버스를 타고 16개 주를 돌아다녔으며, 11월에 그 가운데 13개 주에서 승리를 거두었다.

1차 버스 유세 뒤에 이루어진 전국 여론조사에서는 내가 부시 대통령을 두 배의 지지율로 이기는 것으로 나왔지만, 나는 그 결과를 심각하게 받아들이지 않았다. 부시 대통령은 아직 선거운동을 시작도 안 한 셈이었기 때문이다. 그는 7월 마지막 주에 선거운동을 시작하자마자 잇따라 포문을 열었다. 그는 국방비 증액을 억제하려는 나의 계획으로 인해 수많은 일자리가 사라지게 될 것이며, 나의 의료보험 계획이 "KGB의 동정심을 바탕으로 이루어진" 정부 운영 프로그램이 될 것이며, 내가 "역사상 최대의 증세"를 원하고 있으며, 자신이 클린턴보다 대통령으로서 더 나은 "도덕적 품격"을 보여줄 것이라고 말했다. 그의 보좌관 메리 매털린은 나를 "코를 훌쩍이는 위선자"라고 부름으로써 선거운동의 투견 경쟁에서 댄 퀘일을 밀어냈다. 나중에 선거운동에서 부시가 밀리면서 부시에게서 임명을 받은 수많은 출세주의자들은 언론에 그것이 자신 아닌 모든 사람의 잘못이라고 이야기하기 시작했다. 그들 가운데 일부는 심지어 대통령을 비판하기까지 했다. 그러나 메리는 그렇지 않았다. 그녀는 끝까지 부시 곁을 떠나지 않았다. 얄궂게도 메리 매털린과 제임스 카빌은 약혼을 한 사이로, 곧 결혼할 예정이었다. 그들은 정치적 지향으로 보자면 양 극단에 서 있었음에도, 그들의 사랑이 그들의 삶에 양념 역할을 하며, 그들의 정치가 부시의 선거운동과 나의 선거운동 양쪽에 활기를 불어넣는다고 진심으로 믿는 사람들이었다.

8월 둘째 주에 부시 대통령은 제임스 베이커에게 국무장관직을 사임하고 백악관으로 돌아와 자신의 선거운동을 지휘해달라고 설득했다. 나는 베이커가 국무장관으로서 일을 잘했다고 생각했다. 다만 보스니아 문제만은 예외였다. 행정부가 인종 청소에 좀더 적극적으로 반대를 했어야 한다고 생각했기 때문이다. 나는 또 베이커가 부시의 선거운동을 좀더 효율적으로 정돈해줄 수 있는 훌륭한 정치가라는 것을 알고 있었다.

우리의 선거운동 역시 좀더 효율적으로 정돈할 필요가 있었다. 우리는 예비선거 일정을 중심으로 조직을 운영하여 후보 지명을 얻어냈다. 이제 전당대회가 끝났기 때문에, 단일한 전략 중심부를 가운데 두고 모든 힘들을 조율할 필요가 있었다. 폴 베걸러의 부인 다이앤은 첫 아이를 출산할 예정이었기 때문에 폴은 리틀록에 상근할 수가 없었다. 그래서 나는 내키지 않았지만, 조지 스테파노풀로스를 선거운동 비행기에서 내리게 했다. 조지는 24시간 뉴스 사이클이 어떻게 돌아가는지 정확하게 파악하고 있었으며, 이제는 좋은 기사를 즐기는 것만이 아니라 나쁜 보도와 싸울 줄도 알았다. 그가 리틀록 본부로 가줄 적임자였다.

제임스는 「아칸소 가제트」 건물의 옛 편집실에 정치, 홍보, 연구 등 선거운동의 모든 요소를 통합한 커다란 열린 공간을 마련해두었다. 그는 이곳에서 장벽을 부수고, 동지애적인 분위기를 이끌어냈다. 힐러리는 이곳이 "상황실" 같다고 했으며, 그 뒤로 이것이 그 방의 별칭이 되었다. 카빌은 누구나 기억할 수 있도록 벽에 우리 선거운동의 핵심을 요약한 구호를 붙여놓았다. 그것은 딱 세 줄이었다.

변화 대 같은 것의 반복

경제가 문제란 말이다, 이 바보야

의료보험을 잊지 마라

카빌은 또 티셔츠에 인쇄한 구호에서 선거의 주요 전술을 요약해놓았다. "속도가 부시를 죽인다"(과속 경고 표어를 흉내낸 것—옮긴이주). 상황실에서는 매일 오전 7시와 오후 7시에 회의가 열려, 스탠 그린버그의 간밤의 여론조사, 프랭크 그리어의 최신 광고, 뉴스, 부시의 공격을 평가하고, 공격과 상황 전개에 대한 대응 방법을 구상했다. 한편 젊은 자원봉사자들이 24시간 일하면서 위성방송으로부터 얻을 수 있는 정보는 다 끌어 모으고, 컴퓨터를 이용해 뉴스와 다른 당의 활동을 추적했다. 지금은 모두가 하는 것이지만, 당시만 해도 새로운 방법이었다. 이렇게 새로운 테크놀로지를 이용해야만 카빌의 목표인 집중과 속도에 부응할 수 있었다.

일단 하고 싶은 말이 생기면 우리는 언론만이 아니라 각 주의 '신속대응' 팀들에 메시지를 내보냈다. 신속대응팀이 하는 일은 그 메시지를 우리 지지자와 지방 언론에 전달하는 것이었다. 우리는 이런 일상 업무를 맡겠다고 동의한 사람들에게 "신속대응팀"이라고 적힌 배지를 보내주었다. 선거운동이 끝날 무렵에는 수천 명이 그 배지를 달고 있었다.

카빌이나 스테파노풀로스, 또는 누구든 그날 자리에 있는 사람은 나에게 아침 브리핑을 할 때 우리가 어느 지점에 와 있는지, 할 일이 무엇인지 정확하게 정리해서 이야기를 할 수 있었다. 내가 다른 의견을 내면 논쟁을 했다. 긴급한 정책이나 전략적 결정 사항이 있으면 내가 결정을 했다. 그러나 대부분의 경우 나는 그들의 일솜씨에 감탄하며 듣고 있기만 했다. 가끔 나는 수사만 길고 논거나 알맹이는 부족한 연설이라든가 지나치게 빡빡한 일정(사실 이것은 그들의 잘못이라기보다는 내 잘못이었다)같은 마음에 들지 않는 문제에 대해 불평을 했다. 알레르기와 피로 때문에 나는 아침에는 심하게 투덜거리는 편이었다. 다행히도 카빌과 나는 주파수가 맞았기 때문에, 그는 내가 진짜로 화를 내는 것인지 아니면 그냥 김을 좀 빼는 것인지 잘 알았다. 나와 이야기를 하던 다른 사람들도 차츰 그것을 이해하게 되었던 것 같다.

공화당은 8월 셋째 주에 휴스턴에서 전당대회를 열었다. 보통 한 당이 전당대회를 열면 다른 당은 입을 다문다. 나는 일반적인 관행에 따라 자세를 낮추지만, 우리의 신속대응 작전은 그대로 운영해나가기로 했다. 그럴 수밖에 없었다. 공화당은 부엌의 개수대라도 나에게 집어던지려 했기 때문이다(생각할 수 있는 것은 뭐든지 다 한다는 뜻—옮긴이주). 그들은 훨씬 뒤처져 있었다. 그들의 화전식 선거운동은 1968년 이후 모든 선거에서 효과를 거두었다. 워터게이트에 뒤이은 카터 대통령의 2포인트 차 승리 때만 예외였다. 우리는 신속대응팀을 통해 공화당의 공격이 거꾸로 그들에게 돌아가도록 하기로 결정했다.

8월 17일, 공화당 전당대회가 열렸을 때 나는 20포인트 앞서고 있었다. 18개 기업의 최고경영자가 나를 지지한다고 발표함으로써 우리는 그들의 퍼레이드에 비를 좀 퍼부어주었다. 그들에게 타격을 줄 만한 소식이었지만, 공화당은 그들의 경기 계획대로 밀고 나갔다. 그들은 나를 "바람둥이", "병역 기피자"라고 부르기 시작했다. 자식이 부모의 훈계가 마음에 들지 않으면 언제든지 부모를 고소하게 하여 미국의 가족을 파괴하려 한다고 힐러리를 비난했다. 특히 부통령의 부인 매럴린 퀘일이 힐러리가 "가족 가치"를 무너뜨리려 한다면서 비판을 하고 나섰다. 그 비판은 힐러리가 법대에 다닐 때 쓴 글을 제멋대로 왜곡해서 읽은 것에 근거하고 있었다. 힐러리는 미성년 아동은 학대나 심각한 방기의 경우 그들의 부모로부터 독립할 법적 권리가 있다고 주장했다. 제대로만 읽는다면 미국인 대부분이 동의할 내용이었다. 그러나 물론 그 글을 읽은 사람은 거의 없었기 때문에 그런 비난을 들은 사람들은 그것이 사실인지 아닌지 알 수가 없었다.

공화당 전당대회 첫날 가장 주목을 받은 인물은 팻 부캐넌이었다. 부캐넌은 나에 대한 공격으로 대의원들을 흥분의 도가니로 몰아넣었다. 그는 부시 대통령이 동유럽 해방을 주도한 반면 나의 외교정책 경험은 "인터내셔널 하우스라는 이름이 붙은 팬케이크 식당에서 아침식사를 한 번 한 것밖에 없으며", 민주당 전당대회는 "급진주의자와 자유주의자들이…… 온건파와 중도파의 옷을 입고 나온 것으로 미국 정치사에서 남의 옷을 입은 모습을 그렇게 대규모로 과시하기는 이번이 처음"이라고 말했다. 이 두 대목이 내가 보기에는 가장 괜찮았다. 여론조사에서는 부캐넌이 부시에게 도움이 되지 않은 것으로 나왔지만, 나는 생각이 달랐다. 그의 임무는 변화를 원하는 보수주의자들이 나에게 투표하는 것을 막아 우익의 손해를 줄이려는 것이었으며, 그는 실제로 그 일을 잘해냈다.

클린턴 때리기는 전당대회 내내 계속되었다. 그러나 우리의 신속대응팀들도 응사를 했다. 팻 로버트슨 목사는 나를 "교활한 윌리"라고 부르면서, 나에게 미국 가족을 파괴할 급진적 계획이 있다고 말했다. 그러나 하나님이 우익 공화당원이라는 것을 로버트슨이 알아내기 전부터 나는 복지제도 개혁을 지지해왔기 때문에 그 비난은 웃음거리였다. 신속대응팀은 바로 맞받아쳤다. 그들은 또 힐러리가 가족 가치를 파괴한다는 공격에도 훌륭하게 대처했다. 그들은 공화당이 힐러리를 다루는 방식을 4년 전 윌리 호턴이 듀카키스를 다루던 방식과 비교했다.

우리는 공화당원들이 나를 공격하는 것은 오로지 권력을 놓치고 싶지 않기 때문이고, 우리는 미국의 문제를 공격할 권력을 원할 뿐이라고 일관되게 주장했다. 그 주장을 강화하기 위해, 앨, 티퍼, 힐러리, 나는 8월 18일에 카터 대통령 부부와 저녁식사를 했다. 그리고 다음 날(티퍼와 나의 생일이었다) 모두 '사랑의 집짓기' 회원들과 함께 집을 지었다. 지미와 로절린 카터는 오랫동안 사랑의 집짓기 운동을 지원해왔다. 르네상스 위켄드에서 만난 우리의 친구 밀러드 풀러가 창안한 사랑의 집짓기 운동은 자원활동가들이 가난한 사람들과 함께 그들을 위한 집을 지었다. 가난한 사람들은 자재비만 냈다. 이 조직은 이미 미국에서 가장 큰 주택 건설 조직의 하나가 되었으며, 다른 나라로도 확산되고 있었다. 우리가 한 일은 공화당의 시끄러운 공격과 완벽한 대조를 이루었다.

부시 대통령은 자신이 지명되던 날 밤 전당대회장을 깜짝 방문했다. 나와 마찬가지로 미국 대표처럼 보이는 그의 가족을 모두 데리고 나왔다. 다음 날 밤 그는 하나님, 국가, 가족으로 자신을 감싸면서, 나는 안타깝게도 그런 가치들을 받아들이지 않는다고 주장했다. 그는 또 자신이 휘발유세 인상안이 들어 있는 적자 축소 법안에 서명하는 실수를 했는데, 재선되면 다시 세금을 줄이겠다고 말했다. 내가 보기에 그의 연설 가운데 가장 뛰어난 대목은 내가 미국을 "하트브레이크 호텔"(엘비스 프레슬리의 노래 제목으로, 하트브레이크는 상심이라는 뜻—옮긴이주)로 데려가기 위해 "엘비스 경제학"을 이용할 것이라고 말한 부분이었다. 그는 자신의 제2차 세계대전 복무와 나의 베트남전 반대를 대비시키면서, "내가 총알을 물 때(이를 악물고 견딘다는 뜻—옮긴이주) 클린턴은 못을 물었다(안절부절 못 한다는 뜻—옮긴이주)"고 말했다.

이제 공화당은 미국을 향해 마음껏 할 말을 다 했다. 사람들은 그들이 너무 부정적이고 극단적이라고 생각했지만, 여론조사를 보면 그들이 상당히 따라잡았다는 것을 알 수 있었다. 어떤 여론조사에서는 10포인트 차이로 줄었다고 나왔고, 어떤 조사에서는 5포인트 차이로 줄었다고 나왔다. 나는 그것이 사실에 가깝다고 보았다. 그리고 만일 내가 토론을 망치거나 다른 실수를 하지만 않는다면, 최종적인 차이도 두 여론조사가 보여준 것 중간쯤이 될 것이라고 생각했다.

부시 대통령은 자신의 선거운동을 1948년 해리 트루먼의 기적적인 역전승과 비교하면서 의기양양한 모습으로 휴스턴을 떠났다. 그는 또 전국을 돌아다니며 오직 현직 대통령만이 할 수 있는 일을 했다. 표를 얻기 위해 연방의 돈을 쓰기 시작한 것이다. 그는 플로리다 남부를 강타한 허리케인 앤드루의 피해자와 밀 농부들에게 지원을 약속했으며, 대만에 F-16 전투기 150대, 사우디아라비아에 F-15 전투기 72대를 팔겠다고 제안하여 중요한 주들에 자리 잡은 방위산업체 일자리를 줄이지 않겠다는 의지를 보여주었다.

8월 말, 우리 둘은 시카고에서 열린 미국재향군인회 대회에 참석했다. 부시 대통령은 퇴역 군인으로서 동료들로부터 당연히 큰 환영을 받았다. 나는 징병 문제와 베트남전 반대 문제를 정면 돌파함으로써 예상보다 선전했다. 나는 여전히 베트남전쟁은 잘못이라고 믿는다고 하면서 이렇게 덧붙였다. "여러분이 23년 전에 일어난 일 때문에 나에게 표를 주지 않는다 해도, 그것은 미국 국민으로서 여러분의 권리이며 나는 그것을 존중합니다. 그러나 내 희망을 말하자면, 나는 여러분이 미래를 바라보면서 표를 던지기를 바랍니다." 나는 보훈부의 지도부를 새로 구성하겠다고 약속하여 박수갈채를 받기도 했다. 그 책임자가 퇴역 군인들 사이에 인기가 없었기 때문이다.

재향군인회 집회 뒤에 나는 경제와 사회 정책에서 미국의 방향을 바꾸겠다는 메시지로 돌아갔다. 미국에서 부익부 빈익빈 현상이 벌어지고 있다는 것을 보여주는 새로운 연구를 제시하여 나의 주장을 강화하기도 했다. 9월 초 나는 중요한 환경단체인 '시에라 클럽'과 '환경보호유권자연맹'의 지지를 받았다. 이어 허리케인 앤드루의 피해를 살피러 플로리다로 갔다. 부시 대통령이 다녀가고 나서 며칠 뒤였다. 나는 주지사로서 홍수, 가뭄, 토네이도 등 수많은 자연재해를 경험했지만, 그런 피해는 본 적이 없었다. 비에 젖은 집의 파편들로 어지러운 거리를 걷다가, 연방재난관리청FEMA이 허리케인 후유증을 다루는 방식에 대한 지방 공무원과 주민의 불평을 듣고 깜짝 놀랐다. 전통적으로 대통령은 좋은 직책을 원하지만 긴급사태에는 경험이 없는 정치적 지지자를 연방재난관리청장 자리에 임명했다. 나는 당선이 되면 그런 실수는 저지르지 않겠다고 머릿속에 새겨놓았다. 유권자들이 재해 대처 능력을 보고 대통령을 뽑는 것은 아니지만, 재해와 직면하면 그것이 곧바로 그들의 삶에서 가장 중요한 문제가 되어버리기 때문이다.

전통적으로 총선거운동이 시작되는 노동절에 나는 노동자들에게 우리의 대의를 알리러 해리 트루먼의 고향 미주리 주 인디펜던스를 찾아갔다. 트루먼의 딸 마거릿은 집회에서 조지 부시가 아니라 내가 그녀의 아버지의 유산의 정당한 상속자라고 말함으로써 나를 도와주었다.

9월 11일에는 인디애나 주 사우스벤드에 가서 미국의 가장 유명한 가톨릭 대학인 노트르담의 학생과 교수들에게 연설을 했다. 같은 날 부시 대통령은 버지니아에 가서 보수적인 '기독교연합'에서 연설을 했다. 나는 전국의 가톨릭이 두 행사를 눈여겨볼 것임을 알았다. 교회의 성직자들은 낙태 반대라는 부시의 입장을 지지했지만, 나는 경제적 · 사회적 정의라는 문제에서 가톨릭의 입장에 훨씬 더 다가가 있었다. 노트르담 연설은 역할만 바뀌었다 뿐이지, 1960년 존 케네디가 남부 침례교 목사들에게 한 연설과 아주 비슷했다. 독실한 가톨릭교도인 폴 베걸러가 나의 연설 준비를 도와주었으며, 보스턴 시장 레이 플린과 해리스 워퍼드 상원의원이 동행하여 정신적으로 지원해주었다. 나는 연설의 중간쯤에 이르렀을 때 내 말이 어떻게 받아들여질지 짐작할 수 있었다. "우리는 모든 사람에게 반영된 하나님의 형상을 존중해야 합니다. 따라서 우리는 그들의 자유를 소중하게 여겨야 합니다. 단지 정치적 자유가 아니라, 가족과 철학과 신앙 문제에서 양심의 자유를 귀하게 여겨야 합니다." 내가 그렇게 말하자 청중은 기립 박수로 화답했다.

나는 노트르담에서 서쪽으로 갔다. 솔트레이크시티에서는 주방위군 대회에서 이야기를 했다. 그들은 나를 환영했는데, 그것은 내가 아칸소 주방위군을 잘 이끌었다는 평판을 얻고 있었고, 하원 군사위원회의 존경받는 위원장인 레스 애스핀 하원의원이 나를 소개해주었기 때문이다. 오레곤 주 포틀랜드에서는 놀라운 집회가 열렸다. 만 명 이상의 군중이 시내 거리를 꽉 메웠고, 많은 사람들이 사무실 창문 밖으로 몸을 내밀었다. 연설을 하는 도중 지지자들은 장미 수백 송이를 연단에 던졌다. 오레곤의 '장미 도시' 다운 멋진 행동이었다. 나는 행사 뒤에도 한 시간 이상 거리를 돌아다니면서 수많은 사람들과 악수를 했다.

9월 15일, 전통적으로 공화당을 지지하던 실리콘밸리의 하이테크 산업 지도자들 30명이 나를 지지한 덕분에 서부 유세 여행은 큰 힘을 얻었다. 나는 그 전 12월부터 애플컴퓨터의 부사장인 데이브 배럼의 도움을 얻어 실리콘밸리의 문을 두드렸다. 데이브는 옥스퍼드 시절 내 친구인 아이러 매거지너가 선거운동에 끌어들였다. 아이러는 하이테크 회사 임원들과 일을 해본 경험이 있어 배럼이 민주당 지지자라는 것을 알고 있었다. 그러나 배럼의 공화당계 동료들 다수도 그와 마찬가지로 부시 행정부 경제 정책에 환멸을 느끼고, 실리콘밸리의 사업가들의 폭발적 잠재력이 제대로 평가받지 못하는 현실에 불만을 품고 있었다. 「산호세 머큐리 뉴스San Jose Mercury News」에 따르면 내가 처음 그쪽으로 유세 여행을 가기 며칠 전 부시 대통령의 무역대표 칼라 힐스는 "미국이 감자 칩을 수출하든 실리콘 칩을 수출하든 차이가 없다"는 입장을 밝혔다. 그러나 하이테크 회사 임원들은 생각이 달랐고,

나 역시 생각이 달랐다.

나를 지지해준 사람들 가운데는 휴렛팩커드 사장 존 영, 애플컴퓨터 회장 존 스컬리, 투자은행가 샌디 로버트슨과 같은 유명한 공화당원들이 있었고, 당시 실리콘밸리에는 소수였던 공개적인 민주당 지지자 레지스 매케너도 있었다. 산호세의 실리콘밸리 테크놀로지 센터에서 열린 회의에서 나는 국가 테크놀로지 정책을 발표했다. 데이브 배럼의 도움을 얻어 몇 달간에 걸쳐 입안한 정책이었다. 나는 과학과 테크놀로지 연구 개발(실리콘밸리에 중요한 구체적인 프로젝트들이 거론되었다)에 더 큰 투자가 필요하다고 강조하면서, 정부-산업 동반자 관계를 기피하던 부시 행정부와는 반대되는 입장을 내걸었다. 당시 일본과 독일은 경제에서 미국보다 앞서 있었다. 그들의 정부 정책이 성장 잠재력이 큰 영역에 맞추어져 있다는 것도 중요한 이유였다. 반대로 미국의 정책은 석유와 농업처럼 정치적으로 힘이 있는 기존의 이익집단들을 지원하고 있었다. 그런 부문도 중요하기는 했지만, 새로운 일자리와 사업가들을 만들어내는 면에서는 하이테크 산업보다 잠재력이 훨씬 약했다. 하이테크 산업 지도자들의 발표는 우리의 선거운동에 엄청난 힘이 되었다. 그것은 내가 친노동자적인 동시에 친기업적이라는 주장에 신뢰를 보내주었으며, 나를 긍정적인 변화와 성장을 맨 앞에서 대표하는 경제 세력과 연결시켜 주었다.

내가 경제 재건과 의료보험 개혁에 대한 지지를 호소하는 동안, 공화당은 나를 중상하기 위해 안간힘 썼다. 부시 대통령은 전당대회 연설에서 내가 아칸소에서 세금을 128번 올렸고, 그것을 매번 즐거워했다고 비난했다. 「뉴욕 타임스」가 그것을 "거짓"이라고 지적했고, 「워싱턴 포스트」가 매우 "과장되어 있고 터무니없다"고 논평했고, 심지어 「월스트리트 저널」마저도 "오도하고 있다"고 주장했음에도, 9월 초 부시 선거운동본부는 그 비난을 되풀이했다. 부시가 말한 명단에는 중고차 상인들의 2만 5,000달러 보증금, 미인대회에 내는 약간의 세금, 유죄판결을 받은 범죄자에게 부과되는 1달러의 법정 비용 등도 포함되어 있다. 보수주의적인 칼럼니스트 조지 윌은 부시 대통령의 기준에 따르면 "부시 자신이 4년 동안 올린 세금 종류가 클린턴이 10년 동안 올린 세금 종류보다 더 많다"고 말했다.

부시 선거운동본부는 9월 나머지 기간을 나의 징병 문제 공격에 할애했다. 심지어 가족의 배경을 이용하여 주방위군으로 빠짐으로써 베트남을 피했던 댄 퀘일마저 그 문제를 가지고 마음껏 나를 비난했다. 부통령의 요점은 언론이 나에 대해서는 4년 전에 자신에게 했던 것과 같은 정밀 조사를 하지 않는다는 것이었다. 아마 그는 뉴햄프셔와 뉴욕에서 나온 뉴스를 듣지 못했던 모양이다.

나는 징병 공격에 대응하는 데 주변에서 중요한 도움을 받기도 했다. 9월 초, 명예훈장 수훈자로서 예비선거 때 나와 경쟁하기도 했던 밥 케리 상원의원은 그 문제가 쟁점이 되어서는 안 된다고 말했다. 이어 18일에 아칸소 주지사 관저 뒤뜰에서 레이건 대통령 밑에서 합동참모본부장을 지냈고 부시 밑에서도 잠시 같은 직책을 맡았던 빌 크로 제독이 주는 지지선언서를 받았다. 나는 크로의 남부인 특유의 솔직한 태도에 크게 감명을 받았으며, 깊이 사귄 사이도 아니면서 믿음을 가진다는 이유로 위험을 무릅쓴 것에 감사했다.

부시와 내가 하고 있는 일의 정치적 영향은 불확실했다. 부시의 전당대회 효과는 어느 정도 가라앉았다. 9월 내내 여론조사는 내가 9퍼센트에서 20퍼센트 사이를 오가며 앞서고 있음을 보여주었다. 이제 선거운동의 기본 구도는 자리가 잡혔다. 부시는 가족 가치와 신뢰성을 대표한다고 주장했으며, 나는 경제적 · 사회적 변화를 옹호했다. 그는 내가 신뢰할 수 없고 가족 가치를 무너뜨린다고 말했으며, 나는 그가 미국을 분열시키고 우리를 퇴보시킨다고 말했다. 상당수의 유권자들이 아직 결정을 내리지 못하고 갈등하고 있었다.

쟁점을 둘러싼 공방 외에 토론회를 놓고도 논란이 벌어졌다. 초당파적인 전국위원회는 각기 다른 형식으로 세 번 토론회를 열 것을 제안했다. 나는 즉시 받아들였지만, 부시 대통령은 위원회의 토론 형식이 마음에 들지 않는 것 같았다. 나는 그가 토론회에 반대하는 진짜 이유는 자신의 실적을 옹호할 자신이 없기 때문이라고 주장했다. 이런 의견 차이는 거의 한 달 동안 해소되지 않았으며, 이 때문에 예정된 세 번의 토론회는 모두 취소되었다. 나는 매번 토론회가 열리기로 예정되었던 도시로 가, 실망한 시민들에게 그들의 도시가 전국적인 무대가 될 기회를 누가 앗아갔는지 분명하게 보여주었다.

9월에 우리에게 일어난 최악의 일은 정치적인 일이라기보다는 개인적인 일이었다. 론 브라운이 민주당의 선거운동과 우리의 선거운동을 조율하기 위해 리틀록으로 파견한 아일랜드계의 노련한 조직가 폴 틸리가 호텔 방에서 급사한 것이다. 겨우 마흔여덟 살이었다. 노련한 프로 정치가인 틸리를, 우리 모두 좋아하고 그에게 의지하고 있었다. 이제 결승점 앞의 직선 코스에 들어섰는데, 우리 지도자 가운데 또 한 사람이 사라진 것이다.

그달 말에 놀라운 상황이 벌어졌다. 로스앤젤레스 레이커스의 올스타 가드 출신이자 에이즈 환자인 어빈 '매직' 존슨이 갑자기 에이즈 전국위원회에서 사퇴하고 나를 지지한 것이다. 부시 행정부가 에이즈 문제에 관심을 가지지 않고 아무런 조치도 취하지 않는 것이 참을 수 없었기 때문이다. 부시 대통령은 토론회에 대해 마음을 바꾸어, 네 차례의 토론을 하자고 제안했다. 그리고 놀랍게도 로스 페로가 대통령 선거에 다시 뛰어드는 문제를 고려 중이라고 발표했다. 부시 대통령이나 나에게는 적자를 줄일 진지한 계획이 없다는 것이 그 이유였다. 그는 부시의 증세를 하지 않겠다는 약속을 비판하고, 내가 돈을 너무 많이 지출하고 싶어 한다고 비판했다. 페로는 두 선거운동본부에 그 문제를 토론하자고 제안하면서, 자신에게 대표를 보내라고 했다.

페로가 다시 선거전에 뛰어들 경우 누가 더 불리해질지 예측할 수 없었다. 부시나 나나 그가 출마하지 않을 경우 자신을 지지해주기를 바랐다. 그래서 두 선거운동본부는 페로에게 고위 팀을 보냈다. 사실 우리 쪽에서는 불편해했다. 그가 이미 출마를 결심했고, 이 토론회가 자신의 입지를 강화시키기 위한 무대에 지나지 않는다고 생각했기 때문이다. 그러나 나는 우리가 계속 그에게 손을 내밀고 있어야 한다고 판단했다. 로이드 벤슨 상원의원, 미키 캔터, 버넌 조던이 나를 대신해서 페로에게 갔다. 그들은 따뜻한 영접을 받았다. 부시 쪽 사람들도 마찬가지였다. 페로는 두 그룹으로부터 많은 것을 배웠다고 발표했다. 이윽고 이틀 뒤인 10월 1일, 페로는 자신의 자원봉사자들의 "하인"으로서 다시 대통령 선거전에 뛰어들 수밖에 없다고 발표했다. 7월에 출마를 포기한 것이 페로에게는 큰 도움이 되었다. 그가 선거전에서 빠진 10주 동안 지난 봄 그와 부시 사이의 우스꽝스런 싸움에 대한 기억은 희미해졌고, 대신 국민의 마음에는 대통령과 내가 서로에게서 들추어낸 문제들이 새롭게 자리 잡고 있었기 때문이다. 게다가 이제 우리 둘이 그에게 노골적으로 구애를 했기 때문에, 유권자와 언론은 그를 훨씬 더 진지하게 받아들이게 되었다.

페로가 다시 선거전에 복귀하면서, 우리는 마침내 부시 쪽 사람들과 토론회에 합의를 보게 되었다. 세 번의 토론회, 그리고 한 번의 부통령 후보 토론회를 10월 11일부터 19일 사이의 9일 안에 다 집어넣기로 했다. 1차, 3차 토론회 때는 기자들로부터 질문을 받기로 했다. 2차 토론회 때는 시민 대표자 회의를 열어, 국민으로부터 질문을 받기로 했다. 처음에 부시 쪽에서는 페로가 토론회에 들어오는 것을 원치 않았다. 페로가 부시를 공격할 것이고, 그가 얻는 추가의 표는 나를 지지할 사람보다는 부시를 지지할 사람으로부터 가져갈 것이라고 생각했기 때문이다. 나는 페로가 참가하는 데 반대하지 않는다고 말했다. 페로가 부시에게 더 피해를 줄 것이라고 생각했기 때문이 아니라(나는 그렇게 믿지 않았다) 결국 그가 포함될 수밖에 없을 바에야 겁쟁이처럼 보이고 싶지 않았기 때문이다. 10월 4일 양쪽 선거운동본부는 토론회에 페로를 초대하기로 합의했다.

1차 토론회 전 주에 나는 마침내 부시 행정부가 캐나다, 멕시코와 협상을 해오던, 논란이 많았던 북미자유무역협정을 지지하기로 했다. 그러면서 멕시코의 기본적인 노동과 환경 기준을 정하는 부속 협정 문제를 협상하고 싶다는 단서를 달았다. 나의 노동계 지지자들은 미국의 저임금 제조업 일자리를 멕시코에 빼앗길 것이라고 걱정하여 나의 입장에 강력하게 반대했지만, 나는 경제적 이유에서나 정치적 이유에서나 그것을 받아들일 수밖에 없다고 생각했다. 나는 본래부터 자유무역 지지자였다. 그리고 북반구의 장기적인 안정을 보장하기 위해서는 미국이 멕시코의 경제 성장을 지원해야 한다고 생각했다. 이틀 뒤 노벨상 수상자 9명을 포함한 550명 이상의 경제학자들이 나의 경제 프로그램을 지지하면서, 나의 계획이 부시 대통령의 제안들보다 경제를 회복시킬 가능성이 크다고 말했다.

내가 토론회를 앞두고 경제에 집중하겠다고 결심하고 있을 때, 부시 캠프에서는 나의 자질과 정직성 문제를 계속 공격하기로 작정하고 있었다. 그들은 메릴랜드 주 수틀랜드의 국립기록보관소에 1969년에서 1970년에 내가 40일간의 북유럽, 소련, 체코슬로바키아 여행을 했던 일과 관련하여 여권 서류 정보를 모두 조사해 달라고 요청했다. 내가 반전활동을 위해 모스크바에 갔다거나 징병을 피하기 위해 다른 나라 시민권을 신청하려 했다는 거짓 소문을 추적하려는 것 같았다. 10월 5일에는 연방수사국 서류들이 조작되었다는 보도가 나왔다. 여권 이야기는 한 달 내내 끌었다. 연방수사국은 서류가 조작된 적이 없다고 말했지만, 부시 선거운동본부는 좋지 않은 영향을 받았다. 국무부의 한 고위 정무직 인사는 1억 건 이상의 서류를 보관하고 있는 국립기록보관소에 내 서류에 대한 검색을 먼저 들어온 2,000건보다 먼저 처리하라고 압력을 넣었다. 아마 정상적인 경우라면 몇 달이 걸렸을 것이다. 부시가 임명한 관리는 또 런던과 오슬로의 미국대사관에 명령해 나의 징병과 시민권에 관한 정보를 "매우 철저하게" 검색하라고 명령했다. 시간이 지나자 어머니의 여권 서류도 검색했다는 사실이 드러났다. 아무리 편집증에 걸린 우익이라 하지만 경마를 좋아하는 아칸소 출신의 시골 여자가 국가 전복을 시도했다고 의심한다는 것은 상상하기 힘든 일이었다.

나중에 부시 쪽 사람들은 존 메이저 정부에게도 영국 체제기간 중 나의 활동에 대한 조사를 요청했다는 사실이 밝혀졌다. 언론 보도에 따르면 토리당 정부는 그 요청을 받아들였다고 한다. 물론 그들은 이민 귀화 서류에 대한 '포괄적'이지만 아무런 성과가 없었던 조사가 언론의 문의에 따른 것이라고 주장했다. 그러나 나는 그들이 그 이상의 일을 했다는 것도 알고 있다. 데이비드 에드워드의 친구는 영국 공무원들이 그를 찾아와 그 시절에 데이비드와 내가 무엇을 했냐고 물었다고 전해주었다. 토리당 선거전략가 두 사람이 워싱턴에 오기도 했다. 6개월 전 보수당이 노동당 당수 닐 키녹을 무너뜨렸듯이 부시 선거운동본부가 나를 무너뜨릴 방법을 조언하기 위해서였다. 선거 뒤에 영국 언론은 영국이 전례 없이 미국 정치에 개입하는 바람에 양국의 특수 관계가 훼손되었다고 개탄했다. 나는 그런 일 때문에 미-영 관계가 영향을 받아서는 안 된다고 생각했지만, 토리당이 한동안 걱정하는 것까지 말릴 생각은 없었다.

언론은 여권을 둘러싼 탈선적 행위를 격렬하게 비난했다. 앨 고어는 그것을 "매카시적 권력 남용"이라고 불렀다. 그러나 부시 대통령은 물러서지 않고 계속 나에게 모스크바 여행에 대해 설명하라고 요구하면서 나의 애국심에 의문을 제기했다. 나는 CNN의 래리 킹과 인터뷰를 하면서, 조국을 사랑하며 미국 시민권을 포기할 생각을 해본 적이 없다고 말했다. 나는 국민이 여권 사태에 대해 어느 쪽으로든 큰 관심을 가졌다고 생각하지 않는다. 하지만 나는 그 일 전체가 재미있게 느껴졌다. 물론 그것은 권력 남용이었지만, 이란-콘트라에 비하면 아주 작은 남용이었다. 그것은 부시 쪽 사람들이 권력에 얼마나 필사적으로 매달리는지, 미국의 장래를 위해 내놓을 내용이 얼마나 적은지 보여줄 뿐이었다. 그들이 엉뚱한 나무를 보고 짖어대는 개처럼 선거운동의 마지막 달을 보낼 생각이라면, 나야 그 이상 좋을 것이 없었다.

1차 토론회를 며칠 앞두고 나는 열심히 준비했다. 나는 브리핑 책자들을 열심히 읽었고, 모의 토론회에도 여러 번 참석했다. 워싱턴의 변호사 밥 바닛이 부시 대통령 역을 맡았다. 그는 4년 전에도 듀카키스를 위해 같은 역할을 연기한 적이 있었다. 페로 역은 오클라호마의 마이크 사이너 하원의원이 맡았다. 그는 로스의 말투와 악센트를 그대로 흉내냈다. 밥과 마이크는 매번 토론회가 열릴 때마다 예행연습에서 나를 강하게 몰아붙여 녹초로 만들었다. 나는 예행연습이 끝날 때마다 그들과 토론을 하지 않는 것이 다행이라는 생각이 들었다. 만일 그랬다면 선거 결과가 달라졌을지도 모른다.

마침내 1차 토론회가 10월 11일 일요일에 세인트루이스의 워싱턴 대학에서 열렸다. 힐러리와 나의 17번째 결혼기념일이었다. 나는 그날 아침 「워싱턴 포스트」와 「루이스빌 쿠리어-저널Louisville Courier-Journal」이 나를 지지한 것에 고무되어 토론회장으로 들어갔다. 「워싱턴 포스트」는 사설에서 이렇게 말했다. "이 나라는 지쳤고 표류하고 있다. 새로 힘을 충전하고 새로운 방향을 제시받는 것이 절실하게 필요하다. 그렇게 할 수 있는 가능성이 있는 후보는 빌 클린턴뿐이다." 그것이 바로 내가 토론회에서 이야기하고 싶은 것이었다. 그러나 여론조사에서 앞서나가고 「워싱턴 포스트」가 나를 지지했음에도, 나는 신경이 곤두서 있었다. 나는 잃을 것이 가장 많은 후보였기 때문이다. 새로운 갤럽 여론조사에서 응답자의 44퍼센트는 내가 토론에서 이길 것이라고 예상했고, 30퍼센트는 토론회를 보고 후보를 결정할 것이라고 대답했다. 부시 대통령과 그의 조언자들은 그 30퍼센트에게 영향을 주는 방법이 이른바 자질 문제로 사람들 머리를 두드려 그 메시지를 주입하는 것이라고 판단했다. 이제 대통령은 징병, 모스크바 여행, 시민권 소문에 덧붙여, "우리 젊은이들이 머나먼 곳에서 죽어가는 판에" 나는 런던에서 "미합중국에 반대하는" 시위에 참가했다고 공격하고 있었다.

토론회에서 기자들은 돌아가며 질문을 하고, 〈맥닐/레러 뉴스아워The MacNeil/Lehrer NewsHour〉의 짐 레러가 사회를 보기로 했다. 페로는 세 명의 기자 가운데 한 사람으로부터 첫 질문을 받았다. 그가 다른 두 후보와 무엇이 다르냐는 질문이었다. 페로는 2분 안에 답변을 마쳐야 했다. 페로는 자신이 정당이나 특수 이익집단이 아니라 국민의 지지를 받는다고 말했다. 부시와 나는 1분 동안 답변할 수 있었다. 나는 변화를 대표한다고 말했다. 대통령은 경험이 있다고 말했다. 이어 우리는 경험 문제에 대해 토론했다. 그 다음에 부시에게 기다리던 기회가 주어졌다. "당신을 다른 두 사람과 구분하는 중요한 자질이 무엇이 있습니까?" 그는 징병 문제로 나를 공격했다. 페로는 부시가 어린 학생이 아니라 성숙한 어른으로서 백악관에서 실수를 저질렀다고 대답했다. 나는 부시의 아버지가 코네티컷 주의 상원의원 시절 충성스러운 미국인들의 애국심을 의심하던 조 매카시 상원의원을 비판한 것은 옳은 일인 반면 부시 대통령이 나의 애국심을 공격하는 것은 잘못된 일이며, 미국은 나라를 분열시키는 대통령이 아니라 통합하는 대통령을 원한다고 말했다.

우리는 그런 식으로 한 시간 반 동안, 세금, 국방, 적자, 실업, 경제 변화, 외국 정책, 범죄, 보스니아, 가족의 정의, 마리화나 합법화, 인종분열, 에이즈, 메디케어, 의료보험 개혁에 대해 토론을 했다.

우리 모두가 그런 대로 잘했다. 토론이 끝난 뒤 각 후보의 응원 부대가 각 언론에 등장하여 왜 자기 후보가 이겼는지 이야기했다. 나에게는 마리오 쿠오모, 제임스 카빌, 빌 브래들리 상원의원 등 세 명의 훌륭한 응원군이 있었다. 부시 대통령의 열광적 지지자 가운데 한 사람인 찰리 블랙은 징집 문제로 나를 공격하는 새로운 텔레비전 광고를 볼 것을 권했다. 응원군은 토론회에 대한 뉴스에 어느 정도 영향을 줄 수는 있었지만, 토론회를 본 사람들은 이미 의견을 굳히고 있었다.

모든 것을 고려할 때 나는 구체적인 것과 논거라는 면에서는 답을 제일 잘했지만, 자신을 서민적이고 편안한 모습으로 제시하는 데는 페로가 더 나았다고 생각했다. 부시가 페로는 정부 일을 해본 경험이 없다고 하자, 페로는 부시의 말에 "일리가 있다"고 하면서 이렇게 덧붙였다. "나는 빚을 4조 달러로 늘려본 경험은 없습니다." 페로는 귀가 커다란 주전자 같았는데, 이것은 짧게 깎은 머리 때문에 더 두드러져 보였다. 그는 적자에 대해 말하면서, 그것을 없애려면 "세금을 거두어야 하지만", 만일 그보다 더 좋은 생각이 있다면 "내 귀뿐"(귀담아 듣겠다는 뜻—옮긴이주)이라고 말했다. 페로와는 대조적으로 나는 약간 긴장했으며, 가끔 준비를 너무 많이 한 것처럼 보였다.

좋은 소식은 부시 대통령이 점수를 전혀 따지 못했다는 것이었다. 나쁜 소식은 페로가 국민의 눈에 다시 믿을 만한 사람으로 보였다는 것이었다. 그의 지지도가 10퍼센트 이내에서 높아지면, 그 지지는 진짜로 마음을 정하지 못한 유권자나 대통령과 나 사이에서 갈등하는 사람들에게서 오는 것이었다. 그러나 10퍼센트를 넘는 지지를 얻게 되면, 추가된 지지자들은 대부분 변화를 원하지만 나를 편하게 여기지 않는 사람들이었다. 나는 그 사실을 잘 알고 있었다. 토론회 이후의 여론조사를 보니 그것을 지켜본 사람들 가운데 상당수가 이제 나의 대통령직을 수행할 능력에 대해 더 신뢰를 갖게 되었음을 알 수 있었다. 또 토론회를 본 사람들 가운데 60퍼센트 이상이 토론회 전보다 페로를 더 좋게 보게 되었다고 대답했다. 선거가 3주나 남은 상황에서 페로는 선거를 예측 불가능하게 만들고 있었다.

이틀 뒤인 10월 13일 애틀랜타에서 열린 부통령 후보 토론회에서 앨 고어는 댄 퀘일을 확실하게 이겼다. 페로의 러닝메이트인 퇴역 제독 제임스 스톡데일은 호감은 주었지만 토론의 중요한 변수는 되지 못했다. 그의 토론 솜씨 때문에 페로는 세인트루이스 토론회에서 따놓은 점수를 약간 잃어버렸다. 퀘일은 같은 메시지를 계속 전달하는 효과적인 전략을 사용했다. 클린턴은 세금을 올리려 하지만 부시는 그렇지 않다. 클린턴은 자질이 없지만 부시는 자질이 있다. 그는 또 내가 실수한 말을 되풀이해 인용했는데, 사실 돌이켜보면 그것은 나의 공적인 발언 가운데 최악이라고 할 만한 말이었다. 1991년 초 국회가 부시 대통령에게 이라크를 공격할 권한을 주었을 때, 나는 나 같으면 어느 쪽에 투표할 것이냐는 질문을 받았다. 나는 그 결의안에 찬성하면서도 이런 식으로 대답했다. "만일 아슬아슬한 상황이면 다수를 따라 투표했을 것입니다. 하지만 소수가 제기하는 주장에 찬성합니다." 당시 나는 1992년 대통령 선거에 출마할 거라는 생각을 하지 않았다. 아칸소의 상원의원은 둘 다 전쟁에 반대표를 던졌다. 그들은 나의 친구들이었다. 나는 공적인 자리에서 그들에게 창피를 주고 싶지 않았다. 막상 대통령에 출마해보니, 그 말은 유약하고 교활해 보였다. 고어의 전략은 퀘일의 공격에 대해서는 짧게 반격하고, 계속 미국을 위한 우리의 계획들을 이야기하는 포지티브한 것이었다. 고어의 가장 멋진 말은 퀘일의 의원 임기 제한(보수주의자들이 애용하는 대의였다) 지지 발언에 대한 대꾸였다. "그래서 지금 우리가 한 번의 임기로 제한하려는 것 아닙니까"(부시 대통령의 재선을 막으려 한다는 뜻—옮긴이주).

이틀 뒤인 10월 15일 밤에 버지니아 주 리치먼드에서 2차 토론회가 열렸다. 이것은 내가 원하던 토론회였다. 아직 찍을 후보를 결정하지 못한 지역 유권자 대표들이 질문을 하는 시민 대표자 회의 형식이었기 때문이다.

이번에 나의 큰 걱정은 내 목소리였다. 1차 토론 직전에 목이 몹시 상해 속삭이는 소리밖에 낼 수 없었기 때문이다. 나는 예비선거 도중에 목소리가 나오지 않았을 때 뉴욕의 전문가를 찾아가 목소리 훈련사를 만난 적이 있었다. 그는 목구멍을 열고 비강鼻腔을 통해 소리를 밀어 올리는 훈련을 시켰다. 그 훈련 가운데는 콧노래도 포함되어 있었다. 모음 한 쌍을 잇달아 콧노래로 부르는 것인데 그 콧노래는 늘 e로 시작했다. e-i, e-o, e-a 등. 또 어떤 구절들을 되풀이하여 손상을 입은 성대를 통해 소리가 밀려 올라가는 느낌을 파악하기도 했다. 내가 가장 좋아하던 구절은 "에이브러험 링컨은 훌륭한 웅변가였다"라는 구절이었다. 나는 그 말을 할 때마다, 링컨의 거의 끽끽거리는 듯한 높은 목소리를 생각했으며, 그는 적어도 목소리가 안 나올 정도로 무리하지는 않았다는 사실을 떠올렸다. 내 목소리가 나오지 않으면 젊은 실무자들은 나의 콧노래 훈련을 따라하며 나를 놀리곤 했다. 그들의 행동은 재미있었지만, 목소리가 나오지 않는 것은 재미가 없었다. 사실 목소리가 나오지 않는 정치가는 별 가치가 없다. 목소리가 자꾸 나오지 않다 보면 겁이 난다. 목소리가 다시 돌아오지 않을지도 모른다는 생각이 들기 때문이다. 나는 처음에 목소리가 나오지 않았을 때, 그것이 알레르기 때문인 줄 알았다. 그러다 결국 위산의 역류 때문이라는 것을 알았다. 이것은 비교적 흔한 증상으로, 위산이 식도를 따라 올라와 성대가 화상을 입는 것이다. 주로 잠을 잘 때 일어나는 일이다. 나중에 약을 먹고, 머리와 어깨를 높인 상태로 잠을 자게 되자 많이 좋아졌다. 그러나 2차 토론회 전야에는 여전히 골머리를 앓고 있었다.

토론회에서는 ABC 뉴스의 캐롤 심프슨이 사회를 보면서 청중의 질문을 받았다. 무역의 공정성을 어떻게 보장할 것이냐 하는 첫 번째 질문은 로스 페로에게 갔다. 그는 자유무역에 반대하는 입장에서 답변을 했다. 부시 대통령은 자유무역에 찬성하는 입장에서 답변을 했다. 나는 자유롭고 공정한 무역을 지지하지만, 세 가지 조건이 있다고 말했다. 첫째, 우리의 무역

상대도 시장을 우리처럼 개방해야 한다. 둘째, 공장을 해외로 이전하기보다는 국내에서 현대화하는 것이 유리하도록 세법을 바꾸어야 한다. 셋째, 국내의 곤궁한 회사에는 지원을 하지 않으면서 다른 나라로 이주하는 회사들에는 저리 대출과 직업훈련 자금을 제공하는 것을 중단해야 한다.

무역 문제 다음에는 적자 문제로 갔다가, 그 다음부터 상대방에 대한 공격이 시작되었다. 부시는 다시 영국에서 베트남전 반대 시위를 한 것으로 나를 공격했다. 나는 대답했다. "나는 부시 대통령의 자질에는 관심이 없습니다. 나는 대통령직의 성격을 바꾸고 싶습니다. 또 나는 다음 4년 동안 우리가 부시 대통령에게 맡길 일, 여러분이 나에게 맡길 일, 여러분이 페로 씨에게 맡길 일에 관심이 있습니다."

그 다음에 우리는 도시, 도로교통, 총기 통제, 임기 제한, 의료보험 비용 등 일련의 쟁점들에 대해 토론했다. 그 뒤에 토론회의 방향을 바꾸는 질문이 나왔다. 어떤 여자가 물었다. "국가 부채가 여러분 각자의 개인적 삶에 어떤 영향을 주었습니까? 만일 영향을 주지 않았다면, 보통 사람들을 괴롭히는 문제에 대한 경험도 없으면서 어떻게 보통 사람들의 경제적 문제에 대한 치료책을 찾을 수 있다고 말하는 겁니까?" 페로가 먼저 나섰다. 그는 국가 부채가 "개인 생활과 사업을 붕괴시켜 이런 활동에 뛰어들게 되었다"고 대답했다. 그는 자신의 자녀와 손자에게서 부채의 짐을 덜어주고 싶다고 말했다. 부시는 개인적인 영향에 대해 잘 이야기하지 못했다. 질문자는 계속 부시를 밀어붙였다. 자신에게는 해고당하고, 주택 저당 이자를 내지 못하고, 자동차 할부금을 내지 못하는 친구들이 있다고 말했다. 그때 묘하게도 부시는 자신이 흑인 교회에 간 일이 있는데 그곳의 게시판에서 십대 임신에 대해 읽은 적이 있다고 말했다. 마침내 부시는 자신에게 문제가 없다고 해서 문제가 무엇인지 알 수도 없다고 말하는 것은 공정하지 않다고 말했다. 내 차례가 왔을 때, 나는 12년 동안 작은 주의 주지사를 했다고 말했다. 나는 일자리와 사업체를 잃은 사람들의 이름을 알고 있었다. 나는 작년에 전국에서 그런 사람들을 훨씬 더 많이 만났다. 나는 주 정부를 운영하면서, 연방 서비스의 축소가 사람들에게 미치는 영향을 보았다. 이어 나는 질문을 한 사람에게 국가 부채가 큰 문제지만, 그것이 우리가 성장을 하지 못하는 유일한 이유는 아니라고 말했다. "우리는 실패한 경제 이론에 사로잡혀 있습니다." 이런 말들을 주고받는 가운데 부시 대통령은 초조하게 손목시계를 봄으로써 나빠진 인상을 더 나쁘게 만들어버렸다. 그런 모습 때문에 그는 이 문제에 관심이 없다는 느낌을 주었다. 우리는 사회보장, 연금, 메디케어, 초강대국으로서 미국의 책임, 교육, 아프리카계 미국인들의 가능성, 여성 대통령 가능성 등 다른 문제들로 옮겨갔지만, 토론은 국가 부채가 개인에게 미친 영향에 대한 우리의 답변으로 끝이 난 것이나 마찬가지였다.

부시 대통령은 청중에게 미국이 중대한 위기에 봉착했을 때 누가 대통령이기를 바라느냐는 질문을 던짐으로써 최종 발언을 효과적으로 마무리했다. 페로는 교육, 적자에 대해 이야기를 잘 했고, 자신이 세금으로 10억 달러 이상을 냈는데 "자신의 모든 소유를 자동차 트렁크에 넣고 출발한 사람치고는 나쁘지 않은 결과"라고 말했다. 나는 아칸소의 교육과 취업 프로그램을 강조했으며, 24명의 퇴역 장성과 제독, 많은 공화당계 사업가들로부터 지지를 받았다는 사실을 부각시켰다. 이어 나는 말했다. "변화를 원하느냐 아니냐, 여러분은 이 문제에 대해 결정을 내려야 합니다." 나는 그들에게 '통화침투설' 경제학을 '투자와 성장' 경제학으로 바꾸도록 도와달라고 촉구했다.

나는 2차 토론회가 마음에 들었다. 진짜 유권자들은 그들의 생활에 영향을 주는 것들에 대해 알고 싶어 했다. 토론회가 끝난 뒤 CBS 뉴스가 1,145명의 유권자들에게 실시한 여론조사 결과 내가 이겼다고 생각한 사람은 53퍼센트, 부시가 이겼다고 생각한 사람은 25퍼센트, 페로가 이겼다고 생각한 사람은 21퍼센트였다. AP연합이 인터뷰한 5명의 토론 지도자는 스타일, 구체성, 편안함이라는 면에서 내가 승리를 거두었다고 말했다. 사실 그런 토론 형식은 선거 기간 내내, 그리고 그 오래 전부터 아칸소에서 내가 늘 일해오던 방식이었다. 나는 국민과 직접 접촉하는 것을 좋아했으며, 그들의 여과되지 않은 판단을 신뢰했다.

3차 토론회를 향해 나아가면서 CNN/「USA 투데이」의 여론조사는 내가 다서 15포인트 앞서기 시작했음을 보여주었다. 나는 47퍼센트였고, 부시가 32퍼센트, 페로가 15퍼센트였다.

힐러리와 나는 이스트랜싱의 미시간 주립대학 캠퍼스에서 열린 마지막 토론회를 준비하기 위해 우리 팀과 함께 하루 일찍 입실랜티로 갔다. 이전 두 토론회 때와 마찬가지로 밥 바넷과 마이크 사이너가 나의 능력을 시험해 주었다. 나는 이번이 나에게 가장 힘든 토론이 될 것임을 알았다. 부시 대통령은 강인하고 자존심이 센 사람인데, 이제 막바지에 몰린 그가 자기 자리를 지키기 위해 모든 힘을 바쳐 싸울 것이었기 때문이다. 페로 역시 조만간 나에게 총구를 돌릴 것이 틀림없었다.

10월 19일에는 9,000만 명 이상이 토론회를 지켜보았다. 우리가 끌어모은 최대의 청중이었다. 우리는 토론 시간 가운데 반은 짐 레러의 질문을 받았고, 반은 기자들의 질문을 받았다. 부시 대통령은 세 번의 토론회 가운데 이 토론회에서 가장 훌륭한 모습을 보여주었다. 그는 나를 세금과 지출을 늘리려는 자유주의자, 지미 카터의 복제판, 결정을 못 내리고 어정쩡하게 구는 사람이라고 비난했다. 어정쩡하다는 말에 대해서는 나도 제대로 반박을 했다. "부시 대통령이 어떤 문제에 대해 두 가지 태도를 취한다고 나를 비난하다니 믿어지지가 않는군요. 부시 대통령은 '통화침투설 경제학은 주술적인 경제학' 이라고 말해놓고 지금은 그 중요한 집행자가 되어버린 사람 아닙니까." 그가 아칸소의 경제를 공격했을 때는, 아칸소는 늘 가난한 주였지만, 작년에는 일자리 창출에서 1등을 했고, 제조업 일자리 증가율에서는 4등을 했으며, 개인 소득 증가율에서도 4등을 했고, 빈곤의 감소에서도 4등을 했으며, 전국에서 주세나 지방세가 두 번째로 낮은 주이기도 하다고 반격했다. "아칸소와 미국의 차이는 아칸소는 올바른 방향으로 가고 있는데, 미국은 잘못된 방향으로 가고 있다는 것입니다." 나는 또 부시 대통령이 휘발유세 증액이 담긴 적자 축소 계획에 서명한 것을 사과하는 대신, 그의 잘못이 애초에 "내 입모양을 읽어라"고 말한 것임을 인정했어야 한다고 말했다. 페로는 우리 둘 다 공격했다. 그는 자신이 아칸소에서 다섯 블록 떨어진 곳에서 자랐다면서, 그런 작은 주의 주지사 경험은 대통령으로서의 의사 결정과 "관계가 없다"고 말했다. 그리고 부시 대통령에 대해서는 사담 후세인에게 그가 쿠웨이트 북부를 침공하더라도 미국은 대응하지 않을 것이라고 말한 사실을 비난했다. 물론 나와 부시 대통령은 반격을 했다.

토론회의 후반부에는 기자들이 질문을 했다. 전체적으로 3차 토론회는 잘 짜여져 있기는 했지만 활기는 떨어졌다. 1차 토론회와 비슷했다. 그러나 텔레비전을 위해 준비된 듯한 순간들도 있었다. AP연합의 고참 백악관 출입기자인 헬렌 토머스가 나에게 물었다. "다시 기회가 주어진다면 군복을 입을 건가요?" 나는 징병 문제에 대해서는 더 나은 대응을 할지도 모르지만, 베트남전쟁은 여전히 잘못이라고 생각한다고 말했다. 이어 나는 미국 역사에는 프랭클린 루스벨트, 윌슨, 멕시코전쟁에 반대했던 링컨 등 군 경력이 없는 아주 훌륭한 대통령들이 있다고 말했다. 나는 부시가 1차 토론회 때 제임스 베이커에게 경제정책을 맡기겠다고 말함으로써 뉴스가 되었는데, 나는 내가 경제정책을 맡겠다는 말로 뉴스가 되고 싶다고 말했다. 그러자 부시가 멋진 대꾸를 했다. "그래서 내가 걱정이라는 말입니다." 우리 셋은 효과적인 최종 발언으로 토론을 끝맺었다. 나는 토론회를 지켜봐주고 나라 걱정을 해준 사람들에게 감사하고, 다시 인신공격에는 관심이 없다고 강조했다. 나는 로스 페로가 적자 문제를 부각시킨 것을 칭찬했다. 그런 다음 부시 대통령에 대해 이렇게 말했다. "나는 그가 미국에 봉사한 것을 존중합니다. 나는 그의 노력을 높이 평가합니다. 나는 그가 잘되기를 바랍니다. 나는 이제 바꿀 때가 되었다고 믿을 뿐입니다…… 나는 우리가 지금보다 더 잘할 수 있다는 것을 알고 있습니다."

3차 토론회에서는 누가 이겼는지 말하기 힘들었다. 나는 아칸소와 나의 경력을 옹호하는 일을 잘했으며, 쟁점 토론도 잘했다. 하지만 많은 답변에서 너무 유보적인 태도를 보였는지도 모르겠다. 나는 대통령들이 어쩔 수 없이 정책 방향을 바꾸는 경우를 너무 많이 보았기 때문에, 토론회에서 했던 포괄적인 말로 나중에 내 손이 묶이는 것을 바라지 않았다. 부시 대통령은 벽을 등진 상황에서도 모든 점에서 잘했다. 다만 아칸소에서 내가 거둔 실적을 공격한 것은 예외였다. 그것은 상대가 답을 할 수 없는 일방적인 광고에서라면 효과가 있었을지도 모른다. 그런 광고에서라면 유권자들은 사실을 들을 수 없었을 것이다. 그러나 내가 어떤 종류의 대통령이 될 거냐고 물으면서, 외교정책에 약하고 징세를 좋아하는 민주당의 이미지를 이용한 것, 그리고 대통령으로 선출된 마지막 남부 민주당 주지사가 일을 한 시기에 이자율과 인플레이션이 높았다는 점을 일깨운 것은 효과적인 공격이었다. 페로는 재치가 있고 아주 편안해 보였다. 이 때문에 그의 지지자들은 안심했을 것이고, 일부 부동표도 그 쪽으로 쓸려갔을 것이다. 토론회 이후 여론조사 가운데 세 개는 내가 이긴 것으로 나왔다. 그러나 CNN/「USA 투데이」 여론조사는 유일하게 페로가 승자이며, 토론회 이후 12퍼센트가 지지자를 바꾸었는데 그 가운데 반이 페로에게 갔다고 나왔다.

그럼에도 전체적으로 보면 이 토론회들은 나에게 도움이 되었다. 클린턴에게 좋은 대통령이 될 능력이 있다고 생각하는 국민이 늘었으며, 나는 쟁점들에 대한 의견 교환을 통하여 나의 긍정적인 제안들을 밀어붙일 기회를 얻었다. 토론회를 2주만 더 했으면 좋았겠다는 생각이 든다. 그러나 우리는 마지막 결승선을 향해 나아가고 있었다. 가능한 한 많은 주를 돌아다녀야 했다. 내 정적들이 내보내는 부정적인 광고가 전파를 채웠다. 나의 부시 공격에서 나온 말이 그의 가장 유명한 말이 되어 있었다. "내 입모양을 읽어라." 프링크 그리어와 맨디 그런월드는 광고 일을 잘해냈고, 우리의 신속대응팀은 그들의 광고에 효과적으로 대응했다. 그러나 그것은 모든 후보들을 한 자리에 불러모아 토론하는 것과는 달랐다. 이제 그들은 나를 쫓아오고 있었고 나는 버텨야 했다.

10월 21일, 약간 웃음을 터뜨리며 휴식을 취할 수 있는 기회가 생겼다. 권위 있는 영국 계보학 연구 단체인 '버크스 피어리지'는 부시 대통령과 내가 둘 다 13세기 영국 왕의 후손이며 서로 먼 친척이라고 발표했다. 적어도 20촌은 떨어진 사이였다. 우리의 공통의 조상은 존 왕이었다. 부시는 존의 아들인 헨리 3세의 후손으로, 엘리자베스 여왕과는 13촌 거리의 친척이었다. 나에게는 어울리는 일이지만, 나의 왕족과의 관련은 부시의 경우만큼 대단하지는 않았으며, 그나마 강력한 민주적 인사와의 관련에 의해 상쇄되었다. 나의 블라이드 집안은 헨리 3세의 누이인 엘리너와 그녀의 남편인 레이세스터 백작 시몽 드 몽포르의 후손들이었다. 몽포르는 전투에서 왕을 이기고, 그에게 전례 없이 대의성이 강한 의회를 받아들이게 만들었다. 그러나 1265년 왕은 의회를 존중하겠다는 약속을 어겼다. 이로 인해 이브샘 전투가 벌어졌으며, 이 전투에서 시몽은 전사했다. 버크스 피어리지의 대변인의 말에 따르면, "민주주의자에게 어떤 일이 벌어지는지 보여주기 위한 사례로 시몽의 시체를 여러 조각으로 잘라, 그 조각들을 전국에 보냈다. 예를 들어 손가락 하나는 어느 마을로 가고, 발은 어느 도시로 가는 식이었다." 나와 부시 대통령의 견해 차이의 연원이 700년을 거슬러 올라간다는 것을 알게 되자, 그의 선거운동이 그의 조상들의 전술을 충실히 따르는 것을 비난할 수만은 없다는 생각도 들었다. 버크스 피어리지는 또 블라이드 집안이 한때 고섬 마을에 모여 살았는데, 영국 전설에 따르면 그곳은 광인들이 자주 출몰하는 곳이었다고 한다. 나도 대통령에 출마하려면 약간 미쳐야 한다는 것은 알고 있었지만, 그것이 유전이라고까지 생각하고 싶지는 않았다.

10월 23일, 마이크로소프트의 부사장 스티브 볼머를 포함한 30개 이상의 컴퓨터 소프트웨어 회사 경영자들이 나를 지지함으로써 우리의 선거운동은 하이테크 부문으로부터 다시 큰 원군을 얻었다. 그러나 그것으로 끝이 아니었다. 마지막 토론회가 끝나고 나서 일주일 뒤 CNN/「USA 투데이」 여론조사는 나의 부시 대통령에 대한 우위가 7포인트 차로 줄어들어 39 대 32 퍼센트가 되었으며, 페로의 지지도가 20퍼센트로 올라갔음을 보여주었다. 내가 걱정한 대로, 페로의 광고는 부시 대통령의 나에 대한 공격과 맞물려 내 표를 페로 쪽으로 이동시키고 있었다. 10월 26일 노스캐롤라이나 선거운동에서 앨 고어와 나는 부시 행정부의 '이라크게이트' 문제를 공격함으로써 우위를 지키려 했다. 이것은 미국 정부가 후원하는 채권이 이탈리아 정부 소유의 한 은행의 애틀랜타 지점을 통해 이라크로 흘러 들어간 사건이다. 겉으로 보기에는 농업에 쓰려는 목적이었지만, 사담 후세인은 이란-이라크 전쟁 뒤 이 채권을 이용하여 군사 및 무기 프로그램을 재구축했다. 20억 달러 상당의 채권은 상환되지 않았으며, 미국 납세자들이 대신 그 돈을 내야 했다. 사기 혐의로 고소된 애틀랜타의 은행가는 연방법무부와 형량을 낮추기 위해 죄를 인정하는 협상을 했다. 그러나 이 사건을 담당한 연방검사는 놀랍게도 부시가 임명한 사람으로, 그는 임명 직전 이 채권 소동에서 이라크 쪽 이익을 대변했던 사람이기도 했다. 물론 그는 조사 결과 자신에게서 아무런 혐의도 드러나지 않았다고 주장했다. 고어와 내가 이 사건을 언급했을 무렵, 연방수사국, 중앙정보국, 법무부는 모두 이 사건에서 다른 부처가 하거나 하지 않은 일을 놓고 서로를 조사하는 중이었다. 완전히 엉망이었지만, 선거운동에서 이렇게 늦은 시기에 유권자에게 영향을 주기에는 일이 너무 복잡했다.

페로는 여전히 와일드카드였다. 10월 29일, 로이터 뉴스 기사는 이렇게 시작되었다. "만일 조지 부시 대통령이 재선에 성공하게 되면, 그는 그를 싫어하는 입 거친 텍사스 억만장자에게 크게 고마워해야 할 것이다." 이 기사는 계속해서, 토론회를 통해 페로의 이미지가 바뀌었으며, 그의 지지율이 두 배로 뛰어올랐는데 그 가장 큰 피해자는 클린턴이라고 말했다. 내가 독점했던 "변화"를 그가 빼앗아갔기 때문이라는 것이었다. 그날 CNN/「USA 투데이」의 여론조사는 격차가 2포인트로 줄었다고 나왔다. 그러나 다른 다섯 개 조사와 스탠 그린버그의 조사에서는 여전히 7포인트에서 10포인트의 격차를 유지하는 것으로 나왔다. 숫자가 얼마이든 상황은 여전히 유동적이었다.

마지막 주에 나는 있는 힘을 다해 선거운동을 했다. 부시 대통령도 마찬가지였다. 목요일에 미시간 교외에서 벌어진 집회에서 부시 대통령은 앨 고어와 나를 "촌놈들bozo"이라고 불렀다. 이것은 어릿광대 보조(만화 속 인물—옮긴이주)에 빗댄 말일 텐데, 아마 보조가 우리보다 더 기분 나빠했을 것이다. 선거 전 금요일 이란-콘트라 특별검사이며 오클라호마 출신의 공화당원인 로런스 월시는 레이건 대통령 시절의 국방장관 캐스퍼 웨인버거를 비롯한 6명을 기소했다. 기소장에는 레이건의 백악관이 인가한 이란에 대한 불법 무기 판매에서 부시 대통령이 전에 인정한 것보다 더 큰 역할을 했고 더 많은 것을 알고 있다는 사실을 암시하는 메모가 첨부되어 있었다. 이것이 부시 대통령에게 피해를 줄지 어떨지 알 수 없었다. 사실 너무 바빠 그것을 생각할 여유도 없었다. 그러나 행정부가 나의 여권 서류를 파헤치려고 들인 노력이나, 당시에는 몰랐지만 부시가 임명한 아칸소 연방검사를 통해 메디슨 신용금고의 파산 조사에 나를 연루시키려고 압력을 가했다는 사실을 생각하면 타이밍이 참 절묘했다는 생각이 든다.

부시는 마지막 주말 동안 모든 매체 광고를 동원하여 나를 공격했다. 페로는 나의 지지율 가운데 30퍼센트는 불확실하여 마지막 순간에 자신에게로 넘어올 수 있다고 믿고 부시에게 가세했다. 드디어 볼 만한 상황이 벌어진 것이다. 그는 300만 달러로 알려진 자금을 소비하여 아칸소를 쓰레기 취급하는 30분짜리 텔레비전 '정보 광고'를 내보냈다. 그는 내가 당선이 되면 "우리 모두 먹고살기 위해 닭털을 뽑아야 할 것"이라고 말했다. 이 프로그램은 아칸소가 모든 주들 가운데 거의 최하위에 가까운 순위를 차지한 32개 영역을 나열했다. 아마 페로도 이제는 아칸소가 관계없다고 생각하지 않는 듯했다. 우리 팀은 어떻게 대응할지를 놓고 한바탕 논쟁을 벌였다. 힐러리는 반격을 하고 싶어했다. 나는 적어도 아칸소는 방어해야 한다고 생각했다. 우리는 그때까지 어떤 공격에도 반드시 짚고 넘어가는 방식으로 잘 대처해왔다. 그러나 다른 모든 사람들은 그 공격이 너무 사소하고, 너무 늦었으므로, 원래의 작전대로 가야 한다고 생각했다. 나는 내키지 않았지만 동의했다. 우리 팀은 이제까지 큰 문제들에서는 옳았으며, 나는 너무 피곤하고 긴장해 있어 내 판단이 그들의 판단보다 낫다고 자신할 수가 없었다.

나는 주말 아침 첫 일정은 애틀랜타 외곽의 조지아 주 디캐터의 고등학교 풋볼 스타디움 집회였다. 젤 밀러 주지사, 샘 넌 상원의원, 존 루이스 하원의원 등 그동안 나와 함께 붙어 다니던 여러 민주당원들이 그 자리에 있었다. 그러나 큰 인기를 끈 사람은 1974년에 베이브 루스의 홈런 기록을 깬 야구 스타 행크 아론이었다. 아론은 야구에서의 업적만이 아니라, 배트를 내려놓은 뒤 가난한 아이들을 위해 한 일 때문에 그 지역의 진정한 영웅이 되어 있었다. 조지아 집회에는 2만 5,000명이 참석했다. 사흘 뒤 나는 겨우 1만 3,000표 차이로 조지아를 얻을 수 있었다. 그 이후로 행크 아론은 자기가 그 토요일 아침의 깜짝 출연을 했기 때문에 조지아 선거인단의 표를 얻은 것이라고 농담하곤 했다. 그의 말이 맞을지도 모른다.

조지아 다음에는 아이오와 주 데이븐포트에 들렀다가 밀워키로 날아갔다. 나는 그곳에서 텔레비전으로 중계된 마지막 시민 대표자 회의를 열었으며, 마지막 텔레비전 광고를 내보내 사람들에게 투표를 하라고, 변화를 위해 표를 던지라고 호소했다. 일요일 밤 신시내티와 로댐 집안의 고향인 스크랜턴에 들려 선거운동을 한 뒤 우리는 뉴저지로 날아가 메도랜즈에서 열린 대규모 집회에 참석했다. 이 집회는 나를 지지하는 록, 재즈, 컨트리 음악가들과 영화배우들이 등장하는 호화로운 음악 쇼였다. 이어 뉴저지 주 체리힐의 가든 주립공원 경마장에 모인 1만 5,000의 사람들 앞에서 나는 색소폰을 연주하고, 힐러리와 춤을 추었다. 이 경마장에서는 동생이 걸음마를 할 때부터 나를 부르던 이름인 버버 클린턴이라는 이름을 가진 말이 그 며칠 전에 17 대 1의 승률로 우승을 했다. 내 승률은 이제 그보다는 나아졌지만, 한때는 그것에 훨씬 못 미쳤다. 4월에 런던 마권업자에게 33 대 1의 승률로 나에게 100파운드를 걸었던 어떤 사람은 약 5,000달러를 벌었다. 만일 그 사람이 2월 초 뉴햄프셔에서 내가 두들겨 맞고 있을 때 나에게 돈을 걸었다면 얼마를 벌었을지 모르겠다.

힐러리와 나는 월요일 아침에 필라델피아에서 눈을 떴다. 그곳은 미국의 민주주의가 태어난 곳이자, 우리의 6,500킬로미터, 8개 주, 24시간 유세의 첫걸음을 내디딘 곳이었다. 앨과 티퍼 고어가 다른 주의 전장에서 선거운동을 하는 동안, 빨강, 하양, 파랑으로 장식한 세 대의 보잉 727기들은 힐러리, 나, 실무진, 기자들을 태우고 29시간 유세에 나섰다. 처음 들른 필라델피아의 메이페어 다이너에서 한 남자는 나에게 당선되면 맨 처음 할 일이 무엇이냐고 물었다. 나는 이렇게 대답했다. "하나님께 감사할 것입니다." 그다음에는 클리블랜드로 갔다. 다시 목소리가 작아지고 있었기 때문에 나는 이렇게 말했다. "테디 루스벨트는 우리가 말은 부드럽게 해도 늘 큰 지팡이를 들고 다녀야 한다고 말한 적이 있습니다. 내일 나는 말은 작게 하고 오하이오를 들고 가고(오하이오에서 승리를 거둔다는 뜻—옮긴이주) 싶습니다." 디트로이트 외곽의 공항 유세에서 나는 나를 위해 열심히 노력해준 미시간 선출직 공무원들과 조합 지도자들 몇 명이 양옆에 늘어선 가운데 쉰 목소리로 말했다. "여러분이 내일 내 목소리가 되어준다면, 나는 4년 동안 여러분의 목소리가 되어드리겠습니다." 우리는 켄터키 주 세인트루이스와 패듀커에서 머문 뒤 두 곳을 염두에 두고 텍사스로 날아갔다. 처음 찾은 곳은 멕시코 국경 근처 최남부 지방에 자리 잡은 매캘런이었다. 그곳은 내가 20년 전 사전트 슈리버와 함께 곤경에 처했던 곳이기도 했다. 그런 다음 우리는 자정이 지나서 포트워스로 갔는데, 그곳에서는 유명한 컨트리 로커 제리 제프 워커가 모인 사람들을 깨워놓고 있었다. 비행기로 돌아가 보니 실무진이 샌안토니오의 멩거 호텔에서 산 400달러어치 망고 아이스크림이 나를 기다리고 있었다. 알라모에서 길만 건너면 나오는 호텔이었다. 그들은 내가 1972년 맥거번 선거운동을 할 때 발견한 그 아이스크림이 정말 맛있었다고 이야기한 것을 잊지 않았던 것이다. 아이스크림은 비행기 세 대에 나누어 탄 지친 여행자들이 밤새 먹고도 남을 만큼 많았다.

한편 리틀록의 본부에서는 제임스 카빌이 우리 쪽 사람들 100명 이상을 모아놓고 마지막 회의를 열었다. 조지 스테파노풀로스의 소개를 받아 앞으로 나선 제임스는 감동적인 연설을 했다. 그는 사람이 줄 수 있는 가장 귀중한 선물 두 가지는 사랑과 일이라고 하면서, 그런 선물을 준 것에 대해 우리 젊은 일꾼들에게 감사했다.

우리는 텍사스에서 뉴멕시코 주 앨버커키로 날아가 새벽에 내 친구인 브루스 킹 주지사와 함께 유세를 했다. 유세가 끝난 뒤 오전 4시쯤 나는 멕시코 음식으로 맛있게 아침을 먹고, 마지막 목적지인 덴버로 갔다. 우리는 이른 아침에 모여든 열렬한 군중과 만났다. 웰링턴 웨브 시장, 팀 워스 상원의원, 교육 개혁에서 내 파트너였던 로이 로이머 주지사가 연설로 그들을 달군 후 힐러리가 연설을 했고, 나도 잔뜩 부어오른 성대를 통하여 마지막으로 감사와 희망의 말을 전했다. 이어 우리는 고향 리틀록으로 향했다.

힐러리와 나는 공항에서 첼시, 다른 가족, 친구들, 본부 실무진의 환영을 받았다. 나는 그들이 해준 일에 감사하고 가족과 함께 우리의 투표소인

던바 공동체 센터로 갔다. 그곳은 주지사 관저에서 1.5킬로미터도 안 떨어진 곳으로, 아프리카계 미국인이 많이 사는 동네에 자리를 잡고 있었다. 우리는 센터 주위에 모인 사람들과 이야기를 하고 그곳의 선거 공무원에게 가서 이름을 적었다. 그런 다음 첼시는 여섯 살 이후 그랬던 것처럼 나와 함께 기표소로 갔다. 내가 커튼을 닫자 첼시는 내 이름 옆의 레버를 당기고 나를 꽉 끌어안았다. 13개월간의 고된 노력 끝에 우리가 할 수 있는 일은 이제 그것뿐이었다. 힐러리가 투표를 마치자 우리 셋은 포옹을 하고 밖으로 나와 언론의 질문 몇 가지에 답을 하고 집으로 갔다.

나에게 선거일은 늘 민주주의의 위대한 신비가 구체화되는 날이었다. 여론조사원과 박식한 평론가들이 아무리 그 신비를 벗기려 해도, 그 신비는 여전히 그대로 남아 있다. 그날 하루 동안 보통 국민이 백만장자나 대통령과 똑같은 권력을 가지게 된다. 어떤 사람들은 그 권력을 사용하고, 어떤 사람들은 사용하지 않는다. 사용하는 사람들은 온갖 종류의 이유 때문에 후보를 선택한다. 어떤 경우는 합리적이기도 하고 어떤 경우는 직관적이기도 하며, 어떤 경우는 확신을 가지기도 하고 어떤 경우는 회의적이기도 하다. 그렇게 해도 보통 그 시대에 맞는 지도자가 선택되곤 한다. 그것이 미국이 228년 동안 잘 버텨나가고 있는 이유이다.

내가 대통령에 출마한 가장 큰 이유는 미국인들이 살고, 일하고, 자식을 기르고, 나머지 세계와 관계를 맺는 방식에 극적인 변화가 일어나는 이 시대에 내가 적임자라고 생각했다는 것이다. 나는 정치 지도자들의 결정이 사람들의 삶에 미치는 영향을 이해하기 위해 오랫동안 노력했다. 나는 해야 할 일과 그 일을 하는 방법을 파악했다고 믿었다. 그러나 나는 또 미국인들에게 큰 도박을 하라는 요구를 했다는 것도 잘 알고 있었다. 우선 그들은 민주당 대통령에 익숙하지 않았다. 그리고 그들은 나에 대해 의문이 많았다. 나는 아주 젊었다. 미국인 대부분이 잘 알지도 못하는 주의 주지사였다. 베트남전쟁에 반대했으며, 병역을 피했다. 인종과 여자나 동성애자의 권리에 대하여 자유주의적인 견해를 가지고 있었다. 야심만만한 목표들을 달성하겠다는 이야기를 할 때면 종종 교활해 보였는데, 그 두 가지는 적어도 겉으로는 상호 배타적인 것으로 보였다. 완벽과는 거리가 먼 삶을 살았다. 그러나 나는 내 온 마음으로 미국 국민에게 나를 선택하는 것이 해볼 만한 가치가 있는 모험이라고 이야기하려 했다. 그러나 계속 흔들리는 여론조사 결과나 페로의 재등장을 보면, 그들 가운데 다수가 나를 믿고 싶지만 여전히 의심한다는 것을 알 수 있었다. 앨 고어는 거리 유세에서 유권자들에게 선거 다음 날 어떤 머릿기사를 읽고 싶은지 생각해보라고 말했다. "4년 더"냐, 아니면 "변화가 시작되었다"냐. 나는 그들의 답이 무엇인지 안다고 생각했으나, 11월의 그 기나긴 날, 나 역시 다른 모든 사람들과 마찬가지로 분명한 답이 나올 때까지 기다려야 했다.

우리 셋은 집에 돌아와 오래된 존 웨인 영화를 보다가 두어 시간 졸았다. 오후에 나는 첼시와 함께 시내로 조깅을 나갔다가 물을 한 잔 마시기 위해 맥도널드에 들렀다. 전에도 수도 없이 해오던 일이었다. 나는 곧 주지사 관저로 돌아갔다. 그러나 오래 기다릴 필요는 없었다. 결과는 일찍, 오후 6시 30분쯤부터 드러나기 시작했다. 운동복을 갈아입지도 않았는데, 내가 동부 몇 주에서 승자로 비쳐지고 있는 것이 보였다. 세 시간 가량이 지나자 방송들은 나를 승리자로 비추기 시작했다. 거의 500만에 이르는 투표수를 보인 오하이오가 9만 표 차이로 우리 쪽으로 넘어오면서부터였다. 2퍼센트도 안 되는 차이로 얻은 승리였다. 이것은 당연해 보였다. 오하이오는 6월 2일 예비선거에서 나에게 후보 지명을 보장해준 주들 가운데 하나였으며, 뉴욕 전당대회에서 공식적으로 나를 다수 하한선 위로 밀어 올려준 주였기 때문이다. 전체 투표자 수는 엄청났다. 1억 명 이상이었다. 투표율도 1960년대 초 이후 가장 높았다.

총 1억 460만 366표 가운데 최종 차이는 약 5.5퍼센트였다. 내가 43퍼센트, 부시 대통령이 37.4퍼센트, 로스 페로가 19퍼센트였다. 제3당 후보로는 1912년 테디 루스벨트가 수사슴당(진보당의 별명—옮긴이주)으로 27퍼센트를 얻은 이래 가장 높은 수치였다. 우리의 베이비붐 후보들은 65세 이상과 30세 이하 유권자들에게서 가장 좋은 성적을 거두었다. 우리 자신이 속한 세대는 우리가 나라를 이끌 준비가 되었는지 의심하는 쪽이 더 많았던 것 같다. 막판의 아칸소에 대한 부시-페로 2인조 팀 공격은 선거 며칠 전 우리의 최고점에서 2, 3포인트를 깎아먹었다. 피해를 주기는 했지만, 심각한 피해는 아니었던 셈이다.

선거인단에서의 표차는 더 컸다. 부시 대통령은 168명 선거인의 표를 얻어 18개 주에서 승리를 거두었다. 나는 32개 주와 컬럼비아특구의 370표를 얻었는데, 여기에는 미시시피 주를 제외하고 북에서 남으로 미시시피 강과 닿아 있는 모든 주, 뉴잉글랜드(미국 북동부의 메인, 뉴햄프셔, 버몬트, 매사추세츠, 로드아일랜드, 코네티컷 등 여섯 주로 이루어진 지역—옮긴이주)와 대서양 중간 주(뉴욕, 뉴저지 및 펜실베이니아의 세 주—옮긴이주) 전체가 포함되었다. 나는 또 조지아, 몬태나, 네바다, 콜로라도 등 예상치 못한 주에서도 승리를 거두었다. 11개 주는 3퍼센트 이하로 승패가 엇갈렸다. 애리조나, 플로리다, 버지니아, 노스캐롤라이나는 부시 대통령에게 갔다. 오하이오 외에도 조지아, 몬태나, 네바다, 뉴햄프셔, 로드아일랜드, 뉴저지는 아슬아슬하게 나를 지지했다. 아칸소는 가장 높은 비율로 나를 지지하여, 주 표의 53퍼센트를 몰아주었다. 캘리포니아, 일리노이, 매사추세츠, 뉴욕 등 큰 주들을 포함한 다른 12개 주에서도 10퍼센트 이상의 승리를 거두었다. 페로는 내가 일반 투표에서 다수표를 얻지 못하도록 막았지만, 선거인단 투표에서 나와 부시 대통령의 차이를 늘리는 데는 분명히 도움을 주었던 것 같다.

어떻게 미국인들은 첫 번째 베이비붐 세대 대통령, 역사상 세 번째로 젊은 대통령, 작은 주 주지사 출신으로는 두 번째 대통령을 선택하여 대양 정기선보다 더 많은 짐을 싣게 되었을까? 출구조사 결과 그들에게는 경제가 가장 큰 쟁점이었으며, 그 다음이 재정 적자와 의료보험 문제였고, 자질 문제는 후순위였다. 결국 나는 선거의 핵심이 무엇이냐 하는 논쟁에서 이긴 셈이었다. 대통령 선거운동에서는 유권자들이 구체적인 문제에서 후보와 동의하느냐보다 핵심이 무엇이냐가 더 중요했다. 그러나 경제만으로는 다 설명이 되지 않았다. 나는 제임스 카빌을 비롯한 뛰어난 선거운동 팀의 도움도 받았다. 그들은 나를 비롯한 모든 사람이 오르막 내리막을 거치면서도 늘 집중을 하고 핵심을 파악하도록 해주었다. 스탠 그린버그의 통찰력 있는 여론조사와 프랭크 그리어의 효과적인 광고도 도움이 되었다. 민초 수준에서 선거운동을 이끈 유능한 사람들의 도움도 받았다. 론 브라운의 능력, 그리고 광야에서 12년을 보낸 뒤 이번에는 이겨보겠다며 단결한 민주당의 의지의 도움도 받았다. 소수민족과 여성으로부터 받은 특별히 높은 수준의 지지도 도움이 되었다. 여성은 국회에 6명의 상원의원과 47명의 하원의원을 보내기도 했는데, 이것은 그전의 28명에 비하면 크게 늘어난 숫자였다. 공화당의 초기의 분열과 자만의 도움도 받았다. 예비선거에서 받았던 철저한 조사와 선명한 대조를 이루는, 총선거 시기의 놀랄 정도로 긍정적인 언론보도의 도움도 받았다. 선거운동에서는 앨과 티퍼 고어의 뛰어난 능력, 우리 모두가 상징적으로 보여주던 세대교체의 도움도 받았다. 아칸소에서 민주당지도자회의와 함께 개발한 새로운 민주당원 철학과 사상의 도움도 받았다. 마지막으로 나는 힐러리와 내 친구들이 불의 시련 속에서도 나와 함께 있어주었기 때문에, 나 자신이 두드려 맞으면서도 포기하지 않았기 때문에 승리를 거둘 수 있었다.

선거일 밤 일찍 부시 대통령이 축하 전화를 했다. 그는 정중했으며, 순조로운 정권 이양을 약속했다. 댄 퀘일도 마찬가지였다. 힐러리와 나는 승리 연설문을 마지막으로 살펴본 뒤 하나님께 우리가 받은 축복에 감사드리고, 앞일을 인도해 달라고 기도했다. 이어 우리는 첼시를 데리고 큰 행사를 치르기 위해 올드 스테이트 하우스로 차를 달렸다.

올드 스테이트 하우스는 내가 아칸소에서 제일 좋아하는 건물로, 나의 주의 역사와 나 자신의 역사의 중요한 사건들이 벌어진 곳이었다. 그곳은 내가 16년 전 법무장관 취임 선서를 할 때 축하 손님들을 영접한 곳이며, 13개월 전 대통령 출마 선언을 한 곳이었다. 우리는 연단으로 올라가 앨과 티퍼 고어 부부와 인사를 하고, 시내 거리를 가득 메운 수천 명의 군중에게도 인사를 했다. 그들의 얼굴을 보자 가슴이 뭉클했다. 기쁨과 희망이 밀려왔다. 그리고 감사하는 마음이 밀려왔다. 어머니의 기쁨의 눈물을 보니 기분이 좋았다. 친아버지가 하늘에서 자랑스럽게 나를 내려다볼 것 같았다.

이 놀라운 오디세이를 시작할 때는 이 일이 얼마나 힘들지, 얼마나 멋질지 전혀 예상하지 못했다. 모여 있는 사람들, 그리고 그 자리에는 없는 수많은 사람들이 자기 몫을 했다. 이제 나는 그들이 옳다는 것을 증명해야 했다. 나는 말문을 열었다. "오늘, 드높은 희망과 용감한 마음으로, 엄청난 숫자로, 미국 국민은 새로 시작하겠다고 투표했습니다." 나는 부시 대통령과 로스 페로에게, 투표한 사람들도 나와 함께 "다시 결합된 합중국re-United States"(미국의 정식 명칭을 이용한 표현—옮긴이주)을 만들자고 당부한 다음 이런 말로 연설을 마무리지었다.

> 이 승리는 단순히 민주당의 승리가 아닙니다. 이 승리는 열심히 일하고 규칙을 지키며 사는 사람들의 승리이며, 낙오되었다고 버림받았다고 느끼지만 그래도 더 잘해보고 싶어 하는 사람들의 승리입니다…… 나는 오늘밤 여러분이 나에게 준 책임, 이 나라, 인간 역사상 가장 위대한 이 나라의 지도자가 되라는 책임을 받아들입니다. 나는 온 마음으로, 기쁜 마음으로 그것을 받아들입니다. 그러나 나는 여러분에게 다시 미국인이 되어달라고 당부합니다. 얻는 것만이 아니라 주는 데, 비난을 하는 데만이 아니라 책임을 지는 데, 자신만을 돌보는 것이 아니라 남을 돌보는 데도 관심을 가져달라고 당부합니다…… 우리가 힘을 합치면 우리가 사랑하는 이 나라가 이 땅에 자리 잡을 때 가졌던 본래의 목적을 달성할 수 있습니다.